貴州省哲學社會科學規劃(2017 年度)一般課題
“歷代散見《楚辭》資料整理與研究”(課題編號:
17GZYB67)結項成果(證書編號:201957)

本書得到貴州大學社科學術出版基金以及
貴州省綏陽縣三建司共同資助出版

歷代散見《楚辭》資料輯録

上册

王偉 輯録

中華書局

圖書在版編目(CIP)數據

歷代散見《楚辭》資料輯録/王偉輯録. —北京:中華書局,
2020.12
ISBN 978-7-101-14935-7

Ⅰ.歷… Ⅱ.王… Ⅲ.楚辭研究-資料-匯編 Ⅳ.I207.223

中國版本圖書館 CIP 數據核字(2020)第 237727 號

書　　名　歷代散見《楚辭》資料輯録(全二册)
輯 録 者　王　偉
責任編輯　許慶江
出版發行　中華書局
　　　　　(北京市豐臺區太平橋西里 38 號　100073)
　　　　　http://www.zhbc.com.cn
　　　　　E-mail:zhbc@zhbc.com.cn
印　　刷　北京瑞古冠中印刷廠
版　　次　2020 年 12 月北京第 1 版
　　　　　2020 年 12 月北京第 1 次印刷
規　　格　開本/920×1250 毫米　1/32
　　　　　印張 38　插頁 4　字數 850 千字
國際書號　ISBN 978-7-101-14935-7
定　　價　188.00 元

前　言

“楚辭”産生并結集以來，歷代一些重要典籍及其相關箋疏之作，或多或少地皆有意無意徵引《楚辭》以爲詮釋之資，且其中亦不乏作者的心得體會，但以其非《楚辭》之專門性研究著作，資料散見而不太爲研究者所重視。但這些著述如先唐重要典籍以及其相關的箋疏之作如《史記》《文選》等；歷代重要的小學類著作及其相關的箋疏之作如《説文解字注》《廣雅疏證》等；歷代重要的學術論著如《讀書雜志》《經義述聞》等，皆比較多地引用和論述到了《楚辭》，資料豐富，可爲輯録之資并爲楚辭研究提供一些過去學者不太關注的材料。今略舉其要者以見其對於《楚辭》及其相關研究之貢獻與價值。

一、有助於促進楚辭相關學術史的討論

（一）如關於屈原的名與字，學者多據《史記・屈原賈生列傳》“屈原者，名平”之記載而稱引。但事實上典籍也有屈原“字平”之所記載，如宋馬永卿《嬾真子録》即謂“且屈原字平，而正則、靈均，則其小字、小名也”；宋洪邁《容齋五筆》也謂“案《史記》原字平，所謂‘靈均’者，釋‘平’之義”。此外《大藏經》所載遼代希麟所撰《續一切經音義》卷十“悼屈原”下注也謂“姓屈名原字典平，楚爲三間

大夫，王甚重之，爲靳尚等妬其能，共讃毁之，①乃被流放。後游於湘潭，行吟澤畔，著《離騷》云'滄浪之水清，可以濯吾纓；滄浪之水濁，可以濯吾足也'"之所載。是其字"典平"者雖衍"典"字，然時人所見猶有名原字平者。另外如宋正覺頌古、元行秀評唱《萬松老人評唱天童覺和尚頌古從容庵録》卷三也載"屈原字平，仕楚懷王，爲三閭大夫，靳尚所譖，貶長沙，獨行江畔，謂漁父曰'舉世皆醉唯我獨醒，舉世皆濁唯我獨清'。沈汨羅江而卒。江在潭州羅縣。《文選·離騷經》，屈原所作"。② 是宋遼金元之際時人所見亦有"名原字平"者。故據此文獻，可推進該問題的深入討論。

（二）此外如關於《卜居》《遠遊》等篇是否爲屈原所作，争議頗大。但事實上，大多數學者還是認爲這些篇章皆屈原作，如《文選》劉淵林注《魏都賦》謂"屈平《卜居》曰"、"屈原《遠游》"曰；而吴棫《韻補》也謂"屈原《遠游》"，王應麟《困學紀聞》也謂"屈子《遠游》"；此外如顧炎武《日知録》也謂"《卜居》，屈原自作"；段玉裁《六書音均表》也謂"屈賦《遠游》"等皆爲此類。

（三）有助於對《楚辭》某些篇名與篇次作進一步研究。如《國殤》篇，《文選·出自薊北門行》李善注謂"《楚辭·祠國殤》曰"，是其篇名與今本異。而宋翔鳳則謂《國殤》之殤字當作禓，③是皆可爲理解《國殤》篇提供另一種解決思路。此外如《九歌》篇次，孔穎達《禮記正義》謂"《楚辭·九歌》第三曰《湘夫人》，云'帝子降兮北渚，目眇眇兮愁予'是也"。是其所見篇次與今本異。

---

①"讃"當爲"譖"之誤。

②本《輯録》囿於主觀客條件，《大藏經》散見《楚辭》相關資料尚未能完全整理，故本文特略舉幾條以見其價值。

③詳本書《〈小爾雅集釋〉散見〈楚辭〉資料輯録》。

（四）有助於對《楚辭》十七卷本的成書過程作出判斷。如據顧野王《玉篇》，其於今本十七篇相關内容皆已有所徵引。如其"饡"字注即謂："野王案：《九思》'時混混兮澆饌'是也。"因此，我們有理由相信顧野王時所見當已有十七卷本。

（五）此外如關於《楚辭釋文》所載篇次之是否近古，學者也多有討論。而據唐釋元康撰《肇論疏》卷上"是以至人通神心於無窮下"句謂"《離騷》第六卷《遠游》章云'順凱風以從游，至南巢而一息'"等内容看，則元康所謂"《離騷》第六卷《遠游》章"云云正與《楚辭釋文》所載篇次吻合，而其時代則遠在南唐王勉前。① 凡此足證《楚辭釋文》所載篇次近古是没有問題的。

二、有助於對王逸舊注及其著作的理解和研究

（一）指出王注可與其它舊注相發明互證者，如《漁父》："安能以身之察察。"王注："己清潔也。"王逸未單獨釋"察察"。五臣云："察察，潔白也。"而王念孫《廣雅疏證》卷六上謂："明著謂之察察。故潔白亦謂之察察。《楚辭·漁父》云'安能以身之察察，受物之汶汶者乎'。"是《疏證》可爲王逸及五臣之補充。此外或闡釋《楚辭》深層意義，如《離騷》："恐鵜鴂之先鳴兮，使夫百草爲之不芳。"王逸注謂："以喻讒言先至，使忠直之士蒙罪過也。"其言簡略。而《廣雅疏證》卷十下則謂"此乃假設爲文不必實有其事"等。而凡

---

①此條材料李其霞據我所示已在其《論〈楚辭〉十七卷本的成書下限》（復旦大學中國古代文學研究中心主辦《中國文學研究》第三十一輯，復旦大學出版社，2018 年 9 月）一文中徵引，故此處不再贅述。

此資料可謂繁多，足可補王注之未備。

（二）或質疑指出王逸注之誤，而爲學者提供解決之新思路。如馬瑞辰《毛詩傳箋通釋》謂《離騷》“索胡繩之纚纚”之“纚纚蓋繩羅列之貌，王逸訓爲好貌，失之”等。而凡此材料，也是舉目皆是，可爲《楚辭》今注所利用。

（三）對於王逸《楚辭》著作之名可有進一步探索。王逸著《楚辭章句》自《後漢書》以來已爲學界共識，但考察歷代資料，大多皆僅謂王逸《楚辭注》而已，而無王逸《楚辭章句》之載，所以也許王逸所撰或即《楚辭注》而已。①

三、有助於促進《楚辭》接受與傳承研究

（一）《楚辭》尤其在先唐的接受與傳承研究目前學界用力尚不够，而凡此輯録可見《楚辭》在此時期的接受與傳播情況，如《史記・司馬相如列傳》“江離麋蕪”句司馬貞《索隱》引東吴張勃《吴録》謂“即《離騷》所云者”等皆可見到此時期《楚辭》傳播與接受之情況。并且，通過此類輯録可見過去許多學者於《楚辭》皆曾用力，如顔師古、應劭、服虔、裴駰、司馬貞、如淳、賈公彦、臣瓚等。因此，本輯録事實上即是一部簡明的《楚辭》接受與傳承史。

（二）此外甚至可以據《大藏經》等所載楚辭文獻材料以窺楚辭在釋教以及域外之傳播與影響。如釋元康、釋法琳、釋智圓、萬松老人等所撰著述多徵引相關楚辭文獻外，另如釋神清《北山録》、釋彦琮《唐護法沙門法琳别傳》、契嵩《鐔津文集》、湛然《止觀

①詳筆者《論先唐所傳王逸〈楚辭〉著作之名實爲〈楚辭注〉——兼論其傳播時間》（《重慶師範大學學報》，2018年第1期）論文。

輔行傳弘决》等於《楚辭》也多有徵引。如《唐護法沙門法琳别傳》卷下所載法琳著《悼屈原》篇即非精於《楚辭》者所不能爲。其中如"幽昧""列宿""不諱""高翔""諒直""逢殃"等句皆從《楚辭》相關詞句化出。而"忠諫之不入兮,箕子佯狂"之"箕子佯狂"更是直接爲《天問》原文。且其對於忠而被謗,讒佞在位之感慨也是直接緣於屈子精神。由此可見釋教中人也并非忘懷世事,而同樣與屈子一樣有心懷天下之志。而即使其决友人之詩"游魂長去楚,分念獨留秦。自匪相知者,誰憐死别人"也是一往情深而不能已。正是所謂"僕秉屈原操,不探漁父篇"也(釋彦琮撰《唐護法沙門法琳别傳》卷下)。此外,《大藏經》中尚載有域外如日本學者之著作,而其中亦有徵引《楚辭》者,如釋中算撰《妙法蓮華經釋文》卷中即多稱引屈辭,此外如白隱慧鶴所著《槐安國語》也多稱引《楚辭》,如其卷七謂"如何仲尼厄而作《春秋》,屈原放逐乃賦《離騷》之時"等。釋中算之時代爲我國北宋時期,白隱慧鶴所處江户時代爲我國清代時期,是由此也可爲屈原以及《楚辭》之域外交流研究提供新的視角。

四、本書對所輯録的《楚辭》文本及王逸注等與今本相異的主要内容皆予以對勘,出校記近四千條。豐富的異文材料有助於《楚辭》文本及王逸《楚辭章句》的進一步校理

(一)有助於對《楚辭》文本作進一步的勘正。大量的《楚辭》異文及其相關的音韵訓詁等材料對於《楚辭》文本的校勘多有裨

益，可爲利用。① 此外，學者們對相關異文或有直接的判斷，如王念孫《古韻譜》不僅一一指出《楚辭》主要句子用韵情況，且對部分異文也有所判斷。如謂《天問》"伏匿穴處，爰何云"句乃"云先言勝陵文"韵，而"無先字者非"等。② 凡此皆可有助於此類問題的進一步探討。

（二）有助於對王逸《楚辭章句》的校理。王逸《楚辭章句》亦頗多異文，今本《楚辭補注》即多言之。但目前學界於王逸《楚辭章句》異文之關注還遠遠不够。而歷代散見《楚辭》資料中，《楚辭章句》内容亦多被學者所徵引，如於本輯録索引"王逸注"者有 970 多次；索引"王逸《章句》"者有 20 多次；而只索引"王逸"者則有 1760 多次。且其中多有與今本王逸注相異者，如據我們計其重複的統計，其與今本相異者則有兩千餘條。是據此而可促進《楚辭章句》之校理。③ 從而與《楚辭》文本校證相結合而爲學界提供一個全新的《楚辭章句》本。

五、通過大量的異文可考察《楚辭補注》的版本價值

《楚辭》研究，尤其是從事《楚辭》文獻研究的學者都注意到即使大家公認的較好的善本即洪興祖的《楚辭補注》其實也都還存

① 如筆者《〈楚辭〉校證》（中華書局，2017 年版）於此即多有采擷，故此處不贅。

② 詳見本書相關内容。

③ 筆者多年前所撰《〈楚辭章句〉校證（三十四則）》（《江漢大學學報》，2010 年第 2 期》）即爲此方面的嘗試。

在着許多問題，其中包括洪興祖所提的多據他人校勘成果而對《楚辭章句》所作的校改等。而洪興祖《考異》所謂“一本”云云的内容也多散見於歷代要籍之中，且其中異文多有以洪興祖《考異》所謂“一本”而存在者，如《藝文類聚·歲時上》“秋”字條下引《九辯》“皇天平分四時兮，竊獨悲此凛秋。白露既下降百草兮，淹離被此梧楸”句，其“凛”今作“廪”，而《考異》謂“一作凜”；①“下降”今作“下”，而《考異》謂“下，一作降。一云下降”；“被”今作“披”，《考異》謂“一作被”。是《類聚》所引皆洪氏所謂“一本”，而凡此情況比比皆是。是通過此類比勘可判斷洪興祖《楚辭補注》取捨異文之功過。

總之，希望我們的輯録工作在一定程度上能够“一人勞而萬人逸”，但囿於主客觀條件，其中的錯誤和遺漏肯定在所難免，在此，權以爲引玉之磚！而王鳴盛《十七史商榷·序》所謂“予任其勞而使人受其逸，予居其難而使人樂其易，不亦善乎”？雖不能至，心嚮往之！

---

①“凜”爲“凛”之異體字。

凡　例

一、本著所輯録《楚辭》資料爲歷代非《楚辭》專著或專論之散見相關《楚辭》内容，如《文選》《漢書》《讀書雜志》等舊注與筆記中所有與《楚辭》相關之散見箋注與論述等。但如《史記·屈原賈生列傳》《文選·騷》《讀書雜志·餘編下》等已爲《楚辭》專篇或專論之内容則一概不録，以其常見易尋且多已爲學者熟悉故。

二、本輯録所録内容主要爲三類，首先主要是先唐重要原典及其重要的箋疏之作以及部分類書等，而箋疏之作則以兩漢至清人之經典注疏爲主，同時略收近代以來已被公認爲經典的作品；其次則爲歷代重要的小學類著作，如《説文解字注》《廣雅疏證》等；再次則是歷代重要的學術論著類，如錢大昕《十駕齋養新録》、王念孫《讀書雜志》、王引之《經義述聞》等。入選典籍的下限一般止於清人，而略收現當代學者的部分作品。

三、上述典籍之排序，因其中一、二類典籍的輯録資料主要是箋疏（注）中的散見《楚辭》資料，因此在考慮原書成書時間以及是否涉及《楚辭》相關資料的前提下，則主要以箋疏者之時代与生卒年爲序次，如《史記》《漢書》等不僅舊注中有相關内容，且原書本身也有相關内容，故排列置前；而如果原書中雖有幾條相關《楚辭》之内容，但本書所録主要是箋疏中之内容，則其排序皆以箋疏者之時代與生卒年爲序；而學術論著類一般情況下則皆以著者生卒年爲序。

四、所輯録每一部典籍相關《楚辭》之分散内容皆以今本《楚辭》之序次而分門别類地整理排列，而每一篇目（類）下則以阿拉伯數字爲序，其序次以所録該部典籍出現該篇目内容的先後爲序；如所輯録内容原作者已明確標明《楚辭》某句子的，本書則不再説明，而是直接分類録入該篇目下。如果原作者僅僅是標王逸注等指示性的内容而未指出具體篇目的，本書則在文末括號標出該内容所在該部典籍某頁碼之後，再直接標出所對應之具體句子；但因篇首已有篇目之故，故括號頁碼後不再一一標明其具體篇目，且一般情况下，括號中所列《楚辭》句子與所輯《楚辭》内容爲唯一對應；如以《文選》爲例：

一、離騷

1. 神明鬱其特起，遂偃蹇而上躋。

王逸《楚辭注》曰：偃蹇，高貌也。（卷一《西都賦》，16—17 頁。望瑶臺之偃蹇兮）

如上面“一、離騷”爲輯録者所標，“1”爲《離騷》篇下之排序，而括號前面的内容爲《文選》原有内容，括號中則爲輯録者所標“神明鬱其特起”句在《文選》中所屬之卷次以及篇目和頁碼，而頁碼後“望瑶臺之偃蹇兮”句則爲輯録者據王逸注“偃蹇，高貌也”而覆核《楚辭補注》所列對應之《離騷》原文。此外，如果所輯《楚辭》内容與今本有異者，則於脚注出校説明。

五、原著及其論述中以某一内容爲中心，而前后表述完整連貫涉及《楚辭》篇目兩篇以上者，如該論述涉及《離騷》《九歌》等兩篇以上則以總論的形式放於篇首；而若其論述僅是涉及《九歌》《九章》等兩篇以上者，則於《九歌》《九章》中以總論形式放入《九歌》《九章》該部分的篇首。其所涉及之具體篇目若原著未明確指出的則於當句(當篇)以脚注的形式注明所屬《楚辭》篇章或具體内容,但原著所示内容涵括的是《楚辭》某篇中的全部内容,如"些""只"等字之論述,則本書不再具體列出所有句子而僅僅是放入相應的總論中。此外,若所輯典籍某些論述雖涉及篇目較多,但其中内容倘能獨立成篇者,本書仍按《楚辭》篇次單獨列之以便檢索利用。

六、凡輯録内容其有與今本《楚辭》文本及王逸注相異者,一般情況下皆於脚注中出校説明其異同以見其文獻價值。但句末之"兮""也"等語氣詞原内容多有增删者,凡此則一般不出校。此外,作者或多有以《離騷》指代《楚辭》者,凡此情況本書也不改原文,而是根據實際情況將該内容分列各篇而不再一一出校。此外,倘原作者所指篇目有明顯錯誤者,本書則直接列入正確的篇目之中而於脚注略作説明。

七、本輯録所據以輯校的《楚辭補注》之底本以中華書局 1983 年版而 2002 年所印《楚辭補注》本爲準,①以該本一般讀者易得易尋方便利用之故。

八、所録部分内容其刻本之字或有不盡規範者,本書則遵照新的規範用字標準及出版要求,在不影響理解所録典籍原文及其輯録意義的前提下,其相應之字一般情況下皆改爲通行規範用字而不一一出注。如筴、鬼、倚、羗、獘、琦、秭、寄、笑、寃、靣、莭等皆相應的寫作策、鬼、倚、羌、弊、琦、秭、寄、笑、冤、面、節等規範用

① 本書所據底本,原出版説明謂"用汲古閣刊本標點排印",而崔富章先生《楚辭書録解題》(高等教育出版社,2010 年,56 頁)則謂該本"實出金陵書局重刊本"。此外,截至目前,2002 年以來中華書局所出《楚辭補注》本與 2002 年所出本子是一致的。

字。但本書所據以輯校的《楚辭補注》底本文字以及小學類等部分典籍則盡量保持文字原貌，而與其發生關聯的内容也相應的與之保持一致。

九、由於本輯録内容爲筆者過去十五年陸續所輯，部分典籍當初所用版本不一定爲當下通行本，考慮到此實際情況，本書在近幾年的集中整理過程中於此盡量作了調整，如十餘年前筆者所據《廣雅疏證》爲中華書局 1985 年所出版，但現在市面難尋，故此次録入則改用上海古籍出版社 2014 年所出校點本，以便讀者覆核使用。但限於精力和條件，大部分所録典籍則仍據筆者最初録入時版本，但所有典籍一般皆會有詳細的篇目或卷次等標注。總之，以讀者不管使用該典籍的任何版本皆能方便地查找到該資料爲原則。此外，所據本子大多經過今人整理，録入之際，除個别標點斷句外，皆采用吸收了點校者的整理成果，在此特别説明並致謝。

十、輯録内容以有助於對楚辭的理解爲主，故其輯録非僅僅是《楚辭》文本，其原著徵引《楚辭》相關内容之際凡所闡發者皆根據實際情況録入，以有利於對其深入理解。而部分篇幅較長者如《周禮正義》等，則擇其要義而録入以避繁瑣。

十一、歷代散見楚辭資料衆多，本書在力所能及的範圍内主要就以上三類分編録入。此外尚有一些相關資料則因某些具體原因只能暫付闕如而期以異日。

目　録

上　册

上編　歷代重要原典及其箋疏之作散見《楚辭》資料輯録

下　册

中編　歷代小學類重要著述散見《楚辭》資料輯録

下編　歷代學術論著類散見《楚辭》資料輯録

上　编

歷代重要原典及其箋疏之作散見《楚辭》資料輯録

《史記》及其舊注[①]

總論

1. 莊助使人言買臣，買臣以《楚辭》與助俱幸，侍中，爲太中大夫，用事。（卷一百二十二《酷吏列傳》，2726 頁）

一、離騷

1. 天子自稱曰“朕”。

［集解］蔡邕曰：“朕，我也。古者上下共稱之，貴賤不嫌，則可以同號之義也。皋陶與舜言‘朕言惠，可底行’。屈原曰‘朕皇考’。至秦，然後天子獨以爲稱。漢因而不改。”（卷六《秦始皇本紀》，203 頁。朕皇考曰伯庸）

2. 於時冰泮發蟄，百草奮興，秭鳺先滜。

［集解］徐廣曰：“秭音姊；鳺音規。子鳺鳥也，一名鷤鴂。”［索隱］按：徐廣云“秭音規”者，誤也，當云“秭音姊，鳺音規”，蓋遺失

① 司馬遷《史記》，裴駰等注，中華書局，2011 年版。此外，本書《屈原賈生列傳》所載爲屈原專論，以學者熟知且資料集中故而不再具録。

耳。言子鳺鳥春氣發動，則先出野澤而鳴也。又按：《大戴禮》作“瑞雉”，無釋，未測其旨，當是字體各有訛變耳。鷤音弟，鴂音桂。《楚詞》云“慮鷤鴂之先鳴，使夫百草爲之不芳”，①解者以鷤鴂爲杜鵑。（卷二十六《曆書》，1177—1178 頁）

3. 孟陬殄滅。

［集解］《漢書音義》曰：“正月爲孟陬。閏餘乖錯，不與正歲相值，謂之殄滅。”［索隱］按：正月爲陬。陬音鄒，又作侯反。《楚詞》云“攝提貞乎孟陬”。② 言歷數乖誤，乃使孟陬殄滅，不得其正也。（卷二十六《曆書》，1180 頁）

4. 伊陟贊巫咸，巫咸之興自此始。

［索隱］案《尚書》，巫咸殷臣名，伊陟贊告巫咸。今此云“巫咸之興自此始”，則以巫咸爲巫覡。然《楚詞》亦以巫咸主神。蓋太史公以巫咸是殷臣，以巫接神事，太戊使禳桑穀之灾，所以伊陟贊巫咸，故云巫咸之興自此始也。（卷二十八《封禪書》，1260—1261 頁。欲從靈氛之吉占兮，心猶豫而狐疑。巫咸將夕降兮，懷椒糈而要之）

5. 諸生寧能鬭乎？故先言斬將搴旗之士。

［集解］張晏曰：“搴，卷也。”瓚曰：“拔取曰搴。《楚辭》曰‘朝搴阰之木蘭’。”［索隱］搴音起焉反，又己勉反。案：《方言》云：“南方取物云搴。”許慎云：“搴，取也。”王逸云：“阰，山名。”又案：《埤蒼》云：“山在楚，音毗。”（卷九十九《劉敬叔孫通列傳》，2380 頁）

6. 江離蘪蕪，諸蔗猼且。

［集解］駰案：《漢書音義》曰：“江離，香草。蘪蕪，蘄芷也，似蛇床而香。諸蔗，甘柘也。猼且，蘘荷也。”［索隱］《吴録》曰：“臨

①“慮鷤鴂”今作“恐鵜鴂”；《考異》謂“鵜，一作鷤”。

②“乎”今作“于”。

海縣海水中生江離,正青似亂髮,即《離騷》所云者是也。"《廣志》云"赤葉紅華",則與張勃所説又别。案:今芎藭苗曰江離,緑葉白華,又不同。孟康云:"蘪蕪,蘄茝也,似蛇床而香。"樊光曰:"藁本一名蘼蕪,根名蘄茝。"又《藥對》以爲蘼蕪一名江離,芎藭苗也。則芎藭、藁本、江離、蘼蕪并相似,非是一物也。諸柘,張揖云"諸柘,甘柘也"。猼且,上音并卜反,下音子余反。《漢書》作"巴且",文穎云"巴蕉也"。郭璞云:"猼且,蘘荷屬"。未知孰是也。(卷一百一十七《司馬相如列傳》,2615 頁。扈江離與辟芷兮,紉秋蘭以爲佩)

7. 東西南北,馳騖往來,出乎椒丘之闕,行乎洲淤之浦。

[集解]郭璞曰:"椒丘,丘名。言有岩闕也,見《楚辭》。[索隱]服虔云:"丘名,《楚詞》曰:'馳椒丘且焉止息'也。"案:兩山俱起,象雙闕。如淳云:"丘多椒也。"(卷一百一十七《司馬相如列傳》,2626 頁)

8. 舒閬風而摇集兮。

[正義]張云:"閬風在昆侖閶闔之中。《楚辭》云'登閬風而緤馬'也。"(卷一百一十七《司馬相如列傳》,2662 頁)

9. 夫卜而有不審,不見奪糈。

[集解]徐廣曰:"音所。"駰案:《離騷經》曰"懷椒糈而要之",王逸云:"糈,精米,所以享神"。[索隱]糈音所。糈者,卜求神之米也。(卷一百二十七《日者列傳》,2792 頁)

二、九歌

總論

1. 上問博士曰:"湘君何神?"博士對曰:"聞之,堯女,舜之妻,而葬此。”

[索隱]《列女傳》亦以湘君爲堯女。按:《楚詞·九歌》有湘君、湘夫人。夫人是堯女,則湘君當是舜。今此文以湘君爲堯女,是總而言之。(卷六《秦始皇本紀》,213頁)

2. 晋巫,祠五帝、東君、雲中(君)、司命、巫社、巫祠、族人、先炊之屬。

[索隱]《廣雅》曰:“東君,日也。”王逸注《楚祠》“雲中,雲也。”①東君、雲中亦見《歸藏易》也。(卷二十八《封禪書》,1279頁。猋遠舉兮雲中)

(一)雲中君

1. 大赦天下,置壽宫神君。

[集解]服虔曰:“立此便宫也。”瓚曰:“宫,奉神之宫也。《楚辭》曰:‘蹇將澹兮壽宫’。”②(卷十二《孝武本紀》,389頁)

(二)湘君

1. 汶山道江,東别爲沱,又東至于醴。

[集解]孔安國及馬融、王肅皆以醴爲水名。鄭玄曰:“醴,陵名也。大阜曰陵。長沙有醴陵縣。”[索隱]按:騷人所歌“濯余佩於醴浦”,③明醴是水。孔安國、馬融解得其實。又虞喜《志林》以醴是江、沅之别流,而醴字作“澧”也。(卷二《夏本紀》,66頁)

---

①“雲也”句今作“雲神所居也”。

②“澹”今作“憺”。

③今作“遺余佩兮醴浦”。

三、九章

(一)惜誦

1. 自天子王侯,中國言《六藝》者折中於夫子。

[索隱]《離騷》云"明五帝以折中。"①王師叔云:"折中,正也"。② 宋均云:"折,斷也。中,當也"。按:言欲折斷其物而用之,與度相中當,故以言其折中也。(卷四十七《孔子世家》,1741 頁)

四、卜居

1. 竊不遜讓,復作故事滑稽之語六章,編之於左。

[索隱]《楚詞》云"將突梯滑稽,如脂如韋"。崔浩云:"滑音骨。滑稽,流酒器也。轉注吐酒,終日不已,言出口成章,詞不窮竭,若滑稽之吐酒。故楊雄《酒賦》云'鴟夷滑稽,腹大如壺,盡日盛酒,人復藉沽'是也。"又姚察云:"滑稽猶俳諧也。滑讀如字。稽音計也。言諧語滑利,其知計疾出,故云滑稽。"(卷一百二十六《滑稽列傳》,2776 頁)

五、九辯

1. 持方枘欲内圜鑿,其能入乎?

---

①"明"今作"令";"折"今作"枅",《考異》謂"一本作折中"。

②該注今見於《補注》所引。

[索隱]按:方枘是笋也,圜鑿是孔也。謂工人斲木,以方笋而内之圜孔,不可入也。故《楚詞》云“以方枘而内圜鑿者,吾固知其鉏鋙而不入”是也。① 謂戰國之時仲尼、孟軻以仁義干世主,猶方枘圜鑿然。(卷七十四《孟子荀卿列傳》,2067 頁)

2. 然政所以蒙污辱自弃於市販之間者,爲老母幸無恙,妾未嫁也。

[索隱]《爾雅》云:“恙,憂也。”《楚詞》云“還及君之無恙”。《風俗通》云:“恙,病也,凡人相見及通書,皆云‘無恙’。”又《易傳》云:“上古之時,草居露宿,恙,噬蟲也,善食人心,俗悉患之,故相勞云‘無恙’。恙非病也。”(卷八十六《刺客列傳》,2220 頁)

六、招魂

1. 六博蹋鞠者。

[索隱]按:王逸注《楚詞》云“博,著也。行六棊,故曰六博”。② (卷六十九《蘇秦列傳》,1995 頁。菎蔽象棊,有六簙些)

2. 夷嵕築堂,累臺增成,岩穾洞房。

[索隱]郭璞曰:“言在岩穾底爲室,潛通臺上。”穾音一吊反,《釋名》以爲穾,幽也。《楚辭》云“冬有穾厦夏屋寒”,③王逸以爲複室也。(卷一百一十七《司馬相如列傳》,2633 頁)

---

①今作“圜鑿而方枘兮,吾固知其鉏鋙而難入”。

②“六博”之“博”今作“簙”,《考異》謂“簙,一作博”;而今本王逸注作“投六箸,行六棊,故爲六簙也”。

③“厦”今作“廈”,《考異》謂“一作夏”;“夏屋”今作“夏室”,《考異》謂“室,一作屋。”

3. 巴俞宋蔡,淮南于遮。

[索隱]郭璞曰:"巴西閬中有俞水,獠人居其上,好舞。初,高祖募取以平三秦,後使樂人習之,因名《巴俞舞》也。"張揖曰:"《禮·樂記》曰'宋音宴女溺志'。蔡人謳,員三人。《楚詞》云'吴謡蔡謳'。①淮南鼓,員四人,《于遮曲》是其意也。"(卷一百一十七《司馬相如列傳》,2643 頁)

七、大招

1. 皓齒粲爛,宜笑旳皪。

[索隱]郭璞曰:"鮮明貌也。"《楚詞》曰:"美人皓齒(㛿)以姱。"又曰:"娥眉笑以旳皪。"②皪音礫也。(卷一百一十七《司馬相如列傳》,2645 頁)

八、七諫

(一)沈江

1. 大王之入武關,秋豪無所害。

[索隱]案:豪秋乃成,又王逸注《楚詞》云"鋭毛爲豪,夏落秋生也"。③(卷九十二《淮陰侯列傳》,2292 頁。秋毫微哉而變容)

①"謡"今作"歈"。

②"美人"今作"朱脣",《考異》謂"一作美人";"㛿"今作"嫭",《考異》謂"一作㛿";"娥眉"句今作"㛿目宜笑,娥眉曼只"。

③"鋭毛爲豪"之"豪"今作"毫",《考異》謂"一作豪"。

九、九歎

(一)愍命

1. 其石則赤玉玫瑰。

[集解]郭璞曰:"赤玉,赤瑾也。見《楚辭》①。玫瑰,石珠也。"(卷一百一十七《司馬相如列傳》,2614 頁。藏瑉石於金匱兮,捐赤瑾於中庭)

(二)遠遊

1. 徑入靁室之砰磷鬱律兮,洞出鬼谷之崫礨嵬磈。

[集解]《漢書音義》曰:"鬼谷在北辰下,衆鬼之所聚也。《楚辭》曰'贅鬼谷於北辰'也。"②(卷一百一十七《司馬相如列傳》,2661 頁)

---

①見王逸注,今作"赤瑾,美玉也。"

②"贅"今作"綴"。

《論衡》[1]

總論

1. 世謂子胥伏劍，屈原自沉，子蘭、宰嚭誣讒。（卷三《偶會》，99 頁）

2. 屈原懷恨，自投湘江。（卷四《書虚》，182 頁）

3. 世人必曰："屈原、申徒狄不能勇猛，力怒不如子胥。"（卷四《書虚》，182 頁）

4. 屈原疾楚之臯洿，故稱香潔之辭。漁父議以不隨俗，故陳沐浴之言。（卷十四《譴告》，638 頁）

5. 鄒衍之狀，孰與屈原？見拘之冤，孰與沉江？《離騷》《楚辭》悽愴，孰與一嘆？屈原死時，楚國無霜，此懷、襄之世也。（卷十五《變動》，657 頁）

6. 屈原自沉於江，屈原善著文，師延善鼓琴，如師延能鼓琴，則屈原能復書矣。楊子雲吊屈原，屈原何不報？屈原生時，文無不作，不能報子雲者，死爲泥塗，手既朽，無用書也。屈原手朽無用書，則師延指敗無用鼓琴矣。（卷二十二《紀妖》，912 頁）

---

① 王充《論衡》，據黄暉《論衡校釋》（附劉盼遂集解）本，中華書局，1990 年版。

7. 雖無篇章，賦頌記奏，文辭斐炳，賦象屈原、賈生，奏象唐林、谷永，并比以觀好，其美一也。（卷二十九《案書》，1174 頁）

8. 好奇無已，故奇名無窮。楊子雲反《離騷》之經。（卷二十九《案書》，1175 頁）

一、九章

（一）懷沙

1. 屈平潔白，邑犬羣吠，吠所怪也，非俊疑傑，固庸能也。①（卷一《累害》，13 頁）

①"邑犬"下今有"之"字；"能"今作"態"。

《漢書》及其舊注[①]

總論

1. 奡。

師古曰:"音五到反。《楚辭》所謂澆者也。"[②](卷二十《古今人表》,758 頁)

2. 始楚賢臣屈原被讒放流,作《離騷》諸賦以自傷悼。

師古曰:"諸賦,謂《九歌》《天問》《九章》之屬。"(卷二十八下《地理志下》,1328 頁)

3. 而淮南王安亦都壽春,招賓客著書。而吴有嚴助、朱買臣,貴顯漢朝,文辭并發,故世傳《楚辭》。(卷二十八下《地理志下》,1328 頁)

4. 嗟若先生,獨離此咎兮!

應劭曰:"嗟,咨嗟也。勞苦屈原遇此難也。"師古曰:"離,遭也。"(卷四十八《賈誼傳》,1709 頁)

5. 會邑子嚴助貴幸,薦買臣。召見,説《春秋》,言《楚詞》,帝

① 班固著,顔師古注《漢書》,中華書局,2005 年版。

② 見《離騷》"澆身被服强圉兮"及《天問》"惟澆在户"等。

甚説之。(卷六十四上《朱買臣傳》,2108 頁)

6. 王襃字子淵,蜀人也。宣帝時修武帝故事,講論六藝群書,博盡奇異之好,征能爲《楚辭》九江被公。(卷六十四下《王襃傳》,2129 頁)

7. 又旁《惜誦》以下至《懷沙》一卷,名曰《畔牢愁》。

李奇曰:"畔,離也。牢,聊也。與君相離,愁而無聊也。"師古曰:"《惜誦》《懷沙》皆屈原所作《九章》中之名也。"(卷八十七上《揚雄傳》,2608 頁)

8. 因江潭而汿記兮,欽吊楚之湘纍。

李奇曰:"諸不以罪死曰纍,荀息、仇牧皆是。屈原赴湘死,故曰湘纍也。"(卷八十七上《揚雄傳》,2609 頁)

9. 漢十世之陽朔兮,招摇紀於周正。

蘇林曰:"言已以此時吊屈原也。"(卷八十七上《揚雄傳》,2609 頁)

10. 帶鉤矩而佩衡兮,履欃槍以爲綦。

晋灼曰:"綦,履迹也。此反屈原雖佩帶方平之行,而蹈惡人迹,以致放退也。"(卷八十七上《揚雄傳》,2610 頁)

11. 素初貯厥麗服兮,何文肆而質䫨!

如淳曰:"文肆者,《楚辭》遠游乘龍之言也。① 質䫨者,恨世不用已而自沈也。"師古曰:"麗服謂'扈江離與辟芷,紉秋蘭以爲佩'之類是也。② 䫨,音械。"(卷八十七上《揚雄傳》,2610 頁)

12. 資娵娃之珍髢兮,鬻九戎而索賴。

---

①按:《遠遊》無此語,《九歌·大司命》"乘龍兮轔轔"及《九懷·昭世》"乘龍兮偃蹇"爲相近之句。

②《離騷》。

師古曰:“娵、娃皆美女也。賴,利也。言屈原以高行仕楚,亦猶資美女之髢賣於九戎而求其利,必不得也。娵音子逾反。娃音烏佳反。髢,徒計反。”(卷八十七上《揚雄傳》,2610 頁)

13. 懿神龍之淵潛,俟慶雲而將舉,亡春風之被離兮,孰焉知龍之所處?

師古曰:“懿,美也。俟,待也。龍以潛居待雲爲美,以譏屈原不能隱德,自取禍也。被讀曰披。”(卷八十七上《揚雄傳》,2611 頁)

14. 愍吾纍之衆芬兮,揚煜煜之芳苓,遭季夏之凝霜兮,慶夭顇而喪榮。

晋灼曰:“雄愍屈原光香,奄先秋遇凋,生亦不辰也。”(卷八十七上《揚雄傳》,2611 頁)

15. 横江湘以南浥兮,云走乎彼蒼吾,馳江潭之泛溢兮,將折衷虖重華。

應劭曰:“舜葬蒼梧,在江湘之南,屈原欲啓質聖人,陳己情要也。”(卷八十七上《揚雄傳》,2611 頁)

16. 舒中情之煩或兮,恐重華之不纍與。

張晏曰:“舜聖,卒避父害以全身,資於事父以事君,恐不與屈原爲黨與。”(卷八十七上《揚雄傳》,2611 頁)

17. 陵陽侯之素波兮,豈吾纍之獨見許?

應劭曰:“陽侯,古之諸侯也,有罪自投江,其神爲大波。陵,乘也。言屈原襲陽侯之罪,而欲折中求舜,未必獨見然許之也。”(卷八十七上《揚雄傳》,2611 頁)

18. 終回復於舊都兮,何必湘淵與濤瀨?

師古曰:“言孔子去其本邦,遲遲系戀,意在舊都,裴回反覆。屈原何獨不懷鄢郢而赴江湘也?”(卷八十七上《揚雄傳》,2614 頁)

19.弃由、聃之所珍兮，跖彭咸之所遺！

師古曰："由，許由也。聃，老聃也。二人守道，不爲時俗所污，然保已全身，無殘辱之醜。彭咸，殷之介士也，不得其志，投江而死。此又非屈原不慕由、聃高踪，而遵彭咸遺迹。"（卷八十七上《揚雄傳》，2614 頁）

20.鞭洛水之虙妃，餉屈原與彭胥。（卷八十七上《揚雄傳》，2635 頁）

21.斥逐仁賢，誅殘戚屬，而公被胥、原之訴，遠去就國。

應劭曰："胥、原，子胥、屈原也。"（卷九十九上《王莽傳》，2980 頁）

一、離騷

1.上曰："通侯諸將毋敢隱朕，皆言其情。"

如淳曰："朕，我也。蔡邕曰古者上下共之。咎繇與帝舜言稱朕，屈原曰'朕皇考'，至秦獨以爲尊稱，漢遂因之而不改也。"（卷一下《高帝紀》，42 頁。朕皇考曰伯庸）

2.初，安入朝，獻所作《内篇》，新出，上愛秘之。使爲《離騷傳》。（卷四十四《淮南厲王長傳》，1652 頁）

3.爲賦以吊屈原。屈原，楚賢臣也，被讒放逐，作《離騷賦》。

師古曰："離，遭也。憂動曰騷。遭憂而作此辭。"（卷四十八《賈誼傳》，1708 頁）

4.誶曰：已矣！

李奇曰："誶，告也。"張晏曰："誶，《離騷》下章亂也。"師古曰："誶音碎。"（卷四十八《賈誼傳》，1709 頁。亂曰）

5.貫列缺之倒景兮，涉豐隆之滂濞。

應劭曰："豐隆，雲師也。《楚辭》曰'吾令豐隆乘雲兮'。①《淮南子》曰'季春三月，豐隆乃出以將雨'。"師古曰："豐隆將雨，故言涉也。滂濞，雨水多也。滂音普郎反。濞音匹備反。"（卷五十七下《司馬相如傳》，1975頁）

6.《小弁》之詩作，《離騷》之辭興。

師古曰："《小弁》，《小雅》篇名也，太子之傅作焉，刺幽王信讒，黜申后而放太子宜咎也。《離騷經》，屈原所作也。離，遭也。騷，憂也。遭憂而作辭。弁音盤。"（卷七十九《馮奉世傳》，2467頁）

7.又怪屈原文過相如，至不容，作《離騷》，自投江而死，悲其文，讀之未嘗不流涕也。（卷八十七上《揚雄傳》，2608頁）

8.乃作書，往往摭《離騷》文而反之，自嶓山投諸江流以吊屈原，名曰《反離騷》；又旁《離騷》作重一篇，名曰《廣騷》。（卷八十七上《揚雄傳》，2608頁）

9.正皇天之清則兮，度后土之方貞。

應劭曰："平正司法者莫過于天，養物均調者莫過于地也。父伯庸名我爲平以法天，字以爲原以法地也。"晋灼曰："此雄取《離騷》辭反之，應説是也。"師古曰："應、晋二説皆非也。自漢十世已下，四句不道屈原也，此乃雄自論己心所履行取法天地耳。自圖累已下方論屈原云也。"（卷八十七上《揚雄傳》，2609—2610頁）

10.知衆嫭之嫉妒兮，何必颺纍之蛾眉？

晋灼曰："《離騷》云'衆女嫉余之蛾眉。'"師古曰："嫭，美貌也。颺，古揚字也。蛾眉，形若蠶蛾眉也。此亦譏屈原自舉蛾眉令衆嫉之。嫭音胡故反。眉，古眉字。"②（卷八十七上《揚雄傳》，

①"乘"今作"棄"，《考異》謂"一作乘"。

②"蛾眉"之"眉"今皆作"眉"。

2611 頁)

11. 精瓊靡與秋菊兮,將以延夫天年,臨汨羅而自隕兮,恐日薄於西山。

應劭曰:"精,細;靡,屑也。瓊,玉之華也。"晋灼曰:"《離騷》云'精瓊靡以爲粻兮','予夕餐秋菊之落英'。① 又曰'老冉冉其將至','日忽忽其將暮'。"師古曰:"此又譏屈原,云瓊靡秋菊,將以延年,晻嗞忽迫,喜於未暮,何乃自投汨羅,言行相反!"(卷八十七上《揚雄傳》,2612 頁)

12. 解扶桑之總轡兮,縱令之遂奔馳。

應劭曰:"總,結也。扶桑,日所拂木也。"晋灼曰:"《離騷》云'總余轡於扶桑,聊消揺以相羊'。② 屈原言結我車轡於扶桑,以留日之入,人年得不老。日以喻君,而反離朝自沈,解轡縱君,使遂奔馳也。"(卷八十七上《揚雄傳》,2612 頁)

13. 鸞皇騰而不屬兮,豈獨飛廉與雲師!

應劭曰:"《楚辭》云'鸞皇爲余先戒兮','後飛廉使奔屬','雲師告余以未具'。③ 飛廉,風伯也。雲師,豐隆也。鸞皇,俊鳥也。"晋灼曰:"已縱其轡使之奔馳,鸞皇迅飛亦無所及,非獨飛廉、雲師,言莊嚴未具,使君不適道也。"(卷八十七上《揚雄傳》,2612 頁)

14. 卷薜芷與若蕙兮,臨湘淵而投之;棍申椒與菌桂兮,赴江湖而漚之。

師古曰:"《離騷》云'貫薜荔之落蕊','雜杜衡與芳芷','又樹

①"瓊靡"之"靡"今作"爢",《補注》謂"《反離騷》作瓊靡";"夕餐"上今本無"予"字。

②"於"今作"乎";"消揺"今作"逍遥"。二句之間脱"折若木以拂日兮"一句。

③"雲師"今作"雷師"。

蕙之百畝'，'雜申椒與菌桂'，皆以自喻德行芬芳也。今何爲自投江湘而喪此芳乎？"（卷八十七上《揚雄傳》，2612 頁）

15. 費椒稰以要神兮，又勤索彼瓊茅。

孟康曰："椒稰，以椒香米饊也。《離騷》曰'懷椒稰而要之。'①（卷八十七上《揚雄傳》，2612 頁）

16. 費椒稰以要神兮，又勤索彼瓊茅。

晋灼曰："《離騷》云'索瓊茅以筳篿'。"②師古曰："索，求也。瓊茅，靈草也。筳篿，析竹所用卜也。稰音所，又音思吕反。筳音廷。篿音專。"（卷八十七上《揚雄傳》，2612 頁）

17. 違靈氛而不從兮，反湛身於江皋！

晋灼曰："靈氛，古之善占者。《離騷》曰'欲從靈氛之吉占兮，心猶豫而狐疑'。"師古曰："既不從靈氛之占，何爲費椒稰而勤瓊茅也？湛讀曰沈。江皋，江水邊之游地也。"（卷八十七上《揚雄傳》，2612 頁）

18. 纍既𠬧夫傅説兮，奚不信而遂行？

晋灼曰："𠬧，慕也。《離騷》曰'説操築於傅巖兮，武丁用之而不疑'。"③師古曰："𠬧，古攀字。既攀援傅説，何不信其所行，自見用而遂去？"（卷八十七上《揚雄傳》，2612 頁）

19. 徒恐鷤鴂之將鳴兮，顧先百草爲不芳！

師古曰："《離騷》云'鷤鴂之先鳴兮，使夫百草爲不芳'。④ 雄

①"稰"今作"糈"。

②"瓊"今作"藑"，《考異》謂"《文選》作瓊"。

③"之"字今本無。

④"鷤鴂"上今有"恐"字；"鷤鴂"今作"鵜鴂"，《考異》謂"鵜，一作鷤"；"不芳"上今有"之"字。

言終以自沈，何惜芳草而憂鶗鴂也？鴂，鴃字也。鶗鴃鳥一名買鵗，一名子規，一名杜鵑，常以立夏鳴，鳴則衆芳皆歇。鶗音大系反。鴂音桂。鶗字或作鵜，亦音題。鴃又音決。鵗音詭”（卷八十七上《揚雄傳》，2612—2613 頁）

20. 初纍弃彼虙妃兮，更思瑶臺之逸女。

師古曰：“《離騷》云‘吾命豐隆乘雲兮，求虙妃之所在’，①又曰‘望瑶臺之偃蹇兮，見有娀之佚女’。此又譏其執心不定也。虙妃，古神女。有娀女，即簡狄也。虙讀曰伏。”（卷八十七上《揚雄傳》，2613 頁）

21. 抨雄鴆以作媒兮，何百離而曾不壹耦！

師古曰：“《離騷》云‘吾令鴆爲媒兮，鴆告余以不好，雄鴆之鳴逝兮，余猶惡其佻巧’，②故云百離不一耦也。”（卷八十七上《揚雄傳》，2613 頁）

22. 乘雲霓之旖柅兮，望昆侖以樛流，覽四荒而顧懷兮，奚必云女彼高丘？

蘇林曰：“《離騷》云‘登閬風而緤馬，忽反顧以流涕，哀高丘之無女。’女以喻士，高丘謂楚也。”師古曰：“《離騷》又云‘揚雲霓之晻藹’。閬風在昆侖山上，故云望昆侖也。旖柅，雲貌也。樛流猶周流也。女，仕也，何必要仕於楚也。”（卷八十七上《揚雄傳》，2613 頁）

23. 既亡鸞車之幽藹兮，焉駕八龍之委蛇？

---

①“命”今作“令”；“乘”今作“椉”，《考異》謂“一作乘”；“虙”今作“宓”，《考異》謂“一作虙”。

②“鴆”今作“鴆”。

晉灼曰:“《離騷》云‘駕八龍之蜿蜿兮,載雲旗之委蛇’。”①師古曰:“言既無鸞車,則不得云駕八龍也。幽藹猶晻藹也。蛇音移。”(卷八十七上《揚雄傳》,2613 頁)

24. 臨江瀕而掩涕兮,何有《九招》與《九歌》?

晉灼曰:“《離騷》云‘擥茹蕙以掩涕’,又曰‘奏《九歌》以舞韶’。”②師古曰:“此又譏其哀樂不相副也。招讀曰韶。”(卷八十七上《揚雄傳》,2613 頁)

25. 夫聖哲之遭兮,固時命之所有;雖增欷以於邑兮,吾恐靈脩之不纍改。

師古曰:“《離騷》云‘曾歔欷余鬱邑兮,哀朕時之不當’。增,重也。雄言自古聖哲,皆有不遇,屈原雖自嘆於邑,而楚王終不改寤也。於邑,短氣也。於音烏。邑音烏合反。於邑亦讀如本字。”(卷八十七上《揚雄傳》,2613 頁)

26. 賦莫深於《離騷》,反而廣之;辭莫麗於相如,作四賦;皆斟酌其本,相與放依而馳騁云。(卷八十七下《揚雄傳》,2659 頁)

二、九歌

(一)雲中君

1. 大赦,置壽宫神君。

---

①“蜿蜿”今作“婉婉”,《考異》謂“《釋文》作蜿”。

②“擥”今作“攬”,《考異》謂“一作擥,《文選》作擥”;“以舞韶”今作“而舞《韶》”。

臣瓚曰："壽宫，奉神之宫也。《楚辭》曰'蹇將澹兮壽宫'也。"①（卷二十五上《郊祀志上》，1015 頁）

三、遠遊

1. 左玄冥而右黔雷兮，前長離而後矞皇。

張揖曰："玄冥，北方黑帝佐也。黔雷，黔嬴也，天上造化神名也。《楚辭》曰'召黔嬴而見之'。或曰水神也。"（卷五十七下《司馬相如傳》，1972 頁）

四、卜居

1. 于嗟默默，生之亡故兮！

應劭曰："默默，不得意也。"鄧展曰："言屈原無故遇此禍也。"（卷四十八《賈誼傳》，1709 頁。吁嗟默默兮，誰知吾之廉貞）

五、漁父

1. 吕后與兩子居田中，有一老父過請飲，吕后因餔之。

師古曰："餔食之餔，屈原曰'餔其糟'是也。以食食人亦謂之餔，《國語》曰'國中童子無不餔也'，《吕氏春秋》曰'下壺飧以餔之'，是也。父本請飲，後因食之，故言餔也。餔音必胡反。"（卷一上《高帝紀》，4 頁。衆人皆醉，何不餔其糟而歠其釃）

---

①"澹"今作"憺"。

2. 清則濯纓,何遠之有?

師古曰:"《楚辭·漁父》之歌曰:'滄浪之水清,可以濯我纓;滄浪之水濁,可以濯我足。'①遇治則仕,遇亂則隱。云敞謝病去職,近於此義也。"(卷六十七《楊胡朱梅云傳》,2206 頁)

3. 故伯奇放流,孟子宫刑,申生雉經,屈原赴湘。

師古曰:"《楚辭·漁父》之篇云屈原曰'寧赴湘流,葬於江魚腹中'也。"②(卷七十九《馮奉世傳》,2467 頁)

4. 溷漁父之餔歠兮,絜沐浴之振衣。

師古曰:"漁父云'何不餔其糟而歠其醨'?③ 屈原以爲溷濁,不肯從之,乃云:'新沐者必彈冠,新浴者必振衣也。'餔音必胡反,歠音昌悦反。"(卷八十七上《揚雄傳》,2614 頁)

5. 或倚夷門而笑,或横江潭而漁。

服虔曰:"漁父也。"師古曰:"江潭而漁,潭音尋。漁,合韵音牛助反。"(卷八十七下《揚雄傳》,2650 頁。屈原既放,游於江潭。)

六、七諫

(一)怨世

1. 及至駕齧膝,驂乘旦,王良執靶。

張晏曰:"王良,郵無恤,字伯樂。"……師古曰:"……《楚辭》

---

①兩"我"字皆作"吾",《考異》謂"一作我"。

②"江魚"下今本有"之"字,《考異》謂"一無'之'字"。

③"醨"今作"釃",《考異》謂"《文選》作醨"。

云‘驥躊躇於敝輂，遇孫陽而得代’。王逸云孫陽，伯樂姓名也。”①（卷六十四下《王褒傳》，2131—2132頁）

七、九懷

（一）陶壅

1. 經營炎火而浮弱水兮，杭絶浮渚涉流沙。

應劭曰：“《楚辭》曰‘越炎火之萬里’。② 弱水出張掖删丹，西至酒泉合黎餘波入於流沙。”（卷五十七下《司馬相如傳》，1973頁）

八、九歎

（一）愍命

1. 雖伯牙操遞鍾，逢門子彎烏號，猶未足以喻其意也。

臣瓚曰：“《楚辭》云‘奏伯牙之號鍾’。③ 號鍾，琴名也。馬融《笛賦》曰‘號鍾高調’。伯牙以善鼓琴，不聞説能擊鍾也。”師古曰：“琴名是也，字既作遞，則與《楚辭》不同，不得即讀爲號，當依晋音耳。”（卷六十四下《王褒傳》，2133頁）

①“敝”今作“弊”；“輂”今作“輂”，《考異》謂“一作輂”。

②“之”今作“兮”。

③“奏”今作“破”。

《後漢書》及其舊注[①]

總論

1. 能誦《易》，好讀《春秋》《楚辭》，尤善《周官》《董仲舒書》。(卷十上《皇后紀》，271 頁)

2. 固不爲明朝惜垂盡之命，願赴湘、沅之波，從屈原之悲。

《史記》曰，屈原事楚懷王，王受讒，流屈原於江南。屈原憂愁悲思，遂投湘、沅而死。(卷十六《鄧寇列傳》，419 頁)

3. 廖性質誠畏慎，不愛權埶聲名，盡心納忠，不屑毁譽。

王逸注《楚詞》云："屑，顧也。"[②](卷二十四《馬援列傳》，571 頁)

4. 行勁直以離尤兮，羌前人之所有；内自省而不慚兮，遂定志而弗改。

離，遭也。尤，過也。羌，語發聲也。言古人有爲勁直行而遭尤過者，有之矣，即屈原、賈誼之流也。衍内自省察，不慚於古人，遂守志不改也。(卷二十八《馮衍傳》，663 頁)

---

①范曄著，李賢等注《後漢書》，中華書局，2005 年版。

②按：今本未見王逸"屑，顧也"之注，暫放入總論篇，以侍達者。

5. 靈均納忠，終於沈身。

屈原字靈均，納忠於楚，終不見信，自沈於汨羅之水而死。（卷四十上《班彪列傳》，896 頁）

6. 追愍屈原，因以自傷，著《感騷》三十篇，數萬言。（卷四十八《應奉列傳》，1085 頁）

7. 斯賈生之所以排於絳、灌，屈子之所以攄其幽憤者也。

屈原爲楚三閭大夫，上官靳尚妒害其能，憂愁憤懣，遂作《離騷經》。（卷五十二《崔駰列傳》，1165 頁）

8. 既姱麗而鮮雙兮，非是時之攸珍。

姱音口瓜反。王逸注《楚詞》曰："姱，好也。"①……言德雖美好，而時人不珍也。（卷五十九《張衡列傳》，1294 頁）

9. 咨妒嫮之難并兮，想依韓以流亡。

嫮，美也，音胡故反。《楚辭》曰："嫮目宜笑。"②言嫉妒者，憎惡美人，故難與并也。韓謂齊仙人韓終也。爲王采藥，王不肯服，終自服之，遂得仙。《楚辭》曰："羡韓衆之得一。"③（卷五十九《張衡列傳》，1296 頁）

10. 前祝融使舉麾兮，纚朱鳥以承旗。

朱鳥，鳳也。《楚辭》曰"鳳皇翼其承旗"也。④（卷五十九《張衡列傳》，1299 頁）

11. 僕夫儼其正策兮，八乘攄而超驤。

---

①相關内容見《九歌·東君》：思靈保兮賢姱；《九歌·禮魂》：姱女倡兮容與；《招魂》：姱容修態。"好也"今皆作"好貌"。

②《大招》。

③《遠遊》。

④《離騷》《遠遊》"鳳皇翼其承旂兮"。"旗"今皆作"旂"。

八乘，八龍也。《楚辭》曰："駕八龍之蜿蜿。"①（卷五十九《張衡列傳》1308頁）

12. 鄉里圖其形於屈原之廟。

屈原，楚大夫，抱忠貞而死。篤有志行文彩，故圖其像而偶之焉。（卷六十四《延篤列傳》，1425頁）

13. 且先帝新弃天下，我奈何楚楚與士人對共事乎？

《楚詞》曰：楚楚，鮮明貌也。②《詩》曰："衣裳楚楚。"（卷六十九《竇何列傳》，1520頁）

14. 屈平悼楚，受譖於椒、蘭。

屈平楚懷王時爲三閭大夫，秦昭王使張儀譎詐懷王，令絶齊交，又誘請會武關，平諫，王不聽其言，卒客死於秦。懷王子子椒、子蘭譖之於襄王，而放逐之。見《史記》。（卷七十《孔融列傳》，1537頁）

15. 忠非三閭。

即屈原也。掌王族三姓，曰昭、屈、景，故曰"三閭"。（卷七十《孔融列傳》，1538頁）

16. 若夫高冠長劍，紆朱懷金者，布滿宫闈。

《楚辭》曰："高余冠之岌岌。"③又曰"撫長劍兮玉珥。"④（卷七十八《宦者列傳》，1695頁）

---

①《離騷》《遠遊》"駕八龍之婉婉兮"。"蜿蜿"今皆作"婉婉"，《考異》謂"《釋文》作蜿"。

②按：今本《楚辭》無"楚楚"一詞，而王逸《章句》也未有此内容，不知李賢等所據何本抑或記憶所誤。

③《離騷》。

④《九歌·東皇太一》。

一、離騷

1. 然後登金鑊，入沸湯，糜爛於熾爨之下，九死而未悔。

楚詞曰"雖九死其尤未悔"也。①（卷十六《鄧寇列傳》，419 頁）

2. 雖九死而不眠兮，恐余殃之有再。

言已往者托於貴戚之權，幾陷誅戮之罪，此由我思慮不深遠。已敗之事，悔之無及，雖復九死而目不瞑，言怨恨之深也。《楚詞》曰："雖九死其猶未悔。"眠即瞑也。（卷二十八下《馮衍傳》，664 頁）

3. 歲忽忽而日邁兮，壽冉冉其不與。

《楚詞》曰："日忽忽其將暮。"又曰："老冉冉其將至。"功業無成，情多憂憤，故赴原野而窮居。（卷二十八下《馮衍傳》，664 頁）

4. 浮江河而入海兮，溯淮濟而上征。

衍既不同流俗，情多憤怨，故假言涉歷江上，周流河海。屈原云"吾將遠逝以自適，路修遠以周流"之類也。②（卷二十八下《馮衍傳》，666 頁）

5. 昔三后之純粹兮，每季世而窮禍。

三后，夏、殷、周也。惜其不能始終純茂，每至末代，必窮其灾禍。湯放桀於南巢，武王滅紂於牧野，周之季葉，幽王爲西戎所殺也。《離騷》曰："昔三后之純粹，何桀紂之昌披！"③（卷二十八下《馮衍傳》，667 頁）

6. 夫何九州之博大兮，迷不知路之南北。

---

①"尤"今作"猶"。

②"適"今作"疏"；"修"今作"脩"。今本二句之間有"邅吾道夫崑崙兮"句。

③"昌"今作"猖"，《考異》謂"一作昌"。且此兩句今本位置不在一起。

《楚詞》曰:“回朕車以復路,及行迷之未遠。”(卷二十八下《馮衍傳》,670 頁)

7. 駟素虬而馳騁兮,乘翠雲而相佯。

四馬曰駟。虬,龍之無角者也。《楚詞》曰:“駟玉虬以乘翳兮。”①《爾雅》曰:“馬高八尺爲龍。”司馬相如曰:“駟蒼螭兮六素虬。”(卷二十八下《馮衍傳》,670 頁)

8. 纂前修之夸節兮,曜往昔之光勳。

纂,繼也。前修猶前賢也。夸,大也。《楚詞》曰:“謇吾法夫前修。”又曰:“紛獨有此夸節。”②(卷二十八下《馮衍傳》,671 頁)

9. 披綺季之麗服兮,揚屈原之靈芬。

《楚詞》曰:“畦留夷與揭車,雜杜衡與芬芷。”③屈原皆喻身有令德,故衍欲揚其靈芬也。(卷二十八下《馮衍傳》,671 頁)

10. 高吾冠之岌岌兮,長吾佩之洋洋。

岌岌,高貌。洋洋,美也。《楚詞》曰:“高余冠之岌岌,長吾佩之陸離”。王逸注云:“傷己懷德不用,故高冠長佩,尊其威儀,整斯服飾,以異於衆也。”④(卷二十八下《馮衍傳》,672 頁)

11. 揵六枳而爲籬兮,築蕙若而爲室;播蘭芷於中廷兮,列杜衡於外術。

自此以下,説籬宇廷除,皆樹芬芳卉木,喻己立身行道,依仁履義,猶屈原“扈江蘺與薜芷,紉秋蘭以爲佩”⑤之類也。(卷二十

①“乘”今作“椉”,《考異》謂“一作乘”;“翳”今作“鷖”,《考異》謂“一作翳”。

②“謇”今作“謇”;“法夫前修”之“修”今作“脩”;“夸節”之“夸”今作“姱”。

③“芬”今作“芳”。

④“吾”今作“余”;王逸注文今作“言己懷德不用,復高我之冠,長我之佩,尊其威儀,整其服飾,以異於衆也”。

⑤“蘺”今作“離”,《考異》謂“《文選》離作蘺”;“薜”今作“辟”。

八下《馮衍傳》,672 頁)

12. 諫不見聽,遂以頭軔乘輿輪,帝遂爲止。

軔,謂以頭枝車輪也。王逸注《楚詞》曰:"軔,止輪木也。"① (卷二十九《申屠剛列傳》,683 頁。朝發軔於蒼梧兮)

13. 今愷景仰前修,有伯夷之節。

前修,前賢也。《楚辭》曰:"蹇吾法夫前修。"②(卷三十九《劉愷列傳》,878 頁)

14. 揚蛾眉於復關兮,犯孔戒之冶容。

《楚詞》曰:"衆女皆妒余之蛾眉。"③(卷五十二《崔駰列傳》,1152 頁)

15. 向使能瞻前顧後,援鏡自戒,則何陷於凶患乎!

《楚辭》曰:"瞻前而顧後兮,援鏡自戒。"④謂引前事以爲鏡而自戒勑也。《韓詩外傳》曰:"明鏡所以照形,往古所以知今。"(卷五十九《張衡列傳》,1291 頁)

16. 伊中情之信脩兮,慕古人之貞節。

脩謂自脩爲善也。《楚辭》曰:"苟中情其好脩兮。"(卷五十九《張衡列傳》,1293 頁)

17. 竦余身而順止兮,遵繩墨而不跌。

繩墨諭禮法也。《楚辭》曰:"遵繩墨而不頗。"⑤(卷五十九《張衡列傳》,1293 頁)

①"止"今作"揩",《考異》謂"揩,一作支"。

②"蹇"今作"謇",《考異》謂"《文選》作蹇";"法夫前修"之"修"今作"脩";

③"皆妒"二字今本僅作"嫉"。

④按:今本《楚辭》無"援鏡自戒"四字,不知李賢所據。

⑤"遵"今作"循",《補注》謂"《思玄賦》注引《楚詞》作遵,遵,亦循也"。

18. 旌性行以制佩兮，佩夜光與瓊枝。

瓊枝，玉樹。以諭堅貞也。《楚辭》曰“折瓊枝以繼佩”也。（卷五十九《張衡列傳》，1294 頁）

19. 纗幽蘭之秋華兮，又綴之以江蘺。

江蘺，香草也。《本草經》曰：“蘪蕪，一名江蘺。”即芎藭苗也。《楚辭》曰：“扈江蘺與薜芷兮，紉秋蘭以爲佩。”①皆取芬芳以象德也。（卷五十九《張衡列傳》，1294 頁）

20. 恃己知而華予兮，鶗鴂鳴而不芳。

鶗鴂，鳥名，喻讒人也。《廣雅》曰：“鷤搗，布穀也。”《楚辭》曰：“恐鷤搗之先鳴兮，使夫百草爲之不芳。”王逸注云：“以喻讒言先至，使忠直之士被罪也。”②言恃知己以相榮，反遇讒而見害也。（卷五十九《張衡列傳》，1296 頁）

21. 躔建木於廣都兮，拓若華而躊躇。

《淮南子》曰：“建木在廣都，若木在建木西，末有十日，其華照地。”……《楚辭》曰：“折若木以拂日。”（卷五十九《張衡列傳》，1299 頁）

22. 雖色豔而賂美兮，志浩蕩而不嘉。

浩蕩，廣大也。言不以玉女及贈遺爲美也。《楚辭》曰：“怨靈脩之浩蕩。”（卷五十九《張衡列傳》，1306 頁）

23. 登閬風之曾城兮，搆不死而爲床。

閬風，山名，在昆侖山上。《楚詞》曰：“登閬風而緤馬。”③（卷

---

①“蘺”今作“離”，《考異》謂“《文選》作蘺”；“薜”今作“辟”。

②“鷤搗”今作“鵜鴂”，《考異》謂“鵜，一作鷤”；“被罪”今作“蒙罪”；“罪”下今有“過”字。

③“緤”今作“緤”，《考異》謂“一作緤”。

五十九《張衡列傳》,1306 頁)

24. 屑瑶蕊以爲糇兮,𣂏白水以爲漿。

瑶,瓊也。《楚辭》曰:"屑瓊蕊以爲粻。"①糇,糧也。(卷五十九《張衡列傳》,1306 頁)

25. 曳雲旗之離離兮,鳴玉鸞之譻譻。

鸞,鈴也,在鑣。譻,聲也,音嚶。《楚辭》曰"鳴玉鸞之啾啾"也。(卷五十九《張衡列傳》,1308 頁)

26. 紛翼翼以徐戾兮,焱回回其揚靈。

回回,光貌。《楚辭》曰"皇剡剡其揚靈。"王逸注云:"揚其光靈也。"②(卷五十九《張衡列傳》,1308 頁)

27. 脩初服之娑娑兮,長余佩之參參。

《楚辭》曰:"退將復脩吾初服。"王逸云:"脩吾初始清潔之服也。"(卷五十九《張衡列傳》,1310 頁)

28. 昔人刎頸,九死不恨。

《楚詞》曰:雖九死其猶未悔也。(卷六十四《史弼列傳》,1427 頁)

29. 有留死一尺,無北行一寸,刎頸不易,九裂不恨。

裂,死也。《楚詞》曰"雖九死其猶未悔"也。(卷七十九上《儒林列傳》,1731 頁)

30. 被褐懷金玉,蘭蕙化爲芻。

《楚辭》曰:"蘭芷變而不芳,荃蕙化而爲茅"也。(卷八十下《文苑列傳》,1776 頁)

31. 胄高陽之苗胤兮,承聖祖之洪澤。

---

①"屑"今作"精";"蕊"今作"靡"。

②"揚其"上今有"言皇天"三字。

冑,胤也。高陽,帝顓頊也。《帝繫》曰:"顓頊娶於滕隍氏女而生老童,是爲楚先。"《楚詞》曰:"帝高陽之苗裔兮。"(卷八十下《文苑列傳》,1783 頁)

32. 登瑶臺以回望兮,冀彌日而消憂。

《楚辭》曰:"望瑶臺而偃蹇。"①(卷八十下《文苑列傳》,1784 頁)

33. 其流又有風角、遁甲、七政、元氣、六日七分、逢占、日者、挺專、須臾、孤虚之術。

挺專,折竹卜也。《楚辭》曰:"索瓊茅以筳專。"注云:"筳,八段竹也。楚人名結草折竹曰專。"②挺音大寧反。(卷八十二上《方術列傳》,1826 頁)

二、九歌

(一)東皇太一

1. 撫鳴劍而抵掌,志馳於伊吾之北矣。

屈原曰:"撫長劍兮玉珥。"曹植《結交篇》曰:"利劍鳴手中。"(卷十八《吴蓋陳臧列傳》,462 頁)

2. 蘭肴山竦,椒酒淵流。

蘭肴,芳若蘭也。椒酒,置椒酒中也。《楚詞》曰:"蕙肴兮蘭籍,桂酒兮椒漿。"③(卷八十下《文苑列傳》,1784 頁)

---

①"而"今作"之"。

②"瓊"今作"藑",《考異》謂"《文選》作瓊";"筳專""曰專"之"專"今皆作"篿";"八段"今作"小折";"曰專"上今有"以卜"二字。

③"蕙肴"下今有"蒸"字;"籍"今作"藉";"桂酒"上今有"奠"字。

（二）湘君

1. 或夷由未殊，顛狽頓躓，蟆蟆蟫蟫，充衢塞隧，葩華蔣布，不可勝計。

夷由，不行也。《楚詞》曰："君不行兮夷由。"①（卷六十上《馬融列傳》，1325 頁）

2. 千乘方轂，萬騎騈羅，衍陳於岐、梁，東横乎大河。

横，絶流度也。《楚辭》曰："横大江兮揚舲"也。②（卷八十上《文苑列傳》，1753 頁）

（三）湘夫人

1. 然後方餘皇，連舼舟，張雲帆，施蜺幬，靡颸風，陵迅流，發棹歌，縱水謳，淫魚出，蓍蔡浮，湘靈下，漢女游。

湘靈，舜妃，溺於湘水，爲湘夫人也。見《楚詞》。（卷六十上《馬融列傳》，1329 頁。帝子降兮北渚）

（四）大司命

1. 雲師䨴以交集兮，涷兩沛其灑塗。

《爾雅》曰："暴雨謂之涷。"沛，雨貌也。塗，協韵音徒故反。《楚辭》曰："使涷雨兮灑塵。"（卷五十九《張衡列傳》，1307 頁）

（五）東君

1. 導鬼區，徑神場，詔靈保，召方相，驅厲疫，走蜮祥。

①"由"今作"猶"。
②"舲"今作"靈"。

靈保，神巫也。《楚辭·九歌》曰“思靈保兮賢姱。”（卷六十上《馬融列傳》，1327 頁）

（六）山鬼

1. 伏朱樓而四望兮，采三秀之華英。

《楚詞》曰：“采三秀於山間。”王逸曰：“謂芝草也。”①《東觀記》及《衍集》“秀”字作“奇”，“英”字作“靈。”（卷二十八下《馮衍傳》，671 頁）

2. 冀一年之三秀兮，遒白露之爲霜。

三秀，芝草也。《楚辭》曰：“采三秀於山間。”②（卷五十九《張衡列傳》，1296 頁）

（七）國殤

1. 賊追急，短兵接。

短兵謂刀劍也。《楚辭》曰：“車錯轂兮短兵接。（卷一上《光武帝紀》，14 頁）

三、天問

1. 伊考自邃古，乃降戾爰茲。

邃古猶遠古也。《楚詞》曰：“邃古之初。”③（卷四十下《班彪列傳》，934 頁）

---

①“於”上今有“兮”字。

②“於”上今有“兮”字。

③“之初”句之“邃”今作“遂”。

2.俯鈎深於重淵，仰探遠乎九乾。

九乾謂天有九重也。《離騷·天問》曰："圓則九重，孰營度之？"①（卷五十二《崔駰列傳》，1153頁）

3.淹栖遲以恣欲兮，耀靈忽其西藏。

耀靈，日也。《楚辭》曰："耀靈安藏。"②言年歲之蹉跎也。（卷五十九《張衡列傳》，1296頁）

4.登蓬萊而容與兮，鼇雖抃而不傾。

鼇，大龜也。……抃音皮媛反。《楚辭》曰："鼇戴山抃。"《説文》："抃，拊手也。"（卷五十九《張衡列傳》，1298頁）

5.然處九天之高，豈宜有顧戀之意。

《楚辭》曰："圓則九重，孰營度之？"③圓謂天也。（卷七十八《宦者列傳》，1708頁）

6.仲春之月，立高禖祠於城南，祀以特牲。

《月令章句》曰："……契母簡狄，蓋以玄鳥至日有事高禖而生契焉。故《詩》曰：'天命玄鳥，降而生商。'韣，弓衣也。祀以高禖之命，飲之以醴，帶以弓衣，尚使得男也。"《離騷》曰："簡狄在臺嚳何宜？玄鳥致貽女何嘉？"王逸曰："言簡狄侍帝嚳於臺上，有飛燕墮其卵，嘉而吞之，因生契。"④（卷九十四《禮儀上》，2106頁）

①"圓"今作"圜"，《補注》謂"圜，與圓同"。

②"安藏"句之"耀"今作"曜"。

③"圓"今作"圜"，《補注》謂"圜，與圓同"。

④兩"嘉"字今皆作"喜"，《考異》謂"一作嘉"；"墮"下今有"遺"字。

四、九章

(一)涉江

1. 其不遇也,則裸身大笑,被髮狂歌。

《楚詞》曰:"桑扈裸行。"①(卷五十三《申屠蟠列傳》,1183 頁)

(二)哀郢

1. 排飛闥而上出,若游目於天表,似無依之洋洋。

王逸注《楚辭》曰:洋洋,無所歸皃。②(卷四十上《班彪列傳》,905 頁。焉洋洋而爲客)

(三)抽思

1. 不勝狐死首丘之情,營魂識路之懷。

《禮·檀弓》曰:"古人有言,狐死正首丘,仁也。"《楚詞》曰:"願徑逝而未得,魂識路之煢煢。"③《老子》曰"載營魄",猶營魂也。(卷十六《鄧寇列傳》,419 頁)

五、遠遊

1. 悲時俗之險阨兮,哀好惡之無常。

①"裸"今作"羸",《考異》謂"一作裸"。

②"皃"今作"貌"。

③"魂"今作"蒐";"煢煢"今作"營營"。

時既險薄，所以好惡不同。《楚詞》曰“悲時俗之迫阸”也。①（卷二十八下《馮衍傳》，663 頁）

2. 飲六醴之清液兮，食五芝之茂英。

六醴，蓋六氣也。《楚詞》曰：“餐六氣而飲沆瀣。”（卷二十八下《馮衍傳》，672 頁）

3. 原野蕭條，目極四裔。

《楚詞》曰：“山蕭條而無獸。”（卷四十上《班彪列傳》，908 頁）

4. 是以王綱縱弛於上，智士鬱伊於下。

鬱伊，不申之貌。《楚詞》曰“獨鬱伊而誰語”也。②（卷五十二《崔駰列傳》，1164 頁）

5. 旦余沐於清原兮，晞余髮於朝陽。

晞，乾也。朝陽，日也。《爾雅》曰：“山東曰朝陽。”《楚辭》曰“朝濯髮於陽谷，夕晞余身乎九陽”也。③（卷五十九《張衡列傳》，1297 頁）

6. 噏青岑之玉醴兮，餐沆瀣以爲糧。

《楚辭》曰：“餐六氣而飲沆瀣。”王逸注云：“沆瀣，夜半氣也。④（卷五十九《張衡列傳》，1298 頁）

7. 望寒門之絶垠兮，縱余緤乎不周。

《淮南子》曰：“北極之山，曰寒門。”《楚辭》曰：“踔絶垠乎寒門。”⑤垠音玉巾反。《廣雅》曰：“垠，咢也。”……“垠”或作“限”

①“阸”今作“阨”。

②“伊而”今作“結其”。

③“陽谷”今作“湯谷”；“夕晞余身乎九陽”今作“夕晞余身兮九陽”，《考異》謂“兮，一作乎”。

④“夜半”上今有“北方”二字。

⑤“踔”今作“逴”，《考異》謂“《釋文》作踔”。

也。(卷五十九《張衡列傳》,1304 頁)

六、卜居

1.贊曰:悃悃安豐,亦稱才雄。

《楚詞》曰"悃悃款款"也。① 王逸注曰:"志純一也"。亦猶實也。(卷二十三《竇融列傳》,549 頁)

2.文君爲我端蓍兮,利飛遁以保名。

端,正也。《楚辭》曰:"詹尹端策拂龜。"②(卷五十九《張衡列傳》,1296 頁)

七、漁父

1.懼獨含恨以葬江魚之腹,無以自别於世。

屈原曰:"寧赴湘流,葬江魚之腹"也。③(卷十六《鄧寇列傳》,419 頁)

2.故聖人能與世推移,而俗士苦不知變。

《楚詞·漁父》曰"聖人不凝滯於物,而與時推移"也。④(卷五十二《崔駰列傳》,1166 頁)

3.斯固以滑泥揚波,同其流矣。

①"款款"今作"欵欵",《考異》謂"欵,一作款"。

②"尹"下今有"乃"字。

③"葬"下今有"於"字;"腹"下今有"中"字。

④"而"下今有"能"字;"時"今作"世"。

滑,混也。《楚詞》:"何不滑其泥而揚其波。"①滑音古没反。(卷五十三《周燮列傳》,1175 頁)

4. 時年饑兵興,操表制酒禁,融頻書争之,多侮慢之辭。

《融集》與操書云:"酒之爲德久矣。古先哲王,類帝禋宗,和神定人,以濟萬國,非酒莫以也。……故酈生以高陽酒徒,著功于漢;屈原不餔醩啜醨,取困於楚。由是觀之,酒何負於政哉?"(卷七十《孔融列傳》,1536 頁。何不餔其糟而歠其釃)

5. 若使苟欲滑泥揚波,偷榮求利,則進可以享竊禄位,退無門户之患。

滑,混也。《楚詞》:"滑其泥,揚其波。"②(卷七十四上《袁紹列傳》,1612 頁。何不淈其泥而揚其波)

八、九辯

1. 撫軨軹而還睨兮,心灼藥其如湯。

軨音零。《説文》曰:"車輜間横木也。"《楚辭》曰:"倚結軨兮太息。"③(卷五十九《張衡列傳》,1308 頁)

2. 對曰:"劉勝位爲大夫,見禮上賓,而知善不薦,聞惡無言,隱情惜己,自同寒蟬,此罪人也。

寒蟬謂寂默也。《楚詞》曰:"悲哉秋之爲氣也,蟬寂漠而無聲。"④(卷六十七《黨錮列傳》,1485 頁)

---

①"滑"今作"淈"。

②"滑"今作"淈"。

③"兮"下今有"長"字,《考異》謂"一無'長'字"。

④"寂漠"今作"宋漠",《考異》謂"一作寂寞"。且此兩句今本位置不在一起。

3. 九重既不可啓，又群吠之狺狺。

《楚辭》曰："豈不思夫君兮？君之門以九重。猛犬狺狺以迎吠，關梁閉而不通。"①狺音銀。（卷八十下《文苑列傳》，1776 頁）

4. 諸車之文：乘輿，倚龍伏虎，櫎文畫輈，龍首鸞衡，重牙班輪，升龍飛軨。

薛綜曰："飛軨，以緹油廣八寸，長注地，畫左蒼龍右白虎，系軸頭。二千石亦然，但無畫耳。"盧植《禮記》注曰："軨，轄頭靼也。"《楚辭》云"倚結軨兮太息"，王逸注曰："重較也"。② 李尤《小車銘》曰："軨之嗛虛，疏達開通。"（卷一一九《輿服上》，2495 頁）

九、招蒐

1. 開歲發春兮，百卉含英。

開、發，皆始也。《爾雅》曰："春爲發生。"卉，草也。《楚詞》曰："獻歲發春兮。"（卷二十八下《馮衍傳》，663 頁）

2. 甲子之朝兮，汩吾西征。

汩，行貌。《楚詞》曰："汩吾南征。"汩音於筆反。（卷二十八下《馮衍傳》，663 頁）

3. 性嗜酒，能挽滿、彈棋、格五、六博、蹴鞠。

《楚詞》曰："琨蔽象棋有六博。"王逸注云："投六著，行六棋，故云六博。"③鮑宏《博經》曰："用十二棋，六棋白，六棋黑。所擲

---

①"思夫君兮"今作"鬱陶而思君兮"；"以迎"今作"而迎"。

②"兮"下今有"長"字，《考異》謂"一無'長'字"。王逸注文今作"伏車重軾，而涕泣也"。

③"琨"今作"菎"，《考異》謂"一作琨"；兩"棋"字今皆作"棊"；兩"博"字今皆作"簙"，《考異》謂"一作博"；"著"今作"箸"；"故云"今作"故爲"。

頭謂之瓊。瓊有五采,刻爲一畫者謂之塞,刻爲兩畫者謂之白,刻爲三畫者謂之黑,一邊不刻者五塞之間,謂之五塞。”(卷三十四《梁統列傳》,790 頁)

4. 於是左城右平,重軒三階。

王逸《楚辭》注曰:“軒,樓板也。①(卷四十上《班彪列傳》,903 頁。檻層軒些)

5. 夕則消摇内階,咏《詩》南軒。

《楚詞》:“高堂邃宇,鏤檻層軒。”王逸注云:“軒,樓板也。”②(卷六十四《延篤列傳》,1424 頁)

6. 連緩耳,瑣雕題。

《禮記》曰:“南方曰蠻,雕題交趾。”鄭玄注曰:“謂刻其身以丹青涅之也。”王逸注《楚詞》曰:“雕,畫也。題,額也。”(卷八十上《文苑列傳》,1756 頁。雕題黑齒)

7. 齊倡列,鄭女羅。

《楚辭》曰:“二八齊容起鄭舞。”(卷八十下《文苑列傳》,1784 頁)

十、大招

1. 咸姣麗以蠱媚兮,增嫮眼而蛾眉。

嫮音胡故反,好貌也。《楚辭》曰“嫮目宜笑”也。(卷五十九《張衡列傳》,1305 頁)

---

①“板”今作“版”。

②今本“檻”上無“鏤”字;“板”今作“版”。

十一、七諫

(一)沈江

1. 雷震虎步,并集虜廷,若舉炎火以焚飛蓬。

《楚詞》曰:"離憂患而乃寤,若縱火於秋蓬。"(卷七十四上《袁紹列傳》,1621 頁)

(二)怨世

1. 非惜身之埳軻兮,憐衆美之憔悴。

《楚詞》曰:"然埳軻而留滯。"王逸曰:"埳軻,不遇也。"①(卷二十八下《馮衍傳》,673 頁)

(三)自悲

1. 以此言之,士有懷琬琰以就煨塵者,亦何可支哉!

琬琰,美玉也。《楚詞》曰:"懷琬琰以爲心。"(卷二十三《竇融列傳》,548 頁)

(四)謬諫

1. 并日夜而幽思兮,終悇憛而洞疑。

《楚詞》云:"心悇憛而懷惑。"②《廣蒼》云:"悇憛,禍福未定也。"悇音它乎反,憛音它紺反。本或作"恅慒",恅音丑加反,慒音丑制反,未定也。(卷二十八下《馮衍傳》,666 頁)

---

①王逸注文"埳"作"轗",《考異》謂"埳,一作轗"。

②"懷惑"今作"煩冤"。

十二、九懷

(一)昭世

1. 宋愚夫亦寶燕石,緹紹十重。

緭音襲。緹,赤色繒也。《楚詞》曰:"襲英衣兮緹緭。"謂鮮明之衣。(卷四十八《應奉列傳》,1089 頁)

(二)陶壅

1. 亦有筆不點牘,辭不辯心,假手請字,妖僞百品,莫不被蒙殊恩,蟬蛻滓濁。

《説文》曰:"蛻,蟬蛇所解皮也。"蛻音式鋭反。《楚詞》曰:"濟江海兮蟬蛻。"或音它外反。(卷七十七《酷吏列傳》,1689 頁)

(三)株昭

1. 況臣奉大漢之威,而無鈆刀一割之用乎?

賈誼曰:"莫邪爲鈍兮,鈆刀爲銛。"《楚詞》曰:"捐棄太阿,寶鈆刀兮。"①(卷四十七《班梁列傳》,1063 頁)

十三、九歎

(一)惜賢

1. 屬箕伯以函風兮,澄淟涊而爲清。

淟音它典反。涊音乃典反。《楚辭》曰:"切淟涊之流俗。"王

① 今作"鉛刀厲御兮,頓弃太阿"。

逸注曰:"洪涊,垢濁也。"(卷五十九《張衡列傳》,1308 頁)

(二)愍命

1. 氛旄溶以天旋兮,霓旌飄而飛揚。

溶音勇。王逸注《楚辭》曰:"溶,廣大貌也。"①(卷五十九《張衡列傳》,1308 頁。心溶溶其不可量兮)

(三)遠遊

1. 坐太陰之屏室兮,慨含欷而增愁。

太陰,北方極陰之地也。《楚詞》曰:"選鬼神於太陰。"(卷五十九《張衡列傳》,1304 頁)

十四、九思

(一)悼亂

1. 冠履倒易,陵谷代處。

《楚詞》曰:"冠履兮雜處。"②(卷五十四《楊震列傳》,1203 頁)

---

① 今作"溶溶,廣大貌也"。

② 今作"冠屨兮共絇"。

漢魏六朝筆記小説[1]

總論

1. 及其序屈原、賈誼，辭旨抑揚，悲而不傷，亦近代之偉才。(《西京雜記・司馬良史》，103 頁)

2. 楚懷王之時，舉群才賦詩於水湄，故云瀟湘洞庭之樂，聽者令人難老，雖《咸池》《九韶》，不得比焉。每四仲之節，王嘗繞山以游宴，各舉四仲之氣以爲樂章。仲春律中夾鐘，乃作輕風流水之詩，宴於山南；律中蕤賓，乃作皓露秋霜之曲。後懷王好進奸雄，群賢逃越。屈原以忠見斥，隱於沅湘，披蓁茹草，混同禽獸，不交世務，采柏實以合桂膏，用養心神；被王逼逐，乃赴清泠之水。楚人思慕，謂之水仙。其神游於天河，精靈時降湘浦。楚人爲之立祠，漢末猶在。(《拾遺記》卷十"洞庭山"，563 頁)

3. 相傳云：原投川之日，乘白驥而來。(《異苑・汨潭馬迹》，

[1] 本篇輯録漢魏小説據上海古籍出版社編《漢魏六朝筆記小説大觀》本，上海古籍出版社，1999 年版。另，本書所收《山海經》因本輯録另有《山海經箋疏》所載《楚辭》之輯録，故本篇不再著録。

597 頁)

一、離騷

1. 或剪以爲衣,或折以蔽日,以爲戲弄。《楚辭》所謂'折芰荷以爲衣',①意在斯也。(《拾遺記》卷六"前漢下",529 頁)

2. 王孝伯言:"名士不必須奇才,但使常得無事,痛飲酒,熟讀《離騷》,便可稱名士。"(《世説新語·任誕》,954 頁)

3. 勇邁終古。(原注:終古,往古也。《楚辭》曰:"吾不能忍此終古也。")②(《世説新語·排調》,963 頁)

二、九歌

(一)少司命

1. (吕球)見一少女,乘船采菱,舉體皆衣荷葉。因問:"姑非鬼邪? 衣服何至如此?"女則有懼色,答云:"子不聞'荷衣兮蕙帶,倏而來兮忽而逝'乎?"③(《幽明録》,723 頁)

2. 王司州在謝公坐,咏"入不言兮出不辭,乘回風兮載雲旗"。(原注:《離騷·九歌·少司命》之辭。)語人云:"當爾時,覺一坐無人"。(《世説新語·豪爽》,915 頁)

---

①"折芰"之"折"今作"製"。

②"吾不"今作"余焉";"此"上今有"與"字。

③"倏"今作"儵",《考異》謂"一作倏"。

三、卜居

1.(東方)朔對曰:"……彼何不升其堂,飲其漿,泛泛如水中之鳧,與彼俱游?①(《殷芸小説》卷二,1026 頁)

四、漁父

1.(東方)朔對曰:"臣聞賢者居世,與時推移,不凝滯於物。"②(《殷芸小説》卷二,1026 頁)

①"泛泛"句今作"將氾氾若水中之鳧乎",《考異》謂"氾,一作泛,一無'乎'字"。
②"與時"句今作"聖人不凝滯於物,而能與世推移"。

《三國志》及其舊注[①]

一、離騷

1. 遣使者持節，假鮮卑單于璽，封拜邊民，誘呼鮮卑，侵擾北方。

《魏書》曰：……盡忠竭節，還被患禍。《小弁》之作，《離騷》之興，皆由此也。（卷八《魏書·二公孫陶四張傳》，216 頁）

二、漁父

1. 狹屈氏之常醒，濁漁父之必醉，溷柳季之卑辱，褊夷叔之高懟。（卷四十二《蜀書·杜周杜許孟來尹李譙郤傳》，863 頁）

三、九辯

1. 屈平曰："國有驥而不知乘，焉皇皇而更索！"[②]（卷十九《魏書·任城陳蕭王傳》，476 頁）

---

①陳壽撰，裴松之注《三國志》，中華書局，2011 年版。

②"乘"今作"棄"。

《水經注》[①]

一、離騷

1. 又東過秭歸縣之南。

袁山松曰:屈原有賢姊,聞原放逐,亦來歸,喻令自寬。全鄉人冀其見從,因名曰秭歸,即《離騷》所謂女嬃嬋媛以詈余也。……縣東北數十里有屈原舊田宅,雖畦堰縻漫,猶保屈田之稱也。縣北一百六十里有屈原故宅,累石爲室基,名其地曰樂平里。宅之東北六十里有女嬃廟,擣衣石猶存。故《宜都記》曰:秭歸蓋楚子熊繹之始國,而屈原之鄉里也。原田宅于今具存。指謂此也。(卷三十四《江水》,791 頁。女嬃之嬋媛兮,申申其詈予)

二、九歌

(一)湘夫人

1. 又東過作唐縣北。

---

①酈道元《水經注》,據陳橋驛《水經注校證》本,中華書局,2007 年版。

澧水又東南注于沅水,曰澧口。蓋其枝瀆耳。《離騷》曰:沅有芷兮澧有蘭。[①](卷三十七《澧水》,868 頁)

三、天問

1. 若水出蜀郡旄牛徼外,東南至故關,爲若水也。

《淮南子》曰:若木在建木西,木有十華,其光照下地。故屈原《離騷·天問》曰"羲和未陽,若華何光"是也。[②] 然若木之生非一所也,黑水之間,厥木所植,水出其下,故水受其稱焉。(卷三十六《若水》,824 頁)

2. 東北入于鬱。

《林邑記》曰:漢置九郡,儋耳與焉。民好徒跣,耳廣垂以爲飾,雖男女褻露,不以爲羞。暑褻薄日,自使人黑,積習成常,以黑爲美,《離騷》所謂玄國矣。(卷三十六《温水》,840 頁。黑水玄趾)

四、九章

(一)涉江

1. 沅水出牂柯且蘭縣,爲旁溝水,又東至鐔成縣,爲沅水,東過無陽縣。

辰水又徑其縣北,舊治在辰水之陽,故即名焉。《楚辭》所謂夕宿辰陽者也,王莽更名會亭矣。(卷三十七《沅水》,868 頁。夕

①今作"沅有茝兮醴有蘭",《考異》謂"茝,一作芷。醴,一作澧"。

②今本"和"下有"之"字;"陽"今作"揚",《考異》謂"一作陽"。

宿辰陽)

(二)哀郢

1. 夏水出江津于江陵縣東南。

江津豫章口東有中夏口,是夏水之首,江之汜也。屈原所謂"過夏首而西浮,顧龍門而不見"也。龍門,即郢城之東門也。(卷三十二《夏水》,754 頁)

(三)懷沙

1. 又北過羅縣西,潤水從東來流注。

汨水又西爲屈潭,即汨羅淵也。屈原懷沙,自沈于此,故淵潭以屈爲名。昔賈誼、史遷,皆嘗徑此,弭檝江波,投吊于淵。淵北有屈原廟,廟前有碑,又有《漢南太守陳堅碑》,寄在原廟。(卷三十八《湘水》,897 頁)

五、漁父

1. 又東北流,又屈東南,過武當縣東北。

《地説》曰:水出荆山,東南流爲滄浪之水,是近楚都。故《漁父歌》曰:滄浪之水清兮,可以濯我纓;滄浪之水濁兮,可以濯我足。① 余按《尚書·禹貢》言:導漾水,東流爲漢,又東爲滄浪之水。不言過而言爲者,明非他水決入也。蓋漢沔水自下有滄浪通稱耳。纏絡鄢、郢,地連紀、都,咸楚都矣。漁父歌之,不違水地,考按經傳,宜以《尚書》爲正耳。(卷二十八《沔水》,659 頁)

---

①"我"今皆作"吾",《考異》謂"一作我"。

2. 又東至江夏雲杜縣，入于沔。

鄭玄注《尚書》，滄浪之水，言今謂之夏水。來同，故世變名焉。劉澄之著《永初山川記》云：夏水，《古文》以爲滄浪，漁父所歌也。因此言之，水應由沔。今按夏水是江流沔，非沔入夏。假使沔注夏，其勢西南，非《尚書》又東之文。余亦以爲非也。（卷三十二《夏水》，755 頁。滄浪之水清兮，可以濯吾纓；滄浪之水濁兮，可以濯吾足）

六、招魂

1. 鮑丘水從塞外來，南過漁陽縣東。

又西北徑伏凌山南，與石門水合，水出伏凌山，山高峻，岩鄣寒深，陰崖積雪，凝冰夏結，事同《離騷》峨峨之咏，故世人因以名山也。（卷十四《鮑丘水》，339 頁。增冰峨峨，飛雪千里些）

《北堂書鈔》①

總論

1.天有七衡

《楚辭》云:周天有七衡六間者,相去萬九千八百三十三里,三分里之一合十一萬九千里。②(卷一四九,《天一》,74 頁)

2.雲旗逶迤

離騷。③(卷一六,《巡行五十三》,113 頁)

3.駕八龍

楚辭。④(卷一六,《巡行五十三》,113 頁)

4.矐雀

①虞世南撰《北堂書鈔》,據《續修四庫全書》孔廣陶校注本,即 1212 册本(卷一至卷一百三十六)、1213 册本(卷一三七至卷一六〇)。但孔廣陶等校注内容不另録。

②該内容見於《孝經援神契》非《楚辭》。

③分别見於《離騷》"載雲旗之委蛇",《九歌·東君》"載雲旗兮委蛇",《遠遊》"載雲旗之逶蛇",《九辯》"載雲旗之委蛇兮"。

④分别見於《離騷》"駕八龍之婉婉兮",《遠遊》"駕八龍之婉婉兮",《九懷·陶壅》"駕八龍兮連蜷"。

《楚辭》云:煎鰿臛雀,遽爽存。鵠酸臇凫,煎鴻鶬。① (卷一四四,《臛篇五》,45 頁)

一、離騷

1. 把黄鉞行誅

《楚辭》云:后辛之葅醢兮,殷宗用而不長。王逸注曰:言紂爲無道,武王把黄鉞行天討者也。② (卷一二四,《斧鉞四十二》,569 頁)

2. 瓊佩蹇偃

《楚辭》云:何瓊佩之偃蹇兮,衆薆然而蔽之。(卷一二八,《佩十六》,588 頁)

3. 紉秋蘭以爲佩

《楚辭》云"扈江離與薜荔兮"③云云,王逸注:紉,索也。蘭者,香草也。④ (卷一二八,《佩十六》,588 頁)

4. 解佩結言

《楚辭》云:盍吾遊此春宫兮,折瓊枝以繼佩。解佩纕以結言兮,吾令蹇修以爲理。⑤ (卷一二八,《佩十六》,588 頁)

---

①"煎鰿"句見《大招》篇,"鵠酸"句見《招魂》篇;"鰿"今作"鰿";"臛"今作"膗",《考異》謂"一作臛"。

②"葅"今作"菹",《考異》謂"一作葅";王逸注文今作"言紂爲無道,殺比干,醢梅伯。武王杖黄鉞,行天罰,殷宗遂絶,不得長久也。"

③"薜荔"今作"辟芷"。

④今本王逸注無"者"字。

⑤"盍"今作"溘";"修"今作"脩"。且"折瓊"句與"解佩"句之間脱"及榮華之未落兮,相下女之可詒。吾令豐隆椉雲兮,求宓妃之所在"等句。

5. 製芰荷

又云:製芰荷以爲衣,集芙蓉以爲裳。①(卷一二九,《衣二十》,592 頁)

6. 集芙蓉以爲裳

《楚辭》云:集芙蓉以爲裳。②(卷一二九,《裳二十一》,593 頁)

7. 採薜荔以爲裳

又云:採薜荔以爲裳。③(卷一二九,《裳二十一》,593 頁)

8. 精瓊靡以爲粻

《楚辭》云:精瓊靡以爲粻。注云:精鑿玉屑以爲飯。④(卷一四四,《飯篇二》,43 頁)

9. 折瓊枝以爲羞

《楚辭》云:折瓊枝以爲羞。注云:羞,脯也。(卷一四五,《脯篇十六》,53 頁)

10. 月馭

《楚辭》云:吾令望舒先駈兮。注曰:望舒,月馭。⑤(卷一五〇,《月四》,79 頁)

11. 墜露

《楚辭》云:朝飲木蘭之墜露。(卷一五二,《露篇二十》,93 頁)

12. 椒丘

《楚辭》云:步余馬於蘭皋兮,馳椒丘且焉止息。(卷一五七,

①"集"今作"纍",《考異》謂"一作集"。
②"集"今作"纍",《考異》謂"一作集"。
③"採薜荔"今作"纍芙蓉"。
④"靡"今作"爢";注文今作"精鑿玉屑,以爲儲糧"。
⑤"吾令"今僅作"前";"先駈"上今有"使"字,"駈"今作"驅";"月馭"今作"月御"。

《丘篇二》,121 頁)

二、九歌

(一)東皇太一

1. 瑶席

《楚辭》云:瑶席兮玉鎮。① (卷一三三,《席十九》,621 頁)

2. 蕙肴

《楚辭》云:蕙肴蒸兮蘭藉,奠桂酒兮椒漿。(卷一四二,《惣篇一》,35 頁)

3. 椒漿

《楚辭》云:蕙肴蒸兮蘭藉,奠桂酒兮椒漿。注曰:以椒置漿内也。② (卷一四四,《漿篇七》,46 頁)

4. 桂酒

《楚辭》云:蕙肴兮蘭籍,奠桂酒兮椒漿。注曰:切桂置酒内。③ (卷一四八,《酒六十》,67 頁)

(二)雲中君

1. 采衣

《楚辭》云:采云兮若英。④ (卷一二九,《衣二十》,591 頁)

---

①"鎮"今作"瑱",《考異》謂"一作鎮"。

②"漿内"今作"漿中"。

③"蕙肴"下今有"蒸"字;"籍"今作"藉";"酒内"今作"酒中"。

④"采"上今有"華"字;"采云"今作"采衣"。

（三）湘君

1. 蘭旌

《楚詞》云：荃橈兮蘭爲旌。注曰：蘭爲旌旗，動以香潔自修飾之也。①（卷一二〇，《旌十九》，547 頁）

2. 遺佩澧浦

《楚辭》云：捐余玦兮江中，遺余佩兮澧浦。②（卷一二八，《佩十六》，588 頁）

3. 桂舟

《楚辭》曰：美要眄兮宜修，沛吾乘兮桂舟。注云：屈原自謂乘桂木之舟，沛然香潔也。③（卷一三七，《舟揔篇一》，2 頁）

4. 蘭枻

《楚辭》云：桂櫂兮蘭枻，斲冰兮積雪。（卷一三八，《檝十四》，8 頁）

5. 荃橈

又云：荃橈兮蘭旌。④（卷一三八，《檝十四》，8 頁）

（四）湘夫人

1. 嫋嫋

《楚辭》云。（卷一五一，《風篇十六》，89 頁。嫋嫋兮秋風）

---

①"荃"今作"蓀"，《考異》謂"一作荃"；"荃橈"句今本無"爲"字；注文今本無"之"字。

②"澧"今作"醴"，《考異》謂"一作澧"。

③"眄"今作"眇"；注文今作"言己雖在湖澤之中，猶乘桂木之船，沛然而行，常香淨也。"

④"荃"今作"蓀"，《考異》謂"一作荃"。

2. 嫋嫋秋風

《楚辭》云:嫋嫋兮秋風,洞庭波兮木葉下。(卷一五四,《秋篇九》,104 頁)

(五)大司命

1. 玉佩陸離

又云:雲衣兮披披,玉佩兮陸離。①(卷一二八,《佩十六》,588 頁)

(六)少司命

1. 翠旌

《楚辭》云:孔蓋兮翠旌,登九天兮撫彗星。②(卷一二〇,《旌十九》,547 頁)

2. 荷衣蕙帶

《楚辭》云:荷衣兮蕙帶。(卷一二九,《衣二十》,592 頁)

3. 秋蘭紫莖

《楚辭》云:秋蘭兮青青,緑葉兮紫莖。(卷一五四,《秋篇九》,104 頁)

(七)東君

1. 會舞合節

《楚辭·九歌》云:展詩兮會舞,應律兮合節。(卷一〇七,《舞篇三》,498 頁)

---

①"雲衣"今作"靈衣";"披披"今作"被被",《考異》謂"一作披"。

②"旌"今作"旍",《考異》謂"一作旌"。

2. 絙瑟交鼓

《楚辭》云：絙瑟兮交鼓。① （卷一〇九，《瑟九》，503 頁）

3. 瑶簴

《楚辭·九歌》云：簫鐘兮瑶簴。② （卷一一一，《笱簴二十六》，513 頁）

4. 載雲委移

《楚辭》云：駕龍髯兮乘雷，載雲旗兮委移。③ （卷一二〇，《旗十八》，545 頁）

5. 雲衣蜺裳

又云：青雲衣兮白蜺裳。④ （卷一二九，《衣二十》，592 頁）

6. 白蜺

《楚辭》云：青雲衣兮白蜺裳。⑤ （卷一二九，《裳二十一》，593 頁）

7. 暾將出東方

《楚辭》云：暾將出兮東方，照吾檻兮扶桑。（卷一四九，《日二》，76 頁）

（八）河伯

1. 荷蓋

《楚辭》云：乘水車兮荷蓋，駕兩龍兮驂螭。（卷一三四，《蓋二十三》，627 頁）

①“絙”今作“緪”，《考異》謂“一作絙”。

②“鐘”今作“鍾”。

③“髯”今作“輈”；“委移”今作“委蛇”。

④“白蜺”今作“白霓”。

⑤“白蜺”今作“白霓”。

2. 荷蓋

《楚辭》云:乘水車兮荷蓋,駕兩龍兮驂螭。(卷一四一,《蓋二十三》,32 頁)

(九)國殤

1. 蔽日

《楚辭》曰:旌蔽日兮敵若雲,矢交隊兮士争先。①(卷一二〇,《旌十九》,547 頁)

2. 吴戈

《楚辭》云:操吴戈兮被光甲,車錯轂兮短兵接。②(卷一二三,《戈三十七》,565 頁)

3. 錯轂

《楚辭》云:操吴戈兮被犀甲,車錯轂兮短兵接。(卷一四一,《轂十五》,30 頁)

三、天問

1. 師望鼓刀揚聲

《楚辭》云:師望在肆,昌何識? 鼓刀揚聲,后乃喜。③(卷一二三,《刀三十五》,563 頁)

2. 彭鏗斟雉,帝何饗

《楚辭》云:彭鏗斟雉,帝何饗。注曰:彭祖斟雉羹事帝堯,帝

①"隊"今作"墜"。

②"光甲"今作"犀甲"。

③"乃"今作"何"。

堯得羹而饗之也。[①]（卷一四四,《羹篇四》,45 頁）

3. 天有八柱

《楚辭》云:八柱何當,東南何虧。注曰:言天有八山爲柱。(卷一四九,《天一》,74 頁)

4. 天圜九重

又云:圜則九重,孰營度之。注曰:言天九圜而重,誰營度而知之。[②]（卷一四九,《天一》,74 頁）

5. 若華

《楚辭》云:若華何照。[③]《淮南子》注云:若木端有十日,狀如連珠華光也。(卷一四九,《日二》,76 頁)

6. 顧菟

《楚辭》云:夜光何得,死則又育。厥利維何,顧菟在腹。[④]（卷一五〇,《月四》,79 頁）

四、九章

(一)惜誦

1. 願陳忠而無路。[⑤]（卷一〇〇,《諫諍二十二》,470 頁）

2. 懲羹吹虀

---

①注文今作"彭鏗,彭祖也。好和滋味,善斟雉羹,能事帝堯,堯美而饗食之"。

②注文今作"言天圜而九重,誰營度而知之乎"。

③"照"今作"光"。

④"得"今作"德";"顧"上今有"而"字。

⑤"陳忠"今作"陳志"。

《楚辭》云：懲於羹者而吹韲。注曰：有歡羹而熱，心内懲之也。① （卷一四四，《羹篇四》，45 頁）

3. 懲於羹而吹齊

《楚辭》云：懲於羹而吹齊。注曰：有歡也。② （卷一四六，《齊三十七》，61 頁）

（二）涉江

1. 長鋏陸離

《楚辭》云：余幼好此奇服，年既老而不衰。帶長鋏之陸離，冠青雲之崔巍。③ 注曰：長鋏，劍名。（卷一二二，《劍三十四》，559 頁）

2. 舩容與而不進

《楚辭》云：舩容與而不進，奄迴水以凝滯。④ （卷一三七，《舟揔篇一》，4 頁）

3. 紛飛其無垠

《楚辭》云：霰雪紛飛其無垠。⑤ （卷一五二，《霰篇二十一》，94 頁）

（三）懷沙

1. 草木莽莽

---

①"韲"今作"整"，《考異》謂"一作韲"；注文今作"言人有歡羹而中熱，心中懲忩"。

②"羹"下今有"者"字，《考異》謂"一無'者'字"；"齊"今作"整"，注文今作"言人有歡羹而中熱，心中懲忩，見整則恐而吹之，言易改移也。"

③"青雲"今作"切雲"；"巍"今作"嵬"，《考異》謂"一作巍"。

④"舩"今作"船"；"奄"今作"淹"；"迴"今作"回"；"以"今作"而"；"凝"今作"疑"，《考異》謂"一作凝"。

⑤今本無"飛"字。

《楚辭》云：滔滔孟夏，草木莽莽。滔滔，成陽皃。①（卷一五四，《夏篇八》，103 頁）

（四）思美人

1. 繽紛掩轉，萎絶離異

又云：佩繽紛其掩轉，遂萎絶而離異。②（卷一二八，《佩十六》，588 頁）

2. 開春發歲

《楚辭》云：開春發歲兮，白日出之悠悠。（卷一五三，《歲篇五》，99 頁）

3. 開春發歲

《楚辭》云：開春發歲。（卷一五四，《春篇七》，100 頁。開春發歲兮）

（五）惜往日

1. 陳情白行。（卷一〇〇，《諫諍二十二》，470 頁。願陳情以白行兮）

五、遠遊

1. 采五色

《楚辭》云：建雄虹之采旄，五色雜而炫耀。注曰：係綴蝃蝀，

①“成陽皃”今作“盛陽貌也”。

②“其”今作“以”，《考異》謂“一作其”；“掩”今作“繚”。

文采紛鋪。① （卷一二〇,《旍二十》,547 頁）

六、漁父

1. 漁父鼓枻

《楚辭》曰:屈原放逐,形容枯槁,顏色憔悴,被髮行歌,值漁父鼓枻而歌曰:"滄浪之水濁兮,可以濯我足。"②(卷一三八,《檝十四》,8 頁)

七、九辯

1. 無衣裘以禦寒

《楚辭》云:無衣裘以禦寒,恐溘死而不得見乎陽金。③ （卷一二九,《衣二十》,592 頁）

2. 涕沾軾

《楚辭》云:倚綺軨兮太息,涕潺湲兮沾軾。④ （卷一四一,《軾二十》,31 頁）

---

①"文采紛鋪"今作"文紛錯也"。

②"屈原放逐"今作"屈原既放";"形容枯槁,顏色憔悴"今作"顏色憔悴,形容枯槁";"被髮行歌"句今本無;"值漁父"句今作"漁父莞爾而笑,鼓枻而去,歌曰'滄浪之水清兮,可以濯吾纓;滄浪之水濁兮,可以濯吾足'"。《考異》謂"吾,一作我"。

③"禦"今作"御",《考異》謂"一作禦";"寒"今作"冬";今本無"而"字;"金"今作"春"。

④"綺"今作"結";"太息"上今有"長"字,《考異》謂"一無'長'字";"沾軾"上今有"下"字,《考異》謂"一本'霑'上無'下'字";"沾"今作"霑"。

3. 仰明月

《楚辭》云：仰明月而太息，步列宿之極明。①（卷一五〇，《月四》，79 頁）

4. 汎濫

《楚辭》云：何汎濫之浮雲，猋擁蔽此明月。②（卷一五〇，《雲七》，84 頁）

5. 皇天淫溢而秋霖后土何時而得乾

《楚辭》云。（卷一五一，《雨篇十七》，91 頁。皇天淫溢而秋霖兮，后土何時而得漧）

6. 嚴霜

《楚辭》云：秋既先戒以白露，冬又申之以嚴霜。（卷一五二，《霜篇十九》，93 頁）

7. 恢台夏益

《楚辭》。（卷一五四，《夏篇八》，103 頁。收恢台之孟夏兮）

8. 獨悲懔秋

《楚辭》云：皇天平分四時兮，竊獨悲此懔秋。③（卷一五四，《秋篇九》，104 頁）

9. 天高氣清

《楚辭》云：泬寥兮天高而氣清。（卷一五四，《秋篇九》，104 頁）

10. 鷰辭歸

《楚辭》：鷰翩翩其辭歸，雁嗈嗈而南遊。④（卷一五四，《秋篇

---

①"仰"今作"卬"，《考異》謂"一作仰"；"列宿"今作"列星"；"之"今作"而"。

②"汎"今作"氾"；"擁"今作"壅"。

③"懔"今作"廩"。

④"鷰"今作"燕"；"雁"今作"鴈"；"嗈嗈"今作"廱廱"，《考異》謂"一作嗈"。且二句之間脱"蟬宋漠而無聲"一句。

九》,104 頁)

11. 蟋蟀宵作

《楚辭》云:獨申旦而不寐,哀蟋蟀之宵作。① (卷一五四,《秋篇九》,105 頁)

八、招蒐

1. 奏大吕

《楚辭·招魂》云:吴歈蔡謳爲大吕。② (卷一〇六,《歌篇二》,493 頁)

2. 起鄭舞

《楚辭》云:二八齊容,起鄭舞。(卷一〇七,《舞篇三》,498 頁)

3. 梓瑟

《楚辭》云:鎢鐘摇簴,揳梓瑟些。③ (卷一〇九,《瑟九》,503 頁)

4. 女樂羅

《楚辭》云:肴羞未通,女樂羅。陳鍾接鼓,造新歌。《涉江》《採菱》,發《揚荷》。④ (卷一一二,《倡優二十八》,515 頁)

5. 放敶組纓

《楚辭》云:士女雜坐,亂而不分,放敶組纓,班其相紛。(卷一

①"作"今作"征"。

②"爲"今作"奏"。

③"鎢鐘"今作"鏗鍾",鏗,《釋文》作鎢。

④"陳"今作"敶",《考異》謂"一作陳";"鍾"今作"鐘";"接"今作"按";"採"今作"采"。

二七,《緵五》,582 頁)

6. 翡幬

《楚辭》云:翡帷翠幬,飾高堂。紅壁紗版,玄玉梁。①(卷一三二,《幬六》,615 頁)

7. 朱畫承塵

《楚辭》云:經堂入奧,朱塵筵。注曰:朱,丹也。塵,承塵也。下則有簟筵好席,可休息也。②(卷一三二,《承塵十四》,619 頁)

8. 翡翠

《楚辭》云:翡翠珠被,爛齊光些。(卷一三四,《被二十七》,631 頁)

9. 珠被

亦同"翡翠"注。(卷一三四,《被二十七》,631 頁。翡翠珠被,爛齊光些)

10. 濡鼈炮羔

《楚辭》云:濡鼈炮羔,有蔗醬。鵠酸臇鳧,煎鴻鶬。③(卷一四二,《惣篇一》,36 頁)

11. 和酸若苦,陳吴羹

《楚辭》云:和酸若苦,陳吴羹。注曰:吴人工作羹。(卷一四四,《羹篇四》,45 頁)

12. 瓊漿

《楚辭》云:瑶漿蠠勺,實羽觴。華酌既陳,有瓊漿。④(卷一

①"幬"今作"帳",《考異》謂"一作幬";"紗"今作"沙"。

②"塵,承塵也"下今有"筵,席也。《詩》云:肆筵設机。言升殿過堂,入房至室奥處,上則有朱畫承塵"等句;"可"下今有"以"字。

③"濡"今作"胹",《釋文》作濡;"蔗醬"今作"柘漿",《考異》謂"柘,一作蔗"。

④"蠠"今作"蜜",《考異》謂"古本蜜作'蠠'";且二句之間省略"挫糟凍飲,酎清涼些"句。

四四,《漿篇七》,46 頁)

13. 瑶漿

又云:粔籹密餌,有餦餭。瑶漿靐勺,實羽觴。注曰:粔籹,以密和麪作之①。勺,挹酒器也。(卷一四四,《漿篇七》,46 頁)

14. 辛甘之味,此發行之

《楚辭》云:大苦酸鹹,辛甘行。② 注曰:大苦,豉也。(卷一四六,《豉三十四》,59 頁)

15. 大苦

《楚辭》云。如上。(卷一四六,《豉三十四》,59 頁。大苦醎酸)

16. 蜜勺

《楚辭》云:粔籹蜜餌,有餦餭。瑶漿蜜勺,實羽觴。(卷一四七,《蜜四十一》,63 頁)

17. 天門九關

《楚辭》云:魂兮歸來,君無上天,虎豹九關,喙害下人。③(卷一四九,《天一》,74 頁)

18. 光風轉蕙

《楚辭》云。(卷一五一,《風篇十六》,89 頁。光風轉蕙,氾崇蘭些)

19. 獻歲發春

《楚辭》。(卷一五三,《歲篇五》,99 頁。獻歲發春兮)

---

①"密"今作"蜜";"靐"今作"蜜",《考異》謂"古本蜜作'靐'";注文今作"言以蜜和米麪熬煎作粔籹"。

②"酸鹹"今作"醎酸",《考異》謂"醎,一作鹹"。

③"魂"今作"魂";"喙"今作"啄"。

20. 獻歲發春

《楚辭》云。（卷一五四，《春篇七》，100 頁。獻歲發春兮）

21. 十日代出

《楚辭》云：十日代出，流金礫石。① 注曰：代，更也。（卷一五六，《熱篇二十六》，116 頁）

22. 流金鑠石

《楚辭》云，已具上。（卷一五六，《熱篇二十六》，116 頁。十日代出，流金鑠石）

九、大招

1. 芳澤

《楚辭》曰：粉白黛黑，施芳澤。長袂拂面，善留客。（卷一三五，《澤六十》，639 頁）

2. 瓊轂

《楚辭》云：瓊轂錯衡，英華假只。注曰：以玉飾轂者也。②（卷一四一，《轂十五》，30 頁）

3. 五穀六仞

《楚辭》云：五穀六仞，設菰粱。鼎臑盈望，和致芳。内鶬鴿鵠，味豺羹。魂兮歸來，恣所嘗。注曰：五穀，稻、稷、麥、豆、麻也。七尺曰仞，菰粱，蔣實也。③（卷一四二，《惣篇一》，34 頁）

---

①“礫”今作“鑠”。

②注文今本無“者也”二字。

③“鼎”今作“鼎”；“兮”今作“乎”；“來”今作“徠”；王注之“菰”今作“苽”。

4. 炙鴰蒸鳧

《楚辭》云：炙鴰蒸鳧，煔鶉陳。煎鰿臛雀，遽爽存。魂兮。① （卷一四二，《惣篇一》，36 頁）

5. 豺羹

《楚辭》云：餔鵠鴿鵠，味豺羹。②（卷一四四，《羹篇四》，45 頁）

6. 四酎

《楚辭》云：四酎并熟，不苦嗌只。清馨凍飲，不歠役只。吴醴白蘖，和楚瀝只。③（卷一四八，《酒六十》，65 頁）

7. 吴醴楚瀝

《楚辭》云：四酎并熟，不苦嗌。清馨陳飲，不歠役。吴醴白蘖，和楚瀝。④（卷一四八，《酒六十》，67 頁）

十、惜誓

1. 王喬擁瑟

《楚辭》云：少原之野，赤松王喬皆在旁。二子擁瑟而調均，余因稱乎清商。⑤（卷一〇九，《瑟九》，503 頁）

---

①"蒸"今作"烝"；"鳧"今作"鳧"；"陳"今作"𪉩"；"鰿"今作"鰿"；"臛"今作"𦞦"，《考異》謂"一作臛"；"魂兮"句今作"魂乎歸徠"。

②"餔"今作"内"。

③"熟"今作"孰"；"苦"今作"𤯷"；"飲"今作"歆"，《考異》謂"一作飲"；"蘖"今作"糱"。

④"熟"今作"孰"；"苦"今作"𤯷"；"陳"今作"凍"；"飲"今作"歆"，《考異》謂"一作飲"；"蘖"今作"糱"。

⑤"少原"上今有"乃至"二字，"野"今作"壄"，《考異》謂"一作野"。

2. 擁瑟調均

《楚辭》云：少原之野，赤松王喬皆在旁。二子擁瑟而調均兮，余因稱乎清商。① （卷一〇九，《瑟九》，503 頁）

3. 稱乎清商

《楚辭》云：赤松王喬擁瑟②，前具。（卷一〇九，《瑟九》，503 頁）

4. 日爲蓋

《楚辭》云：建日月以爲蓋兮，載玉女於後車。③ （卷一三四，《蓋二十三》，626 頁）

十一、招隱士

1. 春草萋萋

《楚辭》云：王孫游兮不歸，春草生兮萋萋。④ （卷一五四，《春篇七》，101 頁）

十二、七諫

（一）沈江

1. 連蕙若以爲佩

①"少原"上今有"乃至"二字；"野"今作"壄"，《考異》謂"一作野"。

②今作"赤松王喬皆在旁。二子擁瑟而調均兮"。

③"以"今作"目"。

④"游"今作"遊"，《考異》謂"一作游"。

又云:連蕙若以爲佩,過鮑肆而失香。① (卷一二八,《佩十六》,588 頁)

(二)謬諫

1. 鈆刀進御

《楚辭》云:鈆刀進御,遥棄太阿。② (卷一二三,《刀三十五》,564)

十三、哀時命

1. 願陳辭而效忠。③ (卷一〇〇,《諫諍二十二》,470 頁)

十四、九懷

(一)昭世

1. 華裳

《楚辭》:被華裳之芬芳。④ (卷一二九,《裳二十一》,593 頁)

2. 玉帶

《楚辭》云:撫余佩兮繽紛,高太息兮自憐。注云:持我玉帶,相糾結也。(卷一二九,《絡帶三十》,600 頁)

---

①"連"今作"聯";"若"今作"芷",《考異》謂"一作若"。

②"鈆"今作"鉛"。

③"願"今作"焉";"辭"今作"詞",《考異》謂"一作辭";"效"今作"効"。

④"被"今作"披";"之"今作"兮";"芬芳"今作"芳芬"。

十五、九歎

(一)逢紛

1.芙蓉

劉向《九歎》云:芙蓉蓋而菱華車。①(卷一三四,《蓋二十三》,627頁)

(二)憂苦

1.假簧以舒憂

《楚辭》云:願假簧以舒憂。(卷一一〇,《簧十六》,509頁)

十六、九思

(一)疾世

1.吮玉液

《楚辭》云:療飢止渴,啜玉精節。②(卷一四二,《惚篇一》,37頁)

①"菱"今作"蔆"。

②今作"吮玉液兮止渴,齧芝華兮療飢"。

《藝文類聚》[1]

總論

1. 日

《易》曰:“日月麗乎天。”又曰:“離爲日。”又曰:“日中則昃,月盈則食。天地盈虚,與時消息,而况於人乎?况於鬼神乎?”……《楚辭》曰:“暾將出兮東方,照吾檻兮扶桑。”②(原注:檻,楯也。)又曰:“角宿未旦,曜靈安藏?”(原注:角,東方星也。曜靈,日也。言東方未旦之時,藏其精光也。)③又《天問》曰:“羿焉畢日,烏焉解羽?”④又《招𤰆》曰:“十日並出,流金鑠石。”⑤(卷一《天部上》,4—6頁)

---

①歐陽詢撰,汪紹楹校《藝文類聚》,上海古籍出版社,1999年版。另,本篇輯録之際,原汪紹楹先生校語原樣録入,以見全貌。

②出自《九歌·東君》。“暾”今作“暾”。

③出自《天問》。今王逸注“角”下有“亢”字;“未”下有“明”字;“藏其精光也”今作“日安所藏其精光乎?”

④“畢”今作“彃”,《補注》謂:“《説文》云:彃,射也,音畢。”

⑤“並”今作“代”。

2. 月

《釋名》曰:"月,闕也。滿則缺也。晦,灰也。月(原注:《釋名》一作火。)死爲灰,月光盡似之也。朔,蘇也,月死復蘇生也。弦,月半之名也。其形一旁曲,一旁直,若張弓弦也。望,月滿之名也,日月遥相望者也。"……《楚辭》曰:"夜光何德,死而又育?厥利維何,顧兔在腹?"①又曰:"何泛濫之浮雲,欻擁蔽於明月!思耿耿而願見,然陰曀而不達。"②(卷一《天部上》,7—8頁)

3. 雲

《歸藏》曰:"有白雲出自蒼梧,入于大梁。"《周易》曰:"雲從龍。"又曰:"密雲不雨,自我西郊。"又曰:"坎爲雲。"……《兵書》曰:"韓雲如布,趙雲如牛,楚雲如日,宋雲如車,魯雲如馬,衛雲如犬,周雲如輪,秦雲如行人,魏雲如鼠,齊雲如絳衣,越雲如龍,蜀雲如囷。"《楚辭》曰:"雲霏霏而承宇。"又曰:"青雲衣兮白霓裳。"又曰:"冠青雲之崔嵬。"③(卷一《天部上》,13—14頁)

4. 風

《爾雅》曰:"四氣和爲通正,謂之景風。南風謂之凱風,東風謂之谷風,北風謂之涼風,西風謂之泰風。"……《楚辭》曰:"光風轉蕙汎崇蘭。"(原注:事具草部)④又曰:"嫋嫋兮秋風,洞庭波兮

---

①出自《天問》。"而"今作"則";今本"顧"前有"而"字;"兔"今作"菟",《考異》謂"一作兔",《補注》謂"菟,與兔同"。

②出自《九辯》。"泛"今作"氾",《補注》謂"氾與泛同";"欻"今作"猋";"擁"今作"壅";"於"今作"此";"思耿耿"今作"忠昭昭";"陰"今作"霒",《補注》謂"霒,音陰";"不"今作"莫"。

③《九章·涉江》《九歌·東君》《九章·涉江》。"冠青雲"今作"冠切雲"。

④出自《招魂》。"汎"今作"氾",《考異》謂"氾猶汎"。

木葉下。"①(卷一《天部上》,16—17 頁)

5. 雪

《語林》曰:"王子猷居山陰,大雪夜,眠覺。開室酌酒,四望皎然。因其徬徨,咏左思《招隱詩》,忽憶戴安道。時戴在剡溪,即便夜乘輕船就戴,經宿方至。既造門,不前便返。人問其故,王曰:'吾本乘興而行,興盡而返,何必見戴。'"《楚辭·招魂》曰:"魂兮來歸!北方不可以止。增冰峨峨,飛雪千里。"②又曰:"霰雪紛其無垠。"③又曰:"霰雪霏霏,糅其增加。"④又曰:"霰雪紛紛而薄木。"⑤又曰:"桂棹兮蘭枻,斲冰兮積雪。"⑥《釋名》曰:"雪,綏也。水下遇寒而凝,綏綏然下也。"(卷二《天部下》,22—23 頁)

6. 虹

《禮記·月令》曰:"季春之月,虹始見。孟冬之月,虹藏不見。"《釋名》曰:"虹,陽氣之動。虹,攻也。純陽攻陰氣也。"又曰:"夫人陰陽不合,婚姻錯亂,淫風流行。男女互相奔隨之時,此則氣盛,故以其盛時合之也。"《説文》曰:"霓,屈虹。青赤,或白色,陰氣也。"……《楚辭·天問》曰:"白蜺嬰茀,胡爲此堂?"(原注:蜺雲之有色,似龍。茀,白雲委蛇者也。⑦)又曰:"虹蜺紛其朝霞兮,

①《九歌·湘夫人》。

②"魂"今作"魂";"來歸"今作"歸來";"以"今作"目"。

③出自《九章·涉江》。

④出自《九辯》。"霏霏"今僅作"雰"。

⑤出自《九歎·遠逝》。今本"雪"上無"霰"字;"紛紛"今作"雰雰"。

⑥出自《九歌·湘君》。"棹"今作"櫂"。

⑦今王逸注作"蜺,雲之有色似龍者也。茀,白雲逶移若蛇者也"。

夕淫淫而霖雨。”①（卷二《天部下》，38－39 頁）

7. 春

《爾雅》曰：“春爲青陽，一曰發生。”《尚書》曰：“寅賓出日，平秩東作。日中星鳥，以殷仲春。”……《楚辭》曰：“獻歲發春兮，汩吾南征。菉蘋齊葉兮白芷生。”“湛湛江水兮上有楓，目極千里兮傷春心。”又曰：“開春發（原注：《楚辭·九章》“發”下有“歲”字。）兮，白日出之悠悠。吾且蕩志而愉樂兮，遵江夏以娱憂。”②又曰：“王孫遊兮不歸，春草生兮萋萋。”又曰：“青春受謝白日昭，春氣奮發萬物遽。”③（卷三《歲時上》，40－42 頁）

8. 夏

《爾雅》曰：“夏爲朱明，一曰長嬴。”《尸子》曰：“夏爲樂，南方爲夏。夏，興也。南，任也。是故萬物莫不任興，蕃殖充盈，樂之至也。”……《楚辭》曰：“滔滔孟夏，草木莽莽。”又曰：“收恢台之盛夏”④（卷三《歲時上》，46－47 頁）

9. 秋

《爾雅》曰：“秋爲白藏，一曰收成。”《禮記》曰：“孟秋之月，涼風至，白露降，寒蟬鳴，鷹乃祭鳥。仲秋之月，鴻雁來，玄鳥歸，群鳥養羞。季秋之月，鴻雁來賓，雀入大水爲蛤，菊有黄花，豺乃祭獸。”……《楚辭·九懷》曰：“秋風兮蕭蕭，舒芳兮振條。”又曰：“悲哉，秋之爲氣也！蕭瑟兮草木摇落而變衰，憭慄兮若在遠行，登山

①出自《哀時命》。“蜺”今作“霓”，《考異》謂“一作蜺”；“覆”今作“霞”；“霖”今作“淋”。

②《招蒐》《九章·思美人》。今本“開春發”下有“歲”字；“且”今作“將”，《考異》謂“一作且”。

③出自《招隱士》《大招》。“謝”今作“謝”，《考異》謂“一作謝”。

④《九章·懷沙》《九辯》。“盛夏”今作“孟夏”。

臨水兮送將歸，穴寥兮天高而氣清，寂慘兮收潦而水清。"①又曰："嫋嫋兮秋風，洞庭波兮木葉下"。② 又曰："皇天平分四時兮，竊獨悲此凛秋。白露既下降百草兮，淹離被此梧楸。"又曰："秋既先戒以白露兮，冬又申之以嚴霜。"③（卷三《歲時上》，48－49 頁）

10. 浦

《説文》曰："浦，水濱也。"《風土記》曰："大水小口别通爲浦。"《楚詞》曰："出溆浦而邅迴。"④又曰："望美人兮南浦。"⑤《述征記》曰："興浦，舊魏步道。吴揭水灌之，今絶道爲浦。"（卷九《水部下》，177 頁）

11. 美婦人

《方言》曰："秦晋之間，美貌謂之娥，美狀爲窕，美色爲艷，美心爲窈。"……《楚辭》曰："姱容脩態絙洞房。娥眉曼緑目騰光。⑥又曰："粉白黛黑施芳澤。長袂拂面善留客。"又曰："美人既醉朱顔酡。"⑦（卷十八《人部二》，324 頁）

---

①《九懷·蓄英》《九辯》。"穴寥"今作"泬寥"；"寂慘"今作"宋嵺"，《考異》謂"宋"一作"寂"；"嵺"一作"寥"。

②《九歌·湘夫人》。

③《九辯》。"凛"今作"廩"，《考異》謂"一作凛"；"下降"今作"下"，《考異》謂"下，一作降。一云下降"；"淹"今作"奄"，"被"今作"披"，《考異》謂"一作被"。

④《九章·涉江》。"出"今作"入"；"而"今作"余"；"邅迴"今作"儃佪"，《考異》謂"一作邅迴"。

⑤出自《九歌·河伯》。"望"今作"送"。

⑥《招䰟》。"脩"今作"修"；"娥"今作"蛾"，《考異》謂"一作娥"；"緑"今作"睩"，《補注》謂"睩，音禄"。

⑦《大招》《招䰟》。"酡"今作"酡"，《考異》謂"一作酡"。

12. 笑

《説文》曰："欣，笑喜也。"《易》曰："同人，先號咷而後笑。"又曰："旅人，先笑而後號咷。"又曰："笑言啞啞。"……《楚辭》曰："若有人兮山之阿，被薜荔兮帶女蘿。既含睇兮又宜笑，子慕予兮善窈窕。① 又曰："行不羣以顛越兮，又衆兆之所咍。"②（卷十九《人部三》，355－356 頁）

13. 别上

《禮記》曰："嫁女之家，三夜不息燭，思相離也。"（原注：事具禮部。）……《楚辭》曰："離，别也。騷，愁也。言己放逐離别，中心愁思。"③又曰："悲莫悲兮生離别，樂莫樂兮新相知。"④又曰："憭慄兮若在遠行，登山臨水送將歸。"⑤又曰"超北梁兮永辭，"⑥"送美人兮南浦。"⑦……《吴越春秋》曰："勾踐伐吴，乃命國中與之决。而國人悲哀，皆作離别之聲。"（卷二十九《人部十三》，510 頁）

14. 愁

《史記》曰："虞卿著書八篇，號曰《虞氏春秋》。太史公曰：'虞卿非窮愁，不能著書，自見於後世。'"《後漢書》曰："梁冀妻色美，善爲妖態，作愁眉。"（原注：具美婦人。）《楚辭》曰："《天問》者，屈原所作也。屈原放逐，憂心愁悴。彷徨山澤，經歷陵陸。嗟號旻聞，仰天歎息。楚有先王之廟，及公卿祠堂，圖畫天地山川，神靈

---

①《九歌·山鬼》。"蘿"今作"羅"，《考異》謂"一作蘿"。

②《九章·惜誦》。"顛"今作"巔"。

③《離騷序》。"愁也"下今有"經，徑也"句。

④《九歌·少司命》。"離别"今作"别離"。

⑤出自《九辯》。今本"水"下有"兮"字。

⑥《九懷·陶壅》。"超"今作"絶"。

⑦《九歌·河伯》。

奇偉,及古賢聖怪物行事。周流罷倦,休息其下,仰見圖畫,因書其壁,呵而問之,以洩憤懣,舒寫愁思。"①又曰:"《漁父》者,屈原所作也。屈原馳逐江湘之間,憂愁吟歎。而漁父避世隱身,釣魚江濱,欣然自樂。時遇屈原川澤之域,怪而問之,遂相應答。②(卷三十五《人部十九》,618－619 頁)

15. 論樂

《說文》曰:"樂,五聲八音總□(原注:《說文》作名。)也。"《易》曰:"雷出地奮豫,先王以作樂崇德,殷薦上帝。"……《楚辭》曰:"陳鍾案鼓造新歌。《涉江》《採菱》發《陽阿》。二八齊容起鄭舞。衽若交竿撫案下。竽瑟狂會填鳴鼓。宮庭震驚發激楚。"③又"代奏(原注:《楚辭・大招》作秦。)鄭衛鳴竽張。伏戲《駕辨》楚《勞商》。"④(卷四十一《樂部一》,736－737 頁)

16. 舞

《爾雅》曰:"婆娑,舞也。"(原注:舞者之容也。)《尚書》曰:"苗民逆命,帝乃誕敷文德。舞干羽于兩階,七旬有苗格。"《樂緯》曰:"武王乘命興師,渡盟津,前歌後舞。"《周官》曰:"樂師掌教國子六

---

①《天問序》。今本"所"上有"之"字;"所作也"下省略"何不言問天?天尊不可問,故曰天問也"諸句;"日聞"今作"旻旻";今本"楚"上有"見"字;"奇偉"今作"琦瑋",且"奇偉"下有"僪佹"二字;"呵"今作"何",《考異》謂"一作呵";"洩"今作"渫";"寫"今作"瀉"。

②《漁父序》。今本"所"上有"之"字;"馳"今作"放";今本"江湘"上有"在"字;"間"今作"閒";"吟歎"今作"歎吟";"吟歎"下省略"儀容變易"一句。

③《招魂》。"陳"今作"敶",《考異》謂"一作陳";"鍾"今作"鐘";"案鼓"之"案"今作"按";"採"今作"采";"陽阿"今作"揚荷",《考異》謂"《文選》作陽荷。注云:荷,當作阿";"填"今作"搷",《考異》謂"一作嗔,一作填"。

④《大招》。"奏"今作"秦";"辨"今作"辯"。

舞,凡舞有帗舞,有羽舞,有旄舞,有干舞。”……《楚辭》曰:“二八齊容起鄭舞。衽若交竿撫案下。”①又曰:“翾飛兮翠曾,(原注:曾,舞也。言舞工巧似翠鳥之舉。)展詩兮會舞。”②(卷四十三《樂部三》,767 頁)

17. 總載居處

《易》曰:“上古穴居而野處,後世聖人,易之以宫室。上棟下宇,以待風雨。”《楚辭》曰:“像設居室静閑安。高堂邃宇檻層軒。層臺累榭臨高山。網户朱綴刻方連。冬有突夏(原注:《太平御覽》一百七十四作奥突。後同。)夏室寒。經堂入奥朱塵筵。(原注:承塵筵席也。)砥室翠翹挂曲瓊。蒻阿拂壁羅幬張。翠帷翠幬飾高堂。紅壁沙板玄玉梁。仰觀刻桷畫龍蛇。坐堂伏檻臨曲池。芙蓉始發雜芰荷。紫莖屏風文緑波。”③又曰:“築室兮水中,葺之兮以荷蓋。荃壁兮紫壇,播芳椒兮成堂。桂棟兮蘭橑,辛夷楣兮葯房。”④(卷六十一《居處部一》,1094 頁)

18. 室

《毛詩》曰:“斯干,宣王考室也。築室百堵,西南其户。”《老子》曰:“鑿户牖以爲室。當其無,有室之用。”……《楚辭·九歌》

①《招蒐》。“衽”今作“衽”;“竽”今作“竿”。

②《九歌·東君》。“舞也”之“舞”今作“舉”;“言舞”之間今有“巫”字。

③《招蒐》。“居”今作“君”,《考異》謂“一作居”;“閑”今作“閒”,《補注》謂“閒,音閑”;“突”今作“突”;“突夏”之“夏”今作“廈”,《考異》謂“一作夏”;“奥”今作“奥”;今王逸注作“塵,承塵也。筵,席也”;“翠帷翠幬”今作“翡帷翠帳”;“板”今作“版”;“緑”今作“緣”,《考異》謂“《文選》作緑”。

④《九歌·湘夫人》。“以荷蓋”今作“荷蓋”,《考異》謂“一本云以荷蓋”;“荃”今作“蓀”,《考異》謂“一作荃”;“播”今作“䋎”,《考異》謂“一云‘播芳椒兮盈堂’”。

曰:“麋何食兮庭中？蛟何爲兮水裔？朝馳余馬兮江皋,夕濟兮西澨。聞佳人兮召余,將騰駕兮皆逝。築室兮水中,葺之兮以荷蓋。”①……《楚辭》曰:“鑿山楹而爲室,下披衣於水渚。霧濛濛其晨降兮,雲依斐而成宇。”②又曰:“網户朱綴刻方連,冬有突夏夏室寒。”③(卷六十四《居處部四》,1150 頁)

19.魂魄

《淮南子》曰:“天氣爲魂,地氣爲魄。”《易》曰:“精氣爲物,游魂爲變。”《白虎通》曰:“魂者何謂也？魂猶伝伝也,行不休也。動於外,主於情。魄者白也,猶着人者也,主於性。”……《離騷》曰:“(原注:按本條及下條非《離騷》。)百年信荏苒,何爲苦心魂。”又曰:“隱淪駐精魄。”又曰:“望孟夏之短夜,何晦朔之若歲！惟郢路之脩遠兮,魂一夕而九逝。”④又《招魂》篇曰:“《招魂》者,宋玉之所作也。”“玉憐哀屈原,忠而斥弃。憂愁山澤,魂魄放逸,厥命將落。故作《招魂》,欲以復其精神,延其年壽,外陳四方之惡,内崇楚國之美,以諷諫懷王,冀其覺悟而還之也。”⑤“朕幼清以廉絜,身服義而不沫。”⑥(卷七十九《靈異部下》,1357—1358 頁)

20.蘭

《説文》曰:“蘭,香草也。”《易》曰:“同心之言,其臭如蘭。蘭,

---

①《九歌·湘夫人》。“麋”今作“麋”;“召余”之“余”今作“予”;“皆”今作“偕”;“以荷蓋”今作“荷蓋”,《考異》謂“一本云以荷蓋”。

②《哀時命》。“披”今作“被”;今本“霧”下有“露”字;“成”今作“承”。

③《招䰟》。“突”今作“突”;“突夏”之“夏”今作“廈”,《考異》謂“一作夏”。

④《九章·抽思》。“朔”今作“明”;“脩”今作“遼”;“魂”今作“䰟”。

⑤《招䰟序》。“玉”今作“宋玉”;“弃”今作“棄”;“憂愁”今作“愁懣”,《考異》謂“一作憂愁”;“魄”今作“鬼”,《考異》謂“一作魄”;“逸”今作“佚”。

⑥《招䰟》篇。“絜”今作“潔”,《考異》謂“一作絜”;“不沫”今作“未沫”。

芳也。”《禮記》曰：“婦人或賜之茝蘭，則受，獻諸舅姑。”……《離騷》曰：“□（原注：《離騷》作余。）既滋蘭之九畹兮。”（原注：畹，畦也。）又曰：“紉秋蘭以爲佩。”①又曰：“秋蘭兮蘪蕪，羅生兮堂下。緑葉兮素莖，芳菲兮襲予。秋蘭兮青青，緑葉兮紫莖。”②（卷八十一《藥香草部上》，1389－1390 頁）

21. 菊

《爾雅》曰：“菊，治蘠。”（原注：今之秋華菊也。）《山海經》曰：“女几之山，其草多菊。”《禮記》曰：“季秋之月，菊有黄花。”《楚辭》曰：“朝飲木蘭之墜露兮，夕餐秋菊之落英。”又曰：“春蘭兮秋菊，長無絶兮終古。”③（卷八十一《藥香草部上》，1390 頁）

22. 杜若

《爾雅》曰：“杜若，土鹵。”（原注：香草也。）《廣雅》曰：“楚蘅也。”《本草經》曰：“杜若一名杜衡，味辛微温，久服益氣輕身。”……《離騷》曰：“采芳洲兮杜若，將以遺兮下女。”又曰：“雜杜衡與芳芷。”又曰：“山中人兮芳杜若，飲石泉兮蔭松柏。”④（卷八十一《藥香草部上》，1392－1393 頁）

23. 蕙

《廣志》曰：“蕙草緑葉紫花，魏武帝以爲香燒之。”《離騷》曰：“川谷徑復流潺湲，光風轉蕙氾崇蘭。”⑤又曰：“樹蕙之百畝。”又

①《離騷》。今作“余既滋蘭之九畹兮”；今本未見“畹，畦也”之注文。

②《九歌・少司命》。“蘪”今作“麋”；“素莖”之“莖”今作“枝”；“芳菲”今作“芳菲菲”；

③《離騷》《九歌・禮魂》。

④《九歌・湘君》《離騷》《九歌・山鬼》。

⑤《招寬》。“氾”今作“汜”。

曰:“薜荔拍兮蕙綢。”①(原注:薜荔,香草。拍,榑壁也。綢,縛束也。《詩》云:“綢繆束楚。”)《山海經》曰:“天帝之山,其下多蕙。外山之下,其草蕙。”(卷八十一《葉香草部上》,1393 頁)

24. 芙蕖

《爾雅》曰:“荷,芙蕖。其莖茄,其葉葭,其木蔤,其花菡萏,其實蓮,其根藕,其中的(原注:的,子也。),的中薏(原注:子中心也。),的蓮實。《廣雅》曰:“菡萏,芙蓉也。”……《楚辭》曰:“集芙蓉以爲裳。”又曰:“因芙蓉而爲媒,憚褰衣而濡足。”又曰:“搴芙蓉兮木末。”②又曰:“披荷稠之炅炅。”又曰:“製芰荷以爲衣。”又曰:“荷衣兮蕙帶。”又曰:“芙蓉始發雜芰荷,紫莖屏風文緑波。”③(卷八十二《草部下》,1400 頁)

25. 木

《春秋元命苞》曰:“木之爲言觸也,氣動躍也。”《易》曰:“巽爲木。坎,其於木也爲堅多心。艮,其於木也爲堅多節。離,其於木也爲科上槁。”(原注:堅多心謂剛中也。山木堅直,故多節也。陰含氣,故曰科。科,空也。爲日所乾,故上槁。)又曰:“地中生木升,君子以積小成高大。”《爾雅》曰:“木族生爲灌。灌木,叢木也。”……《離騷》曰:“一夫九首,拔木九千。”④“嫋嫋兮秋風,洞庭

---

①《離騷》《九歌·湘君》。今本“樹”上有“又”字;“拍”今作“柏”,《考異》謂“一作拍”,《補注》謂“柏、拍音博”。

②《離騷》《九章·思美人》《九歌·湘君》。“集”今作“爨”,《考異》謂“一作集”;“褰衣”今作“蹇裳”;

③《九辯》《離騷》《九歌·少司命》《招魂》。“披荷稠之炅炅”今作“被荷裯之晏晏”,《考異》謂“《藝文類聚》作‘披荷裯之炅炅’”,《補注》謂“被,音披,又如字”;“緑”今作“緣”,《考異》謂“《文選》作緑”。

④《招魂》。

波兮木脱。"(原注:《太平御覽》九百五十三作木葉下。)"罾何爲兮木上"①搴芙蓉於木末"②。(卷八十八《木部上》,1506—1508 頁)

26. 椒

《春秋運斗樞》曰:"玉衡星散爲椒。"《爾雅》:"檠,大椒也。"(原注:今椒實大者名檠也。)……《離騷》曰:"雜申椒與菌桂。"(原注:申,重也。)又"播椒芳兮成堂。"③(原注:布香椒於堂上)又"奠桂酒兮椒漿。"④……《離騷》:"荃壁兮紫壇,芳椒兮成堂。"⑤(卷八十九《木部下》,1535 頁)

27. 桂

《春秋運斗樞》曰:"椒桂合剛陽。"(原注:椒桂,陽星之精所生也。合猶連體而生也。)《山海經》曰:"招摇之山,其上多桂。(原注:桂長丈餘,味辛。)皋塗之山,上多桂木。"桂木(原注:《太平御覽》九百五十七作林。)八樹,在賁隅東。(原注:八樹成林,言其大也。賁隅,番禺。)……《楚辭》曰:"桂櫂兮蘭枻。"又"桂棟兮蘭橑。"又曰:"結桂枝兮延佇。"⑥又"桂樹叢生兮山之幽,偃蹇連卷兮枝相繚。"又曰:"麗桂樹之冬榮。"又曰:"沛吾乘兮桂舟。"⑦(卷八十九《木部下》,1536—1537 頁)

---

①《九歌·湘夫人》。"木脱"今作"木葉下"。

②《九歌·湘君》。"於"今作"兮"。

③《九歌·湘夫人》。"播椒芳"今作"匊芳椒",《考異》謂"一云:播芳椒兮盈堂",《補注》謂"匊,古播字"。

④《九歌·東皇太一》。

⑤《九歌·湘夫人》。"荃"今作"蓀",《考異》謂"一作'荃'";"芳椒"上今有"匊"字。

⑥《九歌·湘君》《九歌·湘夫人》《九歌·大司命》。"佇"今作"竚"。

⑦《招隱士》《遠遊》《九歌·湘君》。"卷"今作"蜷",《考異》謂"一作卷"。

28. 狗

《爾雅》曰:“犬生三猣。”……狵(原注:龙。),狗也,狗四尺爲獒。……《楚辭》曰:“何少康逐犬,而顛隕厥首?”(原注:言少康因獵放犬逐獸,於是舍所宿也。)又曰:“兄有噬犬弟何欲?(原注:兄謂秦伯也,秦伯有犬,弟鍼欲請。)易之以百兩卒無禄。”①又曰:“豈不鬱陶而思君兮?君之門兮九重。猛犬狺狺而迎吠兮,關梁閉而不通。”②(卷九十四《獸部中》,1634—1635頁)

一、離騷

1. 怨

《管子》曰:“凡禍亂之所生,生於怨咎;怨咎之所生,在於非理,故曰閑禍在除怨。”《楚辭》曰:“怨靈修(原注:原作循。據馮校本改)之浩蕩,終不察夫民心。”③(卷三十《人部十四》,537—538頁)

2. 衣裳

《毛詩》曰:“摻摻女手,可以縫裳。”《楚辭》曰:“製芰荷以爲衣,集芙蓉以爲裳。”④(卷六十七《衣冠部》,1187頁)

3. 卷施

《爾雅》曰:“卷施草,拔心不死。”(原注:宿莽草也。)《離騷》曰:“多

①《天問》。“言少”之間今有“夏”字;“因”下有“田”字;“於是”句今本無;“有犬”之間今有“䖵”字;“請”下今有“之”字。

②《九辯》。“君之門兮”之“兮”今作“以”。

③“修”今作“脩”。

④“集”今作“雧”,《考異》謂“一作集”。

(原注:《離騷》作夕。)擥華洲之宿莽。"①《南越志》曰:"寧鄉縣草多卷施,拔心不死,江淮間謂之宿莽。"(卷八十一《藥香草部上》,1399 頁)

4. 菱

《説文》曰:"菱,蔆也。"《廣志》曰:"鉅野大於常蔆。淮漢以南,凶年以菱爲蔬,猶以橡爲資也。"……《楚辭》曰:"製芰荷以爲衣。"(卷八十二《草部下》,1405 頁)

5. 茅

《爾雅》曰:"藃杜,茅也。"《説文》曰:"菅,茅也。"……《離騷》曰:"索靈茅以蓬蓴。"②又曰:"蘭芷變而不芬兮,荃蕙化而爲茅。"③(卷八十二《草部下》,1412 頁)

6. 艾

《爾雅》曰:"艾,冰臺也。"……《博物志》:"削冰至圓以向日,以艾於後承其影,得火。"《孟子》曰:"七年之病,求三年之艾。"《楚辭》曰:"蕭艾於篋笥,謂蕙芷而不香。"《離騷》曰:"扈服艾以盈腰兮,謂幽蘭其不可佩。"又曰:"何昔日之芳草兮,今直爲此艾。"④(卷八十二《草部下》,1413 頁)

7. 茱萸

---

①"多"今作"夕";"擥"今作"攬",《考異》謂"一作擥,一作擥";今本"洲"上無"華"字。

②今本作"索藑茅以筳篿兮"。

③"芬"今作"芳"。

④今本無"蕭艾於篋笥,謂蕙芷而不香"句,與此接近的是《七諫·沈江》"聯蕙芷以爲佩兮,過鮑肆而失香"句。但張衡《思玄賦》"珍蕭艾於重笥兮,謂蕙芷之不香"當爲此所本。暫列於此,以侍達者。"扈"今作"户";"腰"今作"要",《補注》謂"要與腰同";"今直爲此艾"今作"今直爲此蕭艾也",《考異》謂"一無'蕭'字,一無'也'字"。

《説文》曰："榝似茱萸，出淮南。"《風土記》曰："茱萸，榝也。九月九日熟。色赤，可采時也。……《離騷》曰："椒專佞以慢諂兮，榝又充其佩幃。"①(卷八十九《木部下》，1541 頁)

8. 木蘭

《離騷》曰："朝搴阰之木蘭。"(原注：搴，取也。阰，山名也。)《古今注》曰："孝哀帝元嘉元年，芝生後庭木蘭樹上。"《神仙傳》曰："北海于君病癩，見市有賣藥，姓公孫帛。因問之，公曰：'明日木蘭樹下當教卿。'明日往，授素書二卷，以消灾救病，無不愈者。"(卷八十九《木部下》，1545—1546 頁)

9. 若木

《山海經》曰："灰野之山，有赤樹青葉，名曰若木。"(原注：生昆侖西附西極，其光華赤照下也。)《離騷》曰："折若木以拂日。"《淮南子》曰："若木在建木西，上有十日，其華照下地。"(卷八十九《木部下》，1546 頁)

二、九歌

總論

1. 雨

《爾雅》曰："暴雨謂之涷，小雨謂之霢霂，久雨謂之霪，霪謂之

①"諂"今作"慆"，《考異》謂"一作諂"；今本"又"下有"欲"字；"其"今作"夫"，《考異》謂"一作其"。

霖。"……《楚辭》曰:"雷填填兮雨冥冥,①令飄風兮先駈,使凍雨兮灑塵。"②(卷二《天部下》,26 頁)

2. 游覽

《家語》曰:"孔子北游,登農山,子路、子貢、顔回侍。孔子四望,喟然歎曰:二三子各言爾志。"……《楚辭》曰:"覽冀州兮有餘,横四海兮焉發。"③又曰:"登崑崙兮四望,心飛楊兮浩蕩。日將暮兮悵忘歸,遺極浦兮悟懷。"④(卷二十八《人部》十二,499 頁)

3. 玦珮

《世本》曰:"舜時,西王母獻白環及玦。"《楚辭》曰:"損(原注:《初學記》二十六作捐。)余玦兮江中,遺予珮兮澧浦。"⑤又曰:"虚(原注:《太平御覽》六百九十二作雲。)衣兮披披,玉珮兮陸離。"⑥《孔叢子》曰:"子産死,鄭人丈夫捨玦珮,婦人捨珠玉。"(卷六十七《衣冠部》,1186 頁)

(一)東皇太一

1. 酒

《古史考》曰:"古有醴酪,禹時儀狄作酒。"《毛詩》曰:"爲此春酒,以介眉壽。"《禮記》曰:"先王爲酒醴,一獻之禮,賓主百拜,終

①《九歌・山鬼》。"雷"今作"靁",《考異》謂"一作雷"。

②《九歌・大司命》。"駈"今作"驅";"凍"今作"涷"。

③《九歌・雲中君》。"發"今作"窮"。

④《九歌・河伯》。"楊"今作"揚";"遺"今作"惟";"悟"今作"寤"。

⑤《九歌・湘君》。"損"今作"捐";"予"今作"余";"珮"今作"佩",《考異》謂"一作珮";"澧"今作"醴",《考異》謂"一作澧",《補注》謂"澧、醴,古書通用"。

⑥《九歌・大司命》。"虚"今作"靈";"披披"今作"被被",《考異》謂"一作披",《補注》謂"被,與披同";"珮"今作"佩"。

日飲酒,而不得醉焉。此先王之所以備酒禍也。”……《楚辭》曰:“蕙有肴兮蘭藉,奠桂酒兮椒漿。”①(卷七十二《食物部》,1246 頁)

(二)雲中君

1. 五月五日

《荆楚記》曰:“荆楚人,以五月五日并蹋百草,采艾以爲人。懸門户上,以禳毒氣。”又曰:“屈原以是日死於汨羅,人傷其死,所以并將舟楫以拯之。今之競渡,是其遺迹。”《大戴禮》曰:“五月五日蓄蘭爲沐浴。”《楚辭》曰:“浴蘭湯兮沐芳華。”②(卷四《歲時中》,75 頁)

(三)湘君

1. 舟

《爾雅》曰:“舫,舟也。天子造舟,諸侯維舟,大夫方舟,士特舟,庶人乘柎。”(原注:造,比舡爲橋也;維,連四舡也;方,并兩舡也;特,單舡也;柎,編木以爲渡也。)……《楚辭》曰:“美要妙兮宜脩,③沛吾乘兮桂舟。”又曰:“桂櫂兮蘭栧,斲冰兮積雪。”④(卷七十一《舟車部》,1229—1230 頁)

(四)湘夫人

1. 九疑山

《山海經》曰:“南方蒼梧之丘,蒼梧之川,其中有九疑山焉。

①“有肴”今作“肴蒸”。

②今本無“華”字。

③“妙”今作“眇”,《考異》謂“一作妙”,《補注》謂“眇,與妙同”;“脩”今作“修”。

④“栧”今作“枻”,《考異》謂“一作栧”。

舜之所葬，在長沙零陵界。"《楚辭·九歌》曰："九疑紛兮並近。"①（原注：《九歌》作迎。）……《湘中記》曰："九疑山，在營道縣。九山相似，行者疑惑，故名九疑。"（卷七《山部上》，140頁）

（五）少司命

1. 蘼蕪

《廣志》曰："薇蕪香草，魏武帝以藏衣中。"《楚辭》曰："秋蘭兮蘼蕪，羅生兮堂下。緑葉兮素枝，芳菲兮襲予。"②《管子》曰："五沃之土，生蘼蕪。"《本草經》曰："蘼蕪一名薇蕪，味辛。"（卷八十一《葉香草部上》，1393頁）

2. 孔雀

《春秋元命苞》曰："火离爲孔雀。"《周書》曰："成王時，西方人獻孔雀。"《楚辭》曰："孔蓋兮翠旌。"（原注：孔雀之羽爲車蓋。③）（卷九十一《鳥部中》，1574頁）

（六）河伯

1. 河水

《山海經》曰："昆侖山，河水出焉。"又曰："陽紆之山，河出其中。陵門之山，河出其中。"……《楚辭》曰："與汝遊兮九河，衝風起兮水揚波。"④（卷八《水部上》，155—156頁）

---

①"疑"今作"嶷"，《考異》謂"一作疑"；"紛"今作"繽"；"近"今作"迎"。

②"蘼"今作"麋"，《補注》謂"《本草》云：……其葉如蘼蕪……《管子》曰：五沃之土生蘼蕪"；"芳菲"今作"芳菲菲"。

③"旌"今作"旍"，《考異》謂"一作旌"；今王逸注作"言司命以孔雀之翅爲車蓋"。

④"汝"今作"女"，洪興祖《補注》曰"女，讀作汝"；今本無"水"字，《考異》謂"一本'横'上有'水'字"；"揚"今作"横"。

2. 宫

《世本》曰:"禹作宫。"《釋名》曰:"宫,穹也。屋見垣上穹隆也。"……《楚辭》曰:"鱗屋兮龍堂,紫貝闕兮朱宫。"①(卷六十二《居處部二》,1111 頁)

3. 堂

《説文》曰:"堂,殿也。"《釋名》曰:"堂猶堂堂,高顯貌也。"……《楚辭》曰:"魚鱗屋兮龍堂。"(卷六十三《居處部三》,1135 頁)

4. 貝

《説文》曰:"貝,海介(原注:原作朩,據馮校本改。)蟲也,古者貨貝而寶鼄,至周而有泉。到秦廢貝行泉。"……《楚辭·九歌》曰:"魚鱗屋兮龍堂,紫貝闕兮朱宫。"(原注:河伯以魚鱗蓋屋、畫龍文,紫貝作闕,朱丹其宫。)②(卷八十四《寶玉部下》,1438—1439 頁)

5. 蛟

《説文》曰:"蛟,龍屬也。魚滿三千六百年,蛟爲之長,率魚而飛去。"《山海經》曰:"蛟似龍蛇,而小頭細頸,頸有白嬰。大者十數圍,卵生,子如一二斛瓮,能吞人。"……《楚辭》曰:"與汝游兮九河,衝風起兮横波。乘水車兮荷蓋,駕兩龍兮驂螭。"③(卷九十六《鱗介部上》,1664 頁)

①今本"鱗"上有"魚"字。

②"河伯"上今有"言"字,其下今有"所居"二字;"畫龍文"今作"堂畫蛟龍之文"。

③"汝"今作"女",洪興祖《補注》曰"女,讀作汝";"游"今作"遊"。

（七）山鬼

1. 松

《禮記》曰："其在人也，如松柏之有心也，故貫四時不改柯易葉。"……《離騷》曰："山中人兮芳杜若，飲泉石兮蔭松柏。"又（原注：明本作古詩。）曰："嘉樹生朝陽，凝霜封其條。"①（原注：嘉樹，松柏也。）（卷八十八《木部上》，1511－1512 頁）

2. 木芝

《爾雅》曰："菌，芝也。"《説文》曰："芝，神草也。"《本草經》曰："赤芝一名丹芝，黄芝一名金芝，白芝一名玉芝，黑芝一名玄芝，紫芝一名木芝。"《瑞應圖》曰："芝英者，王者親延耆養老，有道則生。"《離騷》（原注：《太平御覽》九百八十六作《九歌》。）曰："采三秀兮於山澗。"（原注：三秀，芝也。②）（卷九十八《祥瑞部上》，1700 頁）

（八）國殤

1. 弓

《釋名》曰："弓，穹也。張之穹隆然。其末曰簫。言簫稍。（原注：原訛邪，據馮校本改。）又謂之弭，以骨爲之，滑弭弭也。中央曰弣。弣，撫也，所撫持也。"……《楚辭》曰："帶長劍，挾秦弓"。③（卷六十《軍器部》，1086－1087 頁）

---

①"泉石"今作"石泉"；"嘉樹生朝陽，凝霜封其條"兩句非《楚辭》，乃晋陸機《擬古詩》（擬蘭若生春陽）詩句。

②"澗"今作"間"；"芝也"今作"謂芝草也"。

③今作"帶長劍兮挾秦弓"。

三、天問

1. 天

《周易》曰:“大哉乾元,萬物資始。乃統天,雲行雨施,品物流形。大明終始,六位時成。時乘六龍以御天,乾道變化,各正性命。”又曰:“立天之道,曰陰與陽。”又曰:“天行健。”……《楚辭·天問》曰:“圖(原注:《天問》作圜。《初學記》一,《太平御覽》二作圖。)則九重,孰營度之?八柱何當?東南何虧?(原注:言天有八山爲柱,皆何當值?東南不足,誰虧缺之?)日月安屬,列星安陳?”①(卷一《天部上》,1—3頁)

2. 鶴

《韵集》曰:“鶴,善鳴鳥也。”《周易》曰:“鳴鶴在陰,其子和之。”……《離騷》曰:“緣鵠飾玉,后帝具饗。”②(原注:后帝謂殷湯也。言伊尹始仕,緣烹鵠鳥之羹。脩飾玉鼎,以事殷湯。湯賢之,遂以爲相也。③)(卷九十《鳥部上》,1562—1563頁)

四、九章

(一)涉江

1. 衣冠

《墨子》曰:“昔齊桓公,高冠博帶,以治其國。楚莊王鮮冠組

①“圖”今作“圜”。

②“具”今作“是”。

③“緣”上今有“因”字;“飾”字今本無;“事殷湯”今作“事於湯”。

纓，絳衣博袍，以治其國。"《莊子》曰："曾子居衛，正冠而纓絶，斂襟而肘見。"《楚辭》曰："余幼好此奇服兮，年既老而不衰。帶長鋏之陸離兮，冠青雲之崔嵬。"①（卷六十七《衣冠部》，1184 頁）

（二）哀郢

1. 門

《釋名》曰："門，捫也。在外爲捫，幕障衛也。"《爾雅》曰："閍謂之門，正門謂之應門。"……《楚辭》曰："望長楸而太息，涕淫淫其若霰。過夏首而西浮，顧龍門而不見。"（卷六十三《居處部三》，1128 頁）

2. 道路

《楚辭》曰："心不怡之長久，憂與憂之相接。惟郢路之遼遠，江與夏之不可涉。"②《史記》曰："文帝行至灞陵，是時慎夫人從。上示慎夫人新豐曰：'此走邯鄲道也。'"《三輔故事》曰："桂宫周迊十里，内有複道，横北（原注：原訛此，據馮校本改。）"渡，西至神明臺。（卷六十四《居處部四》，1154 頁）

五、遠遊

1. 壑

《山海經》曰："東海之外有大壑。"《列子》曰："渤海之東，不知幾億萬里。有大壑，實惟無底之谷。"……《離騷》曰："降望大壑。"（卷九《水部下》，163 頁）

①"青"今作"切"。

②"憂與憂"今作"憂與愁"；"之相接"之"之"今作"其"，《考異》謂"一作之"。

六、卜居

1. 鴨

《廣雅》曰:"鳧鶩,鴨也。"《説文》曰:"鶩,野鳧也。"……《楚辭》曰:"寧與騏驥抗軛乎?將與雞鶩争食乎?寧昂昂若數千里之駒?泛泛若水中之鳧。"①(卷九十一《鳥部中》,1581頁)

七、漁父

1. 塵

《禮記》曰:"爲長者糞之禮,必加箒於箕上,以袂拘而退,其塵不及長者。"又曰:"前有塵埃,則載鳴鳶。"……《楚辭》曰:"安能以皓皓之白,蒙世俗之塵埃哉?"②(卷六《地部》,109—110頁)

八、招䰟

1. 熱

《説文》:"溽,濕暑也。"《山海經》曰:"壽麻之國,爰有大暑,不可以往。"《禮記·月令》曰:"夏季之月,土潤溽暑。"……《楚辭》

①"抗"今作"亢",《考異》謂"一作抗";今本"千里"上無"數"字;今本"泛泛"上有"將"字;"泛泛"今作"氾氾",《考異》謂"一作泛";今本"寧昂昂若數千里之駒?泛泛若水中之鳧"在"寧與騏驥抗軛乎?將與雞鶩争食乎"之上。

②"蒙"上今有"而"字,《考異》謂"一無'而'字"。"哉"今作"乎"。

云:“魂兮歸來! 東方不可以託。”①“十日代出,流金鑠石。”(卷五《歲時下》,87 頁)

2. 冰

《易·坤卦》曰:“初六,履霜堅冰至。”《象》曰:“‘履霜堅冰至,陰始凝也。’”……《楚詞》曰:“魂兮歸來! 北方不可以止。增冰峨峨,飛雪千里。”②(卷九《水部下》,179—180 頁)

3. 被

《楚辭》曰:“翡翠珠被爛齊光。”……《列女傳》曰:“江夏孟宗,少游學,與同學共處,母爲作十二幅被。其鄰婦怪問之。母曰:‘小兒無異操,懼朋類之不顧,故大其被,以招貧生之卧,庶聞君子之言耳。’”(卷七十《服飾部下》,1218—1219 頁)

4. 甘蔗

《説文》曰:“諸蔗也。”《廣志》曰:“干蔗其餳爲石蜜。”《神異經》曰:“南方荒内,有盱睹林焉。其高百丈,圍三丈八尺。促節多汁,甜如蜜。”……《騷》:“臑鼈炮焦有柘漿。”③(卷八十七《菓部下》,1500—1501 頁)

5. 楓

《山海經》曰:“黄帝殺蚩尤,弃其械,化爲楓樹。”《離騷·招魂》曰:“湛湛江水上有楓,目極千里傷春心。”④《晋宫閣名》曰:“華林園楓香三株。”《南方草木狀》曰:“楓香樹,子大如鴨卵。二月華色,乃連著實。八九月熟,曝乾可燒。惟九真郡有之。”(卷八十九《木部下》,1539 頁)

---

①“魂”今作“䰟”;“以”今作“目”。

②“魂”今作“䰟”;“以”今作“目”。

③“臑”今作“胹”,《考異》謂“一作臑”;“焦”今作“羔”。

④“水”與“里”下皆有“兮”字。

6.玄鵠

《瑞應圖》曰:"玄鵠者,王者知音樂之節則至。"又曰:"黄帝習樂昆侖,以舞衆神,玄鵠六翔其右。"……《離騷》曰:"煎鴻鶬。"(原注:鶬,鶴也。①)(卷九十《鳥部上》,1566頁)

7.虵

《爾雅》曰:"螣,騰虵。(原注:能興雲霧。)蟒,王虵。(原注:虵之最大者。)"《山海經》曰:"巴虵吞象,三歲而出骨。君子服之,心(原注:《太平御覽》九百三十三心上有已字)腹之疾。"(原注:今南方蚺,《御覽》作蚺字。虵,吞鹿已爛,自絞於樹。腹中骨皆穿鱗甲間出。)又曰:"大同之山,有虵。名曰長虵。其毛如彘豪,其音如鼓柝。"又曰:"泰華山有虵肥遺,六足四翼。"……《楚辭》曰:"蝮虵蓁蓁。"②(卷九十六《鱗介部上》,1664—1665頁)

8.蜂

《爾雅》曰:"蜂醜螸。囗(原注:《爾雅·釋蟲》作垂,其腴也。)土蜂(原注:在地中作房者)。木蜂(原注:在樹上作房)。"《廣雅》曰:"范,蜂也。"……《楚辭》曰:"玄蜂若壺。"③(卷九十七《蟲豹部》,1687頁)

九、大招

1.珪

《説文》曰:"玠,大珪也。珽,大珪也。長三尺,抒上終葵首。"《爾雅》曰:"珪大尺二寸謂之玠。"……《楚詞》曰:"接徑千里出若

①"鶴"上今有"鶬"字。

②"虵"今作"蛇"。

③"蜂"今作"蠭",《考異》謂"一作蜂"。

雲,(原注:言楚國境界,任路交接,方千餘里,中有隱士,暮已來出,集聚若雲也。①)三珪重侯(原注:三圭,公侯伯。)聽類神,察篤夭隱孤寡存。"②(原注:言三圭之君不但知賢愚之類,亦察知篤疾早夭孤寡振贍乏。③)(卷八十三《寶玉部上》,1430—1431頁)

十、惜誓

1.黄鵠

《離騷》曰:"黄鵠之舉兮,知山川之紆曲。再舉兮知天地之圜方。"④《戰國策》曰:"莊辛謂楚襄王曰:'黄鵠游於江海,俯喙鰋鯉。仰斷菱藕,奮其六翮。自以爲無患,與人無事。不知夫射者大脩弧矢,治矰繳,將加己百仞之上。故晝游江湖,夕調鼎俎。"(卷九十《鳥部上》,1565頁)

2.龍

《説文》曰:"龍,鱗蟲之長,春分而登天,秋分而入川。"《廣雅》曰:"有鱗曰蛟龍,有翼曰應龍,有角曰虬龍,無角曰螭龍。"……《楚辭》曰:"神龍失水而陸居,爲螻蟻之所裁。"(卷九十六《鱗介部上》,1661—1662頁)

3.鳳皇

《瑞應圖》曰:"鳳皇者,仁鳥也。雄曰鳳,雌曰皇。王者不刳胎剖卵則至。《山海經》曰:"丹穴之山,有鳥,狀如鶴。五色而文,

---

①"任"今作"徑";"暮"今作"慕";"來"今作"徠"。

②"珪"今作"圭";"公侯伯"上今有"謂"字。

③"亦察"句今本作"乃察知萬民之中,被篤疾病早殀死,及隱逸之士,存視孤寡而振贍之也。"

④"黄鵠之"三字下今本有"一"字;"知天地"之"知"今作"睹",《考異》謂"一作知"。

名曰鳳。首文曰德,翼文曰順,背文曰義,膺文曰仁,腹文曰信。是鳥自歌自舞,見則天下安寧。”……《楚辭》曰:“獨不見鸞鳳之高翔,大皇之野。循四極而周迴,見盛德而後下。”①(卷九十九《祥瑞部下》,1707—1708 頁)

十一、招隱士

1. 獮猴

《楚辭》曰:“獮(原注:《招隱士》獮下有猴字。)兮熊羆,慕類兮以悲。”②……晋阮籍《獮猴賦》曰:“夫獮猴直其微者也,猶累於下陳。體多似而匪類,貌乖殊而不純。外察慧而無度,故人面而獸身。性偏凌而干進,似韓非之囚秦。楊眉頞而驟眒,似巧言而僞真。整衣冠而偉服,懷項王之思歸。躭嗜慾而眄視,有長卿之研姿。沐蘭湯而滋穢,匪宋朝之媚人。終嗤弄而處泄,雖近習而不親。”(卷九十五《獸部下》,1653—1654 頁)

十二、七諫

(一)初放

1. 桃

《春秋運斗樞》曰:“玉衡星散爲桃。”《本草經》曰:“梟桃在樹

---

①今本“鸞鳳”上有“夫”字,《考異》謂“一無‘夫’字”;“大皇”之上有“乃集”二字;“野”今作“壄”,《考異》謂“一作野”;“周迴”今作“回周”。

②今本“獮”下有“猴”字。

不落，殺百鬼。武王克商後，放牛馬於桃林之野。《禮記·月令》曰："仲春之月，桃始華。"……《離騷》:（原注:《太平御覽》九百六十七作《楚辭》。）"斬伐橘柚，列樹苦。"①（原注:《御覽》作"苦桃"，此有脱訛。）（卷八十六《菓部上》，1467 頁）

（二）怨世

1. 蓬

曾子曰:"蓬生麻中，不扶自直。白沙在泥，與之皆黑。"《商君書》曰:"今夫飛蓬，飄風而行千里，乘風之勢也。"……《離騷》:"蓬艾親人，御于茅（原注:《太平御覽》九百九十七作笫）兮。"②（卷八十二《草部下》，1412－1413 頁）

2. 蓼

《爾雅》曰:"薔虞蓼。"（原注:虞澤蓼也。）《詩》曰:"予又集于蓼。"（原注:言辛苦也。）《離騷》曰:"蓼蟲不能從乎葵菜。"③吴氏《本草》曰:"蓼實一名天蓼，一名野蓼，一名澤蓼。"（卷八十二《草部下》，1418 頁）

3. 桑

《爾雅》曰:"女桑桋桑。（原注:桋音荑。長條者爲女桑，檿桑山桑。）"《山海經》曰:"宣山上有桑，大五十尺，其枝四衢。（原注:支交四出。）葉大尺，赤理青華，名之曰帝女之桑。"又曰:"陽谷上有扶桑，十日所浴。"……《離騷》（原注:《太平御覽》九百五十五作《楚辭》。）曰:"路室女之方桑，（原注:路室，客舍也。）孔子遇之以自待。"（原

①今本"苦"下有"桃"字。

②"人"今作"入";"御于茅"今作"御於牀笫"。

③"能"今作"知"，《考異》謂"一作能";"從"今作"徙"。

注:以其貞信自待。①)(卷八十八《木部上》,1519－1520 頁)

十三、哀時命

1. 鳳

《説文》曰:"鳳,神鳥也。"《山海經》曰:"軒轅之丘,鸞自歌,鳳自舞。"又曰:"南禺之山,有鳳皇鵷鶵。"……《離騷》(原注:《太平御覽》九百十五作《楚辭》)曰:"爲鳳皇作鶉籠,雖翕其不容。"(原注:言以鶉鷃之籠,不能容藏鳳之形體也。②)《漢武内傳》曰:"西王母曰:'仙之上藥,有九色鳳頸,次藥有蒙山白鳳之肉。'"(卷九十《鳥部上》,1558 頁)

2. 鼈

《爾雅》曰:"鼈三足曰能。"《易》曰:"离爲鼈。"《説文》曰:"鼈,介蟲也。"……《楚辭》曰:"駟跛鼈而上山,吾固知其不能升。"③孫卿子曰:"蛙步而不休,跛鼈千里。"(卷九十六《鱗介部上》,1670 頁)

十四、九懷

(一)尊嘉

1. 蒲

《山海經》曰:"孟于之山,其上多蒲。"《爾雅》曰:"莞,符離。

①"遇"今作"過",《考異》謂"一作遇";兩"待"字今皆作"侍"。

②今本"翕"下有"翅"字;"鷃"今作"鴳";"不能"句今作"猶不能容其形體也"。

③"升"今作"陞"。

其上蒿。"(原注:今水中莞蒲,可作席也。)……《離騷》曰:"抽蒲兮陳坐,援英兮爲蓋。"①……《秦記》曰:"符洪之先,居武都。家生蒲,長五丈,狀如竹。咸異之,謂之蒲家,因以氏焉。洪後以讖文草付應王,遂改姓苻(原注:原訛符,據馮校本改。)氏。"(卷八十二《草部下》,1406—1407頁)

(二)株昭

1.驢

《楚辭·九懷》曰:"驥垂兩耳,中坂蹉跎。蹇驢服駕,無用日多。"《吴志》曰:"諸葛恪父瑾,長面似驢。孫權大會群臣,使人牽一驢入。長撿其面,題曰:'諸葛子瑜。'恪跪請筆,益兩字。恪續其下曰之驢,舉坐歡笑,乃以驢賜恪。(卷九十四《獸部中》,1629頁)

十五、九歎

(一)思古

1.棘

《周書·程寤》曰:"文王在翟,夢南(原注:《逸周書》作商。)庭生棘,小子發取周庭之梓於闕間。化松柏棫乍,驚以告文王。文王召發於明堂。拜吉夢,受商大命,秋朝士。"……《離騷》曰:"甘棠苦於豐草,荆棘生於中庭。"②(卷八十九《木部下》,1549—1550頁)

---

①"援英"今作"援芙蕖",《考異》謂"一云:援英兮爲蓋"。

②"苦"今作"枯";"荆"今作"藜";"生"今作"樹"。

《文選》及其舊注[①]

總論

1. 五穀垂穎,桑麻鋪棻。

王逸《楚辭注》曰:紛,盛貌也。棻與紛,古字通。② (卷一《西都賦》,10 頁)

2. 舍櫺檻而却倚,若顛墜而復稽。

《説文》,櫺,楯間子也,力丁切。王逸《楚辭注》曰:檻,楯也,胡黯切。③ (卷一《西都賦》,17 頁)

3. 排飛闥而上出,若遊目於天表,似無依而洋洋。

《楚辭》曰:忽反顧而遊目。王逸《楚辭注》曰:洋洋,無所歸貌。④ (卷一《西都賦》,17 頁)

---

①(梁)蕭統編,(唐)李善注《文選》,上海古籍出版社,1986 年 6 月版。

②見《離騷》"紛吾既有此内美兮"及《九歌・東皇太一》"五音紛兮繁會",今本王逸注無"棻與紛,古字通"句。

③見《九歌・東君》"照吾檻兮扶桑"及《招魂》"檻層軒些""坐堂伏檻"。今本王逸注無"胡黯切"句,《補注》本作"户黤切"。

④"忽反"句出自《離騷》,"而遊目"今作"以遊目";《九章・哀郢》"順風波以從流兮,焉洋洋而爲客"。

4. 軼埃堨之混濁，鮮顥氣之清英。

王逸《楚辭注》曰：埃，塵也。許慎《淮南子注》曰：堨，埃也，堨與壒同，於害切。……《楚辭》曰：天白顥顥。《説文》曰：顥，白貌，胡暠切。① （卷一《西都賦》，18 頁）

5. 海若游於玄渚，鯨魚失流而蹉跎。

海若，海神。……善曰：《楚辭》曰：令海若舞馮夷。又曰：臨沅、湘之玄淵。……《楚辭》曰：驥垂兩耳，中坂蹉跎。《廣雅》曰：蹉跎，失足也。② （卷二《西京賦》，60 頁）

6. 龍輅充庭，雲旗拂霓。

旗，謂熊虎爲旗，爲高至雲，故曰雲旗也。《楚辭》曰：載雲旗之逶夷。拂，至也。霓，天邊氣也。③ （卷三《東京賦》，107 頁）

7. 雲罕九斿，闟戟轇輵。

轇輵，雜亂貌。……王逸《楚辭注》曰：轇輵，參差縱横也。④ （卷三《東京賦》，113 頁）

8. 其香草則有薜荔蕙若，薇蕪蓀萇。

王逸《楚辭注》曰：薜荔，香草也。……王逸《楚辭注》曰：蓀，香草也。萇，萇楚也。《爾雅》曰：萇楚，銚戈也。⑤ （卷四《南都賦》，155 頁）

---

①《離騷》"溘埃風余上征"；《大招》。

②《遠遊》《九章・惜往日》《九懷・株昭》。"中坂"句"跎"今作"跎"。

③《離騷》《遠遊》《九辯》。《離騷》《九辯》"逶夷"今作"委蛇"，《考異》於《離騷》本句謂"一作逶迤"；《遠遊》"逶夷"今作"逶蛇"。

④ 見《遠遊》"騎膠葛以雜亂兮"及《九歎・遠遊》"潺湲轇轕"。今本王逸注作"參差駢錯，而縱横也"。

⑤ 見《離騷》"貫薜荔之落蕊"及《九歌・湘君》"薜荔柏兮蕙綢"；《九歌・湘君》"蓀橈兮蘭旌"及《九章・抽思》"數惟蓀之多怒兮"。

9. 汰瀺灂兮船容裔，陽侯澆兮掩鳧鷖。

《楚辭》曰：齊吴榜以激汰。王逸曰：汰，水波也。……王逸《楚辭注》曰：回波爲澆。①（卷四《南都賦》，158 頁）

10. 右則疏圃曲池，下畹高堂。

班固曰：畹，三十畝也。《離騷》曰：既滋蘭之九畹。……善曰：《楚辭》曰：坐堂伏檻臨曲池。②（卷六《魏都賦》，272 頁）

11. 比滄浪而可濯，方步櫩而有逾。

《楚辭》曰：滄浪之水清，可以濯吾纓。……步櫩，長廊也。《楚辭》曰：曲屋步櫩宜擾畜。③（卷六《魏都賦》，277 頁）

12. 傳業禪祚，高謝萬邦。

王逸《楚辭注》曰：謝，去也。④（卷六《魏都賦》，288 頁）

13. 蔡莽螫剌，昆蟲毒噬。

善曰：王逸《楚辭注》曰：蔡，草莽也。⑤（卷六《魏都賦》，294 頁）

14. 庶覲蔀家與剝廬，非蘇世而居正。

《楚辭·九章》曰：蔀也必獨立。……王逸《楚辭注》曰：蘇，寤之也。⑥（卷六《魏都賦》，298 頁）

15. 仰撟首以高視兮，目冥眴而亡見。

善曰：王逸《楚辭注》曰：撟，舉也。⑦ 撟與矯同。（卷七《甘泉

---

①《九章·涉江》及《九歎·離世》"波澧澧而揚澆兮"。"激"今作"擊"。

②《離騷》《招寬》。"既"上今有"余"字。

③《漁父》《大招》。"櫩"今作"壛"，《考異》謂"一作櫩"。

④《九章·橘頌》"願歲并謝"、《招寬》"恐後之謝"、《大招》"青春受謝"。

⑤今本未見此注。

⑥今本未見"蔀也必獨立"句。王注見《九章·橘頌》"蘇世獨立"句，今本注無"之"字。

⑦見《離騷》"矯菌桂以紉蕙兮"與《九章·惜誦》"矯兹媚以私處兮"。"撟"今作"矯"。

賦》,325 頁)

16.亂曰:崇崇圜丘,隆隱天兮。

善曰:王逸《楚辭注》曰:亂,理也,所以發理辭指,總撮所要也。①(卷七《甘泉賦》,331 頁)

17.於是我皇乃降靈壇,撫御耦。

王逸《楚辭注》曰:撫,持也。②(卷七《藉田賦》,341 頁)

18.於是楚王乃弭節徘徊,翱翔容與。

郭璞曰:弭,猶低也。……善曰:王逸《楚辭注》曰:弭,案也。③(卷七《子虛賦》,353 頁)

19.朝發軔於長都兮,夕宿瓠谷之玄宫。

《楚辭》曰:朝發軔於天津兮,夕余至乎西極。……《楚辭》曰:夕宿兮帝郊。④(卷九《北征賦》,426 頁)

20.紛吾去此舊都兮,騑遲遲以歷兹。

杜預《左氏傳注》曰:紛,亂也,謂心緒亂也。《楚辭》曰:紛吾乘兮玄雲。……《楚辭》曰:喟憑心而歷兹。⑤(卷九《北征賦》,427 頁)

21.攬余涕以於邑兮,哀生民之多故。

《楚辭》曰:思美人兮攬涕而竚眙。又曰:氣於邑而不可止。

---

①見《離騷》"亂曰"與《大招》"娱人亂只"。"辭指"今作"詞指","所要"今作"其要"。

②見《離騷》"不撫壯而棄穢兮"與《九歌·東皇太一》"撫長劍兮玉珥"。

③見《離騷》"吾令羲和弭節兮"與《九歌·湘君》"夕弭節兮北渚"。"案"字《離騷》篇今作"按",《湘君》篇今作"安"。

④《離騷》《九歌·少司命》。

⑤《九歌·大司命》《離騷》。

又曰：哀生人之長勤。① （卷九《北征賦》，429 頁）

22. 南有玄灞素滻，湯井温谷。

玄、素，水色也。……《楚辭》曰：臨沅、湘之玄淵。又曰：舍素水而蒙深。② （卷十《西征賦》，455 頁）

23. 臨揜坎而累抃，步毁垣以延佇。

王逸《楚辭注》曰：擊手曰抃。《楚辭》曰：結幽蘭而延佇。③ （卷十《西征賦》，468 頁）

24. 惟工匠之多端，固萬變之不窮。

《楚辭》曰：亦多端而膠加。又曰：萬變之情，豈其可蓋。④ （卷十一《景福殿賦》，536 頁）

25. 悲靈均之任石，嘆漁父之棹歌。

《楚辭》曰：名余曰正則，字余曰靈均。又曰：望大河之洲渚，悲申徒之抗直，驟諫君而不聽，重任石之何益。又曰：懷沙礫而自沉兮，不忍見君之蔽壅。⑤ 《史記》曰：屈原作《懷沙賦》，懷石自投汨羅。懷沙，即任石也，義與王逸不同。《楚辭》曰：漁父鼓栧而歌曰：滄浪之水清，可以濯吾纓。⑥ （卷十二《江賦》，572 頁）

26. 騰吹寒山，弭蓋秋阪。

王逸《楚辭注》曰：騰，馳也。……王逸《楚辭注》曰：弭，按

---

①《九章・思美人》《九章・悲回風》《遠遊》。"攬"今作"擥"；"生人"今作"人生"。

②《九章・惜往日》《七諫・哀命》。"舍"今作"含"。

③《天問》"鼇戴山抃，何以安之"；《離騷》。

④《九辯》《九章・悲回風》。"萬變"句今作"萬變其情豈可蓋兮"。

⑤《離騷》《九章・悲回風》《七諫・沈江》。"直"今作"迹"；"自沉"今作"自沈"。

⑥《漁父》。"漁父"下今有"莞爾而笑"四字，"栧"今作"枻"，《考異》謂"一作栧"；"栧而"下今有"去"字。

也。①（卷十三《月賦》,599 頁）

27. 佳期可以還,微霜沾人衣!

《楚辭》曰:與佳人期兮夕張。又曰:微霜兮夜降。②（卷十三《月賦》,602 頁）

28. 眷西路而長懷,望故鄉而延佇。

《楚辭》曰:情慨慨而長懷。又曰:結幽蘭而延佇。③（卷十三《鸚鵡賦》,613 頁）

29. 或淩赤霄之際,或托絶垠之外。

絶垠,天邊之地也。《楚辭》曰:載赤霄而淩太清。又曰:踔絶垠于寒門。④（卷十三《鷦鷯賦》,617 頁）

30. 引員吭之纖婉,頓脩趾之洪姱。

王氏《楚詞注》曰:姱,好也。⑤（卷十四《舞鶴賦》,632 頁）

31. 伊中情之信脩兮,慕古人之貞節。

脩,善也。貞,誠也。善曰:《楚詞》曰:苟中情其好脩。又曰:原生受命于貞節。⑥（卷十五《思玄賦》,651—652 頁）

32. 增煩毒以迷惑兮,羌孰可爲言己?

善曰:《楚辭》曰:獨便悁而煩毒,焉發憤而舒情。又曰:中瞀

---

①見《招魂》"目騰光些"以及《離騷》"吾令羲和弭節兮"。

②《九歌·湘夫人》《七諫·沈江》。"佳"下今本無"人"字,《考異》謂"一本'佳'下有'人'字";"微霜"下今本無"兮"字,今有"下而"二字。

③《九歎·遠逝》及《離騷》。

④《九歎·遠遊》《遠遊》。"踔"今作"逴",《考異》謂"《釋文》作踔";"于"今作"乎"。

⑤見《九歌·東君》"思靈保兮賢姱"、《九歌·禮魂》"姱女倡兮容與"、《招魂》"姱容修態"、《大招》"嫭以姱只"。"好也"今皆作"好貌"。

⑥《離騷》《九歎·逢紛》。

亂兮迷惑。①（卷十五《思玄賦》,653 頁）

33. 恃己知而華予兮,鶗鴂鳴而不芳。

鶗鴂,鳥名也,以秋分鳴。善曰:《楚辭》曰:歲既晏兮孰華予。又曰:恐鶗鴂之先鳴,使夫百草爲之不芳。②《臨海異物志》曰:鶗鴂,一名杜鵑,至三月鳴,晝夜不止,夏末乃止。服虔曰:鶗鴂,一名鶪,伯勞。順陰陽氣而生,賊害之鳥也。王逸以爲春鳥,繆也。（卷十五《思玄賦》,655 頁）

34. 時亹亹而代序兮,疇可與乎比伉?

亹亹,進貌。……善曰:《楚辭》曰:時亹亹而過中。又曰:恐天時之代序。③（卷十五《思玄賦》,655 頁）

35. 咨姤嫮之難并兮,想依韓以流亡。

《楚辭》……又曰:羨韓衆之流得一。又曰:寧溘死以流亡。④（卷十五《思玄賦》,655 頁）

36. 恐漸冉而無成兮,留則蔽而不彰。

漸,進也。善曰:《楚辭》曰:漸冉而不自知兮。又曰:蹇淹留而無成。⑤（卷十五《思玄賦》,655 頁）

37. 歷衆山以周流兮,翼迅風以揚聲。

善曰:……《楚辭》曰:歷衆山而日遠。又曰:聊浮遊於山陿。又曰:步周流於江畔。⑥（卷十五《思玄賦》,656 頁）

38. 何道真之淳粹兮,去穢累而飄輕。

---

①《哀時命》《九辯》。"舒"今作"抒"。

②《九歌・山鬼》《離騷》。"鶗鴂"今作"鵜鴂",《考異》謂"鵜,一作鷤"。

③《九辯》《遠遊》。

④《遠遊》《離騷》。"之"下今無"流"字。

⑤《七諫・沈江》《九辯》。"漸冉"上今有"日"字,"冉"今作"染"。

⑥《惜誓》《九歎・思古》《九歎・思古》。

不澆曰淳。不雜曰粹。穢，德之累也。善曰：……《楚辭》曰：昔三后之淳粹。又曰：除穢累而反真。①（卷十五《思玄賦》，658頁）

39. 前祝融使舉麾兮，纚朱鳥以承旗。

善曰：《楚辭》曰：飛朱鳥使先驅。又曰：鳳皇翼其承旗。②（卷十五《思玄賦》，660頁）

40. 欻神化而蟬蜕兮，朋精粹而爲徒。

善曰：《楚辭》曰：濟江海兮蟬蜕。又曰：吸精粹而吐氛濁。③《漢書音義》，韋昭曰：蟬蜕出於皮殼也。（卷十五《思玄賦》，661頁）

41. 望寒門之絶垠兮，縱余緤乎不周。

善曰：《楚辭》曰：踔絶垠乎寒門。又曰：登閬風而緤馬。王逸曰：緤，繫也。《楚辭》曰：路不周以左轉。王逸曰：不周，山名也，在崑崙西北。④（卷十五《思玄賦》，668頁）

42. 僕夫儼其正策兮，八乘騰而超驤。

僕夫，謂御車人也。……八乘，公上得從車八乘。善曰：《楚辭》曰：僕夫懷余心悲。又曰：撰余轡而正策。又曰：駕八龍之蜿蜿。又曰：超驤。⑤（卷十五《思玄賦》，672頁）

43. 撫軨軹而還睨兮，心勺藥其若湯。

善曰：《説文》曰：無輻曰軨。軹，車輪小穿也。又曰：睨，邪視

①《離騷》《哀時命》。“淳”今作“純”。

②《惜誓》《離騷》。“旗”今作“旍”。

③《九懷・陶壅》《九歎・逢紛》。

④《遠遊》《離騷》《離騷》。“踔”今作“逴”，《考異》謂“《釋文》作踔”。

⑤《遠遊》《遠遊》《離騷》（“駕八龍之蜿蜿”句亦見于《遠遊》）《九懷・株昭》。“蜿蜿”今作“婉婉”，《考異》謂“《釋文》作蜿”；“超驤”句今作“超驤卷阿”。

也。《楚辭》曰:忽臨睨夫舊鄉。又曰:心涫沸其若湯。①(卷十五《思玄賦》,672 頁)

44.拽雲旗之離離兮,鳴玉鸞之譻譻。

鸞,鸞鑣也。……善曰:《楚辭》曰;載雲旗之委蛇。又曰:鳴玉鸞之啾啾。②(卷十五《思玄賦》,673 頁)

45.逾痝鴻於宕冥兮,貫倒景而高厲。

痝鴻宕冥,皆天之高氣也。……宋均曰:痝鴻,未分之象也。《楚辭》曰:貫蒙鴻以東朅兮。……《楚辭》曰:颯弭節而高厲。……鴻,胡孔切。③(卷十五《思玄賦》,675 頁)

46.出閶闔兮降天途,乘焱忽兮馳虛無。

閶闔,天門也。……善曰:《楚辭》曰:倚閶闔而望兮。又曰:乘廻風而遠遊。④(卷十五《思玄賦》,676 頁)

47.苟中情之端直兮,莫吾知而不恧。

善曰:《楚辭》曰:苟余情之端直。又曰:國無人兮莫我知。⑤(卷十五《思玄賦》,677 頁)

48.時飄忽其不再,老晼晚其將及。

《楚辭》曰:時不可兮再得。⑥ ……《楚辭》曰:白日晼晚其將

①《離騷》《七諫·自悲》。"涫沸"今作"沸熱"。

②"載雲旗"句見《離騷》《九歌·東君》《遠遊》《九辯》;《遠遊》"委"作"逶",而《九辯》"載雲旗之委蛇"句,《考異》謂"委"一作"逶";"鳴玉"句見《離騷》。

③《九歎·遠遊》《遠遊》。"蒙鴻"今作"澒濛",《考異》謂"澒,一作鴻";"颯"今作"徐",《考異》謂"一作颯"。

④《離騷》《七諫·自悲》。"兮"今作"予";"廻"今作"回"。

⑤《九章·涉江》《離騷》。"情"今作"心";"之"今作"其",《考異》謂"一作之";今本"兮"字在"知"後。

⑥《九歌·湘君》"時"今作"旹",《考異》謂"一作時"。

入。晼晚，言日將暮也。①（卷十六《歎逝賦》，724頁）

49. 時曖曖而向昏兮，日杳杳而西匿。

《楚辭》曰：時曖曖其將罷。王逸曰：曖曖，昏昧貌。《楚辭》曰：日杳杳而西頹。②（卷十六《寡婦賦》，737頁）

50. 思纏綿以瞀亂兮，心摧傷以愴惻。

《楚辭》曰：中瞀亂兮迷惑。又曰：心悶瞀之忳忳。王逸曰：瞀，亂也。瞀，莫遘切。③（卷十六《寡婦賦》，737頁）

51. 哀鬱結兮交集，淚橫流兮滂沲。

《楚辭》曰：鬱結紆軫兮。又曰：涕流交集。④（卷十六《寡婦賦》，740頁）

52. 鏡朱塵之照爛，襲青氣之烟煴。

《楚辭》曰：經堂入奥，朱塵筵些。王逸曰：朱畫承塵也。或曰：朱塵，紅塵。《楚辭》曰：芳菲菲兮襲人。⑤（卷十六《别賦》，753頁）

53. 或妥帖而易施，或岨峿而不安。

妥帖，易施貌。《公羊傳》曰：帖，服也。《廣雅》曰：帖，静也。王逸《楚辭序》曰：義多乖異，事不妥帖。岨峿，不安貌。《楚辭》曰：圜鑿而方枘兮，吾固知其鉏鋙而難入。……岨，助舉切。峿，魚吕切。⑥（卷十七《文賦》，764頁）

---

①《九辯》；今本王逸無此注。

②《離騷》《九歎·遠逝》。"而"今作"以"。

③《九辯》《九章·惜誦》。"心"今作"中"，《考異》謂"一作心"；"忳忳"今作"忳忳"。

④《九章·懷沙》《九歎·憂苦》。

⑤《招魂》《九歌·少司命》。"奥"今作"奥"；王逸注文今作"上則有朱畫承塵"，"或曰：朱塵筵，謂承塵搏壁，曼延相連接也"；"人"今作"予"。

⑥《離騷序》《九辯》。"妥帖"今作"要括"。

54. 若絙瑟促柱，號鍾高調。

《淮南子》曰：張瑟者小弦絙，大弦緩。高氏注曰：絙，急也。《楚辭》曰：絙瑟兮交鼓。又曰：破伯牙之號鍾。王逸曰：絙，急張弦也。① 《博物志》曰：鑑脅、號鍾，善琴名。（卷十八《長笛賦》，810 頁）

55. 藉皋蘭之猗靡，蔭脩竹之蟬蜎。

《楚辭》曰：皋蘭被徑斯路漸。……《楚辭》曰：嬋娟之脩竹。②（卷十八《嘯賦》，869 頁）

56. 左倚采旄，右蔭桂旗。

《楚辭》曰：建雄虹之采旄。又曰：辛夷車兮結桂旗。③（卷十九《洛神賦》，898 頁）

57. 騰文魚以警乘，鳴玉鸞以偕逝。

騰，升也。文魚有翅能飛，故使警乘。警，戒也。《楚辭》曰：文魚兮上瀨。又曰：將騰駕兮皆逝。④（卷十九《洛神賦》，900 頁）

58. 輕霞冠秋日，迅商薄清穹。

迅商，商風之迅疾也。《楚辭》曰：商風肅而害之，百草育而不長。王逸曰：商風，西風也。秋氣起則西風疾。王逸又曰：薄，附也。⑤（卷二十《九日從宋公戲馬臺集送孔令詩》，957 頁）

59. 良辰感聖心，雲旗興暮節。

---

①《九歌・東君》《九歎・愍命》。"絙"今作"緪"，《考異》謂"一作絙"；"弦"今作"絃"。

②《招魂》《七諫・初放》。"徑"下今有"兮"字；"嬋"今作"便"。

③《遠遊》《九歌・山鬼》。

④《九懷・尊嘉》《九歌・湘夫人》。"皆"今作"偕"。

⑤《七諫・沈江》；《九章・涉江》"芳不得薄兮"，《招魂》"蘭薄户樹"，《七諫・怨世》"安眇眇而無所歸薄"。"害之"今作"害生"；"秋氣"上今有"言"字，"疾"上今有"急"字。

《楚辭》曰：吉日兮良辰。……《楚辭》曰：載雲旗兮逶迤。①（卷二十《九日從宋公戲馬臺集送孔令詩》，960 頁）

60. 黄鳥作悲詩，至今聲不虧。

王逸《楚辭注》曰：虧，歇也。②（卷二十一《咏史》，986 頁）

61. 長嘯激清風，志若無東吴。

《楚辭》曰：臨深水而長嘯。王逸《楚辭注》曰：激，感也。③（卷二十一《咏史》，987 頁）

62. 昔在西京時，朝野多歡娱。

王逸《楚辭注》曰：娱，樂也。娱與虞古字通用。④（卷二十一《咏史》，994 頁）

63. 明兩燭河陰，慶霄薄汾陽。

王逸《楚辭注》曰：海内之政，見四子藐姑射之山，汾水之陽，窅然喪其天下也。⑤（卷二十一《張子房詩》，1000 頁）

64. 超遥行人遠，宛轉年運徂。

《楚辭》曰：超逍遥兮今焉薄。又曰：愁脩夜而婉轉。⑥（卷二

①《九歌·東皇太一》；《離騷》《九歌·東君》《遠遊》《九辯》。“良辰”今作“辰良”；《東君》“載雲”句“逶迤”今作“委蛇”，《考異》謂“一作逶”，“一作虵”；《遠遊》“載雲”句“兮”今作“之”，“逶迤”今作“逶蛇”。

②見《離騷》“唯昭質其猶未虧”“芳菲菲而難虧兮”及《九歌·大司命》“願若今兮無虧”等注。

③《九歎·思古》；此注分别見于《招魂》“《激楚》之結”句，《九歎·惜賢》“竢時風之清激兮”句。

④見《離騷》“夏康娱以自縱”、《九歌·東君》“羌聲色兮娱人”、《九章·惜誦》“設張辟以娱君兮”、《九章·懷沙》“舒憂娱哀兮”、《招魂》“娱酒不廢”、《大招》“娱人亂只”。

⑤今本未見此注，暫列於此。

⑥《九辯》《哀時命》。“婉”今作“宛”。

十一《秋胡詩》,1004 頁)

65. 長懷慕仙類,眩然心緜邈。

王逸《楚辭注》曰:緜緜,細微之思也。又曰:邈,遠也。①(卷二十一《游仙詩》,1018 頁)

66. 激楚佇蘭林,回芳薄秀木。

《楚辭》曰:遊蘭皋與蕙林。王逸《楚辭注》曰:薄,附也。②(卷二十二《招隱詩》,1029 頁)

67. 凝霜凋朱顔,寒泉傷玉趾。

《楚辭》曰:漱凝霜之雰雰。又曰:容則秀稚朱顔。③(卷二十二《反招隱詩》,1031 頁)

68. 日落泛澄瀛,星羅游輕橈。

《楚辭》曰:倚沼畦瀛兮遥望博。王逸曰:楚人名池澤中曰瀛。……《楚辭》曰:荃橈兮蘭旌。王逸曰:橈,小楫也。④(卷二十二《泛湖歸出樓中玩月》,1036 頁)

69. 遠岩映蘭薄,白日麗江皋。

蘭薄,即蘭林也。《楚辭》曰:朝騁騖兮,蘭薄户樹,瓊木籬些。然此意微與王逸注異,不可以王義非之。《楚辭》曰:朝騁騖兮江皋。

---

①分别見《九章・悲回風》"縹緜緜之不可紆"與《離騷》"神高馳之邈邈"。"遠也"今作"遠貌"。

②《九歎・惜賢》;《九章・涉江》"芳不得薄兮"、《招寬》"蘭薄户樹"、《七諫・怨世》"安眇眇而無所歸薄"。

③《九章・悲回風》《大招》。"容則"句今作"容則秀雅,穉朱顔只"。

④《招寬》《九歌・湘君》。"荃"今作"蓀",《考異》謂"一作荃";"小楫"上今有"船"字。

王逸曰:澤曲曰皋。① (卷二十二《從游京口北固應詔》,1038 頁)

70. 薄霄愧雲浮,栖川怍淵沉。

王逸《楚辭注》曰:泊,止也。薄與泊同,古字通。② (卷二十二《登池上樓》,1040 頁)

71. 請附任公言,終然謝天伐。

王逸《楚辭注》曰:謝,去也。③ (卷二十二《游赤石進帆海》,1043 頁)

72. 尋雲陟累榭,隨山望菌閣。

《楚辭》曰:層臺累榭臨高山。王逸曰:層、累,皆重也。……《楚辭》曰:菌閣兮蕙樓。④ (卷二十二《游東田》,1057 頁)

73. 絳氣下縈薄,白雲上杳冥。

王逸《楚辭注》曰:草木交曰薄。《楚辭》曰:杳杳冥冥而薄天。⑤ (卷二十二《從冠軍建平王登廬山香爐峰》,1058 頁)

74. 淹留訪五藥,顧步佇三芝。

《楚辭》曰:攀桂枝兮聊淹留。……王逸《楚辭注》曰:步,徐行也。⑥ (卷二十二《鍾山詩應西陽王教》,1061 頁)

75. 鳴鴈飛南征,鶗鴂發哀音。

善曰:《楚辭》曰:鴈邕邕而南遊。又曰:恐鶗鴂之先鳴,使夫

---

①"朝騁騖兮"句見《九歌・湘君》;"蘭薄户樹,瓊木籬些"句見《招魂》。"朝"今皆作"鼂",《考異》謂"一作朝"。

②見《九章・哀郢》"忽翱翔之焉薄"與《九辯》"今焉薄?"。

③見《九章・橘頌》"願歲并謝",《招魂》"恐後之謝",《大招》"青春受謝"。

④《招魂》《九懷・匡機》。

⑤《九章・涉江》"死林薄兮";《九辯》。"交"下今有"錯"字;"杳杳"今作"瞭",《考異》謂"瞭,一作杳"。

⑥《招隱士》;《離騷》"步余馬於蘭皋兮"。"攀"下今本有"援"字。

百草爲之不芳。①（卷二十三《咏懷詩》,1072 頁）

76. 芳樹垂緑葉,清雲自逶迤。

《楚辭》曰:載雲旗之逶迤。②（卷二十三《咏懷詩》,1074 頁）

77. 寒商動清閨,孤燈曖幽幔。

寒商,秋風也。《楚辭》曰:商風肅而害之,百草育而不長。王逸《楚辭注》曰:曖曖,闇昧貌。③（卷二十三《秋懷》,1078 頁）

78. 徘徊向長風,淚下沾衣衿。

《楚辭》曰:愬長風以徘徊。又曰:向長風而舒情。又曰:泣歔欷而沾襟。④（卷二十三《七哀詩》,1090 頁）

79. 荏苒冬春謝,寒暑忽流易。

王逸《楚辭注》曰:謝,去也。⑤（卷二十三《悼亡詩》,1090 頁）

80. 亹亹朞月周,戚戚彌相愍。

《楚辭》曰:時亹亹而過中。又曰:居戚戚而不解。⑥（卷二十三《悼亡詩》,1092 頁）

81. 弗睹朱顔改,徒想平生人。

---

①見《九辯》《離騷》。"邕邕"今作"廱廱";"鶗鴂"今作"鵜鴂",《考異》謂"鵜,一作鶗"。

②《離騷》《九歌·東君》《遠遊》《九辯》。《東君》"載雲"句"逶迤"今作"委蛇",《考異》謂"一作逶","一作虵";《遠遊》"載雲"句"兮"今作"之","逶迤"今作"逶蛇"。

③《七諫·沈江》;《離騷》"時曖曖其將罷兮"。"害之"今作"害生";"闇"今作"昏"。

④《遠遊》《遠遊》《七諫·自悲》。"愬長"句今作"焉乃逝目徘徊";"向長風"今作"晨向風";《考異》謂"晨,一作長";"沾襟"今作"霑衿"。

⑤見《九章·橘頌》"願歲并謝",《招魂》"恐後之謝",《大招》"青春受謝"。

⑥《九辯》《九章·悲回風》。"不"下今有"可"字,《考異》謂"一無'可'字"。

《楚辭》曰:美人既醉朱顔酡。又曰:容則秀雅稚朱顔。①(卷二十三《出郡傳舍哭范僕射》,1101 頁)

82. 悲風鳴我側,羲和逝不留。

《楚詞》曰:哀江介之悲風。又曰:吾令羲和弭節兮。王逸曰:羲和,日御也。②(卷二十四《贈王粲》,1120 頁)

83. 原野何蕭條,白日忽西匿。

《楚辭》曰:山蕭條而無獸。又曰:日杳杳而西頽。③(卷二十四《贈白馬王彪》,1124 頁)

84. 虚無求列仙,松子久吾欺。

班固《楚辭序》曰:帝閽宓妃,虚無之語。(卷二十四《贈白馬王彪》,1125 頁)

85. 南凌長阜,北厲清渠。

王逸《楚辭注》曰:厲,度也。④(卷二十四《贈秀才入軍》,1128 頁)

86. 望舒離金虎,屏翳吐重陰。

《楚辭》曰:前望舒使先驅。王逸曰:望舒,月御也。……《楚辭》曰:屏翳起雨。王逸曰:□屏翳,雨師名也。⑤(卷二十四《贈尚書郎顧彦先》,1145 頁)

87. 婉婉長離,凌江而翔。

---

①《招魂》《大招》。"酡"今作"酡",《考異》謂"一作酡";"稚"今作"穉"。

②《九章·哀郢》《離騷》。"哀"今作"悲","悲風"今作"遺風"。

③《遠遊》《九歎·遠逝》。"日杳"句"而"今作"以"。

④今本未見此注。惟《遠游》"徐弭節而高厲"句,洪《補》謂"厲,渡也"最近此。暫列於此,待考。

⑤《離騷》《天問》。"屏翳"今作"蓱號";王逸注文"屏"今作"蓱"。

《楚辭》曰：駕八龍之婉婉。① （卷二十四《爲賈謐作贈陸機》，1153 頁）

88. 英英朱鸞，來自南岡。

鸞，亦喻機也。…… 王逸《楚辭序》曰：虬龍鸞鳳，以託君子。（卷二十四《爲賈謐作贈陸機》，1154 頁）

89. 雙鸞游蘭渚，二離揚清暉。

鸞離，喻王、何也。…… 王逸《楚詞序》曰：虯龍鸞鳳，以託君子。② （卷二十五《贈何劭王濟》，1162 頁）

90. 英蘂夏落，毒卉冬敷。

英蘂以喻晋朝，毒卉以比胡寇也。王逸《離騷序》曰：善馬香草，以配忠貞。惡禽醜物，以比讒佞也。③ （卷二十五《答盧諶詩并書》，1171 頁）

91. 萎葉愛榮條，涸流好河廣。

王逸《楚辭注》曰：枝葉早萎痛絶落。……《楚辭》曰：江、河廣而無梁。④ （卷二十五《於安城答靈運》，1191 頁）

92. 曲汜薄停旅，通川絶行舟。

王逸《楚辭注》曰：泊，止也，泊與薄古字通。⑤ （卷二十五《西陵遇風獻康樂》，1194 頁）

93. 歲候初過半，荃蕙豈久芬？

---

①《離騷》《遠遊》。

②“虯”今作“虬”。

③“善馬”上今有“故”字，“善馬”今作“善鳥”；“醜物”今作“臭物”。

④見《離騷》“哀衆芳之蕪穢”句；《哀時命》。王逸注文今本作“枝葉雖蚤萎病絶落”。

⑤見《九章・哀郢》“忽翱翔之焉薄”與《九辯》“今焉薄”。“泊”今作“薄”。

《楚辭》曰：時亹亹而過中。又曰：荃蕙化而爲茅。①（卷二十六《夏夜呈從兄散騎車長沙》，1203 頁）

94. 弱植慕端操，窘步懼先迷。

王逸《楚辭注》曰：植，志也。《楚辭》曰：内惟省以端操。又曰：夫唯捷徑以窘步。窘，求陨切。②（卷二十六《和謝監靈運》，1205 頁）

95. 倚巖聽緒風，攀林結留荑。

《楚辭》曰：倚石巖以流涕。又曰：款秋冬之緒風。又曰：畦留荑與揭車。王逸曰：留荑，香草也。③（卷二十六《和謝監靈運》，1206 頁）

96. 物謝時既晏，年往志不偕。

王逸《楚辭注》曰：謝，去也。《楚辭》曰：年洋洋而日往。④（卷二十六《和謝監靈運》，1207 頁）

97. 春秋代遷逝，四運紛可喜。

《楚辭》曰：春與秋其代序。《莊子》曰：黄帝曰：陰陽四時，運行各得其序。《楚辭》曰：緑葉素榮，紛其可喜。⑤（卷二十六《在懷縣作二首》，1226 頁）

98. 眇眇孤舟游，緜緜歸思紆。

《楚辭》曰：安眇眇兮無所歸薄。又曰：縹緜緜之不可紆。王

①《九辯》《離騷》。

②《招蒐》"弱顔固植"；《遠遊》《離騷》。

③《九歎·憂苦》《九章·涉江》《離騷》。"款"今作"欵"；"荑"今皆作"夷"。

④《九章·橘頌》"願歲并謝"，《招蒐》"恐後之謝"，《大招》"青春受謝"；《九辯》，"而"今作"以"，《考異》謂"一作而"。

⑤《離騷》《九章·橘頌》。

逸曰：緜緜，細微之思，難斷絶也。①（卷二十六《始作鎮軍參軍經曲阿作》，1233 頁）

99. 叩栧新秋月，臨流別友生。

《楚辭》曰：漁父鼓栧而去。王逸曰：叩船舷也。《楚辭》曰：臨流水而太息。②（卷二十六《辛丑歲七月赴假還江陵夜行塗口》，1235 頁）

100. 定山緬雲霧，赤亭無淹薄。

王逸《楚辭注》曰：泊，止也。薄，與泊同。③（卷二十六《富春渚》，1240 頁）

101. 既秉上皇心，豈屑末代誚。

王逸《楚辭注》曰：屑，顧也，先結切。④（卷二十六《七里瀨》，1241 頁）

102. 憩石挹飛泉，攀林搴落英。

王逸《楚辭注》曰：搴，采取也。⑤（卷二十六《初去郡》，1244 頁）

103. 楚人心昔絶，越客腸今斷。

楚人，屈原也。（卷二十六《道路憶山中》，1247 頁）

104. 眇默軌路長，憔悴征戍勤。

---

①《七諫·怨世》《九章·悲回風》。"兮"今作"而"；今王逸注無"緜緜"二字。

②《漁父》《九章·抽思》。"漁父"下今有"莞爾而笑"四字；"栧"今作"枻"，《考異》謂"一作栧"。

③見《九章·哀郢》"忽翱翔之焉薄"、《九辯》"今焉薄"；"泊"今作"薄"。

④今本未見此注，暫列於此，以待達者。

⑤見《離騷》"朝搴阰之木蘭兮"與《九歌·湘君》"搴芙蓉兮木末"。《離騷》王注作"搴，取也"；《湘君》王注"采取"作"手取"。

《楚辭》曰：登石巒兮遠望，路眇眇兮默默。又曰：顔色憔悴。[①]（卷二十七《還至梁城作》，1255 頁）

105. 佳期悵何許，淚下如流霰。

《楚辭》曰：與佳人期兮夕張。又曰：涕淫淫而若霰。[②]（卷二十七《晚登三山還望京邑》，1263 頁）

106. 忘歸屬蘭杜，懷禄寄芳荃。

《楚辭》曰：遊子憺兮忘歸。……《楚辭》曰：荃不察余之中情。王逸曰：荃，香草，以喻君子。[③]（卷二十七《早發定山》，1267 頁）

107. 北徵瑶臺女，南要湘川娥。

《楚辭》曰：望瑶臺之偃蹇兮，見有娀之佚女。……王逸《楚辭注》曰：堯二女娥皇、女英，墮湘水之中，爲湘夫人也。[④]（卷二十八《前緩聲歌》，1314 頁）

108. 羽旗栖瓊鸞，玉衡吐鳴和。

瓊鸞，以瓊爲鸞，以施於旗上。鸞，鳥，故曰栖也。……《楚辭》曰：鳴玉鸞之啾啾。又曰：枉玉衡於炎火。王逸曰：衡，車衡也。[⑤]（卷二十八《前緩聲歌》，1314 頁）

109. 摠轡扶桑枝，濯足湯谷波。

《楚辭》曰：飲余馬乎咸池，摠余轡乎扶桑。又曰：朝濯髮於湯

---

①《九章・悲回風》《漁父》。"登石"句"兮"今作"以"，"路眇"句"兮"今作"之"。

②《九歌・湘夫人》《九章・哀郢》。"佳"下今本無"人"字，《考異》謂"一本'佳'下有'人'字"；"而"今作"其"。

③《九歌・東君》《離騷》。"遊子"今作"觀者"，"以喻"句今作"以諭君也"。

④《離騷》《九歌・湘夫人》"帝子降兮北渚"。"有娥"今作"有娀"；"堯"上今有"言"字，"墮湘"句今本作"隨舜不反，没於湘水之渚"，"爲"上今有"因"字。

⑤《離騷》《九歎・遠遊》。

谷。① （卷二十八《前緩聲歌》，1315 頁）

110. 肆呈窈窕容，路曜便娟子。

王逸《楚辭注》曰：便娟，好貌也。② （卷二十八《會吟行》，1317 頁）

111. 今我獨何爲，埳壈懷百憂。

《楚辭》曰：貧士失職而志不平。又曰：惟鬱鬱之憂獨兮，志坎壈而不違。王逸曰：坎壈，不遇貌也。③ （卷二十八《結客少年場行》，1322 頁）

112. 白楊多悲風，蕭蕭愁殺人。

《楚辭》曰：哀江介之悲風。又曰：秋風兮蕭蕭。④ （卷二十九《古詩一十九首》，1349 頁）

113. 屈原以美人爲君子，以珍寶爲仁義，以水深雪雰爲小人。思以道術相報，貽於時君，而懼讒邪不得以通。（卷二十九《四愁詩》，1357 頁）

114. 秋蘭可喻，桂樹冬榮。

蘭以秋馥，可以喻言。桂以冬榮，可以喻性。《楚辭》曰：秋蘭兮青青。又曰：麗桂樹之冬榮。⑤ （卷二十九《朔風詩》，1362 頁）

115. 僕夫早嚴駕，吾將遠行遊。

《楚辭》曰：僕夫懷兮心悲。又曰：嚴車駕兮出戲遊。又曰：願輕舉兮遠遊。⑥ （卷二十九《雜詩》，1364 頁）

---

①《離騷》《遠遊》。"飲余"句"乎"今作"於"，"揔"今作"總"。

②見《大招》"體便娟只"、《七諫·初放》"便娟之脩竹兮"。

③《九辯》《九歎·怨思》。"獨"今作"毒"；"壈"今皆作"壈"。

④《九章·哀郢》《九懷·蓄英》。"哀"今作"悲"，"悲風"今作"遺風"。

⑤《九歌·少司命》《遠遊》。

⑥《遠遊》《九思·逢尤》《遠遊》。"僕夫"句"兮"今本作"余"；"車"今作"載"；"願輕"句"兮"今作"而"。

116. 飛廉應南箕,豐隆迎號屏。

《楚辭》曰:後飛廉兮使奔屬。飛廉,風伯也。《楚辭》曰:吾令豐隆乘雲兮。王逸曰:豐隆,雲師也。《楚辭》曰:屏號起雨,何以興之?① 王逸曰:屏,屏翳,雨師名也。號,呼也。興,起也。言雨師呼則雲起而雨下也。②（卷二十九《雜詩》,1384 頁）

117. 澹乎至人心,恬然存玄漠。

《莊子》曰:澹而静乎,莫而清乎。王逸《楚辭注》曰:憺,安也。憺與澹同。③（卷三十《時興》,1390 頁）

118. 嫋嫋秋風過,萋萋春草繁。

《楚辭》曰:嫋嫋兮秋風。王逸注曰:嫋嫋,風摇木貌也。《楚辭》曰:春草生兮萋萋。④（卷三十《石門新營所住四面高山回溪石瀨修竹茂林詩》,1399 頁）

119. 洞庭空波瀾,桂枝徒攀翻。

《楚辭》曰:洞庭波兮木葉下。又曰:攀桂枝兮聊淹留。⑤（卷三十《石門新營所住四面高山回溪石瀨修竹茂林詩》,1399 頁）

120. 昔賢侔時雨,今守馥蘭蓀。

王逸《楚辭注》曰:蓀,香草名也。⑥（卷三十《和謝宣城》,

---

①《離騷》《離騷》《天問》。"飛廉兮"今作"飛廉";"乘"今作"椉",《考異》謂"一作乘";"屏號"今作"蓱號"。

②"屏"今皆作"蓱";"雨師呼"今作"雨師號呼"。

③見《九歌·雲中君》"蹇將憺兮壽宫"、《九歌·東君》"觀者憺兮忘歸"、《哀時命》"志欿憾而不憺兮"。

④《九歌·湘夫人》《招隱士》。"風摇"上今有"秋"字。

⑤《九歌·湘夫人》《招隱士》。"攀"下今本有"援"字。《考異》謂"一無'援'字"。

⑥見《九歌·湘君》"蓀橈兮蘭旌"、《九章·抽思》"數惟蓀之多怒兮"。今本注無"名"字。

1419 頁）

121. 徙倚窮騁望，目極盡所討。

《楚辭》曰：白蘋兮騁望。又曰：目極千里。①（卷三十《擬魏太子鄴中集詩》，1438 頁）

122. 胡風吹朔雪，千里度龍山。

《楚辭》曰：增冰峨峨，飛雪千里。又曰：北有寒山，逴龍赩然。王逸曰：逴龍，山名。②（卷三十一《學劉公幹體》，1449 頁）

123. 幸及風雪霽，青春滿江皋。

《楚詞》曰：青春爰謝。又曰：馳騖乎江皋。③（卷三十一《雜體詩三十首》，1476 頁）

124. 悵然山中暮，懷痾屬此詩。

《楚辭》曰：幽獨處乎山中。又曰：抒中情而屬詩。④（卷三十一《雜體詩三十首》，1477 頁）

125. 今太子膚色靡曼，四支委隨，筋骨挺解。

王逸《楚詞注》曰：靡，細也。曼，澤也。隨，不能屈伸也。⑤（卷三十四《七發》，1561 頁）

126. 所從來者至深遠，淹滯永久而不廢。

①《九歌・湘夫人》《招魂》。"蘋"今作"薠"，《考異》謂"薠，或作蘋"；"目極千里"今作"目極千里兮傷春心"。

②分别見《招魂》《大招》篇。"赩然"今作"赩只"。

③《大招》《九歌・湘君》。"爰謝"今作"受謝"，《考異》謂"謝，一作謝"；"馳騖"上今有"鼂"字，"馳"今作"騁"，"乎"今作"兮"。

④《九章・涉江》《哀時命》。"抒"今作"杼"，《考異》謂"一作抒"。

⑤今本未見"靡，細也"注，疑爲《招魂》"靡顔膩理"王注"靡，緻也"之誤；"曼，澤也"爲《招魂》"蛾眉曼睩"句注；但今本未見"隨，不能屈伸也"句注。暫列於此，以侍達者。

王逸《楚詞注》曰：淹，久也。①（卷三十四《七發》，1561 頁）

127. 燿靈匿景，繼以華燈。

《楚辭》曰：角宿未旦，耀靈焉藏？《廣雅》曰：耀靈，日也。《楚辭》曰：蘭膏明燭華燈錯。②（卷四十《在元城與魏太子牋》，1828 頁）

128. 攬涕告辭，悲來横集。

《楚辭》曰：思美人兮攬涕而竚眙。又曰：涕横集而成行。③（卷四十《拜中軍記室辭隋王牋》，1837 頁）

129. 思欲抑六龍之首，頓羲和之轡。

《楚辭》曰：貫鴻濛以東竭兮，維六龍於扶桑。又曰：吾令羲和弭節兮。④（卷四十二《與吴季重書》，1906 頁）

130. 折若木之華，閉濛汜之谷。

《楚辭》曰：折若木以拂日兮，聊逍遥以相佯。王逸曰：若木在崑崙，言折取若木以拂擊蔽日使之還却也。《楚辭》曰：出自陽谷，次於濛汜。⑤（卷四十二《與吴季重書》，1906 頁）

131. 秦筝發徽，二八迭奏。

《楚辭》曰：挾秦筝而彈徽。又曰：二八齊容起鄭舞。⑥（卷四

①見《離騷》"日月忽其不淹兮"與《招蒐》"時不可以淹"。

②《天問》《招蒐》。"耀"今作"曜"，"焉"今作"安"；"燈"今作"鐙"。

③《九章・思美人》《九歎・憂苦》。"攬"今作"擥"。

④《九歎・遠遊》《離騷》。"鴻"今作"澒"，《考異》謂"一作鴻"；"竭"今作"朅"。

⑤《離騷》《天問》。"佯"今作"羊"，《考異》謂"一作佯"；今本"崑崙"下有"西極"二字；"折取"上今無"言"字；"擊"下今無"蔽"字；"却"今本作"去"；"陽"今作"湯"，《補注》謂"《説文》云：暘，日出也。或作湯，通作陽"；"於"今作"于"；"濛"今作"蒙"。

⑥《九歎・愍命》《招蒐》。"秦筝"今作"人筝"；"徽"今作"緯"。

十二《答東阿王書》,1910 頁)

132. 結春芳以崇佩,折若華以翳日。

《楚辭》曰:紉秋蘭以爲佩。又曰:春蘭兮秋菊。[①](卷四十二《與從弟君苗君胄書》,1918 頁)

133. 延袤百丈而不溷者,工用相得也。

王逸《楚辭注》曰:溷,亂也,胡困切。[②](卷四十七《聖主得賢臣頌》,2090 頁)

134. 以爲濁世不可以富貴也,故薄游以取位。

王逸《楚辭序》曰:不忍以清白久居濁世。(卷四十七《東方朔畫贊》,2117 頁)

135. 宛宛黄龍,興德而升。

《楚辭》曰:駕八龍之宛宛。[③](卷四十八《封禪文》,2144 頁)

136. 自靈均以來,多歷年代。

靈均,屈原字也。(卷五十《宋書謝靈運傳論》,2220 頁)

137. 徼草木以共凋,與麋鹿而同死。

《楚辭》曰:願徼幸而有待兮,宿莽與壄草同死。王逸曰:將與百草俱殂落也。……《楚辭》曰:死日將至兮,與麋鹿同坑。[④](卷五十四《辯命論》,2349 頁)

138. 蘭膏停室,不思銜燭之龍。

《楚辭》曰:蘭膏明燭華容備。王逸曰:以蘭香練膏也。《楚

---

①《離騷》《九歌·禮魂》。

②見《離騷》"世溷濁而不分兮"與《九章·涉江》"世溷濁而莫余知兮"。

③《離騷》《遠遊》。"宛宛"今作"婉婉"。

④《九辯》《七諫·初放》。"宿"今作"泊";"莽"今作"莽莽";"百草"今作"百卉";"殂"今作"徂";"坑"今作"阬",《補注》謂"阬,字書作坑,丘庚切,俗作坑"。

辭》曰：日安不到，燭龍何照？王逸曰：言天西北有幽冥無日之國，有龍銜燭而照之也。①（卷五十五《演連珠五十首》，2395 頁）

139. 躊躇冬愛，怊悵秋暉。

《楚辭》曰：蹇淹留而躊躇。……《楚辭》曰：心怊悵以永思。②（卷五十七《宋孝武宣貴妃誄》，2479 頁）

140. 天厭宋德，水運告謝。

王逸《楚辭注》曰：謝，去也。③（卷五十八《褚淵碑文》，2516 頁）

141. 飛閣逶迤，下臨無地。

《楚辭》曰：載雲旗兮逶移。王逸曰：逶移而長。移與迤音義同。《楚辭》曰：下峥嶸而無地，上寥廓而無天。④（卷五十九《頭陁寺碑文》，2538 頁）

142. 鍾石徒刊，芳猷永謝。

王逸《楚辭注》曰：謝，去也。⑤（卷五十九《齊故安陸昭王碑文》，2564 頁）

143. 訪懷沙之淵，得捐珮之浦。

《楚辭》曰：懷沙礫而自沈兮，不忍見之蔽壅。又曰：捐余玦兮江中，遺余珮兮澧浦。⑥（卷六十《祭屈原文》，2606 頁）

144. 乃遣户曹掾某，敬祭故楚三閭大夫屈君之靈。

---

①《招蒐》《天問》。“練膏”之“練”今作“煉”；“西北”上今有“之”字。

②《九辯》《九歎・逢紛》。

③見《九章・橘頌》“願歲并謝”，《招蒐》“恐後之謝”，《大招》“青春受謝”。

④《東君》《遠遊》。“逶移”今皆作“委蛇”，《考異》謂“蛇，一作移。一作逶迤。”

⑤見《九章・橘頌》“願歲并謝”，《招蒐》“恐後之謝”，《大招》“青春受謝”。

⑥《七諫・沈江》《九歌・湘君》。“見”下今有“君”字；“珮”今作“佩”，《考異》謂“一作珮”；今“澧”作“醴”，《考異》謂“一作澧”。

王逸《楚辭序》曰：屈原與楚同姓，仕於懷王，爲三閭大夫。（卷六十《祭屈原文》，2606 頁）

145. 嬴芈遘紛，昭懷不端。

王逸《楚辭序》曰：是時秦昭王使張儀譎詐懷王，令絶齊交。又使誘懷王請與俱會武關，遂脅與俱歸，拘留不遣，卒客死於秦。①（卷六十《祭屈原文》，2607 頁）

一、離騷

1. 紅羅颯纚，綺組繽紛。

《楚辭》曰：佩繽紛其繁飾。王逸曰：繽紛，盛貌也。繽，匹人切。（卷一《西都賦》，14 頁）

2. 神明鬱其特起，遂偃蹇而上躋。

王逸《楚辭注》曰：偃蹇，高貌也。（卷一《西都賦》，16—17 頁。望瑶臺之偃蹇兮）

3. 右平左城，青瑣丹墀。

善曰：《漢書》曰：赤壁青瑣。《音義》曰：以青畫户邊鏤中。王逸《楚辭注》曰：文如連瑣。（卷二《西京賦》，53 頁。欲少留此靈瑣兮）

4. 屑瓊蕊以朝飧，必性命之可度。

《楚辭》曰：屑瓊蕊以爲糧。王逸曰：糜，屑也。②（卷二《西京賦》，60 頁）

5. 相羊乎五柞之館，旋憩乎昆明之池。

相羊，仿羊也。池，即所謂靈沼也。善曰：《楚辭》曰：聊逍遥

---

①“誘懷王”今作“誘楚”；“遺”今作“遣”。

②“屑瓊”句今作“精瓊靡以爲粻”；“糜”今作“靡”，《補注》謂“靡，音糜”。

以相羊。(卷二《西京賦》,73 頁)

6.回行道乎伊闕,邪徑捷乎轘轅。

捷,邪也。……王逸《楚辭注》曰:捷,疾也。《左氏傳注》曰:捷,邪出也。(卷三《東京賦》,100 頁。夫唯捷徑以窘步)

7.飛雲龍於春路,屯神虎於秋方。

王逸《楚辭注》曰:屯,陳也。(卷三《東京賦》,103 頁。屯余車其千乘兮)

8.大丙弭節,風后陪乘。

《楚辭》曰:吾令羲和弭節兮。王逸曰:弭,按節徐行也。①(卷三《東京賦》,118 頁)

9.晻曖蓊蔚,含芬吐芳。

王逸《楚辭注》曰:曖,闇昧貌。②(卷四《南都賦》,155 頁。時曖曖其將罷兮)

10.羲和假道於峻歧,陽烏回翼乎高標。

善曰:《楚辭》曰:吾令羲和弭節兮。《廣雅》曰:日御謂之羲和。(卷四《蜀都賦》,178 頁)

11.敷蕊葳蕤,落英飄颻。

《楚辭》曰:採薜荔之落英。③(卷四《蜀都賦》,180 頁)

12.瓊枝抗莖而敷蘂,珊瑚幽茂而玲瓏。

瓊樹生,其華蘂仙人所食,令人長生。《楚辭》曰:精瓊蘂以爲糧。④(卷五《吴都賦》,208 頁)

---

①"徐行"今作"徐步"。

②"曖"下今有一"曖"字;"闇"今作"昏"。

③"採"今作"貫";"落英"今作"落蕊"。

④"瓊蘂"之"蘂"今作"爢";"糧"今作"粻"。

13. 江蘺之屬，海苔之類。

江蘺，香草也。《楚辭》曰：扈江蘺。①（卷五《吴都賦》，209 頁。扈江離與辟芷兮）

14. 職貢納其包匭，《離騷》咏其宿莽。

《爾雅》曰：卷葹草，拔其心不死。江、淮間謂之宿莽。屈原嘉之以其志，故《離騷》曰：夕覽洲之宿莽。②（卷五《吴都賦》，210 頁）

15. 扈帶鮫函，扶揄屬鏤。

《離騷》曰：扈江離。楚人謂被爲扈。（卷五《吴都賦》，220 頁。扈江離與辟芷兮）

16. 於是弭節頓轡，齊鑣駐蹕。

《離騷》曰：抑志弭節。③（卷五《吴都賦》，225 頁。抑志而弭節兮）

17. 思假道於豐隆，披重霄而高狩。

《楚辭》曰：吾令豐隆乘雲兮。④ 王逸曰：豐隆，雲師也。（卷五《吴都賦》，226 頁）

18. 汩乘流以砰宕，翼颸風之颲颲。

颸，疾風。……《離騷》曰：溘颸風兮上征。⑤ 班固曰：颸，疾也。（卷五《吴都賦》，230 頁）

19. 誳詭之殊事，藏理於終古，而未寤於前覺也。

終古，猶永古也。《周禮·考工記》曰：輪已崇，則人不能登

---

①“江蘺”今皆作“江離”，《考異》謂“《文選》離作蘺”。

②“覽”今作“攬”。

③“抑志”下今有“而”字。

④“乘”今作“椉”，《考異》謂“一作乘”。

⑤“溘”今作“溘”，“颸風”今作“埃風”；“兮”今作“余”。

也。輪已庳，則終古登陁。《離騷》曰：吾焉能忍此終古。①（卷五《吴都賦》，235頁）

20. 藐藐標危，亭亭峻趾。

王逸《楚辭注》曰：藐藐，遠也。②（卷六《魏都賦》，275頁。神高馳之邈邈）

21. 岌岌冠縰，累累辮髮。

《楚辭》曰：高余冠之岌岌。（卷六《魏都賦》，284頁）

22. 世篤玄同，奚遽不能與之踵武而齊其風？

踵，繼也。武，迹也。《楚辭》曰：及前王踵之武。③（卷六《魏都賦》，288頁）

23. 末上林之隤牆，本前脩以作系。

前脩，謂前賢也。《離騷》，摶吾法夫前脩。④（卷六《魏都賦》，291頁）

24. 非常寐而無覺，不睹皇輿之軌躅。

《楚辭》曰；恐皇輿之敗。⑤（卷六《魏都賦》，297頁。恐皇輿之敗績）

25. 過以仈剽之單慧，歷執古之醇聽。

王逸《楚辭注》曰：歷，逢也。（卷六《魏都賦》，297頁。委厥美而歷兹）

26. 於是乃命群僚，歷吉日，協靈辰。

---

①"吾"今作"余"；"忍"下今有"與"字。

②"藐藐"今作"邈邈"；"也"今作"貌"。

③"踵之"今作"之踵"。

④"摶"今作"謇"。

⑤"敗"下今有"績"字。

《楚辭》曰:歷吉日吾將行。① 郭璞《上林賦注》曰:歷,選也。(卷七《甘泉賦》,322 頁)

27. 齊總總以撙撙,其相膠轕兮,猋駭雲迅,奮以方攘。

善曰:王逸《楚辭注》曰:總總撙撙,束聚貌也。② (卷七《甘泉賦》,323 頁。紛總總其離合兮,斑陸離其上下)

28. 敦萬騎於中營兮,方玉車之千乘。

善曰:敦與屯同。王逸《楚辭注》曰:屯,陳也。(卷七《甘泉賦》,324 頁。屯余車其千乘兮)

29. 登椽欒而狃天門兮,馳閶闔而入凌兢。

善曰:《楚辭》曰:令帝閽開閶闔而望予。③ 王逸曰:閶闔,天門也。(卷七《甘泉賦》,324 頁)

30. 靡薜荔而爲席兮,折瓊枝以爲芳。

《楚辭》曰:折瓊枝以繼佩。(卷七《甘泉賦》,329 頁)

31. 攀琁璣而下視兮,行遊目乎三危。

《楚辭》曰:忽反顧以游目。④ (卷七《甘泉賦》,329 頁)

32. 陳衆車於東阬兮,肆玉軑而下馳。

晋灼曰:軑,車轄也。韋昭曰:軑,徒計切。善曰:……《楚辭》曰:齊玉軑而並馳。軑,音大。(卷七《甘泉賦》,329 頁)

33. 選巫咸兮叫帝閽,開天庭兮延群神。

王逸《楚辭注》曰:巫咸,古神巫也。《楚辭》曰:吾令帝閽闢開

①“日”下今有“乎”字。

②今王注作“總總,猶僔僔,聚貌”。

③今作“吾令帝閽開關兮,倚閶闔而望予”。

④“游”今作“遊”,《考異》謂“一作游”。

兮。①（卷七《甘泉賦》,331 頁）

34.瓊鈒入蕊,雲罕晻藹。

《楚辭》曰:揚雲霓之晻藹。……晻,音烏感切。（卷七《藉田賦》,340 頁）

35.出乎椒丘之闕,行乎洲淤之浦。

服虔曰:丘名也。……善曰:《楚辭》曰:馳椒丘兮焉且。②且,止也,音昌吕切。（卷八《上林賦》,362 頁）

36.糅以蘪蕪,雜以留夷。

張揖曰:留夷,新夷也。善曰:王逸《楚辭注》曰:留夷,香草。（卷八《上林賦》,365 頁。畦留夷與揭車兮）

37.建華旗,鳴玉鸞。

郭璞曰:鸞,鈴也。善曰:《楚辭》曰:鳴玉鸞之啾啾。（卷八《上林賦》,377 頁）

38.飛廉雲師,吸嚊潚率,鱗羅布烈,攢以龍翰。

善曰:《楚辭》曰:後飛廉使奔屬。王逸曰:飛廉,風伯也。（卷八《羽獵賦》,393 頁）

39.啾啾蹌蹌,入西園,切神光。

善曰:郭璞《三蒼解詁》曰:啾啾,衆聲也。啾或爲秋。蹌蹌,行貌。《楚辭》曰:鳴玉鸞之啾啾。（卷八《羽獵賦》,393 頁）

40.皇車幽輵,光純天地,望舒彌轡。

服虔曰:望舒,月御也。如淳曰:《楚辭》曰:前望舒使先駈。③（卷八《羽獵賦》,394 頁）

---

①見"巫咸將夕降兮"句注;"闢開"今作"開闢"。

②今作"馳椒丘且焉止息"。

③"駈"今作"驅"。

41.鞭洛水之宓妃,餉屈原與彭胥。

善曰:《楚辭》曰:願依彭咸之遺制。王逸曰:殷賢大夫自投水而死。① (卷八《羽獵賦》,397頁)

42.是以車不安軔,日未靡旃。

善曰:王逸《楚辭注》曰:軔,支輪木。② (卷九《長楊賦》,410頁。朝發軔於蒼梧兮)

43.余遭世之顛覆兮,罹填塞之阨災。

王逸《楚辭注》曰:險阨,傾危也。③ (卷九《北征賦》,426頁。路幽昧以險隘)

44.舊室滅以丘墟兮,曾不得乎少留。

《楚辭》曰:欲少留此靈瑣。(卷九《北征賦》,426頁)

45.歷雲門而反顧,望通天之崇崇。

《楚辭》曰:忽反顧而遊目。④ (卷九《北征賦》,426頁)

46.釋余馬於彭陽兮,且弭節而自思。

《楚辭》曰:步余馬於蘭皋。……《楚辭》曰:吾令羲和弭節兮。司馬彪《上林賦》注曰:弭節,安志也。(卷九《北征賦》,427頁)

47.越安定以容與兮,遵長城之漫漫。

《楚辭》曰:遵赤水而容與。又曰:路曼曼其脩遠。漫與曼古字通。(卷九《北征賦》,428頁)

48.遵通衢之大道兮,求捷徑欲從誰?

①"制"今作"則";"殷賢"上今有"彭咸"二字;"大夫"下今有"諫其君不聽"等字。

②"支"今作"搘",《考異》謂"一作支"。

③"阨"今作"隘";"傾"上今有"諭"字。

④"而"今作"以"。

《楚辭》曰:夫唯捷徑以窘步。王逸曰:徑,邪道也。(卷九《東征賦》,433 頁)

49.乃遂往而徂逝兮,聊游目而遨魂。

《楚辭》曰:忽反顧而游目。①(卷九《東征賦》,433 頁)

50.歷七邑而觀覽兮,遭鞏縣之多艱。

《楚辭》曰:路脩遠以多艱。(卷九《東征賦》,433 頁)

51.甄大義以明責,反初服於私門。

《楚辭》曰:進不入以離尤兮,退將復脩吾初服。(卷十《西征賦》,442 頁)

52.皇鑒揆余之忠誠,俄命余以末班。

《楚辭》曰:皇鑒揆余於初度。②(卷十《西征賦》,442 頁)

53.眷鞏洛而掩涕,思纏綿於墳塋。

《楚辭》曰:長太息以掩涕。(卷十《西征賦》,443 頁)

54.臧札飄其高厲,委曹吴而成節。

王逸《楚辭注》曰:委,弃也。(卷十《西征賦》,451 頁。委厥美以從俗兮)

55.惆輟駕而容與,哀武安以興悼。

《楚辭》曰:遵赤水而容與。(卷十《西征賦》,465 頁)

56.開襟乎清暑之館,游目乎五柞之宫。

《楚辭》曰:忽反顧而游目。③ 五柞在盩厔。(卷十《西征賦》,472 頁)

---

①"而"今作"以";"游"今作"遊",《考異》謂"一作游"。

②"鑒"今作"覽",《考異》謂"一作鑒";"余"下今無"於"字,《考異》謂"一本'余'下有'于'字"。

③"而"今作"以";"游"今作"遊",《考異》謂"一作游"。

57. 雖信美而非吾土兮,曾何足以少留?

《楚辭》曰:雖信美而無禮。(卷十一《登樓賦》,490 頁)

58. 悲舊鄉之壅隔兮,涕横墜而弗禁。

《楚辭》曰:忽臨睨夫舊鄉。(卷十一《登樓賦》,490 頁)

59. 邈彼絶域,幽邃窈窕。

王逸《楚辭注》曰:邈,遠也。① ……王逸曰:邃,深也。(卷十一《游天台山賦》,495 頁。神高馳之邈邈。閨中既以邃遠兮)

60. 爾乃羲和亭午,游氣高褰。

《楚辭》曰:吾令羲和弭節兮。王逸曰:羲和,日御也。(卷十一《游天台山賦》,499 頁)

61. 直視千里外,唯見起黄埃。

王逸《楚辭注》曰:埃,塵也。(卷十一《蕪城賦》,505 頁。溘埃風余上征)

62. 雖離朱之至精,猶眩曜而不能昭晰也。

王逸《楚辭注》曰:眩曜,惑亂貌。②(卷十一《景福殿賦》,526 頁。世幽昧以昡曜兮)

63. 故其風中人狀,直憞溷鬱邑,毆温致濕。

王逸《楚詞注》曰:鬱邑而憂也。③(卷十三《風賦》,584 頁。曾歔欷余鬱邑兮)

64. 四時忽其代序兮,萬物紛以回薄。

《楚辭》曰:日月忽其不淹兮,春與秋兮代序。④(卷十三《秋

①王逸注今作"邈邈,遠貌"。

②"眩"今作"昡",《考異》謂"一作眩"。

③今本無"而"字。

④"秋兮"之"兮"今作"其"。

興賦》,586 頁)

65. 菊散芳於山椒,雁流哀於江瀨。

王逸《楚辭注》曰:土高四墮曰椒。①(卷十三《月賦》,601 頁。馳椒丘且焉止息)

66. 蒼鷹鷙而受緤,鸚鵡惠而入籠。

王逸《楚詞注》曰:緤,繫也。(卷十三《鸚鵡賦》,619 頁。登閬風而緤馬)

67. 既剛且淑,服韃羈兮。

《楚詞》曰:余雖好脩姱以韃羈兮。王逸曰:韁在口曰韃,絡在頭曰羈。②(卷十四《赭白馬賦》,629 頁)

68. 颯沓矜顧,遷延遲暮。

《楚詞》曰:恐美人之遲暮。王逸曰:暮,晚也。③(卷十四《舞鶴賦》,633 頁)

69. 逸翮後塵,翱翥先路。

《楚詞》曰:吾導夫先路。④(卷十四《舞鶴賦》,633 頁)

70. 竦余身而順止兮,遵繩墨而不跌。

善曰:《楚詞》曰:遵繩墨而不頗。⑤(卷十五《思玄賦》,652 頁)

71. 旌性行以製珮兮,佩夜光與瓊枝。

《楚辭》曰:折瓊枝以繼珮。⑥(卷十五《思玄賦》,652 頁)

72. 纗幽蘭之秋華兮,又綴之以江離。

①"椒"下今有"丘"字。

②"絡"上今有"革"字;"絡"下今無"在"字。

③王逸注文"暮"今作"遲"。

④"吾"上今有"來"字;"導"今作"道"。

⑤"遵"今作"循"。

⑥"珮"今作"佩"。

善曰:《楚辭》曰:結深蘭之亭。① 又曰:扈江離與薜芷兮,紉秋蘭以爲珮。②(卷十五《思玄賦》,652 頁)

73. 美襞積以酷烈兮,允塵邈而難虧。

虧,歇也。善曰:……《楚辭》曰:芳菲菲兮難虧。③(卷十五《思玄賦》,652 頁)

74. 俗遷渝而事化兮,泯規矩之員方。

泯,滅也。規,圓也。矩,方也。善曰:《楚辭》曰:因時俗之工巧兮,滅規矩而改錯。④(卷十五《思玄賦》,654 頁)

75. 心猶豫而狐疑兮,即岐址而臚情。

善曰:《楚辭》曰:欲從靈氛之吉占兮,心猶豫而狐疑。(卷十五《思玄賦》,655—656 頁)

76. 鵰鶚競於貪婪兮,我脩絜以益榮。

競,逐也。善曰:……《楚辭》曰:皆競進以貪婪兮。婪,力含切。⑤(卷十五《思玄賦》,657 頁)

77. 雖色豔而賂美兮,志皓蕩而不嘉。

《楚辭》曰:怨靈脩之皓蕩。⑥(卷十五《思玄賦》,670 頁)

78. 伏靈龜以負坻兮,亘螭龍之飛梁。

善曰:《楚辭》曰:麾蛟龍以梁津兮,詔西皇使涉予。⑦(卷十五《思玄賦》,670 頁)

---

①今《楚辭》諸本未見此句,恐李善記憶所誤。

②“薜”今作“辟”;“珮”今作“佩”。

③“兮”今作“而”。

④“因”今作“固”;“滅規”之“滅”今作“偭”。

⑤“皆”上今有“衆”字;“力”今作“盧”。

⑥“皓”今作“浩”。

⑦“以”今作“使”,《考異》謂“一作目”。

79. 屑瑶蕊以爲糇兮,斛白水以爲漿。

《楚辭》曰:精瓊靡以爲粻。王逸曰:靡,屑也。……《楚辭》曰:朝吾將濟於白水兮。王逸:《淮南》言白水在崑崙之源也。①(卷十五《思玄賦》,670—671 頁)

80. 抨巫咸作占夢兮,乃貞吉之元符。

《楚辭》曰:巫咸將夕降兮,懷椒糈而要之。王逸曰:巫咸,古神巫也,當殷中宗之時也。②(卷十五《思玄賦》,671 頁)

81. 豐隆軯其震霆兮,列缺曄其照夜。

豐隆,雷公也。……善曰:《楚辭》曰:吾令豐隆乘霆兮。③(卷十五《思玄賦》,671 頁)

82. 百神森其備從兮,屯騎羅而星布。

善曰:《楚辭》曰:百神翳其備降。(卷十五《思玄賦》,672 頁)

83. 羨上都之赫戲兮,何迷故而不忘?

赫戲,盛貌。……善曰:……《楚辭》曰:陟登皇之赫戲兮。④(卷十五《思玄賦》,672 頁)

84. 紛翼翼以徐戾兮,焱回回其揚靈。

《楚辭》曰:皇剡剡其揚靈。王逸曰:揚其光靈也。⑤(卷十五《思玄賦》,673 頁)

85. 叫帝閽使闢扉兮,覿天皇于瓊宫。

閽,主門也。……善曰:《楚辭》曰:吾令帝閽開關兮。楊雄

①"靡"今皆作"靡";"在"今作"出";"源"今作"山"。

②"時"今作"世"。

③"乘霆"今作"椉雲";《考異》謂"椉,一作乘"。

④"登"今作"陞"。

⑤"揚其"上今有"言皇天"三字。

《甘泉賦》曰：選巫咸兮叫帝閽。（卷十五《思玄賦》，673 頁）

86. 據開陽而俯眂兮，臨舊鄉之暗藹。

《楚辭》曰：忽臨睨夫舊鄉兮。（卷十五《思玄賦》，675 頁）

87. 雖游娛以媮樂兮，豈愁慕之可懷。

善曰：《楚辭》曰：聊假日而媮樂兮。① （卷十五《思玄賦》，675 頁）

88. 修初服之娑娑兮，長余佩之參參。

善曰：《楚辭》曰：退將復修吾初服。② 又曰：長余佩之陸離。（卷十五《思玄賦》，676 頁）

89. 于時曜靈俄景，係以望舒。

王逸《楚辭注》曰：望舒，月御也。（卷十五《歸田賦》，693 頁。前望舒使先驅兮）

90. 服振振以齊玄，管啾啾而并吹。

王逸《楚辭注》曰：啾啾，鳴聲也。（卷十六《閑居賦》，703 頁。鳴玉鸞之啾啾）

91. 野每春其必華，草無朝而遺露。

王逸《楚辭注》曰：遺，餘也。（卷十六《歎逝賦》，725 頁。願依彭咸之遺則）

92. 轍含冰以滅軌，水漸軔以凝沍。

顔延年《纂要解》曰：車迹曰軌。車輪謂之軔。王逸《楚辭注》曰：軔，支輪木也。③ （卷十六《懷舊賦》，731 頁。朝發軔於蒼梧兮）

93. 榮華曄其始茂兮，良人忽以捐背。

丁儀妻《寡婦賦》曰：榮華曄其始茂，所將奄其俱泯。《楚辭》

---

①“而”今作“以”。

②“修”今作“脩”。

③“支”今作“搘”，《考異》謂“一作支”。

曰：及榮華之未落。王逸曰：榮華，喻顔色也。（卷十六《寡婦賦》，736 頁）

94. 輪按軌以徐進兮，馬悲鳴而跼顧。

李陵詩曰：轅馬顧悲鳴。《楚辭》曰：僕夫悲余懷兮，馬踡局而不行。[①] 局與跼古字并通，渠足切。（卷十六《寡婦賦》，738 頁）

95. 四節流兮忽代序，歲云暮兮日西頹。

《楚辭》曰：日月忽其不淹，春與秋兮代序。[②]（卷十六《寡婦賦》，740 頁）

96. 夢良人兮來游，若閶闔兮洞開。

《楚辭》曰：倚閶闔而望兮。[③] 王逸曰：閶闔，天門。（卷十六《寡婦賦》，740 頁）

97. 朝露溘至，握手何言？

《楚辭》曰：寧溘死以流亡。王逸曰：溘，奄也。[④]（卷十六《恨賦》，745 頁）

98. 若乃騎叠迹，車屯軌。

《楚辭》曰：屯余車其千乘。王逸曰：屯，陳也。（卷十六《恨賦》，747 頁）

99. 練世情之常尤，識前脩之所淑。

《楚辭》曰：蹇吾法夫前脩，非時俗之所服。[⑤]（卷十七《文賦》，771 頁）

---

①“余”下今有“馬”字；“踡局”上今本無“馬”字；“踡”今本作“蜷”；“局”下今有“顧”字。

②“兮”今作“其”。

③“兮”今作“予”。

④“奄”上今有“猶”字。

⑤“蹇”今作“謇”；“時”今作“世”。《考異》謂“《文選》謇作蹇，世作時”。

100. 挑截本末,規摹彠矩。

《説文》曰:……彠,亦矱字。王逸《楚辭注》曰:矱,度也。矩,法也。① 彠,於縛切。(卷十八《長笛賦》,812 頁。求榘矱之所同)

101. 粲奕奕而高逝,馳岌岌以相屬。

王逸《楚辭注》曰:岌岌,高貌。(卷十八《琴賦》,841 頁。高余冠之岌岌兮)

102. 飛廉鼓於幽隧,猛虎應於中谷。

《楚辭》曰:後飛廉使奔屬。王逸曰:飛廉,風伯也。(卷十八《嘯賦》,868 頁)

103. 抗羅袂以掩涕兮,淚流襟之浪浪。

《楚辭》曰:擥茹蕙以掩涕兮,沾予襟之浪浪。② 淚下貌。(卷十九《洛神賦》,900 頁)

104. 臨組乍不緤,對珪寧肯分。

王逸《楚辭注》曰:緤,繫也。(卷十九續《述德》,913 頁。登閬風而緤馬)

105. 弭節長騖,指日遄征。

《楚辭》曰:吾令羲和弭節兮。司馬彪《上林賦注》曰:弭節,安志也。(卷二十《應詔詩》,935 頁)

106. 有命再集,皇輿凱歸。

《楚辭》曰:恐皇輿之敗績。(卷二十《大將軍宴會被命作詩》,951 頁)

107. 臨組不肯緤,對珪不肯分。

①"矩"今作"榘",《考異》謂"榘,一作矩。矱,一作彠"。

②"擥"今作"攬";"沾"今作"霑";"予"今作"余"。

王逸《楚辭注》曰：絏，繫也。①（卷二十一《咏史》，989 頁。登閬風而緤馬）

108. 傾城誰不顧，弭節停中阿。

《楚辭》曰：吾令羲和弭節兮。……王逸曰：弭，安也。②（卷二十一《秋胡詩》，1005 頁）

109. 自昔枉光塵，結言固終始。

《楚辭》曰：解佩纕以結言。（卷二十一《秋胡詩》，1006 頁）

110. 蹇脩時不存，要之將誰使？

《楚辭》曰：吾令豐隆乘雲兮，求宓妃之所在；解佩纕以結言兮，吾令蹇脩以爲理。王逸曰：古賢蹇脩而媒理也。③（卷二十一《游仙詩》，1020 頁）

111. 蓐收清西陸，朱羲將由白。

《楚辭》曰：吾令羲和弭節兮。王逸曰：羲和，日御也。（卷二十一《游仙詩》，1023 頁）

112. 秋菊兼糇糧，幽蘭間重襟。

《楚辭》曰：朝飲木蘭之墜露，夕餐秋菊之落英。……《楚辭》曰：紉秋蘭以爲佩。然蘭可爲佩，故以間襟也。（卷二十二《招隱詩》，1028 頁）

113. 美人挹歲月，遲暮獨如何？

《楚辭》曰：惟草木之零落兮，恐美人之遲暮。王逸曰：遲，晚也。（卷二十二《游西池》，1035 頁）

---

①“絏”今作“緤”。

②“安”今作“按”。

③“乘”今作“椉”，《考異》謂“一作乘”；“古賢”上今有“使”字；“而”下今有“爲”字。

114. 秋風吹飛藿，零落從此始。

《楚辭》曰：惟草木之零落。（卷二十三《咏懷詩》，1068 頁）

115. 徘徊空堂上，忉怛莫我知。

《楚辭》曰：國無人兮莫我知。① （卷二十三《咏懷詩》，1074 頁）

116. 翼翼飛鸞，載飛載東。

翼翼，飛貌也。② ……《楚辭》曰：高翱翔之翼翼。（卷二十三《贈蔡子篤詩》，1102 頁）

117. 黍稷委疇隴，農夫安所獲？

王逸《楚辭注》曰：委，棄也。③ （卷二十四《贈丁儀》，1119 頁。委厥美以從俗兮）

118. 感物傷我懷，撫心長太息。

《楚辭》曰：長太息以掩涕。（卷二十四《贈白馬王彪》，1124 頁）

119. 珍簟清夏室，輕扇動凉颸。

《楚辭》曰：溢颸風而上征。④ （卷二十六《在郡卧病呈沈尚書》，1210 頁）

120. 登城望郊甸，遊目歷朝寺。

《楚辭》曰：忽返顧以遊目。⑤ （卷二十六《在懷縣作二首》，1226 頁）

121. 宿心漸申寫，萬事俱零落。

《楚辭》曰：惟草木之零落。（卷二十六《富春渚》，1240 頁）

---

①今本“兮”字在“知”後。

②李善注“翼翼，飛貌”，而今本王逸注“翼翼”爲“和貌”。

③“棄”今作“弃”。

④“溢”今作“溘”；“颸風”今作“埃風”；“而”今作“余”。

⑤“返”今作“反”。

122. 或可優貪競，豈足稱達生？

《楚辭》曰：皆競進以貪婪。[①]（卷二十六《初去郡》，1243 頁）

123. 存没竟何人？炯介在明淑。

劉熙《孟子注》曰：介，操也。《楚辭》曰：彼堯舜之耿介。王逸曰：耿，光也。介，大也。耿與炯同，古迥切。（卷二十七《始安郡還都與張湘州登巴陵城樓作》，1257 頁）

124. 登艫眺淮甸，掩泣望荆流。

《楚辭》曰：長太息而掩涕。[②]（卷二十七《還都道中作》，1258 頁）

125. 歲華春有酒，初服偃郊扉。

《楚辭》曰：進不入以離尤兮，退將復修吾初。[③]（卷二十七《休沐重還道中》，1262 頁）

126. 拊膺攬客泣，掩淚叙温凉。

《楚辭》曰：長太息以掩涕。（卷二十八《門有車馬客行》，1301 頁）

127. 命駕登北山，延佇望城郭。

《楚辭》曰：結幽蘭而延佇。（卷二十八《君子有所思行》，1302 頁）

128. 幽蘭盈通谷，長秀被高岑。

幽蘭生乎通谷，而長秀被乎高岑，言有托也。《楚辭》曰：結幽蘭而延佇。（卷二十八《悲哉行》，1307 頁）

129. 俯仰紛阿那，顧步咸可懽。

王逸《楚辭注》曰：步，徐行也。（卷二十八《日出東南隅行》，1313 頁。步余馬於蘭皋兮）

130. 滮池溉粳稻，輕雲曖松杞。

---

①"皆"上今有"衆"字。

②"而"今作"以"。

③"修"今作"脩"；"初"下今有"服"字。

王逸《楚辭》曰：曖，闇昧貌也。①（卷二十八《會吟行》，1317頁。時曖曖其將罷兮）

131.賤妾終已矣，君子定焉如！

《楚辭》曰：已矣哉。王逸曰：已矣，絶望之辭也。②（卷二十八《中山王孺子妾歌》，1341頁）

132.遊目四野外，逍遥獨延佇。

《楚辭》曰：忽反顧以遊目。又曰：結幽蘭而延佇。（卷二十九《情詩》，1369頁）

133.開國建元士，玉帛聘賢良。

王逸《楚辭注》曰：天下賢人，將持玉帛聘而遺之。③（卷二十九《雜詩》，1375頁。相下女之可詒）

134.川上之歎逝，前脩以自勖。

《楚辭》曰：蹇吾法夫前脩兮，非世俗之所服。④（卷二十九《雜詩》，1379頁）

135.下車如昨日，望舒四五圓。

《楚辭》曰：前望舒使先驅。王逸曰：望舒，月御。（卷二十九《雜詩》，1382頁）

136.曖曖虚中滅，何時見餘輝。

王逸《楚辭注》曰：曖曖，昏昧貌。（卷三十《咏貧士詩》，1392頁。時曖曖其將罷兮）

137.知音苟不存，已矣何所悲！

---

①"曖"下今另有一"曖"字；"闇"今作"昏"。

②"之辭"今作"之詞。"

③"天下"上今有"視"字；"聘而"今作"而聘"。

④"蹇"今作"謇"，《考異》謂"《文選》謇作蹇"。

《楚辭》曰：已矣，國無人兮莫我知。①（卷三十《咏貧士詩》，1392 頁）

138. 歸華先委露，别葉早辭風。

王逸《楚辭注》曰：委，弃也。（卷三十《玩月城西門解中》，1404 頁。委厥美以從俗兮）

139. 揆余發皇鑒，短翮屢飛飜。

《楚辭》曰：皇鑒揆予于初度。②（卷三十《和謝宣城》，1419 頁）

140. 虚館清陰滿，神宇曖微微。

王逸《楚辭注》曰：曖曖，暗昧貌。③（卷三十《學省愁卧》，1423 頁。時曖曖其將罷兮）

141. 三間結飛轡，大耋嗟落暉。

《離騷引》曰：屈原者，爲三間大夫。《離騷》曰：飲余馬乎咸池，揔余轡於扶桑。④（卷三十《擬古詩》，1429 頁）

142. 集君瑶臺裏，飛舞兩楹前。

《楚辭》曰：望瑶臺之偃蹇兮。（卷三十一《學劉公幹體》，1449 頁）

143. 延佇整綾綺，萬里贈所思。

《楚詞》曰：結幽蘭而延佇。（卷三十一《雜體詩三十首》，1460 頁）

144. 燮燮凉葉奪，戾戾飃風舉。

《楚辭》曰：溢飃風余上征。⑤（卷三十一《雜體詩三十首》，1464 頁）

---

①"已矣"下今本有"哉"字，《考異》謂"一無'哉'字"；今本"兮"字在"知"後。

②"鑒"今作"覽"，《考異》謂"一作鑒"；"予"今作"余"；今本無"于"字，《考異》謂"一本'余'下有'于'字"。

③"暗"今作"昏"。

④"乎"今作"於"；"揔"今作"總"；"於扶"今作"乎扶"。

⑤"溢"今作"溘"；"飃風"今作"埃風"。

145. 崦山多靈草，海濱饒奇石。

《楚詞》曰：吾令羲和弭節兮，望崦嵫而勿迫。王逸曰：崦嵫，山也。[①]（卷三十一《雜體詩三十首》，1467 頁）

146. 聰明眩曜，悦怒不平。

王逸《楚辭注》曰：眩曜，惑亂貌也。[②]（卷三十四《七發》，1560 頁。世幽昧以昡曜兮）

147. 滋味雜陳，肴糅錯該。

王逸《楚詞注》曰：該，備也。（卷三十四《七發》，1566 頁。齊桓聞以該輔）

148. 游涉乎雲林，周馳乎蘭澤，弭節乎江潯。

《楚詞》曰：羲和弭節兮。[③]（卷三十四《七發》，1567 頁。吾令羲和弭節兮）

149. 分決狐疑，發皇耳目。

《楚詞》曰：心猶豫以狐疑。[④]（卷三十四《七發》，1570 頁）

150. 佩蘭蕙兮爲誰脩，宴婉絶兮我心愁。

《楚辭》曰：紉秋蘭爲佩。王逸注曰：脩，飾也。[⑤]（卷三十四《七啓》，1585 頁）

151. 願反初服，從子而歸。

《楚詞》曰：進不入以離尤，退將復修吾初服。[⑥]（卷三十四

①"山也"句今本王逸注作"日所入山也，下有蒙水，水中有虞淵"。

②"眩"今作"昡"，《考異》謂"一作眩"。

③"羲和"上今有"吾令"二字。

④"以"今作"而"。

⑤"爲"上今有"以"字；王逸注今作"佩，飾也"，"脩"字當"佩"字之誤。而"修，飾也"之注見於《九歌・湘君》"美要眇兮宜修"句。

⑥"修"今作"脩"。

《七啓》,1589 頁)

152. 悲蓂莢之朝落,悼望舒之夕缺。

《楚辭》曰:前望舒使先驅。王逸曰:望舒,月御也。(卷三十五《七命》,1599 頁)

153. 豐隆奮椎,飛廉扇炭。

王逸《楚辭注》曰:飛廉,風伯也。(卷三十五《七命》,1605 頁。後飛廉使奔屬)

154. 要不得不强爲之名,使荃宰有寄。

《楚辭》曰:荃不察余之中情。王逸曰:荃,香草,以喻君也。①(卷三十六《宣德皇后令》,1636 頁)

155. 寤寐嘉猷,延佇忠實。

《楚辭》曰:結幽蘭而延佇。(卷三十六《永明九年策秀才文》,1645 頁)

156. 何可門到户説,使皆坦然邪!

《楚辭》曰:衆不可户説兮,孰云察予之中情?②(卷三十八《讓中書令表》,1718 頁)

157. 刎頸以見志,顧國家於我已矣。

王逸注《離騷》曰:已矣,絶望之辭也。③(卷四十一《答蘇武書》,1848 頁。已矣哉,國無人莫我知兮)

158. 夫治膏肓者必進苦口之藥,決狐疑者必告逆耳之言。

《楚辭》曰:心猶豫而狐疑。(卷四十三《爲石仲容與孫皓書》,

---

①"喻"今作"諭"。

②"予"今作"余"。

③"辭"今作"詞"。此外,該内容因上海古籍出版社 1986 年 6 月版《文選》1848 頁誤爲 1948 頁内容,今據該社 1986 年 8 月版補。

1938 頁）

159. 夫迷塗知反，往哲是與。

《楚辭》曰：迴朕車而復路，及迷塗之未遠。①（卷四十三《與陳伯之書》，1945 頁）

160. 或有自其家得而示余者，余悲其音徽未沫。

《楚辭》曰：芳菲菲而難虧兮，芳至今猶未沬。王逸曰：沬，已也。②（卷四十三《重答劉秣陵沼書》，1950 頁）

161. 焚芰製而裂荷衣，抗塵容而走俗狀。

《楚辭》曰：製芰荷以爲衣，集芙蓉而爲裳。③ 王逸曰：製，裁也。（卷四十三《北山移文》，1959 頁）

162. 出則以游目弋釣爲事，入則有琴書之娱。

《楚辭》曰：忽反顧以游目。④（卷四十五《思歸引序》，2041 頁）

163. 然後昇秘駕，胤緹騎，摇玉鸞，發流吹。

《楚辭》曰：鳴玉鸞之啾啾兮。（卷四十六《三月三日曲水詩序》，2053 頁）

164. 若夫敷衽論心，商榷前藻。

《楚辭》曰：跪敷衽以陳辭。（卷五十《宋書謝靈運傳論》，2220 頁）

165. 蓋君子審己以度人，故能免於斯累。

《楚辭》曰：羌内恕己以量人。王逸曰：量，度也。（卷五十二《典論論文》，2270 頁）

166. 向使高祖踵亡秦之法。

---

①“迴”今作“回”，《考異》謂“一作迴”；“而”今作“以”；“迷塗”今作“行迷”。

②“芳至”之“芳”今作“芬”。

③“集”今作“櫱”，《考異》謂“一作集”；“而”今作“以”。

④“游”今作“遊”，《考異》謂“一作游”。

王逸《楚辭注》曰：踵，繼也。（卷五十二《六代論》，2277 頁。及前王之踵武）

167. 又恐兩失，内懷猶豫。

《楚辭》曰：心猶豫而狐疑。（卷五十三《養生論》，2292 頁）

168. 設令忽如過隙，溘死霜露，其爲詬耻，豈崔馬之流乎？

《楚辭》曰：寧溘死以流亡兮，余不忍爲此態也。（卷五十四《辯命論》，2354 頁）

169. 是使渾敦檮杌踵武於雲臺之上，仲容庭堅耕耘於岩石之下。

《楚辭》曰：忽奔走以先後，及前王之踵武。（卷五十四《辯命論》，2356 頁）

170. 臣聞郁烈之芳，出於委灰。

王逸《楚辭注》曰：委，棄也。①（卷五十五《演連珠五十首》，2389 頁。委厥美以從俗兮）

171. 揮翮生風，而繼飛廉之功。

《楚辭》曰：後飛廉使奔屬。王逸曰：飛廉，風伯也。（卷五十五《演連珠五十首》，2390 頁）

172. 臣聞遯世之士，非受匏瓜之性。

善曰：《周易》曰：遯世無悶。王逸《楚辭注》曰：遯，隱也。②（卷五十五《演連珠五十首》，2393 頁。後悔遁而有他）

173. 偉哉偃蹇，壯矣巍巍！

王逸《楚辭注》曰：偃蹇，高貌也。（卷五十六《石闕銘》，2422 頁。望瑶臺之偃蹇兮）

---

①“棄”今作“弃”。

②王逸注文“遯”今作“遁”，《考異》謂“一作遯”。

174. 玄丘烟熅,瑶臺降芬。

《楚辭》曰:望瑶臺之偃蹇兮,見有娀之佚女。(卷五十七《宋孝武宣貴妃誄》,2478 頁)

175. 軒曜懷光,素舒佇德。

《楚辭》曰:前望舒使先驅。王逸曰:望舒,月御也。(卷五十八《齊敬皇后哀策文》,2496 頁)

176. 天鑒璿曜,踵武前王。

《楚辭》曰:及前王之踵武。(卷五十八《褚淵碑文》,2521 頁)

177. 倚據崇岩,臨睨通壑。

《楚辭》曰:忽臨睨夫舊鄉。《説文》曰:睨,邪視也。①(卷五十九《頭陁寺碑文》,2541 頁)

178. 不言之化,若門到户説矣。

《楚辭》曰:衆不可户説兮,孰云察余之中情?(卷六十《齊竟陵文宣王行狀》,2577 頁)

179. 矯戚容以赴節,掩零淚而薦觴。

《楚辭》曰:長太息以掩涕。(卷六十《弔魏武帝文》,2600 頁)

180. 謀折儀尚,貞蔑椒蘭。

王逸《楚辭序》曰:同列大夫上官靳尚妬害其能,共譖毁之。《楚辭》曰:椒專佞以慢諂兮,榝又欲充夫佩緯。王逸曰:椒,大夫子椒也。《楚辭》曰:余以蘭爲可恃兮,羌無實而害長。王逸曰:蘭,懷王之少弟,司馬子蘭也。②(卷六十《祭屈原文》,2607 頁)

181. 性婞剛潔,志度淵英。

①今本無"邪"字。

②"諂"今作"慆",《考異》謂"一作諂";"榝"今作"榝";"緯"今作"幃";"大夫子椒"上今有"楚"字;"害長"之"害"今作"容";"懷王"下今無"之"字。

《楚辭》曰：鯀婞直以亡身兮。婞，猶直也。① （卷六十《祭顔光禄文》，2608 頁）

二、九歌

總論

1. 哀二妃之未從兮，翩繽處彼湘濱。

《離騷》曰：邅吾道兮洞庭，洞庭風兮木葉下，②皆謂此也。（卷十五《思玄賦》，659 頁）

2. 瑶華未堪折，蘭苕已屢摘。

《楚辭》曰：折疎麻兮瑶華，將以遺乎離居。又曰：被石蘭兮帶杜衡，折芳馨兮遺所思。③ （卷三十《南樓中望所遲客》，1396 頁）

3. 美人游不還，佳期何由敦？

《楚辭》曰：望美人兮未來。又曰：與佳期兮夕張。④ （卷三十《石門新營所住四面高山回溪石瀨修竹茂林詩》，1399 頁）

4. 臣聞衝波安流，則龍舟不能以漂。

善曰：《楚辭》曰：衝風起兮横波。王逸曰：衝，隧也。言及遇隧風，大波涌起。《楚辭》曰：使江水兮安流。⑤ （卷五十五《演連

---

①“鯀”上今有“曰”字；“鯀”今作“鮌”，《考異》謂“鮌，亦作鯀”；“猶直也”今作“很也”。

②此爲《湘君》與《湘夫人》内容。“風”今作“波”。

③《九歌・大司命》《山鬼》。“疎麻”今作“疏麻”；“乎”今作“兮”。

④《九歌・少司命》《湘夫人》。

⑤《九歌・河伯》《湘君》。“言及”句今作“反遇隧風”。

珠五十首》,2396 頁)

(一)東皇太一

1. 吉日良辰,置酒高堂,以御嘉賓。

善曰:《楚辭》曰:吉日兮良辰。① (卷四《蜀都賦》,186 頁)

2. 歡情留,良辰征。

辰,時也。《爾雅》曰:不辰,不時也。《楚辭》曰:日吉兮辰良。② (卷五《吴都賦》,232 頁)

3. 時孟春之吉日兮,撰良辰而將行。

《楚辭》曰:吉日兮良辰。③ 毛萇《詩傳》曰:辰,時也。(卷九《東征賦》,432 頁)

4. 砰揚桴以振塵,繣瓦解而冰泮。

《楚辭》曰:揚桴兮拊鼓。④《左氏傳》曰:援枹而鼓。《説文》曰:枹,鼓椎也。(卷十《西征賦》,454 頁)

5. 燎薰鑪兮炳明燭,酌桂酒兮揚清曲。

《楚辭》曰:奠桂酒兮椒漿。(卷十三《雪賦》,596 頁)

6. 騰觚爵之斟酌兮,漫既醉其樂康。

《楚辭》曰:君欣欣兮樂康。毛萇《詩傳》曰:康,樂也。(卷十七《舞賦》,797 頁)

7. 揚桴撫靈鼓,簫管清且悲。

---

①"良辰"今作"辰良"。

②"日吉"今作"吉日"。

③"良辰"今作"辰良"。

④"桴"今作"枹",《考異》謂"一作桴"。

《楚辭》曰：揚桴兮撫鼓。①（卷二十《金谷集作詩》，978 頁）

8. 大鈞載運，良辰遂往。

《楚辭》曰：吉日兮良辰。②（卷二十五《贈劉琨并書》，1181 頁）

9. 芳塵凝瑶席，清醑滿金樽。

《楚辭》曰：瑶席兮玉瑱。（卷三十《石門新營所住四面高山回溪石瀨修竹茂林詩》，1399 頁）

10. 蕙肴芳醴，任激水而推移。

《楚辭》曰：蕙肴蒸兮蘭藉。（卷四十六《三月三日曲水詩序》，2067 頁）

11. 繁會之音，生於絶弦。

《楚辭》曰：五音紛其繁會。③（卷五十五《演連珠五十首》，2389 頁）

（二）雲中君

1. 壽堂延螭魅，虚無自相賓。

《楚辭》曰：蹇將澹兮壽宫，與日月兮齊光。王逸曰：壽宫，供神之處也。④（卷二十八《挽歌詩》，1335 頁）

2. 騰山赴壑，風厲焱舉。

《楚辭》曰：焱遠舉兮雲中。王逸注云：焱，去疾貌。⑤《説文》曰：焱，火華也。（卷三十四《七啓》，1582 頁）

---

①“桴”今作“枹”，《考異》謂“一作桴”；“撫”今作“拊”。

②“良辰”今作“辰良”。

③“其”今作“兮”。

④“澹”今作“憺”。

⑤“焱”今皆作“猋”。

3. 壽宫寂遠,清廟虚歸。

《楚辭》曰:蹇將澹兮壽宫。王逸曰:壽宫,供神之處也。①(卷五十八《齊敬皇后哀策文》,2497 頁)

4. 陪龍駕於伊洛,侍紫蓋於咸陽。

《楚辭》曰:龍駕兮帝服,聊翱翔兮周章。②(卷五十九《齊故安陸昭王碑文》,2557 頁)

(三)湘君

1. 連交合衆,騁騖乎其中。

《楚辭》曰:朝騁騖乎江皋。③《説文》曰:騁,直馳也。又曰:騖,亂馳也,音務。(卷一《西都賦》,8 頁)

2. 輕禽狡獸,周章夷猶。

《楚辭》曰:君不行兮夷猶。王逸曰:夷猶,猶豫也。(卷五《吴都賦》,226 頁)

3. 指包山而爲期,集洞庭而淹留。

班固曰:洞庭,澤名。王逸曰:太湖在秣陵東,湖中有包山,山中有如石室,俗謂洞庭。④(卷五《吴都賦》,230 頁。邅吾道兮洞庭)

4. 蘭渚莓莓,石瀨湯湯。

石瀨,湍也。水激石間,則怒成湍。……《楚辭》曰:石瀨兮淺

①“澹”今作“憺”。

②“翔”今作“遊”。

③“朝”今作“鼂”,《考異》謂“一作朝”;“乎”今作“兮”。

④今本王逸注作“洞庭,太湖也”。

戔。①（卷六《魏都賦》，272—273 頁）

5. 盍孟晋以迨群兮，辰倏忽其不再。

《楚辭》曰：時不可兮再得。②（卷十四《幽通賦》，637 頁）

6. 然後弭節安懷，妙思天造。

《楚辭》曰：夕弭節于北渚。王逸曰：弭，安也。③（卷十六《歎逝賦》，727 頁）

7. 浮天淵以安流，濯下泉而潛浸。

《楚辭》曰：使江水兮安流。（卷十七《文賦》，763 頁）

8. 吹參差而入道德兮，故永御而可貴。

《楚辭》曰：吹參差兮誰思。王逸曰：參差，洞簫。（卷十七《洞簫賦》，788 頁）

9. 停驂我悵望，輟棹子夷猶。

《楚辭》曰：君不行兮夷猶。王逸曰：夷猶，猶豫也。（卷二十《新亭渚别范零陵詩》，982 頁）

10. 川后時安流，天吴静不發。

《楚辭》曰：使江水兮安流。（卷二十二《游赤石進帆海》，1042 頁）

11. 横此大江，淹彼南汜。

《楚辭》曰：横大江兮揚靈。王逸曰：横度大江，揚己精誠也。（卷二十三《贈士孫文始》，1105 頁）

12. 衰夕近辱殆，庶幾并懸輿。

①“戔戔”今作“淺淺”。

②“時”今作“旹”，《考異》謂“一作時”。

③“于”今作“兮”。

王逸《楚辭注》曰：夕以喻衰。言日夕將暮己已衰。①（卷二十四《答何劭》，1133 頁。夕弭節兮北渚）

13. 歸海流漫漫，出浦水淺淺。

《楚辭》曰：石瀨兮淺淺。王逸曰：淺淺，流疾貌也，音俴。②（卷二十七《早發定山》，1267 頁）

14. 山海隔中州，相去悠且長。

《楚辭》曰：蹇誰留兮中州。③（卷二十九《詩四首》，1355 頁）

15. 登樓爲誰思？臨江遲來客。

《楚辭》曰：吹參差兮誰思？（卷三十《南樓中望所遲客》，1396 頁）

16. 幽客滯江皋，從賞乖纓弁。

《楚辭》曰：朝馳騁兮江皋。王逸注曰：澤曲曰皋。④（卷三十《和伏武昌登孫權故城》，1412 頁）

17. 客從南楚來，爲我吹參差。

《楚辭》曰：望夫君兮未來，吹參差兮誰思？（卷三十一《雜體詩三十首》，1455 頁）

18. 停艫望極浦，弭棹阻風雪。

《楚詞》曰：望涔陽兮極浦。（卷三十一《雜體詩三十首》，1475 頁）

19. 乘鼂舟兮爲水嬉，臨芳洲兮拔靈芝。

《楚辭》曰：采芳洲兮杜若。（卷三十五《七命》，1602 頁）

20. 雖假容於江皋，乃纓情於好爵。

---

①“已衰”下今有“老”字。

②“俴”今作“諓”。

③“州”今作“洲”。

④“朝”今作“鼂”，《考異》謂“一作朝”；今本無“馳”字；“騁”下今有“鶩”字。

《楚辭》曰:將馳騖兮江皋。[①]（卷四十三《北山移文》,1958 頁）

21. 其制宅也,却阻長堤,前臨清渠,百木幾於萬株,流水周於舍下。

《楚辭》曰:水周兮堂下。（卷四十五《思歸引序》,2041 頁）

22. 發參差於王子,傳妙靡於帝江。

《楚辭》曰:望夫君兮未來,吹參差兮誰思?（卷四十六《三月三日曲水詩序》,2067 頁）

（四）湘夫人

1. 感河馮,懷湘娥。

《楚辭》曰:帝子降兮北渚。王逸曰:言堯二女娥皇、女英,隨舜不及,墮湘水中,因爲湘夫人。[②]（卷二《西京賦》,74 頁）

2. 舜禹游焉,没齒而忘歸,精靈留其山阿,玩其奇麗也。

《楚辭・九歌》曰:九疑繽兮並迎。[③] 謂舜神在九疑山也。（卷五《吴都賦》,233 頁）

3. 奇相得道而宅神,乃協靈爽於湘娥。

王逸《楚辭注》曰:堯二女墜湘水之中,因爲湘夫人也。[④]（卷十二《江賦》,572 頁。帝子降兮北渚）

4. 洞庭始波,木葉微脱。

《楚辭》曰:洞庭波兮木葉下。（卷十三《月賦》,601 頁）

---

①“將”今作“鼂”;“馳”今作“騁”。

②“不及”今作“不反”;“墮湘水中”今作“没於湘水之渚”。

③“疑”今作“嶷”,《考異》謂“一作疑”。

④今本王逸注作“言堯二女娥皇、女英,隨舜不反,没於湘水之渚,因爲湘夫人。”

5. 夫何一佳人兮，步逍遥以自虞。

《楚辭》曰：聞佳人兮召予。《説文》曰：佳，善也。《廣雅》曰：佳，好也。（卷十六《長門賦》，713 頁）

6. 衆鷄鳴而愁予兮，起視月之精光。

《楚辭》曰：目眇眇兮愁予。（卷十六《長門賦》，716 頁）

7. 若乃登高臺以臨遠，披文軒而騁望。

《楚辭》曰：白蘋兮騁望。①（卷十八《嘯賦》，867 頁）

8. 靈鳥宿水裔，仁獸游飛梁。

《楚辭》曰：蛟何爲兮水裔？（卷二十《公宴詩》，945 頁）

9. 洞庭張樂地，瀟湘帝子游。

《楚辭·湘君》曰：帝子降兮北渚。王逸曰：帝謂堯也。娥皇、女英隨舜不反，死於湘水，因爲湘夫人。②（卷二十《新亭渚别范零陵詩》，982 頁）

10. 佳人從此務，窈窕援高柯。

《楚辭》曰：聞佳人兮召予。（卷二十一《秋胡詩》，1004 頁）

11. 佳人不在，能不永嘆！

《楚辭》曰；聞佳人兮召予。（卷二十四《贈秀才入軍》，1129 頁）

12. 吊屈汀洲浦，謁帝蒼山蹊。

《楚辭》曰：搴汀洲兮杜若。《文字集略》曰：汀，水際也。（卷二十六《和謝監靈運》，1206 頁）

13. 良辰竟何許？夙昔夢佳期。

---

①"蘋"今作"薠"，《考異》謂"或作蘋"。

②"帝謂"句今作"帝子，謂堯女也"；"娥皇"上今有"言堯二女"；"死"今作"没"；"湘水"下今有"之渚"二字。

《楚辭》曰：與佳期兮夕張。王逸曰：不敢斥尊者，故言佳也。①（卷二十六《在郡卧病呈沈尚書》，1211 頁）

14. 石淺水潺湲，日落山照曜。

《楚辭》曰：觀流水兮潺湲。（卷二十六《七里瀨》，1241 頁）

15. 佳人慕高義，求賢良獨難。

《楚辭》曰：聞佳人兮召予。（卷二十七《美女篇》，1287 頁）

16. 燕趙多佳人，美者顔如玉。

《楚辭》曰：聞佳人兮召予。（卷二十九《古詩一十九首》，1348 頁）

17. 桂棟留夏飆，蘭橑停冬霰。

《楚詞》曰：桂棟兮蘭橑。（卷三十一《雜體詩三十首》，1474 頁）

18. 北渚有帝子，蕩瀁不可期。

《楚詞》曰：帝子降兮北渚，目眇眇兮愁予。（卷三十一《雜體詩三十首》，1477 頁）

19. 眷言靈宇，載懷興葺。

《楚辭》曰：葺之兮荷蓋。王逸注曰：葺，蓋屋也。②（卷五十九《頭陁寺碑文》，2542 頁）

20. 塗由帝渚，朱軒靡駕。

《楚辭》曰：帝子降兮北渚。（卷五十九《齊故安陸昭王碑文》，2564 頁）

（五）大司命

1. 紛吾既邁此全節，又繼之以盤桓。

《楚辭》曰：紛吾乘兮玄雲。（卷十《西征賦》，453 頁）

---

①“斥”上今有“指”字。

②按：據今本，“葺，蓋屋也”乃《湘夫人》“芷葺兮荷屋”句注而非本句注。

2.雲師䨴以交集兮,涷雨沛其灑塗。

雲師,雨師也。䨴,陰貌。涷雨,暴雨也,巴郡謂暴雨爲涷雨。……善曰:……《爾雅》曰:暴雨謂之涷。注曰:今江東人呼夏月大暴雨爲涷雨。《楚辭》曰:使涷雨兮灑塵。(卷十五《思玄賦》,671 頁)

3.悲離居之勞心兮,情悁悁而思歸。

《楚辭》曰:將以遺夫離居。①(卷十五《思玄賦》,675 頁)

4.仰神宇之寥寥兮,瞻靈衣之披披。

《楚辭》曰:靈衣兮披披。②(卷十六《寡婦賦》,737 頁)

5.離居殊年載,一别阻河關。

《楚辭》曰:折疎麻兮瑶華,將以遺兮離居。③(卷二十一《秋胡詩》,1005 頁)

6.握蘭勤徒結,折麻心莫展。

《楚辭》曰:折疎麻兮瑶華,將以遺兮離居。王逸曰:疎麻,神麻也。④(卷二十二《從斤竹澗越嶺溪行》,1049 頁)

7.鬱紆將難進,親愛在離居。

《楚詞》曰:將以遺兮離居。(卷二十四《贈白馬王彪》,1123 頁)

8.惠而能好我,問以瑶華音。

《楚辭》曰:折疎麻兮瑶華,將以遺兮離居。⑤(卷二十六《郡内高齋閑坐答吕法曹》,1209—1210 頁)

---

①"夫"今作"兮"。

②"披"今皆作"被",《考異》謂"一作披"。

③"疎麻"今作"疏麻"。

④"疎麻"今皆作"疏麻"。

⑤"疎麻"今作"疏麻"。

9. 揔揔都邑人，擾擾俗化訛。

《楚辭》曰：紛揔揔兮九州。王逸曰：揔，聚也。① （卷二十六《河陽縣作》，1223 頁）

10. 同心而離居，憂傷以終老。

《楚辭》曰：將以遺兮離居。（卷二十九《古詩一十九首》，1346 頁）

11. 愁人掩軒卧，高牕時動扉。

《楚辭》曰：愁人兮奈何！② 掩，猶閉也。軒，長廊也。（卷三十《學省愁卧》，1423 頁）

12. 緑幘文照耀，紫燕光陸離。

《楚辭》曰：玉珮兮陸離。③ （卷三十《三月三日率爾成篇》，1425 頁）

（六）少司命

1. 魂怳怳以失度，巡回塗而下低。

王逸《楚辭注》曰：怳怳，失意也，況往切。④ （卷一《西都賦》，17 頁。臨風怳兮浩歌）

2. 芙蓉覆水，秋蘭被涯。

秋蘭，香草，生水邊，秋時盛也。善曰：《楚辭》曰：秋蘭兮青青。鄭玄注《周易》曰：蘭，香草也。（卷三《東京賦》，104 頁）

3. 櫟雌妒異，倏來忽往。

---

①“揔”今皆作“總”；“揔，聚也”今作“總總，衆貌”。

②“奈”今作“柰”。

③“珮”今作“佩”。

④“怳怳”今僅作“怳”字；“況往切”《補注》作“許往切”。

善曰:《楚辭》曰:荷衣兮蕙帶,儵而來兮忽而逝。①(卷九《射雉賦》,419 頁)

4. 歌曰:美人邁兮音塵闕,隔千里兮共明月。

《楚辭》曰:望美人兮未來。(卷十三《月賦》,602 頁)

5. 臨風嘆兮將焉歇,川路長兮不可越。

《楚辭》曰:臨風怳兮浩歌。(卷十三《月賦》,602 頁)

6. 痛母子之永隔,哀伉儷之生離。

《楚辭》曰:悲莫悲兮生别離。(卷十三《鸚鵡賦》,614 頁)

7. 登蘭臺而遥望兮,神怳怳而外淫。

王逸《楚辭注》曰:怳,失意也。又曰:不安之意也。②(卷十六《長門賦》,713 頁。臨風怳兮浩歌)

8. 捨車遵往路,凫藻馳目成。

《楚辭》曰:滿堂兮美人,忽獨與予兮目成。王逸曰:獨與我睨而相親。成,爲親也。③(卷二十一《秋胡詩》,1005 頁)

9. 藉蘭素多意,臨風默含情。

《楚辭》曰:臨風怳兮浩歌。(卷二十二《從冠軍建平王登廬山香爐峰》,1058 頁)

10. 悵怳如或存,周遑忡驚惕。

王逸《楚辭注》曰:怳,失意也。④(卷二十三《悼亡詩》,1091 頁。臨風怳兮浩歌)

①"儵"今作"儵"。

②今本"也"作"貌";而王逸注無"不安"句。

③"予"今作"余";王逸注"獨與"上今有"而司命"三字;"相親"今作"相視";"爲親"下今另有一"親"字。

④"也"今作"貌"。

11. 流聲馥秋蘭，摛藻豔春華。

《楚詞》曰：秋蘭兮青青。（卷二十四《贈河陽》，1159 頁）

12. 蘋以春暉，蘭以秋芳。

《楚辭》曰：秋蘭兮青青。（卷二十八《短歌行》，1311 頁）

13. 行行重行行，與君生别離。

《楚辭》曰：悲莫悲兮生别離。（卷二十九《古詩一十九首》，1343 頁）

14. 撫襟悼寂寞，怳然若有失。

王逸《楚詞注》曰：怳，失意也。①（卷三十一《雜體詩三十首》，1461 頁。臨風怳兮浩歌）

15. 歌曰：望雲際兮有好仇，天路長兮往無由。

《楚辭》曰：君誰須兮雲之際。（卷三十四《七啓》，1584 頁）

（七）東君

1. 暾出苗以入場，愈情駭而神悚。

暾，漸出貌也。《楚辭》曰：暾將出兮東方，向睹草動，冀雉當至，暾然而出，果其所願，情神愈驚動。（卷九《射雉賦》，420 頁。暾將出兮東方，照吾檻兮扶桑）

2. 夫何皎皎之閑夜兮，明月爛以施光。

《楚辭》曰：夜皎皎兮既明。②（卷十七《舞賦》，796 頁）

3. 清暉能娱人，游子憺忘歸。

《楚辭》曰：羌聲色兮娱人，觀者憺兮忘歸。王逸曰：娱，樂也。憺，安也。（卷二十二《石壁精舍還湖中作》，1044 頁）

---

①"也"今作"貌"。

②"皎皎"今作"晈晈"，《考異》謂"一作皎"。

4.早聞夕飆急,晚見朝日暾。

《楚辭》曰:暾將出兮東方。王逸注曰:始出,其形暾暾而盛大也。①(卷三十《石門新營所住四面高山回溪石瀨修竹茂林詩》,1399頁)

5.服義方無沬,展歌殊未宣。

《楚詞》曰:展詩兮會舞。王逸曰:展,舒也。(卷三十一《雜體詩三十首》,1478頁)

6.於是逍遥暇豫,忽若忘歸。

《楚辭》曰:觀者澹予忘歸也。②(卷三十四《七啓》,1584頁)

7.并命在位,展詩發志。

《楚辭》曰:展詩兮會舞。王逸曰:展,舒也。(卷四十六《三月三日曲水詩序》,2054頁)

(八)河伯

1.其深則有白黿命鱉,玄獺上祭。

《楚辭》曰:乘白黿兮逐文魚。(卷四《蜀都賦》,183頁)

2.送君南浦,傷如之何!

《楚辭》曰:子交手兮東行,送美人兮南浦。(卷十六《别賦》,755頁)

3.駕言出游,日夕忘歸。

《楚辭》曰:日將暮兮悵忘歸。(卷二十四《贈秀才入軍》,1128頁)

4.海岳黄金,河庭紫貝。

《楚辭》曰:魚鱗屋兮龍堂,紫貝闕兮珠宫。王逸曰:言河伯所

①"始出"上今有"謂日"二字,"始出"下今有"東方"二字;"形"今作"容"。

②"澹予"今作"憺兮";今本無"也"字。

居，以紫貝作闕也。①（卷五十六《石闕銘》，2419 頁）

（九）山鬼

1. 吞刀吐火，雲霧杳冥。

《楚辭》曰：杳冥兮晝晦。②（卷二《西京賦》，77 頁）

2. 木魅山鬼，野鼠城狐。

《楚辭・九歌》有祭山鬼。（卷十一《蕪城賦》，505 頁）

3. 有風颸然而至。

《説文》曰：颸，風聲。《楚辭》曰：風颸颸兮木蕭蕭。③（卷十三《風賦》，581 頁）

4. 又稱歌曰：月既没兮露欲晞，歲方晏兮無與歸。

《楚辭》曰：歲既晏兮孰與歸。④（卷十三《月賦》，602 頁）

5. 冀一年之三秀兮，遒白露之爲霜。

善曰：《楚辭》曰：采三秀於山間。⑤王逸曰：三秀，謂芝草也。（卷十五《思玄賦》，655 頁）

6. 浮雲鬱而四塞兮，天窈窈而晝陰。

《楚辭》曰：日窈冥兮羌晝晦。⑥《説文》曰：窈，深遠也。（卷十六《長門賦》，713 頁）

7. 心事俱已矣，江上徒離憂。

①“珠宫”今作“朱宫”，《考異》謂“《文苑》作珠宫”；今注無“以”字，而此二句之間尚有“以魚鱗蓋屋，堂畫蛟龍之文”二句。

②“冥”下今另有一“冥”字；“晝”上今有“羌”字。

③“颸颸”今作“颯颯”。

④“與歸”今作“華予”。

⑤“於”上今有“兮”字。

⑥“日窈”今作“杳冥”，《考異》謂“一云：日窈冥兮羌晝晦。”

《楚辭》曰:思公子兮徒離憂。(卷二十《新亭渚别范零陵詩》,982 頁)

8. 慘凄歲方晏,日落游子顔。

言情之慘凄,在乎歲之方晏,日之將落,愈思游子之顔。《楚辭》曰:歲既晏兮孰華?①(卷二十一《秋胡詩》,1006 頁)

9. 石泉漱瓊瑶,纖鱗亦浮沈。

《楚辭》曰:飲石泉兮蔭松柏。(卷二十二《招隱詩》,1028 頁)

10. 想見山阿人,薜蘿若在眼。

《楚辭》曰:若有人兮山之阿,披薜荔兮帶女蘿。②(卷二十二《從斤竹澗越嶺溪行》,1048 頁)

11. 握蘭勤徒結,折麻心莫展。

《楚辭》曰:被石蘭兮帶杜衡,折芳馨兮遺所思。王逸曰:石蘭,香草也。(卷二十二《從斤竹澗越嶺溪行》,1048 頁)

12. 方學松柏隱,羞逐市井名。

《楚辭》曰:山中人兮芳杜若,飲石泉兮蔭松柏。(卷二十二《從冠軍建平王登廬山香爐峰》,1058 頁)

13. 白雲隨玉趾,青霞雜桂旗。

《楚辭》曰:辛夷車兮結桂旗。(卷二十二《鍾山詩應西陽王教》,1061 頁)

14. 煌煌靈芝,一年三秀。

《楚辭》曰:采三秀於山間。王逸曰:三秀,謂芝草也。③(卷二十三《幽憤詩》,1084 頁)

---

①"華"下今有"予"字。

②"披"今作"被";"蘿"今作"羅",《考異》謂"一作蘿"。

③"於"上今有"兮"字。

15. 歲晏君如何？零淚沾衣裳。

《楚辭》曰：歲既晏兮。①（卷二十七《望荆山》，1265頁。歲既晏兮孰華予）

16. 眷言采三秀，徘徊望九仙。

《楚辭》曰：采三秀於山間。王逸曰：三秀，謂芝草也。②（卷二十七《早發定山》，1267頁）

17. 荒草何茫茫，白楊亦蕭蕭。

《楚辭》曰：風颯颯兮木蕭蕭。（卷二十八《挽歌詩》，1337頁）

18. 青青陵上柏，磊磊磵中石。

《楚詞》曰：石磊磊兮葛蔓蔓。《字林》曰：磊磊，衆石也。③（卷二十九《古詩一十九首》，1344頁）

19. 采之欲遺誰？所思在遠道。

《楚辭》曰：折芳馨兮遺所思。（卷二十九《古詩一十九首》，1345頁）

20. 白楊何蕭蕭，松柏夾廣路。

《楚辭》曰：風颯颯兮木蕭蕭。（卷二十九《古詩一十九首》，1348頁）

21. 靈芝望三秀，孤�情所托。

《楚詞》曰：采三秀於山間。王逸云：秀，謂芝草也。④（卷三十一《雜體詩三十首》，1476頁）

22. 紅顔宜笑，睇眄流光。

---

①"兮"下今有"孰華予"三字。

②"於"上今有"兮"字。

③今本洪注作"磊，衆石貌"。

④"於"上今有"兮"字；王逸注"秀"上今有"三"字。

《楚辭》曰：既含睇兮又宜笑。王逸曰：睇，微眄貌。（卷三十四《七啓》，1586 頁）

23. 班荆蔭松者久之。

《楚辭》曰：山中人兮芳杜若，飲石泉兮蔭松柏。（卷五十九《頭陁寺碑文》，2535 頁）

（十）國殤

1. 長殺短兵，直髮馳騁。

短兵，刀劍也。……《楚辭》曰：車錯轂兮短兵接。（卷五《吴都賦》，224 頁）

2. 遂躐乎王庭。

善曰：王逸《楚辭注》曰：躐，踐也。（卷九《長楊賦》，408 頁。凌余陣兮躐余行）

3. 乘墉揮寶劍，蔽日引高旍。

《楚辭》曰：旌蔽日兮歒若雲。①（卷二十一《咏霍將軍北伐》，1014 頁）

4. 投軀報明主，身死爲國殤。

國殤，爲國戰亡也。《楚辭·祠國殤》曰：身既死兮神以靈，魂魄毅兮爲鬼雄。②（卷二十八《薊北門行》，1321 頁）

5. 叙温郁則寒谷成暄，論嚴苦則春叢零葉，飛沈出其顧指，榮辱定其一言。

王逸《楚辭注》曰：嚴，壯也，風霜壯謂之嚴。③（卷五十五《廣

---

①"歒"今作"敵"。

②"魂魄"上今有"子"字；今本無"毅"字，《考異》謂"一云，魂魄毅"。

③今本王逸注無"風霜"句。

絶交論》,2372 頁。嚴殺盡兮棄原壄)

6. 穿胸露頂之豪,箕坐椎髻之長,莫不援旗請奮,執鋭争先。

《楚辭》曰:矢之墜兮士争先。[①](卷五十六《石闕銘》,2414 頁)

7. 東望平皋,千里超忽。

《楚辭》曰:出不入兮往不反,平原忽兮路超遠。(卷五十九《頭陁寺碑文》,2535 頁)

(十一)禮魂

1. 芒芒終古,此焉則鏡。

《楚辭》曰:長無絶兮終古。(卷六《魏都賦》,272 頁)

2. 欲法堯而承羞,永終古而不刊。

《楚辭》曰:長無絶兮終古。(卷十《西征賦》,470 頁)

3. 經終古而常然,率品物其如素。

《楚辭》曰:長無絶兮終古。(卷十六《歎逝賦》,725 頁)

4. 若乃春蘭被其東,沙棠殖其西。

《楚辭》曰:春蘭兮秋菊。(卷十八《琴賦》,838 頁)

5. 邈矣終古,崇替有徵。

《楚辭》曰:春蘭兮秋菊,長無絶兮終古。(卷二十四《答賈長淵》,1139 頁)

6. 既踐終古迹,聊訊興亡言。

《楚辭》曰:長無絶兮終古。(卷三十一《和琅邪王依古》,1445 頁)

7. 而秋菊春蘭,英華靡絶。

《楚辭》曰:春蘭兮秋菊,長無絶兮終古。(卷四十三《重答劉秣陵沼書》,1950 頁)

---

①"之"今作"交"。

8. 無絶終古，惟蘭與菊。

《楚辭》曰：春蘭兮秋菊，長無絶兮終古。（卷五十九《齊故安陸昭王碑文》，2564 頁）

9. 伊君王之赫奕，寔終古之所難。

《楚辭》曰：長無絶兮終古。（卷六十《吊魏武帝文》，2599 頁）

三、天問

1. 日月於是乎出入，象扶桑與濛汜。

善曰：言池廣大，日月出入其中也。《淮南子》曰：日出暘谷，拂于扶桑。《楚辭》曰：出自陽谷，入于濛汜。① 汜，音似。（卷二《西京賦》，65—66 頁）

2. 汩若湯谷之揚濤，沛若濛汜之涌波。

《楚辭》云：日出于陽谷，入于濛汜。② 濛汜，見《西京賦》。（卷四《蜀都賦》，176 頁）

3. 蹴塵張天，則埃壒曜靈。

《楚辭》曰：角宿未旦，耀靈焉藏。《廣雅》曰：耀靈，白日也。③（卷四《蜀都賦》，185 頁）

4. 振蕩汪流，雷抃重淵。

①“陽”今作“湯”，《補注》謂“《説文》云：暘，日出也。或作湯，通作陽”；“入于”之“入”今作“次”；“濛”今作“蒙”。

②“出于”上今本無“日”字；“出于”之“于”今作“自”；“陽”今作“湯”，《補注》謂“《説文》云：暘，日出也。或作湯，通作陽”；“入”今作“次”；“濛”今作“蒙”。

③“耀”今作“曜”；“焉”今作“安”；“《廣雅》曰”三字今本無；“白日”今僅作“日”。

王逸《楚辭注》曰：擊手曰抃，音卞。（卷五《吴都賦》，207 頁。鼇戴山抃，何以安之？）

5. 陵鯉若獸，浮石若桴。

《楚辭》曰：陵魚曷止。王逸曰：陵魚，陵鯉也。①（卷五《吴都賦》，215 頁。鯪魚何所？）

6. 雖有石林之岝崿，請攘臂而靡之。

《楚辭・天問》篇曰：烏有石林。② 此本南方楚圖畫，而屈原難問之。於義，則石林當在南也。（卷五《吴都賦》，225 頁。焉有石林？）

7. 仰南斗以斟酌，兼二儀之優渥。

《楚辭》曰：八柱何以東南傾。③（卷五《吴都賦》，234 頁）

8. 孰愈尋靡蓱於中逵，造沐猴於棘刺。

《楚辭・天問》曰：靡蓱九逵，枲華安居。……王逸《楚辭注》曰：寧有蓱草蔓衍於九逵之道？靡，蔓也。④（卷六《魏都賦》，263—264 頁。靡蓱九衢，枲華安居？）

9. 靡誰督而常勤兮，莫之課而自厲。

王逸《楚辭注》曰：課，試也。（卷七《藉田賦》，342 頁。何不課而行之？）

10. 上紀開闢，遂古之初。

《楚辭》曰：遂古之初，誰傳道之。（卷十一《魯靈光殿賦》，515 頁）

---

①“陵”今皆作“鯪”，《考異》謂“一作陵”；“曷止”今作“何所”；“陵鯉”之“陵”今本無。

②今本作“焉有石林”。

③“以”今作“當”；“東南”下今有“何”字；“傾”今作“虧”。

④“九逵”今作“九衢”；王逸注文今作“言寧有蓱草，生於水上無根，乃蔓衍於九交之道。”

11. 鯖鰊鰱鮋，鮻鰩鯩鰱。

《楚辭》曰：鮻魚何所出。王逸曰：鮻魚，鮻鯉也。①（卷十二《江賦》，562 頁）

12. 若乃積素未虧，白日朝鮮，爛兮若燭龍，銜耀照昆山。

《楚辭》曰：日安不飛，燭龍何照。王逸曰：言天西北有幽冥無日之國，有龍銜燭而照之。②（卷十三《雪賦》，595 頁）

13. 托輕鄙之微命，委陋賤之薄軀。

《楚詞》曰：蜂蛾微命力何固。③（卷十三《鸚鵡賦》，615 頁）

14. 速燭龍令執炬兮，過鐘山而中休。

善曰：《楚辭》曰：日安不到，燭龍何照？（卷十五《思玄賦》，668 頁）

15. 薄暮心動，昧旦神興。

《楚辭》曰：薄暮雷電。（卷十六《恨賦》，745 頁）

16. 于時曜靈俄景，流光濛汜。

《楚辭》曰：出自湯谷，次于濛汜。④《淮南子》，濛汜，日所入處。（卷十八《嘯賦》，866 頁）

17. 扶光迫西汜，歡餘宴有窮。

《淮南子》曰：日出暘谷，拂于扶桑。《楚辭》曰：出自暘谷，次于濛汜。⑤（卷二十《九日從宋公戲馬臺集送孔令詩》，957 頁）

18. 獨有延年術，可以慰我心。

---

①今本無“出”字；“鮻鯉”之“鮻”今本無。

②“飛”今作“到”；“天”下今有“之”字；

③“蜂”今作“螽”。

④“濛”今作“蒙”。

⑤“暘”今作“湯”，《補注》謂“《説文》云：暘，日出也。或作湯，通作陽”。“濛”今作“蒙”。

《楚辭》曰：延年不死兮壽何所止？① 《方言》曰：延，長也。（卷二十三《咏懷詩》，1075 頁）

19. 曜靈運天機，四節代遷逝。

《楚辭》曰：角宿未旦，曜靈焉藏？② 《廣雅》曰：曜靈，日也。（卷二十三《悼亡詩》，1092 頁）

20. 流沫不足險，石林豈爲艱！

《楚辭》曰：焉有石林。（卷二十五《還舊園作見顔范二中書》，1196 頁）

21. 寸心若不亮，微命察如絲。

《楚辭》曰：蜂蛾微命。③ （卷二十六《初發石首城》，1246 頁）

22. 上山采薇，薄暮苦飢。

《楚辭》曰：薄暮雷電歸何憂。（卷二十七《善哉行》，1285 頁）

23. 清晨戲伊水，薄暮宿蘭池。

《楚辭》曰：薄暮雷電歸何憂。《廣雅》曰：薄，至也。（卷三十《三月三日率爾成篇》，1425 頁）

24. 永得安期術，豈愁濛汜迫。

《楚辭》曰：出於暘谷，次于濛汜。④ （卷三十一《雜體詩三十首》，1467 頁）

25. 蹙封狶，僨馮豕。

王逸《楚辭注》曰：馮，大也。（卷三十五《七命》，1604 頁。何

---

①今本無"兮"字。

②"焉"今作"安"。

③"蜂"今作"蠭"。

④"於"今作"自"；"暘"今作"湯"，《補注》謂"《説文》云：暘，日出也。或作湯，通作陽"；"濛"今作"蒙"。

馮弓挾矢)

26. 陛下亦宜自課,以咨諏善道,察納雅言,深追先帝遺詔。

王逸《楚辭注》曰:課,試也。(卷三十七《出師表》,1673 頁。何不課而行之?)

27. 伫一戮於微命,申三驅於大信。

《楚辭》曰:蜂蛾微命力何固。① (卷三十八《解尚書表》,1724 頁)

28. 明公道冠二儀,勳超遂古。

《楚辭》曰:遂古之初。誰傳道也?② (卷四十《到大司馬記室牋》,1839 頁)

29. 然日不我與,曜靈急節。

《楚辭》曰:角宿未旦,耀靈焉藏?《廣雅》曰:曜靈,日也。③ (卷四十二《與吳季重書》,1906 頁)

30. 徘徊路寢,見先生之遺像。

《楚辭》曰:馮翼遺像,何以識之。④ (卷四十七《東方朔畫贊》,2119 頁)

31. 伊考自遂古,乃降戾爰茲。

遂古,遠古也。……《楚辭》曰:遂古之初,誰傳道之?(卷四十八《典引》,2165 頁)

32. 西屠庸益之郊,北裂淮漢之涘。

王逸《楚辭注》曰:屠,裂也。⑤ (卷五十三《辯亡論上》,2316

①"蜂"今作"蠭"。

②"道也"今作"道之"。

③"耀"今作"曜";"焉"今作"安";"《廣雅》曰"三字今本無。

④"遺"今作"惟";"識"今作"識"。

⑤"裂"下今有"剥"字。

頁。何勤子屠母，而死分竟地?)

33.前賓四會，却背九房。

王逸《楚辭注》曰：賓，列也。(卷五十九《石闕銘》，2422 頁。啓棘賓商)

34.桂深冬燠，松疏夏寒。

《楚辭》曰：何所冬燠? 何所夏寒?《爾雅》曰：燠，煖也。①(卷五十九《頭陁寺碑文》，2542 頁)

四、九章

總論

1.夜曼曼其若歲兮，懷鬱鬱其不可再更。

《楚辭》曰：終長夜之曼曼。又曰：望孟夏之短夜，何明晦之若歲。曼曼，長也，一作漫漫。又曰：心鬱鬱之憂思兮，獨永歎而增傷。②(卷十六《長門賦》，716 頁)

2.通波激枉渚，悲風薄丘榛。

《楚辭》曰：朝發枉渚。又曰：哀江介之悲風。③(卷二十五《答張士然》，1167 頁)

---

①"燠"今作"暖"；王注作"暖，温也"。

②《九章·悲回風》《九章·抽思》《九章·抽思》。"明晦"今作"晦明"；"而"今作"乎"。

③《九章·涉江》《九章·哀郢》。"渚"今作"陼"，《考異》謂"一作渚"；"哀"今作"悲"；"悲風"今作"遺風"。

3.凝霜沾蔓草,悲風振林薄。

《楚辭》曰:激凝霜之紛紛。又曰:哀江介之悲風。①(卷三十《時興》,1389頁)

(一)惜誦

1.東吴王孫囅然而咍。

楚人謂相笑爲咍。《楚辭》曰:衆兆所咍。②(卷五《吴都賦》,201頁)

2.狹三王之阸僻,嶠高舉而大興。

王逸《楚辭注》曰:嶠,舉也。嶠,音矯。(卷八《羽獵賦》,390頁。矯玆媚以私處兮)

3.循階除而下降兮,氣交憤於胸臆。

王逸《楚辭注》曰:憤,懣也。(卷十一《登樓賦》,492頁。發憤以杼情)

4.洞參差其紛錯兮,斯衆兆之所惑。

曹大家曰:衆,庶也。兆,人也。……《楚辭》曰:衆兆之所咍。③(卷十四《幽通賦》,643頁)

5.不抑操而苟容兮,譬臨河而無航。

航,舡也。……《楚辭》曰:昔余夢登天兮,魂中道而無航。④(卷十五《思玄賦》,654頁)

---

①《九章·悲回風》《九章·哀郢》。"激"今作"漱";"紛紛"今作"雰雰";"哀"今作"悲";"悲風"今作"遺風"。

②今作"又衆兆之所咍"。

③"衆兆"上今有"又"字。

④"無航"之"航"今作"杭",《考異》謂"一作航"。

6. 温風翕其增熱兮，惄鬱悒其難聊。

《楚辭》曰：心鬱悒余侘傺。[①]（卷十五《思玄賦》，660 頁）

7. 恭夙夜而不貳兮，固終始之所服。

不貳，不差貳也。……《楚辭》曰：事君而無貳。[②]（卷十五《思玄賦》，676 頁）

8. 信情貌之不差，故每變而在顔。

《楚辭》曰：情與貌其不變。（卷十七《文賦》，764 頁）

9. 及其初調，則角羽俱起，宫徵相證。

王逸《楚辭注》曰：證，驗也。（卷十八《琴賦》，841 頁。所以證之不遠）

10. 予獨何爲，有志不就。

《楚辭》曰：云有志而無謗。[③]（卷二十三《幽憤詩》，1084 頁）

11. 邁心玄曠，矯志崇邈。

王逸《楚辭注》曰：矯，舉也。（卷二十四《贈馮文羆遷斥丘令》，1136 頁。矯兹媚以私處兮）

12. 亭亭孤幹，獨生無伴。

王逸《楚辭注》曰：伴，侣也。（卷二十五《答盧諶詩并書》，1172 頁。衆駭遽以離心兮，又何以爲此伴也？）

13. 卷然顧鞏洛，山川邈離異。

《楚辭》曰：終免獨離異。[④]（卷二十六《在懷縣作二首》，1226 頁。終危獨以離異兮）

---

①"悒"今作"邑"。

②"無"今作"不"。

③今本作"曰有志極而無旁"。

④"免"今作"危"；"獨"下今有"以"字。

14. 側身東望涕沾翰。

《楚辭》曰:願側身而無所。(卷二十九《四愁詩》,1357 頁)

15. 君侯忘聖賢之顯迹,述鄙宗之過言,竊以爲未之思也。

《楚辭》曰:吾聞作忠以造怨,忽謂之過言。(卷四十《答臨淄侯牋》,1819 頁)

(二)涉江

1. 增盤崔嵬,登降照爛。

王逸《楚辭》注曰:嵬,高也,才迴切。① (卷一《西都賦》,12 頁。冠切雲之崔嵬)

2. 壇宇顯敞,高門納駟。

《楚辭·九章》曰:燕雀烏鵲,巢堂壇兮。王逸曰:壇,猶堂也。② (卷四《蜀都賦》,184 頁)

3. 毛群以齒角爲矛鋏,皆體著而應卒。

鋏,刀身劍鋒,有長鋏短鋏。……《楚辭》曰:帶長鋏之陸離。(卷五《吴都賦》,225 頁)

4. 灌莽杳而無際,叢薄紛其相依。

王逸《楚辭注》曰:草木交曰薄。③ (卷十一《蕪城賦》,505 頁。死林薄兮)

5. 舟子於是搦棹,涉人於是檥榜。

王逸《楚辭注》曰:榜,船櫂也,補孟切。一曰:榜,併船也。④

---

①王逸注今作"崔嵬,高貌也";"才迴切",《補注》作"五回切"。

②"壇,猶堂也"爲《大招》"南房小壇"句注。

③"交"下今有"錯"字。

④"榜,船櫂也"今本王注作"吴榜,船櫂也";"補孟切",《補注》今作"北孟切";"併"字《補注》今作"進"。

（卷十二《江賦》，569 頁。齊吴榜以擊汰）

6. 概新夷，被荑楊。

《楚詞》曰：露甲新夷飛林薄。① 顏師古曰：新夷，一名留夷。（卷十三《風賦》，583 頁）

7. 幽獨守此仄陋兮，敢怠遑而舍勤。

善曰：《楚辭》曰：幽獨處乎山中。（卷十五《思玄賦》，652 頁）

8. 雲菲菲兮繞余輪，風眇眇兮震余旟。

《楚辭》曰：雲菲菲而承宇。②（卷十五《思玄賦》，676 頁）

9. 舟凝滯於水濱，車逶遲於山側。

《楚辭》曰：船容與而不進，淹迴水以凝滯。③《廣雅》曰：凝，止也。（卷十六《别賦》，750 頁）

10. 王公保其位，隱處安林薄。

《楚辭》曰：露新夷，死林薄。王逸曰：草木交曰薄。④（卷十八《長笛賦》，820 頁。露申辛夷，死林薄兮）

11. 流風翼衡，輕雲承蓋。

《楚辭》曰：雲霏霏而承宇。（卷二十《應詔詩》，934 頁）

12. 原薄信平蔚，臺澗備曾深。

王逸《楚辭注》曰：草木交曰薄處。⑤（卷二十五《樂游應詔詩》，959 頁。死林薄兮）

13. 弭棹薄枉渚，指景待樂闋。

①“甲”今作“申”；“新”今作“辛”；“飛”今作“死”。

②“菲菲”今作“霏霏”。

③“迴”今作“回”；“以”今作“而”；“凝”今作“疑”，《考異》謂“一作凝”。

④“露”下今有“申”字；“新”今作“辛”；“交”下今有“錯”字。

⑤“交”下今有“錯”字；今本“薄”下無“處”字。

《楚辭》曰：朝發枉渚。王逸曰：枉，曲也。①（卷二十《九日從宋公戲馬臺集送孔令詩》，960 頁）

14. 安排徒空言，幽獨賴鳴琴。

《楚辭》曰：幽獨處乎山中。（卷二十二《晚出西射堂》，1039 頁）

15. 初景革緒風，新陽改故陰。

《楚辭》曰：款秋冬之緒風。② 王逸曰：緒，餘也。（卷二十二《登池上樓》，1040 頁）

16. 谷風拂修薄，油雲翳高岑。

王逸《楚辭注》曰：草木交曰薄。③（卷二十六《赴洛》，1229 頁。死林薄兮）

17. 渫雲已漫漫，多雨亦凄凄。

《楚辭》曰：山峻高以蔽日兮，下幽冥以多雨。④（卷二十七《敬亭山詩》，1260 頁）

18. 置酒高堂，悲歌臨觴。

王逸《楚辭》曰：悲歌，言愁思也。⑤（卷二十八《短歌行》，1310 頁。齊吴榜以擊汰）

19. 長鋏鳴鞘中，烽火列邊亭。

《楚辭》曰：帶長鋏之陸離。王逸曰：長鋏，劍名也。（卷二十九《雜詩》，1381 頁）

20. 于役儻有期，鄂渚同游衍。

---

①“渚”今作“陼”，《考異》謂“一作渚”。

②“款”今作“欵”。

③“交”下今有“錯”字。

④“冥”今作“晦”；“以”今皆作“㠯”。

⑤“悲歌”上今有“齊”字。

《楚辭》曰：乘鄂渚而反顧兮。王逸注曰：鄂渚，地名也。（卷三十《和伏武昌登孫權故城》，1413 頁）

21. 江海經邅迴，山嶠備盈缺。

《楚辭》曰：入溆浦兮途邅迴。①（卷三十一《雜體詩三十首》，1472 頁）

22. 肅舲出郊際，徙樂逗江陰。

《楚詞》曰：乘舲船余上沅兮，齊吴榜以擊汏。王逸曰：舲，船窗牖也。②（卷三十一《雜體詩三十首》，1478 頁）

23. 風泠泠兮入帷，雲霏霏兮承蓋。

《楚辭》曰：雲霏霏兮承宇。③（卷五十七《哀永逝文》，2485 頁）

24. 丕大德以宏覆，援日月而齊暉。

《楚辭》曰：與天地兮比壽，與日月兮齊光。④（卷六十《吊魏武帝文》，2598 頁）

（三）哀郢

1. 况河冀之爽塏，與江介之湫湄。

《楚辭》曰：長江介之遺風。⑤ 薛君《韓詩章句》曰：介，界也。（卷六《魏都賦》，264 頁）

2. 登鄣隧而遥望兮，聊須臾以婆娑。

須臾，少時也。《楚辭》曰：何須臾而忘反。（卷九《北征賦》，

①今本無“兮”字；“途邅迴”今作“余儃佪”。《考異》謂“儃佪，一作邅迴”。

②今本王注作“舲船，船有牕牖者。”

③“兮”今作“而”。

④“比壽”今作“同壽”，“齊光”今作“同光”，《考異》謂“一云：同壽齊光。一云：比壽齊光。”

⑤“長”今作“悲”。

428 頁）

3. 棹容與而詎前，馬寒鳴而不息。

《楚辭》曰：檝齊揚以容與。① （卷十六《别賦》，750 頁）

4. 狐狸馳赴穴，飛鳥翔故林。

《楚辭》曰：鳥飛之故鄉，狐死必首丘。② （卷二十七《七哀詩》，1087 頁）

5. 芳襟染淚迹，嬋媛空復情。

《楚辭》云：心嬋媛而傷懷兮。王逸曰：嬋媛，牽引也。③ （卷二十三《同謝諮議銅雀臺詩》，1099 頁）

6. 既來不須臾，又不處重闈。

《楚辭》曰：何須臾而忘反。（卷二十九《古詩一十九首》，1349 頁）

7. 江介多悲風，淮泗馳急流。

《楚辭》曰：哀江介之悲風。④ （卷二十九《雜詩》，1364 頁）

8. 箕箒留江介，良人處雁門。

《楚辭》曰：哀江介之悲風。⑤ （卷三十《雜詩》，1401 頁）

9. 侯波奮振，合戰於藉藉之口。

《楚辭》曰：陵陽侯之氾濫兮。王逸曰：陽侯，大波也。⑥ （卷三十四《七發》，1572 頁）

10. 東亂三江，西浮七澤。

《楚辭》曰：過夏首而西浮。（卷四十《拜中軍記室辭隋王牋》，

①“檝”今作“楫”。

②“之”今作“反”。

③“牽引”上今有“猶”字。

④“哀”今作“悲”；“悲風”今作“遺風”。

⑤“哀”今作“悲”；“悲風”今作“遺風”。

⑥“陵”今作“淩”；“大波”下今有“之神”二字。

1835 頁）

11. 白雲在天，龍門不見。

《楚辭》曰：過夏首而西浮，顧龍門而不見。王逸曰：龍門，楚東門也。（卷四十《拜中軍記室辭隋王牋》，1836 頁）

12. 夏首憑固，庸岷負阻，協彼離心，抗兹同德。

《楚辭》曰：過夏首而西浮。王逸曰：夏首，水口也。①（卷五十六《石闕銘》，2414 頁）

13. 南背國門，北首山園。

《楚辭》曰：出國門而軫懷。（卷五十八《宋文皇帝元皇后哀策文》，2491 頁）

14. 夏首藩要，任重推轂。

《楚辭》曰：過夏首而西浮。王逸注曰：夏首，水口也。②（卷五十九《齊故安陸昭王碑文》，2550 頁）

15. 涉夏逾漢，政成期月。

《楚辭》曰：江與夏之不可涉。夏，水名也。（卷五十九《齊故安陸昭王碑文》，2562 頁）

（四）抽思

1. 豈虚名之可立，良致霸其有以。

《楚辭》曰：名不可以僞立。③（卷十《西征賦》，449 頁）

2. 獸狂顧以求群兮，鳥相鳴而舉翼。

《楚辭》曰：狂顧南行。王逸曰：狂，猶遽也。（卷十一《登樓

①“水口”上今有“夏”字。

②“水口”上今有“夏”字。

③“僞立”今作“虚作”。

賦》,491 頁)

3.若乃曾潭之府,靈湖之淵。

王逸《楚辭注》曰:楚人名淵曰潭府。①(卷十二《江賦》,561 頁。泝江潭兮)

4.何孤行之煢煢兮,孑不群而介立。

煢煢,獨也。……善曰:《毛詩》曰:獨行煢煢。《楚辭》曰:既惸獨而不羣。(卷十五《思玄賦》,653 頁)

5.意忽恍以遷越兮,神一夕而九升。

《楚辭》曰:惟郢路之遼遠,魂一夕而九逝。②(卷十六《寡婦賦》,738 頁)

6.因宜適變,曲有微情。

《楚辭》曰:結微情以陳辭。③《説文》曰:微,妙也。(卷十七《文賦》,770 頁)

7.臨流怨莫從,歡心歎飛蓬。

《楚辭》曰:臨流水而太息。王逸曰:念舊鄉也。④(卷二十《九日從宋公戲馬臺集送孔令詩》,957 頁)

8.九逝非空思,七襄無成文。

《楚辭》曰:惟郢路之遼遼兮,魂一夕而九逝。⑤(卷二十六《夏夜呈從兄散騎車長沙》,1203 頁)

9.追及歲未暮,長歌承我閑。

---

①"潭"下今本無"府"字。

②"魂"今作"寬"。

③"辭"今作"詞"。

④王逸注今作"顧念舊故,思親戚也。"

⑤"遼遼"今作"遼遠";"魂"今作"寬"。

《楚辭》曰：願乘閑而自察。①（卷二十八《長歌行》，1307 頁）

10. 時天下漸弊，鬱鬱不得志。

《楚辭》曰：心鬱鬱之憂思，獨永歎而增傷。② 鄭玄《考工記注》曰：鬱，不舒散也。（卷二十九《四愁詩》，1356—1357 頁）

11. 孟夏非長夜，晦明如歲隔。

《楚辭》曰：望孟夏之短夜，何晦明兮若歲。③（卷三十《南樓中望所遲客》，1396 頁）

12. 承間語事，變度易意。

《楚詞》曰：願承閒而自察也。（卷三十四《七發》，1561 頁）

13. 即我高祖之命，將墜於地，朕用夙興假寐，震悼于厥心。

《楚辭》曰：心震悼而不敢。（卷三十五《册魏公九錫文》，1624 頁）

14. 長而見羈，則狂顧頓纓，赴蹈湯火。

《楚辭》曰：狂顧南行。王逸曰：狂，猶遽也。（卷四十三《與山巨源絶交書》，1926 頁）

（五）懷沙

1. 獨儉嗇以齷齪，忘蟋蟀之謂何。

王逸《楚辭注》曰：謂，説也。④（卷二《西京賦》，81 頁。人心不可謂兮）

2. 長輪遠逝，漻淚淢汩。

---

①“乘閑”今作“承閒”。

②“而”今作“乎”。

③“兮”今作“之”。

④“説”上今有“猶”字。

王逸《楚辭注》曰：汩，去貌。①（卷四《南都賦》，153 頁。汩徂南土）

3. 飛雲霧之杳杳，涉積雪之皚皚。

《楚辭》曰：眴兮杳杳。王逸曰：杳杳，深冥貌也。（卷九《北征賦》，429 頁）

4. 情紆軫其何托，愬皓月而長歌。

《楚辭》曰：鬱結紆軫兮，離慜而長鞫。王逸曰：紆，曲；軫，痛也。②（卷十三《月賦》，602 頁）

5. 形旖旎以順吹兮，瞋㖃嘲以紆鬱。

《楚辭》曰：鬱結紆軫。王逸曰：紆，曲也。③（卷十七《洞簫賦》，785 頁）

6. 探道好淵玄，觀書鄙章句。

王逸《楚辭注》曰：鄙，恥也。（卷二十一《五君咏》，1011 頁。君子所鄙）

7. 連鄣叠巘崿，青翠杳深沈。

王逸《楚辭注》曰：杳，深冥也。④（卷二十二《晚出西射堂》，1039 頁。眴兮杳杳）

8. 駕言陟東阜，望墳思紆軫。

《楚辭》曰：鬱結紆軫兮，離慜而長鞠。⑤（卷二十三《悼亡詩》，1093 頁）

---

①“去”今作“行”。

②“慜”今作“愍”，《考異》謂“《史記》愍作慜”；“鞫”今作“鞠”；“曲”今作“屈”。

③“曲”今作“屈”。

④王注“杳”下今另有一“杳”字；“冥”下今有“貌”字。

⑤“慜”今作“愍”，《考異》謂“《史記》愍作慜”。

9. 肇允雖同規，翻飛各異概。

異概，謂異量也。凡概以平量，故言概而顯量焉。《楚辭》曰：一概而相量也。①（卷二十五《於安城答靈運》，1191 頁）

10. 世或有謂神仙可以學得，不死可以力致者。

王逸《楚辭注》曰：謂，説也。②（卷五十三《養生論》，2287 頁。人心不可謂兮）

11. 則稱謂所絶，形乎彼岸矣。

王逸《楚辭注》曰：謂，説也。③（卷五十九《頭陁寺碑文》，2528 頁。人心不可謂兮）

（六）思美人

1. 士女佇眙，商賈駢坒。

善曰：《楚辭》曰：覽涕而佇眙。④（卷五《吴都賦》，219 頁）

2. 權假日以餘榮，比朝華而庵藹。

《楚辭》曰：聊假日以須時。⑤（卷六《魏都賦》，296 頁）

3. 登兹樓以四望兮，聊暇日以銷憂。

《孫卿子》曰：多暇日者，其出入不遠也。賈逵《國語注》曰：暇，閑也。暇或爲假。《楚辭》曰：遷逡次而勿驅，聊假日以消時。⑥（卷十一《登樓賦》，489 頁）

4. 升清質之悠悠，降澄輝之藹藹。

①"概"今作"槩"。

②"説"上今有"猶"字。

③"説"上今有"猶"字。

④"覽"今作"擥"；"佇"今作"竚"。

⑤"時"今作"旹"，《考異》謂"旹，古時字"。

⑥"消時"今作"須旹"，《考異》謂"旹，古時字"。

《楚辭》曰：白日出兮悠悠。[①]（卷十三《月賦》，601 頁）

5. 竟先朝露，長委離兮。

《楚詞》曰：遂萎絶而離異。（卷十四《赭白馬賦》，629 頁）

6. 攬涕登君墓，臨穴仰天嘆。

《楚辭》曰：美人兮攬涕而竚。[②]（卷二十一《三良詩》，986 頁。思美人兮，覽涕而竚眙）

7. 曉霜楓葉丹，夕曛嵐氣陰。

《楚辭》曰：與曛黄而爲期。王逸曰：黄昬時也。[③]（卷二十二《晚出西射堂》，1039 頁）

8. 開冬眷徂物，殘悴盈化先。

開冬，猶開春、開秋也。《楚辭》曰：開春發歲。（卷二十二《應詔觀北湖田收》，1050 頁）

9. 開秋兆涼氣，蟋蟀鳴床帷。

開秋，秋初開也。《楚辭》曰：開春發歲兮。（卷二十三《咏懷詩》，1070 頁）

10. 晨風夕逝，托與之期。

《楚辭》曰：因歸鳥而致詞，羌迅高而難當。[④]（卷二十三年《贈士孫文始》，1106 頁）

11. 夕慮曉月流，朝忌曛日馳。

王逸《楚辭注》曰：曛，黄昬時也。[⑤]（卷二十五《酬從弟惠

---

①“兮”今作“之”。

②“美人”上今有“思”字；“攬”今作“擥”；“竚”下今有“眙”字。

③“曛”今作“纁”，《考異》謂“一作曛”；“而”今作“以”；“黄昬”上今有“蓋”字；“昬”今作“昏”。

④“詞”今作“辭”；“迅”今作“宿”，《考異》謂“一云：羌迅高而難寓”。

⑤王注“曛”今作“纁黄”；“黄昬”上今有“蓋”字；“昬”今作“昏”。

連》,1200 頁。與纁黄以爲期)

12. 路阻莫贈問,云何慰離析?

《楚辭》曰:媒絶路阻。(卷三十《南樓中望所遲客》,1396 頁)

13. 驚飆褰反信,歸雲難寄音。

《楚辭》曰:願寄言於浮雲兮,遇豐隆而不將。(卷三十《擬古詩》,1426 頁)

(七)惜往日

1. 陰池幽流,玄泉洌清。

善曰:《楚辭》曰:臨沅湘之玄淵。(卷三《東京賦》,104 頁)

2. 列宿掩縟,長河韜映。

《楚辭》曰:若列宿之錯置。①(卷十三《月賦》,601 頁)

3. 屈原以之沈湘,賈誼以之發憤,不亦過乎!

《楚辭》曰:臨沅湘之玄淵兮,遂自忍而沈流。(卷五十三《運命論》,2301 頁)

(八)橘頌

1. 其爲狀也,散漫交錯,氛氲蕭索。

王逸《楚辭注》曰:氛氲,盛貌。②(卷十三《雪賦》,594 頁。紛緼宜脩)

2. 南國有佳人,容華若桃李。

《楚辭》曰:受命不遷生南國。(卷二十九《雜詩》,1364 頁)

3. 橘柚在南國,因君爲羽翼。

---

①"若"今作"如"。

②"氛氲"今作"紛緼"。

橘柚在南雖珍，須君羽翼乃貴也。《楚辭》曰：后皇嘉樹橘來服，受命不遷生南國。①（卷三十一《雜體詩三十首》，1456 頁）

（九）悲回風

1. 既懲懼於登望，降周流以徬徨。

《楚辭》曰：寤從容以周流，聊逍遥而自恃。②（卷一《西都賦》，17 頁）

2. 茸鱗鏤甲，詭類舛錯。

茸，累也。甲，謂龜甲也。《楚辭》曰：魚茸鱗以自別。（卷五《吴都賦》，206 頁）

3. 俯杳眇而無見，仰氵㐫橑而捫天。

《楚辭》曰：遂儵忽而捫天。……捫，摸也。③（卷八《上林賦》，367 頁）

4. 放臣爲之屢嘆，弃妻爲之歔欷。

放臣、弃妻，屈原、哀姜之徒。王逸《楚詞注》曰：歔欷，啼聲。④（卷十三《鸚鵡賦》，614 頁。曾歔欷之嗟嗟兮）

5. 愁鬱鬱以慕遠兮，越印州而游遨。

善曰：《楚辭》曰：愁鬱鬱之無快。（卷十五《思玄賦》，660 頁）

6. 時彷佛以物類兮，象積石之將將。

《楚辭》曰：時彷佛而不見，心淳熱其若湯。⑤《説文》曰：髣

---

①"來"今作"徠"。

②"而"今作"以"。

③"儵"今作"儵"；"摸"字《補注》作"撫"。

④"啼聲"今作"啼貌"。

⑤"時彷佛"今作"存髣髴"；"淳熱"今作"踊躍"，《考異》謂"一作沸熱"。

鬗，見不審諟也。（卷十六《長門賦》，714頁）

7. 澹偃蹇而待曙兮，荒亭亭而復明。

《楚辭》曰：思不眠而極曙。王逸曰：曙，明也。①（卷十六《長門賦》，716頁）

8. 臨清流，賦新詩。

《楚辭》曰：竊賦詩之所明。王逸曰：賦，鋪也。（卷十八《琴賦》，845頁）

9. 疇真可掩？孰僞可久？

《楚辭》曰：孰虚僞之可長。（卷二十《關中詩》，940頁）

10. 抗迹遺萬里，豈戀生民樂？

《廣雅》曰：抗，舉也。《楚辭》曰：悲申屠之抗跡。②（卷二十一《游仙詩》，1018頁）

11. 慼慼感物嘆，星星白髮垂。

《楚辭》曰：愁鬱鬱之無快，居戚戚而不解。③（卷二十二《游南亭》，1041頁）

12. 首夏猶清和，芳草亦未歇。

《楚辭》曰：芳以歇而不比。杜預《左氏傳注》曰：歇，盡也。（卷二十二《游赤石進帆海》，1042頁）

13. 凝霜被野草，歲暮亦云已。

《楚辭》曰：漱凝霜之紛紛。④（卷二十三《咏懷詩》，1068頁）

14. 緑水揚洪波，曠野莽茫茫。

①"而"今作"以"，《考異》謂"一作而"；"極"今作"至"，《考異》謂"一作極"。

②"申屠"今作"申徒"；"跡"今作"迹"。

③"而不解"今作"而不可解"，《考異》謂"一無'可'字"。

④"紛紛"今作"雰雰"。

《楚辭》曰：莽茫茫之無涯。① 毛萇曰：茫茫，廣大貌。（卷二十三《咏懷詩》，1073 頁）

15. 輕葉隨風轉，飛鳥何翻翻！

《楚辭》曰：漂翻翻其上下。（卷二十三《贈徐幹》，1114 頁）

16. 凝霜依玉除，清風飄飛閣。

《楚辭》曰：漱凝霜之紛紛。② 《字書》曰：凝，冰堅也。（卷二十四《贈丁儀》，1119 頁）

17. 戚戚多遠念，行行遂成篇。

《楚辭》曰：居戚戚而不解。③（卷二十四《答張士然》，1148 頁）

18. 靡靡即長路，戚戚抱遥悲。

《楚辭》曰：居戚戚而不解。④（卷二十五《西陵遇風獻康樂》，1194 頁）

19. 辛苦誰爲情，游子值頽暮。

《楚辭》曰：歲曶曶其若頽。（卷二十六《永初三年七月十六日之郡初發都》，1236 頁）

20. 青青河邊草，緜緜思遠道。

王逸《楚辭注》曰：緜緜，細微之思也。⑤（卷二十七《飲馬長城窟行》，1278 頁。縹緜緜之不可紆）

21. 極宴娱心意，戚戚何所迫。

《楚辭》曰：居戚戚而不可解。（卷二十九《古詩一十九首》，

---

①“茫茫”今作“芒芒”；“涯”今作“儀”。

②“紛紛”今作“雰雰”。

③“而不解”今作“而不可解”，《考異》謂“一無‘可’字”。

④“而不解”今作“而不可解”，《考異》謂“一無‘可’字”。

⑤今王逸注無“緜緜”二字。

1344 頁）

22. 四顧何茫茫，東風摇百草。

王逸《楚辭注》曰：茫茫，草木彌遠，容貌盛也。①（卷二十九《古詩一十九首》，1347 頁。莽芒芒之無儀）

23. 願君崇令德，隨時愛景光。

《楚辭》曰：借光景以往來。（卷二十九《詩四首》，1356 頁）

24. 漫漫秋夜長，烈烈北風凉。

《楚辭》曰：終長夜之曼曼。（卷二十九《雜詩》，1360 頁）

25. 輕風摧勁草，凝霜竦高木。

《楚辭》曰：漱凝霜之紛紛。②（卷二十九《雜詩》，1379 頁）

26. 萬族各有托，孤雲獨無依。

《楚辭》曰：憐浮雲之相佯。王逸注曰：相佯，無依據之貌也。③（卷三十《咏貧士詩》，1391—1392 頁）

27. 眇眇陵長道，遥遥行遠之。

《楚詞》曰：路眇眇以默默。④《廣雅》曰：眇眇，遠也。（卷三十一《擬古二首》，1444 頁）

28. 紛屯澹淡，嘘唏煩酲。

王逸《楚辭注》曰：歔欷，啼貌。（卷三十四《七發》，1559 頁。曾歔欷之嗟嗟兮）

29. 間者歷覽諸子之文，對之抆淚，既痛逝者，行自念也。

---

①今王逸注無"茫茫"二字；"彌遠"今作"彌望"。

②"紛紛"今作"雰雰"。

③"佯"今皆作"羊"，《考異》謂"一作佯"；"無"下今有"所"字；"依據"今作"據依"。

④"以"今作"之"。

《楚辭》曰:孤行吟而抆淚。① (卷四十二《與吴質書》,1897頁)

30.且心同琴瑟,言鬱郁於蘭茝。

《楚辭》曰:蘭茝幽而獨芳。(卷五十五《廣絶交論》,2366頁)

31.感逝川之無捨,哀清暉之眇默。

眇默,遠貌也。《楚辭》曰:路眇眇兮默默。② (卷五十八《褚淵碑文》,2521頁)

五、遠遊

1.原野蕭條,目極四裔。禽相鎮壓,獸相枕藉。

《楚辭》曰:山蕭條而無獸。(卷一《西都賦》,21頁)

2.亘雄虹之長梁,結棼橑以相接。

虹,蝃蝀也。……善曰:《楚辭》曰:建雄虹之采旄。亘,古鄧切。(卷二《西京賦》,52頁)

3.鳳騫翥於甍標,咸溯風而欲翔。

善曰:《楚辭》曰:鳳騫翥而飛翔。③ 《説文》曰:騫,飛貌也。騫,許言切。翥,之庶切。(卷二《西京賦》,57頁)

4.消雰埃於中宸,集重陽之清澂。

善曰:《楚辭》曰:集重陽而入帝宫兮,造旬始而觀清都。④ (卷二《西京賦》,58頁)

5.弧旌枉矢,虹旃蜺旄。

①"行吟"今作"子唫",《補注》謂"唫,古'吟'字"。

②"兮"今作"之"。

③"鳳"今作"鸞鳥";"騫"今作"軒",《考異》謂"一作騫";"飛翔"今作"翔飛"。

④"入"上今本無"而"字,《考異》謂"一本'入'上有'以'字"。

雄曰虹，雌曰蜺。善曰：……《楚辭》曰：建雄虹之采旄。（卷二《西京賦》，68 頁）

6. 經三峽之峥嶸，躡五屼之蹇滻。

善曰：《楚辭》曰：下峥嶸兮無地。①（卷四《蜀都賦》，187 頁）

7. 非醇粹之方壯，謀踳駮於王義。

《楚辭》曰：王色頩以開顔，精純粹而始壯。②（卷六《魏都賦》，264 頁）

8. 于時運距陽九，漢網絶維。

王逸《楚辭注》曰：維，紘也。③（卷六《魏都賦》，265 頁。乘間維目反顧）

9. 蓋比物以錯辭，述清都之閑麗。

屈原《遠遊》曰：造旬始，觀清都。④ 言雖選言簡章，徒至九復，而猶遺其精旨也。（卷六《魏都賦》，291 頁。造旬始而觀清都）

10. 雖方征僑與偓佺兮，猶彷彿其若夢。

《説文》曰：彷彿，相似視不諟也。《楚辭》曰：時彷彿以遥見。⑤（卷七《甘泉賦》，328 頁）

11. 於是乘輿弭節徘徊，翱翔往來。

善曰：《楚辭》曰：颬弭節而高厲。⑥（卷八《上林賦》，372 頁）

12. 然后揚節而上浮。

---

①“兮”今作“而”。

②“王色”今作“玉色”；“開”今作“脕”；“純”今作“醇”。

③據王逸《楚辭章句》，“紘”字僅見於《遠遊》“乘間維目反顧”之王注“攀持天紘以休息也”句中，故暫列於此。

④今本作“造旬始而觀清都”。

⑤“彷彿”今作“髣髴。”

⑥“颬”今作“徐”，《考異》謂“一作颯”。

善曰:《楚辭》曰:鳥託乘而上浮。①(卷八《上林賦》,373 頁)

13. 靡日月之朱竿,曳彗星之飛旗。

《河圖》曰:彗星者,天地之旗也。《楚辭》曰:攬彗星以爲旗。②(卷八《羽獵賦》,391 頁)

14. 蚩尤並轂,蒙公先驅。

善曰:《韓子》曰:黄帝駕象車,異方并轂,蚩尤居前。《楚辭》曰:選衆以並轂。③(卷八《羽獵賦》,392 頁。選署衆神以並轂)

15. 眄箱籠以揭驕,睨驍媒之變態。

揭驕,志意肆也。……《楚辭》揭驕字作拮矯。揭,居桀切。睨,音詣。善曰:《楚辭》曰:意恣睢以拮矯。王逸曰:縱心肆志,所意願高也。④(卷九《射雉賦》,417 頁)

16. 欒而無節,端操或虧。

《楚辭》曰:内惟省以端操。(卷九《射雉賦》,422 頁)

17. 遂奮袂以北征兮,超絶迹而遠遊。

《楚辭》曰:願輕舉而遠遊。(卷九《北征賦》,426 頁)

18. 野蕭條以莽蕩,迥千里而無家。

《楚辭》曰:山蕭條而無獸。(卷九《北征賦》,429 頁)

19. 諒時運之所爲兮,永伊鬱其誰愬?

《楚辭》曰:獨鬱結其誰語。(卷九《北征賦》,430 頁)

20. 當休明之盛世,托菲薄之陋質。

---

①“鳥”今作“焉”。

②今作“擥彗星目爲旍”,《考異》謂“擥,一作攬。旍,一作旗”。

③今作“選署衆神以並轂”。

④“以”今作“目”;“拮矯”今作“担撟”,《考異》謂“撟,一作矯”;“所”下今無“意”字。

《楚辭》曰：質非薄而無由。① 馬融《論語注》曰：菲，薄也。（卷十《西征賦》，440 頁）

21. 步栖遲以徙倚兮，白日忽其將匿。

《楚辭》曰：步徙倚而遥思。（卷十一《登樓賦》，491 頁）

22. 非夫遺世玩道，絶粒茹芝者，烏能輕舉而宅之？

《楚辭》曰：願輕舉而遠遊。（卷十一《游天台山賦》，494 頁）

23. 仍羽人於丹丘，尋不死之福庭。

《楚辭》曰：仍羽人於丹丘兮，留不死之舊鄉。王逸曰：因就衆仙於明光也。（卷十一《游天台山賦》，496 頁）

24. 天吴乍見而髣髴，蝄像暫曉而閃尸。

《説文》曰：髣髴，見不諟也。《楚辭》曰；時彷彿以遥見。②（卷十二《海賦》，547 頁）

25. 且斂衽以歸來兮，忽投紱以高厲。

《楚辭》曰：颯弭節而高厲。③（卷十三《秋興賦》，589 頁）

26. 惟天地之無窮兮，何遭遇之無常！

善曰：《楚辭》曰：惟天地之無窮，哀人生之長勤。（卷十五《思玄賦》，654 頁）

27. 淹栖遲以恣欲兮，耀靈忽其西藏。

耀靈，日也。善曰：……《楚辭》曰：耀靈曄而西征。《廣雅》曰：朱明、曜靈、東君，日也。（卷十五《思玄賦》，655 頁）

28. 旦余沐於清源兮，晞余髮於朝陽。

①"由"今作"因"，《考異》謂"一作由"。

②"彷彿"今作"髣髴"。

③"颯"今作"徐"，《考異》謂"一作颯"。

善曰:《楚辭》曰:朝濯髮於暘谷,夕晞余身乎九陽。①(卷十五《思玄賦》,657 頁)

29. 漱飛泉之瀝液兮,咀石菌之流英。

善曰:《楚辭》曰:吸飛泉之微液兮,懷琬琰之華英。(卷十五《思玄賦》,657 頁)

30. 留瀛洲而采芝兮,聊且以乎長生。

《楚辭》曰:飲沆瀣。②(卷十五《思玄賦》,658 頁。餐六氣而飲沆瀣兮)

31. 飲青岑之玉醴兮,飡沆瀣以爲粻。

沆瀣,夕霞也。……《廣雅》曰:沆瀣,常氣也。善曰:……《楚辭》曰:飡六氣而飲沆瀣兮,漱正陽而食朝霞。③(卷十五《思玄賦》,658 頁)

32. 追荒忽於地底兮,軼無形而上浮。

善曰:荒忽,幽昧貌。……《楚辭》曰;覽方物之荒忽。④(卷十五《思玄賦》,668 頁)

33. 涉清霄而升遐兮,浮蠛蠓而上征。

善曰:《楚辭》曰:涉青雲而氾濫兮。⑤(卷十五《思玄賦》,673 頁)

34. 僪汩飂淚沛以罔象兮,爛漫麗靡藐以迭遢。

善曰:皆疾貌。罔象,即仿像也。《楚辭》曰:沛罔象而自浮。

---

①"暘谷"今作"湯谷";"乎"今作"兮",《考異》謂"一作乎"。

②"飲"上今有"餐六氣而"四字。

③"飡"今作"餐";"食"今作"含",《考異》謂"一作食";"沆瀣",王注謂"北方夜半氣也"。

④"物"今作"外"。

⑤"而"今作"目",《考異》謂"一無'以'字";"氾"今作"汎";"兮"上今有"游"字,《考異》謂"一無'游'字"。

（卷十五《思玄賦》,675 頁）

35. 收疇昔之逸豫兮,卷淫放之遐心。

《楚辭》曰:神要眇以淫放。（卷十五《思玄賦》,676 頁）

36. 願得遠渡以自娱,上下無常窮六區。

善曰:《楚辭》曰:遠度世以忘歸。①（卷十五《思玄賦》,677 頁）

37. 松喬高跱孰能離,結精遠游使心攜。

善曰:《楚辭》曰:願輕舉而遠遊。（卷十五《思玄賦》,677 頁）

38. 魂逾佚而不反兮,形枯槁而獨居。

《楚辭》曰:神儵忽而不反兮,形枯槁而獨留。槁,古老切。（卷十六《長門賦》,713 頁）

39. 懟瓊蕊之無徵,恨朝霞之難挹。

《楚辭》曰:嗽正陽而含朝霞。②（卷十六《歎逝賦》,724 頁）

40. 余總角而獲見,承戴侯之清塵。

《楚辭》曰:聞赤松之清塵。（卷十六《懷舊賦》,732 頁）

41. 獨鬱結其誰語,聊綴思於斯文。

《楚辭》曰:遭沈濁而污穢兮,獨鬱結其誰語。③（卷十六《懷舊賦》,732 頁）

42. 曜靈曄而遄邁兮,四節運而推移。

《楚辭》曰:耀靈曄而西征。《廣雅》曰:曜靈,日也。（卷十六《寡婦賦》,737 頁）

43. 耳傾想於疇昔兮,目仿佛乎平素。

---

①“遠”今作“欲”,《考異》謂“一本‘欲’上有‘遂’字。一云:欲遠度世。一云:遂遠度世”。

②“嗽”今作“漱”。

③“污”今作“汙”。

《楚辭》曰：時髣髴以遥見。……《字林》曰：仿，相似也。佛，不審也。（卷十六《寡婦賦》，737—738 頁）

44. 龍轜儼其星駕兮，飛旐翩以啓路。

《楚辭》曰：前飛廉以啓路。（卷十六《寡婦賦》，738 頁）

45. 攬營魂以探賾，頓精爽於自求。

《楚辭》曰：營魂而升遐。[①]（卷十七《文賦》，772 頁）

46. 夕納景于虞淵兮，旦晞幹於九陽。

晞，乾也。……《楚辭》曰：夕晞余身乎九陽。王逸曰：九陽，謂九天之崖也。[②]（卷十八《琴賦》，837 頁）

47. 餐沆瀣兮帶朝霞，眇翩翩兮薄天游。

鄭玄曰：餐，夕食也。《説文》曰：餐，吞也。《楚辭》曰：餐六氣而飲沆瀣兮，漱正陽而食朝霞。[③]《淩陽子明經》曰：夏食沆瀣。沆瀣，北方夜半氣也。（卷十八《琴賦》，842 頁）

48. 齊萬物兮超自得，委性命兮任去留。

《楚辭》曰：漠靈静以恬愉，澹無爲而自得。[④]（卷十八《琴賦》，842 頁）

49. 遺情想像，顧望懷愁。

《楚辭》曰：思舊故而想像。[⑤]（卷十九《洛神賦》，900 頁）

50. 中散不偶世，本自餐霞人。

《楚辭》曰：漱正陽而含朝霞。（卷二十一《五君咏》，1008 頁）

---

①今本作“載營魄而登霞兮”；《考異》謂“魄，一作魂”。

②“乎”今作“兮，”《考異》謂“一作乎”；“九天之崖”今作“天地之涯”。

③“食”今作“含”，《考異》謂“一作食”。

④“靈”今作“虚”。

⑤“而”今作“目”，《考異》謂“一作而”。

51. 君平獨寂漠,身世兩相弃。

《楚辭》曰:野寂寞其無人。① (卷二十一《咏史》,1013 頁)

52. 山溜何泠泠,飛泉漱鳴玉。

《楚辭》曰:吸飛泉之微液。(卷二十二《招隱詩》,1030 頁)

53. 褰裳順蘭沚,徙倚引芳柯。

《楚辭》曰:步徙倚而遥思。(卷二十二《游西池》,1035 頁)

54. 出谷日尚早,入舟陽已微。

《楚辭》曰:陽杲杲其朱光。② (卷二十二《石壁精舍還湖中作》,1044 頁)

55. 山袛蹕嶠路,水若警滄流。

《楚辭》曰:使湘靈鼓瑟兮,令海若舞。王逸曰:海若,海神名。③ (卷二十二《車駕幸京口三月三日侍游曲阿後湖作》,1054 頁)

56. 迅風首旦發,平路塞飛塵。

《楚辭》曰:軼迅風於清涼。④ 又曰:爲余先乎平路。(卷二十二《行藥至城東橋》,1056 頁)

57. 迅風拂裳袂,白露沾衣衿。

《楚辭》曰:擊迅風於清涼。⑤ (卷二十三《七哀詩》,1087 頁)

58. 朱光馳北陸,浮景忽西沈。

朱光,日也。《楚辭》曰:陽杲杲其朱光。⑥ (卷二十三《七哀

①"寞"今作"漠",《考異》謂"一作寞"。

②"朱光"今作"未光"。

③"若舞"下今有"馮夷"二字。

④"涼"今作"源",《考異》謂"一作涼"。

⑤"擊"今作"軼";"涼"今作"源",《考異》謂"一作涼"。

⑥"朱光"今作"未光"。

詩》,1089 頁)

59. 徘徊不忍去,徙倚步踟躕。

《楚辭》曰:步徙倚而遥思。(卷二十三《悼亡詩》,1093 頁)

60. 人誰不勤? 無厚我憂。

《楚辭》曰:惟天地之無窮,哀生民之長勤。①(卷二十三《贈文叔良》,1109 頁)

61. 俯仰自得,游心泰玄。

《楚辭》曰:漠虚静以恬愉兮,澹無爲而自得。(卷二十四《贈秀才入軍》,1129 頁)

62. 虚恬竊所好,文學少所經。

《楚辭》曰:漠虚静以恬愉。(卷二十四《答何劭》,1133 頁)

63. 髣髴谷水陽,婉孌昆山陰。

《楚辭》曰:時髣髴以遥見。(卷二十四《贈從兄車騎》,1147 頁)

64. 感念桑梓城,髣髴眼中人。

《楚辭》曰:時髣髴以遥見。(卷二十五《答張士然》,1168 頁)

65. 自奉清塵,于今五稔。

《楚辭》曰:聞赤松之清塵。(卷二十五《贈劉琨并書》,1178 頁)

66. 稟澤洪幹,晞陽豐條。

《楚辭》曰:夕晞余身乎九陽。毛萇《詩傳》曰:晞,乾也。②(卷二十五《贈劉琨并書》,1183 頁)

67. 良儔不獲偕,舒情將焉訴?

《楚辭》曰:向長風而舒情。③(卷二十五《贈崔温》,1186 頁)

---

①"生民"今作"人生"。

②"乎"今作"兮",《考異》謂"一作乎";今洪注作"晞,日氣乾也"。

③"向長"今作"晨向",《考異》謂"晨,一作長。向,一作鄉"。

68.悲遥但自弭,路長當語誰!

《楚辭》曰:汎容與而遐舉兮,聊抑志而自弭。杜預《左氏傳注》曰:弭,息也。(卷二十五《西陵遇風獻康樂》,1194 頁)

69.踟蹰清防密,徙倚恒漏窮。

《楚辭》曰:步徙倚而遥思。(卷二十六《直東宫答鄭尚書》,1204 頁)

70.客心幸自弭,中道遇心期。

《楚辭》曰:聊抑志而自弭。(卷二十六《贈郭桐廬出溪口見候余既未至郭仍進村維舟久之郭生方至》,1221 頁)

71.行行遂已遠,野途曠無人。

《楚辭》曰:野寂寞其無人。①(卷二十六《赴洛道中作》,1231 頁)

72.遠遊越山川,山川脩且廣。

《楚辭》曰:願輕舉而遠遊。(卷二十六《赴洛道中作》,1231 頁)

73.如何懷土心,持此謝遠度。

《楚辭》曰:遠度世以忘歸。②(卷二十六《永初三年七月十六日之郡初發都》,1236—1237 頁)

74.想像昆山姿,緬邈區中緣。

《楚辭》曰:思舊故而想像。③(卷二十六《登江中孤嶼》,1243 頁)

75.南州實炎德,桂樹凌寒山。

《楚辭》曰:嘉南州之炎德,麗桂樹之冬榮。(卷二十六《入華子崗是麻源第三谷》,1250 頁)

---

①"寞"今作"漠",《考異》謂"一作寞"。

②"遠"今作"欲",《考異》謂"一本'欲'上有'遂'字。一云:欲遠度世。一云:遂遠度世"。

③"而"今作"目",《考異》謂"一作而"。

76. 羽人絶彷彿,丹丘徒空筌。

《楚辭》曰:仰羽人於丹丘,留不死之舊鄉。①(卷二十六《入華子崗是麻源第三谷》,1250 頁)

77. 向風長歎息,斷絶我中腸。

《楚辭》曰:向長風而舒情。②(卷二十九《雜詩》,1360 頁)

78. 微陰翳陽景,清風飄我衣。

《楚辭》曰:陽杲杲兮朱光。③(卷二十九《情詩》,1365 頁)

79. 矧乃歸山川,心迹雙寂漠。

《楚辭》曰:野寂漠兮無人。④(卷三十《齋中讀書》,1398 頁)

80. 庶持乘日車,得以慰營魂。

《楚辭》曰:載營魂而升霞。⑤(卷三十《石門新營所住四面高山回溪石瀨修竹茂林詩》,1399 頁)

81. 悵望心已極,惝怳魂屢遷。

《楚辭》曰:招惝怳而永懷。招,敕驕切。惝,況壤切。怳,況往切。⑥(卷三十《郡内登望》,1410 頁)

82. 幸籍芳音多,承風采餘絢。

《楚辭》曰:聞赤松之清塵,願承風之遺則。⑦(卷三十《和伏武昌登孫權故城》,1412 頁)

---

①“仰”今作“仍”。

②“向長”今作“晨向”,《考異》謂“晨,一作長。向,一作鄉”。

③“兮”今作“其”;“朱光”今作“未光”。

④“兮”今作“其”。

⑤“魂”今作“魄”,《考異》謂“一作魂”;“升”今作“登”。

⑥“招”今作“怊”;“永”今作“乖”;“招,…況往切”句今洪注作“怊,音超,悵恨也。惝,昌兩切。怳,詡往切,驚貌”。

⑦“風之”今作“風乎”。

83.顧循良菲薄,何以儷璵璠。

《楚辭》曰:質菲薄而無由。① 馬融《論語注》曰:菲,薄也。(卷三十《和謝宣城》,1420頁)

84.月華臨静夜,夜静滅氛埃。

《楚辭》曰:辟氛埃而清涼。②(卷三十《應王中丞思遠咏月》,1421頁)

85.俯仰未能弭,尋念非但一。

《楚詞》曰:聊抑志而自弭。賈逵《國語注》曰:弭,忘也。(卷三十一《雜體詩三十首》,1460—1461頁)

86.重陽集清氣,下輦降玄宴。

《楚詞》曰:集重陽入帝宫兮,造旬始而觀清都。(卷三十一《雜體詩三十首》,1474頁)

87.色滋畏沃若,人事亦銷鑠。

《楚辭》曰:質銷鑠以汋約。賈逵《國語注》曰:鑠,銷也。(卷三十一《雜體詩三十首》,1475頁)

88.垂宛虹之長綏,抗招摇之華旍。

《楚詞》曰:建雄虹之綵旄。③(卷三十四《七啓》,1581頁)

89.沐髪晞陽,未測涯涘。

《楚辭》曰:朝濯髪於湯谷兮,夕晞余身乎九陽。④(卷四十《拜中軍記室辭隋王牋》,1836頁)

90.故能使海若登祇,罄圖效祉。

---

①"由"今作"因",《考異》謂"一作由"。

②"辟氛埃"今作"氛埃辟",《考異》謂"一曰辟氛埃"。

③"綵"今作"采"。

④"乎"今作"兮",《考異》謂"一作乎"。

《楚辭》曰：使湘靈鼓瑟兮，令海若舞馮夷。王逸曰：海若，海神名也。（卷四十《百辟勸進今上》，1842 頁）

91. 欲益反損，是以獨鬱悒而與誰語。

鬱悒，不通也。《楚辭》曰：獨鬱結其誰語。（卷四十一《報任少卿書》，1854 頁）

92. 甘露宵零於豐草，三足軒翥於茂樹。

《楚辭》曰：鸞鳥軒翥而翔飛。（卷四十八《典引》，2164 頁）

93. 莫不締恩狎，結綢繆，想惠莊之清塵，庶羊左之徽烈。

《楚辭》曰：日聞赤松之清塵。①（卷五十五《廣絶交論》，2378 頁）

94. 鞏更恣睢，潛跱官寺。

《吕氏春秋》曰：在上無道，倨傲荒惡，恣睢自用也。《楚辭》曰：意恣睢以指摘。②《史記》，李斯曰：獨行恕睢之心。（卷五十七《馬汧督誄》，2458 頁）

95. 巡步檐而臨蕙路，集重陽而望椒風。

《楚辭》曰：集重陽入帝宫兮，造旬始而觀清都。（卷五十七《宋孝武宣貴妃誄》，2478 頁）

96. 經建春而右轉，循閶闔而逕渡。

《楚辭》曰：歷太皓以右轉。……《楚辭》曰：凌天池而徑渡。③（卷五十七《宋孝武宣貴妃誄》，2482 頁）

97. 滅彩清都，夷體壽原。

《楚辭》曰：造旬始，觀清都。④（卷五十八《宋文皇帝元皇后

---

①"聞"上今無"日"字。

②"以"今作"目"；"指摘"今作"担撟"。

③《遠遊》。"凌"今作"淩"；"天池"今作"天地"；"而"今作"以"；"渡"今作"度"。

④今作"造旬始而觀清都"。

哀策文》,2492 頁)

98. 迨營魄之未離,假餘息乎音翰。

《楚辭》曰:我營魄而登遐。①(卷六十《吊魏武帝文》,2600 頁)

99. 弭節羅潭,艤舟汨渚。

《楚辭》曰:路漫漫其悠遠,夕弭節而高厲。②(卷六十《祭屈原文》,2606 頁)

六、卜居

1. 岩岡潭淵,限蠻隔夷,峻危之竅也。

潭,淵也。屈平《卜居》曰:横江潭而漁。③(卷六《魏都賦》,262 頁)

2. 覽蒸民之多僻兮,畏立辟以危身。

《楚辭》曰:寧正言不諱以危身。(卷十五《思玄賦》,653 頁)

3. 微身輕蟬翼,弱冠忝嘉招。

《楚辭》曰:蟬翼爲輕也。④(卷二十六《河陽縣作》,1221 頁)

4. 真想初在衿,誰謂形迹拘?

王逸《楚辭注》曰:保真,守玄默也。⑤(卷二十六《始作鎮軍參軍經曲阿作》,1233 頁。目保真乎?)

5. 養真尚無爲,道勝貴陸沈。

①"我"今作"載";"遐"今作"霞"。

②"漫漫"今作"曼曼";"悠"今作"修",《考異》謂"一作悠";"夕"今作"徐"。

③今本無此句。

④"輕也"今作"重"。

⑤今本王逸注無"保真"二字。

王逸《楚辭注》曰：守真，玄默也。①（卷二十九《雜詩》，1383頁。目保真乎？）

6. 蟬翼之割，剖纖析微。

蟬翼，言薄也。《楚詞》曰：蟬翼爲重也。（卷三十四《七啓》，1579頁）

7. 婁子之豪不能厠其細，秋蟬之翼不足擬其薄。

《楚辭》曰：蟬翼爲重。（卷三十五《七命》，1610頁）

8. 小人全軀，説以忘罪。

《楚辭》曰：與波上下，偷以全吾軀乎！（卷四十一《報孫會宗書》，1870頁）

9. 文章則司馬遷相如，滑稽則東方朔枚皋。

《楚辭》曰：突梯滑稽，如脂如韋。王逸曰：轉免隨俗也。②（卷四十九《公孫弘傳贊》，2172頁）

10. 才非不傑也，主非不明也，而碎結緑之鴻輝，殘懸黎之夜色，抑尺之量有短哉？

《楚辭》，鄭詹尹曰：尺有所短，寸有所長。③（卷五十四《辯命論》，2354頁）

11. 金膏翠羽將其意，脂韋便辟導其誠。

《楚辭》曰：如脂如韋。王逸曰：柔弱曲也。（卷五十五《廣絶交論》，2375頁）

12. 誰毁誰譽？何去何從？

《楚辭》曰：此孰吉孰凶？何去何從？（卷五十七《夏侯常侍

---

①“守”下今無“真”字。

②“突”上今有“將”字；今本無“免”字。

③“尺”上今有“夫”字。

誄》,2452 頁)

七、漁父

1. 澡孝水而濯纓,嘉美名之在兹。

《楚辭》曰:滄浪之水清,可以濯吾纓。毛萇《詩傳》曰:濯,滌也。(卷十《西征賦》,446 頁)

2. 爾乃端策拂茵,彈冠振衣。

《楚辭》曰:新沐者必彈冠,新浴者必振衣。(卷十《西征賦》,474 頁)

3. 忽忘夕而宵歸,咏采菱以叩舷。

《楚辭》曰:漁父鼓栧而去。① 王逸曰:叩船舷也。(卷十二《江賦》,571 頁)

4. 諒天道之微昧,追漁父以同嬉。

《楚辭》曰:屈原既放,漁父見而問之曰:子非三閭大夫歟? 漁父悠爾而笑,鼓枻而去。② 王逸《楚辭序》曰:漁父避世隱身,釣魚江湖,欣然而樂。③ 漁父歌曰:滄浪之水清,可以濯吾纓;滄浪之水渌,④可以濯吾足。嬉,樂也。(卷十五《歸田賦》,692 頁)

5. 嗟我人斯,戢翼江潭。

《楚辭》曰:遊於江潭。⑤(卷二十四《贈馮文羆遷斥丘令》,1136 頁)

---

①"漁父"下今有"莞爾而笑"四字;"栧"今作"枻",《考異》謂"一作栧"。

②"歟"今作"與",《考異》謂"《史記》作歟";"悠爾"今作"莞爾"。

③"漁父"上今有"而"字;"江湖"今作"江濱";"而樂"今作"自樂"。

④"渌"今作"濁"。

⑤"遊"今作"游"。

6. 負杖行吟，則百憂俱至。

《楚辭》曰：屈原行吟澤畔。① (卷二十五《答盧諶詩并書》，1169 頁)

7. 靖端肅有命，假檝越江潭。

《楚辭》曰：游於江潭。(卷二十六《赴洛》，1229 頁)

8. 滄浪有時濁，清濟涸無津。

《楚辭》曰：《漁父歌》曰：滄浪之水濁，可以濯我足。② (卷二十四《新安江水至清淺深見底貽京邑游好》，1268 頁)

9. 紛吾隔囂滓，寧假濯衣巾。

《楚辭》曰：紛吾可以濯我纓。③ (卷二十四《新安江水至清淺深見底貽京邑游好》，1268 頁)

10. 願以潺湲水，沾君纓上塵。

《楚詞》曰：滄浪之水清，可以濯我纓。④ (卷二十四《新安江水至清淺深見底貽京邑游好》，1268 頁)

11. 逐臣尚何有，弃友焉足嘆。

王逸《楚辭序》曰：屈原放逐在沅湘之間。⑤ (卷二十八《君子行》，1295 頁)

12. 泰伯導仁風，仲雍揚其波。

《楚辭》曰：汩其泥而揚其波。⑥ (卷二十八《吴趨行》，1309 頁)

13. 曰余不師訓，潛志去世塵。

---

①“行吟”上今無“屈原”二字。

②“我”今作“吾”，《考異》謂“一作我”。

③“可以”上今無“紛吾”二字；“我”今作“吾”，《考異》謂“一作我”。

④“我”今作“吾”，《考異》謂“一作我”。

⑤“沅湘”今作“江湘”；“間”今作“閒”。

⑥“汩”今作“淈”；“汩”上今有“何不”二字。

《楚辭》,屈原曰:蒙世俗之塵埃。①(卷三十一《雜體詩三十首》,1457 頁)

14. 抱德肥遁,揚清渭波。

《楚辭》曰:淈其泥而揚其波。②(卷三十八《薦譙元彦表》,1721 頁)

15. 今又促裝下邑,浪拽上京。

《楚辭》曰:漁父鼓拽而去。王逸曰:船舷也。③ ……韋昭《漢書注》曰:拽,檝也。(卷四十三《北山移文》,1960 頁)

16. 臨世濯足,希古振纓。

《楚辭》,《漁父歌》曰:滄浪之水清,可以濯我纓,滄浪之水濁,可以濯我足。④(卷四十七《東方朔畫贊》,2119 頁)

17. 至乃伍員浮尸於江流,三閭沈骸於湘渚。

《楚辭》,漁父見屈原曰⑤:子非三閭大夫與?(卷五十四《辯命論》,2348 頁)

18. 濯纓登朝,冠冕當世。

《楚辭》曰:滄浪之水清,可以濯我纓。⑥(卷五十八《褚淵碑文》,2511 頁)

19. 爰始濯纓,清猷浚發。

《楚辭》曰:滄浪之水清,可以濯吾纓。(卷五十九《齊故安陸昭王碑文》,2562 頁)

---

①"蒙"上今有"而"字,《考異》謂"一無'而'字"。

②"淈"上今有"何不"二字。

③"漁父"下今有"莞爾而笑"四字;"拽"今作"枻";"船舷"上今有"叩"字。

④"我"今皆作"吾",《考異》皆謂"一作我"。

⑤"漁父見屈原曰"句今作"漁父見而問之曰"。

⑥"我"今作"吾",《考異》謂"一作我"。

八、九辯

1.坐者悽欷,蕩魂傷精。

《楚辭》曰:憯悽增欷,傷精神也。①（卷四《南都賦》,158 頁）

2.簫管嘲哳以啾嘈兮,鼓鞞硡隱以砰磕。

《楚辭》曰:鵾鷄嘲哳而悲鳴。②（卷七《藉田賦》,340 頁）

3.雁邕邕以群翔兮,鵾鷄鳴以嚌嚌。

《楚辭》曰:鵾鷄嘲哳而悲鳴。③ 嚌嚌,衆聲也,音喈。（卷九《北征賦》,429 頁）

4.遂去故而就新兮,志愴悢而懷悲。

《楚辭》曰:愴怳懭悢兮,去故而就新。（卷九《東征賦》,432 頁）

5.夜申旦而不寐,憂天保之未定。

《楚辭》曰:獨申旦而不寐。（卷十《西征賦》,443 頁）

6.眄山川以懷古,悵攬轡於中塗。

《楚辭》曰:攬騑轡而下節。④（卷十《西征賦》,446 頁）

7.升曲沃而惆悵,惜兆亂而兄替。

《楚辭》曰:惆悵而私自憐。⑤（卷十《西征賦》,451 頁）

8.越安陵而無譏,諒惠聲之寂寞。

《楚辭》曰:欲寂漠而絶端。薛君《韓詩章句》曰:寂,無聲之貌也。漠,静也。（卷十《西征賦》,469 頁）

---

①“傷精”句今作“薄寒之中人”。

②“嘲”今作“啁”。

③“嘲哳”今作“啁哳”。

④“攬”今作“擥”。

⑤“而”上今有“兮”字。

9. 風蕭瑟而并興兮，天慘慘而無色。

《楚辭》曰：蕭瑟兮草木摇落而變衰。（卷十一《登樓賦》，491 頁）

10. 宋玉。

王逸《楚辭序》曰：宋玉，屈原弟子。①（卷十三《風賦》，581 頁。《九辯》序）

11. 故其風中人狀，直憯淒惏慄，清凉增欷。

《楚詞》曰：憯悽增欷。鄭玄曰：憯，憂也。《説文》曰：憯，痛也，錯感切。（卷十三《風賦》，583 頁）

12. 善乎宋玉之言曰："悲哉秋之爲氣也！

王逸注曰：寒氣聊戾，歲將暮也。（卷十三《秋興賦》，586 頁。悲哉秋之爲氣也！）

13. 野有歸燕，隰有翔隼。

《楚辭》曰：燕翩翩其辭歸。（卷十三《秋興賦》，587 頁）

14. 蟬嘒嘒而寒吟兮，鴈飄飄而南飛。

《楚辭》曰：鴈雝雝而南游。②（卷十三《秋興賦》，587 頁）

15. 天晃朗以彌高兮，日悠陽而浸微。

言秋日天氣高朗。……《楚辭》曰：天高而氣清。（卷十三《秋興賦》，587 頁）

16. 宵耿介而不寐兮，獨展轉於華省。

王逸《楚辭注》曰：耿介，執節守度。③（卷十三《秋興賦》，588 頁。獨耿介而不隨兮）

17. 悟時歲之遒盡兮，慨俯首而自省。

---

①"玉"下今有"者"字。

②"雝雝"今作"廱廱"；"游"今作"遊"。

③今王逸注無"耿介"二字。

《楚辭》曰:歲忽忽而遒盡。毛萇《詩傳》曰:遒,終也。《廣雅》曰:遒,急也。(卷十三《秋興賦》,588 頁)

18. 霰淅瀝而先集,雪粉糅而遂多。

《楚辭》曰:雪紛糅其增加。① 鄭玄《禮記注》曰:糅,雜也。(卷十三《雪賦》,594 頁)

19. 君寧見階上之白雪,豈鮮耀於陽春。

《楚辭》曰:無衣裘以御冬,恐死不得見乎陽春。②(卷十三《雪賦》,596 頁)

20. 嚴霜初降,凉風蕭瑟。

《楚詞》曰:冬又申之以嚴霜。(卷十三《鸚鵡賦》,614 頁)

21. 苟竭心於所事,敢背惠而忘初?

《楚詞》曰:不敢忘初之厚德。③(卷十三《鸚鵡賦》,615 頁)

22. 何造化之多端兮,播群形於萬類。

《楚辭》曰:多端膠加。④(卷十三《鷦鷯賦》,617 頁)

23. 屈猛志以服養,塊幽縶於九重。

《楚辭》曰:君之門兮九重。⑤(卷十三《鷦鷯賦》,619 頁)

24. 歲峥嶸而愁暮,心惆悵而哀離。

《楚詞》曰:惆悵而私自憐。⑥(卷十四《舞鶴賦》,632 頁)

25. 尚前良之遺風兮,恫後辰而無及。

善曰:《楚辭》曰:竊慕詩人之遺風。(卷十五《思玄賦》,653 頁)

---

①"雪"上今有"霰"字;"紛"今作"雰"。

②"恐"下今有"溘"字。

③"不"上今有"竊"字。

④"多"上今有"亦"字,"膠"上今有"而"字。

⑤"兮"今作"以"。

⑥"而"上今有"兮"字。

26.欲巧笑以干媚兮,非余心之所嘗。

善曰:《楚辭》曰:處濁世而顯榮,非余心之所樂。(卷十五《思玄賦》,654 頁)

27.顱覊旅而無友兮,余安能乎留兹?

覊,寄也。旅,客也。善曰:……《楚辭》曰:廓落兮羈旅而無友。①(卷十五《思玄賦》,660 頁)

28.於是凛秋暑退,熙春寒往。

《楚辭》曰:竊獨悲此凛秋。②《字書》曰:凛,寒也。(卷十六《閑居賦》,705 頁)

29.廓獨潛而專精兮,天漂漂而疾風。

《楚辭》曰:悲愁窮戚兮獨處。③(卷十六《長門賦》,713 頁)

30.舒息悒而增欷兮,蹝履起而彷徨。

《楚辭》曰:憯悽增欷。《蒼頡篇》曰:欷,泣餘聲也。(卷十六《長門賦》,715 頁)

31.世閲人而爲世,人冉冉而行暮。

暮,言人之年老也。《楚辭》曰:老冉冉而逾絶。④《廣雅》曰:冉冉,進也。(卷十六《歎逝賦》,725 頁)

32.年彌往而念廣,塗薄暮而意迮。

《楚辭》曰:年洋洋而日往。⑤(卷十六《歎逝賦》,726 頁)

33.塗艱屯其難進,日晼晚而將暮。

---

①"羈"今作"覊",《考異》謂"一作羈";"友"下今有"生"字,《考異》謂"一無'生'字"。

②"凛"今作"廩",《考異》謂"一作凛"。

③"愁"今作"憂";"處"下今有"廓"字。

④"逾絶"今作"愈弛"。

⑤"而"今作"以",《考異》謂"一作而"。

《楚辭》曰：白日畹晚其將暮。①（卷十六《懷舊賦》，731 頁）

34. 歸空館而自怜兮，撫衾裯以嘆息。

《楚辭》曰：私自怜兮何極。②（卷十六《寡婦賦》，737 頁）

35. 夜漫漫以悠悠兮，寒淒淒以凛凛。

《楚辭》曰：去白日之昭昭，襲長夜之悠悠。（卷十六《寡婦賦》，739 頁）

36. 亡魂逝而永遠兮，時歲忽其遒盡。

《楚辭》曰：歲忽忽而遒盡。毛萇《詩傳》曰：遒，終也。《廣雅》曰：遒，忽也。（卷十六《寡婦賦》，739 頁）

37. 掩金觴而誰御，横玉柱而霑軾。

《楚辭》曰：涕潺湲兮霑軾。③（卷十六《别賦》，750 頁）

38. 悲愴怳以惻惐兮，時恬淡以綏肆。

《楚辭》曰：愴怳懭悢兮。（卷十七《洞簫賦》，786 頁）

39. 舒恢炱之廣度兮，闊細體之苛縟。

恢炱，廣大之貌。……《楚辭》曰：收恢台之孟夏兮。炱與台古字通。（卷十七《舞賦》，798 頁）

40. 哇咬嘲喢，一何察惠。

《楚辭》曰：鵾雞嘲喢而悲鳴。④ 哇咬嘲喢，聲繁細貌。（卷十八《笙賦》，859—860 頁）

41. 若夫時陽初暖，臨川送離。

①“暮”今作“入”。

②“怜”今作“憐”。

③“霑”上今有“下”字，《考異》謂“一本‘霑’上無‘下’字”。

④“雞”今作“鷄”；“嘲喢”今作“啁哳”。

《楚辭》曰：登山臨水送將歸。①（卷十八《笙賦》，860 頁）

42. 乖離即長衢，惆悵盈懷抱。

《楚辭》曰：惆悵兮私自憐。②（卷二十《征西官屬送於陟陽候作詩》，976 頁）

43. 長卿還成都，壁立何寥廓。

《楚辭》曰：嗟寥廓而無處。③《廣雅》曰：廓，空也。（卷二十一《咏史》，991 頁）

44. 年往誠思勞，事遠闊音形。

《楚辭》曰：年洋洋而日往。④（卷二十一《秋胡詩》，1005 頁）

45. 放情陵霄外，嚼蕊挹飛泉。

《楚辭》曰：放遊志乎雲中。（卷二十一《游仙詩》，1020 頁）

46. 鶗鴂先晨鳴，哀風迎夜起。

《楚辭》曰：鶗雞嘲哳而悲鳴。⑤（卷二十二《反招隱詩》，1031 頁）

47. 空食疲廊肆，反税事岩耕。

王逸《楚辭注》曰：不空食禄而曠官也。（卷二十二《車駕幸京口侍游蒜山作》，1053 頁。願託志乎素餐）

48. 蕭瑟含風蟬，寥唳度雲雁。

《楚辭》曰：秋之爲氣也，蕭瑟兮草木摇落而變衰。⑥（卷二十三《秋懷》，1078 頁）

49. 耿介繁慮積，展轉長宵半。

---

①“水”下今有“兮”字。

②“兮”下今有“而”字。

③“嗟”今作“老”；“廖”今作“嵺”，《考異》謂“一作廖”。

④“而”今作“以”，《考異》謂“一作而”。

⑤“雞”今作“鶵”；“嘲”今作“啁”。

⑥“秋”上今有“悲哉”二字。

《楚辭》曰:獨耿介而不隨。(卷二十三《秋懷》,1078 頁)

50. 陽鳥收和響,寒蟬無餘音。

《禮記》曰:孟秋,寒蟬應陰而鳴,鳴則天凉,故謂之寒蟬。《楚辭》曰:蟬寂寞而無聲。①(卷二十三《七哀詩》,1089 頁)

51. 追問何時會? 要我以陽春。

《楚辭》曰:無衣裘以御冬,恐死不得見乎陽春。②(卷二十三《贈五官中郎將》,1111 頁)

52. 冰霜正慘愴,終歲常端正。

《楚辭》曰:霜露憯悽而交下。③(卷二十三《贈從弟》,1115 頁)

53. 狐白足禦冬,焉念無衣客?

《楚辭》曰:無衣裘以禦冬。④(卷二十四《贈丁儀》,1119 頁)

54. 欲還絶無蹊,攬轡止踟躕。

《楚辭》曰:攬騑轡而下節。⑤(卷二十四《贈白馬王彪》,1124 頁)

55. 懷往歡絶端,悼來憂成緒。

《楚辭》曰:欲寂漠而絶端。(卷二十四《於承明作與士龍》,1144 頁)

56. 惆悵瞻飛駕,引領望歸旆。

《楚辭》曰:惆悵兮而私自憐。(卷二十四《贈顧交趾公真》,1147 頁)

57. 天寒知運速,况復鴈南飛。

①"寂寞"今作"宋漠",《考異》謂"一作寂寞"。

②"恐"下今有"溘"字。

③"憯"今作"慘",《考異》謂"一作憯"。

④"禦"今作"御",《考異》謂"一作禦"。

⑤"攬"今作"擥"。

《楚辭》曰:鴈雍雍而南遊。①(卷二十五《答傅咸》,1164 頁)

58. 杪秋尋遠山,山遠行不近。

《楚辭》曰:覩杪秋之遥夜。②(卷二十五《登臨海嶠初發强中作與從弟惠連見羊何共和之》,1198 頁)

59. 兹情已分慮,况乃協悲端。

《楚辭》曰:悲哉秋之爲氣也。(卷二十五《登臨海嶠初發强中作與從弟惠連見羊何共和之》,1198 頁)

60. 常恐鷹隼擊,時菊委嚴霜。

《楚辭》曰:冬又申之以嚴霜。(卷二十六《暫使下都夜發新林至京邑贈西府同僚》,1213 頁)

61. 感此還期淹,嘆彼年往駛。

《楚辭》曰:年洋洋而日往。③(卷二十六《在懷縣作二首》,1226 頁)

62. 翔鳳嬰籠檻,騏驥見維縶。

翔鳳、騏驥,皆喻賢也。《楚辭》曰:騏驥伏匿而不見,鳳皇高飛而不下。(卷二十六《迎大駕》,1228 頁)

63. 佇立望故鄉,顧影凄自憐。

《楚辭》曰:私自憐兮何極。(卷二十六《赴洛道中作》,1231 頁)

64. 束髮懷耿介,逐物遂推遷。

《楚辭》曰:獨耿介而不隨兮,願慕先聖之遺教。(卷二十六《過始寧墅》,1238 頁)

65. 敕躬每跼蹐,瞻恩唯震蕩。

---

①“雍雍”今作“廱廱”。

②“覩”今作“靚”。

③“而”今作“以”,《考異》謂“一作而”。

《楚辭》曰:心怵惕而震蕩。①(卷二十七《京路夜發》,1264 頁)

66. 陽春布德澤,萬物生光暉。

《楚辭》曰:恐死不見乎陽春。②(卷二十七《長歌行》,1279 頁)

67. 秋風蕭瑟天氣凉,草木摇落露爲霜。

《楚辭》曰:悲哉秋之爲氣也,蕭瑟兮草木摇落而變衰。(卷二十七《燕歌行》,1284 頁)

68. 群燕辭歸鴈南翔,念君客遊思斷腸。

《楚辭》曰:燕翩翩其辭歸。又曰:鴈雍雍而南遊。③(卷二十七《燕歌行》,1284 頁)

69. 苟生亦何聊,積思常憤盈。

《楚辭》曰:蓄怨乎積思。王逸曰:結恨在心慮憤鬱。④(卷二十七《王明君詞》,1292 頁)

70. 促促薄暮景,亹亹鮮克禁。

《楚辭》曰:時亹亹而過中。(卷二十八《豫章行》,1298 頁)

71. 人生誠行邁,容華隨年落。

《楚辭》曰:生天地之若過。(卷二十八《君子有所思行》,1302 頁)

72. 年往迅勁矢,時來亮急弦。

《楚辭》曰:年洋洋而日往。⑤(卷二十八《長歌行》,1306 頁)

73. 流離親友思,惆悵神不泰。

《楚辭》曰:惆悵兮而私自憐。(卷二十八《挽歌詩》,1335 頁)

---

①"蕩"今作"盪",《考異》謂"一作蕩"。

②"恐"下今有"溘"字;"不"下今有"得"字。

③"雍雍"今作"廱廱"。

④"乎"今作"兮"。

⑤"而"今作"以",《考異》謂"一作而"。

74. 嚴霜九月中，送我出遠郊。

《楚辭》曰：冬又申之以嚴霜。（卷二十八《挽歌詩》，1337 頁）

75. 攬轡命徒侣，吟嘯絶岩中。

《楚辭》曰：攬騑轡而下節。①（卷二十八《扶風歌》，1340 頁）

76. 下有陳死人，杳杳即長暮。

《楚辭》曰：去白日之昭昭，襲長夜之悠悠。（卷二十九《古詩一十九首》，1348 頁）

77. 寒冬十二月，晨起踐嚴霜。

《楚辭》曰：冬又申之以嚴霜。（卷二十九《詩四首》，1355 頁）

78. 俯觀江漢流，仰視浮雲翔。

《楚辭》曰：仰浮雲而永歎。（卷二十九《詩四首》，1355 頁）

79. 路遠莫致倚惆悵，何爲懷憂心煩傷？

《楚辭》曰：惆悵兮而私自憐。（卷二十九《四愁詩》，1357 頁）

80. 草蟲鳴何悲，孤鴈獨南翔。

《楚辭》曰：鴈雍雍而南遊。②（卷二十九《雜詩》，1360 頁）

81. 千里既悠邈，路次限關梁。

《楚辭》曰：關梁閉而不通。（卷二十九《雜詩》，1375 頁）

82. 龍蟄暄氣凝，天高萬物肅。

《楚辭》曰：悲哉秋之爲氣，天高而氣清。③ ……秋，肅也。萬物草木肅，敬禮之至也。（卷二十九《雜詩》，1378 頁）

83. 陽春無和者，巴人皆下節。

---

①“攬”今作“擥”。

②“雍雍”今作“廱廱”。

③今本此二句之間有“蕭瑟兮…”等句。

《楚辭》曰：攬騑轡而下節。①（卷二十九《雜詩》，1380 頁）

84. 亹亹圓象運，悠悠方儀廓。

《楚辭》曰：歲亹亹而過中。②（卷三十《時興》，1389 頁）

85. 忽忽歲云暮，游原采蕭藿。

《楚辭》曰：歲忽忽而遒盡。（卷三十《時興》，1389 頁）

86. 唼流牽弱藻，斂翮帶餘霜。

《楚辭》曰：鳧鴈皆唼夫梁藻。③（卷三十《咏湖中雁》，1424 頁）

87. 去鄉三十載，幸遭天下平。

《楚辭》曰：去鄉離家來遠客。④（卷三十一《雜體詩三十首》，1457 頁）

88. 殯宫已肅清，松柏轉蕭瑟。

《楚詞》曰：蕭瑟兮草木摇落而變衰。（卷三十一《雜體詩三十首》，1460 頁）

89. 凄凄節序高，寥寥心悟永。

《楚詞》曰：天高而氣清。（卷三十一《雜體詩三十首》，1471 頁）

90. 乳竇既滴瀝，丹井復寥泬。

王逸《楚詞注》曰：泬寥，曠蕩空虚，静也。⑤（卷三十一《雜體詩三十首》，1473 頁。泬寥兮天高而氣清）

91. 寂歷百草晦，欻吸鵾雞悲。

《楚詞》曰：鵾雞嘲哳而悲鳴。⑥（卷三十一《雜體詩三十首》，

---

①"攬"今作"擥"。

②"歲"今作"時"。

③"梁"今作"粱"。

④"家"下今有"兮"字；"來"今作"徠"，《考異》謂"一作來"。

⑤今本王逸注無"静也"句。

⑥"雞"今作"鷄"；"嘲"今作"啁"。

1476 頁）

92. 孟冬郊祀月，殺氣起嚴霜。

《楚詞》曰：冬又申之以嚴霜。（卷三十一《雜體詩三十首》，1479 頁）

93. 獨鵠晨號乎其上，鵾鷄哀鳴翔乎其下。

《楚辭》曰：鵾鷄啁哳而悲鳴。（卷三十四《七發》，1562 頁）

94. 游心無方，抗志雲際。

《楚辭》曰：放志游乎雲中也。①（卷三十四《七啓》，1587 頁）

95. 世無先臣宣力之效，才非丘園耿介之秀。

《楚辭》曰：獨耿介而不隨。（卷三十七《謝平原内史表》，1697 頁）

96. 日月冉冉，歲不我與。

《楚辭》曰：老冉冉而逾施。②（卷四十《答魏太子牋》，1825 頁）

97. 皋壤摇落，對之惆悵。

《楚辭》曰：草木摇落而變衰。又曰：惆悵予兮私自憐。③（卷四十《拜中軍記室辭隋王牋》，1835 頁）

98. 足下胤子無恙，勿以爲念，努力自愛。

《楚辭》曰：賴皇天之厚德兮，還及君之無恙。（卷四十一《答蘇武書》，1853 頁）

99. 仁君年壯氣盛，緒信所嬖。

《楚辭》曰：竊悲申包胥之氣盛。④（卷四十二《爲曹公作書與孫權》，1889 頁）

---

①“志游”今作“遊志”。

②“逾施”今作“愈弛”，《考異》謂“《釋文》弛作施”。

③“草木”上今有“蕭瑟兮”三字；“予兮”今作“兮而”。

④“悲”今作“美”。

100. 追惟耿介,迄于明發。

《楚辭》曰:獨耿介而不隨。(卷四十二《與滿公琰書》,1913 頁)

101. 夫以耿介拔俗之標,蕭灑出塵之想。

《楚辭》曰:獨耿介而不隨。(卷四十三《北山移文》,1957 頁)

102. 故世亂則聖哲馳騖而不足,世治則庸夫高枕而有餘。

《楚辭》曰:堯、舜皆有舉任兮,故高枕而自適。①(卷四十五《解嘲》,2008 頁)

103. 既自以心爲形役,奚惆悵而獨悲。

《楚辭》曰:惆悵兮而私自憐。(卷四十五《歸去來》,2026 頁)

104. 自後帝德稍衰,邪孽當朝,處子耿介,與卿相等列。

《楚辭》曰:獨耿介而不隨俗。②(卷五十《逸民傳論》,2215 頁)

105. 夫人君南面,九重奥絶。

《楚辭》曰:豈不鬱陶而思君兮,君之門以九重。(卷五十《恩倖傳論》,2224 頁)

106. 戒凉在殡,杪秋即穸。

《楚辭》曰:靚杪秋之遥夜。(卷五十八《宋文皇帝元皇后哀策文》,2491 頁)

107. 曰若先生,逢辰之缺。

《楚辭》曰:悼余生之不辰,逢此世之匡攘。③(卷六十《祭屈原文》,2607 頁)

---

①"有"下今有"所"字。

②"俗"今作"兮"。

③"辰"今作"時";"匡"今作"俇",《補注》謂"俇,音匡"。

九、招䰟

1.於是左墄右平,重軒三階。

王逸《楚辭注》曰:軒,樓板也。① (卷一《西都賦》,12 頁。檻層軒些)

2.發皓羽兮奮翹英,容絜朗兮於純精。

《楚辭》曰:砥室翠翹絓曲瓊。王逸曰:翹,羽名。②(卷一《東都賦》,42 頁)

3.旗不脱扃,結駟方蘄。

《楚辭》曰:青驪結駟齊千乘。③(卷二《西京賦》,59 頁)

4.促中堂之陿坐,羽觴行而無筭。

善曰:《楚辭》曰:瑶漿蜜勺實羽觴。《漢書音義》曰:羽觴,作生爵形。(卷二《西京賦》,78 頁)

5.要紹修態,麗服揚菁。

修,爲也。態,嬌媚意也。……善曰:《楚辭》曰:夸容脩態。④(卷二《西京賦》,79 頁)

6.冬稌夏穱,隨時代熟。

《楚辭》曰:稻粢穱麥挐黄粱。(卷四《南都賦》,154 頁)

7.於是齊僮唱兮列趙女,坐南歌兮起鄭舞。

---

①"板"今作"版"。

②"絓"今作"挂",《考異》謂"一作絓";"羽名"今作"羽也"。

③"駟"下今有"兮"字。

④"夸"今作"姱";"脩"今作"修"。

《楚辭》曰：二八齊容起鄭舞。王逸曰：鄭國舞也。① 白鶴飛兮繭曳緒，皆舞人之容。（卷四《南都賦》，157 頁）

8. 其沃瀛則有攢蔣叢蒲，緑菱紅蓮。

《楚辭》曰：倚沼畦瀛。王逸云：瀛，澤中也。② 班固以爲畦。（卷四《蜀都賦》，182 頁）

9. 玄黄異校，結駟繽紛。

《楚辭》曰：青驪結駟齊千乘。③（卷四《蜀都賦》，187 頁）

10. 水浮陸行，方舟結駟。

《楚辭》曰：青驪結駟齊千乘。④（卷五《吴都賦》，219 頁）

11. 雖有雄虺之九首，將抗足而跐之。

《楚辭·招魂》曰：南方不可以止，雄虺九首，往來儵忽。雖有石林，⑤雖有雄虺者，蓋張誕之云，非必臨時所遇。（卷五《吴都賦》，225 頁）

12. 荆豔楚舞，吴愉越吟。

愉，吴歌也。《楚辭》曰：吴歈蔡謳。（卷五《吴都賦》，231 頁）

13. 考之四隈，則八埏之中。

王逸《楚辭注》曰：考，校也。（卷六《魏都賦》，266 頁。上無所考此盛德兮）

14. 凍醴流澌，温酎躍波。

《楚辭·小招魂》曰：挫糟凍飲酎清涼。王逸曰：凍，冷也。

---

①“鄭國舞”今作“鄭國之舞”。

②“澤中”今作“池中”。

③“駟”下今有“兮”字。

④“駟”下今有“兮”字。

⑤今本“南方”句與“雄虺”句之間有“雕題黑齒”等句；“雖有石林”句當指“焉有石林”；該句下皆非《招魂》内容。

酎,三重釀醇酒也。① (卷六《魏都賦》,283 頁)

15. 平原遠而極目兮,蔽荆山之高岑。

《楚辭》曰:目極千里傷春心。② (卷十一《登樓賦》,490 頁)

16. 於是游覽既周,體静心閑。

王逸《楚辭注》曰:閑,静也。③ (卷十一《游天台山賦》,499 頁。侍君之閒些)

17. 澤葵依井,荒葛罥塗。

王逸《楚辭注》曰:風萍,水葵,生於池中。④ (卷十一《蕪城賦》,504 頁。紫莖屏風,文緣波些)

18. 吴蔡齊秦之聲,魚龍爵馬之玩。

《楚辭》曰:吴歈蔡謳。(卷十一《蕪城賦》,505 頁)

19. 旋室㛹娟以窈窕,洞房叫窱而幽邃。

《楚辭》曰:姱容脩態亘洞房。⑤ (卷十一《魯靈光殿賦》,512 頁)

20. 雲楶藻棁,龍桷雕鏤。

《楚辭》曰:仰觀刻桷畫龍蛇。(卷十一《魯靈光殿賦》,514 頁)

21. 既櫛比而攢集,又宏璉以豐敞。

王逸《楚辭注》曰:横木關柱爲連。璉與連古字通。(卷十一《景福殿賦》,525 頁。刻方連些)

22. 倏忽數百,千里俄頃。

《楚辭》曰:往來儵忽。(卷十二《江賦》,570 頁)

---

①"冷也"今作"冰也";"醇酒"上今無"三重釀"三字。

②"里"下今有"兮"字。

③"閑"今作"閒",《補注》曰"音閑"。

④"風萍"今作"屏風"。

⑤"脩"今作"修";"亘"今作"絙"。

23.躋于羅帷,經于洞房。

《楚辭》曰:姱容修態亘洞房。① (卷十三《風賦》,583 頁)

24.歌曰:曲既揚兮酒既陳,朱顔酡兮思自親。

《楚辭》曰:美人既醉朱顔酡。王逸曰:酡,著也,面著赤色也,徒何切。② (卷十三《雪賦》,596 頁)

25.乃清蘭路,肅桂苑。

《楚辭》曰:皋蘭被徑。王逸曰:徑,路也。(卷十三《月賦》,599 頁)

26.且其容止閑暇,守植安停。

王逸《楚辭注》曰:植,志也。(卷十三《鸚鵡賦》,613 頁。弱顔固植)

27.順籠檻以俯仰,闚户牖以踟躕。

《説文》曰:……楯,欄檻也。王逸《楚詞注》曰:從曰檻,横曰楯。(卷十三《鸚鵡賦》,614 頁。檻層軒些)

28.懸明月以自照兮,徂清夜於洞房。

《楚辭》曰:姱容脩態亘洞房。③ (卷十六《長門賦》,715 頁)

29.易錦茵以苫席兮,代羅幬以素帷。

《楚辭》曰:蒻阿拂壁羅幬張。《爾雅》曰:幬,謂之帳。《纂要》曰:在上曰帳,在旁曰帷,單帳曰幬。幬,丈尤切。(卷十六《寡婦賦》,736 頁)

30.黯然銷魂者,唯别而已矣!

---

①"亘"今作"絚"。

②"酡"今皆作"酡",《考異》謂"一作酡";"赤色"下今有"而鮮好"三字。

③"脩"今作"修";"亘"今作"絚"。

《楚辭》曰:魂魄離散。①(卷十六《别賦》,750 頁)

31. 苟傷廉而愆義,亦雖愛而必捐。

王逸《楚辭注》曰:不受曰廉。(卷十七《文賦》,768 頁。朕幼清以廉潔兮)

32. 原夫簫幹之所生兮,于江南之丘墟。

幹,小竹也。王逸《楚辭注》曰:幹,體也。(卷十七《洞簫賦》,783 頁。去君之恒幹)

33. 激楚結風,陽阿之舞。

張晏曰:激楚,歌曲也。《列女傳》曰:聽激楚之遺風。……文穎曰:激,衝激,急風也。……楚地風既自漂疾,然歌樂者猶復依激結之急風爲節。《楚辭》曰:宫庭震驚,發《激楚》兮。②(卷十七《舞賦》,795 頁)

34. 王曰:"如其鄭何?"

《楚辭》曰:二八齊容起鄭舞。王逸曰:鄭國舞也。③(卷十七《舞賦》,796 頁)

35. 朱火曄其延起兮,耀華屋而熺洞房。

《楚辭》曰:姱容脩態絙洞房。④(卷十七《舞賦》,796 頁)

36. 於是鄭女出進,二八徐侍。

《楚辭》曰:二八齊容起鄭舞。《淮南子》曰;鼓舞,或作鄭舞。高誘注曰:鄭褒也,楚王之幸姬,善歌儛,名曰鄭舞。《楚辭》曰:二

①"魂魄"今作"䰟䰠"。

②"兮"今作"些"。

③"鄭國舞"今作"鄭國之舞"。

④"脩"今作"修"。

八迭奏,女樂羅些。① (卷十七《舞賦》,797 頁)

37. 收激楚之哀荒,節北里之奢淫。

《楚辭》曰:宫庭震驚發《激楚》。王逸曰:激楚,清聲也。② (卷十八《嘯賦》,867 頁)

38. 親奉成規,稜威遐厲。

王逸《楚辭注》曰:厲,烈也。《廣雅》曰:厲,惡也。(卷二十《關中詩》,939 頁。厲而不爽些)

39. 玄醴染朱顔,但愬杯行遲。

《楚辭》曰:美人既醉朱顔酡。③ (卷二十《金谷集作詩》,978 頁)

40. 未窮激楚樂,已見高臺傾。

《楚辭》曰:宫庭震驚發激楚。王逸曰:激楚,清聲也。④ 言樂衆並會,復作激楚之聲也。(卷二十一《咏霍將軍北伐》,1014 頁)

41. 澤蘭漸被逕,芙蓉始發池。

《楚辭》曰:皋蘭被逕兮斯路漸。⑤《廣雅》曰:漸,稍也。《楚辭》曰:芙蓉始發雜芰荷。王逸曰:芙蓉,蓮華也。(卷二十二《游南亭》,1041 頁)

42. 川渚屢逕復,乘流玩回轉。

《楚辭》曰:川谷逕復流潺湲。⑥ (卷二十二《從斤竹澗越嶺溪行》,1048 頁)

43. 清露被皋蘭,凝霜沾野草。

---

①今本無"二八迭奏"句。

②王逸注"激"下今無"楚"字。

③"酡"今作"酡",《考異》謂"一作酡"。

④王逸注"激"下今無"楚"字。

⑤"逕"今作"徑"。

⑥"逕"今作"徑"。

《楚辭》曰:皋蘭被徑兮斯露漸。① (卷二十三《咏懷詩》,1070 頁)

44. 湛湛長江水,上有楓樹林。

《楚辭》曰:湛湛江水兮,上有楓樹。② (卷二十三《咏懷詩》,1075 頁)

45. 皋蘭被徑路,青驪逝駸駸。

《楚辭》曰:青驪結駟齊千乘。③ (卷二十三《咏懷詩》,1075 頁)

46. 衆賓會廣坐,明鐙熺炎光。

《楚辭》曰:蘭膏明燭華鐙錯。鐙與燈音義同。(卷二十三《贈五官中郎將》,1111 頁)

47. 金罍含甘醴,羽觴行無方。

《楚辭》曰:瑶漿密勺實羽觴。④ (卷二十三《贈五官中郎將》,1111 頁)

48. 微風動袿,組帳高褰。

《方言》曰:袿謂之裾,音圭,袿或爲幃。……王逸《楚詞注》曰:以幕組結束玉璜爲帷帳也。⑤ (卷二十四《贈秀才入軍》,1129 頁。纂組綺縞,結琦璜些)

49. 杜門清三徑,坐檻臨曲池。

《楚辭》曰:坐堂伏檻臨曲池。(卷二十六《奉答内兄希叔》,1215 頁)

50. 采菱調易急,江南歌不緩。

①"露"今作"路"。

②今本"楓"下無"樹"字。

③"駟"下今有"兮"字。

④"密"今作"蜜"。

⑤"以"上今有"又"字;"幕組"今作"纂組";"帷帳"下今有"之飾"二字。

《楚辭》曰：涉江採菱發揚荷。① 王逸曰：楚人歌曲也。（卷二十六《道路憶山中》，1247 頁）

51. 淒矣自遠風，傷哉千里目。

《楚辭》曰：湛湛江水兮河上有楓，目極千里兮傷春心。②（卷二十七《始安郡還都與張湘州登巴陵城樓作》，1257 頁）

52. 甲第崇高闥，洞房結阿閣。

《楚辭》曰：姱容脩態絚洞房。③（卷二十八《君子有所思行》，1302 頁）

53. 曲池何湛湛，清川帶華薄。

《楚辭》曰：坐堂伏檻臨曲池。（卷二十八《君子有所思行》，1302 頁）

54. 邃宇列綺牕，蘭室接羅幕。

《楚辭》曰：高堂邃宇檻層軒。……《楚辭》曰：蒻阿拂壁羅幬張。（卷二十八《君子有所思行》，1302 頁）

55. 俯仰逝將過，倏忽幾何間。

《楚辭》曰：往來倏忽。④（卷二十八《長歌行》，1307 頁）

56. 高臺多妖麗，濬房出清顔。

王逸《楚辭注》曰：妖，好也。⑤（卷二十八《日出東南隅行》，1312 頁。鄭衛妖玩）

57. 美目揚玉澤，蛾眉象翠翰。

---

①“採”今作“采”。

②“水兮”下今無“河”字。

③“脩”今作“修”。

④“倏”今作“儵”，《考異》謂“一作倏”。

⑤今作“妖玩，好女也”。

《楚辭》曰：娥眉曼睩目騰光。王逸曰：曼，澤也。睩，視貌也。言美女之貌娥眉玉貌，曼好目曼澤。① 睩音録。（卷二十八《日出東南隅行》，1312 頁）

58. 金雀垂藻翹，瓊佩結瑶璠。

《楚辭》曰：砥室翠翹。王逸注曰：翹，羽名也。②（卷二十八《日出東南隅行》，1312 頁）

59. 層臺指中天，高墉積崇雉。

《楚辭》曰：層臺累榭臨高山。（卷二十八《會吟行》，1317 頁）

60. 身熱頭且痛，鳥墮魂來歸。

《楚辭》曰：魂兮來歸，南方不可以止。③（卷二十八《苦熱行》，1325 頁）

61. 丹蛇逾百尺，玄蜂盈十圍。

《楚辭》曰：赤蟻若象，玄蜂若壺。④（卷二十八《苦熱行》，1325 頁）

62. 絲竹厲清聲，慷慨有餘哀。

王逸《楚辭注》曰：厲，烈也。謂清烈也。⑤（卷二十九《詩四首》，1354 頁。厲而不爽些）

63. 曲池揚素波，列樹敷丹榮。

《楚辭》曰：坐堂伏檻臨曲池。（卷二十九《雜詩》，1359 頁）

64. 朱火青無光，蘭膏坐自凝。

---

①“娥”今皆作“蛾”，《考異》謂“一作娥”；“玉貌”今作“玉白”；“好”上今無“曼”字。

②今本無“名”字。

③“來歸”今作“歸來”。

④“蟻”今作“蝗”，《考異》謂“一作蟻”；“蜂”今作“蠭”，《考異》謂“一作蜂”。

⑤今王逸注無“謂清烈也”四字。

《楚辭》曰:蘭膏明燭華容備。王逸注曰:以蘭香煉膏也。(卷二十九《雜詩》,1368 頁)

65. 始見西南樓,纖纖如玉鈎。

王逸《楚辭注》曰:曲瓊,玉鈎也。(卷三十《玩月城西門解中》,1403 頁。挂曲瓊些)

66. 玲瓏結綺錢,深沈映朱網。

《楚辭》曰:網户朱綴刻方連。王逸注曰:網,綺文縷也。綴,緣也。① 網與罔同而義異也。(卷三十《直中書省》,1408 頁)

67. 日華川上動,風光草際浮。

《楚辭》曰:光風轉蕙汎崇蘭。王逸注曰:光風,謂日出而風,草木有光色也。②(卷三十《和徐都曹》,1416 頁)

68. 網軒映珠綴,應門照緑苔。

《楚辭》曰:網户朱綴刻方連。(卷三十《應王中丞思遠咏月》,1421 頁)

69. 洞房殊未曉,清光信悠哉。

《楚辭》曰:姱容脩態亘洞房。③(卷三十《應王中丞思遠咏月》,1421 頁)

70. 象筵鳴寶瑟,金瓶泛羽卮。

羽卮,即羽觴也。《楚辭》曰:瑶漿密勺實羽觴。④(卷三十《三月三日率爾成篇》,1425 頁)

---

①王逸注文"網"下今有"户"字;"縷"今作"鏤"。

②"汎"今作"氾",《考異》謂"氾猶汎";"日出"上今有"雨已"二字;"有光"下今無"色"字。

③"脩"今作"修";"亘"今作"絙"。

④"密"今作"蜜"。

71. 層閣肅天居，馳道直如髮。

王逸《楚辭注》曰：層，重也。（卷三十一《代君子有所思》，1450 頁。層臺累榭，臨高山些）

72. 陳鍾陪夕宴，笙歌待明發。

《楚辭》曰：陳鍾桉鼓造新歌。①（卷三十一《代君子有所思》，1450 頁）

73. 蘭逕少行迹，玉臺生網絲。

《楚詞》曰：皋蘭被徑斯路漸。②（卷三十一《雜體詩三十首》，1460 頁）

74. 服義追上列，矯迹厠宫臣。

《楚辭》曰：身服義而未沬。③（卷三十一《雜體詩三十首》，1462 頁）

75. 穱麥服處，躁中煩外。

王逸《楚詞注》曰：稻粢穱麥挐黄梁。④（卷三十四《七發》，1564 頁。稻粢穱麥，挐黄粱些）

76. 滋味雜陳，肴糅錯該。

王逸《楚詞注》曰：該，備也。⑤（卷三十四《七發》，1566 頁。招具該備）

77. 陶陽氣，蕩春心。

①"陳"今作"敶"，《考異》謂"一作陳"；"鍾"今作"鐘"；"桉"今作"按"，《考異》謂"一作桉"。

②"斯"上今有"兮"字。

③"沬"今作"沫"。

④"梁"今作"粱"；而該句爲《招魂》正文，非王逸注。

⑤"備"上今有"亦"字。

《楚詞》曰：目極千里傷春心。王逸曰：蕩春心。蕩，滌也。①（卷三十四《七發》，1567 頁）

78. 冥火薄天，兵車雷運。

王逸《楚詞注》曰：運，轉也，音旋。②（卷三十四《七發》，1568 頁。旋入雷淵）

79. 戴金摇之熠耀，揚翠羽之雙翹。

王逸《楚辭注》曰：翹，羽名也。③（卷三十四《七啓》，1585 頁。砥室翠翹）

80. 陰虯負檐，陽馬承阿。

虯，龍也。《楚辭》曰：仰觀刻桷畫龍虯。④（卷三十五《七命》，1600 頁）

81. 激楚陽阿，至妙之容，掌技者之所貪。

《楚辭》曰：宫庭震驚發激楚。王逸曰：激楚，清聲也。⑤（卷三十七《薦禰衡表》，1670 頁）

82. 况乃服義徒擁，歸志莫從。

《楚辭》曰：身服義而未沬。⑥（卷四十《拜中軍記室辭隋王牋》，1835 頁）

83. 伏虚檻於前殿，臨曲池而行觴。

《楚辭》曰：坐堂伏檻臨曲池。（卷四十二《答東阿王書》，1909 頁）

84. 故使鮮魚出於潛淵，芳旨發自幽巷，繁俎綺錯，羽爵飛騰。

---

①"里"下今有"兮"字。

②"運"今作"旋"。

③今本王注無"名"字。

④"虯"今作"蛇"。

⑤今本王注無"楚"字。

⑥"沬"今作"沫"。

《楚辭》曰：瑶漿蜜勺，實羽觴兮。（卷四十二《與滿公琰書》，1913 頁）

85. 于時青鳥司開，條風發歲，粤上斯巳，惟暮之春。

《楚辭》曰：獻歲發春，汨吾南行。①（卷四十六《三月三日曲水詩序》，2064 頁）

86. 曲拂邅回，潺湲徑復。

《楚辭》曰：川谷徑復流潺湲。（卷四十六《三月三日曲水詩序》，2065 頁）

87. 正歌有闋，羽觴無筭。

《楚辭》曰：瑶漿蜜勺實羽觴。（卷四十六《三月三日曲水詩序》，2067 頁）

88. 今以躁競之心，涉希静之塗。

王逸《楚辭注》曰：無聲曰静。（卷五十三《養生論》，2292 頁。静閒安些）

89. 天乙之時，焦金流石。

《楚辭》曰：十日並出，流金鑠石。②（卷五十四《辯命論》，2347 頁）

90. 夫靡顔膩理，哆噅顣頞形之異也。

《楚辭》曰：靡顔膩理，遺視矊些。王逸曰：靡，緻也；膩，滑也。（卷五十四《辯命論》，2352 頁）

91. 瑶臺夏屋，不能悦其神。

《楚辭》曰：冬有大夏。王逸曰：夏，大屋也。③（卷五十四《辯

---

①“春”下今有“兮”字；“南行”今作“南征”。

②“並出”今作“代出”。

③“大夏”之“大”今作“穾”；“夏”今皆作“廈”，《考異》謂“一作夏”。

命論》,2360 頁)

92. 龍輁纚紼,容翟結驂。

王逸《楚辭注》曰:結,連也。(卷五十八《宋文皇帝元皇后哀策文》,2488 頁。青驪結駟兮)

93. 陳象設於園寢兮,映輿鏤於松楸。

《楚辭》曰:象設君室静閑安。①(卷五十八《齊敬皇后哀策文》,2498 頁)

94. 層軒延袤,上出雲霓。

《楚辭》曰:高堂邃宇檻層軒。王逸曰:軒,樓板也。②(卷五十九《頭陁寺碑文》,2538 頁)

95. 金資寶相,永藉閑安。

《楚辭》曰:像設居室静閑安。③(卷五十九《頭陁寺碑文》,2539 頁)

96. 象設既闢,睟容已安。

《楚辭》曰:象設居室静閑安。④(卷五十九《頭陁寺碑文》,2542 頁)

十、大招

1. 爾乃逞志究欲,窮身極娯。

①"象"今作"像";"閑"今作"閒",《補注》曰"音閑"。

②"板"今作"版"。

③"居"今作"君",《考異》謂"一作居";"閑"今作"閒",《補注》曰"音閑"。

④"象"今作"像";"居"今作"君",《考異》謂"一作居";"閑"今作"閒",《補注》曰"音閑"

逞,娱也。……善曰:《楚辭》曰:逞志究欲,心意安之也。①(卷二《西京賦》,79 頁)

2. 或超延露而駕辯,或逾緑水而采菱。

《楚辭》曰:伏羲駕辯。② 伏羲作琴,始造此曲。③(卷五《吴都賦》,231 頁)

3. 步櫚周流,長途中宿。

善曰:步櫚,步廊也。……《楚辭》曰:曲屋步櫚。④(卷八《上林賦》,367 頁)

4. 皓齒粲爛,宜笑的皪。

善曰:《楚辭》曰:美人皓齒娉以姱。⑤ 又曰:娉目宜笑娥眉曼。(卷八《上林賦》,376 頁)

5. 於時青陽告謝,朱明肇授。

《楚辭》曰:青春受謝。王逸曰:謝,去也。⑥(卷九《射雉賦》,416 頁)

6. 於是孟秋爰謝,聽覽餘日。

《楚辭》曰:青春爰謝。王逸曰:謝,去也。⑦(卷十《西征賦》,459 頁)

7. 壇羅虺蜮,階鬬麐麛。

①"之"今作"只"。

②"伏羲"今作"伏戲"。

③王注今作"言伏羲氏作瑟,造《駕辯》之曲"。

④"櫚"今作"壛",《考異》謂"一作櫚"。

⑤"美人"今作"朱脣",《考異》謂"一作美人";"娉"今作"嫭",《考異》謂"一作娉"。

⑥"謝"今皆作"謝",《考異》謂"一作謝"。

⑦"爰謝"今作"受謝",《考異》謂"謝,一作謝"。

王逸《楚辭注》曰：壇，堂也。①（卷十一《蕪城賦》，504 頁。南房小壇）

8. 結實商秋，敷華青春。

《楚辭》曰：青春爰謝。王逸曰：青，東方爲春位，其色青。②（卷十一《景福殿賦》，527 頁）

9. 紈袖慚冶，玉顔掩姱。

《楚辭》曰：美人皓齒。③ 嫮與姱同，好貌。（卷十三《雪賦》，594 頁）

10. 爾其流滴垂冰，緣霤承隅。

王逸《楚辭注》曰：霤，屋宇也。（卷十三《雪賦》，595 頁。觀絶霤只）

11. 咸姣麗以蠱媚兮，增嫮眼而蛾眉。

《廣雅》曰：嫮，好也。善曰《楚辭》曰：嫮目冥笑眉曼。④（卷十五《思玄賦》，669 頁）

12. 若乃背冬涉春，陰謝陽施。

《楚辭》曰：青春爰謝。王逸曰：謝，去也。⑤（卷十六《閑居賦》，702 頁）

13. 眄般鼓則騰清眸，吐哇咬則發皓齒。

《楚辭》曰：美人皓齒，嫮以姱兮。⑥（卷十七《舞賦》，800 頁）

---

①“堂”上今有“猶”字。

②“爰謝”今作“受謝”，《考異》謂“謝，一作謝”；王逸注今無“爲”字。

③“美人”今作“朱脣”，《考異》謂“一作美人”。

④今作“嫮目宜笑，娥眉曼只”。

⑤“爰謝”今作“受謝”，《考異》謂“謝，一作謝”。

⑥“美人”今作“朱脣”，《考異》謂“一作美人”；“嫮”今作“嫭”，《考異》謂“一作嫮”；“兮”今作“只”。

14. 發妙聲於丹脣,激哀音於皓齒。

《楚辭》曰:美人皓齒嫮以姱。① (卷十八《嘯賦》,866 頁)

15. 嫣然一笑,惑陽城,迷下蔡。

王逸《楚辭注》曰:嫣,笑貌。② 《廣雅》曰:嘕嘕哉哉,喜也。(卷十九《登徒子好色賦》,893 頁。宜笑嘕只)

16. 延頸秀項,皓質呈露。

《楚辭》曰:小腰秀項若鮮卑。③ 《説文》曰:項,頸也。(卷十九《洛神賦》,897 頁)

17. 芳澤無加,鉛華弗御。

《楚辭》曰:粉白黛黑施芳澤。鉛華,粉也。(卷十九《洛神賦》,897 頁)

18. 明眸善睞,靨輔承權。

《離騷》曰:靨輔奇牙宜笑嘕。王逸曰:美人頰有靨輔也。④ (卷十九《洛神賦》,897 頁)

19. 美人望昏至,慚嘆前相持。

《楚辭》曰:美人皓齒嫮以姱。⑤ (卷二十一《秋胡詩》,1005 頁)

20. 未厭青春好,已睹朱明移。

《楚辭》曰:青春受謝白日昭。⑥ (卷二十二《游南亭》,1041 頁)

21. 豐注溢脩霤,黄潦浸階除。

---

①"美人"今作"朱脣",《考異》謂"一作美人";"嫮"今作"嫭",《考異》謂"一作嫮"。

②"嫣"今作"嘕"。

③"項"今作"頸"。

④"美"上今有"言"字;"美人"今作"美女"。

⑤"美人"今作"朱脣",《考異》謂"一作美人";"嫮"今作"嫭",《考異》謂"一作嫮"。

⑥"謝"今作"謝",《考異》謂"一作謝"。

王逸《楚辭注》曰：霤，屋宇也。（卷二十四《贈尚書郎顧彦先》，1145 頁。覿絶霤只）

22. 予涉素秋，子登青春。

青春，喻少也。……《楚辭》曰：青春爰謝。①（卷二十四《贈陸機出爲吴王郎中》，1157 頁）

23. 雅步擢纖腰，巧笑發皓齒。

《楚辭》曰：美人皓齒嫮以姱。②（卷二十五《爲顧彦先贈婦二首》，1164 頁）

24. 時俗薄朱顔，誰爲發皓齒。

《楚辭》曰：容則秀雅稚朱顔。③ 又曰：美人皓齒嫮以姱。④（卷二十九《雜詩》，1364 頁）

25. 美人戒裳服，端飾相招攜。

《楚辭》曰：美人皓齒嫮以姱。⑤（卷三十《擣衣》，1395 頁）

26. 長袂屢以拂，凋胡方自炊。

《楚辭》曰：長袂拂面善留客。（卷三十《三月三日率爾成篇》，1425 頁）

27. 青春速天機，素秋馳白日。

---

①“爰謝”今作“受謝”，《考異》謂“謝，一作謝”。

②“美人”今作“朱脣”，《考異》謂“一作美人”；“嫮”今作“嫭”，《考異》謂“一作嫮”。

③“稚”今作“穉”。

④“美人”今作“朱脣”，《考異》謂“一作美人”；“嫮”今作“嫭”，《考異》謂“一作嫮”。

⑤“美人”今作“朱脣”，《考異》謂“一作美人”；“嫮”今作“嫭”，《考異》謂“一作嫮”。

《楚詩》曰：青春爰謝。① （卷三十一《雜體詩三十首》，1460 頁）

28. 寒山之桐，出自太冥。

《楚辭》曰：北有寒山，卓龍赩然。② （卷三十五《七命》，1597 頁）

29. 溯蕙風於衡薄，眷椒塗於瑶壇。

王逸《楚辭注》曰：壇，猶堂也。（卷三十五《七命》，1601 頁。南房小壇）

30. 晨鳧露鵠，霜鶂黄雀。

《楚辭》曰：煎鰿臛雀。王逸曰：臛，黄雀也。③ （卷三十五《七命》，1608 頁）

31. 所以闢洛動南望之懷，獯夷遽北歸之念。

王逸《楚辭注》曰：遽，競也。④ （卷三十六《永明十一年策秀才文》，1658 頁。萬物遽只）

32. 三奏四上之調，六莖九成之曲。

《楚辭》曰：四上競氣極聲變。王逸曰：四上，謂代奏鄭、衛也。⑤ （卷四十六《三月三日曲水詩序》，2053 頁）

33. 震風洞發，則夏屋有時而傾。

《楚辭》曰：夏屋廣大沙堂秀。（卷五十五《演連珠五十首》，2396 頁）

---

①“爰謝”今作“受謝”，《考異》謂“謝，一作謝”。

②“卓”今作“逴”，《考異》謂“一作卓”；“赩然”今作“赩只”。

③“鰿”今作“鰿”；“臛”今作“脽”，《考異》謂“一作臛”；王逸注文今見於“遽爽存只”句。

④“競”上今有“猶”字。

⑤王逸注今作“四上，謂上四國，代、秦、鄭、衛也”。

十一、招隱士

1. 熊羆咆其陽，鵰鶚鴳其陰。

善曰：《楚辭》曰：虎豹鬬兮熊羆咆。《説文》曰："咆，嗥也。"（卷四《蜀都賦》，178 頁）

2. 青鞦莎靡，丹臆蘭綷。

莎，草名。《楚辭》曰：青莎雜樹，則莎色青也。① 言雉尾間青毛如莎草之靡也。（卷九《射雉賦》，418 頁）

3. 藉萋萋之纖草，蔭落落之長松。

《楚辭》曰：春草生兮萋萋。（卷十一《游天台山賦》，497 頁）

4. 雖逝止之無常，固崎錡而難便。

崎錡，不安貌。《楚辭》曰：嶔岑崎錡。② 崎，音綺。錡，音蟻。（卷十七《文賦》，766 頁）

5. 清源無增瀾，安得運吞舟？

《楚辭》曰：谿谷嶄巖水增波。③（卷二十一《游仙詩》，1021 頁）

6. 祁祁傷豳歌，萋萋感楚吟。

《楚辭》曰：王孫遊兮不歸，春草生兮萋萋。（卷二十二《登池上樓》，1040 頁）

7. 豈惟夕情歛，憶爾共淹留。

---

①今本無"則莎"句。

②今本作"嶔岑碕礒兮"，《考異》謂"碕礒，一作崎嶬"。

③"水"上今有"兮"字；"增"今作"曾"，《考異》謂"一作增"。

《楚辭》曰：攀桂枝兮聊淹留。①（卷二十五《登臨海嶠初發强中作與從弟惠連見羊何共和之》，1198 頁）

8. 屏居惻物變，慕類抱情殷。

《楚辭》曰：思慕類兮以悲。②（卷二十六《夏夜呈從兄散騎車長沙》，1203 頁）

9. 春草秋更緑，公子未西歸。

言春草萋萋，故王孫樂之而不反。今春草秋而更緑，公子尚未西歸。《楚辭》曰：王孫遊兮不歸，春草生兮萋萋。（卷二十六《詶王晋安》，1214 頁）

10. 或嘆幽人長往，或怨王孫不遊。

《楚辭》曰：王孫遊兮不歸，春草生兮萋萋。（卷四十三《北山移文》，1958 頁）

11. 幽幽叢薄，秩秩斯干。

《楚辭》曰：叢薄深林人上慄。③（卷四十六《三月三日曲水詩序》，2065 頁）

十二、七諫

(一)初放

1. 舉世罕能登陟，王者莫由禋祀。

---

①"攀"下今有"援"字，《考異》謂"一無'援'字"。

②今本無"思"字。

③"林"下今有"兮"字；"慄"今作"慄"。

劉兆《穀梁注》曰：舉，盡也。《楚辭》曰：舉世皆然將誰告。①（卷十一《游天台山賦》，494 頁）

2. 初便娟於墀廡，末縈盈於帷席。

便娟、縈盈，雪回委之貌。《楚辭》曰：嬗娟修竹。王逸曰：嬗娟，好貌。②（卷十三《雪賦》，594 頁）

3. 昊天降豐澤，百卉挺葳蕤。

《楚辭》曰：上葳蕤以防露。王逸注曰：葳蕤，草木初生貌。③（卷二十《公宴詩》，943 頁）

4. 計策弃不收，塊若枯池魚。

王逸《楚辭注》曰：塊，獨處貌。（卷二十一《咏史》，992 頁。塊兮鞠，當道宿）

5. 獨立高山之頂，歡與麋鹿同群。

《楚詞》曰：高山崔巍兮水湯湯，死日將至兮與麋鹿同坑。④（卷五十五《廣絶交論》，2380 頁）

（二）沈江

1. 羽天與而弗取，冠沐猴而縱火。

《楚辭》曰：若縱火於秋蓬。（卷十《西征賦》，467 頁）

2. 或操觚以率爾，或含毫而邈然。

毫，謂筆毫也。王逸《楚辭注》曰：鋭毛爲毫也。（卷十七《文

①“然”下今有“兮”字；“將”上今有“余”字，《考異》謂“一無‘余’字”。

②“嬗娟”今皆作“便娟”；“嬗娟修竹”今作“便娟之修竹兮”。

③“蕤”今皆作“蕤”，《補注》謂“《集韻》作蕤”；“以”今作“而”；“草木”句今作“盛貌”。

④“水”下今本有“流”字；“坑”今作“坈”，《補注》謂“坈，字書作坑，丘庚切，俗作坈”。

賦》,765 頁。秋毫微哉而變容)

3. 丘墓蔽山岡,萬代同一時。

《方言》曰:冢大者爲丘。王逸《楚辭注》曰:小曰丘。(卷二十三《咏懷詩》,1073 頁。封比干之丘壟)

4. 秋風吐商氣,蕭瑟掃前林。

王逸《楚辭注》曰:商風,西風也。秋氣起則西風急疾。①(卷二十三《七哀詩》,1089 頁。商風肅而害生兮)

5. 舫舟翩翩,以泝大江。

《楚辭》曰:將舫舟而下流。② 舫與方同。(卷二十三《贈蔡子篤詩》,1103 頁)

6. 過時而不采,將隨秋草萎。

《楚辭》曰:秋草榮其將實,微霜下而夜殞。③(卷二十九《古詩一十九首》,1347 頁)

7. 時逝柔風戢,歲暮商猋飛。

《楚辭》曰:商風肅而害之。④(卷二十九《園葵詩》,1370 頁)

8. 褰裳摘明珠,徙倚拾蕙若。

《楚辭》曰:連蕙若以爲佩。⑤(卷三十一《雜體詩三十首》,1455 頁)

9. 雖雅知惲者,猶隨風而靡,尚何稱譽之有?

《楚辭》曰:世從容而變化,隨風靡而成行。⑥(卷四十一《報

①"秋"上今有"言"字;"急疾"下今有"而害生物"四字。

②"舫"今作"方",《考異》謂"一作舫"。

③"殞"今作"降"。

④"害之"今作"害生"。

⑤"連"今作"聯";"若"今作"芷",《考異》謂"一作若"。

⑥"從容"今作"從俗"。

孫會宗書》,1871 頁)

10. 若舉炎火以焫飛蓬,覆滄海以沃熛炭,有何不滅者哉!

《楚辭》曰:離憂患而迺癟兮,①若縱火於秋蓬。(卷四十四《爲袁紹檄豫州》,1973 頁)

11. 卒有强臣專朝,則天下風靡。

《楚辭》曰:世從俗而變化,隨風靡而成行。(卷五十四《五等論》,2338 頁)

(三)怨世

1. 方今天地之睢剌,帝亂其政,豺虎肆虐,真人革命之秋也。

睢剌,喻禍亂也。……《楚辭》曰:獨乖剌而無當。王逸曰:剌,邪也。②(卷四《南都賦》,161 頁)

2. 習蓼蟲之忘辛,玩進退之惟谷。

《楚辭注》曰:蓼蟲不知從乎葵藿。王逸曰:蓼蟲處辛剌,食苦惡,不從葵藿食甘美。③(卷六《魏都賦》,297 頁)

3. 嗟禄命之衰薄,奚遭時之險巇?

《楚辭》曰:何周道之平易,然蕪穢而險巇。王逸曰:險巇,顛危也。④(卷十三《鸚鵡賦》,613 頁)

4. 鮮侔晨葩,莫之點辱。

王逸《楚辭注》曰:點,汙也。點與玷古字通。(卷十九續《補

---

①"迺"今作"乃"。

②"獨"上今有"吾"字。

③"從乎"今作"徙乎";"葵藿"今作"葵菜";王逸注今作"言蓼虫處辛烈,食苦惡,不能知徙於葵菜,食甘美"。

④"巇"今皆作"戲";"顛危"句今作"猶言傾危也"。

亡詩》,907 頁。唐虞點灼而毁議)

5. 蓼蟲避葵堇,習苦不言非。

《楚辭》曰:蓼蟲不徙乎葵藿。王逸曰:言蓼蟲處辛辣,食苦惡,不徙葵藿食甘美者也。①（卷二十八《放歌行》,1328 頁)

6. 無爲守窮賤,轗軻長苦辛。

《楚辭》曰:年既過太半,然輡軻不遇也。② 轗與輡同,苦闇切。(卷二十九《古詩一十九首》,1345 頁)

7. 吴會非我鄉,安能久留滯?

《楚辭》曰:然輡軻而留滯。③（卷二十九《雜詩》,1361 頁)

8. 眇眇客行士,遥役不得歸。

《楚辭》曰:安眇眇兮,無所歸薄。④（卷二十九《情詩》,1366 頁)

9. 使西施出帷,嫫母侍側。

《楚辭》曰:西施婉而不得見兮,嫫母勃屑而日侍。王逸曰:嫫母,醜女也。⑤（卷四十二《答東阿王書》,1910 頁)

10. 嘆過孫陽,放同賈屈。

《楚辭》曰:驥躊躇於弊輂兮,遇孫陽而得代。⑥ 王逸曰:孫陽,伯樂姓名也。(卷四十七《三國名臣序贊》,2135 頁)

---

①"不徙乎"今作"不知徙乎";"葵藿"今作"葵菜";王逸注"不徙"句今作"不能知徙於葵菜,食甘美"。

②"既"下今有"已"字;"輡"今作"埳",《考異》謂"一作輡";"不遇也"今作"而留滯"。

③"輡"今作"埳",《考異》謂"一作輡"。

④"兮"今作"而"。

⑤"婉"今作"媞媞";"嫫母"今皆作"蓌母"。

⑥"弊"今作"弊"。

11. 嗚呼！世路險巇，一至於此！

《楚詞》曰：何周道之平易兮，然蕪穢而險巇。王逸曰：險巇，猶顛危也。① （卷五十五《廣絶交論》，2379 頁）

（四）怨思

1. 意氣之間，靡軀不悔。

《楚辭》曰：子胥諫而糜軀，比干忠而剖心。② （卷二十五《贈劉琨并書》，1178 頁）

2. 蟬鳴高樹間，野鳥號東箱。

王逸《楚辭注》曰：牆序之東爲東箱也。③ （卷二十九《雜詩》，1367 頁。蒺藜蔓乎東廂）

3. 胏石少不冤之人，棘林多夜哭之鬼。

《楚辭》曰：荆棘聚而成林。（卷三十六《永明九年策秀才文》，1647 頁）

（五）自悲

1. 俯視喬木杪，仰聆大壑灇。

《楚辭》曰：聽大壑之波聲。薛綜《西京賦注》曰：壑，坑谷也。（卷二十二《於南山往北山經湖中瞻眺》，1047 頁）

2. 太息將何爲？天命與我違。

鄭玄《周易注》曰：命，所受天命也。《楚辭》曰：屬天命而委之咸池。王逸曰：咸池，天神也。（卷二十四《贈白馬王彪》，1124 頁）

---

①“巇”今皆作“戲”；“顛危”今作“言傾危”。

②“糜”今作“靡”。

③“牆”今作“廧”；“東箱”今作“東廂”。

3. 亦奚必臨路而後長號，睹絲而後歔欷哉？

《楚辭》曰：泣歔欷而沾衿。王逸曰：歔欷，啼貌也。①（卷二十五《贈劉琨并書》，1179 頁）

4. 回身赴床寢，此愁當告誰？

《楚辭》曰：居愁期誰告？②（卷二十七《從軍詩》，1271 頁）

5. 載馳載驅，聊以忘憂。

《楚辭》曰：聊媮娱以忘憂。③（卷二十七《善哉行》，1285 頁）

6. 欲因晨風發，送子以賤軀。

晨風，早風。言欲因風發而己乘之以送子也。《楚辭》曰：乘回風兮遠遊。④（卷二十九《與蘇武》，1352 頁）

7. 側身南望涕沾襟。

《楚辭》曰：泣歔欷而沾襟。⑤（卷二十九《四愁詩》，1357 頁）

8. 此還有真意，欲辯已忘言。

《楚辭》曰：狐死必首丘，夫人孰能反其真情。王逸注曰：真，本心也。⑥（卷三十《雜詩》，1391 頁）

9. 君龍驤虎視，旁眺八維。

《楚辭》曰：引八維以自導也。⑦（卷三十五《册魏公九錫文》，1631 頁）

---

①"沾"今作"霑"；但"歔欷，啼貌也"乃《悲回風》"曾歔欷之嗟嗟兮"句注文而非本句。

②"愁"下今有"懃"字；"期"今作"其"。

③"媮"今作"愉"，《考異》謂"一作媮"。

④"兮"今作"而"。

⑤"沾襟"今作"霑衿"。

⑥"反"上今有"不"字；王逸注"真"下今有"情"字。

⑦"導"今作"道"，《考異》謂"一作導"；"也"今作"兮"。

10. 承諱忉怛,涕淚霑襟。

《楚辭》曰:泣歔欷而沾襟。[①] (卷五十六《楊荆州誄》,2443 頁)

(六)哀命

1. 去國還故里,幽門樹蓬藜。

《楚辭》曰:處玄舍之幽門。(卷二十六《和謝監靈運》,1206 頁)

2. 人生如寄,多憂何爲。

《楚辭》曰:傷楚國之多憂。(卷二十七《善哉行》,1285 頁)

3. 素水盈沼,叢木成林。

《楚辭》曰:含素水而蒙深。(卷三十四《七啓》,1584 頁)

4. 清猿與壺人争旦,緹幕與素瀨交輝。

《楚辭》曰:戲疾瀨之素水。(卷六十《齊竟陵文宣王行狀》,2581 頁)

(七)謬諫

1. 悠悠忽忽,怊悵自失。

《楚辭》曰:怊悵而自悲。王逸曰:悵,恨貌。怊,恥驕切。[②] (卷十九《高唐賦》,879 頁)

2. 理以精神通,匪曰形骸隔。

《楚辭》曰:衆人莫可與論道,非精神之不通。[③] (卷二十五《答魏子悌》,1188 頁)

3. 感深操不固,質弱易版纏。

---

①"沾襟"今作"霑衿"。

②"怊悵"上今有"然"字;王逸注文"悵"今作"怊悵";"怊,恥驕切"句今本無。

③"非"今作"悲"。

《楚辭》曰：悲靈脩之浩蕩，何執操之不固。①（卷二十五《還舊園作見顔范二中書》，1196 頁）

4. 被蒙風雲會，移居華池邊。

《楚辭》曰：鼃黽遊乎華池。（卷二十八《塘上行》，1315 頁）

5. 駑蹇之乘，希沃若而中疲。

王逸《楚辭注》曰：蹇，跛也。（卷四十《拜中軍記室辭隋王牋》，1835 頁。駕蹇驢而無策兮）

6. 臭味風雲，千載無爽。

《楚辭》曰：虎嘯而谷風至，龍舉而景雲從。言物類之相感也。王逸曰：虎，陽物也。谷風，陽氣也。言虎悲嘯而吟，則谷風至而應其類。龍，介蟲，陰物也。景雲，亦陰也。言神龍將舉升天，則景雲覆而扶之，輔其類也。②（卷四十六《王文憲集序》，2078 頁）

7. 是故駑蹇之乘，不騁千里之塗。

王逸《楚辭注》曰：蹇，跛也。（卷五十二《王命論》，2265 頁。駕蹇驢而無策兮）

8. 弗慮弗圖，乃寢乃疾。

《楚辭》曰：寢疾而日愁。③（卷五十六《楊荆州誄》，2443 頁）

十三、哀時命

1. 或以抒下情而通諷諭，或以宣上德而盡忠孝。

①“悲”今作“怨”；“何”上今有“夫”字。

②“從”今作“往”；“雲從”句下今本有“音聲之相合兮”句；“蟲”今作“虫”；“亦陰”句今作“大雲而有光者。雲亦陰也”；“升”今作“陞”。

③“寢”上今有“身”字。

《廣雅》曰：抒，渫也。抒，食與切。……《楚詞》曰：抒中情而屬詩。①（卷一《兩都賦序》，3 頁）

2. 干青霄而秀出，舒丹氣而爲霞。

嚴夫子《哀時命》曰：紅霓紛其朝霞。②（卷四《蜀都賦》，176 頁）

3. 仰矯首以遥望兮，魂懒惘而無儔。

《楚辭》曰：悵懒惘兮永思。王逸曰：懒惘，惆悵失望，志錯越也。③（卷十五《思玄賦》，667 頁）

4. 觸矢而斃，貪餌吞鉤。

《楚辭》曰：知貪餌而近斃。④（卷十五《歸田賦》，693 頁）

5. 浮梁黝以徑度，靈臺傑其高峙。

《楚辭》曰：不能淩波以徑度。⑤（卷十六《閑居賦》，701 頁）

6. 啓開陽而朝邁，濟清洛以徑渡。

《楚辭》曰：不能復陵波以徑渡。⑥（卷十六《懷舊賦》，731 頁）

7. 願假夢以通靈兮，目炯炯而不寢。

《楚辭》曰：夜炯炯而不寐。炯，公冷切。⑦（卷十六《寡婦賦》，739 頁）

8. 如涉川兮無梁，若陵虚兮失翼。

---

①“抒”今作“杼”，《考異》謂“一作抒”。

②“紅”今作“虹”。

③“懒”今作“惝”；“惘”今作“罔”；“兮”今作“目”；但“惆悵失望，志錯越也”乃《遠遊》“怊惝怳而乖懷”句注；而“志錯越也”今則作“志乖錯也”。

④“斃”今作“死”。

⑤今本“不”上有“勢”字。

⑥今本“不”上有“勢”字；今本無“復”字；“陵”今作“淩”；“渡”今作“度”，《考異》謂“一作渡”。

⑦“公冷切”，今洪注作“古銘切”。

《楚辭》曰：江河廣而無梁。（卷十六《寡婦賦》，740 頁）

9. 廓孤立兮顧影，塊獨言兮聽響。

《楚辭》曰：廓抱影而獨倚。①（卷十六《寡婦賦》，740 頁）

10. 患挈缾之屢空，病昌言之難屬。

王逸《楚辭注》曰：屬，續也。（卷十七《文賦》，771 頁。杼中情而屬詩）

11. 私懷誰克從，淹留亦何益？

《楚辭》曰：倚躊躇以淹留。（卷二十三《悼亡詩》，1090 頁）

12. 拘限清切禁，中情無由宣。

《楚辭》曰：抒中情而爲詩。②（卷二十三《贈徐幹》，1113—1114 頁）

13. 伊洛廣且深，欲濟川無梁。

《楚詞》曰：道壅塞而不達，江河廣而無梁。③（卷二十四《贈白馬王彪》，1123 頁）

14. 南津有絶濟，北渚無河梁。

《楚辭》曰：江河廣而無梁。（卷二十五《答兄機》，1166 頁）

15. 不勝猥懣！

王逸《楚辭注》曰：懣，憤也。（卷二十五《贈劉琨并書》，1179 頁。惟煩懣而盈匈）

16. 風雲有鳥路，江漢限無梁。

《楚辭》曰：江、河廣而無梁。（卷二十六《暫使下都夜發新林至京邑贈西府同僚》，1212 頁）

---

①“影”今作“景”。

②“抒”今作“杼”，《考異》謂“一作抒”；“爲”今作“屬”。

③“達”今作“通”，《考異》謂“一作達”。

17.夕息抱影寐,朝徂銜思往。

《楚辭》曰:廓抱影而獨倚。①(卷二十六《赴洛道中作》,1231頁)

18.隱憫徒御悲,威遲良馬煩。

《楚辭》曰:隱閔而不達。②(卷二十七《北使洛》,1254頁)

19.振策睠東路,傾側不及群。

《楚辭》曰:肩傾側而不容。(卷二十七《還至梁城作》,1255頁)

20.從師入遠岳,結友事仙靈。

《楚辭》曰:與赤松結友兮,比王喬而爲偶。③(卷二十八《升天行》,1329頁)

21.願飛安得翼,欲濟河無梁。

《楚辭》曰:江河廣而無梁。(卷二十九《雜詩》,1360頁)

22.朱火獨照人,抱景自愁怨。

《楚辭》曰:廓抱景而獨倚。(卷三十《雜詩》,1401頁)

23.浩蕩别親知,連翩戒征軸。

《楚辭》曰:志浩蕩而傷懷。(卷三十《和王著作八公山》,1415頁)

24.河廣川無梁,山高路難越。

《楚辭》曰:江河廣而無梁。(卷三十一《擬古二首》,1445頁)

25.曰:"蓋聞聖人不卷道而背時,智士不遺身而匿迹。"

---

①"影"今作"景"。

②"隱"上今有"然"字;"閔"今作"憫",《考異》謂"一作閔"。

③今本"結"上有"而"字,《考異》謂"一無'而'字";"喬"今作"僑";"偶"今作"耦"。

《楚辭》曰:聊竄端匿迹也。①（卷三十五《七命》,1596 頁）

26. 是僕終已不得舒憤懣以曉左右,則長逝者魂魄私恨無窮。

《廣雅》曰:懣,悶也。《楚辭》曰:惟煩悶以盈胸。②（卷四十一《報任少卿書》,1855 頁）

27. 悈悈窮城,氣若無假。

王逸《楚辭》曰:悈悈小息,畏罹患禍者也。③（卷五十七《馬汧督誄》,2459 頁。固陿腹而不得息）

十四、九懷

（一）匡機

1. 摭紫貝,摶耆龜。

耆,老也。龜之老者神。善曰:……《楚辭》曰:耆蔡兮踊躍。王逸曰:蔡,龜也。摭,之石切。④（卷二《西京賦》74 頁）

2. 震鬱怫以憑怒兮,耾碭駭以奮肆。

《楚辭》曰:怫鬱兮弗陳。王逸曰:蘊積也。⑤ 怫,扶弗切。（卷十八《長笛賦》,814 頁）

3. 我心何怫鬱,思欲一東歸。

《楚辭》曰:怫鬱兮不陳。⑥（卷二十七《苦寒行》,1283 頁）

---

①“端”下今有“而”字;“也”今作“兮”。

②“悶”今作“懣”;“以”今作“而”;“胸”今作“匈”。

③今作“故陿腹小息,畏懼患禍也”。

④“耆蔡”今作“蓍蔡”;“龜也”上今有“大”字。

⑤“弗”今作“莫”,《考異》謂“一作弗”;“蘊積”上今有“忠言”二字。

⑥“不”今作“莫”。

4. 永思慮崇替,慨然獨撫膺。

《楚辭》曰:永思兮内傷。①(卷二十九《雜詩》,1368 頁)

5. 白水滿春塘,旅雁每迴翔。

《楚辭》曰:孔雀兮迴翔。②(卷三十《咏湖中雁》,1424 頁)

6. 且泛桂水潮,映月游海澨。

《楚詞》曰:桂水兮潺湲。(卷三十一《雜體詩三十首》,1473 頁)

7. 蘭宫秘宇,凋堂綺櫳。

《楚辭》曰:彷徨兮蘭宫。(卷三十五《七命》,1600 頁)

(二)通路

1. 攢立叢騈,青冥盰瞑。

《楚辭》曰:遠望兮芊眠。王逸曰:芊眠,遥視闇未明也。芊眠與盰瞑音義同。③(卷四《南都賦》,152 頁)

2. 躍龍騰蛇,鮫鯔琵琶。

《楚辭》曰:騰蛇兮後從。(卷五《吴都賦》,206 頁)

3. 逼區中之隘陋兮,將北度而宣遊。

《楚辭》曰:宣遊兮列宿,順極兮彷徨。④(卷十五《思玄賦》,667 頁)

4. 明月澄清景,列宿正參差。

《楚辭》曰:宣遊兮列宿。(卷二十《公宴詩》,943 頁)

---

①"思"今作"懷"。

②"雀"今作"鶴",《考異》謂"一作鵠";"迴"今作"回"。

③"芊眠"今皆作"仟眠",《考異》謂"一作芊瞑,一作晦昏";"遥視"下今有"楚國"二字。

④"彷徨"今作"彷徉"。

5. 上堂拜嘉慶，入室問何之？

《楚辭》曰：浮雲兮容與，導余兮何之？① (卷二十一《秋胡詩》，1005 頁)

6. 宣遊弘下濟，窮遠凝聖情。

《楚辭》曰：宣遊兮列宿，順極兮彷徨。② (卷二十二《車駕幸京口侍游蒜山作》，1052 頁)

7. 山澤紛紆餘，林薄杳阡眠。

《楚辭》曰：遠望兮阡眠。③ (卷二十六《赴洛道中作》，1231 頁)

8. 攜手上河梁，游子暮何之？

《楚辭》曰：浮雲兮容與，導予兮何之也。④ (卷二十九《與蘇武》，1353 頁)

9. 仟眠起雜樹，檀欒蔭脩竹。

《楚辭》曰：遠望兮仟眠。(卷三十《和王著作八公山》，1414 頁)

(三)危俊

1. 仰視白日光，皦皦高且懸。

《楚辭》曰：晞白日兮皎皎。(卷二十三《贈徐幹》，1114 頁)

2. 中有孤鴛鴦，哀鳴求匹儔。

《楚辭》曰：覽可與兮匹儔。(卷二十四《贈王粲》，1120 頁)

3. 成裝候良辰，漾舟陶嘉月。

《楚辭》曰：陶嘉月兮總駕，搴玉英兮自脩。《爾雅》曰：陶，喜

---

①"導"今作"道"。

②"彷徨"今作"彷徉"。

③"阡眠"今作"仟眠"，《考異》謂"一作芊瞑，一作晦昏"。

④"導"今作"道"；"予"今作"余"；"之"下今本無"也"字。

也。(卷二十五《西陵遇風獻康樂》,1193 頁)

(四)昭世

1. 中坐垂景,俯視流星。

《楚辭》曰:流星墜兮成雨。(卷十一《魯靈光殿賦》,516 頁)

2. 泣血泫流,交横而下。

《楚辭》曰:横垂涕兮泫流。(卷十八《長笛賦》,811 頁)

3. 仕子彯華纓,游客竦輕轡。

《楚辭》曰:竦余駕乎八冥。①《廣雅》曰:竦,上也。(卷二十一《咏史》,1012 頁)

4. 發軌喪夷易,歸軫慎崎傾。

歸軫,暮年也。《楚辭》曰:覩軫丘兮崎傾。(卷二十三《拜陵廟作》,1098 頁)

5. 君子聳高駕,塵軌實爲林。

《楚辭》曰:竦余駕兮入冥。(卷二十六《答顔延年》,1208 頁)

6. 沈迷簿領書,回回自昏亂。

《楚辭》曰:腸回回兮盤紆。(卷二十九《雜詩》,1359 頁)

(五)尊嘉

1. 靈旗樹旆,如電斯揮。

《楚辭》曰:靈旗兮電騖。②(卷二十《大將軍宴會被命作詩》,951 頁)

2. 伊思鎬飲,每惟洛宴。

---

①"乎八"今作"兮人"。

②"靈"今作"雲"。

《楚辭》曰：伊思兮往古。（卷二十《應詔宴曲水作詩》，964 頁）

3. 臨此洪渚，伊思梁岷。

《楚辭》曰：伊思兮往古。（卷二十三《贈文叔良》，1108 頁）

4. 遠念賢士風，遂存往古務。

《楚辭》曰：伊思兮往古。（卷二十五《贈崔温》，1186 頁）

5. 朝露竟幾何，忽如水上萍。

《楚辭》曰：竊哀兮浮萍，汎濫兮無根。王逸注曰：自比蘋隨水浮汎，乍東乍西。①（卷三十一《雜體詩三十首》，1457 頁）

6. 行光自容裛，無使弱思侵。

《楚辭》曰：雲旗兮電騖，倏忽兮容裛。②（卷三十一《雜體詩三十首》，1479 頁）

（六）蓄英

1. 白露凝，微霜結。

《楚辭》曰：微霜結兮眇眇。③（卷四《蜀都賦》，182 頁）

2. 吐清風之飂戾，納歸雲之鬱蓊。

《楚辭》曰：望谿谷兮滃鬱。④（卷十《西征賦》，455 頁）

3. 孤鳥嚶兮悲鳴，長松萋兮振柯。

《楚辭》曰：秋風兮蕭蕭，舒芳兮振條。《廣雅》曰：振，動也。（卷十六《寡婦賦》，740 頁）

---

①"濫"今作"淫"；"隨"上今本無"自比蘋"三字；"浮汎"之"汎"今作"游"；"乍東乍西"今作"乍東西也"。

②"裛"今作"裔"。

③"結"字今本無；"眇眇"今作"眹眇"。

④"谷"字今本無。

4. 近矚袪幽藴，遠視蕩諠囂。

王逸《楚辭注》曰：藴，積也。① （卷二十二《泛湖歸出樓中玩月》，1036 頁。菀藴兮黴黧）

5. 團團滿葉露，析析振條風。

《楚辭》曰：秋風兮蕭蕭，舒芳兮振條。（卷三十《七月七日夜咏牛女》，1393 頁）

（七）思忠

1. 高徑華蓋，仰看天庭。

高徑，所徑高亢，上至華蓋也。善曰：《楚辭》曰：登華蓋兮乘暘谷。② （卷十一《魯靈光殿賦》，516 頁）

2. 氛旄溶以天旋兮，霓旌飄以飛揚。

旌，羽旄也。善曰：氛旄，氛氣爲旄也。《楚辭》曰：連五宿兮建旄，揚氛氲以爲旌。③ （卷十五《思玄賦》，672 頁）

3. 承慶雲之光覆兮，荷君子之惠渥。

慶雲，喻父母也。……《楚辭注》曰：慶雲，喻尊顯。（卷十六《寡婦賦》，735 頁。枉車登兮慶雲）

4. 慶雲惠優渥，微薄攀多士。

慶雲，喻太祖也。王逸《楚辭注》曰：慶雲，喻尊顯也。（卷三十《擬魏太子鄴中集詩》，1438 頁。枉車登兮慶雲）

5. 南中氣候暖，朱華凌白雪。

---

①今本王注作“愁思蓄積”。而洪注謂“菀藴，藴積也”。

②“暘”今作“陽”；“谷”字今本無。

③“氲”今作“氣”；“以”今作“兮”。

王逸《楚詞注》曰：南方冬温，草木常華。① (卷三十一《雜體詩三十首》，1473頁。與吾期兮南榮)

(八)陶𡱝

1. 桂父練形而易色，赤須蟬蜕而附麗。

《楚辭》曰：濟江海兮蟬蜕。(卷五《吴都賦》，233頁)

2. 視喬木兮故里，決北梁兮永辭。

《楚辭》曰：濟江海兮蟬蜕，決北梁兮永辭。② (卷十六《别賦》，753頁)

3. 勢隨九疑高，氣與三山壯。

《楚辭》曰：道幽谷於九疑。③ (卷二十二《鍾山詩應西陽王教》，1060頁)

4. 夏殷既襲，宗周繼祀。

《楚辭》曰：思堯舜兮襲興。(卷二十四《爲賈謐作贈陸機》，1153頁)

5. 我行雖紆組，兼得尋幽蹊。

幽蹊，山徑也。《楚辭》曰：道幽路兮九疑。(卷二十七《敬亭山詩》，1260頁)

6. 願爲雙鳴鶴，奮翅起高飛！

《楚辭》曰：將奮翼兮高飛。《廣雅》曰：高，遠也。(卷二十九《古詩一十九首》，1345頁)

---

①"華"今作"茂"。

②"決"今作"絶"。

③"谷於"今作"路兮"。

(九)株昭

1. 有來豈不疾,良游常蹉跎。

《楚辭》曰:驥垂兩耳,中坂蹉跎。(卷二十二《游西池》,1034 頁)

2. 凌躍超驤,蜿蟬揮霍。

《楚辭》曰:超驤推阿。①(卷三十四《七啓》,1586 頁)

十五、九歎

總論

1. 逶池帶淥水,迢遞起朱樓。

王逸《楚辭注》曰:逶迤,長貌也。②(卷二十八《鼓吹曲》,1331 頁)

2. 東城高且長,逶迤自相屬。

王逸《楚辭注》曰:逶迤,長貌也。③(卷二十九《古詩一十九首》,1347 頁)

(一)逢紛

1. 執誼顧主,夫懷貞節。

《楚辭》曰:原生受命于貞節。(卷三《東京賦》,131 頁)

①"推"今作"卷"。

②見《九歎・離世》"遵江曲之逶移兮"與《九歎・遠逝》"帶隱虹之逶虵"。

③見《九歎・離世》"遵江曲之逶移兮"與《九歎・遠逝》"帶隱虹之逶虵"。

2.玉堂對霤,石室相距。

玉堂、石室,仙人居也。……《楚辭》曰:紫貝闕兮玉堂。① (卷五《吴都賦》,208 頁)

3.爾其疆域,則旁極齊秦,結湊冀道。

王逸《楚辭注》曰:湊,聚也。(卷六《魏都賦》,267 頁。順波湊而下降)

4.遭紛濁而遷逝兮,漫逾紀以迄今。

紛濁,喻代亂也。《楚辭》曰:吸精粹而吐紛濁。② (卷十一《登樓賦》,490 頁)

5.飛梁偃蹇以虹指,揭蘧蘧而騰湊。

王逸《楚辭注》曰:湊,聚也。(卷十一《魯靈光殿賦》,513 頁。順波湊而下降)

6.川流之所歸湊,雲霧之所蒸液。

王逸,《楚辭注》曰:湊,聚也。(卷十二《江賦》,571 頁。順波湊而下降)

7.蹶白門而東馳兮,云台行乎中野。

《楚辭》曰:行中野而散之。③ (卷十五《思玄賦》,661 頁)

8.飄風回而起閨兮,舉帷幄之襜襜。

《楚辭》曰:裳襜襜以含風。④ 王逸曰:襜襜,摇貌。(卷十六《長門賦》,714 頁)

9.雪霏霏而驟落兮,風瀏瀏而夙興。

①"兮"今作"而"。

②"紛"今作"氛"。

③"野"今作"壄",《考異》謂"一作野"。

④"以"今作"而"。

《楚辭》曰:秋風瀏以蕭蕭。① 王逸曰:瀏,風疾貌。(卷十六《寡婦賦》,738 頁)

10. 獨指景而心誓兮,雖形存而志隕。

《楚辭》曰:辭靈脩而隕志。(卷十六《寡婦賦》,739 頁)

11. 人之云亡,貞節克舉。

《楚辭》曰:原生受命于貞節。(卷二十《關中詩》,938 頁)

12. 亭亭映江月,瀏瀏出谷飆。

王逸《楚辭注》曰:瀏,風疾貌。(卷二十二《泛湖歸出樓中玩月》,1036 頁。秋風瀏以蕭蕭)

13. 白露塗前庭,應門重其關。

《楚辭》曰:白露紛以塗。②(卷二十三《贈五官中郎將》,1112 頁)

14. 暝投剡中宿,明登天姥岑。

《楚辭》曰:夕投宿於石城。③(卷二十五《登臨海嶠初發强中作與從弟惠連見羊何共和之》,1198—1199 頁)

15. 梢梢枝早勁,塗塗露晚晞。

《楚辭》曰:白露紛以塗塗。④ 王逸曰:塗塗,厚貌也。(卷二十六《酬王晉安》,1213 頁)

16. 平旦上林苑,日入伊水濱。

《楚辭》曰:平明發兮蒼梧。(卷二十六《奉答内兄希叔》,1215 頁)

17. 玉柱空掩露,金樽坐含霜。

《楚辭》曰:衣納納而掩露。(卷二十七《望荆山》,1265 頁)

---

①“以”今作“目”。

②今作“白露紛目塗塗兮”。

③“於”今作“兮”。

④“以”今作“目”。

18.周親咸奔湊，友朋自遠來。

王逸《楚辭注》曰：湊，衆也。[①]（卷二十八《挽歌詩》，1334頁。順波湊而下降）

19.平明振衣坐，重門猶未開。

《楚辭》曰：平明發兮蒼梧。（卷三十《觀朝雨》，1409頁）

20.平明登雲峰，杳與廬霍絶。

《楚詞》曰：平明發兮蒼梧。（卷三十一《雜體詩三十首》，1473頁）

21.得所來訊，文采委曲，曄若春榮，瀏若清風。

《楚辭》曰：秋風瀏以蕭蕭兮。[②]（卷四十二《與吴季重書》，1906頁）

22.蓬籠之戰，孑輪不反。

《楚辭》曰：登蓬籠而下隕兮。王逸曰：蓬籠，山名也。[③]（卷五十三《辯亡論上》，2315頁）

23.皦皦然絶其雰濁，誠耻之也，誠畏之也。

《楚詞》曰：吸精氣而吐雰濁兮。[④]《説文》曰：雰亦氛字。（卷五十五《廣絶交論》，2380頁）

24.天開之祚，末胄稱王。

《楚詞》曰：伊伯庸之末胄也。[⑤]（卷五十六《王仲宣誄》，2434頁）

25.怊悵餘徽，鏘洋遺烈。

《楚辭》曰：心怊悵以永思。（卷五十八《褚淵碑文》，2522頁）

---

①"衆"今作"聚"。

②"以"今作"目"；"兮"字今本無。

③"蓬籠"今皆作"逄龍"；《考異》謂"逄一作逢，古本作蓬"。

④"氣"今作"粹"；"雰"今作"氛"。

⑤"也"今作"兮"。

26. 後有僧勤法師，貞節苦心，求仁養志。

《楚辭》曰：原生受命于貞節。（卷五十九《頭陁寺碑文》，2536 頁）

27. 蘭桂有芬，清暉自遠。

《楚辭》曰：椒桂罹以顛覆。王逸注曰：言已見先賢，若椒桂之人。①（卷五十九《齊故安陸昭王碑文》，2548 頁）

（二）離世

1. 迅澓增澆，涌湍叠躍。

王逸《楚辭注》曰：洄波爲澆，古堯切。（卷十二《江賦》，560 頁。波灃灃而揚澆兮）

2. 厓隒爲之泐嵃，碕嶺爲之岩崿。

《楚辭》曰：觸石碕而横逝。②（卷十二《江賦》，560 頁）

3. 退幽悲於堂隅兮，進獨拜於床垂。

《楚辭》曰：日暮黄昏羌幽悲。（卷十六《寡婦賦》，737 頁）

4. 横厲糾紛，群妖競逐。

横厲，從横猛厲也。……《楚辭》曰：櫂舟航以横厲。③（卷二十五《答盧諶詩并書》，1170 頁）

5. 湯泉發雲潭，焦烟起石圻。

《楚辭》曰：觸石碕而衡遊。《埤蒼》曰：碕，曲岸。碕與圻同。（卷二十八《苦熱行》，1325 頁）

6. 弭節伍子之山，通厲骨母之場。

---

①“罹”今作“羅”；“以”今作“目”；“之人”下今有“以被禍”。

②“横逝”今作“衡遊”。

③“航”今作“杭”，《考異》謂“一作航”；“厲”今作“濿”，《考異》謂“一作厲”，《補注》謂“濿，履石渡水。通作厲”。

王逸《楚辭注》曰：高厲，遠行也。①（卷三十四《七發》，1571頁。神浮遊以高厲）

7. 飛聲激塵，依違厲響。

依違，猶徘徊也。《楚辭》曰：余思舊鄉心依違。②（卷三十四《七啓》，1586頁）

（三）怨思

1. 寥寥空宇中，所講在玄虚。

《廣雅》曰：空，廓也。《楚辭》曰：閔空宇之孤子。（卷二十一《咏史》，989頁）

2. 明發心不夷，振衣聊躑躅。

《楚辭》曰：心蛩蛩而不夷。③ 王逸曰：夷，悦也。（卷二十二《招隱詩》，1029頁）

3. 蔚彼高藻，如玉之闌。

《楚辭》曰：文彩燿於玉石。王逸曰：言發文舒詞，爛然成章，如玉石之有文彩也。④（卷二十四《答賈長淵》，1141頁）

4. 舒文廣國華，敷言遠朝列。

王逸《楚辭注》曰：發文舒詞，爛然成章。⑤（卷二十六《贈王太常》，1201頁。光明齊於日月兮，文采燿於玉石）

5. 桃李成蹊徑，桑榆陰道周。

---

①今本王逸未單獨釋“高厲”；相應之句爲“則精神浮遊高厲而遠行也”。

②“鄉”今作“邦”。

③“蛩蛩”今作“鞏鞏”，《考異》謂“一作蛩”。

④兩“彩”字今皆作“采”；“舒”今作“序”；“石”下今無“之”字。

⑤“舒”今作“序”。

《楚辭》曰:鳴鳩棲於桑榆。(卷三十《和徐都曹》,1417 頁)

6. 及瞑目東粤,歸骸洛浦。

《楚詞》曰:歸骸舊邦莫誰語。(卷五十五《廣絶交論》,2378 頁)

(四)遠逝

1. 八靈爲之震慴,况魃蜮與畢方。

善曰:《楚辭》曰:合五嶽與八靈。王逸曰:八靈,八方之神也。(卷三《東京賦》,124 頁)

2. 總神靈之貺祐,集華夏之至歡。

王逸《楚辭注》曰:總,合也。(卷十一《景福殿賦》,538 頁。建黄纁之總旄)

3. 傲自足於一嘔,尋風波以窮年。

《楚辭》曰:順風波以南北兮,霧宵晦以紛紛。(卷十二《江賦》,571 頁)

4. 長懷永慕,憂心如酲。

《楚辭》曰:情慨而長懷。①(卷二十《應詔詩》,935 頁)

5. 灼灼西隤日,餘光照我衣。

《楚辭》曰:日杳杳而西頹。②(卷二十三《咏懷詩》,1074 頁)

6. 側聽風薄木,遥睇月開雲。

《楚辭》曰:雪紛紛而薄木。③(卷二十六《夏夜呈從兄散騎車長沙》,1203 頁)

7. 存鄉爾思積,憶山我憤懣。

①“慨”今作“慨慨”。

②“而”今作“以”。

③“紛紛”今作“雰雰”。

王逸《楚辭注》曰：言己情憤懣也。①（卷二十六《道路憶山中》，1248 頁。情慨慨而長懷兮，信上皇而質正）

8. 遥遥征駕遠，杳杳落日晚。

《楚辭》曰：日杳杳以西頹。（卷二十八《東門行》，1323 頁）

9. 四思曰：我所思兮在雁門，欲往從之雪紛紛。

《楚辭》曰：雪紛紛而薄木。②（卷二十九《四愁詩》，1358 頁）

10. 杳杳日西頹，漫漫長路迫。

《楚辭》云：日杳杳以西頹，路長遠而窘迫。王逸注曰：言道路長遠，不得復還，憂心迫窘，無所舒志也。（卷三十《南樓中望所遲客》，1396 頁）

11. 於是爲歡未渫，白日西頹。

《楚辭》曰：日杳杳以西頹。（卷三十四《七啓》，1586 頁）

12. 擥悲蘭宇，屑涕松嶠。

《楚辭》曰：涕漸漸其如屑。③（卷六十《祭顔光禄文》，2609 頁）

（五）惜賢

1. 日晻晻其將暮兮，睹牛羊之下來。

《楚辭》曰：日晻晻下而頹。④《説文》曰：晻，不明也，於感切。（卷九《北征賦》，427 頁）

2. 夫何陰曀之不陽兮，嗟久失其平度。

---

①“情”上今有“中”字。

②“紛紛”今作“雰雰”。

③“如”今作“若”。

④“下而”今作“而下”。

《楚辭》曰：欲俟時而須臾，日陰曀其將暮。① 毛萇《詩傳》曰：陰而風曰曀。（卷九《北征賦》，430 頁）

3. 屬箕伯以函風兮，懲溲涊而爲清。

《楚辭》曰：切溲涊之流俗兮。王逸曰：溲涊，垢濁也。（卷十五《思玄賦》，673 頁）

4. 謬玄黄之袟叙，故溲涊而不鮮。

《楚辭》曰：切溲涊之流俗。王逸曰：溲涊，垢濁也。（卷十七《文賦》，767 頁）

5. 頽陽照通津，夕陰曖平陸。

《楚辭》曰：日晻晻而下頽。（卷二十《王撫軍庾西陽集别時爲豫章太守庾被徵還東》，979 頁）

6. 活活夕流駛，噭噭夜猿啼。

《楚辭》曰：聲噭噭以寂寥。②《廣雅》曰：噭，鳴也。（卷二十二《登石門最高頂》，1045 頁）

7. 飛鳥繞樹翔，噭噭鳴索群。

《楚辭》曰：聲噭噭以寂寥。③（卷二十九《雜詩》，1364 頁）

8. 皇晋遘陽九，天下横雰霧。

《楚詞》曰：望時風之清激，愈雰霧其如塵。④（卷三十一《雜體詩三十首》，1464 頁）

9. 揄弃恬怠，輸寫溲濁。

①"俟"今作"竢"；"而"今作"於"。

②"噭噭"今作"嗷嗷"，《考異》謂"一作噭"。

③"噭噭"今作"嗷嗷"，《考異》謂"一作噭"。

④"望"今作"竢"；"雰"今作"氛"；"塵"今作"壓"。

王逸《楚詞注》曰：溗，垢濁也，①勑顯切。（卷三十四《七發》，1570 頁。切溗涊之流俗）

（六）憂苦

1. 至於山川之倬詭，物産之魁殊。

王逸《楚辭注》曰：魁，大也。（卷六《魏都賦》，290 頁。律魁放乎山閒）

2. 於時騆駿，充階街兮。

《説文》曰：騆，壯也。言騆駿之馬充於階街也。……王逸《楚詞注》曰：騆駿，馬名也。②（卷十四《赭白馬賦》，629 頁。同駑贏與椉騆兮）

3. 拊弦安歌，新聲代起。

《楚辭》曰：翔江州而安歌。王逸曰：安意歌吟也。③（卷十八《琴賦》，842 頁）

4. 盤岸巑岏，裖陳磑磑。

王逸《楚辭注》曰：巑岏，山鋭貌。④（卷十九《高唐賦》，879 頁。登巑岏以長企兮）

5. 寄言攝生客，試用此道推。

《楚辭》曰：願寄言於三島。⑤（卷二十二《石壁精舍還湖中作》，1044 頁）

---

①“溗”下今有“涊”字。

②王注今作“椉騆，駿馬也”。

③“州”今作“洲”。

④“山鋭貌”今作“鋭山也”。

⑤“島”今作“鳥”。

6. 寧知安歌日，非君撤瑟晨。

《楚辭》曰：猶憤積而哀娛兮，翔江州而安歌。王逸曰：安意歌今，自寬慰也。①（卷二十三《出郡傳舍哭范僕射》，1101 頁）

7. 玄黄猶能進，我思鬱以紆。

《楚詞》曰：願假簧以舒憂，志紆鬱其難釋。王逸曰：紆，屈也。鬱，愁也。（卷二十四《贈白馬王彪》，1123 頁）

8. 揮汗辭中宇，登城臨清池。

《楚辭》曰：爨土鬵于中宇。（卷二十六《在懷縣作二首》，1225 頁）

9. 路遠莫致倚踟躕，何爲懷憂心煩紆？

《楚辭》曰：志紆鬱其難釋。王逸曰：紆，屈也。（卷二十九《四愁詩》，1357 頁）

10. 願言寄三鳥，離思非徒然。

《楚詞》曰：三鳥飛以自南，覽其志而欲北，願寄言於三鳥兮，去飈疾而不得。②（卷三十一《雜體詩三十首》，1462 頁）

11. 今臣志狗馬之微功，竊自惟度，終無伯樂韓國之舉，是以於邑而竊自痛者也。

《楚辭》曰：長呼吸以於悒。王逸曰：於悒，啼貌。③（卷三十七《求自試表》，1681 頁）

12. 東望於邑，裁書叙心。

《楚辭》曰：長呼吸以於邑。④（卷四十二《與吴質書》，1898 頁）

13. 經歷山河，泣涕如頹。

---

①“猶”今作“獨”；“州”今作“洲”；“今”今作“吟”。

②“飈”今作“飄”；“不”下今有“可”字。

③“呼”今作“嘘”，《考異》謂“一作呼”；“啼貌”今作“啼泣貌”。

④“呼”今作“嘘”，《考異》謂“一作呼”；“邑”今作“悒”。

《楚辭》曰：登山長望中心悲，怨彼青青泣如頽。①（卷五十六《王仲宣誄》，2437 頁）

14. 僕人按節，服馬顧轅。

《楚辭》曰：僕人慌悴，②散若流兮。（卷五十八《宋文皇帝元皇后哀策文》，2492 頁）

（七）愍命

1. 宓妃攸館，神用挺紀。

善曰：《楚辭》曰：迎宓妃於伊、洛。王逸曰：宓妃，神女，蓋伊、洛之水精。③（卷三《東京賦》，101 頁）

2. 庶靈祇之鑒照兮，祐貞良而輔信。

《楚辭》曰：招貞良與明智。（卷九《東征賦》，435 頁）

3. 壯當熊之忠勇，深辭輦之明智。

《楚辭》曰：招貞良與明智。（卷十《西征賦》，464 頁）

4. 載太華之玉女兮，召洛浦之宓妃。

浦，涯也。……《楚辭》曰：迎宓妃，下伊浦。④（卷十五《思玄賦》，669 頁）

5. 晋野悚而投琴，况齊瑟與秦筝。

《風俗通》曰：筝，蒙恬所造。《楚辭》曰：扶秦筝而彈徽。⑤（卷十八《笙賦》，860—861 頁）

---

①"怨"今作"菀"。

②"人"今作"夫"。

③"洛"今作"雒"；"之水"今作"水之"。

④"下伊浦"今作"於伊雒"。

⑤"扶秦"今作"挾人"；"徽"今作"緯"。

6.交甫懷環珮,婉孌有芬芳。

王逸《楚辭注》曰:在衣曰懷。(卷二十三《咏懷詩》,1068 頁。懷椒聊之蔎蔎兮)

7.秦箏發西氣,齊瑟揚東謳。

《楚辭》曰:挾秦箏而彈徵。①(卷二十四《贈丁翼》,1126 頁)

8.秦箏何慷慨,齊瑟和且柔。

《楚辭》曰:挾秦箏而彈徵。②(卷二十七《箜篌引》,1286 頁)

9.宓妃興洛浦,王韓起太華。

《楚辭》曰:迎宓妃於伊、洛。③(卷二十八《前緩聲歌》,1314 頁)

10.馨香盈懷袖,路遠莫致之。

王逸《楚辭注》曰:在衣曰懷。(卷二十九《古詩一十九首》,1347 頁。懷椒聊之蔎蔎兮)

11.音朗號鍾,韵清繞梁。

《楚辭》曰:操伯牙之號鍾兮,挾秦箏而彈徵。④(卷三十五《七命》,1598 頁)

12.况於駑馬,可得齊足?

《楚辭》曰:驢騾偃蹇而齊足。⑤(卷四十《答東阿王牋》,1824 頁)

13.雖伯牙操遞鐘,蓬門子彎烏號,猶未足以喻其意也。

---

①"秦"今作"人";"徵"今作"緯"。

②"秦"今作"人";"徵"今作"緯"。

③"洛"今作"雒"。

④"操"今作"破";"秦"今作"人";"徵"今作"緯"。

⑤按:據今本《楚辭》,與此句最接近的是本篇"騰驢羸以馳逐"句。但《漢書·揚雄傳》所載揚雄《反離騷》"驢騾連蹇而齊足"句當爲此所本。不知李善所據本是否即後來黄伯思《校訂楚辭序》所見過的載有《反離騷》的十八卷本。暫列於此,以待達者。

晋灼曰：簴音迭遞之遞。二十四鍾，各有節奏，聲之不常，故曰遞鍾。瓚以爲《楚辭》曰：奏伯牙之號鍾。① 馬融《長笛賦》曰：號鍾高調。號鍾，琴名也。謂伯牙以善鼓琴，不説能擊鍾也。且《漢書》多借假，或以簴爲號，不得便以迭遞判其音也。（卷四十七《聖主得賢臣頌》，2092 頁）

14. 孰云與仁？實疑明智。

《楚辭》曰：招賢良與明智。②（卷五十七《陶徵士誄》，2473—2474 頁）

（八）思古

1. 陽子驂乘，孅阿爲御。

郭璞曰：孅阿，古之善御者，見《楚辭》。孅，音纖。善曰：《楚辭》曰：孅阿不御焉。③（卷七《子虚賦》，352 頁）

2. 有噤門而莫啓，不窺兵於山外。

《楚辭》曰：噤閉而不言。④ 然噤亦閉也。噤，巨蔭切。（卷十《西征賦》，451 頁）

3. 斥西施而弗御兮，縶騕褭以服箱。

斥，却也。西施，越之美女也。……善曰：《楚辭》曰：西施斥於北宫兮。（卷十五《思玄賦》，654 頁）

4. 會帝軒之未歸兮，悵徜徉而延佇。

①"奏"今作"破"。

②"賢"今作"貞"。

③"孅"今本作"纖"；"焉"字今本無。

④"噤"上今有"口"字。

《楚辭》曰：且徜徉而汜觀。[①]（卷十五《思玄賦》,661 頁）

5. 愓寤覺而無見兮,魂迋迋若有亡。

迋迋,恐懼之貌,狂往切。《楚辭》曰：魂迋迋而南行。王逸曰：迋迋,惶遽貌。[②]（卷十六《長門賦》,716 頁）

6. 邈姱俗而遺身,乃慷慨而長嘯。

《楚辭》曰：臨深水而長嘯。（卷十八《嘯賦》,866 頁）

7. 入河起陽峽,踐華因削成。

王逸《楚辭注》曰：陿,山側。峽與陿通。（卷二十二《車駕幸京口侍游蒜山作》,1052 頁。聊浮遊於山陿兮）

8. 含凄泛廣川,灑淚眺連崗。

《楚辭》曰：還顧高丘泣如灑。（卷二十三《廬陵王墓下作》,1094 頁）

9. 今者絶世用,倥偬見迫束。

《楚辭》曰：悲余生之無歡兮,愁倥偬於山陸。王逸曰：倥偬,困苦也。[③]（卷二十四《贈山濤》,1131 頁）

10. 長嘯歸東山,擁耒耨時苗。

《楚辭》曰：臨深水而長嘯。（卷二十六《河陽縣作》,1222 頁）

11. 静言幽谷底,長嘯高山岑。

《楚辭》曰：臨深水而長嘯。（卷二十八《猛虎行》,1294 頁）

12. 方塘含白水,中有鳧與雁。

《楚辭》曰：乘白水而高騖。[④]（卷二十九《雜詩》,1360 頁）

---

①“徜徉”今作“倘佯”；“汜”今作“氾”。

②“魂”今作“蒐”；“迋迋”今皆作“俇俇”；“惶遽”下今有“之”字。

③“偬”字今皆作“傯”；“困”上今有“猶”字。

④“乘”今作“棄”,《考異》謂“一作乘”；“騖”今作“鶩”。

13. 芳塵未歇席，涔淚猶在袂。

《楚詞》曰：泣沾襟而濡袂。①（卷三十一《雜體詩三十首》，1475 頁）

14. 敲朴喧嚻犯其慮，牒訴倥偬裝其懷。

《楚辭》曰：悲余生之無歡兮，愁倥偬於山陸。王逸曰：倥偬，困苦也。②（卷四十三《北山移文》，1959 頁）

15. 若乃下吏之肆其噤害，則皆妒之徒也。

《楚辭》曰：口噤閉而不言。然則口不言，心害之爲噤害也。（卷五十七《馬汧督誄》，2457 頁）

16. 迄在兹而蒙昧，慮噤閉而無端。

《楚辭》曰：口噤閉而不言。噤，巨蔭切。（卷六十《吊魏武帝文》，2599 頁）

（九）遠遊

1. 弋磻放，稽鷦鵬。

鷦鵬，鳥也。《楚辭》曰：從玄鶴與鷦鵬。③（卷五《吴都賦》，227 頁）

2. 靈圄燕於閑館，偓佺之倫暴於南榮。

張揖曰：靈圄，衆仙之號也。《楚辭》曰：坐靈圄而來謁。④（卷八《上林賦》，367—368 頁）

3. 坐太陰之屏室兮，慨含唏而增愁。

①“沾”今作“霑”。

②此二“偬”字今皆作“傯”；“困”上今有“猶”字。

③“鵬”今作“明”。

④“坐”今作“悉”；“圄”今作“圉”。《考異》謂“圉，《釋文》作圄”。

善曰:《楚辭》曰:選見神於太陰兮。① 《漢書》曰:以陰陽言之,太陰者,北方也。(卷十五《思玄賦》,667 頁)

4. 凌驚雷之砊磕兮,弄狂電之淫裔。

凌,乘也。淫裔,電貌。善曰:《楚辭》曰:凌驚雷軼駭電兮。② 砊磕,雷聲也。(卷十五《思玄賦》,675 頁)

5. 天吳踊躍於重淵,王喬披雲而下墜。

《楚辭》曰:譬若王喬之乘雲兮,載赤霄而凌太清。③ (卷十八《琴賦》,848 頁)

6. 高節難久淹,朅來空復辭。

劉向《七言》曰:朅來歸耕永自疏。王逸《楚辭注》曰:朅,去也。(卷二十一《秋胡詩》,1005 頁。貫澒濛以東朅兮)

7. 六龍安可頓,運流有代謝。

《楚辭》曰:貫鴻濛以東朅兮,維六龍於扶桑。王逸曰:結我車轡於扶桑以留日,幸得延年壽也。④ (卷二十一《游仙詩》,1021 頁)

8. 焉見王子喬,乘雲翔鄧林。

《楚辭》云:譬若王喬之乘雲兮,載赤雲而陵太清。⑤ (卷二十三《咏懷詩》,1075 頁)

9. 迅雷中宵激,驚電光夜舒。

---

①"見"今作"鬼"。

②"凌"今作"淩";"雷"今作"靁";"軼"上今有"以"字,《考異》謂"一無'以'字"。

③"喬"今作"僑";"凌"今作"淩"。

④"鴻"今作"澒",《考異》謂"一作鴻";而今本王注爲"言遂貫出澒濛之氣而東去,繫六龍於扶桑之木"。

⑤"喬"今作"僑";"赤雲"之"雲"今作"霄";"陵"今作"淩"。

《楚辭》曰：凌驚雷軼駭電兮。[①]（卷二十四《贈尚書郎顧彦先》,1145頁）

10. 標峰綵虹外,置嶺白雲間。

《楚辭》曰：建綵虹以招指。[②]（卷二十七《早發定山》,1267頁）

11. 結軫青郊路,迴瞰蒼江流。

《楚辭》曰：結余軫於西山。（卷三十《和徐都曹》,1416頁）

12. 晝作秦王女,乘鸞向烟霧。

《楚辭》曰：駕鸞鳳而上游。[③]（卷三十一《雜體詩三十首》,1454頁）

13. 丹冥投烽,青徼釋警。

丹,南方朱冥也。《楚辭》曰：歷祝融於朱冥。王逸曰：朱冥之野也。[④]（卷三十五《七命》,1612頁）

14. 結軌還轅,東鄉將報。

《楚辭》曰：結余軫於西山。王逸曰：結,旋也。（卷四十四《難蜀父老》,1992頁）

15. 既而帝暉臨幄,百司定列,鳳蓋俄軫,虹旗委旆。

《楚辭》曰：回朕車俾西引,搴虹旗於玉門。[⑤]（卷四十六《三月三日曲水詩序》,2053頁）

16. 吴武烈皇帝慷慨下國,電發荆南。

《楚辭》曰：雷動電發。（卷五十三《辯亡論上》,2310頁）

---

①"凌"今作"淩";"雷"今作"靁";"軼"上今有"以"字,《考異》謂"一無'以'字"。

②"綵虹"今作"虹采",《考異》"一作采虹"。

③"而"今作"以";"游"今作"遊"。

④今王注"朱冥"上今有"過祝融之神於"六字。

⑤"搴"今作"褰"。

17. 出江派而風翔，入京師而雷動。

《楚辭》曰：雷動電發。（卷五十八《褚淵碑文》，2515 頁）

18. 四牡方馳，六龍頓轡。

《楚辭》曰：貫鴻濛以東朅兮，維六龍於扶桑。王逸注曰：結我車轡於扶桑以留日行，幸得延年壽也。①（卷五十九《齊故安陸昭王碑文》，2563 頁）

十六、九思

（一）逢尤

1. 嚴駕越風寒，解鞍犯霜露。

《楚辭》曰：嚴車駕兮戲遊。②（卷二十一《秋胡詩》，1004 頁）

2. 嚴車臨迥陌，延瞰歷城闉。

《楚辭》曰：嚴車駕兮戲遊。③（卷二十二《行藥至城東橋》，1056 頁）

3. 孤魂獨焭焭，安知靈與無？

《楚辭》曰：魂焭焭兮不遑寐。④（卷二十三《悼亡詩》，1093 頁）

4. 終夜不遑寐，叙意於濡翰。

《楚辭》曰：魂焭焭兮不遑寐。⑤（卷二十三《贈五官中郎將》，

---

①“鴻”今作“澒”，《考異》謂“一作鴻”；而今本王注爲“言遂貫出澒濛之氣而東去，繫六龍於扶桑之木”。

②“車”今作“載”；“兮”下今有“出”字。

③“車”今作“載”；“兮”下今有“出”字。

④“魂”今作“鬼”，《考異》謂“一作魂”。

⑤“魂”今作“鬼”，《考異》謂“一作魂”。

1112 頁）

（二）怨上

1. 弄杼不成藻，聳轡鶩前蹤。

王逸《楚辭注》曰：蹤，軌也。①（卷三十《七月七日夜咏牛女》，1393 頁。擬斯兮二蹤）

（三）疾世

1. 靁歎頹息，掐膺擗摽。

歎聲若雷，息聲若頹也。《楚辭》曰：吒增歎兮如雷。靁與雷，古今字也。（卷十八《長笛賦》，811 頁）

2. 臨川哀年邁，撫心獨悲吒。

吒，歎聲也。②《楚辭》曰：憂不暇兮寢食，吒增歎兮如雷。（卷二十一《游仙詩》，1021 頁）

3. 路遠莫致倚增歎，何爲懷憂心煩惋？

《楚辭》曰：吒增歎兮如雷。（卷二十九《四愁詩》，1358 頁）

4. 道人讀丹經，方士鍊玉液。

《楚詞》曰：吮玉液兮止渴。（卷三十一《雜體詩三十首》，1467 頁）

（四）遭厄

1. 游鱗萃靈沼，撫翼希天階。

《楚辭》曰：攀天階而下視。③（卷二十四《贈侍御史王元貺》，

①"軌"今作"跡"。

②今洪注謂"吒，吐怒也"。

③"而"今作"兮"。

1160 頁）

（五）悼亂

1. 沈吟齊章，殷勤陳篇。

《楚辭》曰：意欲兮沈吟。（卷十三《月賦》，599 頁）

《初學記》①

總論

1. 鑿室　臨榭

《楚詞》曰："鑿山楹以爲室，下披衣於水府。"②又曰："層臺累榭臨高山。"③（卷五，《總載山第二》，92 頁）

2. 吊屈

漢揚雄《吊屈原文》：過湘沅而主不容，自投江而死。作書往往摭《離騷》文而反之。自岷山投諸江流，以吊屈原。（卷六，《江第四》，125 頁）

3. 離别

《楚辭》曰："悲莫悲兮生别離。"又曰："憭慄兮若在遠行，登山臨水送將歸。"④（卷十八，《離别第七》，447 頁）

4. 勃屑　隴廉

①徐堅等《初學記》，中華書局，1962 年版。

②《哀時命》。"以"今作"而"，《考異》謂一作"以"；"披"今作"被"；"府"今作"渚"。

③《招魂》。

④《九歌・少司命》與《九辯》。"臨水"下今有"兮"字。

《楚辭》曰:“西施媞媞而不得見,嫫母勃屑而日侍。”①又《楚辭》曰:“珪璋雜於甑室,隴廉與孟陬同宫。舉世以爲恒俗,固將愁苦而終窮。② (卷十九,《醜人第三》,459 頁)

5. 紉蘭　連若

《楚詞》曰:“紉秋蘭以爲佩。”王逸注曰:“紉,索也。蘭,香草也,秋而芳。所以爲佩飾也。③ 又曰:“連蕙若以爲佩,過鮑肆而失香。”④(卷二十六,《佩第六》,628 頁)

6. 蘭

按《説文》曰:“蘭,香草也。”《離騷》曰:“紉秋蘭以爲佩。”又曰:“秋蘭兮蘼蕪。”⑤又曰“疏石蘭兮以爲芳”,(原注:王逸曰:“石蘭,香草。疏,布也。”)⑥《易》曰:“同心之言,其臭如蘭。”(原注:蘭,芳也。)(卷二十七,《蘭第十一》,664 頁)

一、離騷

1. 薜荔

《楚辭》曰:“採薜荔以爲裳。”⑦(卷二十六,《裙第十》,632 頁)

①《七諫・怨世》。“嫫”今作“嫫”。

②《哀時命》。“珪璋”今作“璋珪”,《考異》謂“一作珪璋”;“室”今作“窐”;“陬”今作“娵”。

③《離騷》。今本王注“芳”下作“佩,飾也,所以象德”。

④《七諫・沈江》。“連”今作“聯”;“若”今作“芷”,《考異》謂“一作若”。

⑤《九歌・少司命》。“蘼”今作“麋”,《考異》謂“一作蘼”。

⑥《九歌・湘夫人》。今本無“以”字,《考異》謂“一本‘兮’下有‘以’字”。王注“布也”今作“布陳也”。

⑦今作“集芙蓉以爲裳”。

2. 瓊枝

《楚辭》曰:"折瓊枝以爲羞",王逸注曰:"羞,脯也。"(卷二十六,《餅第十七》,642 頁)

3. 紉佩

《離騷》曰:"紉秋蘭以爲佩。"(卷二十七,《蘭第十一》,664 頁)

二、九歌

(一)東皇太一

1. 浩唱

《楚詞》曰:"陽枹兮拊鼓,疏緩節兮安歌。陳竽瑟兮浩唱,靈偃蹇兮姣服,芳菲菲兮滿堂。"①(卷十五,《歌第四》,378 頁)

2. 切桂

《楚詞》曰"奠桂酒兮椒漿",注曰:"切桂於酒中。"②(卷二十六,《酒第十一》,634 頁)

(二)雲中君

1. 浴蘭　懸艾

《大戴禮》曰:"五月五日,蓄蘭爲沐浴。《楚辭》曰'浴蘭湯兮沐芳蕙'。"③宗懍《荆楚記》曰:"五月五日,荆楚人并蹋百草,采艾以爲人,懸門户上,以禳毒氣。"故《師曠占》曰:"歲多病則艾草先

①"陽"今作"揚";"唱"今作"倡"。

②王注"於"今作"置"。

③"蕙"字今本無。

生也。"(卷四,《月五日第七》,74 頁)

(三)湘君

1. 捐玦　喪珮

《楚辭》曰:"捐余玦兮江中,遺余珮兮澧浦。"①劉向《列仙傳》曰:"江妃二女,游江濱。見鄭交甫,遂解珮與之。交甫受珮而去,數十步,懷中無珮,女亦不見。"郭璞《江賦》曰:"感交甫之喪珮,悲神使之纓羅。"是也。(卷六,《江第四》,125 頁)

2. 積雪

《楚辭》曰:"桂棹兮蘭栧,斲冰兮積雪",王逸注曰:"遭天盛寒,斲斫冰凍,紛然如雪,言己勤苦。"②(卷七,《冰第五》,151 頁)

3. 澧浦

《荆州記》曰:"茹溪源出茹龍山,水極清澈。"《離騷》云:"遺余珮兮澧浦。"③(卷八,《江南道第十》,190 頁)

4. 遺澧浦　解江濱

《楚辭》曰:"捐余玦兮江中,遺余珮兮澧浦。"④《列仙傳》曰:"江濱二女者,不知何許人。步漢江濱,逢鄭交甫。挑之,不知神人也,女遂解珮與之。交甫悦,受珮而去。數十步,空懷無珮,女亦不見。"(卷二十六,《佩第六》,628 頁)

---

①"珮"今作"佩",《考異》謂"一作珮";"澧"今作"醴",《考異》謂"一作澧"。

②"棹"今作"櫂";"栧"今作"枻",《考異》謂"一作栧"。而今本王逸注"盛寒"下有"舉其櫂楫"一句;"如雪"作"如積雪"。

③"珮"今作"佩",《考異》謂"一作珮";"澧"今作"醴",《考異》謂"一作澧"。

④"珮"今作"佩",《考異》謂"一作珮";"澧"今作"醴",《考異》謂"一作澧"。

（四）湘夫人

1. 降帝子之渚

《楚辭》云："帝子降兮北渚，目眇眇兮愁予"，王逸注云："帝子，堯子也。"①（卷十，《公主第六》，246 頁）

2. 漁

罾者，樹四木而張網於水，車輓之上下。（原注：見《風俗通》。）《説文》曰："罾，魚網。"又《楚辭》曰："罾何謂兮木上。"②是也。（卷二十二，《漁第十一》，544 頁）

（五）少司命

1. 緑葉　紫莖

《離騷》曰："秋蘭兮靡蕪，羅生兮堂下。緑葉兮素莖，芳菲兮襲予。"③又"秋蘭兮青青，緑葉兮紫莖。"（卷二十七，《蘭第十一〉，664 頁）

（六）東君

1. 合節

《楚辭》曰："翾飛兮翠曾，展詩兮會舞。應律兮合節，靈之來兮蔽日"，王逸注："乃復舒展詩曲，作爲雅樂。合會六律，以應舞

①"堯子也"今作"謂堯女也"。

②"謂"今作"爲"。

③"靡"今作"麋"，《考異》謂"一作蘼"；"素莖"之"莖"今作"枝"，《考異》謂"一作華"；"菲"下今另有一"菲"字。

節。"①(卷十五,《舞第五》,380—381 頁)

2. 白蜺

《楚辭》曰:"青雲衣兮白蜺裳,舉長矢兮射天狼。"②(卷二十六,《裙第十》,632 頁)

(七)河伯

1. 鱗屋龍堂

《楚辭》曰:"魚鱗屋兮龍堂,紫貝闕兮朱宫",王逸注:"貝作闕。"③(卷六,《河第三》,120 頁)

2. 送南浦

《楚辭》曰:"余交手兮連行,送美人兮南浦。"④(卷十八,《離别第七》,448 頁)

三、天問

1. 九重　八柱

《楚詞》曰:"圓則九重,孰營度之",王逸注曰:"言天圓而九重,誰營度而知之。"⑤又"八柱何當? 東南何虧",注曰:"言天有八山爲柱也。"(卷一,《天第一》,2 頁)

2. 顧兔

①"乃"上今有"言"字;"雅樂"今作"雅頌之樂"。

②"蜺"今作"霓",《補注》謂"霓見《騷經》"。

③"貝作闕"今作"紫貝作闕"。

④"余"今作"子";"連"今作"東"。

⑤"圓"今皆作"圜",《補注》謂"圜,與圓同"。

《楚詞》曰:“夜光何德,死而又育?厥利維何,而顧兔在腹?”①(卷一,《月第三》,9頁)

3.八柱　九則

《河圖》曰:“天有九部八紀,地有九州八柱。天地精通,神明列序也。”《離騷》曰:“地方九則,何以墳之”,注云:“墳,分也。謂之九州之地,凡九品。禹何以能分別之乎?”②(卷五,《總載地第一》,88頁)

4.東傾

《離騷》曰:“康回憑怒,地何故以東南傾”,王逸注曰:“共工怒觸不周山,地柱折,故傾也。”③《春秋元命苞》曰:“天左旋,地右動。”(卷五,《總載地第一》,89頁)

5.師望鼓刀

《楚辭》曰:“師望在肆昌何識?鼓刀揚聲后乃喜?”④(卷二十二,《刀第三》,530頁)

6.十成　九累

《楚詞》曰:“璜臺十成,誰所極焉?”《尸子》曰:“瑶臺九累,而堯白屋。”(卷二十四,《臺第六》,574頁)

7.斟雉

《楚辭》曰:“彭鏗斟雉帝何饗”,王逸注曰:“彭鏗,彭祖也。好

①“死而”之“而”今作“則”;“兔”今作“菟”,《考異》謂“一作兔”。

②“謂之”之“之”字今本無;“凡”下今有“有”字。

③“憑”今作“馮”,《補注》謂“馮、憑一也”;“地何故”之“地”今作“墜”,《考異》謂“一作地”。王注今作“《淮南子》言共工與顓頊争爲帝,不得,怒而觸不周之山,天維絶,地柱折,故東南傾也”。

④“乃”今作“何”。

和滋味，善斟雉羹事帝堯。"①（卷二十六，《脯第十六》，641 頁）

8. 銜燭

《楚詞》曰："燭龍何照"，王逸注曰："大荒西北隅，有山而不合，因名之不周山。故有神龍銜燭而照之。"②（卷三十，《龍第九》，739 頁）

四、九章

（一）惜誦

1. 九折

《楚辭》曰："九折臂而成醫。"（卷二十，《醫第七》，484—485 頁）

2. 吹虀

《楚辭》曰："懲於羹者而吹虀"，王逸注曰："言人於歠羹而熱，心中懲之。見虀則恐而吹之。"③（卷二十六，《羹第十五》，640—641 頁）

（二）涉江

1. 秋冬餘曰緒風。

《楚辭》注曰："緒，餘也。"謝靈運詩云："初景革緒風，新陽改故陰。"（卷一，《風第六》，17 頁。欸秋冬之緒風）

①"事"上今有"能"字。

②今本此句下王注爲"言天之西北，有幽冥無日之國，有龍銜燭而照之也"。

③兩"虀"字今皆作"韲"。王注"於"今作"有"；"熱"上今有"中"字；"懲之"之"之"今作"忞"。

2. 鄂渚

《離騷》云："乘鄂渚而反顧。"《武昌記》曰："樊口之東有樊山，已上鄂州。"（卷八，《江南道第十》，190 頁）

（三）橘頌

1. 緑葉

《楚詞·橘頌》曰："后皇嘉樹，橘來服兮。受命不遷，生南國兮。深固難徙，更其志兮。緑葉素榮，紛其可嘉兮。"①（卷二十八，《梅第十》，681 頁）

（四）悲回風

1. 悲申屠

《韓詩外傳》曰："申屠狄言非其時，將投于河。崔嘉聞而止之，曰：'聖仁者民之父母也，今以濡足之故，不救溺人可乎？'狄曰：'昔桀殺龍逢，紂殺比干，而亡天下。吴殺子胥，陳殺洩冶，而滅其國。非無聖知，不用故也。'遂負石而沉于河。《楚辭》曰："望大河之洲渚，悲申屠之抗迹。"②（卷六，《河第三》，121 頁）

五、遠遊

1. 桂榮

《楚詞》曰："嘉南周之炎德兮，麗桂樹之冬榮。"③（卷三，《冬第四》，59 頁）

---

①"來"今作"徠"；"其志"今作"壹志"；"可嘉"今作"可喜"。

②"屠"今作"徒"。

③"周"今作"州"。

六、九辯

1. 收潦

《楚辭》曰:"悲哉秋之爲氣也! 泬寥兮天高而氣清,寂惨兮收潦而水清。"①(卷三,《秋第三》,54 頁)

2. 晋潘岳《秋興賦》

"善哉宋玉之言曰:'悲哉秋之爲氣! 蕭瑟兮草木摇落而變衰,憀慄兮若在遠行,登山臨水送將歸。'②夫送歸懷慕徒之戀,遠行有羈旅之憤。"(卷三,《秋第三》,55 頁)

3. 坎壈

《楚辭》曰:"坎壈兮,貧士失時而志不平。"③(卷十八,《貧第六》,445 頁)

七、招䰟

1. 光風

《楚詞》曰:"川谷徑復流潺湲,光風轉蕙汎崇蘭。"王逸注曰:"謂雨已出日而風,草木有光也。"④(卷一,《天第一》,3 頁)

2. 春晴日出而風曰光風

《楚詞》注:"天霽日明,微風動摇草木,皆令有光。"⑤(卷一,

①"寂惨"今作"宗廖";《考異》謂"宗,一作寂"。

②"憀"今作"憭";"水"下今有"兮"字。

③"壈"今作"廩";《考異》謂"一作壈";"時"今作"職"。

④"汎"今作"氾"。王注謂"氾猶汎";"出日"今作"日出"。

⑤今本王注爲"言天雨霽日明,微風奮發,動摇草木,皆令有光"。

《風第六》,17 頁。光風轉蕙,氾崇蘭些)

3. 千里雪

《楚詞》曰:"增冰峩峩,飛雪千里。"①(卷二,《雪第二》,27 頁)

4. 蘭徑

《楚辭》曰:"獻歲發春兮洎吾南征,蘭皋被徑兮斯路漸榮。"②(卷三,《春第一》,45 頁)

5. 曾冰百丈　飛雪千里

東方朔《神異經》曰:"北方有曾冰萬里,厚百丈。"《尸子》曰:"朔方之寒,地凍厚六尺,北極左右有不釋之冰。"《楚辭》曰:"魂歸來北方不可止。曾冰峨峨,飛雪千里",王逸注:"北極常寒。"③(卷三,《冬第四》,60 頁)

6. 蘭膏

《楚辭》曰:"娱酒不廢沉日夜,蘭膏明燭華銅錯。"④(卷二十五,《燈第十三》,615 頁)

八、七諫

(一)謬諫

1. 求友

《楚詞》曰:"飛鳥號其群兮,鹿鳴求其友。把宫而宫應,彈角

①"峩峩"今作"峨峨"。

②"洎"今作"汩";"蘭皋"今作"皋蘭";"榮"字今本無。

③"魂"今作"䰟";"魂"下今有"兮"字;"不可"下今有"以"字;"曾"今作"增";王注"北極常寒"今作"北方常寒"。

④"沉"今作"沈";"銅"今作"鐙"。

而角動。"①(卷二十九,《兔第十二》,715 頁)

九、哀時命

1. 晨降

《楚詞》曰:"鑿山楹而爲室兮,下披衣於水渚。霧露其晨降兮,雲依霏而承宇。"②(卷二,《露第五》,33 頁)

2. 騎鹿

《楚詞》曰:"使梟陽先道兮,白虎爲之前後。浮雲霧而入冥兮,騎白鹿而容與。"③(卷二,《霧第六》,37 頁)

十、九懷

(一)蓄英

1. 振條風

《楚詞》曰:"秋風兮蕭蕭,舒芳兮振條。"(卷三,《秋第三》,55 頁)

十一、九歎

(一)逢紛

1. 紫貝闕

《楚辭》曰:"芙蓉蓋而菱華車,紫貝闕而白玉堂。"王逸注:"紫

①"群"今作"羣";"把宫而宫應"今作"故叩宫而宫應兮"。

②"披"今作"被";"露"字下今有"濛濛"兩字;"霏"今作"斐",《考異》謂"一作霏"。

③"陽"今作"楊";"道"今作"導",《考異》謂"一作道";

貝,水虫也。《援神契》曰‘洪水出大貝’。”①(卷六,《江第四》,126頁)

(二)怨思

1. 腐井

《楚辭》云:“淹芳芷於腐井”,井腐臭也。②(卷七,《井第六》,153頁)

(三)憂苦

1. 潛周鼎

《楚辭》曰:“潛周鼎於江淮兮,爨土鬵於中宇”,王逸注曰:“言藏九鼎於江淮之中。”③(卷六,《淮第五》,128頁)

(四)愍命

1. 號鐘之琴

《楚辭》曰:“破伯牙之號鐘。”王逸注曰:“號鐘,琴名。”④又傅玄《琴賦》曰:“齊桓公有鳴琴曰號鐘。”(卷十五,《雅樂第一》,370頁)

---

①“葢”今作“蓋”,《考異》謂“一作葢”;“蔆”今作“淩”,《補注》謂“淩,與蔆同”;“白”字今本無,《考異》謂“一云‘白玉堂’”;“水蟲”下今本有“名”字;“洪”今作“江”。

②按:《初學記》雖未指明“井腐臭也”爲王逸注,但據其體例,所引當爲王注無疑。而今本則作“腐,臭也。”《初學記》“井腐”之“井”當涉上文“腐井”而衍。

③“言”下今有“乃”字。

④“鐘”今皆作“鍾”。

《太平御覽》①

總論

1. 雲

《楚詞》曰：青雲衣兮白電裳。

又曰：冠青雲之崔巍。②（卷八《天部八》，40頁）

2. 風

《楚辭》曰：光風轉蕙泛崇蘭。

又曰：嫋嫋兮秋風，洞庭波兮木葉下。③（卷九《天部九》，47頁）

3. 雪

《楚辭·九辯》曰：雪霰紛揉（原注：女救反）④。

又曰：魂來歸兮，北方不可止。增氷峨峨，飛雪千里些（原注：蘇笴反）。

---

①李昉等撰《太平御覽》，中華書局，1960年版。

②分別爲《九歌·東君》與《九章·涉江》内容。"電"今作"霓"；"冠青雲"之"青"今作"切"；"巍"今作"嵬"，《考異》謂"一作巍"。

③分別爲《招魂》《九歌·湘夫人》内容。"泛"今作"汜"，《補注》謂"汜，音泛"。

④"雪霰"今作"霰雪"；"紛"今作"雰；""揉"今作"糅"；今王逸無此"女救反"三字。

又曰：霰雪紛其無恨些，雲霏霏而承宇些。①（卷十二《天部一二》，60 頁）

4. 虹蜺

《楚辭》曰：青雲衣兮白蜺裳。②

《楚辭·天問》曰：白蜺嬰茀，胡爲此堂？（原注：王逸注曰：蜺，雲之有色似龍者；茀，白雲逶迤若虵者，言有此蜺茀氣，氣逶迤相嬰，何爲於此堂乎？蓋屈原所見祠堂也）？③ 安得失夫良藥，④不能固臧（原注：臧，善也。崔文子學仙於王子喬，子喬化爲白虹而如嬰茀，持藥與崔文子，文子驚恠，引戈擊蜺，中之，因墮其藥，俯而視之，王子喬之履也，故言得藥不善也⑤）（卷十四《天部一四》，73 頁）

5. 氣

《楚辭》曰：湌六氣而飲沆瀣兮，漱正陽而含朝霞⑥（原注：王逸曰：湌吞日精，食元符也。《陵陽子明經》曰：春食朝霞。朝霞者，日始出赤氣也。秋食淪漢，淪漢者，日没後赤黄氣也。冬食沆

①分别爲《招魂》《九章·涉江》内容。"魂來歸兮"今作"魂兮歸來"；"不可"下今有"以"字；"氷"今作"冰"；今本無"蘇笥反"三字；"恨"今作"垠"；"承宇些"今作"承宇"。

②見《九歌·東君》。"蜺"今作"霓"。

③"迤"今皆作"移"；"虵"今作"蛇"；"有此"今作"此有"；"茀氣"之"氣"今本無；"何爲"下今本無"於"字；

④"夫"上今本無"失"字，《考異》謂"一本'夫'上有'失'字"。

⑤"崔文子學仙"句"崔"上今有"言"字；"喬"今皆作"僑"；"虹"今作"蜺"；"而如"之"如"字今本無；"文子"上今有"崔"字；"恠"今作"怪"；"履"今作"尸"。

⑥見《遠遊》。"湌"今皆作"餐"。

瀣，沆瀣者，北方夜半氣也。夏食正陽，正陽者，南方日中氣也①）。

又《天問》曰：伯强安處？惠氣安在？注曰："伯强是大疫鬼也，所至恣惡氣傷和氣。"②（卷十五《天部一五》，76 頁）

6. 歲

《楚辭》曰：獻歲發春兮（原注：獻，進也）。

又曰：開春發歲兮③（原注：承陽施惠，養百姓也）。（卷十七《時序部二》，88 頁）

7. 春下

《楚辭》曰：獻歲發春兮，湶吾南征。

又曰：目極千里兮傷春。

又曰：開春發歲兮，承陽施惠養百姓兮。

又曰：王孫遊兮不歸，春草生兮萋萋。

又曰：青春受謝（原注：謝，去也）白日昭④（原注：昭者，明也）。（卷二十《時序部五》，97 頁）

8. 秋下

《楚詞》曰：嫋嫋兮秋風，洞庭兮木葉下（原注：言秋風疾則草木摇，湖水波而樹葉落矣）。⑤

---

①"曰"今作"言"；"始"下今有"欲"字；"赤"下今有"黄"字；"淪漢"今皆作"淪陰"；"没"下今有"以"字；"冬食"之"食"今作"飲"。

②"安處"之"安"今作"何"；"是"字今本無；"大"下今有"厲"字；"恣惡"今作"傷人"；"氣傷"今作"惠氣"。

③分别爲《招蒐》《九章・思美人》内容。

④分别爲《招蒐》《招蒐》《九章・思美人》《招隱士》《大招》内容。"湶"今作"汩"；"傷春"下脱"心"字；"承陽施惠"句非正文，而是"開春"句之王逸注；"謝"今作"謝"，《考異》謂"一作謝"。

⑤《九歌・湘夫人》。"洞庭"下今有"波"字。

又曰：悲哉秋之爲氣也，蕭瑟兮草木摇落而變衰。憀慄兮若在遠行，登山臨水兮送將歸。泬寥兮天高而氣清，寂寥兮收潦而水清。憯悽增欷兮薄寒之中人，愴怳曠浪兮，去故而就新。坎壈兮貧士失職而志不平，廓落兮羈旅而無友生，惆悵兮而私自憐。鷰翩翩其辭歸，蟬寂寞而無聲。鴈嗈嗈而南遊，鵾鷄啁哳（原注：上張流，下陟轄切。鳥鳴聲也）而悲鳴，獨申旦而不寐，哀蟋蟀之霄征。①

又曰：皇天平分四時兮，竊獨悲此凜秋。白露既下降百草兮，奄離被梧楸。去白日之昭昭兮，襲長夜之悠悠。②（卷二十五《時序部一〇》，118 頁）

9. 五月五日

《續齊諧記》曰：屈原五月五日投汨羅而死，楚人哀之，每至此日，竹筒貯米投水祭之。漢建武年，長沙歐回，見人自稱三閭大夫，謂回曰："嘗見祭甚善，但常年所患蛟龍所竊。今若有惠，可以楝樹葉塞其上，以五綵絲約之，此二物，蛟龍所憚也。"回依言，後乃復見感之。今人五日作糉子，帶五色絲及楝葉，皆是汨羅之遺風也。

……《荆楚歲時記》曰：五月五日，西人并蹋百草，今人又有鬬

①《九辯》。"憀"今作"憭"；"寂寥"今作"宗廖"，《考異》謂"宗，一作寂。廖，一作寥"；"怳曠浪"今作"怳懭悢"；"壈"今作"廩"，《考異》謂"一作壈"；"羈"今作"羇；《考異》謂"一作羈"；"鷰"今作"燕"；"翩翩"今作"翩翩"；"寂寞"今作"宗漠"，《考異》謂"一作寂寞"；"嗈嗈"今作"廱廱"，《考異》謂"廱，一作嗈"；"霄"今作"宵"。而原注"上張流，下陟轄切。鳥鳴聲也"諸句，今洪興祖《補注》作"上竹交、下陟轄"。

②《九辯》。"凜"今作"廩"，《考異》謂"一作凜"；"下降"今作"下"，《考異》謂"一云下降"；"被"今作"披"，《考異》謂"一作被"；"梧楸"上今有"此"字。

百草之戲。

又曰:五月五日競渡,俗爲屈原投汨羅日,傷其死所,并命舟檝以拯之,舸舟取其輕利,謂之飛鳧。一自以爲水軍,一自以爲水馬。州將及土人悉臨水而觀之。

……《風俗通》曰:五月五日,以五彩絲繫臂者,辟兵及鬼,令人不病温。

又曰:亦因屈原,一名長命縷,一名續命縷,一名辟兵繒,一名五色絲,一名朱索。又有條達等織組雜物,以相贈遺。(卷三十一《時序部一六》,146—147頁)

10. 莫耶山

《史記》賈誼《吊屈原》篇云:莫耶爲鈍兮,鉛刀爲銛。注云:莫耶,吴大夫姓也。(卷四十三《地部八》,207頁)

11. 高都山

《江源記》云:《楚辭》所謂"巫山之陽,高丘之阻",①高丘蓋高都山也。(卷四十九《地部一四》,240頁)

12. 汨水

《水經注》曰:汨水,西經玉笥山,又西爲屈潭,即羅潭也。屈原懷沙自沉於此,故潭以屈爲名。賈誼、史遷皆嘗經此,弭檝訟波,投吊於潭。(卷六十五《地部三〇》,311頁)

13. 孝明馬皇后

誦《易經》,習《詩》,論《春秋》,略記大義;讀《楚辭》,尤善賦頌,疾其浮華;聽論輒摘其要。(卷一百三十七《皇親部三》,665頁)

14. 徐妃附

《唐書》曰:太宗賢妃徐氏,名惠,右散騎常侍堅之姑也。生五

---

①按:此爲宋玉《高唐賦》内容,《太平御覽》誤作《楚辭》。

月而能言，四歲誦《論語》《毛詩》，八歲好屬文。其父孝德試擬《楚辭》，云“山中不可以久留”，①詞甚典美。（卷一百四十一《皇親部七》，687 頁）

15. 鄉（原注：附）

《郡國志》曰：秭歸縣屈原鄉里，南岸曰歸鄉，西岸曰秭歸。屈原既放，暫歸鄉里，因曰歸鄉縣。屈原姊女須聞原還，亦來喻之，因曰姊歸也。（卷一百五十七《州郡部三》，764 頁）

16. 里（原注：附）

《荆州圖記》曰：秭歸縣北有屈原故宅，方七頃，累石爲屋。今其名曰樂平里。（卷一百五十七《州郡部三》，765 頁）

17. 歸州

袁崧《記》曰：屈原此縣人，既被流放，忽然暫歸，其姊亦來，因名其地爲秭歸（原注：秭與姊同）。（卷一百六十七《州郡部一三》，814 頁）

18. 室

《楚辭》曰：砥室翠翹，絓曲瓊（原注：言卧内之室，以砥爲壁，干而滑澤，以翠鳥之羽雕飾玉鈎以經衣。曲瓊，玉鈎也）。②

又曰：鑿山楹而爲室，下披衣於水渚。霧濛濛其晨降兮，雲裴斐而承宇。③

又曰：網户朱綴刻方連，冬有奥突（原注：奥，復室。夏，大

①按：此爲擬《招隱士》“山中兮不可以久留”内容。

②《招蒐》。“絓”今作“挂”；“卧内”今作“内卧”；“砥”下今有“石”字；“干”今作“平”；“經衣”上今有“懸”字；“經衣”今作“衣物”。“曲瓊，玉鈎也”今在“言卧内之室”句上。

③《哀時命》。“披”今作“被”；“霧”下今有“露”字；“雲裴斐”今作“雲依斐”，《考異》謂“一云雲衣斐斐”。

室),夏有室寒(原注:事具《居處部上》)。①

又曰:築室兮水中,葺之以荷蓋。②

又曰:像設居室静閑安,高堂邃宇檻層軒③。(卷一百七十四《居處部二》,852 頁)

19. 宅

仲雍《荆州記》曰:秭歸縣有屈原宅、伍子胥廟。擣衣石猶存。(卷一百八十《居處部八》,878 頁)

20. 門下

《楚辭》曰:望長楸而大息,涕零零其若霰,過夏首而西浮,顧龍門而不見。④

又曰:君之門兮九重。⑤

又曰:魂兮下來入脩門。王逸曰:脩門,郢城門也。⑥(卷一百八十三《居處部一一》,891 頁)

21. 房

《楚辭》曰:姱容脩態絙洞房。⑦

又《九歌》曰:桂棟兮蘭橑,新夷楣兮葯房。⑧(卷一百八十五

①《招魂》。"奥突"今作"突廈";"奥,復室。夏,大室"今作"突,複室。廈,大屋";"夏有室寒"句今作"夏室寒些"。

②《九歌·湘夫人》"以荷蓋"今作"兮荷蓋",《考異》謂"一本云以荷蓋"。

③《招魂》。"居"今作"君",《考異》謂"一作居";"閑"今作"閒",《補注》曰:"閒,音閑"。

④《九章·哀郢》。"大"今作"太";"零零"今作"淫淫"。

⑤《九辯》。"兮"今作"以"。

⑥《招魂》。"魂"今作"䰟";"下"今作"歸";"脩"今皆作"修"。

⑦《招魂》。"脩"今作"修"。

⑧《九歌·湘夫人》。"新"今作"辛"。

《居處部一三》,898 頁)

22.侍中

《後漢書》曰:趙典再遷爲侍中……。

又曰:王逸字叔師,南郡宜城人也。順帝時爲侍中,著《楚辭章句》行於代,①其賦、誄、書、論及雜文,凡二十一篇;又作漢詩百二十三篇。(卷二百一十九《職官部一七》,1040 頁)

23.旗

《楚辭》曰:駕龍輈兮乘雷(原注:斬,車轅也),載雲旗兮逶迤。②

又曰:乘迴風兮載雲旗。

又曰:楊彗星以爲旗。

又曰:乘赤豹兮狐從文狸,新夷車兮結旌桂旗。③(卷三百四十《兵部七一》,1561 頁)

24.劍下

《楚詞》曰:執棠溪(原注:棠溪,劍名)以拂蓬,秉干將以割肉。

又曰:撫長劍兮玉珥(原注:珥,劍也鐔)。

又曰:余幼好此奇服,年既老而不衰。帶長鋏之陸離,冠青雲之崔巍(原注:高皃)。④(卷三百四十四《兵部七五》,1584 頁)

---

①"代"即"世",避諱作"代"。

②《九歌·東君》。"斬"今作"輈";"逶迤"今作"委蛇";《考異》謂"委,一作逶"。

③分别爲《九歌·少司命》《遠遊》《九歌·山鬼》内容。"楊"今作"擥";"旗"今作"旍",《考異》謂"一作旗";"狐""旌"字今本無;"新"今作"辛"。

④分别爲《九歎·怨思》《九歌·東皇太一》《九章·涉江》内容。"溪"今皆作"谿";"劍名"今作"利劍也";"以拂"之"以"今作"目",《考異》謂"一作以";"拂"今作"㓲";"珥,劍也鐔"今本王逸注作"玉珥,謂劍鐔也";"青"今作"切";"巍"今作"嵬",《考異》謂"一作巍";"皃"今作"貌"。

25. 刀下

《楚辭》曰:師望在肆昌何識(原注:師望謂太公也。昌,文王名也。言太公在市肆而居,何似知識之),皷刀楊聲后乃喜(原注:后謂文王)。

又曰:鈆刀進御,違棄太阿(原注:太阿,劍名)。①(卷三百四十六《兵部七七》,1593 頁)

26. 腸

《楚辭·九章》曰:惟郢路之遼遠,腸一夕而九迴。②(卷三百七十六《人事部一七》,1739 頁)

27. 美婦人下

《楚辭》曰:姱容脩態絙洞房,娥眉慢瞼目騰光。③

又曰:粉白黛黑施芳澤。

又曰:美人既醉朱顔酡。

又曰:室中之觀多珍怪,蘭膏燭明華容備。④(卷三百八十一《人事部二二》,1759 頁)

28. 醜婦人

《楚辭》曰:西施媞媞而不得見兮,嫫母勃屑日侍而。

---

①分别爲《天問》《七諫·謬諫》内容。"何似知識之"今作"文王何以識知之乎";"皷"今作"鼓";"楊"今作"揚";"乃"今作"何";"鈆"今作"鉛";"違"今作"遥";"劍名"今作"利劍也"。

②"惟郢路"句見《九章·哀郢》《抽思》;"腸一夕"句見《九歎·逢紛》,"迴"今作"運"。

③《招蒐》。"脩"今作"修";"娥"今作"蛾",《考異》謂"一作娥";"慢瞼"今作"曼睩"。

④分别爲《大招》《招蒐》《招蒐》内容。"酡"今作"酡",《考異》謂"一作酏";"燭明"今作"明燭"。

又曰：珪璋雜於甑室，隴廉與孟陬同宫。舉世以爲常俗，固將愁苦而終窮。①（卷三百八十二《人事部二三》，1766 頁）

29. 沐

《楚辭》曰：浴蘭湯兮沐芳，華采衣兮若英。②

又《漁父》曰：吾聞新沐者必彈冠，新浴者必振衣，安能以身之察察，受物之汶汶乎！③（卷三百九十五《人事部三六》，1825 頁）

30. 品藻中

《晋書》曰：……

又曰：謝萬善屬文，叙漁父、屈原、季主、賈誼、楚老、龔勝、孫登、嵇康四隱四顯爲《八賢論》，其旨以處者爲優，出者爲劣，以示孫綽。綽與往反，以體公識遠者，則出處同歸。（卷四百四十六《人事部八七》，2051 頁）

31. 憂上

《史記》曰：……

又曰：懷王使屈原造爲憲令，草稿未定。尚上官大夫見而欲奪之，不與。因讒之曰："王使平爲令，衆莫不知，每一令出，平伐其功。"王怒而疎平。平疾讒諂蔽明也，邪曲之害公也，方正之不容也，故憂愁幽思而作《離騷》。（卷四百六十八《人事部一〇九》，2153 頁）

32. 憂下

①分别爲《七諫·怨世》《哀時命》内容。"嫫"今作"蔞"；"日侍而"今作"而日侍"；"珪璋"今作"璋珪"，《考異》謂"一作珪璋"；"室"今作"窐"；"陬"今作"娵"；"常"今作"恒"。

②見《九歌·雲中君》。

③"聞"下今有"之"字；"汶汶"下今有"者"字。

《楚辭》曰：心不怡之且久（原注：怡，樂），憂與憂其相接（原注：接，續）。惟郢路之遼遠兮，江與憂之不可涉。①

又曰：望孟夏之短夜，何晦明其若歲！惟郢路之遠兮，魂一夕而九逝。②

又曰：屈原放逐，憂心愁悴，防徨山澤，仰天歎息。楚有先王之廟及公卿祠堂，見圖畫天地山川神靈，琦瑋及古賢聖怪物行事，因書其壁，呵而問之，以洩情懣，舒寫愁思。③

又曰：《漁父》者，原所作也。屈原放逐江、湘之間，憂愁歎吟，曰：漁父避世隱身，鈎魚欣然樂。時過屈原川澤之域，怪而問之，遂相應答。楚人思念屈原，叙其辭以相傳焉。④（卷四百六十九《人事部一一〇》，2156 頁）

33. 别離

《楚辭序》曰：離，别也。騷，愁也。經，徑也。言己放逐離别，中心愁思，猶陳道徑以諷諫君。⑤

又曰：草木摇落而變衰，憭栗兮若在遠行，登山臨水送將歸。

又曰：悲莫悲兮生别離。⑥（卷四百八十九《人事部一三〇》，

①《九章・哀郢》。"且"今作"長"；"樂"下今有"貌"字；"與憂"之"憂"今作"愁"；"江與憂"之"憂"今作"夏"。

②《九章・抽思》。"其"今作"之"；"遠"上今有"遼"字；"魂"今作"䰟"。

③《天問序》。"防"今作"彷"；"楚"上今有"見"字；"圖"上今無"見"字；"琦瑋"下今有"僪佹"二字；"呵"今作"何"，《考異》謂"一作呵"；"以洩"句今作"以渫憤懣"；"寫"今作"瀉"。

④《漁父序》。"原所作也"今作"屈原之所作也"；"江"上今有"在"字；"吟"下今有"儀容變易"四字；"曰"今作"而"；"鈎魚"句今作"釣魚江濱，欣然自樂"；"過"今作"遇"；"叙"上今有"因"字。

⑤《離騷序》。"陳"今作"依"，《考異》謂"一作陳"。

⑥分别爲《九辯》《九歌・少司命》内容。"栗"今作"慄"；"水"下今有"兮"字。

2240 頁)

34. 姊妹

《荆州圖》"南北岸"曰:屈原之鄉里,原既流放,忽然歸,鄉人喜悦,因名南岸曰歸鄉岸。原有姊聞原還,亦來歸,責其矯世。鄉人又名其北岸曰姊歸岸。(卷五百一十七《宗親部七》,2351 頁)

35. 琴中

《大周正樂》曰:……

又曰:《屈原自沉》者,屈原之所作也。屈原,楚同姓也。爲懷王佐,博聞强識,疏通政事。入則與王議國計策,以施號令;出則接遇賓客,應對諸侯。上官大夫與之争寵,害其器能,譖之於王,曰:"使屈原每一出,矜伐功,以其非己莫能爲。"懷王怒而斥之。屈原自傷懷忠而見疑,憂愁,面目黎黑,臨河而哀思,著《離騷》《九歌》《九歎》《七諫》之辭,①仰天而嘆,援琴而鼓之。(卷五百七十八《樂部一六》,2611 頁)

36. 叙文

《金樓子》曰:……

又曰:古之學者有二,今之學者四焉。夫子門徒轉相師授,通聖人之經者,謂之儒。屈原、宋玉、枚乘、長卿之徒止爲辭賦,則謂文。今之儒,博窮子史,但能識其事不能通其理者,謂之學。至如不便爲詩閻纂,善爲章奏如伯松,若此之流,謂之筆。吟咏風謡,流連哀思者,謂之文……。(卷五百八十五《文部一》,2637 頁)

37. 詩

《文心雕龍》曰:詩者,持也,持人情性;……逮楚國諷怨,則《離騷》爲刺。(卷五百八十六《文部二》,2639 頁)

---

①按:《九歎》《七諫》非屈原所作。

38.賦

《漢書》曰:不歌而誦謂之賦,登高能賦可以爲大夫。……孫卿及楚臣屈原,離讒憂國,皆作賦以風諭,咸以惻隱古訓之義也。

摯虞《文章流别論》曰:賦者,敷陳之稱,古詩之流也。前世爲賦者,有孫卿、屈原,尚頗有古之詩義,至宋玉則多淫浮之病矣。楚詞之賦,賦之善者也。故楊子稱賦莫深於《離騷》,賈誼之作則屈原儔也。

《文心雕龍》曰:詩有六義,其二曰賦。賦者,鋪也,鋪采摛文,體物寫志也。……及靈均唱《騷》,始廣聲貌,然則賦也者,受命於詩人而拓宇於《楚辭》者也。於是荀况《禮》《智》,宋玉《風》《釣》,爰錫名號,與詩畫境,六義附庸,蔚成大國。(卷五百八十七《文部三》,2643—2645 頁)

39.御製上

《唐書》曰:……。

又曰:……捐身而執節,孤立而自毁,屈原是也……。(卷五百九十一《文部七》,2661 頁)

40.吊文

《漢書》曰:楊雄怪屈原文過相如,至不容,作《離騷》自投江而死,悲其文,未嘗不流涕也。君子遇不遇,命也,何必沉身哉。乃作書,往往摭《離騷》文而反之。自岷山投諸江流,以吊屈原,名曰《反騷》。(卷五百九十六《文部一二》,2685 頁)

41.著書上

《史記·太史公自序》曰:夫《詩》《書》隱約者,欲遂其志之思也。昔西伯拘於羑里,演《周易》;孔子厄陳蔡,作《春秋》;屈原放逐,著《離騷》;……

此人皆意有所鬱結,其不得通道也。

《漢書》曰：……

又曰：……初，安入朝，獻所作《内篇》新出，上愛秘之。使爲《離騷傳》(原注：師古曰：傳謂解説之，若《毛詩傳》)，旦受詔，日食時上。(卷六〇一《文部一七》，2705頁)

42. 史傳上

《後漢書》曰：……

又曰：明德馬后能誦《易》，好讀《春秋》《楚辭》，尤善《周官》，董仲舒書。(卷六〇三《文部一九》，2713頁)

43. 史傳下

《西京雜記》曰：司馬遷發憤作《史記》，一百三十篇，先達爲良史之才。其以伯夷居列傳之首，以爲善而無報也；爲《項羽本紀》以據高位者，非關有德也；及其叙屈原、賈誼，辭旨抑揚，惡事不避，亦一代之偉才。(卷六〇四《文部二〇》，2719頁)

44. 叙圖書

《金樓子》曰：有細書《周易》《尚書》《周官》《儀禮》《禮記》《毛詩》《春秋》各一部，又寫《前漢》《史記》《三國志》《晋陽秋》《莊子》《老子》《肘後方》《離騷》等合六百三十四卷，悉在一巾箱中，書極精細。(卷六百一十八《學部一二》，2776頁)

45. 薦舉上

《漢書》曰：……

又曰：……會邑子嚴助貴幸，薦買臣。召見，説《春秋》，言《楚辭》，帝甚悦之，拜買臣爲大夫，與嚴助俱侍中。(卷六百三十《治道部一一》，2825頁)

46. 總叙冠

《楚辭》曰：余幼好此奇服，年既老而不衰。帶長鋏之陸離，冠青雲之崔嵬。

又曰：高余冠之岌岌，長余珮之陸離。

又曰：握申椒與杜若，冠浮雲之峩峩。①（卷六百八十四《服章部一》，3055 頁）

47. 珮

《楚辭》曰：扈江離與薜荔（原注：扈，被也），紉秋蘭以爲珮（原注：紉蘭，索香草也）。②

又曰：雲衣兮披披（原注：披披，長皃），玉珮兮陸離（原注：陸離，光彩皃）。

又曰：連蕙若以爲珮兮，過鮑肆而失香。

又曰：盍吾遊此春宫（原注：春宫，東方青帝宫），折瓊枝以繼珮③。（卷六百九十二《服章部九》，3088 頁）

48. 裳

《楚辭》曰：青雲衣兮白蜺裳。

又曰：採薜荔以爲裳。

又曰：披綵裳之芬芳。

又曰：制芰荷以爲衣兮，集芙蓉以爲裳④。（卷六百九十六

---

①分别爲《九章・涉江》《離騷》《九歎・惜賢》内容。"青"今作"切"；"珮"今作"佩"；"峩峩"今作"峨峨"，《考異》謂"峨，一作峩"。

②《離騷》。"荔"今作"芷"；"珮"今作"佩"；"紉蘭"句今作"紉，索也。蘭，香草也"。

③分别爲《九歌・大司命》《七諫・沈江》《離騷》内容。"雲衣"今作"靈衣"；"披披"今皆作"被被"，《考異》謂"一作披"；"長皃"之"皃"今作"貌"；"玉珮"之"珮"今作"佩"；"陸離，光彩皃"今本未見；"連蕙若以爲珮"之"連"今作"聯"；"若"今作"芷"，《考異》謂"一作若"；"珮"今作"佩"；"盍"今作"溘"；"帝宫"今作"帝舍"；"繼珮"之"珮"今作"佩"。

④分别爲《九歌・東君》《離騷》《九懷・昭世》《離騷》内容。"蜺"今作"霓"；"採薜荔"今作"櫱芙蓉"；"披綵"句今作"披華裳兮芳芬"；"制"今作"製"；"集"今作"櫱"，《考異》謂"一作集"。

《服章部一三》，3107 頁）

49. 履

賈誼《吊屈原文》曰：章甫薦履，漸不可久。嗟若先生，獨離此咎。①（卷六百九十七《服章部一四》，3111 頁）

50. 帷

《離騷》曰：細薜荔而爲帷。

《楚詞》曰：翡翠幬飾高堂②。（卷七〇〇《服用部二》，3125 頁）

51. 堪

《荆州記》曰：秭歸縣有屈原宅、女嬃（原注：音須）廟，擣衣石猶存。（卷七百六十二《器物部七》，3384 頁）

52. 舟下

《楚辭》曰：舡容與而不進，奄廻水以凝滯。

又曰：美要妙兮宜修，沛吾乘兮桂舟。桂櫂兮蘭枻，增水兮積雪。③（卷七百七十《舟部三》，3414 頁）

53. 圭

《楚辭》曰：三璋圭雜於甑室兮（原注：璋圭，玉石也。室，首携也）。④

①據朱熹《楚辭集注》端平本，"若"今作"苦"，注謂"或曰'苦，當作若'"。

②分别爲《九歌・湘夫人》《招䰟》内容。"細"今作"罔"；"而"今作"兮"；"翡翠"句今作"翡帷翠帳，飾高堂些"。

③分别爲《九章・涉江》《九歌・湘君》内容。"舡"今作"船"；"奄"今作"淹"；"廻"今作"回"；"以"今作"而"；"凝"今作"疑"，《考異》謂"一作凝"。"妙"今作"眇"，《考異》謂"一作妙"；"增水"今作"斲冰"。

④《哀時命》。"三"字今本無；"圭"今作"珪"；"玉石"今作"玉名"；"首攜"今本無，據洪興祖"室，音攜"之注，則疑"首攜"爲"音攜"之誤。

《楚辭》曰：三圭重侯（原注：三圭謂公、侯、伯）。① （卷八〇六《珍寶部五》，3581 頁）

54. 酒下

《世説》曰：……

又曰：……王孝伯云："名士不須奇才，但使常得無事痛飲酒，讀《離騷》，便可稱名士也。"

《楚辭》曰：蕙肴設兮蘭籍，奠桂酒兮椒漿。

又屈原曰："衆人皆醉，唯我獨醒。"漁父曰："衆人皆醉何不餔其糟而歠其醨。②"（卷八百四十五《飲食部三》，3777 頁）

55. 糉

《續齊諧記》曰：屈原以五月五日投汨羅而死，楚人哀之，每至此日，取竹筒貯米，投水以祭之。

漢建武中，長沙區回白日忽見士人自稱三閭大夫，謂回曰："君常見祭甚誠，但常年所遺，俱爲蛟龍所竊。今君惠可以練樹葉塞其上，以綵絲纏縛之，此二物蛟龍所憚也。"回謹依旨。今世人五日作糉，并帶練葉及五綵絲，皆汨羅之遺風（原注：《異苑》云：糉，屈原婦所作也）。（卷八百五十一《飲食部九》，3804 頁）

56. 虀

《楚辭》曰：懲於羹者而吹虀。③

又曰：吴酸毛蔞不沾薄（原注：毛，菜也。言吴人善爲致美，其菜苦蔞，味無沾薄，言有調也。又曰蒿也。蔞不沾薄，繁草也。

①《大招》。

②分别爲《九歌・東皇太一》《漁父》内容。"設"今作"蒸"；"籍"今作"藉"；"唯"字今本無；"醨"今作"釃"，《補注》謂"《文選》釃作醨"。

③《九章・惜誦》。"虀"今作"齏"。

蔓,香沾多汗也。薄,無味也。言吴人工調鹹酸,使偷蒿蔞以爲齏,味酸又不薄,適甘美人也)。① (卷八百五十五《飲食部一三》,3808 頁)

57. 糜粥

《七略》曰:宣帝詔徵被公見誦《楚辭》,被公年衰母老,每一誦,輒與粥。(卷八百五十九《飲食部一七》,3815 頁)

58. 羹

《楚辭·天問》曰:緣鵠飾玉,后帝食饗(原注:后帝,殷湯也。言伊尹始伏,緣因烹鵠鳥之羹,脩飾玉鼎,以事以放,湯賢之,遂相也)。彭鏗斟雉,堯帝饗何(原注:彭鏗,彭祖也。好和滋味斟羹事,事堯,堯而饗食之)? 受壽永多,夫何久長(原注:言彭祖進雉羹於堯,堯饗之,以壽之也)?②

又《九章》曰:懲於羹者而吹齏(原注:言人有歠而熟中,懲艾之,見齏則吹之)。③

又《招䰟》曰:和酸若苦,陳吴羹(原注:吴人攻作)④。

又《大招》曰:鮮蠵甘雞和楚酪(原注:酪,昨截也。言取生丈

①《大招》。"毛"今作"蒿",《考異》謂"一作芼蔞";"毛,菜也"之"毛"今作"芼";"致美"今作"羹";"苦"今作"若";"有"今作"其";"又曰"句下相應之句今作"蒿,蘩草也。蔞,香草也";"沾,多汁也。薄,無味也";"言吴人工調醎酸,爚蒿蔞以爲蘁,其味不濃不薄,適甘美也"。

②"食"今作"是";"伏"今作"仕";"緣因"今作"因緣";"脩飾"之"飾"今本無;"以放"今作"於湯";"遂"下今有"以爲"二字;"堯"字今本無;"饗何"今作"何饗";"滋味"以下今作"善斟雉羹,能事帝堯,堯美而饗食之";"饗"下今有"食"字;"壽之"之"之"字今作"考"。

③見《九章·惜誦》。"齏"今作"螫";"言人有"下今作"歠羹而中熱,心中懲忞,見螫則恐而吹之"。

④"招䰟曰和"四字原誤作小字注文,今徑改。王逸注文今作"吴人工作羹"。

鼈，烹之羹，謂賂密，復有肥雞肉，和以酢酪，其味清也）。①

又曰：内鶬鴿鵠味豺羹（原注：鶬，鶬。鴿，鶴，似鳩而青。鵠，黄鵠也。豺，以豺言畢夫巧於調和，先甘酸鶬鵠肉，故羹美也）。②（卷八百六十一《飲食部一九》，3825 頁）

59. 臛

《楚辭・招魂》曰：臛鼈炮羔有柘漿（原注：言以飴密臑鱉炮羔。或曰：臑鱉魚羔，和牛五臟羔臑也）。③ 鵠鵠酸雋凫（原注：雋，小臛也）煎鴻鶬（原注：鴻，鳴鵠。鶬，鶬也。言復以酸將烹鵠爲羹，小雋凫煎熬鴻鶬，令肥美羹也）④，露雞臛蠵（原注：露，露栖鷄也，有菜曰羹，無菜曰臛，蠵，大龜也）厲而不爽（原注：厲，列也。爽，敗也。楚人名敗曰爽。言乃復烹露棲之肥鷄，鷄臛鱉肉，其味清列而不知貶也）。⑤

又《大招》曰：煎鰿臛爵（原注：言煎鮒魚臛黄雀也）。⑥（卷八

①“蠵”今作“蠵”；“雞”今作“鷄”；“昨”今作“酢”；“胾”今作“胾”；“生丈鼈”今作“鮮潔大龜”；“烹之”下今有“作”字；“謂賂密”今作“調以飴蜜”；“有”今作“用”；“肉”上今有“之”字；“清”下今有“烈”字。

②今注作“鶬，鶬鶴也。鴿似鳩而小，青白。鵠，黄鵠也。豺似狗，言宰夫巧於調和，先定甘酸，乃内鶬鴿黄鵠，重以豺肉，故羹味猶美也”。

③“臛鼈”今作“胹鼈”；“言”下今有“復”字；“密”今作“蜜”；“臑鱉”今作“胹鼈”；“或曰”下今作“血鼈炮羔”；“臟”今作“藏”；“臟”下今作“爲羔臛”。

④“鵠”字今本無；“雋”今皆作“臇”；“鴻，鳴鵠。鶬，鶬也”今作“鴻，鴻雁也。鶬，鶬鶴也”；“酸”下今有“酢”字；“將”字今本無；“雋”下今有“臛”字；“令”下今有“之”字；“羹”字今本無。

⑤“蠵”今皆作“蠵”；“露，露栖鷄也”今作“露雞，露棲之雞也”；“大龜”下今有“之屬”二字；“列”今作“烈”；“名”下今有“羹”字；“肥鷄”下今作“臛蠵龜之肉，則其味清烈不敗也”。

⑥“鰿”今作“鰿”；“臛”今作“脽”，《考異》謂“一作臛”；“爵”今作“雀”；“言”下今有“乃復”二字。

百六十一《飲食部一九》,3826 頁)

60. 驢

《楚辭》曰:驥垂兩耳,中阪蹉跎。① 蹇驢服駕,無用日多。

又曰:駕蹇驢而無策,又何路之能極?②(卷九〇一《獸部一三》,3998 頁)

61. 鳳

《楚辭》曰:鳧鴈皆唼夫梁藻兮,鳳逾翱而高舉;衆鳥皆有所登棲兮,鳳獨皇皇而無所集。欲銜枚而亡言兮,嘗君之渥洽。驥不驟進而求服兮,鳳亦不貪餧而忘食。③

又曰:爲鳳皇作鶉籠,雖歙翼而不容。④

又曰:獨不見,鸞鳳之高翔大皇之野,循四極而周回,見盛德而後下。"⑤宋玉對曰:"聞鳳鳥上九千里,絶雲霓,負蒼天,呼窈冥之中;藩籬之鷃,豈能與之料天地之高哉?(卷九百一十五《羽族部二》,4057 頁)

62. 鵠

《離騷》曰:緣鵠飾玉,后帝是饗(原注:后帝,謂殷湯曰也。言伊尹始仕,緣亨鵠鳥之美,脩王鼎以事於湯,湯賢之,遂以爲相也)。⑥

---

①《九懷・株昭》。"阪"今作"坂";"跎"今作"跎"。

②《七諫・謬諫》。

③《九辯》。"梁"今作"粱";"逾翱"今作"愈飄翔";"皇皇"今作"遑遑";"欲"今作"願";"銜"今作"銜";"亡"今作"無";"嘗"下今有"被"字;"忘"今作"妄"。

④《哀時命》。"歙"今作"翕";"翼"今作"翅",《考異》謂"一作翼";"而"今作"其"。

⑤《惜誓》。"獨不見"下今有"夫"字,《考異》謂"一無'夫'字";"高翔"下今作"兮,乃集大皇之壄";《考異》謂"壄,一作野";"周回"今作"回周"。

⑥《天問》。"湯曰"之"曰"字今本無;"緣"上今有"因"字;"亨"今作"烹";"美"今作"羹";"王"今作"玉"。

《楚辭》曰：寧與黄鵠比翼乎？將與鷄鶩争食乎？① (卷九百一十六《羽部族三》,4064 頁)

63. 翡翠

《離騷》曰：翾飛兮翠層(原注：曾，舉也。言巠舞工巧，翾然若翠舉)。②

《楚辭》曰：翡翠幬(原注：王逸注曰：翡翠之羽，彫飾幬帳)。③ (卷九百二十四《羽族部一一》,4105 頁)

64. 蛟

《續齊諧記》曰：屈原五月五日投汨羅而死，楚人哀之，每至此日，以竹筒貯粉米祭之。漢武建中，長沙區回白日忽見一士人，自稱三閭大夫，謂曰："聞君常見祭，甚善。但常年所遺爲蛟龍所竊，若今有惠，可以練葉塞其上，五色絲縛之，此二物是蛟龍所憚。" (卷九百三十《鱗介部二》,4135 頁)

65. 螭

《楚辭》曰：乘水車兮荷蓋，駕兩龍兮驂螭。

又曰：駕青虬兮驂白螭，吾與重華遊兮瑶之圓。④ (卷九百三十《鱗介部二》,4136 頁)

66. 木下

《離騷》⑤曰：一夫九首，拔木九千。

---

①《卜居》。"鷄"今作"雞"。

②《九歌·東君》。"層"今作"曾"；"巠"今作"巫"；"翾然"句今作"身體翾然若飛，似翠鳥之舉也"。

③《招寃》。"翡"下今有"帷"字；"幬"今作"帳"，《考異》謂"一作幬"；"彫"今作"雕"；"飾"今作"䉤"，《考異》謂"一作䉤"。

④分别爲《九歌·河伯》《九章·涉江》内容。"圓"今作"圃"。

⑤《招寃》。

又云：嫋嫋兮秋風，洞庭波兮木葉下。

又云：罾何爲兮木上。

又云：搴芙蓉於木末。

又曰：樹輪囷以相糺兮，林木跃骫（原注：音委，枝葉盤紆也）。① （卷九百五十三《木部二》，4230 頁）

67. 桑

《楚辭》曰：衣攝亲以儲與兮（原注：攝亲、儲與，不舒展之貌），左袪絓於扶桑（原注：袪，袖也。得己衣服長大，攝亲，儲與，不得舒展。得能弘廣，不得施用。東行則左袖絓於扶桑，旡所不伏）。右袵拂於不周兮，六合不足以肆行。②

又曰：路室女之方桑（原注：路室，客室），孔子過之以自待（原注：言孔子出，過於客舍，其女方採桑，一心不視，若貞信，故以自待）。③ （卷九百五十五《木部四》，4242 頁）

68. 椒

《離騷》曰：雜申椒與菌桂，播椒房兮成堂（原注：布椒於堂上）④。（卷九百五十八《木部七》，4253 頁）

---

①分别爲《九歌・湘夫人》《九歌・湘夫人》《九歌・湘君》《招隱士》内容。“於”今作“兮”；“囷以相糺”今僅作“相糾”，《考異》謂“糾，一作糺”；“跃”今作“茷”；“音委”今爲補注内容；“枝葉”今作“枝條”。

②《哀時命》。“亲”今皆作“葉”；“之貌”之“之”字今本無；“袪”今皆作“袪”；“絓”今皆作“挂”，《考異》謂“一作絓”；“扶桑”之“扶”今皆作“榑”，《考異》謂“一作扶”；“得己”之“得”今作“言”；“得能”之“得”今作“德”；“旡”今作“無”；“伏”今作“覆”。

③《七諫・怨世》。“路室，客室”之“客室”今作“客舍”；“自待”之“待”今皆作“侍”；“出”下今有“遊”字；“採”今作“采”；“若”今作“喜其”。

④此兩句分别爲《離騷》《九歌・湘夫人》内容。“播”今作“𦵔”；“椒房”今作“芳椒”；“布”下今有“香”字。

69. 木蘭

《離騷》曰：鵁鶄集於木蘭兮。

又曰：朝飲木蘭之墜露，夕湌秋菊之落英。①（卷九百五十八《木部七》，4254 頁）

70. 辛夷

《楚辭》曰：飲菌若之朝露兮，構桂木而爲室（原注：所飲食潔清，所處芬香）。雜橘柚以爲囿兮，列辛夷與椒楨。

又曰：乘赤豹兮從文貍，辛夷車兮結桂旗。②（卷九百六十《木部九》，4259 頁）

71. 若木

《楚詞》曰：羲和之未陽，若華何光（原注：羲和，日卿也。言日未陽升之時，若木能有赤明之光華）？

又曰：折若木以拂日。③（卷九百六十一《木部一〇》，4264 頁）

72. 橘

《楚辭》曰：皇后嘉樹，橘來服（原注：皇，天也。后，土也。服，習也，言皇天后土生美橘樹，異於衆）。受命不遷，生南國。深固難從，更其壹志。緑葉素榮，分其可喜。

又曰：斬伐橘柚，列樹苦桃。④（卷九百六十六《果部三》，

---

①分别爲《九歎・憂苦》《離騷》内容。"鵁"今作"鴟"。"湌"今作"餐"，《考異》謂"一作湌"。

②分别爲《七諫・自悲》《九歌・山鬼》内容。"所"今作"言"；"列辛"之"辛"今作"新"；"貍"今作"狸"，《考異》謂"一作貍"。

③分别爲《天問》《離騷》内容。"陽"今作"揚"，《考異》謂"一作陽"；"卿"今作"御"；"陽升"今作"出"；"能"上今有"何"字；"赤明"今作"明赤"。

④分别爲《九章・橘頌》《七諫・初放》内容。"皇后"今作"后皇"；"來"今作"徠"；"天也"今作"皇天也"；"土也"今作"后土"；"衆"下今有"木"字；"從"今作"徙"；"其壹志"今作"壹志兮"；"分"今作"紛"。

4287 頁)

73. 蘭香

《楚辭》曰:余既滋蘭之九畹兮(原注:滋,蒔也。二十畝爲畹)。

又曰:扈江離與辟芷兮(原注:扈,披也,楚人名披曰扈。離、薜芷,皆香草名也),紉秋蘭以爲佩(原注:紉,細)。①

又曰:沅有芷兮澧有蘭(原注:言沅和中有盛茂之正。禮水之中有芬芳之蘭,喻湘夫美亦異於衆人也),欲思公子未敢言。②

又曰:秋蘭兮蘪蕪,羅生兮堂下。緑葉兮素枝,芳菲兮襲予。秋蘭兮青青,緑葉兮紫莖。滿堂兮美人,忽獨與余兮目成。

又曰:光風轉蕙泛崇蘭。③ (卷九百八十三《香部三》,4352 頁)

74. 蕙草

《楚辭》曰:光風轉蕙泛崇蘭。

又曰:既滋蘭兮九畹,又樹惠之百畂。④ (卷九百八十三《香部三》,4352 頁)

75. 白芷

《楚詞》曰:獻歲發春兮,汨吾南征。緑蘋葉齊兮,白芷生。

---

①《離騷》。"二十"今作"十二";"爲畹"之"爲"今作"曰";兩"披"字今皆作"被";"曰扈"之"曰"今作"爲";"離、薜芷"今作"江離、芷";"細"今作"索"。

②《九歌・湘夫人》。今作"沅有茝兮醴有蘭",《考異》謂"茝,一作芷。醴,一作澧";"和中"今作"水之中";"之正"今作"之茝";"禮水"今作"澧水";"之中"之"中"今作"内";"喻"今作"以興";"湘夫"下今有"人"字;"美"下今有"好"字;"欲"字今本無。

③分别爲《九歌・少司命》《招魂》内容。"蘪"今作"麋",《考異》謂"一作蘪";"菲"下今本另有一"菲"字;泛"今作"氾",《補注》謂"氾,音泛"。

④分别爲《招魂》《離騷》内容。泛"今作"氾",《補注》謂"氾,音泛";"既"上今有"余"字;"兮"今作"之";"畂"今作"畝"。

又曰：桂揀兮蘭撩，辛夷楣兮葯房。

又曰：掔木根以潔芷兮（原注：擥，持也），貫薜荔之落蘂（原注：貫，拾也。薜荔，草藥。佩結香草，拾其花心，次表草己之忠信也）。① （卷九百八十三《香部三》，4353 頁）

76. 荃香

《楚辭》曰：荃不察余之中情兮（原注：荃，香草，以喻君。被分香，故以香草爲喻），反信讒而齊怒（原注：齌，疾也）。

又曰：荃撓兮蘭旗。② （卷九百八十三《香部三》，4353 頁）

77. 菊

《楚辭》曰：朝飲木蘭之墜露兮，夕湌秋菊之落英。

又曰：春蘭兮秋菊，長無絶兮終古。③ （卷九百九十六《百卉部三》，4407 頁）

78. 卷施

《爾雅》曰：卷施草，拔心不死（原注：宿羌也。《離騷》云）④。（卷九百九十八《百卉部五》，4416 頁）

79. 芙蕖

《楚辭》曰：芙蓉始發，雜芰荷。紫莖屏風（原注：屏風，水葵），

①分别爲《招魂》《九歌・湘夫人》《離騷》内容。“緑”今作“菉”，《補注》謂“音緑”；“葉齊”今作“齊葉”；“揀”今作“楝”；“撩”今作“橑”；“掔”今作“擥”；“潔芷”今作“結茝”；“蘂”今作“蕊”；“拾”今作“累”；“草藥”今作“香草”；“次表草”今本作“以表”。

②分别爲《離騷》《九歌・湘君》内容。“喻”今皆作“諭”；“被分香”今作“人君被服芬香”；“齊”今作“齌”，《考異》謂“一作齊”；“齌”今作“齌”。“荃”今作“蓀”，《考異》謂“一作荃”；“撓”今作“橈”；“旗”今作“旌”。

③分别爲《離騷》《九歌・禮魂》内容。“湌”今作“餐”，《考異》謂“一作湌”。

④分别見《離騷》“夕攬洲之宿莽”；《九章・思美人》“搴長洲之宿莽”。“羌”今作“莽”。

文緑波些(原注:言復有水葵生於中也,莖紫色,風起動波,緑其葉而生紋也。或曰:紫莖,言荷莖紫色;屏風,爲荷葉如屏風)。①

《楚辭》曰:令薜荔以爲理兮,憚舉趾而緣木。因芙蓉而爲媒兮,憚褰裳而濡足。

又曰:製芰荷以爲衣,集芙蓉以爲裳。

又曰:築室兮水中,葺芝兮以荷盖。②（卷九百九十九《百卉部六》,4420 頁）

80. 萍

《楚辭》曰:白萍兮騁望,與佳期兮夕。

又曰:靡萍九衢,枲華安居?

又曰:竊哀兮浮萍,汎搖無根。③（卷一〇〇〇《百卉部七》,4423 頁）

一、離騷

1. 露

《楚辭》曰:朝飲木蘭之墜露,夕採秋菊之落英。④（卷十二

①《招魂》。"緑"今作"緣",《考異》謂"《文選》作緑";"於"下今有"池"字;"莖"上今有"其"字;"動波"今作"水動";"緑其葉"今作"波緣其葉上";"紋"今作"文";"爲"今作"謂";"如屏"今作"鄣"。

②分别爲《九章·思美人》《離騷》《九歌·湘夫人》内容。"褰"今作"蹇";"集"今作"雧",《考異》謂"一作集";"芝"今作"之";"以"今本無,《考異》謂一本有"以";"盖"今作"蓋"。

③分别爲《九歌·湘夫人》《天問》《九懷·尊嘉》内容。"白萍"之"萍"今作"薠";"聘"今作"騁";"夕"下今有"張"字;"靡萍"之"萍"今作"蓱";"搖"今作"淫",《考異》謂"一作汎搖";"無"上今有"兮"字。

④"採"今作"餐"。

《天部一二》,63 頁)

2.九月九日

魏文帝《九日與鍾繇書》曰:歲往月來,忽復九月,爲陽數而日月并應,俗嘉其名,以爲宜於長久,故以享宴高會。是月律中無射,言群木庶草,有射地而生於芳菊,紛於獨秀。非夫含乾坤之純和,體芬芳之淑氣,孰能如此?故屈平悲冉冉之將老,思餐秋菊之落英。① 輔體延年,莫斯之貴,謹奉一束,以助彭祖之術。(卷三十二《時序部一七》,154 頁)

3.蛇山

《山海經》曰:…… 五采之鳥,名曰翳鳥(原注:鳳屬也。《離騷》曰:駟玉鳳而乘翳鳥②)。(卷五十《地部一五》,246 頁)

4.鵲山

《山海經》曰:……有木焉,其狀如穀而黑理(原注:穀,楮也,皮作紙),其華四照(原注:言有光炎也。若木華赤光照下見,亦比類也。見《離騷》③),其名曰迷穀,佩之不遠。(卷五十《地部一五》,246 頁)

5.諸王上

《漢書》曰:吴王濞,高帝兄仲之子也。……

又曰:淮南王安,爲人好書鼓琴,不喜弋獵狗馬騁馳,亦欲行陰德撫循百姓,流譽。……初,安入朝,獻所作《内篇》新出,上愛秘之。使爲《離騷》賦,旦受詔,食時上。(卷一百五十《皇親部一六》,732 頁)

---

①《離騷》:老冉冉其將至兮;夕餐秋菊之落英。

②今本作"駟玉虬以椉鷖兮"。

③《離騷》"折若木以拂日兮"。

6.怨

《楚辭》曰：怨靈脩之浩兮，終察夫民心。衆女妬余之娥眉兮，譛諑謂余善淫（原注：譛，毁也。諑，譛也）。① （卷四百八十三《人事部一二四》，2214 頁）

7.涕

《漢書》曰：……

又曰：楊雄怪屈原不容於世，作《離騷》，自投江而死，悲其文，讀之未嘗不流涕。（卷四百八十八《人事部一二九》，2236 頁）

8.媒

屈原《離騷》曰：吾令豐隆乘雲兮，求密妃之所在；解佩纕以結言兮，吾令蹇脩以爲理（原注：蹇脩，伏羲氏之臣。言我既見密妃，解佩帶取玉結言契，令蹇脩爲媒以通辤理也）。② （卷五百四十一《禮儀部二〇》，2455 頁）

9.竹卜

《楚詞》曰：索瓊茅以筳篿（原注：楚人折竹結草以卜，謂爲篿也）。③ （卷七百二十六《方術部七》，3219 頁）

10.巫下

《離騷》曰：欲從靈氛之吉占兮，心猶豫而狐疑。巫咸將夕降兮，懷椒糈（原注：私吕反）而要之（原注：椒者，香物也，所以降精

①"浩"下今有"蕩"字；"終"下今有"不"字；"妬"今作"嫉"；"娥"今作"蛾"，《考異》謂"一作娥"；"譛諑"今作"謡諑"；"余"下今有"以"字；"譛，毁也。諑，譛"今作"謡，謂毁也。諑，猶譖也"。

②"乘"今作"椉"，《考異》謂"一作乘"；兩"密"字今皆作"宓"；"我"今作"己"；"解佩"句今作"則解我佩帶之玉，以結言語，使古賢蹇脩而爲媒理也"。

③"瓊"今作"藑"，《考異》謂"《文選》作瓊"；"楚人"下今作"楚人名結草折竹以卜曰篿"。

神來,所以享神)。①(卷七百三十五《方術部一六》,3258 頁)

11. 飯

《離騷》曰:精瓊靡以爲飯(原注:精鑿玉屑以爲飯也)。②(卷八百五十《飲食部八》,3802 頁)

12. 脯

《楚詞》曰:折瓊枝以爲羞(原注:王逸注曰:羞,脯也)。(卷八百六十二《飲食部二〇》,3831 頁)

13. 伯勞

陳思王植《貪惡鳥論》曰:……伯勞以五月鳴,應陰氣之動。陽爲仁養,陰爲殘賊。伯勞,蓋賊害之鳥也。屈原曰:"鵙鴂之先鳴,使百草爲之不芳。"③其聲鵙鴂,故以音名也。(卷九百二十三《羽族部一〇》,4098 頁)

14. 菱

《楚辭》曰:制芰荷以爲衣兮,集芙蓉以爲裳。④(卷九百七十五《果部一二》,4321 頁)

15. 藒車

《爾雅》曰:藒車,芞(原注:音乞)輿也(原注:郭璞曰:藒車,香草也,見《離騷》)。

《楚辭》曰:畦留夷與藒車,雜杜蘅與芳芷。⑤(卷九百八十三

①"精""來"二字今本無;"來"下今有"糈,精米"三字。

②"靡"今作"爢";"以爲飯"之"飯"今作"粻";"飯也"今作"儲糧"。

③"鵙鴂"上今有"恐"字;"鵙"今作"鵜",《考異》謂"鵜,一作鶗";"使"下今有"夫"字,《考異》謂"一無'夫'字"。

④"制"今作"製";"集"今作"纂",《考異》謂"一作集"。

⑤"藒"今作"揭",《考異》謂《文選》作"藒";"蘅"今作"衡",《考異》謂"一作蘅"。

《香部三》,4353 頁)

16. 胡繩

《楚辭》曰:索胡繩之纚纚(原注:胡繩,香草也)。(卷九百九十四《百卉部一》,4401 頁)

17. 茅

《楚辭》曰:蘭芷變而不芳兮,荃蕙化而爲茅。(卷九百九十六《百卉部三》,4409 頁)

二、九歌

總論

1. 歌三

《楚詞》曰:《九歌》者,屈原之所作。昔楚南郢之邑,沅、湘之澗,其俗敬鬼神。於夜必(原注:作樂鼓舞)以樂諸神。屈原放逐,竄伏其域,見俗人祭祀之禮,其辭鄙陋,爲作《九歌》之曲。① (卷五百七十二《樂部一〇》,2584 頁)

2. 蓋

《楚辭》曰:孔蓋兮翠旍(原注:言以孔雀翅爲車蓋,翠羽爲旍旗也),登九天兮撫彗星。

①"楚"下今有"國"字;"澗"今作"間";"敬鬼神"今作"信鬼而好祠";"於夜"今作"其祠";"樂"上今有"歌"字;"域"下今有"懷憂苦毒,愁思沸鬱"諸字;"見"上今有"出"字;"禮"下今有"歌舞之樂";"辭"今作"詞";"爲作"上今有"因"字。

又曰:乘水車兮荷蓋,駕雨龍兮驂螭。①(卷七〇二《服用部四》,3135 頁)

3. 漿

《楚辭·九歌》曰:奠桂酒兮椒漿(原注:以椒置漿水中也),援北斗兮酌桂漿也。②(卷八百六十一《飲食部一九》,3828 頁)

4. 薜荔

《楚辭》曰:罔薜荔兮爲帷(原注:罔,結也。結辟荔爲帷帳也),擗惠櫋(原注:音眠)兮既張(原注:擗,所也,以折蕙覆櫋屋上也)。③

又曰:採薜荔兮水中,搴芙蓉兮木末。

又曰:若有人兮山之阿,被薜荔兮帶女蘿。④(卷九百九十四《百卉部一》,4401 頁)

(一)東皇太一

1. 薦蓆

《楚辭》曰:瑶蓆兮玉鎮。⑤(卷七〇九《服用部一一》,3161 頁)

---

①分别爲《九歌·少司命》《九歌·河伯》内容。"言"下今有"司命"二字;"雀"下今有"之"字;"翠羽"今作"翡翠之羽";"旍旗"今作"旗旍";"雨"今作"兩"。

②分别爲《九歌·東皇太一》《東君》内容。"水"字今本無。

③《九歌·湘夫人》。"結辟"上今有"言"字;"辟"今作"薜";"惠"今作"蕙";"所也"今作"栟也";"折"今作"栟";"屋"下今本無"上"字。

④分别爲《九歌·湘君》《九歌·山鬼》内容。"採"今作"采";"蘿"今作"羅",《考異》謂"一作蘿"。

⑤"蓆"今作"席";"鎮"今作"瑱",《考異》謂"一作鎮"。

(二)湘君

1.浦

《楚詞》曰:望涔陽之極浦。①(卷七十五《地部四〇》,352 頁)

(三)湘夫人

1.澧水

《説文》曰:澧水,南陽雉衡山,東入汝。

……又《離騷》云:阮有芷兮澧有蘭也。②(卷六十三《地部二八》,299 頁)

2.舜二妃

《離騷·九歌·湘夫人》曰:帝子降兮北渚,目眇眇兮愁予(原注:帝子,謂堯二女娥皇女英,隨舜不反,墮於湘水渚,因爲湘夫人也)。③ 嫋嫋兮秋風,洞庭波兮木葉下。(卷一百三十五《皇親部一》,656 頁)

3.公主

《尚書·堯典》曰:釐降二女于嬀汭,嬪于虞。注云:降,下也。嬪,婦也(原注:《楚辭》曰:帝子降兮北渚,目渺渺兮愁予。王逸注曰:帝子,堯子也)。④(卷一百五十二《皇親部一八》,741 頁)

4.楝

---

①“之”今作“兮”。

②“阮”今作“沅”;“芷”今作“茝”,《考異》謂“一作芷”;“澧”今作“醴”,《考異》謂“一作澧”。

③“帝子謂”句今作“帝子,謂堯女也。降,下也。言堯二女娥皇、女英”;“墮”今作“没”;“渚”上今有“之”字。

④“渺渺”今作“眇眇”;“堯子也”今作“謂堯女也”。

《楚辭·九歌》曰:桂棟兮蘭橑,新夷楣兮葯房。① (卷一百八十七《居處部一五》,909 頁)

5. 罾

《楚辭》曰:鳥何萃兮蘋中? 罾何爲兮木上(原注:俞失其所)?② (卷八百三十四《資産部一四》,3725 頁)

6. 麋

《離騷》曰:麋何食兮庭中? 蛟何爲兮水裔? (卷九〇六《獸部一八》,4019 頁)

7. 蛟

《楚辭》曰:麋何食兮庭中? 蛟何爲兮木上?③ (卷九百三十《鱗介部二》,4136 頁)

8. 石蘭

《楚辭》曰:蹠中石蘭兮以爲芳(原注:王逸曰:石蘭,香草。蹠,布也)。④ (卷九百九十四《百卉部一》,4401 頁)

(四)大司命

1. 贈遺

《楚辭》曰:折蹠麻兮瑶華(原注:蹠麻,神麻也。瑶,王華),將以遺兮離居(原注:離居,隱者也)。⑤ (卷四百七十八《人事部一

①"新"今作"辛"。

②"鳥何"之"何"今本無,《考異》謂"一本'萃'上有'何'字";"俞"今作"喻"。

③"木上"今作"水裔"。

④"蹠"今皆作"疏";"中"字今本無;"以"字今本無,《考異》謂"一本'兮'下有'以'字";"布"下今有"陳"字。

⑤"蹠"今皆作"疏";王注"瑶"下今有"華"字;"王"今作"玉";"隱者"上今有"謂"字。

一九》,2192 頁)

(五)少司命

1. 樂

《楚辭》曰:樂莫樂於新相知。[①](卷四百六十八《人事部一〇九》,2153 頁)

2. 孔雀

《楚辭》曰:孔雀盖兮翠旌(原注:王延曰:以孔雀之翅爲車盖),登九天兮撫慧星。[②](卷九百二十四《羽族部一一》,4104 頁)

(六)東君

1. 箭下

《楚辭》曰:舉長矢兮射天狼。(卷三百五十《兵部八一》,1611 頁)

2. 筍簴

《楚詞》曰:簫皷兮瑶簴。[③](卷五百八十二《樂部二〇》,2626 頁)

3. 爵

《楚辭·九歌》曰:授北斗兮酌桂漿(原注:斗爲玉爵)。[④](卷七百六十《器物部五》,3376 頁)

---

①"於"今作"兮"。

②"雀"字今本無;"盖"今作"蓋";"旌"今皆作"旍",《考異》謂"一作旌";"王延曰"三字今本無;"王延"當爲"王逸"之誤;"以"上今本有"言司命"三字;"慧"今作"彗"。

③"皷"今作"鍾"。

④"授"今作"援";"爲"今作"謂"。

(七)河伯

1. 宫

《楚辭》曰:魚鱗屋兮龍堂,紫貝闕兮珠宫。① (卷一百七十三《居處部一》,848 頁)

2. 堂

《楚辭》曰:魚鱗屋兮龍堂。(卷一百七十六《居處部四》,858 頁)

3. 屋

《楚詞・九歌》曰:魚鱗屋兮龍堂。(卷一百八十一《居處部九》,882 頁)

4. 貝

《楚辭・九歌》曰:魚鱗兮龍堂,紫貝闕兮朱宫(原注:河伯以魚鱗蓋畫龍文。紫貝作闕者,丹其宫之義也)。② (卷八〇七《珍寶部六》,3588 頁)

5. 黿

《楚辭》曰:乘白黿兮逐漁(原注:言河伯遊戲,近則乘黿也)。③ (卷九百三十二《鱗介部四》,4144 頁)

(八)山鬼

1. 雨下

《楚辭》曰:雷填填兮雨冥冥。④ (卷十一《天部一一》,54 頁)

①"珠"今作"朱";《考異》謂"《文苑》作珠宫"。

②"鱗"下今有"屋"字;"河伯"下今有"所居"字;"蓋"下今作"屋,堂畫蛟龍之文,紫貝作闕,朱丹其宫"。

③"逐漁"今作"逐文魚"。《考異》謂"一無'文'字";"近則"上今有"遠出乘龍"四字;"則"今作"出"。

④"雷"今作"靁",《考異》謂"一作雷"。

2. 笑

《楚詞・九歌》曰：若有人兮山之阿，披薜荔兮帶女蘿，①既含睇兮又宜笑。（卷三百九十一《人事部三二》，1811 頁）

3. 柏

《楚詞》曰：山中人兮芳杜若，飲食石泉兮飯松柏。②（卷九百五十四《木部三》，4236 頁）

4. 芝下

《九歌》曰：采三秀兮於山門（原注：三秀，芝草），石磊磊兮葛蔓蔓。③（卷九百八十六《藥部三》，4366 頁）

5. 葛

《楚辭》曰：石磊磊兮葛蔓蔓，思公子兮悵忘歸。君思我兮不得聞。④（卷九百九十五《百卉部二》，4404 頁）

（九）國殤

1. 弓

《楚辭》曰：帶長劒兮挾秦弓（原注：言身死帶劒、弓，示不舍武也）。⑤（卷三百四十七《兵部七八》，1601 頁）

2. 戈

《離騷》曰：操吴戈兮被犀甲，車錯轂兮短兵接。（卷三百五十一《兵部八二》，1617 頁）

---

①“披”今作“被”；“蘿”今作“羅”，《考異》謂“一作蘿”。

②“食”字今本無；“飯”今作“蔭”。

③“門”今作“間”；“芝草”上今有“謂”字。

④“思”今作“怨”，“聞”今作“閒”。

⑤“劒”今作“劍”；“身”下今有“雖”字；“帶劍”之“帶”上今有“猶”字；注文“弓”上今有“持”字。

三、天問

1. 太始

《楚辭・天問》曰：遂古之初，誰傳道之（原注：王逸注曰：初，始也。太始之元，虚廓無形，神物未生，誰傳此道）？上下未形，何由考之（原注：言天地未分，混沌無根，誰考述而知也）。① （卷一《天部一》，2 頁）

2. 天部下

《楚辭・天問》曰：圓則九重，孰度營之（原注：言天圓九重，誰度知之）？惟茲何功，孰初作之（原注：言此天九重，誰功始之）？筦維焉繫，天極焉加（原注：筦，轉綱也。言天夜轉徙，寧有維綱繫，其際極安所加乎也）？八柱何當，東南何虧（原注：言天有八山爲柱，皆何直，東南不足，誰能缺也）？② （卷二《天部二》，10 頁）

3. 月（原注：月蝕附）

《楚詞・天問》曰：夜光何德，死而又育？厥利維何，而顧兔在腹（原注：言月中兔何所貪利而居月之腹。顧望也）？③ （卷四《天

①"太"上今有"言往古"三字；"誰傳此道"今作"誰傳道此事也"；"混"今作"溷"；"根"今作"垠"；"述"今作"定"，《考異》謂"一作述"；"知"下今有"之"字。

②"圓"今皆作"圜"，《補注》謂"圜，與圓同"。"度營"今作"營度"；"天圓"下今有"而"字；"誰度"今作"誰營度而"；"言此天"下今有"有"字；"誰功"句今作"誰功力始作之邪"；"筦"今皆作"斡"；"轉綱也"今作"斡，轉也。維，綱也；"夜"上今有"晝"字；"徙"今作"旋"；"綱繫"下今有"綴"字；"虧"今作"虧"；"皆何"下今作"當值"；"誰能"之"能"今本無；"誰能"下今有"虧"字；"缺"下今有"之"字。

③"死而"之"而"今作"則"；"兔"今皆作"菟"，《考異》謂"一作兔"；"月中"下今有"有"字；"居月"上今無"而"字；"顧望也"今作"而顧望乎"。

部四》,22 頁)

4. 地上

《楚辭》曰:地方九則,何以墳之(原注:王逸注曰:墳,分也。謂九州之地凡九品,禹何以能分别之也)?康迴馮怒,地何以東南傾(原注:康迴,共工也。昔共工與顓頊争爲帝,怒而觸不周山,天柱折,地維絶,故傾也。見《淮南・天道篇》也)?① (卷三十六《地部一》,171 頁)

5. 柱

《楚辭・天問》曰:八柱何當?東南何虧?② (卷一百八十七《居處部一五》,908 頁)

6. 喜

《楚辭》曰:師望在肆昌何識?鼓刀楊聲后乃喜(原注:王逸曰:師,謂太公也。昌,文王也。后,亦文王也)?③ (卷四百六十七《人事部一〇八》,2150 頁)

7. 宗廟

《楚辭・天問序》曰:屈原放逐,彷徨山澤,仰天歎息。楚有先王之廟及公卿祠堂,圖畫天地山川神靈,琦瑋譎詭,及古賢聖怪物行事。周流罷倦,休息其下,仰見圖畫,因書其壁,呵而問之。④

---

①"凡"下今有"有"字;"迴"今皆作"回";"地何以"之"地"今作"墜",《考異》謂"一作地";"何"下今有"故"字;"工"下今有"名"字;"不周"下今有"之"字;"天柱"句今作"天維絶,地柱折,故東南傾也"。

②"虧"今作"虧"。

③"楊"今作"揚";"乃"今作"何";王注"師"今作"師望";"文王"下今有"名"字;"亦"今作"謂"。

④"放逐"下今有"憂心愁悴"字;"山澤"下今有"經歷陵陸,嗟號昊旻"諸字;"楚"上今有"見"字;"譎詭"今作"僪佹",《考異》謂"一作譎詭";"呵"今作"何",《考異》謂"一作呵"。

（卷五百三十一《禮儀部一〇》，2410 頁）

8. 璜

《楚辭》曰：璜臺十成，誰可極焉（原注：璜，石次玉也）？① （卷八〇七《珍寶部六》，3585 頁）

9. 兔

《楚辭・天問》曰：夜光何德，死則又育（原注：夜光，月也。育，生也，言月得於天，死而復生也）？② （卷九〇七《獸部一九》，4023 頁）

10. 雉

《楚辭》曰：彭鏗斟雉帝何饗（原注：鏗，彭祖也，好和滋味，斟白雉羹以事堯，堯美而饗食之）？③ （卷九百一十七《羽族部四》，4068 頁）

11. 白雉

《楚辭》曰：昭后成遊，南土爰底（原注：爰，於也。底，至也。言昭王背成王之制而出遊。南至楚，楚人沉之，南遂不返之）。厥利惟何？逢彼白雉（原注：厥，其也。逢，迎也。言昭王南遊，何利於楚乎也？爲越裳氏獻白雉，昭王德不能致，親往迎也）。④ （卷九百一十七《羽族部四》，4068—4069 頁）

12. 烏

①"可"今作"所"；"玉"下今有"者"字。

②"言月"下今有"何"字；"得"今作"德"。

③注"鏗"上今有"彭"字；"斟"上今有"善"字；"白"字衍；"以事堯"今作"能事帝堯"。

④"南至"下今有"於"字；"沉"今作"沈"；"南遂"句今作"而遂不還也"；"何利"之"利"上今有"以"字；"於楚"之"於"今作"于"；"爲越"上今有"以"字；"親"上今有"欲"字；"迎"上今有"逢"字。

《楚辭》曰：羿焉畢日？烏焉解羽？① （卷九百二十《羽族部七》，4082頁）

13.虺

《楚辭》曰：雄虺九首，儵忽焉在？（卷九百三十四《鱗介部六》，4152頁）

14.藋葦

《楚辭》曰：咸播秬黍，黄藋是營（原注：咸，皆也。秬，黑泰也。藋，草名。營，耕也。言禹平水土，萬民皆得布種黑黍於藋蒲之地，盡爲良田也）。② （卷一〇〇〇《百卉部七》，4425頁）

四、九章

(一)惜誦

1.臂

《楚辭》曰：九折臂而成醫。（卷三百六十九《人事部一〇》，1702頁）

2.醫四

《楚辭・九章》曰：九折臂而成醫兮，吾今而知其信然。③ （卷七百二十四《方術部五》，3208頁）

3.糗糒

①"畢"今作"彈"。

②"秬"今作"秬"；"黄藋"今作"黄藋"，《考異》謂"一作黄藋"；"秬，黑泰也"今作"秬黍，黑黍也"；"平"下今有"治"字；"布"今作"耕"。

③"吾"下今有"至"字；《考異》謂"一云：吾今而知其然"。

《楚辭·九章》曰:播江離與滋菊兮,願春日以爲糗芳。(卷八百六十《飲食部一八》,3821 頁)

(二)涉江

1.迷志

《楚辭》曰:入溆浦予邅迴兮,迷不知其所如。①(卷四百九十《人事部一三一》,2243 頁)

(三)哀郢

1.水下

《楚詞》曰:過夏首而西㴊。② 郭仲産云:此水冬斷夏通,因名夏水。(卷五十九《地部二四》,284 頁)

2.洲

盛弘之《荆州記》曰:南江上有龍洲……

又曰:江津東十餘里,有中夏洲,洲之首,江之汜也。故屈原云:"經夏首而西浮。"③又二十餘里有涌口,所謂閻敖游涌而逸,二水之間,謂之夏洲,首尾七百里。(卷六十九《地部三四》,327 頁)

3.門下

司馬彪注《莊子》云:吕梁,即龍門也。

又曰:郢城南有三門,東曰龍門。《離騷》云:"過夏首而西浮,顧龍門而不見。"④夏首即夏口也。(卷一百八十三《居處部一

①"予邅迴"今作"余儃佪";《考異》謂"儃佪,一作邅迴";"其"今作"吾"。

②"㴊"今作"浮"。

③"經"今作"過"。

④"顧"今作"顧"。

一》,889 頁)

4.道路

《楚辭》曰:心不怡之長久,憂以之相接。① 惟郢路之遼遠兮,江與夏之不可涉。(卷一百九十五《居處部二三》,942 頁)

(四)懷沙

1.夏中

《楚詞》曰:滔滔孟夏兮,草木莽莽(原注:滔滔,孟夏四月,純陽用事,煦然蒸萬物,草木之類,莫不莽莽然盛茂)。② 傷懷永哀兮,汩徂南土(原注:汩,行貌;徂,往也)。(卷二十二《時序部七》,108 頁)

2.盲

《楚辭·九章》曰:離婁微睇,瞽以爲無明。(卷七百四十《疾病部三》,3284 頁)

(五)橘頌

1.頌

《文心雕龍》曰:……夫三閭《橘頌》,情采芬芳,比類屬興,又覃及細矣。(卷五百八十八《文部四》,2647 頁)

2.枇杷

周祇《枇杷賦》曰:昔魯季孫有嘉樹,韓宣子譽之。屈原《離騷》,亦著《橘賦》,至於枇杷,寒暑無變,負雪楊華,余植之庭圃,遂

①"以之"今作"與愁其",《考異》謂"其,一作之"。

②注文"滔滔"下今有"盛陽貌也"諸字;"孟夏"上今有"言"字;"然蒸"今作"成";"莽然"之"然"今本無。

賦之云:名同音器,質異貞松,四序一采,素華冬馥。(卷九百七十一《果部八》,4304 頁)

五、遠遊

1. 霞

《楚辭》曰:漱正陽而含朝霞。(卷八《天部八》,42 頁)

2. 門下

又曰:北極之山曰寒門。《楚辭》曰:踔絶寒門。①(卷一百八十三《居處部一一》,888 頁)

3. 旍

《楚詞》曰:建脩虹之采旍。②(卷三百四十一《兵部七二》,1566 頁)

4. 旬始

《楚辭·遠遊》集曰:重陽入帝宫,造旬始而觀清都。③(卷八百七十五《咎徵部二》,3885 頁)

六、卜居

1. 卜下

《楚辭·卜居》曰:屈原既放,三年不得復見,竭智盡忠,而蔽障於讒。心煩慮亂,不知所從。往見太卜鄭詹尹曰:"余有所疑,

①今作"逴絶垠乎寒門"。

②"脩"今作"雄"。

③"集"字今本在"重陽"上。

願因先生決之。"詹尹乃端策拂龜曰:"君何以教之?"原曰:"吾寧悃悃欵欵朴以忠乎?① 將送往勞來斯無窮乎? 寧誅鋤草茅以力耕乎? 將遊大人以成名乎? 寧正言不諱以危身乎? 將從俗富貴以偷生乎? 寧超然高舉以保真乎? 將哫(原注:音足)柴粟斯,喔咿嚅唲以事婦人乎?② 寧廉潔正直以自清乎? 將突梯滑稽,如脂如韋以潔楹乎? 寧昂昂若千里之駒乎? 將泛泛若水中之鳧,隨波上下,③偷以全吾軀乎? 寧與騏驥杭軛乎?④ 將隨駑馬之迹乎? 寧與黄鵠比翼乎? 將與雞鶩争食乎? 此孰吉孰凶? 何去何從? 世溷濁而不清,蟬翼爲重,千鈞爲輕;黄鍾毁弃,⑤瓦釜雷鳴;讒人高張,賢士無名。吁嗟默默兮,誰知吾之廉貞?"詹尹乃釋策而謝曰:"夫尺有所短,寸有所長;物有所不足,知有所不明,數有所不逮,神有所不通。用君之心,行君之意,龜策誠不能知此事。"⑥(卷七百二十六《方術部七》,3218 頁)

2. 釜

《離騷》曰:黄鍾毁棄,⑦瓦釜雷鳴。(卷七百五十七《器物部二》,3360 頁)

---

①"智"今作"知",《考異》謂"一作智";"障"今作"鄣";"君何"之"君"下今有"將"字,《考異》謂"一無'將'字";"原曰"今作"屈原曰";"梱梱欵欵"今作"悃悃欵欵"。

②"偷"今作"媮";"以保真"之"以"今作"目";"柴粟"今作"訾栗";"咿"今作"咿";"嚅唲"今作"儒兒",《考異》謂"一作嚅唲"。

③"泛泛"今作"氾氾",《考異》謂"一作泛";"隨"今作"與"。

④"驥"今作"驥";"杭"今作"亢"。

⑤"鍾"今作"鐘";"弃"今作"棄"。

⑥"知有所"之"知"今作"智";"知此事"今作"知事",《考異》謂"一云知此事"。

⑦"鍾"今作"鐘"。

3. 鳧

《楚辭》曰：寧與騏驥抗軛，將與雞鶩争食乎？寧卬卬若千里之駒，汎汎若水中之鳧。①（卷九百一十九《羽族部六》，4079 頁）

七、漁父

1. 塵

《楚辭》曰：安能以晧晧之白，蒙世俗之塵埃也。②（卷三十七《地部二》，178 頁）

2. 水下

《楚詞》曰：滄浪之水清，可以濯吾纓；滄浪之水濁，可以濯吾足。（卷五十九《地部二四》，283 頁）

3. 漢沔

《水經注》及《山海經》注云：漢水出隴坻道縣嶓冢山，初名漾水，東流至武都沮縣，始爲漢水，東南至葭萌，與羌水合，至江夏安陸縣名沔水，故有漢沔水之名（原注：即周昭王溺於此處）。又東至竟陵，合滄浪之水（原注：即屈原遇漁父處）。（卷六十二《地部二七》，298 頁）

4. 滄浪水

《永初山川記》曰：漢水古爲滄浪，即《漁父》所云"滄浪之水清"。今滄浪水合流出鄲城北界山，此蓋後人名之，非古滄浪也。（卷六十五《地部三〇》，311 頁）

---

①"抗"今作"亢"，《考異》謂"一作抗"；"卬卬"今作"昂昂"；"汎"上今有"將"字；"汎汎"今作"氾氾"。

②"蒙"上今有"而"字，《考異》謂"一無'而'字"。

5.洲

隋《圖經》曰：漢水徑琵琶谷至滄浪洲，洲即漁父棹歌處，庾仲雍《記》云謂之千齡洲。（卷六十九《地部三四》，327頁）

6.沔州

《永初山川記》曰：沔口，古以爲滄浪水，屈原遇漁父處。（卷一百六十九《州郡部一五》，825頁）

7.潭州

《湘中記》曰：其地有舜之遺風，人多純朴，今故老猶彈五弦琴，好爲《漁父吟》。（卷一百七十一《州郡部一七》，834頁）

8.足

《楚辭·卜居》曰：漁父鼓枻歌曰："滄浪之水清兮，可以濯我纓；滄浪之水濁兮，可以濯我足。"①（卷三百七十二《人事部一三》，1718頁）

9.吟

《湘中記》曰：涉湘千里，但聞漁父吟。中流相和，其聲綿邈也。（卷三百九十二《人事部三三》，1812頁）

10.逸民七

皇甫士安《高士傳》曰：……

又曰：漁父者，楚人也。見楚亂，乃匿名隱釣於江濱。楚頃襄王時屈原爲三閭大夫，名顯於諸侯。爲上官靳尚所譖，王怒，遷之江濱，被髮行吟於澤畔。漁父見而問之曰："子非三閭大夫歟？何故至斯？"②原曰："舉世混濁而我獨清，衆人皆醉而我獨醒，是以

①原文誤爲《卜居》，應爲《漁父》。今本"歌曰"上有"而去"兩字；"我"今皆作"吾"，《考異》謂"一作我"。

②"至斯"今作"至於斯"。

見放。"漁父曰:"夫聖人不疑滯於萬物,①故能與世推移。舉世混濁,何不隨其流,楊其波,汩其泥?② 衆人皆醉,何不餔其糟,歠其醨? 何故懷瑾握瑜,自令放焉? 乃歌曰:③"滄浪之水清,可以濯吾纓;滄浪之水濁,可以濯吾足。"遂去,深自閉匿,人莫知焉。④(卷五〇七《逸民部七》,2312 頁)

11. 衣

《離騷》屈原曰:新沐者必彈冠,新浴者必振衣。(卷六百八十九《服章部六》,3078 頁)

八、九辯

1. 霜

《楚辭》曰:秋既戒之以白露,冬又申之以嚴霜。⑤(卷十四《天部一四》,70 頁)

2. 悲

①"舉世混濁"今作"舉世皆濁",《考異》謂"一作'世人皆濁'";今本皆無"而"字;"夫聖人不疑滯於萬物"今作"聖人不凝滯於物",《考異》謂"《史記》云'夫聖人者'。一本物上有'萬'字"。

②"故能"今作"而能";"舉世混濁"今作"世人皆濁",《考異》謂"一作舉世皆濁";"何不隨其流,楊其波,汩其泥"今作"何不淈其泥而揚其波";"淈其泥",《考異》謂《史記》作"隨其流"。

③"歠"上今有"而"字;"醨"今作"釃",《考異》謂"《文選》釃作醨";"懷瑾握瑜"今作"深思高舉",《考異》謂《史記》作"懷瑾握瑜"。""焉"今作"爲";"乃"字今本無,《考異》謂"一本'歌'上有'乃'字"。

④"遂去"下今作"不復與言"。

⑤"戒之"今作"先戒";《考異》謂"一本戒下有之字"。

《楚辭》曰：悲者秋之爲氣兮，草木摇落而變衰。①（卷四百八十八《人事部一二九》，2235 頁）

3. 馬四

《楚辭》曰：却騏驥而不乘兮，策駑駘而取路。當世無騏驥兮，誠莫之能善御。見執轡者非其人兮，故駒跳而遠去。②（卷八百九十六《獸部八》，3978 頁）

4. 狗下

《楚辭・九辨》曰：豈不鬱陶而思君兮，君之門以九重，猛犬唁唁而迎吠兮，關梁閉而不通。③（卷九〇五《獸部一七》，4015 頁）

5. 蟋蟀

《楚辭》曰：澹容與而獨倚兮，蟋蟀鳴於西堂。④（卷九百四十九《蟲豸部六》，4213 頁）

九、招䰟

1. 日下

《楚辭》曰：十日並出，流金鑠石。⑤（卷四《天部四》，18 頁）

2. 人日

《荆楚歲時記》曰：正月七日爲人日。……又造華勝相遺（原注：……郭緣生《述征記》云：壽張縣安民山魏東平王鑿山頂爲會

①“者”今作“哉”；“兮”今作“也”；“草木”上今有“蕭瑟兮”。

②“却”今作“卻”；“世”下今有“豈”字；“駒”今作“駶”，《考異》謂“一作“駒跳”。

③“唁唁”今作“狺狺”。

④“於”今作“此”。

⑤“並”今作“代”。

望處，刻銘於壁，文字猶在，所載銘辭即此處。《老子》云：衆人熙熙，如登春臺，如享大牢。《楚詞》云：目極千里傷春心。① 則春日登臨自古爲通，但不知七日竟起何代。晋代桓温參軍張望亦有正月七日登高詩。近代已來南北同耳，北人此日食煎餅，於庭中作之，云薰大，未知所出也）。（卷三十《時序部一五》，140 頁）

3. 熱

《楚・招魂辭》曰：東方不可託些（原注：些，語助，蘇賀切）。十日代出，流金鑠石些（原注：鑠，銷也。言東方有扶桑之木，十日並在其上，其熱酷烈，金石堅剛，皆爲銷鑠也）。彼皆集之，魂往必釋些（原注：釋，解也。魂往必解爛）。②（卷三十四《時序部一九》，160 頁）

4. 梁

《楚詞》曰：玄玉之梁。③（卷一百八十七《居處部一五》，909 頁）

5. 檻

《楚詞》曰：坐堂伏檻臨曲池。（卷一百八十八《居處部一六》，910 頁）

6. 頭下

《楚辭》曰：魂兮來歸，君無上天些。④ 一夫九首，拔木九千些。（卷三百六十四《人事部五》，1677 頁）

7. 健

①“里”下今有“兮”字。

②“魂”今皆作“寬”；“不可”下今有“目”字；“些，語助，蘇賀切”諸字今本無；“並”今作“竝”；“其上”下今有“以次更行”四字；“銷鑠”今作“銷釋”；“集”今作“習”；王注“魂往必”今作“身必”。

③“之梁”今作“梁些”。

④“來歸”今作“歸來”。

《楚辭》曰：魂兮來歸無上天，一夫九首，拔木九千（原注：言有一丈夫身有九叚，强梁多力，從朝至暮，能拔木九千也）。①（卷三百八十六《人事部二七》，1786 頁）

8. 帳

《離騷》曰：翡翠羽帳飾高堂。②（卷六百九十九《服用部一》，3121 頁）

9. 幬

《楚辭》曰：翡翠幬，高堂紗版玄玉梁。

又曰：翡翠珠被（原注：被，爛衾），齊光，弱何拂壁，羅幬張。③（卷六百九十九《服用部一》，3122 頁）

10. 幕

《楚辭》曰：離榭脩幕，侍君之間（原注：間，静）。④（卷七〇〇《服用部二》，3126 頁）

11. 承塵

《楚辭》曰：經堂入奥，朱塵筵（原注：塵，承塵也）。（卷七〇一《服用部三》，3130 頁）

12. 被

①"來歸"今作"歸來"；"無"上今有"君"字；"魂兮"句與"一夫"句今本有"虎豹九關，啄害下人些"句；"一丈"之"一"今在"身"字上；"有九叚"之"有"字今本無；"叚"今作"頭"；"能"字今本無；"拔"下今有"大"字；"千"下今有"枚"字。

②"翡翠羽帳"今作"翡帷翠帳"。

③"翡翠幬，高堂紗版"今作"翡帷翠帳，飾高堂些。紅壁沙版"；"爛"字今本無；"齊光"上今有"爛"字；"弱何"今作"蒻阿"。

④"脩"今作"修"；"間"今作"閒"；《補注》謂"閒，音閑"。

《楚辭》曰:翡翠珠爛齊光。①(卷七〇七《服用部九》,3153 頁)

13. 縫

《離騷·大招》曰:秦緝齊縷,鄭線絡。②(卷八百三十《資産部一〇》,3705 頁)

14. 粱

《楚辭·招寃》曰:稻粱穱麥,挐黄粱(原注:挐,糅也。以黄粱和而糅,且香滑)。③(卷八百四十二《百穀部六》,3765 頁)

15. 餳

《楚辭·招魂》曰:粔籹蜜餌,有張皇(原注:張皇,賜也)。④(卷八百五十二《飲食部一〇》,3805 頁)

16. 豉

《楚辭·招魂》曰:大苦酸醎(原注:大苦謂豉),辛甘行(原注:言取豉調和以椒薑,鹹酢酪,則辛甘之味皆發而行)。⑤(卷八百五十五《飲食部一三》,3808 頁)

17. 蜜

《楚辭·招寃》曰:瑶漿勺(原注:勺,沙也)實羽觴。⑥(卷八百五十七《飲食部一五》,3810 頁)

18. 粔籹(原注:上巨下汝)

《楚辭·招魂》曰:粔籹蜜餌(原注:言以蜜和米麵,熬作粔籹,

①"珠"下今有"被"字。

②此爲《招寃》非《大招》,作者誤記。"緝"今作"篝";"線"今作"綿"。

③"稻粱"之"粱"今作"粢";"以黄粱和而糅"今作"擇新麥糅以黄粱"。

④"張黄"今作"餦餭";"賜"今作"餳"。

⑤"酸醎"今作"醎酸";"取豉"下今有"汁"字;今本無"調"字;"鹹"今作"醎",《考異》謂"一作鹹";"酪"字今本無;"酪"下今有"和以飴蜜"四字。

⑥"漿"下今有"蜜"字;"沙"今作"沾"。

擣黍作餌)。① (卷八百六十《飲食部一八》,3822 頁)

19.燭

《楚辭》曰:室中之觀多珍怪,蘭膏明燭華容備。② (卷八百七十《火部三》,3858 頁)

20.魂魄

《楚辭》曰:《招䰟》者,宋玉之所作也。玉憐哀屈原,忠而斥棄,憂愁山澤,魂魄放佚,厥命將落,故作《招䰟》。欲以復其精神,延其年壽。外陳四方之惡,内崇楚國之美,以諷諫懷王,冀其覺悟而還之也。③

又《招䰟》曰:帝告巫陽曰:"有人在下,我欲輔之。魂魄離散,汝筮與之。"(原注:使筮其所宜,而與招其魂,使復其精神)④(卷八百八十六《妖異部二》,3936 頁)

21.兕

《楚辭》曰:君王親發兮(原注:發,射)憚青兕(原注:憚,驚也。言懷王是時親自射,以言嘗從君田獵;今狩,驚有兕牛,而不能制也)。(卷八百九十《獸部二》,3954 頁)⑤

22.鵠

《楚辭》曰:酸鵠臇鳥(原注:臇,小臛也)煎鴻鶬。⑥ (卷九百二十五《羽族部一二》,4112 頁)

---

①"麵"今作"麫";"嫯"今作"熬煎"。

②"瓕"今作"珍"。

③此爲《招魂序》内容。"玉憐"上今有"宋"字;"憂愁"今作"愁懣",《考異》謂"一作憂愁";"魂魄"今作"䰟䰟"。

④"魂魄"今作"䰟䰟";"與"今作"予";"使筮其"諸句今本無。

⑤"自射"下今有"獸"字;"嘗"下今有"侍"字;"田"字今本無;"今狩"諸句今作"驚青兕牛而不能制也",且今本在"自射"句下。

⑥"酸鵠臇鳥"今作"鵠酸臇鳧"。

23. 惡鳥

《春秋後語》曰：蘇代謂魏王曰："王獨不見夫慱之所以貴梟乎？"（原注：慱之竪者爲梟。《楚詞》云：成梟而牟乎五白。① 梟，古堯切）便則食，不便則止。今王曰'事始已行，不可更。是何言歟？王之用智不若梟乎？'至乃止其行。（卷九百二十七《羽族部一四》，4120 頁）

24. 蛇下

《楚辭》曰：蝮虵蓁蓁，封孤千里。②（卷九百三十四《鱗介部六》，4152 頁）

25. 蟻

《楚辭·招寃》曰：南方赤蟻若象，玄蟻若靈壺。③（卷九百四十七《蟲豸部四》，4206 頁）

26. 蜂

《楚辭》曰：玄蜂如壺。④（卷九百五十《蟲豸部七》，4217 頁）

27. 楓

《離騷·招魂》曰：湛湛江水上有楓，目極千里傷春心。⑤（卷九百五十七《木部六》，4250 頁）

28. 甘蔗

《楚辭》曰：臑（原注：奴到切）鼈炮羔，有柘漿（原注：柘，蔗

①"乎五白"之"乎"今作"呼"。

②"虵"今作"蛇"；"孤"今作"狐"。

③"赤蟻"之"蟻"今作"螘"；"玄蟻"之"蟻"今作"蠭"，《考異》謂"一作蜂"；"靈"字今本無。此外，"南方"二字今本不在"赤"字上。

④"蜂"今作"蠭"，《考異》謂"一作蜂"；"如"今作"若"。

⑤"江水"和"千里"下今皆有"兮"字。

也。)①(卷九百七十四《果部一一》,4318 頁)

十、大招

1. 齒

《楚辭》曰:美人皓齒嫮以姱。②(卷三百六十八《人事部九》,1697 頁)

2. 肉

《楚辭·大招》曰:豐肉微骨,躰更狷。③(卷三百七十五《人事部一六》,1728 頁)

3. 竽

《楚辭》曰:代奏鄭衛,鳴竽張,伏獻《駕辯》,楚《勞商》(原注:伏羲作琴造《駕辯》之曲。楚人自作《勞商》之歌,皆妙曲也)。④(卷五百八十一《樂部一九》,2621 頁)

4. 黛

《楚詞》曰:粉白黛黑,施芳澤。長袂拂面,善留客。(卷七百一十九《服用部二一》,3185 頁)

5. 鶩

《楚辭》曰:鵾鴻群晨,雜鶩鶬(原注:鵾,鵾鷄也。鴻,鴻吉也。

①"臑"今作"胹",《考異》謂"一作臑";"蔗"上今有"諸"字。

②"美人"今作"朱脣",《考異》謂"一作美人";"嫮"今作"嫭",《考異》謂"一作嫮"。

③"躰更狷"今作"體便娟"。

④"奏"今作"秦";"張""勞商"下今本皆有"只"字;"獻"今作"戲";"羲"今作"戲";"伏羲"下今有"氏"字;"琴"今作"瑟";"自作"今作"因之作";"妙曲也"今作"要妙之音"。

鶖,秃鶖)。①（卷九百二十五《羽族部一二》,4111 頁）

6. 衆鳥

《楚辭》曰:鴻鵠代游,曼鷫鸘(原注:曼,曼行也。鷫鸘,俊鳥)。②（卷九百二十八《羽族部一五》,4124 頁）

十一、惜誓

1. 麒麟

《楚辭》曰:使騏驎可得羈而繫兮,又何以異乎犬羊?③（卷八百八十九《獸部一》,3952 頁）

2. 鶴

《離騷》曰:黄鶴之一舉兮,知山川之紆曲。舉兮,知天地之圓方。④（卷九百一十六《羽族部三》,4062 頁）

3. 龍下

《楚辭》曰:神龍失水而陸居,爲螻蟻之所裁。(卷九百三十《鱗介部二》,4134 頁）

十二、招隱士

1. 叙山

①“群”今作“羣”;“鶖”今作“鶬”;“鶏”今作“雞”;“吉”今作“鶴”;“鶖,秃鶖”今作“鶖鶬,鶬鶖也”。

②“游”今作“遊”;“鸘”今皆作“鷞”,《考異》謂“一作鸘”;“行”今作“衍”。

③“騏驎”今作“麒麟”;“繫”今作“係”;“乎”今作“虖”,《考異》謂“一作乎”。

④“鶴”今作“鵠”;“舉兮”上今有“再”字;“知天”之“知”今作“睹”,《考異》謂“一作知”;“圓”今作“圜”。

《楚詞》曰：山中兮不可以久留。（卷三十八《地部三》，181 頁）

2.鹿

《楚辭》曰：青莎雜樹，薠（原注：音煩）草靃靡，白鹿麏麚，①或騰或倚。（卷九〇六《獸部一八》，4018 頁）

3.草

《楚辭》曰：春草生兮萋萋，王孫遊兮不歸。②（卷九百九十四《百卉部一》，4401 頁）

十三、七諫

總論

1.諫諍七

《楚辭》曰：《七諫》者，東方朔之所作也。諫，正也，陳法度以正君也。③（卷四百五十七《人事部九八》，2104 頁）

2.柚

《楚辭》曰：斬伐橘柚，列樹苦桃。

《楚辭》曰：雜橘柚以爲圃兮，列辛夷與椒楨。④（卷九百七十三《果部一〇》，4314 頁）

---

①"音煩"二字今本無。"麏"今作"麖"。

②今本此二句互乙。

③"諫，正也"今作"諫者，正也"；"陳"上今有"謂"字；"正君"上今有"諫"字。

④分别爲《七諫·初放》《七諫·自悲》内容。"圃"今作"囿"，《考異》謂"一作圃"；"辛"今作"新"。

(一)初放

1.竹上

《楚詞·七諫》曰:便娟之竹,寄生江潭。上葳蕤而防露,①下泠泠而來風。(卷九百六十二《竹部一》,4272頁)

2.桃

《楚辭》曰:斬伐橘柚,列樹苦桃。(卷九百六十七《果部四》,4291頁)

(二)沈江

1.肆

《楚辭》曰:連蕙若以爲佩,過鮑肆而失香。②(卷八百二十八《資産部八》,3691頁)

(三)怨世

1.逆旅

《楚辭·七諫》曰:路室女之方桒(原注:路室,客舍)。孔子過之以自侍(原注:言孔子出遊,過於客舍,其女方採桒,一心不視。善其貞信,故以自侍)。③(卷一百九十五《居處部二三》,940頁)

2.蓬

《楚辭》曰:蓬艾親入,御于弟兮(原注:弟,床簀也,喻親密)。④

---

①"竹"上今有"脩"字;"生"下今有"乎"字;"蕤"今作"蕤",《補注》謂"《集韻》作蕤"。

②"連"今作"聯";"若"今作"芷",《考異》謂"一作若"。

③"桒"今皆作"桑";"善"今作"喜"。

④"于弟兮"今作"於牀笫";"弟,床"今作"笫,牀";"喻"上今有"以"字。

（卷九百九十七《百卉部四》，4412 頁）

（四）怨思

1. 薋菉

《離騷》曰：江蘺弃於窮巷兮，薋菉蔓乎東廂。①（卷九百九十七《百卉部四》，4414 頁）

（五）謬諫

1. 釣

《楚辭》曰：以直鍼爲釣，又何魚之能得？②（卷八百三十四《資産部一四》，3723 頁）

2. 槖駞

《楚辭》曰：鼃黽遊乎華池。腰褭奔亡，勝駕槖駞（原注：腰褭，駿馬）。③（卷九〇一《獸部一三》，4000 頁）

3. 蝦蟇

《楚辭・七諫》曰：蝦鼃遊於藥池（原注：芳藥之池）。④（卷九百四十九《蟲豸部六》，4212 頁）

十四、哀時命

1. 甑

①"蘺"今作"離"；"弃"今作"棄"；"菉"今作"藜"，《考異》謂"一作菉"。

②"爲"上今本有"而"字。

③"遊"今作"游"；"腰褭"今作"要褭"，《考異》謂"要，一作騕"；"勝"今作"騰"；"駞"今作"駝"。

④"蝦鼃"今作"鼃黽"；"遊"今作"游"；"於"今作"乎"；"藥"今皆作"華"。

《離騷》曰：珪璋雜於甑窐（原注：窐，士甑孔也）。①（卷七百五十七《器物部二》，3362 頁）

2. 籠

《楚辭》曰：鳳皇作鶉籠兮，②雖翕翅其不容。（卷七百六十四《器物部九》，3393 頁）

3. 斛

《楚辭》曰：世並舉而好朋，一升斛而相量（原注：言今之人皆好朋黨，並相薦舉，將其貪侈之心，以量清絜之士）。衆比周而肩隨，賢者遠害而隱藏。③（卷七百六十五《器物部一〇》，3395 頁）

十五、九懷

（一）匡機

1. 閣

《楚辭》曰：蘭閣兮黄樓。④（卷一百八十四《居處部一二》，895 頁）

---

①"珪璋"今作"璋珪"；"士甑"今作"甑土"。

②"鳳"上今有"爲"字。

③"一升"今作"壹斗"，《考異》謂"壹，或作一。斗，一作升"；"今"下今有"世"字；"並"今作"竝"；"將"今作"持"；"侈"今作"佞"；"絜"今作"潔"；"周而"之"而"今作"以"，《考異》謂"一作而"；"隨"今作"迫"；"害"今本無。

④"蘭"今作"菌"；"黄"今作"蕙"。

(二)尊嘉

1. 蒲

《楚詞》曰:抽蒲兮陳坐,援堇兮爲盖。① (卷九百九十九《百卉部六》,4421 頁)

十六、九歎

總論

1. 鳩

《楚辭》曰:進雄鳩之耿耿兮(原注:耿耿,小節皃),讒分分而蔽之(原注:言欲如進其耿雄鳩節之,誠讒人尚復分耿小分,高蔽而障之也)。②

又曰:鳴鳩棲於桑榆(原注:言鳲鳩於桑榆之上奮翼得其所)。③ (卷九百二十一《羽族部八》,4088 頁)

(一)離世

1. 鑣

①"堇"今作"芙蕖";"盖"今作"蓋"。

②《九歎·惜賢》。"皃"今作"貌";"分分"今作"介介";"言欲"句今作"言己欲如雄鳩,進其耿耿小節之誠信,讒人尚復介隔蔽而障之"。

③《九歎·怨思》。"言鳲"句今作"言鳩鳥輕佻巧利,乃棲於桑榆,居茂木之上,鼓翼而鳴,得其所也"。

《楚辭》曰:絶鑣銜以馳騖兮,暮着次而敢止。路蕩蕩其無人兮,遠不御兮千里。① (卷三百五十八《兵部八九》,1648 頁)

(二)怨思

1. 犀

《離騷》曰:淹芳芷於腐臭(原注:淹,漬。腐,臭),棄駭雞於筐簏(原注:簏,竹器也)。② (卷八百九十《獸部二》,3953 頁)

(三)遠逝

1. 鵕鸃

《楚辭》曰:曳彗星之皓肝兮,撫朱雀與鵕鸃(原注:朱雀,鵕鸃,神俊之鳥也。動以神物自喻,當差鵕鸃,飛能冲天)。③ (卷九百一十五《羽族部二》,4058 頁)

(四)惜賢

1. 芎藭

《山海經注》曰:號山、洞庭之山,其草多芎藭(原注:郭璞注曰:芎,一名江蘺。《吴録·地志》曰:臨海縣有江蘺草,海水中正青,如亂髮。乹獻之,亦鹽藏。其汁名爲濡酪。《楚辭》所云蘺是

①"絶"今作"斷",《考異》謂"一作絶"。"以"今作"目",《考異》謂"一作以";"着"今作"去";"遠"今作"遂";"御"今作"禦";"御兮"之"兮"今作"乎"。

②"腐臭"今作"腐井";"漬"今作"漬";"棄"今作"弃";"駭雞"今作"雞駭";"簏"今作"簏";"簏,竹器也"今作"筐簏,竹器也"。

③"皓肝"今作"晧旰";晧,《考異》謂"一作皓";"雀"今皆作"爵";"動以"上今有"言己"二字;"當差"今作"舉當若"。

也①)。(卷九百九十《藥部七》,4382頁)

(五)愍命

1.瓢

《楚辭・九歎》曰:藏瓠蠡於筐簏(原注:瓠,瓢。蠡,瓠)。②(卷七百六十二《器物部七》,3382頁)

2.射干

《楚辭》曰:掘荃蕙與射干兮,芸藜藿與蘘荷。③(卷九百六十《木部九》,4262頁)

(六)思古

1.棘

《楚辭》曰:甘棠枯於豐草,號藜棘樹於中庭。④(卷九百五十九《木部八》,4257頁)

(七)遠遊

1.霄

《楚辭》曰:若王喬之乘雲,載赤雲而陵青霄。⑤(卷八《天部八》,41頁)

---

①見《惜賢》"佩江蘺之萋萋"。"籬"今皆作"蘺"。

②"藏瓠蠡"今作"瓟鬣蠹",《考異》謂"瓟,一作匏";"鬣,一作蠡";"瓠,瓢。蠡,瓠"今作"瓟,匏也。鬣,瓢也"。

③"芸"今作"耘"。

④"號"字今本無。

⑤"若"上今有"譬"字;"喬"今作"僑";"赤雲"之"雲"今作"霄";"陵青霄"今作"淩太清"。

2.電

《楚辭》曰:淩驚雷軼駭電。①(卷十三《天部一三》,68 頁)

十七、九思

(一)怨上

1.鴛鴦

《楚詞》曰:鴛鴦兮噰噰。(卷九百二十五《羽族部一二》,4108 頁)

(二)悼亂

1.絲

《楚辭》曰:茅絲兮同綜,冠履兮共處。②(卷八百一十四《布帛部一》,3617 頁)

2.鶉

《楚辭》曰:鸇鷂兮軒軒,鶉鴽兮甄甄,哀我兮寡獨,靡有兮疋倫。③(卷九百二十四《羽族部一一》,4106 頁)

---

①"淩"今作"淩";"雷"今作"靁";"軼"上今有"以"字,《考異》謂"一無'以'字"。

②"履"今作"屨";"處"今作"絢"。

③"鴽"今作"鷂";"疋"今作"齊",《考異》謂"一作匹"。

《十三經注疏》[1]

總論

1. 然後知生於憂患,而死於安樂也。

正義曰:案《史記》:"屈原名平,與楚同姓,事懷王,爲三閭大夫,王甚任之。上官大夫與之同列,争寵,而心害其能,因讒之。王怒而疏平,復逐放之。平乃游江濱,被髪行吟澤畔,顔色憔悴,形容枯槁。時有漁父釣於江濱,怪而問之曰:'子非三閭大夫乎,何故至此?'原曰:'舉世混沌,而我獨清。衆人皆醉,而我獨醒。'漁父曰:'聖人不凝滯於物,與世推移。舉世皆濁,何不混其泥而揚其波。衆人皆醉,何不啜其糟而餔其醨。'[2]原曰:'吾聞新沐者必彈冠,新浴者必振衣。誰能以身察察,受物之汶汶者乎?'寧赴常流,而葬魚腹中耳。'遂作《長沙》之賦,懷石自投汨羅以死。後百餘年,賈誼爲長沙王大傅,過湘,投書以吊之。"(《孟子注疏》卷

---

①阮元校刻,李學勤等整理《十三經注疏》(標點本),北京大學出版社,1999年版。此外,本篇排序以《十三經注疏》次序爲準。

②原校記謂:"糟"原作"漕","醨"原作"漓",按阮校:"監、毛本'漕'作'糟','漓'作'醨',是也。"據改。

十二下《告子章句下》,346—347 頁)

2. 蜺爲挈貳。

蜺,雌虹也,見《離騷》。【疏】:……郭云"見《離騷》"者,即《天問》云:"白蜺嬰茀,胡爲此堂?"及《遠遊》章云:"雌蜺嫂嬛以曾橈兮。"①是也。(《爾雅注疏》卷六《釋天》,172—174 頁)

一、離騷

1. 維士與女,伊其相謔,贈之以芍藥。

正義曰:……《楚辭》云"紉秋蘭",孔子曰"蘭當爲王者香草",皆是也。(《毛詩正義》卷四《溱洧》,322 頁。紉秋蘭以爲佩)

2. 如彼築室于道謀,是用不潰于成。

正義曰:……《楚辭》云:"朝發軔於蒼梧。"王逸曰:"軔,支輪木也。"②《説文》云:"軔,礙車木也。"動軔者,謂去木動輪而發行也。(《毛詩正義》卷十二《小旻》,740 頁)

3. 以方書十日之號,十有二辰之號,十有二月之號,十有二歲之號,二十有八星之號,縣其巢上,則去之。

【疏】:……按《爾雅》"正月爲娵",即《離騷》所云"攝提貞于孟陬",皆側留反,又子侯反,《爾雅》又云"十二月爲涂"音徒,今注作娵荼二字是假借耳,當依《爾雅》讀。(《周禮注疏》卷三十七《蔦氏》,986 頁)

4. 重人曰:"待我,不如捷之速也。"

---

①"嫂嬛"今作"便娟",《補注》謂"便,讀作嫂……《爾雅疏》引雌蜺嫂嬛";"以"今作"目";"曾橈"今作"增撓"。

②"支"今本王逸注爲"搘",《考異》謂"一作支"。

正義曰:捷亦速也。方行則遲,邪出則速。《楚辭》謂邪行小道爲捷徑,是捷爲邪出。(《春秋左傳正義》卷二十六《成公》,720頁。夫唯捷徑以窘步)

5. 春秋公羊經傳解詁隱公第一。

【疏】:……屈原放逐,著《離騷》。(《春秋公羊傳注疏》卷一《隱公》第一,1頁)

6. 正月爲陬。

《離騷》云:"攝提貞于孟陬。"【疏】:……《離騷》者,屈原之所作也。屈原與楚同姓,仕懷王,爲三閭大夫。爲大夫靳尚所譖毁見疏,乃作《離騷經》①。離,别也。騷,愁也。言己放逐離别。心中愁思,猶陳正道以諷諫君也。其經曰:"帝高陽之苗裔兮,朕皇考曰伯庸。攝提貞于孟陬兮,惟庚寅吾以降。"彼注云:"言己生得陰陽之正中。"是引之以證正月爲陬之義。(《爾雅注疏》卷六《釋天》,170頁)

7. 藒車,芞輿。

藒車,香草,見《離騷》。【疏】:……郭云"藒車,香草,見《離騷》者"。《離騷經》云"畦留夷與藒車兮,雜杜衡與芷"是也。②(《爾雅注疏》卷八《釋草》第十三,254頁)

8. 卷施草,拔心不死。

宿莽也,《離騷》云。【疏】:……注"宿莽也,《離騷》云"。釋曰:案《離騷經》云:"朝搴阰之木蘭兮,夕攬洲之宿莽。"王逸云:"草冬生不死者,楚人名之曰宿莽。"③(《爾雅注疏》卷八《釋草》,265頁)

①原標點爲"《離騷》經",今徑改。

②"藒"今作"揭",《考異》謂"一作藒",《補注》謂"揭、藒,并丘謁切";今本"芷"上有"芳"字。此外,原標點爲"《離騷》經",今徑改。

③原標點爲"《離騷》經",今徑改。今本王逸注"名"下無"之"字。

二、九歌

(一)湘君

1. 又東至于澧,過九江,至于東陵。

正義曰:……《楚辭》曰“澀余佩兮澧浦”,①是“澧”亦爲水名。(《尚書正義》卷六《禹貢》第一,163 頁)

(二)湘夫人

1. 舜葬於蒼梧之野,蓋三妃未之從也。

《離騷》所歌湘夫人,舜妃也。……正義曰:……云“《離騷》所歌湘夫人”者,案《楚辭・九歌》第三曰《湘夫人》,云“帝子降兮北渚,目眇眇兮愁予”是也。王逸注《離騷》云:“娥皇女英,墮湘水溺焉。”②(《禮記正義》卷七《檀弓上》,197 頁)

(三)大司命

1. 暴雨謂之涷。

今江東人呼夏月暴雨爲涷雨。《離騷》云:“令飄風兮先驅,使涷雨兮灑塵。”是也。【疏】郭云:“今江東人呼夏月暴雨爲涷雨。《離騷》云:‘令飄風兮先驅,使涷雨兮灑塵。’是也”者,此《離騷・

①“澀”今作“遺”;“澧”今作“醴”,《考異》謂“一作澧”。

②按:“王逸注《離騷》云‘娥皇女英,墮湘水溺焉’”者乃《湘夫人》“帝子降兮北渚”之注。今本王逸注作“言堯二女娥皇、女英,隨舜不反,没於湘水之渚,因爲湘夫人”。

九歌·大司命》文。案彼云:"廣開兮天門,紛吾乘兮玄雲。令飄風兮先驅,使涷雨兮灑塵。"是也。(《爾雅注疏》卷六《釋天》,172—174頁)

三、天問

1. 述大禹之戒以作歌。

正義曰:……賈逵云:"羿之先祖,世爲先王射官,故帝賜羿弓矢使司射。"《淮南子》云:"堯時十日并生,堯使羿射九日而落之。"《楚辭·天問》云:"羿焉彈日烏解羽?"①(《尚書正義》卷七《五子之歌》第三,177頁)

2. 乃寡兄勖,肆汝小子封,在兹東土。

正義曰:……虞夏及周既有牧,又《離騷》云"伯昌作牧"②,殷亦有牧,伯四代皆通也,非如鄭玄云"殷之州長曰伯"。(《尚書正義》卷十四《康誥》第十一,360頁。伯昌號衰,秉鞭作牧)

3. 周之先公曰大王者,避狄難,自豳始遷焉,而修德建王業。商王帝乙之初,命其子王季爲西伯。至紂,又命文王典治南國江、漢、汝旁之諸侯。

正義曰:……《楚辭·天問》曰:"伯昌號衰,秉鞭作牧。"王逸注云:"伯謂文王也。鞭以喻政。言紂號令既衰,文王持鞭執政爲雍州牧。"③《天問》,屈原所作,去聖未遠,謂文王爲牧,明非大伯也,所以不從毛説。(《毛詩正義·詩譜序》,10頁)

---

①今本"烏"下有"焉"字。

②"伯昌作牧"句今作"伯昌號衰,秉鞭作牧"。

③"伯謂文王"之"伯"下今有"昌"字;"雍州"下今有"之"字。

4.豈弟君子,福禄攸降。

正義曰:……故《楚辭·天問》云:“伯昌號衰,秉鞭作牧。”王逸云:“文王爲雍州牧。”①此王季爲西伯,亦當爲雍州牧也。(《毛詩正義》卷十六《旱麓》,1005 頁)

5.萍氏,下士二人,徒八人。

鄭司農云“萍讀爲蛢,或爲萍號起雨之萍”。玄謂今《天問》萍號作蓱。【疏】:……云“或爲萍號起雨之萍”者,《天問》之文。萍亦浮萍之草也。玄謂“今《天問》”者,《離騷》有《天問》篇,天不可問,故以《天問》爲名。(《周禮注疏》卷三十四《秋官·司寇》第五,893 頁。蓱號起雨,何以興之)

6.天子之三公之田視公侯,天子之卿視伯,天子之大夫視子男,天子之元士視附庸。

正義曰:……《楚辭》云“梅伯菹醢”,②是殷有鬼侯梅伯也。(《禮記正義》卷十一《王制》,333 頁)

7.恃其射也。

正義曰:……《楚辭·天問》云:“羿焉彃日?烏焉解羽?”③(《春秋左傳正義》卷二十九《襄公》,837 頁)

8.孔子曰:“才難,不其然乎?唐、虞之際,於斯爲盛。有婦人焉,九人而已。三分天下有其二,以服事殷。周之德,可謂至德也已矣。”

正義曰:……《楚辭·天問》曰:“伯昌號衰,秉鞭作牧。”王逸注云:“伯謂文王也。鞭以喻政,言紂號令既衰,文王執鞭持政爲

①今本王逸注“文王”下今有“執鞭持政”等字;“雍州”下今有“之”字。

②“菹”今作“受”。

③原注:“羿焉彃日”原作“羿彃日”,按阮校:“段玉裁本作‘羿焉彃日’,與《楚辭》合。”此正引《楚辭》,據補、改。

雍州牧。"①《天問》,屈原所作,去聖未遠,謂文王爲牧,明非大伯也,所以不從毛説。(《論語注疏》卷八《泰伯》,109 頁)

9. 南宫适出,子曰:"君子哉若人! 尚德哉若人!"

正義曰:……《楚辭·天問》云:"羿焉彃日,烏解羽歸藏。"②(《論語注疏》卷十四《憲問》,184 頁)

10. 蜩,大而險。蟦,小而橢。

【疏】:……《楚辭》云:"南北順橢,其循幾何?"③皆是橢爲狹長之名也。(《爾雅注疏》卷九《釋木》第十四,301 頁)

四、九辯

1. 顧予烝嘗,湯孫之將。

正義曰:…… 故《楚辭》宋玉云:"秋之爲氣也,天高而氣清。"④(《毛詩正義》卷二十《那》,1436 頁)

五、招䰟

1. 大喪,共含玉、復衣裳、角枕、角柶。

【疏】:……"鄭司農云復,招魂也"者,人之死者,魂氣上歸於天,形魄仍在,欲招取其魂,復於魄内,故《離騷》有《招䰟》篇。(《周禮注疏》卷六《玉府》,157 頁)

---

①今本王逸注"伯"下有"昌"字;"雍州"下有"之"字。

②原標點爲"羿焉彃日",今徑改。"烏解羽歸藏"今作"烏焉解羽"。

③"橢"今作"隳",《補注》謂"隳與橢同";"循"今作"衍"。

④今本"秋"上有"悲哉"二字;"天"上有"泬寥兮"三字。

2.楚子城陳、蔡、不羹。

正義曰：……古者羹臛之字音亦爲郎，故《魯頌·閟宫》《楚辭·招魂》與史游《急就篇》羹與房、漿、糠爲韵。但近世以來，獨以此地音爲郎耳。（《春秋左傳正義》卷四十五《昭公》，1289頁。和酸若苦，陳吴羹些。胹鱉炮羔，有柘漿些。）

3.以烹魚肉，燀之以薪。

正義曰：……《禮記·内則》《楚辭·招魂》備論飲食而言不及豉。（《春秋左傳正義》卷四十九《昭公》，1400頁）

六、招隱士

1.小大近喪，人尚乎由行。内奰於中國，覃及鬼方。

正義曰：……舍人曰："皆蟬也。……楚地謂之蟪蛄。《楚辭》云'蟪蛄鳴兮啾啾'，是也。"（《毛詩正義》卷十八《蕩》，1160頁）

2.夫子誨之髽，曰："爾毋從從爾，爾毋扈扈爾。"

正義曰：……"從從"是高之貌狀，故《楚辭·招隱》云："山氣巃嵸兮石嵯峨。"則"巃嵸"是高也。（《禮記正義》卷六《檀弓上》，190頁）

3.蝒，馬蜩。蜺，寒蜩。蜓蚞，螇螰。

【疏】：……案《方言》云："……楚謂之蟪蛄。"《楚辭》云"蟪蛄鳴兮啾啾"是也。（《爾雅注疏》卷九《釋木》，283頁）

七、七諫

（一）謬諫

1.甲戌，將戰，郵無恤禦簡子，衛太子爲右。

正義曰：……《楚辭》云："當世豈無騏驥兮？誠無王良之善御。見執轡者非其人兮，故駒跳而遠去。"①(《春秋左傳正義》卷五十七《哀公》,1621頁)

八、九思

(一)怨上

1. 蜭，毛蠹。

【疏】：……《楚辭》云"载缘兮我裳"是也。(《爾雅注疏》卷九《釋木》,287頁)

①"御"今作"馭"。

《江文通集彙注》[①]

一、離騷

1. 朝露溘至,握手何言?

《楚辭》曰:寧溘死以流亡。王逸注:溘,淹也。[②](卷一《恨賦》,8 頁)

2. 重曰:江南之杜衡兮色以陳,願使黄鵠兮報佳人。

《楚辭》曰:雜杜蘅與芳芷。[③](卷一《去故鄉賦》,12 頁)

3. 及薜荔與蘪蕪,又懷芬而見表。

《楚辭》曰:攬木根以結茝兮,[④]貫薜荔之落蕊。王逸注曰:薜荔,香草也。(卷一《青苔賦》,21 頁)

4. 窈窕暫見,偃蹇還没。

《楚辭》曰:望瑶臺之偃蹇兮,見有娀之佚女。偃蹇,高貌。(卷一《水上神女賦》,26 頁)

---

①胡之驥注,李長路、趙威點校《江文通集彙注》,中華書局,1984 年版。

②今本王逸注爲"溘,猶奄也"。

③"蘅"今作"衡"。

④"攬"今作"擥"。

5. 無西海之浩蕩，見若木之千尋。

《離騷》曰：折若木以拂日兮。注：若木，在西海崑崙西極。① (卷一《水上神女賦》，27 頁)

6. 背橘浦，向椒阿。

《楚辭》曰：步余馬於蘭皋兮，馳椒丘且焉止息。(卷一《水上神女賦》，27 頁)

7. 何規矩之守任，信愚陋而不肖。

《楚辭》曰：偭規矩而改錯。(卷一《待罪江南思北歸賦》，31 頁)

8. 虎踡跼而斂步，蛟躨跜而失穴。

踡跼，音拳局。《楚辭》曰：僕夫悲余馬懷兮，踡跼顧而不行。注：踡跼，詰屈不行貌。② (卷一《待罪江南思北歸賦》，33 頁)

9. 麗咏楚賦，豔歌陳詩。

宋鮑照《芙蓉賦》曰：感衣裳於楚賦，咏夏思於陳詩。注：《楚辭》曰：製芰荷以爲衣。又曰：集芙蓉以爲裳。③ (卷一《蓮華賦》，45 頁)

10. 軒儆惘於宛虹，階侘傺於奔鯨。

侘傺，失志貌。《楚辭》曰：忳鬱邑余侘傺兮，吾獨困窮乎此時也。④ (卷一《丹砂可學賦》，49 頁)

11. 參差黛色，陸離紺影。

陸離，散亂貌。《離騷》曰：斑陸離其上下。(卷一《靈丘竹賦》，52 頁)

---

①今本王逸注無"西海"二字。

②"踡跼"今皆作"蜷局"。

③"集"今作"雧"，《考異》謂"一作集"。

④"困窮"今作"窮困"。

12. 是以移馥蘭畹，徙色曲池。

《楚辭》曰：余既滋蘭之九畹兮，又樹蕙之百畝。（卷二《金燈草賦》，61 頁）

13. 匝流沙，經西極。

《楚辭》曰：忽吾行此流沙兮，遵赤水而容與。（卷二《横吹賦》，63 頁）

14. 匝流沙，經西極。

《楚辭》曰：朝發軔於天津兮，夕余至乎西極。（卷二《横吹賦》，63 頁）

15. 寶過珊瑚同樹，價直瓊草共枝。

《楚辭》曰：折瓊枝以繼珮。①（卷二《麗色賦》，74 頁）

16. 乘天梁而皓蕩，叫帝閽而延佇。

《楚辭》曰：吾令帝閽開關兮，倚閶闔而望予。閽，主門者。（卷二《麗色賦》，75 頁）

17. 恣靈修之浩蕩，釋心疑而未平。

《楚辭》曰：指九天以爲正兮，夫唯靈修之故也。王逸注曰：靈，謂神也；修，遠也，能神明遠見也。②（卷二《燈賦》，87 頁）

18. 鏡見四荒。

《楚辭》曰：將往觀乎四荒。王逸注曰：荒，遠也。（卷二《空青賦》，93 頁）

19. 乃報歌曰："美人不見紫錦衾，黄泉應至何所禁！"

《楚辭》曰：恐美人之遲暮。（卷二《學梁王兔園賦》，98 頁）

---

①"珮"今作"佩"。

②"修"今皆作"脩"；今本王逸注無"謂"字；"能神明"句今作"能神明遠見者，君德也"。

20. 攬洲之宿莽，命爲瑶桂因。

《離騷》曰：朝搴阰之木蘭兮，夕攬洲之宿莽。（卷三《感春冰遥和謝中書二首》，112 頁）

21. 年歇玄圃壁，歲減天津波。

《楚辭》曰：朝發軔於蒼梧兮，夕余至於玄圃。注：崑崙山，一曰玄圃。①（卷三《秋夕納凉奉和刑獄舅》，132 頁）

22. 使杜蘅可翦而弃，夫何貴於芬芳。

王逸《楚辭注》曰：杜蘅，香草也。②（卷四《應謝主簿騷體》，173 頁，雜杜衡與芳芷）

23. 緤余馬於椒阿，漾余舟於沙衍。

《楚辭》曰：登閬風而緤余馬。王逸注：緤馬，繫馬也。③（卷五《雜三言五首・愛遠山》，182 頁）

24. 楓岫兮筠嶺，蘭畹兮芝田。

《楚辭》曰：余既滋蘭之九畹兮，又樹蕙之百畝。（卷五《雜三言五首・愛遠山》，182 頁）

25. 若溘死於汀潭，哀時命而目愜。

《楚辭》曰：寧溘死以流亡。王逸注：溘，奄也。④（卷五《雜三言五首・愛遠山》，182 頁）

26. 豐隆騎雲，爲靈仙兮。

①"至於"之"於"今作"乎"；"玄"今作"縣"，《補注》謂"玄與縣古字通"；今本王逸注無"崑崙山，一曰玄圃"句。

②"蘅"今本王逸注爲"衡"，《考異》謂"一作蘅"。

③今本無"余"字；"緤馬，繫馬也"今本王逸注爲"緤，繫也"。

④"奄"上今有"猶"字。

《楚辭》曰：吾令豐隆乘雲兮，求宓妃之所在。注：豐隆，雷師也。①（卷五《遂古篇》，184 頁）

27. 以溘至之命，如星殞天，促光半路，不攀長意，徒自欺取。

《楚辭》曰：寧溘死以流亡。王逸注曰：溘，奄也。②（卷九《與交友論隱書》，350 頁）

28. 貴夫君之爲美，播靈均與正則。

《楚辭》曰：名余曰正則兮，字余曰靈均。（卷十《宋故銀青光禄大夫孫敻墓志文》，373 頁）

二、九歌

總論

1. 太一司命，鬼之元兮。山鬼國殇，爲游魂兮。

東皇太一、司命、山鬼、國殇，皆《離騷·九歌》篇也。（卷五《遂古篇》，185 頁）

（一）東皇太一

1. 予將禮於太一，乃雄劍兮玉鉤。

《楚辭》曰：撫長劍兮玉珥。（卷五《山中楚辭五首》其二，175 頁）

---

①“乘”今作“椉”，《考異》謂“一作乘”；“豐隆，雷師也”今本王逸注爲“豐隆，雲師，一曰雷師”。

②“奄”上今有“猶”字。

（二）湘君

1. 少歌曰：芳洲之草行欲暮，桂水之波不可渡。

《楚辭》曰：采芳洲兮杜若。王逸注：杜若，芳洲香草，藂生水中。① （卷一《去故鄉賦》，12 頁）

2. 乃唱桂櫂，凌衝波。

《楚辭》曰：桂櫂兮蘭枻，斲冰兮積雪。（卷一《水上神女賦》，27 頁）

3. 網絲蔽户，青苔繞梁。

《九歌》曰：薜荔拍兮蕙綢。② （卷二《四時賦》，59 頁）

4. 亂曰：折芙蓉兮蔽日，冀以蕩夫憂心。

《楚辭》曰：搴芙蓉兮木末。（卷二《江上之山賦》，85 頁）

5. 客從南楚來，爲我吹參差。

《楚辭》曰：望夫君兮未來，吹參差兮誰思。（卷四《雜體三十首・魏文帝游宴》，140 頁）

6. 吾將弭節於江夏，見杜若之始大。

《九歌》曰：采芳洲兮杜若。（卷五《山中楚辭五首》其一，174 頁）

7. 乘文魚兮錦質，要靈人兮中洲。

《楚辭》曰：蹇誰留兮中洲。（卷五《山中楚辭五首》其二，175 頁）

8. 貴夫君之爲美，播靈均與正則。

《楚辭》曰：望夫君兮未來。（卷十《宋故銀青光禄大夫孫敻墓志文》，373 頁）

---

①今本王逸注無“杜若”二字，“中”下有“之處”二字。

②“拍”今作“柏”，《考異》謂“一作拍”。

(三)湘夫人

1. 出汀州而解冠,入溆浦而捐袂。

《楚辭》曰:搴汀洲兮杜若。(卷一《去故鄉賦》,11 頁)

2. 出汀州而解冠,入溆浦而捐袂。

《楚辭》曰:捐余袂兮江中。(卷一《去故鄉賦》,11 頁)

3. 至江蘺兮始秀,或杜衡兮初滋。

《楚辭》曰:芷葺兮荷屋,繚之兮杜蘅。[①](卷一《待罪江南思北歸賦》,33 頁)

4. 草色斂窮水,木葉變吴川。

《九歌》曰:洞庭波兮木葉下。(卷三《秋至懷歸》,107 頁)

5. 秋至帝子降,客人傷嬋娟。

《九歌》曰:帝子降兮北渚。(卷三《秋至懷歸》,107 頁)

6. 此心冀可緩,清芷在沅湘。

《楚辭》曰:沅有芷兮澧有蘭。[②](卷三《燈夜和殷長史》,111 頁)

7. 北渚有帝子,蕩漾不可期。

《楚辭》曰:帝子降兮北渚。(卷四《雜體三十首・王徵君養疾》,161 頁)

8. 公子不至,山客徒尋。

《楚辭》曰:思公子兮未敢言(卷五《草木頌十五首・相思》,191 頁)

---

①“蘅”今作“衡”,《考異》謂“一作蘅”。

②“芷”今作“茝”,《考異》謂“一作芷”;“澧”今作“醴”,《考異》謂“一作澧”,《補注》謂“《水經》……引沅有芷兮澧有蘭”。

(四)大司命

1. 愛桂枝而不見。

《離騷》曰:結桂枝兮延竚。(卷一《去故鄉賦》,11 頁)

2. 悵浮雲而離居。

《楚辭》曰:折疏麻兮瑶華,將以遺兮離居。(卷一《去故鄉賦》,11 頁)

3. 望古一凝思,留滯桂枝情。

《楚辭》曰:結桂枝兮延竚。(卷三《渡西塞望江上諸山》,108 頁)

(五)少司命

1. 及薜荔與蘼蕪,又懷芬而見表。

《楚辭》曰:秋蘭兮蘼蕪,羅生兮堂下。① 緑葉兮素枝,芳菲菲兮襲予。(卷一《青苔賦》,21 頁)

2. 紫莖繞徑始參差,紅荷緣水纔灼爍。

《楚辭》曰:秋蘭兮青青,緑葉兮紫莖。(卷一《水上神女賦》,25 頁)

3. 鏡朱塵之照爛,襲青氣之烟煴。

《楚辭》曰:芳菲菲兮襲人。②(卷一《别賦》,37 頁)

4. 常思佳人晚,秋蘭傷紫莖。

《楚辭》曰:秋蘭兮青青,緑葉兮紫莖。(卷三《渡西塞望江上諸山》,108 頁)

---

①“蘼”今作“麋”,《補注》謂:“《本草》云:……其葉名蘼蕪……《管子》曰:五沃之土生蘼蕪。”

②“人”今作“予”。

5.騎星謝箕尾,濯髮犕陽阿。

《楚辭》曰:與汝沐兮咸池,晞汝髮兮陽之阿。①(卷三《秋夕納凉奉和刑獄舅》,132 頁)

(六)東君

1.思雲車兮沅北,望蜺裳兮澧東。

《楚辭》曰:青雲衣兮白蜺裳。②(卷一《哀千里賦》,17 頁)

2.聳軿車於水際,停雲霓於山椒。

《楚辭》曰:青雲衣兮白霓裳。(卷一《水上神女賦》,26 頁)

(七)河伯

1.送君南浦,傷如之何!

《楚辭》曰:子交手兮東行,送美人兮南浦。(卷一《别賦》,40 頁)

2.乘文魚兮錦質,要靈人兮中洲。

《楚辭》曰:乘白黿兮文魚。③(卷五《山中楚辭五首》其二,175 頁)

(八)山鬼

1.不攬蘅帶,無倚桂旗。

《楚辭》曰:辛夷車兮結桂旗。(卷二《麗色賦》,75 頁)

2.杜蘅念無沫,石蘭終不睽。

①"汝"今皆作"女"。

②"蜺"今作"霓"。

③"兮"下今有"逐"字。

《楚辭》曰：被石蘭兮帶杜蘅。注：石蘭、杜蘅，皆香草也。①（卷三《冬盡難離和丘長史》，134 頁）

3. 靈芝望三秀，孤筠情所托。

《楚辭》曰：采三秀于山間。②（卷四《雜體三十首·謝法曹贈别》，160 頁）

4. 含秋一顧，眇然山中。

《楚辭》曰：山中人兮芳杜若，飲石泉兮蔭松柏。（卷五《劉僕射東山集學騷》，174 頁）

三、天問

1. 連雄虺兮蒼梧。

《離騷》曰：雄虺九首，儵忽焉在。虺，毒蛇也。（卷一《待罪江南思北歸賦》，32 頁）

2. 僕嘗爲《造化篇》，以學古制今。觸類而廣之，復有此文，兼象《天問》，以游思云爾。（卷五《遂古篇》，183 頁）

3. 聞之遂古，大火然兮。

《楚辭》曰：遂古之初。王逸注：遂，往也。（卷五《遂古篇》，183 頁）

4. 臣寧望伊摯、叔旦之爵。

伊尹，名摯，莘川人，耕於莘野，受湯三聘而起，遂相湯伐桀，居保衡之位。《楚辭》曰：到擊紂躬，叔旦不嘉。王逸注曰：叔旦，

①“蘅”今皆作“衡”，《考異》謂“一作蘅”。

②今本“秀”下有“兮”字；“于”今作“於”。

周公名也。[1] 周公佐武王伐紂,封爲魯公。(卷七《被百僚敦勸受表》,286 頁)

四、九章

(一)惜誦

1. 至江蘺兮始秀,或杜衡兮初滋。

《楚辭》曰:播江蘺與滋菊,願春日以爲糗芳。[2] (卷一《待罪江南思北歸賦》,33 頁)

(二)涉江

1. 出汀州而解冠,入溆浦而捐袂。

《楚辭》曰:入溆浦余儃佪兮。(卷一《去故鄉賦》,11 頁)

2. 惜重華之已没,念芳草之坐空。

重華,舜名也。《楚辭》曰:吾與重華遊兮瑤之圃。(卷一《哀千里賦》,18 頁)

3. 漢臣泣長沙,楚客悲辰陽。

楚客,屈原也。《楚辭》曰:朝發枉渚兮,夕宿辰陽。注:辰陽,今辰州也。[3] (卷三《還故園》,119 頁)

4. 深林寂以窈窈,上猨狖之所群。

---

[1] 今本王逸注"旦"上無"叔"字。

[2] "蘺"今作"離"。

[3] "渚"今作"陼",《考異》謂"一作渚";今本王逸注"今辰州也"爲"亦地名也"。

《楚辭》曰：深林杳以冥冥兮，乃猨狖之所居。①（卷五《雜三言五首・愛遠山》，182 頁）

（三）哀郢

1. 吾將弭節於江夏，見杜若之始大。

江夏，屬武昌郡。《楚辭》曰：江與夏之不可涉。（卷五《山中楚辭五首》其一，174 頁）

2. 欷美人於心底，顧山與川之可涉。

《楚辭》曰：江與夏之不可涉。（卷五《雜三言五首・愛遠山》，182 頁）

（四）抽思

1. 魂終朝以三奪，心一夜而九摧。

《楚辭》曰：惟郢路之遼遠兮，魂一夕而九逝。②（卷一《哀千里賦》，17 頁）

2. 非郢路之遼遠，實寸憂之相接。

《楚辭》曰：惟郢路之遼遠兮，魂一夕而九逝。③（卷五《雜三言五首・愛遠山》，182 頁）

（五）思美人

1. 零露下兮在梧楸，有美一人兮郗以傷。

---

①今本"猨"上無"乃"字，《考異》謂"一本此句上有'乃'字"。

②"魂"今作"寬"。

③"魂"今作"寬"。

《楚辭》曰：思美人兮，攬涕而竚眙。①（卷一《青苔賦》，21 頁）

2. 願芙蓉兮未晦，遵江波兮待君。

《楚辭》曰：因芙蓉而爲媒。晦，昧也。（卷五《劉僕射東山集學騷》，174 頁）

3. 歓美人於心底，願山與川之可涉。

《楚辭》曰：思美人兮，攬涕而竚眙。②（卷五《雜三言五首·愛遠山》，182 頁）

五、遠遊

1. 傷營魂之已盡，畏松柏之無餘。

《楚辭》云：載營魂而登霞兮。③（卷一《倡婦自悲賦》，14 頁）

2. 卧歌丹丘采，坐失曾泉光。

《楚辭》曰：仍羽人於月丘兮，留不死之舊鄉。④（卷三《燈夜和殷長史》，110 頁）

3. 願從丹丘駕，長弄華池滋。

《楚辭》曰：仍羽人於丹丘兮，留不死之舊鄉。（卷三《效阮公詩十五首》其四，123 頁）

4. 重陽集清氛，下輦降玄宴。

《楚詞》曰：集重陽入帝宫兮，造旬始而觀清都。（卷四《雜體三十首·顔特進侍宴》，159 頁）

---

①“攬”今作“擥”。

②“攬”今作“擥”。

③“魂”今作“魄”，《考異》謂“一作魂”，《補注》謂“《老子》曰‘載營魄’”。

④“月”今作“丹”。

六、卜居

1. 嗟乎！鶏鶩以稻粱致憂，燕雀以堂構貽愁。

《楚辭》曰：與騏驥抗軛乎？將與鶏鶩争食乎？① （卷二《翡翠賦》，82 頁）

七、漁父

1. 楚臣既放，魂往江南。

楚臣，屈原也。《離騷·漁父》篇曰：屈原既放，游於江潭。（卷二《麗色賦》，73 頁）

2. 然後追迹范、張，濯纓汾射，臣之志也。

《楚辭》曰：滄浪之水清兮，可以濯吾纓。（卷七《後讓太傅揚州牧表》，265 頁）

八、九辯

1. 九重已闢，高門自蕪。

《楚辭》曰：君之門以九重。（卷一《倡婦自悲賦》，14 頁）

2. 弟子曰：玉釋佩，馬解驂。

玉，即宋玉也。《九辨序》曰：屈原弟子宋玉，閔師之忠，作《九辨》以述其志。② （卷二《麗色賦》，73 頁）

---

①今本“與騏驥”之“與”上有“寧”字；“抗”今作“亢”，《考異》謂“一作抗”；“鶏”今作“雞”；且今本此二句位置不在一起。

②今本爲“宋玉者，屈原弟子也。閔惜其師，忠而放逐，故作《九辯》以述其志”。

3. 枉墨矯繩,害著西荆。

宋玉《九辯》曰:背繩墨而改錯。王逸注曰:違廢聖典,背仁義也。(卷六《尚書符》,200 頁)

九、招䰟

1. 青郊未謝兮白日照,路貫千里兮緑草深。

宋玉《招魂》曰:路貫廬江左長薄。① (卷一《青苔賦》,20 頁)

2. 帶封狐兮上景。

《楚辭》曰:蝮蛇蓁蓁,封狐千里些。② 封狐,大狐也。(卷一《待罪江南思北歸賦》,32 頁)

3. 鏡朱塵之照爛,襲青氣之烟煴。

《楚辭》曰:經堂入奥,朱塵筵些。王逸曰:朱晝承塵也。③ (卷一《别賦》,37 頁)

4. 備寶帳之光儀,登美女之麗飾。

《招魂》曰:翡帷翠帳。(卷二《翡翠賦》,82 頁)

5. 臛鼈臧羹,臑豘柘漿。

臑,音而。臑豘,蒸豘也。宋玉《招魂賦》曰:臑鼈炮羔,有柘漿些。④ (卷二《學梁王兔園賦》,97 頁)

6. 南方天炎火,魂兮可歸來。

宋玉《招魂》曰:魂兮歸來,南方不可以止些。(卷三《渡泉嶠山諸山之頂》,115 頁)

---

①今本"江"下有"兮"字。

②"螻"今作"蝮"。

③"奥"今作"奧";今本王逸注爲"朱,丹也。塵,承塵也"。

④"臑"今作"胹",《考異》謂"一作臑"。

7.苒弱屏風草，撣拖曲池蓮。

《楚辭》曰：紫莖屏風文緑波。注：屏風，草名。①（卷四《悼室人十首》其三，166頁）

8.土伯九約，寧若先兮。

《楚辭》曰：土伯九約，其角觺觺些。注：土伯，后土之侯伯也。約，屈也，其身九屈。有角，觸害人也。②（卷五《遂古篇》，185頁）

十、招隱士

1.惜重華之已没，念芳草之坐空。

《楚辭》曰：王孫兮不歸，芳草兮萋萋。③（卷一《哀千里賦》，18頁）

2.山中如未夕，無使桂葉傷。

《招隱士》歌曰：桂樹叢生兮山之幽。（卷二《侍始安王石頭》，99頁）

3.山中有雜桂，玉瀝乃共斟。

《楚辭》曰：山中兮不可以久留。（卷三《惜晚春應劉秘書》，130頁）

4.桂之生兮山之巒，紛可愛兮柯團團。

《楚辭》曰：桂樹叢生兮山之幽，偃蹇連蜷兮枝相繚。（卷五《山中楚辭五首》其三，176頁）

十一、哀時命

1.余鑿山楹爲室。

---

①"緑"今作"緣"，《考異》謂"《文選》作緑"；今本王逸注"草名"爲"水葵也"。

②今本王逸注"有角"下有"觺觺"二字；"觸"上有"主"字。

③"孫"下今本有"遊"字；"芳草"今作"春草"；今本"草"下有"生"字。

《楚辭》曰：鑿山楹以爲室兮，下披衣於水府。①（卷一《青苔賦》，19 頁）

2. 於是臨虹霓以築室，鑿山楹以爲柱。

《楚辭》曰：鑿山楹以爲室。②（卷一《待罪江南思北歸賦》，33 頁）

3. 軒愀惘於宛虹，階侘傺於奔鯨。

愀惘，不平貌。《楚辭》曰：悵愀惘兮永思。③（卷一《丹砂可學賦》，49 頁）

4. 抒悲情雖滯，送往意所知。

《楚辭》曰：抒中情而屬詩。④（卷四《悼室人十首》其八，168 頁）

5. 心愀惘兮迷所識。

愀惘，不平貌。《楚辭》曰：悵愀惘兮不平。⑤（卷五《山中楚辭五首》其三，175 頁）

6. 若溘死於汀潭，哀時命而目惬。

漢嚴忌楚辭曰：哀時命之不及古人兮，何予生之不遘時。⑥（卷五《雜三言五首・愛遠山》，182 頁）

7. 鑿山楹爲室，永與黿鼉爲群。

《楚辭》曰：鑿山楹以爲室，下披衣於水府。⑦（卷九《被黜爲吴興令辭牋詣建平王》，334 頁）

①"以"今作"而"，《考異》謂"一作以"；"披"今作"被"；"府"今作"渚"。

②"以"今作"而"，《考異》謂"一作以"。

③"愀"今作"惝"；"惘"今作"罔"；"兮"今作"目"。

④"抒"今作"杼"，《考異》謂"一作抒"。

⑤"愀"今作"惝"；"惘"今作"罔"；"兮"今作"目"；"不平"今作"永思"。

⑥今本"何"上有"夫"字。

⑦"以"今作"而"，《考異》謂"一作以"；"披"今作"被"；"府"今作"渚"。

十二、九懷

(一)陶壅

1. 視喬木兮故里,訣北梁兮永辭。

《楚辭》曰:濟江海兮蟬蜕,泱北梁兮永辭。①(卷一《别賦》,38 頁)

十三、九歎

(一)憂苦

1. 願言寄三鳥,離思非徒然。

《楚辭》曰:願寄言於三鳥兮,去颷疾而不得。②(卷四《雜體三十首・陸平原羈宧》,148 頁)

---

①"泱"今作"絶"。

②"颷"今作"飄";今本"不"下有"可"字。

《山海經箋疏》[①]

總論

1. 黄帝乃取峚山之玉榮，而投之鐘山之陽。

郭注[②]：謂玉華也。《離騷》"懷琬琰之華英。"又曰："登昆侖兮食玉英。"《汲冢書》所謂"苕華之玉"。[③]（卷二，《西山經》，143頁）

2. 其草多芍藥、芎藭。

郭注：芍藥一名辛夷，亦香草屬。

懿行案：《廣雅》云："攣夷，芍藥也。"……留、攣聲轉。王逸注《楚詞·九歌》云："辛夷，香草也。"[④]是攣夷即留夷，《離騷》之留夷，[⑤]又即《九歌》之辛夷，與芍藥正一物也。郭注本《廣雅》及《楚詞》。（卷三，《北山經》，163頁）

3. 伺琅玕樹。

---

① 郝懿行《山海經箋疏》，據《續修四庫全書》第1264册本，上海古籍出版社，2002年版。

②"郭注"二字爲輯録者所加，以與郝懿行内容區别，下同。

③ 兩句見《遠遊》與《涉江》。"昆侖"今作"崑崙"。

④《九歌·山鬼》：辛夷車兮結桂旗。

⑤《離騷》：畦留夷與揭車兮。

郭注：琅玕子似珠。《爾雅》曰："西北之美者，有昆侖之琅玕焉。"

懿行案：《説文》云："琅玕，似珠者。"郭注《爾雅・釋地》引此《經》云："昆侖有琅玕樹也。"又《玉篇》引《莊子》云："積石爲樹，名曰瓊枝。其高一百二十仞，大三十圍，以琅玕爲之實。"是琅玕即瓊枝之子似珠者也。瓊枝亦見《離騷》。又王逸注《九歌》云："瓊芳，瓊玉枝也。"①騷客但標瓊枝之文，《玉篇》空衍琅玕之實，而《莊子》逸文缺然，未睹厥略。（卷十一，《海内西經》，216 頁）

4. 帝嚳臺。

懿行案：……《楚詞・天問》云："簡狄在臺，嚳何宜？"《離騷》云："望瑶臺之偃蹇，見有娀之佚女。"是帝嚳有臺也。（卷十二，《海内北經》，217 頁）

5. 開上三嬪于天，得《九辯》與《九歌》以下。

郭注：嬪，婦也，言獻美女於天帝。

懿行案：《離騷》云："啓《九辯》與《九歌》。"《天問》云："啓棘賓商，《九辯》《九歌》。"是賓、嬪古字通，棘與亟同，蓋謂啓三度賓于天帝，而得九奏之樂也。故《歸藏・鄭母經》云："夏后啓筮，御飛龍登于天，吉。"正謂此事。《周書・王子晋》篇云："吾後三年，上賓于帝所。"亦其證也。郭注大誤。（卷十六，《大荒西經》，236 頁）

一、離騷

1. 其華四照。

郭注：言有光燄也，若木華赤，其光照地，亦此類也，見《離騷

①《離騷》：折瓊枝以繼佩；《東皇太一》：盍將把兮瓊芳。今本王逸注無"瓊芳"二字。

經》。

懿行案:若木見《離騷經》。(卷一,《南山經》,128 頁。折若木以拂日兮)

2. 糈用稌米。

懿行案:《離騷》云:"巫咸將夕降兮,懷椒糈而要之。"故知糈,祀神之米名也。或音所、音壻,并方俗聲轉。其字或作疏,亦字隨音變也。(卷一,《南山經》,130 頁)

3. 其草有萆荔,狀如烏韭,而生于石上,亦緣木而生。

郭注:萆荔,香草也。蔽、戾兩音。

懿行案:萆荔,《說文》作萆藨,《離騷》作薜荔,并古字通。……《說文》云:"萆藨似烏韭。"藨當爲歷。徐鍇《繫傳》正作歷。……然則此物蓋與今石華相類,蒼翠茸茸如華附石,其味清香。故《離騷》云:"貫薜荔之落蕊",王逸注云:"薜荔,香草也,緣木而生。"是薜荔,即萆荔,郭注本王逸爲說也。(卷二,《西山經》,135 頁)

4. 有草焉,其葉如蕙。

郭注:蕙,香草,蘭屬也。或以蕙爲薰葉,失之。音惠。

懿行案:《廣雅》云:"菌,薰也,其葉謂之蕙。"本《離騷》王逸注爲說也。……郭氏不從《離騷注》,故云失之。(卷二,《西山經》,138 頁。雜申椒與菌桂兮)

5. 又西北三百七十里,曰不周之山。

懿行案:《離騷》云:"路不周以左轉,指西海以爲期。"王逸注云:"不周,山名,在昆侖西北。"①高誘注《吕氏春秋・本味》篇亦云:"不周山在昆侖西北。"并非也。此《經》乃在昆侖東南。《漢

①"昆侖"今本王逸注作"崑崙"。

書・司馬相如傳》注張揖云："不周山在昆侖東南二千三百里。"亦非也。不周去昆侖一千七百四十里。（卷二，《西山經》，142頁）

6. 西南三百六十里，曰崦嵫之山。

郭注：日没所入山也，見《離騷》。奄、兹兩音。

懿行案：《離騷》云："望崦嵫而未迫。"①王逸注云："崦嵫，日所入山也。下有蒙水，水中有虞淵。"《穆天子傳》云："天子升于弇山。"郭注云："弇兹山，日所入也。"《玉篇》引此《經》作"嵙嵫山"。（卷二，《西山經》，152頁）

7. 苕水出焉，而西流注于海。

郭注：《禹大傳》曰：洧盤之水，出崦嵫山。

懿行案：《離騷》云："朝濯髮乎洧盤。"王逸注云："洧盤，水名也。"引《禹大傳》與此注同，是郭以洧盤即苕水矣。（卷二，《西山經》，152頁）

8. 昆侖之虚，方八百里，高萬仞。

懿行案：王逸注《離騷》引《河圖・括地象》言"昆侖在西北，其高一萬一千里。"②（卷十一，《海内西經》，214頁。邅吾道夫崑崙兮）

9. 弱水、青水出西南隅。

懿行案：……《離騷》云："夕歸次於窮石。"王逸注引《淮南子》言弱水出於窮石，入於流沙也。（卷十一，《海内西經》，215頁）

10. 文玉樹。

懿行案：《淮南子》云："昆侖之上，有玉樹。"王逸注《離騷》引

---

①"未"今作"勿"，《考異》謂"一作未"。

②"昆侖"今本王逸注爲"崑崙"；"一萬"之"一"今本無。

《括地象》言昆侖有瓊玉之樹也。①（卷十一，《海内西經》，215 頁。邅吾道夫崑崙兮）

11. 有雲雨之山，有木名曰欒。

懿行案：《説文》云："欒木似欄。"《繫傳》云："欄，木蘭也。"今案，木蘭見《離騷》。（卷十五，《大荒南經》，231 頁。朝搴阰之木蘭兮；朝飲木蘭之墜露兮）

12. 有靈山，巫咸、巫即、巫肦、巫彭、巫姑、巫真、巫禮、巫抵、巫謝、巫羅，十巫從此升降，百藥爰在。

懿行案：《説文》云："古者，巫咸初作巫。"《越絶書》云："虞山者，巫咸所出也，虞故神出奇怪。"《離騷》云："巫咸將夕降兮。"王逸注云："巫咸，古神巫也，當殷中宗之時。"②王逸此説恐非也，殷中宗之臣雖有巫咸，非必即是巫也。《海外西經》巫咸國，蓋特取其同名耳。（卷十六，《大荒西經》，233 頁）

13. 上有赤樹，青葉赤華，名曰若木。

懿行案：……《離騷》云：折若木以拂日。王逸注云：若木在昆侖西極，③其華照下地。……《水經・若水》注引此經，"若木"下有"生昆侖山西，附西極"八字，證以王逸《離騷注》"若木在昆侖西極"，則知《水經注》所引八字，古本蓋在經文，今誤入郭注爾。又郭注："其華光赤下照地。"王逸《離騷注》亦有"其華照下地"五字，以此互證，疑此句亦當在經中，今本誤入注文也。（卷十七，《大荒北經》，241 頁）

14. 南方蒼梧之丘，蒼梧之淵，其中有九嶷山，舜之所葬，在長

---

①"昆侖"今本王逸注引爲"崑崙"；今本"有"上有"上"字。

②"時"今本王逸注爲"世"。

③"昆侖"今本王逸注爲"崑崙"。

沙零陵界中。

懿行案：蒼梧之山，帝舜葬于陽。已見《海内南經》。《説文》云："九嶷山，舜所葬在零陵營道。"《楚詞》《史記》并作九疑。《初學記》八卷及《文選·上林賦》注引此《經》亦作"九疑"，《琴賦》注又作"九嶷"。蓋古字通也。（卷十八，《海内經》，244—245頁。九疑繽其並迎）

15. 有五采之鳥，飛蔽一鄉，名曰翳鳥。

郭注：鳳屬也。《離騷》曰："駟玉虬而乘翳。"①

懿行案：《廣雅》云："翳鳥、鸞鳥，鳳皇屬也。"今《離騷》翳作鷖，王逸注云："鳳皇别名也。"《史記·司馬相如傳》張揖注及《文選》注，《後漢書·張衡傳》注引此經并作"鷖鳥"，《上林賦》注仍引作"翳鳥"。（卷十八，《海内經》，245頁）

二、九歌

總論

1. 又東南一百二十里，曰洞庭之山。

郭注：今長沙巴陵縣西，又有洞庭陂，潛伏通江。《離騷》曰"邅吾道兮洞庭"，"洞庭波兮木葉下"，②皆謂此也。或作銅，宜從水。（卷五，《中山經》，196頁）

①"而"今作"以"；"乘"今作"椉"，《考異》謂"一作乘"；"翳"今作"鷖"，《考異》謂"一作翳"。

②《湘君》《湘夫人》。

2. 帝之二女居之。

郭注：天帝之二女而處江爲神，即《列仙傳》江妃二女也。《離騷·九歌》所謂湘夫人，稱帝子者是也。而《河圖玉版》曰：湘夫人者，帝堯女也。秦始皇浮江至湘山，逢大風，而問博士：湘君何神？博士曰：聞之堯二女，舜妃也，死而葬此。《列女傳》曰：二女死於江湘之間，俗謂爲湘君。鄭司農亦以舜妃爲湘君。説者皆以舜陟方而死，二妃從之，俱溺死於湘江，遂號爲湘夫人。按：《九歌》湘君、湘夫人自是二神，江湘之有夫人，猶河洛之有虙妃也，此之爲靈與天地并矣，安得謂之堯女？且既謂之堯女，安得復總云湘君哉？何以考之？《禮記》曰：舜葬蒼梧，二妃不從。明二妃生不從征，死不從葬，義可知矣！即令從之，二女靈達，鑒通無方，尚能以鳥工龍裳救井廩之難，豈當不能自免於風波而有雙淪之患乎？假復如此，《傳》曰：生爲上公，死爲貴神。禮五岳，比三公。四瀆比諸侯。今湘川不及四瀆，無秩於命祀。而二女，帝者之后，配靈神祇，無緣當復下降小水而爲夫人也。參互其義，義既混錯；錯綜其理，理無可據。斯不然矣！原其致謬之由，由乎俱以帝女爲名，名實相亂，莫矯其失，習非勝是，終古不悟，可悲矣！（卷五，《中山經》，196 頁）

（一）湘君

1. 水周之。

郭注：周，猶繞也。《離騷》曰：水周於堂下也。①（卷七，《海外西經》，203 頁）

---

①“於”今作“兮”。

（二）湘夫人

1. 其草多葯、虋、芎藭。

郭注：葯，白芷别名。

懿行案：王逸注《楚詞·九歌》云："葯，白芷也。"《廣雅》云："白芷，其葉謂之葯。"是郭所本也。（卷二，《西山經》，150頁。辛夷楣兮葯房）

三、天問

1. 有鳥焉，其狀如鷄而白首，鼠足而虎爪，其名曰鬿雀。

懿行案：《楚詞·天問》云："鬿堆焉處。"王逸注云："鬿堆，奇獸也。"柳子《天對》云："鬿雀在北號，惟人是食。"則以鬿堆爲即鬿雀字之誤，王逸注蓋失之。（卷三，《北山經》，170頁）

2. 其鳥多蕃。

郭注：未詳，或云即鴞，音煩。

懿行案：蕃通作繁。《楚詞·天問》云"繁鳥萃棘"，①王逸注引"有鴞萃止"爲釋，《廣雅》亦以鷭鳥爲鴞。鷭、繁於蕃并同聲假借字，皆郭所本也。（卷三，《北山經》，153頁）

3. 其獸多兕、旄牛。

郭注：或作樸牛，樸牛見《離騷·天問》，所未詳。

懿行案：《天問》云："恒秉季德，焉得夫朴牛。"王逸注云："朴，

① 今本"繁"上有"何"字。

大也。言湯出田獵,得大牛之瑞也。"①(卷三,《北山經》,155 頁)

4. 黑水出焉,而西流于大杅。

懿行案:《楚詞·天問》云:"黑水玄趾",謂此也。(卷二,《西山經》,145—146 頁)

5. 其枝五衢。

郭注:言樹枝交錯相重五出,有象衢路也。《離騷》曰:"靡萍九衢。"②

懿行案:王逸注《楚詞·天問》云:"九交道曰衢。"《文選》注《頭陀寺碑》引此注作"靡華九衢"。(卷五,《中山經》,183 頁)

6. 不死民。

懿行案:……《天問》云:"何所不死?"王逸注引《括地象》曰:"有不死之國也。"(卷六,《海外南經》,200 頁)

7. 共工之臣,曰相柳氏。九首,以食于九山。

懿行案:……《楚詞·天問》云:"雄虺九首,儵忽焉在?"王逸注云:"虺,蛇别名也。言有雄虺,一身九頭。"今案:雄虺疑即此也。《經》言此物九首蛇身。(卷八,《海外北經》,205 頁)

8. 下有湯谷。

懿行案:《説文》作"崵谷",《虞書》及《史記·五帝紀》作"暘谷",《文選·思玄賦》及《海賦》《月賦》注引此《經》亦并作"暘谷"。《索隱》云:《史記》舊本作"湯谷"。《淮南子》曰:"日出湯谷,浴於咸池。"今案:《楚詞·天問》亦云"出自湯谷"也。(卷九,《海外東經》,209 頁)

---

①"言湯"句今作"言湯能秉持契之末德,脩而弘之,天嘉其志,出田獵,得大牛之瑞也"。

②《天問》篇。"萍"今作"蓱"。

9. 居水中，有大木，九日居下枝，一日居上枝。

郭注：莊周云："昔者十日并出，草木焦枯。"《淮南子》亦云："堯乃令羿射十日，中其九日，日中烏盡死。"《離騷》所謂"羿焉畢日，烏焉落羽"①者也。（卷九，《海外東經》，209 頁）

10. 雨師妾在其北。

懿行案：《楚詞·天問》云："蓱號起雨。"王逸注云："蓱，蓱翳，雨師名也。號，呼也。"《初學記》云："雨師曰屏翳，亦曰屏號。"（卷九《海外東經》，209 頁）

11. 巴蛇食象，三歲而出其骨。君子服之，無心腹之疾。

郭注：《楚詞》曰："有蛇吞象，厥大何如？"説者云長千尋。

懿行案：今《楚詞·天問》作"一蛇吞象"，與郭所引異。王逸注引此《經》作"靈蛇吞象"，②并與今本異也。（卷十，《海内南經》，212 頁）

12. 王子夜之尸，兩手、兩股、胷、首、齒，皆斷異處。

懿行案：《楚詞·天問》注有王子僑之尸，未審與此《經》所説即一人不？（卷十二，《海内北經》，218 頁。安得夫良藥？不能固臧。大鳥何鳴？夫焉喪厥體）

13. 陵魚人面、手足魚身，在海中。

懿行案：《楚詞·天問》云："鯪魚何所？"王逸注云："鯪魚，鯉也。一云，鯪魚，鯪鯉也，有四足，出南方。"《吴都賦》云："陵鯉若獸。"劉逵注云："陵鯉有四足，狀如獺，鱗甲似鯉，居土穴中，性好食蟻。"引《楚詞》云："陵魚曷止？"王逸曰："陵魚，陵鯉也。"所引《楚詞》與今本異。其説陵鯉，即今穿山甲也，云性好食蟻。陶注

---

①"畢"今作"彈"，《補注》謂"《説文》云：彈，射也，音畢"；"落"今作"解"。

②今作"一蛇吞象"，《考異》謂"一或作靈"。

《本草》説之極詳，然非此經之陵魚也。穿山甲又不在海中，此皆非矣。查通奉使高麗，見海沙中一婦人，肘後有紅鬣，號曰人魚。蓋即陵魚也。陵、人聲相轉，形狀又符，是此魚審矣！（卷十二，《海内北經》，219 頁）

14. 湯谷上有扶木，一日方至，一日方出，皆載于烏。

懿行案：《初學記》……三十卷引《春秋元命包》云："日中有三足烏者，陽精其僂呼也。"注云："僂呼，温潤生長之言。"《楚詞·天問》云："羿焉彈日，烏焉解羽？"《淮南·精神訓》云："日中有踆烏。"高誘注云："踆猶蹲也，謂三足烏。踆音逡。"（卷十四，《大荒東經》，228 頁）

15. 應龍處南極，殺蚩尤與夸父，不得復上，故下數旱。旱而爲應龍之狀，乃得大雨。

懿行案：……又《楚詞·天問》云："應龍何畫？河海何歷？"王逸注云："或曰，禹治洪水時，有神龍以尾畫，導水徑所當决者，因而治之。"①案：後世以應龍致雨，義蓋本此也。（卷十四，《大荒東經》，228 頁）

16. 西北海之外，大荒之隅，有山而不合，名曰不周負子。

郭注：《淮南子》曰："昔者共工與顓頊争帝，怒而觸不周之山，天維絶，地柱折，故今此山缺壞不周帀也。"

懿行案：……《楚詞·天問》云："康回馮怒，地何故以東南傾？"②王逸注云："康回，共工名也。"又引《淮南子》與此注同。（卷十六，《大荒西經》，232 頁）

---

①"應龍"句今作"河海應龍，何盡何歷"，《考異》謂"一云：應龍何畫，河海何歷"；今本王逸注"畫"下有"地"字而無"徑"字；此外，"所"下有"注"字。

②"地"今作"墬"，《考異》謂"一作地"。

17.有神十人,名曰女媧之腸,化爲神,處栗廣之野。

懿行案:……《楚詞・天問》云:"女媧有體,孰制匠之?"王逸注云:"傳言女媧人頭蛇身,一日七十化,其體如此,誰所制匠而圖之乎?"今案,王逸注非也。《天問》之意,即謂女媧一體化爲十神,果誰裁制而匠作之,言其甚巧也。(卷十六,《大荒西經》,232頁)

18.有神,人面,蛇身而赤,身長千里,直目正乘,其瞑乃晦,其視乃明,不食,不寢,不息,風雨是謁,是燭九陰,是謂燭龍。

郭注:《離騷》曰:"日安不到? 燭龍何燿?"《詩含神霧》曰:"天不足西北,無有陰陽消息,故有龍銜精以往照天門中云。"①《淮南子》曰:"蔽於委羽之山,不見天日也。"

懿行案:《楚詞・天問》作"燭龍何照",郭引照作燿也。(卷十七,《大荒北經》,241頁)

19.有封豕。

郭注:大豬也,羿射殺之。

懿行案:《楚詞・天問》云:"馮珧利玦,封豨是射。"王逸注云:"封豨,神獸也,言羿獵射封豨,以其肉膏祭天地。"②《淮南・本經訓》云:"堯之時,封豨爲民害,堯乃使羿禽封豨於桑林。"是皆郭所本也。(卷十八,《海内經》,244頁)

20.帝俊賜羿彤弓素矰。

懿行案:《楚詞・天問》篇云:"馮珧利决。"王逸注云:"珧,弓

①"燿"今作"照";今本"陰陽"上無"有"字;"銜"下有"火"字;今本無"往"字;"云"今作"者"。

②"玦"今皆作"决";"豨"今皆作"狶";"射"今皆作"䠶",《考異》謂"一作射";"言羿"句今爲"何獻蒸肉之膏,而后帝不若"句注;"地"今本王逸注作"帝"。

名也;決,射韝也。”①是即帝賜羿弓矢之事。(卷十八,《海内經》,246 頁)

21. 鮌復生禹。

懿行案:……《楚詞·天問》云:“永遏在羽山,夫何三年不施?伯禹腹鮌,夫何以變化?”②言鮌死三年不施化,厥後化爲黄熊。故《天問》又云:“化而爲黄熊,巫何活焉?”③郭引《開筮》作“黄龍”,蓋别有据也。伯禹腹鮌,即謂鮌復生禹,言其神變化無方也。(卷十八,《海内經》,247 頁)

22. 帝乃命禹卒布土,以定九州。

懿行案:《楚詞·天問》云:“纂就前緒,遂成考功。”又云:“鮌何所營?禹何所成?”④言禹能纂成先業也。(卷十八,《海内經》,247 頁)

四、九章

(一)涉江

1. 瑾瑜之玉爲良。

懿行案:瑾瑜,美玉名。《玉藻》云:“世子佩瑜玉”。上文云“瘗用百瑜”,下文云“泑山,其陽多瑾瑜之玉”。或作食者,黄帝是食是饗,《楚詞》亦云“食玉英”。(卷二,《西山經》,143 頁。登崑崙

---

①“决”今作“決”;“射”今作“䠶”,《考異》謂“一作射”。

②“腹”今作“愎”,《考異》謂“一作腹”;“鮌”今作“鮌”;“以”今作“㠯”。

③“化”下今本無“而”字,《考異》謂“一本‘化’下有‘而’字”。

④“鮌”今作“鮌”。

兮食玉英）

五、遠遊

1. 羽民國。

懿行案：《大戴禮·五帝德》篇云"東長鳥夷"，疑即此也。《楚詞·遠游》云："仍羽人於丹丘。"王逸注引此《經》，言有羽人之國。《吕氏春秋·求人》篇亦作"羽人"，高誘注云："羽人鳥喙，背上有羽翼。"（卷六，《海外南經》，198 頁）

2. 不死民。

懿行案：《楚詞·遠游》云："仍羽人於丹丘，留不死之舊鄉。"王逸注引此《經》，言"有不死之民"。（卷六，《海外南經》，200 頁）

3. 居水中，有大木，九日居下枝。

懿行案：《楚詞·遠游》云："朝濯髮於湯谷兮，夕晞余身兮九陽。"九陽，即此云九日也。（卷九，《海外東經》，209 頁）

4. 赤水之際，非仁羿莫能上岡之岩。

懿行案：《論語釋文》云："魯讀仍爲仁。"是仁、仍古字通。《説文》云："羿，羽之羿風。"則羿、羽義近。《楚詞·遠游》篇云："仍羽人於丹丘。"王逸注云："人得道，身生羽毛也。"①是此《經》仁羿，即《楚詞》"仍羽人"，言羽化登仙也。（卷十一，《海内西經》，214—215 頁）

5. 東海之外大壑。

郭注：《詩含神霧》曰"東注無底之谷"，謂此壑也。《離騷》曰："降望大壑。"

---

①"羽毛"今作"毛羽"。

懿行案:《列子·湯問》篇云:"夏革曰:'勃海之東,不知幾億萬里,有大壑焉,實惟無底之谷,其下無底,名曰歸虚。'"《莊子·天地》篇云:"諄芒將東之大壑,適遇苑風於東海之濱。"《釋文》云:"李云:大壑,東海也。"案,經文"大壑"上當脱"有"字,《藝文類聚》九卷引此《經》有"有"字可證。郭引《離騷》見《遠游》篇。(卷十四,《大荒東經》,225 頁)

六、卜居

1. 有獸焉,其狀如禺而有鬣,牛尾文臂馬蹄,見人則呼,名曰足訾。

懿行案:《楚詞·卜居》云:"將哫訾慄斯。"①王逸注云:"承顔色也。"哫訾即足訾,其音同;慄斯即竦斯聲之轉,鳥名,見下文。(卷三,《北山經》,154 頁)

七、招蒐

1. 西流注于流沙。

懿行案:《海内西經》云:"流沙出鐘山。"《楚詞·招魂》云:"西方之害,流沙千里。"王逸注云:"流沙,沙流而行也。"(卷二,《西山經》,144 頁)

2. 黑齒國在其北,爲人黑。食稻啖蛇,一赤一青。

懿行案:黑下當脱齒字。王逸注《楚詞·招魂》云:"黑齒,齒

---

①"慄"今作"栗",《考異》謂"一作促訾粟斯",《補注》謂"粟,讀若慄"。

牙盡黑。"①高誘注《淮南·墬形訓》云:"其人黑齒,食稻啖蛇,在湯谷上。"是古本有齒字之證。《太平御覽》三百六十八卷引此《經》黑下亦有齒字。(卷九,《海外東經》,209 頁。雕題黑齒,得人肉以祀,以其骨爲醢些)

3. 十日所浴。

懿行案:《楚詞·招魂》云:"十日代出,流金鑠石。"王逸注云:"鑠,銷也。言東方有扶桑之木,十日竝在其上,以次更行。其勢酷烈,金石堅剛皆爲銷釋也。"②(卷九,《海外東經》,209 頁)

4. 雕題國。

懿行案:《伊尹四方令》云:"正西雕題。"《楚詞·招魂》王逸注云:"雕,畫;題,頟;言南極之人雕畫其頟,常食蠃蜯也。"③《桂海虞衡志》云:"黎人女及笄即黥頰爲細花紋,謂之繡面女。"亦其類也。(卷十,《海内南經》,211 頁。雕題黑齒,得人肉以祀,以其骨爲醢些)

5. 流沙出鐘山。

懿行案:《楚詞·招魂》云:"西方之害,流沙千里。"王逸注云:"流沙,沙流而行也。"高誘注《吕氏春秋·本味》篇云:"流沙在敦煌郡西八百里。"《水經》云:"流沙地在張掖居延縣東北。"注云:"流沙,沙與水流行也。亦言出鐘山,西行極崦嵫之山,在西海郡北。"(卷十一,《海内西經》,214 頁)

6. 開明東有巫彭、巫抵、巫陽、巫履、巫凡、巫相。

郭注:皆神醫也。《世本》曰:"巫彭作醫。"《楚詞》曰:"帝告巫

---

①今本王逸注無"黑齒"二字。

②"勢"今本王逸注作"熱"。

③"頟"今皆作"額"。

陽”。

懿行案:《説文》云:“古者巫彭初作醫。”郭引《楚詞》者,《招魂》篇文也。(卷十一,《海内西經》,216 頁)

7. 大蠭其狀如螽,朱蛾其狀如蛾。

郭注:《楚詞》曰:“玄蜂如壺,赤蛾如象”,①謂此也。

懿行案:郭引《楚詞》見《招魂》篇。(卷十二,《海内北經》,217—218 頁)

8. 有大人之國。

懿行案:《海外東經》“大人國”謂此也。《楚詞・招魂》云:“長人千仞。”王逸注云:“東方有長人之國,其高千仞。”蓋本此《經》爲説。(卷十四,《大荒東經》,226 頁)

9. 爰有大暑,不可以往。

懿行案:《楚詞・招魂》云:“西方之害,其土爛人,求水無所得些。”王逸注云:“言西方之土,温暑而熱,燋爛人肉,渴欲求水,無有源泉,不可得也。”②亦此類。(卷十六,《大荒西經》,236 頁)

10. 有翠鳥。

懿行案:《爾雅》云:“鷸,翠。”《王會》篇云:“倉吾,翡翠。”王逸注《楚詞・招魂》云:“雄曰翡,雌曰翠。”李善注《鸚鵡賦》引《異物志》曰:“翡,赤色,大於翠。”劉逵注《蜀都賦》云:“翡翠常以二月、九月群翔興古千餘。”又注《吴都賦》云:“翡翠巢於樹巔生子,夷人稍徙下其巢,子大未飛,便取之。皆出於交趾鬱林南。”(卷十八,《海内經》,244 頁。翡翠珠被)

---

①今作“赤螘若象,玄蠭若壺些”,“蜂”今作“蠭”,《考異》謂“蠭,一作蜂”。

②今本“西方之害”下有“流沙千里些”句;王逸注“不可得”之“得”下有“之”字。

八、大招

1. 又東四百里，曰令丘之山。無草木，多火。

懿行案：《初學記》二十五卷引《括地圖》曰："神丘有火穴，光照千里。"神丘、令丘聲相近。《楚詞·大招》篇亦云："魂虖無南，南有炎火千里。"①《抱朴子》云："南海蕭丘，有自生之火也。"（卷一，《南山經》，134 頁）

2. 袜，其爲物，人身、黑首、從目。

懿行案：《楚詞·大招》云："豕首從目，被髮鬤只"，②疑即此。（卷十二，《海内北經》，218 頁）

3. 有蜮民之國，桑姓，食黍，射蜮是食。

郭注：蜮，短狐也，似鼈，含沙射人，中之則病死。此山出之，亦以名云。

懿行案：《説文》云："蜮，短狐也，似鼈三足，以气射害人。"《楚詞·大招》云："鰅鳙短狐。"王逸注云："鰅鳙，短狐類也；短狐，鬼蜮也。"《大招》又云："魂虖無南，蜮傷躬只。"③王逸注云："蜮，短狐也。"引《詩》云"爲鬼爲蜮"。短狐，《漢書》作"短弧"，《五行志》云："蜮在水旁，能射人，射人有處，甚者至死，南方謂之短弧。"顏師古注云："即射工也，亦呼水弩。"《廣韻》引《玄中記》云："長三四寸，蟾蜍、鸑鷟、鴛鴦悉食之。"（卷十五，《大荒南經》，231 頁）

①"虖"今作"乎"。

②"從"今作"縱"，《考異》謂"一作從"，郝氏所用即此；"鬤"今作"鬟"。

③"虖"今作"乎"。

九、哀時命

1. 黄帝乃取峚山之玉榮。

懿行案:《竹書》云:"斲其名于苕華之玉。"《楚詞·哀時命》篇云:"采鍾山之玉英。"《穆天子傳》云:"得玉策枝斯之英。"郭氏注引《尸子》曰:"龍泉有玉英。"又引此《經》玉榮作"玉策"。李善注《思玄賦》及李賢注《後漢書·張衡傳》、《蔡邕傳》引此《經》并作"玉策",疑策俱榮字之訛。(卷二,《西山經》,143 頁)

2. 其陰多榣木之有若。

懿行案:……《説文》云:"櫾,昆侖河隅之長木也。"即謂此。省作繇,《穆天子傳》云:"天子乃釣于河,以觀姑繇之木。"郭注云:"姑繇,大木也。"又省作榣,故韋昭《晋語注》云:"榣木,大木也。"《大荒西經》云"有榣山",郭注云:"此山多榣木,因名云。"《玉篇》亦云:"榣,木名。"又通作瑶。故《楚詞·哀時命》云:"擥瑶木之橝枝。"王逸注云:"言已既登昆侖,復欲引玉樹之枝。"①知此《經》古本或作瑶木也。(卷二,《西山經》,144 頁)

十、九歎

(一)遠遊

1. 西南黑水之間,有都廣之野,后稷葬焉。

郭注:其城方三百里,蓋天下之中,素女所出也。《離騷》曰:

①"昆侖"今作"崑崙"。

“絶都廣野而直指號。”①

懿行案:《楚詞·九歎》云:“絶都廣以直指兮”,郭引此句,於“都廣”下衍“野”字,又作“直指號”,“號”即“兮”字之訛也。王逸注引此《經》,有“其城方三百里,蓋天地之中”十一字,是知古本在經文,今脱去之而誤入郭注也。因知“素女所出也”五字,王逸注雖未引,亦必爲經文無疑矣。(卷十八,《海内經》,243頁)

2.有都廣之野,后稷葬焉。

郝疏:“其城方三百里,蓋天下之中,素女所出也。”郭注一十六字當入經文,又引《離騷》曰:絶都廣野而直指號,號當爲兮。②(《訂訛》,271頁)

①今本“廣”下無“野”字;“而”今作“以”;“號”今作“兮”。

②今本“廣”下無“野”字;“而”今作“以”;今本“直指號”之“號”爲“兮”字。

《毛詩傳箋通釋》[1]

總論

1. 王風・黍離:彼黍離離。

瑞辰按:……稷以春種,黍以夏種,而詩言黍離離、稷尚苗者,稷種在黍先,秀在黍後故也。黍秀舒散,離離者,狀其有行列也。自穗至實皆離離然,故稷言苗、穗、實,而黍但言離離耳。……離離……又作纚纚,《楚詞・離騷》:"索胡繩之纚纚。"纚纚蓋繩羅列之貌,王逸訓爲好貌,失之。又作蠡蠡,劉向《九歎》"覽芷圃之蠡蠡",②王逸《注》:"蠡蠡猶歷歷。"并與離離聲近而義同。(卷七,228頁)

2. 王風・采葛:彼采葛兮。

瑞辰按:……今按《楚辭・九歌》"采三秀於山間,石磊磊兮葛蔓蔓",③五臣《注》:"芝藥仙草,采不可得,但見葛石耳。亦猶賢

---

①馬瑞辰撰,陳金生點校《毛詩傳箋通釋》,中華書局,1989年版。

②《九歎・惜賢》。

③《山鬼》篇。"於"上今有"兮"字。

哲難逢，諂諛者衆也。”劉向《九歎》“葛藟虆於桂樹兮，鴟鴞集於木蘭”，王逸《注》：“葛藟惡草，乃緣於桂樹，以言小人進在顯位。”①是葛爲惡草，古人以喻讒佞。又《楚辭·離騷經》：“户服艾以盈要兮，謂幽蘭其不可佩。”又“何昔日之芳草兮，今直爲此蕭艾也。”②東方朔《七諫》：“蓬艾親入御于牀笫兮，馬蘭踸踔而日加。”③張衡《思玄賦》：“珍蕭艾於重笥兮，謂蕙芷之不香。”并以蕭艾爲讒佞進仕之喻。（卷七，242－243 頁）

3. 小雅·車攻：弓矢既調，射夫既同。

瑞辰按：此詩以中二句調、同爲韵，與《楚詞》“求矩矱之所同”與“摯咎繇而能調”韵，④及東方朔《七諫》“恐矩矱之不同”與“恐操行之不調”韵合。⑤ 又《韓非·揚權》篇“形名參同，上下和調”亦同與調韵。孔廣森曰：“調字从周，古或从用聲，爲諧聲之變法。”錢大昕謂：“同、調以雙聲爲韵。”今按：錢説是也。《詩》古音有正韵，有通韵，其通韵多以同聲相轉，即雙聲也。（卷十八，555 頁）

4. 小雅·庭燎：夜未央。

瑞辰按：……《釋文》引“《説文》：‘央，久也，已也。’王逸注《楚辭》云：‘央，盡也。’”其義并與渠近。今本《説文》無“已也”之訓，據《楚辭·離騷》“時亦猶其未央”，王逸《注》：“央，盡也”，《九歌》

①《九歎·憂苦》。“葛”上今有“言”字；“桂樹”下今有“鴟鴞貪鳥而集於木蘭”句。

②原標點誤爲“又何昔日”，今徑改。

③此句《七諫·怨世》，“于”今作“於”。

④爲《離騷》篇。“矩”今作“榘”，《考異》謂“一作矩”。

⑤《七諫·謬諫》篇。“矩”今作“榘”，《考異》謂“一作矩”。

"爛昭昭兮未央",①王逸《注》"央,已也",則"已也"之訓蓋在《釋文》引王逸《楚辭注》"央,盡也"之下,今本誤引入《説文》下耳。《廣雅》"央,已也","央,盡也",其義又本《楚辭》王《注》。(卷十九,567頁)

5. 小雅·正月:不敢不局。

瑞辰按:局之言屈,屈即曲也。(原注:《廣雅》:"詘,曲也。"詘與屈通。)《離騷》"僕夫悲余馬懷兮,蜷局顧而不行",王逸《注》:"蜷局,詘屈不行貌。"《九思》"踡跼兮寒局數",《注》:"蜷局,傴僂也。"②《文選·兩京賦》薛綜《注》:"跼,傴僂也。"《廣雅》:"觠局,匔跧也。"《玉篇》:"踡跼,不伸也。"皆曲身之貌。(卷二十,603頁)

6. 小雅·正月:胡爲虺蜴。

瑞辰按:虺之類不一。《爾雅》:"蝮虺,博三寸,首大如擘。"郭注:"身廣三寸,頭大如人擘指,此自一種蛇,名爲蝮虺。"《詩疏》引郭氏《音義》云:"今蛇細頸大頭,色如艾,綬文,文間有毛,似豬鬣,鼻上有針。大者長七八尺。一名反鼻,如虺類。足以明此是一種蛇。"此綬文之虺也。郭氏《山海經圖贊》云:"蛇之殊狀,其名爲虺。其尾似頭,其頭似尾。虎豹可踐,此蛇忌履。"《莊子》曰:"螝二首。"《韓非子》曰:"虫有虺者,一身兩口。"皆此類。此土虺也。《楚辭·招魂》云:"雄虺九首,往來儵忽。"《天問》:"雄虺九首,儵忽焉在?"此又一種,名雄虺也。(卷二十,605頁)

7. 大雅·蕩:如蜩如螗,如沸如羹。

瑞辰按:詩意蓋謂時人悲歎之聲如蜩螗之鳴,憂亂之心如沸

①《九歌·雲中君》篇。

②見《九思·憫上》。"蜷局"一詞王逸注今作"踡";"僂"今作"傴"。

羹之熟。淮南王《招隱》曰:"歲暮兮不自聊,蟪蛄鳴兮啾啾。"五臣注:"蟪蛄,夏蟬。"劉向《七諫》曰:"身被疾而不閒兮,心沸熱其如湯。"①正取此詩之義。(卷二十六,942頁)

一、離騷

1.周南·卷耳:維以不永懷。

瑞辰按:《爾雅》《方言》皆曰:"懷,思也。"《説文》:"懷,念思也。"懷與傷同義。《終風傳》曰:"懷,傷也。"《楚詞》"僕夫悲余馬懷兮",馬懷謂馬病傷也。王逸《注》訓思,失之。漢武帝《悼李夫人賦》"隱處幽而懷傷",正以懷、傷同義,故連言之。(卷二,45—46頁)

2.邶風·静女:愛而不見,搔首踟躕。

瑞辰按:愛者,薆及僾之省借。《爾雅·釋言》:"薆,隱也。"《方言》:"掩、翳,薆也。"郭《注》:"謂蔽薆也。"引《詩》"薆而不見"。……愛而,猶薆然也,故《廣雅》云"愛,僾也。"《離騷經》"衆薆然而蔽之",義與《詩》同。(卷四,157頁)

3.衛風·碩人:螓首蛾眉。

瑞辰按:……蛾眉亦娥之假借。《方言》曰:"娥,好。"《廣雅》:"娥,美也。"《楚詞》"衆女嫉余之娥眉兮",②王逸注:"娥眉,好貌。娥亦作蛾。"《藝文類聚》引《詩》正作娥眉。(卷六,205頁)

4.唐風·杕杜:獨行睘睘。

瑞辰按:《説文》:"赹,獨行也。讀若煢。"此《詩》"睘睘"之正字。……或通作煢,《小爾雅》"寡夫曰煢",今《左傳》及《漢

①《招隱》即《招隱士》;《七諫·自悲》句,"如"今作"若"。

②"娥"今作"蛾",《考異》謂"一作娥"。

書・匡衡傳》并言"煢煢在疚"是也。古營、睘同音,焭从營省聲,故睘、焭通用。焭又作㷀,《方言》"㷀,獨也,楚曰㷀",郭注"古焭字",《廣雅》"儝,獨也",《玉篇》"㷀,特也",皆是也。焭又通惸,《小雅・正月》"哀此惸獨",《楚辭》注引作"哀此焭獨"是也。……《説文》:"煢,回疾也。"段《注》云:"回轉之疾也。引申爲煢獨,取裵回無所依之意。"(卷十一,348—349頁。夫何焭獨而不予聽)

5.陳風・東門之枌:貽我握椒。

瑞辰按:椒亦巫用以事神者,《離騷》"巫咸將夕降兮,懷椒糈而要之",王逸《注》"椒,香物,所以降神"是也。(卷十三,406頁)

6.小雅・鶴鳴:鶴鳴于九皋。

瑞辰按:……至《箋》云"皋,澤中水溢出所爲坎"者,《楚辭》王逸《注》:"澤曲曰皋。"《韓詩》:"九皋,九折之澤。"《論衡》:"鶴鳴九折之澤。"折即曲也。《廣雅》:"皋,局也。"局亦曲也。曲與坎同義,是知《箋》説實本《韓詩》,以皋爲澤曲,與毛《傳》以皋爲澤異義。(卷十九,572頁。步余馬於蘭皋兮)

7.小雅・正月:天夭是椓。

瑞辰按:……椓通作諑。《方言》:"諑,愬也。"《楚辭》"謡諑謂余以善淫",王逸《注》:"諑,猶譖也。"《正義》云"在位又諑譖之",是正讀椓爲諑也。(卷二十,611頁)

8.小雅・小宛:握粟出卜,自何能穀。

瑞辰按:……《説文》:"𥝩,祭具也。"《繫傳》曰:"《楚辭》:'懷椒糈而要之。'糈,祭神之精米也,故字从米。祭神,故从示。"《南山經》"糈用稌米",《淮南・説山篇》"巫用糈藉",郭璞、高誘《注》并曰:"糈,祭神之米名。"是也。(卷二十,641頁)

9.小雅・何人斯:爾之亟行,遑脂爾車。

瑞辰按：……脂音支，即支字之假借。支與榰通。《爾雅》："榰，柱也。"《楚詞》王逸《注》："軔，榰車木也。"①《玉篇》："軔，礙車輪木。"《節南山》詩"維周之氐"，《箋》云："氐當爲桎鎋之桎。"《釋文》："桎，礙也。"軔所以支車使止，"脂爾車"即榰爾車，亦以軔支而止也。（卷二十，656頁。朝發軔於蒼梧兮）

10. 小雅·楚茨：楚楚者茨，言抽其棘。

瑞辰按：《爾雅》："茨，蒺藜。"《説文》作"薺，疾藜也"，引《詩》"墻有薺"，《離騷》王逸《章句》引《詩》"楚楚者薋"，《禮記》齊讀如楚薋之薋。古齊、次同聲，故通用。（卷二十一，699頁。薋菉葹以盈室兮）

11. 大雅·思齊：以御于家邦。

瑞辰按：《爾雅·釋詁》："訝，迎也。"《説文》："訝，迎也。"《傳》以御爲訝之假借，故以迎釋之，御、迎以雙聲爲義。又迎字亦有御音，《楚辭·離騷》"九疑繽其竝迎"，②與故爲韵，則迎可讀若御，故《傳》以御爲迎。（卷二十四，835頁）

12. 大雅·烝民：愛莫助之。

瑞辰按：《爾雅·釋言》："薆，隱也。"《方言》："掩、翳，薆也。"郭《注》引《詩》"薆而不見"。掩、翳、隱、薆，一聲之轉。《説文》："僾，蔽不見也。"愛與薆皆僾字之假借。《離騷》"衆薆然而蔽之"，薆然即隱然也。（卷二十七，1002—1003頁）

13. 大雅·召旻：昏椓靡共。

瑞辰按：……椓通作諑，哀十七年《左傳》"太子又使椓之"，

---

①"榰車"今作"搘輪"。

②"竝"今作"並"。

《釋文》:"椓,古與諑通。"《楚詞》"謡諑謂予以善淫",①王逸注:"諑,猶譖也。"《方言》:"諑,愬也。楚以南謂之諑。"《廣雅·釋詁》:"諑,訴也。"又:"諑,責也。""諑,譖也。""諑,諻也。"義并相近。(卷二十七,1035 頁)

14. 周頌·閔予小子:嬛嬛在疚。

瑞辰按:……據《説文》:"煢,回疾也。从卂,營省聲。"段玉裁曰:"煢引申爲煢獨,取褢回無所依之意。"《集韻》曰:"煢或作傑。"《方言》:"傑,特也。楚曰傑。"《小爾雅》:"寡夫曰煢。"《楚詞》王逸《注》:"煢,孤也。"是訓孤特者,字以作煢爲正。(卷三十,1092 頁。夫何煢獨而不予聽)

15. 周頌·訪落:訪予落止。

瑞辰按:……孔廣森曰:"物終乃落,而以爲始。嘗考落之爲始,大抵施於終始相嬗之際。如宫室考成謂之落成,言營治之終而居處之始也。……《離騷》'夕餐秋菊之落英',宋人有引'落,始也'訓之者,蓋秋者百卉之終,草木黄落而菊始有華,故惟菊乃言落英。"今按終則有始,義本以相反而相成。以落爲始,猶之以徂爲存,以亂爲治,以來爲往,以故爲今,以廢爲置,義有反覆互訓耳。(卷三十,1093—1094 頁)

16. 周頌·載芟:有椒其馨。

瑞辰按:……椒或作茮,古又通借作菽。《淮南子·人間》篇"申菽杜茝",高《注》:"皆香草也。"申菽即《楚詞》之申椒也。(卷三十,1106 頁。雜申椒與菌桂兮)

①"予"今作"余"。

二、九歌

(一)雲中君

1. 召南・草蟲:憂心忡忡。

瑞辰按:《爾雅・釋訓》:"忡忡、惙惙,憂也。"《説文》:"忡,憂也。"《方言》:"惙、怞,中也。"郭注:"中宜爲忡。忡,惱怖意也。"《方言》又曰:"衝、俶,動也。"毛《傳》訓忡忡爲衝衝,蓋以忡忡爲動心之貌。《楚辭・九歌》"極勞心兮𢥞𢥞",王逸注:"𢥞𢥞,憂心貌。𢥞,一作忡。"是𢥞𢥞亦忡忡之異文。《廣雅・釋訓》:"𢥞𢥞,憂也。"蓋本《三家詩》。(卷三,78頁)

(二)湘君

1. 大雅・抑:尚不愧于屋漏。

瑞辰按:……今按:下云:"無曰不顯",承上"屋漏"言之,是屋、漏皆隱蔽之義。《爾雅・釋言》:"厞陋,隱也。"陋、漏古同音通用,屋漏即厞陋耳。《特牲・饋食禮》曰:"佐食徹尸薦俎敦,設於西北隅,几在南,厞用筵。"鄭注:"厞,隱也。"……《楚詞・九歌》"隱思君兮陫側",陫讀如厞,側讀如側陋之側。高誘注《淮南子》云:"側,伏也。"伏謂隱伏。側音義同堲,《説文》:"堲,遮隔也。"亦隱之義。側陋《説文》作側匧,云:"匧,側匧也。从匚,丙聲。"段云:"當从丙,讀若陸。"陸與漏音相近。又作側微,微即隱也。《説文》:"微,隱行也。"側陋、側微皆謂隱藏不出者,是知《詩》言屋漏,《書》言側陋,《爾雅》言厞陋,《楚詞》言陫側,其義一也。(卷二十六,954—955頁)

（三）東君

1. 小雅・天保：如月之恒。

瑞辰按：恒及縆、絚、揯古通用。《考工記》"恒角而短"，鄭司農曰："恒讀爲裻縆之縆。"《説文》："縆，大索也。一曰急也。"又曰："揯，引急也。"王逸注《九歌》云："絚，急張弦也。"①《廣韻》："縆，急張。亦作絚。"是縆爲急張弦之貌，故以狀月之上弦也。（卷十七，514 頁。縆瑟兮交鼓）

（四）河伯

1. 大雅・桑柔：大風有隧，有空大谷。

瑞辰按：王尚書《經義述聞》曰："《楚詞・九歌》'衝風起兮横波'，王逸《注》：'衝，隧也。'則古謂衝風爲隧風。隧風，即遺風也。《吕氏春秋・本味》篇'遺風之乘'，高注：'行迅謂之遺風。'《漢書・王褒傳》：'逐遺風。'遺與隧古同聲而通用。云'有隧'者，形容之詞，'有空'亦形容大谷之詞。《小雅・白駒篇》'在彼空谷'，《傳》：'空，大也。'言大風之狀則有隧矣，大谷之狀則有空矣。先言有空，後言大谷，變文與下爲韵也。"今按王説是也。（卷二十六，971 頁）

（五）山鬼

1. 鄭風・溱洧：贈之以勺藥。

瑞辰按：古之勺藥非今之所云芍藥，蓋蘼蕪之類，故《傳》以爲香草。《山海經・北山經》"繡山多芍藥"，郭《注》："芍藥一名辛夷，亦香草屬。"《廣雅》："攣夷，芍藥也。"張揖《上林賦注》："留夷，

①"絚"今作"縆"；"弦"今作"絃"。

新夷也。"新、辛同音,留、攣音轉,是留夷、辛夷、攣夷皆芍藥之異名。王逸《楚詞注》:"辛夷,香草也。"此與木筆名辛夷者同名而異實。顔師古因樹名辛夷,因謂留夷香草,非辛夷,誤矣。(卷八,290 頁。辛夷車兮結桂旗)

三、天問

1. 周南·汝墳:惄如調饑。

瑞辰按:……輖、調俱從周聲。《説文》:"翰,旦也。從倝,舟聲。"周、舟古同聲通用(原注:《周官·考工記》注:"故書舟作周。"),故朝饑可借爲調與輖也。《傳》云"調,朝也",正謂調爲朝之假借。《易林》"佤如旦饑",義本《韓詩》。《楚詞·天問》"胡爲嗜不同味,而快鼂飽",①鼂一作朝,以朝飽爲快,則知朝饑爲可憂矣。(卷二,66 頁)

2. 陳風·墓門:墓門有梅。

瑞辰按:……考《楚詞·天問》曰:"何繁鳥萃棘,而負子肆情?"王逸《注》云:"晋大夫解居父聘吴,過陳之墓門,見婦人負其子,欲與之淫泆,肆其情欲,婦人則引《詩》刺之曰:'墓門有棘,有鴞萃止。'故曰'繁鳥萃棘'也。"②其説蓋本《三家詩》。(卷十三,411 頁)

3. 陳風·墓門:有鴞萃止。

瑞辰按:……《漢書·賈誼傳》云"服似鴞",則不以鴞即爲服。

①"爲"今作"維",《考異》謂"一作爲"。

②"負子"上今無"而"字;"晋大夫"上今有"言"字,今本王逸注無"晋大夫"三字。

《周官》"哲蔟氏掌覆夭鳥之巢",注:"夭鳥,惡鳴之鳥,若鴞鵩。"賈疏:"鴞之與鵩二鳥,俱是夜爲惡鳴者也。"是亦分鴞與服爲二。鴞蓋似服而非即服也。據《楚辭·天問》"何繁鳥萃棘",王逸《注》引《詩》"有鴞萃止"爲證,《廣雅》作鷩,云"鷩鳥,鴞也",則鴞即繁而非鵩矣。繁通作蕃,《山海經·北山經》"涿光之山,其鳥多蕃",郭《注》"或曰即鴞"是也。鴞之言呼號也,繁之言繁囂也,蓋皆狀其惡聲,因以命名。至其形,説者不一。(卷十三,412 頁)

4. 小雅·十月之交:噂沓背憎。

《傳》:"噂猶噂噂,沓猶沓沓。"《箋》:"噂噂沓沓,相對談語,背則相憎。"……瑞辰按:……朱氏彬曰:"屈原《天問》'天何所沓',王逸《注》:'沓,合也。'詩言小人之情,聚則相合,背即相憎。"其義較《傳》《箋》尤爲直捷。(卷二十,619—620 頁)

5. 大雅·大明:時維鷹揚。

瑞辰按:《楚詞·天問》曰:"蒼鳥羣飛,孰使萃之?"王逸《注》:"蒼鳥,鷹也。言武王伐紂,將帥勇猛如鷹揚羣飛,誰使武王集聚之者乎?《詩》曰'維師尚父,時維鷹揚'也。"①是鷹揚古以指衆帥,蓋謂以師尚父爲衆帥之長,則群帥莫不奮發如鷹揚也。孫氏星衍曰:"揚當讀如《爾雅》'鸉,白鷢'之鸉,謂如鷹與鸉。作揚者,省借字耳。"今按《後漢書》高彪作《箴》曰:"尚父七十,氣冠三軍。詩人作歌,如鷹如鸇。"鸇與"鸉,白鷢"同類,似亦分鷹揚爲二鳥,鷹揚猶云鷹鸇耳。《天問》言"蒼鳥羣飛"以喻群帥,或亦分鷹揚爲二,特言鷹以統之。(卷二十四,810 頁)

6. 大雅·生民:序:"《生民》,尊祖也。"

瑞辰按:……《楚詞·天問》"稷惟元子,帝何竺之?投之於冰

①"將帥"句"揚"今作"鳥",兩"維"字今作"惟"。

上，鳥何燠之？"王逸《注》："元，大也。帝，天帝也。竺，厚也。言后稷之母姜嫄出見大人之跡，怪而履之，遂有娠而生后稷。后稷生而仁賢，天帝獨何以厚之乎？投，弃也。燠，温也。言姜嫄以后稷無父而生，弃之於冰上，有鳥以翼覆薦温之，以爲神，乃取而養之。"①（卷二十五，872頁）

7. 大雅・召旻：草不潰茂。

瑞辰按：……又按孔氏《詩聲類》曰："《詩》中《幽韵》與《之》通者八見，此詩茂、止爲韵，其一也。《天問》'雄虺九首，儵忽焉在，何所不死，長人何守'，亦《黝》《止》韵之通。"戚學標《毛詩證讀》又引《漢書・叙傳》"侯王之祉，祚及孫子，公侯蕃滋，枝葉碩茂"，魏武《觀滄海》詩"樹木叢生，百草豐茂，秋風蕭瑟，洪波涌起"，皆《之》《幽》韵通之證。（卷二十七，1037頁）

8. 魯頌・泮水：屈此群醜。

瑞辰按：……《爾雅・釋詁》："淈，治也。"某氏《注》引《詩》"淈此群醜"。鄭讀屈爲淈，故訓治，其義當本《齊》、《魯詩》。淈者，汩之假音。《説文》："汩，治水也。"《周語》"汩越九原"，汩、越皆治也。《楚詞・天問》"不任汩鴻"，王《注》："汩，治也。"若淈之本義，《説文》訓濁。治濁爲汩，猶亂亦訓治也。（卷三十一，1134頁）

9. 商頌・長發：禹敷下土方。

瑞辰按：《禹貢》"禹敷土"，馬《注》："敷，分也。"鄭《注》："敷，布也。"……《楚詞・天問》云"禹之力獻功，降省下土方"義本此詩。②（卷三十二，1172頁）

---

①"稷惟"之"惟"今作"維"；"天帝"上今有"謂"字；"跡"今作"迹"。

②"下土方"今作"下土四方"，《考異》謂"一無'四方'二字"。而朱熹《集注》作"下土方"。

四、九章

(一)懷沙

1. 小雅·菀柳:上帝甚蹈。

瑞辰按:……《楚詞·九章》"滔滔孟夏",《史記·屈原傳》作"陶陶"也。(卷二十三,771 頁)

2. 大雅·靈台:矇瞍奏公。

瑞辰按:《史記·屈原傳》集解,《吕覽·達鬱》篇高《注》引《詩》并作"奏功",《楚詞·懷沙》篇王逸《章句》引《詩》作"奏工"。公、功、工古同聲通用。(卷二十四,862 頁。矇瞍謂之不章)

3. 大雅·既醉:永錫爾類。

瑞辰按:……類又訓法。《楚詞·九章》"吾將以爲類兮",王逸《注》:"類,法也。"引《詩》"永錫爾類"。《三家詩》蓋有訓類爲法者。《方言》:"類,法也。齊曰類。"《廣雅》:"類,法也。"《疏證》曰:"類之言律,律亦法也。《樂記》'律小大之稱',《史記·樂書》作類,是類與律聲義同。"(卷二十五,895 頁)

(二)惜往日

1. 小雅·沔水:寧莫之懲。

瑞辰按:懲古通作徵。《楚辭》"不清徵其然否",①清徵謂審察也。《左氏》襄二十八年《傳》"以徵過也",杜《注》:"徵,審也。"(卷十九,570 頁)

---

①"清徵"之"徵"今作"澂"。

2. 大雅・民勞:無縱詭隨。

瑞辰按:《經義述聞》曰:“詭隨叠韵字,不得分訓。詭隨即無良之人,亦無大惡、小惡之分。詭隨謂譎詐謾欺之人。詭古讀若戈,隨讀若譊,譊音土禾反,字或作詑,又作訑。隨,其假借字也。《方言》:‘虔、儇,慧也。秦謂之謾,晋謂之㦟,宋楚之間謂之倢,楚或謂之譊,自關而東、趙魏之間謂之黠,或謂之鬼。’《説文》‘沇州謂欺曰詑’,《楚辭・九章》‘或訑謾而不疑’,《燕策》‘寡人甚不喜訑者言也’,并字異而義同。”今按王説以詭隨爲譎詐謾欺之人,是也。……譊通作詑,又通作他,《廣雅》詑、他并曰“欺也”。又借作他,《淮南・説山篇》:“媒但者非學謾他。”又通作訑,玄應書引《纂文》曰:“兖州人以相欺人爲訑人。”皆詭隨爲譎詐謾欺之證。(卷二十五,919—920 頁)

(三)悲回風

1. 大雅・召旻:如彼栖苴。

瑞辰按:《楚詞・九章》“草苴比而不芳”,王逸《注》:“生曰草,枯曰苴。”苴通作蒩。《管子・輕重》篇“請君伐蒩薪”,房《注》:“草枯曰蒩。”……水中浮木謂之查,水中浮草謂之苴,其義一也。《傳》云“水中浮草”,亦謂枯草之浮於水中者耳。栖蓋草枯之狀。草之生曰興曰作,則其枯可謂之栖。(卷二十七,1037—1038 頁)

五、遠遊

1. 王風・君子陽陽:右招我由房。

瑞辰按:……《説文》:“敖,出游也。从出放。”又贅字注:“敖者,猶放。"房與放古音亦相近,"由房"當讀爲游放。《楚辭·遠游》云:"神要眇以淫放。"張平子賦:"卷淫放之遐心。"《廣雅》:"淫,游也。""淫放"即游放也。漢武《悼李夫人賦》"燕淫衍而撫楹兮","淫衍"即游衍也,義并與"淫放"同。(卷七,232頁)

六、漁父

1.豳風·鴟鴞:予羽譙譙。

瑞辰按:譙譙當讀如顦顇之顦。《説文》無顦字,惟顇字注:"顦顇也。"顦之本字蓋作醮。《玉篇》引《楚辭》:"顔色醮顇。"①《説文》:"醮,面焦枯小也。""爇,火所傷也。省作焦。"焦本火傷之名,而醮、顦等字从之。人面之焦枯曰醮顇,鳥羽之焦殺曰譙譙,其義一也。(卷十六,474頁)

2.小雅·四月:盡瘁以仕。

瑞辰按:……勞病謂之憔悴,人之枯瘦亦謂之醮顇,《説文》"醮,面焦枯小也","顇,顦顇也",《楚辭·漁父》云"顔色憔悴",《玉篇》引作醮顇是也。(卷二十一,687頁)

七、九辯

1.召南·小星:抱衾與裯。

瑞辰按:裯,蓋衹裯也。《方言》:"汗襦,自關而西或謂之衹裯。"《説文》:"衹裯,短衣。"又曰:"裯,衣袂衹裯。"是汗襦一名衹裯。又單稱裯,宋玉《九辨》"被荷裯之晏晏兮",王逸《注》"裯,衹

①"醮顇"今作"憔悴"。

裯也”①是也。(卷三,94 頁)

2.鄭風・羔裘:羔裘晏兮。

瑞辰按:晏與殷雙聲,殷,盛也,《傳》蓋以晏爲殷之假借,故訓爲鮮盛。宋玉《九辨》“被荷裯之晏晏兮”,王逸《注》:“晏晏,盛貌也。”義與毛同。(卷八,265 頁)

3.檜風・隰有萇楚:猗儺其枝。

瑞辰按:《經義述聞》曰:“萇楚之枝柔弱蔓生,故《傳》、《箋》并以猗儺爲柔順,但下文華與實不得言柔順,而亦云猗儺,則猗儺乃美盛之貌矣。《小雅・隰桑》篇‘隰桑有阿,其葉有難’,《傳》:‘阿然美貌,難然盛貌。’阿難與猗儺同字。又作旖旎。《楚辭・九辨》‘紛旖旎乎都房’,王逸《注》:‘旖旎,盛貌。’引《詩》‘旖旎其華’。與毛《傳》異義,蓋本於三家。”今按王説是也。《史記・司馬相如傳》“旖旎從風”,《索隱》引張揖云:“旖旎,猶阿那也。”那與儺古亦同聲。草之美盛曰猗儺,樂之美盛曰猗那,其義正同。(卷十四,428—429 頁)

4.大雅・桑柔:倉兄填兮。

瑞辰按:倉兄叠韵,即滄况之省借。《説文》:“滄,寒也。”“况,寒水也。”《繫傳》:“愴况,寒涼貌。”……滄况通作愴怳,劉向《九辨》“愴怳懭悢兮”,王逸《注》:“中情悵恨,意不得也。”②(卷二十六,961 頁)

5.周頌・敬之:日就月將。

瑞辰按:下句“學有緝熙于光明”乃言學之有漸,則上文“日就

①王逸注文“衹”今作“祇”。

②按:馬瑞辰誤將《九辯》作者寫作“劉向”;“懭悢”之“悢”今作“悢”;“悵恨”之“恨”今作“惘”。

月將”止謂日久月長，猶言日積月累耳。《廣雅·釋詁》：“就，久也。”《楚詞》“恐余壽之弗將”，王逸《注》“將，長也。”①正可引以釋此詩。（卷三十，1097 頁）

6. 商頌·烈祖：我受命溥將。

瑞辰按：《楚詞》王《注》：“將，長也。”②此詩將字，王尚書訓長，是也。蓋言我受天之命溥且長。猶《公劉》篇“既溥既長”，以溥、長對舉也。（卷三十二，1164 頁。恐余壽之弗將）

八、招蒐

1. 齊風·載驅：齊子發夕。

瑞辰按：……發之訓明訓旦，蓋古義。《楚辭》王逸《注》：“發，旦也。”③《長發》詩《釋文》：“撥，《韓詩》作發。發，明也。”《廣雅》：“發，明也。”“發，開也。”并與古義合。又醉而醒謂之發，賈誼《新書·先醒》篇“辟猶俱醉而獨先發也”，《晏子·諫篇上》“景公飲酒，三日而後發”是也。又寐而覺亦曰發，《晏子·諫篇》又曰：“君夜發，不可以朝。”發猶覺也。故《説文》覺字注：“一曰，發也。”與發之爲明，義亦相近。（卷九，311—312 頁。娭酒不廢，沈日夜些）

2. 豳風·七月：爲此春酒。

瑞辰按：《月令》“孟夏，天子飲酎”，鄭《注》：“酎之言醇，謂重釀之酒也。春酒至此始成。”《吕氏春秋》高《注》亦曰：“酎，春醞也。”是春酒即酎酒也。漢制以正月旦作酒，八月成，名酎酒。周

① 據洪興祖《補注》，“將，長也”乃五臣注而非王逸注。

② 據洪興祖《補注》，“將，長也”乃五臣注而非王逸注。

③ 今本《招蒐》“娭酒不廢”，一本作“娭酒不發”；馬氏所引即一本。

制蓋以冬釀，經春始成，因名春酒。《楚辭》"挫糟凍飲，酎清涼些"，凍飲蓋即凍醪，凍醪即酎也。（卷十六，463 頁）

3. 小雅・小宛：明發不寐。

瑞辰按：汪中《經義知新記》曰："發，醒也。賈誼《新書・先醒篇》'辟猶俱醉而獨先發也'，《漢書・景十三王傳》'名長沙定王曰發'，《鄒陽傳》曰'發悟於心'，《晏子・諫篇上》'景公飲酒三日而後發'，又曰'君夜發不可以朝'，發皆醒也。"今按《楚詞・招魂》"娭酒不廢，沈日夜些。"王逸《注》："不廢或曰不發。"發亦醒也。王逸訓爲旦，非也。因考《廣雅・釋詁》："發，明也。"又曰："明、覺，發也。"是明、發二字同義。醉而醒爲發，夜醒不寐亦得爲發，因知此詩"明發不寐"，明、發皆醒也，即謂醒而不寐也。（卷二十，633 頁）

4. 小雅・大東：周道如砥，其直如矢。

瑞辰按：《説文》："厎，柔石也。"重文作砥。《孟子》引《詩》"周道如底"，底爲厎字之訛。《墨子》引《周詩》曰"其直若矢，其易若厎，君子之所履，小人之所視"，《楚詞・招魂》王逸《注》引《詩》"其平如砥"，當即此詩異文。（卷二十一，673 頁。砥室翠翹）

5. 小雅・菀柳：見晛曰流。

瑞辰按：流與消同義。《廣雅》："流，匕也。"匕即化字，謂消化也。《莊子・逍遥游》"大旱金石流"，謂金石消化也。《楚辭・招魂》"十日代出，流金鑠石"，謂消金鑠石也。《淮南子・原道訓》"金火相守而流"，高《注》："流，釋也。"釋亦消也。（卷二十三，769—770 頁）

九、大招

1. 陳風・月出:月出皓兮。

瑞辰按:皓者,晧之俗。《爾雅》:"晧,光也。"《説文》:"晧,日出貌。"字通顥。《三倉》:"晧,古文顥。"《説文》:"顥,白貌。"引《楚詞》"天白顥顥"。《聲類》:"顥,白首貌也。"詩以晧形容月色之白。又作皡。《廣雅》:"皡皡,白也。"(卷十三,418 頁)

2. 小雅・賓之初筵:發彼有的。

瑞辰按:的字正作旳,《説文》:"旳,明也。"的質之説不一,有謂質的即正鵠者。……有謂質在正鵠内,另爲一物者……《説文》《廣雅》并曰:"旳,明也。"《一切經音義》:"旳謂旳然明見,今射堋中珠子是也。"唐時所謂珠子,猶今射者所謂羊眼,其圓如目中珠子,又如星然。蓋取中正之義則謂之埻,又謂之臬。……采布爲正,賓射以之;栖皮爲鵠,大射以之。正鵠在中,旳蓋又在正鵠之中。正、鵠皆鳥也,旳又象鳥目之旳然在中者。……據《周官・司裘》鄭注云:"侯以皮飾其側,又方制之以爲辜,謂之鵠,著于侯中。"辜,《詩疏》引作質,是質之制方,與旳之形圓象目珠者異。通言則質、旳爲一。……旳通作招……又借作昭,《楚辭・大招》"昭質既設,大侯張只",昭質即旳質也。王逸《注》訓爲明旦,失之。旳、質并言,猶正、鵠不嫌并舉,《大戴記》"正鵠張而弓矢至焉",《荀子》《淮南子》并作"質旳張"也。(卷二十二,747—749 頁)

十、七諫

(一)初放

1. 邶風·谷風:匍匐救之。

瑞辰按:……匍匐之合聲爲鞠,東方朔《七諫》"塊兮鞠,當道宿",王逸《注》"匍匐爲鞠"是也。(卷四,136頁)

(二)沈江

1. 大雅·崧高:于邑于謝。

瑞辰按:《漢書·地理志》南陽宛縣,申伯國,即今南陽府南陽縣也。《水經注》:"比水又西南流,謝水注之,水出謝城北。城周回側水,申伯之都邑。"又云:"其城之西,舊棘陽治,故亦謂棘陽城。"《荆州記》棘陽東北百里有謝城,《續漢書·地理志》謝城在南陽棘陽縣東北百里,并與《水經注》合。今在汝寧府信陽州境,《明一統志》"今汝寧府信陽州在南陽府城北二百七十里,州境内有古謝城"是也。申與謝相去不遠,申爲舊封之國,謝爲新作之都邑,《箋》謂"改大其邑,使爲候伯"是也。……謝與徐亦雙聲通用,故東方朔《七諫》王逸《注》引《詩》"申伯番番,既入于徐",蓋本《三家詩》,假借作徐。王逸引以證徐偃王之徐,則誤。(卷二十七,990—991頁。荆文癗而徐亡)

(三)怨世

1. 魏風·葛屨:好人提提。

瑞辰按:提爲媞之假借。《説文》:"媞,諦也。"《爾雅》:"媞媞,安也。"郭《注》:"見《詩》。"即此詩。媞媞爲安諦,又爲美好。東方朔《七諫》"西施媞媞而不得見",王逸《章句》:"媞媞,好貌也。"引《詩》"好人媞媞"。蓋本《三家詩》。(卷十,319 頁)

2. 大雅·召旻:皋皋訿訿,曾不知其玷。

瑞辰按:……玷當讀如點污之點。《楚詞·七諫》"唐虞點灼而毁議",王逸《注》:"點,污也。"①《廣雅·釋詁》:"點,污也。"詩言小人止知毁議人而不自知其點污也。(卷二十七,1036 頁)

(四)謬諫

1. 豳風·東山:慆慆不歸。

瑞辰按:慆與滔同。《太平御覽》引《詩》正作"滔滔不歸"。……《楚詞·七諫》"年滔滔而日遠兮",②義亦爲久。(卷十六,477 頁)

十一、九懷

(一)陶壅

1. 召南·采蘩:于沼于沚。

《傳》:"沼,池。沚,渚也。"瑞辰按:沚又作洔。《爾雅》:"小洲曰陼,小陼曰沚,小沚曰坻。"《楚辭·九懷》"淹低佪兮京沶",王逸《注》:"小洲曰渚,小渚曰洔,小洔曰沶。"③洔即沚,沶即坻也。

---

①"污"今作"汙"。

②"日"今作"自"。

③王逸注今作"小洲爲渚,小渚爲沶",《考異》謂"一注云'小渚爲洔,小洔曰沶'"。

《玉篇》:"沚,亦作洔。"(卷三,74頁)

2. 召南·草蟲:我心則夷。

瑞辰按:夷、悦以雙聲爲義。《爾雅·釋言》:"夷,悦也。"《風雨》詩"云胡不夷",《那》詩"亦不夷懌",毛《傳》并訓夷爲悦。此詩"我心則夷"對上"我心傷悲"言,猶云"我心則説"也,正當訓爲悦。《楚辭·九懷》"羕余術兮可夷",①王逸《注》引《詩》"我心則夷",云"夷,喜也",蓋本《三家詩》,其義當矣。(卷三,78頁)

十二、九歎

總論

1. 邶風·匏有苦葉:深則厲。

瑞辰按:……厲有陵厲之義,因爲涉水之名。蓋散言之,則横渡水通謂之厲,司馬相如《大人賦》"横厲飛泉以正東",劉向《九歎》"横汨羅以下濿",又曰"櫂舟航以横濿"是也。②(卷四,127頁)

(一)遠逝

1. 檜風·素冠:聊與子同歸兮。

瑞辰按:……又按《説文》:"聊,耳鳴。"《楚詞》:"耳聊啾而戃恍。"③此聊字本義。至訓且者,乃僇字之假借。《説文》:"僇,一

①"羕"今作"羕"。

②出自《九歎·遠逝》與《九歎·離世》。"以下"今作"而下";"航"今作"杭",《考異》謂"一作航"。

③"恍"今作"慌"。

曰,且也。"(卷十四,428 頁)

(二)惜賢

1. 周南·關雎:輾轉反側。

瑞辰按:輾字始見《字林》,《説文》惟曰:"展,轉也。从尸,襄省聲。"又云:"夗,轉卧也。从夕卪,卧有卪也。"與展音近而義同。《説文》又曰:"驟,馬轉卧土中。"馬之轉卧曰驟,猶人之轉卧曰展矣。《楚詞·九歎》注:"展轉,不寐貌。"①引《詩》"展轉反側"。展轉爲卧而不周,反側爲卧而不正。(卷二,34 頁。憂心展轉)

2. 衛風·碩人:河水洋洋。

瑞辰按:《爾雅·釋詁》:"洋,多也。"《閟宫》傳:"洋洋,衆多也。"衆多與盛大義近。劉向《九歎》"江湘油油",王逸《注》引《詩》"河水油油",即此詩"洋洋"之異文。油、洋一聲之轉。(卷六,208 頁)

3. 小雅·大東:契契寤嘆。

瑞辰按:《釋文》"契,芳計切",讀同契約之契,又云"徐苦結反",則讀如提挈之挈,憂苦即提挈之義所引伸。《九歎》云"孰契契而委棟兮",一本作挈挈,其正字也。《廣雅》"栔栔,憂也",與《詩》契契皆假借字。(卷二十一,675—676 頁)

(三)憂苦

1. 周南·樛木:葛藟纍之。

瑞辰按:藟與纍同。《爾雅》:"諸慮,山纍。"郭《注》:"今江東呼纍爲藤,似葛而粗大。"《易》"困于葛藟",《釋文》:"藟,似葛之草。"劉向《九歎》"葛藟虆於桂樹兮",王逸《注》:"藟,葛荒也。"竊

①"不寐"今作"不寤"。

疑葛藟爲藟之别名，以其似葛，故稱葛藟。……又按：虆，《楚辭·九歎》注："虆，緣也。"引《詩》"葛藟虆之"。（卷二，48—49 頁）

2. 檜風·匪風：溉之釜鬵。

瑞辰按：無足曰釜。《説文》："鬵，大釜也。"《韵會》引《説文》作"土釜"。劉向《九歎》"爨土鬵於中宇兮"，王逸《注》："鬵，釜也。"《説文》鬲字注："秦名土鬴曰鬲。讀若過。"案鬲即今俗所稱鍋也。此皆鬵爲釜屬之證。至《爾雅》"䰛謂之鬵"，據《説文》"鬵，大釜也"，"䰛，鬵屬"，是鬵亦釜屬。《説文》："一曰，鼎大上小下，若甑，曰鬵。"此别一義。（卷十四，432 頁）

（四）愍命

1. 邶風·静女：静女其姝。

瑞辰按：《説文》："竫，亭安也。"凡經傳静字皆竫之假借。若静之本義，《説文》自訓宷耳。静、竫又與靖通用。文十二年《公羊傳》"惟諓諓善竫言"，王逸《楚詞注》作"靖言"。《廣雅》："竫，善也。"《藝文類聚》引"《韓詩》：'有静家室。'静，善也。"鄭詩"莫不静好"，《大雅》"籩豆静嘉"，皆以静爲靖之假借。（卷四，156 頁。讒人諓諓，孰可愬兮）

2. 唐風·椒聊：椒聊之實。

瑞辰按：《爾雅·釋木》："椒椴醜，菉。"郭《注》："菉，萸子聚生成房貌。"《爾雅》又曰："朻者聊。"郭《注》："未詳。"今按：朻、菉古音同，朻即菉也，椒聊即椒菉也。……《説文》又曰："菉，椒茱實如裘也。"《箋》作捄者，假借字也。劉向《九歎》"懷椒聊之蔎蔎兮"，王逸《注》："椒聊，香草也。"椒聊二字連讀，亦不以聊爲語辭。（卷十一，343 頁）

3. 大雅·既醉：籩豆静嘉。

瑞辰按：……經典中静、竫、靖三字多通用。《廣雅・釋詁》："竫，善也。"《藝文類聚》引《韓詩》"有静家室"，云："静，善也。"《堯典》"静言庸違"，《史記・武帝紀》作"善言"。《盤庚》"自作弗靖"，靖亦善也。又《公羊傳》"諓諓善竫言"，王逸注《楚辭》引作"諓諓靖言。"（卷二十五，894 頁。讒人諓諓，孰可愬兮）

（五）思古

1. 豳風・鴟鴞：予口卒瘏。

瑞辰按："卒瘏"與"拮据"相對成文，卒當讀爲顇。《爾雅》："顇，病也。"字通作悴。劉向《九歎》："躬劬勞而瘏悴。"卒瘏猶瘏悴也。卒、瘏皆爲病，猶拮、据并爲勞也。（卷十六，473－474 頁）

十二、九思

（一）怨上

1. 小雅・十月之交：讒口囂囂。

瑞辰按：……《説文》："囂，聲也。气出頭上。从㗊頁。"按㗊爲衆口而囂从之，是有衆多之義。《説文》："嗸，衆口愁也。"與囂囂音義相近。《毛詩》囂囂，正字；《韓詩》嗸嗸，假借字也。至《板》詩"聽我囂囂"，《傳》"囂囂猶謷謷也"，據《箋》云"謷謷然不肯受"，《説文》"謷，不省人言也"，《廣韻》"謷，不省語也"，《玉篇》聱字注引《廣雅》云"不入人語也"，《埤蒼》云"不聽也"，聱即謷之俗，是知《板》詩囂囂乃謷謷之假借，當以謷謷爲正字。《楚辭・九思》"令尹兮謷謷"，王逸曰"不聽話言而妄語也"，兼取二義，不知妄語是此詩"讒口嚚嚚",不聽話言是《板》詩"聽我嗸嗸",二者不得合爲一也。《爾雅·釋訓》:"敖敖,傲也。"郭注:"傲慢賢者。"以釋《板》詩,是也。(卷二十,619頁)

2. 大雅·板:聽我嚚嚚。

瑞辰按:嚚、嗸二字叠韵。……此詩當以嗸嗸爲正字,《潛夫論》引《詩》作"聽我敖敖",即嗸之省;《毛詩》作嚚嚚,亦假借字。《爾雅·釋訓》:"仇仇、敖敖,傲也。"郭注:"皆傲慢賢者。"蓋以敖敖爲釋此詩"聽我嚚嚚"。《潛夫論》引《詩》作"聽我敖敖",與《爾雅》正合。至《爾雅釋文》引舍人本傲作毀,云"敖敖,衆口毁人之貌",則以敖敖爲釋《詩》"讒口嚚嚚"矣。……王逸《九思》"令尹兮嗸嗸",《注》:"嗸嗸,不聽話言而妄語也。"(原注:按:此誤合二義爲一,然可證嗸嗸爲不省人語。)《玉篇》聱字注引《廣雅》云:"聱,不入人語也。"《埤雅》云:"不聽也。"并與不省受之義同。聱即嗸之俗也。(卷二十五,927頁)

(二)疾世

1. 大雅·板:以謹繾綣。

瑞辰按:……錢大昭曰:"繾綣當作緊絭。《楚詞·九思》曰'心緊絭兮傷懷',王逸《章句》:'緊絭,糾繚也。一作繾綣。'《説文》:'緊,纏絲急也。''絭,纕臂繩也。'"今按:緊字糾忍切,从臤、絲省,别作綖,《玉篇》引《春秋》成公四年"鄭伯綖卒",有古千一切,則从臤得聲,與繾音近,故繾綣即緊絭之别體。(卷二十五,922—923頁)

(三)悼亂

1. 豳風·東山:町畽鹿場。

瑞辰按：……《説文》："田踐處曰町。"又："疃，禽獸所踐處也。"引《詩》"町疃鹿場。"王逸《九思》："鹿蹊兮躖躖。"①亦作蹨。《説文》："躖，踐處也。"疃與躖蓋聲近而義同。（卷十六，480頁）

①"躖"今作"蹨"，《考異》謂"一作躖"。

《荀子集解》①

總論

1. 蘭槐之根是爲芷。

蘭槐，香草，其根是爲芷也。《本草》:“白芷一名白茝。”陶弘景云:“即《離騷》所謂蘭茝也。”②蓋苗名蘭茝，根名芷也。蘭槐當是蘭茝别名，故云“蘭槐之根是爲芷”也。(卷一，《勸學篇》第一，6頁)

2. 忽兮其極之遠也攭兮其相逐而反也。

攭與劙同。攭兮，分判貌。言雲或慌忽之極而遠舉，或分散相逐而還於山也。攭音戾。〇王念孫曰:忽，遠貌。《楚辭·九歌》曰“平原忽兮路超遠”，《九章》曰“道遠忽兮”，③是忽爲遠貌。極，至也。言忽兮其所至之遠也。(卷十八，《賦篇》第二十六，475

---

①王先謙《荀子集解》，中華書局，1988年版。

②按:《離騷》有“蘭芷變而不芳兮”句;《九章·悲回風》有“蘭茝幽而獨芳”句等，而《楚辭》中“茝，一作芷”(見《考異》)，且南朝人多有以《離騷》指代《楚辭》者，故將該内容列入總論篇。

③分别見《九歌·國殤》與《九章·懷沙》篇。

頁）

3.與愚以疑，願聞反辭。

反辭，反覆叙説之辭，猶《楚詞》“亂曰”。弟子言當時政事既與愚反疑惑之人，故更願以亂辭叙之也。（卷十八，《賦篇》第二十六，482 頁）

一、離騷

1.案强鉗而利口，厚顏而忍詬，無正而恣睢，妄辨而幾利。

王念孫曰：……詬，耻也。《大戴禮・曾子立事》篇“君子見利思辱，見惡思詬”，定八年《左傳》“公以晋詬語之”，杜、盧注并曰：“詬，耻也。”字或作“訽”。昭二十年《左傳》“余不忍其訽”，杜注曰：“訽，耻也。”又作“㖃”。《大戴禮・武王踐阼》篇“口生㖃”，盧注曰：“㖃，耻也。”又作“垢”。宣十五年《左傳》“國君含垢”，杜注曰：“忍垢耻。”（原注：《漢書・路温舒傳》作“國君含詬”。）詬，訓爲耻，故曰“厚顏而忍詬”，非謂忍詈也。《楚辭・離騷》曰“忍尤而攘詬”，（原注：王注：“詬，耻也。”）《吕氏春秋・離俗》篇曰“强力忍訽”，（原注：高注：“訽，辱也。”）《淮南・泛論》篇曰“忍訽而輕辱”，《史記・伍子胥傳》曰“剛戾忍訽”，皆其證也。（卷十五，《解蔽篇》第二十一，408 頁）

二、漁父

1.故新浴者振其衣，新沐者彈其冠，人之情也。其誰能以己之潐潐，受人之掝掝者哉！

潐潐，明察之貌。潐，盡。謂窮盡明於事。……掝掝，惛也。

《楚詞》曰:"安能以身之察察,受物之惛惛者乎?"①潐,子誚反。……郝懿行曰:《韓詩外傳》一作"莫能以己之皭皭容人之混污",然皭與潐,古音同,混污與掝掝,音又相轉,此皆假借字耳。《楚詞》作"察察""汶汶",當是也。又案上云"故新浴者振其衣,新沐者彈其冠",亦與《楚詞》同。(卷二,《不苟篇》第三,45 頁)

三、七諫

(一)怨世

1. 閭娵、子奢,莫之媒也。

閭娵,古之美女,《後語》作"明陬"。《楚詞·七諫》謂閭娵爲醜惡,②蓋一名明陬。《漢書音義》韋昭曰:"閭娵,梁王魏嬰之美女。"(卷十八,《賦篇》第二十六,484 頁。訟謂閭娵爲醜惡)

①"惛惛"今作"汶汶",《補注》謂"汶……一音昏。《荀子》注引此作惛惛"。
②今本"謂"上有"訟"字。

《韓非子集解》[1]

總論

1. 填其洶淵,毋使水清。

“淵”者,水之停積。水清,鑒之者必衆,喻雖族和附之者必多也。○顧廣圻曰:“淵”“清”失韵,有誤。不,即有缺文也。俞樾曰:顧氏以上句“本”字爲衍文,是也。此句“洶”字蓋亦衍文。……先慎曰:俞説衍“洶”字,是也。《定之方中》“淵”與“人”協,《楚詞》“清”與“人”協,②《風賦》“清”亦與“人”協,《詩·燕燕》“淵”與“身”“人”協,《楚詞·卜居》“清”與“身”“人”協③……則“淵”“清”古自爲韵。顧疑有誤,非也。(卷二《揚權第八》,53 頁)

①王先慎撰,鍾哲點校《韓非子集解》,中華書局,1998 年版。

②《九辯》:“泬寥兮天高而氣清,宋𡻕兮收潦而水清,憯悽增欷兮,薄寒之中人。”

③《卜居》:“以危身乎……以事婦人乎……以自清乎”。

《墨子閒詁》[①]

總論

1. 伊摯,有莘氏女之私臣。

《詩·商頌·長發》孔疏引鄭康成《書》注云:"伊尹名摯,湯以爲阿衡,以尹天下,故曰伊尹。"……伊摯亦見《楚辭·離騷》《天問》二篇。[②](卷二《尚賢中》第九,58 頁)

2. 祩子杖揖出,與言曰。

上觀辜已是祝,則祩子不當復爲祝。竊疑當是巫,巫能接神,故厲神降於其身。謂之"祩子",猶《楚辭》謂巫爲靈子也。[③](卷八《明鬼下》第三十一,231 頁)

3. 巧垂作舟。

案:《山海經·海内經》云"義均是始爲巧倕,是始作下民百

---

① 孫詒讓撰,孫啓治點校《墨子閒詁》,中華書局,2009 年版。

② 分别見《離騷》"摯咎繇而能調",王逸注"摯,伊尹名,湯臣也"。《天問》:"帝乃降觀,下逢伊摯。"

③ 見《九歌·雲中君》"靈連蜷兮既留",王逸注"楚人名巫爲靈子";《九歌·東君》"思靈保兮賢姱",王逸注"靈,謂巫也"。

巧”,《楚辭·九章》亦云“巧倕”,又見《七諫》。①(卷九《非儒下》第三十九,294 頁)

一、離騷

1.然則親而不善以得其罰者,誰也?曰:若昔者伯鯀,帝之元子。

《大戴禮記·五帝德》篇云:“禹,高陽之孫,鯀之子也。”《帝繫》篇云:“顓頊産鯀。”……《漢志》亦引《帝繫》,而與今本《大戴禮》舛異。《楚辭·離騷》王注引《帝繫》及《淮南子·原道訓》高注,説并與《漢志》同。(卷二《尚賢中》第九,61 頁。帝高陽之苗裔兮)

2.糧食不繼傺,食飲之時。

畢云:“王逸注《楚辭》云:‘傺,住也。楚人名住曰傺。’”(卷五《非攻下》第十九,145 頁。忳鬱邑余侘傺兮)

3.啓乃淫溢康樂。

《竹書紀年》及《山海經》皆盛言啓作樂,《楚辭·離騷》亦云“啓《九辯》與《九歌》兮,夏康娱以自縱,不顧難以圖後兮,五子用失乎家巷”,并古書言啓淫溢康樂之事。“淫溢康樂”,即《離騷》所謂“康娱自縱”也。王逸《楚辭注》云“夏康,啓子太康也”,亦失之。(卷八《非樂上》第三十二,262 頁)

4.章聞于大,天用弗式。

《大荒西經》云“夏后開上三嬪于天,得《九辨》與《九歌》以下”,據此,則指啓盤于游田。《書序》“大康尸位”及《楚詞》“夏康

①分别見《懷沙》“巧倕不斲兮”;《七諫·謬諫》“棄彭咸之娱樂兮,滅巧倕之繩墨”。

娱”云云，疑“大康”“夏康”即此云“淫溢康樂”，淫之訓大，然則太康疑非人名，而《孔傳》以爲啓子不可奪也。案：《楚辭》“夏康娱”，“夏”當從王引之讀爲下。戴震謂康娱即康樂，非太康，説亦致確。（卷八《非樂上》第三十二，263 頁。夏康娱以自縱）

二、九歌

（一）湘夫人

1. 逝淺者速竭。

俞云：“‘逝’當讀爲澨，古字通也。《詩·有杕之杜》篇‘噬肯適我’，《釋文》曰：‘噬，《韓詩》作逝。’然則‘逝’之通作‘澨’，猶‘逝’之通作‘噬’也。成十五年《左傳》‘則决睢澨’，《楚辭·湘夫人》篇‘夕濟兮三澨’，①杜預、王逸注并曰：‘澨，水涯。’”（卷一《脩身》第二，7 頁）

（二）國殤

1. 諸守者，審知卑城淺池而錯守焉。

《論語》包咸注云：“錯，置也。”錯守，猶言置守。或云《楚辭·國殤》王逸注云：“錯，交也。”謂交錯相更代而守，亦通。（卷十四《備城門》第五十二，528 頁。車錯轂兮短兵接）

三、天問

1. 廢帝之德庸，既乃刑之於羽之郊。

---

①今本作“夕濟兮西澨”。

《書・堯典》、《孟子・萬章》篇、《史記・五帝本紀》并云:"殛鯀於羽山。"《晋語》韋注云:"殛,放而殺也。"《楚辭・天問》云:"永遏在羽山,夫何三年不施?"王注云:"言堯長放鯀於羽山,絶在不毛之地,三年不舍其罪也。"①(卷二《尚賢中》第九,61頁)

2. 是故昔者堯有舜,舜有禹,禹有皋陶,湯有小臣。

此即上文所謂伊尹爲有莘氏女師僕也。《楚辭・天問》云:"成湯東巡,有莘爰極,何乞彼小臣,而吉妃是得",王注云:"小臣,謂伊尹也。"(卷二《尚賢下》第十,72頁)

3. 廣衍數於萬。

畢云:"王逸注《楚辭》曰:'衍,廣大也。'"(卷五《非攻中》第十八,132頁,南北順墮,其衍幾何)

4. 王子閭曰:"何其侮我也!殺我親而喜我以楚國,我得天下而不義,不爲也,又况於楚國乎?"遂而不爲。

畢云:"《説文》云:'遂,亡也。从辵,豖聲。'"王逸注《楚詞》云:"遂,往也。"義出于此。(卷十三《魯問》第四十九,479頁。遂古之初,誰傳道之)

四、九章

(一)惜誦

1. 今遝夫好攻伐之君。

舊本"遝"作"還",洪云:"《明鬼下》篇'逮至昔三代',文與此同。'還'當是'遝'之訛。遝、逮古字通用"。戴云:"'還'當是

①"鯀"今本王逸注作"鮌"。

‘儇’字之誤。”王逸注《楚詞》云：“儇，佞也。”則儇夫猶佞人也。(卷五《非攻下》第十九，145 頁，忘儇媚以背衆兮)

(二)懷沙

1. 衣服不美，身體從容醜羸，不足觀也。

《楚辭·九章》注、《廣雅·釋訓》曰：“從容，舉動也。”古謂舉動爲從容。“身體從容不足觀”，謂衣服不美，則身體之一舉一動皆無足觀也。(卷八《非樂上》第三十二，256 頁。孰知余之從容)

五、遠遊

1. 穆公再拜稽首曰：“敢問神名？”曰：“予爲句芒。”

畢本“名”作“明”，云：“舊脱此字。《太平御覽》引云‘敢問神明爲何’，《太平廣記》引云‘公問神明’，案：明同名也。”……《楚辭·遠游》洪興祖《補注》引亦作“名”，今據補正。(卷八《明鬼下》第三十一，228 頁。吾將過乎句芒)

六、九辯

1. 半植一鑿，内後長五寸。

“内”“枘”古今字，《楚辭·九辯》云“圜鑿而方枘兮”。(卷十四《備城門》第五十二，519－520 頁)

七、招寃

1. 非以高臺厚榭邃野之居以爲不安也。

《楚辭·招魂》"高堂邃宇",王注曰:"邃,深也;宇,屋也。"(卷八《非樂上》第三十二,251 頁)

2. 軒車,敢問守此十二者奈何?

《楚辭·招魂》王注云:"軒,樓版也"。(卷十四《備城門》第五十二,493 頁。檻層軒些)

八、大招

1. 祝宗有司畢立於朝,犧牲不與昔聚群。

畢云:"'昔'之言夕,王逸注《楚詞》曰:'昔,夜也。'"(卷八《明鬼下》第三十一,237 頁。目娭昔只)

九、七諫

(一)沈江

1.《詩》曰:必擇所堪。

"堪"當讀爲湛,湛與漸漬之漸同。……《月令》"湛熾必絜",鄭注曰:"湛,漬也。"《内則》説八珍之漬云"湛諸美酒",注曰:"湛,亦漬也。"……湛、漬皆染也。《楚辭·七諫》"日漸染而不自知兮",王注曰:"稍漬爲漸,汙變爲染。"①《考工記》鍾氏注曰"漬",亦染也。必擇所湛,猶云必擇所染耳。(卷一《法儀》第四,19—20 頁)

①"漬"今作"積",《考異》謂"一作漬"。

十、哀時命

1. 若將有大寇亂，盜賊將作，若機辟將發也。

"辟"字又作"臂"，《楚辭·哀時命》云"外迫脅於機臂兮，上牽聯於矰𨿅"，王注云："機臂，弩身也。"（卷九《非儒下》第三十九，296頁）

2. 獲，人也；愛獲，愛人也。臧，人也；愛臧，愛人也。

畢云："《方言》云'臧、獲，奴婢賤稱也。荆淮海岱雜齊之間，駡奴曰臧，駡婢曰獲。齊之北鄙，燕之北郊，凡民男而壻婢謂之臧，女而婦奴謂之獲。亡奴謂之臧，亡婢謂之獲。'王逸注《楚辭》云：'臧，爲人所賤繫也；獲，爲人所係得也。或曰：臧，守藏者也；獲，主禽者也。'"①（卷十一《小取》第四十五，417頁。釋管晏而任臧獲兮，何權衡之能稱）

十一、九歎

（一）怨思

1. 庶舊鰥寡，號咷無告也。

《楚辭·離世》王注云："號咷，讙呼也。"②（卷八《明鬼下》第三十一，247頁。孽臣之號咷兮）

---

①"主"今作"生"。

②此當爲《怨思》。

十二、九思

(一)遭厄

1. 商人用一布布,不敢繼苟而讎焉。

"繼苟"義不可通,疑當作"謑詢",即"謑詬"之或體也。《説文·言部》云:"詬,謑詬,耻也。或作'詢',从句。""謑,或从奊,作'謨'。"《楚辭·九思》云:"違羣小兮謑詢",王注云:"謑詢,耻辱垢陋之言也。"①(卷十二《貴義》第四十七,444頁)

---

①今本王逸注"謑"下無"詢"字。

《周禮正義》[1]

總論

1. 地官·師氏：凡祭祀、賓客、會同、喪紀、軍旅，王舉則從。

徐養原云："《禮記·禮運》'選賢與能'，《大戴禮·王言篇》'選賢舉能'，舉與古字通。《无妄·象傳》'物與无妄'，虞翻注：'與謂舉也。'《楚辭·九章》'與前世而皆然兮'，言舉前世而皆然也。《七諫》'與世皆然兮'，王逸注：'與，舉也。'[2]《墨子·天志篇》'天下之君子，與謂之不詳'，言舉謂之不祥也。今案：鄭從今書訓舉爲行，與杜義異。然與舉古既通用，則凡舉皆可通作與。觀《禮運》之舉，與《易象》《楚辭》《墨子》初非同義，則此經鄭杜二義，皆可作舉，亦皆可作與也。"（卷二十五，1006—1007頁）

2. 春官·大司樂：空桑之琴瑟，咸池之舞，夏日至，於澤中之方丘奏之，若樂八變，則地示皆出，可得而禮矣。

《楚辭·九歌·大司命》云："踰空桑兮從女。"王注云："空桑，

---

①孫詒讓撰，王文錦、陳玉霞點校《周禮正義》，中華書局，1987年版。

②分別見《九章·涉江》與《七諫·初放》。"與世"之"與"今作"舉"，《考異》謂"一作與"；今本王逸注作"舉，與也"。

山名。"又《大招》云:"魂乎歸徠,定空桑只。"注云:"空桑,瑟名也。古者弦空桑而爲瑟,或曰:空桑,楚地名。"①《山海經·東山經》云:"空桑之山,北臨食水,東望沮吴,南望沙陵,西望湣澤。"郭注云:"此山出琴瑟材,見《周禮》也。"《淮南子·本經訓》云:"共工振滔洪水,以薄空桑。"高注云:"空桑,地名,在魯也。"《漢書·樂志·郊祀歌》"空桑琴瑟結信成",顔注引張晏云:"傳曰'空桑爲瑟,一彈三歎',祭天質故也。"師古云:"空桑,地名,出善木,可爲琴瑟也。"案:鄭唯云空桑山名,不詳所在。《東山經》之空桑山,亦未能確指其處,據高説則即《左》昭九年傳之窮桑,杜注云"窮桑,少皞之號也,窮桑,地名,在魯北"是也。而《大招》王注後一説,又以爲楚地。二家皆不云山名,蓋并與鄭義異,不徒空桑弦瑟,直以桑木爲釋矣。(卷四十三,1778—1779 頁)

3.春官·大司樂:凡樂,黄鍾爲宫,大吕爲角,大蔟爲徵,應鍾爲羽,路鼓路鼗,陰竹之管,龍門之琴瑟,《九德》之歌,《九磬》之舞,於宗廟之中奏之,若樂九變,則人鬼可得而禮矣。

《楚辭·遠游》"九韶歌",王注云:"韶,舜樂也,九成九奏也。"②又《離騷》注云:"九韶,舜樂也,③《尚書》'《簫韶》九成'是也。"《淮南子·齊俗訓》許注、《泛論訓》高注説并同。(卷四十三,1779 頁)

4.冬官·考工記·總叙:輪已庳,則於馬終古登阤也。

《文選·吴都賦》劉逵注云:"終古猶永古也。"案:《楚辭·離

①今本王注"弦"作"絃"。

②見"二女御《九韶》歌"句,今本王注"樂"下有"名"字。

③《離騷》:奏《九歌》而舞《韶》兮。

騷》《九歌》《九章》并有終古之語，①則不獨齊人有此語矣。（卷七十四，3135—3136 頁）

5. 冬官·㮚氏：凡鑄金之狀。

注云"故書狀作壯，杜子春云當爲狀"者，段玉裁云："此亦聲之誤。"徐養原云："狀壯亦形之誤。"王逸《楚詞叙》云："又以壯爲狀，義多乖異。"與此相類。（卷七十八，3283 頁）

一、離騷

1. 天官·叙官：胥十有二人，徒百有二十人。

《易·歸妹》六三"以須"注云："須，才智之稱。"天文有須女，屈原之姊名女須。彼須字與此異者，蓋古有此二字通用，俱得爲有才智也。（卷一，22—23 頁。女嬃之嬋媛兮）

2. 天官·玉府：王齊，則共食玉。

鄭司農云"王齊當食玉屑"者，《楚辭·離騷》云："精瓊靡以爲粻。"王注云："精，鑿也。靡，屑也。"②精鑿玉屑以爲儲糧，是古有食玉屑之法。賈疏云："其玉屑研之乃可食。"俞正燮云："《太平御覽》引吴普《本草》云：'玉泉一名玉屑，神農、岐伯、雷公甘。'《三輔黄圖》云：'武帝銅盤玉杯承露，和玉屑服之，以求仙道。'皆食玉也。"（卷十二，456 頁）

3. 地官·鄉師：及期，以司徒之大旗致衆庶，而陳之以旗物，辨鄉邑而治其政令刑禁，巡其前後之屯而戮其犯命者，斷其争禽

①《離騷》：余焉能忍與此終古；《九歌·禮魂》：長無絶兮終古；《九章·哀郢》：去終古之所居兮。

②"靡"今皆作"靡"，《補注》謂"《文選》音靡"。

之訟。

詒讓案：車徒異部，謂車徒各自屯聚，分爲前後兩部也。《楚辭·離騷》云“屯余車其千乘兮”，王注云：“屯，陳。”《廣雅·釋詁》云：“屯，聚也。”（卷二十一，834 頁）

4. 春官·大宗伯：以槱燎祀司中、司命、飌師、雨師。

云“風師，箕也”者，此注用今字作“風”也。……是箕爲風師也。《風俗通義》又引《楚辭》説云：“飛廉，風伯也。”案：此本《離騷》王逸注。《漢書·郊祀志》顔注同。此秦漢以後之異説，不可以證禮也。（卷三十三，1306—1307 頁。後飛廉使奔屬）

5. 春官·大宗伯：以禮樂合天地之化，百物之産。

經典通借“化”爲“匕”。《楚辭·離騷》王注云：“化，變也。”《荀子·正名》篇云：“狀變而實無别而爲異者，謂之化。”楊注云：“化者，改舊形之名。”《淮南子·齊俗訓》云：“夫蝦蟇爲鶉，水蠆爲蟌，皆生非其類，唯聖人知其化。”即鄭所本也。（卷三十五，1404 頁。傷靈脩之數化）

6. 春官·大司樂：《九德》之歌，《九磬》之舞，於宗廟之中奏之，若樂九變，則人鬼可得而禮矣。

《楚辭·離騷》云“奏九歌而儛韶兮”，又云“啓《九辨》與《九歌》”，①王注云：“《九歌》，九德之歌，禹樂也。”是秦漢人以《九德》之歌爲禹時樂歌。（卷四十三，1778 頁）

7. 春官·占夢：一曰正夢。

《楚辭·離騷》王注云：“正，平也。”故曰平安自夢。（卷四十八，1972 頁。名余曰正則兮）

8. 春官·巾車：象路，朱，樊纓七就，建大赤，以朝，異姓以封。

①“儛”今作“舞”；“辨”今作“辯”。

《釋名・釋車》云:“象路、革路、木路,各隨所以爲飾名之也。”《楚辭・離騷》云“襍瑶象以爲車”,①王注云:“象,象牙也。”《文選》司馬相如《上林賦》云“乘鏤象”,李注引張揖云:“鏤象,象路也。以象牙疏鏤其車輅。”是古有以象牙飾車之證。(卷五十二,2154頁)

9.夏官・大司馬:遂鼓行,徒銜枚而進。

段玉裁云:“……韍繣,漢魏人皆以戾釋之。結礙是戾意。蓋此物兩耑必稍爲鉏鋙,而後繫組不脱。《毛詩・東山音義》亦引繣絜於項中。”案:段説是也。……《毛詩・豳風・東山》傳云:“枚,微也。”胡承珙云:“枚微者,蓋訓枚爲徽也。《説文》無繣字,《攴部》:‘韍,戾也。’《玉篇》:‘繣,乖戾也。’合言之,則爲韍憘,《廣雅・釋訓》:‘韍憘,乖剌也。’又作緯繣,《離騷》‘忽緯繣其難遷’,王注:‘緯繣,乖戾也。’又作徽嫿,馬融《廣成頌》:‘徽嫿霍奕,别鶩分奔。’是則銜枚於口,組繫兩頭,分紐於項,有違戾結礙之意。”(卷五十六,2348頁)

10.夏官・大馭:凡馭路儀,以鸞和爲節。

云“鸞在衡,和在軾”者,《經解》注引《韓詩内傳》云:“鸞在衡,和在軾前,升車則馬動,馬動則鸞鳴,鸞鳴則和應。”《玉藻》注義亦同。《大戴禮記・保傅》篇云:“在衡爲鸞,在軾爲和。”此并鄭説所本。《續漢志》注引《白虎通》《魯詩傳》《楚辭・離騷》王注,《吕氏春秋・孟春紀》高注,《玉燭寶典》引《月令章句》,《文選・東京賦》薛注,説并同。……又《楚辭・離騷》云“鳴玉鸞之啾啾”,王注云:“鸞,鸞鳥也。以玉爲之,著於衡。”彼鸞用玉,疑七國以後之侈制,王注似亦沿鸞鳥立衡之説,皆非古制也。(卷六十一,2592—2594

①“襍”今作“雜”。

頁）

11.夏官・趣馬：趣馬掌贊正良馬，而齊其飲食，簡其六節。

云“節猶量也”者，謂與《馬質》馬量三物義同。《楚辭・離騷》王注云：“節，度也。”《夏官・叙官》注云：“量猶度也。”是節量義相近。（卷六十二，2624 頁。依前聖以節中兮）

12.秋官・野廬氏：若有賓客，則令守涂地之人聚欜之，有相翔者則誅之。

云“相翔猶昌翔觀伺者也”者，相翔、昌翔并叠韵連語。《覲禮》注釋箱爲相翔待事之處。相翔或作相羊，亦作相佯。《楚辭・離騷》“聊逍遥以相羊”，王注云：“逍遥、相羊，皆遊也。”《漢書・外戚傳》顔注云：“相羊，翱翔也。”《後漢書・張衡傳》李注云：“相佯猶徘徊也。”又《馮衍傳》注云：“相佯猶逍遥也。”此相翔亦謂徘徊觀望，伺閑爲盗竊者。賈疏謂昌狂翱翔，失之。（卷七十，2895 頁）

13.秋官・野廬氏：禁野之横行徑逾者。

云“徑逾，射邪趨疾，越隄渠也”者，《祭義》云“是故道而不徑”，注云：“徑，步邪趨疾也。”《楚辭・離騷》“夫唯捷徑以窘步”，王注云：“徑，邪道也。”《釋名・釋道》云：“徑，經也，人所經由也。”謂趨射邪道，以求急速，是謂之徑。（卷七十，2897 頁）

14.冬官・韗人：上三正。

注鄭司農云“謂兩頭一平，中央一平也”者，《楚辭・離騷》王注云：“正，平也。”謂鼓匡每版爲三折，每折之上，其版正平，故有兩頭及中央三平也。（卷七十九，3300 頁。名余曰正則兮）

15.冬官・玉人：大圭長三尺，杼上，終葵首，天子服之。

惠士奇云：“《離騷》王注：‘《相玉書》：珵，大六寸，其燿自照。'①《玉篇·玉部》亦云:'珵,美玉,埋六寸,光自輝。'而康成引《相玉書》珵作'珽'。《説文》有珽無珵。蓋珵即珽,古今文。"詒讓案:《玉藻·釋文》云:"珽本又作珵。"與《楚辭注》所引同。(卷八十,3332 頁。豈珵美之能當)

16.冬官:和弓轂摩。

《説文·殳部》云:"轂,相擊中也。"《手部》云:"拂,過擊也。"《楚辭·離騷》王注云:"拂,擊也。"《韓非子·説難》篇云:"辭言無所擊摩。"轂擊字通,詳《廬人》疏。(卷八十六,3567 頁。折若木以拂日兮)

二、九歌

總論

1.春官·大宗伯:以槱燎祀司中、司命、飌師、雨師。

《楚辭·九歌》有大司命、少司命,大司命疑即此天神,少司命即《祭法》小神矣。(卷三十三,1306 頁)

(一)東皇太一

1.天官·内宰:大祭祀,后祼獻,則贊,瑶爵亦如之。

《説文·玉部》云:"瑶,玉之美者。"《木瓜·釋文》引《説文》作美石,與毛義同。《楚辭·九歌》王注云:"瑶,石之次玉者。"然則瑶次於玉,故祭祀獻尸,王用玉爵,后用瑶爵。(卷十三,519 頁。

①《相玉書》下今有"言"字,"燿"今作"耀"。

瑶席兮玉瑱）

2. 秋官・鄉士：協日刑殺，肆之三日。

故《楚辭》云“吉日兮辰良”。古凡擇日，并以斗建合辰爲吉。（卷六十七，2798頁）

（二）雲中君

1. 春官・女巫：女巫掌歲時祓除、釁浴。

《楚辭・九歌・雲中君》云“浴蘭湯兮沐芳”，王注云：“蘭，香艸也。”①《鬱人》賈疏引《王度記》云，“天子以鬯，諸侯以薰，大夫以蘭芝”，則薰即鬯蘭之屬。（卷五十，2076頁）

（三）東君

1. 春官・樂師：凡舞，有帗舞，有羽舞，有皇舞，有旄舞，有干舞，有人舞。

《楚辭・九歌・東君》云：“思靈保兮賢姱，翾飛兮翠曾，展詩兮會舞，應律兮合節。”《廣雅》云：“東君，日也。”《大宗伯》祀天神星辰，與日月同科，故知星辰有人舞也。（卷四十四，1798頁）

2. 春官・典庸器：及祭祀，帥其屬而設筍虡，陳庸器。

故《方言》云：“几，其高者謂之虡。”郭注謂即筍虡。横筍之旁，更有璧翣之飾，植虡之下，則又有趺以鎮之，使縣時不傾覆，其趺或以玉石爲之，故《楚辭・離騷》云“玉石兮瑶虡”，②言以瑶爲虡趺也。（卷四十七，1922頁）

①“艸”今本王逸注作“草”。

②按：今傳《楚辭》本皆未有“玉石兮瑶虡”句，疑此當爲《九歌・東君》“簫鍾兮瑶簴”句。

(四)國殤

1.春官・大祝:辨九祭,一曰命祭,二曰衍祭。

《小爾雅・廣名》云:"無主之鬼謂之殤。"《楚辭・九歌》有《國殤》。蓋祭無主之鬼於道上,是謂祭殤,亦謂之禓,殤禓古通用。(卷四十九,2000 頁)

(五)禮魂

1.春官・大胥:春入學,舍采,合舞。

鄭司農云"舍采謂舞者皆持芬香之采"者,段玉裁云:"皆持芬香之采,采當作菜,采菜古通用。"案:段校是也。《楚辭・九章・禮魂》云"傳芭兮代舞",王注云:"芭,巫所持之香草名也。言祠祀作樂而歌,巫持芭而舞。"①是古時舞有持香草者。(卷四十四,1815—1816 頁)

三、天問

1.地官・州長:若以歲時祭祀州社,則屬其民而讀灋,亦如之。

《商子・賞刑》篇云:"里有書社。"《楚辭・天問》云:"何環穿自閭社丘陵,爰出子文。"皆閭里立社之證。(卷二十二,863 頁)

2.春官・大宗伯:以槱燎祀司中、司命、飌師、雨師。

《楚辭・天問》王注又謂雨師名蓱翳,《漢・郊祀志》顏注亦云,"屏翳一曰屏號"。顏又據秦祀二十八宿,復祀風伯雨師,證非箕畢二星。此亦秦漢後異説,不可以證禮也。(卷三十三,1307

①《九章》當爲"九歌",注文今本無"之"字。

頁。蓱號起雨,何以興之)

3.春官·大宗伯:五命賜則。

注鄭司農云“則者法也”者,《大宰》注義同。先鄭之意,蓋謂此賜則與《大司馬》九法“均守平則以安邦國”義同,謂賜以土地并受任土之法也。《楚辭·天問》云“地方九則”,王注云:“謂九州之地,凡有九品。”《漢書·叙傳》云:“坤作墬埶,高下九則。”顔注引劉德云:“九則,九州土田上中下九等也。”《大司徒》土均之法有九等,則即均平差等之法矣。(卷三十四,1373 頁)

4.春官·樂師:教樂儀,行以《肆夏》,趨以《采薺》,車亦如之,環拜以鐘鼓爲節。

《楚辭·天問》王注云:“環,旋也。”《玉藻》云:“周還中規,折還中矩。”旋與還通,此環即《玉藻》所謂周還折還也。(卷四十四,1801 頁。環理天下,夫何索求)

5.夏官·叙官:巫馬,下士二人,醫四人,府一人,史二人,賈二人,徒二十人。

俞樾云:“《巫馬職》但云‘掌養馬疾而乘治之,相醫而藥攻馬疾’,無一字及祭,然則巫馬非巫也。巫猶醫也。《楚辭·天問》篇:‘化爲黄熊,巫何活焉?’王逸注曰:‘言鮌死後,化爲黄熊,入於羽淵,豈巫醫所能復生活。’是巫醫古得通稱。蓋醫之先亦巫也,《説文·酉部》曰‘古者巫彭初作醫’是也,故《廣雅·釋詁》曰‘醫,巫也’,其字亦或從巫,《爾雅·釋地》‘醫無閭’,《釋文》曰‘李本作毉’是也。巫馬即馬醫,因其所屬有醫四人,故於其長,尊之曰巫耳。”案:俞説是也。(卷五十四,2272 頁)

6.夏官·大司馬:及所弊,鼓皆駴,車徒皆譟。

《詩·大雅·大明》孔疏引《太誓》曰:“師乃鼓譟,前歌後舞,格於上天下地,咸曰孜孜無怠。”……《楚辭·天問》王注云:“言武王三軍，人人樂戰，並前歌後舞，凫藻讙呼。"①王説正本《太誓》，而"䥇譟"又作"凫藻"。《後漢書・杜詩》《劉陶傳》同。（卷五十六，2350頁。竝驅擊翼，何以將之）

7.夏官・繕人：繕人掌王之用弓、弩、矢、箙、矰、弋、抉、拾。

黄以周云："自《説文》有'韝射臂决'之訓，《楚辭》王注、《史記索隱》遂以决爲射韝，并抉拾亦不分矣。"案：黄説是也。凡拾、遂、韝、捍，四者同物。韝爲凡袒時蔽膚斂衣之通名。（卷六十一，2572頁。馮珧利決，②封狶是躲）

8.夏官・訓方氏：誦四方之傳道。

《楚辭・天問》云："遂古之初，誰傳道之?"《大戴禮記・五帝德》篇云："宰我曰：上世之傳，隱微之説。"《莊子・盜跖》篇云："此上世之所傳，下世之所語。"與此義同。（卷六十四，2699頁）

9.秋官・叙官：萍氏，下士二人，徒八人。

注"鄭司農云萍讀爲蛢，或爲萍號起雨之萍，玄謂今《天問》萍號作萍"者，段玉裁云："此注轉寫譌誤。云'今《天問》萍號作萍'，此謂今之《天問》與舊《天問》字異，不當皆作萍也。疑是'鄭司農云，萍或爲蛢，讀爲蓱號起雨之蓱，玄謂今《天問》蓱號作萍'。蓋司農説或作蚑蟦蛢之蛢不可通，故讀爲'蓱號起雨'之蓱。王逸《楚辭》注云：'蓱，蓱翳，雨師名也。號，呼也。興，起也。言雨師號呼則雲起而雨下。蓱一作荓，一作萍。'司農易蛢爲蓱翳字，今不得其解。後鄭則云《天問》'蓱翳'字今本多作'萍翳'。考之《爾雅》萍與蓱正是一物，而兩字古音同部，故《天問》通用。司農既讀蛢爲蓱，則亦可徑從經作萍。"案：段校近是。陳壽祺據王逸《楚

①"並"今作"竝"；"並"下今有"載驅載馳，赴敵争先"等字。

②王逸注云：決，躲韝也。

辭》注本,改作"今《天問》萍號作蓱",云"後鄭下引《爾雅》,正明萍蓱一物"。其說亦通。(卷六十五,2722 頁。蓱號起雨,何以興之)

10. 冬官·梟氏:鐘縣謂之旋,旋蟲謂之幹。

王引之云:"……幹之爲言猶管也。《楚辭·天問》'幹維焉繫',①幹一作'筦',筦與管同。《後漢書·竇憲傳》注云:"幹,古管字。"……幹即榦字隸變。"案:王說是也。(卷七十八,3261 頁)

四、九章

(一)惜誦

1. 地官·叙官:誦訓,中士二人,下士四人,史二人,徒八人。

惠士奇云:"誦者,爲王誦之。《韓非子·難言》云:'時稱《詩》《書》,道法往古,則見以爲誦。'《楚辭》有《惜誦》。"案:惠說是也。此官名誦訓者,謂誦述古言古事而說之也。(卷十七,673 頁)

2. 春官·大宗伯:以蒼璧禮天,以黄琮禮地,以青圭禮東方,以赤璋禮南方,以白琥禮西方,以玄璜禮北方。

《楚辭·九章·惜誦》說誓事云:"令五帝以折中兮,戒六神與嚮服。"②王注以六神爲即六宗。以禮考之,亦即方明之神。彼於六神之外特舉五帝,明方明泛禮衆神,不專屬五帝矣。況五帝有黄帝,而方明不及中央;六天純天神,而方明兼及地示,名殊禮異,不辨可知。(卷三十五,1391—1392 頁)

---

①"幹"今作"斡"。

②"折"今作"枏",《考異》謂"一本作折中",《補注》謂"按《史記索隱》解折中於夫子"。

3.春官・小宗伯:兆五帝於四郊,四望四類亦如之。

《楚辭・九章・惜誦》:"令五帝以折中兮。"王注云:"五帝,謂五方神也。東方爲大皞,南方爲炎帝,西方爲少昊,北方爲顓頊,中央爲黄帝。"①則漢人已有以大皞等爲五方帝之名者,足與金説互證,詳《典瑞》疏。(卷三十六,1429頁)

4.秋官・司盟:凡邦國有疑會同,則掌其盟約之載及其禮儀,北面詔明神。

《楚辭・惜誦》云:"所非忠而言之兮,指蒼天以爲正。令五帝使折中兮,戒六神與嚮服。俾山川以備御兮,命咎繇使聽直。"②此亦説盟誓之事。六神即方明之神,天及五帝山川亦晐於方明,而特舉之者,明其神之衆也。(卷六十九,2855頁)

5.秋官・冥氏:冥氏掌設弧張。

《廣雅・釋詁》云:"張,施也。"凡网羅之屬,并爲機軸張施之,故即謂之張。《楚辭・九章》"設張辟",王注亦以張謂罻羅是也。③(卷七十,2922頁。設張辟以娱君兮)

6.冬官・矢人:前弱則俯,後弱則翔。

云"紆,曲也"者,《楚辭・惜誦》王注同。程瑶田云:"紆者中曲而不直。"(卷八十一,3365頁。心鬱結而紆軫)

(二)懷沙

1.冬官・畫繢:雜四時五色之位以章之,謂之巧。

①"折"今作"枅",《考異》謂"一本作折中",《補注》謂"按《史記索隱》解折中於夫子";"大"今本王逸注作"太"。

②"非"今作"作",《考異》謂"一作非";"帝使"之"使"今作"以";"折"今作"枅",《考異》謂"一本作折中",《補注》謂"按《史記索隱》解折中於夫子"。

③王注未釋"張"字,王注謂"罻羅,捕鳥網也"。

注云"章,明也"者,《楚辭·懷沙》"章畫志墨",王注同。(卷七十九,3311 頁)

(三)橘頌

1.冬官·輪人:侔以行山,則是摶以行石也,是故輪雖敝,不甐於鑿。

《楚辭·橘頌》王注云:"摶,圜也,楚人名圜爲摶。"對澤輪削薄,故云摶厚。(卷七十五,3174 頁。曾枝剡棘,圓果摶兮)

(四)悲回風

1.春官·大師:教六詩:曰風,曰賦,曰比,曰興,曰雅,曰頌。

《楚辭·悲回風》王注云:"賦,鋪也。"鋪陳今之政教,對風説聖賢治道之遺化,爲陳古事也。《釋名·釋典藝》云:"敷布其義,謂之賦。"《毛詩指説》云:"賦者敷也,指事而陳布之也。"義并略同。(卷四十五,1844 頁。竊賦詩之所明)

2.冬官·考工記·總叙:橘逾淮而北爲枳,鸜鵒不逾濟,貉逾汶則死,此地氣然也。

《漢書·地理志》云:"琅邪郡朱虚東泰山,汶水所出,東至安丘入維。"又泰山郡萊蕪縣云:"《禹貢》汶水所出,西南入泲,桑欽所言。"案:鄭此注云在魯北,則謂入泲之汶也。其水出今山東萊蕪縣,西南流入運河。其出東泰山之水,《水經》謂之東汶水,出今沂水縣沂山,東流至安丘縣入維,與此別。……殷敬順《列子釋文》引此經注云:"先儒相因,以爲魯之汶水,皆大誤也。案《史記》汶與崏同武巾切,謂汶江也,非音問之'汶'。《山海經》大江出汶山,郭云:'東南徑蜀郡,東北徑巴東、江夏,至廣陵入海。'《韓詩外傳》云'昔者江出於汶山,其原也足以濫觴'是也。又《楚詞》云'隱

汶山之清江',①固可明矣。(卷七十四,3117—3118 頁)

五、遠遊

1. 春官·大司樂:以樂舞教國子舞《雲門》《大卷》《大咸》《大磬》《大夏》《大濩》《大武》。

《楚辭·遠游》王注云:"《承雲》,即《雲門》,黄帝樂也。"《淮南子·齊俗訓》許注亦云《咸池》《承雲》皆黄帝樂,而《吕氏春秋·古樂》篇則以《承雲》爲帝顓頊作,未詳孰是。……云"《大咸》《咸池》,堯樂也"者,《獨斷》云:"堯曰《咸池》。"《楚辭·遠游》王注、《周語》韋注、《文選·東京賦》薛綜注説同。(卷四十二,1726—1727 頁。張《咸池》奏《承雲》兮)

2. 夏官·職方氏:東北曰幽州,其山鎮曰醫無閭。

《爾雅·釋地》云:"東方之美者,有醫無閭之珣玗琪焉。"《淮南子·墬形訓》作"醫毋閭",高注云:"醫毋閭在遼東屬國。"《漢書·地理志》遼東郡有無慮縣,顔注云"即所謂醫巫閭"。《續漢·郡國志》:遼東屬國無慮縣有醫無慮山。《楚辭·遠游》篇云"夕始臨乎於微閭",王注云:"東方之玉山也。"案:無、毋、巫,閭、慮,聲并相近;醫、於,無、微,亦一聲之轉,皆一山也。(卷六十四,2672—2673 頁)

六、九辯

1. 地官·大司徒:三曰丘陵,其動物宜羽物,其植物宜覈物,

①"汶"今作"岷",《考異》謂"一作汶",《補注》謂"岷、汶并與峄同";"汶山之清江"之"之"今作"以"。

其民專而長。

《漢書·五行志》:"霓再重,赤而專。"孟康曰:"專,員也。"字又作摶,《梓人》"摶身而鴻"。注:"摶,圜也。"《楚辭·九辨》王逸《章句》:"楚人名員曰摶也。"①(卷十八,701 頁。棄精氣之摶摶兮)

2. 夏官·大僕:以待達窮者與遽令,聞鼓聲,則速逆御僕與御庶子。

注鄭司農云"窮謂窮冤失職"者,《説文·穴部》云:"窮,極也。"失職猶言失所,《楚辭·九辯》云:"坎廩兮貧士失職而志不平。"……與先鄭此注義并同。(卷五十九,2499—2500 頁)

3. 冬官·輿人:參分其隧,一在前,二在後,以揉其式。

王宗涑云:"古者乘車之儀,三分其隧,御者立在前一分,居中而箸於式。左右兩人立中一分,旁倚於較前,直式隅圜折處,《楚辭》云'倚結軨兮長太息,涕潺湲兮下霑式'②是也。"(卷七十六,3193 頁)

4. 冬官·輿人:參分軹圍,去一以爲轛圍。

戴震云:"車闌謂之軨,《曲禮》:'僕展軨效駕。'《釋文》:'軨,盧云'車轄頭靼也'。舊云車闌也。'《説文》:'軨,車轖間横木。轖,車籍交錯也。'《楚辭·九辨》:'倚結軨兮長大息,涕潺湲兮下霑軾。'③《集注》:'軨,軾下從横木。'按:軨者,軾較下從横木統名,即軹轛也。結軨謂軨之衡絶交結,倚軨而涕霑軾,則是倚於輢内之軨,故其涕得下霑軾。"(卷七十六,3201 頁)

5. 冬官·玉人:牙璋、中璋七寸,射二寸,厚寸,以起軍旅,以

①"員"今本王逸注作"圓"。

②"式"今作"軾"。

③"大"今作"太"。

治兵守。

《廣韻・九麻》云:"齇齖,齒不平正。"《説文・金部》云:"鋤,鉏鋤也。"又《齒部》云:"齇齬,齒不相值也。"案:《楚辭・九辨》又作"鉏鋙"。鉏樝齇及牙齖鋤齬鋙,皆音近假借字。(卷八十,3343頁。吾固知其鉏鋙而難入)

七、招𩲡

1. 天官・食醫:凡食齊眡春時,羹齊眡夏時,醬齊眡秋時,飲齊眡冬時。

云"飲宜寒"者,六飲皆以水和齊,以寒爲貴。《楚辭・招魂》云:"挫糟凍飲,酎清涼些。"所謂宜寒也。(卷九,319頁)

2. 天官・酒正:凡祭祀,以灋共五齊三酒,以實八尊。大祭三貳,中祭再貳,小祭壹貳,皆有酌數。

詒讓案:此酌,即《梓人》之勺。凡斛酒以注之尊,斛尊以注之爵,皆用勺,故《説文・勺部》云:"勺,挹取也。"勺以酌酒,則亦通謂之酌,故《楚辭・招魂》王注云:"酌,酒斗也。"(卷九,355頁。華酌既陳,有瓊漿些)

3. 天官・漿人:漿人掌共王之六飲,水、漿、醴、涼、醫、酏,入于酒府。

詒讓案:……《説文・酉部》有"醠"字,云"泛齊,行酒也。"疑漢時禮家説,有以《内則》之濫爲酒名者,故字或作醠,猶涼亦作醇也。《楚辭・招魂》"挫糟凍飲酎清涼",王逸注云:"盛夏之時,覆蹙乾釀,提去其糟,但取清醇,居之冰上,然後飲之,酒寒涼,又長味好飲也。”①惠士奇、孔廣森并據彼以證涼濫爲寒涼之飲。但依王注，則彼爲凉酒，此與《説文》訓䲲爲泛齊義略相近。（卷十，369—370頁）

4.天官·凌人：凡酒漿之酒醴亦如之。

注云“酒醴見温氣亦失味”者，酒醴得温則酸而失味也。《楚辭·招魂》“凍飲”，王注謂“盛夏取清醇，居之冰上，然後飲之，酒寒涼，又長味好飲也。”②是亦酒用冰取寒不失味之一端。（卷十，375頁。挫糟凍飲）

5.天官·籩人：羞籩之實，糗餌、粉餈。

稻米謂糯米也，與黍米皆黏，宜爲餌餈，故知粉二者所爲也。《楚辭·招魂》云“粔籹蜜餌”，王注云：“言以蜜和米麪，煎作粔籹，擣黍作餌。”③即此粉黍米之餌也。（卷十，392頁）

6.天官·玉府：大喪，共含玉、復衣裳、角枕、角柶。

鄭司農云“復，招魂也”者，《夏采》先鄭注云：“復，於始死招魂復魄。”與此注義同。《楚辭·招魂》王叙云：“招者召也，以手曰招，以言曰召。魂者，身之精也。”④《士喪禮》説復云“北面招以衣”，即謂招魂也。《檀弓》孔疏謂招魂者是六國以來之言，未確。（卷十二，458頁）

7.地官·稻人：以列舍水。

《楚辭·招魂》王注云：“畦，區也。”⑤《廣雅·釋丘》云：“埒，

①“盛夏之時”今本王注作“盛夏則爲”。

②“盛夏取清醇”今本王注爲“言盛夏則爲覆蹙乾釀，提去其糟，但取清醇”。

③“麪”今本王注作“膗”；“煎”上今本王注有“熬”字。

④“魂者”之“魂”今作“䰟”。

⑤“區”上今本王注有“猶”字。

厓也。"晦即埒之俗。田中爲區畛,厓畔分列,故謂之列。(卷三十,1191 頁。倚沼畦瀛兮)

8. 春官·簭人:簭人掌《三易》,以辨九簭之名,一曰《連山》,二曰《歸藏》,三曰《周易》。九簭之名,一曰巫更,二曰巫咸,三曰巫式,四曰巫目,五曰巫易,六曰巫比,七曰巫祠,八曰巫參,九曰巫環,以辨吉凶。

注云"此九巫讀皆當爲筮,字之誤也"者,此亦注用今字作"筮"也。下同。……鄭意巫皆簭之壞字。劉敞、陳祥道、薛季宣并讀九巫如字,謂巫更等爲古精筮者九人,巫咸即《世本》作筮之巫咸;巫易,易當爲昜,即《楚辭·招魂》之巫陽。莊存與説同。(卷四十八,1964 頁。帝告巫陽)

9. 夏官·大司馬:遂以苗田,如蒐之灋,車弊獻禽以享礿。

江永云:"苗田亦即於夜畢之。《爾雅》'宵田爲獠',《楚辭·招魂》卒章'懸火炎起',①亦言宵田之事。"(卷五十五,2318 頁)

10. 夏官·諸子:凡樂事,正舞位,授舞器。

注云"位,佾處"者。……《穀梁》范注及《論語·八佾》《集解》引馬融、《楚辭·招魂》王注、《通典》引《月令章句》、《吕氏春秋·察微》篇高注、《國語·魯語》韋注并謂八人爲佾列。(卷五十九,2478 頁。二八侍宿②)

11. 夏官·職方氏:正南曰荆州,其山鎮曰衡山,其澤藪曰雲瞢,其川江漢,其浸潁湛。

《楚辭·招魂篇》云"與王趨夢兮課後先",王注云:"夢,澤中

①"炎"今作"延"。

②王逸注:"二八,二列也。言大夫有二列之樂,故晋悼公賜魏絳女樂二八,歌鍾二肆也。"

也。楚人名澤爲夢中。"①《淮南子·墬形訓》云"南方曰大夢",高注云:"夢,雲夢也。"據此諸文,則雲者此澤之專名,夢者楚人之通語。(卷六十三,2652 頁)

12.秋官·壺涿氏:以其烟被之,則凡水蟲無聲。

《楚辭·招魂》王注云:"被,覆也。"謂順風所來之方,播所焚牡蘜之烟,使隨風散行,被覆木上也。(卷七十,2936 頁。皋蘭被徑兮斯路漸)

13.冬官·輿人:參分車廣,去一以爲隧。

鄭司農云"隧謂車輿深也"者,深謂從度,對廣爲横度也。云"讀如鑽燧改火之燧"者,先鄭讀如《論語·陽貨篇》之燧,取音同也。……云"玄謂讀如邃宇之邃"者,後鄭以鑽燧與此義不協,故易之《楚辭·招魂》"高堂邃宇",王注云:"邃,深也。"此隧亦謂車深邃之處,故即音以明義耳。(卷七十六,3192 頁)

14.冬官·匠人:方百里爲同,同間廣二尋,深二仞,謂之澮。

今考仞之度數,古説不同。鄭云七尺,《論語》包注、《吕氏春秋》《淮南子》高注、《楚辭》王注、郭璞《司馬相如賦》注引司馬彪説,《論語》皇疏,《莊子》陸《釋文》并同。(卷八十五,3485 頁。長人千仞,惟魂是索些②)

八、大招

1.天官·敘官:腊人,下士四人,府二人,史二人,徒二十人。

惠棟云:"《説文》:'昔,乾肉也。从殘肉,日以晞之,與俎同

①"澤爲夢中"之"澤"下今有"中"字。

②王逸注云:七尺曰仞。

意。籀文作昝，从肉。'昝夕古字通，《穀梁傳》云'日入至于星出謂之昔'，《管子》云'旦昔從事'，王逸《楚辭章句》同，《詩》云'樂酒今昔'，是皆以昔爲夕。"（卷一，31 頁。魂乎歸徠，目娱昔只①）

2. 天官・膳夫：凡王之饋，食用六穀。

《楚辭・大招》"五穀六仞，設菰粱只"。王逸注云："菰粱，蔣實，謂彫葫也。"②案：苽、菰，彫、蔰，胡、葫，字并同。唐慎微《證類本草》引蘇頌《圖經》云："菰即江南人呼爲茭草者。生水中，葉如蒲葦。其苗有根梗者謂之菰蔣草，至秋結實，乃彫胡米也。"（卷七，241 頁）

3. 天官・疾醫：以五味、五穀、五藥養其病。

《楚辭・大招》："五穀六仞，設菰粱只。"王逸注："五穀，稻稷麥豆麻也。菰粱，蔣實，謂雕葫也。"③王説亦爲有稷無粱。《周書》言五方之穀，曰"麥黍稻粟菽"。粟，粱也。是爲有粱無稷。凡此皆秦漢後稷粱溷一之證也。"金鶚云："……王逸以爲稻稷麥豆麻，則稻麻并舉而無黍。"（卷九，327 頁）

4. 天官・司裘：王大射，則共虎侯、熊侯、豹侯，設其鵠。諸侯則共熊侯、豹侯，卿大夫則共麋侯，皆設其鵠。

《楚辭・大招》王注云："王者當制服諸侯，故名布爲侯而射之。古者選士必於鄉射，心端志正，射則能中，所以别賢不肖也。"王説與鄭亦略同。……據先鄭説，正之内尚有質。《楚辭・大招》

---

①王逸云：昔，夜也。《詩》云：樂酒今昔。言可以終夜自娱樂也。

②"菰粱，蔣實"之"菰"今本王逸注作"苽"，《考異》謂"一作苽"，《補注》謂"菰、苽，并音孤"；"彫"今本王逸注作"雕"。

③"菰粱，蔣實"之"菰"今本王逸注作"苽"，《考異》謂"一作苽"，《補注》謂"菰、苽，并音孤"。

云:"三公穆穆,登降堂只。諸侯畢極,立九卿只。昭質既設,大侯張只。執弓挾矢,揖辭讓只。"彼正據大射大侯言之,而亦設昭質,足證先鄭義。質亦謂之的,故《毛詩》《荀子》并以的質同論。(卷十三,502—505頁)

5.地官·大司徒:五曰原隰,其動物宜裸物,其植物宜叢物,其民豐肉而庳。

《楚辭·大招》云:"豐肉微骨。"王注云:"豐,厚也。"《方言》云:"自關而西,秦晋之間,凡大貌謂之朦。或謂之庬,豐其通語也。"(卷十八,704頁)

6.地官·遺人:凡國野之道……五十里有市,市有候館,候館有積。

案:館與觀聲近字通,《釋名·釋宫室》云:"觀,觀也,於上觀望也。"《楚辭·大招》王注云:"觀猶樓也。"蓋候館之制尤備,不徒有室,又有高明樓榭,足供候望觀眺,惠士奇謂即《周語》所謂寓望是也。(卷二十五,991頁。南房小壇,觀絶霤只。)

7.地官·遂人:凡治野,夫間有遂,遂上有徑;十夫有溝,溝上有畛。

孔廣森云:"楚國以畛記田,故《楚辭》曰'田邑千畛'。《戰國策》葉公子高食田六百畛,殆因周十夫有溝,其徑名畛,遂謂十夫之地千畝爲畛歟?"(卷二十九,1135頁)

8.夏官·量人:凡宰祭,與鬱人受斝歷而皆飲之。

俞樾云:"《楚辭·大招》篇曰:'吴醴白蘗,和楚瀝只。'王逸注曰:'瀝,清酒也。'《廣雅·釋器》亦曰:'瀝,酒也。'受斝瀝而皆飲之者,謂量人與鬱人受卒爵之酒,而皆飲之也。因假歷爲瀝,遂失其義耳。"案:陸、鄭、俞諸説是也。《説文·水部》云:"瀝,漉也。"歷,同聲假借字。又《説文·酉部》云:"醨,酮也。"段玉裁謂即此

歷字,亦通。(卷五十七,2384 頁)

九、七諫

(一)初放

1.地官・叙官:司諫,中士二人,史二人,徒二十人。

案:《説文・言部》云:"諫,証也。"諫本爲諫諍,引申之,凡糾正萬民之事,通謂之諫。正與証字亦通。《楚辭・七諫》王序云:"諫者,正也。"(卷十七,660 頁)

2.秋官・野廬氏:比國郊及野之道路、宿息、井、樹。

詒讓案:《楚辭・初放》王注云:"夜止曰宿。"《毛詩・召南・殷其雷》傳云:"息,止也。"《遺人》"廬有飲食,宿有路室,市有候館",則廬惟可晝止,宿市以上有室館,則可夜止矣,故此職以宿息關彼三者也。(卷七十,2894 頁。塊兮鞠,當道宿)

十、哀時命

1.冬官・陶人:陶人爲甗……甑,實二鬴,厚半寸,脣寸,七穿。

案:䰝甑字同。《一切經音義》引《字林》云:"甑,炊器也。"云"七穿"者,穿即謂空。《説文・穴部》云:"穿,通也。窐,空也。"《楚辭・離騷》有"甑窐",王注云:"窐,土甑孔也。"①此七穿,即所謂窐矣。(卷八十一,3367 頁。璋珪雜於甑窐兮)

①此爲《哀時命》内容而非《離騷》,"土甑"今作"甑土"。

十一、九歎

(一)怨思

1.秋官·小司寇:七曰議勤之辟。

《楚辭·離世》王注云:"憔悴,憂也"。① 《爾雅·釋詁》云:"勤,勞也。"憔悴以從國事,是勤勞之事,故引以爲説。(卷六十六,2774 頁。身憔悴而考旦兮)

(二)憂苦

1.天官·亨人:職外内饔之爨亨煮,辨膳羞之物。

《楚辭·九歎》王注云:"爨,炊竈。"《詩·小雅·楚茨》篇"執爨踖踖",毛傳云:"爨,饔爨、廩爨也。"案:外内饔之爨,即《禮經》之雍爨也。(卷八,283 頁。爨土鬵於中宇)

(三)愍命

1.春官·鬯人:禜門用瓢齎。

《方言》云:"蠡,陳楚宋魏之間或謂之簞,或謂之櫼,或謂之瓢。"郭注云:"瓠,勺也。"《論語·公冶長》皇疏云:"瓢,瓠片也。"段玉裁云:"一瓠副爲之二瓢,曰蠡,《昏禮》所謂巹也。《説文》巹訓蠡也,斡訓蠡柄也。《漢書》'以蠡測海',張晏曰:'蠡,瓠瓢也。'《楚辭》《方言》字皆作蠡,俗作盠。"案:段説是也。蠡,即《士昏禮》之巹,注云:"合巹,破匏也。"凡瓠可半剖爲勺,亦可全割爲尊。故

---

①此爲《九歎·怨思》内容而非《九歎·離世》。今本王注作"憔悴,憂貌也"。

《莊子·逍遥游》篇説"大瓠"云"剖之以爲瓢",又云"慮以爲大樽"。(卷三十七,1500—1501頁。爬騷蠹於筐篚)

(四)思古

1.冬官·畫繢:青與白相次也,赤與黑相次也,玄與黄相次也。

《楚辭·思古》王注云:"次,第也。"此經青與白相次以下,并指謂布采之第次,故《左》昭二十五年傳謂之六采。(卷七十九,3306頁。宗鬼神之無次)

十二、九思

(一)傷時

1.冬官·玉人:天子用全,上公用龍,侯用瓚,伯用將。

王引之云:"……《楚辭·九思》'時混混兮澆饡',注云:'饡,餐也。混混,濁也。言如澆饡之亂也。'則屦有雜亂之義,故《玉人》注讀瓚爲屦,而訓爲雜,聲中兼義也。"①(卷八十,3327頁)

①"混混,濁也"今本爲"混,混濁也"。

《新序校釋》[1]

總論

1. 殷之興也,以有莘。

《吕氏・本味》篇作"有侁",《楚辭・天問》又作"吉妃"。[2]《左傳》:"趙武曰:商有姺邳。"字又作姺,皆聲近通用。《毛詩》"駪駪征夫",《晋語》《説苑・奉使》《列女傳》二、《説文・焱部》并引作"莘莘",《玉篇・人部》《楚辭・招魂》注、《廣韻》十九臻并引作"侁侁",即其證也。[3](卷一,《雜事》,32 頁)

2. 虞不用百里奚而亡。

梁履繩曰:"《僖十三年傳》百里,《通志・氏族略》三云:百里奚家於百里,因氏焉。果以所居爲氏,《傳》不應單舉其氏。愚謂百乃氏,里其字,奚名也。《荀子・成相》篇亦祇稱百里,《韓子・

①據劉向編著,石光瑛校釋,陳新整理《新序校釋》,中華書局,2009 年版。此外,本書卷七之《節士・屈原章》以其專篇而未録。而石先生校釋《新序》所涉《楚辭》内容頗多,讀者可再檢閲原著。

②"吉妃"見《天問》"何乞彼小臣,而吉妃是得?"

③"侁侁"見《招𩲡》"豺狼從目,往來侁侁些"。

難言》篇伯里子道乞。或其氏以伯爲百，僖三十二年正義遂以百里爲姓。……《氏族略》引《風俗通》：百里氏，秦大夫百里奚之後。蓋子孫以字爲氏，寧得謂奚即氏百里邪。"其兄玉繩曰："余弟之説甚新，更補一證曰：《楚辭》王逸《九思》'百貿易兮傅鬻'。① 但究以氏百里爲愜，即單舉其氏，亦無不可。不獨《荀子》稱百里，《楚辭·惜往日》曰'聞百里之爲虜兮'。……故僖三十二年疏依杜《世族譜》，以百里爲姓。（卷二，《雜事》，158 頁）

3. 鍾子期夜聞擊磬聲者而悲。

《楚辭·七諫·謬諫》曰："伯牙之絶弦兮，無鍾子期而聽之。"王逸注："伯牙，工鼓琴也；鍾子期，識音者也。言鍾子期死，伯牙破琴絶弦，不肯復鼓，以世無知音也。"又《九歎·愍命》②曰："破伯牙之號鍾兮。"注："號鍾，琴名。"此借號鍾之名，以言伯牙耳，非謂伯牙之琴，名爲號鍾也。（卷四，《雜事》，611 頁）

4. 噫將使我出正辭而當諸侯乎，決嫌疑而定猶豫乎。

決嫌疑，定猶豫，《禮記·曲禮》文。王引之《經義述聞》云："家大人曰：猶豫，雙聲字也，或作猶與，分言之則曰猶，曰豫。……《楚辭·九章》'壹心而不豫兮'，王注：豫，猶豫也。……合言之則曰猶豫，轉之則曰夷猶，曰容與。③《楚辭·九歌》'君不行兮夷猶'，注：夷猶，猶豫也。④《九章》'然容與而狐疑'，⑤容與亦猶豫也。《曲禮》'卜筮者，先聖王所以使民決嫌疑，定猶與也。'

①此爲《九思·傷時》内容。"貿"今作"貿"；"鬻"今作"賣"。
②《九歎》原誤作《九嘆》，今徑改。
③《九章·惜誦》。
④《九歌·湘君》。
⑤《九章·思美人》。

《離騷》'心猶豫而狐疑兮'。……又因《離騷》以猶豫與狐疑對文,而謂猶是犬名,犬隨人行,每豫在前待人,不得,又來迎候,故云猶豫。又謂猶是獸名,聞人聲即豫上樹,久之復下,故曰猶豫。"(卷五,《雜事》,771頁)

一、離騷

1. 楚不用伍子胥而破。

伍子胥,名員,……《釋文》:員,音云。但《唐書》員半千,其先本劉氏,以忠烈自比伍員,因改姓員。宋董衡《新唐書釋音》曰:員,王問切。《廣韻》平去二員字注并音運,姓也。……員之音運與否,無足深議,即前人詩文,亦不拘拘於此。……如美惡字,今讀入聲,《離騷》"好蔽美而稱惡",與瘖古等字韵,則讀去聲,何有一定。况云員古今字,推求其朔,固當讀平不讀去邪。(卷二,《雜事》,166頁)

2. 昔者柳下季爲理於魯,三絀。

三絀猶數黜。……凡一二所不能盡者,則約之三以見其多,三之所不能盡者,則約之九以見其極多。此言語之虚數也,實數可稽,虚數不可稽。……《楚辭》"雖九死其猶未悔",此不能有九也。(卷三,《雜事》,355頁)

3. 雖羿、逢蒙,不得正目而視也。

羿,有窮之君,姓偃(《路史·後紀》十四),字本作芎,先世世爲射官,帝嚳賜彤弓素矢,封之於鉏。……逢蒙,羿之家衆也。《春秋傳》曰:羿將歸自田,家衆殺之。……證羿爲家衆所殺,此云逢蒙殺羿,是逢蒙爲羿家衆也。《楚辭·離騷》云:"羿淫游以

佚田兮,[①]又好射夫封狐,固亂流其鮮終兮,浞又貪夫厥家。"(卷五,《雜事》,752 頁)

4. 仇牧可謂不畏彊禦矣。

《史記·周本紀》集解引《牧誓》鄭注曰:彊禦,謂彊暴也,字或作彊圉,又作强圉。《離騷》云:澆身被服彊圉兮。王注:彊圉,多力也。[②] ……案:……彊禦猶强暴跋扈之義,王逸訓爲多力,義亦相近,此《傳》之彊禦,當從王逸。(卷八,《義勇》,1020 頁)

二、九歌

(一)東皇太一

1. 擇吉日,立太子。

《詩》曰"吉日維戊",《楚辭》"吉日兮辰良",蓋擇日之説,所起者遠矣。(卷二,《雜事》,294 頁)

三、天問

1. 禹之興也,以塗山。

塗山,國名,《吴越春秋·無餘傳》:"禹因娶塗山,謂之女嬌。"《大戴記·帝繫》作女僑,《漢表》作女趫,《史記·夏本紀》索隱引《世本》作女媧,(原注:案媧乃嬌之誤)。《路史》作后趫,注引《連山》作攸女。《楚辭·天問》注,謂禹以辛酉日娶于台桑之地。(卷

①"游"今作"遊";"田"今作"畋",《考異》謂"一作田"。

②"彊圉"今皆作"强圉",《考異》謂"一云被於彊圉"。

一,《雜事》,27—28 頁。焉得彼嵞山女,而通之於台桑)

2. 桀之亡也,以末喜。

末喜,桀妃,《晋語》作妹喜,《楚辭·天問》作妹嬉。(卷一,《雜事》,30 頁。妹嬉何肆,湯何殛焉)

3. 桀之亡也,以末喜。

《晋語》"桀伐有施,有施人以妹喜女焉"。韋昭注:"有施,喜姓之國。"《楚辭·天問》曰:"桀伐蒙山何所得,妹嬉何肆湯何殛。"王逸注:"桀伐蒙山國而得妹嬉。"①然則蒙山之國,即有施氏喜姓國。沈約注《竹書》乃云:"桀伐山民(原注:山民當作岷山,下同)。"山民女於桀二人,曰琬、曰琰,愛而無子,斵其名苕華之玉,苕是琬,華是琰。……《吕氏·慎大覽》桀迷惑於末嬉,好彼琬琰。《路史·國名紀》六謂蒙山即岷山。則妹喜出於有施之國,非蒙山二女,辨王逸説誤。然《楚辭》明云桀伐蒙山,又曰妹嬉何肆。則妹嬉即蒙山國女,亦即有施氏女審矣。(卷一,《雜事》,30 頁。桀伐蒙山,何所得焉?妹嬉何肆,湯何殛焉)

4. 湯學乎威子伯。

《白虎通義》《潛夫論》皆云"湯師伊尹",下章引《吕子·尊師》亦云"湯師小臣"。小臣,謂伊尹。《楚辭·天問》云:"成湯東巡,有莘爰極,何乞彼小臣,而吉妃是得。"王逸注:"小臣,謂伊尹也。"稱爲小臣者,蓋以其初爲媵臣,仍戰國處士之邪説耳。(卷五,《雜事》,645—646 頁)

5. 湯學小臣。

《吕子》注:"小臣謂伊尹。"王逸《楚辭·天問》注同。……李慈銘曰:……《楚辭》注所云,謂伊尹本爲有莘之小臣耳,高誘蓋因

---

①王逸注文今作"言夏桀征伐蒙山之國,而得妹嬉也"。

此而傳會。"案：小臣指伊尹，王逸、高誘説同，又見《墨子》，明是以伊尹初爲媵臣，故以此稱之。（卷五，《雜事》，655頁。成湯東巡，有莘爰極，何乞彼小臣，而吉妃是得）

6.紂囚而殺之。

梁玉繩《史記志疑》云："比干剸心，在箕子佯狂之先；微子行遁，在剸心佯狂之先。蓋微子去而後比干强諫，箕子見比干死而後佯狂。周乃伐紂，《殷紀》可據。（原注：《楚辭·天問》注言箕子見醢梅伯佯狂，醢梅伯與剖心同時也。世傳《箕子操》是僞作，然亦云紂殺比干，乃佯狂。）《宋世家》既誤以箕子佯狂爲諫不聽之故，又誤以比干見箕子爲奴，遂直諫以死，而微子始去，傎矣。"（卷七，《節士》，846—847頁。梅伯受醢，箕子詳狂）

7.雖有矰繳，尚安所施。

施古音讀爲拕，拕俗作拖，形亦與施近，易溷。……《楚辭·天問》"授殷天下，其位安施，反成乃亡，其罪伊何"。用韵皆與此同。（卷十，《善謀下》，1370頁）

四、九章

（一）涉江

1.靈公蹴然易容。

孔廣森曰：……或曰《詩·小明》政事愈蹙，與下自詒伊戚爲兩文，儻蹙作戚，則爲重韵。……古人固不避重韵也。《楚辭·涉江篇》亂詞連韵薄字，一爲林薄，一爲薄迫。其法自《詩》來，漢唐人詩賦，尚有效者。（卷一，《雜事》，44—45頁。露申辛夷，死林薄兮。腥臊並御，芳不得薄兮）

2. 以箕子佯狂,接輿避世。

《高士傳》曰:"陸通,字接輿,佯狂不仕,時人謂之楚狂。"……《莊子·逍遥游》釋文:"輿,一作與。"梁玉繩曰:"《史記評林》載胡纘宗謂接輿是與夫子之輿相接,妄也。"……《楚辭·涉江》《韓詩外傳》……并稱接輿。……《外傳》記楚王聘治河南,接輿乃與妻偕隱,變易姓字,則接輿乃其未隱時所傳之名,必非因接夫子之車而得名明矣。《楚辭·涉江》云"接輿髡首",髡首如仲雍之被髮,與漆身同爲陽狂之行,故《策》及此文,均以與箕子并稱也。(卷三,《雜事》,391—392 頁)

五、卜居

1. 夫尺有所短,寸有所長。

尺有時見短,寸有時見長,論長年者未必盡賢,年幼者未必皆不肖。二語又見《楚辭·卜居》篇,蓋古有是言。(卷五,《雜事》,776 頁。夫尺有所短,寸有所長)

六、漁父

1. 楚共王有疾,召令尹曰:"常侍筦蘇。"

今本作莧。……蘇輿本張惠言説:《周易·夬卦》"莧陸夬夬",虞翻本作莧,云説也,讀如夫子莧爾而笑之莧。……莧訓艸,莧訓説,各是一家之言。……從見從完之字,通者甚多。《易·夬卦》莧陸夬夬,釋文:一本作莞。虞注讀如夫子莧爾而笑之莧,今《論語》字作莞。……《楚辭·漁父》莞爾而笑,一本作莧爾而笑。(卷一,《雜事》,52—54 頁。漁父莞爾而笑,鼓枻而去)

2. 老古振衣而起曰。

《楚辭·漁父》"新浴者必振衣",王逸注:"去塵穢也。"(卷二,《雜事》,231 頁)

七、九辯

1. 楚威王問於宋玉曰。

宋玉,屈原弟子。(原注:王逸《楚辭》注。)(卷一,《雜事》,126—127 頁。《九辯·序》)

八、招蒐

1. 其爲陽陵采薇。

《古文苑》宋玉《舞賦》"臣聞激楚結風陽阿之舞",章樵注引《列女傳》:"聽激楚之遺風。"《上林賦》:"鄢郢繽紛,激楚結風陽阿。"所謂郢中寡和者,三者皆楚曲也。據此,則陵當作阿,但陵阿義近,或可通稱。……《説山訓》"欲善和者始於陽阿采菱",高注:"陽阿采菱,樂曲之和聲。有陽阿,古之名俳,善和也。"……《楚辭·涉江》"采菱發陽阿",①王逸注:"楚人歌曲也。"(卷一,《雜事》,129 頁。《涉江》《采菱》,发《揚荷》些)

2. 從新安君與壽陵君同軒。

案:《聲類》:"軒,安車也。"《楚辭》注:"軒,輕車也。"②(卷二,

① 該句今本作"《涉江》《采菱》,發《揚荷》些";《考異》謂"《文選》注云:荷,當作阿"。

② "軒,輕車也"今作"軒、輬,皆輕車名也"。

《雜事》,243 頁。軒輬既低)

3. 宋閔公博。

《公羊》釋文:"博,如字,戲名。"字書作簙,葉本簙作薄。案:字當作簙,博假借字。……《荀子·大略》篇"六貳之博",楊倞注云:"即六博也,今之博局,亦二六相對也。"《楚辭·招魂篇》"菎蔽象棊,有六簙些",王逸注:"菎,玉也;蔽,簙箸。以玉飾之也。投六箸,行六棊,故謂六簙也。"①(卷八,《義勇》,1015—1016 頁)

4. 司馬子期獵於雲夢。

雲夢,澤名。……《楚辭·招魂》云:"與王趨夢兮課後先。"王逸注:"夢,澤中也,楚人名澤爲夢中。"②據此,則夢者楚人之方言,雲者此澤之專稱也。(卷八,《義勇》,1061 頁)

九、大招

1. 我鄙人也。

鄙野之人也。顔師古《匡謬正俗》:"或問愚陋之人謂之鄙人,何也?答曰:本字作否,否者蔽固不通之稱,音與鄙同。……美好者謂之都,言習京華之典則;醜陋者謂之鄙,謂守下邑之愚蔽,不其然與?答曰:非也。都者自是閑美之稱。《詩》曰:不見子都,乃見狂且。又云:洵美且都。《楚辭》云:此德好閑習以都。③ 皆非上京之謂。(卷六,《刺奢》,827 頁。比德好閒,習以都只)

---

①"棋"今作"棊";"謂"今作"爲"。

②"楚人"句"澤"下今有"中"字。

③"此"今作"比";"閑"今作"閒",《補注》曰"閒,音閑"。

十、九懷

(一)尊嘉

1. 江水沛沛兮。

《廣雅·釋訓》:"沛沛,流也。"王褒《九懷》曰:"望淮兮沛沛。"水流爲沛,猶雨流爲霈,亦有假沛作霈者。(卷六,《刺奢》,790 頁)

十一、九歎

(一)惜賢

1. 楚不用伍子胥而破。

伍子胥,名員,楚大夫伍奢之子,棠公尚之弟。……《莊子·盜跖》、《吕子·知化》、《韓詩外傳》七、《賈子新書·耳痺》、《楚辭》劉向《九歎》并稱子胥抉眼。(原注:案《説苑·正諫》篇亦載此事,顔《匡謬正俗》亦辨抉眼之誣。)(卷二,《雜事》,165—166 頁。吴申胥之抉眼兮)

(二)愍命

1. 芳如椒蘭。

《毛詩·唐風》"椒聊之實",傳:"椒聊,椒也。"《陳風》"貽我握椒",傳:"椒,芬香也。"《楚辭·九歎》"懷椒聊之蔎蔎兮",王逸注:"椒聊,香草也;蔎蔎,香貌。"(卷三,《雜事》,321 頁)

2.有陳不占者。

陳不占,齊大夫。……《楚辭・九歎》①注以不占爲齊臣,未詳及其時代。(卷八,《義勇》,1048—1051 頁。陳不占戰而赴圍)

①《九歎》原誤作《九嘆》,今徑改。

《說苑校證》[①]

總論

1. 今夕何夕兮搴舟中流。

舊作"搴中洲流",義不可通。盧曰:"'中洲',《御覽》作'舟中'。《書鈔》無'洲'字。"闕曰:"《楚辭後語》作'搴洲中流'。"孫仲容曰:"《玉臺新咏》亦作'搴舟中流',是也。"(卷十一《善説》,278頁)

2. 心幾頑而不絶兮得知王子。

盧曰:"'得知'舊作'知得',郭茂倩《樂府》倒。"闕曰:"《楚辭後語》作'得知王子'。"承周案:作"得知"是也。"知"與"接"同義。(卷十一《善説》,278—279頁)

一、離騷

1. 建天下之鳴鐘而撞之以梃。

"梃",舊作"挺"。盧曰:"'挺',《意林》作'梃',然當從《漢

① 劉向撰,向宗魯校證《説苑校證》,中華書局,1987年版。

書·東方朔傳》作'莛',艸莖也,音亭,又引'挺'。"承周案:"挺"乃"梃"之誤(原注:古从木从手之字多相亂),當从《意林》作"梃"。(原注:《聚珍》本如此,《學津》本作"莛"。)吴仁傑《兩漢刊誤補遺》云:"《東方朔傳》'以筳撞鐘',文穎曰:'稾莛也。'《論衡》曰:'篙不能鳴鐘。'仁傑按:'篙'當做'稾'。《周官·矢人》注云:'笴',讀爲'稾'。"又《稾人》注云:"箭幹謂之稾。"《集韻》:"'笴''槁'通。"穎云:"槁者,謂箭幹耳。"《楚辭》:"索瓊茅以筳篿。"王逸曰:"筳,小破竹也。"①《王莽傳》:"以竹筳導其脉。"師古曰:"筳,竹挺也。"《説文》:"筳,維絲筦也。"四説不同,大意不離於竹。(卷十一《善説》,288—289 頁)

二、九歌

(一)湘夫人

1. 約鎮簟席。

關曰:"《楚詞·九歌》:'白玉兮爲鎮。'《注》:'以白玉鎮坐席也。'然則鎮席之玉,約之以爲飾也。"(卷二《臣術》,41 頁)

三、天問

1. 夫白龍,天帝貴畜也,豫且,宋國賤臣也,白龍不化,豫且不射。今君弃萬乘之位,而從布衣之士飲酒,臣恐其有豫且之患矣。王乃止。

①"瓊"今作"藑",《考異》謂"《文選》作瓊";"破"今作"折"。

《楚詞・天問》:"胡射夫河伯,而妻彼雒濱。"王注引傳曰:"河伯化爲白龍,遊於水旁,羿見射之,眇其左目。河伯上訴天帝,曰:'爲我殺羿。'天帝曰:'爾何故得見射?'河伯曰:'我時化爲白龍出遊。'天帝曰:'使汝深守神靈,羿何從得犯汝?今爲蟲獸,當爲人所射,固其宜也,羿何罪歟。'"①王所引傳,未詳何書,而與此相類,蓋相傳有此寓言也。(卷九《正諫》,238頁)

四、九章

(一)惜誦

1. 三折肱而成良醫。

《楚辭・惜誦》:"九折臂而成醫。"王逸《注》云:"言人九折臂,更歷方藥,則成良醫,乃自知其病。"其説"九折臂"意,亦當與"三折肱"相同也。(卷十七《雜言》,421頁)

(二)惜往日

1. 龍饑無食,一蛇割股。

案《莊子・盜跖》云:"介子推自割其股以食文公。"《韓詩外傳》十云:"介子推割股,天下莫不聞。"《楚詞・九章》注:介子推割股肉以食文公。② 皆記割股事。(卷六《復恩》,121頁。介子忠而立枯兮,文君寤而追求)

①"射"今皆作"䠶",《考異》謂"一作射";"濱"今作"嬪";"蟲"今作"虫"。
②注文今作"介子推從行,道乏糧,割股肉以食文公"。

五、漁父

1. 初沐者必拭冠,新浴者必振衣。

《困學紀聞》云:"《楚辭·漁父》'吾聞之,新沐者必彈冠,新浴者必振衣。'《荀子》曰:'新浴者振其衣,新沐者彈其冠。人之情也。'豈用《楚辭》語耶? 抑二子皆述古語也?"何焯云:"曰吾聞之,則述古語也。"承周案:《荀子》語見《不苟》篇。《韓詩外傳》一用《荀子》文,而正與《楚辭》同。又見《新序·節士》篇。(卷十六《談叢》,396—397 頁)

六、惜誓

1. 昔者,費仲、惡來革。

盧曰:"下云'四子'則'費仲'下當有'飛廉'。"承周案:《御覽》三百六十六引"革"上有"膠"字,非是。《楚辭·惜誓》有"來革",即"惡來革"也。(卷十七《雜言》,412 頁。來革順志而用國)

七、七諫

(一)沈江

1. 國雖大,好戰必亡。天下雖安,忘戰必危。

《史記·主父偃傳》載偃上書引《司馬法》云:"國雖大,好戰必亡。天下雖平,忘戰必危。"(原注:《漢書》同。)《意林》卷六及《治要》引《司馬法》"安"亦作"平",并與今本異。(原注:《楚詞·七諫》章句引《司馬法》曰:"國雖强大,忘戰必危。"蓋約其文。)俗本"忘戰"作"亡戰"。(卷十五《指武》,365 頁。偃王行其仁義兮,荆文寤而徐亡)

2.王孫厲謂楚文王。

"楚文王",《淮南》作"楚莊王",誤也。(原注:《渚宫舊事》一用《淮南》,仍作"楚文王",不誤。)《韓子》亦作"荆文王"。《楚辭·七諫》:"荆文寤而徐亡。"《淮南·説山》:"徐偃王以仁義亡國。"高注云:"居衰亂之世,修行仁義,爲楚文王所滅。"皆以爲楚文王事。《史記·趙世家》:"繆王使造父御,西巡狩,見西王母,樂之忘歸,而徐偃王反。繆王日馳千里馬,攻徐偃王,大破之。"譙周曰:"徐偃王與楚文王同時,去周繆王遠矣。"(原注:見《史記·秦本紀》正義、《趙世家》集解俱引。)允南蓋據《韓子》《淮南》《楚辭》及本書以證史誤,最爲明確。(卷十五《指武》,366 頁)

八、九歎

(一)離世

1.晋平公問於師曠。

《楚詞章句》:"師曠,聖人,字子野,生無目而善聽,晋主樂太師。"①(卷一《君道》,1 頁。立師曠俾端詞兮)

(二)惜賢

1.而抉吾眼著之吴東門。

《子胥傳》作"縣吴東門之上",《吴世家》亦云:"置之吴東門。"

①"野"今作"壄";"晋主"句今作"當晋平公時"。

梁氏《志疑》(十七)云:“此一時忿辭,而《吕氏春秋·知化》篇、《韓詩外傳》七,言夫差實抉子胥之目著於門,《莊子·盗跖》篇、《楚辭》劉向《九歎》,并有子胥抉眼之語,殆未可信。”(卷九《正諫》,231 頁。吴申胥之抉眼兮)

九、九思

(一)傷時

1. 流僻邪散狄成滌濫之音作。

王引之《經義述聞》曰:“‘狄’,讀爲‘誂’。‘成’者,‘戊’之訛。‘戊’與‘越’通。《吕氏春秋·音初》篇:‘流僻誂越慆濫之音出。’‘慆濫’即‘滌濫’也。‘誂越’即‘狄戊’也。《楚辭·九思》:‘聲噭誂兮清和。’誂字亦作咷。《漢書·韓延壽傳》:‘噭咷楚歌。’服虔曰:‘咷,音滌濯之滌。’正與狄同音。”(卷十九《修文》,503 頁)

《韓詩外傳集釋》①

一、離騷

1. 陳之富人有處師氏者,脂車百乘,觴於韞丘之上。

處師氏觴於韞丘之上,則其所乘之車,必止而勿駕。車止必有木以楮其輪,使之勿動。古謂之軔。《説文·車部》:"軔,礙車也。"《離騷》"朝發軔於蒼梧兮",注曰:"軔,楮輪木。"②然則楮車猶云軔車。(卷二,第二十六章,69頁)

二、九歌

(一)湘夫人

1. 孔子曰:"闔棺兮乃止播兮,不知其時之易遷兮。"

《楚辭·九歌》"丮芳椒兮成堂",洪氏《補注》:"丮,古播

---

①韓嬰撰,許維遹校釋《韓詩外傳集釋》,中華書局,1980年版。

②"楮"今作"措"。

字。"①"𤰞"乃古"番"字,非古"播"字。《楚辭》假"番"爲"播",古"番""播"同音也。(卷八,第二十四章,294 頁)

三、九章

(一)思美人

1. 今爲濡足之故,不救溺人,可乎?

"濡足"舊作"儒雅"。……《楚辭·思美人》篇:"憚褰裳而濡足。"(卷一,第二十六章,26 頁)

(二)惜往日

1. 鮑焦抱木而立,子推登山而燔?

"立"舊作"泣"。……《説苑·雜言》篇作"鮑焦抱木而立枯,介子推登山焚死"。……《韓非子·八説》篇"鮑焦木枯",《風俗通義·愆禮》篇"鮑焦立枯而死",《莊子·盜跖》篇"鮑子立乾",又"子推抱木而燔死",鮑焦、子推古書中往往并舉之,其事亦混而爲一,故《楚辭·九章·惜往日》"介子推而立枯兮"。②(卷七,第六章,243—244 頁)

四、遠遊

1. 故君子橋褐趨時,當務爲急。

---

①"𤰞"今皆作"𦊆"。

②"推"今作"忠",王逸注"介子,介子推也",疑此誤引。

俞樾云:"橋""撟"并假字。……"撟褐"乃雙聲連語,即《文選·射雉賦》之"揭驕",語有倒順耳。《射雉賦》云:"眄箱籠以揭驕,睨驍媒之變態。"徐爰注曰:"揭驕,志意肆也。"又曰:"《楚辭》'揭驕'字作'拮撟'。"善曰:"《楚辭》曰:'意恣睢以拮撟。'"①今按"揭驕"蓋有急欲赴之之意,故《射雉賦》用之。(卷一,第一章,1頁,意恣睢目担撟)

五、漁父

1. 故新沐者必彈冠,新浴者必振衣,莫能以己之皭皭容人之混汙然。

《楚辭·卜居》篇作"安能以身之察察受物之汶汶者哉",②字異而義同。……《楚辭》"汶汶"即"昏昏"假借。(卷一,第十一章,13頁)

六、九思

(一)悼亂

1. 於是伊尹接履而趨。

聞一多先生云:"《楚辭·九思·悼亂》曰'臿(原注:本誤作"垂",從《釋文》改。)屣兮將起。'"③"臿""插"古今字。(卷二,第二十二章,59頁)

---

①"以"今作"目";"拮"今作"担";"撟"今作"撟",《考異》謂"一作撟"。

②原誤爲《卜居》篇,今徑歸入《漁父》篇。

③"臿"今作"垂",《考異》謂"垂,《釋文》作臿"。

歷代散見《楚辭》資料輯録

下册

王偉輯録

中華書局

中　編

歷代小學類重要著述散見《楚辭》資料輯録

《續修四庫全書·玉篇》①

總論

1.羲

《山海經》:"天帝之妻羲和,生十日。"野王案:十日謂從甲至癸也,唐虞以爲掌天地之官,……。《楚辭》"涉升皇之赫羲",王逸曰:"赫羲,光明皃也。"②又曰:"羲和未陽",③王逸曰:"羲和,日御也。"(卷九,303頁)

2.欵

《楚辭》"欵咚而生",王逸曰:"欵,叩也。"④野王案:謂叩擊之

---

①顧野王《玉篇》,據《續修四庫全書》第228册,因本書部分内容殘缺之特殊性,故某些疑惑性的内容皆於脚注中作補充性的説明。

②《離騷》。"涉"今作"陟",《考異》謂"一無'陟'字";"升"今作"陞",《考異》謂"一作升"。"羲"今皆作"戲",《補注》曰:"戲與曦同";"皃"今作"貌"。另,今本王注作"貌"者,《玉篇》皆作"皃",故以下凡此差異皆不再注。

③見《天問》。今本"羲和"下有"之"字;"陽"今作"揚",《考異》謂"一作陽"。

④《九懷·株昭》。"欵"今皆作"款";"咚"今作"冬"。但此處王逸注文今列爲洪興祖《補注》内容。

也。《史記》“由余聞之，欵關請見”是。又曰“吾寧悃悃欵欵朴以異忠乎”，王逸曰：“志純一也。”①……《説文》：“意有所欲也。”《蒼頡篇》：“欵，誠重也。”《廣雅》：“欵，愛也。”（卷九，330—331 頁）

3. 飿

《楚辭》“芳与澤其雜飿”，王逸曰：“飿，雜也。”②《説文》：“雜，飯也”，爲米字，在米部。（卷九，350 頁）

4. 厲

厲，鄭玄曰“‘厲而不爽’，曰‘王逸曰：厲，烈也，其味清烈也。’”③又曰：“‘神浮游以高厲’，④玄曰：“厲，玄嚴愸也。”《左氏傳》“与其素厲，寧爲無勇”，杜預曰“厲，猛也。《楚辭》‘厲而不爽’王逸曰‘厲，烈也，其味清烈也’”。⑤ 又曰“神浮游以高厲”，王逸曰“厲高，曰厲而遠行也”。⑥《爾雅》：“厲，作也。”郭璞曰：“《穀梁傳》‘始厲樂矣’是也。”《方言》：“厲，爲也，吴曰厲。”郭璞曰：“爲亦作也。”……厲，《廣雅》：“厲，高也。”（卷二二，504 頁）

5. 緫

《楚辭》“紛緫緫其離合”，王逸曰：“緫緫，猶噂噂，聚皃也。”⑦

---

①《卜居》。今本“以”下無“異”字。

②該句見《離騷》及《九章・思美人》與《九章・惜往日》。“与”今作“與”；“飿”字今皆作“糅”。而所引王逸注見《離騷》句。

③《招䰟》。今本“清烈”下有“不敗也”三字。

④《九歎・離世》。“游”今作“遊”。

⑤《招䰟》。“清烈”下今有“不敗也”三字。

⑥《九歎・離世》。“游”今作“遊”；今本王逸注爲“言己心愁，情志慌忽，思歸故鄉，則精神浮遊高厲而遠行也”。

⑦見《離騷》。“緫緫”今皆作“總總”；“噂噂”今本王逸注作“僔僔”。

又曰"建黄昏之総旄",王逸曰:"総,合也。"①《方言》:"履,麤也,南楚総謂之麤。"野王案:総,猶普也。《説文》:"総,聚束也。"《廣雅》:"総,皆也。""総,罽也。""総,結也。""総総,衆也。"或爲揔字,在手部。(卷二七,593—594頁)

6.纚

《楚辭》"索胡繩之纚纚",王逸曰:"索,好皃也。"又曰:"舒佩兮森纚",②野王案:森纚,好皃也。(卷二七,609頁)

一、離騷

1.諑

《左氏傳》"又使諑之",杜預曰:"諑,譖也。"《方言》:"楚以南謂譖爲諑。"《楚辭》"謡諑謂余善浮",諑,王逸曰:"諑,讚也。"③(卷九,285頁)

2.兮

胡雞反,……《楚辭》"帝高陽之苗兮"是也。④(卷九,303頁)

3.虧

《毛詩》"不虧不崩",《箋》云:"虧,猶毁壞也。"《楚辭》"芳菲菲而難虧",王逸曰:"虧,歇也。"⑤……《爾雅》:"虧,毁也。"《説文》:"氣損也。"《廣雅》:"虧,去也。""虧,以也。"(卷九,305頁)

---

①見《九歎·遠逝》。"昏"今作"纁",《考異》謂"一作昏";"総"今皆作"總"。

②兩句分别見《離騷》與《九懷·通路》。"森"今作"綝",《補注》曰"綝,林、森二音"。

③"謂余"下今有"以"字;"浮"今作"淫";"諑,讚也"今作"諑,猶譖也"。

④"苗"下今有"裔"字。

⑤"虧"今皆作"虧"。

4.軔

《楚辭》"朝發軔於蒼梧",王逸曰:"枝輪木也。"①《説文》:"擬車也。"《聲類》或爲杒字,在木部。(卷一八,403頁)

5.岌

《韓詩》曰:"四牡岌岌,盛皃也。"《楚辭》"高余冠之岌岌",王逸曰:"岌岌,高皃也。"(卷二二,469頁)

6.崦

《楚辭》"望崦嵫而勿迫",王逸曰:"山名。下有豪水,中虞淵,日所入也。"②(卷二二,470頁)

7.廦

《楚辭》:"扈江離與廦芷",王逸曰:"廦,幽也。"③野王案:幽,亦隱蔽也。(卷二二,506頁)

8.陸

《楚辭》"長余佩之陸離",王逸曰:"陸離,亂皃也。"又曰:"陸離,分離也。"④(卷二二,535頁)

9.阿

《楚辭》"皇天無私阿",王逸曰:"竊受曰秋,所曰阿。"⑤(卷二二,536頁)

10.阨

《左氏傳》"所遇又阨",杜預曰:"地險不便車也。"《楚辭》"路

①"枝"今作"搘"。

②"下有豪水"句今作"日所入山也,下有蒙水,水中有虞淵"。

③"廦""廦"今皆作"辟"。

④"亂"今作"衆";"陸離"一詞於《楚辭》常見,而《離騷》"斑陸離其上下",王逸注"陸離,分散也"與顧野王所引最近,故定爲《離騷》本句。

⑤今本王逸注爲"竊愛爲私,所私爲阿"。

幽昧以險阨”,王逸曰:“險阨似危。”①(卷二二,546 頁)

11. 阽

《楚辭》“阽余乜以危死”,王逸曰:“阽,勉也。”②《説文》:“壁危。”(卷二二,553 頁)

12. 緯

《説文》:“横織丝也。”《楚辭》或以此爲幃字。幃,香囊也,音呼違反,在巾部。(卷二七,584 頁。蘇糞壤目充幃兮,謂申椒其不芳)

13. 纕

《國語》“懷挾纓纕”,賈逵曰:“馬纕帶也。”《楚辭》“既替余以蕙纕”,王逸曰:“佩帶也。”(卷二七,619 頁)

14. 紉

《礼記》:“衣裳綻裂,紉針請補綴。”野王案:紉,繩縷也。《楚辭》“紉秋蘭以爲佩”,王逸曰:“紉,索也,展而續之也。”③(卷二七,625 頁)

15. 紛

《楚辭》“紛吾既有此内美”,王逸曰:“紛,盛皃也。”(卷二七,630 頁)

16. 紲

野王案:凡所以繫制畜牲者,皆曰紲。……《楚辭》“登浪風雨而紲馬”,王逸曰:“紲,繫也。”④(卷二七,632 頁)

17. 繽

①“阨”今作“隘”,《補注》謂“阨、隘一也”;“險阨似危”今本王逸注爲“險隘,諭傾危”。

②“乜”今作“身”;“以”今作“而”;“阽,勉也”今作“阽,猶危也”。

③今本王注無“展而續之也”五字。

④“浪”今作“閬”;今本無“雨”字;“紲”今皆作“緤”。

《韓詩》"緝緝繽繽，諆欲譖言"，"繽繽"注："束皃也。"《楚辭》"佩繽紛其繁餝"，①王逸曰："繽紛，盛皃也。繁，衆也。"（卷二七，649頁）

二、九歌

（一）雲中君

1. 章

《楚辭》"耶翱翔兮周章"，王逸曰："周章，流也。"②（卷九，310頁）

2. 餘

《爾雅》："列，餘也。"《方言》："晋衛之間謂餘曰列。"郭璞曰："謂殘餘也。"野王案：……《楚辭》"蓂翂兮有餘"，王逸曰："餘，他也。"③（卷九，355—356頁）

（二）湘君

1. 厞

《爾雅》："厞，隱也。"郭璞曰："《儀礼》云：'厞用席'是也。"《楚辭》"隱思君兮厞側"，王逸曰："厞，陋也。"④（卷二二，506頁）

2. 磯

---

①"餝"今作"飾"。

②"耶"今作"聊"；"翱"今作"翺"；"翔"今作"游"；"周章，流也"今作"周章，猶周流也"。

③"蓂"上今有"覽"字；"蓂"今作"冀"；"翂"今作"州"；"他也"上今有"猶"字。

④"厞"今皆作"陫"。

《楚辭》:“石瀨兮磯磯”,王逸曰:“疾流皃也。”①(卷二二,526 頁)

(三)湘夫人

1. 汀

《楚辭》“搴汀洲兮杜若”,王逸曰:“汀,平也。”(卷一九,437 頁)

2. 繚

野王案:繚,猶繞也。《楚辭》“繚之以杜蘅”,②王逸曰:“繚,縛束也。”《説文》:“繚,纏也。”(卷二七,595 頁)

(四)東君

1. 緪

《楚辭》“緪瑟兮交鼓”,王逸曰:“緪,急張絃也。”野王案:《淮南》“大弦緪則小弦絶”,《大戴礼》“太師緪瑟而稱不習”是也。(卷二七,633 頁)

(五)山鬼

1. 磊

《楚辭》:“石磊磊兮葛蔓蔓。”③《説文》:“衆名也。”《蒼頡篇》:“磊,砢也。”(卷二二,529 頁)

---

①“磯磯”今作“淺淺”;“疾流”今本王逸注爲“流疾”。

②“以”今作“兮”,《考異》謂“一本‘兮’下有‘以’字”;“蘅”今作“衡”,《考異》謂“一作蘅”。

③“蔓蔓”今作“蔓蔓”,《補注》謂“蔓,莫干切,俗作蔓”。

（六）國殤

1. 嚴

《楚辭》“嚴[illegible]𧖴兮棄原野”，①王逸曰：“嚴，壯也。”《説文》：“教令急也。”野王案：《孝經》“其政不嚴而治”是也。（卷九，315頁）

三、天問

1. 沓

《楚辭》“天何所沓？十二焉分？”王逸曰：“沓，合也。”《説》②：“遝延沓手。”野王案：沓，猶重疊也。（卷九，299頁）

2. 虧

《毛詩》“不虧不崩”，《箋》云：“虧，猶毁壞也。”《楚辭》……又曰：“八柱何當，東南何虧”，王逸曰：“虧，缺也。”③《爾雅》：“虧，毁也。”《説文》：“氣損也。”《廣雅》：“虧，去也。”“虧，以也。”（卷九，305頁）

3. 維

《國語》“皆在北維”，賈逵曰：“北維，北方也。”《楚辭》“韓維焉繫”，王逸曰：“維，紘也。”④（卷二七，629頁）

---

①“[illegible]”今作“殺”；“𧖴”今作“盡”；“野”今作“壄”，《補注》曰“古野字”。

②據引文“遝延沓手”，“《説》”疑爲“《説苑》”，此處當脱“苑”字。

③“虧”今作“虧”；今本王逸注無“虧，缺也”三字。

④“韓”今作“斡”；“紘”今作“綱”。

四、九章

(一)惜誦

1. 證

《論語》:"其父攘羊而子證之。"野王案:《説文》:"證,告。"《楚辭》"所以證之不遠",王逸曰:"證,驗。"(卷九,277 頁)

2. 階

《尚書》:"舞干戚于閶也。"野王案:所以登堂之道也。……《孟子》"使舜完廩損附階"①,劉曰:"階,梯也。"野王案:《礼記》"虞人設階",《楚辭》"欲釋階而登天"蓋是。(卷二二,553 頁)

(二)涉江

1. 奇

野王案:《説文》"奇,異也",謂傀異也,《楚辭》"余約此奇服"是也。②(卷九,302 頁)

2. 欸

《楚辭》"欸秋冬之緒風",王逸曰:"欸,歎也。"(卷九,332—333 頁)

3. 艣

①《孟子·萬章》有云:"父母使舜完廩捐階",可與本句參看。

②"約"今作"幼";"此"上今有"好"字。

《楚辭》"[illegible]艫舩余上[illegible]"，王逸曰："舩有窓牖者也。"①《字書》："舩上有屋也。"（卷一八，420－421頁）

4. 滯

《楚辭》"淹洄水而疑滯"，②王逸曰："滯，留也。"（卷一九，435頁）

5. 汰

《楚辭》"齊吴榜以激汰"，③王逸曰："汰，水波也。"（卷一九，443頁）

6. 嵬

《毛詩》"陟彼崔嵬"，《傳》曰："崔嵬，石戴土者也。"《楚辭》"冠青雲之崔嵬"，④王逸曰："高皃也。"（卷二二，475頁）

7. 緒

《楚辭》"欸秋之緒風"，⑤王逸曰："緒，餘也。"野王案：謂殘餘也。（卷二七，578頁）

（三）哀郢

1. 軫

《楚辭》……又曰："出國門而軫懷"，王逸曰："軫，痛也。"⑥（卷一八，399－400頁）

①"[illegible]"今作"乘"；"艫"今作"舲"；"舩"今皆作"船"；"[illegible]"今作"沅"；"窓"今本王逸注作"牕"。

②"洄"今作"回"。

③"激"今作"擊"。

④"青"今作"切"。

⑤今本"秋"下有"冬"字。

⑥"軫"今皆作"軫"。

2. 絓

《楚辭》"心結絓而不解",王逸曰:"絓,縣也。"①(卷二七,580—581頁)

(四)抽思

1. 崴

《楚辭》:"鉥石崴嵔",王逸曰:"猶崔嵬也。"②(卷二二,468頁)

(五)懷沙

1. 庸

《楚辭》"固庸態也",王逸曰:"庸,斯賤之人也。"③野王案:庸人謂常人愚短者也。(卷一八,391頁)

2. 限

《楚辭》:"浪之以大牧",④王逸曰:"限,度也。"(卷二二,538頁)

3. 陷

野王案:陷,猶墜入也,……《楚辭》"陷滯而不澨",⑤王逸曰:"陷,没也。"(卷二二,541頁)

(六)惜往日

1. 詑

---

①"結絓"今作"絓結";"鮮"今作"解";"縣"今作"懸"。

②"鉥"今作"軫";"嵔"今作"嵬"。而王注今作"崴嵬,崔巍,高貌也"。

③"斯"今本王注作"厮"。

④"浪"今作"限";"牧"今作"故"。

⑤"澨"今作"濟"。

《楚辭》"或訑謾而不疑。"①野王案:《説文》"沇州謂欺曰訑也"。(卷九,258 頁)

(七)橘頌

1. 謝

《楚辭》"[illegible]并謝與長友",②王逸曰:"謝,去也。"(卷九,252 頁)

2. 緑

《楚辭》"緑葉兮素榮",王逸曰:"緑,青也。"③《説文》:"帛青皃色也。"(卷二七,603 頁)

(八)悲回風

1. 歇

野王案:歇,臭味消散也,《楚辭》"芳以歇而不比"是也。(卷九,329 頁)

2. 歔

《楚辭》"曾歔欷之嗟嗟",王逸曰:"歔欷,啼皃也。"(卷九,333 頁)

3. 軋

《楚辭》"軋洋洋之无從",王逸曰:"言己欲軋勿已心,方湯立功,其道無從也。"④(卷一八,404 頁)

4. 礚

---

①"訑"今作"訑"。

②"[illegible]"今作"顧";"并"上今有"歲"字。

③今本"葉"下無"兮"字;"青也"上今有"猶"字。

④"无"今作"無";今本王注爲"言欲軋沕己心,仿佯立功,則其道無從至也"。

《楚辭》:"憚涌湍之磕磕,聽波聲之匈匈。"①(卷二二,529頁)

5.締

《楚辭》"氣繚轉而自締",王逸曰:"締,結也。"②《説文》:"不解也。"(卷二七,597頁)

6.編

《莊子》:"或編曲,或鼓琴而歌。"野王案:《蒼頡篇》"編,織也",《楚辭》"糾思心以爲纕,編愁苦以爲膺"是也。③(卷二七,628頁)

五、遠遊

1.軼

《蒼頡篇》:"從後出前也。"野王案:《莊子》"超軼絶塵",《楚辭》"軼迅風於清涼"是也。④(卷一八,406頁)

2.液

《楚辭》:"吸飛泉微液,懷琬琰之華英。"⑤《説文》:"液,津也。"(卷一九,449頁)

3.嶸

《楚辭》:"下峥嶸而無地",王逸曰:"洗淪幽寘。"⑥(卷二二,464頁)

4.嵺

---

①"磕磕"今作"礚礚";"匈匈"今作"洶洶"。

②今本該句無此注。

③"糾"今作"糺"。

④"涼"今作"源",《考異》謂"一作涼"。

⑤今本"泉"下有"之"字。

⑥今本王逸注爲"淪幽虚也"。

《楚辭》:"上㟼廓而無天",①野王案:㟼廊,空虚也,……亦与廖字同,在广部也。(卷二二,477頁)

六、漁父

1. 餔

野王案:《廣雅》"餔,食也"。《楚辭》"餔其糟歠其醨"是也。②(卷九,351頁)

七、九辯

1. 餧

《礼記》:"餧獸之藥。"野王案:以物散與鳥獸食之,《楚辭》"鳳亦不貪餧而亡食"是也。③(卷九,358頁)

2. 軨

《楚辭》"倚結軨兮太息",王逸曰:"伏車重較而啼也。"④(卷一八,399頁)

3. 軫

《楚辭》"中結軫而增傷",⑤王逸曰:"紆,回也。軫,隱也,心

①"㟼"今作"寥"。

②今本"糟"下有"而"字;"醨"今作"釃"。

③"亡"今作"妄"。

④今本"太息"上有"長"字,《考異》謂"一無'長'字";"伏車重較而啼也"今本王逸注作"伏車重軾,而涕泣也";

⑤"軫"今作"軫"。

中隱輭而病也。"①(卷一八,399 頁)

4. 轅

《楚辭》"炊懔兮⺄,貧士失職",王逸曰:"數遭患禍,身困極也。"②(卷一八,412 頁)

5. 凉

野王案:今謂薄寒爲凉,《礼記》"孟秋凉風至",《楚辭》"秋之爲氣也,薄寒之中人"是也。③ (卷一九,448 頁)

八、招䰟

1. 餭

《楚辭》:"粔籹蜜餌,有餦餭",王逸曰:"餦,餳也。"④《方言》"餌餳謂之餦",郭璞曰:"即乾飴也。"(卷九,361 頁)

2. 甘

《楚辭》:"此皆甘人",王逸曰:"甘,美也,食人以爲甘美也。"⑤(卷九,367 頁)

3. 爽

《楚辭》:"露雞臛雋,厲而不爽",王逸曰:"厲,烈也。爽,敗也,楚人名羹敗曰爽。"⑥(卷一八,394 頁)

4. 軜

①今本無此王逸注文。

②"炊"今作"坎";"懔"今作"廩";今本"兮"下無"⺄"。

③今本"薄寒之中人"在"秋之爲氣也"後較遠位置。

④今王逸注"餦"下有"餭"字。

⑤"食人"上今有"言此物"三字。

⑥"雋"今作"蠵";"爽"今皆作"爽"。

《説文》曰："轉，運也。"野王案：軍轉，迴旋也。《毛詩》"展轉反側"，《楚辭》"光風轉蕙"是也。（卷一八，402 頁）

5. 廉

《楚辭》"咲[illegible]清以廉[illegible]"，①王逸曰："不受曰廉。"（卷二二，487 頁）

6. 陀

《楚辭》"文異豹飾，食侍陂陀"，王逸曰："陂陀，長陛也。或曰：侍從君遊陂陀之中也。"②（卷二二，558 頁）

7. 絫

《楚辭》"層臺絫樹"，王逸曰："絫，重也。"③……今爲累字，在糸部。（卷二二，565 頁）

8. 約

《楚辭》："土伯九約"，王逸曰："約，屈也。"野王案：謂屈節也，《吕氏春秋》"旄象之約"是也。（卷二七，595 頁）

9. 纂

《楚辭》"纂組綺縞"，王逸曰："纂組，綬類也。"（卷二七，614 頁）

10. 縷

野王案：《説文》"縷，綫也"，《楚辭》"秦耩齊縷"是也。④（卷二七，620 頁）

11. 絡

①"咲"今作"朕"；"[illegible]"今作"幼"；"[illegible]"今作"潔"。

②今本"侍"上無"食"字；"陀"今皆作"陁"，《考異》謂"一作陀"；"侍從君遊陂陀之中也"今本王逸注作"侍從於君遊陂池之中"。

③"絫"今皆作"累"；"樹"今作"榭"。

④"耩"今作"篝"。

《楚辭》“秦篝齊縷，鄭綿絡”，①王逸曰：“絡，縛也。”《爾雅》：“絡，綸也”，郭璞曰：“綸，繩也，謂掌縛縮絡之也。”（卷二七，635—636頁）

12. 緜

《楚辭》“秦篝齊縷，綿絡”，王逸曰：“綿，緾也，准也。”②《淮南》“綿以方城”，許叔重曰：“綿，絡也。”（卷二七，663頁）

九、大招

1. 瀝

《楚辭》“吴醴白櫱，和楚瀝”，王逸曰：“瀝〻，清酒也。”③（卷一九，444頁）

2. 鰿

《楚辭》“煎鰿炙鸖”，④王逸曰：“鰿，鮒也。”（卷二四，571頁）

十、惜誓

1. 謣

《楚辭》“或[illegible]也言之謣謣”，⑤野王案：謣謣，正直之言也。

---

①“篝”今作“篝”，《考異》謂“《釋文》作篝”。

②“篝”今作“篝”，《考異》謂“《釋文》作篝”；今本“綿絡”上有“鄭”字；“絡”下今有“些”字；“緾”今本王逸注作“纏”；今本王逸注無“准也”二字。

③“櫱”今作“蘗”；今本王逸注無“〻”，此重文符號。

④“炙”今作“臛”；“鸖”今作“雀”。

⑤“[illegible]”今作“直”；今本“言”上無“也”字。

(卷九,290 頁)

2.索

野王:糾繩曰索,《淮南》"衣褐帶索",《楚辭》"并細絲以爲索"并是也。① (卷二七,671 頁)

十一、招隱士

1.崟

《楚辭》:"嶔崟崎峨",王逸曰:"山阜陬隈者也。"②《廣雅》:"崟,高也。"(卷二二,461 頁)

2.嵯

《楚辭》:"山氣巃,石嵯峨",王逸曰:"巀[illegible],峻蔽日也。"③《説文》:"山皃也。"《廣雅》:"嵯峨,高也。"(卷二二,463—464 頁)

3.巉

《楚辭》"深谷巉巖,水增波",王逸曰:"崎岖山間爲險阻[illegible]也。"④《廣雅》:"巉巖,高也。"(卷二二,469 頁)

4.巃

---

①"細"今作"糿";今本"絲"上有"茅"字,《考異》謂"一云'并繩絲以爲索'"。

②今作"嶔岑碕礒",《考異》謂"岑,一作崯";"碕礒"一作"崎巇";"陬隈"今本王逸注爲"崷嵎";"陬隈"下今本無"者"字。

③今本"巃"下有"嵸兮"二字;"[illegible]"今本王逸注作"嶭"。

④"深"今作"谿";"巉巖"今作"嶄巖";"巖"下今有"兮"字;"增"今作"曾",《考異》謂"一作增";"崎岖山間爲險阻[illegible]也"今本王逸注爲"崎嶇間寫,嶮阻傴也"。

《楚辭》“山氣巃嵸石□峨”，王逸曰：“岑巢嵯，雲滃薱也。”①（卷二二，471 頁）

5. 嶔

野王案：山阜之勢也。《楚辭》“嶔崟崎峨”，②《上林賦》“嶔岑則傾”是也。（卷二二，472 頁）

6. 硪

《楚辭》：“嶮崖崎峨”，王逸曰：“山阜隅隈也。”③（卷二二，517 頁）

7. 硊

《楚辭》“硱磳磈硊，嶮崎峸”，王逸曰：“崔嵬嵝嵎也。”④（卷二二，528 頁）

十二、七諫

(一)初放

1. 斥

《楚辭》“斥遂鴻鵠近鵰梟。”⑤野王案：斥，猶疏遠之也。（卷

---

①今本“石”上有“兮”字；今本“石”下有“嵯”字；“岑巢嵯，雲滃薱也”今本王逸注爲“岑崟嵾嵯，雲滃鬱也”。

②“崟”今作“岑”，《考異》謂“一作崯”；“崎”今作“碕”，《考異》謂“一作崎”；“峨”今作“礒”。

③“嶮”今作“嶔”，《考異》謂“一作嶮”“崖”今作“岑”；“崎峨”今作“碕礒”，《考異》謂“一作崎嶬”；“隅隈”今本王逸注爲“嵝嵎”。

④“嶮崎峸”今作“嶔岑碕礒”，在“硱磳磈硊”之上；“崔嵬”今本王逸注爲“山阜”。

⑤“遂”今作“逐”；今本“近”下有“習”字，《考異》謂“一無‘習’字”。

二二,493 頁)

2. 防

《楚辭》“上葳蕤而防露”,王逸曰:“防,蔽也。”(卷二二,544 頁)

(二)沈江

1. 商

《楚辭》“商風肅而害之”,①王逸曰:“商風,西風也。”(卷九,327 頁)

(三)怨世

1. 軻

《楚辭》:“然埳軻而流滯”,王逸曰:“埳軻,不遇也。”②(卷一八,407 頁)

2. 巇

《楚辭》“然芜蘙而險巇”,王逸曰:“險巇,猶危也。”③(卷二二,466 頁)

(四)怨思

1. 廂

《埤蒼》:“廂,序也。”野王案:《楚辭》“蒺藜蔓草東廂”是。④

①“之”今作“生”。

②“流”今作“留”;“埳軻,不遇也”之“埳”今本王逸注爲“轗”,《考異》謂“埳,一作轗”。

③“芜蘙”今作“蕪穢”;“巇”今作“戲”;“險巇,猶危也”今本王注爲“險戲,猶言傾危也”。

④“草”今作“乎”。

(卷二二,495 頁)

(五)自悲

1. 巒

《説文》:"小而高也。"野王案:《楚辭》"登巒山而遠望"是也。(卷二二,460 頁)

2. 陋

《楚辭》"陵桓山其無陋",①王逸曰:"陋,小也。"(卷二二,540 頁)

3. 隤

《礼記》:"太山其隤乎!"野王案:"《説文》'墜下也',《楚辭》'歲忽忽其隤盡'是也。"②(卷二二,541－542 頁)

十三、哀時命

1. 餌

《蒼頡篇》:"餌,食也。"野王案:凡所食之物也。《楚辭》"如貪餌而近死",③……是也。(卷九,360 頁)

2. 涫

《史記》"腸如涫湯",徐廣曰:"涫,沸也。"野王案:《楚辭》"氣涫沸其如波"是也。④ (卷一九,442—443 頁)

---

①"陵"今作"凌";"桓"今作"恒";"無"今作"若"。

②"隤盡"今作"若頽"。

③"如"今作"知"。

④"沸"今作"鬻",《補注》謂"鬻與沸同";"如"今作"若"。

十四、九懷

總論

1. 縹

《楚辭》:"翠縹兮爲裳",王逸曰:"衣服燿青葱也。"① 又曰:"顧列孛兮縹",王逸曰:"視彗光弊弊也。"②《説文》:"帛青白色也。"(卷二七,603—604 頁)

(一)通路

1. 廁

《楚辭》:"無正兮涸廁",王逸曰:"耶佞雜亂也。"③(卷二二,486 頁)

(二)危俊

1. 砏

《楚辭》:"臣寶逩于砏殷",王逸曰:"聲豐磕也。"④《埤蒼》:"砏磤,大聲。"(卷二二,525 頁)

---

①《九懷·通路》。"衣服燿青葱也"今本王逸注爲"衣色瓌瑋,耀青蒽也"。

②《九懷·危俊》。"縹"今作"縹縹";"視彗光弊弊也"今本王逸注爲"邪視彗星,光瞥瞥也"。

③"涸"今作"溷";"耶"今本王逸注爲"邪"。

④"臣"今作"鉅";"逩"今作"遷";"于"今作"兮";"殷"今作"磤",《補注》曰"磤,音殷";"聲豐磕也"今本王逸注爲"聲磕磑也"。

2. 陶

《楚辭》:"陶喜日兮惣駕",王逸曰:"嘉及告將時,駈乘駟也。"①(卷二二,552 頁)

(三)昭世

1. 崎

《楚辭》"都軨丘兮崎傾",王逸曰:"山嶔崟難涉歴也。"②(卷二二,472 頁)

2. 緆

《楚辭》"襲英衣兮緹緆",王逸曰:"重我縫袍,服衣鮮也。"③(卷二七,621 頁)

(四)畜英

1. 滃

《楚辭》:"望谿兮滃欝",④王逸曰:"川谷吐氣也。"《説文》:"雲氣起皃也。"草木蓊欝爲篛字,在竹部。(卷一九,427—428 頁)

(五)陶壅

1. 嶷

《楚辭》:"道幽路兮九嶷。"⑤《説文》:"舜所葬,在靈陵,葬營

①"喜"今作"嘉";"日"今作"月";"惣"今作"總";"嘉及告將時,駈乘駟也"今本作"嘉及吉時,驅乘駟也"。

②"都"今作"覩";"軨"今作"軫";"山嶔崟"今作"山陵嶔岑";"歴"今作"歷"。

③今本王逸注作"重我絳袍,采色鮮也"。

④"欝"今作"鬱"。

⑤"嶷"今作"疑",《考異》謂"一作嶷"。

道。”(卷二二,458 頁)

(六)株昭

1. 礫

《楚辭》:“瓦礫進寶,損弃隨和。”①《説文》:“小石也。”(卷二二,515 頁)

十五、九歎

(一)逢紛

1. 湊

《楚辭》“從波湊而下津”,王逸曰:“湊,聚也。”②(卷一九,426 頁)

2. 納

《楚辭》“衣納納而掩露”,王逸曰:“納納,薄濕皃也。”③(卷二七,587 頁)

(二)離世

1. 訴

《説文》:“訴,告也。”野王案:訴者,所以告寃枉也。故《楚辭》“訴靈懐之鬼神”是也。④ (卷九,273—274 頁)

---

①“損”今作“捐”。

②“從”今作“順”;“津”今作“降”。

③“薄濕”今作“濡溼”。

④“訴”今作“愬”;“懐”今作“懷”。

2. 砅

《楚辭》"櫂舟杭以横砅",王逸曰:"砅,渡也。"①《説文》:"履石渡水也。"今爲厲字,在厂部。(卷一九,426 頁)

3. 澆

《楚辭》"波豐豐而楊澆",王逸曰:"洄波爲澆。"②(卷一九,448 頁)

4. 碕

《楚辭》"觸石碕而衡逝。"③野王案:《埤蒼》:"曲岸頭也。"(卷二二,523 頁)

(三)惜賢

1. 峨

《楚辭》:"冠浮雲之峩峩",④王逸曰:"高皃也。"《説文》:"嵯峩也。"(卷二二,464 頁)

(四)憂苦

1. 巑

《楚辭》:"登巑岏以長企",王逸曰:"巑岏,鋭山。"⑤(卷二二,473 頁)

2. 廈

①"砅"今皆作"濿"。

②"豐豐"今作"澧澧",《考異》謂"澧,唐本作澧";"楊"今作"揚";"洄"今作"回"。

③"逝"今作"遊"。

④"峩峩"今作"峨峨",《考異》謂"峨,一作峩"。

⑤"巑"今皆作"巑";"企"今作"企"。

《楚辭》"步從容於山廋",王逸曰:"廋,隈也。"①(卷二二,496頁)

(五)愍命

1. 諓

《楚辭》"讒人諓諓,孰何愬",王逸曰:"讒言皃也。"②(卷九,249頁)

2. 徽

《楚辭》"破伯牙之號鍾,扶人箏而張徽",王逸曰:"徽,張弦也。"③(卷二七,625頁)

(六)思古

1. 湫

《礼記》"孔子湫然作色",鄭玄曰:"湫然,變動皃也。"《楚辭》"雲吸吸以湫戾",王逸曰:"湫戾猶卷□也。"④(卷一九,439頁)

(七)遠遊

1. 結

《楚辭》"結余軫於西山",⑤王逸曰:"結,旋也。"(卷二七,597頁)

---

①"廋""廀"今皆作"廋",《考異》謂"廋,一作廀"。

②"孰"今作"孰";"何"今作"可"。

③"號"今作"號";"扶"今作"挾";"張徽"之"張"今作"彈";"徽"今皆作"緯";"弦"今本王逸注作"絃"。

④今本"卷"下爲"戾"字。

⑤"軫"今作"軫"。

十六、九思

(一)傷時

1. 饡

《説文》:“以羹澆飯也。”野王案:《九思》“時混混兮澆饌”是也。① (卷九,349 頁)

①“饌”今作“饡”。

《廣韻》[1]

總論

1. 倈

倈、來，見《楚詞》。（上平聲卷一《之第七》，16 頁）

2. 昭

又姓。《楚詞》昭屈景三族。（下平聲卷二《宵第四》，42 頁）

3. 秭

秭歸縣在歸州。袁山松云：屈原，此縣人。（上平聲卷三《旨第五》，71 頁）

4. 屈

亦姓。楚有屈平。（入聲卷五《物第八》，140 頁）

一、離騷

1. 篿

《楚詞》云：索瓊茅以筳篿。王逸云：折竹卜曰篿。[2] 又音團。

---

①陳彭年《廣韻》，據《宋本廣韻　永禄本韻鏡》本，江蘇教育出版社，2005 年版。

②“瓊”今作“藑”，《考異》謂“《文選》藑作瓊”，《補注》曰“藑，音瓊”；“筳”今作“筳”；王逸注文今作“楚人名結草折竹以卜曰篿”。

(下平聲卷二《仙第二》,39 頁)

2. 侘

侘傺,失志。見《楚詞》。(去聲卷四《禡第四十》,122 頁。忳鬱邑余侘傺兮)

3. 諑

訴也。王逸注《楚詞》云"諑猶僭也"。①(入聲卷五《覺第四》,136 頁。謠諑謂余以善淫)

4. 嫉

嫉妬。《楚詞》注云:害賢曰嫉,害色曰妬。②(入聲卷五《質第五》,138 頁。羌内恕己以量人兮,各興心而嫉妒)

5. 殟

殟,死。見《楚詞》,本作溘。(入聲卷五《合第二十七》,157 頁。寧溘死以流亡兮)

二、九歌

(一)雲中君

1. 忡

忡忡,憂也,出《楚詞》。(上平聲卷一《冬第二》,7 頁。思夫君兮太息,極勞心兮忡忡)

①今本王逸注"僭"爲"譖"字。

②"曰"皆作"爲";"妬"今作"妒"。

三、卜居

1. 呪

曲從皃。《楚詞》云:喔咿嚅呪。① (上平聲卷一《支第五》,11 頁)

2. 詹

又姓。《楚詞》有詹尹。(上平聲卷一《鹽第二十四》,65 頁。往見太卜鄭詹尹曰)

3. 喌

《楚詞》云:喌呰慄斯。② 王逸謂"承顏色也"。(入聲卷五《燭第三》,136 頁)

四、九辯

1. 躍

行皃。《楚詞》曰:右蒼龍之躍躍。(上平聲卷一《虞第十》,19 頁)

2. 衙

行皃。《楚詞》云:導飛廉之衙衙。③ 又音牙。(上聲卷三《語第八》,73 頁)

---

①"嚅呪"今作"儒兒",《考異》謂"一作嚅呪";"皃"今作"貌"。本篇内容相應之"皃"今皆作"貌",餘不具注。

②今本"喌"前有"將"字;"慄"今作"栗",《考異》謂"栗,一作慄……一作促呰粟斯",《補注》謂"慄,音栗。粟,讀若慄,音栗"。

③"導"今作"通",《考異》謂"通,一作道"。

五、大招

1. 顥

大也，又天邊氣。《説文》曰：白皃。《楚詞》曰：天白顥顥。南山四顥，白首人也，今或作晧。（上平聲卷一《晧第三十二》，86 頁）

六、七諫

（一）怨思

1. 鶪

《爾雅》：鶪鳩，鵙屬也。《楚詞》云：鶪鴂之鳴。（去聲卷四《徑第四十六》，125—126 頁。梟鴞並進而俱鳴兮）

七、九歎

（一）思古

1. 徦

《楚詞》注云：徦徦，遑遽皃。①（上平聲卷三《養第三十六》，90 頁。冤徦徦而南行兮）

①“遑”今作“惶”；“皃”上今有“之”字。

八、九思

(一)憫上

1.凙

《楚詞》云:冬冰之各凙。[①]（入聲卷五《鐸第十九》,149 頁）

① 今本作"冰凍兮洛凙",《補注》謂:"《集韻》冰謂之洛凙,其字从仌,上音洛……引此云:冬冰兮洛凙。"

《大廣益會玉篇》①

總論

1. 檻

闌也，櫳也。《楚辭》云：檻，楯也。②（卷十二《木部第一百五十七》，62 頁）

2. 篚

《楚辭》音古魂切。③（卷十四《竹部第一百六十六》，69 頁）

3. 汨

《説文》曰：長沙汨羅淵也。屈平所沈之水。（卷十九《水部第二百八十五》，89 頁）

一、離騷

1. 畹

王逸曰：田十二畝爲畹。④（卷二《田部第十三》，9 頁。余既

---

①顧野王《大廣益會玉篇》，中華書局，1987 年版。

②見《九歌・東君》"照吾檻兮扶桑"，《招魂》"檻層軒些""坐堂伏檻"。

③見《招魂》"菎蔽象棊"，《七諫・謬諫》"菎蕗雜於黀蒸兮"。

④今本王注爲"十二畝曰畹"。

滋蘭之九畹兮）

2. 傺

《楚辭》曰：伅鬱邑余侘傺兮。侘傺，失志皃。①（卷三《人部第二十三》，14 頁）

3. 啾

《楚辭》云：鳴玉鑾之啾啾。王逸云：啾啾，鳴也。②（卷五《口部第五十六》，24 頁）

4. 溷

濁也。《楚辭》云：世溷濁而不分兮。溷，亂也。（卷十九《水部第二百八十五》，88 頁）

二、九歌

（一）雲中君

1. 忡

忡忡，憂也。出《楚辭》。③（卷八《心部第八十七》，39 頁。極勞心兮忡忡）

①"伅"今作"忳"；"皃"今作"貌"。

②"鑾"今作"鸞"；"鳴也"之"鳴"字下今有"聲"字。

③"忡忡"也見於《哀時命》"心煩冤之忡忡"句，但據《雲中君》篇王注"忡忡，憂心貌"，故定於《雲中君》篇。

三、九章

(一)懷沙

1. 筎

籠箬也。《楚辭》云:鳳皇在筎兮,雞鶩翔舞。(卷十四《竹部第一百六十六》,70 頁)

(二)惜往日

1. 佳

《説文》云:善也。《楚辭》云:妬佳冶之芬芳兮。①(卷三《人部第二十三》,13 頁)

四、卜居

1. 咿

《楚辭》云:吾將喔咿嚅唲以事婦人乎?喔咿儒兒,謂强笑噱也。②(卷五《口部第五十六》,26 頁)

五、漁父

1. 醮

①"妬"今作"妒"。

②今本"喔咿"上無"吾將"二字;"嚅唲"今作"儒兒",《考異》謂"一作嚅唲"。

《説文》云:面焦枯小也。《楚辭》云:顔色醮顇。①(卷四《面部第四十一》,20 頁)

2. 吟

《楚辭》曰:行吟澤畔。亦作訡訡。(卷五《口部第五十六》,25 頁)

六、九辯

1. 佝

《楚辭》云:直佝愗以自苦,亦作怐。②(卷三《人部第二十三》,14 頁)

2. 啁

《説文》云:啁,嘐也。《楚詞》曰:鶤雞啁哲而悲鳴。③(卷五《口部第五十六》,25 頁)

3. 唼

《楚辭》云:鳧鴈皆唼夫梁藻兮。④(卷五《口部第五十六》,26 頁)

4. 躍

《説文》云:行皃。《楚辭》云:右蒼龍之躍躍。(卷七《足部第七十六》,33 頁)

5. 儴

①"醮顇"今作"憔悴"。

②"佝"今作"怐";"以"今作"而"。

③"哲"今作"哳";"雞"今作"鷄"。

④"梁"今作"粱"。

儴徉也。《楚辭》曰:聊逍遥以儴徉。①（卷九《彳部第一百十九》,47 頁）

6. 衙

行皃。《楚辭》曰:導飛廉之衙衙。②（卷十《行部第一百二十》,48 頁）

7. 菸

臭草也。《楚辭》曰:葉菸邑而無色兮。菸,鬱也。（卷十三《艸部第一百六十二》,66 頁）

七、招魂

1. 題

頟也。《楚辭》云:彫題黑齒。③（卷四《頁部第三十六》,19 頁）

八、大招

1. 嫮

好皃。《楚辭》曰:嫮目宜笑。或作嫭。④（卷三《女部第三十五》,17 頁）

2. 顥

白皃。《楚辭》曰:天白顥顥。（卷四《頁部第三十六》,19 頁）

---

①“儴徉”今作“相佯”。

②“導”今作“通”,《考異》謂“一作道”。

③“彫”今作“雕”。

④“嫮”今作“嫭”,《補注》曰:“嫭,與嫮同。”

3. 靨

《淮南》:靨輔在頰前則好。《楚辭》曰:靨輔奇牙。(卷四《面部第四十一》,20 頁)

九、惜誓

1. 鵠

黄鵠,仙人所乘。《楚辭》曰:黄鵠之一舉,知山川之紆曲。再舉,知天地之圜方。①(卷二十四《鳥部第三百九十》,113 頁)

十、招隱士

1. 坱

《楚辭》曰:坱兮軋兮。王逸云:坱,霧昧皃。《説文》云:塵埃也。②(卷二《土部第九》,7 頁)

十一、七諫

(一)怨世

1. 埳

陷也,亦與坎同。《楚辭》云:埳軻而留滯。王逸曰:埳軻,不

①"舉"下今皆有"兮"字;"知天"之"知"今作"睹",《考異》謂"一作知";"圜"今作"圓"。

②"霧昧皃"今作"霧氣昧也"。

遇也。①（卷二《土部第九》,7 頁）

十二、哀時命

1. 偞

《楚辭》云：衣攝偞以儲與兮。攝偞,不舒展皃。②（卷三《人部第二十三》,12 頁）

十三、九歎

(一)遠逝

1. 堆

聚土也。《楚辭》云：陵魁堆以蔽視。（卷二《土部第九》,8 頁）

2. 溶

水皃。《楚辭》：須溶溢而滔蕩。③（卷十九《水部第二百八十五》,88 頁）

(二)惜賢

1. 塺

《楚辭》曰：愈氛霧其如塺。王逸曰：塺,塵也。（卷二《土部第九》,7 頁）

---

①"埳軻而"上今有"然"字；王逸注文"埳"今作"轗",《考異》謂"一作轗"。

②"偞"今皆作"葉"。

③"須"今作"鴻"。

(三)思古

1. 佂

《楚辭》曰:魂佂佂而南征兮。佂佂,惶遽皃。[①](卷三《人部第二十三》,14 頁)

十四、九思

(一)怨上

1. 蘮

香草也。《楚辭》曰:芳蘮兮挫枯。(卷十三《艸部第二百六十二》,64 頁)

①"魂"今作"鼋";"征"今作"行",《考異》謂"一作征";"皃"上今有"之"字;"皃"今作"貌"。

《集韻》[1]

一、離騷

1. 阰

山名。《楚辭》"朝搴阰之木蘭。"(卷一,《平聲一》,34 頁)

2. 阰隗

山名。《楚詞》"朝搴阰之木蘭。"或作"隗"。(卷一,《平聲一》,49 頁)

3. 攓攐搴

《説文》:"拔取也。南楚語。"引《楚詞》"朝攓阰之木蘭。"[2]或从"蹇",亦作"搴"。俗作搴,非是。(卷六,《上聲下》,389 頁)

4. 婞悻倖

《説文》:"很也",引《楚詞》"鯀婞直"。或作"悻""倖"。(卷六,《上聲下》,426 頁,曰鮌婞直以亡身兮)

---

①丁度等《集韻》,上海古籍出版社,1985 年版。

②"攓"今作"搴"。

二、九歌

(一)大司命

1. 涑

《説文》:“水出發鳩山入於河。”《爾雅》:“暴雨謂之涑。”郭璞曰:“今江東呼夏月暴雨爲涑雨”,引《楚辭》“使涑雨兮灑塵”。(卷一,《平聲一》,4 頁)

三、天問

1. 彃

《説文》:“䠶也”,引《楚詞》“芎焉彃日”。① 一曰:“弦也。”(卷九,《入聲上》,664 頁)

四、九章

(一)悲回風

1. 締

結也。《楚辭》“氣繚轉而自締。”(卷五,《上聲上》,311 頁)

---

①“芎”今作“羿”。

五、九辯

1. 加

膠加，戾也。王逸説。① （卷三，《平聲三》，208 頁。亦多端而膠加）

六、招魂

1. 羹

臛也。《魯頌》《楚辭》《急就篇》與“房”“漿”“穅”爲韵。（卷三，《平聲三》，220 頁。和酸若苦，陳吴羹些。胹鼈炮羔，有柘漿些。）

七、大招

1. 顥皓皜皞暠皬

《説文》：“白皃。”引《楚詞》“‘天白顥顥’。南山四顥，白首人也。”或作“皓”“皜”“皞”“暠”“皬”。（卷六，《上聲下》，399 頁）

---

①“亦多端而膠加”句下王逸注“賢愚反戾，人異形也”，而無“膠加，戾也”之注。但洪興祖《補注》謂：“《集韻》：膠加，戾也。膠，音豪。加，丘加切。王逸説。”

八、九歎

(一)憂苦

1. 澌

流皃。《楚辭》"涕澌澌兮。"(卷四,《平聲四》,298 頁)

九、九思

(一)憫上

1. 澤

冰結也。《楚辭》之"洛澤"。①(卷十,《入聲下》,723 頁,冰凍兮洛澤)

① "洛澤"今作"洛澤"。

《埤雅》[①]

一、離騷

1.杜鵑

杜鵑,一名“子規”。苦啼,啼血不止。一名怨鳥,夜啼達旦,血漬草木。……《臨海異物志》曰:“鷤鴂一名杜鵑,至三月鳴,晝夜不止。”按:《楚辭》曰:“恐鷤鴂之先鳴兮,使夫百草爲之不芳。”[②]則杜鵑似非鷤鴂。(卷九,87頁)

二、九歌

(一)湘君

1.菡萏

《爾雅》曰:“其華,菡萏;其實,蓮。”盖莟曰“芙蓉”,秀曰“菡萏”,暢茂曰“華”。……然則華亦謂之“芙蓉”,《楚辭》所謂“搴芙

① 陸佃著,王敏紅校點《埤雅》,浙江大學出版社,2008年版。
② “鷤”今作“鵜”。

蓉兮木末”，蓋言此也。（卷十七，167 頁）

三、天問

1. 兔

兔口有缺，吐而生子，故謂之兔。兔，吐也。舊説兔者明月之精，視月而孕，故《楚辭》曰：“顧兔在腹。”言顧兔居月之腹，①而天下之兔望焉，於是感氣。（卷三，19 頁）

四、卜居

1. 鳧

《釋鳥》曰：“鸍，沈鳧。”沈鳧好没，大小如鴨，青色長尾，背上有文，卑脚短喙，水鳥之謹愿者也。……《楚辭》曰：“寧昂昂若千里之駒乎？將氾氾若水中之鳧乎？”蓋沈鳧善没而又容與，與波上下，故昔之散人慕焉。（卷七，64 頁）

五、招蒐

1. 蜂

蜂有兩衙，應潮，其主之所在，衆蜂爲之旋繞如衛，誅罰徵令絶嚴，有君臣之義。……《方言》曰：“其大而蜜，謂之壺蜂。”即今

---

①“顧兔在腹”句上今有“而”字；“顧兔”之“兔”今皆作“菟”，《考異》謂“一作兔”。

黑蜂。盖亦釀蜜,《楚辭》所謂"赤蟻若象,玄蜂若壺"者也。①(卷十,94 頁)

六、招隱士

1. 蟪蛄

《廣雅》云:"蟪蛄,蛥蛁。"《莊子》曰:"朝菌不知晦朔,蟪蛄不知春秋。"蟪蛄,夏蟬也,是故不知春秋。按:《離騷》曰:"蟪蛄鳴兮啾啾,歲暮兮不自聊。"②則蟪蛄亦秋蟬矣。一曰春生者死於夏,夏生者死於秋,故曰"不知春秋"也。《方言》曰:"齊謂之螇螰,楚謂之蟪蛄。"《釋蟲》云:"蜓蚞,螇螰。"即此是也。《莊子音義》以爲此即《楚辭》所謂"寒螿"者也。③(卷十一,108 頁)

七、七諫

(一)怨世

1. 虞蓼

此即蓼之生水澤者也。似蓼,莖赤味辛,一名"薔"。……《離騷》曰:"蓼蟲不能從乎葵藿。"④則葵藿甘而蓼苦故也。(卷十五,152 頁)

---

①"蟻"今作"螘",《考異》謂"一作蟻";"蜂"今作"蠭",《考異》謂"一作蜂"。

②今本此二句互乙。

③即指"蟪蛄"。

④"能"今作"知",《考異》謂"一作能";"從"今作"徙";"葵藿"今作"葵菜"。

《韻補》[①]

總論

1. 假

胡故切,交也。宋玉《招蒐》:瓊轂錯衡,英華假。茝蘭桂樹,鬱彌路。[②] 又曰:結撰至思,蘭芳假。人有所極,同心賦。[③]（卷四《去聲》,86 頁）

一、離騒

1. 調

和也。屈原《騷經》:勉陞降以上下兮,求矩矱之所同。湯禹嚴而求合兮,摯咎繇而能調。[④]（卷一《上平聲》,1 頁）

2. 降

①吴棫《韻補》,據中華書局《宋本韻補》本,1987 年版。

②此處應是《大招》。

③此爲《招蒐》。

④"勉"上今有"曰"字;"矩"今作"榘"。

下也。《毛詩》:我心則降。屈原《騷經》:帝高陽之苗裔兮,朕皇考曰伯庸。攝提貞于孟陬兮,惟庚寅吾以降。(卷一《上平聲》,3頁)

3.沬

昧也。屈原《騷經》:惟兹佩之可貴兮,委厥美而歷兹。芳菲菲而難虧兮,芬至今猶未沬。(卷一《上平聲》,5頁)

4.替

廢也。屈原《騷經》:長太息以掩涕兮,哀民生之多艱。余雖好脩姱以鞿羈兮,謇朝誶而夕替。艱音勤。(卷一《上平聲》,19頁)

5.安

於虔切,静也,長安都名。《史記》:伐魯安陵。李奇曰:六國時鄢陵也。《釋名》:偃,安也。又曰:安,晏也。屈原《騷經》:鷙鳥之不群兮,自前世而固然。何方圓之能周兮,①夫孰異道而相安。(卷二《下平聲》,32頁)

6.差

倉何切,差,互也。屈原《騷經》:湯禹儼而祇敬兮,周論道而莫差。舉賢而受能兮,脩繩墨而不頗。②(卷二《下平聲》,39頁)

7.化

變化。屈原《騷經》:初既與余成言兮,後悔遁而有他。余既不難夫離别兮,傷靈脩之數化。(卷二《下平聲》,40頁)

8.懲

仲良切,戒也。屈原《騷經》:民生各有所樂兮,余獨好脩以爲

①"群"今作"羣";"圓"今作"圜",《考異》謂"一作圓"。

②"受"今作"授";"脩"今作"循",《考異》謂"一作脩"。

常。雖體解吾猶未變兮,豈余心之可懲。(卷二《下平聲》,43頁)

9.茅

迷侯切,草也。《説文》矛聲。屈原《騷經》:時繽紛其變易兮,又何可以淹留。蘭芷變而不芳兮,荃蕙化而爲茅。(卷二《下平聲》,51頁)

10.畞

田畞也。屈原《騷經》:余既滋蘭之九畹兮,又樹蕙之百畞。① 畦留夷與揭車兮,雜杜衡與芳芷。(卷三《上聲》,56頁)

11.在

存也。屈原《騷經》:吾令豐隆乘雲兮,求宓妃之所在。解佩纕以結言兮,吾令謇脩以爲理。②(卷三《上聲》,56—57頁)

12.纚

所綺切。屈原《騷經》:擥木根以結茝兮,貫薜荔之落蘂。矯菌桂以紉蕙兮,索胡繩之纚纚。③(卷三《上聲》,57頁)

13.怒

恚也。顔師古《匡謬正俗》④曰:自古讀有二音,《毛詩》:君子如怒,逢天僤怒。《楚詞》:反信讒而齊怒。⑤ 此則讀爲上聲。《詩》:逢彼之怒,畏此譴怒。此則讀爲去聲。今山東河北人但知怒有去聲,失其真也。(卷三《上聲》,60頁)

14.下

①"畞"今作"畝"。

②"乘"今作"椉",《考異》謂"一作乘";"謇"今作"蹇"。

③"擥"今作"擥";"薜"今作"薜";"蘂"今作"蕊"。

④"匡"原避諱作"糾",今徑改,下同,不另注。

⑤"齊"今作"齌",《考異》謂"一作齊"。

後五切，上下也。《毛詩》：一十有七。陸德明云：叶韵，皆當讀如户。屈原《騷經》：覽相觀於四極兮，周流乎天予乃下，望瑶臺之偃蹇兮，見有娀之佚女。① （卷三《上聲》，63—64 頁）

15. 巷

里中道也。《毛詩》：俟我乎巷兮，悔予不送兮。屈原《騷經》：啓九辯與九歌兮，夏康娱以自縱。不顧難以圖後兮，五子用失乎家巷。（卷四《去聲》，73 頁）

16. 期

渠記切，會也。屈原《騷經》：路脩遠以多艱兮，騰衆車使徑待，路不周以左轉兮，指西海以爲期。待音侍。（卷四《去聲》，75 頁）

17. 時

辰也。屈原《騷經》：忳鬱邑余侘際兮，五獨窮苦乎此時也。②寧溘死以流亡兮，余不忍爲此態也。態音替。（卷四《去聲》，80 頁）

18. 圃

種菜曰圃。屈原《騷經》：朝發軔於蒼吾兮，夕余至乎懸圃；③欲少留此靈瑣兮，日忽忽其將暮。（卷四《去聲》，84 頁）

19. 索

《釋名》：索，素也。《八索》著素王之法也。屈原《騷經》：衆皆競進以貪婪兮，憑不猒乎求索。羌内恕以量人兮，各興心而疾

①“予”今作“余”；“有娀”今作“有娀”。

②“侘際”今作“侘傺”；“五”今作“吾”；“苦”今作“困”。

③“吾”今作“梧”；“懸”今作“縣”，《考異》謂“一作懸”。

妬。① (卷四《去聲》,85 頁)

20. 屬

附也。屈原《騷經》:前望舒使先驅兮,後飛廉使奔屬。鸞皇爲余先戒兮,雷師告余以未具。(卷四《去聲》,85 頁)

21. 舍

舂遇切,屋也。《釋名》:庫,舍也。故齊魯謂庫爲舍也。……屈原《騷經》:余固知謇之爲患乎,余忍而不能舍也。推九天以爲正兮,夫惟靈修之故也。② (卷四《去聲》,86 頁)

22. 迎

迓也。屈原《騷經》:百神翳其備降兮,九疑賓其並迎。皇剡剡其楊靈兮,告余以吉故。③ (卷四《去聲》,86 頁)

二、九歌

總論

1. 予

演女切,我也。顏師古《匡謬正俗》曰:予當讀如與,不當讀如余。《詩》:或敢侮予。將伯助予。《楚詞》曰:眇眇以愁予,何壽夭予。④

---

①"恕"下今本有"己"字;"疾妬"今作"嫉妒"。

②"謇"下今本另有一"謇"字;"忍"上今無"余"字,《考異》謂"一本'忍'上有'余'字";"推"今作"指";"惟"今作"唯",《考異》謂"一作惟";"修"今作"脩"。

③"賓"今作"繽";"楊"今作"揚"。

④兩句分别屬《湘夫人》《大司命》篇;"眇眇"上今有"目"字;"以"今作"兮";"夭"下今有"兮在"二字。

（卷三《上聲》,64 頁）

（一）東皇太一

1. 倡

蚩良切，樂也。屈原《九歌》：疏緩節兮安歌，陳竽瑟兮浩倡。靈偃蹇兮妖服，①芳菲菲兮滿堂。（卷二《下平聲》,43 頁）

（二）湘君

1. 間

閑一作間。屈原《九歌》：石瀨兮淺淺，飛龍兮翩翩。交不忠兮怨長，期不信兮告予以不閒。②（卷二《下平聲》,34 頁）

2. 末

莫結切，木上也。屈原《九歌》：桂擢兮蘭枻，斲氷兮積雪。③采薜荔兮水中，搴芙蓉兮木末。（卷五《入聲》,115 頁）

（三）湘夫人

1. 壇

墠也。屈原《九歌》：蓀壁兮紫壇，匊芳椒兮成堂。桂揀兮蘭橑，④辛夷楣兮葯房。（卷二《下平聲》,43 頁）

2. 蘅

香草。屈原《九歌》：白玉兮爲瑱，疏石蘭兮爲芳。芷葺兮荷

①"疏"今作"疏"；"妖"今作"姣"，《考異》謂"一作妖"。

②"予"今作"余"。

③"擢"今作"櫂"，"氷"今作"冰"。

④"匊"今作"掬"；"揀"今作"棟"。

蓋,繚之兮杜蘅。①（卷二《下平聲》,48 頁）

3.者

掌與切,助辭也。《史記》:無不臣者。《索隱》讀《楚詞》“搴芳洲兮杜若,將以遺乎遠者。時不可兮驟得,②聊逍遥兮容與”。（卷三《上聲》,62 頁）

（四）大司命

1.天

鐵因切,至高無上也。《白虎通》:天者,身也;天之爲言,鎮也。《禮統》:天之爲言,神也,陳也,珍也。《毛詩》與《周易》凡天皆當爲此讀。屈原《九歌》:乘龍兮轔轔,高駝兮沖天。結桂枝兮延竚,羌愈思兮愁人。（卷一《上平聲》,16 頁）

2.坑

虚也。《楚詞·九歌》:高飛兮安翔,乘精氣兮御陰陽。吾與君兮齊速,尊帝之兮九坑。③（卷二《下平聲》,42 頁）

（五）少司命

1.莖

乎經切,枝也。《釋名》:脛,莖也,直而長似物莖也。屈原《九歌》:秋蘭兮青青,緑葉兮紫莖。滿堂兮美人,忽獨與余兮目成。

①“瑱”今作“鎮”,《考異》謂“一作瑱”;“蹠”今作“疏”;“蓋”今作“屋”;“蘅”今作“衡”,《考異》謂“一作蘅”。

②“芳洲”今作“汀州”;“以”今作“目”;“乎”今作“兮”。

③“精”今作“清”,《考異》謂“一作精”;“陰”今作“陰”;“齊”今作“齋”;“尊”今作“導”;“坑”今作“坑”。

（卷一《上平聲》,23 頁）

2. 帶

丁計切,《史記・平準書》:株帶。劉伯莊音蔕。《釋名》:帶,蔕也。著於衣如物之繫蔕也。屈原《九歌》:荷衣兮蕙帶,儵而來兮忽而逝。夕宿兮帝郊,君誰須兮雲之際?（卷四《去聲》,75 頁）

（六）東君

1. 明

謨郎切,光也。《白虎通》:清明風者,清芒也。《書》"歌":元首明哉,股肱良哉。屈原《九歌》:暾將出兮東方,照吾檻兮扶桑。撫余馬兮安驅,夜皎皎兮既明。①（卷二《下平聲》,44 頁）

2. 姱

美皃。屈原《九歌》:緪瑟兮交皷,簫鍾兮瑶虡,鳴篪兮吹竽,②思靈保兮賢姱。（卷三《上聲》,64 頁）

（七）山鬼

1. 蕭

踈鳩切,蒿也。屈原《九歌》:風颯颯兮木蕭蕭,思公子兮徒離憂。《文苑》作搜搜。（卷二《下平聲》,52 頁）

2. 柏

木名。宋玉《九歌》:山中人兮芳杜若,飲石泉兮蔭松柏。君思我兮然疑作。③（卷五《入聲》,120 頁）

①"皎皎"今作"晈晈",《考異》謂"一作皎"。

②"皷"今作"鼓";"虡"今作"簴";"篪"今作"竾",《考異》謂"一作篪"。

③"蔭"今作"廕"。

（八）國殤

1. 弓

姑弘切，弧也。《公羊傳》書"黑弓"。《左氏》《穀梁傳》作"黑肱"。《儀禮》：侯道五十弓。注云：今文改弓爲肱。屈原《九歌》：帶長劍兮挾秦弓，首雖離兮心不懲。①（卷一《上平聲》，14 頁）

2. 壄

野，古作壄。《楚詞・九歌》：霾兩輪兮縶四馬，摇玉抱兮擊鳴皷。② 天時墜兮威靈怒，嚴殺盡兮棄原壄。（卷三《上聲》，63 頁）

三、天問

1. 嘉

善也。《楚辭・天問》：簡狄在臺，嚳何宜？玄鳥致貽，女何嘉？③（卷一《上平聲》，4 頁）

2. 寒

寒暑。屈原《天問》：何所冬暖？何所夏寒？焉有石林？何獸能言？（卷二《下平聲》，34 頁）

3. 死

小禮切，《説文》：死，澌也，人所離也。《集韻》：澌音西。屈原《天問》：天式從横，陽離爰死。大鳥何鳴，夫焉喪厥體？（卷三《上聲》，57 頁）

---

①"雖"今作"身"，《考異》謂"一作雖"。

②"摇"今作"援"，《考異》謂"一作摇"；"抱"今作"枹"；"皷"今作"鼓"。

③"嘉"今作"喜"，《考異》謂"一作嘉"。

4.守

主守。屈原《天問》:雄虺九首,儵忽焉在? 何所不老?① 長人何守? 在,此禮切。(卷三《上聲》,57 頁)

5.汜

養里切,《釋名》:冰决復入爲汜。汜,巳也,如出有所爲,畢巳復還而入也。《楚詞·天問》:出自湯谷,次于濛汜。② 自明及晦,所行幾里?(卷三《上聲》,58 頁)

6.殆

危也。《説文》目聲。屈原《天問》:女岐縫裳,③而館同爰止,何顛易厥首,而親以逢殆?(卷三《上聲》,58 頁)

7.嫂

兄妻也。《釋名》:嫂,叟也。老者稱也。屈原《天問》:惟澆在户,何求于嫂? 何少康逐犬,而顛隕厥首?(卷三《上聲》,71 頁)

8.佑

于貴切,助也。屈原《天問》:驚女採薇鹿何佑?④ 北至回水萃何喜? 喜,許既切。(卷四《去聲》,82 頁)

9.洿

濁水不流也。屈原《天問》:九州安錯? 川谷何洿? 東流不溢,孰知其故? 錯,七故切。(卷四《去聲》,86 頁)

10.摯

①"不老"今作"不死",《考異》謂"一云:'何所不老'"。

②"濛"今作"蒙"。

③"岐"今作"歧"。

④"採"今作"采";"佑"今作"祐",《考異》謂"一作佑"。

質涉切，持也。屈原《天問》：帝力降觀，①下逢伊摯。何條放致罰，而黎服大説。（卷五《入聲》，116 頁）

11. 躷

屈原《天問》：馮珧利決，封狶是躷。何獻烝肉之膏，②而后帝不若？（卷五《入聲》，122 頁）

四、九章

（一）惜誦

1. 志

真而切，意慕也。屈原《九章》：忠何罪以遇罰兮，亦非余心之所志。行不群以顛越兮，③又衆兆之所咍。（卷一《上平聲》，6 頁）

2. 肬

結病也。屈原《九章》：竭忠誠以事君子兮，反離群而贅肬。④忘儇媚以背衆兮，待明君其知之。（卷一《上平聲》，8 頁）

3. 態

他計切，意也。蘇秦語曰：科條既備，民多僞態。屈原《九章》：懲於羹者而吹蟄兮，何不變此志也？欲釋階而登天兮，猶有曩之態也。（卷四《去聲》，75 頁）

---

①"力"今作"乃"，《考異》謂"一作力"。

②"烝"今作"蒸"，《考異》謂"一作烝"。

③"群"今作"羣"；"顛"今作"巔"。

④"以"今作"目"；今本無"子"字，《考異》謂"一本'君'下有'子'字"；"群"今作"羣"。

4.伴

伴奂。屈原《九章》:駭遽以離心兮,①又何以爲此伴?同極而異路兮,又何以爲此援?(卷四《去聲》,92 頁)

5.好

許候切,愛也。屈原《九章》:申生之孝子兮,父信讒而不好。行婞直而不豫兮,鯀功用而不就。②(卷四《去聲》,99 頁)

(二)涉江

1.醢

肉醬也。《説文》𥁓聲。許慎:讀𥁓,如賄。屈原《九章》:忠不必用兮,賢不必以。伍子逢殃兮,比干葅醢。③(卷三《上聲》,57 頁)

2.壇

上演切,除土祭也。屈原《九章》:鸞鳥鳳凰,日以遠兮。燕雀烏鵲,巢堂壇兮。④(卷三《上聲》,66 頁)

(三)哀郢

1.釋

施灼切,解也。宋玉《九章》:凌陽侯之氾濫兮,忽翺翔之焉薄。心絓結而不解兮,思蹇産而不釋。⑤(卷五《入聲》,122 頁)

①"駭"上今有"衆"字,《考異》謂"一無'衆'字";"伴""援"下今有"也"字。

②今本"申生"上有"晋"字,《考異》謂"一無'晋'"字;"鯀"今作"鮌"。

③"以"今作"目";"葅"今作"菹",《考異》謂"一作葅"。

④"凰"今作"皇";"烏鵲"之"烏"今作"烏"。

⑤"凌"今作"淩"。

(四)抽思

1.告

居候切,報也。屈原《九章》:道遠作頌,①聊以自救兮。憂心不遂,斯言誰告兮。(卷四《去聲》,97頁)

2.獲

黄郭切,得也。《荀子》:一歲而再獲之。屈原《九章》:善不由外來兮,名不可以虛作。孰無施而報兮,孰不實而有獲?②(卷五《入聲》,122頁)

(五)懷沙

1.抑

因利切,按也。屈原《九章》:撫情效志兮,俛詘以自抑。刻方以爲圜兮,常度未替。③(卷四《去聲》,81頁)

2.愛

許既切,憐也。《説文》:從夊,㤅聲。徐鍇《繫傳》曰:㤅者,惠也。於文心旡爲㤅。《古文尚書》:㤅,古愛字。《集韻》:許既切。《楚詞·九章》:世溷不吾知,心不可謂兮。知死不可讓,願勿愛兮。明以告君子,吾將以爲類兮。④(卷四《去聲》,81頁)

①"遠"今作"思"。

②"報"上今有"有"字;"獲"今作"穫",《考異》謂"一作獲"。

③"效"今作"効";"俛詘"今作"冤屈"。"以自抑"今作"而自抑",《考異》謂"《史記》作俛詘以自抑";"刻"今作"刓"。

④"溷"下今有"濁"字,"不吾"今作"莫吾","心"上今有"人"字,《考異》謂"《史記》云:世溷不吾知,心不可謂兮";"明"下今無"以"字,《考異》謂"一本'明'下有'以'字"。

3.默

静也。屈原《九章》:眴兮杳杳,孔静幽默。鬱結紆軫兮,離慜而長鞠。(卷五《入聲》,102 頁)

(六)惜往日

1.否

普悲切。屈原《九章》:君含怒而待臣兮,不清澂其然否。蔽晦君之聰明兮,①虚惑誤又以欺。(卷一《上平聲》,5 頁)

2.尤

盈之切,過也,異也。韋玄成《自劾詩》:誰謂德難,厲其庶而。嗟我小子,于貳其尤。'屈原《九章》:信讒諛之溷濁兮,盛氣志而過之。何貞臣之無罪兮,②被離謗而見尤。(卷一《上平聲》,8 頁)

3.厨

庖屋也。屈原《九章》:獨障壅而蔽隱兮,使貞臣爲無由。聞百里之爲虜兮,伊尹烹於庖厨。③(卷二《下平聲》,50 頁)

4.昭

明也。屈原《九章》:臨沅湘之玄淵兮,遂自忍而沈流。卒没身而絶名兮,惜壅君之不昭。(卷二《下平聲》,52 頁)

5.代

更也。屈原《九章》:雖有西施之美容兮,讒妬入以自代。願陳情以白行兮,得罪過之不意。(卷四《去聲》,76 頁)

6.再

①"聦"今作"聰"。

②"罪"今作"辠",《考異》謂"一作罪"。

③"障"今作"鄣";"厨"今作"廚"。

重也。屈原《九章》:背法度而心治兮,辟與此其無異。寧溘死而流亡兮,恐禍殃之有再。(卷四《去聲》,78 頁)

7. 戒

警也。《説文》:諽以革得聲。許慎:讀若戒,二字本皆音棘。《鹽鐵論》引《詩》:我是用戒。……屈原《九章》:何芳草之早夭兮,微霜降而下戒。諒不聰明而蘊蔽兮,使讒諛而日得。[①](卷五《入聲》,103 頁)

(七)橘頌

1. 地

唐佐切,天地也。屈原《九章》:閉心自慎,終不失過兮。[②] 秉德無私,參天地兮。(卷四《去聲》,95 頁)

(八)悲回風

1. 雰

雰雰,散也。屈原《九章》:吸湛露之浮源兮,漱凝霜之雰雰。依風穴以自息兮,忽傾寤以嬋媛。(卷二《下平聲》,29 頁)

2. 聞

聽也。屈原《九章》:孤子唫而抆淚兮,放子出而不還。孰能思而不隱兮,昭彭咸之所聞。[③] 還音旋。(卷二《下平聲》,30 頁)

3. 覞

①"夭"今作"殀",《考異》謂"一作夭";"不聰明"今作"聰不明",《考異》謂"一云:不聰明";"蘊蔽"今作"蔽蘊"。

②"終不"今作"不終",《考異》謂"一云:終不失過兮"。

③"昭"今作"照",《考異》謂"一作昭"。

賜也。《左氏傳》,伯姬之繇曰:女承筐,亦無貺也。屈原《九章》:荼薺不同畞兮,蘭茝幽而自芳。惟佳人之自都兮,更統世以自貺。① (卷二《下平聲》,47 頁)

4.解

除也。《楚詞·九章》:愁鬱之無快兮,居戚戚而不解。心鞿羈而不開兮,氣繚轉而自締。② (卷四《去聲》,82 頁)

五、遠遊

1.歌

以聲吟咏也。屈原《遠遊》:張《咸池》奏《承雲》兮,玉女御九韶歌。③ 使湘靈鼓瑟兮,令海若舞馮夷。(卷一《上平聲》,4 頁)

2.浮

符非切,泛也。屈原《遠遊》:指炎神而直馳兮,吾將往乎南疑。覽方外之荒忽兮,沛罔象而自浮。(卷一《上平聲》,5 頁)

3.霞

赤雲也。屈原《遠遊》篇:湌六氣而飲沆瀣兮,漱正陽而含朝霞。保神明之清澄兮,精氣入而麤氣除。④ (卷一《上平聲》,13 頁)

4.垠

①"荼薺"上今有"故"字;"畞"今作"畝";"自芳"今作"獨芳";"自都"今作"永都";"以"今作"而"。

②"鬱"下今另有一"鬱"字;"而不解"今作"而不可解",《考異》謂"一無'可'字";"開"今作"形",《考異》謂"一作開"。

③"玉女"今作"二女"。

④"湌"今作"餐";"氣"今作"穢"。

岸也。屈原《遠遊》:道可受兮,不可傳;其小無内兮,其大無垠;無淈滑而蒐兮,①彼將自然。(卷二《下平聲》,26 頁)

5.門

户也。屈原《遠遊篇》:虚以待之兮,無爲之先;庶類以成兮,此德之門。(卷二《下平聲》,30 頁)

六、漁父

1.波

班糜切,浪也。《漁父辭》:世人皆濁,何不淈其泥而揚其波?衆人皆醉,何不餔其糟而歠其醨?②(卷一《上平聲》,5 頁)

七、九辯

1.誦

牆容切,讀也。宋玉《九辯》:欲脩道而平驅兮,又未知其所從。然中路而惑兮,自壓按而學誦。③(卷一《上平聲》,2 頁)

2.湛

羊戎切,宋玉《九辯》:乘精氣之摶摶兮,④騖諸神之湛湛。驂白霓之習習兮,歷羣靈之豐豐。(卷一《上平聲》,3 頁)

3.哀

①"滑"上今本無"淈"字,《考異》謂"'滑'一作'淈',一云'無淈滑而魂'"。

②"醨"今作"釃",《考異》謂"《文選》釃作醨"。

③"脩"今作"循";"惑"上今有"迷"字;"按"今作"桉",《考異》謂"一作按"。

④"乘"今作"棄"。

於希切,悲也。《説文》:衣聲。《爾雅》:哀哀,懷報德也。裴瑜讀。宋玉《九辯》:靚杪秋之遥夜兮,心繚悷而有哀。① 春秋逴逴而日高兮,然惆悵而自悲。(卷一《上平聲》,7 頁)

4. 飧

夕食也。宋玉《九辯》:竊慕詩人之遺風兮。願託乎素飧。蹇充倔而無端兮,汨莽莽而無恨。②(卷一《上平聲》,20 頁)

5. 憐

離珍切,愛也。宋玉《九辯》:廓落兮而無友生;惆悵兮而私自。燕翩翩其辭歸兮,蟬寂寞而無聲。③(卷一《上平聲》,23 頁)

6. 恙

余章切,憂也。宋玉《九辯》:計專專之不可化兮,願遂推而爲臧。賴皇天之厚德兮,還及君之無恙。(卷二《下平聲》,48 頁)

7. 偕

俱也。宋玉《九辯》:時遞來而卒歲兮,陰陽不可與儷偕。④白日晼晚其將入兮,明月銷鑠而減毁。(卷三《上聲》,55 頁)

8. 躇

躊躇也。宋玉《九辯》:年洋洋以日往兮,考嵺廓而無處。事亹亹而覬進兮,蹇淹延而躊躇。⑤(卷三《上聲》,62 頁)

9. 鑿

①“悷”今作“悷”,《考異》謂“一作悷”。

②“託”下今有“志”字;“飧”今作“餐”;“汨”今作“泊”,《考異》謂“一作汨”;“無恨”今作“無垠”。

③“而無友生”上今有“羇旅”二字;“自”下今有“憐”字;“寂寞”今作“宋漠”,《考異》謂“一作寂寞”。

④“時”上今有“四”字;“遞”今作“遰”;“陰”今作“陰”。

⑤“考”今作“老”;“延”今作“留”。

倉故切，鑿也。宋玉《九辯》：竊美申包胥之氣盛兮，恐時世之不固。何時俗之工兮，滅規短而改鑿。①（卷四《去聲》，85 頁）

10. 約

纏束也。《漢書》：治本約。宋玉《九辯》：邅翼翼而無終兮，忳惽惽而愁約。生天地之若過兮，功不成而無效。②（卷四《去聲》，95 頁）

11. 策

昌石切，籌也。《六韜》：不知攻戰之策，不可以應敵。宋玉《九辯》：乘騏驥之瀏瀏兮，馭安用夫强策？③ 諒城郭之不足恃兮，雖重介之何益？（卷五《入聲》，109 頁）

12. 達

陀悦切，《釋名》：達，徹也。宋玉《九章》：何汎（氾）濫之浮雲兮，猋壅蔽此明月！思昭昭而願見兮，蔽氛噎而莫達。④（卷五《入聲》，114 頁）

13. 索

昔各切，求也。宋玉《九辯》：莽洋洋而無極兮，忽翱翔之焉薄？國有驥而不知乘兮，焉皇皇而求索？⑤（卷五《入聲》，121 頁）

14. 繹

陳也。《博雅》：洛，繹也。宋玉《九辯》：悲愁窮慼兮獨處廓，

①“工”下今有“巧”字；“短”今作“榘”。

②“惽惽”今作“惛惛”。

③“乘”今作“棄”。

④《九章》爲《九辯》之誤；“猋”今作“猋”；“思”今作“忠”；“蔽氛”之“蔽”今作“然”，《考異》謂“一作蔽”；“氛”今作“露”；“噎”今作“曀”。

⑤“乘”今作“棄”；“求”今作“更”。

有美一人兮心不繹。去鄉離家兮來遠客,超逍遥兮今焉薄?①(卷五《入聲》,123頁)

八、招寃

1. 瓊

玉也。宋玉《招寃》:徑堂入奥,②朱塵筵。砥室翠翹,挂曲瓊。(卷二《下平聲》,26頁)

2. 蘭

香草。宋玉《招寃》:川谷徑復,流潺湲。光風轉蕙,泛崇蘭。徑堂入奥,③朱塵筵。(卷二《下平聲》,35頁)

3. 爽

師莊切,差也。宋玉《招寃》:鵠酸臇鳧,煎鴻鶬。露鷄臛蠵,厲而不爽。粔籹密餌,有餦餭。④(卷二《下平聲》,46頁)

4. 羹

盧當切,臛也。《左氏傳》:陳、蔡、不羹。《釋文》音郎。《正義》曰:古者羹臛之字亦爲郎,故《魯頌》《楚辭》《急就章》與陽、房、漿爲韵。近世獨以爲地名。宋玉《招寃》:肥牛之腱臑若芳,和酸若苦陳吴羹。(卷二《下平聲》,48—49頁)

5. 久

①"愁"今作"憂";"慼"今作"戚",《考異》謂"一作慼";"廊"今作"廓";"來"今作"徠",《考異》謂"一作來"。

②"徑"今作"經",《考異》謂"一作徑"。

③"泛"今作"氾";"徑堂"之"徑"今作"經",《考異》謂"一作徑"。

④"臇"今作"臇";"鷄"今作"雞";"密"今作"蜜";"餦"今作"餦"。

苟起切,長也。宋玉《招䰟》:增氷峩峩,飛雪千里。歸來歸來,不可以久。①(卷三《上聲》,55 頁)

6. 壺

酒器也。宋玉《招䰟》:幸而得脱,其外曠宇。赤螘若象,玄蠭若壺。②(卷三《上聲》,64 頁)

7. 沬

昧或作沬。宋玉《招䰟》:朕㓜清以廉潔兮,身服義而未沬。主盛德兮,牽於俗而蕪穢。③(卷四《去聲》,78 頁)

8. 絡

魯故切,絡絲也。宋玉《招䰟》:秦篝齊縷,鄭綿絡些。招具該備,永嘯呼些。䰟兮歸來!反故居些。(卷四《去聲》,87 頁)

九、大招

1. 姱

美也。《楚詞·招魂》④:朱脣皓齒,嫭以姱。比德好閑,⑤習以都。(卷一《上平聲》,12 頁)

2. 躬

身也。《楚詞·大招》:山林險隘,虎豹蜿。鰅鱅短狐,王虺

①"氷"今作"冰";"峩峩"今作"峨峨";"歸來"句今作"歸來兮",《考異》謂"一云:歸來歸來"。

②"幸"今作"幸";"蠭"今作"蠭"。

③"㓜"今作"幼";"主"下今有"此"字。

④應爲《大招》。

⑤"閑"今作"閒",《補注》曰"音閑"。

騫。魂兮無南！蜮傷躬。①（卷二《下平聲》,26 頁）

3.𡡉

美也。《楚詞·大招》:青色直眉,美目𡡉只。靨䩉奇牙,②宜笑嗎只。（卷二《下平聲》,30 頁）

4.曼

長也。宋玉《招䰟》:嫮目宜笑,娥眉曼。容則秀雅,稚朱顔。䰟兮歸來!③ 静以安。顔,倪堅切。安,於虔切。（卷二《下平聲》,30 頁）

5.膠

何高切。宋玉《招䰟》:霧雨淫淫,白皓膠只。䰟兮無東！湯谷寂寥只。④（卷二《下平聲》,37 頁）

6.卿

公卿。《説文》:卿,章也。《白虎通》:卿之爲言章,善明理也。《楚詞·大招》:三公穆穆,登降堂。諸侯畢極,立九卿。昭質既設,大侯張。（卷二《下平聲》,42 頁）

7.譔

沮絹切,專教也。《楚詞·大招》:四上競氣,極聲變。䰟兮歸來!⑤ 聽歌譔。（卷四《去聲》,92 頁）

8.凝

①"蜿""騫""躬"下今本皆有"只"字;"兮"今作"乎",《考異》謂"一作兮"。

②"䩉"今作"輔",《考異》謂"一作䩉"。

③"稚"今作"穉";"兮"今作"乎";"䰟"今作"魂";"來"今作"徠"。

④"䰟"今作"魂";"兮"今作"乎",《考異》謂"一作兮";"寂寥"今作"宋",《考異》謂"一本'宋'下有'寥'字"。

⑤"䰟"今作"魂";"兮"今作"乎";"來"今作"徠"。

鄂力切，水結也。宋玉《招蒐》①：代水不可涉，深不可測只。天白顥顥，寒凝凝只。（卷五《入聲》，105 頁）

十、惜誓

1. 裁

裁衣也。《楚詞・惜誓》：黄鵠後時而寄處兮，鴟梟群而制之。② 神龍失水而陸居兮，爲螻蟻之所裁。（卷一《上平聲》，6 頁）

2. 石

山體爲石。《釋名》：石，硌也，堅扞硌也。硌音洛。《楚詞・惜誓》：方世俗之幽昏兮，眩於白黑之美惡。③ 放山淵之龜玉兮，相與貴夫礫石。（卷五《入聲》，122 頁）

十一、招隱士

1. 曹

徂侯切，《釋名》：曹，酋也。《楚詞・招隱士》：禽獸兮駭亡其曹。④ 王孫兮歸來！山中兮不可以久留。（卷二《下平聲》，51 頁）

2. 嗥

胡鉤切，熊虎聲也。《楚詞・招隱士》：猨狖群嘯兮虎豹嗥。⑤

① 應爲《大招》。

②“群”今作“羣”。

③“於”字今本無，《考異》謂“一本‘眩’下有‘於’字”。

④“兮駭”今作“駭兮”。

⑤“群”今作“羣”。

攀援桂枝兮聊淹留。(卷二《下平聲》,52 頁)

3. 繚

繞繚。《楚詞・招隱士》:樹桂叢生兮山之幽,偃蹇連卷兮枝相繚。① (卷二《下平聲》,53 頁)

4. 巇

語綺切,巇巇,可畏皃。《楚詞・招隱士》:白鹿麏麚兮或騰或倚。狀皃崯崯兮巇巇也。② (卷三《上聲》,56 頁)

5. 骫

援骫,茂盛皃。《楚詞・招隱士》:樹輪相糺兮林木援骫。青莎雜樹兮蘋草薠靡。③ (卷三《上聲》,58 頁)

6. 岪

皮筆切,山曲也。《楚詞・招隱士》:坱兮軋,山曲岪,心淹留兮洞荒忽。④ 忽,虛屈切。(卷五《入聲》,107 頁)

十二、七諫

(一)沈江

1. 縱

將容切,南北曰縱。東方朔《七諫》:願悉心之所聞兮,遭值君

①"樹桂"今作"桂樹";"卷"今作"蜷",《考異》謂"一作卷"。

②"巇巇"今作"峨峨"。

③"糺"今作"糾",《考異》謂"一作糺"。"援骫"今作"茷骫";"蘋"今作"薠",《考異》謂"一作蘋";"薠"今作"靃",《考異》謂"一作薠"。

④"洞荒忽"今作"恫慌忽",《考異》謂"一作洞荒忽"。

之不聰。不開悟而難道兮，不别横之與縱。①（卷一《上平聲》，2頁）

2. 壅

壟，一作壅。東方朔《七諫》：赴沅湘之流澌兮，恐逐波而復東。懷沙礫而自沉兮，②不忍見君之蔽壅。（卷一《上平聲》，3 頁）

3. 壟

盧東切，土壟。東方朔《七諫》：脩往古以行恩兮，封比干之丘壟。賢俊慕而自附兮，日侵淫而合同。③（卷一《上平聲》，3 頁）

4. 功

勞也。《白虎通》：景風至則爵有德封有功，涼風至則報地德化四鄉。東方朔《七諫》：信直退而毁敗兮，虚僞進而當得。④ 追悔過之無及兮，豈盡忠而有功。（卷二《下平聲》，41 頁）

5. 蓬

皮江切，草也。《穆天子傳》：西王母蓬髮戴勝。注音龐。《楚詞》：滅規矩而不用兮，⑤背繩墨之正方。離憂患而乃寤兮，若縱火於秋蓬。（卷二《下平聲》，44 頁）

6. 矇

瞽也。東方朔《七諫》：終不變而死節兮，惜年齒之未央。將舫舟而下流兮，冀幸君之發矇。⑥（卷二《下平聲》，45 頁）

---

①“聰”今作“聰”；“悟”今作“寤”。

②“沅湘”今作“湘沅”；“沉”今作“沈”。

③“脩”今作“修”；“侵”今作“浸”，《考異》謂“一作侵”。

④“當得”今作“得當”。

⑤“滅”今作“滅”；“矩”今作“榘”。

⑥“舫”今作“方”，《考異》謂“一作舫”。

(二)怨世

1. 加

居何切,增也。《楚詞·七諫》:蓬艾親入御於床第兮,馬蘭磋踔而日加。棄捐約芷與杜衡兮,余奈不知芳何?①(卷二《下平聲》,37 頁)

2. 菜

七計切,草可食者。東方朔《七諫》:西施媞媞而不得見兮,蓌母勃屑而近侍。桂蠹不知所淹留兮,蓼蟲不徙乎葵菜。②(卷四《去聲》,78—79 頁)

3. 白

僕各切,西方色也。東方朔《七諫》:愉近習而蔽遠兮,孰知察其黑白。卒不得效其心容兮,安眇眇而無所歸薄。(卷五《入聲》,120 頁)

(三)怨思

1. 心

思融切,火藏也。東方朔《七諫》:賢士窮而隱處兮,廉正方而不容。③ 子胥諫而靡軀兮,比干忠而剖心。(卷一《上平聲》,2 頁)

(四)自悲

1. 如

①"床"今作"牀";"磋"今作"蹉";"約"今作"葯";"奈"今作"柰";"奈"下今有"世之"二字。

②"近"今作"日",《考異》謂"一作近";"徙"上今有"知"字。

③"正方"今作"方正"。

汝倨切,往也。東方朔《七諫》:忽容容其安之兮,超慌忽其焉如。苦衆人之難信兮,願離群而遠舉。①(卷四《去聲》,87頁)

(五)謬諫

1. 諱

呼韋切,忌也。東方朔《七諫》:願承閒而效志兮,恐犯忌而干諱。卒撫情以寂漠兮,②然怊悵而自悲。(卷一《上平聲》,7頁)

2. 旎

囊何切,旖旎。東方朔《七諫》:拔搴玄芝兮,列樹芋荷。橘柚萎枯兮,苦李旖旎。(卷二《下平聲》,38頁)

3. 旖

猗亦作旖。東方朔《七諫》:拔搴玄芝兮,列樹芋荷。橘柚萎枯兮,苦李旖旎。(卷二《下平聲》,40頁)

4. 公

公私。《釋名》:公,廣也。可廣施也。東方朔《七諫》:邪説飾而多曲兮,正法弧而不公。直士隱而避匿兮,讒諛登于明堂。③(卷二《下平聲》,41頁)

5. 通

他王切,達也。東方朔《七諫》:身寖疾而日愁兮,情沉抑而不揚。④衆人莫可與論道兮,悲精神之不通。(卷二《下平聲》,42頁)

---

①"群"今作"羣"。

②"漠"今作"寞",《考異》謂"一作漠"。

③"于"今作"乎"。

④"寖"今作"寢";"沉"今作"沈"。

6. 衰

微也。東方朔《七諫》:駑駿雜而不分兮,服罷牛而驂驥。年滔滔而日遠兮,①壽冉冉而愈衰。(卷四《去聲》,80 頁)

7. 涸

呼固切,水竭也。東方朔《七諫》:怨靈脩之浩蕩兮,夫何執操之不固。悲太山之爲隍兮,孰江河之可涸。(卷四《去聲》,86 頁)

十三、哀時命

1. 爲

吾禾切,造作也。《史記》引《書》"南訛"字作"爲"。嚴忌《哀時命》:知貪餌而近死兮,不如下遊乎清波。② 寧幽隱以遠禍兮,孰侵辱之可爲?(卷二《下平聲》,38 頁)

2. 横

胡光切,衡也。《釋名》:篁,横也。嚴忌《哀時命》:冠崔嵬而切雲兮,劍淋離而從横。衣攝葉目儲與兮,左袪挂於榑桑。③(卷二《下平聲》,48 頁)

3. 垢

塵也。嚴忌《哀時命》:務光自投於深淵兮,不獲世之塵垢。孰魋摧之可久兮,④願退身而窮處。(卷三《上聲》,59 頁)

①"日"今作"自"。

②"遊"今作"游"。

③"目"今作"以";"榑"今作"樽"。

④"魋"今作"魁"。

十四、九懷

(一)危俊

1. 蜩

陳留切,大蟬也。王褒《九懷》:林不容兮鳴蜩,余何留兮中州? 陶嘉月兮總轡,搴玉英兮自修。①(卷二《下平聲》,50 頁)

2. 幬

夏皃。王褒《九懷》:泱莽莽兮究志,懼吾心兮幬幬。步吾馬兮飛柱,覽可與兮匹疇。②(卷二《下平聲》,50 頁)

(二)昭世

1. 芬

芬芳,又芬芬。香皃,亦盛皃。王褒《九懷》:乘龍兮偃蹇,高迴翔兮上臻。③ 襲英衣兮緹緀,披華裳兮芳芬。(卷一《上平聲》,18 頁)

(三)尊嘉

1. 難

奴鈞切,艱難也。王褒《九懷》:河伯兮開門,迎余兮歡欣。顧念兮舊都,懷恨兮艱難。(卷一《上平聲》,17 頁)

2. 磕

①"總"今作"總";"轡"今作"駕";"修"今作"脩",《考異》謂"一作修"。

②"吾馬"今作"余馬";"覽"今作"覽";"疇"今作"儔",《考異》謂"一作疇"。

③"迴"今作"回",《考異》謂"一作迴"。

礚一作磕。① 王褒《九懷》：望淮兮沛沛，濵流兮則逝。榜艕兮下流，東注兮礚礚。②（卷四《去聲》，74 頁）

3. 蔡

草也。王褒《九懷》：水躍兮余旌，繼以兮微蔡。雲旗兮電鶩，倏忽兮容裔。③（卷四《去聲》，78 頁）

（四）蓄英

1. 上

辰羊切，上下。《楚詞》：臨淵兮汪洋，顧林兮忽荒。修余兮袿衣，騎霓兮南上。（卷二《下平聲》，47 頁）

2. 噑

嗥或作噑。王褒《九懷》：望谿兮滃鬱，熊羆兮呴噑。④ 唐虞兮不存，何故兮久留？（卷二《下平聲》，53 頁）

（五）思忠

1. 嶺

離貞切，山坂也。王褒《九懷》：駕玄螭兮北征，曏吾路兮葱嶺。連五宿兮建旄，楊氛氣兮爲旌。⑤（卷一《上平聲》，23 頁）

---

①原文如此，疑有誤。

②"濵"今作"濱"；"榜艕"今作"榜舫"，《考異》謂"一作榜艕"；"礚礚"今作"磕磕"，《考異》謂"磕，一作礚"。

③"倏"今作"儵"。

④"呴"今作"响"，《考異》謂"一作呴"；"噑"今作"嗥"。

⑤"葱"今作"蔥"；"楊"今作"揚"。

(六)株昭

1. 劀

削也。王褒《九懷》:蹇驢服駕兮,無用日多。修絜處幽兮,①貴寵沙劀。(卷二《下平聲》,39 頁)

十五、九歎

(一)逢紛

1. 譤

鉏弓切,譖也。劉向《九歎》:吸精萃而吐紛濁兮,横邪世而不容。行叩誠而不阿兮,遂見排而逢譤。②(卷一《上平聲》,2 頁)

2. 壟

塞也。劉向《九歎》:聲哀哀而懷高丘兮,心愁愁而思舊邦。願承閒而自恃兮,徑淫曀而道壟。(卷一《上平聲》,3 頁)

3. 耄

老也。劉向《九歎》:顔黴黧以沮敗兮,精越裂而衰耄。裳襜襜而含風兮,衣納納而掩露。(卷四《去聲》,84 頁)

(二)遠逝

1. 前

---

①"絜"今作"潔"。

②"萃"今作"粹";"紛"今作"氛";"容"上今有"取"字,《考異》謂"一無'取'字"。

慈鄰切,先也。劉向《九歎》:陸魁堆以蔽視兮,雲冥冥而暗前。山峻高以無根兮,遂曾閎而迫身。① (卷一《上平聲》,20 頁)

(三)惜賢

1. 峨

莪,山或在左。劉向《九歎》:懷芬香而挾蕙兮,佩江蘺之菲菲。握申椒與杜若兮,冠浮雲之峨峨。② (卷一《上平聲》,4 頁)

2. 忿

怒也。劉向《九歎》:憂心展轉,愁怫鬱兮。冤結未舒,長隱忿兮。(卷五《入聲》,107 頁)

3. 悴

子聿切,憔悴也。劉向《九歎》:覽屈氏之《離騷》兮,③心哀哀而怫鬱。聲噭噭以寂寥兮,顧僕夫之憔悴。(卷五《入聲》,108 頁)

(四)憂苦

1. 睠

不忘也。劉向《九歎》:思念郢路兮,還顧睠睠。流涕交集兮,④泣下漣漣。(卷二《下平聲》,26 頁)

(五)愍命

1. 緯

---

①“陸”今作“陵”,《考異》謂“一作陸”;“暗”今作“闇”;“恨”今作“垠”。

②“菲菲”今作“斐斐”,《考異》謂“一作菲菲”。

③“覽”今作“覽”。

④“流涕”今作“涕流”。

紘也。劉向《九歎》：慶忌囚於阱室兮，陳不占戰而赴圍。破伯牙之號鍾兮，挾人箏而彈緯。（卷一《上平聲》，7 頁）

2. 囿

苑有垣也。劉向《九歎》：莞芎棄於澤洲兮，瓟䖘蠹於筐簏。麒麟奔於九皋兮，熊羆群而溢囿。①（卷五《入聲》，103 頁）

（六）思古

1. 灑

揚水也。劉向《九歎》：曾哀悽欷，心離離兮。還顧高丘，泣如灑兮。（卷一《上平聲》，7 頁）

2. 次

舍也。劉向《九歎》：念余邦之擴陷兮，宗鬼神之無次。閔先杞之中絶兮，心惶惑而自悲。②（卷一《上平聲》，9 頁）

3. 古

故也。劉向《九歎》：興《離騷》之微文兮，冀靈脩之壹晤。還余車於南郢兮，復往軌於初古。③（卷四《去聲》，83 頁）

十六、九思

（一）逢尤

1. 朝

朝夕。王逸《九思》：望舊邦兮路逶隨，憂心悄兮心勤劬。魂

①“䖘”今作“蠡”；“溢”今作“逸”，《考異》謂“一作溢”。

②“擴陷”今作“横陷”；“杞”今作“嗣”。

③“脩”今作“修”；“晤”今作“悟”。

煢煢兮不遑寐,目眇眇兮寤終朝。① (卷一《上平聲》,12 頁)

2. 聊

力蚪切,賴也。蘇秦語:上下相愁,民無所聊。王逸《九思》:被詠譖兮虛獲尤。② 心煩憒兮意無聊,嚴載駕兮出戲遊。(卷二《下平聲》,53 頁)

(二)怨上

1. 譨

奴侯切,多言也。王逸《九思》:令尹兮謷謷,群司兮譨譨。③ 哀哉兮淈淈,上下兮同流。(卷二《下平聲》,50 頁)

2. 瞀

翳也。王逸《九思》:進慕兮仇荀,復顧兮彭瞀。擬斯兮二蹤,未知兮所投。④ (卷二《下平聲》,51 頁)

3. 樞

烏侯切,莖也。《詩》:山有樞,一讀如歐。王逸《九思》:將喪兮玉斗,遺失兮劍樞。我心兮煎熬,惟是乎用憂。⑤ (卷二《下平聲》,52 頁)

(三)疾世

1. 耦

①"心"今作"志";"魂"今作"寃",《考異》謂"一作魂";"眇眇"今作"脈脈"。

②"譖"今作"譖"。

③"群"今作"羣"。

④"進慕"今作"進惡",《考異》謂"一作集慕";"仇荀"今作"九旬",《考異》謂"一作仇荀";"瞀"今作"務",《考異》謂"一作瞀"。

⑤"劍"今作"鈕";"乎"今作"兮"。

耦，耕也。《釋名》：耦，遇也，二人相對遇也。王逸《九思》：言旋邁兮北徂，叫我友兮配耦。日陰曀兮未光，闃睄窕乎靡睹。①（卷三《上聲》，60頁）

2. 余

我也。王逸《九思》：鶡雀列兮讙譁，鴝鵒鳴兮聒余。抱昭華兮寶章，欲衒鬻兮莫取。② 鄭氏《禮記》注云：余、予，古今字。而顔師古讀予皆上聲，余皆平聲，未詳。（卷三《上聲》，64頁）

（四）憫上

1. 喔

聲也。王逸《九思》：哀世兮睩睩，諓諓兮嗌喔。衆多兮阿媚，委靡兮成俗。③（卷四《入聲》，102頁）

2. 告

告上曰告。王逸《九思》：孤雌驚兮鳴呴呴。思怫鬱兮肝切剥，忿悁悒兮孰訴告。（卷四《入聲》，119頁）

（五）遭厄

1. 蕩

放也。王逸《九思》：躡天衢兮長驅，踵九陽兮戲蕩。越雲漢兮南齊，④秣余馬兮河鼓。（卷三《上聲》，60頁）

---

①"陰"今作"陰"；"乎"今作"兮"。

②"鶡"今作"鴳"，《考異》謂"一作鶡"；"讙譁"今作"譁讙"；"章"今作"璋"，《考異》謂"一作章"。

③"委"今作"骫"，《考異》謂"一作委"。

④"齊"今作"濟"。

2.左

右右。王逸《九思》:逢流星兮問路,顧指我兮從左。俓娵觜兮直馳,馭者迷兮失軌。① 軌,音短。(卷三《上聲》,62頁)

3.杳

杳杳,深遠也。王逸《九思》:意逍遥兮欲歸,衆穢盛兮杳杳。思哽咽兮詰詘,②涕流瀾兮如雨。(卷三《上聲》,63頁)

4.厄

乙得切,隘也。王逸《九思》:悼楚子兮遭厄,沈玉躬兮湘汨。何楚國兮難化,迄于今兮不易。③(卷四《入聲》,110頁)

(六)悼亂

1.拏

紛拏,亂也。王逸《九思》:嗟嗟兮悲夫,散亂兮紛挐。茅絲兮同揉,④冠屨兮共絇。(卷一《上平聲》,10頁)

2.囚

拘也。王逸《九思》:白龍兮見射,⑤靈龜兮執拘。仲尼兮困厄,鄒衍兮幽囚。(卷一《上平聲》,11頁)

3.嚶

伊盈切,鳥聲也。王逸《九思》:鶡鷄兮高飛,曾遊兮青宜。鶬鶊兮喈喈,山鵲山兮嚶嚶。⑥(卷一《上平聲》,22頁)

---

①"指我"今作"我指",《考異》謂"一云'指我'";"馭"今作"御"。

②"咽"今作"饐",《考異》謂"一作咽"。

③"楚子"今作"屈子"。

④"散"今作"殽",《考異》謂"一作散";"揉"今作"綜"。

⑤"射"今作"軼"。

⑥"鶡鷄"今作"玄鶴",《考異》謂"一云鶡雞";"遊"今作"逝",《考異》謂"一作遊";"宜"今作"冥";"鵲"下今無"山"字。

（七）傷時

1. 媱

要媱。王逸《九思》：使素女兮鼓簧，乘戈龢兮謳謡。聲噭誂兮清和，音晏衍兮要媱。①（卷二《下平聲》，37頁）

（八）哀歲

1. 干

涯也，犯也。比干，商賢臣，曹植《善哉行》：慚無靈輒，以救趙宣。月没参横，北斗闌干。《黄庭經》：回紫抱黄入丹田，漱咽靈液灾不干。王逸《九思》：俛念兮子胥，仰怜兮比干。② 投劍兮脱冕，龍屈兮蜿蟤。（卷二《下平聲》，25頁）

2. 螽

毒蟲。王逸《九思》：陞車兮命僕，將馳兮四荒。下堂兮見蠆，出門兮觸螽。③（卷二《下平聲》，44頁）

3. 愴

初良切，悲也。王逸《九思》：蚆蛱兮噍噍，唧蛆兮穰穰。歲月忽兮惟暮，余感兮悽愴。④（卷二《下平聲》，45頁）

4. 朗

明也。王逸《九思》：旻天兮清凉，玄氣兮高朗。北風兮潦洌，草木兮蒼黄。⑤（卷二《下平聲》，49頁）

---

①“要媱”今作“要婬”。

②“怜”今作“憐”。

③“陞”今作“昇”；“螽”今作“蠭”。

④“唧”今作“蝍”；“月”今作“忽”；“感”下今有“時”字。

⑤“凉”今作“涼”；“黄”今作“唐”，《考異》謂“一作黄”。

《音學五書·詩本音》[①]

總論

1. 關雎:寤寐思服。

考服字,……《楚辭》六見,[②]并同諸子,先秦兩漢之書皆然。(卷一,56 頁)

2. 關雎:琴瑟友之。

考友字,……《楚辭》一見[③],并同。(卷一,56 頁)

3. 卷耳:置彼周行。

考行字,……《楚辭》十三見,并户郎反。[④](卷一,57 頁)

4. 桃夭:灼灼其華。

古音敷。考華字,……《楚辭》一見。[⑤](卷一,57 頁)

---

①顧炎武《詩本音》,據《音學五書》本,中華書局,1982 年版。

②《離騷》"非世俗之所服",《九歌·雲中君》"龍駕兮帝服"等。但不止六見。

③《橘頌》"與長友兮",《九辯》"羇旅而無友生"等。不止一見。

④《離騷》"及行迷之未遠",《九歌·湘君》"君不行兮夷猶",《天問》"何不課而行之"等,不止十三見。

⑤《離騷》"就重華而敶詞""及榮華之未落兮"等。不止一見。

5.桃夭:宜其室家。

古音姑。考家字,……《楚辭》一見。并同。[①]（卷一,57頁）

6.芣苢:薄言有之。

考有字,……《楚辭》一見。并同。[②]（卷一,58頁）

7.漢廣:言秣其馬。

考馬字,……《楚辭》二見。并同。[③]（卷一,58頁）

8.草蟲:我心則降。

考降字,……《楚辭》三見。并同。[④]（卷一,60頁）

9.采蘋:宗室牖下。

古音户。考下字,……《楚辭》十四見。并同。[⑤]（卷一,60頁）

10.行露:豈不夙夜。

古音豫。考夜字,……《楚辭》二見。并同。[⑥]（卷一,61頁）

11.羔羊:委蛇委蛇。

古音陀。考蛇字,……《楚辭》四見。并同。[⑦]（卷一,61頁）

12.何彼襛矣:王姬之車。

古音居。考車字,……《楚辭》一見。并同。[⑧]（卷一,63頁）

---

①《離騷》"浞又貪夫厥家""及少康之未家兮",《天問》"舜閔在家"等。不止一見。

②《離騷》"紛吾既有此内美兮",《天問》"焉有石林"等。不止一見。

③《九歌·湘夫人》"朝馳余馬兮江皋",《九歌·國殤》"霾兩輪兮縶四馬"等。不止二見。

④《離騷》"惟庚寅吾以降",《天問》"帝降夷羿"等。不止三見。

⑤《離騷》"周流觀乎上下",《天問》"下逢伊摯"等。但不止十四見。

⑥《九歌·東君》"夜皎皎兮既明",《山鬼》"猨啾啾兮又夜鳴"等。但不止二見。

⑦《離騷》"載雲旗之委蛇",《九歌·東君》"載雲旗兮委蛇"等。但不止四見。

⑧《離騷》"回朕車以復路兮","雜瑶象以爲車",《九歌·河伯》"乘水車兮荷蓋"等。但不止一見。

13. 緑衣:凄其以風。

古音方凡反。考風字,……《楚辭》二見。并同。①(卷二,65頁)

14. 燕燕:遠送于野。

古音神與反。考野字,……《楚辭》一見。并同。②(卷二,65頁)

15. 泉水:聊與之謀。

古音媒。考謀字,……《楚辭》一見。并同。③(卷二,69頁)

16. 新臺:鴻則離之。

古音羅。考離字,……《楚辭》三見。并同。④(卷二,71頁)

17. 新臺:得此戚施。

古音式何反。考施字,……《楚辭》二見。并同。⑤(卷二,71頁)

18. 柏舟:實維我儀。

古音俄。考儀字,……《楚辭》一見。并同。⑥(卷二,71頁)

19. 君子偕老:象服是宜。

古音魚何反。考宜字,……《楚辭》一見。并同。⑦(卷二,72頁)

20. 鶉之奔奔:我以爲兄。

---

①《九歌·山鬼》"東風飄兮神靈雨",《九章·涉江》"欸秋冬之緒風"等。但不止二見。此外篇名原誤爲《緑兮》,今徑改。

②《離騷》"終然殀乎羽之野",《九辯》"恐田野之蕪穢"等。但不止一見。

③《天問》"而厥謀不同""眩妻爰謀"等。但不止一見。

④《離騷》"余既不難夫離别兮""進不入以離尤兮"等。但不止三見。

⑤《天問》"夫何三年不施","其位安施"等。但不止二見。

⑥《遠遊》"朝發軔於太儀兮",《九章·抽思》"指彭咸以爲儀"等。但不止一見。

⑦《天問》"讐何宜",《大招》"嫭目宜笑"等。但不止一見。

考兄字，……《楚辭》一見。并同。①（卷二，73 頁）

21. 相鼠：不死何爲。

古音譌。考爲字，……《楚辭》八見。并同。②（卷二，74 頁）

22. 載馳：陟彼阿丘。

古音去其反。考丘字，……《楚辭》一見。并同。③（卷二，74 頁）

23. 載馳：無我有尤。

古音羽其反。考尤字，……《楚辭》三見。并同。今十八尤與憂流等字混爲一韵。④（卷二，74 頁）

24. 氓：三歲爲婦。

古音房以反。考婦字，……《楚辭》一見。并同。⑤（卷二，76 頁）

25. 竹竿：淇水在右。

古音以。考右字，……《楚辭》一見。并同。⑥（卷二，77 頁）

26. 大叔于田：抑鬯弓忌。

古音肱。考弓字，……《楚辭》一見。并同。⑦（卷三，83 頁）

27. 清人：二矛重英。

---

①《天問》"危害厥兄"，"兄有噬犬"。但不止一見。

②《天問》"夫何爲周流"等。但不止八見。

③《九章·哀郢》"曾不知夏之爲丘兮"等。但不止一見。

④《離騷》"進不入以離尤兮"，《九章·惜誦》"紛逢尤以離謗兮""恐重患而離尤"等。但不止三見。

⑤《天問》"滕有莘之婦""殷有惑婦"等。但不止一見。

⑥《九辯》"負左右之耿介""右蒼龍之躍躍"等。但不止一見。

⑦《天問》"何馮弓挾矢""執弓挾矢"等。但不止一見。

古音央。考英字,……《楚辭》四見。并同。①(卷三,83 頁)

28. 丰:俟我乎巷兮。

古音胡貢反。考巷字,……《楚辭》一見。并同。②(卷三,85 頁)

29. 鷄鳴:東方明矣。

考明字,……《楚辭》十見。并同。③(卷三,87 頁)

30. 綢繆:見此粲者。

古音渚。考者字,……《楚辭》一見。并同。④(卷三,94 頁)

31. 東門之枌:穀旦于差。

古音磋。考差字,……《楚辭》一見。并同。⑤(卷三,100 頁)

32. 東門之池:東門之池。

古音沱。考池字,……《楚辭》一見。并同。⑥(卷三,101 頁)

33. 墓門:顛倒思予。

顔師古《匡謬正俗》曰:"'予'當讀如'與',不當讀如'余',《詩》《楚辭》皆無'余'音。"陸德明《禮記音義》曰:"'予一人'依字音,羊汝反。"鄭云:"'余''予'古今字,則同音餘。"按:予字,如《楚辭·離騷》"女嬃之嬋媛兮,申申其詈予。曰鮌婞直以亡身兮,終

---

①《大招》"英華假只",《遠遊》"懷琬琰之華英"等。但不止四見。

②《離騷》"五子用失乎家巷",《七諫·怨思》"江離棄於窮巷兮"等。但不止一見。

③《天問》"明明闇闇"等。但不止十見。

④《遠遊》"往者余弗及兮,來者吾不聞"等。但不止一見。

⑤《離騷》"周論道而莫差"等。但不止一見。

⑥《離騷》"飲余馬于咸池兮",《遠遊》"張《咸池》奏《承雲》兮"等。但不止一見。

然殀乎羽之野。""紛總總其離合兮，班陸離其上下。① 吾令帝閽開關兮，倚閶闔而望予。""忽吾行此流沙兮，遵赤水而容與。麾蛟龍使梁津兮，詔西皇使涉予。"《九歌・湘夫人》"帝子降兮北渚，目眇眇兮愁予。嫋嫋兮秋風，洞庭波兮木葉下。"《大司命》"君迴翔兮以下，踰空桑兮從女。紛總總兮九州，何壽夭兮在予！"《少司命》"秋蘭兮蘪蕪，羅生兮堂下。緑葉兮素華，②芳菲菲兮襲予。"《河伯》"子交手兮東行，送美人兮南浦。波滔滔兮來迎，魚鱗鱗兮媵予。"《山鬼》"杳冥冥兮羌晝晦，東風飄兮神靈雨。留靈修兮憺忘歸，歲既晏兮孰華予？"③皆讀如與。而《遠遊》"命天閽其開關兮，排閶闔而望予。召豐隆使先導兮，問太微之所居。集重陽以入帝宫兮，造旬始而觀清都。"④則讀如余。顔氏之説亦爲未盡。（卷四，101—102 頁）

34. 天保：俾爾單厚。

古音户。考厚字，……《楚辭》一見。并同。⑤（卷三，112 頁）

35. 車攻：不失其馳。

古音陀。考馳字，……《楚辭》二見。并同。⑥（卷三，119 頁）

36. 斯干：載寢之地。

古音陀。考地字，……《楚辭》二見。并同。⑦（卷三，124 頁）

---

①"總總"今作"緫緫"；"班"今作"斑"，《考異》謂"一作班"。

②"蘪"今作"麋"；《考異》謂"一作蘪"；"華"今作"枝"，《考異》謂"一作華"。

③"鱗鱗"今作"隣隣"；"修"今作"脩"。

④"太"今作"大"，《考異》謂"一作太"；今本無"以"字，《考異》謂"一本'入'上有'以'字"。

⑤《離騷》"固前聖之所厚"，《天問》"何以厚之"等。但不止一見。

⑥《離騷》"齊玉軑而並馳"，"神高馳之邈邈"等。但不止二見。

⑦《天問》"地方九則"，"而死分竟地"等。但不止二見。

37.無羊:以雌以雄。

古音于陵反。考雄字,……《楚辭》一見。并同。[①](卷三,124頁)

38.何人斯:亦不遑舍。

古有舒、暑、恕三音。考舍字,……《楚辭》一見。并同。[②](卷六,133頁)

39.賓之初筵:各奏爾能。

考能字,……《楚辭》二見。并同。[③](卷七,145頁)

40.黍苗:我車我牛。

古音疑。考牛字,……《楚辭》三見。并同。[④](卷七,148頁)

一、離騷

1.墓門:歌以訊之。

《釋文》"訊"又作"誶",徐音,息悴反。《廣韻》六至部中有"誶"字,引此詩作"歌以誶止"。《楚辭章句》引此亦作"誶予不顧"。(卷四,101頁。謇朝誶而夕替)

2.車攻:弓矢既調,射夫既同。

調字非韵,宋吴棫《韻補》讀"調"爲"同",引《楚辭·離騷》"勉陞降以上下兮,求榘矱之所同。[⑤] 湯禹嚴而求合兮,摯咎繇而能

①《九歌·國殤》"子魂魄兮爲鬼雄",《天問》"雄虺九首"等。但不止一見。

②《離騷》"忍而不能舍也",《招䰟》"舍君之樂處"等。但不止一見。

③《離騷》"忍而不能舍也""何方圜之能周兮"等。但不止二見。

④《天問》"牧夫牛羊""焉得夫朴牛"等。但不止三見。

⑤"勉"上今有"曰"字。

調"爲證。朱子從之。(卷五,119 頁)

二、九章

(一)惜往日

1. 采薇:豈不日戒。

按:戒字古有入音。……《楚辭・九章・惜往日》亦與得韵。(卷五,113 頁。何芳草之早殀兮,微霜降而下戒。諒聰不明而蔽壅兮,使讒諛而日得)

三、大招

1. 文王:無遏爾躬。

《楚辭・大招》亦以躬韵騫,終未敢信。闕之。(卷八,152 頁。鰅鱅短狐,王虺騫只。魂乎無南!蜮傷躬只)

2. 蕩:以無陪無卿。

古音羌。考卿字,……《楚辭》一見。(卷九,166 頁。立九卿只)

《音學五書·唐韻正》①

總論

1.風

《楚辭·九章·涉江》:"乘鄂渚而反顧兮,欸秋冬之緒風。步余馬兮蘭皋,邸余車兮芳林。"②《哀郢》:"登大墳以遠望兮,聊以舒吾憂心。哀州土之平樂兮,悲江介之遺風。"……東方朔《七諫》:"便娟之修竹兮,寄生乎江潭。上葳蕤而防露兮,下泠泠而來風。孰知其不合兮,若竹柏之異心。"③……今山西人讀"風"猶作方愔反。按《説文》:"風从虫,凡聲。"似當讀方凡反。(卷二,225—226頁)

2.江

古音工。《楚辭·九章·哀郢》:"將運舟而下浮兮,上洞庭而下江。去終古之所居兮,今逍遥而來東。"《悲回風》:"馮崑崙以瀓

---

①顧炎武《唐韻正》,據中華書局《音學五書》本,1982年版。

②"蘭皋"今作"山皋";"芳"今作"方"。

③《七諫·初放》。"修"今作"脩";"蕤"今作"葳",《考異》謂"《集韻》作蕤"。

霧兮，隱岷山以清江。憚涌湍之礚礚兮，聽波聲之洶洶。"①……漢東方朔《七諫》："痛忠言之逆耳兮，恨申子之沈江。願悉心之所聞兮，遭值君之不聽。"②……陳第曰："'江'音'工'，《周禮》六、《書》三曰'諧聲江河'是也。《説文》以'工'得聲，後世之音去諧聲遠矣。"按："江"古音"工"。"紅"，古亦音"工"。（卷一，226－228頁）

3. 降

《楚辭·離騷》："帝高陽之苗裔兮，朕皇考曰伯庸。攝提貞于孟陬兮，維庚寅吾以降。"③《九歌·雲中君》："靈皇皇兮既降，猋遠舉兮雲中。覽冀州兮有餘，横四海兮焉窮。思夫君兮太息，極勞心兮𢥞𢥞。"《天問》："皆歸射鞫，而無害厥躬。何后益作革，而禹播降。"④宋玉《風賦》："故其清凉雄風，則飄舉升降。乘凌高城，入于深宫。"……劉向《九歎》："赴江湘之湍流兮，順波湊而下降。徐徘徊於山阿兮，飄風來之洶洶。"⑤……陳第曰："降，古音洪。"後人有用入"陽"韵者，漢東方朔《七諫》："忠臣貞而欲諫兮，讒諛毁而在旁。秋艸榮其將實兮，微霜下而夜降。"⑥音之變有自來矣。按："降"字入"陽"韵不始於東方朔。《楚辭·九歌·東君》："青雲衣兮白霓裳，舉長矢兮射天狼。操余弧兮反淪降，援北

①"澂霧"今作"瞰霧"，《考異》謂"一云：澂霧"；"岷"今作"崏"，《考異》謂"崏，一作峧，一作汶"，《補注》曰"崏、峧、汶，并與岷同"。

②《七諫·沈江》。

③"維"今作"惟"。

④"射"今作"䠶"，《考異》謂"一作射"；"躬"今作"躬"。

⑤《九歎·逢紛》。

⑥《七諫·沈江》。"艸"今作"草"。

斗兮酌桂漿。撰余轡兮高馳翔,杳冥冥兮以東行。”①已先之矣。然古人長篇中固有一二句不韵者,即以爲韵,可謂之叶,而不可謂之正音。即以《楚辭》爲據,亦不得舍《離騷》《雲中君》《天問》《風賦》之四而從《東君》之一也。(卷一,233 頁)

4. 鬃

按:“江”韵與“東”“冬”“鍾”同用,南北朝猶然。唐以下始雜入“陽”韵。宋吴棫因之有通陽之説,元周德清《中原音韻》乃以“江”“陽”合韵。《洪武正韵》遂并“江”入“陽”……柴紹炳曰“考古《易》《詩》《書》及《楚辭》,漢魏詩歌凡江韵中字無闌入陽韵者”。又按:漢人用韵已雜,“東”“冬”“陽”“唐”往往并見……《楚辭·惜誓》:“比干忠諫而剖心兮,箕子被髪而徉狂。② 水背流而源竭兮,木去根而不長。非重軀以慮難兮,惜傷身之無功。”漢東方朔《七諫》:“信直退而毁敗兮,虚僞進而得當。追悔過之無及兮,豈盡忠而有功。”③(卷一,236—237 頁)

5. 知

陟離切,當作“陟鳌”。……《楚辭·九歌·少司命》:“入不言兮出不辭,乘回風兮載雲旗。悲莫悲兮生别離,樂莫樂兮新相知。”《九辯》:“甯戚謳於車下兮,桓公聞而知之。無伯樂之善相兮,今誰使乎訾之。”④(卷二,238—239 頁)

6. 衰

《楚辭·九章·涉江》:“余幼好此奇服兮,年既老而不衰。帶

---

①“馳”今作“駝”,《考異》謂“一作馳”。

②“徉”今作“佯”。

③《七諫·沈江》。

④“訾”今作“譽”,《考異》謂“一作訾”。

長鋏之陸離兮,冠切雲之崔嵬。"《九辯》:"悲哉秋之爲氣也!蕭瑟兮艸木摇落而變衰。憭慄兮若在遠行,登山臨水兮送將歸。"①"謂騏驥兮安歸?謂鳳皇兮安棲?變古易俗兮世衰,今之相者兮舉肥。"……以上字當與六脂、七之通爲一韵。凡从支、从氏、从是、从兒、从此、从卑、从虒、从爾、从知、从危之屬皆入此。(卷二,239 頁)

7. 移

古音弋多反。《楚辭·漁父》:"夫聖人者,不凝滯於物,而能與世推移。舉世皆濁,何不淈其泥而揚其波?衆人皆醉,何不餔其糟而歠其醨?何故深思高舉,自令放爲?"②……東方朔《七諫》:"世沈淖而難論兮,俗岭峨而嵾嵯。清泠泠而殲滅兮,溷湛湛而日多。梟鴞既以成群兮,玄鶴弭翼而屏移。蓬艾親入御於牀策兮,馬蘭踸踔而日加。棄捐葯芷與杜蘅兮,余柰世之不知芳何?何周道之平易兮,然蕪穢而險戲。高陽無故而委塵兮,唐虞點灼而毁議。誰使正其真是兮,雖有八師而不可爲。"③……《説文》:"移,从禾多聲。"徐鉉曰:"'多'與'移'聲不相近。"蓋不知古音也。(卷二,239—240 頁)

8. 蛇

《楚辭·離騷》:"屯余車其千乘兮,齊玉軑而竝馳。駕八龍之婉婉兮,載雲旗之委蛇。"《遠遊》:"屯余車之萬乘兮,紛容與而竝

①"艸"今作"草"。

②"夫聖"句今作"聖人",《考異》謂"《史記》云:夫聖人者";"舉世"今作"世人",《考異》謂"一作舉世";"歠"今作"歠";"醨"今作"釃",《考異》謂"《文選》醨作釃"。

③《七諫·怨世》。"嵾"今作"嵾";"策"今作"笫";"蘅"今作"衡"。

馳。駕八龍之婉婉兮，載雲旗之逶蛇。”“祝融戒而蹕御兮，騰告鸞鳥迎虙妃。張《咸池》奏《承雲》兮，二女御《九招》歌。使湘靈鼓瑟兮，令海若舞馮夷。玄螭蟲象并出進兮，形蟉虯而逶蛇。”①“妃”與“夷”爲韵，“歌”與“蛇”爲韵。《招魂》：“仰觀刻桷，畫龍蛇些。坐堂伏檻，臨曲池些。芙蓉始發，雜芰荷些。紫莖屏風，文緣波些。文異豹飾，侍陂陁些。軒輬既低，步騎羅些。蘭薄户樹，瓊木籬些。魂兮歸來！何遠爲些？”……王褒《九懷》：“乘虹驂蜺兮，載雲變化。鷦鵬開路兮，後屬青蛇。步驟桂林兮，超驤卷阿。丘陵翔儛兮，谿谷悲歌。”②劉向《九歎》見下。③ ……按：古蛇字皆徒何反，唯《楚辭·九歌·東君》：“駕龍輈兮乘雷，載雲旗兮委蛇。長太息兮將上，心低徊兮顧懷。④ 羌聲色兮娱人，觀者憺兮忘歸。”用“入”“微”皆“灰”韵。《説文》：“‘蛇’作‘它’，虫也。从虫而長，象宛曲垂尾形。上古艸居患‘它’，故相問‘無它乎’？託何切。它或从虫。”臣鉉等曰：“今俗作食遮切。”（卷二，240—241頁）

9. 爲

古音譌。……《楚辭·九歌·大司命》見下，⑤“愁人兮柰何，願若今兮無虧。固人命兮有當，孰離合兮可爲。”《天問》：“明明闇闇，惟時何爲？陰陽三合，何本何化？”《九章·思美人》：“獨歷年而離愍兮，羌憑心猶未化。寧隱閔而壽考兮，何變易之可爲！”⑥

①“容”今作“溶”；“蹕御”今作“還衡”，《考異》謂“一作蹕御”；“虙”今作“宓”；“九招”今作“九韶”。

②《九懷·株昭》。

③《九歎·遠逝》：帶隱虹之逶虵。

④“徊”今作“佪”。

⑤《九歌·大司命》：衆莫知兮余所爲。

⑥“憑”今作“馮”，《補注》曰“馮與憑同”。

《悲回風》:"穆眇眇之無垠兮,莽芒芒之無儀。聲有隱而相感兮,物有純而不可爲。"《漁父》見上。《招蒐》見上。《大招》見下。① ……漢嚴忌《哀時命》:"知貪餌而近夗兮,不如下游乎清波。寧幽隱以遠禍兮,孰侵辱之可爲? 子胥夗而成義兮,屈原沈於汨羅。雖體解其不變兮,豈忠信之可化?"②東方朔《七諫》見上。③ 陳第曰:"爲,音譌。"《説文》:"譌,譌言也,从言爲聲。"據此見"爲"加言讀"譌",去"言"亦讀"譌"。(卷二,241—242 頁)

10. 麾

古音許戈反。《楚辭·遠游》:"擥彗星以爲旍兮,舉斗柄以爲麾。叛陸離其上下兮,游驚霧之流波。"④《大招》:"舉傑壓陛,誅譏罷只。直赢在位,近禹麾只。豪傑執政,流澤施只。魂乎徠歸! 國家爲只。"(卷二,242 頁)

11. 披

古音坡。《楚辭·大司命》:"靈衣兮披披,玉佩兮陸離。壹陰兮壹陽,衆莫知兮余所爲。"漢劉向《九歎》:"云服陰陽之正道兮,御厚土之中和。佩蒼龍之蚴虬兮,帶隱虹之逶虵。曳彗星之皓旰兮,撫朱爵與鵕鸃。游清霧之颯戾兮,服雲氣之披披。"⑤……《釋名》:"披,擺也。"(卷二,243 頁)

①見《漁父》:何故深思高舉,自令放爲?《招蒐》:蒐兮歸來! 何遠爲些?《大招》:魂乎徠歸! 國家爲只。

②"夗"今作"死"。

③《七諫·怨世》:雖有八師而不可爲。

④二"以"字今皆作"目";"游"今作"遊"。

⑤《九歎·遠逝》。"靈衣兮披披"之"披披"今作"被被",《考異》謂"一作披";"厚土"今作"后土";"虵"今作"虵";"游"今作"遊";"霧"今作"靈",《考異》謂"一作霧";"氣"今作"衣"。

12. 虧

古音去禾反。《楚辭·離騷》:"高余冠之岌岌兮,長余佩之陸離。芳與澤其雜糅兮,唯昭質其猶未虧。"《九歌·大司命》見上。① 《天問》:"斡維焉繫,天極焉加? 八柱何當,東南何虧?"《九章·抽思》"望三五以爲像兮,指彭咸以爲儀。夫何極而不至兮,故遠聞而難虧。"(卷二,244 頁)

13. 離

古音羅……《楚辭·離騷》見上。② 《大司命》見上。③ 《招蒐》見上。④ 宋玉《風賦》:"被麗披離,衝孔動楗,眴涣粲爛,離散轉移。"陳第曰:"'移'與'離'爲韵。"……或曰《九歌·少司命》:"入不言兮出不辭,乘回風兮載雲旗。悲莫悲兮生别離,樂莫樂兮新相知。""離"不與"知"爲韵乎? 曰"此第三句不入韵",其上云:"秋蘭兮青青,緑葉兮紫莖。滿堂兮美人,忽獨與余兮目成。"人字亦不入韵。其下云:"荷衣兮蕙帶,儵而來兮忽而逝。夕宿兮帝郊,君誰須兮雲之際。""郊"字亦不入韵也。(卷二,248 頁)

14. 施

古音式何反。……《楚辭·天問》:"永遏在羽山,夫何三年不施? 伯禹腹鮌,夫何以變化?"⑤"授殷天下,其位安施? 反成乃亡,其罪伊何?"《大招》見上。⑥ 《大戴禮·曾子天圓篇》:"吐氣者施,而含氣者化,是以陽施而陰化也。"…… 嚴忌《哀時命》:"愁脩

---

①《九歌·大司命》:願若今兮無虧。

②《離騷》:長余佩之陸離。

③《九歌·大司命》:玉佩兮陸離。

④《招蒐》:長髮曼鬋,豔陸離些。

⑤"腹"今作"愎",《考異》謂"一作腹";"以"今作"目"。

⑥《大招》:豪傑執政,流澤施只。

夜而宛轉兮，氣涫瀭其若波。握剞劂而不用兮，操規榘而無所施。”……按《楚辭・大招》：“姱修滂浩，麗以佳只。曾頰倚耳，曲眉鑴只。滂心綽態，姣麗施只。小要秀頸，若鮮卑只。魂乎歸徠，思怨移只。”①始以“規”“施”“移”三字入“支”“佳”韵。（卷二，249 頁）

15. 差

古音初沙反。《詩・東門之枌》二章：“穀旦于差，南方之原。不績其麻，市也婆娑。”徐邈：“音七何反。”《楚辭・離騷》：“湯禹嚴而祗敬兮，② 周論道而莫差。舉賢而授能兮，循繩墨而不頗。”……嚴忌《哀時命》：“志怦怦而内直兮，履繩墨而不頗。執權衡而無私兮，稱輕重而不差。”（卷二，249 頁）

16. 嵯

古音在何反。漢東方朔《七諫》見上。劉向《九歎》見上。③今此字兩收於五支、七歌部中。亦作嵳。漢司馬相如《上林賦》見上。（卷二，250 頁）

17. 馳

古音駝，亦作駝。……《卷阿》十章：“君子之車，既庶且多。君子之馬，既閑且馳。矢詩不多，維以遂歌。”《楚辭・離騷》見上。《遠遊》見上。④ ……陳第曰：“馳，音駝。”按《説文》：“馳，从馬，也聲。貤，从貝，也聲。”蓋古“也”音“移”，與“它”通，故“蛇”从“它”亦从“也”，“池”从“也”亦从“它”。《楚辭・離騷》“乘騏驥以馳騁

①“修”今作“脩”；“鑴”今作“規”；“要”今作“腰”。

②“嚴”今作“儼”，《考異》謂“一作嚴”。

③見《七諫・怨世》：世沈淖而難論兮，俗岭峨而嵾嵯；《九歎・惜賢》：睨玉石之嵾嵯。

④《離騷》：齊玉軑而并馳。《遠遊》：紛溶與而竝馳。

兮”“忽馳騖以追逐兮”。《九歌·大司命》:“高馳兮冲天。”《東君》:“撰余轡兮高馳翔。”①王逸本并作駝。(卷二,250 頁)

18. 池

《楚辭·九歌·少司命》:“與女游兮九河,②衝風至兮水揚波。與女沐兮咸池,晞女髮兮陽之阿。望美人兮未來,臨風怳兮浩歌。”《招覔》見上。③ ……東方朔《七諫》:“鸞皇孔鳳日以遠兮,畜鳬駕鵝。鷄鶩滿堂壇兮,鼃黽游乎華池。要裹奔亡兮,騰駕橐駝。鉛刀進御兮,遥棄太阿。拔搴玄芝兮,列樹芋荷。橘柚萎枯兮,苦李旖旎。”④……陳第曰:“池,音沱。”《周禮·職方氏》:“‘滹沱’作‘虖池’。”《禮記》:“晋人將有事於河,必先有事於惡池。”“池”通作“沱”。《詩·白華》:“滮池北流。”《説文》作“滮沱”,漸漸之石俾滂沱矣。《史記》作“滂池”。(卷二,251 頁)

19. 車

古音居……《楚辭·離騷》:“爲余駕飛龍兮,雜瑶象以爲車。何離心之可同兮,吾將遠逝以自疏。”《惜誓》:“建日月以爲蓋兮,⑤載玉女於後車。馳騖於杳冥之中兮,休息虖崑崙之墟。”(卷四,262 頁)

20. 姱

古音枯。《楚辭·九歌》:“緪瑟兮交鼓,簫鐘兮瑶簴。鳴篪兮吹竽,思靈保兮賢姱。翾飛兮翠曾,展詩兮會舞。”⑥《九章·抽

---

①“高馳”今皆作“高駝”,《考異》謂“駝,一作馳”。

②“游”今作“遊”。

③《招覔》:坐堂伏檻,臨曲池些。

④《七諫·謬諫》“亂曰”。

⑤“以”今作“目”。

⑥《九歌·東君》。“鐘”今作“鍾”;“篪”今作“𪛗”。

思》:"憍吾以其美好兮,覽余以其修姱。與余言而不信兮,蓋爲余而造怒。"①《大招》:"朱脣皓齒,嫭以姱只。比德好閒,②習以都只。豐肉微骨,調以娱只。魂乎歸徠!安以舒只。"去聲十一暮部中,"嫭"字即此"姱"字異文。齊王融《净行頌》"腐毒緣芳旨,夭伐實修嫭",用《楚辭》"修姱"語也。(卷四,266頁)

21.羹

《楚辭·招魂》:"室家遂宗,食多方些。稻粢穱麥,挐黄粱些。大苦醎酸,辛甘行些。肥牛之腱,臑若芳些。和酸若苦,陳吴羹些。臑鼈炮羔,有柘漿些。鵠酸臇鳬,煎鴻鶬些。露雞臛蠵,厲而不爽些。粔籹蜜餌,有餦餭些。瑶漿蠠勺,實羽觴些。挫糟凍飲,酎清涼些。華酌既陳,有瓊漿些。歸反故室,敬而無妨些。"③《大招》:"五穀六仞,設菰粱只。鼎臑盈望,和致芳只。内鶬鴿鵠,味豺羹只。魂乎歸徠!恣所嘗只。"④……《左傳·昭十一年》:"楚子城陳、蔡、不羹。"《釋文》音郎,《正義》曰:"古者羹臛之羹音亦爲郎。故《魯頌》《楚辭》《急就章》與'房''漿''糠'爲韵。近世以來,獨以此地音爲郎耳。"陳第曰:"羹,音岡。"(卷五,273—274頁)

22.横

古音黄。《楚辭·九辯》:"收恢台之孟夏兮,然欿傺而沈藏。葉菸邑而無色兮,枝煩挐而交横。顔淫溢而將罷兮,柯彷彿而萎黄。萷櫹槮之可哀兮,形銷鑠而瘀傷。惟其紛糅而將落兮,恨其

①"修"今作"脩",《考異》謂"一作修"。

②"閒"今作"閑"。

③"臑"今作"胹",《考異》謂"胹,一作臑";"蠠"今作"蜜",《考異》謂"古本蜜作蠠";"歸"下今有"來"字,《考異》謂"一云'歸反故室'",無"來"字。

④"粱"今作"梁"。

失時而無當。攣騑轡而下節兮,聊逍遥以相徉。歲忽忽而遒盡兮,恐余壽之弗將。悼余生之不時兮,逢此世之俇攘。澹容與而獨倚兮,蟋蟀鳴此西堂。心怵惕而震盪兮,何所憂之多方!仰明月而太息兮,步列星而極明。"①……漢嚴忌《哀時命》"車既獘而馬罷兮,②蹇邅徊而不能行。身既不容於濁世兮,不知進退之宜當。冠崔嵬而切雲兮,劍淋離而從横。衣攝葉以儲與兮,左袪挂於榑桑。右衽拂於不周兮,六合不足以肆行"。……王褒《九懷》"芷閭兮葯房,奮摇兮衆芳。菌閣兮蕙樓,觀道兮從横"③;"季春兮陽陽,列草兮成行。余悲兮蘭生,委積兮從横"④。……陳第曰:"横,音黄。"《説文》:"横,从木,黄聲。"按:"横"字自漢傅毅《舞賦》"羅衣從風,長袖交横"始與"傾""聲"并"驚""輕""清""冥"爲韵。(卷五,275—276頁)

23.英

《楚辭·離騷》:"朝飲木蘭之墜露兮,夕餐秋菊之落英。苟余情其信姱以練要兮,長顑頷亦何傷?"《九歌·雲中君》:"浴蘭湯兮沐芳,華采衣兮若英。靈連蜷兮既留,爛昭昭兮未央。蹇將憺兮壽宫,與日月兮齊光。龍駕兮帝服,聊翱遊兮周章。"《九章·涉江》:"登崑崙兮食玉英,與天地兮比壽,與日月兮齊光。哀南夷之莫吾知兮,旦余濟乎江湘。"⑤《遠遊》:"聞至貴而遂徂兮,忽乎吾

①"徉"今作"佯";"仰"今作"卬",《考異》謂"一作仰"。

②"獘"今作"弊"。

③《九懷·匡機》。

④《九懷·尊嘉》。

⑤"比壽"今作"同壽","齊光"今作"同光",《考異》謂"一云'同壽齊光'。一云'比壽齊光'"。

將行。仍羽人於丹丘兮，留不夗之舊鄉。① 朝濯髮於湯谷兮，夕晞余身兮九陽。吸飛泉之微液兮，懷琬琰之華英。”…… 漢嚴忌《哀時命》：“道壅塞而不通兮，江河廣而無梁。願至崑崙之懸圃兮，采鍾山之玉英。”王褒《九懷》：“乘虬兮登陽，載象兮上行。朝發兮蔥嶺，夕至兮明光。北飲兮飛泉，南采兮芝英。宣游兮列宿，順極兮彷徉。”②……《説文》：“英，从艸，央聲。”按：“英”字自班固《西都賦》“軼埃壒之混濁，鮮顥氣之清英”始與“榮”“生”“嶸”“莖”“刑”“庭”“寧”爲韵。（卷五，278－279 頁）

24. 明

古音謨郎反。……《楚辭·九歌·東君》：“暾將出兮東方，照吾檻兮扶桑。撫余馬兮安驅，夜皎皎兮既明。”《天問》：“何闔而晦？何開而明？角宿未旦，曜靈安藏？”《九章·惜誦》：“擣木蘭以矯桂兮，糳申椒以爲糧。播江蘺與滋菊兮，願春日以爲糗芳。恐情質之不信兮，故重著以自明。”③《懷沙》：“玄文處幽兮，矇瞍謂之不章。離婁微睇兮，瞽以爲無明。”《悲回風》：“悲回風之摇蕙兮，心冤結而内傷。物有微而隕性兮，聲有隱而先倡。夫何彭咸之造思兮，暨志介而不忘！萬變其情豈可蓋兮，孰虚僞之可長！鳥獸鳴以號羣兮，艸苴比而不芳。魚葺鱗以自别兮，蛟龍隱其文章。故荼苦不同畮兮，蘭茝幽而獨芳。惟佳人之永都兮，更統世而自貺。眇遠志之所及兮，憐浮雲之相羊。介眇志之所惑兮，竊

①“夗”今作“死”。

②《九懷·通路》。“游”今作“遊”。

③“皎皎”今作“晈晈”，《考異》謂“一作皎”；“擣”今作“檮”，《考異》謂“一作擣”；“桂”今作“蕙”；“蘺”今作“離”。

賦詩之所明。”①《卜居》:“夫尺有所短,寸有所長,物有所不足,智有所不明。”《九辯》見上。② “竊悲夫蕙華之曾敷兮,紛旖旎乎都房。何曾華之無實兮,從風雨而飛颺。以爲君獨服此蕙兮,羌無以異於衆芳。閔奇思之不通兮,將去君而高翔。心閔憐之慘悽兮,願一見而有明。重無怨而生離兮,中結軫而增傷。”《大招》:“田邑千畛,人阜昌只。美冒衆流,德澤章只。先威後文,善美明只。魂乎歸徠!賞罰當只。”“雄雄赫赫,天德明只。三公穆穆,登降堂只。諸侯畢極,立九卿只。昭質既設,大侯張只。執弓挾矢,揖辭讓只。魂乎徠歸!尚三王只。”……東方朔《七諫》:“世俗更而變化兮,伯夷餓於首陽。獨廉潔而不容兮,叔齊久而愈明。”③……漢世之文,自王褒《四子講德論》“天符既章,人瑞又明”與“精”“靈”爲韵……王逸《九思》“陽氣發兮清明”與“靈”“榮”“娯”爲韵。④ (卷五,280—286 頁)

25.行

《楚辭·離騷》:“靈氛既告余以吉占兮,歷吉日乎吾將行。折瓊枝以爲羞兮,精瓊靡以爲粻。”“陟升皇之赫戲兮,⑤忽臨睨夫舊鄉。僕夫悲余馬懷兮,蜷局顧而不行。”《九歌·東君》:“青雲衣兮白霓裳,舉長矢兮射天狼。操余弧兮反淪降,援北斗兮酌桂漿。撰余轡兮高馳翔,杳冥冥兮以東行。”⑥《國殤》:“凌余陣兮躐余

①“艸”今作“草”;“苦”今作“薺”,《考異》謂“薺,一作若。若,一作苦”;“晦”今作“畝”。

②《九辯》:印明月而太息兮,步列星而極明。

③《七諫·沈江》。“愈”今作“逾”,《考異》謂“一作愈”。

④《九思·傷時》。

⑤“升”今作“陞”,《考異》謂“一作升”。

⑥“馳”今作“駝”,《考異》謂“一作馳”。

行,左驂殪兮右刃傷。"《天問》:"不任汩鴻,師何以尚之? 僉曰何憂,何不課而行之?"①"争遣伐器,何以行之? 竝驅擊翼,何以將之?"《九章・涉江》:"陰陽易位,時不當兮。懷信侘傺,忽乎吾將行兮!"《哀郢》:"去故鄉而就遠兮,遵江夏以流亡。出國門而軫懷兮,甲之鼂吾以行。"《悲回風》:"存髣髴而不見兮,心踴躍其若湯。② 撫珮衽以案志兮,超惘惘而遂行。"《遠遊》見上。③ "騎轇輵以雜亂兮,④斑漫衍而方行。撰余轡而正策兮,吾將過乎句芒。""涉青雲以汎濫游兮,忽臨睨夫舊鄉。僕夫懷余心悲兮,邊馬顧而不行。"⑤《招魂》見上⑥……嚴忌《哀時命》見上⑦……東方朔《七諫》:"世從俗而變化兮,隨風靡而成行。信直退而毀敗兮,虚僞進而得當。"⑧……王褒《九懷》見上。"登華蓋兮乘陽,聊逍遥兮播光。抽庫婁兮酌醴,援瓟瓜兮接糧。畢休息兮遠逝,發玉軔兮西行"。⑨ ……劉向《九歎》:"悲余心之悁悁兮,哀故邦之逢殃。辭九年而不復兮,獨煢煢以南行。"⑩……按:"行"字漢以上唯《淮南子・説林訓》"兔絲無根而生,蛇無足而行,魚無耳而聽,蟬無口而鳴"入後人"清""青"韵。后漢則曹昭《東征賦》:"維永初之有七

①"以"今作"目"。

②"踴"今作"踊"。

③《遠遊》:忽乎吾將行。

④"轇輵"今作"膠葛",《考異》謂"一作轇輵"。

⑤"以"今作"目"。

⑥《招魂》:大苦鹹酸,辛甘行些。

⑦《哀時命》:右衽拂於不周兮,六合不足以肆行。

⑧《七諫・沈江》。

⑨《九懷・思忠》。

⑩《九歎・憂苦》。"以"今作"而"。

兮,余隨子兮東征。時孟春之吉日兮,撰良辰而將行。"其始變也。(卷五,290—294 頁)

一、離騷

1. 蘺

古音同上。《楚辭・離騷》:"固時俗之從流兮,又孰能無變化。覽椒蘭其若茲兮,又況揭車與江蘺。"①(卷二,248 頁)

2. 家

古音姑……《楚辭・離騷》:"羿淫游以佚田兮,又好射夫封狐。國亂流其鮮終兮,浞又貪夫厥家。"②……陳第曰:"'家'本音'姑'。漢曹大家讀作'姑',後轉而音歌。《雉朝飛操》'我獨何命兮未有家,時將暮兮可柰何'。魏程曉《嘲熱客詩》亦以'家'與'過''何'爲韵。陸機《前緩聲歌》以'家'與'歌''波'爲韵。今乃音加聲之遞變也。"(卷四,266—267 頁)

二、九歌

(一)大司命

1. 阬

古音苦岡反。《楚辭・九歌・大司命》:"高飛兮安翔,乘清氣

①"從流"今作"流從",《考異》謂"一作從流";"蘺"今作"離",《考異》謂"一作蘺"。

②"游"今作"遊";"田"今作"畋",《考異》謂"一作田";"國"今作"固",《考異》謂"一誤作國"。

兮御陰陽。吾與君兮齊速,導帝之兮九阬。"①(卷五,274 頁)

(二)河伯

1. 螭

《楚辭·河伯》:"與女游兮九河,衝風起兮水揚波。② 乘水車兮荷蓋,駕兩龍兮驂螭。"……按:宋玉《高唐賦》"王乃乘玉輿,駟蒼螭,垂旒旌,旆合諧,紬大弦而雅聲流,冽風過而增悲哀"。人皆"咍"韵。(卷二,250 頁)

(三)國殤

1. 弓

古音肱。……《楚辭·九歌·國殤》:"帶長劍兮挾秦弓,首雖離兮心不懲。誠既勇兮又以武,終剛强兮不可凌。身既死兮神以靈,魂魄毅兮爲鬼雄。"③"靈"字不入韵。……按:"弓"字古無讀居戎反者,當改入"蒸"韵。(卷一,223 頁)

2. 雄

古音羽陵反。……《左傳·襄十年》孫文子卜繇,"兆如山陵,有夫出征,而喪其雄。"《正義》云:"古人讀'雄'與'陵'爲韵。"《詩·正月》《無羊》皆以"雄"韵"陵"是也。《楚辭·國殤》見上。(卷一,224 頁。子魂魄兮爲鬼雄)

---

①"齊"今作"齋";"阬"今作"坑",《考異》謂"一作阬"。

②"游"今作"遊";今本無"水"字,《考異》謂"一本'横'上有'水'字";"揚波"今作"横波"。

③"雖"今作"身",《考異》謂"一作雖";"魂"上今有"子"字,"魄"下今無"毅"字,《考異》謂"一云'魂魄毅'。一云'子魄毅'。

三、天問

1.隨

隨當讀"橢"。《楚辭·天問》:"南北順墮,其衍幾何?"《漢書·食貨志三》曰:"復小橢之。"師古曰:"橢,圜而長也,音他果反。"……按:"隨"音旬禾反,亦與"隋"通。故隨文帝改"隨"爲"隋",非無據而爲之也。(卷二,244頁)

2.宜

《楚辭·天問》:"簡狄在臺,嚳何宜?玄鳥致詒,女何嘉?"今本"嘉"作"喜"是。① 後人不通古音而妄改之也。按:《後漢·禮儀志》引此作"嘉"。(卷二,246頁)

3.嗟

子邪切,當作子些……《詩·丘中有麻》見"施"字下。《節南山》見"猗"字下。《楚辭·天問》:"到擊紂船,②叔旦不嘉。何親揆發,足周之命以咨嗟?"(卷四,261頁)

4.兄

《楚辭·天問》:"眩弟竝淫,危害厥兄。何變化以作詐,而後嗣逢長?"③……按:"兄"字自漢韋玄成《自劾詩》"茅土之繼,在我俊兄"。始與"形""聲"爲韵。(卷五,287—288頁)

①"詒"今作"貽",《考異》謂"一作詒";"嘉"今作"喜",《考異》謂"一作嘉"。

②"船"今作"躬"。

③"而後嗣"今作"後嗣而",《考異》謂"一云'而後嗣'。

四、遠遊

1. 霞

《楚辭・遠游》:"餐六氣而飲沆瀣兮,漱正陽而含朝霞。保神明之清澄兮,精氣入而麤穢除。"漢司馬相如《大人賦》"回車朅來兮,絶道不周,會食幽都。呼吸沆瀣兮餐朝霞,咀噍芝英兮嘰瓊華"。(卷四,268 頁)

五、卜居

1. 唲

《楚辭・卜居》:"將哫訾慄斯,喔咿嚅唲。"①(卷二,238 頁)

六、漁父

1. 釃

古音同上。《楚辭・漁父》見上。(卷二,248 頁。衆人皆醉,何不餔其糟而歠其釃)

七、九辯

1. 瑕

①"慄"今作"栗",《考異》謂"一作慄";"嚅唲"今作"儒兒",《考異》謂"一作嚅唲"。

按《楚辭·九辯》:"彼日月之照明兮,尚黯黮而有瑕。何況一國之事兮,亦多端而膠加。"已入"麻"韻。《淮南子·説林訓》:"若珠之有類,玉之有瑕,置之而全,去之而虧。""虧"音"科",此爲後人讀"胡加切"之祖。(卷四,268 頁)

2. 衙

《楚辭·九辯》:"左朱雀之茇茇兮,右蒼龍之躣躣。屬雷師之闐闐兮,通飛廉之衙衙。"衙,五乎切,徐邈讀。《説文》:"衙,從行,吾聲。"(卷四,270 頁)

八、招䰟

1. 楓

《楚辭·招魂》:"朱明承夜兮時不可淹,皋蘭被徑兮斯路漸。湛湛江水兮上有楓,目極千里兮傷春心,魂兮歸來哀江南。"①漢張衡《西京賦》:"……梓棫楩楓。……"以上二字當改入"侵""凡"韻。"渢""葻"等字從風得聲,俱當改入"侵""凡"韻。(卷一,226 頁)

2. 奇

古音渠禾、居禾二反。《楚辭·招魂》:"肴羞未通,女樂羅些。敶鐘按鼓,造新歌些。《涉江》《采菱》,發《陽阿》些。② 美人既醉,朱顔酡些。娭光眇視,目曾波些。被文服纖,麗而不奇些。長髮曼鬋,豔陸離些。"(卷二,245 頁)

3. 籬

①"可"下今有"以"字,《考異》謂"一云:'時不可淹'"。

②"陽阿"今作"揚荷"。

古音同上。《楚辭·招魂》見上。《周禮·委人》注"苑囿藩蘿之材土",方氏注爲之"藩羅",并即今"藩籬"字。《博雅》:"欏,落地籬也。"(卷二,248頁。蘭薄户樹,瓊木籬些)

九、大招

1. 罷

《易·中孚》六三:"或鼓或罷,或泣或歌。"王肅"音皮",徐邈:"音扶波反。"《楚辭·大招》見上。……按:"罷"音"皮","皮"音婆。凡經傳中"罷倦"之"罷","罷休"之"罷"皆讀"婆"。今人因"皮"而誤,又添一"蒲蟹"反,至土音,則又轉而爲"蒲怕"矣。(卷二,247頁。舉傑壓陛,誅譏罷只)

2. 鮮

古音犀……《楚辭·大招》:"小腰秀頸,若鮮卑只。"注:"鮮卑,衮帶頭也。"此即師古所云"犀毗",亦曰"鮮卑"者也。(卷四,259頁)

十、七諫

(一)初放

1. 坑

漢東方朔《七諫》:"高山崔巍兮,水流湯湯。夗日將至兮,與麋鹿同坑。"①"坑",《文苑》作"岡"。(卷五,274頁)

①"夗"今作"死";"坑"今作"坑",《補注》謂"坑,字書作坑,丘庚切,俗作埌"。

(二)怨世

1. 巇

古音同上。亦作戲。漢東方朔《七諫》見上。(卷二,245 頁。然蕪穢而險戲)

十一、九歎

(一)逢紛

1. 邦

劉向《九歎》:"聲哀哀而懷高丘兮,心愁愁而思舊邦。願承閒而自恃兮,徑淫曀而道壅。"……《釋名》:"邦,封也。有功於是故封之也。"《説文》:"邦,从邑,丰聲。"(卷一,230—232 頁)

(二)遠逝

1. 鵝

古音同上。漢司馬相如《上林賦》:"揜翡翠,射鵔鸃。微矰出,纖繳施。弋白鵠,連駕鵞。雙鶬下,玄鶴加。怠而後發,游於清池。"劉向《九歎》見上。(卷二,246 頁。撫朱爵與鵕鵝)

(三)惜賢

1. 蟻

古音同上。漢劉向《九歎》:"握申椒與杜若兮,冠浮雲之峨峨。登長陵而四望兮，覽芷圃之蠡蠡。游蘭皋與桂林兮，①睨玉石之嵾嵯。"……按："墨""蠡""默""騾"并音同字異。《魏書》："李琰之，亦小字'默蠡'。"今此字三收於五支、八戈、十一薺部中。（卷二，248 頁）

（四）遠遊

1. 鵬

亦作"明"。劉向《九歎》："駕鸞鳳以上游兮，從玄鶴與焦明。② 孔鳥飛而送迎兮，騰羣鶴於瑶光。"（卷五，286 頁）

十二、九思

（一）逢尤

1. 苴

又按："模"韵轉入"歌""戈"始於漢人，不獨"車""華"等字。班彪《北征賦》以"圖"韵"娑""那"。張衡《西京賦》以"齬"韵"峩""羅"。《南都賦》以"鸕"韵"鵞""波"。王逸《九思》以"蹉""模""圖""塗""愚""虚""蘇""隅"韵"阿""沱"。（卷四，272 頁。世既卓兮遠眇眇，握佩玖兮中路蹉。羡咎繇兮建典謨，懿風后兮受瑞圖。愍余命兮遭六極，委玉質兮於泥塗。遽傽遑兮驅林澤，步屏營兮行丘阿。車軏折兮馬虺頹，惷悵立兮涕滂沲。思丁文兮聖明哲，哀平差兮迷謬愚。吕傅舉兮殷周興，忌嚭專兮郢吴虚。仰長歎兮

①"游"今作"遊"；"桂林"今作"蕙林"。

②"游"今作"遊"；"焦"今作"鷦"。

氣餡結，悒殟絶兮呫復蘇。虎兕争兮於廷中，豺狼鬬兮我之隅）

（二）怨上

1.西

又按："西"字自漢王逸《九思》："螻蛄兮鳴東，蟊蠿兮號西。"始與"璣""低""霏""悽""棲""徵""依""懷""悲""摧"爲韵。（卷二，256頁）

（三）悼亂

1.挐

古音女居反。漢王逸《九思》："嗟嗟兮悲夫，殽亂兮紛挐。茅絲兮同綵，冠屨兮共絇。督萬兮侍宴，周召兮負芻。白龍兮見射，靈龜兮執拘。"①……《韓愈集·李花詩》："當春天地争奢華，雒陽園苑尤紛挐。"或作"拏"，方氏注。董彦遠云："挐，从如。今人从奴。"《唐韻》以"拏"爲或體，非也。考司馬相如《子虚賦》、王逸《九思》皆只作"挐"。今《廣韻》先列"拏"字，亦非。（卷四，266頁）

（四）守志

1.雙

古音所工反……王逸《九思》："配稷契兮恢唐功，嗟英俊兮未爲雙。"……柴紹炳曰，"雙"字自樂府《吴紫玉歌》"羽族之長，名爲鳳皇。一日失雄，三年感傷。雖有衆鳥，不爲匹雙"始入"陽"韵。然求之古人亦其罕，惟陳徐陵《鴛鴦賦》"孤鸞照鏡不成雙"與"鴦"爲韵。（卷一，234—235頁）

①"綵"今作"綜"，《考異》謂"一作綵"；"召"今作"邵"；"射"今作"躲"。

《説文解字注》[1]

總論

1. 瓊:亦玉也。

亦,各本作赤,非。《説文》時有言“亦”者。……此上下文皆云玉也,則瓊亦當爲玉名,倘是赤玉,當厠瑞、瑕二篆間矣。《離騷》曰:“折瓊枝以爲羞。”《廣雅》玉類首瓊支,此瓊爲玉名之證也。唐人陸德明、張守節皆引作“赤玉”,則其誤已久。《詩》瓊琚、瓊瑶、瓊華、瓊瑩、瓊英、瓊瑰,毛傳云:“瓊,玉之美者也。”蓋瓊支爲玉之最美者,故《廣雅》言玉,首瓊支。因而引伸凡玉石之美皆謂之瓊。……《招魂》與姦、安、軒、山、連、寒、湲、蘭、筵韵。[2](《玉部》,16 頁)

2. 瑛:玉光也。

《山海經》言“玉榮”,《離騷》[3]《孝經援神契》《洛書》皆言“玉

①段玉裁注,許惟賢整理《説文解字注》,鳳凰出版社,2007 年版。

②《招魂》“砥室翠翹,挂曲瓊些”。

③分别見《九章・涉江》“登崑崙兮食玉英”;《哀時命》“采鍾山之玉英”;《九懷・危俊》“搴玉英兮自脩”;《九思・疾世》“秉玉英兮結誓”。

英”。(《玉部》,17 頁)

3. 蘘:蘘荷也。一名菖蒩。

蘘荷見《上林賦》、劉向《九歎》①、張衡《南都賦》、潘岳《閑居賦》。《史記》《子虛賦》作“猼且”,《漢書》作“巴且”,王逸作“蓴菹”,顔師古作“蓴苴”,《名醫别録》作“覆菹”,皆字異音近。景瑳《大招》則倒之曰“苴蓴”,②崔豹《古今注》曰:“似薑,宜陰翳地。”(《艸部》,41 頁)

4. 虈:楚謂之蘺,晋謂之藒,齊謂之茝。

此一物而方俗異名也。茝,《本草經》謂之白芷。……王逸《九思》曰:“芳藒兮挫枯。”③……按,屈原賦有茝,有芷,又有葯。王注曰:“葯,白芷也。”④《廣雅》曰:“白芷,其葉謂之葯。”《説文》無葯字。囂聲、約聲同在二部,疑藒、葯同字耳。但又曰“楚謂之蘺”,下即系以蘺篆云:“江蘺,蘪蕪。”以茝,江蘺、蘪蕪爲一物,殊不可曉。《離騷》曰:“扈江蘺於辟芷兮。”⑤非一物明矣。(《艸部》,43 頁)

5. 菡:菡萏,扶渠華。未發爲菡萏,已發爲夫容。

《爾雅》、毛傳皆曰:“其華菡萏。”此統言之,不論其未發、已發也。屈原、宋玉言芙蓉不言菡萏,⑥亦猶是也。(《艸部》,58 頁)

6. 逴:遠也。从辵,卓聲。一曰,蹇也。

---

①《九歎·愍命》“耘藜藿與蘘荷”。

②《大招》“醢豚苦狗,膾苴蓴只”。

③《九思·怨上》篇;“藒”今作“虈”。

④《九歌·湘夫人》“辛夷楣兮葯房”注。

⑤“蘺”今作“離”,《考異》謂“《文選》離作蘺”;“於”今作“與”。

⑥見《離騷》“集芙蓉以爲裳”;《九歌·湘君》“搴芙蓉兮木末”;《九章·思美人》“因芙蓉而爲媒兮”;《招䰟》“芙蓉始發”等。

《哀時命》曰:“處逴逴而日遠。”《九章》曰:“道逴遠而日忘。”①……《莊子》:“夔謂蚿曰:吾以一足踸踔而行。”謂脚長短也。踔即逴字。今《莊子》作“趻卓”。(《辵部》,133—134頁)

7. 檹:木旖施也。

《九辯》:“紛旖旎乎都房。”王注:“旖旎,盛皃。”引《詩》“旖旎其華”,《九歎》注同。② 然則今《曹風》“猗儺”,毛曰:“猗儺,柔順也。”猗儺即旖施。旎者,施之俗也。柅者,又旎之譌也。(《木部》,441頁)

8. 叒:日初出東方湯谷所登榑桑,叒木也。

按,當云“叒木,榑桑也。日初出東方湯谷所登也。”……《天問》曰:“出自湯谷,次于蒙汜。”……按,今《天文訓》作“暘谷”,以王逸《楚辭注》《史記索隱》《文選注》所引正之,則“暘”亦淺人改耳。《離騷》“緫余轡乎扶桑,折若木以拂日”,③二語相聯,蓋若木即謂扶桑,扶、桑字即榑、叒字也。(《叒部》,481頁)

9. 旖:旖施,旗皃。

許於旗曰旖施,於木曰檹施,於禾曰倚移,皆讀如阿那。《檜風》:“猗儺其枝。”傳云:“猗儺,柔順也。”《楚辭·九辯》《九歎》則皆作“旖旎”,④《上林賦》“旖旎從風”,張揖曰:“旖旎,猶阿那也。”……本謂旌旗柔順之皃,引伸爲凡柔順之偁。(《㫃部》,545頁)

10. 仞:伸臂一尋八尺。

尺部下云:“周制,寸、尺、咫、尋、常、仞、諸度量皆以人之體爲

①《九章·抽思》“道卓遠而日忘兮”。“逴”今皆作“卓”,《考異》謂“一作逴”。

②“皃”今作“貌”;《九歎·惜賢》“結桂樹之旖旎兮”注。

③“緫”今作“總”。

④分別見《九辯》“紛旖旎乎都房”與《九歎·惜賢》“結桂樹之旖旎兮”。

法。”……諸家之説仞也，王肅、趙岐、王逸……諸人并曰八尺，而鄭《周禮》《儀禮》注、包咸《論語》注、高誘注《吕氏春秋》、王逸注《大招》《招蒐》……則皆謂七尺。① （《人部》，641 頁）

11. 艴：縹色也。

縹者，帛青白色也。李善注《神女賦》“頩薄怒以自持”，引《方言》“頩，怒色青皃”。今《方言》無此語，《玉篇》引《楚辭》：“玉色艴以脕顔。”②今《遠遊》作“頩”，頩與艴同也。按，許不云“怒色縹”，但云“縹色”者，人或色青，不必怒也。《遠遊》“玉色艴以脕顔”，③謂光澤鮮好，不謂怒色。《大招》説美人，亦云“青色直眉”。④（《色部》，755 頁）

12. 礫：小石也。

《釋名》：“小石曰礫。礫，料也。小石相枝柱其間，料料然出内氣也。”《楚辭》王逸注兩云“小石爲礫”。⑤《西京賦》薛注：“石細者曰礫。”（《石部》，786 頁）

13. 馮：馬行疾也。

馮者，馬蹏箸地堅實之皃，因之引伸其義爲盛也，大也，滿也，懣也。如《左傳》之“馮怒”，《離騷》之“馮心”，以及《天問》之“馮翼惟象”⑥……皆謂充盛，皆畐字之合音假借。畐者，滿也。或假爲“凭”字，凡經傳云“馮依”，其字皆當作凭。（《馬部》，814 頁）

14. 猶：玃屬。

①分别見《大招》“五穀六仞”與《招蒐》“長人千仞，惟蒐是索些”。

②《遠遊》篇。

③“艴”今作“頩”。

④《大招》“青色直眉，美目媔只”。

⑤見《惜誓》“相與貴夫礫石”與《七諫・沈江》“懷沙礫而自沈兮”。

⑥《離騷》“喟憑心而歷兹”。《考異》謂“憑，一作凴，一作馮”；“象”今作“像”。

《釋獸》曰："猶如麂，善登木。"許所説謂此也。……正義云："《説文》：猶，玃屬。豫，象屬。此二獸皆進退多疑，人多疑惑者似之，故謂之猶豫。"……《離騷》："心猶豫而狐疑。"以猶豫二字皃其狐疑耳。李善注《洛神賦》，乃以猶獸多豫，狐獸多疑對説。王逸注《離騷》，絶不如此。《禮記正義》則又以猶與豫二獸對説，皆郢書燕説也。如《九歌》："君不行兮夷猶。"①王逸即以猶豫解之，要亦是雙聲字。（《犬部》，832 頁）

15. 沔：沔水，出武都沮縣東狼谷，東南入江。从水，丏聲。或曰入夏水。

《水經注·夏水》篇云："江津豫章口東有中夏口，是夏水之首，江之汜也，屈原賦所謂夏首。"②（《水部》，913 頁）

16. 汋：激水聲也。

《釋名》："汋，澤也。有潤澤也。""自臍以下曰水腹，水汋所聚也。""胞主以虚承汋也。"蓋皆借爲液字。又《楚詞》"汋約"，③即《莊子》"淖約。"（《水部》，956 頁）

17. 谸：望山谷千千青也。

《高唐賦》："仰視山顛，肅何芊芊。"李注云："《説文》曰：谸，望山谷千千青也。千與芊，古字通。"……《楚詞》及陸機《文賦》皆用"千眠"字。④《南都賦》作"肝瞑"，謝朓詩："遠樹曖阡阡。"《廣雅》乃有"芊芊"字耳。（《谷部》，992 頁）

---

①《湘君》篇内容。

②分别見《九章·哀郢》"過夏首而西浮兮"與《九歎·遠逝》"登大墳而望夏首"。

③分别見《九章·哀郢》"外承歡之汋約兮"與《遠遊》"質銷鑠以汋約兮"。

④分别見《九懷·通路》"遠望兮仟眠"與《九思·悼亂》"藋葦兮仟眠"。

18. 挐：牽引也。

挐字見於經者，僖元年“獲莒挐”，三傳之經所同也。其義則宋玉《九辯》曰：“枝煩挐而交横。”王注：“柯條糾錯而崱嶷。”《招魂》：“稻粢穱麥，挐黄粱些。”王注：“挐，糅也。”①王逸《九思》：“殽亂兮紛挐。”②注：“君任佞巧，競疾忠信，交亂紛挐也。”左思《吴都賦》：“攢柯挐莖。”李注曰：“許慎注《淮南子》云：挐，亂也。”凡若此等，皆於牽引義爲近。而《漢・霍去病傳》：“昏，漢匈奴相紛挐。”此與《九思》“紛挐”同，謂漢與虜相亂也。而師古注乃云“紛挐，亂相持搏也”。……《廣韻・九魚》挐注“牽引”，未嘗作拏。《説文》拏訓持，即今所用攫拏字也。（《手部》，1038 頁）

19. 虯：龍無角者。

各本作“龍子有角者”，今依《韵會》所據正。然《韵會》尚誤多“子”字，李善注《甘泉賦》引《説文》“虯龍無角者”，他家所引作“有角”，皆誤也。王逸注《離騷》《天問》，兩言“有角曰龍，無角曰虯。”③（《虫部》，1165 頁）

20. 畦：田五十畮曰畦。

《離騷》：“畦留夷與揭車。”王逸注：“五十畝曰畦。”《蜀都賦》劉注曰：“《楚辭》：倚沼畦瀛。王逸曰：瀛，澤中也。班固以爲畦，田五十畝也。”④此蓋班固釋“畦留夷”之語，今俗本《文選》逸之。（《田部》，1209 頁）

---

①“粢”今作“粢”。

②《九思・悼亂》篇。

③分别爲《離騷》“駟玉虬以乘鷖兮”及《天問》“焉有虬龍，負熊以遊”。“虯”今作“虬”，《考異》謂“一作虯”。

④《招魂》篇。“畝”今皆作“畝”；“澤中”今作“池中”。

一、離騷

1.稰:祭具也。

《山海經》《離騷經》皆作"糈"。王逸曰:"糈,精米,所以享神。"郭璞曰:"糈,祭神之米名。"疑許君所據二書作"稰"。(《示部》,11頁。懷椒糈而要之)

2.珽:大圭,長三尺,抒上,終葵首。

注曰"王所搢大圭也。或謂之珽。終葵,椎也。爲椎於其杼上,明無所屈也。杼,殺也。"按,《玉藻》謂之珽。……珽,王逸引《相玉書》作"珵"。抒,今《周禮》作杼,《玉藻》注"同杼"是也。(《玉部》,20頁。豈珵美之能當)

3.藒:藒車,芞輿也。

《離騷》《上林賦》皆作"揭車",《廣志》曰:"黄葉白華。"(《艸部》,43頁。畦留夷與揭車兮)

4.蘜:日精也,以秋華。

《本草經》:"菊花一名節花。"又曰:"一名日精。"按,一名節花,即許所謂"以秋華"也。……《夏小正》:"九月榮鞠。鞠,艸也。鞠榮而樹麥,時之急也。"《月令》:"鞠有黄華。"《離騷》:"夕餐秋菊之落英。"字或作菊,或作鞠。以《説文》繩之,皆假借也。(《艸部》,56頁)

5.茄:扶渠莖。

謂華與葉之莖皆名茄也,茄之言柯也,古與荷通用。……屈原曰:"製芰荷以爲衣,集芙蓉以爲裳。"(《艸部》,58頁)

6.薋:艸多皃。

《離騷》曰:"薋菉葹以盈室。"王注:"薋,蒺藜也。菉,王芻也。

葹，枲耳也。①《詩》：楚楚者薋。三者皆惡艸也。"(《艸部》，67 頁)

7. 荃：芥脃也。

黑部曰："以芥爲齏名曰芥荃。"云"芥脃"者，謂芥齏鬆脆可口也。此字據上下文則非《楚詞》荃字也。(《艸部》，74 頁。荃不察余之中情兮)

8. 喤：小兒聲。

啾，謂小兒小聲，喤謂小兒大聲也。如《離騷》："鳴玉鑾之啾啾。"②(《口部》，95 頁)

9. 闠：闤闠，鬥連結繽紛相牽也。

《離騷》："時繽紛其變易。"王曰："繽紛，亂也。"③(《鬥部》，205 頁)

10. 蒦：蒦或从尋，尋亦度也。《楚辭》曰："求矩蒦之所同。"④

寸部曰："度人之兩臂爲尋，八尺也。"…… 王曰："榘，法也。蒦，度也。"高注《淮南》曰："榘，方也。蒦，度法也。"(《萑部》，257 頁)

11. 篿：圜竹器也。

盛物之器而圜者。篿與團音同也。《離騷》王注曰："楚人名結草折竹卜曰篿。"⑤別一義也。(《竹部》，343 頁。索藑茅以筳篿兮)

12. 竆：夏后時諸矦夷羿國也。

今《左傳》作"窮"，許所據作"竆"，今古字也。《左氏》之竆石，

---

①"葈"今作"藜"。

②"鑾"今作"鸞"。

③"繽"今皆作"繽"。

④"矩"今作"榘"，《考異》謂"一作矩"；"蒦"今作"矱"，《考異》謂"一作蒦"。

⑤"卜"上今有"以"字。

杜不言其地所在，蓋非《山海經》《離騷》《淮南子》所云弱水所出之窮石也。《地理志》《説文》皆云弱水出張掖山丹，則《山海經》《離騷》《淮南子》所云窮石當在山丹。漢山丹今爲甘州府山丹縣，距夏都安邑甚遠。（《邑部》，501 頁。夕歸次於窮石兮）

13. 穌：杷取禾若也。

杷，各本作“把”，今正。禾若散亂，杷而取之，不當言把也。《離騷》：“蘇糞壤以充幃兮，謂申椒其不芳。”①王逸曰：“蘇，取也。”……此皆假蘇爲穌也。蘇，桂荏也，蘇行而穌廢矣。（《禾部》，571 頁）

14. 糈：糧也。

凡糧皆曰糈，《離騷》王注曰：“糈，精米，所以享神。”（《米部》，581 頁。懷椒糈而要之）

15. 幃：囊也。

《離騷》：“蘇糞壤以充幃。”②王逸曰：“幃謂之幐。幐，香囊也。”按，凡囊皆曰幃，曰幐。王依文爲説，則謂之香囊耳。（《巾部》，630 頁）

16. 偭：鄉也。

鄉，今人所用之向字也。漢人無作向者。……偭訓鄉，亦訓背，此窮則變變則通之理。……《離騷》：“偭規矩而改錯。”王逸曰：“偭，背也。”賈誼《吊屈原》曰：“偭蟂獺以隱處。”應劭曰：“偭，背也。”……許言鄉不言背者，述其本義也。古通作面。（《人部》，659 頁）

17. 佻：愉也。

---

①“以”今作“目”，《考異》謂“一作以”。

②“以”今作“目”，《考異》謂“一作以”。

按,《釋言》:“佻,偷也。”偷者,愉之俗字。今人曰偷薄,曰偷盗,皆从人作偷,他侯切,而愉字訓爲愉悦,羊朱切。此今義今音今形,非古義古音古形也。古無从人之偷。……偷盗字古只作愉也。……愉讀曰偷,如注《周禮》“主以利得民”云:“讀如上思利民之利耳。”然可見漢末已有从人之偷,許不之取。……按,佻訓苟且,苟且者必輕,故《離騷》注曰:“佻,輕也。”《方言》曰:“佻,疾也。”(《人部》,664 頁。余猶惡其佻巧)

18. 嫉:妎也。

妎者,妬也。《離騷》注:“害賢曰嫉,害色曰妬。”①如曰:“女無美惡,入宫見妬;士無賢不肖,入朝見嫉。”是也。(《人部》,667 頁。各興心而嫉妒)

19. 裔:衣裙也。

《玄應》書卷十四曰:“《説文》云:裔,衣裙也。以子孫爲苗裔者,取下垂義也。”按,帔曰裠,裳曰下裠,此衣裠謂下裠。故《方言》《離騷》注皆曰:“裔,末也。”《方言》又曰:“裔,祖也。”亦謂其遠也。(《衣部》,689 頁。帝高陽之苗裔兮)

20. 顛:頂也。

引伸爲凡物之頂。……《唐風》“首陽之顛”,山頂亦曰顛也。顛爲冣上,倒之則爲冣下。故《大雅》“顛沛之揭”,傳曰:“顛,仆也。”……《離騷》注曰:“自上下曰顛。”《廣雅》曰:“顛,末也。”(《頁部》,729 頁。厥首用夫顛隕)

21. 頷:面黄也。

《離騷》:“苟余情其信姱以練要兮,長顑頷亦何傷。”王注:“顑

①“曰”今皆作“爲”;“妬”今作“妒”。

頷，不飽皃。"①本部顑字下云："飯不飽面黄起行也。"義得相足。(《頁部》,733 頁)

22. 顑：顑顲，食不飽面黄起行也。

《離騷》："長顑頷亦何傷。"王注："顑頷，不飽皃。"②按，許之顑顲，即顑頷也，《離騷》假借頷爲顲。……《廣韻》："顑顲，瘦也。"(《頁部》,738 頁)

23. 百：頭也。

頭下曰："百也。"與此爲轉注。……王注《楚辭》皆曰："首，頭也。"引伸之義爲始也，本也。(《百部》,739 頁。厥首用夫顛隕)

24. 冄：毛冄冄也。

冄冄者，柔弱下垂之皃。須部之"䫇"，取下垂意。女部之"姌"，取弱意。《離騷》："老冄冄其將至。"③此借冄冄爲"冘冘"。《詩》："荏染柔木。"傳曰："荏染，柔意也。"染即冄之假借。凡言冄、言姌，皆謂弱。(《冄部》,792 頁)

25. 齌：炊餔疾也。

餔，日加申時食也。晚飯恐遲，炊之疾速，故字从火。引伸爲凡疾之用，《離騷》曰："反信讒而齌怒。"王注云："疾怒。"④(《火部》,842 頁)

26. 夵：大也。

此謂分畫之大。《方言》曰："夵，大也。東齊海岱之間曰夵，或曰幠。"按，經傳多假介爲之，《釋詁》曰："介，大也。"……《離騷》

①"皃"今作"貌"。

②"皃"今作"貌"。

③"冄冄"今作"冉冉"。

④"疾怒"今本王逸作"疾也"。

“堯舜耿介”注同。(《大部》,861 頁。彼堯舜之耿介兮)

27. 溷:亂也。一曰,水濁皃。

《離騷》:“世溷濁而不分兮。”王曰:“溷,亂也。濁,貪也。”(《水部》,957 頁)

28. 閶:閶闔,天門也。从門,昌聲。楚人名門皆曰閶闔。

《離騷》《大人賦》《淮南子》《西京賦》《靈光殿賦》《大象賦》皆云“閶闔”,王逸、高誘、薛綜、韋昭、李善注皆曰:“閶闔,天門也。”①八風,西方曰閶闔風。(《門部》,1020 頁。倚閶闔而望予)

29. 耿:耳箸頰也。从耳,烓省聲。杜林説:“耿,光也。从火,聖省聲。”

頰者,面旁也。耳箸於頰曰耿,耿之言黏也,黏於頰也。……古文《尚書》曰:“文王之耿光。”《離騷》注曰:“耿,光也。”又曰:“耿,明也。”②(《耳部》,1027 頁。彼堯舜之耿介兮)

30. 擥:拔取也。南楚語。从手,㵢聲。《楚辭》曰:“朝擥阰之木蘭。”③

《莊子・至樂》篇:“攓蓬而取之。”司馬注曰:“攓,拔也。”《方言》曰:“攓,取也。南楚曰攓。”又曰:“楚謂之攓。”……擥、攓二通,又音騫。……王逸曰:“搴,取也。阰,山名。”(《手部》,1052 頁)

31. 嬃:女字也。从女,須聲。《楚詞》曰:“女嬃之嬋媛。”④賈侍中説,楚人謂姊爲嬃。

---

①“闔”今作“闔”。

②分别見“彼堯舜之耿介兮”句和“耿吾既得此中正”句下注。

③“擥”今作“搴”。

④段注“屈原賦《離騷》篇文”。

《周易》:“歸妹以須。”鄭云:“須,有才智之稱。天文有須女。”按,鄭意須與諝、胥同音通用。諝者,有才智也。……賈語蓋釋《楚辭》之女嬃。王逸、袁山松、酈道元皆言:女嬃,屈原之姊。惟鄭注《周易》,屈原之妹名女須。《詩正義》所引如此,妹字恐姊字之訛。(《女部》,1073頁)

32.婞:很也。一曰,見親。从女,幸聲。《楚詞》曰:“鯀婞直。”①

很者,不聽從也。王逸《離騷》注同。(《女部》,1084頁。曰鮌婞直以亡身兮)

33.紉:單繩也。

《太平御覽》引《通俗文》曰:“合繩曰糾,單展曰紉,織繩曰辮,大繩曰絙。”……《玉篇》曰:“紉,繩縷也。展而續之。”……《離騷》曰:“紉秋蘭以爲佩。”注:“紉,索也。”(《糸部》,1142—1143頁)

34.紛:馬尾韜也。

韜,劍衣也。引申爲凡衣之偁。《釋名》曰:“紛,放也。防其放弛以拘之也。”……《羽獵賦》注:“紛,旗流也。”《尚書》:“敵乃干。”傳曰:“施汝盾紛。”《離騷》用繽紛字,皆引申假借也。(《糸部》,1144頁。佩繽紛其繁飾兮)

35.颸:疾風也。

按,古有“飃”字,亦訓疾風。楚飢切。見《楚辭》及《吴都賦》。②(《風部》,1179頁。溘埃風余上征)

36.畹:田三十晦曰畹。

《魏都賦》:“下畹高堂。”張注云:“班固曰,畹三十畝也。”此蓋孟堅《離騷章句》“滋蘭九畹”之解也。王注乃云十二畝曰畹,或曰

①“鯀”今作“鮌”,《考異》謂“鮌,亦作鯀”。

②《楚辭》别本《離騷》有作“溘飃風而上征”者;《文選》曰:“輕扇動凉飃”。

田之長爲畹，①恐非是。（《田部》，1209 頁。余既滋蘭之九畹兮）

37. 鋃：鋃鐺，瑣也。

瑣爲玉聲之小者，引申之，彫玉爲連環不絶謂之瑣。漢以後罪人不用纍紲，以鐵爲連環不絶係之，謂之鋃鐺，遂製鎖字。……故《楚辭》注曰："文如連瑣。"（《金部》，1239 頁。欲少留此靈瑣兮）

38. 軑：車轄也。

《離騷》曰："齊玉軑而竝馳。"②王逸釋爲車轄，非也。（《車部》，1259 頁）

39. 軔：所以礙車也。

《離騷》："朝發軔於蒼梧。"王逸曰："軔，支輪木也。"③（《車部》，1264 頁）

二、九歌

總論

1. 䨩：巫也。

屈賦《九歌》"䨩偃蹇兮晈服"，又"䨩連蜷兮既留"，又"思䨩保兮賢姱"，王注皆云："䨩，巫也。楚人名巫爲䨩。"④許亦當云"巫

①"畮"今作"畝"。

②"竝"今作"並"。

③"支"今作"揸"，《考異》謂"一作支"。

④分别見《東皇太一》《雲中君》《東君》。"晈服"今作"姣服"；而《雲中君》王逸注"楚人"句"䨩"下今有"子"字。

也"無疑矣。(《玉部》,31 頁)

(一)東皇太一

1. 琳:美玉也。

高注《淮南》、王注《楚辭》、李孫郭注《爾雅》,皆曰:"琳,美玉名。"①(《玉部》,18 頁。璆鏘鳴兮琳琅)

2. 㫃:旌旗之游㫃蹇之皃。

旌旗者,旗之通偁。旌有羽者,其未有羽者,各舉其一,以該九旗也。王逸《九歌》注云:"偃蹇,舞皃。"《大人賦》説旌旗曰:"掉拮撟以偃蹇。"張揖曰:"偃蹇,高皃。"(《㫃部》,541 頁。靈偃蹇兮姣服)

(二)雲中君

1. 猋:犬走皃。

引伸爲凡走之偁。《九歌》:"猋遠舉兮雲中。"王注:"猋,去疾皃。"②(《犬部》,834 頁)

(三)湘君

1. 玦:玉珮也。

《九歌》注曰:"玦,玉佩也。先王所以命臣之瑞。故與環即還,與玦即去也。"(《玉部》,21 頁。捐余玦兮江中)

2. 籥:參差管樂,象鳳之翼。

言管樂之列管參差者。竽笙列管雖多,而不參差也。……王

①"琳"下今有"琅"字。

②"皃"今作"貌"。

逸注《楚辭》云:“參差,洞簫也。”①(《竹部》,350 頁。吹參差兮誰思)

3. 厞:隱也。

隱者,蔽也。……按,室西北隅曰屋漏,厞者,又西北隅隱蔽之處也。《屈原賦》:“隱思君兮陫側。”陫蓋同厞。(《厂部》,782—783 頁)

4. 澧:澧水,出南陽雉衡山,東入汝。

入洞庭之水,《水經》别爲篇,其字本作“醴”。《禹貢》:“江又東至於醴。”衛包始改爲“澧”。鄭注醴爲陵云:“今長沙有醴陵縣。”馬融、王肅醴爲水名。《夏本紀》《地理志》皆作醴,《尚書正義》《史記索隱》引《楚詞》“濯余佩兮醴浦”,②正作醴。(《水部》,929 頁。遺余佩兮醴浦)

5. 瀨:水流沙上也。

《九歌》:“石瀨兮淺淺。”……應劭《漢書》注曰:“瀨,水流沙上也。”臣瓚曰:“瀨,湍也。吴越謂之瀨,中國謂之磧。”按,瀨之言濿也,水在沙上,滯濿而下滲也。(《水部》,960 頁)

6. 涔:漬也。从水,岑聲。一曰,涔陽渚在郢。

屈原《九歌》:“望涔陽兮極浦。”王逸曰:“涔陽,江碕名,附近郢。”③按,許曰在郢,王曰附近郢;許云渚名,王云江碕名。皆不云有涔水。謂近郢濱大江之洲渚耳。(《水部》,971 頁)

7. 拽:捈也。

---

①此處斷句原作“參差洞簫也”,今徑改。

②《湘君》篇“濯”今作“遺”。

③“附近”今本作“近附”。

《九歌》:"桂擢兮蘭拽。"王逸曰:"擢,楫也。拽,船旁板也。"①按,《毛詩》傳云:"楫,所以擢舟也。"故因謂楫爲擢,擢者,引也。船旁板曳於水中,故因謂之拽,俗字作櫂、作枻,皆非是也。(《手部》,1060頁)

(四)湘夫人

1. 薠:青薠。佀莎而大者。

《子虛賦》:"薛莎青薠。"張揖曰:"青薠,似莎而大,生江湖,鴈所食。"按,高注《淮南》曰:"薠狀如葴。"與張説不同。《楚辭》有"白薠",殆與青薠一種,色少異耳。(《艸部》,57頁。白薠兮騁望)

2. 𥸨:古文番。

按,《九歌》"𥸨芳椒兮成堂。"王注:"布香椒於堂上也。𥸨一作播。"丁度、洪興祖皆云:"𥸨,古播字。"②按,播以番爲聲,此屈賦假番爲播也。(《釆部》,87頁)

3. 嗌,籀文嗌。上象口,下象頸脉理也。

《漢·百官公卿表》曰:"嗌作朕虞。"應劭曰;"嗌,伯益也。"師古曰:"嗌,古益字也。"按,此假借籀文嗌爲益,如《九歌》假借古文番爲播也。(《口部》,95頁。𥸨芳椒兮成堂)

4. 橑:椽也。

《九歌》曰:"桂棟兮蘭橑。"王云:"以木蘭爲榱也。"(《木部》,448頁)

5. 櫋:屋櫋聯也。

《釋名》曰:"梠,或謂之櫋。櫋,緜也。緜連榱頭使齊平也。

①"擢"今皆作"櫂";"拽"今皆作"枻"。

②"𥸨,一作播"非王注及《考異》内容,而今本"𥸨"作"𦳢"。

上入曰爵頭,形似爵頭也。”……《九歌》曰:“擘蕙櫋兮既張。”①(《木部》,449 頁)

6. 褋:南楚謂禪衣曰褋。

《九歌》曰:“遺余褋兮醴浦。”《方言》曰:“禪衣,江淮南楚之間謂之褋,關之東西謂之禪衣。”按,屈原賦當用南楚語,王逸云“襜襦”,殆非也。(《衣部》,685 頁)

7. 敽:古文播。

《九歌》:“𢿧芳椒兮成堂。”《補注》:“𢿧,古播字。”(《手部》,1056 頁)

8. 嫋:娟也。

《九歌》:“嫋嫋兮秋風。”王曰:“嫋嫋,秋風摇木皃。”②(《女部》,1076 頁)

(五)東君

1. 翾:小飛也。

《九歌》:“翾飛兮翠曾。”按,《荀子》:“喜則輕而翾。”假翾爲儇也。(《羽部》,248 頁)

2. 霓:屈虹青赤或白色,霒气也。

屈當作“詘”,許書云詰詘者,謂詘曲,屈非其義。許意詘曲之虹多青赤,或有白色者,皆謂之霓。《釋天》曰:“蝃蝀,虹也。霓爲挈貳。”郭云:“雙出色鮮盛者,爲雄,曰虹;闇者爲雌,曰霓。”據此似青赤爲虹,白色爲霓。……《楚辭》有白霓。(《雨部》,998 頁。青雲衣兮白霓裳)

---

①“擘”今作“擗”,《考異》謂“一作擘”。

②“皃”今作“貌”。

3. 緪：大索也。一曰，急也。

《通俗文》："大索曰緪。"《淮南子》曰："張瑟者，小弦絚。大弦緩。"高氏注曰："絚，急也。"王逸注《九歌》曰："絚，急張弦也。"①"如月之恒"，傳曰："恒，弦也。"本亦作緪，沈重古恒反。(《糸部》，1145 頁。緪瑟兮交鼓)

(六)河伯

1. 佚：送也。从人，灷聲。吕不韋曰："有侁氏目伊尹佚女。"古文目爲訓字。

佚，今之媵字。《釋言》曰："媵，將，送也。"……《九歌》曰："魚隣隣兮媵予。"王注："媵，送也。"送爲媵之本義，以姪娣送女，乃其一耑耳。《公羊傳》曰"媵者何？諸侯娶一國則二國往媵之，以姪娣從"是也。今義則一耑行而全者廢矣。(《人部》，661 頁)

(七)山鬼

1. 篓：蔽不見也。

《爾雅》："蔓，隱也。"《方言》："揜、翳，蔓也。"其字皆當从竹，竹善蔽。《九歌》曰"余處幽篁兮終不見天"是也。(《竹部》，352 頁)

2. 磊：衆石皃。

石三爲磊，猶人三爲衆。磊之言絫也。……《楚辭》："石磊磊兮葛蔓蔓。"(《石部》，791 頁)

3. 颯：風聲也。

《九歌》曰："風颯颯兮木蕭蕭"。(《風部》，1178 頁)

①"絚"今作"緪"，《考異》謂"一作絚"；"弦"今作"絃"。

三、天問

1.特:特牛也。

按,《天問》:“焉得夫朴牛。”洪氏引《説文》:“特牛,牛父也。言其朴特。”皆與鍇本異。蓋言其朴特,乃注《説文》者語,鉉本改竄上移耳。王逸、張揖皆云:“朴,大也。”《玉篇》犊訓“特牛”,《廣韻》犊訓“牛未劇”,此因古有朴特之語,而製犊字。(《牛部》,88頁)

2.衢:四達謂之衢。

《釋名》曰:“四達曰衢。齊魯間謂四齒杷爲欋,欋杷地則有四處,此道似之也。”……《天問》:“靡萍九衢。”①《淮南書》:“木大則根欋。”皆謂这遣岐出。(《行部》,139頁)

3.殛:殊也。从歺,从亟聲。《虞書》曰:“殛鲧于羽山。”

殊,謂死也。……殛本殊殺之名,故其字厠於殤、殂、殪、募之間。《堯典》“殛鲧”,則爲極之假借。非殊殺也。《左傳》曰:“流四凶族,投諸四裔。”劉向曰:“舜有四放之罰。”屈原曰:“永遏在羽山,夫何三年不施?”王注:“言堯長放鲧於羽山,絶在不毛之地,三年不舍其罪也。”②……《周禮》“廢以馭其罪”注:“廢猶放也。舜極鲧於羽山是也。”(《歺部》,289頁)

4.淈:濁也。

今人汩亂字當作此。按,《洪範》:“汩陳其五行。”某氏曰:“汩,亂也。”……《屈賦》“汩鴻”,謂治洪水。治亂正一義,即《釋詁》之“淈,治也。”(《水部》,957頁。不任汩鴻,師何目尚之)

①“萍”今作“蓱”。

②“鲧”今作“鮌”。

5. 汩：治水也。

《天問》："不任汩鴻，師何以尚之。"①王云："汩，治也。鴻，大水也。"引伸之，凡治皆謂汩。……汩本訓亂，如亂之訓治，故《洪範》"汩陳其五行"，汩，亂也。（《水部》，985頁）

6. 彈：躲也。从弓，畢聲。《楚辭》曰："夫芎焉彈日也。"

躲者，弓弩發於身而中於遠也。亦謂之彈。……屈原賦《天問》篇文，今本無"夫也"二字，芎作羿……又引《離騷》："羿焉畢日，烏焉落羽。"②（《弓部》，1113頁）

7. 斡：蠡柄也。

楊雄曰："瓢也。"郭云："瓠勺也。"判瓠爲瓢以爲勺，必執其柄而後可以挹物，執其柄則運旋在我，故謂之斡。引申之，凡執柄樞轉運皆謂之斡……或假借"筦"字。《楚詞》云："筦維焉繫，天極焉加。"③（《斗部》，1247頁）

四、九章

總論

1. 儃：儃何也。

或當作儃回，《九章》曰："欲儃佪以干傺。"又曰："入溆浦余儃

---

①"以"今作"目"。

②"畢"今作"彈"；"落"今作"解"。

③"筦"今作"斡"，《考異》謂"一作筦"。

佪。"①王逸曰:"儃佪猶低佪也。"(《人部》,654 頁)

(一)惜誦

1.欸:笑不壞顔曰欸。

今按,《曲禮》"笑不至矧"注云:"齒本曰矧,大笑則見此。"然則笑見齒本曰矧,大笑也;不壞顔曰欸,小笑也。……《廣雅》:"欸,笑也。"《楚辭》《吴都賦》②作咍。(《欠部》,719 頁。又衆兆之所咍)

2.撟:舉手也。

引申之,凡舉皆曰撟。古多假"矯"爲之。……王逸注《楚辭》曰:"矯,舉也。"(《手部》,1048—1049 頁。矯玆媚以私處兮)

(二)涉江

1.璐:玉也。

《九章》:"被明月兮佩寶璐。"③王逸注:"寶璐,美玉也。"(《玉部》,17 頁)

2.髡:鬄髮也。

《楚辭·涉江》:"接輿髡首。"王注云:"髡,剔也。"剔者,俗鬄字。《周禮》:"髡者使守積。"注云:"此必王之同族不宫者,宫之爲翦其類,髡之而已。"而部曰:"罪不至髡,完其而鬢曰耏。"(《髟部》,750 頁)

3.吴:大言也。

《周頌·絲衣》《魯頌·泮水》皆曰"不吴",傳箋皆云:"吴,譁

①分別見《惜誦》與《涉江》。

②分別見《九章·惜誦》"又衆兆之所咍";《吴都賦》"東吴王孫囅然而咍"。

③"佩"今作"珮",《考異》謂"一作佩"。

也。”言部曰：“譁者，讙也。”然則大言即謂譁也。孔冲遠《詩正義》作“不娱”，《史記・孝武本紀》作“不虞”，皆假借字。大言者，吴字之本義也。引伸之爲凡大之偁。《方言》曰：“吴，大也。”《九章》：“齊吴榜以擊汏。”王注：“齊舉大櫂。”①（《矢部》，863 頁）

4. 汏：淅𤄊也。

《士喪禮》：“祝淅米于堂。”注：“淅，汏也。”《釋詁》曰：“汏，墜也。”汏之則沙礫去矣，故曰墜也。《九章》：“齊吴榜以擊汏。”②吴，大也。榜，楫也。言齊同用大楫擊水而行，如汏洒於水中也。凡舟子之用櫓，振力擊之，乃徐拕之，如汏然。（《水部》，976 頁）

（三）哀郢

1. 鼂：匽鼂也。讀若朝。楊雄説：匽鼂，蟲名。杜林以爲朝旦，非是。

杜林用鼂爲朝旦字，蓋見杜林《倉頡故》。考屈原賦“甲之鼂吾以行”王逸曰：“鼂，旦也。”（《黽部》，1182 頁）

（四）懷沙

1. 瑾：瑾瑜，美玉也。

《山海經》：“黄帝乃取密山之玉榮，而投之鍾山之陽。瑾瑜之玉爲良。”王逸注《九章》云：“瑾瑜，美玉也。”（《玉部》，16 頁。懷瑾握瑜兮）

2. 篍：鳥籠也。

《方言》：“籠，南楚江沔之間謂之篣，或謂之篍。”《懷沙》曰：

---

①“汏”今作“汰”；今王注作“士卒齊舉大櫂而擊水波”。

②“汏”今作“汰”。

“鳳皇在筊。”洪興祖《補注》引《説文》:“筊,籠也。南楚謂之筊。”(《竹部》,345 頁)

(五)思美人

1. 眝:長眙也。

《外戚傳》:“飾新宫以延貯。”此貯正眝之誤。延貯,謂長望也。凡辭章言“延佇”者,亦皆當作眝。《説文》無佇、竚字,惟有宁字,宁、佇、竚皆訓立,延眝非謂立也。《九章》:“思美人兮,擥涕而竚眙。”王逸云:“竚立悲哀。《文選》注:“佇眙,立視也。”此則訓立,然作“眝眙”,亦無不可。(《目部》,238 頁)

2. 暇:閒也。

《孫卿子》:“其爲人也多假日,其出人不遠也。”賈逵《國語注》:“假,閒也。”《登樓賦》:“聊假日以銷憂。”李善云:“假或爲暇。”引《楚辭》:“聊暇日以消時。”①可見古假、暇通用。假訓大,故包閒暇之義。(《日部》,537 頁)

(六)橘頌

1. 橘:橘果。出江南。

《禹貢》:“荆州,厥苞橘柚。”《考工記》曰:“橘逾淮而北爲枳。”《屈原賦》曰:“受命不遷,生南國兮。”許言出江南者,即《考工》《屈賦》所云也。王逸注云:“言橘受天命,生於江南。”(《木部》,420 頁)

(七)悲回風

1. 秳:百二十斤也。稻一秳爲粟二十斗,禾黍一秳爲粟十六

①“暇”今作“假”;“消”今作“須”;“時”今作“旹”,《補注》曰“旹,古時字”。

斗大半斗。

《律曆志》曰:"五權之制,銖者,物繇忽微至於成著,可殊異也。本起於黄鐘之重,一龠容千二百黍,重十二銖。兩者,兩黄鐘律之重也,二十四銖而成兩。斤者,明也,十六兩成斤。鈞者,均也,三十斤成鈞。石者,大也,權之大者也。四鈞爲石。"古多假石爲柘,《月令》"鈞衡石"是也。有假柘爲山石者,《楚辭》"悲任柘之何益"是也。① (《禾部》,574 頁。重任石之何益)

2. 狄:北狄也。本犬種。狄之爲言淫辟也。

北,各本作"赤",誤,今正。赤狄,乃錯居中國狄之一種耳。……李陽冰云:"蔡中郎以豊同豐,李丞相持束作亦。"所謂"持束作亦"者,指迹狄二字言。迹,籀文作速;狄之古文、籀文亦必作狭。是以《詩·瞻印》狄與刺韵,屈原《九章》愁與積、擊、策、蹟、適、蹟、益韵,古音在十六部也。(《犬部》,832 頁。觀炎氣之相仍兮,窺煙之所積。悲霜雪之俱下兮,聽潮水之相擊。借光景以往來兮,施黄棘之枉策。求介子之所存兮,見伯夷之放迹。心調度而弗去兮,刻著志之無適。曰:吾怨往昔之所冀兮,悼來者之愁愁。浮江淮而入海兮,從子胥而自適。望大河之洲渚兮,悲申徒之抗迹。驟諫君而不聽兮,重任石之何益。)

五、遠遊

1. 珣:醫無閭之珣玗璂,《周書》所謂夷玉也。

《爾雅》曰:"東北之美者,有醫無閭之珣玗琪焉。"璂、琪同。

---

①"悲任柘"今作"重任石",《考異》謂"石,一作秙",《補注》曰"秙,當作柘,音石,百二十斤也"。

醫無閭,山名。在今盛京錦州府廣寧縣西十里。屈原賦謂之"於微閭"。珣玗琪,合三字爲玉名。玗、琪二字又各有本義,故不連舉其篆也。蓋醫無閭、珣玗琪皆東夷語。(《玉部》,17頁。夕始臨乎於微閭)

2. 矘:目無精直視也。

《後漢·梁冀傳》:"洞精矘眄。"……"洞精"者,謂其目精洞達;"矘眄"者,謂其流眄矘𥊘。……《遠遊》曰:"旹曖曃其矘莽。"①王曰:"日月晻黮而無光也。"矘𥊘猶矘莽。(《目部》,233頁)

3. 騫:飛皃也。

《楚辭》:"鳳騫翥而飛翔。"②(《鳥部》,278頁。鸞鳥軒翥而翔飛)

4. 黨:不鮮也。

《屈賦·遠游》篇:"時曖曖其矘莽。"③王注曰:"日月晻黮而無光也。"然則黨、矘古今字。(《黑部》,854頁)

5. 軼:車相出也。

車之後者突出於前也。《楚辭》:"軼迅風於清源。"(《車部》,1264頁)

六、卜居

1. 款:意有所欲也。

《屈原賦》曰:"悃悃款款。"王注:"心志純也。"④按,古款與窾

---

①"矘莽"今作"曭莽"。

②"鳳"今作"鸞鳥";"騫"今作"軒",《考異》謂"軒,一作騫";"飛翔"今作"翔飛"。

③"時"今作"旹";"曖曖"今作"曖曃"。

④"款款"今作"欵欵",《考異》謂"欵,一作款";王逸注今作"志純一也"。

通用。窾者,空也。款亦訓空,空中則有所欲也。(《欠部》,719頁。吾寧悃悃欵欵朴以忠乎)

2. 氾:濫也。

《楚辭・卜居》:"將氾氾若水中之鳧乎。"王逸云:"氾氾,普愛衆也。若水中之鳧群戲遊也。"①(《水部》,955 頁)

七、漁父

1. 顇:顦顇也。

《楚辭・漁父》:"顔色憔悴。"王曰:"皯黴黑也。"……今人多用"憔悴"字,許書無"憔"篆。悴則訓憂也。(《頁部》,738 頁)

2. 潐:盡也。

《荀卿書》:"其誰能以己之潐潐,受人之掝掝者哉。"楊倞曰:"潐,盡也。"潐潐謂窮盡明於事,猶《楚辭》之察察。(《水部》,973頁。安能以身之察察,受物之汶汶者乎)

3. 醨:薄酒也。

屈原賦曰:"何不餔其糟而歠其醨。"②(《酉部》,1302 頁)

八、九辯

1. 菸:鬱也。从艸,於聲。一曰,矮也。

鬱,各本作"蘙",誤。蔫、菸、鬱三字雙聲。鬱者,如釀鬱也……《九辯》曰"葉菸邑而無色。"按,鬱、矮二義互相足。(《艸

①今王逸注僅作"普愛衆也""羣戲遊也"。

②"醨"今作"釃",《考異》謂"《文選》釃作醨"。

部》,69 頁）

2. 䓊:艸也。从艸,吾聲。《楚詞》有䓊蕭。

《廣韻》云:"似艾。"郭注《方言》云:"今江東人呼荏爲䓊,音魚。"……按,今《楚詞》無"䓊蕭",惟宋玉《九辯》云:"白露既下百艸兮,奄離披此梧楸。"①梧楸蓋許所見作䓊蕭,正百艸之二也。(《艸部》,79 頁）

3. 啁:嘐也。

《楚語》:"䳀鷄啁哳而悲鳴。"啁,大聲;哳,小聲也。(《口部》,104 頁）

4. 衙:衙衙,行皃。

《九辯》:"導飛廉之衙衙。"王注:"風伯次且而埽塵也。"②按,衙衙是行列之意,後人因以所治爲衙。(《行部》,139 頁）

5. 躍:行皃。

《九辯》:"右蒼龍之躍躍。"(《足部》,145 頁）

6. 鶤:鶤鷄也。

《釋鳥》:"鷄三尺爲鶤。"郭曰:"陽溝巨鶤,古之名鷄。"《釋文》:"字或作䳀。"《九辯》:"䳀鷄啁哳而悲鳴。"王云:"奮翼鳴呼而低昂。"王正謂鷄三尺者也。高注《淮南》曰:"鶤鷄,鳳皇别名。"張揖注《上林賦》曰:"昆鷄似鶴,黄白色。"則非《釋鳥》所云矣。許意不謂鷄畧,亦不謂鳳皇,故其字厠於此,蓋與張説同也。(《鳥部》,267—268 頁）

7. 槮:長木皃。

①"艸"今作"草"。另,本篇《九辨》《九辯》二名多見,今皆統一爲《九辯》,餘不俱注。

②"導"今作"通",《考異》謂"通,一作道";"埽"今作"掃"。

《九辯》"萷櫹槮之可哀",即許之橚、槮二字也。王注:"莖獨立也。"(《木部》,441 頁)

8. 橚:長木皃。

橚與槮同義聯文,淺人以梃梗其間,非也。《九辯》櫹即橚,淺人加艸耳。(《木部》,442 頁。萷櫹槮之可哀兮)

9. 佝:佝瞀也。

《楚辭·九辯》作"怐愗",《玉篇》引作"佝愗",應劭注《漢書》作"㱿霿",郭景純注《山海經》作"縠瞀"。其音同,其義皆謂愚蒙也。(《人部》,665 頁。直怐愗而自苦)

10. 襤:裯謂之襤褸。襤,無緣衣也。

裯謂祗裯。《九辯》:"被荷裯之晏晏。"王曰:"裯,祗裯也。"《方言》曰:"裯謂之襤。"郭注:"祗裯,敝衣,亦謂襤褸。"……《方言》又曰"無緣之衣謂之襤","楚謂無緣之衣曰襤",故祗裯無緣則謂襤也。(《衣部》,685 頁)

11. 泬:水從孔穴疾出也。从水穴。

《釋水》曰:"氿泉穴出。"按,此會意字。其《韓詩》之"回泬",《楚辭》之"泬寥",皆假借也。(《水部》,952—953 頁。泬寥兮天高而氣清)

12. 瀞:無垢薉也。

此今之"淨"字也。古瀞今淨是之謂古今字。古籍少見,《韵會》云,《楚辭》"收潦而水清",注作瀞。按,今《文選》本作"百川静",洪興祖本作"百川清",皆與黄氏所見異。古書多假清爲瀞。(《水部》,975 頁。宋廫兮收潦而水清)

13. 瑟:庖犧所作弦樂也。

弦樂,猶磬曰石樂。清廟之瑟,亦練朱弦。凡弦樂以絲爲之,象弓弦,故曰弦。《淇奥》傳曰:"瑟,矜莊貌。"《旱麓》箋曰:"瑟,絜鮮貌。"皆因聲假借也。瑟之言肅也。《楚辭》言"秋氣蕭瑟"。(《琴部》,1101 頁。悲哉秋之爲氣也！蕭瑟兮草木摇落而變衰)

14. 鑿:所以穿木也。

穿木之器曰鑿,因之既穿之孔亦曰鑿矣。《考工記》曰:"量其鑿深以爲輻廣。"《九辯》:"圜鑿而方枘。"(《金部》,1228 頁)

15. 軨:車轖間横木。

車轖間,蒙上文言之,猶言車輿間也。木部曰:"横,闌木也。"車轖間横木,謂車輢之直者、衡者也。軾與車輢皆以木一横一直爲方格成之,如今之大方格然。《楚辭》:"倚結軨兮長大息,涕潺湲兮下霑軾。"①戴先生曰:"軨者,軾較下縱横木總名,即《考工記》之帆轛也。結軨,謂軨之横從交結。倚軨而涕霑軾,則是倚於輢内之軨,故其涕得下霑軾也。"玉裁按,惟此軨乃許所謂,若《曲禮》"僕展軨效駕",軨即輪。亦作轔,《士喪禮》注所云"轉轔"。展軨,謂使馬稍動車輪也。(《車部》,1255 頁)

16. 瞉:乳也。从子,㱿聲。一曰,瞉瞀也。

《荀子・儒效》篇作"溝瞀",《漢書・五行志》作"傋霿",《楚辭・九辯》作"怐愗",《廣韻・五十候》作"怐愗",又作"瞉瞀"。……其義皆謂愚蒙也。(《子部》,1289 頁。直怐愗而自苦)

九、招寃

1. 琨:石之美者。

王肅及某氏注《禹貢》皆曰:"瑶、琨皆美石。"劉逵注《吴都賦》、顔師古注《地理志》皆曰:"琨,美石。"今本轉寫,石多訛玉。

---

①"大"今作"太"。

《穆天子傳》:"天子之珤玉昆。"傳:"石似美玉。"今本昆訛"果"。《招䰟》:"昆蔽象棋。"注:"昆,玉也。"①當云"昆同琨,石似玉。"(《玉部》,28 頁)

2. 蘥:爵麥也。

郭云:"即燕麥也。"生故墟野林下,苗實俱似麥。或云,爵麥即穱麥,誤也。《招䰟》《七發》皆云"穱麥",穱即糕字之異者,古爵焦聲同在弟二部。許云"糕,早取穀也"。《招䰟》王注云:"擇麥中先熟者也。"義正同。(《艸部》,56 頁。稻粢穱麥,挐黄粱些)

3. 遞:更易也。

《招䰟》:"二八侍宿,射遞代些。"王云:"遞,更也。"(《辵部》,127 頁)

4. 㽇:門户青疏窻也。

於門户刻鏤爲窻牖之形,而以青飾之也。云部曰:"疏,通也。"薛注《西京賦》曰:"疏,刻穿之也。"《招䰟》:"網户朱綴,刻方連些。"古詩曰:"交疏結綺窻。"從疋者,綺文相連,如足迹相種也。(《疋部》,151 頁)

5. 謳:齊歌也。

師古注《高帝紀》曰:"謳,齊歌也。謂齊聲而歌。或曰,齊地之歌。"按,假令許意齊聲而歌,則當曰"衆歌",不曰"齊歌"也。李善注《吴都賦》引曹植《妾薄相行》曰:"齊謳楚舞紛紛。"《太平御覽》引《古樂志》曰:"齊歌曰謳,吴歌曰歈,楚歌曰豔,淫歌曰哇。"若《楚辭》"吴歈蔡謳",《孟子》"河西善謳",則不限於齊也。(《言部》,170 頁。吴歈蔡謳,奏大吕些)

6. 敻:營求也。从夐人在穴。《商書》曰:"高宗夢得説,使百

①"昆"今作"菎",王逸注云"菎,玉也";"棋"今作"綦"。

工營求，得之傅巖。"巖，穴也。

營求者，圜帀而求之也。帀而求之，則不遐遺矣。故引伸其義爲遠也。……《招魂》："挂曲瓊些。"與寒、湲、蘭、筵韵。（《𡕥部》，231 頁）

7. 睩：目睞謹也。

娽娽，謹皃也。故睩爲目睞之謹。言注視而又謹畏也。《招魂》："娥眉曼睩目騰光。"王曰："好目曼澤，時睩睩然視，精光騰馳，感人心也。"①（《目部》，240 頁）

8. 焉：焉鳥，黄色，出於江淮。

古多用焉爲發聲，訓爲於，亦訓爲於是。……《招魂》："巫陽焉乃下招。"②（《鳥部》，279 頁）

9. 膩：上肥也。

謂在上者。《釋器》曰："冰脂也。"郭云"《莊子》：肌膚若冰雪。冰雪，脂膏也。"按，此所謂上肥也……《楚辭》："靡顏膩理。"膩，滑也。（《肉部》，312 頁）

10. 臛：肉羹也。

《釋器》曰："肉謂之羹。"羹有二：實於鉶者用菜芼之，謂之羹；實於庶羞之豆者，不用芼，亦謂之羹。《禮經》牛膷、羊臐、豕膮，鄭云："今時臛也。"是今謂之臛，古謂之羹。臛字不見於古經，而見於《招魂》。王逸曰："有菜曰羹，無菜曰臛。"③王説與《禮》合。許不云羹也，而云"肉羹"也者，亦無菜之謂。（《肉部》，312 頁。露鷄臛蠵）

①"娥"今作"蛾"，《考異》謂"一作娥"；"感人心也"今作"驚惑人心也"。

②今本作"不能復用巫陽焉。乃下招曰"。

③"臛"今作"臛"。

11. 笏：筋之本也。

《内則》注曰："餌，筋腱也。"王逸注《招䰟》曰："腱，筋頭也。"(《筋部》，315 頁。肥牛之腱，臑若芳些)

12. 箘：箘簬，竹也。从竹，囷聲。一曰，箽棊也。

《禹貢》鄭注曰："箘簬，聆風也。"按，箘簬二字，一竹名，《吴都賦》之"射筒"也。劉逵曰："射筒竹，細小通長，長丈餘，無節，可以爲矢笴，名射筒。及由梧竹，皆出交趾九真。"《招䰟》："昆蔽象棊。"王曰："昆或言箟簬，今之箭囊也。"①箟即箘之異體，箭囊即射筒之異詞。無底曰囊，通簫曰筒，皆自其無節言之，謂之好箭幹耳。……《方言》："箽或謂之蔽，或謂之箘。秦晋之間謂之箽，吴楚之間或謂之蔽，或謂之棊。"(《竹部》，336 頁)

13. 餭：熬稻粻餭也。

《楚辭》《方言》皆作"粻餭"，古字葢當作"張皇"。《招䰟》"有粻餭些"，王曰："粻餭，餳也。"《方言》曰："餳謂之粻餭。"……熬，乾煎也。稻，稌也。稌者，今之稉米，米之黏者。鬻稉米爲張皇，張皇者，肥美之意也。既又乾煎之，若今煎粢飯然，是曰餭。(《食部》，387 頁)

14. 楓：楓木也。厚葉弱枝，善榣。一名欇欇。

《釋木》曰："楓，欇欇。"犍爲舍人曰："楓爲樹，厚葉弱莖，大風則鳴，故曰欇欇。"按，欇，木葉榣白也。榣，樹動也。厚葉弱枝，故善榣；善榣，故名欇欇。……《招䰟》楓、心、南爲韵，《上林賦》楓一作氾，是也。(《木部》，432—433 頁。湛湛江水兮上有楓，目極千里兮傷春心。䰟兮歸來哀江南)

15. 楯：闌檻也。

---

①"昆"今皆作"崑"；"箟簬"今作"箟簬"。

闌,門遮也。檻,櫳也。此云"闌檻"者,謂凡遮闌之檻,今之闌干是也。王逸《楚辭》注曰:"檻,楯也。從曰檻,横曰楯。"(《木部》,450 頁。高堂邃宇,檻層軒些)

16. 糕:早取穀也。

《内則》"稰穛"注云:"孰穫曰稰,生穫曰穛。"正義曰:"穛是斂縮之名,明以生穫,故其物縮斂也。"按,穛即糕字,亦作穱,古爵與焦同音通用也。《大招》①、《七發》皆云"穱麥",王逸云:"擇麥中先孰者也。"②《大招》以爲飯,《七發》以飤馬。(《米部》,577 頁。稻粢穱麥,挐黄粱些)

17. 罬:牖中网也。

中字賸。或曰,當作"户牖网",如《招䰟》之"网户",王逸曰:"网户,綺紋鏤也。"③此似网非真网也,故次於此。(《网部》,623 頁。網户朱綴,刻方連些)

18. 侁:行皃。

《招䰟》曰:"豺狼從目,往來侁侁。"王逸曰:"侁侁,往來聲也。"(《人部》,654 頁)

19. 像:佀也。

象者,南越大獸之名,於義無取。雖《韓非》曰:"人希見生象也,而案其圖以想其生,故諸人之所以意想者,皆謂之象。"然韓非以前,或衹有象字,無像字,韓非以後,小篆既作像,則許斷不以象釋似,復以象釋像矣。……《招䰟》云:"像設君室。"(《人部》,658 頁)

20. 髳:女鬢垂皃也。

---

①應爲《招䰟》篇。

②"孰"今作"熟"。

③"网户"今作"網户";"紋"今作"文"。

《招魂》曰："盛鬋不同制。"王云："鬋，鬢也。制，法也。言九侯之女，裝飾兩結，垂鬢下髪，形貌詭異。"又："長髮曼鬋，豔陸離些。"注："曼，澤也。言美人長髪工結，鬢鬋滑澤，其狀豔美，儀皃陸離而難形也。"①(《髟部》，747 頁)

21. 厲：旱石也。

旱石者，剛於柔石者也。《禹貢》："厲砥砮丹。"《大雅》："取厲取鍛。"引伸之義爲作也，見《釋詁》。又危也，見《大雅・民勞》傳，虞注《周易》。又烈也，見《招魂》王注。②（《厂部》，780 頁。厲而不爽些）

22. 燊：盛皃。从焱，在木上。讀若《詩》曰："莘莘征夫。"

今《毛詩・皇皇者華》"駪駪征夫"，馬部"駪"下不引《詩》，而此引作"莘莘"；《招魂》引作"侁侁"，亦作"莘莘"，音相近也。（《焱部》，857 頁，豺狼從目，往來侁侁些）

23. 閈：閭也。

下文曰："閭，里門也。"《漢書》："綰自同閈。"應注："楚名里門曰閈。"《招魂》："去君之恒榦。"③王注："或作恒閈。閈，里也。楚人名里曰閈。"(《門部》，1020—1021 頁)

24. 蝮：虫也。

《招魂》曰："蝮蛇蓁蓁。"……許它下解云："虫也。从虫而長，象冤曲巛尾形。"虫篆下説云："象其卧形。"然則虫乃不巛尾之它，它乃巛尾之虫，二篆實一字也。乃解虫爲蝮，援《爾雅》"博三寸，

①"垂鬢"下今有"鬋"字；"詭異"今作"奇異"；且"言九侯"句今爲"實滿宫些"句注；"鬢鬋"今作"鬋鬢"；"皃"今作"貌"；"形"上今有"具"字。

②《招魂》：厲而不爽兮。王逸注曰：厲，烈也。

③"榦"今作"幹"。

頭大如擘"以實之。(《虫部》,1153 頁)

十、大招

1. 蔞:艸也。可目亨魚。

《召南》:"言刈其蔞。"陸璣云:"蔞,蔞蒿也。"《爾雅》:"購,蔏蔞。"郭云:"蔞蒿也。江東用羹魚。《楚辭》曰:吴酸苼蔞。"①按,蔞蒿,俗語耳,古衹呼蔞。《釋艸》古讀或於購蔏句絶。(《艸部》,51 頁)

2. 猗:虎牙也。

《大招》云:"靨輔奇牙,宜笑嫣只。"②《淮南》云:"奇牙出,䣢酺摇。"高注:"將笑,故好齒出也。"按,奇牙所謂猗也。可部曰:"奇,異也。一曰,不耦。"笑而露其齒,獨好。故曰奇牙。(《牙部》,143—144 頁)

3. 顥:白皃。从景頁。《楚詞》曰:"天白顥顥。"南山四顥,白首人也。

李善注《文選》引《聲類》:"顥,白首皃。"《聲類》蓋本許書,今許書乃爲淺人删首字耳。《郊祀歌》《西都賦》及《楚辭》則皆引伸假借也。……王逸曰:"顥顥,光貌。"按,此當厠"白首人也"之下,寫者亂之耳。(《頁部》,736 頁。天白顥顥,寒凝凝只)

4. 酺:頰也。

頰者,面旁也。面旁者,顔前之兩旁。《大招》:"靨輔奇牙,宜笑嫣只。"王注:"言美頰有靨酺,口有奇牙,嗎然而笑,尤媚好也。"③(《面

①"苼蔞"今作"蒿蔞",《考異》謂"一作苼蔞"。

②"嫣"今作"嗎"。

③"嫣"今作"嗎";"美"下今有"女"字;"酺"今作"輔",《考異》謂"一作酺"。

部》,740 頁)

5. 沾:沾水。出上黨壺關。東入淇。一曰,沾,益也。

沾、添古今字。俗製添爲沾益字,而沾之本義廢矣。……《楚辭·大招》:"不沾薄只。"王曰:"沾,多汁也。薄,無味也。其味不濃不薄,適甘美也。"(《水部》,919 頁)

6 鮒:鮒魚也。

鮒見《易》《禮》,鄭注《易》曰:"鮒魚微小。"虞翻曰:"鮒,小鮮也。"王逸注《大招》及《廣雅》皆云:"鰿,鮒也。"①(《魚部》,1004 頁。煎鰿臛雀)

7. 嫣:長皃。

《詩》毛傳:"頎頎,長皃。"頎與嫣聲相近也。《文選》:"嫣然一笑。"注引王逸云:"嫣,笑皃。"②然《大招》字作"嗎",許書無嗎字。(《女部》,1076 頁。靨輔奇牙,宜笑嗎只)

8. 醔:醔醶,楡醬也。

楡醬,用楡人爲之。楡人者,楡子中人也。……景差《大招》:"吴酸蒿縷。"王逸注曰:"或云醔醶。"③醔醶,即楡醬也。(《酉部》,1303 頁)

十一、惜誓

1. 鵠:黄鵠也。

---

①今本王注《大招》作"鰿,鮒"。

②《文選·登徒子好色賦》注謂王逸《楚辭注》曰"嫣,笑貌"。而今本《楚辭》"嫣"作"嗎"。

③"縷"今作"蔞";王逸注今作"或曰:吴酸醔醶"。

《戰國策》:“黄鵠游於江海,淹於大沼,奮其六翮,而陵清風。”賈生《惜誓》曰:“黄鵠一舉兮,知山川之紆曲。再舉兮,知天地之圜方。”①凡經史言“鴻鵠”者,皆謂黄鵠也。(《鳥部》,269 頁)

十二、招隱士

1. 寫:屋皃。

王逸注《招隱士》曰:“崎嶇閒寫。”(《宀部》,593 頁。谿谷嶄巖兮水曾波)

2. 㟅:山脅道也。

脅者,兩膀也。山如人體,其兩旁曰脅。……《楚辭·招隱士》云:“坱兮圠,山曲㟅。”王注云:“盤結屈也。”②結屈,許書作“詰詘,”山脅之道然也。(《山部》,771 頁)

3. 坱:𡑞埃也。

𡑞者,鹿行土也。引申爲土飛揚之偁。坱者,𡑞埃廣大之皃也。賈誼賦曰:“大鈞播物兮,坱圠無垠。”王逸《楚辭》注曰:“坱,霧昧皃。”③(《土部》,1201 頁。坱兮軋,山曲㟅)

十三、七諫

(一)怨世

1. 灼:灸也。

---

①“一舉”上今有“之”字;“知天”之“知”今作“睹”,《考異》謂“一作知”。

②“圠”今作“軋”;“結屈”今作“詰屈”。

③“霧”下今有“氣”字;“皃”今作“也”。

灸各本作"炙",誤,今正。……炙謂炮肉,灼謂凡物以火附箸之。……《七諫》注曰:"點,污也。灼,灸也。猶身有病,人點灸之。"①醫書以艾灸體謂之"壯",壯者,灼之語轉也。(《火部》,844頁。唐虞點灼而毁議)

(二)謬諫

1. 菆:麻蒸也。

《西征賦》曰:"感市閭之菆井。"東方朔《七諫》曰:"菎蕗褋於黀蒸。"②王逸注:"枲翮曰黀。一作菆。"按,枲翮,枲莖也。(《艸部》,81頁)

2. 黀:麻藍也。

東方朔《七諫》曰:"菎蕗褋於黀篜。"王注云:"枲翮曰黀。熘竹曰篜。"③(《麻部》,588頁)

十四、哀時命

1. 鬻:涫也。

水部曰:"涫,鬻也。"今俗字涫作"滚",鬻作"沸",非也。《上林賦》曰:"湁潗鼎鬻。"嚴夫子《哀時命》曰:"氣涫鬻其若波。"(《鬲部》,200頁)

2. 窐:空也。

①"污"今作"汙"。

②"褋"今作"雜";本句《哀時命》作"箟簬雜於黀蒸"。

③"褋"今作"雜";"篜"今皆作"蒸";本句《哀時命》作"箟簬雜於黀蒸"。

《楚辭》曰:“圭璋襍於甑窐。”①此甑下空也。《考工記》:“鳧氏爲鐘。”注:“隧在鼓中,窐而生光。”高注《淮南》曰:“靨輔者,頰上窐也。”然則凡空穴皆謂之窐矣。(《穴部》,601 頁。璋珪雜於甑窐兮)

3. 孃:煩擾也。

煩,熱頭痛也。擾,煩也。今人用擾攘字,古用孃。《賈誼傳》作“搶攘”,《莊子·在宥》作“傖囊”,《楚詞》作“恇攘”,俗作“劻勷”,皆用假借字耳。今攘行而孃廢矣。(《女部》,1087 頁。概塵垢之枉攘兮)

十五、九懷

(一)危俊

1. 儔:翳也。

翳者,華蓋也。引伸爲凡覆蔽之偁。……《廣韻》尤韵:“儔,侶也,直由切。”号韵:“儔,隱也,徒到切。”是儔有隱蔽之訓,而其音與疇侶絶不同,與翿、纛音同,由其義相近也。翳義廢而侶義獨行矣。……注《易》、注《國策》《漢書》者曰:“疇,類也。”注《國語》者曰:“疇,匹也。”……玄應之書曰:“王逸云:二人爲匹,四人爲疇。② 疇亦類也,今或作儔”矣。(《人部》,663 頁。覽可與兮匹儔)

2. 疇:耕治之田也。

耕者,犂也。犂其田而治之,其田曰畼。……許謂耕治之田

①“圭璋”今作“璋珪”,《考異》謂“一作珪璋”;“襍”今作“雜”。

②“疇”今作“儔”,《考異》謂“一作疇”。

爲畮，耕治必有耦，且必非一耦，故賈逵注《國語》曰："一井爲畮。"杜預注《左傳》曰："并畔爲畮。"并畔，則二井也。引申之，高注《國策》、韋注《漢書》："畮，類也。"王逸注《楚辭》："二人爲匹，四人爲畮。"①(《田部》，1207頁。覽可與兮匹儔)

十六、九歎

總論

1. 聊：耳鳴也。

《楚辭》曰："耳聊啾而戃慌。"②王注云："聊啾，耳鳴也。"此聊之本義，故字从耳。……又《詩》傳"椒聊，椒也"，不言聊爲語詞，蓋單評曰椒，絫評曰椒聊。《楚詞》亦云："懷椒聊之蔎蔎。"③(《耳部》，1027—1028頁)

(一)逢紛

1. 脟：脅肉也。

脅者，統言之，脟，其肉也，肋，其骨也。……《九歎》説流水"龍卭脟圈，繚戾宛轉"。④ (《肉部》，300頁)

2. 黴：中久雨青黑也。

①"畮"今作"儔"，《考異》謂"一作疇"。

②《九歎·遠逝》篇。

③《九歎·愍命》篇；"聊"今作"聊"。

④"卭"今作"邛"。

《楚辭·九歌》:“顔黴黎以沮敗。”①(《黑部》,854 頁)

3. 納:絲溼納納也。

納納,溼意。劉向《九歎》:“衣納納而掩露。”王逸注:“納納,濡溼貌。”(《糸部》,1122 頁)

(二)惜賢

1. 壓:壘也。

《楚辭》:“愈氛霧其如壓。”王逸曰:“壓,塵也。”按,壓之言蒙也。”(《土部》,1201 頁)

(三)愍命

1. 葰:香艸也。

劉向《九歎》:“懷椒聊之葰葰。”王注:“椒聊,香草也。葰葰,香貌。”(《艸部》,72 頁)

2. 諓:善言也。

劉向《九歎》、《漢書·李尋傳》亦皆作“諓諓”。王逸注《楚辭》,引《尚書》“諓諓靖言”,正皆今文《尚書》也。諸家作諓,許作戔者,同一今文而有異本,如同一古文而馬作偏,許作諞不同也。戔下既引“戔戔”矣,而諓下又云“善言”者,此又用王逸所據“諓諓靖言”之本也。善言釋靖言。何休曰:“靖猶撰也。”撰同譔,譔言,善言也。《廣雅·釋訓》曰:“諓諓,善也。”賈逵《外傳》注曰:“諓諓,巧言也。”韋昭注曰:“諓諓,巧辨之言。”然則此善言,謂善爲言辭者,不同語下之善言也。(《言部》,168 頁。讒人諓諓,孰可愬兮)

3. 瓢:蠡也。

---

① 此處《九歌》當作《九歎》。“黎”今作“黧”。

蠡者，蒼也。豆部曰："蒼者，蠡也。"以一瓠劙爲二，曰瓢，亦曰蠡，亦曰蒼。蠡一作"蠯"，見《九歎》《方言》。一作"盠"。見《皇象書急就碑本》。（《瓠部》，590 頁。瓟蠡蠹於筐簏）

4. 竫：立竫也。从立，青聲。一曰，細皃。

謂立容安竫也。安而後能慮，故《釋詁》毛傳皆曰："竫，謀也。"……古文《尚書》"截截善諞言"，伏生今文作"諓諓善竫言"，見《公羊傳》。王逸注《楚辭》，引作"諓諓竫言"，葢竫、竫、戔、諓古通用。竫言謂小人巧言。（《立部》，873 頁。讒人諓諓，孰可愬兮）

5. 戔：賊也。从二戈。《周書》曰"戔戔"，巧言也。

《春秋公羊傳》曰："惟諓諓善竫言，俾君子易怠。"劉向《九歎》曰："讒人諓諓，孰可愬兮。"王逸注引《書》"諓諓竫言"。（《戈部》，1098 頁）

（四）思古

1. 伒：遠行也。

《楚辭》曰："颻伒伒而南征。"注："伒伒，遑遽貌。"①按，王注是也。（《人部》，673 頁。颻伒伒而南行兮）

十七、九思

（一）逢尤

1. 眽：目財視也。

財，當依《廣韻》作"邪"，邪當作"衺"。……𠂢者，水之衺流别

①"征"今作"行"，《考異》謂"一作征"；"遑遽"今作"惶遽"。

也。《九思》:"目脈脈兮寤終朝。"注曰:"脈脈,視貌也。"(《目部》,236 頁)

(二)憫上

1. 垎:水乾也。

乾,音干。《玉篇》《廣韻》皆作"土乾也",爲長。謂土中之水乾而無潤也。王逸《九思》:"冰凍兮垎澤。"自注:"垎,竭也。寒而水澤竭成冰。"①按,"水澤竭",所謂乾也。今《楚辭》作"洛澤",《廣韻》《集韻·十九鐸》皆引"冬冰兮洛澤",誤甚。(《土部》,1197 頁)

(三)悼亂

1. 躖:踐處也。

此與疃同義。田部曰:"疃,禽獸所踐處也。"王逸《九思》:"鹿蹊兮躖躖。"亦作"𪇋"。② 按,衹云"踐處",别於疃字,專屬禽獸。(《足部》,145 頁)

2. 疃:禽獸所踐處也。《詩》曰:"町疃鹿場。"

踐者,履也。獸足蹂地曰厹,其所蹂之處曰疃。本不專謂鹿。《詩》則言鹿而已。……毛傳曰:"町疃,鹿迹也。"謂鹿迹所在也。《楚辭·九思》:"鹿蹊兮𪇋𪇋。"𪇋與疃蓋一字。疃亦作畽。(《田部》,1211 頁)

(四)傷時

1. 娸:嬰娸也。

①"垎"今皆作"洛"。

②"躖"今作"𪇋",《考異》謂"一作躖"。

《廣韻》嫈下作"嫈嫇"。《玄應》引《字林》"嫈嫇，心態也"。即許書嫈下之"小心態"也。《九思》作"嫈嫇"，疑今本《説文》有舛誤。（《女部》，1076頁。蘅芷彫兮嫈嫇）

2. 媱：曲肩行皃。

《九思》："音案衍兮要媱。"①舞容也。《廣韻》曰："媱，美好。"（《女部》，1076頁。）

①"案"今作"晏"；"要媱"今作"要娙"。

《六書音均表》[①]

六書音均表三

一、離騷

1. 古合韵説

古本音與今韵異，是無合韵之説乎？……不知有合韵，則或以爲無韵。……《離騷》之名與均韵是也。或以爲學古之誤，江氏於《離騷》之同調是也。(《古十七部合用類分表》，1401頁。皇覽揆余初度兮，肇錫余以嘉名。名余曰正則兮，字余曰靈均。……曰勉陞降以上下兮，求榘矱之所同。湯禹儼而求合兮，摯咎繇而能調)

①據段玉裁《説文解字注》所附《六書音均表》，鳳凰出版社，2007年版。此外，本表《六書音均表五》因其内容與本書《古韻譜》内容大體相同但豐富性略少於《古韻譜》，故不再重複輯校。

二、九章

(一)懷沙

1.弟十一部與弟十二部同入説

弟十一部與弟十二部合用最近。其入音同弟十二部。如今文《尚書》"辨秩",《史記》作"平程",屈賦《九章》亦以程韵匹。(《古十七部合用類分表》,1403 頁。懷質抱情,獨無匹兮。伯樂既没,驥焉程兮)

六書音均表四

總論

1.牛

牛聲在此部……屈賦二見。① 今入尤。(《詩經韵分十七部表·古本音》,1408 頁)

2.有

又聲在此部。……屈賦一見。② 今入有。(《詩經韵分十七部表·古本音》,1408 頁)

①《天問》"牧夫牛羊""焉得夫朴牛",《九章·惜往日》"甯戚歌而飯牛"等。但不止二見。

②《離騷》"紛吾既有此内美兮",《天問》"隅限多有"等。但不止一見。

3.婦

婦聲在此部……屈賦一見。① 今入有。(《詩經韵分十七部表·古本音》,1408頁)

4.囿

有聲在此部……今入宥韵、屋韵。② 蓋昉於景差《大招》、劉向《九歎》。(《詩經韵分十七部表·古本音》,1408—1409頁)

5.媒

某聲在此部……屈賦二見。③ 今入灰。(《詩經韵分十七部表·古本音》,1409頁)

6.悔

毒聲在此部……屈賦二見。④ 今入賄、入隊。(《詩經韵分十七部表·古本音》,1409頁)

7.佩

佩聲在此部。……屈賦四見。⑤ 今入隊。(《詩經韵分十七部表·古本音》,1409頁)

8.戒

①《卜居》"以事婦人乎",《天問》"滕有莘之婦"等。但不止一見。

②《大招》"獵春囿只",《九歎·愍命》"熊羆羣而逸囿",《九歎·遠遊》"排帝宮與羅囿兮",《七諫·自悲》"雜橘柚以爲囿兮",《九懷·昭世》"忽反顧兮西囿"。

③《九歌·湘君》"心不同兮媒勞",《九思·疾世》"媒女詘兮謰謱",《九章·抽思》"又無良媒在其側"等。但不止二見。

④《離騷》"後悔遁而有他""雖九死其猶未悔",《七諫·沈江》"追悔過之無及兮"等。但不止二見。

⑤《離騷》"扈江離與辟芷兮,紉秋蘭以爲佩","高余冠之岌岌兮,長余佩之陸離","佩繽紛其繁飾兮,芳菲菲其彌章","溘吾遊此春宮兮,折瓊枝以繼佩"等,但屈賦不止四見。

戒聲在此部……屈賦二見①……今入怪。(《詩經韵分十七部表·古本音》,1409 頁)

9. 怪

圣聲在此部……屈賦二見。② 今入怪。(《詩經韵分十七部表·古本音》,1409 頁)

10. 備

葡聲在此部……屈賦一見。③ 今入至。(《詩經韵分十七部表·古本音》,1409 頁)

11. 造

本音在弟三部……屈原惜往日佩好代意爲韵,遠游疑浮爲韵。④ (《詩經韵分十七部表·古合韵》,1409 頁)

12. 樂

樂聲在此部……離騷與邈韵,遠游與撟韵。⑤ 今入覺。(《詩經韵分十七部表·古本音》,1411 頁)

13. 邈

①《離騷》"鸞皇爲余先戒兮",《天問》"惟何戒之",《九章·惜誦》"戒六神與嚮服"等。但不止二見。

②《九章·懷沙》"吠所怪也",《遠遊》"忽神奔而鬼怪",《招䰟》"多珍怪些"。

③《招䰟》"招具該備",《九章·思美人》"備以爲交佩"等。但不止一見。

④《九章·惜往日》"自前世之嫉賢兮,謂蕙若其不可佩。妒佳冶之芬芳兮,嫫母姣而自好。雖有西施之美容兮,讒妒入以自代。願陳情以白行兮,得罪過之不意";《遠遊》"指炎神而直馳兮,吾將往乎南疑。覽方外之荒忽兮,沛罔象而自浮"。

⑤《離騷》"抑志而弭節兮,神高馳之邈邈。奏《九歌》而舞《韶》兮,聊假日以婾樂";《遠遊》"欲度世以忘歸兮,意恣睢目担撟。内欣欣而自美兮,聊婾娱目自樂"。

貌聲在此部。屈賦一見。① 今入覺。(《詩經韵分十七部表·古本音》,1411 頁)

14. 巧

丂聲在此部。屈賦一見。② 今入巧。(《詩經韵分十七部表·古本音》,1415 頁)

15. 取

取聲在此部……離騷一見③。今兼入麌。(《詩經韵分十七部表·古本音》,1417 頁)

16. 鳧

几聲在此部。屈賦卜居一見④。今入虞。(《詩經韵分十七部表·古本音》,1418 頁)

17. 莽

莽聲在此部。屈賦二見。⑤ 今入蕩。(《詩經韵分十七部表·古本音》,1420 頁)

18. 戲

䖒聲在此部。屈賦遠游一見。⑥ 今入支寘。(《詩經韵分十七部表·古本音》,1420 頁)

19. 索

①《離騷》"神高馳之邈邈",《九章·懷沙》"邈而不可慕"等。但不止一見。

②《離騷》"固時俗之工巧兮",《天問》"穆王巧梅"等。但不止一見。

③按:《離騷》原文中無。《天問》"何道取之"等。但不止一見。

④《卜居》"將氾氾若水中之鳧乎",《九辯》"鳧鴈皆唼夫粱藻兮"等。但不止一見。

⑤《離騷》"夕攬洲之宿莽",《九章·懷沙》"草木莽莽",《九章·悲回風》"莽芒芒之無儀"等。但不止二見。

⑥《離騷》"陟陞皇之赫戲兮",《遠遊》"吾將從王喬而娛戲"等。但不止一見。

索聲在此部……屈賦二見。① 今兼入陌。(《詩經韵分十七部表・古本音》,1421 頁)

20.釋

睪聲在此部。屈賦二見。② 今入昔。(《詩經韵分十七部表・古本音》,1421 頁)

21.接

妾聲在此部。……屈賦二見。③ 今入葉。(《詩經韵分十七部表・古本音》,1424 頁)

22.調

本音在弟三部。讀如稠。《車攻》以韵"同"字,屈原《離騷》以韵"同"字,東方朔《七諫》以韵"同"字,皆讀如重。④ 此古合韵也。……江氏謂《車攻》"調""同"非韵,《離騷》《七諫》爲古人相效之誤,其説似是而非。(《詩經韵分十七部表・古合韵》,1425 頁)

23.英

央聲在此部……屈賦四見。⑤ 今入庚。(《詩經韵分十七部

①《離騷》"憑不猒乎求索",《天問》"夫何索求",《九辯》"焉皇皇而更索"等。但不止二見。

②《離騷》"孰求美而釋女",《九章・惜誦》"謇不可釋",《九章・哀郢》"思蹇産而不釋"等。但不止二見。

③《九章・涉江》"接輿髡首兮",《九章・哀郢》"憂與愁其相接",《大招》"二八接舞"等。但不止二見。

④《離騷》"勉陞降以上下兮,求榘矱之所同。湯禹嚴而求合兮,摯咎繇而能調";《七諫・謬諫》"不量鑿而正枘兮,恐榘矱之不同。不論世而高舉兮,恐操行之不調"。

⑤《離騷》"夕餐秋菊之落英",《九章・涉江》"登崑崙兮食玉英"等。但不止四見。

表・古本音》,1428 頁)

24.抑

抑聲在此部……屈賦一見。① 今入職。(《詩經韵分十七部表・古本音》,1431 頁)

25.名

本音在弟十一部。離騷合韵均字,哀郢合韵天字。② (《詩經韵分十七部表・古合韵》,1432 頁)

26.蛇

本音在弟十七部。屈賦東君合韵雷懷歸字,遠游合韵妃夷飛佪字。③ (《詩經韵分十七部表・古合韵》,1438 頁)

27.地

也聲在此部……屈賦天問與歌韵,橘頌與過韵④……讀如沱。今入至。(《詩經韵分十七部表・古本音》,1439 頁)

28.蛇

①《離騷》"屈心而抑志兮",《九章・惜誦》"情沈抑而不達兮"等。但不止一見。

②《離騷》"皇覽揆余初度兮,肇錫余以嘉名。名余曰正則兮,字余曰靈均";《九章・哀郢》"堯舜之抗行兮,瞭杳杳而薄天。衆讒人之嫉妒兮,被以不慈之僞名"。

③《九歌・東君》"駕龍輈兮乘雷,載雲旗兮委蛇。長太息兮將上,心低佪兮顧懷。羌聲色兮娱人,觀者憺兮忘歸";《遠遊》"祝融戒而還衡兮,騰告鸞鳥迎宓妃。張《咸池》奏《承雲》兮,二女御《九韶》歌。使湘靈鼓瑟兮,令海若舞馮夷。玄螭蟲象並出進兮,形蟉虯而逶蛇。雌蜺便娟目增撓兮,鸞鳥軒翥而翔飛。音樂博衍無終極兮,焉乃逝目徘佪"。

④《天問》"啓棘賓商,《九辯》《九歌》。何勤子屠母,而死分竟地";《九章・橘頌》"閉心自慎,不終失過兮。秉德無私,參天地兮"。

它聲在此部……屈賦二見。① 今兼入支。(《詩經韵分十七部表·古本音》,1440 頁)

29. 離

离聲在此部……屈賦四見。② 今入支寘。(《詩經韵分十七部表·古本音》,1440 頁)

30. 施

也聲在此部……屈賦三見。③ 今入支寘。(《詩經韵分十七部表·古本音》,1440 頁)

31. 池

也聲在此部……屈賦一見。④ 今入支。(《詩經韵分十七部表·古本音》,1440 頁)

32. 馳

也聲在此部……屈賦二見。⑤ 今入支。(《詩經韵分十七部表·古本音》,1440 頁)

33. 虧

虗聲字蓋在弟五部。屈賦離騷以韵離字,天問以韵加字,蓋古合韵。⑥ (《詩經韵分十七部表·古本音》,1441 頁)

---

①《離騷》"載雲旗之委蛇",《遠遊》"形蟉虬而逶蛇",《天問》"蝮蛇蓁蓁"等。但不止二見。

②《離騷》"余既不難夫離别兮""長余佩之陸離",《九歌·大司命》"靈衣兮被被,玉佩兮陸離",《天問》"陽離爰死",等。但不止四見。

③《九章·抽思》"孰無施而有報兮",《天問》"其位安施",《大招》"姣麗施只"等。但不止三見。

④《離騷》"飲余馬於咸池兮",《九歌·少司命》"與女沐兮咸池"等。但不止一見。

⑤《離騷》"乘騏驥以馳騁兮",《遠遊》"紛溶與而並馳"等。但不止二見。

⑥《離騷》"高余冠之岌岌兮,長余佩之陸離。芳與澤其雜糅兮,唯昭質其猶未虧";《天問》"斡维焉繫?天極焉加?八柱何當?東南何虧"。

一、離騷

1.節

本音在弟十二部。離騷合韵服字,讀如側。(《詩經韵分十七部表·古合韵》,1410頁。汝何博謇而好脩兮,紛獨有此姱節。薋菉葹以盈室兮,判獨離而不服)

2.沬

本音在弟十五部。離騷合韵兹字。(《詩經韵分十七部表·古合韵》,1410頁。惟兹佩之可貴兮,委厥美而歷兹。芳菲菲而難虧兮,芬至今猶未沬)

3.茅

矛聲在此部……離騷與留韵。今入肴。(《詩經韵分十七部表·古本音》,1414頁。時繽紛其變易兮,又何可以淹留。蘭芷變而不芳兮,荃蕙化而爲茅)

4.迎

本音在弟十部。離騷合韵故字。讀如魚。(《詩經韵分十七部表·古合韵》,1422頁。百神翳其備降兮,九疑繽其並迎。皇剡剡其揚靈兮,告余以吉故)

5.懲

本音在弟六部。離騷以合韵常字。(《詩經韵分十七部表·古合韵》,1428頁。民生各有所樂兮,余獨好脩以爲常。雖體解吾猶未變兮,豈余心之可懲)

6.艱

本音在弟十三部。離騷合韵替字,學者多不得其韵矣。(《詩經韵分十七部表·古合韵》,1432頁。長太息以掩涕兮,哀民生之多艱。余雖好脩姱以鞿羈兮,謇朝誶而夕替)

二、九歌

(一)湘君

1. 翩

本音在弟十二部。屈賦湘君合韵淺閒字。(《詩經韵分十七部表·古合韵》,1434 頁。石瀨兮淺淺,飛龍兮翩翩。交不忠兮怨長,期不信兮告余以不閒)

(二)少司命

1. 離

本音在弟十七部。屈賦少司命合韵知字。(《詩經韵分十七部表·古合韵》,1439 頁。悲莫悲兮生别離,樂莫樂兮新相知)

(三)東君

1. 降

本音在弟九部。九歌東君合韵裳狼漿翔行字。(《詩經韵分十七部表·古合韵》,1428 頁。青雲衣兮白霓裳,舉長矢兮射天狼。操余弧兮反淪降,援北斗兮酌桂漿。撰余轡兮高駝翔,杳冥冥兮以東行)

(四)山鬼

1. 蕭

肅聲在此部……九歌山鬼與憂韵。今入蕭。(《詩經韵分十七部表·古本音》,1414 頁。風颯颯兮木蕭蕭,思公子兮徒離憂)

三、天問

1. 牧

牧聲在此部……屈賦一見。① 今入屋。(《詩經韵分十七部表・古本音》,1408 頁。)

2. 嫂

叜聲在此部。屈賦一見。今入晧。(《詩經韵分十七部表・古本音》,1415 頁。惟澆在户,何求于嫂)

3. 在

本音在弟一部。屈賦天問合韵守字。(《詩經韵分十七部表・古合韵》,1416 頁。雄虺九首,儵忽焉在? 何所不死? 長人何守)

4. 龍

本音在弟九部。屈賦天問合韵遊字②。讀如留。(《詩經韵分十七部表・古合韵》,1416 頁。焉有虬龍,負熊以遊)

5. 文、言

本音在弟十三部、弟十四部。屈賦天問以韵勝陵字。(《詩經韵分十七部表・古合韵》,1423 頁。悟過改更,我又何言? 吴光争國,久余是勝。何環穿自閭社丘陵,爰出子文)

6. 遑

本音在弟十部……天問以嚴韵亡饗長。(《詩經韵分十七部表・古合韵》,1424 頁。勳闔夢生,少離散亡。何壯武厲,能流厥嚴? 彭鏗斟雉,帝何饗? 受壽永多,夫何久長)

---

①按:"牧"字於屈賦不止一見,但皆在《天問》篇出現。如"牧夫牛羊""有扈牧豎""秉鞭作牧""中央共牧"即是。

②除《天問》外,《雲中君》中有"龍駕兮帝服,聊翱遊兮周章"等。

7. 嚴

本音在弟八部。天問合韵亡饗長字。(《詩經韵分十七部表·古合韵》,1428 頁。勳闔夢生,少離散亡。何壯武厲,能流厥嚴? 彭鏗斟雉,帝何饗? 受壽永多,夫何久長)

8. 飽

本音在弟三部。屈賦天問合韵繼蠥達字。(《詩經韵分十七部表·古合韵》,1437 頁。閔妃匹合,厥身是繼,胡維嗜不同味,而快鼂飽? 啓代益作后,卒然離蠥,何啓惟憂,而能拘是達)

四、九章

(一)惜誦

1. 明

本音在弟十部。屈賦惜誦合韵身字。(《詩經韵分十七部表·古合韵》,1432 頁。恐情質之不信兮,故重著以自明。矯兹媚以私處兮,願曾思而遠身)

(二)涉江

1. 螭

本音在弟十七部。屈賦涉江合韵知字。(《詩經韵分十七部表·古合韵》,1439 頁。世溷濁而莫余知兮,吾方高馳而不顧。駕青虬兮驂白螭,吾與重華遊兮瑶之圃)

(三)哀郢

1. 蹠

庶聲在此部。屈賦一見。今入昔。(《詩經韵分十七部表·

古本音》,1421頁。心嬋媛而傷懷兮,眇不知其所蹠)

(四)懷沙

1. 鄙

啚聲在此部……屈賦一見。① 今入旨。(《詩經韵分十七部表·古本音》,1409頁。君子所鄙;夫惟黨人鄙固兮)

2. 鞠

本音在弟三部。《爾雅》釋訓以韵慝職,屈賦懷沙以韵默。讀如亟。(《詩經韵分十七部表·古合韵》,1410頁。眴兮杳杳,孔静幽默。鬱結紆軫兮,離慜而長鞠)

3. 替

替聲在此部……屈賦懷沙與抑韵……今入霽……懷沙默鞠弟一、弟三部合韵。(《詩經韵分十七部表·古本音》,1431頁。眴兮杳杳,孔静幽默。鬱結紆軫兮,離慜而長鞠。撫情效志兮,冤屈而自抑。刓方以爲圜兮,常度未替)

(五)思美人

1. 出

本音在弟十五部。屈賦思美人合韵佩異態竢。(《詩經韵分十七部表·古合韵》,1410頁。解萹薄與雜菜兮,備以爲交佩。佩繽紛以繚轉兮,遂萎絶而離異。吾且儃佪以娱憂兮,觀南人之變態。竊快在中心兮,揚厥憑而不竢。芳與澤其雜糅兮,羌芳華自中出)

①不止一見。

（六）橘頌

1. 友

友聲在此部……屈賦《橘頌》與理韵。今入有。（詩經韵分十七部表·古本音，1408頁。願歲并謝，與長友兮。淑離不淫，梗其有理兮）

2. 任

本音在弟七部。屈賦橘頌合韵醜字。讀如蹂。（《詩經韵分十七部表·古合韵》，1416頁。精色内白，類可任兮。紛緼宜脩，姱而不醜兮）

（七）悲回風

1. 締

帝聲在此部。屈賦一見。今入齊霽。（《詩經韵分十七部表·古本音》，1438頁。心鞿羈而不形兮，氣繚轉而自締）

2. 釋

本音在弟五部。屈賦悲回風合韵積擊策蹟適愁適蹟益字。（《詩經韵分十七部表·古合韵》，1439頁。觀炎氣之相仍兮，窺煙液之所積。悲霜雪之俱下兮，聽潮水之相擊。借光景以往來兮，施黄棘之枉策。求介子之所存兮，見伯夷之放迹。心調度而弗去兮，刻著志之無適。曰：吾怨往昔之所冀兮，悼來者之愁愁。浮江淮而入海兮，從子胥而自適。望大河之洲渚兮，悲申徒之抗迹。驟諫君而不聽兮，重任石之何益。心絓結而不解兮，思蹇産而不釋）

五、遠遊

1.霞

段聲在此部。屈賦一見①。今入麻。(《詩經韵分十七部表·古本音》,1422 頁)

2.冰

本音在弟六部。屈賦合韵門字。(《詩經韵分十七部表·古合韵》,1433 頁。舒并節目馳騖兮,逴絶垠乎寒門。軼迅風於清源兮,從顓頊乎增冰。)

3.至

本音在弟十二部……屈賦遠遊合韵比厲衛字②。(《詩經韵分十七部表·古合韵》,1437 頁。路曼曼其修遠兮,徐弭節而高厲。左雨師使徑侍兮,右雷公以爲衛)

4.歌

本音在弟十七部。屈賦遠遊合韵妃夷飛佪字,讀如幾。(《詩經韵分十七部表·古合韵》,1438 頁。祝融戒而還衡兮,騰告鸞鳥迎宓妃。張《咸池》奏《承雲》兮,二女御《九韶》歌。使湘靈鼓瑟兮,令海若舞馮夷。玄螭蟲象並出進兮,形蟉虯而逶蛇。雌蜺便娟目增撓兮,鸞鳥軒翥而翔飛。音樂博衍無終極兮,焉乃逝目俳佪)

---

①《遠游》"漱正陽而含朝霞""載營魄而登霞兮"。不止一見。

②按:《遠游》未見此例,"至""比"爲韵見《九章·悲回風》"旹亦冉冉而將至""芳以歇而不比"。"厲""衛"爲韵則見《遠遊》本篇。

六、九辯

1. 鑿

鑿聲在此部……宋玉《九辨》與固教樂高韵。今入鐸。(《詩經韵分十七部表·古本音》,1412 頁。竊美申包胥之氣盛兮,恐時世之不固。何時俗之工巧兮?滅規榘而改鑿。獨耿介而不隨兮,願慕先聖之遺教。處濁世而顯榮兮,非余心之所樂。與其無義而有名兮,寧窮處而守高)

七、招寃

1. 駓

丕聲在此部……《招魂》與觺牛災韵。今入脂。(《詩經韵分十七部表·古本音》,1409 頁。土伯九約,其角觺觺些。敦脄血拇,逐人駓駓些。參目虎首,其身若牛些。此皆甘人,歸來!恐自遺災些)

八、招隱士

1. 曹

曹聲在此部……劉安招隱士與留咆留韵。今入豪。(《詩經韵分十七部表·古本音》,1414 頁。攀援桂枝兮聊淹留,虎豹鬭兮熊羆咆,禽獸駭兮亡其曹。王孫兮歸來!山中兮不可以久留)

九、九懷

(一)危俊

1. 蜩

本音在第三部。王褒九懷與州脩牛流休悠浮求幬儔怞韵是也。(《詩經韵分十七部表·古合韵》,1412 頁。林不容兮鳴蜩,余何留兮中州？陶嘉月兮總駕,搴玉英兮自脩。結榮茝兮逶逝,將去烝兮遠遊。徑岱土兮魏闕,歷九曲兮牽牛。聊假日兮相佯,遺光燿兮周流。望太一兮淹息,紆余轡兮自休。晞白日兮皎皎,彌遠路兮悠悠。顧列孛兮縹縹,觀幽雲兮陳浮。鉅寶遷兮砏磤,雉咸雊兮相求。泱莽莽兮究志,懼吾心兮幬幬。步余馬兮飛柱,覽可與兮匹儔。卒莫有兮纖介,永余思兮怞怞)

十、九歎

(一)遠逝

1. 西

西聲在此部……劉向九歎與紛韵,漢魏晋人多讀如下平一先之音。今入齊。(《詩經韻分十七部表·古本音》,1433 頁。水波遠以冥冥兮,眇不睹其東西。順風波以南北兮,霧宵晦以紛紛)

《廣雅疏證》[1]

總論

1. 朴，大也。

朴者，《楚辭・天問》“焉得夫朴牛”，王逸注云：“朴，大也。”《九章》“材朴委積兮”，注云：“條直爲材，壯大爲朴。”[2]（卷一上，14 頁）

2. 憑，滿也。

憑者，《方言》“馮，怒也，楚曰馮”，郭璞注云：“馮，恚盛貌。”……《楚辭・離騷》“憑不猒乎求索”，王逸注云：“憑，滿也。楚人名滿曰憑。”“憑”與“馮”同。戴先生《毛鄭詩考正》曰：“……‘馮’‘翼’二字古人多連舉，《楚辭・天問》云‘馮翼惟象’，[3]《淮南・天文訓》云‘馮馮翼翼’，皆指氣化充滿盛作，然後有形與物。”（卷一上，45 頁）

---

①王念孫撰，張靖偉、樊波成、馬濤等點校《廣雅疏證》，上海古籍出版社，2014 年版。

②出自《懷沙》。

③“象”今作“像”。

3. 邈，遠也。

邈、迻、離者，《方言》“伆、邈，離也。楚謂之越，或謂之遠，吴越曰伆”，郭璞注云：“離，謂乖離也。”《楚辭・離騷》“神高馳之邈邈”，王逸注云：“邈邈，遠貌。”《九章》云：“邈而不可慕。”①（卷一上，48 頁）

4. 極、荒，遠也。

極、荒者，《楚辭・九歌》“望涔陽兮極浦”，王注云：“極，遠也。”②……案：極、荒皆遠也。《離騷》云“覽相觀於四極”，又云“將往觀乎四荒”，王注：“荒，遠也。”“四極”“四荒”猶言“八極”“八荒”。故《廣雅》“極”“荒”俱訓爲“遠”也。（卷一上，49 頁）

5. 糜，壞也。

《説文》：“糜，爛也。”……《楚辭・招魂》“糜散而不可止些”，王逸注云“糜，碎也”；③《九歎》“名靡散而不彰”，注云“靡散，猶消滅也”。④（卷一上，98—99 頁）

6. 汩，疾也。

汩者，《方言》“汩，疾行也，南楚之外曰汩”，注云：“汩汩，急貌也。”《説文》：“𣶒，水流也。”《楚辭・離騷》“汩余若將不及兮”，王逸注云：“汩，去貌，疾若水流也。”《九章》云：“分流汩兮。”⑤“汩”與“𣶒”同。（卷一上，108 頁）

7. 婥，好也。

---

①出自《懷沙》。

②出自《湘君》。

③“糜”今皆作“靡”。

④出自《怨思》。

⑤出自《懷沙》。

婥、約者,《楚辭・大招》云:“滂心綽態,姣麗施只。”是“綽”爲“好”也。《吴語》云:“婉約其辭。”是“約”爲“好”也。合言之則曰“綽約”。“綽”與“婥”通。字或作“淖”,又作“汋”。《莊子・逍遥游》篇“淖約如處子”、《楚辭・九章》“外承歡之汋約兮”,①王逸、司馬彪注并云:“好貌。”凡“好”與“柔”義相近,故柔貌亦謂之“綽約”,《莊子・在宥》篇云“淖約柔乎剛强”是也。(卷一下,130 頁)

8. 央,盡也。

《楚辭・離騷》“時亦猶其未央”,王逸注云:“央,盡也。”《九歌》“爛昭昭兮未央”,注云:“央,已也。”②已亦盡也。(卷一下,211—212 頁)

9. 精,小也。

精、糳、稗,皆米之細者也。“糳”通作“鑿”。……《楚辭・離騷》“精瓊靡以爲粻”,王逸注云:“精,鑿也。”《九章》云:“糳申椒以爲糧。”③“精”“糳”語之轉耳。(卷二上,276 頁)

10. 遽,懼也。

遽,謂惶遽也。《楚辭・九章》云:“衆駭遽以離心兮。”④《大招》云:“魂乎歸徠,不遽惕只。”(卷二下,318 頁)

11. 傺,逗也。

傺、眙者,《方言》“傺、眙,逗也。南楚謂之傺,西秦謂之眙。”……《楚辭・離騷》“忳鬱邑余侘傺兮”,王逸注云“侘傺,失志貌。侘,猶堂堂立貌也。傺,住也。楚人名住曰傺”;《九章》“欲儃

①出自《哀郢》。

②出自《雲中君》。

③出自《惜誦》。

④出自《惜誦》。

佪以干傺兮”，①注云“傺，住也”；《方言注》云“眙，謂住視也”；《説文》“眙，直視也”；《九章》云“思美人兮，擥涕而竚眙”；②劉逵注《吴都賦》云“佇眙，立視也。今市聚人謂之立眙”；……義并同也。（卷二下，330—331頁）

12. 壓，塵也。

壓者，《説文》：“壓，塵也。”《楚辭·九懷》云：“霾土忽兮壓壓。”③《九歎》云：“愈氛霧其如壓。”④（卷三上，440頁）

13. 撨，擊也。

“撨”與“摵”聲相近，《玉篇》音所育切，《廣韻》又音“蕭”，字通作“蕭”。《楚辭·九歌》：“蕭鍾兮瑶簴⑤。蕭，擊也。”“瑶”與“摇”通，動也。《招蒐》“鏗鍾摇簴”，王逸注云“鏗，撞也。摇，動也”，是其證矣。（卷三上，458頁）

14. 歔、欷，悲也。

歔者，《説文》：“歔，欷也。”欷者，《説文》：“欷，歔也。”……《楚辭·九辯》云：“憯悽增欷。”《淮南子·説山訓》云：“紂爲象箸而箕子唏。”“欷”“唏”“悕”并通，合言之則曰“歔欷”。《衆經音義》卷五引《倉頡篇》云：“歔欷，泣餘聲也。”《楚辭·離騷》云：“曾歔欷余鬱邑兮。”（卷三上，466頁）

15. 獲，辱也。

獲者，《史記·屈原傳》云：“不獲世之滋垢，皭然泥而不滓者

①《惜誦》。

②《思美人》。

③《陶壅》。

④《惜賢》。

⑤《東君》。“蕭”今作“簫”，《考異》謂“一作蕭”。

也。”(卷三下,481 頁)

16. 靁,空也。

“靁”之言“瓏玲”也。《説文》“櫺,楯閒子也”,徐鍇傳云:“即今人闌楯下爲横櫺也。”《説文》:“軨,車轖間横木也。”《楚辭·九辯》:“倚結軨兮長太息。”字亦作“笭”。……《楚辭·九章》“乘舲船余上沅兮”,王逸注云:“舲船,船有牕牖者。”①《説文》:“籠,笭也。”是凡言“靁”者皆中空之義也。(卷三下,513 頁)

17. 豂,空也。

豂者,《説文》:“廫,空虚也。”“豂,空谷也。”……《楚辭·遠游》篇云“上寥廓而無天”,《漢書·司馬相如傳》“寥”作“嵺”;《九辯》云“泬寥兮天高而氣清,宋廫兮收潦而水清”,義并相近也。(卷三下,514 頁)

18. 紉,索也。

《楚辭·離騷》“紉秋蘭以爲佩”,王逸注云:“紉,索也。”……《補正》:紉,索也。注“紉索也”下補:《惜誓》注云:“單爲紉,合爲索。”②墨籤云:《離騷》“豈惟紉夫蕙茝”,③注:“紉,索也。”(卷三下,568 頁)

19. 邅,轉也。

“邅”之言“纏繞”也。《楚辭·離騷》“邅吾道夫崑崙兮”,注云:“楚人名轉曰邅。”《九章》云:“欲儃佪以干傺兮。”④“儃”與“邅”通。(卷四上,572 頁)

①《涉江》。

②見《惜誓》:傷誠是之不察兮,並紉茅絲以爲索。

③“惟”今作“維”。

④《惜誦》。

20. 沬,已也。

沬者,《楚辭·離騷》“芬至今猶未沬”、《招䰟》“身服義而未沬”,王逸注并云:“沬,已也。”①(卷四下,657 頁)

21. 宋,静也。

宋者,《方言》:“宋,静也。江湘九疑之間謂之宋。”《説文》:“宋,無人聲也。或作誌。”又云:“㕚,嗼也。”《繫辭傳》云“寂然不動”,《楚辭·大招》云“湯谷宋只”,并字異而義同,合言之則曰“宋募”。《説文》“嗼,㕚嗼也”,“募,死宋募也”,……《楚辭·九辯》云“蟬宋漠而無聲”。(卷四下,659 頁)

22. 靈子,巫也。

靈子,巫、覡者,《楚語》云:“民之精爽不攜貳者,而又能齊肅衷正,其知能上下比義,其聖能光遠宣朗,其明能光照之,其聰能聽徹之,如是則明神降之,在男曰覡,在女曰巫。”故巫謂之“靈”,又謂之“靈子”。《説文》:“靈,靈巫,以玉事神。從玉霝聲,或從巫作靈。”春秋楚屈巫,字子靈。《楚辭·九歌·東皇太一》“靈偃蹇兮姣服”,王逸注云:“靈,謂巫也。”……《九歌·雲中君》“靈連蜷兮既留”,一本“靈”下有“子”字,王注云:“靈子,巫也。楚人名巫爲靈子。”②……《楚辭·離騷》“命靈氛爲余占之”,靈氛,猶巫氛耳。(卷四下,660—661 頁)

23. 嵯峩,高也。

《説文》:“嵯,山皃。”又云:“硪,石巖也。”……《説文》“峨,嵯峨也”;《楚辭·招隱士》云“山氣巃嵸兮石嵯峨”;《爾雅》“崒者,厜

①“沬”今皆作“沬”。

②今本王逸注“靈子,巫也”之“靈”下無“子”字,《考異》謂“一本‘靈’下有‘子’字”。

巖”，釋文“㕒巖，本或作崖峩”。并字異而義同。嵯之言“嵾嵯”，“峨”之言“岭峨”。《楚辭·七諫》：“俗岭峨而嵾嵯。”①“嵾岭”“嵯峨”爲叠韵，“岭峨”“嵾嵯”爲雙聲也。（卷四下，667 頁）

24. 菲，差也。

乖者，舛之差也。《楚辭·七諫》“吾獨乖剌而無當兮”，王逸注云：“乖，差也。”②《九歎》云：“君乖差而屏之。”③（卷四下，675 頁）

25. 慅，愁也。

《玉篇》：“慅，音蘇勞切。”《史記·屈原傳》：“離騷者，猶離憂也。”“騷”與“慅”亦同義。（卷四下，702 頁）

26. 烱烱，光也。

《説文》：“烱，光也。”重言之則曰“烱烱”。襄五年《左傳》“我心扃扃”，杜預注云“扃扃，明察也”；《楚辭·哀時命》云“夜烱烱而不寐兮”；《九思》云“神光兮熲熲”。④ 并字異而義同。（卷六上，942 頁）

27. 馡馡，香也。

《楚辭·離騷》云“芳菲菲其彌章”，《九歎》云“佩江蘺之斐斐”⑤，《史記·司馬相如傳》云“郁郁斐斐，衆香發越”，并與“馡馡”同。（卷六上，948 頁）

28. 緫緫、僔僔，衆也。

---

①出自《怨世》。“嵾”今作“嵾”。

②出自《怨世》。

③出自《愍命》。

④《哀歲》；“熲熲”今作“熲熲”。

⑤《惜賢》。

卷三云:“蕁、總,聚也。”“蕁”與“僔”通。重言之則曰“總總”“僔僔”。《楚辭·離騷》“紛總總其離合兮”,王逸注云:“總總,猶僔僔,聚貌。”①《九歌》“紛總總兮九州”,注云:“總總,衆貌。”②(卷六上,966頁)

29.闐闐,聲也。

凡群行聲謂之“闐闐”,……雷聲謂之“填填”,《楚辭·九歌》云“靁填填兮雨冥冥”③,《九辯》“屬雷師之闐闐”是也。(卷六上,971頁)

30.蜿蜿,〔動〕也。

《玉篇》“蜿”音於阮、於元、於丸三切。《楚辭·大招》“虎豹蜿只”,王逸注云:“蜿,虎行貌也。”“行”與“動”同義。重言之則曰“蜿蜿”。《楚辭·離騷》云“駕八龍之婉婉兮”,宋玉《高唐賦》云“振鱗奮翼,蜲蜲蜿蜿”,司馬相如《封禪文》云“宛宛黄龍,興德而升”,并字異而義同。(卷六上,975頁)

31.仿佯,徙倚也。

游戲放蕩謂之仿佯,地勢潢蕩亦謂之仿佯,《楚辭·招魂》云“西方仿佯無所倚,廣大無所極”是也。④《楚辭·遠游》“步徙倚而遥思兮”,《哀時命》注云:“徙倚,猶低佪也。”⑤“逍遥”“儴徉”“徙倚”聲之轉,“儴徉”“仿佯”聲相近,上言“逍遥儴徉”,此言“仿佯徙倚”,一也。故《離騷》云:“聊逍遥以相羊。”《遠遊》云:“聊仿

①“總總”今皆作“緫緫”。

②《大司命》。

③《山鬼》。

④今本“仿佯”上無“西方”二字;“仿佯”今作“彷徉”,《考異》謂“一作仿佯”。

⑤見《哀時命》篇:獨徙倚而彷徉。

佯而逍遥。"《哀時命》云:"獨徙倚而仿佯。"①(卷六上,989—990頁)

32. 偟躟,惶劇也。

上文云:"惶惶、侹侹,劇也。"《文選・舞賦》注引《埤倉》云:"躟,疾行貌。"字通作"攘"。《史記・貨殖傳》云:"天下攘攘,皆爲利往。"合言之則曰"侹躟"。……《方言》云:"瀾沭、征伀,惶遽也。""遽"與"劇"通。惶遽謂之侹躟,故擾亂亦謂之侹躟,《楚辭・九辯》"悼余生之不時兮,逢此世之侹攘"是也。王逸《注》以爲"遇讒而惶遽",②失之。《哀時命》"摡塵垢之枉攘兮",王注云:"枉攘,亂貌。""侹攘""枉攘"并與"侹躟"同。(卷六上,990頁)

33. 曖曃,翳薈也。

《楚辭・離騷》"時曖曖其將罷兮",王逸注云:"曖曖,昏昧貌。"《遠遊》"皆曖曃其曭莽兮",注云:"日月晻黮而無光也。"(卷六上,991頁)

34. 撣援,牽引也。

"撣"之言"蟬連","援"之言"援引",皆憂思相牽引之貌也。《楚辭・離騷》"女嬃之嬋媛兮",王逸注云:"嬋媛,猶牽引也。"一作"撣援"。《九歌》"女嬋媛兮爲余太息"③、《九章》"心嬋媛而傷懷"④,注并與《離騷》同。又《九章》"忽傾寤以嬋媛"⑤,一作"儃佪",⑥"儃佪"與"嬋媛"古聲相近,亦牽引之意也。(卷六上,992

①"仿佯"今作"彷徉",《考異》謂"一作仿佯"。

②今本王逸注爲"卒遇譖讒,而遽惶也"。

③出自《湘君》。

④出自《哀郢》。

⑤出自《悲回風》。

⑥"儃佪"今本王逸注爲"擅徊"。

頁)

35.蹻躇,猶豫也。

此雙聲之相近者也。“蹻”“猶”“躇”“豫”爲叠韵,“躊”“躇”“猶”“豫”爲雙聲。……《楚辭·九辯》“蹇淹留而躊躇”,《七諫》注云:“躊躇,不行貌。”①并與“蹻躇”同。“猶豫”,字或作“猶與”,單言之則曰“猶”曰“豫”。《楚辭·九章》“壹心而不豫兮”,王注云:“豫,猶豫也。”②……《楚辭·九歌》“君不行兮夷猶”,王注云:“夷猶,猶豫也。”③《九章》云:“然容與而狐疑。”④……《離騷》云:“心猶豫而狐疑兮。”《史記·淮陰侯傳》云:“猛虎之猶豫,不若蜂蠆之致螫。騏驥之蹢躅,不如駑馬之安步。孟賁之狐疑,不如庸夫之必至也。”“嫌疑”“狐疑”“猶豫”“蹢躅”皆雙聲字。“狐疑”與“嫌疑”一聲之轉耳。後人誤讀“狐疑”二字,以爲狐性多疑,故曰“狐疑”。又因《離騷》“猶豫”“狐疑”相對成文,而謂猶是犬名,犬隨人行,每豫在前,待人不得,又來迎候,故曰猶豫。或又謂猶是獸名,每聞人聲,即豫上樹,久之復下,故曰猶豫。或又以“豫”字從象,而謂猶、豫俱是多疑之獸。以上諸説具見於《水經注》《顔氏家訓》《禮記正義》及《漢書注》《文選注》《史記索隱》等書。夫雙聲之字,本因聲以見義,不求諸聲而求諸字,固宜其説之多鑿也。(卷六上,992—993 頁)

36.從容,舉動也。

---

①見《七諫·怨世》“驥躊躇於弊輂兮”。

②出自《惜誦》。

③出自《湘君》。

④出自《思美人》。

《楚辭·九章·懷沙》篇“重華不可遌兮，孰知余之從容”，①王逸注云：“從容，舉動也。言誰得知我舉動欲行忠信。”②案：“從容”有二義，一訓爲“舒緩”，一訓爲“舉動”。其訓爲“舉動”者，字書韵書皆不載其義，今詳引諸書以證明之。《九章·抽思》篇云：“理弱而媒不通兮，尚不知余之從容。”《哀時命》云：“世嫉妬而蔽賢兮，孰知余之從容。”③此皆謂己之舉動，非世俗所能知，與《懷沙》同意。……《楚辭·九章·悲回風》云：“竊從容以周流兮。”（卷六上，994—995 頁）

37. 陸離，參差也。

《楚辭·離騷》云“紛總總其離合兮，斑陸離其上下”，④《招䰟》云“長髮曼鬋，豔陸離些”，《淮南子·本經訓》云“五采争勝，流漫陸離”，皆參差之貌也。貌參差謂之“陸離”，聲參差亦謂之“陸離”，……又《離騷》：“高余冠之岌岌兮，長余佩之陸離。”岌岌，高貌；陸離，長貌也。《九章》云“帶長鋏之陸離兮，冠切雲之崔嵬”，⑤意與此同。王逸《注》云“陸離，猶參差”，⑥失之。（卷六上，1000 頁）

38. 敹憶，菲剌也。

《説文》：“敹，戾也。”《玉篇》：“憶，乖戾也。”合言之則曰“敹憶”。《楚辭·離騷》“忽緯繣其難遷”，王逸注云“緯繣，乖戾也”，義與“敹憶”同。意相乖違謂之“敹憶”，行相乖違亦謂之“敹

①“遌”今作“逜”，《考異》謂“一作遌”，《補注》謂“逜、遌，當作遻”。

②今本“言”下尚有“聖辟重華，不可逢遇”八字。

③“世”今作“俗”；“妬”今作“妒”。

④“總總”今作“緫緫”。

⑤出自《涉江》。

⑥今本王逸注“參差”爲“嵾嵯”。

懥”,……“乖剌”猶“乖戾”,語之轉耳。《説文》:“剌,戾也。”《楚辭·七諫》云:“吾獨乖剌而無當兮。”①(卷六上,1000 頁)

39. 委蛇,窊衺也。

《楚辭·離騷》“載雲旗之委蛇”,一作“委移”,一作“逶迤”。《遠遊》云:“形蟉虯而逶蛇。”②《九歎》云:“遵江曲之逶移兮。”③又云:“帶隱虹之逶虵。”④(卷六上,1005 頁)

40. 踡局,傴踡也。

《説文》:“趯,行曲脊也。”“趯”與“䠏”通。《小雅·正月》篇“謂天蓋高,不敢不局”,傳云:“局,曲也。”合言之則曰“䠏局”。《楚辭·離騷》“僕夫悲余馬懷兮,蜷局顧而不行”,王逸注云“蜷局,詰屈不行貌”;《九思》“踡跼兮寒局數”,注云“踡跼,傴僂也”。⑤ 并與“䠏局”同。(卷六上,1013 頁)

41. 膠葛,驅馳也。

《史記·司馬相如傳》“雜遝膠葛以方馳兮”,索隱引《廣雅》“膠葛,驅馳也”;《漢書》作“膠轕”;《楚辭·遠游》“騎膠葛以雜亂兮”,王逸注云“參差駢錯而縱横也”;《九歎》云“湧湲轇轕,雷動電發,馺高舉兮”。⑥ 并字異而義同。(卷六上,1022—1023 頁)

42. 縹,青也。

《説文》:“縹,帛青白色也。”《釋名》云:“縹,猶漂漂,淺青色也。有碧縹,有天縹,有骨縹,各以其色所象名之也。”……王褒

①出自《怨世》。

②“虯”今作“虬”。

③出自《離世》。

④出自《遠逝》。

⑤出自《憫上》;“踡跼,傴僂也”今本王逸注“踡”下無“跼”字。

⑥出自《遠遊》。

《九懷》云:“翠縹兮爲裳。”①縹色在青白之間,故白亦謂之“縹”。《釋名》云“土白曰漂”,王逸《九思》云“鬚髮薴頩兮鬢顠白”,②皆是也。(卷八上,1372 頁)

43. 涅,黑也。

《説文》:“涅,黑土在水中也。”……《史記·屈原傳》“皭然泥而不滓者也”,索隱:“泥,音涅,滓,音緇。”(卷八上,1382 頁)

44. 風師謂之飛廉。

《楚辭·離騷》“後飛廉使奔屬”,王逸注云:“飛廉,風伯也。”《九辯》云:“通飛廉之衙衙。”(卷九上,1428 頁)

45. 雨師謂之荓翳。

荓,字或作“蓱”,又作“屏”。《楚辭·天問》“蓱號起雨”,王注云:“蓱,蓱翳,雨師名也。”……然王注《九歌·雲中君》又云:“雲神,豐隆也。一曰屏翳。”③《漢書·司馬相如傳》“召鴻翳誅風伯,刑雨師”,應劭曰:“屏翳,天神使也。”韋昭曰:“雷師也。”……未知孰是。(卷九上,1428 頁)

46. 雲師謂之豐隆。

《楚辭·離騷》“吾令豐隆乘雲兮”,④王注云:“豐隆,雲師。一曰雷師。”案:《開元占經·石氏中官占》引石氏云:“五車,東南星名曰司空,其神名曰雷公;西南星名曰卿,其神名曰豐隆。”則豐隆、雷公非一神也。若《淮南子·天文訓》“季春三月,豐隆乃出,以將其雨”,張衡《思玄賦》“豐隆軯其震霆兮”,則并以豐隆爲雷

①出自《通路》。

②出自《憫上》;“鬢顠”今作“顠鬢”。

③見《雲中君》篇目下注。

④“乘”今作“椉”,《考異》謂“一作乘”。

師。然《離騷》既云“豐隆乘雲”,《九章》又云“願寄言於浮雲兮,遇豐隆而不將”,①則以豐隆爲雲師於義爲長。(卷九上,1428—1429 頁)

47. 瓊支。

“支”與“枝”同。《楚辭・離騷》“折瓊枝以繼佩”,《九歌》“盍將把兮瓊芳”,王逸注云:“瓊,玉枝也。”②(卷九下,1471 頁)

48. 瑾瑜。

《説文》:“瑾瑜,美玉也。”……《西山經》云:“瑾瑜之玉,堅栗精密,濁澤而有光,五色發作,以和柔剛。”分言之則或曰“瑾”,或曰“瑜”。《楚辭・九章》云“懷瑾握瑜”③,《九歎》云“捐赤瑾於中庭”④,……皆是也。(卷九下,1472 頁)

49. 崐崘虚有三山:閬風、板桐、玄圃。其高萬一千一百一十里一十四步二尺六寸。

《楚辭・離騷》云:“朝發軔於蒼梧兮,夕余至乎縣圃。”又云:“朝吾將濟於白水兮,登閬風而緤馬。”《天問》云:“崐崘縣圃,其尻安在?增城九重,其高幾里?”⑤《哀時命》云:“擥瑶木之橝枝兮,望閬風之板桐。”縣圃,與“元圃”同。閬風,或作“涼風”。板桐,或作“樊桐”。《淮南子・地形訓》云:“崐崘虚有增城九重,其高萬一千里百一十四步二尺六寸。”又云:“縣圃、涼風、樊桐,在崐崘閶闔之中。崐崘之丘,或上倍之,是謂涼風之山;或上倍之,是謂縣圃

①《思美人》。
②《東皇太一》。
③《懷沙》。
④《愍命》。
⑤“崐崘”今作“崑崙”。

之山;或上倍之,乃維上天。"王逸注《離騷》引《河圖括地象》亦云:"崐崘高萬一千里。"①二書所記崐崘里數與《廣雅》大同小異,事涉無稽,非所詳究也。(卷九下,1508 頁)

50. 湍,瀨也。

《説文》:"瀨,水流沙上也。"《楚辭·九歌》"石瀨兮淺淺",王逸注云:"瀨,湍也。"②……石上疾流謂之瀨,故無石而流疾者亦謂之瀨。《楚辭·九章》云"長瀨湍流,泝江潭兮"③是也。《説文》:"湍,疾瀨也。"(卷九下,1512 頁)

51. 汏,波也。

《楚辭·九章》"齊吳榜以擊汏",王注云:"汏,水波也。"④《九歎》云:"挑揄揚汏,盪迅疾兮。"⑤(卷九下,1517 頁)

52. 攣夷,芍藥也。

攣夷,即留夷。"留""攣",聲之轉也。張注《上林賦》云:"留夷,新夷也。""新"與"辛"同。王逸注《楚詞·九歌》云:"辛夷,香草也。"⑥郭璞注《西山經》云:"芍藥。一名辛夷,亦香草屬。"然則《鄭風》之"勺藥",《離騷》之"留夷"⑦,《九歌》之"辛夷",一物耳。……《名醫别録》云"芍藥生中岳川谷及丘陵",陶注云:"出白山、蔣山、茅山最好,白而長大,餘處多赤。"與《山經》合。則古之芍藥,即醫家之藥草芍藥也,今人畦種之,《離騷》所謂"畦留夷"者

---

① 見《離騷》:邅吾道夫崑崙兮。

②《湘君》。

③《抽思》。

④ 出自《涉江》。"汏"今皆作"汰"。

⑤ 出自《惜賢》。"汏"今作"汰"。

⑥ 見《山鬼》:辛夷車兮結桂旗。

⑦ 見《離騷》:畦留夷與揭車兮。

矣。(卷十上,1544—1545 頁)

53. 白芷,其葉謂之葯。

《楚詞·離騷》云"扈江離與辟芷兮",王逸注云:"辟,幽也。芷幽而香。"《招寬》云:"菉蘋齊葉兮白芷生。"白芷以根白得名也。蘇頌《本草圖經》云:"白芷,根長尺餘,白色,粗細不等,枝榦去地五寸已上。春生葉,相對婆娑,紫色,濶三指許。"是白芷根與葉殊色,故以白芷名其根,又别以葯名其葉也。若然,則《九歌》云"辛夷楣兮葯房"①,"芷葺兮荷屋"②,《七諫》云"捐葯芷與杜衡兮",③《九懷》云"芷閭兮葯房",④當并是根、葉分舉矣。但芷葯雖根葉殊稱,究爲一草,故王逸《九歌》注云:"葯,白芷也。"⑤(卷十上,1623—1624 頁)

54. 箘簬,箭也。

箘簬,或作"箟簬",《楚辭·七諫》《哀時命》并云:"箟簬雜於黀蒸兮。"⑥又作"筎路"。(卷十上,1641 頁)

55. 菌蔺,芙蓉也。

"菌"各本訛作"萏"。"萏"即"蔺"字,不得重出。蓋"菌"字隸或作"菡",與"萏"相似而誤也,今訂正。《説文》云:"菌蔺,芙蓉華,未發爲菌蔺,已發爲芙蓉。"……《楚詞·招魂》云:"芙蓉始發。"明未發爲菌蔺,已發爲芙蓉也。……《離騷》云"轟芙蓉以爲裳",王注云:"芙蓉,蓮華也。"(卷十上,1659—1660 頁)

---

①出自《湘夫人》。

②出自《湘夫人》。

③出自《怨世》;今本"捐"上有"棄"字。

④出自《匡機》。

⑤見《湘夫人》:辛夷楣兮葯房。

⑥今本《七諫·謬諫》"箟簬"作"菎蕗",《考異》謂"一作箟簬"。

56. 蘘荷，蒪苴也。

《楚詞·大招》云"醢豚苦狗，膾苴蒪只"，王注云："苴蒪，蘘荷也。雜用膾炙，切蘘荷以爲香，備衆味也。"或作"蒪菹"。《九歎》云"耘藜藿與蘘荷"，王注云："蘘荷，蒪菹也。"①……《七諫》云"列樹芋荷"②，謂芋渠與蘘荷也。（卷十上，1693—1695頁）

57. 有鱗曰蛟龍，有翼曰應龍，有角曰䖦龍，無角曰䖩龍。龍能高能下，能小能巨，能幽能明，能短能長。淵深是藏，敷和其光。

《楚辭·天問》"河海應龍"，王逸注云："有鱗曰蛟龍，有翼曰應龍。"案：蛟爲龍屬，不得即謂之龍。古書言蛟龍，皆爲二物，無稱蛟爲蛟龍者，且龍皆有鱗，而云"有鱗曰蛟龍"，非確訓也。……《説文》："虯，龍子有角者。""螭，若龍而黄，北方謂之地螻。或曰無角曰螭。""虯"與"䖦"同，"螭"與"䖩"同。《漢書·司馬相如傳》"蛟龍赤螭"，文穎注云："龍子爲螭。"張注云："赤螭，雌龍也。"又"六玉虯"，張注云："龍子有角曰虯。"然則有角者雄，無角者雌也。《離騷》"駟玉虯以乘鷖兮"③、《天問》"焉有虯龍，負熊以遊"，王逸注并云："有角曰龍，無角曰虯。"④……《吕氏春秋·舉難》篇："龍食乎清而游乎清，螭食乎清而游乎濁。"高誘注云："螭、龍之别也。"故《楚辭·九歌》云"駕兩龍兮驂螭"⑤也。（卷十下，1785頁）

58. 鷤鴂，子鳺也。

《離騷》："恐鵜鴂之先鳴兮，使夫百草爲之不芳。"王逸注云：

---

①出自《愍命》。

②出自《七諫》"亂曰"。

③"虯"今作"虬"，《考異》謂"一作虯"；"乘"今作"椉"，《考異》謂"一作乘"。

④"虯"今皆作"虬"。

⑤出自《河伯》。

"鶗鴂,一名買鶬,常以春分鳴。"……李善注《思玄賦》云:"服虔曰:'䳏鴂,一名鵙,伯勞也。順陰氣而生,賊害之鳥也。'王逸以爲春鳥,繆也。"案:服意蓋謂春分之時,衆芳始盛,不得云百草不芳,因以爲五月始鳴之鵙。五月陰氣生而鵙鳴,百草爲之不芳,是服之意也。今案:《離騷》言此者,以爲小人得志則君子沈淪,野鳥群鳴則芳草衰謝,此乃假設爲文,不必實有其事。亦如《九章》云"鳥獸鳴以號群兮,草苴比而不芳"①耳,豈謂鳥獸群號之時,實有不芳之草哉?若然,則子鳺争鳴而衆芳歇絶,可無以春鳥爲疑矣。(卷十下,1797 頁)

一、離騷

1. 揲,積也。

揲者,《淮南子·俶真訓》云:"横廓六合,揲貫萬物。"王逸注《離騷》云:"貫,累也。""揲貫"猶言積累。(卷一上,80 頁。貫薜荔之落蕊)

2. 搴,取也。

《説文》"摶,拔取也",引《離騷》"朝摶阰之木蘭",②今本作"搴"。《莊子·至樂》篇云:"攓蓬而指之。""搴""摶""攓"并通。(卷一上,83 頁)

3. 擥,取也。

擥者,《説文》:"擥,撮持也。"……《楚辭·離騷》:"夕擥洲之

①出自《悲回風》。

②"摶"今作"搴",《補注》謂:"《説文》:摶,拔取也,南楚語,引'朝摶阰之木蘭'。"

宿莽。"①……"擥"與"擥"同。(卷一上,84 頁)

4. 穌,取也。

《楚辭·離騷》"蘇糞壤以充幃兮",②王逸注云:"蘇,取也。"……"蘇"與"穌"通。(卷一上,85 頁)

5. 苗、裔,末也。

苗、裔者,禾之始生曰"苗",對"本"言之則爲"末"也。"苗"猶"杪"也。《説文》"裔,衣裾",徐鍇傳云:"裾,衣邊也,故謂四裔。"《方言》:"裔,末也。"……《楚辭·離騷》:"帝高陽之苗裔兮。"(卷一下,132 頁)

6. 阽,危也。

阽者,《説文》:"阽,壁危也。"《楚辭·離騷》"阽余身而危死兮",王逸注云:"阽,猶危也。"(卷一下,142 頁)

7. 興,生也。

"興"各本訛作"與"。《楚辭·離騷》"各興心而嫉妒",王逸注云"興,生也",今據以訂正。(卷一下,147 頁)

8. 彠,度也。

彠者,《説文》:"規蒦,商也。一曰度也。或作彠。"引《離騷》"求榘彠之所同",③今本作"矱"。(卷一下,151 頁)

9. 指,語也。

指者,《楚辭·離騷》"指九天以爲正兮",王逸注云:"指,語也。"(卷一下,153 頁)

10. 婪,貪也。

---

①"擥"今作"攬",《考異》謂"一作擥"。

②"以"今作"目",《考異》謂"一作以"。

③"彠"今作"矱",《考異》謂"一作彠"。

《楚辭·離騷》"衆皆競進以貪婪兮",王逸注云:"愛財曰貪,愛食曰婪。"案:"貪婪"亦愛財、愛食之通稱,不宜分訓也。(卷二上,220 頁)

11. 皷,鳴也。

《楚辭·離騷》"吕望之鼓刀兮",王逸注云:"鼓,鳴也。"(卷二上,228 頁)

12. 戲,怒也。

戲、憚者,《方言》:"戲、憚,怒也。齊曰戲,楚曰憚。""戲"讀當爲"赫戲"之"戲"。《楚辭·離騷》"陟陞皇之赫戲兮",王逸注云:"赫戲,光明貌。"(卷二上,244 頁)

13. 亂,理也。

王逸《離騷》注云:"亂,理也,所以發理辭指,總撮其要也。"①"理"與"治"同意。故理謂之"亂",亦謂之"敕"。治謂之"敕",亦謂之"亂"。(卷二上,294 頁。亂曰)

14. 偭,偝也。

偭者,《楚辭·離騷》"偭規矩而改錯"、《漢書·賈誼傳》"偭蟂獺以隱處兮",王逸、應劭注并云:"偭,背也。"(卷二下,312 頁)

15. 晻,障也。

《説文》:"晻,不明也。"《楚辭·離騷》"揚雲霓之晻藹兮",王逸注云:"晻藹,猶蓊鬱蔭貌也。"(卷二下,324 頁)

16. 薆,障也。

《説文》:"薆,蔽不見也。"《爾雅》"薆,隱也",郭璞注云:"謂隱蔽。"……《楚辭·離騷》云:"衆薆然而蔽之。"(卷二下,324 頁)

17. 諑,譖也。

---

①"辭"今作"詞"。

諑者,《方言》"諑,愬也。楚以南謂之諑",郭璞注云:"諑,譖,亦通語也。"《楚辭·離騷》"謡諑謂余以善淫",王逸注云:"謡,謂毁也。"諑,猶譖也。(卷二下,338—339 頁)

18. 慁,亂也。

慁者,《説文》:"慁,擾也。"又云:"溷,亂也。""溷"與"慁"通。……《楚辭·離騷》"世溷濁而不分兮",王逸注云:"溷,亂也。"(卷三上,409—410 頁)

19. 矯,直也。

矯、揉者,正曲而使之直也。《説文》:"矯,揉箭箝也。"《楚辭·離騷》"矯菌桂以紉蕙兮",王逸注云:"矯,直也。"(卷三上,418 頁)

20. 貞,當也。

"貞"之言"丁"也。《爾雅》云:"丁,當也。"《洛誥》"我二人共貞",馬融注云:"貞,當也。"《楚辭·離騷》"攝提貞于孟陬兮",戴先生注亦云。(卷三上,444 頁)

21. 絶,落也。

絶者,《楚辭·離騷》"雖萎絶其亦何傷兮",王逸注云:"絶,落也。"《列子·仲尼篇》云:"前矢造準而無絶落。"(卷三上,467 頁)

22. 嫉,賊也。

嫉者,王逸注《離騷》云:"害賢爲嫉。"(卷三下,482 頁。各興心而嫉妒)

23.〔妒〕,害也。

妒者,王逸注《離騷》云:"害色曰妒。"①(卷三下,483 頁。各興心而嫉妒)

①今本王逸注"曰"作"爲"。

24. 蕁,聚也。

"蕁"之言"欑聚"也。《説文》:"蕁,叢草也。"《玉篇》作緄切,云:"苯蕁,草叢生也。"……《楚辭・離騷》"紛緫緫其離合兮",王逸注云:"緫緫,猶僔僔,聚貌也。"①(卷三下,491頁)

25. 橤,聚也。

《廣韻》"蕊,草木叢生皃";《楚辭・離騷》"貫薜荔之落蘂";②劉逵注《蜀都賦》云"蘂者,或謂之華,或謂之實,一曰華鬚頭點";皆聚之義也。(卷三下,491頁)

26. 搴,拔也。

搴者,《説文》"攓,拔取也",引《離騷》"朝攓阰之木蘭",③今本作"搴"。《爾雅》"芼,搴也",樊光注云:"搴,猶拔也。"(卷三下,523頁)

27. 訒,難也。

訒者,《説文》:"訒,頓也。""頓"與"鈍"同。……《説文》"軔,礙車木也";《楚辭・離騷》"朝發軔於蒼梧兮",王逸注云"軔,楮輪木也";④義與"訒"亦相近。(卷三下,531頁)

28. 騰,過也。

騰者,《楚辭・離騷》"騰衆車使徑待",注云:"騰,過也。"(卷三下,550頁)

29. 媮,巧也。

---

①《離騷》"紛緫緫其離合兮"凡兩見,王逸注在"紛緫緫其離合兮,斑陸離其上下"句;"緫緫"今皆作"緫緫"。

②"蘂"今作"蕊"。

③"攓"今作"搴",《補注》謂:"《説文》:攓,拔取也,南楚語,引'朝攓阰之木蘭'。"

④"楮"今本王逸注爲"搘"。

媮者,《説文》:“媮,巧黠也。”《爾雅》:“佻,偷也。”《楚辭·離騷》:“余猶惡其佻巧。”“佻”“偷”一聲之轉,“偷”與“媮”通。(卷三下,565 頁)

30. 耿,明也。

耿者,王逸注《離騷》云:“耿,明也。”(卷四上,589 頁。耿吾既得此中正)

31. 總,結也。

總者,《衛風·氓》篇“總角之宴”,毛傳云:“總角,結髮也。”《楚辭·離騷》“總余轡乎扶桑”,王逸注云:“總,結也。”(卷四上,604 頁)

32. 粹,同也。

王逸注《離騷》云:“至美曰純,齊同曰粹。”(卷四上,610 頁。昔三后之純粹兮)

33. 竊,私也。

竊者,王逸注《離騷》云:“竊愛爲私。”莊十年《左傳》“自雩門竊出”,謂私出也。(卷四上,611 頁。皇天無私阿兮)

34. 誶,諫也。

誶者,《陳風·墓門篇》“歌以訊止”,《釋文》:“訊,本又作誶。徐息悴反。《韓詩》云:‘訊,諫也。’”《楚辭·離騷》“謇朝誶而夕替”,王逸注與《韓詩》同。(卷四上,617 頁)

35. 颸,風也。

颸者,劉逵《蜀都賦》注引《離騷》“溘颸風兮上征”,①又引班固注云:“颸,疾也。”(卷四下,644 頁)

36. 貫,累也。

---

①“颸”今作“埃”;“兮”今作“余”。

貫者,《説文》:"毌,穿物持之也。貫,錢貝之貫也。"《樂記》云:"纍纍乎端如貫珠。"《楚辭·離騷》"貫薜荔之落蘂",①王逸注云:"貫,累也。""累"與"纍"同,字亦作"絫",又作"壘"。(卷四下,680 頁)

37. 茹,柔也。

茹者,《楚辭·離騷》"攬茹蕙以掩涕兮",王逸注云:"茹,柔耎也。"(卷四下,682 頁)

38. 鷙,執也。

《離騷》"鷙鳥之不羣兮",注云:"鷙,執也。謂能執伏衆鳥,鷹鸇之類也。"《説文》"摯,握持也",義亦與"鷙"同。(卷五上,747 頁)

39. 羌,乃也。

《楚辭·離騷》:"余以蘭爲可恃兮,羌無實而容長。"(卷五上,757 頁)

40. 羌,卿也。

《楚辭·離騷》"羌内恕己以量人兮",王逸注云:"羌,楚人語辭也,猶言卿何爲也。"②(卷五上,757 頁)

41. 犀,緫也。

王逸《離騷注》云:"緫,結也。"韋昭《晋語注》云:"屬,結也。"是"緫""屬"二字同義。"屬"與"犀","緫"與"緦",皆因形近而誤。卷三内"緫,聚也","緫"字訛作"緦",曹憲音"思",誤與此同。(卷五上,759 頁。緫余轡乎扶桑)

42. 紉,擘也。

---

①"蘂"今作"蕊"。

②"辭"今本王逸注作"詞"。

《説文》:"紉,繟繩也。"《玉篇》:"紉,繩縷也,展而續之也。"《楚辭·離騷》"紉秋蘭以爲佩",王逸注云:"紉,索也。""紉"各本訛作"紐"。《方言》"擘,楚謂之紉",郭璞音"刃",今據以訂正。(卷五上,765 頁)

43.理,媒也。

《楚辭·離騷》云:"吾令蹇脩以爲理。"又云:"理弱而媒拙兮。"(卷五下,809 頁)

44.皋,局也。

"局"之言"曲"也。…… 王逸注《離騷》云:"澤曲曰皋。"是"皋""局"皆"曲"也。皋爲"曲局"之"局",又爲"界局"之"局"。(卷五下,866 頁。步余馬於蘭皋兮)

45.歷,逢也。

王逸《離騷》注文。(卷五下,866 頁。委厥美而歷兹)

46.岌岌,高也。

《爾雅》"小山岌大山,峘",郭璞注云:"岌,謂高過。"重言之則曰"岌岌"。《楚辭·離騷》:"高余冠之岌岌兮。"(卷六上,923 頁)

47.曼曼,長也。

《楚辭·離騷》"路曼曼其脩遠兮",《釋文》作"漫漫"。(卷六上,934 頁)

48.冄冄,進也。

冄冄,漸進之意。《楚辭·離騷》:"老冄冄其將至兮。"①(卷六上,937 頁)

49.翼翼,飛也。

《説文》:"䨿,翅也。從飛異聲。篆文作翼。"又云:"翊,飛

①"冄冄"今皆作"冉冉"。

皃。"“爨”“翼”“翊”并同義。重言之則曰“翼翼”。《楚辭·離騷》云:“高翱翔之翼翼。”(卷六上,941 頁)

50. 馞馞,香也。

《釋器》云:“馞,香也。”重言之則曰“馞馞”。王逸注《離騷》云:“菲菲,猶勃勃,芬香貌也。”“勃”與“馞”通。(卷六上,946 頁。芳菲菲其彌章)

51. 冄冄,行也。

《離騷》“老冄冄其將至兮”,注云:“冄冄,行貌。”①(卷六上,949 頁)

52. 浪浪,流也。

《楚辭·離騷》“攬茹蕙以掩涕兮,霑余襟之浪浪”,王逸注云:“浪浪,流貌也。”(卷六上,954 頁)

53. 紛紛,衆也。

《楚辭·離騷》:“佩繽紛其繁飾兮。”是“繽紛”爲衆貌也。重言之則曰“繽繽”“紛紛”。(卷六上,968 頁)

54. 邈邈,遠也。

《楚辭·離騷》“神高馳之邈邈”,王逸注云:“邈邈,遠貌。”(卷六上,969 頁)

55. 偃蹇,夭撟也。

夭撟謂之“偃蹇”,故驕傲亦謂之“偃蹇”,崇高亦謂之“偃蹇”,哀六年《左傳》“彼皆偃蹇”,杜預注云“偃蹇,驕傲”;《楚辭·離騷》“望瑶臺之偃蹇兮”,王逸注云“偃蹇,高貌”是也。(卷六上,986 頁)

56. 逍遥,儴徉也。

《楚辭·離騷》“聊逍遥以相羊”,王逸注云:“逍遥、相羊,皆遊

---

①“冄冄”今皆作“冉冉”。

也。”“逍遥”一作“須臾”,“羊”一作“徉”。(卷六上,989 頁)

57. 翱翔,浮游也。

《楚辭·離騷》“聊浮遊以逍遥。”“遊”與“游”同。“浮游”“彷徉”亦一聲之轉。(卷六上,994 頁)

58. 裮被,不帶也。

《玉篇》:“裮,尺羊切,披衣不帶也。”“披”與“被”通。今人猶謂荷衣不帶曰“被衣”。……《楚辭·離騷》“何桀紂之猖披兮”,王逸注云“猖披,衣不帶之貌”;“猖”一作“昌”,《釋文》作“倡”。“披”,一作“被”。并字異而義同。(卷六上,997 頁)

59. 帍裱,被巾也。

帍,猶扈也。《楚辭·離騷》“扈江離與辟芷兮”,王逸注云:“扈,被也。”被巾所以扈領,故有“帍裱”之稱。(卷七下,1172 頁)

60. 幃謂之幐。

《説文》:“幃,囊也。”《楚辭·離騷》“蘇糞壤以充幃兮”,①王逸注云:“幃謂之幐。幐,香囊也。”(卷七下,1206 頁)

61. 釱,錧也。

《説文》:“軑,車輨也。”《楚辭·離騷》“齊玉軑而并馳”,王逸注云:“軑,錮也。”《漢書·揚雄傳》:“肆玉釱而下馳。”“釱”與“軑”同。(卷七下,1230—1231 頁)

62. 糜,糒也。

“糜”之言“靡細”也。米麥屑謂之“糜”,猶玉屑謂之“靡”。《楚辭·離騷》“精瓊靡以爲粻”,王逸注云:“靡,屑也。”(卷八上,1256 頁)

63. 斑,笏也。

①“以”今作“目”,《考異》謂“一作以”。

《相玉書》曰:“珽玉六寸,明自照。”《離騷》“珽”作“珵”。(卷八上,1356頁。豈珵美之能當)

64.日御謂之羲和。

《楚辭·離騷》“吾令羲和弭節兮”,王注云:“羲和,日御也。”(卷九上,1429頁)

65.月御謂之望舒。

《離騷》“前望舒使先驅兮”,王注云:“望舒,月御也。”(卷九上,1429頁)

66.皋,池也。

《小雅·鶴鳴》篇“鶴鳴于九皋”,毛傳云:“皋,澤也。”……昭二十八年《左傳》“御以如皋”,杜注與毛《傳》同。王逸注《離騷》云“澤曲曰皋”,義亦相近也。(卷九下,1467—1468頁。步余馬於蘭皋兮)

67.土高四墮曰椒丘。

《楚辭·離騷》“馳椒丘且焉止息”,王逸注云:“土高四墮曰椒丘。”司馬相如《上林賦》云:“出乎椒丘之闕。”(卷九下,1502頁)

68.薰草,蕙草也。

僖四年《左傳》“一薰一蕕”,杜注云:“薰,香草。”……《離騷》云“豈惟紉夫蕙茝”,①王逸注云:“蕙,香草也。”……《名醫别録》云:“薰草,一名蕙草。生下濕地。”……《離騷》所謂“樹蕙之百畝”者矣。(卷十上,1562頁)

69.芰,薢茩也。

案:《説文》云:“蔆。芰也。楚謂之芰,秦謂之薢茩。”《楚詞·離騷》“製芰荷以爲衣兮”,王逸注云:“芰,蔆也。秦人曰薢茩。”是

①“惟”今作“維”。

蔆名薢茩,相承自古。(卷十上,1574 頁)

70. 葹,枲耳也。

《楚詞·離騷》云"薋菉葹以盈室兮",王逸注云:"葹,枲耳也。"(卷十上,1576 頁)

71. 楚蘅,杜蘅也。

《爾雅》"杜,土鹵",郭注云:"杜衡也,似葵而香。""衡"與"蘅"同。《楚詞·離騷》云:"畦留夷與揭車兮,雜杜衡與芳芷。"王注云:"杜衡、芳芷,皆香草也。"(卷十上,1588 頁)

72. 菌,薰也。其葉謂之蕙。

上文云"薰草,蕙草也",則薰即是蕙。此又以葉爲蕙者,從《離騷》注也。《離騷》云"雜申椒與菌桂兮",王逸注云:"菌,薰也。葉曰蕙,根曰薰。"洪興祖《補注》云:"下文别言蕙茝,又云'矯菌桂以紉蕙',則菌桂自是一物。《本草》有菌桂,花白蘂黄,正圓如竹。菌,一作箘,其字從竹,五臣以爲香木是矣。"案:洪説是也。"申椒"與"菌桂"對文,菌桂之不分爲二,猶申椒也。(卷十上,1596—1597 頁)

73. 蘂,華也。

《離騷》云"貫薜荔之落蘂",王注云:"蘂,實貌也。貫累香草之實。"①吕延濟注云:"蘂,花心也。"案:上文言"餐秋菊之落英",②此言"貫薜荔之落蘂",英、蘂蓋俱是華,積累香草之華,文義亦通耳。"蘂"之言"蕤"也。……顧炎武《唐韻正》云:"……'花'字與'華'并用,而五經、《楚辭》、諸子、先秦兩漢之書皆古本相傳,凡'華'字,未有改爲'花'者。"(卷十上,1646 頁)

①"蘂"今皆作"蕊";今本王逸注"實"下無"貌"字、"累"上無"貫"字。

②今本"餐"上有"夕"字。

74. 白芷,藚也。

《爾雅》"茨,蒺藜",郭注云:"子有三角刺人。"《離騷》"茨"作"藚",亦與此同義也。(卷十上,1700 頁。藚菉葹以盈室兮)

75. 樧,茱萸也。

樧,亦茱萸之屬也。《楚詞·離騷》云"椒專佞以慢慆兮,樧又欲充夫佩幃",王注云:"樧,茱萸也,似椒而非也。樧子皆房生。"①(卷十上,1711 頁)

76. 木欄,桂欄也。

欄,與"蘭"同。《離騷》云"朝搴阰之木蘭兮,夕攬洲之宿莽",王逸注云:"木蘭去皮不死,宿莽遇冬不枯,以喻讒人雖欲困己,己受天性,終不可變易也。"案:下文云"朝歙木蘭之墜露兮,夕餐秋菊之落英",②文義正與此同,皆言其志絜而行芳耳。木欄,芳木也。(卷十上,1725 頁)

77. 鴆鳥,其雄謂之運日。

王逸《離騷注》云:"鴆,運日也。羽有毒,可殺人。"……《補正》:鴆鳥,其雄謂之運日。注"王逸離騷注云","注"字下補"韋昭《晋語》注并"六字。"鴆運日也"下乙"羽有毒"六字。(卷十下,1827—1828 頁。吾令鴆爲媒兮,鴆告余以不好)

78. 鷖鳥,鳳皇屬也。

《海内經》"虵山有五彩之鳥,飛蔽一鄉,名曰鷖鳥",郭璞注云"鳳屬也",引《離騷》云:"駟玉虯而乘鷖。"③今《離騷》"鷖"作

①今本王逸注無"樧子皆房生"句。

②"歙"今作"飲"。

③"虯"今作"虬",《考異》謂"一作虯";"而"今作"以";"乘"今作"椉",《考異》謂"一作乘";"鷖"今作"鷖",《考異》謂"一作鷖"。

“鷖”，王逸注云：“鳳皇别名也。”（卷十下，1830 頁）

二、九歌

（一）東皇太一

1.〔浩、羕〕，大也。

浩、羕者，王逸注《九歌》云：“浩，大也。”（卷一上，17 頁。陳竽瑟兮浩倡）

2.宎，好也。

“宎”當作“妖”，今作“宎”者，蓋因下文“窈”字而誤。……《楚辭·九歌》“靈偃蹇兮姣服”，“姣”一作“妖”。《神女賦》云“近之既妖，遠之有望”，皆謂美好也。“妖”字不須音釋，故曹憲無音，若“宎”字則當有音，以是知“宎”爲“妖”之訛也。（卷一下，125 頁）

3.撫，持也。

撫，亦“把”也，方俗語有侈弇耳。襄二十六年《左傳》云：“撫劍從之。”《楚辭·九歌》“撫長劍兮玉珥”，王逸注云：“撫，持也。”（卷三下，541 頁）

4.疏，遲也。

疏者，高誘注《淮南子·説林訓》云：“疏，猶遲也。數，猶疾也。”……《楚辭·九歌》云：“疏緩節兮安歌。”（卷四上，625 頁）

5.拊，抵也。

王逸注《九歌》云：“拊，擊也。”《堯典》云：“予擊石拊石。”（卷五下，887 頁。揚枹兮拊鼓）

6.劍珥謂〔之〕鐔。

《楚辭·九歌》“撫長劍兮玉珥”，王逸注云：“玉珥，謂劍鐔

也。"(卷八上,1339 頁)

(二)雲中君

1. 倓、澹,安也。

"倓"與下"澹"字通,《説文》:"倓,安也。"又云:"憺,安也。"……《楚辭·九歌》"蹇將憺兮壽宫",王逸注云"憺,安也";《神女賦》云"澹清静其愔嫕兮";……并字異而義同。(卷一上,53 頁)

2. 央,已也。

央者,……釋文引《説文》云:"央,已也。"《楚辭·九歌》"爛昭昭兮未央",注與《説文》同。(卷四下,657 頁)

3. 忡忡,憂也。

《九歌》云"極勞心兮忡忡",一本作"忡忡"。《召南·草蟲》篇"憂心忡忡",毛傳云"忡忡,猶衝衝也",并與"忡忡"同義。(卷六上,921 頁)

4. 蕑,蘭也。

《楚詞·九歌》"浴蘭湯兮沐芳",王逸注云:"言已將修饗祭以事雲神,乃使靈巫先浴蘭湯,沐香芷,以自絜清也。"①是其辟不祥、通神明也。(卷十上,1535 頁)

(三)湘君

1. 遺,離也。

遺者,棄之離也。《楚辭·九歌》"遺余佩兮澧浦",②王逸注云:"遺,離也。"(卷三下,553 頁)

---

①"絜"今本王逸注爲"潔"。

②"澧"今作"醴",《考異》謂"一作澧",《補注》謂"澧、醴,古書通用"。

2. 綢繆，纏也。

綢繆者，《説文》："綢，繆也。"……《楚辭・九歌》"薜荔拍兮蕙綢"，①王逸注云："綢，縛束也。"（卷四上，622 頁）

3. 浦，厓也。

《楚辭・九歌》云："望涔陽兮極浦。""浦"者，"旁"之轉聲，猶言水旁耳。（卷九下，1497 頁）

（四）湘夫人

1. 訂，平也。

訂者，《説文》："訂，平議也。"《玉篇》音他丁、唐頂二切。《周頌・天作》箋云"以此訂大王文王之道，卓爾與天地合其德"，《釋文》"訂，謂平比之也"，引《字詁》云："訂，平也。"……《楚辭・九歌》"搴汀洲兮杜若"，王逸注云"汀，平也"；《説文》"田踐處曰町"，……皆平之義也。（卷三下，560 頁）

2. 裔，邊也。

《淮南子・原道訓》注云："裔，邊也。"文十八年《左傳》云："投諸四裔。"《楚辭・九歌》"蛟何爲兮水裔"，王逸注云："水涯。"②（卷五上，750 頁）

3. 榱、橑，椽也。

《説文》："橑，椽也。"《楚辭・九歌》"桂棟兮蘭橑"，王逸注云："以木蘭爲榱也。"（卷七上，1066 頁）

4. 罾，〔魚〕罔也。

《説文》：……"罾，魚网也。"《楚辭・九歌》："罾何爲兮木上"，

---

①"拍"今作"柏"，《考異》謂"一作拍"，《補注》謂"柏、拍並音博"。

②今本此句王逸無"水涯"注，當爲"夕濟兮西澨"句之"澨"字注。

王逸注與《説文》同。(卷七下,1144 頁)

5. 褋,禪衣也。

褋,亦作“襍”。《説文》:“南楚謂禪衣曰襍。”《楚辭・九歌》“遺余褋兮醴浦”,王逸注云:“褋,襜襦也。”(卷七下,1174 頁)

(五)大司命

1. 娋,侵也。

《趙策》云:“稍稍蠶食之。”“稍”與“娋”通。《楚辭・九歌》“不寖近兮愈疏”,①王逸注云:“寖,稍也。”“寖”一作“侵”。(卷五上,711 頁)

2. 轔轔,聲也。

《楚辭・九歌》“乘龍兮轔轔”,王逸注云:“轔轔,車聲。”(卷六上,972 頁)

(六)少司命

1. 羅,列也。

《楚辭・九歌》云:“羅生兮堂下。”(卷一上,55 頁)

2. 儵,疾也。

《楚辭・九歌》云:“儵而來兮忽而逝。”(卷一上,106 頁)

3. 襲,及也。

襲者,《楚辭・九歌》“芳菲菲兮襲予”,王逸注云:“襲,及也。”(卷一下,204 頁)

4. 竦,執也。

《楚辭・九歌》“竦長劍兮擁幼艾”,王逸注云:“竦,執也。”(卷

①“寖”今作“濅”,《考異》謂“一作浸”。

五上,747 頁)

(七)東君

1. 揰,急也。

揯者,《説文》:"緪,急也。"又云"揯,引急也"。……《楚辭·九歌》"緪瑟兮交鼓",王逸注云:"緪,急張弦也。"①(卷一下,178 頁)

2. 翷,舉也。

《楚辭·九歌》"翾飛兮翠曾",王逸注云:"曾,舉也。""曾"與"翷"通。(卷一下,181 頁)

3. 翾,飛也。

《説文》:"翾,小飛也。"《釋訓》云:"翾翾,飛也。"《楚辭·九歌》"翾飛兮翠曾",王逸注云:"言身體翾然若飛,似翠鳥之舉也。"②(卷三上,384 頁)

4. 焞,明也。

焞者,《説文》"焞,明也",引《鄭語》"焞耀天地",今本作"淳",假借字也。《楚辭·九歌》"暾將出兮東方",注云"謂日始出,其容暾暾而盛大也",③義亦與"燉"同。(卷四上,592 頁)

5. 晈晈,明也。

卷四云:"晈,明也。"重言之則曰"晈晈"。《楚辭·九歌》云:"夜晈晈兮既明。"(卷六上,929 頁)

6. 東君,日也。

《九歌》有《東君》篇。(卷九上,1426 頁)

①"弦"今作"絃"。

②"言"下今有"巫舞工巧"四字。

③今本王逸注"出"下有"東方"二字。

(八)河伯

1.斯,分也。

斯者,《爾雅》:"斯,離也。"《方言》云:"齊陳曰斯。"……《楚辭·九歌》"流澌紛兮將來下",王逸注云"澌,解冰也"。① (卷一上,96頁)

2.廝,散也。

王逸注《九歌》云"澌,解冰也",② 義并與"廝"同。(卷三下,569頁。流澌紛兮將來下)

(九)山鬼

1.窈,深也。

窈者,《説文》:"窈,深遠也。"……《莊子·知北游》篇云:"窅然空然。"《楚辭·九歌》"杳冥冥兮羌晝晦",注云:"杳,深也。""窈""窅""杳"并通。(卷三上,434頁)

2.表,特也。

《楚辭·九歌》"表獨立兮山之上",王逸注云:"表,特也。"(卷五下,847頁)

3.颮颮,風也。

《楚辭·九歌》:"風颯颯兮木蕭蕭。""颯"與"颮"同。(卷六上,925頁)

4.闐闐,盛也。

凡盛貌謂之"闐闐",盛聲亦謂之"闐闐"。《説文》"闐,盛皃也"。……《楚辭·九歌》云:"靁填填兮雨冥冥。"……是凡言"闐

---

①今本王逸注"澌"上有"流"字。

②"澌"今作"澌";今本王逸注"澌"上有"流"字。

闐”者,皆盛之義也。(卷六上,963 頁)

5. 女蘿,松蘿也。

《楚詞·九歌》云:“被薜荔兮帶女蘿。”王逸注云:“女蘿,菟絲也。無根,緣物而生。”①(卷十上,1565 頁)

(十)國殤

1. 超,遠也。

“超”之言“迢”也。《方言》:“超,遠也。東齊曰超。”《九歌》云:“平原忽兮路超遠。”(卷一上,50 頁)

2. 吴魁,盾也。

盾,或作“楯”。……《楚辭·九歌》“操吴戈兮被犀甲”,王逸注云:“或曰‘操吾科’。吾科,楯之名也。”“吾科”與“吴魁”同。(卷八上,1348 頁)

三、天問

1. 衍,大也。

衍者,《楚辭·天問》“其衍幾何”,王逸注云:“衍,廣大也。”(卷一上,11 頁)

2. 驐,大也。

驐者,……《説文》“驐,駿馬也”;《爾雅》“狗四尺爲獒”;《楚辭·天問》“鼇戴山抃”,王逸注云“鼇,大龜”,義并同也。(卷一上,16—17 頁)

3. 遂,往也。

①“蘿”今皆作“羅”,《考異》謂“一作蘿”;“菟”今本王逸注爲“兔”。

遂者,《楚辭·天問》“遂古之初”,王逸注云:“遂,往也。”(卷一上,25 頁)

4. 賓,列也。

賓者,《楚辭·天問》“啓棘賓商”,王逸注云:“賓,列也。”(卷一上,55 頁)

5. 䠶,行也。

射者,《楚辭·天問》“皆歸射鞫,而無害厥躬”,①王逸注云:“射,行也。”(卷一上,63 頁)

6. 墳,分也。

“墳”“分”聲相近。《楚辭·天問》“地方九則,何以墳之”,王逸注云:“墳,分也。”(卷一上,95 頁)

7. 徹,壞也。

徹者,《小雅·十月之交》篇“徹我牆屋”,鄭箋云:“徹毁我牆屋。”《楚辭·天問》“何令徹彼岐社”,王逸注云:“徹,壞也。”(卷一上,98 頁)

8. 挴,貪也。

挴者,《方言》:“挴,貪也。”《楚辭·天問》“穆王巧挴”,王逸注云:“挴,貪也。”②(卷二上,219 頁)

9. 衍,廣也。

衍者,《楚辭·天問》“其衍幾何”,王逸注云:“衍,廣大也。”(卷二上,230 頁)

10. 馮,怒也。

《方言》“馮、齘、苛,怒也。楚曰馮。……”郭璞注云:“馮,恚

①“射”今作“䠶”,《考異》謂“一作射”;“鞫”今作“鞫”。

②“挴”今皆作“梅”,《補注》謂:“挴,母亥切,貪也。諸本作梅。”

盛貌。”……《楚辭·天問篇》云：“康回馮怒。”（卷二上，243 頁）

11. 橢，長也。

橢，亦狹長也。……《楚辭·天問篇》云：“南北順橢，其衍幾何？”①（卷二上，283 頁）

12. 沓，合也。

沓者，《開元占經·順逆略例篇》引巫咸云：“諸舍精相沓爲合。”《楚辭·天問》“天何所沓”，王逸注云：“沓，合也。”（卷二下，325 頁）

13. 崪，待也。

崪、離者，《方言》：“萃、離，時也。”《楚辭·天問》“北至回水萃何喜”，王逸注云：“萃，止也。”“萃”與“崪”通，“時”與“待”通。（卷二下，333 頁）

14. 棘，陳也。

棘者，《楚辭·天問》“啓棘賓商”，王逸注云：“棘，陳也。”（卷二下，341 頁）

15. 洿，深也。

洿者，《説文》：“洿，窊下也。”……《楚辭·天問》“川谷何洿”，王逸注云：“洿，深也。”（卷三上，433 頁）

16. 營，得也。

營者，《楚辭·天問》“何往營班禄，不但還來”，王逸注云：“營，得也。”（卷三下，503 頁）

17. 斡，轉也。

斡者，《楚辭·天問篇》“斡維焉繫”、《漢書·賈誼傳》“斡棄周鼎”，王逸、如淳注并云：“斡，轉也。”《天問》“斡”字一作“筦”。（卷

①“橢”今作“隟”，《補注》謂：“隟與橢同，通作隋。”

四上,572 頁)

18. 增,重也。

增者,《説文》:"層,重屋也。"……《楚辭·天問篇》云:"增城九重。"(卷四上,585 頁)

19. 譏,諫也。

譏者,《楚辭·天問》"殷有惑婦,何所譏",王逸注云:"譏,諫也。"(卷四上,617 頁)

20. 醫,巫也。

醫亦爲巫者。……《楚辭·天問》"化爲黄熊,巫何活焉",王逸注云:"言鮌死後化爲黄熊,入於羽淵。豈巫醫所能復生活?"是醫即巫也。巫與醫皆所以除疾,故"醫"字或從巫作"毉"。(卷四下,661 頁)

21. 錯,廁也。

錯者,《楚辭·天問》"九州安錯",王逸注云:"錯,廁也。"(卷四下,697 頁)

22. 應,受也。

《爾雅》:"應,當也。"當,亦受也。……《楚辭·天問》"鹿何膺之",王逸注云:"膺,受也。""膺"與"應"通。(卷五上,789—790 頁)

23. 馮馮翼翼,元氣也。

《楚辭·天問》"馮翼惟像,何以識之",王逸注云:"言天地既分,陰陽運轉,馮馮翼翼,何以識知其形像乎?"(卷六上,973 頁)

24.〔彈〕,弦也。

《説文》"彈,射也",引《楚辭·天問》"芎焉彈日"。①(卷八

①"芎"今作"羿"。

上，1329 頁）

25. 東方昦天，東南陽天，南方赤天，西南朱天，西方成天，西北幽天，北方玄天，東北變天，中央鈞天。

《吕氏春秋·有始覽》云："天有九野：中央曰鈞天，東方曰蒼天，東北曰變天，北方曰玄天，西北曰幽天，西方曰顥天，西南曰朱天，南方曰炎天，東南曰陽天。"《開元占經·天占篇》引《尚書考靈曜》云："東方暤天，西方成天，南方赤天。"餘與《吕氏春秋》同，蓋《廣雅》所本也。"暤"與"昦"同。《楚辭·天問》"九天之際，安放安屬"，王逸注亦與《考靈曜》同。（卷九上，1410—1411 頁）

26. 曜靈，日也。

《楚辭·天問》"曜靈安藏"，王逸注云："曜靈，日也。"（卷九上，1426 頁）

27. 夜光謂之月。

《楚辭·天問》"夜光何德"，王逸注云："夜光，月也。"（卷九上，1426 頁）

28. 營，耕也。

《楚辭·天問》"咸播秬黍，莆雚是營"，王逸注云："營，耕也。"（卷九下，1486 頁）

29. 鯪，鯉也。

《楚詞·天問》"鯪魚何所"，王逸注云："鯪魚，鯉也。一云鯪魚，鯪鯉也，有四足，出南方。"（卷十下，1781 頁）

30. 鷩鳥，鴞也。

"鷩"與"繁"通。《楚辭·天問》"何繁鳥萃棘，負子肆情"，王逸注云："言解居父聘吴，過陳之墓門，見婦人負其子，欲與之淫泆，肆其情欲，婦人則引《詩》刺之曰'墓門有棘，有鴞萃止。'故曰'繁鳥萃棘'也。"（卷十下，1834 頁）

四、九章

總論

1. 絓，縣也。

絓者，《楚辭·九章》"心絓結而不解兮"，王逸注云："絓，縣也。"①《文選·潘岳〈悼亡詩〉》注引《廣雅》作"挂"。（卷四下，688頁）

2. 蹇産，詰詘也。

《楚辭·九章》"思蹇産而不釋"，②王逸注云："蹇産，詰屈也。""屈"與"詘"通。（卷六上，985頁）

（一）惜誦

1. 儇，慧也。

儇者，《方言》："儇，謾也。"又云："儇，慧也。"《楚辭·九章》："忘儇媚以背衆兮。"（卷一下，197頁）

2. 咍，笑也。

《楚辭·九章》"又衆兆之所咍"，王逸注云："咍，笑也。楚人謂相啁笑曰咍。"（卷一下，198頁）

3. 杭，渡也。

杭者，《衛風·河廣》篇"一葦杭之"，毛傳云："杭，渡也。"《楚

---

① 見《哀郢》《悲回風》該句注；"縣"今本王逸注作"懸"。

② 見《哀郢》《悲回風》該句注。

辭・九章》云:“魂中道而無杭。”(卷二上,224 頁)

4. 惜,痛也。

惜者,李善注《歎逝賦》引賈逵《國語注》云:“惜,痛也。”《説文》同。《楚辭・九章》“惜誦以致愍兮”,戴先生注云:“惜誦,悼惜而誦言之也。”(卷二上,247 頁)

5. 誦,論也。

誦者,《楚辭・九章》“惜誦以致愍兮”,王逸注云:“誦,論也。”(卷二下,371 頁)

6. 榜,輔也。

榜者,《説文》:“榜所以輔弓弩也。”《楚辭・九章》“有志極而無旁”,王逸注云:“旁,輔也。”“旁”與“榜”通。(卷四下,663 頁)

7. 鑿,舂也。

《楚辭・九章》云:“鑿申椒以爲糧。”……《説文》:“糲米一斛舂爲九斗曰鑿。”(卷四下,664 頁)

8. 抒,渫也。

《楚辭・九章》“發憤以抒情”,王逸注云:“抒,渫也。”①(卷五下,889 頁)

9. 曩,久也。

《爾雅》文也。久,猶舊也。《楚辭・九章》云:“猶有曩之態也。”(卷五下,897 頁)

(二)涉江

1.〔緒〕,餘也。

①“抒”今皆作“杼”,《考異》謂“一作舒”,《補注》謂:“杼,音署……其字並从手。”

緒者,《説文》:“緒,絲耑也。”《楚辭·九章》“欸秋冬之緒風”,①王逸注云:“緒,餘也。”(卷三上,377 頁)

2. 薄,聚也。

薄者,《釋草》云:“草藂生爲薄。”“藂”與“叢”同。《楚辭·九章》“露申辛夷,死林薄兮”,王逸注云“叢木曰林,草木交錯曰薄”。(卷三下,493 頁)

3. 薄,附也。

“薄”之言“傅”也,迫也。……《楚辭·九章》“腥臊竝御,芳不得薄兮”,②王逸注云:“薄,附也。”(卷五下,875 頁)

4. 璐。

《説文》:“璐,玉也。”《楚辭·九章》“被明月兮佩寶璐”,王逸注云:“寶璐,美玉也。”③(卷九下,1474 頁)

5. 艣,舟也。

“艣”之言“檽”,……皆謂船之有屋者也。……《玉篇》:“艣,或作舲,小船有屋也。”《楚辭·九章》“乘舲船余上沅兮”,王逸注云:“舲船,船有牕牖者。”(卷九下,1521 頁)

6. 草藂生爲薄。

《楚詞·九章》云“露申辛夷,死林薄兮”,王逸注云:“叢木曰林,草木交錯曰薄。”(卷十上,1653 頁)

(三)哀郢

1. 踥踥,行也。

---

①“欸”今作“欸”。

②“竝”今作“並”。

③“佩”今作“珮”,《考異》謂“一作佩”。

《説文》:"趿,進足有所擷取也。"《楚辭·九章》:"衆踥蹀而曰進兮。"①是趿、踥皆行進貌也。重言之則曰"趿趿""踥踥"。(卷六上,950頁)

2.愲恲,忼慨也。

《説文》:"忼慨,壯士不得志也。"《楚辭·九章》:"好夫人之忼慨。"(卷六上,1007頁)

3.陽侯,波也。

《楚辭·九章》"淩陽侯之氾濫兮",王逸注云:"陽侯,大波之神。"(卷九下,1516頁)

(四)抽思

1.軫,方也。

《楚辭·九章》"軫石崴嵬",王逸注云:"軫,方也。"(卷一上,41頁)

2.逴,遠也。

《説文》:"逴,遠也。"……《楚辭·九章》云:"道卓遠而日忘兮。""逴""踔""卓"并通。(卷一上,50頁)

3.摇扇,疾也。

摇扇者,《方言》:"摇扇,疾也,燕之外鄙、朝鮮洌水之間曰摇扇。"又云:"遥,疾行也。"《楚辭·九章》:"願摇起而横奔兮。"《爾雅》"蠅醜扇",郭璞注云:"好摇翅。"是"摇""扇"皆有疾義也。"摇"與"遥"通。(卷一上,107頁)

4.摇,上也。

"摇"亦"躍"也,方俗語有輕重耳。《楚辭·九章》云:"願摇起

①"曰"今作"日"。

而横奔兮。"(卷一下,168 頁)

5. 搈,動也。

"搈"之言"踊"也,《説文》:"搈,動搈也。"《楚辭·九章》云"悲秋風之動容兮",《韓子·揚搉》篇云"動之溶之","容""搈""溶"并通。(卷一下,192 頁)

6. 踰,跳也。

《楚辭·九章》云:"願摇起而横奔兮。"……《方言》:"遥,疾行也。""踰""遥""摇"義并相近。(卷二下,329 頁)

7. 妯,擾也。

蹇、妯者,《方言》:"蹇、妯,擾也。人不静曰妯。秦晋曰蹇,齊宋曰妯。"《爾雅》:"妯,動也。"動,亦擾也。……《楚辭·九章》有《抽思》篇。"抽"與"妯"通。(卷三上,411 頁)

8. 浮浮,行也。

《楚辭·九章》"悲秋風之動容兮,何回極之浮浮",王逸注云:"浮浮,行貌。"(卷六上,949 頁)

9. 營營,佳來也。

《小雅·青蠅》篇"營營青蠅",毛傳云:"營營,往來貌。"《楚辭·九章》"魂識路之營營",王逸注與毛傳同。①(卷六上,951 頁)

10. 潭,淵〔也〕。

《説文》:"淵,回水也。"……《楚辭·九章》"長瀨湍流,泝江潭兮",王逸注云:"楚人名淵曰潭。"潭,亦深也。(卷九下,1516 頁)

(五)懷沙

1. 㦗,善也。

---

①"魂"今作"蒐";此句王逸未單獨釋"營營"二字,王注爲"精靈主行,往來數也"。

懽者，王逸《九章》注云："謹，善也。""謹"與"懽"通。（卷一上，26 頁。謹厚以爲豐）

2. 類，灋也。

類者，《方言》："類，法也。齊曰類。"……《楚辭・九章》"吾將以爲類兮"，王逸注云："類，法也。"（卷一上，37 頁）

3. 刓，斷也。

刓者，《説文》："刓，剸也。"《楚辭・九章》"刓方以爲圜兮"，①王逸注云："刓，削也。"（卷一上，103 頁）

4. 眡，語也。

眡者，王逸注《九章》云："示，語也。""示"與"眡"通。（卷一下，153 頁。窮不知所示）

5. 庸，使也。

《楚辭・九章》"固庸態也"，王逸注云："庸，廝賤之人也。"（卷一下，201 頁）

6. 爰，〔恚〕也。

引之云：《楚辭・九章》"曾傷爰哀，永歎喟兮"，"爰哀"猶"曾傷"，謂哀而不止也。《方言》云："凡哀泣而不止曰咺。""爰""嗳""咺"古同聲而通用。……王逸《注》訓"爰"爲"於"，失之。（卷二上，242 頁）

7. 撥，治也。

撥者，《商頌・長發》篇"玄王桓撥"、哀十四年《公羊傳》"撥亂世，反諸正"、《楚辭・九章》"孰察其撥正"，毛傳、何注、王注并云："撥，治也。"（卷三下，498 頁）

8. 鄙，恥也。

---

①"圜"今作"圓"。

鄙者,《楚辭·九章》“君子所鄙”,王逸注云:“鄙,恥也。”(卷四上,614 頁)

9. 銚,刓也。

《説文》:“銚,銚圜也。”“刓,剸也,一曰齊也。”《楚辭·九章》“刓方以爲圜兮”,王逸注云:“刓,削也。”(卷五下,875 頁)

10. 窈窈,深也。

卷三云:“窈寱,深也。”重言之則曰“寱寱”“窈窈”。《莊子·在宥》篇云:“至道之精,窈窈冥冥”,《楚辭·九章》云“眴兮杳杳”,……并字異而義同。(卷六上,933 頁)

11. 昧昧,暗也。

《楚辭·九章》云:“日昧昧其將莫。”①(卷六上,943 頁)

12. 𣶒𣶒,流也。

《説文》:“𣶒,水流也。”《楚辭·九章》云:“浩浩沅湘,分流汩兮。”“汩”與“𣶒”同。重言之則曰“𣶒𣶒”。(卷六上,954 頁)

13. 㭜㭜,茂也。

哀元年《左傳》注云:“草之生於廣野莽莽然,故曰草莽。”《楚辭·九章》云:“草木莽莽。”“莽”與“㭜”同。(卷六上,960 頁)

14. 峥嵤,深冥也。

《楚辭·九章》“眴兮杳杳”,王逸注云:“杳杳,深冥貌也。”是“冥”與“深”同義。(卷六上,987 頁)

15. 篍,籠也。

《説文》:“篍,鳥籠也。”《楚辭·九章》“鳳皇在篍兮”,王逸注云:“篍,籠落也。”(卷八上,1303 頁)

16. 莽,草也。

---

①“莫”今作“暮”。

《淮南·時則訓》“山雲草莽”,高誘注云“山中氣出雲似草木”,則莽又爲草木衆盛之通稱,故《楚詞·九章》云“草木莽莽”也。(卷十上,1652頁)

17.野鷚,鳺也。

“鳺”與“雉”同。……《漢書·郊祀志》“雄雞”作“雄雉”,“雊”作“鳴”,顔師古注云:“野雞亦雉也,避吕后諱,故曰野雞。上言雄雉,下言野雞,史駁文也。”案:《史記·殷本紀》“有飛雉登鼎耳而呴”,《屈原傳》“鷚雉翔舞”,①《淮南王安傳》“守下雉之城”,皆不爲吕后諱,不應于《封禪書》獨諱之也。(卷十下,1823頁)

(六)思美人

1.〔眝〕,視也。

眝者,《説文》:“眙,直視也。”“眝,長眙也。”《楚辭·九章》云:“思美人兮擥涕而竚眙。”“竚”與“眝”通,“眝”之言“佇”也,《爾雅》:“佇,久也。”(卷一下,164頁)

2.抒,長也。

抒,或作“杼”。《方言》云:“《燕記》曰:‘豐人杼首。’杼首,長首也。燕謂之抒。”……“長”與“久”同義,故“長”謂之“杼”,“久”謂之“佇”。《爾雅》:“佇,久也。”……《説文》:“眝,長眙也。”通作“竚”。《楚辭·九章》云:“思美人兮,擥涕而竚眙。”“抒”“佇”“眝”并音直吕反,其義同也。(卷二上,284頁)

(七)惜往日

1.娃,好也。

①“雉”今作“鷙”,《考異》謂“《史記》鷙作雉”。

《方言》:"娃、……,美也。吴楚衡淮之間曰娃,……故吴有館娃之宫。""娃"猶"佳"也。《楚辭·九章》"妬佳冶之芬芳兮"①,"佳"一作"娃"。(卷一上,123 頁)

2. 詑,欺也。

詑者,《説文》:"沇州謂欺曰詑。"《燕策》云:"寡人甚不喜訑者言也。""訑"與"詑"同。今江淮間猶謂欺曰"詑",是古之遺語也。"詑"亦"謾"也。合言之則曰"詑謾",《楚辭·九章》云"或訑謾而不疑"是也。(卷二下,364 頁)

3. 詭隨,小惡也。

詭隨,謂譎詐謾欺之人也。"詭"古讀若"果","隨"古讀若"䜣"。"䜣"音土禾反,字或作"詑",又作"訑","隨"其假借字也。……《楚辭·九章》云"或忠信而死節兮,或訑謾而不疑"……并字異而義同。(卷六上,986 頁)

4. 篺,筏也。

《説文》:"泭,編木以渡也。"《爾雅·釋言》:"舫,泭也。"孫炎注云:"方木置水中爲泭筏也。"釋文:"泭,字或作䈏,樊本作柎。"……《楚辭·九章》"乘氾泭以下流兮",王逸注云:"編竹木曰泭,楚人曰泭,秦人曰撥。"②"篺""䈏","泭""柎"并同。(卷九下,1525 頁)

(八)橘頌

1. 謝,去也。

①"妬"今作"妒"。

②"楚人曰泭"之"泭"今作"柎",《考異》謂"泭,一作柎",《補注》謂"柎與泭同";"橃"今作"撥"。

謝者,《説文》:"謝,辭去也。"《楚辭·九章》"願歲并謝",王逸注云:"謝,去也。"(卷二上,269 頁)

2. 梗,强也。

"梗"之言"剛"也。《方言》:"梗,猛也。韓趙之間曰梗。"《楚辭·九章》"梗其有理兮",王逸注云:"梗,强也。"(卷四上,634 頁)

(九)悲回風

1. 昌,始也。

昌,讀爲"倡和"之"倡"。王逸注《九章》云:"倡,始也。"(卷一上,6 頁。聲有隱而先倡)

2. 仍,從也。

仍者,《楚辭·九章》"觀炎氣之相仍兮",王逸注云:"相仍者,相從也。"(卷一上,31 頁)

3. 攄,張也。

攄者,卷四云:"攄,舒也。"舒,亦張也。《楚辭·九章》:"據青冥而攄虹兮。"《史記·司馬相如傳》:"攄之無窮。"……《方言》:"攄,張也。"(卷一上,60 頁)

4. 顛,末也。

顛者,《方言》:"顛,上也。"《楚辭·九章》云:"處雌蜺之標顛。"(卷一上,132 頁)

5.〔翕〕,引也。

翕者,《説文》:"吸,内息也。""歙,縮鼻也。"……《楚辭·九章》"吸湛露之浮凉"①,……并字異而義同。(卷一下,215 頁)

6. 詾,鳴也。

---

①"凉"今作"源",《考異》謂"一作凉"。

詾者,《爾雅》"訩,訟也",郭璞注云:"言訩譊也。"……《楚辭·九章》云"聽波聲之洶洶";揚雄《羽獵賦》"洶洶旭旭",李善注云"鼓動之聲也"。義并與"詾"同。(卷二上,225頁)

7. 藐,廣也。

《方言》"藐、……,廣也",郭璞注云:"藐藐,曠遠貌。"……《楚辭·九章》云:"藐蔓蔓之不可量兮。"(卷二上,231頁)

8. 抆,拭也。

抆,字亦作"抿"。《楚辭·九章》云:"孤子唫而抆淚兮。"(卷二下,319頁)

9. 締,結也。

締者,《説文》:"締,結不解也。"《楚辭·九章》云:"氣繚轉而自締。"(卷四上,604頁)

10. 攄,舒也。

《楚辭·九章》云:"據青冥而攄虹兮。"《史記·司馬相如傳》"攄之無窮"。(卷四上,607頁)

11. 陗,高也。

陗者,《説文》:"陗,陖也。"《楚辭·九章》云:"上高巖之陗岸兮。"①(卷四下,668頁)

12. 詩、意,志也。

各本皆作"詩、志,意也"。案:"詩""志"聲相近,故諸書皆訓"詩"爲"志",無訓爲"意"者。《詩序》云:"詩者,志之所之也。在心爲志,發言爲詩。"……《書大傳》注云:"詩,言之志也。"《説文》及《楚辭·九章》注并云:"詩,志也。"今據以訂正。(卷五上,733頁。竊賦詩之所明)

---

①"陗"今作"峭",《考異》謂"一作陗"。

13. 眇,莫也。

《衆經音義》卷二十一引此而釋之曰:"言遠視眇莫,不知邊際也。"《楚辭·九章》云:"路眇眇之默默。"(卷五上,783 頁)

14. 緜緜,長也。

《楚辭·九章》云:"藐蔓蔓之不可量兮,縹緜緜之不可紆。"緜緜,猶蔓蔓耳。(卷六上,934 頁)

15. 翻翻,飛也。

《楚辭·九章》云:"漂翻翻其上下兮,翼遥遥其左右。"(卷六上,940 頁)

16. 翲翲,飛也。

《九章》:"漂翻翻其上下兮。""漂"與"翲"通。重言之則曰"翲翲"。(卷六上,940 頁)

17. 眇眇,遠也。

《釋言》云:"眇,莫也。"重言之則曰"眇眇"。《楚辭·九章》云:"路眇眇之默默。"……眇眇,猶邈邈耳。(卷六上,969 頁)

18. 蘆,草也。

蘆,"草"之轉聲也,字或作"苴"。……《楚詞·九章》"草苴比而不芳",王逸注云:"生曰草,枯曰苴。"(卷十上,1653 頁)

五、遠遊

1. 厲,上也。

厲者,《説文》:"巁,巍高也。讀若厲。"……"厲"訓爲"上",故自下而上亦謂之"厲",《楚辭·遠遊》篇云"徐弭節而高厲",司馬相如《大人賦》云"紛鴻溶而上厲"是也。(卷一下,168 頁)

2. 翥,舉也。

《説文》:"翥,飛舉也。"……《楚辭·遠遊》云:"鸞鳥軒翥而翔飛。"(卷一下,181 頁)

3. 艴,色也。

艴者,《楚辭·遠遊》篇"玉色頩以脕顔兮",戴先生注云:"氣上充於色曰頩。"……"艴""頩""恲"并通。(卷二上,296 頁)

4. 騫,飛也。

騫者,《説文》:"騫,飛皃也。"……《楚辭·遠遊》篇云:"鸞鳥軒翥而翔飛。"……"騫"與"軒"通。"騫"之言"軒"也,軒軒然起也。(卷三上,383 頁)

5. 崝嵤,深也。

崝嵤者,《説文》:"崝,嶸也。""嶸,崝嶸也。"《釋訓》云"峥嵤,深冥也",《楚辭·遠遊》篇云"下峥嶸而無地兮"。(卷三上,433 頁)

6. 署,置也。

署者,《説文》"署,部署也",謂部分而署置之也。《楚辭·遠遊》篇云:"選署衆神以竝轂。"(卷四上,571 頁)

7. 駕,犇也。

《説文》:"駕,次弟馳也。"《玉篇》音"厲",……《楚辭·遠遊》云"颯弭節而高厲",①"厲"與"駕"通。(卷七上,1098 頁)

8. 皏,白也。

《玉篇》:"皏皠,白也。又淺薄色也。"……《楚辭·遠遊》"玉色頩以脕顔兮",王逸注云:"面目光澤以鮮好也。""頩"與"皏"聲義相近。(卷八上,1379 頁)

9. 朝霞、沆瀣。

①"颯"今作"徐",《考異》謂"一作颯"。

《楚辭·遠遊》"湌六氣而飲沆瀣兮,①漱正陽而含朝霞",王注云:"《陵陽子明經》言'春食朝霞',朝霞者,日始欲出赤黄氣也;'秋食淪陰',淪陰者,日没以後赤黄氣也;'冬食沆瀣',沆瀣者,北方夜半氣也;'夏食正陽',正陽者,南方日中氣也。并天玄、地黄之氣,是爲六氣也。"②(卷九上,1417 頁)

10. 列缺。

《楚辭·遠遊》云:"上至列缺兮,降望大壑。"③《漢書·司馬相如傳》"貫列缺之倒景兮",服虔曰:"人在天上,下向視日月,故景倒在下也。"張注引《陵陽子明經》云:"列缺氣去地二千四百里,倒景氣去地四千里,其景皆倒在下。"(卷九上,1418 頁)

六、卜居

1. 欵,誠也。

欵者,《衆經音義》卷四引《倉頡篇》云:"款,誠重也。"《楚辭·卜居》云:"吾寧悃悃款款,朴以忠乎?"④"款"與"欵"同。(卷一上,40 頁)

2.〔氾氾〕,浮也。

《楚辭·卜居》云:"將氾氾若水中之鳧乎。"氾,曹憲音孚劍反。(卷六上,956 頁)

①"湌"今作"餐"。

②"冬食"之"食"今作"飲";"天玄地黄"今作"天地玄黄"。

③"缺"今作"缺",《補注》謂"缺,與缺同"。

④"款款"今作"欵欵",《考異》謂"一作款"。

七、漁父

1. 皯,病也。

皯者,《説文》:"皯,面黑氣也。"《列子·黄帝篇》云:"燋然肌色皯黣。"《楚辭·漁父》"顔色憔悴",王逸注云:"皯黴,黑也。""皯黴"與"皯黣"同。(卷一上,71 頁)

2. 濩,污也。

濩者,下文云:"獲,辱也。""獲"與"濩"義相近。《楚辭·漁父》:"又安能以晧晧之白,而蒙世之温蠖乎。"①"蠖"與"濩"義亦相近。(卷三上,423 頁)

3. 察察,著也。

《老子》云:"俗人察察,我獨悶悶。"明著謂之"察察",故潔白亦謂之"察察"。《楚辭·漁父》云:"安能以身之察察,受物之汶汶者乎?"(卷六上,912 頁)

4. 蕉,黑也。

《楚辭》云:"顔色憔悴。""憔"與"蕉"義亦相近也。(卷八上,1383 頁)

5. 潯,厓也。

《楚辭·漁父》篇:"游於江潭。""潭"與"潯"通。(卷九下,1497 頁)

6. 舥謂之舷。

此謂船兩邊也。……《楚辭·漁父》篇"鼓枻而去",王逸注

① 今本"安"上無"又"字;"晧晧"今作"皓皓";今本"世"下有"俗"字;"温蠖"今作"塵埃",《考異》謂:"塵埃,《史記》作温蠖。"

云:"叩船舷也。"(卷九下,1526 頁)

八、九辯

1.瘀,病也。

《楚辭·九辯》"形銷鑠而瘀傷",王逸注云:"身體燋枯,被病久也。"(卷一上,70 頁)

2.娧,好也。

《廣韻》:"娧,他外切。"又音"悦",云:"姚娧,美好也。"《楚辭·九辯》"心摇悦而日幸兮",王逸注云:"意中私喜,摇悦爲喜。"①故人之美好可喜者謂之"姚娧"矣。(卷一下,124 頁)

3.漻,清也。

漻者,《説文》:"漻,清深也。"……《楚辭·九辯》云:"泬寥兮天高而氣清,宋廫兮收潦而水清。"是凡言"漻"者,皆清之貌也。(卷一下,143 頁)

4.怐愗,愚也。

怐愗者,《説文》:"穀,穀瞀也。"又云:"佝,瞀也。"《楚辭·九辯》云"直怐愗以自苦"。② ……并字異而義同。(卷一下,155 頁)

5.怦,急也。

怦者,《玉篇》:"怦,心急也。"《楚辭·九辯》云:"心怦怦兮諒直。"(卷一下,177 頁)

6.湫,盡也。

①"幸"今作"㚔",《考異》謂"一作幸";《補注》謂"㚔與幸同",今本王逸注無"摇悦爲喜"四字。

②"以"今作"而"。

“湫”讀爲“遒”,《玉篇》《廣韻》并云:“遒,盡也。”……《楚辭·九辯》云“歲忽忽而遒盡兮”。(卷一下,209頁)

7.〔惆悵〕,痛也。

惆悵者,《玉篇》云:“惆悵,悲愁也。”……《楚辭·九辯》云:“惆悵兮而私自憐。”(卷二上,250頁)

8.朅,厺也。

朅者,《説文》:“朅,去也。從去曷聲。”《楚辭·九辯》云:“車既駕兮朅而歸。”(卷二上,269頁)

9.將,長也。

《楚辭·九辯》“恐余壽之弗將”,王逸注云:“將,長也。”①(卷二上,286頁)

10.鬱悠,思也。

鬱悠者,《方言》:“鬱悠,思也。晋宋衛魯之間謂之鬱悠。”“鬱”猶“鬱鬱”也,“悠”猶“悠悠”也。《楚辭·九辯》云:“馮鬱鬱其何極。”《鄭風·子衿》篇云:“悠悠我思。”合言之則曰“鬱悠”。《方言注》云:“鬱悠,猶鬱陶也。”凡經傳言“鬱陶”者,皆當讀如“皋陶”之“陶”。“鬱陶”“鬱悠”古同聲,舊讀“陶”如“陶冶”之“陶”,失之也。……凡人相見而喜必自道其相思之切,豈得即謂其相思之切爲喜乎?趙《注》云“我鬱陶思君,故來”,是趙意亦不以“鬱陶”爲“喜”。《史記·五帝紀》述象之言亦云:“我思舜正鬱陶。”又《楚辭·九辯》云:“豈不鬱陶而思君兮?”則“鬱陶”爲思,其義甚明。……《小雅·鼓鍾》篇“憂心且妯”,《衆經音義》卷十二引《韓詩》作“憂心且陶”,是“陶”爲“憂”也。故《廣雅·釋言》云:“陶,憂

①“將,長也”爲五臣注而非王注。

也。"合言之則曰"鬱陶"。《九辯》"鬱陶而思君",①王逸注云:"憤念蓄積,盈胸臆也。"魏文帝《燕歌行》云:"憂來思君不敢忘。"又云:"鬱陶思君未敢言。"皆以"鬱陶"爲"憂"。……《爾雅》云:"鬱陶、繇,喜也。"又云:"繇,憂也。"則"繇"字即有憂、喜二義,"鬱陶"亦猶是也。是故喜意未暢謂之"鬱陶",《檀弓》正義引何氏《隱義》云"鬱陶,懷喜未暢意"是也。憂思憤盈亦謂之"鬱陶"。《孟子》《楚辭》《史記》所云是也。(卷二下,333—335 頁)

11. 儓,醜也。

《方言》"儓、……,農夫之醜稱也。南楚凡罵庸賤謂之田儓,……"郭璞注云:"俙儓,駑鈍貌。"《説文》:"嬯,遲鈍也。"《廣雅・釋言》篇云:"駑,駘也。"《楚辭・九辯》云:"策駑駘而取路。"……"儓""嬯""駘"義并相近。(卷二下,337 頁)

12. 悢,悵也。

悢者,《楚辭・九辯》"愴怳懭悢兮",王逸注云:"中情悵惘,意不得也。"(卷三上,389 頁)

13. 擪,按也。

"擪"之言"壓"也。《説文》:"擪,一指按也。"……《楚辭・九辯》"自壓按而學誦",②"壓"一作"厭"。(卷三下,526 頁)

14. 餧,食也。

《楚辭・九辯》云:"鳳不貪餧而妄食。"③(卷三下,535 頁)

15. 倚,立也。

《楚辭・九辯》云:"澹容與而獨倚。"(卷四上,628 頁)

①"鬱陶"上今有"豈不"二字。

②"按"今作"桉",《考異》謂"一作按",《補注》謂"桉與按同"。

③今本"鳳"下有"亦"字。

16. 菸,葾也。

菸者,《説文》:"菸,矮也。"《楚辭·九辯》云:"葉菸邑而無色兮。"又云:"形銷鑠而瘀傷。""瘀"與"菸"同。(卷四下,704 頁)

17. 辯,變也。

王逸注《九辯》云:"辯者,變也,謂敶道德以變説君也。"(卷五下,887 頁。《九辯·序》)

18. 亹亹,進也。

《爾雅》:"亹亹,勉也。"勉,即前進之意,《大雅·文王》篇"亹亹文王"是也。《繫辭傳》"成天下之亹亹者",《楚辭·九辯》"時亹亹而過中兮",王逸、虞翻注并云:"亹亹,進也。"(卷六上,937 頁)

19. 蒙蒙,暗也。

《楚辭·九辯》云:"願晧日之顯行兮,雲蒙蒙而蔽之。"①(卷六上,942 頁)

20. 傱傱,走也。

《楚辭·九辯》云:"前輕輬之鏘鏘兮,後輜乘之從從。"②"從"與"傱"通。(卷六上,946 頁)

21. 鏘鏘,盛也。

車聲謂之"鏘鏘",《楚辭·九辯》"前輕輬之鏘鏘"是也。③ 凡貌之盛亦謂之"鏘鏘"。(卷六上,963—964 頁)

22. 潢漾,浩瀁也。

"潢漾"讀爲"潢洋"。《楚辭·九辯》"然潢洋而不可帶",王逸

①"晧"今作"皓"。

②"輕"今作"輊",《考異》謂"一作輕",《補注》謂"則作輕輬,亦通";"乘"今作"椉"。

③"輕"今作"輊",《考異》謂"一作輕",《補注》謂"則作輕輬,亦通"。

注云:“潢洋,猶浩蕩也。”“蕩”與“盪”通。(卷六上,1006 頁)

23. 衹裯,襜褕也。

《説文》:“衹裯,短衣也。”……《楚辭·九辯》“被荷裯之晏晏兮”,王逸注云:“裯,衹裯也。若襜褕矣。”(卷七下,1175 頁)

24. 轀輬,車也。

《史記·秦始皇紀》:“棺載轀凉車中。”“凉”與“輬”通,《漢書·霍光傳》“載光尸柩以轀輬車”,注:“……薛瓚曰:秦始皇道崩,秘其事,載以轀輬車,百官奏事如故,此不得是輀車類也。案:……師古曰:轀輬,本安車也,可以卧息,後因載喪,飾以柳翣,故遂爲喪車耳。轀者密閉,輬者旁開窻牖,各别一乘,隨事爲名。後人既專以載喪,又去其一,總爲藩飾,而合二名呼之耳。”案:薛、顔二説是也。《説文》:“轀,卧車也。”“輬,卧車也。”……宋玉《九辯》云:“前輕輬之鏘鏘兮,後輜乘之從從。”①然則“轀”“輬”各爲一車而非喪車明矣。(卷七下,1216 頁)

25. 覆笭謂之幦。

《士喪禮記》“主人乘惡車,白狗幦”、《曲禮》“大夫士去國,素幭”、《玉藻》“君羔幦虎犆,大夫齊車;鹿幦豹犆,朝車;士齊車鹿幦豹犆”,先後鄭注并云:“覆笭也。”……故宋玉《九辯》云:“倚結軨兮長太息,涕潺湲兮下霑軾。”“軨”與“笭”同。《説文》:“笭,車笭也。軨,車轖間横木也。”《釋名》云:“笭,横在車前,織竹作之,孔笭笭也。”(卷七下,1225 頁)

26. 黮,黑也。

《説文》:“黮,桑葚之黑也。”……《楚辭·九辯》云:“彼日月之

①“輕”今作“輊”,《考異》謂“一作輕”,《補注》謂“則作輕輬,亦通”;“乘”今作“棄”。

照明兮,尚黯黮而有瑕。"《説文》:"黕,滓垢也。"《九辯》云:"或黕點而污之。"①義與"黮"同。(卷八上,1383 頁)

27. 闇蜩,蟪也。

"闇"與"瘖"同。"蟪"之爲言猶"瘖"也。《方言》云"蟪謂之寒蜩。寒蜩,瘖蜩也",郭璞注云:"按《爾雅》以蜺爲寒蜩,《月令》亦曰'寒蜩鳴',知寒蜩非瘖者也。"寒蜩,螿也,似小蟬而色青。據此則寒蜩非瘖蜩矣。而《後漢書·杜密傳》"劉勝知善不薦,聞惡無言,隱情惜己,自同寒蟬",李賢注云"寒蟬,謂寂默也",引《楚詞·九辯》曰"悲哉秋之爲氣也! 蟬寂寞而無聲",②則寒蜩、瘖蜩又似無別。(卷十下,1730—1731 頁)

九、招䰟

1. 睩,善也。

睩者,《説文》:"睩,目睞謹也。"《楚辭·招魂》云:"蛾眉曼睩。"(卷一上,28 頁)

2. 憚,驚也。

《楚辭·招魂》"君王親發兮憚青兕",王逸注云:"憚,驚也。"(卷一下,134 頁)

3. 遒,急也。

遒者,《説文》:"逎,迫也。"或作"遒"。《楚辭·招魂》云:"遒相迫些。"(卷一下,177 頁)

4. 擶,擇也。

①"污"今作"汙"。

②"寂寞"今作"宗漠",《考異》謂"一作寂寞"。

攡者,《楚辭・招魂》"稻粢穱麥",王逸注云:"穱,擇也。""穱"與"攡"通。(卷一下,180 頁)

5. 酌,益也。

王逸注《招䰟》云:"勺,沾也。""勺"與"酌"通。(卷一下,188 頁。瑶漿蜜勺)

6. 閈,尻也。

閈者,《説文》:"閈,閭也。汝南平輿里門曰閈。"……楚名里門曰閈,《楚辭・招魂》"去君之恒幹",王逸注云:"或曰去君之恒閈。閈,里也。楚人名里曰閈。"(卷二上,258 頁)

7. 栕,竟也。

《説文》:"栕,竟也。"《考工記・弓人》"恒角而短",鄭注云"恒讀爲栕。栕,竟也";《楚辭・招魂》"姱容脩態,絙洞房些",王逸注云"絙,竟也"。① (卷三上,380 頁)

8. 胹,孰也。

《楚辭・招魂》"肥牛之腱,臑若芳些",王逸注云:"臑若,熟爛也。""胹""臑""濡"并通。(卷三上,402 頁)

9. 流,匕也。

流者,《莊子・逍遥游》篇云"大旱金石流",《楚辭・招魂篇》云"十日代出,流金鑠石",皆化之義也。(卷三上,425 頁)

10. 絡,束也。

絡者,《楚辭・招魂》"秦篝齊縷,鄭綿絡些",② 王逸注云:"絡,縛也。""絡"與"絡"通。(卷三上,449 頁)

11. 爽,敗也。

---

①"脩"今作"修"。

②"篝"今作"篝",《考異》謂"《釋文》作篝"。

《楚辭·招魂》"露鷄臛蠵,厲而不爽些",①王逸注云:"爽,敗也。楚人名羹敗曰爽。"(卷三上,470 頁)

12. 㚫,多也。

㚫者,《周南·螽斯》篇"螽斯羽詵詵兮",毛傳云:"詵詵,衆多也。"釋文:"詵,《説文》作㚫。"……《楚辭·招魂》注引作"侁侁";……并字異而義同。(卷三下,489 頁。豺狼從目,往來侁侁些)

13. 榛,聚也。

榛者,《説文》:"榛,菆也。"……"蓁"與"榛"通。……《楚辭·招魂》"蝮蛇蓁蓁",王逸注云"蓁蓁,積聚之貌"。(卷三下,493—494 頁)

14. 宗,衆也。

宗者,《同人》六二"同人于宗"、《楚辭·招魂》"室家遂宗",荀爽、王逸注并云:"宗,衆也。"(卷三下,518 頁)

15. 啄,齧也。

啄者,《楚辭·招魂》"虎豹九關,啄害下人些",王逸注云:"啄,齧也。"(卷三下,523 頁)

16. 牟,過也。

牟者,《楚辭·招魂》"成梟而牟,呼五白些",王逸注云:"倍勝曰牟。"②是過之義也。(卷三下,550 頁)

17. 發,明也。

《楚辭·招魂》"娱酒不廢,沈日夜些",王逸注云"不廢或曰不

①"臛"今作"臛",《補注》謂"臛,字書作臛"。

②"曰"今本王逸注作"爲"。

發。發，旦也”，①引《小雅・小宛》篇“明發不寐”。（卷四上，588頁）

18. 撰，博也。

撰者，《楚辭・招魂》“結撰至思”，王逸注云：“撰，猶博也。”（卷四下，697 頁）

19. 鎢，撞也。

《説文》：“摼，擣頭也。”《楚辭・招魂》“鏗鍾摇簴”，王逸注云：“鏗，撞也。”……“摼”“鏗”“鎢”并通。（卷五上，741 頁）

20. 牟，倍也。

《楚辭・招魂》“成梟而牟，呼五白些”，王逸注云：“倍勝爲牟。”《淮南子・詮言訓》“善博者不欲牟”，《太平御覽》引注云“博以不傷爲牟。牟，大也，進也”，義與《楚辭注》同。（卷五下，841—842 頁）

21. 駓駓，走也。

《楚辭・招魂》“敦脄血拇，逐人駓駓些”，王逸注云：“駓駓，走貌也。”（卷六上，945 頁）

22. 胂謂之脢。

《楚辭・招魂》“敦脄血拇”，王逸注云：“脄，背也。”“脄”與“脢”同。（卷六下，1051 頁）

23. 樐，杝也。

杝，今“籬”字也。《説文》：“杝，落也。”王逸注《招寃》云：“柴落爲籬。”（卷七上，1088 頁。蘭薄户樹，瓊木籬些）

24. 兆，版也。

《爾雅》“屋上薄謂之筄”，郭注云：“屋笮也。”“筄”與“兆”同。

①王逸注文“不廢”句今作“或曰娱酒不發”。

古者屋笮亦謂之“版”,《楚辭・招魂》“紅壁沙版,玄玉梁些”,王逸注云“以丹沙畫飾軒版,承以黑玉之梁”是也。(卷七下,1150頁)

25.絅,練也。

“絅”之言苛細也,字通作“阿”。……《楚辭・招魂》:“蒻阿拂壁,羅幬張些。”“蒻”與“弱”通。阿,細繒也。“弱阿”猶言“弱緆”,《淮南子・齊俗訓》云“弱緆羅紈”是也。“拂”猶“被”也,言以弱阿被床之四壁,又張羅幬也。王逸注訓“蒻”爲“蒻席”,“阿”爲“曲隅”,皆失之。(卷七下,1158頁)

26.幬,帳也。

《楚辭・招魂》云:“羅幬張些。”(卷七下,1194頁)

27.軒,車也。

“軒”之言“扞蔽”也。《説文》:“軒,曲輈藩車也。”……王逸注《招䰟》云:“軒,樓版也。”(卷七下,1215頁。高堂邃宇,檻層軒些)

28.腱,肉也。

“腱”之言“健”也。《説文》:“笏,筋之本也,或作腱。”《楚辭・招魂》“肥牛之腱臑若芳些”,王逸注云:“腱,筋頭也。”(卷八上,1245頁)

29.臇,臛也。

“臛”字本作“脽”,亦作“膗”。《説文》:“脽,肉羹也。”《釋名》云:“膗,蒿也,香氣蒿蒿也。”……《楚辭・招魂》“露鷄臛蠵”,王逸注云:“有菜曰羹,無菜曰臛。”……《説文》:“臇,脽也。或作熼。”《楚辭・招魂》“酸鵠臇鳧”,①王注云:“臇,小臛也。”(卷八上,1250—1251頁)

30.餦餭,餳也。

①今作“鵠酸臇鳧”。

《楚辭·招魂》"粔籹蜜餌,有餦餭些",王逸注云:"餦餭,餳也。""餦"各本訛作"粻",今訂正。(卷八上,1258 頁)

31. 錠謂之鐙。

《楚辭·招魂》云:"蘭膏明燭,華鐙錯些。"《説文》:"鐙,錠也。"(卷八上,1296 頁)

32. 簙箸謂之箭。

簙,通作"博"。……《説文》:"簙,局戲也。六箸十二棊也。"《楚辭·招魂》"箟蔽象棊有六簙些",王逸注云:"箟,玉也。蔽,簙箸,以玉飾之也,或言箟簬,今之箭囊也。投六箸,行六棊,故爲六簙也。"①(卷八上,1297 頁)

33. 篝,籠也。

篝者,籠絡之名。《楚辭·招魂》"秦篝齊縷",王逸注云:"篝,絡也,縷,綫也。"②義與"篝籠"之"篝"亦相近。(卷八上,1304 頁)

34. 歈,歌也。

《楚辭·招魂》"吴歈蔡謳",王逸注云:"歈、謳皆歌也。"(卷八下,1407 頁)

35. 茆,鳧葵也。

《周官·醢人》"朝事之豆,其實茆菹",鄭注云:"茆,鳧葵也。"《西山經》云"陰山,其草多茆蕃",郭注與鄭同。又名"屏風"。《楚詞·招魂》"紫莖屏風,文緣波些",王逸注云:"屏風,水葵也。生於池中,其莖紫色,風起水動,波緣其葉上而生文也。"(卷十上,1599 頁)

36. 菅,茅也。

---

①"箟"今皆作"菎",《考異》謂"一作箟";"箟簬"今本王逸注作"菎蕗"。
②"篝"今皆作"篝",《考異》謂"《釋文》作篝"。

《小雅·白華》篇“白華菅兮,白茅束兮”,傳云:“白華,野菅也。已漚爲菅。”箋云:“人刈白華於野,已漚名之爲菅。菅柔忍中用矣,而更取白茅收束之。茅比於白華爲脆。”是菅與茅不同物也,但菅、茅同類,亦可通名,故《説文》以“菅”“茅”互釋,而王逸注《楚詞·招魂》亦云:“菅,茅也。”(卷十上,1656 頁。五穀不生,藂菅是食些)

37. 木藂生曰榛。

《説文》云:“榛,菆也。”……《淮南·原道訓》云:“隱於榛薄之中。”高誘注云:“藂木曰榛,深草曰薄。”字亦作“蓁”。……王逸注《楚詞·招魂》云:“蓁蓁,積聚之貌。”(卷十上,1718 頁。蝮蛇蓁蓁,封狐千里些)

38. 虺,蝰也。

《爾雅》“蝮,虺,博三寸,首大如擘”,《説文》“虺”作“虫”,云:“虫一名蝮,博三寸,首大如擘指。象其卧形。”……《楚辭·招魂》“蝮蛇蓁蓁”,王逸注云:“蝮,大蛇也。”(卷十下,1783—1784 頁)

十、大招

1. 嗁,樂也。

《方言》“嗁,樂也”,郭璞注云:“嗁嗁,歡貌。”《集韻》“嗁”或作“嘕”,丘虔、虚延二切,引《廣雅》“嘕,樂也”;……《楚辭·大招》“宜笑嘕只”,王逸注云“嘕,笑貌”,義并與“嗁”同。(卷一上,30 頁)

2. 嫮,好也。

嫮者,《楚辭·大招》“朱脣皓齒,嫭以姱只”,王逸注云:“嫭,好貌也。”《漢書·外戚傳》“美連娟以脩嫮兮”,“嫮”與“嫭”同。(卷一下,126 頁)

3. 㱾，好也。

“㱾”之言“豔”也。《説文》：“㱾，好也。”《楚辭・大招》：“靨輔奇牙，宜笑嗎只。”……“㱾”“靨”“䤶”并同義。（卷一下，127—128 頁）

4. 趣，遽也。

王逸注《大招》云：“遽，趣也。”（卷一下，152 頁。遽爽存只）

5. 沾，襑也。

沾者，《漢書・魏其傳》“沾沾自喜”，顔師古注云：“沾沾，輕薄也。今俗言‘薄沾沾’也。”案：《楚辭・大招》“吴酸蒿蔞，不沾薄只”，言羹味之厚也，王逸《注》以“沾”爲“多汁”，失之。（卷一下，176 頁）

6. 𤊽，爚也。

𤊽者，《説文》：“燅，於湯中爚肉也。或從炙𡗜聲作‘𤊽’”。……《楚辭・大招》“炙鴰烝鳧，煔鶉陳只”，①王逸注云：“煔，爚也。”“𤊽”“燅”“煔”“爓”并通。（卷二上，228—229 頁）

7. 赩，色也。

赩者，《釋器》篇：“赩，赤也。”《楚辭・大招》“逴龍赩只”，王逸注云：“赩，赤色也。”（卷二上，296 頁）

8. 撰，具也。

撰者，爲之具也。《説文》：“僎，具也。”……《楚辭・大招》“聽歌譔只”，王逸注云：“譔，具也。”“撰”“僎”“譔”并通。（卷三上，471 頁）

9. 昔，夜也。

“昔”之言“夕”也。哀四年《左傳》“爲一昔之期，襲梁及霍”，杜預注云：“夜結期，明日便襲梁、霍也。”……《穀梁》“夜”作“昔”，

①“鳧”今作“凫”。

云:“日入至於星出,謂之昔。”《楚辭·大招》注引《小雅·頍弁》篇“樂酒今昔”,今本作“夕”,皆是也。(卷四上,626頁。魂乎歸徠!目娱昔只)

10.淩,馳也。

《楚辭·大招》“冥淩浹行”,王逸注云:“淩,猶馳也。”(卷五上,745頁)

11.嗎嗎,喜也。

《楚辭·大招》“宜笑嗎只”,王逸注云:“嗎,笑貌也。”重言之則曰“嗎嗎”。(卷六上,919頁)

12.暤暤,白也。

《説文》“顥,白皃”,引《楚詞·大招》“天白顥顥”;《唐風·揚之水》篇云“白石晧晧”;并與“暤暤”同。(卷六上,933頁)

13.瀝,酒也。

《楚辭·大招》“吴醴白蘖,和楚瀝只”,王逸注云:“瀝,清酒也。”(卷八上,1262頁)

14.酸,酢也。

《説文》:“酸,酢也。關東謂酢曰酸。”《楚辭·大招》“吴酸蒿蔞”,一作“吴酢醔醶”。(卷八上,1264頁)

15.醔醶,醬也。

《説文》:“醔醶,榆醬也。”……《楚辭·大招》“吴酸蒿蔞”,王逸注云:“或曰‘吴酸醔醶’,醔醶,榆醬也。”(卷八上,1267頁)

16.赩,赤也。

《衆經音義》卷十九引《字林》云:“赩,赤皃也。”《楚辭·大招》“逴龍赩只”,王逸注云:“赩,赤色也。”(卷八上,1374頁)

17.稷穰謂之稭。

稷莖之名“稭”,猶麻莖之名“麖”,蒲莖之名“蒻”也。《玉篇》

云："縻，麻莖也。古文作䕮。"《士喪禮記》云"御以蒲菆"，鄭注云："蒲菆，牡蒲莖也。古文菆作騶。""䕮""騶""䅵"三字并以芻爲聲，義相近矣。《通藝録·九穀考》云："稷、粱二穀見於經者，判然兩事，若《詩·鴇羽》之'不能蓺黍稷''不能蓺稻粱'，《周官·食醫》之'豕宜稷，犬宜粱'，《聘禮》之'稷兩簠，粱在北；稷兩簠，粱在西。黍、粱、稻皆二行，稷四行'，《公食大夫禮》之'設黍稷六簋，授公飯粱'，《禮記·内則》之'飯黍、稷、稻、粱'，《玉藻》之'沐稷而靧粱'，《喪大記》之'君沐粱，大夫沐稷，士沐粱'，皆是也。秦漢以後，多溷二穀而一之。舉粱者，輒逸稷；舉稷者，又逸粱。粱者，㮚之米也。㮚者，禾之實也。《逸周書》言五方之穀，有粟無稷，《吕氏春秋·審時》篇有禾無稷，則舉粱而逸稷者也。《吕氏春秋·十二紀》《禮記·月令》《淮南·時則訓》《天文訓》《地形訓》《主術訓》《内經素問》《金匱真言論》《五常政大論》《史記·天官書》皆言稷而不言粱，又若高誘《淮南·脩務訓》注、王逸《楚詞·大招》注，亦有稷無粱，則舉稷而逸粱者也。舉粱者非不知有稷，直謂稷爲粱也；舉稷者非不知有粱，直謂粱爲稷也。至韋昭《國語注》，則竟云'稷，粱也'，顯與經相戾矣。"（卷十上，1621—1622頁。五穀六仞，設菰粱只）

18. 毛，草也。

草謂之"毛"，因而菜茹亦謂之"毛"。《楚詞·大招》"吴酸芼蔞"，①王逸注云："芼，菜也。"《御覽》引作"毛"是也。（卷十上，1652頁）

19. 菰，蔣也。其米謂之〔彫〕胡。

"菰"與"苽"同。《説文》云："苽，雕苽。一名蔣。""苽""胡"古聲相近，雕苽即彫胡也。……《楚詞·大招》"五穀六仞，設菰粱

① "芼"今作"蒿"，《考異》謂"一作芼蔞"。

只”,王逸注云:“菰梁,蔣實,謂雕葫也。”①則菰即蔣草之米,後又以菰爲大名耳。(卷十上,1664—1665頁)

20. 鰿,鮒也。

《井》九二“井谷射鮒”,劉逵《吴都賦注》引鄭注云:“所生無大魚,但多鮒魚耳。言微小也。”《楚辭·大招》“煎鰿臛雀”,王逸注云:“鰿,鮒也。”“鰿”之言“茦”也。(卷十下,1772頁)

21. 短狐,蜮也。

《説文》:“蜮,短狐也。似鼈,三足,以氣射害人。”……《楚辭·大招》“鰅鱅短狐,王虺騫只。魂乎歸來,蜮傷躬只”,②王逸注云:“鰅鱅,短狐類也。短狐,鬼蜮也。鰅鱅鬼蜮,射傷害人。蜮,短狐也。《詩》曰‘爲鬼爲蜮’。言魂乎無敢南行,水中多蜮鬼,必傷害於爾躬也。”“鬼蜮”皆訓爲“短狐”,與《毛詩》異,殆取諸三家與?(卷十下,1792—1794頁)

22. 鷫鷞,鳳皇屬也。

《説文》:“五方神鳥,東方發明,南方焦明,西方鷫鷞,北方幽昌,中央鳳皇。”……《楚辭·大招》“鴻鵠代遊,曼鷫鷞只”,王逸注云:“鷫鷞,俊鳥也。”(卷十下,1831頁)

十一、惜誓

1. 徜徉,戲蕩也。

宋玉《風賦》云“倘佯中庭”;《楚辭·惜誓》云“託回飇乎尚

---

①“菰梁,蔣實”之“菰”今本王逸注爲“苽”,《考異》謂“菰,一作苽”,《補注》謂“菰、苽,並音孤”。

②“騫”今作“騫”;“歸來”今作“無南”。

羊”，王逸注云“尚羊，遊戲也”；① …… 并字異而義同。 …… 案：……《楚辭 · 惜誓》注云：“尚羊，遊戲也。”正與“遨遊”同義。（卷六上，1008 頁）

十二、招隱士

1.〔咆〕，鳴也。

咆者，《説文》：“咆，嗥也。”《楚辭 · 招隱士》云：“虎豹鬬兮熊羆咆。”（卷二上，228 頁）

2. 嶔巖，高也。

嶔巖者，《説文》：“嶄，礹石也。”《小雅》“漸漸之石，維其高矣”，釋文：“漸，亦作嶄。”《説文》：“巖，岸也。”“礹，石山也。”《小雅 · 節南山》篇“維石巖巖”，釋文：“巖，本或作嚴。”合言之則曰“嶔巖”。 …… 宋玉《高唐賦》云“登巉巖而下望兮”，《楚辭 · 招隱士》云“谿谷嶄巖兮水横波”，②……并字異而義同。（卷四下，665 頁）

3. 岑崟，高也。

《方言》：“岑，高也。”……《説文》：“厰，崟也。”又云：“嵒，山巖也。讀若吟。”……《楚辭 · 招隱士》“嶔岑碕礒兮”，上音“欽”，下音“吟”。又云：“狀貌崯崯兮峨峨。”③張衡《思玄賦》云：“冠嵒嵒其映蓋兮。”合言之則曰“岑崟”。《説文》：“崟，山之岑崟也。”（卷四下，665—666 頁）

4. 地毛，莎蘠也。

---

①“飀”今作“飀”，《補注》謂“《集韻》作飆”；“游”今作“遊”。

②“横”今作“曾”。

③“貌”今作“皃”。

《爾雅》云:"薃,侯莎,其實媞。"《夏小正》云"正月,緹縞",《傳》云:"縞也者,莎隨也。緹也者,其實也。""隋"與"隨"同。《楚詞·招隱士》云"青莎雜樹兮,薠草蘼靡",①《淮南·覽冥訓》云"路無莎薠",皆是也。(卷十上,1569 頁)

5. 猱、狙,猕猴也。

《齊策》云:"猿獼猴錯木據水,則不若魚鼈。"《楚辭·招隱士》云:"獼猴兮熊羆,慕類兮以悲。""獼""獼"并與"猕"同聲。(卷十下,1840 頁)

十三、七諫

(一)初放

1. 歰,吃也。

《方言注》云:"歰,語歰難也。"《説文》:"歰,不滑也。"《楚辭·七諫》云:"言語訥歰。"②難謂之"蹇",亦謂之"歰";口吃謂之"歰",亦謂之"謇",其義一也。(卷二下,344 頁)

2. 歰,難也。

歰者,《説文》:"歰,不滑也。"《方言》"讓,吃也。或謂之歰",……《楚辭·七諫》"言語訥歰兮",注云:"歰者,難也。"③(卷三下,532 頁)

3. 畂,池也。

①"蘼"今作"靃",《考異》謂"一作蘼"。

②"歰"今作"譅",《考異》謂"一作歰,《釋文》作譅",《補注》謂"通作歰"。

③"歰"今皆作"譅",《考異》謂"一作歰,《釋文》作譅",《補注》謂"通作歰"。

甿，大澤也。其字本作“沆”，或作“坑”“阬”，又作“亢”。……王逸注《七諫》云：“陂池曰坑。”①（卷九下，1465 頁。與麋鹿同坈）

（二）沈江

1. 攘，推也。

攘者，《説文》：“攘，推也。”《楚辭·七諫》“反離謗而見攘”，王逸注云：“攘，排也。”（卷三上，475 頁）

2. 颼，風也。

“颼”之言“肅肅”也。《楚辭·七諫》“商風肅而害生兮”，王逸注云：“肅，急貌。”（卷四下，644 頁）

（三）怨世

1. 慎，憂也。

慎者，《方言》：“慎，憂也。宋衛謂之慎。”《楚辭·七諫》“哀子胥之慎事”，王逸注云：“死不忘國，故言慎事。”是“慎”爲“憂”也。（卷一上，92 頁）

2. 戲，衺也。

“戲”讀爲“險巇”之“巇”。《楚辭·七諫》“何周道之平易兮，然蕪穢而險戲”，王逸注云：“險戲，猶言傾危也。”……“險”“戲”一聲之轉，故俱訓爲“衺”也。（卷二下，359 頁）

3. 剌，衺也。

剌者，《説文》：“剌，戾也。”……《楚辭·七諫》“吾獨乖剌而無當兮”，注云：“剌，邪也。”（卷二下，361 頁）

4. 點，污也。

---

①“坑”今作“坈”，《補注》謂“坈，字書作坑”。

黚者,《楚辭·七諫》"唐虞黚灼而毁議",王逸注云:"黚,污也。"①(卷三上,423頁)

5. 踸踔,無常也。

"踸"或作"踸"。《楚辭·七諫》"馬蘭踸踔而日加",王逸注云:"踸踔,暴長貌也。"暴長即無常之意。(卷六上,988頁)

(四)自悲

1. 壓,著也。

壓者,《楚辭·七諫》"厭白玉以爲面兮",王逸注云:"厭,著也。""厭"與"壓"通。(卷三上,438頁)

2. 衍衍,行也。

《説文》:"衍,水朝宗于海也。從水行。"重言之則曰"衍衍"。《楚辭·七諫》云:"駕青龍以馳騖兮,班衍衍之冥冥。"(卷六上,950頁)

(五)謬諫

1. 弧,盭也。

《楚辭·七諫》"邪説飾而多曲兮,正法弧而不公",王逸注云:"弧,戾也。"(卷四下,652頁)

2. 蹈蹈,行也。

《楚辭·七諫》"年滔滔而日遠兮",②注云:"滔滔,行貌。""滔滔"與"蹈蹈"聲義亦相近。(卷六上,950頁)

3. 悇憛,懷憂也。

①"污"今本王逸注作"汙"。

②"日"今作"自"。

《楚辭・七諫》"心悇憛而煩冤兮",王逸注云:"悇憛,憂愁貌也。"(卷六上,988 頁)

4. 甌,甂也。

《方言》:"甂,陳魏宋楚之間謂之題,自關而西謂之甂,其大者謂之甌。"《説文》:"甂,似小瓿,大口而卑。"……《楚辭・七諫》云:"甂甌登於明堂兮,周鼎潛乎深淵。"(卷七下,1110 頁)

5. 釣,鉤也。

東方朔《七諫》云:"以直鍼而爲釣兮,又何魚之能得。"(卷八上,1288 頁)

6. 菼,炬也。

《説文》:"蒸,析麻中榦也。或作'烝'。""蒸"之言"烝"也。烝,衆也。凡析麻榦及竹木爲炬,皆謂之蒸。……《楚辭・七諫》"箟簬雜於黀蒸兮",①王逸注云:"枲翮曰黀,煏竹曰蒸。"(卷八上,1364 頁)

7. 水精謂之石英、……璣。

《説文》:"璣,珠不圜也。"……王逸注《七諫》云:"圜澤爲珠,廉隅爲璣。"(卷九下,1477 頁。貫魚眼與珠璣)

8. 菎,蕳也。

《楚詞・七諫》云"菎蕗雜於黀蒸兮",王逸注云:"菎蕗,香直之草。"②(卷十上,1600 頁)

9. 鳭鷯,鴈也。

《方言》:"鴈,自關而東謂之鴚鵝;南楚之外謂之鵝,或謂之倉

①"箟簬"今作"菎蕗",《考異》謂"一作箟簬"。

②王逸注今作"言持菎蕗香直之草"。

駧。”駧,或作“駕”,《楚辭·七諫》云“畜鳧駕鵝”是也。①(卷十下,1809 頁)

十四、哀時命

1. 慆,憂也。

慆者,《說文》:“慆,憂困也。”《楚辭·哀時命》“欿愁悴而委惰”,王逸注云:“欿,愁貌也。”“欿”與“慆”通。(卷一上,93 頁)

2. 僷、攝,詘也。

《玉篇》引《楚辭·哀時命》“衣攝僷以儲與兮”,②今本“僷”作“葉”,王逸注云:“攝葉、儲與,不舒展貌。”攝,音之涉反,與“攝”通。(卷四上,583 頁)

3. 霖霖,雨也。

《楚辭·哀時命》云:“夕淫淫而淋雨。”重言之則曰“淋淋”。……“淋”與“霖”同。(卷六上,925 頁)

4. 眐眐,行也。

《楚辭·哀時命》“魂眐眐以寄獨兮”,③王逸注云:“眐眐,獨行貌也。”(卷六上,948 頁)

5. 剞劂,刀也。

“剞”之言“阿曲”,“劂”之言“屈折”也。《說文》:“剞剧,曲刀也。”“剧”與“劂”同。……《楚辭·哀時命》“握剞劂而不用兮”,王逸注云:“剞劂,刻鏤刀也。”(卷八上,1343 頁)

①“鳧”今作“鳬”。

②“僷”今作“葉”。

③“魂”今作“䰟”。

十五、九懷

(一)通路

1. 干將,劍也。

《吳越春秋·闔閭内傳》云:"干將者,吴人也。莫邪,干將之妻也。干將作劍,金鐵之精不銷,莫邪乃斷髮翦爪,投於鑪中,金鐵乃濡,遂以成劍,陽曰干將,陰曰莫邪。"……案:"干將""莫邪"皆連語以狀其鋒刃之利,非人名也。王褒《九懷》云:"舒余佩兮緋纚,竦余劍兮干將。"①是"干將"爲利刃之貌。(卷八上,1341 頁)

(二)危俊

1. 砏、磤,聲也。

砏者,張衡《南都賦》"砏汃輣軋",李善注云:"波相激之聲也。"磤者,《釋訓》云:"轀轀,聲也。"《衆經音義》卷八引《通俗文》云:"雷聲曰磤。"……合言之則曰"砏磤"。《衆經音義》卷八引《埤倉》云:"砏磤,大聲也。"《楚辭·九懷》云:"鉅寶遷兮砏磤。"(卷四下,640 頁)

(三)尊嘉

1. 沛沛,流也。

《説文》:"滂,沛也。"重言之則曰"滂滂""沛沛"。……王褒《九懷》云:"望淮兮沛沛。"(卷六上,954 頁)

---

①今本"舒"下無"余"字,《考異》謂:"一本'舒'下有'余'字。"

（四）思忠

1. 愴愴，悲也。

卷三云："愴，悲也。"重言之則曰愴愴。王褒《九懷》云："心愴愴兮自憐。"（卷六上，932 頁）

（五）陶壅

1. 診，視也。

診者，《説文》："診，視也。"《史記·扁鵲傳》云："以診脉爲名。"……《補正》：目、診，視也。注……"説文診視也"下乙"史記扁鵲傳云"十一字，改：《楚辭·九懷》"乃自診兮在兹"，①王逸注云："徐自省視，至此處也。"（卷一下，164 頁）

（六）株昭

1.〔蹉跎，失足也。〕

《文選·西京賦》"鯨魚失流而蹉跎"，李善注引《楚辭·九懷》云："驥垂兩耳，中坂蹉跎。"（卷六上，1022 頁）

2. 苦萃，款凍也。

款，或作"款"。凍，或作"涷"。《爾雅》"菟奚，顆涷"，郭注云："款冬也。紫赤華，生水中。"……案：《楚詞·九懷》云"款冬而生兮，凋彼葉柯"，王逸注云："物叩盛陰，不滋育也。"顔師古本其訓，故以"款凍"爲"叩冰"。然反覆《九懷》文義，實與王注殊指。其云"款冬而生兮凋彼葉柯，瓦礫進寶兮捐弃隨和，鉛刀厲御兮頓弃大

①"診"今作"訡"，《補注》謂"當作診"。

阿”,①總言小人道長,君子道消耳,款冬、瓦礫、鉛刀喻小人,葉柯、隨和、大阿喻君子,言陰盛陽窮之時,款冬微物乃得滋榮,其有名材柯葉茂美者反凋零也。“款冬而生”,指款冬之草,不得以爲物叩盛陰。草之名款冬,其聲因顆涷而轉,更不得因文生訓。(卷十上,1571 頁)

十六、九歎

(一)逢紛

1. 韖,弱也。

韖者,《玉篇》:“韖韖,耎也。”《楚辭·九歎》“衣納納而掩露”,王逸注云“納納,濡溼貌也”,義與“韖”相近。(卷一下,217 頁)

2. 黴,敗也。

黴者,《玉篇》音明飢、莫佩二切。《説文》:“黴,物中久雨青黑也。”……《楚辭·九歎》云:“顔黴黧以沮敗兮。”(卷三上,468 頁)

3. 颾,風也。

“颾”之言“飂颾”也。《説文》:“颾,高風也。”……《楚辭·九歎》云“秋風瀏以蕭蕭”,②左思《吴都賦》云“颮瀏颼飀”,又云“翼颾風之飀飀”,并字異而義同。(卷四下,643 頁)

4. 愁愁,憂也。

《楚辭·九歎》云:“心愁愁而思舊邦。”(卷六上,921 頁)

5. 瀏瀏,風也。

---

①“凋”今本作“彫”;“大”今作“太”。

②“以”今作“目”。

瀏瀏，猶颼颼也。《初學記》引《通俗文》云："涼風曰瀏。"《楚辭·九歎》"秋風瀏以蕭蕭"，王逸注云："瀏，風疾皃也。"①一云"瀏瀏"。（卷六上，926頁）

6.叩叩，誠也。

《楚辭·九歎》"行叩誠而不阿兮"，叩，亦誠也。王逸注訓"叩"爲"擊"，失之。重言之則曰"叩叩"。（卷六上，939頁）

（二）怨思

1.匡，滿也。

匡者，《楚辭·九歎》"筐澤瀉以豹鞹兮"，②王逸注云："筐，滿也。""筐"與"匡"通。（卷一上，46頁）

2.氾，漬也。

氾者，淹之漬也。《說文》："氾，淹也。"王逸注《九歎》云："淹，漬也。"（卷二下，327頁。淹芳芷於腐井兮）

3.蔿，匕也。

《楚辭·九歎》"若青蠅之僞質兮"，王逸注云"僞，猶變也"，義亦與"譌"同。"蔿"亦"譌"也，方俗語有輕重耳。《方言》又云："楚鄭謂獪曰蔿。凡狡獪之人多變詐，故亦謂之蔿也。"（卷三上，425頁）

4.紐，束也。

紐者，《說文》："紐，系也。一曰結而可解。"王逸注《九歎》云："紐，結束也。"（卷三上，446頁。情素潔於紐帛）

5.嫿嫿，好也。

---

①"以"今作"目"；"皃"今作"貌"。

②"以"今作"目"。

卷一云："嬥，好也。"重言之則曰"嬥嬥"。《毛詩·小雅·大東》篇"糾糾葛屨，可以履霜。佻佻公子，行彼周行。既往既來，使我心疚"，傳云："佻佻，獨行貌。"釋文："佻佻，《韓詩》作'嬥嬥'，往來貌。"案："糾糾"是葛屨之貌，非履霜之貌。則"嬥嬥"亦是公子之貌，非獨行往來之貌。猶之"糾糾葛屨，可以履霜。摻摻女手，可以縫裳"，"摻摻"是女手之貌，非縫裳之貌也。《説文》："嬥，直好皃。"《玉篇》音徒了、徒聊二切。嬥嬥，猶言苕苕，張衡《西京賦》云"狀亭亭以苕苕"是也。故《楚辭·九歎》注引《詩》作"苕苕公子，行彼周行"。①（卷六上，977—978 頁。征夫勞於周行兮）

6. 堂谿，劍也。

《楚辭·九歎》"執棠谿以劃蓬兮"，②王逸注云："棠谿，利劍也。"（卷八上，1342 頁）

（三）遠逝

1. 殷，大也。

《楚辭·九歎》"帶隱虹之逶虵"，王逸注云："隱，大也。""隱"與"殷"聲近而義同。（卷一上，9 頁）

2. 慅慅，憂也。

《楚辭·九歎》："蹇騷騷而不釋。""騷"與"慅"亦聲近義同。（卷六上，921 頁）

3. 壖翳，障蔽也。

《楚辭·九歎》"舉霓旌之壖翳兮"，王逸注云："壖翳，蔽隱貌。"（卷六上，987 頁）

---

①今本注引《詩》"周行"之"行"爲"道"。

②"以"今作"目"。

4. 鵕鸃，鳳皇屬也。

《九歎》"撫朱爵與鵕鸃"，王注云："鵕鸃，神俊之鳥也。"《子虛賦》"射鵕鸃"，郭璞注云："似鳳有光彩。"（卷十下，1832 頁）

（四）惜賢

1. 渡，厺也。

渡者，《九歎》"年忽忽而日度"，注云："度，去也。""度"與"渡"通。（卷二上，269 頁）

2. 泆泬、潣涹，濁也。

《楚辭·九歎》云"撥諂諛而匡邪兮，切泆泬之流俗。盪潣涹之姦咎兮，平蠢蠢之溷濁"，王逸注："泆泬，垢濁也。潣涹，污薉也。"①"潣"與"溾"同。（卷三上，459—460 頁）

3. 絜絜，憂也。

《九歎》云"孰契契而委棟兮"，一本作"挈挈"，并與"絜絜"同。（卷六上，921 頁）

4. 晻晻，暗也。

卷四云："晻，冥也。"重言之則曰"晻晻"。《楚辭·九歎》云："日晻晻而下頹。"②（卷六上，943 頁）

5. 油油，流也。

《九歎》"江湘油油"注云："油油，流貌也。"（卷六上，954 頁）

（五）憂苦

1.〔凝〕，止也。

---

①"平"今作"夷"；今本王逸注"污"爲"汙"。

②"頹"今作"頽"。

凝者,《大雅·桑柔》篇“靡所止疑”,毛傳云:“疑,定也。”《正義》音“凝”。王逸注《九歎》云:“凝,止也。”“凝”與“疑”通。(卷三下,487 頁。折鋭摧矜,凝氾濫兮)

2. 巑岏,高也。

《楚辭·九歎》“登巑岏以長企兮”,王逸注云:“巑岏,鋭山也。”(卷四下,666 頁)

3. 廋,隱也。

廋者,《方言》:“廋,隱也。”……《楚辭·九歎》“步從容於山廋”,王逸注云:“廋,隈也。”①(卷四下,675 頁)

4. 遼遼,遠也。

《楚辭·九歎》云:“山脩遠其遼遼兮。”(卷六上,969 頁)

5. 衍,池也。

《楚辭·九歎》“巡陵夷之曲衍兮”,②王逸注云:“衍,澤也。”(卷九下,1467 頁)

6. 廋,隈也。

卷四云:“廋,隱也。”《楚辭·九歎》“步從容於山廋”,王逸注云:“廋,隈也。”③(卷九下,1501 頁)

7. 藟,藤也。

王逸注《九歎》云:“藟,葛荒也。”藟之與葛,其類同也。(卷十上,1615 頁。葛藟虆於桂樹兮)

---

①“廋”今皆作“廋”,《考異》謂“一作廋”。

②“陵”今作“陸”。

③“廋”今皆作“廋”,《考異》謂“一作廋”。

(六)愍命

1. 䕸䕸,香也。

《説文》:"䕸,香艸也。"重言之則曰"䕸䕸"。《楚辭·九歎》:"懷椒聊之䕸䕸兮。"(卷六上,948 頁)

2. 諓諓,善也。

《説文》:"諓,善言也。"《秦誓》"惟截截善諞言",……《楚辭·九歎》注引作"諓諓靖言"。(卷六上,983 頁。讒人諓諓,孰可愬兮)

3. 瓟、蠡,瓢也。

《説文》:"瓢,蠡也。"……《楚辭·九歎》"瓟瓥蠹於筐簏",王逸注云:"瓟瓠,瓥瓢也。"①"瓥""蠡"并通。(卷七下,1128—1129 頁)

4. 號鍾。

《楚辭·九歎》"破伯牙之號鍾兮",王逸注云:"號鍾,琴名。"(卷八下,1398 頁)

5. 瑉石。

《楚辭·九歎》"藏瑉石於金匱兮",王逸注云:"瑉石,石次玉者。"②(卷九下,1478 頁)

(七)思古

1. 仳倠,醜也。

仳倠者,《説文》:"仳倠,醜面也。"高誘注《淮南子·脩務訓》云:"仳倠,古之醜女。"《楚辭·九歎》"仳倠倚於彌楹",王逸注與

①"瓥"今皆作"蠡";而今本王逸注作"瓟,匏也。蠡,瓢也"。

②今本王逸注"次玉"上無"石"字。

高誘同。①（卷二下,337 頁）

2. 遺,墮也。

遺者,《楚辭・九歎》"目眇眇而遺泣",王逸注云:"遺,墮也。"（卷二下,373 頁）

3. 倠倠,勴也。

侹侹,曹憲音其往反。《楚辭・九歎》"魂侹侹而南行兮",②王逸注云:"侹侹,惶遽之貌。"（卷六上,936 頁）

（八）遠遊

1. 馺,馳也。

《方言》"馺,馬馳也",郭璞注云:"馺馺,疾貌也。"劉向《九歎》云:"雷動電發,馺高舉兮。"（卷五上,745 頁）

2. 翹,尾也。

《説文》:"翹,尾長毛也。"《楚辭・九歎》云:"摇翹奮羽。"（卷五下,827 頁）

3. 赤霄、濛澒。

《淮南子・人間訓》:"鴻鵠背負青天,膺摩赤霄。"高誘注云:"赤霄,飛雲也。"《楚辭・九歎》云:"譬若王僑之乘雲兮,載赤霄而淩太清。"又云"貫澒濛以東朅兮",王逸注云:"澒濛,氣也。"倒言之則曰"濛澒"。（卷九上,1417 頁）

4. 湖,池也。

《説文》:"湖,大陂也。"王逸注《九歎》云:"大池也。"（卷九下,1464 頁。就申胥於五湖）

---

①今王注無"古之"二字。

②"魂"今作"窺"。

5. 鶬明，鳳皇屬也。

《楚辭·九歎》"從玄鶴與鶬明"，王注云："鶬明，俊鳥也。"（卷十下，1831 頁）

十七、九思

（一）逢尤

1. 殟，病也。

《楚辭·九思》云："悒殟絶兮咶復蘇。"（卷一上，66 頁）

2. 抈，折也。

抈者，《説文》："抈，折也。"……《楚辭·九思》："車軏折兮馬虺𩨷。"①"軏"與"抈"通。（卷一下，195 頁）

3. 咶，息也。

《廣韻》："咶，息聲也。"王逸《九思》云："仰長歎兮氣餶結，悒殟絶兮咶復蘇。"（卷二上，252 頁）

4. 憒，亂也。

憒者，《説文》："憒，亂也。"《楚辭·九思》云："心煩憒兮意無聊。"重言之則曰"憒憒"。（卷三上，411 頁）

5. 躍，止也。

躍者，《説文》："峙躍，不前也。"《玉篇》音陳如切。《楚辭·九思》云："握佩玖兮中路躇。""躇"與"躍"同。（卷三下，487 頁）

6. 脈脈，視也。

卷一云："脈，視也。"重言之則曰"脈脈"。王逸《九思》"目脈

①"𩨷"今作"頹"。

眽兮寤終朝”,《魯靈光殿賦》“徒眽眽以狋狋”,注并云:“眽眽,視貌。”(卷六上,917 頁)

7. 屏營,伀伀也。

《楚辭・九思》“遽偉湟兮驅林澤,步屏營兮行丘阿”,注云:“憂憒不知所爲,徒經營奔走也。”“屏營”“伀伀”皆驚惶失據之貌。(卷六上,988 頁)

(二)怨上

1. 鏊、爇,乾〔也〕。

《説文》:“熬,乾煎也。或作鏊。”……《説文》“煎,熬也”;……《楚辭・九思》“我心兮煎熬”,一本作“熬鬻”。(卷二上,232—233 頁)

2. 緭,結也。

緭者,《説文》:“緭,結也。”《釋訓》云:“結緭,不解也。”《漢書・息夫躬傳》“心結愲兮傷肝”,《楚辭・九思》“心結緭兮折摧”,“愲”與“緭”通。《莊子・徐無鬼》篇“頡滑有實”,向秀注云:“頡滑,錯亂也。”“頡滑”與“結緭”義亦相近。(卷四上,604 頁)

(三)疾世

1. 朗,明也。

朗者,《説文》:“朏,月未盛之明也。”……《楚辭・九思》“時朏朏兮且旦”,①注云“日始出,光明未盛爲朏”,聲義并同也。(卷四上,587 頁)

2. 嚻咩,謰謱也。

①“且”今作“旦”,《考異》謂“一云旦旦,一云且旦”;今本王逸注“日”下有“月”字。

《玉篇》:“嗹嘍,多言也。”“謰謱,繁拏也。”《楚辭・九思》云:“媒女詘兮謰謱。”《淮南子・原道訓》“終身運枯形于連嶁列埒之門”,高誘注云:“連嶁,猶離婁也,委曲之貌。”并字異而義同。(卷六上,1012 頁)

(四)慖上

1.摧,推也。

“摧”“推”聲相近。《説文》:“摧,擠也。”《楚辭・九思》云:“魁壘擠摧兮常困辱。”(卷三上,475 頁)

2.漼溰,霜雪也。

《楚辭・九思》“霜雪兮漼溰”,①注云:“積聚貌。”(卷六上,1003 頁)

(五)悼亂

1.鶱鶱,飛也。

卷三云:“鶱,飛也。”重言之則曰“鶱鶱”。王逸《九思》云:“鷶鷂兮軒軒。”“軒”與“鶱”通。“鶱鶱”各本訛作“騫騫”,今訂正。(卷六上,940 頁)

2.〔鵻〕,鶉也。

《楚辭・九思》云“鶉鴿兮甄甄”,注云:“甄甄,小鳥飛貌。”則鶉、鴿二鳥情狀相似,故對文則鶉與鴿異,散文則通。(卷十下,1811 頁)

3.貒,貛也。

《説文》:“貛,野豕也。”……《楚辭・九思》“貒貉兮蟫蟫”,注

①“漼溰”今作“漼溰”。

云:“蟫蟫,相隨之貌也。”(卷十下,1840 頁)

(六)哀歲

1. 延延,長也。

《九思》云:“鱣鮎兮延延。”(卷六上,934 頁)

2. 蛥蚗,蛰也。

《説文》云:“蛜蚗,蛁蟟也。”……《補正》:蛥蚗,蛰也。注“説文云蛜蚗蛁蟟也”下補:《楚辭·九思》云:“蛜蚗兮噍噍。”(卷十下,1732 頁)

3. 蝍蛆,吴公也。

吴公,一作“蜈蚣”。……《補正》:蝍蛆,吴公也。注加墨籤云:王逸《九思》“哀感蝍蛆兮穰穰”,①注:“將變貌。”(卷十下,1752—1753 頁)

4. 鮷,鮎也。

《楚辭·九思》云:“鱣鮎兮延延。”“鱣”與“鱓”同。鱓、鮎皆魚之無鱗者。延延,長貌也。(卷十下,1771 頁)

① 今本“蝍蛆”上無“哀感”二字。

《古韻譜》[1]

一、卷上，東弟一（537 頁）

1. 庸降離騷（按《離騷》：帝高陽之苗裔兮，朕皇考曰伯庸。攝提貞于孟陬兮，惟庚寅吾以降。）

2. 縱巷同上（按《離騷》：啓《九辯》與《九歌》兮，夏康娱以自縱。不顧難以圖後兮，五子用失乎家巷。）

3. 同調同上（按《離騷》：曰勉陞降以上下兮，求榘矱之所同。湯禹嚴而求合兮，摯咎繇而能調。）

4. 降中窮憹九歌・雲中君（按《九歌・雲中君》：靈皇皇兮既降，猋遠舉兮雲中。覽冀州兮有餘，横四海兮焉窮。思夫君兮太息，極勞心兮憹憹。）

5. 堂宫中河伯（按《河伯》：魚鱗屋兮龍堂，紫貝闕兮朱宫。靈何爲兮水中，乘白黿兮逐文魚。）

---

① 王念孫《古韻譜》，據《續修四庫全書》第 245 册，上海古籍出版社，2002 年版。此外，因本書原内容無法分釋，故本處整理與它書略有區别，即正文括號外文字爲原内容，其中小一號字體内容爲王念孫原注，括號中文字爲輯校者據原文内容而補充疏證。

6. 功同天問(按《天問》:纂就前緒,遂成考功。何續初繼業,而厥謀不同?)

7. 從通同上(按《天問》:四方之門,其誰從焉? 西北辟啓,何氣通焉?)

8. 躬降同上(按《天問》:皆歸䠶籥,而無害厥躬。何后益作革,而禹播降?)

9. 逢從同上(按《天問》:有扈牧豎,云何而逢? 擊牀先出,其命何從?)

10. 沈封同上(按《天問》:比干何逆,而抑沈之? 雷開阿順,而賜封之?)

11. 中窮行九章·涉江(按《涉江》:哀吾生之無樂兮,幽獨處乎山中。吾不能變心而從俗兮,固將愁苦而終窮。接輿髡首兮,桑扈臝行。)

12. 江東哀郢(按《哀郢》:將運舟而下浮兮,上洞庭而下江。去終古之所居兮,今逍遥而來東。)

13. 同容抽思(按《抽思》:何靈魂之信直兮,人之心不與吾心同! 理弱而媒不通兮,尚不知余之從容。)

14. 豐容懷沙(按《懷沙》:重仁襲義兮,謹厚以爲豐。重華不可遻兮,孰知余之從容!)

15. 江洶悲回風(按《悲回風》:馮崑崙以瞰霧兮,隱岷山以清江。憚涌湍之礚礚兮,聽波聲之洶洶。)

16. 忠窮卜居(按《卜居》:吾寧悃悃款款朴以忠乎? 將送往勞來斯無窮乎?)

17. 凶從同上(按《卜居》:寧與黄鵠比翼乎? 將與雞鶩争食乎? 此孰吉孰凶? 何去何從?)

18. 重通九辯(按《九辯》:豈不鬱陶而思君兮? 君之門以九重。

猛犬狺狺而迎吠兮，關梁閉而不通。）

19. 通從誦容同上（按《九辯》：願自往而徑遊兮，路壅絶而不通。欲循道而平驅兮，又未知其所從。然中路而迷惑兮，自壓桉而學誦。性愚陋以褊淺兮，信未達乎從容。）

20. 中湛豐同上（按《九辯》：願賜不肖之軀而别離兮，放遊志乎雲中。乘精氣之摶摶兮，鶩諸神之湛湛。驂白霓之習習兮，歷羣靈之豐豐。）

21. 從容同上（按《九辯》：前輊輬之鏘鏘兮，後輜乘之從從。載雲旗之委蛇兮，扈屯騎之容容。）

22. 從用《招䰟》：巫陽對曰："掌夢。上帝其難從。若必筮予之，恐後之謝，不能復用。"①王逸注云：謝，去也。巫陽言如必欲先筮問求魂魄所在，然後與之，恐後世怠懈，必去卜筮之法，不能復修用，五臣《文選注》同下文。"巫陽焉乃下招"，王逸注云：巫陽受天帝之命，因下招屈原之魂。念孫按：此則不能復用爲句，巫陽焉乃下招爲句，明甚。焉乃者，語辭，猶言巫陽於是下招耳。《遠遊》篇焉乃逝以徘徊，②是其證。今本《楚辭》及《文選》皆以不能復用巫陽焉爲句，非也。不能復用謂不用卜筮，非謂不用巫陽。且用字古讀若庸與從字爲韵，若以復用巫陽連讀則失其韵矣，今從王注、五臣注訂正。（按《招䰟》：上帝其難從。若必筮予之，恐後之謝，不能復用巫陽焉。③）

23. 衆宫同上（按《招䰟》：九侯淑女，多迅衆些。盛鬋不同制，實滿宫些。）

---

①"夢"今作"瞢"。

②"以"今作"目"；"徘徊"今作"俳佪"。

③今作"不能復用巫陽焉"，王念孫《讀書雜志》以"巫陽焉乃下招曰"爲句，故以"從用"爲韵。

二、卷上，蒸弟二(538 頁)

1. 恒懲離騷："民生各有所樂兮，余獨好脩以爲恒。雖體解吾猶未變兮，豈余心之可懲。"①今本恒作常，乃漢人避諱所改。吴棫《韻補》因以懲叶直良反，非是。

2. 弓懲凌雄九歌·國殤(按《九歌·國殤》：帶長劍兮挾秦弓，首身離兮心不懲。誠既勇兮又以武，終剛强兮不可凌。身既死兮神以靈，子魂魄兮爲鬼雄。)

3. 興膺天問(按《天問》：蓱號起雨，何以興之？撰體協脅，鹿何膺之?)

4. 膺仍九章·悲回風(按《九章·悲回風》：糺思心以爲纕兮，編愁苦以爲膺。折若木以蔽光兮，隨飄風之所仍。)

5. 乘烝招魂·亂(按《招魂》：青驪結駟兮齊千乘，懸火延起兮玄顔烝。)

三、卷上，侵弟三(538 頁)

1. 心淫離騷(按《離騷》：怨靈脩之浩蕩兮，終不察夫民心。衆女嫉余之蛾眉兮，謡諑謂余以善淫。)

2. 風林九章·涉江(按《九章·涉江》：乘鄂渚而反顧兮，欸秋冬之緒風。步余馬兮山皋，邸余車兮方林。)

3. 心風哀郢(按《哀郢》：登大墳以遠望兮，聊以舒吾憂心。哀州土之平樂兮，悲江介之遺風。)

---

①"恒"今作"常"。

4. 潭心抽思·亂(按《抽思》"亂曰":長瀨湍流,泝江潭兮。狂顧南行,聊以娛心兮。)

5. 心淫招魂(按《招蒐》:雄虺九首,往來儵忽,吞人以益其心些。歸來兮!不可目久淫些。)

6. 楓心南同上,亂(按《招蒐》:湛湛江水兮上有楓,目極千里兮傷春心。蒐兮歸來哀江南!)

四、卷上,談弟四(538頁)

1. 敢憺九章·抽思(按《九章·抽思》:願承閒而自察兮,心震悼而不敢。悲夷猶而冀進兮,心怛傷之憺憺。)

2. 淹漸招魂·亂(按《招蒐》:君王親發兮憚青兕,朱明承夜兮時不可以淹。皋蘭被徑兮,斯路漸。)

五、卷上,陽弟五(542頁)

1. 英傷離騷(按《離騷》:朝飲木蘭之墜露兮,夕餐秋菊之落英。苟余情其信姱以練要兮,長顑頷亦何傷?)

2. 裳芳同上(按《離騷》:製芰荷以爲衣兮,雧芙蓉以爲裳。不吾知其亦已兮,苟余情其信芳。)

3. 荒章同上(按《離騷》:忽反顧以遊目兮,將往觀乎四荒。佩繽紛其繁飾兮,芳菲菲其彌章。)

4. 殃長同上(按《離騷》:夏桀之常違兮,乃遂焉而逢殃。后辛之菹醢兮,殷宗用而不長。)

5. 當浪同上(按《離騷》:曾歔欷余鬱邑兮,哀朕時之不當。攬茹蕙以掩涕兮,霑余襟之浪浪。)

6. 桑羊同上(按《離騷》:飲余馬於咸池兮,總余轡乎扶桑。折若木以拂日兮,聊逍遥以相羊。)

7. 當芳同上(按《離騷》:覽察草木其猶未得兮,豈珵美之能當?蘇糞壤目充幃兮,謂申椒其不芳。)

8. 央芳同上(按《離騷》:及年歲之未晏兮,時亦猶其未央。恐鵜鴂之先鳴兮,使夫百草爲之不芳。)

9. 長芳同上(按《離騷》:余以蘭爲可恃兮,羌無實而容長。委厥美以從俗兮,苟得列乎衆芳。)

10. 行粻同上(按《離騷》:靈氛既告余以吉占兮,歷吉日乎吾將行。折瓊枝以爲羞兮,精瓊爢以爲粻。)

11. 鄉行同上(按《離騷》:陟陞皇之赫戲兮,忽臨睨夫舊鄉。僕夫悲余馬懷兮,蜷局顧而不行。)

12. 良皇琅芳漿倡堂康九歌·東皇太一(按《九歌·東皇太一》:吉日兮辰良,穆將愉兮上皇。撫長劍兮玉珥,璆鏘鳴兮琳琅。瑶席兮玉瑱,盍將把兮瓊芳。蕙肴蒸兮蘭藉,奠桂酒兮椒漿。揚枹兮拊鼓,疏緩節兮安歌,陳竽瑟兮浩倡。靈偃蹇兮姣服,芳菲菲兮滿堂。五音紛兮繁會,君欣欣兮樂康。)

13. 芳英央光章雲中君(按《雲中君》:浴蘭湯兮沐芳,華采衣兮若英。靈連蜷兮既留,爛昭昭兮未央。蹇將憺兮壽宫,與日月兮齊光。龍駕兮帝服,聊翱遊兮周章。)

14. 望張上湘夫人(按《湘夫人》:白薠兮騁望,與佳期兮夕張。鳥萃兮蘋中,罾何爲兮木上。)

15. 堂房張芳衡同上(按《湘夫人》:蓀壁兮紫壇,匊芳椒兮成堂。桂棟兮蘭橑,辛夷楣兮葯房。罔薜荔兮爲帷,擗蕙櫋兮既張。白玉兮爲鎮,疏石蘭兮爲芳。芷葺兮荷屋,繚之兮杜衡。)

16. 翔陽坑大司命(按《大司命》:高飛兮安翔,乘清氣兮御陰陽。吾與君兮齋速，導帝之兮九坑。）

17.方桑明東君（按《東君》：暾將出兮東方，照吾檻兮扶桑。撫余馬兮安驅，夜皎皎兮既明。）

18.裳狼降漿翔行同上（按《東君》：青雲衣兮白霓裳，舉長矢兮射天狼。操余弧兮反淪降，援北斗兮酌桂漿。撰余轡兮高駝翔，杳冥冥兮以東行。）

19.望蕩河伯（按《河伯》：登崑崙兮四望，心飛揚兮浩蕩。）

20.行傷國殤（按《國殤》：凌余陣兮躐余行，左驂殪兮右刃傷。）

21.明藏尚行天問（按《天問》：何闔而晦？何開而明？角宿未旦，曜靈安藏？不任汩鴻，師何目尚之？僉曰何憂？何不課而行之？）

22.揚光同上（按《天問》：羲和之未揚，若華何光？）

23.方桑同上（按《天問》：禹之力獻功，降省下土四方，焉得彼嵞山女，而通之於台桑？）

24.堂臧同上（按《天問》：白蜺嬰茀，胡爲此堂？安得夫良藥，不能固臧？）

25.尚匠同上（按《天問》：登立爲帝，孰道尚之？女媧有體，孰制匠之？）

26.饗喪同上（按《天問》：緣鵠飾玉，后帝是饗。何承謀夏桀，終以滅喪？）

27.臧羊同上（按《天問》：該秉季德，厥父是臧。胡終弊于有扈，牧夫牛羊？）

28.兄長同上（按《天問》：眩弟竝淫，危害厥兄。何變化以作詐，後嗣而逢長？）

29.行將同上（按《天問》：争遣伐器，何以行之？竝驅擊翼，何以將之？）

30. 方狂同上(按《天問》:何聖人之一德,卒其異方? 梅伯受醢,箕子詳狂。)

31. 將長同上(按《天問》:何馮弓挾矢,殊能將之? 既驚帝切激,何逢長之?)

32. 亡嚴饗長同上(按《天問》:勳闔夢生,少離散亡。何壯武厲,能流厥嚴? 彭鏗斟雉,帝何饗? 受壽永多,夫何久長?)

33. 長上彰同上(按《天問》:吾告堵敖以不長。何試上自予,忠名彌彰?)

34. 杭旁九章·惜誦(按《惜誦》:昔余夢登天兮,魂中道而無杭。吾使厲神占之兮,曰有志極而無旁。)

35. 糧芳明身同上(按《惜誦》:檮木蘭以矯蕙兮,糳申椒以爲糧。播江離與滋菊兮,願春日以爲糗芳。恐情質之不信兮,故重著以自明。矯兹媚以私處兮,願曾思而遠身。)

36. 英光湘涉江(按《涉江》:登崑崙兮食玉英,與天地兮同壽,與日月兮同光。哀南夷之莫吾知兮,旦余濟乎江湘。)

37. 陽傷同上(按《涉江》:朝發枉陼兮,夕宿辰陽。苟余心其端直兮,雖僻遠之何傷。)

38. 當行同上(按《涉江》:陰陽易位,時不當兮。懷信侘傺,忽乎吾將行兮!)

39. 亡行哀郢(按《哀郢》:去故鄉而就遠兮,遵江夏以流亡。出國門而軫懷兮,甲之鼂吾以行。)

40. 傷長抽思(按《抽思》:心鬱鬱之憂思兮,獨永歎乎增傷。思蹇産之不釋兮,曼遭夜之方長。)

41. 章明懷沙(按《懷沙》:玄文處幽兮,矇瞍謂之不章。離婁微睇兮,瞽以爲無明。)

42. 量臧同上(按《懷沙》:同糅玉石兮,一槩而相量。夫惟黨人鄙固兮，羌不知余之所臧。）

43. 强像同上（按《懷沙》：懲連改忿兮，抑心而自强。離慜而不遷兮，願志之有像。）

44. 將當思美人（按《思美人》：願寄言於浮雲兮，遇豐隆而不將。因歸鳥而致辭兮，羌宿高而難當。）

45. 揚章同上（按《思美人》：紛郁郁其遠承兮，滿内而外揚。情與質信可保兮，羌居蔽而聞章。）

46. 長像橘頌（按《橘頌》：年歲雖少，可師長兮。行比伯夷，置以爲像兮。）

47. 傷倡忘長芳章芳貺羊明悲回風（按《悲回風》：悲回風之摇蕙兮，心冤結而内傷。物有微而隕性兮，聲有隱而先倡。夫何彭咸之造思兮，暨志介而不忘！萬變其情豈可蓋兮，孰虚僞之可長！鳥獸鳴以號羣兮，草苴比而不芳。魚葺鱗以自别兮，蛟龍隱其文章。故荼薺不同畝兮，蘭茝幽而獨芳。惟佳人之永都兮，更統世而自貺。眇遠志之所及兮，憐浮雲之相羊。介眇志之所惑兮，竊賦詩之所明。）

48. 湯行同上（按《悲回風》：存髣髴而不見兮，心踊躍其若湯。撫珮衽以案志兮，超惘惘而遂行。）

49. 行鄉陽英壯放遠遊・重（按《遠遊》：聞至貴而遂徂兮，忽乎吾將行。仍羽人於丹丘兮，留不死之舊鄉。朝濯髮於湯谷兮，夕晞余身兮九陽。吸飛泉之微液兮，懷琬琰之華英。玉色頩以脕顔兮，精醇粹而始壯。質銷鑠以汋約兮，神要眇以淫放。）

50. 行芒同上（按《遠遊》：騎膠葛以雜亂兮，斑漫衍而方行。撰余轡而正策兮，吾將過乎句芒。）

51. 凉皇同上（按《遠遊》：風伯爲余先驅兮，氛埃辟而清凉。鳳皇翼其承旂兮，遇蓐收乎西皇。）

52. 鄉行同上(按《遠遊》:涉青雲目汎濫游兮,忽臨睨夫舊鄉。僕夫懷余心悲兮,邊馬顧而不行。)

53. 長明通卜居(按《卜居》:曰:夫尺有所短,寸有所長,物有所不足,智有所不明。數有所不逮,神有所不通。)

54. 悅悢九辯,愴怳懭悢爲韵(按《九辯》:憯悽增欷兮,薄寒之中人,愴怳懭悢兮,去故而就新。)

55. 霜藏横黄傷當佯將攘堂方明同上(按《九辯》:秋既先戒以白露兮,冬又申之以嚴霜。收恢台之孟夏兮,然欿傺而沈藏。葉菸邑而無色兮,枝煩挐而交横;顔淫溢而將罷兮,柯彷彿而萎黄;萷櫹椮之可哀兮,形銷鑠而瘀傷。惟其紛糅而將落兮,恨其失時而無當。擥騑轡而下節兮,聊逍遥以相佯。歲忽忽而遒盡兮,恐余壽之弗將。悼余生之不時兮,逢此世之俇攘。澹容與而獨倚兮,蟋蟀鳴此西堂。心怵惕而震盪兮,何所憂之多方! 印明月而太息兮,步列星而極明。)

56. 房飈芳翔明傷同上(按《九辯》:竊悲夫蕙華之曾敷兮,紛旖旎乎都房。何曾華之無實兮,從風雨而飛颺。以爲君獨服此蕙兮,羌無以異於衆芳。閔奇思之不通兮,將去君而高翔。心閔憐之慘悽兮,願一見而有明。重無怨而生離兮,中結軫而增傷。)

57. 藏當光同上(按《九辯》:今脩飾而窺鏡兮,後尚可以竄藏。願寄言夫流星兮,羌儵忽而難當。卒壅蔽此浮雲兮,下暗漠而無光。)

58. 臧恙同上(按《九辯》:計專專之不可化兮,願遂推而爲臧。賴皇天之厚德兮,還及君之無恙。)

59. 方祥招魂(按《招寬》:去君之恒幹,何爲四方些? 舍君之樂處,而離彼不祥些!)

60. 光張璜同上(按《招寬》:翡翠珠被,爛齊光些。蒻阿拂壁,羅幬張些。纂組綺縞,結琦璜些。)

61.房光同上(按《招魂》:姱容修態,絙洞房些。蛾眉曼睩,目騰光些。)

62.堂梁同上(按《招魂》:翡帷翠帳,飾高堂些。紅壁沙版,玄玉梁些。)

63.方梁行芳羹漿鶬爽餭鬺凉漿妨同上(按《招魂》:室家遂宗,食多方些。稻粢穱麥,挐黄粱些。大苦醎酸,辛甘行些。肥牛之腱,臑若芳些。和酸若苦,陳吴羹些。胹鼈炮羔,有柘漿些。鵠酸臇凫,煎鴻鶬些。露鷄臛蠵,厲而不爽些。粔籹蜜餌,有餦餭些。瑶漿蜜勺,實羽觴些。挫糟凍飲,酎清涼些。華酌既陳,有瓊漿些。歸來反故室,敬而無妨些。)

64.洋鬤狂傷大招(按《大招》:西方流沙,漭洋洋只。豕首縱目,被髮鬤只。長爪踞牙,誒笑狂只。魂乎無西!多害傷只。)

65.梁芳羹嘗同上(按《大招》:五穀六仞,設菰粱只。鼎臑盈望,和致芳只。内鶬鴿鵠,味豺羹只。魂乎歸徠!恣所嘗只。)

66.張商倡桑同上(按《大招》:代秦鄭衛,鳴竽張只。伏戲《駕辯》,楚《勞商》只。謳和《揚阿》,趙簫倡只。魂乎歸徠!定空桑只。)

67.皇鶬鶬翔同上(按《大招》:孔雀盈園,畜鸞皇只。鵾鴻羣晨,雜鶖鶬只。鴻鵠代遊,曼鷫鷞只。魂乎歸徠!鳳皇翔只。)

68.昌章明當同上(按《大招》:田邑千畛,人阜昌只。美冒衆流,德澤章只。先威後文,善美明只。魂乎歸徠!賞罰當只。)

69.明堂鄉張讓王①同上(按《大招》:雄雄赫赫,天德明只。三公穆穆,登降堂只。諸侯畢極,立九卿只。昭質既設,大侯張只。

①"鄉"當爲"卿"字之誤。

執弓挾矢，揖辭讓只。魂乎徠歸！尚三王只。）

六、卷上，耕弟六（543 頁）

1. 名均離騷（按《離騷》：名余曰正則兮，字余曰靈均。）

2. 情聽同上（按《離騷》：衆不可户説兮，孰云察余之中情。世並舉而好朋兮，夫何煢獨而不予聽。）

3. 正征同上（按《離騷》：跪敷衽以陳辭兮，耿吾既得此中正；駟玉虬以椉鷖兮，溘埃風余上征。）

4. 征庭旌靈九歌・湘君（按《九歌・湘君》：駕飛龍兮北征，邅吾道兮洞庭。薜荔柏兮蕙綢，蓀橈兮蘭旌。望涔陽兮極浦，横大江兮揚靈。）

5. 青莖成少司命（按《少司命》：秋蘭兮青青，緑葉兮紫莖。滿堂兮美人，忽獨與余兮目成。）

6. 旍星正同上（按《少司命》：孔蓋兮翠旍，登九天兮撫彗星。竦長劍兮擁幼艾，蓀獨宜兮爲民正。）

7. 冥鳴山鬼（按《山鬼》：靁填填兮雨冥冥，猨啾啾兮又夜鳴。）

8. 聽刑天問（按《天問》：鴟龜曳銜，鮌何聽焉？順欲成功，帝何刑焉？）

9. 營成傾同上（按《天問》：鮌何所營？禹何所成？康回馮怒，墜何故以東南傾？）

10. 營盈同上（按《天問》：咸播秬黍，莆雚是營。何由并投，而鮌疾脩盈？）

11. 寧情同上（按《天問》：昏微遵迹，有狄不寧。何繁鳥萃棘，負子肆情？）

12. 情正九章・惜誦（按《九章・惜誦》：惜誦以致愍兮，發憤以杼情。所作忠而言之兮，指蒼天以爲正。）

13. 天名哀郢（按《哀郢》：堯舜之抗行兮，瞭杳杳而薄天。衆讒人之嫉妒兮，被以不慈之僞名。）

14. 正聽抽思·少歌（按《抽思》：與美人抽怨兮，并日夜而無正。憍吾以其美好兮，敖朕辭而不聽。）

15. 星營同上，倡（按《抽思》“倡曰”：……曾不知路之曲直兮，南指月與列星。願徑逝而未得兮，䰟識路之營營）

16. 盛正懷沙（按《懷沙》：内厚質正兮，大人所盛。巧倕不斲兮，孰察其撥正。）

17. 征零成情程遠遊（按《遠遊》：恐天時之代序兮，耀靈曄而西征。微霜降而下淪兮，悼芳草之先零。聊仿佯而逍遥兮，永歷年而無成。誰可與玩斯遺芳兮，晨向風而舒情。高陽邈以遠兮，余將焉所程。）

18. 榮人征同上，重（按《遠遊》“重曰”：……嘉南州之炎德兮，麗桂樹之冬榮。山蕭條而無獸兮，野寂漠其無人。載營魄而登霞兮，掩浮雲而上征。）

19. 耕名身生真人清楹卜居（按《卜居》：寧誅鋤草茅以力耕乎？將游大人以成名乎？寧正言不諱以危身乎？將從俗富貴以媮生乎？寧超然高舉目保真乎？將哫訾栗斯，喔咿儒兒以事婦人乎？寧廉潔正直以自清乎？將突梯滑稽，如脂如韋，以潔楹乎？）

20. 清輕鳴名貞同上（按《卜居》：世溷濁而不清，蟬翼爲重，千鈞爲輕；黄鐘毁棄，瓦釜雷鳴；讒人高張，賢士無名。吁嗟默默兮，誰知吾之廉貞！）

21. 清醒漁父（按《漁父》：舉世皆濁我獨清，衆人皆醉我獨醒。）

22. 清纓同上（按《漁父》：滄浪之水清兮，可以濯吾纓。）

23. 清清人新平生憐聲鳴征成九辯（按《九辯》：泬寥兮天高而

氣清，宋廖兮收潦而水清，憯悽增欷兮薄寒之中人，愴怳懭悢兮，去故而就新，坎廩兮貧士失職而志不平，廓落兮羇旅而無友生。惆悵兮而私自憐。燕翩翩其辭歸兮，蟬宋漠而無聲。鴈廱廱而南遊兮，鵾鷄啁哳而悲鳴。獨申旦而不寐兮，哀蟋蟀之宵征。時亹亹而過中兮，蹇淹留而無成。）

24. 天名同上（按《九辯》：堯舜之抗行兮，瞭冥冥而薄天。何險巇之嫉妒兮，被以不慈之僞名？）

25. 征生招魂（按《招蒐》"亂曰"：獻歲發春兮，汩吾南征，菉蘋齊葉兮，白芷生。）

26. 静定大招（按《大招》：魂魄歸徠！閒以静只。自恣荆楚，安以定只。）

27. 盛命盛定同上（按《大招》：曼澤怡面，血氣盛只。永宜厥身，保壽命只。室家盈廷，爵禄盛只。魂乎歸徠！居室定只。）

七、卷上，真弟七（545 頁）

1. 轔天人九歌・大司命（按《九歌・大司命》：乘龍兮轔轔，高駝兮沖天。結桂枝兮延竚，羌愈思兮愁人。）

2. 民嬪天問（按《天問》：帝降夷羿，革孼夏民。胡躲夫河伯，而妻彼雒嬪？）

3. 人身九章・涉江（按《九章・涉江》：與前世而皆然兮，吾又何怨乎今之人！余將董道而不豫兮，固將重昏而終身！）

4. 鎮人抽思（按《抽思》：願摇起而横奔兮，覽民尤以自鎮。結微情以陳詞兮，矯以遺夫美人。）

5. 願進同上，亂（按《抽思》"亂曰"：軫石崴嵬，蹇吾願兮。超回志度，行隱進兮。）

6. 顛天悲回風(按《悲回風》:上高巖之峭岸兮,處雌蜺之標顛。據青冥而攄虹兮,遂儵忽而捫天。)

7. 天聞鄰遠游·重(按《遠遊》:下峥嶸而無地兮,上寥廓而無天。視儵忽而無見兮,聽惝怳而無聞。超無爲𠄎至清兮,與泰初而爲鄰。)

8. 天人千侁淵瞑身招魂(按《招䰟》:䰟兮歸來!君無上天些。虎豹九關,啄害下人些。一夫九首,拔木九千些。豺狼從目,往來侁侁些;懸人𠄎娭,投之深淵些。致命於帝,然後得瞑些。歸來!往恐危身些。)

八、卷上,諄弟八(546 頁)

1. 艱替離騷(按《離騷》:長太息以掩涕兮,哀民生之多艱。余雖好脩姱以鞿羈兮,謇朝誶而夕替。)

2. 忍隕同上(按《離騷》:澆身被服强圉兮,縱欲而不忍。日康娱而自忘兮,厥首用夫顛隕。)

3. 門雲九歌·湘夫人(按《湘夫人》:合百草兮實庭,建芳馨兮廡門。九嶷繽兮並迎,靈之來兮如雲。)

4. 門雲塵大司命(按《大司命》:廣開兮天門,紛吾乘兮玄雲。令飄風兮先驅,使涷雨兮灑塵。)

5. 雲先國殤(按《國殤》:旌蔽日兮敵若雲,矢交墜兮士争先。)

6. 分陳天問(按《天問》:天何所沓?十二焉分?日月安屬?列星安陳?)

7. 寘墳同上(按《天問》:洪泉極深,何以寘之?地方九則,何以墳之?)

8. 鰥親同上(按《天問》:舜閔在家,父何以鰥?堯不姚告,二女何親?)

9. 云先言勝陵文同上,無先字者非(按《天問》:伏匿穴處,爰何云? 荆勳作師,夫何長?① 悟過改更,我又何言? 吴光争國,久余是勝。何環穿自閭社丘陵,爰出子文?)

10. 貧門九章·惜誦(按《九章·惜誦》:思君其莫我忠兮,忽忘身之賤貧。事君而不貳兮,迷不知寵之門。)

11. 聞忳同上(按《惜誦》:退静默而莫余知兮,進號呼又莫吾聞。申侘傺之煩惑兮,中悶瞀之忳忳。)

12. 忍軫同上(按《惜誦》:欲横奔而失路兮,堅志而不忍。背膺牉以交痛兮,心鬱結而紆軫。)

13. 還聞悲回風(按《悲回風》:孤子唫而抆淚兮,放子出而不還。孰能思而不隱兮,照彭咸之所聞。)

14. 雰媛同上(按《悲回風》:吸湛露之浮源兮,漱凝霜之雰雰。依風穴以自息兮,忽傾寤以嬋媛。)

15. 勤聞遠遊(按《遠遊》:惟天地之無窮兮,哀人生之長勤。往者余弗及兮,來者吾不聞。)

16. 傳垠然存先門同上,重(按《遠遊》:曰:道可受兮,不可傳;其小無内兮,其大無垠;無滑而魂兮,彼將自然;壹氣孔神兮,於中夜存;虚以待之兮,無爲之先;庶類以成兮,此德之門。)

17. 門冰同上(按《遠遊》:舒并節目馳鶩兮,逴絶垠乎寒門。軼迅風於清源兮,從顓頊乎增冰。)

18. 温飧垠春九辯(按《九辯》:食不媮而爲飽兮,衣不苟而爲温。竊慕詩人之遺風兮,願託志乎素餐。蹇充倔而無端兮,泊莽

①《天問》"夫何長",一本作"夫何長先"。據王念孫意,則王氏從一本,且認爲無"先"字者誤。

莽而無垠。無衣裘以御冬兮,恐溘死不得見乎陽春。)

19.門先招魂(按《招䰟》:䰟兮歸來!入修門些。工祝招君,背行先些。)

20.分紛陳先同上(按《招䰟》:士女雜坐,亂而不分些。放㩻組纓,班其相紛些。鄭衛妖玩,來雜陳些。《激楚》之結,獨秀先些。)

21.先還先兕同上(按《招䰟》:步及驟處兮,誘騁先,抑騖若通兮,引車右還。與王趨夢兮課後先。君王親發兮憚青兕。)

22.㩻存先大招(按《大招》:炙鴰烝鳧,煔鶉㩻只。煎鰿臛雀,遽爽存只。魂乎歸徠!麗以先只。)

23.雲神存昆同上(按《大招》:接徑千里,出若雲只。三圭重侯,聽類神只。察篤夭隱,孤寡存只。魂兮歸徠!正始昆只。)

九、卷上,元弟九(547頁)

1.然安離騷(按《離騷》:鷙鳥之不群兮,自前世而固然。何方圜之能周兮,夫孰異道而相安。)

2.反遠同上(按《離騷》:悔相道之不察兮,延佇乎吾將反。回朕車以復路兮,及行迷之未遠。)

3.遷盤同上(按《離騷》:紛緫緫其離合兮,忽緯繣其難遷。夕歸次於窮石兮,朝濯髮乎洧盤。)

4.淺翩閒九歌·湘君(按《九歌·湘君》:石瀨兮淺淺,飛龍兮翩翩。交不忠兮怨長,期不信兮告余以不閒。)

5.蘭言湲湘夫人(按《湘夫人》:沅有茝兮醴有蘭,思公子兮未敢言。荒忽兮遠望,觀流水兮潺湲。)

6.閒蔓閒山鬼(按《山鬼》:采三秀兮於山間,石磊磊兮葛蔓蔓。怨公子兮悵忘歸,君思我兮不得閒。)

7. 反遠國殤(按《國殤》:出不入兮往不反,平原忽兮路超遠。)

8. 暖寒言天問(按《天問》:何所冬暖? 何所夏寒? 焉有石林? 何獸能言?)

9. 拚安遷①同上(按《天問》:鼇戴山抃,何以安之? 釋舟陵行,何以遷之?)

10. 變遠九章・惜誦(按《九章・惜誦》:言與行其可迹兮,情與貌其不變。故相臣莫若君兮,所以證之不遠。)

11. 伴援同上(按《惜誦》:衆駭遽以離心兮,又何以爲此伴也? 同極而異路兮,又何以爲此援也?)

12. 言然同上(按《惜誦》:吾聞作忠以造怨兮,忽謂之過言。九折臂而成醫兮,吾至今而知其信然。)

13. 遠壇涉江・亂(按《涉江》"亂曰":鸞鳥鳳皇,日以遠兮。燕雀烏鵲,巢堂壇兮。)

14. 愆遷哀郢(按《哀郢》:皇天之不純命兮,何百姓之震愆? 民離散而相失兮,方仲春而東遷。)

15. 霰見同上(按《哀郢》:望長楸而太息兮,涕淫淫其若霰。過夏首而西浮兮,顧龍門而不見。)

16. 反遠同上(按《哀郢》:羌靈魂之欲歸兮,何須臾而忘反。背夏浦而西思兮,哀故都之日遠。)

17. 聞患亡完抽思(按《抽思》:兹歷情以陳辭兮,蓀詳聾而不聞。固切人之不媚兮,衆果以我爲患。初吾所陳之耿著兮,豈至今其庸亡? 何毒藥之謇謇兮? 願蓀美之可完。)

18. 摶爛橘頌(按《橘頌》:曾枝剡棘,圓果摶兮。青黄雜糅,文章爛兮。)

---

①拚,今本作"抃",《釋文》作"拚",王氏從一本。

19.仙延遠遊(按《遠遊》:貴真人之休德兮,美往世之登仙。與化去而不見兮,名聲著而日延。)

20.漧歎九辯(按《九辯》:皇天淫溢而秋霖兮,后土何時而得漧!塊獨守此無澤兮,仰浮雲而永歎。)

21,姦安軒山連寒湲蘭筵瓊招魂(按《招寬》:天地四方,多賊姦些。像設君室,静閒安些。高堂邃宇,檻層軒些。層臺累榭,臨高山些。網户朱綴,刻方連些。冬有突廈,夏室寒些。川谷徑復,流潺湲些。光風轉蕙,氾崇蘭些。經堂入奥,朱塵筵些。砥室翠翹,挂曲瓊些。)

22.矊閒同上(按《招寬》:靡顔膩理,遺視矊些。離榭修幕,侍君之閒些。)

23.蜒蜿騫躬大招(按《大招》:魂乎無南!南有炎火千里,蝮蛇蜒只。山林險隘,虎豹蜿只。鰅鱅短狐,王虺騫只。魂乎無南!蜮傷躬只。)

24.安延言同上(按《大招》:逞志究欲,心意安只。窮身永樂,年壽延只。魂乎歸徠!樂不可言只。)

25.賦亂變譔同上(按《大招》:二八接舞,投詩賦只。叩鍾調磬,娱人亂只。四上競氣,極聲變只。魂乎歸徠!聽歌譔只。)

26.曼顔安同上(按《大招》:嫮目宜笑,娥眉曼只。容則秀雅,穉朱顔只。魂乎歸徠!静以安只。)

27.娷嗎娟便同上(按《大招》:青色直眉,美目娷只。靨輔奇牙,宜笑嗎只。豐肉微骨,體便娟只。魂乎歸徠!恣所便只。)

十、卷上,歌弟十(548—549 頁)

1.他化離騷(按《離騷》:初既與余成言兮,後悔遁而有他。余既不難夫離别兮，傷靈脩之數化。)

2. 蘂纚同上(按《離騷》：擥木根以結茝兮，貫薜荔之落蕊。矯菌桂以紉蕙兮，索胡繩之纚纚。)

3. 離虧同上(按《離騷》：高余冠之岌岌兮，長余佩之陸離。芳與澤其雜糅兮，唯昭質其猶未虧。)

4. 差頗同上(按《離騷》：湯禹儼而祗敬兮，周論道而莫差。舉賢而授能兮，循繩墨而不頗。)

5. 可我同上(按《離騷》：心猶豫而狐疑兮，欲自適而不可。鳳皇既受詒兮，恐高辛之先我。)

6. 化離同上(按《離騷》：固時俗之流從兮，又孰能無變化。覽椒蘭其若兹兮，又況揭車與江離。)

7. 馳蛇同上(按《離騷》：屯余車其千乘兮，齊玉軑而並馳。駕八龍之婉婉兮，載雲旗之委蛇。)

8. 被離爲九歌・大司命(按《九歌・大司命》：靈衣兮被被，玉佩兮陸離。壹陰兮壹陽，衆莫知兮余所爲。)

9. 何虧爲同上(按《大司命》：愁人兮柰何，願若今兮無虧。固人命兮有當，孰離合兮可爲？)

10. 池阿歌少司命(按《少司命》：與女沐兮咸池，晞女髮兮陽之阿。望美人兮未來，臨風怳兮浩歌。)

11. 河波螭河伯(按《河伯》：與女遊兮九河，衝風起兮横波。乘水車兮荷蓋，駕兩龍兮驂螭。)

12. 阿羅山鬼(按《山鬼》：若有人兮山之阿，被薜荔兮帶女羅。)

13. 爲化天問(按《天問》：明明闇闇，惟時何爲？陰陽三合，何本何化？)

14. 加虧同上(按《天問》：斡維焉繫？天極焉加？八柱何當？東南何虧？)

15. 施化同上(按《天問》:永遏在羽山,夫何三年不施? 伯禹愎鮌,夫何目變化?)

16. 多墮何同上(按《天問》:東西南北,其修孰多? 南北順墮,其衍幾何?)

17. 歌地同上(按《天問》:啓棘賓商,《九辯》《九歌》。何勤子屠母,而死分竟地?)

18. 宜嘉同上,嘉作喜者非(按《天問》:簡狄在臺,嚳何宜? 玄鳥致貽,女何喜?①)

19. 嘉嗟施何同上(按《天問》:到擊紂躬,叔旦不嘉。何親揆發足,周之命以咨嗟? 授殷天下,其位安施? 反成乃亡,其罪伊何?)

20. 儀虧九章·抽思(按《九章·抽思》:望三五以爲像兮,指彭咸以爲儀。夫何極而不至兮,故遠聞而難虧。)

21. 化爲思美人(按《思美人》:獨歷年而離慜兮,羌馮心猶未化。寧隱閔而壽考兮,何變易之可爲!)

22. 過地橘頌,失過或作過失,誤(按《橘頌》:閉心自慎,不終失過兮。② 秉德無私,參天地兮。)

23. 儀爲悲回風(按《悲回風》:穆眇眇之無垠兮,莽芒芒之無儀。聲有隱而相感兮,物有純而不可爲。)

24. 馳蛇遠遊·重(按《遠遊》:屯余車之萬乘兮,紛溶與而並馳。駕八龍之婉婉兮,載雲旗之逶蛇。)

25. 麾波同上(按《遠遊》:擥彗星目爲旍兮,舉斗柄目爲麾。叛陸離其上下兮,游驚霧之流波。)

26. 移波釃爲漁父(按《漁父》:聖人不凝滯於物,而能與世推

①喜,《考異》謂:一作嘉。王氏從一本。

②"不終失過兮",《考異》謂:一作"終不失過兮"。

移。世人皆濁,何不淈其泥而揚其波？衆人皆醉,何不餔其糟而歠其釃？何故深思高舉,自令放爲?)

27.化何九辯(按《九辯》:專思君兮不可化,君不知兮可柰何!)

28.瑕加同上(按《九辯》:彼日月之照明兮,尚黯黮而有瑕。何況一國之事兮,亦多端而膠加。)

29.蛇池荷波陀羅歌籬爲招魂(按《招蒐》:仰觀刻桷,畫龍蛇些。坐堂伏檻,臨曲池些。芙蓉始發,雜芰荷些。紫莖屏風,文緣波些。文異豹飾,侍陂陁些。軒輬既低,步騎羅些。蘭薄户樹,瓊木籬些。蒐兮歸來！何遠爲些?)

30.羅歌荷酡波奇離同上(按《招蒐》:肴羞未通,女樂羅些。陳鐘按鼓,造新歌些。《涉江》《采菱》,發《揚荷》些。美人既醉,朱顏酡些。娭光眇視,目曾波些。被文服纖,麗而不奇些。長髮曼鬋,豔陸離些。)

31.暴罷麾施爲大招,苛暴疑當作暴苛(按《大招》:發政獻行,禁苛暴只。舉傑壓陛,誅譏罷只。直贏在位,近禹麾只。豪傑執政,流澤施只。)

十一、卷下,支弟十一(549—550頁)

1.離知九歌・少司命(按《九歌・少司命》:悲莫悲兮生别離,樂莫樂兮新相知。)

2.訾斯咿兒卜居:呢訾栗斯,喔咿儒兒爲韵;突梯滑稽,如脂如韋爲韵。(按《卜居》:將呢訾栗斯,喔咿儒兒,以事婦人乎?)

3.佳規施卑移大招(按《大招》:姱脩滂浩,麗以佳只。曾頰倚耳,曲眉規只。滂心綽態,姣麗施只。小腰秀頸,若鮮卑只。魂乎歸徠！思怨移只。)

4. 隘績離騷（按《離騷》：惟夫黨人之偷樂兮，路幽昧以險隘。豈余身之憚殃兮，恐皇輿之敗績。）

5. 畫歷天問（按《天問》：河海應龍，何盡何歷①）

6. 解締九章·悲回風（按《九章·悲回風》：愁鬱鬱之無快兮，居戚戚而不可解。心鞿羈而不形兮，氣繚轉而自締。）

7. 積擊策迹適愁適迹益同上（按《悲回風》：觀炎氣之相仍兮，窺煙液之所積。悲霜雪之俱下兮，聽潮水之相擊。借光景以往來兮，施黄棘之枉策。求介子之所存兮，見伯夷之放迹。心調度而弗去兮，刻著志之無適。曰：吾怨往昔之所冀兮，悼來者之愁愁。浮江淮而入海兮，從子胥而自適。望大河之洲渚兮，悲申徒之抗迹。驟諫君而不聽兮，重任石之何益。）

8. 軛迹卜居（按《卜居》：寧與騏驥亢軛乎？將隨駑馬之迹乎？）

9. 適惕策益九辯（按《九辯》：堯舜皆有所舉任兮，故高枕而自適。諒無怨於天下兮，心焉取此怵惕？棄騏驥之瀏瀏兮，馭安用夫强策？諒城郭之不足恃兮，雖重介之何益？）

10. 嗌役瀝惕大招（按《大招》：四酎并孰，不澀嗌只。清馨凍歓，不歠役只。吴醴白糵，和楚瀝只。魂乎歸徠！不遽惕只。）

十二、卷下，至弟十二（550頁）

1. 節日九歌·東君（按《九歌·東君》：應律兮合節，靈之來兮蔽日。）

2. 抑替九章·懷沙（按《九章·懷沙》：撫情效志兮，冤屈而自抑。刓方以爲圜兮，常度未替。）

---

①一本作“應龍何畫，河海何歷”，王氏當以此爲本。

3. 匹程同上，亂（按《懷沙》"亂曰"：懷質抱情，獨無匹兮。伯樂既没，驥焉程兮？）

4. 一逸遠遊（按《遠遊》：奇傅説之託辰星兮，羨韓衆之得一，形穆穆以浸遠兮，離人羣而遁逸。）

5. 瑟慄九辯：蕭瑟憭慄爲韵，泬寥寂寥爲韵，憯悽增欷爲韵，愴怳懭悢爲韵。（按《九辯》：蕭瑟兮草木摇落而變衰，憭慄兮若在遠行，登山臨水兮送將歸，泬寥兮天高而氣清，宋廖兮收潦而水清，憯悽增欷兮薄寒之中人，愴怳懭悢兮，去故而就新。）

6. 日瑟招魂（按《招䰟》：晋制犀比，費白日些。鏗鍾摇簴，揳梓瑟些。）

十三、卷下，脂弟十三（551—553 頁）

1. 幃祗離騷（按《離騷》：椒專佞以慢慆兮，樧又欲充夫佩幃。既干進而務入兮，又何芳之能祗。）

2. 雷蛇懷歸九歌・東君（按《九歌・東君》：駕龍輈兮乘雷，載雲旗兮委蛇。長太息兮將上，心低佪兮顧懷。羌聲色兮娱人，觀者憺兮忘歸。）

3. 歸懷河伯（按《河伯》：日將暮兮悵忘歸，惟極浦兮寤懷。）

4. 懷肥天問（按《天問》：干協時舞，何以懷之？平脅曼膚，何以肥之？）

5. 依譏同上（按《天問》：遷藏就岐，何能依？殷有惑婦，何所譏？）

6. 衰嵬九章・涉江（按《九章・涉江》：余幼好此奇服兮，年既老而不衰。帶長鋏之陸離兮，冠切雲之崔嵬。）

7. 懷悲遠遊（按《遠遊》：步徙倚而遥思兮，怊惝怳而乖懷。意荒忽而流蕩兮,心愁悽而增悲。)

8.妃歌夷蛇飛徊同上,重(按《遠遊》:祝融戒而還衡兮,騰告鸞鳥迎宓妃。張《咸池》奏《承雲》兮,二女御《九韶》歌。使湘靈鼓瑟兮,令海若舞馮夷。玄螭蟲象並出進兮,形蟉虬而逶蛇。雌蜺便娟目增撓兮,鸞鳥軒翥而翔飛。音樂博衍無終極兮,焉乃逝目俳佪。)

9.梯稽脂韋卜居:突梯滑稽,如脂如韋爲韵(按《卜居》:將突梯滑稽,如脂如韋,以潔楹乎?)

10.衰歸九辯(按《九辯》:悲哉秋之爲氣也!蕭瑟兮草木摇落而變衰,憭慄兮若在遠行,登山臨水兮送將歸。)

11.悽欷同上,憯悽增欷爲韵(按《九辯》:憯悽增欷兮,薄寒之中人,愴怳懭悢兮,去故而就新。)

12.歸悲同上(按《九辯》:車既駕兮朅而歸,不得見兮心傷悲。)

13.歸棲衰肥同上(按《九辯》:謂騏驥兮安歸?謂鳳皇兮安棲?變古易俗兮世衰,今之相者兮舉肥。)

14.哀悲同上(按《九辯》:靚杪秋之遥夜兮,心繚悷而有哀。春秋逴逴而日高兮,然惆悵而自悲。)

15.冀欷同上(按《九辯》:心摇悦而日幸兮,然怊悵而無冀。中憯惻之悽愴兮,長太息而增欷。)

16.死體天問(按《天問》:天式從横,陽離爰死。大鳥何鳴,夫焉喪厥體?)

17.底雉同上(按《天問》:昭后成遊,南土爰底。厥利惟何,逢彼白雉?)

18.濟示九章·懷沙(按《九章·懷沙》:任重載盛兮,陷滯而不濟。懷瑾握瑜兮,窮不知所示。)

19.涕弭遠遊·重(按《遠遊》:思舊故目想像兮,長太息而掩涕。氾容與而遐舉兮,聊抑志而自弭。)

20. 濟至死九辯(按《九辯》:霜露慘悽而交下兮,心尚幸其弗濟。霰雪雰糅其增加兮,乃知遭命之將至。願徼幸而有待兮,泊莽莽與壄草同死。)

21. 偕毀弛同上(按《九辯》:四時遞來而卒歲兮,陰陽不可與儷偕。白日晼晚其將入兮,明月銷鑠而減毀。歲忽忽而遒盡兮,老冉冉而愈弛。)

22. 繼味飽天問(按《天問》:閔妃匹合,厥身是繼,胡維嗜不同味,而快鼂飽?)

23. 慨邁九章·哀郢(按《九章·哀郢》:憎愠惀之脩美兮,好夫人之慷慨。衆踥蹀而日進兮,美超遠而逾邁。

24. 汨忽懷沙·亂(按《懷沙》:亂曰:浩浩沅湘,分流汨兮。脩路幽蔽,道遠忽兮。)

25. 喟謂愛類同上(按《懷沙》:曾傷爰哀,永歎喟兮。世溷濁莫吾知,人心不可謂兮。知死不可讓,願勿愛兮。明告君子,吾將以爲類兮。)

26. 至比悲回風(按《悲回風》:歲曶曶其若頹兮,旹亦冉冉而將至。薠蘅槁而節離兮,芳以歇而不比。)

十四、卷下,祭弟十四(554 頁)

1. 刈穢離騷(按《離騷》:冀枝葉之峻茂兮,願竢時乎吾將刈。雖萎絶其亦何傷兮,哀衆芳之蕪穢。)

2. 蔽折同上(按《離騷》:何瓊佩之偃蹇兮,衆薆然而蔽之。惟此黨人之不諒兮,恐嫉妒而折之。)

3. 艾害同上(按《離騷》:何昔日之芳草兮,今直爲此蕭艾也。

豈其有他故兮，莫好脩之害也。）

4. 枻雪末絶九歌·湘君（按《九歌·湘君》：桂櫂兮蘭枻，斲冰兮積雪。采薜荔兮水中，搴芙蓉兮木末。心不同兮媒勞，恩不甚兮輕絶。）

5. 裔澨逝蓋湘夫人（按《湘夫人》：麋何食兮庭中？蛟何爲兮水裔？朝馳余馬兮江皋，夕濟兮西澨。聞佳人兮召予，將騰駕兮偕逝。築室兮水中，葺之兮荷蓋。）

6. 帶逝際少司命（按《少司命》：荷衣兮蕙帶，儵而來兮忽而逝。夕宿兮帝郊，君誰須兮雲之際？）

7. 蠥達天問（按《天問》：啓代益作后，卒然離蠥，何啓惟憂，而能拘是達？）

8. 越活同上（按《天問》：阻窮西征，巖何越焉？化爲黄熊，巫何活焉？）

9. 害敗同上（按《天問》：舜服厥弟，終然爲害。何肆犬體，而厥身不危敗？）

10. 摯罰説同上（按《天問》：帝乃降觀，下逢伊摯。何條放致罰，而黎服大説？）

11. 汏滯①九章·涉江（按《九章·涉江》：乘舲船余上沅兮，齊吴榜以擊汏。船容與而不進兮，淹回水而疑滯。）

12. 歲逝抽思·倡（按《抽思》"倡曰"：……望孟夏之短夜兮，何晦明之若歲！惟郢路之遼遠兮，魂一夕而九逝。）

13. 發達思美人（按《思美人》：蹇蹇之煩冤兮，陷滯而不發。申旦以舒中情兮，志沈菀而莫達。）

14. 厲衛遠遊·重（按《遠遊》"重曰"：……路曼曼其修遠兮，徐

①"汏"今作"汰"。

弭節而高厲。左雨師使徑侍兮,右雷公以爲衛。)

15.月達九辯(按《九辯》:何氾濫之浮雲兮,猋壅蔽此明月!忠昭昭而願見兮,然露曀而莫達。)

16.帶介慨邁穢敗昧同上(按《九辯》:被荷裯之晏晏兮,然潢洋而不可帶。既驕美而伐武兮,負左右之耿介。憎慍惀之脩美兮,好夫人之慷慨。衆踥蹀而日進兮,美超遠而逾邁。農夫輟耕而容與兮,恐田野之蕪穢。事緜緜而多私兮,竊悼後之危敗。世雷同而炫曜兮,何毁譽之昧昧!)

17.沫穢招魂(按《招䰟》:朕幼清以廉潔兮,身服義而未沬。主此盛德兮,牽於俗而蕪穢。)

十五、卷下,盍弟十五(554頁)

1.甲接九歌・國殤(按《九歌・國殤》:操吴戈兮被犀甲,車錯轂兮短兵接。)

2.接涉九章・哀郢(按《九章・哀郢》:心不怡之長久兮,憂與愁其相接。惟郢路之遼遠兮,江與夏之不可涉。)

十六、卷下,緝弟十六(554頁)

1.急立離騷(按《離騷》:忽馳騖以追逐兮,非余心之所急。老冉冉其將至兮,恐脩名之不立。)

2.悒急天問(按《天問》:武發殺殷,何所悒?載尸集戰,何所急?)

3.入集洽合九辯(按《九辯》:圜鑿而方枘兮,吾固知其鉏鋙而難入。衆鳥皆有所登棲兮,鳳獨遑遑而無所集。願銜枚而無言兮,嘗被君之渥洽。太公九十乃顯榮兮,誠未遇其匹合。)

十七、卷下,之弟十七(555—559 頁)

1. 能佩離騷(按《離騷》:紛吾既有此内美兮,又重之以脩能。扈江離與辟芷兮,紉秋蘭以爲佩。)

2. 時態同上(按《離騷》:忳鬱邑余侘傺兮,吾獨窮困乎此時也。寧溘死以流亡兮,余不忍爲此態也。)

3. 兹詞同上(按《離騷》:依前聖以節中兮,喟憑心而歷兹。濟沅湘以南征兮,就重華而敶詞。)

4. 佩詒同上(按《離騷》:溘吾遊此春宫兮,折瓊枝以繼佩。及榮華之未落兮,相下女之可詒。)

5. 之之同上(按《離騷》:何瓊佩之偃蹇兮,衆薆然而蔽之。惟此黨人之不諒兮,恐嫉妒而折之。)

6. 異佩同上(按《離騷》:民好惡其不同兮,惟此黨人其獨異。户服艾以盈要兮,謂幽蘭其不可佩。)

7. 疑之同上(按《離騷》:欲從靈氛之吉占兮,心猶豫而狐疑。巫咸將夕降兮,懷椒糈而要之。)

8. 媒疑同上(按《離騷》:苟中情其好脩兮,又何必用夫行媒。説操築於傅巖兮,武丁用而不疑。)

9. 兹沬同上(按《離騷》:惟兹佩之可貴兮,委厥美而歷兹。芳菲菲而難虧兮,芬至今猶未沬。)

10. 待期同上(按《離騷》:路脩遠以多艱兮,騰衆車使徑待。路不周以左轉兮,指西海以爲期。)

11. 來思九歌·湘君(按《九歌·湘君》:望夫君兮未來,吹參差兮誰思!)

12. 辭旗少司命(按《少司命》:入不言兮出不辭,乘回風兮載雲旗。)

13. 狸旗思來山鬼(按《山鬼》:乘赤豹兮從文狸,辛夷車兮結桂旗。被石蘭兮帶杜衡,折芳馨兮遺所思。余處幽篁兮終不見天,路險難兮獨後來。)

14. 謀之天問(按《天問》:浞娶純狐,眩妻爰謀。何羿之鉃革,而交吞揆之?)

15. 牛來同上(按《天問》:恒秉季德,焉得夫朴牛? 何往營班禄,不但還來?)

16. 尤之期之同上(按《天問》:湯出重泉,夫何辠尤? 不勝心伐帝,夫誰使挑之? 會鼂争盟,何踐吾期? 蒼鳥羣飛,孰使萃之?)

17. 肬之九章·惜誦(按《九章·惜誦》:竭忠誠目事君兮,反離羣而贅肬。忘儇媚以背衆兮,待明君其知之。)

18. 志咍同上(按《惜誦》:忠何罪以遇罰兮,亦非余心之所志。行不羣以巔越兮,又衆兆之所咍。)

19. 尤之同上(按《惜誦》:欲儃佪以干傺兮,恐重患而離尤。欲高飛而遠集兮,君罔謂汝何之?)

20. 持之哀郢(按《哀郢》:外承歡之汋約兮,諶荏弱而難持。忠湛湛而願進兮,妒被離而鄣之。)

21. 時丘之同上,亂(按《哀郢》"亂曰":曼余目以流觀兮,冀壹反之何時? 鳥飛反故鄉兮,狐死必首丘。信非吾罪而棄逐兮,何日夜而忘之?)

22. 期志抽思(按《抽思》:昔君與我誠言兮,曰黄昏以爲期。羌中道而回畔兮,反既有此他志。)

23. 思媒同上,亂(按《抽思》"亂曰":……愁歎苦神,靈遥思兮。路遠處幽,又無行媒兮。)

24. 眙詒思美人(按《思美人》:思美人兮,擥涕而竚眙。媒絶路阻兮,言不可結而詒。)

25. 詒志同上(按《思美人》:高辛之靈盛兮,遭玄鳥而致詒。欲變節以從俗兮,媿易初而屈志。)

26. 之旹期同上(按《思美人》:勒騏驥而更駕兮,造父爲我操之。遷逡次而勿驅兮,聊假日以須旹。指嶓冢之西隈兮,與纁黄以爲期。)

27. 能疑同上(按《思美人》:登高吾不説兮,入下吾不能。固朕形之不服兮,然容與而狐疑。)

28. 詩疑娭治之否欺思之尤之惜往日(按《惜往日》:惜往日之曾信兮,受命詔以昭詩。奉先功以照下兮,明法度之嫌疑。國富强而法立兮,屬貞臣而日娭。秘密事之載心兮,雖過失猶弗治。心純庬而不泄兮,遭讒人而嫉之。君含怒而待臣兮,不清澈其然否。蔽晦君之聰明兮,虚惑誤又以欺。弗參驗以考實兮,遠遷臣而弗思。信讒諛之溷濁兮,盛氣志而過之。何貞臣之無辠兮,被離謗而見尤。慙光景之誠信兮,身幽隱而備之。)

29. 廚牛之同上(按《惜往日》:聞百里之爲虜兮,伊尹烹於庖廚。吕望屠於朝歌兮,甯戚歌而飯牛。不逢湯武與桓繆兮,世孰云而知之。)

30. 之疑辭之同上(按《惜往日》:思久故之親身兮,因縞素而哭之。或忠信而死節兮,或訑謾而不疑。弗省察而按實兮,聽讒人之虚辭。芳與澤其雜糅兮,孰申旦而别之?)

31. 右期悲回風(按《悲回風》:漂翻翻其上下兮,翼遥遥其左右。氾潏潏其前後兮,伴張弛之信期。)

32. 怪來遠遊(按《遠遊》:因氣變而遂曾舉兮,忽神奔而鬼怪。時髣髴以遥見兮,精皎皎以往來。)

33.疑浮同上,重(按《遠遊》"重曰":……指炎神而直馳兮,吾將往乎南疑。覽方外之荒忽兮,沛罔象而自浮。)

34.思事意異九辯(按《九辯》:蓄怨兮積思,心煩憺兮忘食事。願一見兮道余意,君之心兮與余異。)

35.之之同上(按《九辯》:願皓日之顯行兮,雲蒙蒙而蔽之。竊不自聊而願忠兮,或黕點而汙之。)

36.之之之之同上(按《九辯》:甯戚謳於車下兮,桓公聞而知之。無伯樂之善相兮,今誰使乎譽之。罔流涕以聊慮兮,惟著意而得之。紛純純之願忠兮,妒被離而鄣之。)

37.都觺駓牛災招魂(按《招䰟》:䰟兮歸來!君無下此幽都些。土伯九約,其角觺觺些。敦脄血拇,逐人駓駓些。參目虎首,其身若牛些。此皆甘人,歸來!恐自遺災些。)

38.在茝離騷(按《離騷》:昔三后之純粹兮,固衆芳之所在。雜申椒與菌桂兮,豈維紉夫蕙茝?)

39.畝芷同上(按《離騷》:余既滋蘭之九畹兮,又樹蕙之百畝。畦留夷與揭車兮,雜杜衡與芳芷。)

40.茝悔同上(按《離騷》:既替余以蕙纕兮,又申之目攬茝。亦余心之所善兮,雖九死其猶未悔。)

41.悔醢同上(按《離騷》:阽余身而危死兮,覽余初其猶未悔。不量鑿而正枘兮,固前脩以菹醢。)

42.在理同上(按《離騷》:吾令豐隆椉雲兮,求宓妃之所在。解佩纕以結言兮,吾令蹇脩以爲理。)

43.汜晦里天問(按《天問》:出自湯谷,次于蒙汜。自明及晦,所行幾里?)

44.子在同上(按《天問》:女岐無合,夫焉取九子?伯强何處?惠氣安在?)

45. 在里同上(按《天問》:崑崙縣圃,其尻安在?增城九重,其高幾里?)

46. 趾在止同上(按《天問》:黑水玄趾,三危安在?延年不死,壽何所止?)

47. 止殆同上(按《天問》:女歧縫裳,而館同爰止,何顛易厥首,而親以逢殆?)

48. 止子同上(按《天問》:吴獲迄古,南嶽是止。孰期去斯,得兩男子?)

49. 子婦同上(按《天問》:水濱之木,得彼小子。夫何惡之,媵有莘之婦?)

50. 市姒佑弑同上,弑作殺者非①(按《天問》:妖夫曳衒,何號于市?周幽誰誅,焉得夫褒姒?天命反側,何罰何佑?齊桓九會,卒然身殺。)

51. 識喜同上(按《天問》:師望在肆,昌何識?鼓刀揚聲,后何喜?)

52. 祐喜同上(按《天問》:驚女采薇,鹿何祐?北至回水,萃何喜?)

53. 恃殆志態九章·惜誦(按《九章·惜誦》:曰君可思而不可恃。故衆口其鑠金兮,初若是而逢殆。懲於羹者而吹韲兮,何不變此志也?欲釋階而登天兮,猶有曩之態也。)

54. 已醢涉江(按《涉江》:忠不必用兮,賢不必已。伍子逢殃兮,比干菹醢。)

55. 鄙改懷沙(按《懷沙》:易初本迪兮,君子所鄙。章畫志墨兮,前圖未改。)

---

①今本《天問》:卒然身殺。朱熹《楚辭集注》謂:"殺,音弑,一作弑。"

56. 怪態采有同上(按《懷沙》:邑犬之羣吠兮,吠所怪也。非俊疑傑兮,固庸態也。文質疏内兮,衆不知余之異采。材朴委積兮,莫知余之所有。)

57. 佩異態竢出思美人(按《思美人》:解萹薄與雜菜兮,備以爲交佩。佩繽紛以繚轉兮,遂萎絶而離異。吾且儃佪以娱憂兮,觀南人之變態。竊快在中心兮,揚厥憑而不竢。芳與澤其雜糅兮,羌芳華自中出。)

58. 志喜橘頌(按《橘頌》:深固難徙,更壹志兮。緑葉素榮,紛其可喜兮。)

59. 異喜同上(按《橘頌》:嗟爾幼志,有以異兮。獨立不遷,豈不可喜兮?)

60. 友理同上(按《橘頌》:願歲并謝,與長友兮。淑離不淫,梗其有理兮。)

61. 恃止悲回風(按《悲回風》:寤從容以周流兮,聊逍遥以自恃。傷太息之愍憐兮,氣於邑而不可止。)

62. 紀止同上(按《悲回風》:紛容容之無經兮,罔芒芒之無紀。軋洋洋之無從兮,馳委移之焉止。)

63. 意事卜居(按《卜居》:用君之心,行君之意,龜策誠不能知事。)

64. 止醢里招魂(按《招寃》:寃兮歸來!南方不可以止些。雕題黑齒,得人肉以祀,以其骨爲醢些。蝮蛇蓁蓁,封狐千里些。)

65. 里止同上(按《招寃》:寃兮歸來!西方之害,流沙千里些。旋入雷淵,爢散而不可止些。)

66. 止里久同上(按《招寃》:寃兮歸來!北方不可目止些。增冰峨峨,飛雪千里些。歸來兮!不可以久些。)

67. 怪備代同上(按《招寃》:室中之觀,多珍怪些。蘭膏明燭,華容備些。二八侍宿,射遞代些。)

68. 海理阯海士大招(按《大招》:名聲若日,照四海只。德譽配天,萬民理只。北至幽陵,南交阯只。西薄羊腸,東窮海只。魂乎歸徠! 尚賢士只。)

69. 服則離騷(按《離騷》:謇吾法夫前脩兮,非世俗之所服。雖不周於今之人兮,願依彭咸之遺則。)

70. 息服同上(按《離騷》:步余馬於蘭皋兮,馳椒丘且焉止息。進不入以離尤兮,退將復脩吾初服。)

71. 節服同上(按《離騷》:汝何博謇而好脩兮,紛獨有此姱節。薋菉葹以盈室兮,判獨離而不服。)

72. 極服同上(按《離騷》:瞻前而顧後兮,相觀民之計極。夫孰非義而可用兮,孰非善而可服。)

73. 極翼同上(按《離騷》:朝發軔於天津兮,夕余至乎西極。鳳皇翼其承旂兮,高翱翔之翼翼。)

74. 極息側九歌·湘君(按《九歌·湘君》:揚靈兮未極,女嬋媛兮爲余太息。横流涕兮潺湲,隱思君兮陫側。)

75. 極識天問(按《天問》:冥昭瞢闇,誰能極之? 馮翼惟像,何以識之?)

76. 得殛同上(按《天問》:桀伐蒙山,何所得焉? 妹嬉何肆,湯何殛焉?)

77. 億極同上(按《天問》:厥萌在初,何所億焉! 璜臺十成,誰所極焉?)

78. 極得同上(按《天問》:成湯東巡,有莘爰極。何乞彼小臣,而吉妃是得?)

79. 惑服同上(按《天問》:彼王紂之躬,孰使亂惑? 何惡輔弼,讒諂是服?)

80. 牧國同上(按《天問》:伯昌號衰,秉鞭作牧。何令徹彼岐社,命有殷國?)

81. 戒代同上(按《天問》:皇天集命,惟何戒之?受禮天下,又使至代之?)

82. 服直九章·惜誦(按《惜誦》:令五帝以枏中兮,戒六神與嚮服。俾山川以備御兮,命咎繇使聽直。)

83. 極得哀郢(按《哀郢》:發郢都而去閭兮,荒忽其焉極?楫齊揚以容與兮,哀見君而不再得。)

84. 北域側得息抽思·倡(按《抽思》"倡曰":有鳥自南兮,來集漢北。好姱佳麗兮,牉獨處此異域。既惸獨而不羣兮,又無良媒在其側。道卓遠而日忘兮,願自申而不得。望北山而流涕兮,臨流水而太息。)

85. 默鞠懷沙(按《懷沙》:眴兮杳杳,孔静幽默。鬱結紆軫兮,離慜而長鞠。)

86. 戒得惜往日(按《惜往日》:何芳草之早殀兮,微霜降而下戒。諒聰不明而蔽壅兮,使讒諛而日得。)

87. 佩好代意置載備異再識同上(按《惜往日》:自前世之嫉賢兮,謂蕙若其不可佩。妒佳冶之芬芳兮,嫫母姣而自好。雖有西施之美容兮,讒妒入以自代。願陳情以白行兮,得罪過之不意。情冤見之日明兮,如列宿之錯置。乘騏驥而馳騁兮,無轡銜而自載;乘氾泭以下流兮,無舟楫而自備。背法度而心治兮,辟與此其無異。寧溘死而流亡兮,恐禍殃之有再。不畢辭而赴淵兮,惜壅君之不識。)

88. 服國橘頌(按《橘頌》:后皇嘉樹,橘徠服兮。受命不遷,生南國兮。)

89. 默得悲回風(按《悲回風》:登石巒以遠望兮,路眇眇之默默。入景響之無應兮，聞省想而不可得。）

90. 得則遠遊（按《遠遊》：漠虚静以恬愉兮，澹無爲而自得。聞赤松之清塵兮，願承風乎遺則。）

91. 息德同上，重（按《遠遊》"重曰"：……順凱風以從遊兮，至南巢而壹息。見王子而宿之兮，審壹氣之和德。）

92. 翼食卜居（按《卜居》：寧與黄鵠比翼乎？將與雞鶩争食乎？）

93. 息軾得惑極直九辯（按《九辯》：倚結軨兮長太息，涕潺湲兮下霑軾。忼慨絶兮不得，中瞀亂兮迷惑。私自憐兮何極，心怦怦兮諒直。）

94. 食得德極同上（按《九辯》：驥不驟進而求服兮，鳳亦不貪餧而妄食。君弃遠而不察兮，雖願忠其焉得？欲寂漠而絶端兮，竊不敢忘初之厚德。獨悲愁其傷人兮，馮鬱鬱其何極！）

95. 食得極賊招魂（按《招寬》：五穀不生，藂菅是食些。其土爛人，求水無所得些。彷徉無所倚，廣大無所極些。歸來兮！恐自遺賊些。）

96. 代意同上（按《招寬》：容態好比，順彌代些。弱顔固植，謇其有意些。）

97. 絶測凝極大招（按《大招》：魂乎無北！北有寒山，逴龍絶只。代水不可涉，深不可測只。天白顥顥，寒凝凝只。魂乎無往！盈北極只。）

十八、卷下，魚弟十八（561—564 頁）

1. 度路離騷（按《離騷》：不撫壯而棄穢兮，何不改此度？乘騏驥以馳騁兮，來吾道夫先路。）

2. 路步同上（按《離騷》：彼堯舜之耿介兮，既遵道而得路。何桀紂之猖披兮，夫唯捷徑以窘步。）

3. 狐家同上（按《離騷》：羿淫遊以佚畋兮，又好射夫封狐。固亂流其鮮終兮，浞又貪夫厥家。）

4. 迎故同上（按《離騷》：百神翳其備降兮，九疑繽其並迎。皇剡剡其揚靈兮，告余以吉故。）

5. 車疏同上（按《離騷》：爲余駕飛龍兮，雜瑶象以爲車。何離心之可同兮，吾將遠逝以自疏。）

6. 都居同上，亂（按《離騷》"亂曰"：已矣哉，國無人莫我知兮，又何懷乎故都？既莫足與爲美政兮，吾將從彭咸之所居。）

7. 華居疏九歌・大司命（按《九歌・大司命》：折疏麻兮瑶華，將以遺兮離居。老冉冉兮既極，不寖近兮愈疏。）

8. 錯洿故天問（按《天問》：九州安錯？川谷何洿？東流不溢，孰知其故？）

9. 衢居如同上（按《天問》：靡蓱九衢，枲華安居？一蛇吞象，厥大何如？）

10. 故懼同上（按《天問》：伯林雉經，維其何故？何感天抑墜，夫誰畏懼？）

11. 情路九章・惜誦："又莫察余之中情。"《集注》云："中情當作善惡，由《離騷》一句差互，故此亦因之耳。"（按《九章・惜誦》：心鬱邑余侘傺兮，又莫察余之中情。固煩言不可結詒兮，願陳志而無路。）

12. 璐顧圃涉江（按《涉江》：被明月兮珮寶璐。世溷濁而莫余知兮，吾方高馳而不顧。駕青虬兮驂白螭，吾與重華遊兮瑶之圃。）

13. 如居同上（按《涉江》：入漵浦余儃佪兮，迷不知吾所如。深林杳以冥冥兮，猨狖之所居。）

14. 如蕪哀郢（按《哀郢》：當陵陽之焉至兮，淼南渡之焉如？曾不知夏之爲丘兮，孰兩東門之可蕪？）

15.姑徂抽思·亂（按《抽思》"亂曰"：……低佪夷猶，宿北姑兮。煩冤瞀容，實沛徂兮。）

16.故慕懷沙（按《懷沙》：古固有不并兮，豈知其何故？湯禹久遠兮，邈而不可慕。）

17.暮故同上（按《懷沙》：進路北次兮，日昧昧其將暮。舒憂娛哀兮，限之以大故。）

18.錯懼同上，亂（按《懷沙》"亂曰"：……萬民之生，各有所錯兮。定心廣志，余何畏懼兮？）

19.度路思美人（按《思美人》：知前轍之不遂兮，未改此度。車既覆而馬顛兮，蹇獨懷此異路。）

20.度暮故同上（按《思美人》：廣遂前畫兮，未改此度也。命則處幽，吾將罷兮，願及白日之未暮。獨煢煢而南行兮，思彭咸之故也。）

21.紆娛居悲回風（按《悲回風》：藐蔓蔓之不可量兮，縹緜緜之不可紆。愁悄悄之常悲兮，翩冥冥之不可娛。淩大波而流風兮，託彭咸之所居。）

22.都如遠遊（按《遠遊》：絶氛埃而淑尤兮，終不反其故都。免衆患而不懼兮，世莫知其所如。）

23.居戲霞除同上，重（按《遠遊》"重曰"：……春秋忽其不淹兮，奚久留此故居？軒轅不可攀援兮，吾將從王喬而娛戲！餐六氣而飲沆瀣兮，漱正陽而含朝霞。保神明之清澄兮，精氣入而麤穢除。）

24.予居都閭同上（按《遠遊》：命天閽其開關兮，排閶闔而望予。召豐隆使先導兮，問大微之所居。集重陽入帝宫兮，造旬始而觀清都。朝發軔於太儀兮，夕始臨乎於微閭。）

25. 路度同上(按《遠遊》:歷太皓以右轉兮,前飛廉以啓路。陽杲杲其未光兮,淩天地以徑度。)

26. 顧路同上(按《遠遊》:歷玄冥以邪徑兮,乘間維以反顧。召黔嬴而見之兮,爲余先乎平路。)

27. 錯路御去舉九辯(按《九辯》:何時俗之工巧兮,背繩墨而改錯!卻騏驥而不乘兮,策駑駘而取路。當世豈無騏驥兮,誠莫之能善御。見執轡者非其人兮,故駶跳而遠去。鳧鴈皆唼夫粱藻兮,鳳愈飄翔而高舉。)

28. 躍衙同上(按《九辯》:左朱雀之茇茇兮,右蒼龍之躍躍。屬雷師之闐闐兮,通飛廉之衙衙。)

29. 絡呼居招魂(按《招䰟》:秦篝齊縷,鄭綿絡些。招具該備,永嘯呼些。䰟兮歸來!反故居些。)

30. 夜錯假賦故居同上(按《招䰟》:娱酒不廢,沈日夜些。蘭膏明燭,華鐙錯些。結撰至思,蘭芳假些。人有所極,同心賦些。酎飲盡歡,樂先故些。䰟兮歸來!反故居些。)

31. 姱都娱舒大招(按《大招》:朱脣皓齒,嫭以姱只。比德好閒,習以都只。豐肉微骨,調以娱只。魂乎歸徠!安以舒只。)

32. 假路慮同上(按《大招》:瓊轂錯衡,英華假只。茝蘭桂樹,鬱彌路只。魂乎歸徠!恣志慮只。)

33. 與莽序暮離騷(按《離騷》:汩余若將不及兮,恐年歲之不吾與。朝搴阰之木蘭兮,夕攬洲之宿莽。日月忽其不淹兮,春與秋其代序。惟草木之零落兮,恐美人之遲暮。)

34. 武怒舍故同上(按《離騷》:忽奔走以先後兮,及前王之踵武。荃不察余之中情兮,反信讒而齌怒。余固知謇謇之爲患兮,忍而不能舍也。指九天以爲正兮,夫唯靈脩之故也。)

35. 予野同上(按《離騷》:女嬃之嬋媛兮,申申其詈予。曰鮌婞直以亡身兮,終然殀乎羽之野。)

36. 輔土同上(按《離騷》:皇天無私阿兮,覽民德焉錯輔。夫維聖哲以茂行兮,苟得用此下土。)

37. 圃暮同上(按《離騷》:朝發軔於蒼梧兮,夕余至乎縣圃。欲少留此靈瑣兮,日忽忽其將暮。)

38. 夜御下予佇妒馬女同上(按《離騷》:吾令鳳鳥飛騰兮,繼之以日夜。飄風屯其相離兮,帥雲霓而來御。紛總總其離合兮,斑陸離其上下。吾令帝閽開關兮,倚閶闔而望予。時曖曖其將罷兮,結幽蘭而延佇。世溷濁而不分兮,好蔽美而嫉妒。朝吾將濟於白水兮,登閬風而緤馬。忽反顧以流涕兮,哀高丘之無女。)

39. 下女同上(按《離騷》:覽相觀於四極兮,周流乎天余乃下。望瑶臺之偃蹇兮,見有娀之佚女。)

40. 固惡寤古同上(按《離騷》:理弱而媒拙兮,恐導言之不固。世溷濁而嫉賢兮,好蔽美而稱惡。閨中既以邃遠兮,哲王又不寤。懷朕情而不發兮,余焉能忍與此終古。)

41. 女女宇惡同上(按《離騷》:思九州之博大兮,豈唯是其有女?曰勉遠逝而無狐疑兮,孰求美而釋女?何所獨無芳草兮,爾何懷乎故宇?世幽昧以昡曜兮,孰云察余之善惡。)

42. 舉輔同上(按《離騷》:吕望之鼓刀兮,遭周文而得舉。甯戚之謳歌兮,齊桓聞以該輔。)

43. 女下同上(按《離騷》:和調度以自娱兮,聊浮遊而求女。及余飾之方壯兮,周流觀乎上下。)

44. 與予同上(按《離騷》:忽吾行此流沙兮,遵赤水而容與。麾蛟龍使梁津兮,詔西皇使涉予。)

45. 渚下浦女與九歌・湘君(按《九歌・湘君》:鼂騁騖兮江皋,夕弭節兮北渚。鳥次兮屋上,水周兮堂下。捐余玦兮江中,遺余佩兮醴浦。采芳洲兮杜若,將以遺兮下女。旹不可兮再得,聊逍遥兮容與。)

46. 渚予下湘夫人(按《湘夫人》:帝子降兮北渚,目眇眇兮愁予。嫋嫋兮秋風,洞庭波兮木葉下。)

47. 浦者與同上(按《湘夫人》:捐余袂兮江中,遺余褋兮醴浦。搴汀洲兮杜若,將目遺兮遠者。時不可兮驟得,聊逍遥兮容與。)

48. 下女予大司命(按《大司命》:君迴翔兮目下,踰空桑兮從女。紛總總兮九州,何壽夭兮在予!)

49. 蕪下予苦少司命(按《少司命》:秋蘭兮麋蕪,羅生兮堂下。緑葉兮素枝,芳菲菲兮襲予。夫人自有兮美子,蓀何以兮愁苦!)

50. 鼓簴竽姱舞東君(按《東君》:緪瑟兮交鼓,簫鍾兮瑶簴,鳴𪛆兮吹竽,思靈保兮賢姱。翾飛兮翠曾,展詩兮會舞。)

51. 魚渚下浦予河伯(按《河伯》:靈何爲兮水中,乘白黿兮逐文魚。與女遊兮河之渚,流澌紛兮將來下。子交手兮東行,送美人兮南浦。波滔滔兮來迎,魚隣隣兮媵予。)

52. 下雨予山鬼(按《山鬼》:表獨立兮山之上,雲容容兮而在下。杳冥冥兮羌晝晦,東風飄兮神靈雨。留靈脩兮憺忘歸,歲既晏兮孰華予。)

53. 馬鼓怒壄國殤(按《國殤》:霾兩輪兮縶四馬,援玉枹兮擊鳴鼓。天時墜兮威靈怒,嚴殺盡兮棄原壄。)

54. 鼓舞與古禮魂(按《禮魂》:成禮兮會鼓,傳芭兮代舞,姱女倡兮容與。春蘭兮秋菊,長無絶兮終古。)

55. 所處羽天問(按《天問》:鯪魚何所? 鬿堆焉處? 羿焉彈日? 烏焉解羽?)

56. 輔緒同上(按《天問》:初湯臣摯,後兹承輔。何卒官湯,尊食宗緒?)

57.怒固同上(按《天問》:中央共牧,后何怒?蠭蛾微命,力何固?)

58.下所九章·惜誦(按《九章·惜誦》:矰弋機而在上兮,罻羅張而在下。設張辟以娱君兮,願側身而無所。)

59.雨宇涉江(按《涉江》:山峻高目蔽日兮,下幽晦目多雨。霰雪紛其無垠兮,雲霏霏而承宇。)

60.姱怒抽思(按《抽思》:憍吾以其美好兮,覽余以其脩姱。與余言而不信兮,蓋爲余而造怒。)

61.莽土懷沙(按《懷沙》:滔滔孟夏兮,草木莽莽。傷懷永哀兮,汩徂南土。)

62.下舞同上(按《懷沙》:變白以爲黑兮,倒上以爲下。鳳皇在笯兮,雞鶩翔舞。)

63.莽草思美人(按《思美人》:擥大薄之芳茝兮,搴長洲之宿莽。惜吾不及古人兮,吾誰與玩此芳草?)

64.處慮曙去悲回風(按《悲回風》:惟佳人之獨懷兮,折若椒以自處。曾歔欷之嗟嗟兮,獨隱伏而思慮。涕泣交而淒淒兮,思不眠以至曙。終長夜之曼曼兮,掩此哀而不去。)

65.語曙遠遊(按《遠遊》:遭沈濁而汙穢兮,獨鬱結其誰語!夜耿耿而不寐兮,魂煢煢而至曙。)

66.下處九辯(按《九辯》:騏驥伏匿而不見兮,鳳皇高飛而不下。鳥獸猶知懷德兮,何云賢士之不處?)

67.處躇同上(按《九辯》:年洋洋以日往兮,老嵺廓而無處。事亹亹而覬進兮,蹇淹留而躊躇。)

68.下苦同上(按《九辯》:願沈滯而不見兮,尚欲布名乎天下。然潢洋而不遇兮,直怐愗而自苦。)

69.苦輔予招魂(按《招䰟》:上無所考此盛德兮,長離殃而愁苦。帝告巫陽曰：有人在下，我欲輔之。䰟魄離散，汝筮予之！）

70. 宇壺同上（按《招䰟》：傘而得脱，其外曠宇些。赤蟻若象，玄蠭若壺些。）

71. 舞下鼓楚吕同上（按《招䰟》：二八齊容，起鄭舞些。衽若交竿，撫案下些。竽瑟狂會，搷鳴鼓些。宫庭震驚，發《激楚》些。吴歈蔡謳，奏大吕些。）

72. 索妒離騷（按《離騷》：衆皆競進以貪婪兮，憑不猒乎求索。羌内恕己以量人兮，各興心而嫉妒。）

73. 錯度同上（按《離騷》：固時俗之工巧兮，偭規矩而改錯。背繩墨以追曲兮，競周容以爲度。）

74. 迫索同上（按《離騷》：吾令羲和弭節兮，望崦嵫而勿迫。路曼曼其脩遠兮，吾將上下而求索。）

75. 若柏作九歌・山鬼（按《九歌・山鬼》：山中人兮芳杜若，飲石泉兮蔭松柏。君思我兮然疑作。）

76. 度作天問（按《天問》：圜則九重，孰營度之？惟兹何功？孰初作之？）

77. 鉃若同上（按《天問》：馮珧利決，封狶是鉃。何獻蒸肉之膏，而后帝不若？）

78. 釋白九章・惜誦（按《九章・惜誦》：紛逢尤以離謗兮，謇不可釋。情沈抑而不達兮，又蔽而莫之白。）

79. 薄薄涉江・亂（按《涉江》"亂曰"：……露申辛夷，死林薄兮。腥臊並御，芳不得薄兮。）

80. 蹠客薄釋哀郢（按《哀郢》：心嬋媛而傷懷兮，眇不知其所蹠。順風波以從流兮，焉洋洋而爲客。淩陽侯之氾濫兮，忽翺翔之焉薄。心絓結而不解兮，思蹇産而不釋。）

81. 作穫抽思（按《抽思》：善不由外來兮，名不可以虚作。孰無施而有報兮,孰不實而有穫?)

82. 漠壑遠遊·重(按《遠遊》"重曰":……經營四荒兮,周流六漠。上至列缺兮,降望大壑。)

83. 廓繹客薄九辯(按《九辯》:悲憂窮戚兮獨處廓,有美一人兮心不繹。去鄉離家兮徠遠客,超逍遥兮今焉薄?)

84. 薄索同上(按《九辯》:莽洋洋而無極兮,忽翱翔之焉薄? 國有驥而不知乘兮,焉皇皇而更索?)

85. 託索石釋託招魂(按《招魂》:䰟兮歸來! 東方不可目託些。長人千仞,惟䰟是索些。十日代出,流金鑠石些。彼皆習之,䰟往必釋些。歸來兮! 不可目託些。)

86. 簙迫白同上(按《招䰟》:菎蔽象棊,有六簙些。分曹並進,遒相迫些。成梟而牟,呼五白些。)

87. 薄博同上,亂(按《招䰟》:路貫廬江兮左長薄,倚沼畦瀛兮遥望博。)

88. 酪蓴薄擇大招(按《大招》:鮮蠵甘鷄,和楚酪只。醢豚苦狗,膾苴蓴只。吴酸蒿蔞,不沾薄只。魂兮歸徠! 恣所擇只。)

89. 作澤客昔同上(按《大招》:易中利心,以動作只。粉白黛黑,施芳澤只。長袂拂面,善留客只。䰟乎歸徠! 目娱昔只。)

十九、卷下,侯弟十九(564—565 頁)

1. 駒鳧軀卜居(按《卜居》:寧昂昂若千里之駒乎? 將氾氾若水中之鳧乎,與波上下,偷以全吾軀乎?)

2. 詬厚離騷(按《離騷》:屈心而抑志兮,忍尤而攘詬。伏清白以死直兮,固前聖之所厚。)

3. 屬具同上(按《離騷》:前望舒使先驅兮,後飛廉使奔屬。鸞皇爲余先戒兮，雷師告余以未具。）

4. 屬數天問（按《天問》：九天之際，安放安屬？隅隈多有，誰知其數？）

5. 厚取同上（按《天問》：湯謀易旅，何以厚之？覆舟斟尋，何道取之？）

6. 欲禄天問（按《天問》：兄有噬犬，弟何欲？易之以百兩，卒無禄。）

7. 木足九章・思美人（按《九章・思美人》：令薜荔以爲理兮，憚舉趾而緣木。因芙蓉而爲媒兮，憚褰裳而濡足。）

8. 屬轂遠遊・重（按《遠遊》"重曰"：……旹曖曃其曭莽兮，召玄武而奔屬。後文昌使掌行兮，選署衆神以並轂。）

9. 濁足漁父（按《漁父》：滄浪之水清兮，可以濯吾纓，滄浪之水濁兮，可以濯吾足。）

二十、卷下，幽弟二十（565—567 頁）

1. 遊求離騷（按《離騷》：保厥美以驕傲兮，日康娱以淫遊。雖信美而無禮兮，來違棄而改求。）

2. 留茅同上（按《離騷》：時繽紛其變易兮，又何可以淹留。蘭芷變而不芳兮，荃蕙化而爲茅。）

3. 流啾同上（按《離騷》：邅吾道夫崑崙兮，路脩遠以周流。揚雲霓之晻藹兮，鳴玉鸞之啾啾。）

4. 猶洲修舟流九歌・湘君（按《九歌・湘君》：君不行兮夷猶，蹇誰留兮中洲？美要眇兮宜修，沛吾乘兮桂舟。令沅湘兮無波，使江水兮安流。）

5. 蕭憂山鬼（按《山鬼》：風颯颯兮木蕭蕭，思公子兮徒離憂。）

6. 龍遊天問(按《天問》:焉有虬龍,負熊以遊?)

7. 流求同上(按《天問》:穆王巧梅,夫何爲周流? 環理天下,夫何索求?)

8. 告救同上(按《天問》:受賜兹醢,西伯上告。何親就上帝罰,殷之命以不救?)

9. 憂求同上(按《天問》:薄暮雷電,歸何憂? 厥嚴不奉,帝何求?)

10. 浮懮九章·抽思(按《九章·抽思》:悲秋風之動容兮,何回極之浮浮。數惟蓀之多怒兮,傷余心之懮懮。)

11. 救告同上,亂(按《抽思》"亂曰":……道思作頌,聊以自救兮。憂心不遂,斯言誰告兮。)

12. 悠憂思美人(按《思美人》:開春發歲兮,白日出之悠悠。吾將蕩志而愉樂兮,遵江夏以娱憂。)

13. 流昭幽聊由惜往日(按《惜往日》:臨沅湘之玄淵兮,遂自忍而沈流。卒没身而絶名兮,惜壅君之不昭。君無度而弗察兮,使芳草爲藪幽。焉舒情而抽信兮,恬死亡而不聊。獨鄣壅而蔽隱兮,使貞臣爲無由。)

14. 憂求游同上(按《惜往日》:吴信讒而弗味兮,子胥死而後憂。介子忠而立枯兮,文君寤而追求。封介山而爲之禁兮,報大德之優遊。)

15. 求流橘頌(按《橘頌》:深固難徙,廓其無求兮。蘇世獨立,横而不流兮。)

16. 聊愁悲回風(按《悲回風》:憐思心之不可懲兮,證此言之不可聊。寧逝死而流亡兮,不忍爲此之常愁。)

17. 遊浮遠遊(按《遠遊》:悲時俗之迫阨兮,願輕舉而遠遊。質菲薄而無因兮,焉託乘而上浮。)

18. 留由同上(按《遠遊》:神儵忽而不反兮,形枯槁而獨留。内惟省以端操兮,求正氣之所由。)

19. 寥廖九辯:泬寥寂廖爲韵。①(按《九辯》:泬寥兮天高而氣清,宗廖兮收潦而水清。)

20. 秋楸悠愁同上(按《九辯》:皇天平分四時兮,竊獨悲此廩秋。白露既下百草兮,奄離披此梧楸。去白日之昭昭兮,襲長夜之悠悠。離芳藹之方壯兮,余萎約而悲愁。)

21. 北㴖悠膠寂大招(按《大招》:魂乎歸徠!無東無西,無南無北只。東有大海,溺水㴖㴖只。螭龍竝流,上下悠悠只。霧雨淫淫,白皓膠只。魂乎無東!湯谷宗只。)

22. 好巧離騷(按《離騷》:吾令鴆爲媒兮,鴆告余以不好。雄鳩之鳴逝兮,余猶惡其佻巧。)

23. 道考天問(按《天問》:曰:遂古之初,誰傳道之?上下未形,何由考之?)

24. 首在守同上(按《天問》:雄虺九首,儵忽焉在?何所不死?長人何守?)

25. 嫂首同上(按《天問》:惟澆在户,何求于嫂?何少康逐犬,而顛隕厥首?)

26. 仇讎保道九章·惜誦(按《九章·惜誦》:吾誼先君而後身兮,羌衆人之所仇。專惟君而無他兮,又衆兆之所讎。壹心而不豫兮,羌不可保也。疾親君而無他兮,有招禍之道也。)

27. 好就同上(按《惜誦》:晋申生之孝子兮,父信讒而不好。行婞直而不豫兮,鮌功用而不就。)

①"寂"今作"宗",《考異》謂"一作寂"。

28. 道醜橘頌，無道字者非。①（按《橘頌》：精色内白，類可任兮。紛緼宜脩，姱而不醜兮。）

29. 秀霤畜囿大招（按《大招》：夏屋廣大，沙堂秀只。南房小壇，觀絶霤只。曲屋步壛，宜擾畜只。騰駕步遊，獵春囿只。）

30. 育腹天問（按《天問》：夜光何德，死則又育？厥利維何，而顧菟在腹？）

31. 竺燠同上（按《天問》：稷維元子，帝何竺之？投之於冰上，鳥何燠之？）

32. 復慼九章・哀郢（按《九章・哀郢》：忽若不信兮，至今九年而不復。慘鬱鬱而不通兮，蹇侘傺而含慼）

二十一、卷下，宵弟二十一（568 頁）

1. 遥姚離騷（按《離騷》：欲遠集而無所止兮，聊浮遊以逍遥。及少康之未家兮，留有虞之二姚。）

2. 邈樂同上（按《離騷》：抑志而弭節兮，神高馳之邈邈。奏《九歌》而舞《韶》兮，聊假日以媮樂。）

3. 笑窕九歌・山鬼（按《九歌・山鬼》：既含睇兮又宜笑，子慕予兮善窈窕。）

4. 到照天問（按《天問》：日安不到，燭龍何照？）

5. 燿驁遠遊・重（按《遠遊》"重曰"：……建雄虹之采旄兮，五色雜而炫燿。服偃蹇以低昂兮，驂連蜷以驕驁。）

6. 撟樂同上（按《遠遊》：欲度世以忘歸兮，意恣睢目担撟。内欣欣而自美兮，聊媮娱目自樂。）

---

①按：今本《橘頌》"類可任兮"，一本作"類任道兮"，王氏從一本。

7. 固鑿教樂高同上①（按《九辯》：竊美申包胥之氣盛兮，恐時世之不固。何時俗之工巧兮？滅規榘而改鑿。獨耿介而不隨兮，願慕先聖之遺教。處濁世而顯榮兮，非余心之所樂。與其無義而有名兮，寧窮處而守高。）

8. 約效同上（按：《九辯》：遭翼翼而無終兮，忳惛惛而愁約。生天地之若過兮，功不成而無效。）

9. 昭遽逃遥大招（按《大招》：青春受謝，白日昭只。春氣奮發，萬物遽只。冥淩浹行，魂無逃只。魂魄歸徠！無遠遥只。）

①按：此内容在《九辯》，王氏誤在《遠遊》。

《經傳釋詞》[①]

總論

1. 焉

焉,猶"於是"也,"乃"也,"則"也。……《山海經·大荒西經》曰:"夏后開上三嬪于天,得《九辯》與《九歌》以下,此天穆之野,高二千仞,開焉始得歌《九招》。"(原注:今本"始"字在"得"字下,亦後人不曉文義而妄乙之。)言於是始得歌《九招》也。此皆古人以"焉始"二字連文之證。……《議兵》篇曰:"若赴水火,入焉焦没耳。"言入乃焦没也。又曰:"凡人之動也,爲賞慶爲之,則見害傷焉止矣。"言見害傷乃止也。又曰:"其所以接下之百姓者,無禮義忠信,焉慮率用賞慶刑罰埶詐險阸其下,獲其功用而已矣。"言無禮義忠信以接下,乃慮率用賞慶刑罰埶詐而已也。(原注:楊倞注曰:"焉慮、無慮,猶言大凡也。"案:焉猶"乃"也,慮、率皆謂大凡也。《漢書·賈誼傳》:"慮亡不帝制而天子自爲者。"顔師古注:

---

① 王引之《經傳釋詞》,江蘇古籍出版社,1985 年版;但標點斷句吸收了李花蕾點校《經傳釋詞》(上海古籍出版社,2014 年版)之點校成果。

“慮，大計也。”)《楚辭·離騷》曰：“馳椒邱且焉止息。”①言且於是止息也。《九章》曰：“焉洋洋而爲客。”②又曰：“焉舒情而抽信兮。”③義并與“於是”同。又《離騷》曰：“皇天無私阿兮，覽民德焉錯輔。”《九辯》曰：“國有驥而不知乘兮，焉皇皇而更索。”④義并與“乃”同。又《招魂》曰：“巫陽焉乃下招曰。”言巫陽於是下招也。(原注：家大人曰：《招魂》曰：“巫陽對曰‘掌瘮，上帝其難從。若必筮予之，恐後謝之，⑤不能復用’。”王注曰：“謝，去也。巫陽言如必欲先筮問，求魂魄所在，然後與之，恐後世怠懈，必去卜筮之法，不能復脩用。”⑥下文“巫陽焉乃下招曰”，注曰：“巫陽受天帝之命，因下招屈原之魂。”據此，則“不能復用”爲句，“巫陽焉乃下招曰”爲句，明矣。“焉乃”者，語詞，猶言巫陽於是下招耳。王注曰：“因下招屈原之魂。”⑦“因”字正釋“焉乃”二字。今本皆以“不能復用巫陽焉”爲句，非也。“不能復用”者，謂不用卜筮，非謂不用巫陽。且“用”字古讀若“庸”，與“從”字爲韵。若以“不用巫陽”連讀，則既失其義，而又失其韵矣。)《遠遊篇》曰：“焉乃逝以俳佪。”⑧《列子·周穆王篇》曰：“焉乃觀日之所入。”此皆古人以“焉乃”二字連文之證。又案僖十五年《左傳》“晋於是乎作爰田”“晋

①“邱”今作“丘”。

②《九章·哀郢》。

③《九章·惜往日》。

④“乘”今作“椉”。

⑤《招魂》今皆作“《招䰟》”，下不另注。“謝之”今作“之謝”，《考異》謂“一云‘謝之’”。

⑥“魂魄”今作“䰟䰠”；“脩”今作“修”。

⑦王注“魂”今作“䰟”。

⑧“以”今作“㠯”。

於是乎作州兵",《晋語》作"焉作轅田""焉作州兵"。《西周策》"君何患焉",《史記·周本紀》作"君何患於是"。是"焉"與"於是"同義。莊八年《公羊傳》曰:"吾將以甲午之日,然後祠兵於是。"《管子·小問》篇曰:"且臣觀小國諸侯之不服者,唯莒於是。"是"於是"與"焉"同義。《荀子·禮論》篇"三者偏亡,焉無安人",《史記·禮書》"焉"作"則"。《老子》第十三章"故貴以身爲天下,則可寄天下",《淮南·道應篇》引此"則"作"焉"。是"焉"與"則"亦同義。後人讀周、秦之書,但知"焉"爲絶句之詞,而不知其更有他義,於是或破其句,或倒其文,而《禮記》《國語》《公羊》《老子》《楚辭》《山海經》諸書,皆不可讀矣。(卷二,23 頁)

2. 然

然,比事之詞也。若《大學》"如見其肺肝然"是也。亦常語。然,猶"焉"也。《禮記·檀弓》曰:"穆公召縣子而問然。"鄭注:"然之言焉也。"……"然"字并與"焉"同義。又《楚辭·九章》曰:"然容與而狐疑。"①《九辯》曰:"然欿傺而沈藏。""然"字亦與"焉"同義。(原注:然、焉,皆"乃"也,説見"焉"字下。)"焉""然",古同聲。(卷七,72 頁)

一、離騷

1. 聿

《説文》曰:"昳,詮詞也。"字或作"聿",或作"遹",或作"曰",其實一字也。《毛鄭詩考正》曰:"《文選注》(原注:《江賦》)引《韓詩》薛君《章句》云:'聿,辭也。'……"曰嬪于京",《爾雅·釋親》注

①《九章·思美人》。

引作“聿”。“予曰有奔奏，予曰有禦侮”，《楚辭・離騷》王注引作“聿”。（卷二，18頁。忽奔走以先後兮，及前王之踵武）

2. 惟

惟，獨也。常語也。或作“唯”“維”。家大人曰：亦作“雖”。……《楚辭・離騷》曰：“余雖脩姱以鞿羈兮。”①（原注：今本“脩”上有“好”字，臧氏用中以王《注》校之，知爲衍文。説見《讀書雜志》。）言余惟有此脩姱之行，以致爲人所係累也。（原注：王注：“言己雖有絶遠之智，姱好之姿，然已爲讒人所鞿羈而係累矣。”②失之。）（卷三，29頁）

3. 羌

《廣雅》曰：“羌，乃也。”《楚辭・離騷》曰“衆皆競進以貪婪兮，憑不猒乎求索。羌内恕己以量人兮，各興心而嫉妒”，是也。（卷五，46頁）

二、九歌

（一）東皇太一

1. 盍

盍，何不也。常語也。……家大人曰：《廣雅》曰：“盍，何也。”《楚辭・九歌》曰：“盍將把兮瓊芳。”王注曰：“盍，何也。言靈巫何持乎，乃復把玉枝以爲香也。”③（原注：今本作“盍，何不也”，“不”

①今本“脩”上有“好”字。

②“然已”之“已”今做“以”。

③今本“何也”之“何”下有“不”字。

字乃後人所加。注言"靈巫何持",則訓"盍"爲"何"明矣。而今本《文選》所載王注又改"何持"爲"何不持",以從五臣之謬解。蓋後人但知"盍"爲"何不",而不知其又訓爲"何",故紛紛妄改耳。)(卷四,39 頁)

三、九章

(一)惜誦

1. 罔

罔,無也。常語。……罔,猶"得無"也。家大人曰:《楚辭·九章》曰:"欲高飛而遠集兮,君罔謂女何之。"①洪興祖《補注》曰:"言欲高飛遠集,去君而不仕,得無謂女遠去欲何所適也。"②(原注:王注以爲"誣罔",失之。)(卷十,104 頁)

(二)哀郢

1. 孰

《爾雅》曰:"孰,誰也。"常語。孰,猶"何"也。家大人曰:"孰""誰"一聲之轉,"誰"訓爲"何",故"孰"亦訓爲"何"。……《楚辭·九章》曰:"孰兩東門之可蕪?"《吕氏春秋·知接》篇曰:"孰之壤壤也,可以爲之莽莽也?"(原注:兩"之"字皆訓爲"是"。)"孰"字并與"何"同義。(卷九,87 頁)

---

①"女"今作"汝"。

②"女"今本洪注作"我"。

四、卜居

1. 甯

甯，猶“將”也。……《趙策》曰：“人之情甯朝人乎？甯朝於人也？”“甯”字并與“將”同義。《楚辭·卜居》曰：“吾甯悃悃款款朴以忠乎？將送往勞來斯無窮乎？”①“甯”亦“將”也，互文耳。（卷六，57 頁）

2. 將

《論衡·知實》篇曰：“將者，且也。”常語也。……將，猶“抑”也。《楚辭·卜居》曰：“吾甯悃悃款款朴以忠乎？將送往勞來斯無窮乎？”②《楚策》曰：“先生老悖乎？將以爲楚國祅祥乎？”“將”字并與“抑”同義。（卷八，78 頁）

五、招蒐

1. 些

《廣雅》曰：“些，詞也。”曹憲音先計反，《楚辭·招魂》用此字。《爾雅》釋文曰：“些，息計反，又息賀反。語餘聲也。”《説文》新附字曰：“些，語詞也。見《楚辭》。从此从二，其義未詳。”家大人曰：“些”即“呰”字之訛也。……《説文》：“呰，苛也。從口此聲。”《爾雅》：“呰，此也。”《釋文》曰：“呰，子爾反，或子移反，郭音些。”《玉篇》：“些，息計切，此也，辭也。又息箇切。”《廣韻·去聲十二霽》：

① “甯”今作“寧”；“款”今作“欵”，《考異》謂“一作款”，《補注》謂“款，俗作欵”。

② “甯”今作“寧”；“款”今作“欵”，《考異》謂“一作款”，《補注》謂“款，俗作欵”。

“些,蘇計切,此也,辭也,何也。楚音楚箇切。”《集韻·十二霽》:“些,思計切,語辭,或作呰。”《三十八箇》:“些,四箇切,語辭也,見《楚辭》。或作呰。”據《爾雅釋文》云:“呰,郭音些。”是“呰”字兼有“些”音也。……《楚辭》之呰與《詩》之斯字同義。《爾雅》斯、呰皆訓爲此。而聲又相近,故二者又皆爲語詞。(卷八,77 頁)

2.不。

不,弗也。常語。……《楚詞·招魂》曰:“被文服纖,麗而不奇些。”(原注:王注云:“不奇,奇也。猶《詩》云‘不顯文王’,‘不顯’,顯也。言其容靡麗,誠足奇怪也。”)(卷十,99 頁)

六、大招

1.只

《説文》:“只,語已詞也。”《詩·燕燕》曰:“仲氏任只。”《鄘·柏舟》曰:“母也天只,不諒人只。”(原注:《毛傳》:母也天也,尚不信我。)字亦作“軹”。《莊子·大宗師》篇曰:“而奚來爲軹。”(原注:崔譔注:“軹,辭也。”)《楚辭·大招》句末皆用“只”字。(卷九,91 頁)

七、七諫

(一)怨世

1.於

《廣雅》曰:“於,于也。”……於,猶“爲”也。……《荀子·正論》篇曰:“是特奸人之誤於亂説以欺愚者而淖陷之。”(原注:今本

"淖"訛作"潮",兹據楊注改。)誤,謬也。(原注:見《說文》。)於,爲也。淖,溺也。(原注:《楚辭·七諫》"世沈淖而難論兮",王注曰:"淖,溺也。")言奸人謬爲亂說,以欺愚者而溺陷之也。(原注:楊倞注曰:"奸人自誤惑於亂說,因以欺愚者,猶於泥淖之中陷之。"失之矣。)(卷一,14 頁)

八、哀時命

1. 庸

庸,詞之用也。……庸,猶何也。"庸"與"安"同意,故亦稱"庸安"。《荀子·宥坐》篇曰:"女庸安知吾不得之桑落之下?"庸,猶"安"也。"庸"與"詎"同意,故亦稱"庸詎"。《莊子·齊物論》篇曰:"庸詎知吾所謂知之非不知邪?庸詎知吾所謂不知之非知邪?"《楚詞·哀時命》曰:"庸詎知其吉凶?"庸,猶"詎"也。(卷三,37 頁)

2. 詎(原注:巨、遽二音。)

《廣韻》曰:"詎,豈也。"……《莊子·齊物論》篇曰:"庸詎知吾所謂知之非不知邪?庸詎知吾所謂不知之非知邪?"(原注:徐邈本"詎"作"巨"。家大人曰:庸、詎。皆"何"也。李頤曰:"庸,用也。詎,何也。庸詎,猶言'何用'。失之。)……《楚辭·哀時命》曰:庸詎知其吉凶?(卷五,53 頁)

《爾雅義疏》[①]

總論

1. 丁，當也。

丁者，與彊同義。《白虎通》云："丁者，强也。"《釋名》云："丁，壯也。"《詩》"寧丁我躬"、《楚辭·惜賢》篇云"丁時逢殃"、《逢尤》篇云"思丁文兮聖明哲"，②毛傳及王逸注并云："丁，當也。"神農之教曰"丈夫丁壯而不耕"，又曰"婦人當年而不織"，丁壯即當年也。丁、當雙聲。(《釋詁下》，247 頁)

2. 佇，久也。

佇者，宁之假音也。……按，宁與貯同。……通作佇。《詩》"佇立以泣"傳："佇立，久立也。"《漢書·叙傳》云："佇盤桓而且俟。"張晏注："佇，久也。"又通作竚。《文選·幽通賦》作"竚盤桓而且俟"，曹大家注"竚，立也"，非也。《楚辭·大司命》之"延竚"

①郝懿行《爾雅義疏》上海古籍出版社，1983 年版。但本篇斷句基本參考吸收了吴慶峰等點校《爾雅義疏》(齊魯書社，2008 年版)之點校成果。此外，本篇另有郭璞注者，則另加"郭注""郝疏"以示區别。

②分别爲《九歎》和《九思》篇。

作立旁竚，《離騷》之“延佇”作人旁佇，而注俱訓立，亦非也。[①] 佇訓久不訓立，毛傳甚明。是皆望文生義耳。又《楚辭·怨上》篇云：“佇立兮忉怛。”[②] 王逸注：“佇，停也。”停亦積、久之義也。（《釋詁下》，258 頁）

3. 蜺爲挈貳。

郭注：蜺，雌虹也，見《離騷》。

郝疏：蜺者，霓之假借。《說文》：“霓，屈虹，青赤也。一曰白色，陰气也。”（原注：此從《釋文》所引。）按“白色”二句，蓋别一義，非謂霓也。（原注：白蜺見《楚辭·天問篇》）[③] 虹、霓，散文俱通。故邢疏引郭氏音義云：“虹雙出，色鮮盛者爲雄，雄曰虹。闇者爲雌，雌曰霓。”《楚辭·悲回風》篇云“處雌蜺之標顛”，《遠遊篇》云“雌蜺嫂嬛以曾撓”，[④] 皆郭義所本也。（《釋天》，758 頁）

一、離騷

1. 介，大也。

介者，夰之假借也。《說文》《方言》并云：“夰，大也。”經典通作介。《逸周書·武順》篇云“集固介德”、《離騷》云“彼堯舜之耿介”，孔晁、王逸注并云：“介，大也。”（《釋詁上》，9 頁）

2. 矩，法也。

矩者，《說文》作巨，或作榘，經典相承省作矩，間有作榘與巨

---

①見《大司命》“結桂枝兮延竚”與《離騷》“延佇乎吾將反”。

②《怨上》爲《九思》篇。

③見《天問》“白蜺嬰茀”。

④“嫂嬛”今作“便娟”；“以”今作“目”；“曾撓”今作“增撓”。

者。《大學》注云:"矩,或作巨。"《離騷》云"求榘矱之所同",《淮南·泛論篇》亦作榘,餘皆作矩。(《釋詁上》,44頁)

3.敖,戲謔也。

敖者,傲之假音也。《釋文》:"敖,五報反。"則當作傲。《説文》:"傲,倨也。"通作敖。《釋言》云:"敖,傲也。"《釋訓》云:"敖敖,傲也。"經典傲、敖二字通用。故《離騷》云:"保厥美以驕敖兮。"①敖即傲也。王逸注:"侮慢曰敖。"②(《釋詁上》,53頁)

4.敆……會,合也。

《楚語》注:"合,會也。"《詩·大明》傳:"合,配也。"《離騷》注:"合,匹也。"匹、配、會又與合互相訓也。(《釋詁上》,57頁。湯禹嚴而求合兮)

5.墜、蘦,落也。

《説文》云:"凡艸曰零,木曰落。"按此亦對文耳,若散文則通。故《夏小正》云"栗零",明零不必草也。《莊子·逍遥遊》篇云"瓠落",明落不必木也。所以《離騷》云"惟草木之零落兮",王逸注:"零、落皆墜也。"③是其義俱通矣。(《釋詁上》,68頁)

6.誶,告也。

誶者,釋文云:"沈音粹,郭音碎,告也。"又云:"本作訊,音信。"《文選·思玄》及《幽通賦》注并引《爾雅》作"訊,告也"。《後漢書·張衡傳》注引作"誶,告也"。誶、訊二字,經典多通。故《離騷》注引《詩》"誶予不顧",《廣韻》引《詩》"歌以誶止",今作"歌以訊之""訊予不顧",毛傳:"訊,告也。"又"莫肯用訊",鄭箋:"訊,告

①"敖"今作"傲",《考異》謂"一作敖"。

②"敖"今本王逸注作"傲"。

③"墜"今作"墮"。

也。"此二詩之訊,依字皆當作誶。(《釋詁上》,71—72 頁。謇朝誶而夕替)

7.永,遠也。

永與脩同意。脩亦訓長,又訓遠也。《離騷》云"路曼曼其脩遠兮",王逸注:"脩,長也"。"又重之以脩能",王逸注:"脩,遠也。"(《釋詁上》,72—73 頁)

8.延,長也。

延者,《説文》云:"長行也。"《書》云"不少延",鄭注:"言害不少乃延長之。"《離騷》云:"延佇乎吾將反。"王逸注:"延,長也。"(《釋詁上》,83 頁)

9.駿,長也。

駿者,上文云"大也",大與長義近,故《詩·雨無正》及《清廟》傳并云:"駿,長也。"通作峻。《離騷》云:"冀枝葉之峻茂兮。"王逸注:"峻,長也。"《淮南·本經篇》云"山無峻幹",高誘注:"峻幹,長枝也。"《方言》云"駿、融、延,長也",并與此義合。(《釋詁上》,82—84 頁)

10.熲,光也。

熲者,……《説文》云:"火光也。"《詩》"不出于熲",毛傳:"熲,光也。"通作耿。《説文》云:"杜林説,耿,光也。"《離騷》云"彼堯舜之耿介兮",王逸注:"耿,光也。"(《釋詁上》,110—112 頁)

11.齊,疾也。

齊者,壯之疾也。……又通作齌。《説文》云:"齌,炊餔疾也。"《離騷》云:"反信讒而齌怒。"王逸注:"齌,疾也。"聲轉爲捷。故《淮南·説山篇》云:"力貴齊,知貴捷。"高誘注:"齊、捷,皆疾也。"(《釋詁上》,133—134 頁)

12.儼,敬也。

儼者,《詩》"碩大且儼",《曲禮》云"儼若思",毛鄭并云:"儼,矜□①貌。"《離騷》云"湯禹儼而求合兮"、《文選·思玄賦》云"僕夫儼其正策兮",王逸注及舊注并云:"儼,敬也。"②(《釋詁下》,177頁)

13. 淹,久也。

淹者,……又訓久。《公羊·宣十二年傳》"王師淹病矣"、《晋語》云"振廢淹"、《離騷》云"日月忽其不淹兮",注并云:"淹,久也。"通作奄。《詩》"奄觀銍艾",箋:"奄,久也。"是鄭讀奄爲淹也。(《釋詁下》,256—259頁)

14. 厤,數也。

厤者,《書》云"厤象日月星辰",《史記·五帝紀》作"數法日月星辰"。《管子·海王》篇云"此其大厤也",《離騷》云"喟憑心而厤兹",王逸及尹知章注并云:"厤,數也。"③(《釋詁下》,301頁)

15. 省,察也。

上文云:"察,審也。"《離騷》注:"察,視也。"④《吕覽·本味》篇注:"察,省也。"省、察互相訓也。(《釋詁下》,329頁。悔相道之不察兮)

16. 伊,維也。

皆語詞也。凡語詞之字多非本義,但取其聲。維者,惟之假音也。上文云:"惟,謀也,思也。"思又語詞,故惟亦語詞。《玉篇》云:"惟,有也,辭也,伊也。"《離騷》云:"惟庚寅吾以降。"王逸注:

①根據吴慶峰等的點校本,該字爲"莊"。
②"儼"今作"嚴",《考異》謂"一作儼"。
③"厤"今作"歷"。
④今本王逸注作"察,審也"。

"惟,辭也。"①《文選·羽獵賦》注引《韓詩章句》亦云:"惟,辭也。"(《釋詁下》,342 頁)

17. 指,示也。

指者,手之示也。《廣雅》及《離騷》注并云:"指,語也。"……《曲禮》云:"指,使。"使亦示也。《仲尼燕居》云:"治國其如指諸掌而已乎!"《中庸》云:"治國其如示諸掌乎!"(《釋言》,367 頁。指九天以爲正兮)

18. 競,彊也。

競者,《説文》云:"彊語也。一曰逐也。从誩,从二人。"按二義俱本《爾雅》。以誩,故訓彊語;从二人,故訓逐也。《詩·桑柔》《烈文》傳及《抑》《執競》箋并云:"競,彊也。""職競用力"、"不競不絿",箋又云:"競,逐也。"《淮南·原道》及《俶真》篇注亦云:"競,逐也。"《吕覽·分職》篇注:"競,進也。"進亦逐也。《離騷篇》注:"競,並也。"並亦彊也。(《釋言》,397—398 頁。衆皆競進以貪婪兮)

19. 增,益也。

增者,《説文》云"益也",《廣雅》云"加也,重也,累也"。《爾雅·釋訓》云:"增增,衆也。"是皆增多、增長之義。通作曾。《説文·會部》云:"會,从曾省。曾,益也。"《詩》"曾孫篤之",箋:"曾猶重也。"《離騷》云:"曾欷歔余鬱邑兮",②王逸注:"曾,累也。"(《釋言》,412 頁)

20. 薆,隱也。

薆者,《説文》作竷,云:"蔽不見也。"《玉篇》云:"隱也,蔽也。"

①今本未見此注。

②"欷歔"今作"歔欷"。

亦作薆。《華嚴經音義》上引《珠叢》云:“薆,蔽也。”《離騷》云:“衆薆然而蔽之。”《方言》注:“薆謂蔽薆也。”引《詩》“薆而不見”,蓋薆而即薆然,薆然又即隱然矣。(《釋言》,413 頁)

21. 暜,廢也。

暜者,《説文》云:“廢,一偏下也。”通作替。《詩》“勿替引之”“胡不自替”,《離騷》云“謇朝誶而夕替”,毛傳及王逸注并云:“替,廢也。”(《釋言》,419 頁)

22. 襄,除也。

襄者,《謚法》云:“辟地有德曰襄。”辟即開除之義。《説文》引“漢令,解衣而耕謂之襄”。耕亦芟除之義。故《詩·牆有茨》及《出車》傳并云:“襄,除也。”通作攘。《離騷》云“忍尤而攘詬”,《詩·車攻序》“外攘夷狄”,《史記·龜策傳》“西攘大宛”,并以攘爲除也。(《釋言》,458 頁)

23. 太歲在寅曰攝提格。

攝提格者,《史記·天官書》索隱引李巡云:“言萬物承陽起,故曰攝提格。格,起也。”《開元占經·廿三》引孫炎云:“陽攝持攜萬物,使之至上。”按,攝提,星名,屬東方,亢宿,分指四時,從寅起也。故鄭注《是類謀》云:“攝提、招紀、天元、甲寅之歲。”又《離騷》云“攝提貞于孟陬”,不言“格”者,省文。(《釋天》,744 頁)

24. 正月爲陬。

郭注:《離騷》云:“攝提貞于孟陬。”(《釋天》,750 頁)

25. 河出崐崘虚,色白。

《釋文》引李巡云“河水始出其色白也”,孫炎云“崐崘,山名也。墟者,山下之地。白者,西方之色也”,又引郭注有“發源處高激峻湊,故水色白也”十二字,爲宋本所無,今據補。《離騷》云:“朝吾將濟於白水兮,登閬風而緤馬。”《後漢書》注引《河圖》云:

“崐山出五色流水，其白水東南流，入中國，名爲河。”然則白水即河水，故晋文投璧于河而曰“有如白水”，《晋語》即作“有如河水”，是其證也。（《釋水》，919 頁）

26. 艾，冰臺。

《離騷》注：“艾，白蒿也。”今驗艾亦蒿屬而莖短，苗葉白色。栖霞有艾山，産艾，莖紫色，小於常艾，或烝以代茗飲，蓋異種也。（《釋草》，974—975 頁。户服艾以盈要兮）

27. 茨，蒺藜。

茨，《説文》作薺，云“疾黎也”，引《詩》曰“牆有薺”。通作薋，《玉篇》作薋，《離騷》云“薋菉葹以盈室兮”，王逸注：“薋，蒺藜也”，引《詩》“楚楚者薋”。《韓詩外傳》云：“春樹蒺藜，夏不可采其葉，秋得其刺焉。”釋文引《本草》：“蒺藜，一名旁通，一名屈人，一名止行，一名豺羽，一名升推，一名即棃，一名茨多，生道上，布地，子及葉并有刺，狀如鷄菱。”（《釋草》，982 頁）

28. 荷，芙渠。其莖，茄；其葉，蕸；其本，密；其華，菡萏；其實，蓮；其根，藕；其中，的；的中，薏。

《詩・澤陂》正義引李巡曰：“皆分别蓮莖、葉、華、實之名，芙渠其總名也。”《詩・山有扶蘇》傳：“荷華，扶渠也。”《離騷》注作“荷，芙渠也”。别名芙蓉，亦見《離騷》。荷是大名，故爲稱首。（《釋草》，988 頁。製芰荷以爲衣兮，集芙蓉以爲裳）

29. 蔆，蕨攗。

《説文》云：“蔆，芰也。楚謂之芰。”《離騷》云“製芰荷以爲衣”，王逸注：“芰，蔆也。”①……蜀《本草》云：“生水中，葉浮水上，其華黄白色，實有二種，一四角，一兩角。”唐本注云：“芰作粉極白

①“蔆”今本王逸注作“蔆”。

潤、宜人。"今按菱角小者烝曝可以充糧，大者甘脆可生啖之。(《釋草》，1004 頁)

30. 藒車，芞輿。

郭注：藒車，香草，見《離騷》。

郝疏：《説文》："藒，芞輿也"，"芞，芞輿也"，并無車字。釋文："車，本多無此字"，與《説文》合。臧氏《經義雜記》十三云："車即輿字之駁文也。"《離騷》云："畦留夷與揭車兮。"《上林賦》云："揭車衡蘭。"揭與藒同，假借字耳。《御覽》引《廣志》云："藒車香，味辛，生彭城，高數尺，黄葉白華。"《齊民要術》云："凡諸樹有蛀者，煎此香冷淋之，即辟也。"(《釋草》，1017 頁)

31. 菤耳，苓耳。

《廣雅》："苓耳、蒼耳、葹、常枲、胡枲，枲耳也。"《離騷》云"薋菉葹以盈室"，王逸注："葹，枲耳也。"……陸璣疏云："葉青白色，似胡荽，白華細莖，蔓生，可煮爲茹，滑而少味。四月中生子，如婦人耳中璫，今或謂之耳璫，幽州人謂之爵耳。"按今蒼耳葉青黄色，圓鋭而澀，高二三尺，俗言稀見其華，子如蓮實而多刺，嫖時亦堪摘以下酒，未見有蔓生者。陸疏與郭異，郭云"叢生"，今亦未見。(《釋草》，1035 頁)

32. 卷施草，拔心不死。

郭注：宿莽也，《離騷》云。

郝疏：《方言》云"莽，草也"。是凡草通名莽，惟宿莽是卷施草之名也。《離騷》云"夕攬中洲之宿莽"，王逸注："草冬生不死者，楚人名之曰宿莽。"①《類聚》八十一引《南越志》云："寧鄉縣草多

①"中洲"之"中"字今本無，《考異》謂"一作中洲"；"名之曰"之"之"字今本王逸注無。

卷施，拔心不死，江淮間謂之宿莽。"又引郭氏贊云："卷施之草，拔心不死。屈平嘉之，諷咏以此。取類雖邇，興有遠旨。"(《釋草》，1054頁)

33. 榮而不實者謂之英。

榮而不實者謂之英，《説文》："英，艸榮而不實者。"按《詩》云"顔如舜英"，《離騷》云"夕餐秋菊之落英"，是也。(《釋草》，1057頁)

34. 蕡，藹。

郭注：樹實繁茂菴藹。

郝疏：菴藹者，雙聲字。《蜀都賦》云："豐蔚所盛茂，八區而菴藹焉。"江淹《檉頌》云："碧葉菴藹。"今按，菴藹二字，詞人競用，蓋本《離騷》"揚雲霓之晻藹兮"，王逸注："晻藹，猶蓊鬱，蔭貌也。"又作晻薆。《上林賦》云："晻薆咇茀。"《史記》作"晻曖"。又作"闇藹"。《高唐賦》云："隨波闇藹。"《羽獵賦》："登降闇藹。"又作奄藹。《上林賦》注引《説文》曰："醃馤，香氣奄藹也。"(原注：今《説文》無。)然則菴藹二字古無正文，皆可通借，但取其聲，不論其字也。(《釋木》，1101—1102頁)

35. 巂周。

郭注：子巂鳥，出蜀中。

郝疏：《説文》："巂周，燕也。一曰蜀王望帝，淫其相妻，慚亡去，爲子巂鳥。故蜀人聞子巂鳴，皆起曰'是望帝也'。"按子巂即子規。……《廣雅》云："鷤鴂、鷶鵤，子規也。"鴂與規同，巂猶規也。鷤鴂之聲轉爲鵜鴂。《離騷》云："恐鵜鴂之先鳴兮。"王逸注："鵜鴂，一名買鵤，常以春分鳴也。"(《釋鳥》，1231－1232頁)

二、九歌

總論

1. 杜，土鹵。

《説文》："若，杜若，香艸。"《本草》："杜若，一名杜衡。"然陶注云"今復别有杜衡，不相似"，則非一物矣。陶注以爲葉似薑而有文理，根似高良薑而細，味辛香，蓋此即所謂杜若也。郭云"似葵而香"，《本草》"杜蘅香人衣體"，唐本注："葉似葵，形如馬蹏，故俗云馬蹏香。"《史記·司馬相如傳》索隱引《博物志》云："杜蘅，一名土杏，其根一似細辛，葉似葵。"《西山經》云："天帝之山有草焉，其狀如葵，其臭如靡蕪，名曰杜蘅。"此皆郭注所本，《爾雅》所謂杜蘅也，其爲二物甚明，故《本草》衡、若别條。《離騷·九歌》杜若與杜衡分舉，①《子虚賦》亦以衡、蘭、芷、若并稱，皆其證矣。（《釋草》，1022 頁）

（一）湘君

1. 留，久也。

留者，《説文》云"止也"，是止之久也。故《儒行》云："悉數之乃留。"鄭注："留，久也。"《楚辭·湘君》篇云："蹇誰留兮中洲？"王逸注："留，待也。"《逸周書·武順篇》注："留，遲也。"《吴語》云："一日惕一日留。"韋昭注："留，徐也。"徐、遲、待又皆與久義相成

---

① 見《湘君》"采芳洲兮杜若"；《湘夫人》"繚之兮杜衡"。

也。(《釋詁下》,259 頁)

2.厞,隱也。

厞者,《説文》云"隱也"。《士虞禮》及《有司徹》俱云"厞用席",《特牲饋食》①云"厞用筵",鄭注并云:"厞,隱也。"通作陫。釋文:"厞,符沸反,字又作陫,同。"《楚辭·湘君篇》云"隱思君兮陫側",王逸注:"陫,陋也。"(《釋言》,375 頁)

3.冥,幼也。

《史記·司馬相如傳》云:"紅杳渺以眩湣兮。"索隱引晋灼云:"杳渺,深遠。"《楚辭·湘君篇》云:"美要眇兮宜修。"王逸注:"要眇,好貌。"按要眇及杳渺,蓋意態深遠之貌。杳渺又即窈冥,冥、渺一聲之轉。(《釋言》,434—435 頁)

4.貽,遺也。

遺者,《説文》訓亾,經典以爲饋遺字。《曲禮》云"凡遺人弓者"、《楚辭·湘君篇》云"將以遺兮下女"釋文及王逸注并云:"遺,與也。"(《釋言》,464 頁)

(二)湘夫人

1.藐藐,美也。

藐者,懇之假音也。《説文》:"懇,美也。"通作藐。……又通作眇。《楚辭·湘夫人》篇云"目眇眇兮愁予",王逸注:"眇眇,好貌也。"(《釋詁上》,116—117 頁)

(三)大司命

1.暴雨謂之涷。

①"特牲"原誤爲"特特",今徑改。

郭注:今江東呼夏月暴雨爲涷雨。《離騷》云"令飄風兮先驅,使涷雨兮灑塵",是也。"涷"音東西之東。(《釋天》,760 頁)

2. 枲,麻。

《説文》:"枲,麻也。"官有典枲,《詩》言績麻,麻、枲一耳。《詩·采蘋》正義引孫炎曰"麻,一名枲",是也。《要術》引崔寔以牡麻爲枲,蓋據《喪服傳》云,牡麻者,枲麻也,要其正稱則枲、麻通名耳。今俗呼苧麻爲種麻,牡麻爲華麻,牡麻華而不實,苧麻實而不華。其華白,故《九歌》云"折疏麻兮瑶華"。(《釋草》,992—993 頁)

(四)少司命

1. 艾,長也。

艾者,下文云"養也",與育同義。《方言》云:"艾,長老也。"《楚辭·少司命》篇云:"竦長劒兮擁幼艾。"①王逸注:"艾,長也。"《詩》"夜未艾",毛傳:"艾,久也。"久亦爲長。《小爾雅》云:"艾,大也。"大亦爲長。(《釋詁下》,299 頁)

三、天問

1. 林,君也。

林者,《詩》"有壬有林",毛傳用《爾雅》。《楚辭·天問篇》云:"伯林雉經。"王逸注及《漢書·律厤志》并云:"林,君也。"(《釋詁上》,5 頁)

2. 迄,至也。

---

①"劒"今作"劍"。

迄者,訖之假音也。《説文》云:“訖,止也。”止亦至也。通作迄。《書》“聲教訖于四海”,《漢書·藝文志》訖作迄。《詩》“以迄于今”“迄用有成”“迄用康年”及《楚辭·天問》云“吴獲迄古”,其義皆爲至也。(《釋詁上》,18 頁)

3. 尚,右也。

高、上義相成,故《詩·蕩》云“人尚乎由行”,傳訓尚爲上;《抑》云“肆皇天弗尚”,箋訓尚爲高。按尚俱當訓右。“人尚乎由行”,言小人佑助其行也;“肆皇天弗尚”,言天命不佑助也,傳箋義亦近也。郭云“勸尚”者,蓋以聲轉借尚爲相也。《易·象傳》云“君子以勞民勸相”,王弼注:“相猶助也。”是郭義所本。《楚辭·天問篇》云:“登立爲帝,孰道尚之?”道與導同,道尚即導相,猶相導也。王逸注訓爲尊尚亦近之。(《釋詁上》,109—110 頁)

4. 閔,病也。

《玉篇》云:“閔,病也。傷痛爲閔。”是閔兼疾病、傷痛二義。……《左氏·宣十二年傳》“寡君少遭閔凶”、《楚辭·天問》篇云“閔妃匹合”,又云“舜閔在家”,杜預及王逸注并云:“閔,憂也。”《閔予小子》箋:“閔,悼傷之言也。”是皆《玉篇》後義,亦與前義相成也。(《釋詁上》,155—156 頁)

5. 蒸,祭也。

祠、蒸、嘗、禴四者,皆時祭之名,詳見《釋天》,而此又單訓祭者,蓋不獨時祭有此名,而凡祭亦被斯名也。……蒸與烝通。亦單訓祭者,《詩·信南山》及《賓之初筵》傳箋并云:“烝,進也。”《載芟》箋:“進予祖妣,謂祭先祖先妣也。”然則烝訓爲進,進訓爲祭,亦不以爲冬時祭名。故《書·洛誥》云“王在新邑烝”,《大宗伯》疏引鄭注云:“是非時而特假祖廟,故文武各特牛也。”然則鄭以《洛誥》之烝爲非時特祭,證以《楚辭·天問篇》云“何獻蒸肉之膏而后

帝不若”,王逸注:“蒸,祭也,以其肉膏祭天帝。”是皆以蒸爲凡祭之通名也。(《釋詁上》,174 頁—176 頁)

6. 肆,故也。

肆訓爲遂。故《書》云“肆類于上帝”“肆覲東后”,《史記・五帝紀》肆俱作遂。《楚辭・天問篇》云“遂古之初”,遂亦肆也。肆有申遂之義,故亦申事之詞。然則經典凡言是故者,即肆故也;或言是以者,即遂以也;又言所以者,亦是以也:皆申事之詞也。肆、遂、是、所俱一聲之轉也。(《釋詁下》,189 頁)

7. 逄,遇也。

逄者,《説文》云:“遇也。”又云:“迎,逄也。”《方言》云:“逄,迎也。”是逄、迎互訓,其義則皆爲遇也。故《楚辭・天問篇》云“逄彼白雉”,王逸注:“逄,迎也。”又云“而親以逄殆”,王逸注:“逄,遇也。”按逄有蓬音,今人謂相遇曰逄,讀若蓬去聲。(《釋詁下》,198—199 頁)

8. 僉,皆也。

僉者,衆之皆也。《説文》《方言》僉并訓皆。《方言》又云:“僉,夥也。”郭注:“僉者同,故爲夥。”《廣雅》云:“僉,多也。”《楚辭・天問篇》注:“僉,衆也。”《小爾雅》云:“僉,同也。”同即皆之訓。衆、多、夥其義亦俱爲皆也。僉之爲言齊也。經典或言齊民,或言齊盟,皆取衆同之義,齊、僉又一聲之轉也。(《釋詁下》,296—297 頁。僉曰何憂)

9. 淈,治也。

淈者,汩之假音也。《説文》云:“汩,治水也。”《書序》云“作汩作”。《楚辭・天問篇》云“不任汩鴻”,王逸注:“汩,治也。”通作淈。《書》“汩陳其五行”,《漢書・五行志》注:“汩,亂也。”《後漢書・張衡傳》注:“淈,亂也。”是淈、汩同。汩訓治,又訓亂者,亦如

亂字兼治、亂二義也。(《釋詁下》,307—308 頁)

10. 鞫,窮也。

鞫者,簐之假音也。《説文》云:"簐,窮也。从𥷚聲。"𥷚與䪡同,䪡,窮理罪人也。《楚辭·天問篇》云:"皆歸䠶䪡。"王逸注:"䪡,窮也。"(《釋言》,388 頁)

11. 四達謂之衢。

按衢爲四道交錯,故《周禮·保氏》説"五馭"云"舞交衢",《大戴禮·子張問入官》篇云"六馬之離必於四面之衢",郭氏注《中山經》云"言樹枝交錯相重五出,有象衢路也",《楚辭·天問篇》注"九交道曰衢",《淮南·繆稱篇》注云"道六通謂之衢",《荀子·勸學》篇注"衢道,兩道也,今秦俗猶以兩爲衢"。然則衢無定名。據《楚辭》《淮南》注,是道四達以上通謂之衢。《荀子》注又以兩道爲衢。衢與歧聲轉,疑秦人讀歧如衢,因而以兩爲衢耳。《楚辭》九衢蓋直以衢爲道之通名,非《爾雅》義也。(《釋宫》,653－654 頁。靡蓱九衢)

12. 以蜃者謂之珧。

珧者,《楚辭·天問篇》云:"馮珧利决。"王逸注:"珧,弓名也。"釋文:"珧,以蜯飾弓弭。"(《釋器》,704 頁)

13. 西至日所入爲太蒙。

大蒙者,《楚辭·天問篇》云:"出自湯谷,次于蒙汜。"《淮南·覽冥篇》云:"邅回蒙汜之渚。"高注:"蒙汜,日所入之地。"(《釋地》,849 頁)

14. 蟦,小而楕。

楕者,《周頌·般》云"隨山喬岳"、《楚辭·天問篇》云"南北順

橢，其循幾何”，①皆以橢爲狹而長也。（《釋魚》，1199頁）

四、九章

（一）惜誦

1. 豫，厭也。

豫者，上文云“樂也”，下文云“安也”，安樂極而厭斁生，故《易·雜卦》云“豫，怠也”。《楚辭·惜誦》篇云“行婞直而不豫兮”，王逸注：“豫，厭也。”（《釋詁下》，215頁）

2. 訰訰，亂也。

訰者，“諄”之或體也。……《説文》云：“諄，告曉之孰也。”與煩亂義近。……别作忳。《中庸》注云：“肫肫，讀如誨爾忳忳之忳。”又别作“訰”。《玉篇·心部》“忳”云“悶也，亂也”，《言部》“訰”云“亂也”，别有“諄”字，與《説文》同訓。是《玉篇》分諄、訰爲二，《説文》但有諄字。《方言》云：“諄憎，所疾也。宋魯凡相惡謂之諄憎，若秦晉言可惡矣。”《玉篇》本之而云“諄，可惡也”。以諄爲可惡，亦猶《韓詩》以夢爲惡貌。惡與亂義近，故《爾雅》釋文引顧舍人云：“夢夢、訰訰，煩懣亂也。”《楚辭·惜誦篇》云“中悶瞀之忳忳”，《荀子·哀公》篇云“繆繆肫肫”，并與諄諄同。（《釋訓》，551－552頁）

（二）涉江

1. 董，正也。

①“橢”今作“檃”；“循”今作“衍”。

董者,《方言》云“固也”。董訓固與正訓定義近。故《楚辭·涉江》篇云:“余將董道而不豫兮。”王逸注:“董,正也。”(《釋詁下》,322 頁)

(三)哀郢

1. 朝,早也。

朝者,《説文》云:“旦也。从倝舟聲。”……又通作鼂。《説文》:“鼂讀若朝。杜林以爲朝旦,非是。”《楚辭·哀郢》篇云:“甲之鼂吾以行。”王逸注:“鼂,旦也。”《文選·上林賦》注及《漢書》注并云:“鼂,古朝字。”(《釋詁下》,180—181 頁)

2. 接,捷也。

接者,《説文》云“交也”。《聘禮》云“接聞命”,《楚辭·哀郢》篇云“憂與愁其相接”,注并云:“接,續也。”(《釋詁下》,311 頁)

(四)抽思

1. 恙……罹,憂也。

憂者,惪之假音也。《説文》云:“惪,愁也。”通作憂。下文云:“憂,思也。”按憂又患也,病也。病與憂相連,故《樂記》云“病不得其衆也”,鄭注:“病猶憂也。”《孟子》云:“有采薪之憂。”趙岐注:“憂,病也。”《爾雅》憂病相次,亦其義也。憂與懮同。《楚辭·抽思篇》云:“傷余心之懮懮。”王逸注:“懮,痛貌也。”(《釋詁上》,159 頁)

2. 動,作也。

動者,《説文》云“作也”。《楚辭·抽思篇》云:“悲夫秋風之動容兮",王逸注:"動,摇也。"①《吕覽·論威》篇云:"物莫之能動。"高誘注:"動,移也。"移亦摇也。動又變也,感也,發也,生也,其義皆爲作也。(《釋詁下》,249頁)

(五)懷沙

1. 公,事也。

公者,與功同,亦假借也。……通作工。《肆師》注:"故書功爲工。鄭司農工讀爲功。古者工與功同字。"按功、工與公又通。故"矇瞍奏公",《楚辭·懷沙》篇注作"矇瞍奏工",②《吕覽》注及《史記》集解并作"矇叟奏功"。(《釋詁上》,81—82頁。矇瞍謂之不章)

2. 逢、遇,遻也。

遻者,《説文》云:"相遇驚也。从咢,咢亦聲。"案遻音五各、五故二反。《説文》訓"遇驚"則音五各,《爾雅》直訓遇則音五故,實則二音相轉,俱通也。……《楚辭·懷沙》篇云:"重華不可遻兮。"王逸注:"遻,逢也。"③逢亦遇矣。(《釋詁下》,199頁)

3. 呬,息也。

呬者,喟之假音也。《説文》"喟或作嘳",云"大息也"。《楚辭·懷沙》篇云:"永歎喟兮。"王逸注:"喟,息也。"(《釋詁下》,282頁)

(六)橘頌

1. 梗,直也。

---

①今本無"夫"字,《考異》謂"一本云悲夫"。
②今本《懷沙》篇引《詩》作"矇瞍奏公"。
③"遻"今皆作"遌"。

梗者，猶庚庚也。庚庚，堅强貌也。《楚辭·橘頌》篇云：“梗其有理兮”，王逸注：“梗，强也。”强與直義近。（《釋詁下》，222 頁）

2. 剡，利也。

剡者，《説文》云：“鋭，利也。”《楚辭·橘頌》篇云“曾枝剡棘”、《淮南·泛論篇》云“古者剡耜而耕”，王逸及高誘注并云：“剡，利也。”（《釋詁下》，317 頁）

3. 柚，條。

橘、柚皆生江南，逾淮而化爲枳。《楚辭·橘頌》云：“受命不遷，生南國兮。”《文子·尚德》篇云：“橘柚有鄉。”《吕覽·本味》篇云：“果之美者，雲夢之柚。”（《釋木》，1067 頁）

（七）悲回風

1. 懷，思也。

懷者，《説文》云：“念思也”。《謚法》云“思也”。《詩·卷耳》《野有死麕》《南山》《常棣》傳，懷俱訓思，《終風》傳懷又訓傷，《楚辭·悲回風》篇云“惟佳人之獨懷兮”，懷又訓念，念與傷亦俱爲思也。（《釋詁上》，168 頁）

五、遠遊

1. 膠，固也。

膠、糾古音疊韵，故《楚辭·遠游》篇云“形蟉虯而逶迆”，①蟉虯與膠糾近。（《釋詁上》，114 頁）

2. 東方之美者，有醫無閭之珣玗琪焉。

①“迆”今作“蛇”，《考異》謂“一作迤”。

《職方》:"幽州,其山鎮曰醫無閭。"鄭注:"醫無閭,在遼東。"賈疏云:"目驗知之。漢光武十三年以遼東屬青州,二十四年還屬幽州。"《漢·地理志·遼東郡》"無慮"。應劭曰:"慮音閭"。是無慮即無閭。《楚辭·遠游》篇云:"夕始臨乎於微閭。"王逸注:"東方之玉山也",①引《爾雅》爲釋。醫無閭作"於微閭",語聲之轉也。(《釋地》,825 頁)

3. 棂,木桂。

《説文》:"棂,桂也。""桂,江南木,百藥之長。"《王會》篇云:"自深桂。"孔晁注:"自深亦南蠻也。"《楚辭·遠游》篇云:"嘉南州之炎德兮,麗桂樹之冬榮。"是桂爲江南木也。(《釋木》,1074 頁)

六、漁父

1. 顇,病也。

顇者,《説文》云:"醮顇也。"《荀子·王霸》篇云:"勞苦秏顇莫甚焉。"楊倞注:"顇,顦顇也。"通作瘁。……又通作悴。《説文》云"憂也"。《方言》云"傷也",傷亦病也。釋文:"顇,字或作悴。"《歎逝賦》注:"瘁與悴古字通。"又通作萃。《詩·出車》及《四月》釋文并云:"瘁,本作萃。"《左氏·成九年傳》作蕉萃,《昭七年傳》作憔悴,《一切經音義》六又作燋悴,而云"《三蒼》作顦顇"。按顦俗字,徐鉉所增,《説文》作醮爲正。《玉篇》引《楚辭》云"顔色醮顇"是矣。②(《釋詁上》,152 頁)

①王逸注"東方"上今有"暮至"二字。

②"醮顇"今作"憔悴"。

七、九辯

1. 恙，憂也。

恙者，《説文》云"憂也"。《匡謬正俗》八引《爾雅》作"恙，憂心也"，此蓋《爾雅》舊注之文。又引《風俗通》云："恙，噬人蟲也。善噬人心，人每患苦之。"《御覽》三百七十六引《風俗通》云："恙，病也。凡人相見及通書問皆曰無恙。"是應劭以無恙爲無病，郭氏以爲無憂，義相成也。《玉篇》恙字亦兼憂、病二義。《楚辭・九辯》云"還及君之無恙"，王逸注亦以無恙爲無憂矣。（《釋詁上》，159—160頁）

2. 鷄三尺爲鶤。

《説文》："鶤，鶤鷄也。讀若運。"釋文："鶤音昆，字或作鵾，同。"《楚辭・九辯》云："鵾鷄啁哳而悲鳴。"《淮南・覽冥篇》云："軼鶤鷄於姑餘。"是鶤鷄即鵾鷄。高誘注以鶤鷄爲鳳皇别名，張揖《上林賦》注又以昆鷄似鶴，黄白色，并與《爾雅》異也。（《釋畜》，1343—1344頁）

八、招䰟

1. 忥……寧，静也。

静者，竫之假音。《説文》："竫，亭安也。"經典俱通作静。静訓審，審諦者必安静，故《詩》傳箋并云："静，安也。"《釋名》云："静，整也。"《文選・神女賦》注引《韓詩》云："静，貞也。"貞固者必安定，安定必寡言，故《楚辭・招魂》篇注"無聲曰静"是也。（《釋詁上》，65頁。像設君室，静閒安些）

2. 矢……旅，陳也。

陳者，敶之假音也。《說文》云："敶，列也。"《楚辭・招魂篇》云："敶鐘按鼓。"通作陳。(《釋詁上》,75 頁)

3. 詔，導也。

《一切經音義》二引《三蒼》云："詔，告也。"《玉篇》云："告也，教也，導也。"按詔與召義亦近。召爲呼召，詔亦口導。故《楚辭・招魂序》云："以言曰召。"是詔爲言之導矣。(《釋詁上》,107 頁)

4. 迅，疾也。

迅者，《說文》云"疾也"。《釋獸》云："狼，絶有力迅。"《楚辭・招魂篇》云"多迅衆些"、《文選・西京賦》云"紛縱體而迅赴"，皆以迅爲疾也。(《釋詁上》,135 頁)

5. 古，故也。

《說文》云："故，使爲之也。"《楚辭・招魂篇》注："故，古也。"蓋故有二義，訓古者，今之對也。訓使爲之者，以人所有事也。(《釋詁下》,188 頁。䰟兮歸來！反故居些)

6. 古，故也。

《爾雅》之故亦兼二義。知者《招魂篇》云："樂先故些"，王逸注："故，舊也。"《穀梁・襄九年傳》云："故宋也。"范寧注："故猶先也。"先、舊義俱爲古也。是皆故訓古之證。(《釋詁下》,188 頁)

7. 楨、翰、儀，榦也。

《公羊・莊元年傳》"搚榦而殺之"，釋文："榦，脅也。"脅所以正肢體，故又訓體。《楚辭・招魂篇》云："去君之恒榦。"王逸注："榦，體也。"①(《釋詁下》,239 頁)

8. 呰，此也。

①"榦"爲"幹"之異體字，今皆作"幹"。

呰者……通作訾。……又通作些。《一切經音義》二及六并云:"呰,古文些、𣢑二形。"《爾雅》釋文:"呰,郭音些。"引《廣雅》云:"些,辭也。"是郭以些爲呰,蓋本《楚辭》。(《釋詁下》,252頁。何爲四方些)

9. 增,益也。

增者,……又通作層。《招魂篇》云:"層臺累榭。"王逸注:"層,重也。"《魏大饗碑》云:"蔭九增之華蓋。"增即層也。(《釋言》,412頁)

10. 徵,召也。

召猶招也。《説文》:"招,手呼也。(原注:呼當作評。)"然則召以口評,招以手評,故《楚辭·招魂序》云:"以手曰招,以言曰召。"《詩》"匏有苦葉"傳:"招招,號召之貌。"(《釋言》,420頁)

11. 窕,閒也。

閒者,釋文:"音閑,或如字。"蓋因郭注閒隙,故存此音,即實非也。閒,暇也,静也,寬也。《齊語》云:"處士使就閒燕。"韋昭注:"閒燕猶清淨也。"《楚辭·招魂篇》云:"像設君室,静閒安些。"王逸注:"空寬曰閒,清静寬閒也。"①是皆閒音閑之義也。(《釋言》,475—476頁)

12. 宫謂之室,室謂之宫。

《説文》云:"宫,室也。""室,實也。从宀,从至。至,所止也。"《考工記·匠人》云"室中度以几""宫中度以尋",此是對文,至於散文則通。故《詩·定之方中》傳:"室猶宫也。"《楚辭·招魂篇》注:"宫猶室也。"(《釋宫》,623頁。盛鬋不同制,實滿宫些)

13. 楚有雲夢。

---

①今本王逸注"寬閒"下有"而安樂"三字。

雲夢者,《職方》云:"荆州,其澤藪曰雲瞢。"鄭注:"雲瞢在華容。"《漢志》:"華容,雲夢澤在南,荆州藪。"司馬相如《子虛賦》云:"楚有七澤,一曰雲夢。雲夢者,方九百里。"是雲夢實一藪也。經傳或分言者,省文從便耳。《左氏·昭三年傳》:"王以田江南之夢。"杜預注:"楚之雲夢,跨江南北。"是則夢亦雲也。《定四年傳》:"楚子涉睢,濟江,入于雲中。"杜注:"入雲夢澤中。"是則雲亦夢也。《楚辭·招魂篇》云:"與王趨夢兮課後先。"王逸注:"夢,澤中也。楚人名澤爲夢中。"①然則夢中猶雲中矣。《淮南·墬形》篇云:"南方曰大夢。"高誘注:"夢,雲夢也。"(《釋地》,816 頁)

14. 莕,接余。

今按荇非蓴也,但似蓴耳。《説文》"茆,鳧葵","蘩,鳧葵",蓋荇與茆二物相似而異,唐《本草》謂一物,非也。茆乃是蓴,故《詩·泮水》正義引陸疏云:"茆與荇菜相似,葉大如手,赤圓。有肥者,箸手中滑不得停。莖大如匕柄,葉可以生食,又可鬻,滑美。江南人謂之蓴菜,或謂之水葵,諸陂澤水中皆有。"然則蓴與荇有大小之異,陸疏甚明。今蓴菜葉如馬蹏,荇葉圓如蓮錢,俱夏月開黄華,亦有白華者,白或千葉,黄則單葉,俱結實如指,頂中有細子,亦可種,但宿根自生也。《楚辭·招魂篇》"紫莖屏風",注"屏風,水葵也",是蓴一名屏風。(《釋草》,955—956 頁)

15. 荷,芙渠。……其葉,蕸。

蕸者,《説文》作荷,云"夫渠葉"。《初學記》引《爾雅》作"其葉荷"。《類聚》又引作"其葉葭"。按釋文云"蕸字或作葭",衆家并無此句,惟郭有,然就郭本中或復脱此一句,亦并闕讀。然則荷是大名,又葉名者,荷之言何也,負何,言其葉大。王逸《招寬》注云:

① 今本王逸注"名澤"之"澤"下今有"中"字。

"或曰紫莖,言荷莖紫色也。屏風,謂荷葉障風也。"①亦是言其葉大。(《釋草》,989 頁。紫莖屏風,文緣波些)

16. 蚍蜉,大螘;小者,螘。蠪,朾螘。

螘、蟻古今字也。今栖霞人呼螘蛘音如几養,蓋蚼蟓之聲相轉耳。《夏小正》云:"玄駒賁。玄駒也者,螘也。"《學記》云:"蛾子時術之。"鄭注:"蛾,蚍蜉也。"《易林》云:"蟻封户穴,大雨將集。"又云:"蚍蜉戴粒,留不上山。"是皆以螘爲蚍蜉之通名。《爾雅》則以蚍蜉爲大螘之名,故《詩·東山》正義引舍人曰:"蚍蜉即大螘也,小者即名螘也。"《楚辭·招魂》注亦云:"小者爲蟻,大者爲蚍蜉。"②本於《爾雅》也。……釋文"朾,孫丈耕反"。然則朾之爲言赬也,赬、朾音近,此螘赤駁,故以爲名。《海内北經》云:"朱蛾,其狀如蛾。"郭注引《楚辭》曰:"赤蛾如象。"今螘亦有赤黄色者。(《釋蟲》,1150 頁。赤螘若象,玄蠭若壺些)

九、大招

1. 徂、在,存也。

《釋訓》云:"存,存在也。"在既訓存,存亦訓在,故《公羊·隱三年傳》"有天子存",何休注:"存,在也。"《楚辭·大招》篇云:"遽爽存只。"王逸注:"存,前也。"前謂有在前也。(《釋詁下》,328 頁)

2. 購,蔏蔞。

《詩·漢廣》傳:"蔞,草中之翹翹然。"正義引舍人曰:"購,一名蔏蔞。"陸璣疏云:"其葉似艾,白色,長數寸,高丈餘,好生水邊

---

①"障"今作"鄣"。

②"蟻"今作"螘",《考異》謂"一作蟻";"大者爲"今作"大者謂之"。

及澤中。正月根芽生旁莖，正白，生食之香而脆美，其葉又可蒸爲茹。"按今京師人以二三月賣之，即名蔞蒿，香脆可啖，唯葉不中食。四川人言彼處食之亦去葉也。今驗其葉似野麻而疏散，嫩亦可啖。陸璣以爲似艾，白色，蓋其初生時耳。生水邊者尤香美，《楚辭·大招》所云"吴酸蒿蔞，不沾薄"，是也。(《釋草》，1039—1040 頁)

十、七諫

(一)自悲

1. 巒，山墮。

郭注：謂山形長狹者，荆州謂之巒。

郝疏：《説文》云："巒，山小而鋭。"……劉逵《蜀都賦》注："巒，山長而狹也。一曰小而鋭也。"是巒、墮俱兼二義。釋文引《埤蒼》云"巒，山小而鋭"，《字林》云"墮，山之施墮者"。是吕忱以墮爲延施，即狹長也。《士冠禮》注："隋方曰篋。"釋文："隋謂狹而長。"隋與橢同，與墮聲借，并郭所本也。云"荆州謂之巒"者，《楚辭·七諫》云"登巒山而遠望兮"，此正楚人語也。(《釋山》，879—880 頁)

十一、哀時命

1. 遷、運，徙也。

《説文》云："辿，迻也。""迻，遷徙也。"辿、徙、迻、移并聲義同。故《華嚴經音義》下引《蒼頡篇》云："徙，移也。"《荀子·成相》篇注："徙，遷也。"《楚辭·哀時命》篇云："獨徙倚而彷徉。"王逸注謂

"徙倚,猶低佪",非也。徙倚猶徙移,蓋言移倚不定,其彷徉乃低佪耳。(《釋詁下》,271 頁)

2. 馘、穧,獲也。

獲之言得也。經典獲皆訓得。《左氏・定九年傳》:"凡獲器用曰得,得用曰獲。"此單主物而言,實則人亦曰獲,故《墨子・小取》篇云"獲人也",《楚辭・哀時命》篇云"釋管晏而任臧獲兮",王逸注:"獲,爲人所係得也。"或曰獲主禽者也。按魯人展獲字禽,與或説合,是獲兼人物而言。《説文》以獲爲獵所獲,亦單主物言耳。(《釋詁下》,314 頁)

3. 嘆,定也。

嘆者,《説文》云"啾嘆也",《玉篇》云"静也",《廣雅》云"安也"。安静亦定,故《廣雅》又云:"嘆,定也。"《吕覽・首時》篇云"飢馬盈厩,嘆然未見芻也",《楚辭・哀時命》篇云"嘆寂默而無聲",并以嘆爲静定也。通作寞。《文選・西征賦》注引《韓詩章句》云:"寞,静也。"又通作莫。釋文:"嘆音莫,本亦作莫。"(《釋詁下》,341 頁)

十二、九懷

(一)陶壅

1. 夷,悦也。

夷者,《詩》云"胡不夷""既夷既懌""亦不夷懌",傳箋并云:"夷,悦也。"《楚辭・九懷篇》注:"夷,喜也。"喜亦悦也。(《釋言》,467 頁。羡余術兮可夷)

十三、九歎

(一)逢紛

1. 速速、蹙蹙,惟逑鞫也。

速者,《玉藻》注"遬猶蹙蹙也"。《詩·正月》傳:"蔌蔌,陋也。"蔌蓋遬之或體。遬,籀文速字也。《後漢書·蔡邕傳》注引《毛詩》作"速速方穀",云《韓詩》亦同。《楚辭·逢紛》篇云:"躬速速而不吾親。"①王逸注:"速速,不親附貌。"然則速速與蹙蹙皆爲褊急之意,故毛傳以蔌蔌爲陋。(《釋訓》,574頁)

(二)怨思

1. 考,成也。

考者,老也,與孟同意。孟爲長成,則考爲老成矣。故《謚法》云:"考,成也。"《書》"五曰考終命"及《詩·序》"考室""考牧",其義并同。《春秋·隱五年》經云:"考仲子之宫。"《穀梁傳》:"考者,成之也。"《楚辭·離世》篇注:"考猶終也。"②《漢書·東方朔傳》注:"考,究也。"究與終其義亦俱爲成。(《釋詁下》,220頁。身憔悴而考旦兮)

2. 淹,久也。

淹者,《方言》云:"敗也。水敝爲淹。"按水敝謂漸漬之,與漚

---

①今本作"躬速速其不吾親",《考異》謂"其,一作而"。

②《九歎·怨思》"身憔悴而考旦兮",王逸注有云"考猶終也",郝氏以之爲《離世》篇,誤。

同意。故《説文》云："漚，久漬也。"《禮·儒行》云"淹之以樂好"，《楚辭·離世》篇云"淹芳芷於腐井兮"，①淹皆訓漬，漬有久義，故又訓久。（《釋詁下》，258—259 頁）

3. 蕍，蕮。

即澤瀉也。劉向《九歎》云"筐澤瀉以豹鞹兮"，②王逸注："澤瀉，惡草也。"《本草》云："一名水瀉，一名及瀉，一名芒芋，一名鵠瀉。"陶注："葉狹而長，叢生淺水中。"蘇頌《圖經》："葉似牛舌草，獨莖而長，秋開白華，作叢，似穀精草。"按此即今河芋頭也，華葉悉如《圖經》所説，根似芋子，故《本草》有芒芋之名。（《釋草》，985 頁）

（三）遠逝

1. 魁陸。

《本草》："海蛤，一名魁蛤。"《别録》："魁蛤，一名魁陸，一名活東，生東海，正圓，兩頭空，表有文。"陶注："形似紡軠，小，狹長，外有縱橫文理，云是老蝙蝠化爲。"蜀本注云："形圓長似大腹檳榔，兩頭有孔，今出萊州。"按今出登州海中者，形如摺疊扇，縱橫文如刻鏤。鄭注《士冠禮》云："魁，蜃蛤也。"是魁即魁蛤。《楚辭》云："陵魁堆以蔽視。"《周語》云："幽王蕩以爲魁陵糞土。"韋昭注："小阜曰魁。"然則魁陵猶言魁陸，皆取高阜以爲名也。（《釋魚》，1186－1187 頁）

（四）惜賢

1. 洋……那，多也。

①此爲《九歎·怨思》篇，郝氏以之爲《離世》篇，誤。

②"以"今作"目"。

洋者,《匡謬正俗》云:“今山東俗謂衆爲洋。”按以洋爲多,古今通語,故《詩·閟宫》傳:“洋洋,衆多也。”《碩人》傳:“洋洋,盛大也。”《衡門》傳:“洋洋,廣大也。”《大明》傳:“洋洋,廣也。”廣、盛、大俱與多義近。……又轉爲油油。《文選·思舊賦》注引《大傳》作“禾黍油油”,《詩》“河水洋洋”,《楚辭·九歎》注引作“河水油油”。(《釋詁上》,142 頁。江湘油油,長流汩兮)

2.洋……那,多也。

那者,……通作難。難、那聲轉,故難有那音。“隰桑有阿,其葉有難”,難即音那,毛傳:“難然盛貌。”盛、多義近,是阿難即阿那也,俗加女旁爲婀娜矣。又通作儺。《詩》“猗儺其枝”,猗儺即阿那也。“受福不那”,《説文·鬼部》作“受福不儺”,《周禮·占夢》注:“故書難或爲儺。”是難、儺、那古皆通用。又《詩》“猗儺其華”,《楚辭·九歎》注引作“旖旎其華”,釋文:“那,本或作㑚。”《廣雅》云:“㑚,多也。”㑚蓋那之或體耳。(《釋詁上》,143 頁。結桂樹之旖旎兮)

3.濟,渡也。

渡者,《説文》云“濟也”,《廣雅》云“過也”。濟者,《詩·匏有苦葉》傳及《檀弓》注并云:“濟,渡也。”省作度。《方言》云:“過度謂之涉濟。”郭注:“猶今云濟度。”《楚辭·惜賢篇》云:“年忽忽而日度。”皆借度爲渡,渡以過去爲義也。(《釋言》,526 頁)

4.契契,愈遐急也。

契者,《大東》傳“契契,憂苦也”,《擊鼓》傳“契闊,勤苦也”,二義亦近。契字本當做栔而訓刻,故《釋詁》以契爲絶,郭注以爲刻斷物。然則契契者,本刻木之聲,役人勤苦,夜作不休,故寤寐歎息,契契而憂也。……《楚辭·惜賢篇》云“孰契契而委棟兮”,亦得詩人之旨。(《釋訓》,568 頁)

5. 蠢,不遜也。

蠢者,《釋詁》云"作也,動也"。然則蠢爲妄動,故不遜順。《楚辭·惜賢篇》云:"夷蠢蠢之溷濁。"王逸注:"蠢蠢,無禮義貌也。"與"不遜"義合。(《釋訓》,580 頁)

(五)憂苦

1. 鴟鴞,鸋鴂。

郭注:鴟類。

郝疏:《文選》注引《韓詩》傳曰:"鴟鴞,鸋鴂,鳥名也。鴟鴞所以愛養其子者,適以病之。愛憐養其子者,謂堅固其窠巢;病之者謂不知托於大樹茂林,反敷之葦蔄,風至蔄折巢覆,有子則死,有卵則破,是其病也。"《韓詩》所説即是鷦鷯。故《詩》疏引陸璣疏云:"鴟鴞似黄雀而小,其喙尖如錐,取茅秀爲巢,以麻紩之,如刺襪然,縣著樹枝,或一房,或二房。幽州人謂之鸋鴂,或曰巧婦,或曰女匠。關東謂之工雀,或謂之過羸。關西謂之桑飛,或謂之襪雀,或曰巧女。"陸疏"鸋鴂"以下悉本《方言》,《玉篇》亦同。惟《廣韻》以鸋鴂即鶗鴂爲誤。又韓、毛諸家之説并以鴟鴞爲小鳥無異詞,郭以與下梟鴟相涉,定爲鴟類,蓋失之矣。劉向《九歎》云:"鴟鴞集於木蘭。"王逸注:"貪鳥也。"蔡邕《吊屈原文》云:"鸋鴂軒翥,鸞鳳挫翮。"皆以鴟鴞爲貪惡大鳥,郭蓋本此。(《釋鳥》,1233—1234 頁)

(六)愍命

1. 莞,苻蘺。

莞,《説文》作蔇,云"夫蘺也","莴,夫蘺上也"。《楚辭》注:"莞,夫離也。"《詩·斯干》箋"莞,小蒲也",正義引某氏曰"《本草》

云'白蒲,一名苻蘺,楚謂之莞蒲'"。《類聚》八十二引舊注云:"今水中莞蒲可作席也。"今按莞與藺相似,莖圓而中空,可爲席蒲,葉闊而不圓,其細小者亦可爲席,所謂蒲苹者也。是蒲、莞非一物。(《釋草》,987 頁。莞芎棄於澤洲兮)

(七)思古

1. 劬、勞,病也。

劬勞者,力乏之病也。《詩・凱風》及《鴻雁》傳并云:"劬勞,病苦也。"《楚辭・九歎》云:"躬劬勞而瘏悴。"劬者,《禮・内則》云:"見於公宫則劬。"鄭注:"劬,勞也。"《鴻雁》釋文引《韓詩》云:"劬,數也。"頻數亦勞也。(《釋詁上》,151 頁)

(八)遠遊

1. 較,直也。

《尚書大傳》云:"覺兮較兮",鄭注:"較兮,謂直道者也。"較與覺聲義同。故《楚辭・遠逝》篇云:"服覺酷以殊俗兮。"①王逸注:"覺,較也。"《左氏・襄廿一年傳》:"夫子覺者也。"杜預注:"覺,較然正直。"然則較之爲言覺也。(《釋詁下》,222 頁)

2. 賡,續也。

賡者,庚之假音也。《説文》以賡爲古續字。……賡字从庚,因借爲庚。《詩》"西有長庚",傳:"庚,續也。"正義引"《釋詁》文"。《楚辭・遠逝篇》云"立長庚以繼日"②,亦以庚爲續也。(《釋詁

①此當爲《九歎・遠遊》篇之"服覺晧以殊俗兮"句,郝氏以其屬《遠逝》篇,誤。且"酷"今作"晧",《考異》謂"一作浩,一作酷,注并同"。

②此當爲《九歎・遠遊》篇之"立長庚以繼日"句,郝氏以其屬《遠逝》篇,誤。

下》,335 頁)

十四、九思

(一)逢尤

1. 儚儚、洄洄,惛也。

洄者,亦假借也。……釋文引郭音義云:"洄,本或作禕,音韋。"《説文》引《爾雅》作"禕禕襀襀",是禕禕即佪佪之聲借。然則襀襀亦即憒憒之聲借也。《説文》及《蒼頡篇》并云:"憒,亂也。"亂亦惛也。《楚辭·逢尤》篇云:"心煩憒兮意無聊。"憒通作潰。《詩·召旻》傳:"潰潰,亂也。"據《説文》所引,則知《爾雅》當有"潰潰"二字,今脱去之。段氏玉裁據《潛夫論》云"佪佪潰潰,蓋用《爾雅》文"可證矣。(《釋訓》,553 頁)

(二)怨上

1. 蛅,毛蠹。

《説文》"蛅,毛蠹也",又云:"蚝,毛蟲也,讀若笥。"(原注:三字據釋文補。)釋文云:"今俗呼爲毛蚝,有毒,螫人。"《楚辭·九思》篇云:"蚝緣兮我裳。"(《釋蟲》,1143 頁)

2. 有足謂之蟲,無足謂之豸。

邢《疏》:"此對文爾,散言則無足亦曰蟲。"王逸《九思》云:"蟲豸兮夾余。"豸者,《説文》以爲獸長脊行豸豸然。蓋凡蟲無足者,身恒橢長,行而穹隆,其脊如蝍蛆、蛆蚓之類是也。(《釋蟲》,1168 頁)

(三)悼亂

1.伊,維也。

皆語詞也。凡語詞之字多非本義,但取其聲。……伊者,亦假借字也。《詩・何彼穠矣》及《雄雉》《蒹葭》傳并云:"伊,維也。"《士冠禮》云"嘉薦伊脯",《楚辭・悼亂》篇云"伊余兮念兹",鄭注及王逸注并云:"伊,惟也。"《逸周書・大匡》篇云:"展盡不伊。"孔晁注:"伊,推也。"推蓋惟字之訛耳。又《詩》"匪伊垂之"箋:"伊,辭也。"《漢書・禮樂志》及《楊雄傳》注并云:"伊,是也。"是亦惟也。惟亦辭也。(《釋詁下》,342 頁)

2.鹿:……其跡,速。

其跡名速,《説文》段注以速爲迹字之誤。據籀文迹作速,从朿,其説是也。王逸《九思》云:"鹿蹊兮躐躐。"①《説文》"躐,踐處也",是躐即鹿之迹。《詩》"町疃鹿場",鹿場猶麇畯,皆謂所踐處也。(《釋獸》,1271 頁)

(四)哀歲

1.沄,沆也。

沄者,《説文》云:"轉流也。讀若混。"《楚辭・哀歲》篇云:"流水兮沄沄。"王逸注:"沄沄,沸流。"按沸流即轉流。沄讀若混,亦與沆爲雙聲。(《釋言》,512 頁)

(五)守志

1.妃,匹也。

---

①"躐"今作"斸"。

妃者,《説文》云"匹也"。《白虎通》云:"妃匹者何謂? 相與爲偶也。"《釋名》云:"妃,輩也,一人獨處,一人往輩,耦之也。"通作配。《楚辭·九思》篇云:"配稷契兮恢唐功。"注云:"配,匹也。"《詩·皇矣》釋文:"配,本亦作妃。"《大司樂》注:"姜嫄無所妃。"釋文:"妃,本亦作配。"經典配、妃通者非一,其餘皆可推也。(《釋詁上》,60—61 頁)

《方言箋疏》[①]

總論

1. 黨、曉、哲,知也。楚謂之黨(原注:黨,朗也,解寤貌),或曰曉,齊宋之間謂之哲。

《説文》:"矘,目無精直視也。"光明謂之黨朗,不明亦謂之儻朗。潘岳《射雉賦》"畏映日之儻朗",徐爰《注》:"儻朗,不明之狀。"《楚辭·遠遊》:"時曖曃其矘莽兮。"[②]王逸注:"日月晻黮而無光也。""矘莽"與"儻朗"同,亦以相反爲義也。……"哲"者,《説文》:"哲,知也。"《大雅·下武篇》"世有哲王",鄭《箋》:"哲,知也。"《楚辭·離騷》王逸注同。[③] "知""哲",一聲之轉。(卷一,22頁)

2. 虔、慧也。秦謂之謾(原注:言謾訑),……宋楚之間謂之倢(原注:言便倢也)。

---

①錢繹撰集《方言箋疏》,上海古籍出版社,1983年版。但標點斷句吸收了李發舜、黄建中點校《方言箋疏》(中華書局,2013年版)的整理成果。

②"時"今作"旹";"矘"今作"曭"。

③今本王逸注爲"哲,智也";見《離騷》:"夫維聖哲以茂行兮。"

《廣雅》:"謾,慧也。"《説文》:"謾,欺也。"蓋人用慧黠以欺謾人,故慧亦謂之謾也。《説文·兔部》"逸"字注云:"兔謾訑善逃。""訑",《言部》作"詑",音"大和切"。《淮南·説山訓》:"媒但者,非學謾佗。""佗"與"詑"通。《説文》:"沇州謂欺爲詑。"《注》云"謾詑",倒言之則曰"詑謾"。《楚辭·九章》"或詑謾而不疑",洪興祖《補注》:"詑,謾,皆欺也。"①……《集韻》"捷",或从"人"作"倢"。《楚辭·離騷》:"夫唯捷徑以窘步。"(卷一,24 頁)

3. 慎、濟、曙……憂也(原注:曙者,憂而不動也)。宋衛或謂之慎。

"慎"者,《廣雅》:"慎,憂也。"《楚辭·七諫》"哀子胥之慎事",②王逸注:"死不忘國,故言慎事。"是慎爲憂也。……"濟"者,《廣雅》:"濟,憂也。"又云"懠,愁也"……《大雅·板》篇"天之方懠",毛《傳》:"懠,怒也。"《楚辭·離騷》"反信讒而齌怒",王逸注:"齌,疾也。""濟""懠""齌",聲義并同。……《説文》:"憯,痛也。"《廣雅》同。"痛"與"憂",義亦相近,故《衆經音義》卷二十二引《説文》作"憯,憂也"。《楚辭·九辯》云"憯悽增欷兮",王逸注云:"愴痛感動,歎累息也。"洪興祖《補注》音"七感切"。"曙""慘""憯",聲義并相近。(卷一,44 頁)

4. 鬱悠,……思也。晉宋衛魯之間謂之鬱悠(原注:鬱悠,猶鬱陶也)。

《廣雅》:"鬱悠,思也。"重言之曰"鬱鬱"、曰"悠悠"。《楚辭·九辯》"獨悲愁其傷人兮,馮鬱鬱其何極",王逸注:"思念纏結,摧

① 見《九章·惜往日》。"詑"今皆作"訑"。

② 見《七諫·怨世》。

肺肝也。憤懣盈胸,終年歲也。”①……轉言之曰“鬱邑”。《離騷》“曾歔欷余鬱邑兮”,王逸注:“鬱邑,憂也。”憂亦思也。“邑”亦作“悒”。司馬遷《報任少卿書》“是以獨鬱悒而誰與語”,李善《注》:“鬱悒,不通也。”……亦曰“鬱伊”。《後漢書·崔寔傳》“智士鬱伊於下”,李賢《注》“鬱伊,不申之貌”,引《楚辭》曰:“獨鬱伊而誰語。”②義并與“鬱悠”同。……王念孫《廣雅疏證》曰:“凡經傳言‘鬱陶’者,皆當讀如皋陶之‘陶’。‘鬱陶’‘鬱悠’,古同聲。……又《楚辭·九辯》云‘豈不鬱陶而思君兮’,則鬱陶爲思,其義甚明,……是陶爲憂也,故《廣雅·釋言》云:‘陶,憂也。’合言之則曰‘鬱陶’。《九辯》‘鬱陶而思君’,王逸注云:‘憤念蓄積,盈胸臆也。’③……憂思憤盈,亦謂之鬱陶,《孟子》《楚辭》《史記》,所云是也。”(卷一,46—49 頁)

5. 㧡,殺也。

“㧡”之言惏也。……《廣韻》:“婪”與“惏”同。《楚辭·離騷》“衆皆競進以貪婪兮”,王逸注云:“受財曰貪,受食曰婪。”④……《説文》:“歁,食不滿也。讀若坎。”“欿,欲得也。”《玉篇》:“貪惏曰欿。”孫奭《孟子音義》引張鎰音“坎”。《字林》云:“欲得也。”《楚辭·哀時命》:“欲愁悴而委惰。”⑤(卷一,73—74 頁)

6. 嬛,續也。楚曰嬛。

嬛者,《説文》“嬛,材緊也”,《玉篇》音“巨營切”,《廣韻》又音

①“憑”今作“馮”,《考異》謂“一作憑”;“肺肝”今作“肝肺也”。

②見《遠遊》。“伊”今作“結”;“而”今作“其”。

③“鬱陶而思君”之“鬱陶”上今有“豈不”二字。

④“受”今皆作“愛”。

⑤“欲”今作“欿”。

"巨緣切"。《説文》:"緊,纏絲急也。"《楚辭·九思》"心緊絭兮傷懷",①王逸注"糾繚也"。俗作"繾綣"。又《九章》云"氣繚轉而自締",②王逸注云:"思念緊卷而成結也。緊卷,一作'繾綣'。"(卷一,99頁)

7. 蟬,續也。……蟬,出也(原注:别異義)。楚曰蟬,或曰未及也。

《漢書·揚子雲傳》"有周氏之蟬嫣兮",應劭曰:"蟬嫣,連也。"又通作"嬋"。《楚辭·離騷》"女須之嬋援兮",王逸注:"嬋援,猶牽引也。"③又《九歎》云:"惟楚懷之嬋連。"④蟬、嬗、嬋并字異義同。(卷一,100頁)

8. 攓,取也。南楚曰攓。

"攓"者,《莊子·至樂》篇、《列子·天瑞》篇并云:"攓蓬而指。"張湛《注》:"攓,拔也。"賈子《新書·俗激》篇云:"攓兩廟之器。"《史記·叔孫通傳》"故先言斬將搴旗之士",《索隱》引《方言》:"南楚取物爲搴。"《説文》"㨯,拔取也,南楚語",引《楚辭·離騷》曰:"朝㨯批之木蘭。"⑤今本作"搴",王逸注:"搴,取也。"《廣雅》同。又《九歌》曰"搴芙蓉兮木末",⑥王逸注:"搴,手取也。""㨯""搴",并與"攓"通。(卷一,105—106頁)

---

①見《九思·疾世》。

②見《九章·悲回風》。

③"須"今作"嬃",《補注》謂"《説文》云:'嬃,女字也,音須。'";"援"今皆作"媛",《考異》謂"一作撣援"。

④見《九歎·逢紛》。"嬋"今作"嬗",《考異》謂"一作嬋"。

⑤"㨯"今作"搴",《補注》謂"《説文》:㨯,拔取也,南楚語,引'朝㨯阰之木蘭'";"批"今作"阰"。

⑥見《九歌·湘君》。

9. 窕,美也。……陳楚周南之間曰窕。自關而西秦晉之間,凡美色或謂之好,或謂之窕。

《楚辭・九歌》"子慕予兮善窈窕",①王逸注:"窈窕,好貌。"班固《西都賦》"窈窕繁華",張衡《西京賦》"群窈窕之",皆合言之也。《小雅・大東》篇"佻佻公子",《釋文》:"佻佻,《韓詩》作'嬥嬥',本或作'窈窕'。"《説文》:"嬥,直好貌。"《廣雅》:"嬥嬥,好也。"《楚辭・九歎》王逸注引《詩》作"苕苕公子"。② 張衡《西京賦》:"狀亭亭兮苕苕。""窕""佻""嬥""苕",并聲近義同。(卷二,117 頁)

10. 顤、鑠、盱、揚、䁖,雙也。……驢瞳之子(原注:驢,黑也)謂之䁖。

郭璞《江賦》"江妃含嚬而䁖眇",李善《注》:"䁖眇,遠視貌。"《楚辭・招魂》"遺視䁖些",王逸注:"遺,竊視也。䁖,脈也。""心中䁖脈,時若竊視"也。③ 通作"矊"。《楚辭・大招》"青色直眉,美目矊只",王逸注:"美目竊眄,矊然黠慧。"洪興祖《補注》:"矊,音綿,美目貌。"(卷二,121 頁)

11. 馮,怒也。楚曰馮。(原注:馮,恚盛貌。《楚辭》曰:康回馮怒。④)

"馮",通行本作"馮",宋本作"憑"。"憑""馮",古今字。《廣雅》:"馮,怒也。"昭五年《左氏傳》:"今君奮焉,震電馮怒。"《列子・湯問篇》:"帝馮怒。"是"馮"爲怒也。《吴語》:"請王厲士,以

---

①見《九歌・山鬼》。

②見《九歎・怨思》"征夫勞於周行兮"句。

③"䁖"今皆作"𥈀","《考異》謂"一作䁖";"若"今作"時"。

④見《天問》。

奮其朋勢。""朋""馮",古同聲通用。《楚辭·離騷》"馮不厭乎求索",①王逸注:"憑,滿也。楚人名滿曰憑。"此云楚謂怒曰馮,是"滿"與"怒",義相通也。戴氏《毛鄭詩考正》曰:"《卷阿》五章'有馮有翼',《傳》云:'道可憑依,以爲輔翼。'《箋》云:'馮,馮几也。翼,助也。'案:馮,滿也,謂忠誠篤於内。翼盛也,謂威儀盛於外。馮、翼二字,古人多連舉。《楚辭·天問》云:'馮馮翼翼'②,然後有形與物。"……《注》引《楚辭》云者,《天問》篇文也。(卷二,149—150頁)

12.蘇、芥,草也。江淮南楚之間曰蘇,自關而西或曰草,或曰芥。南楚江湘之間謂之莽。

《説文》:"穌,把取禾若也。""穌"與"蘇"通。《離騷》"蘇糞壤以充幃兮",③王逸注:"蘇,取也。"是草謂之蘇,取草亦謂之蘇,……張衡《西京賦》"宿長莽",薛綜《注》:"莽,草也。"《楚辭·離騷》"夕攬州之宿莽",④王逸注:"草冬生不死者,楚人名曰宿莽。"……《淮南·時則訓》"山雲艸莽",高《注》:"山中氣出雲似艸木。"則莽又爲艸木衆盛之通稱,故《楚辭·九章》云"艸木莽莽"也。⑤"莽"之聲轉爲"毛"。隱三年《左氏傳》"澗谿沼沚之毛",杜《注》:"毛,草也。"《召南·采蘩》傳云:"沼沚谿澗之草。"是也。草謂之毛,故菜茹亦謂之毛。《楚辭·大招》"吴酸芼蔞",⑥王逸注云:"芼,菜也。"《太平御覽》引作"毛"是也。……"蕉",《説文》作

①"馮"今作"憑";"厭"今作"猒"。
②此爲《天問》"馮翼惟像"句注。
③"以"今作"目",《考異》謂"一作以"。
④"州"今作"洲"。
⑤見《九章·懷沙》。"艸"今作"草"。
⑥"芼"今作"蒿",《考異》謂"一作芼蔞"。

“菩”,云:“艸也。《楚辭》有菩蕭。”今《楚辭》無此文。(卷三,184—187頁)

13. 凡飲藥傅藥而毒,……東齊海岱之間謂之瞑,或謂之眩。

“瞑”,俗本并作“眠”,宋本作“瞑”,《注》同。《書·金縢·正義》及《衆經音義》卷十三引并作“瞑”,與宋本正合,……張衡《南都賦》“青冥肝瞑”,李善《注》引《楚詞》曰“遠望兮芊眠”,王逸注:“芊眠,遥視闇未明也。”①“‘芊眠’與‘肝瞑’同。”……《説文》:“眩,目無常主也。”……《衆經音義》卷一云“眩,古文‘姰’‘迿’二形”,引《字林》:“眩,亂也。”……李善注《景福殿賦》引賈逵《注》云:“眩,惑也。”《楚詞·離騷》“世幽昧以眩曜兮”,王逸注:“眩曜,惑亂貌。”②皆昏迷之意也。(卷三,199頁)

14. 邈,離也。

《廣雅》:“邈,遠也。”《楚辭·九章》云:“邈而不可慕。”③又《離騷》云“神高馳之邈邈”,王逸注:“邈邈,遠也。”(卷六,380頁)

15. 汩、遥,疾行也(原注:汩汩,急貌也)。南楚之外曰汩,或曰遥。

《楚辭·離騷》“汩余若將不及兮”,王逸注:“汩,去貌,疾若水流也。”重言之則曰“汩汩”。《廣雅》:“汩汩,流也。”《淮南·原道訓》:“混混汩汩。”義亦同也。“遥”,通作“摇”。《廣雅》:“摇,疾也。”卷二云:“摇扇,疾也。燕之外鄙朝鮮洌水之間曰摇扇。”《楚

①《九懷·通路》。“芊”今作“仟”;今王逸注無“芊眠”二字,且“遥視”下有“楚國”二字。

②“眩曜”今皆作“眩曜”,《考異》謂“眩,一作眩”。

③見《九章·懷沙》。

辭・九章》云:"願摇起而横奔。"①(卷六,385 頁)

16. 絚,竟也。秦晋或曰絙,或曰竟。

《説文》"絙,竟也",《廣雅》同。班固《答賓戲》云:"絙以年歲。"《楚辭・九歌》云"絙瑟兮交鼓",②王逸注:"絙,一作'絚'。"又《招魂》云"姱容脩態,絚洞房些",《注》云:"絚,竟也。"③"絚"與"絙"同。通作"恒"。(卷六,405—406 頁)

17. 䍐,離也。……燕之外郊朝鮮洌水之間曰䍐。

"䍐",舊本并譌作"掬","掬"與"離"義不相屬,當作"䍐",乃"播"之異文。《衆經音義》卷七云:"播,又作'譒''敽''䍐'三形。"《楚辭・九歌》云"䍐芳椒兮成堂",④洪興祖云:"䍐,古'播'字。"此書籍中古字之僅存者。……《魏横海將軍吕君碑》"將遂䍐聲于方表,掃醜虜於南域",洪适并云:"䍐,即'播'字。"是隸字亦有作"䍐"者,與《般庚》"播告"字《説文》作"譒"正同,蓋《方言》"離"訓字本作"䍐"。淺人少見"䍐"多見"匊",遂譌"䍐"爲"匊",又加"手"旁作"掬",幾致不可通矣,今訂正。《吴語》云:"今王播弃黎老。"《楚辭・九歎》"播規榘以播度兮。"⑤是播爲離也。(卷七,433 頁)

18. 希、鑠,摩也。燕齊摩鋁謂之希。

"摩",通作"磨"。《廣雅》:"希、鑠,磨也。"《楚辭・九思》云"塵莫莫兮未晞",⑥王逸注云:"晞,消也。""晞"與"希"通,消亦磨

①《九章・抽思》。

②見《九歌・東君》。

③"脩"今作"修"。

④見《九歌・湘夫人》。

⑤見《九歎・思古》。"播度"之"播"今作"背"。

⑥見《九思・疾世》。

也。《周語》曰："衆口鑠金。"《史記·鄒陽傳》索隱引賈逵《注》："鑠，消也。"《楚辭·招魂》"十日代出，流金鑠石些"，王逸注："鑠，消也。"①（卷七，446頁）

19.羅謂之離，離謂之羅（原注：皆行列物也）。

《廣雅》："羅，列也。"《楚辭·招魂》"軒涼既低，步騎羅些"，②王逸注："羅，列也。"又《九歌》云"秋蘭兮麋蕪，羅生兮堂下"，③《注》云："言衆香之草，環其堂下，羅列而生。"④"離"與"羅"，一聲之轉。（卷七，447頁）

20.傺、眙，逗也（原注：逗，即今"住"字也）。南楚謂之傺，西秦謂之眙（原注：眙，謂住視也。西秦，酒泉、燉煌、張掖是也）。逗，其通語也。

《廣雅》"傺、眙，逗也"，曹憲"恥制""恥利"二反。《墨子·非攻下》篇云："糧食不繼傺食飲之時。"按：傺食飲之時，猶言逗以待食飲也。《楚辭·離騷》云"忳鬱邑余侘傺兮"，王逸注："侘傺，失志貌也。侘，猶堂堂，立貌也。傺，住也，楚人名住曰傺。"又《九章》云"欲儃佪以干傺兮"，《注》："傺，也。"⑤"眙"與"傺"，一聲之轉。《説文》："眙，直視也。"《九章》又云："思美人兮，擥涕而竚眙。"⑥劉逵注《吴都賦》云："佇眙，立視也。今市聚人，謂之立眙。"（卷七，455頁）

21.鴈，自關而東謂之鴚鵝，南楚之外謂之鵝。

---

①"消"今作"銷"。

②"涼"今作"輬"，《補注》謂："輬，音涼。"

③見《九歌·少司命》。

④今本王逸注"環"上有"又"字。

⑤見《九章·惜誦》。今本王逸注"也"上有"住"字。

⑥見《九章·思美人》。"竚"今作"竚"。

《玉篇》"駕鵝，鴈屬"也。《藝文類聚》引《廣志》云："駕鵝，野鵝也。"《楚辭·七諫》云："畜鳧駕鵝，鷄鶩滿堂壇兮。"①……"加"與"可"古同聲，駉鵝之爲駕鵝，猶夫渠莖亦謂之荷矣。……屈原云"製芰荷以爲衣，集芙蓉以爲裳"，②揚子則曰"矜芰茄之緑衣，被芙蓉之朱裳"。皆是也。（卷八，480—481 頁）

22. 媱、愓，遊也。江沅之間謂戲爲媱，或謂之愓，或謂之嬉。

《廣雅》："媱、愓、遊、放，戲也。"……《楚辭·九思》"音案衍兮要媱"，王逸注："要媱，舞容也。"③……《廣雅》："逍遥，儴徉也。"……《楚辭·離騷》"聊道遥以相羊"④，王逸注云："逍遥、相羊，皆遊也。'羊'，一作'徉'。"……《開元占經·石氏中宫占》引《黄帝占》云："招摇，尚羊也。""尚羊"與"儴徉"，古亦同聲。或作"徜徉"。《廣雅》又云："徜徉，戲蕩也。"宋玉《風賦》云："徜徉中庭。"《楚辭·惜誓》云"託回飈乎尚羊"，王逸注云："尚羊，遊戲也。"⑤（卷十，551—552 頁）

23. 家，静也。江湘九嶷之郊謂之家。

"家"，舊本并同，戴本作"宋"。《廣韻》："寂，静也，安也。""家""宋"，并與"寂"同。盧氏云："《楚辭·遠游》：'野家漠其無人。'⑥《莊子·大宗師》'其容家'，陸氏《釋文》云'本亦作寂'。崔本作'家'。又郭象注《齊物論》云'槁木，取其家莫無情耳'，《釋文》：'家，音寂。'漢和平時《張公神碑》：'畺界家静。'延熹時《成皋

①見《七諫·謬諫》。

②見《離騷》。"集"今作"櫜"，《考異》謂"一作集"。

③見《九思·傷時》。"案"今作"晏"；"媱"今皆作"娙"。

④"道"今作"逍"。

⑤"飈"今作"飈"，《考異》謂"飈，《集韻》作飆"。

⑥"家"今作"寂"，《考異》謂"一作家"。

令任伯嗣碑》:‘官朝家静。’是‘家’字其來已古,戴氏以爲訛字,改作‘宋’,太泥。”……《説文》“宋,無人聲也”,……《廣雅》:“宋,静也。”《楚辭·大招》:“湯谷宋只。”又《九辯》云:“蟬宋漠而無聲。”“家”與“宋”同。(卷十,568—569 頁)

24. 㵐沭、伀伀,遑遽也。江湘之間凡窘猝怖遽謂之㵐沭,或謂之伀伀。

《衆經音義》卷二引《倉頡篇》:“惶,恐也。”《廣雅》:“惶、怖、遽,懼也。”《燕策》云:“卒惶急不知所爲。”“惶”與“遑”同。《楚辭·九章》云:“衆駭遽以離心兮。”①《大招》:“䰟兮歸徠,不遽惕兮。”②合言之則曰“遑遽”。《廣雅》:“伀讓,惶劇也。”《玉篇》:“伀伀,惶劇也。”“劇”與“遽”亦同。倒言之則曰“遽惶”。王逸《九辯》注云:“卒遇譖讒,而遽惶。”③(卷十,574 頁)

25. 蟬,……其雌蜻謂之䗇,大而黑者謂之蜨,黑而赤者謂之蜺。蜩蟧謂之蓋蜩。蟪謂之寒蜩,寒蜩,瘖蜩也。

《釋蟲》云“蠽,茅蜩”,郭注云:“江東呼爲茅蠽,似蟬而小,青色。”《釋文》:“茅,本或作‘蓋’。”《楚辭·九思》云“蓋蠽兮號西”,④王逸注云:“一作‘蓋蠽’。”⑤《説文》:“蠽,小蟬蜩也。”……下文云“黑而赤者謂之蜺”,音“雲霓”。蓋謂雌蟬耳。《釋天》“蜺爲挈貳”,郭注云:“蜺,雌虹也。”……《楚辭·悲回風》云:“處雌蜺

---

①見《九章·惜誦》。

②“䰟”今作“魂”;“䰟兮”之“兮”今作“乎”;“惕兮”之“兮”今作“只”。

③見《九辯》“悼余生之不時兮,逢此世之伀攘”句注。

④見《九思·怨上》。“蓋”今作“蝨”,《考異》謂“一作蓋蠚”;“蠽”今作“蠚”。

⑤“蠽”今本王逸注爲“蠚”。

之標顔。"①《遠遊》云："雌蜺便嬛以增橈。"②……《玉篇》："蟪，寒蜩也，似蟬而小。"《廣韻》："蟪，寒蟬。"……蓋此蟬不鳴于夏，因有"瘖蜩"之名，至立秋陰氣鼓動，乃應候而鳴，故復號爲"寒蟬"。……迨秋深寒氣過甚，則又無聲。《楚辭·九辯》云："悲哉秋之爲氣也，蟬寂寞而無聲。"③是也。（卷十一，615—618頁）

26. 額，懣也。

《説文》："懣，煩也。"……《廣雅》："額，懣也。"《玉篇》："額，憤懣也。"《廣韻》："額，頭憒懣也。"……前卷二云"憑，怒。楚曰憑"，《注》云"恚盛貌"，引《楚辭·天問》曰："康回憑怒。"④《楚辭·離騷》曰"憑不厭乎求索"，⑤王逸注云："憑，滿也。楚人名滿曰憑。""憑"與"額"，聲義并相近。（卷十二，677—678頁）

27. 藐，廣也（原注：藐藐，曠遠貌）。藐，漸也。

《廣雅》："藐、素，廣也。"《大雅·瞻印》篇："藐藐昊天。"《楚辭·九章》云："藐蔓蔓之不可量兮。"⑥通作"邈"。前卷六："邈，離也。楚謂之越，或謂之遠。"《離騷》"神高馳之邈邈"，王逸注："邈邈，遠貌。"（卷十三，725頁）

28. 驁、悔，貪也。

《廣雅》："悔、驁，貪也。"……《説文》云："河内之北謂貪曰

①"顔"今作"顛"。

②"嬛"今作"娟"，《考異》謂"《爾雅疏》引'雌蜺媥嬛'。嬛，與娟同"；"以"今作"目"；"橈"今作"撓"。

③"寂寞"今作"宋漠"，《考異》謂"一作寂寞"；此外，今本此兩句位置不在一起。

④"憑"今作"馮"。

⑤"厭"今作"猒"。

⑥見《九章·悲回風》。

惏。"又云:"婪,貪也。杜林説:卜者黨相詐驗爲婪。"《楚辭·離騷》"衆皆競進以貪婪兮",王逸注:"愛財曰貪,愛食曰婪。""婪"與"惏"同。……《玉篇》:"悔,貪也。"《楚辭·天問篇》云"穆王貪悔,夫何爲周旋",王逸注:"悔,貪也。"①(卷十三,738—739頁)

一、離騷

1.豐,大也,凡物之大貌曰豐。

"豐"者,卷二云:"趙魏之郊燕之北鄙,凡大人謂之豐人。"又云:"燕趙之間言圍大謂之豐。"……凡从"丰"之字,皆有"大"義。《説文》"封,爵諸侯之土也",籀文从"丰"作"[illegible]"。……昭二十八年《左氏傳》"謂之封豕",《疏》引賈逵《注》:"時人謂之大豨。"《淮南·本經訓》"封豨脩蛇",高《注》"封豨,大豕"。《離騷》"又好射夫封狐",王逸注:"封狐,大狐也。"(卷一,53—54頁)

2.脩,長也。陳楚之間曰脩。

"脩"者,《廣雅》:"脩,長也。"《小雅·六月》篇"四牡脩廣",《大雅·韓奕篇》"孔脩且長",毛《傳》并云:"脩,長也。"《釋宫》"陝而脩曲曰樓",郭注:"脩,長也。"俗本"脩"作"修",《石經》及宋本并作"脩"。《楚辭·離騷》:"路曼曼其脩遠兮。"(卷一,78—79頁)

3.駿,長也。

"駿"者,《釋詁》:"駿,長也。"《小雅·雨無正》篇"不駿其德",《周頌·清廟》篇"駿奔走在廟",毛《傳》并云:"駿,長也。"鄭《箋》:"駿,大也。"通作"峻"。《楚辭·離騷》"冀枝葉之峻茂兮",王逸

---

①"貪悔"之"貪"今作"巧";"悔"今皆作"梅",《補注》謂"悔……諸本作梅";"旋"今作"流"。

注:"峻,長也。"(卷一,78 頁)

4. 延,長也。……延、永,長也。凡施於年者謂之延,施於衆長謂之永。

"延"者,《釋詁》:"延,長也。"《説文》:"延,長行也。"《大誥》篇:"天降害于我家,不少延。"成十三年《左氏傳》"君亦悔禍之延"。杜《注》云:"延,長也。"《楚辭·離騷》云"延伫乎吾將反",①王逸注同。(卷一,83 頁)

5. 綷,同也。……宋衛之間曰綷。

郭氏《江賦》云:"瑶林怪石琗其表。"李善《注》云:"'琗'與'綷'同。"《廣雅》作"粹"。《楚辭·離騷》云"昔三后之純粹兮",王逸注:"至美曰純,齊同曰粹。"(卷三,211 頁)

6. 鋌,盡也。南楚凡物盡生者曰攢生。物空盡者曰鋌;鋌,賜也。鋌賜、攢澌皆盡也。鋌,空也,語之轉也。

《廣雅》:"鋌,盡也。"《文選·思玄賦》②注引《字林》:"逞,盡也。""逞"與"鋌",聲近字通。《玉藻》篇"天子搢珽",《釋文》:"本又作'珵'。"王逸《離騷注》引《相玉書》作"珵",是其例。(卷三,232—233 頁,豈珵美之能當)

7. 帍裱謂之被巾。

《廣雅》:"帍裱,被巾也。"……"帍"之言扈也。《楚辭·離騷》云"扈江離與辟芷兮",王逸注:"扈,被也。"帍裱所以護領,與"襮"同,故謂之被巾。(卷四,269—270 頁)

8. 謇、展,難也。齊晋曰謇。山之東西凡難貌曰展。荆吴之人相難謂之展,若秦晋之言相憚矣。

---

①"伫"今作"佇"。

②"《思玄賦》"原避諱作"《思元賦》",今徑改。

《廣雅》:"蹇、展、憚,難也。"《説文》:"憚,忌難也。一曰:難也。"《屯・釋文》引賈逵《周語注》云:"難,畏憚也。"《學而》篇"過則勿憚改",鄭《注》:"憚,難也。"《楚詞・離騷》"豈余身之憚殃兮",王逸注同。(卷六,372頁)

9.顛,上也。

《爾雅》《説文》并云"顛,頂也",郭注云:"頭上也。"……顛爲最上之稱,倒言之下亦謂之顛。《太元・疑》次八云"顛疑遇幹客",范望《注》云:"顛,下也。"下謂之顛,自上而下亦謂之顛。……《楚辭・離騷》云"厥首用夫顛隕",王逸注云:"自上而下曰顛。"①皆是也。(卷六,381頁)

10.擘,楚謂之紉。

《説文》:"紉,繟繩也。"《廣雅》:"紉,劈也。"《玉篇》:"紉,繩縷也,展而續之也。"《内則》篇:"衣裳綻裂,紉箴請補綴。"《楚辭・離騷》云"紉秋蘭以爲佩",王逸注:"紉,索也。"洪興祖《補注》引《方言》誤蒙上條作"續,楚謂之紉"。(卷六,407頁)

11.戲、憚,怒也。齊曰戲,楚曰憚。

《廣雅》"戲、憚,怒也",王氏《疏證》曰:"'戲',讀當爲'赫戲'之'戲'。《楚辭・離騷》'陟陞皇之赫戲兮',王逸注:'赫戲,光明貌。'"(卷六,410頁)

12.母謂之媓,謂婦妣曰母姼,稱婦考曰父姼。

《廣雅》"媓,母也",曹憲音"皇"。《玉篇》同。《廣韻》:"媓,女媓,堯妻。"《帝繫》作"女皇"。按:"媓"之言皇也。《周語》曰:"則我皇妣大姜之姪。"其但謂之"媓"者,猶《楚辭・離騷》云"皇覽揆

①今本王逸注無"而"字。

余于初度兮"①,王逸注:"皇,皇考也。"蓋母亦然也。"皇"與"媓"通。(卷六,414 頁)

13. 掩、翳,薆也。

《釋言》"薆,隱也",郭注云:"謂隱蔽。"《楚辭·離騷》云:"衆薆然而蔽之。"《説文》:"籆,蔽不見也。"……《説文》:"晻,日不明也。"《廣雅》:"晻,障也。"又云:"晻、薆、翳,障也。"《楚辭·離騷》"揚雲霓之晻藹兮",王逸注云:"晻藹,猶蓊鬱,蔭貌也。"張衡《南都賦》云:"晻曖蓊蔚。"張充《與王儉書》云:"弱霧輕烟,乍林端菴。""藹""掩""晻""菴",亦字異義同。(卷六,418 頁)

14. 布穀,自關而東梁楚之間謂之結誥,周魏之間謂之擊穀,自關而西或謂之布穀。

此釋"尸鳩"之異名也。《釋鳥》云"鳲鳩,鴶鵴",郭注云:"今之布穀也。江東呼爲穫穀。"……《楚辭·離騷》云:"雄鳩之鳴逝兮,予猶惡其佻巧。"②《淮南·天文訓》"孟夏之月,以孰穀禾,雄鳩長鳴,爲帝候歲",高誘《注》:"雄鳩,布穀也。"是又言鳴之有時可爲農驗也。(卷八,467—468 頁)

15. 輪,韓楚之間謂之軑,或謂之軝。

《説文》:"軑,車輨也。輨,轂耑錔也。"《廣雅》:"軑,輪也。"《楚辭·離騷》"齊玉軑而並馳",王逸注云:軑,轄也。一云車轄也。"③(卷九,519 頁)

16. 凡箭鏃胡合嬴者,……厹者謂之平題(原注:今戲射箭題,頭猶羊頭也)。

---

①今本無"于"字,《考異》謂"一本'余'下有'于'字"。

②"予"今作"余"。

③"轄"今本王逸注作"錮"。

《蜀本草圖經》云："白及根如菱，三角。"《釋草》云"茨，蒺藜"，郭注云："子有三角，刺人。"《離騷》"茨"作"薋"。《廣雅》："白苙、芁，薋也。"茨謂之芁，猶三鐮箭鏃謂之厹。（卷九，527 頁。薋菉葹以盈室兮）

17. 蜉蝣，秦晋之間謂之蝶蠶。

"蜉蝣"之言浮游也。《楚辭·離騷》云："聊浮遊以逍遥。"（卷十一，644 頁）

18. 娋，姊也。

《説文》"嬃，女字也"，引《楚辭·離騷》曰："女嬃之嬋媛。""賈侍中説：'楚人謂姊爲嬃。'"王逸注云："屈原姊。"袁山松、酈道元説同。"嬃""娋"，語之轉。《離騷》"折若木以拂日兮，聊逍遥以相羊"，《文選》李善本"逍摇"作"須臾"、五臣本作"逍遥"。今吴俗言些微聲如稍，是其例矣。（卷十二，653 頁）

19. 烓，明也。

《廣雅》"烓，明也"，……《説文》："耿，光也。从光，聖省，杜林説。"《立政》云："以覲文王之耿光。"《楚辭·離騷》云："耿吾既得此中正"，王逸注："耿，明也。"并與"烓"聲近義同。（卷十二，669 頁）

20. 儇、佻，疾也。

左思《吴都賦》"儇佻坌并"，劉逵《注》引《方言》："儇佻，疾也。"張衡《南都賦》"儇才齊敏"，李善《注》引《方言》："儇，急疾也。"……"獧""挑"與"儇""佻"同義，本《方言》也。……《楚辭·離騷》云："余猶惡其佻巧。"（卷十二，673 頁）

21. 追，隨也。

《説文》："追，逐也。逐，追也。"《廣雅》："追、末、隨，逐也。"《楚辭·離騷》云："背繩墨以追曲。"（卷十二，675 頁）

22. 該，咸也。

哀元年《穀梁傳》"此該郊之變而道之也",《楚辭・離騷》"甯戚之謳歌兮,齊桓聞而該輔",①范寧、王逸注并云:"該,備也。"(卷十二,696頁)

23. 裔,相也。裔,末也。

《釋詁》"艾、歷,相也",邵氏二雲曰:"'裔''艾',聲之轉也。《郊特牲》云:'簡其車徒,而歷其卒伍。'歷謂相閲也。"《小爾雅》云:"裔,末也。"《晋語》"延及寡君之紹續昆裔",《楚辭・離騷》云"帝高陽之苗裔兮",韋曜、王逸注并同。襄十四年《左氏傳》云"是四岳之裔胄也",杜預《注》:"裔,遠也。"義亦同也。(卷十三,723頁)

24. 純,好也。

《廣雅》:"純,好也。"《楚辭・離騷》云"昔三后之純粹兮",王逸注:"純,美也。"②(卷十三,724頁)

25. 唏,聲也。

枚乘《七發》云:"噓唏煩酲。"通作"欷"。《衆經音義》卷五引《蒼頡篇》云:"欷歔,泣餘聲也。"《楚辭・離騷》"曾歔欷余鬱邑兮",王逸注:"歔欷,哀泣之聲也。"《説文》:"唏,笑也。"泣謂之欷、笑亦謂之唏,猶痛謂之唏、哀而不泣亦謂之唏也。(卷十三,731頁)

二、九歌

(一)東皇太一

1. 娥,嬴,好也。……自關而東河濟之間謂之媌,或謂之姣。

①"而"今作"以"。

②王逸注文今作"至美曰純"。

“姣”者,《説文》:“姣,好也。”《廣雅》:“媌、姣,好也。”《玉篇》:“姣,妖媚也。”《荀子·非相篇》“古者,桀紂長巨姣美”,楊倞《注》:“姣,好也。”《列子·楊朱篇》云:“豐屋美服,厚味姣色。”《楚辭·九歌》:“靈偃蹇以姣服。”①(卷一,28 頁)

(二)湘君

1. 楫謂之橈,或謂之櫂。

《小爾雅》云:“楫謂之橈。”《玉篇》:“橈,船小楫也。”《楚辭·九歌》“蓀橈兮蘭櫱”,②王逸注:“橈,船小楫也。”……案:《小爾雅》云:“船頭謂之舳。”劉逵注《吴都賦》同,并與此異義。李善注《文選·西征賦》引此《注》文作“今江東人呼柮爲舵。”案:王逸《楚辭注》云:“柮,船旁板也。一作‘枻’。”③蓋誤也。(卷九,545—549 頁)

(三)湘夫人

1. 襌衣,江淮南楚之間謂之褋。(原注:《楚辭》曰:“遺余褋兮澧浦。”④)

“褋”之言枼也。《説文》:“枼,薄也。”又云:“南楚謂襌衣曰褋。”《玉篇》:“褋,襌衣也。”……《楚辭·九歎》⑤云“遺余褋兮醴浦”,王逸注:“褋,襜襦也。”“醴”與“澧”通。(卷四,240 頁)

---

①“以”今作“兮”。

②“櫱”今作“旌”。

③“桂櫂兮蘭枻”句注。

④“澧”今作“醴”,《考異》謂“一作澧”。

⑤此處應爲《九歌》。

(四)少司命

1. 晞,曓也。……曓五穀之類,……東齊北燕海岱之郊謂之晞。

《玉篇》:"晞,暴也。"《楚辭·九歌》云:"晞女髮兮陽之阿。"(卷七,437 頁)

(五)東君

1. 舒勃,展也。東齊之間凡展物謂之舒勃。

《釋言》"展,適也",郭注云:"得自申展,皆適意。"《廣雅》:"舒,展也。"又云:"展,舒也。"《楚辭·九歌》云"展詩兮會舞",王逸注云:"展,舒也。"是"舒"與"展"同。(卷六,405 頁)

2. 蒧、逞,解也。

《廣雅》:"蒧、呈,解也。"此音"展"。《楚辭·九歌》云"展詩兮會舞",王逸注:"展,舒也。""舒"與"紓""抒"并通,皆"解"之意也。(卷十二,681 頁)

(六)河伯

1. 未,續也。

未者,《廣雅》:"未,續也。"戴氏因"未"與"續"義不相近,遂讀"未續"連文爲句,云:"'未續',應謂欲續而未結繫。《廣雅》'未'亦訓'續',失之。"盧氏仍其説,并非是。……蓋"未"與"末"形相似,此"未"字本作"末"。……《廣雅》云:"緒,末也。"是"末"與"緒"同義。《説文》:"緒,絲耑也。""耑"與"端"同。繼緒,是連續之意也。又卷十二云:"末,隨也。"《易·隨卦·釋文》云:"隨,從也。"《楚辭·九歌》"乘白黿兮逐文魚",王逸注:"逐,從也。"《廣

雅》:"末、隨,逐也。""末"訓爲"隨",亦訓爲"續"。(卷一,100—101 頁)

2. 挾斯,敗也。南楚凡人貧衣被醜獘謂之須捷。……或謂之挾斯。器物獘亦謂之挾斯。

《廣雅》:"俠斯,敗也。""俠"與"挾"通。《淮南·人間訓》云"秦皇挾圖録",高誘《注》:"挾,銷也。"卷七云:"斯,離也。齊陳曰斯。"《釋言》同。又卷六云:"廝,散也。東齊聲散曰廝。""秦晉聲變曰廝,器破而不殊其音亦謂之廝。"《集韻》引《字林》云:"甈,甕破也。"王逸注《楚辭·九歌》云:"澌,冰解也。"①"斯""廝""甈""澌",義并與"敗"相近,合言之則曰"挾斯"。(卷三,231—232 頁。流澌紛兮將來下)

3. 廝,散也。東齊聲散曰廝,……秦晉聲變曰廝,器破而不殊亦其音謂之廝。

《説文》:"廝,散聲。"《衆經音義》卷十四引《方言》:"甈,聲散也。"又卷二引《埤蒼》同。《集韻》引《字林》:"甈,甕破也。"宋本作"廝"。《史記·河渠書》"乃廝二渠以引其河",《集解》引《漢書音義》云:"廝,分也。"卷七又云:"斯,離也。齊陳曰斯。"《陳風·墓門篇》"斧以斯之",毛《傳》:"斯,析也。"《大雅·板》篇"無獨斯畏",鄭《箋》:"斯,離也。"《春秋繁露·度制》篇云:"是大亂人倫而靡斯財用也。"《漢書·王莽傳》云"莽爲人""大聲而嘶",顔師古《注》:"嘶,聲散也。"王逸注《楚辭·九歌》云:"澌,解冰也。"②"廝""甈""斯""嘶""澌",聲同,義并相近。是凡言"廝"者,皆破散

①"澌"今本王逸注文作"澌";今本王逸注"澌"上有"流"字;"冰解"今作"解冰"。

②"澌"今本王逸注文作"澌";今本王逸注"澌"上有"流"字。

之意也。(卷六,396 頁。流澌紛兮將來下)

(七)山鬼

1.睇,眄也。陳楚之間南楚之外曰睇,…… 自關而西秦晋之間曰眄。

《説文》:"睇,目小衺視也。南楚謂眄爲睇。"……《楚辭·九歌》"既含睇兮又宜笑",王逸注:"睇,微眄貌。"(卷二,155—156 頁)

(八)國殤

1.伆,離也。……吴越曰伆。

《玉篇》"伆,離也",……《廣雅》作"刎",…… 又云:"迻、離,遠也。""迻",音"勿",《玉篇》同。又音"忽"。《楚辭·九歌》云:"平原忽兮路超遠。"《荀子·賦篇》云:"忽兮其極之遠也。""迻""忽"并與"伆"通。(卷六,380 頁)

2.超,遠也。……東齊曰超。

《廣雅》:"超,遠也。"……《楚辭·九歌》云:"平原忽兮路超遠。"顔延年《秋詩》①:"超遥行人遠。"皆是也。(卷七,448 頁)

3.吴,大也。

《説文》:"吴,大言也。"……《釋名》云:"盾,大而平者曰吴魁,本出於吴,爲魁帥所持也。"《廣雅》:"吴魁,盾也。"《太平御覽》引作"吴科"。《楚辭·九歌》云"操吴戈兮被犀甲",王逸注云:"或曰:操吾科。吾科,盾之名也。"②"吾"與"吴""科"與"魁",皆聲之轉。(卷十三,743 頁)

---

①《秋詩》當爲《秋胡詩》,錢繹誤記。

②"盾"今作"楯"。

三、天問

1. 奘,大也。……秦晋之間,凡人之大謂之奘,或謂之壯。

"奘"者,《説文》:"奘,駔大也。"通作"壯"。《釋詁》:"壯,大也。"《月令》:"仲夏之月,養壯佼。"《楚詞·天問》"何壯武厲",王逸注云:"壯,大也。"(卷一,60—61頁)

2. 逢,迎也。自關而西或曰迎,或曰逢。

《説文》:"迎,逢也。"……《周語》"道而得神,是爲逢福",韋《注》:"逢,迎也。"《告子》篇"逢君之惡其罪大",《楚辭·天問》"逢彼白雉",趙岐、王逸注并同。(卷一,105頁)

3. 逭,轉也。

《廣雅》"逭、遁,轉也",《玉篇》《廣韻》并同。《楚辭·天問》云"斡維焉繫",王逸注:"斡,轉也。'斡'一作'筦'。"《漢書·賈誼傳》云"斡弃周鼎",如淳《注》:"斡,轉也。"《匡謬正俗》云:"斡,《聲類》及《字林》并音管。"《淮南·時則訓》云"員而不垸",高誘《注》:"垸,轉也。""逭""斡""垸",聲義并同。(卷十二,657頁)

4. 萃,時也。

"時",舊本并同,戴氏據《廣雅》"崒、離,待也"改作"待",盧氏同。案:《釋宫》云:"室中謂之時。"《玉篇》引作"跱",云:"止也。"《廣雅》:"跱,止也。""跱"與"時",聲近義同。……《楚辭·天問》云"北至回水,萃何喜",王逸注:"萃,止也。"通作"崒"。《玉篇》:"崒,待也。""待"與"時"通。(卷十二,684頁)

四、九章

（一）惜誦

1.舟，……自關而東或謂之舟，或謂之航。

《玉篇》："航，船也。"……《衛風·河廣》篇"一葦杭之"，毛《傳》："杭，渡也。"《楚辭·九章》云"魂中道而無杭"，王逸注："杭，度也。""一作'航'。"洪興祖《補注》："'杭'與'航'同。"蓋舟所以渡，故謂渡爲杭。（卷九，536 頁）

2.儇，謾也。

前卷一云"虔、儇，慧也。秦謂之謾"，"自關而東趙魏之間謂之黠"，《注》："慧，謂慧了。謾，謂謾詑。"《廣雅》："虔、謾、黠、儇，慧也。"《楚辭·九章》云："忘懁媚以背衆兮。"①《淮南·主術訓》云："辨慧懁給。""懁"與"儇"通。（卷十二，672 頁）

3.憤，阨也。

《周官·鄉師》"以歲時巡國及野，而賙萬民之艱阨"，鄭《注》："艱阨，饑乏。"王逸注《楚辭·惜誦》云："憤，懣也。"《孟子·公孫丑》篇"阨窮而不憫"，趙岐《注》云："憫，懣也。"言阨窮者，必煩懣，而柳下惠則否也。"憫"與"憤"，聲近義同。（卷十三，727 頁。發憤以杼情）

（二）涉江

1.緤、末、紀，緒也。南楚皆曰緤。或曰端，或曰紀，或曰末，

①"懁"今作"儇"。

皆楚轉語也。

《説文》:“緒,絲耑也。”《楚辭·九章》“欸秋冬之緒風”,王逸注:“緒,餘也。”《莊子·讓王》篇“其緒餘以爲國家”,司馬彪《注》:“緒者,殘也,謂殘餘也。”(卷十,602頁)

2.欸,然也。南楚凡言然者曰欸。

“然”,《説文》作“嘫”,云:“語聲也。”經傳通作“然”。……《楚辭·九章》云“欸秋冬之緒風”,洪興祖《補注》:“欸,然也。”通作“誒”“唉”。(卷十,602頁)

3.莻,薄也。

《説文》:“薄,林薄也。”《楚辭·九章》云“露申辛夷,死林薄兮”,王逸注云:“叢生曰林,草木交錯曰薄。”①李善注《文選·江賦》引《字林》:“薄,業生也。”(卷十三,750頁)

(三)哀郢

1.守宫,南楚謂之蛇醫,或謂之蠑螈。

《漢書·地理志》:“武都郡武都,東漢水受氐道水,一名沔,過江夏,謂之夏水,入江。”《水經》云:“夏水出江津豫章口,有中夏口,是夏水之首江之汜也。屈原所謂‘過夏首而西浮,顧龍門而不見’也。應劭《十三州記》曰:‘江别入沔,爲夏水源。夫夏之爲名,始於分江,冬竭夏流,故納厥稱。’”(卷八,493頁)

(四)抽思

1.踊,跳也。……陳鄭之間曰踊,……自關而西秦晋之間曰跳。

①“生”今作“木”。

《説文》:"蹓,跳也。"下卷十二"摇,上也",《廣雅》同。《釋天》"扶摇謂之猋",李巡《注》:"暴風從下升上。"《管子·君臣篇》:"夫水波而上,盡其摇而復下。"《楚辭·九章》:"願摇起而横奔兮。"王延壽《夢賦》云:"群行而奮摇,忽來到吾前。""摇"與"蹓",聲同義亦相近。(卷一,101—102頁)

2. 摇扇,疾也。……燕之外鄙朝鮮洌水之間曰摇扇。

《廣雅》:"摇扇,疾也。"《楚辭·九章》:"願摇起而横奔兮。"(卷二,167頁)

3. 妯,擾也。人不静曰妯,……齊宋曰妯。

《爾雅》:"妯,動也。"《小雅·鼓鐘》篇"憂心且妯",毛《傳》同。……《説文》"怞,朖也",引《詩》作"怞",……《廣雅》:"妯,擾也",曹憲音"抽"。《楚辭·九章》有《抽思》篇。"怞""抽",并與"妯"通。(卷六,386頁)

4. 摇,上也。祖,摇也。

《廣雅》:"摇、祖,上也。"《釋天》云"扶摇謂之猋",李巡《注》云:"暴風從下升上。"《荀子·君臣篇》云:"夫水波而上,盡其摇而復下。"《楚辭·九章》云:"願摇起而横奔兮。"《漢書·禮樂志》云"將摇舉,誰與期",顔師古《注》云:"言奮摇高舉,不可與期也。"班固《西都賦》:"遂乃風舉雲摇。"是摇爲上也。(卷十二,692頁)

(五)懷沙

1. 咺,痛也。凡哀泣而不止曰咺。

"咺"者,《説文》:"朝鮮謂兒泣不止曰咺。从口,宣省聲。"《漢書·外戚傳》"悲愁於邑,喧不可止兮",顔師古《注》:"朝鮮之間謂小兒泣不止爲喧,音許遠反。""喧"與"咺"通。卷十二:"爰,哀也。"《楚辭·九章》:"曾傷爰哀,永歎喟兮。""爰""咺",古同聲通

用。《齊策》“狐咺”,《漢書・古今人表》作“狐爰”,其證也。(卷一,38—39頁)

2. 甬,奴婢賤稱也。……自關而東陳魏宋楚之間保庸謂之甬。

《廣雅》:“甬、保、庸,使也。”又云:“侮、獲,婢也。”“甬”之言用也。李善注賈誼《過秦論》引作“庸”。亦作“傭”。《説文》:“賃,庸也。”“傭,均直也。”《廣雅》:“傭,役也。”言役力受值也。《楚辭・九章》“固庸態也”,王逸注:“庸,廝賤之人也。”(卷三,178頁)

3. 庸謂之倯,轉語也。

上云:“甬,奴婢賤稱也。”“自關而東陳魏宋楚之間保庸謂之甬。”《楚辭・九章》云“猶庸態也”,①王逸注:“庸,廝賤之人也。”(卷三,229頁)

4. 類,法也。齊曰類。

《釋詁》:“類,善也。”按:類爲善,猶不肖爲不善也。《緇衣》篇“身不正,言不信,則義不壹,行無類也”,鄭《注》:“類,謂比式。”《釋文》云“比方法式”也。《楚辭・九章》云“吾將以爲類兮”,王逸注云:“宜以我爲法度。”(卷七,427頁)

5. 爰、喛,哀也。

《廣韻》:“喛,恚也。”《玉篇》:“愋,恨也。”“愋”與“喛”同。“恚”“恨”,與“哀”義亦相近,故《注》云“哀而恚也”。《楚辭・九章》云:“曾傷爰哀,永嘆喟兮。”②王氏懷祖云:“爰哀,猶曾傷,謂哀而不止也,王逸注訓‘爰’爲‘於’,失之。”(卷十二,649頁)

6. 籠,南楚江沔之間謂之篣,或謂之筤。

①“猶”今作“固”。

②“嘆”今作“歎”。

《廣雅》:"篣、篓,籠也。"……《玉篇》:"篣,籠也。"《説文》:"篓,鳥籠也。"《楚辭・九章》"鳳皇在篓兮",王逸注:"篓,籠落也。"洪興祖《補注》引《説文》:"篓,籠也。南楚謂之篓。"與今本異。(卷十三,798 頁)

(六)思美人

1. 朦,豐也。……趙魏之郊燕之北鄙凡大人謂之豐人。《燕記》曰:豐人杼首。杼首,長首也。楚謂之伃,燕謂之杼。

《廣雅》:"抒,長也。"《玉篇》:"杼,大圭抒上終葵首。""抒"與"杼"同。《説文》:"眝,長眙也。"《楚辭・九章》:"思美人兮,擥涕而竚眙。""杼""抒""眝""竚",并"直吕反",義相同也。(卷二,115 頁)

(七)惜往日

1. 娃,美也。吴楚衡淮之間曰娃。

"娃"者,《説文》:"吴楚之間謂好爲娃。"《廣雅》:"娃,好也。"揚子《反離騷》:"資娵娃之美髢。"枚乘《七發》:"使先施、徵舒、陽文、段干、吴娃、閭娵、傅予之徒。"通作"佳"。《楚辭・九章》:"妬佳冶之芬芳兮。"①"佳",一本作"娃"。《説文》:"佳,善也。""善"與"美"同意,聲亦相近。(卷二,116 頁)

2. 泭謂之篺。

《説文》:"泭,編木以渡也。"《釋言》"舫,泭也",孫炎《注》云:"方木置水中爲泭筏也。"《釋文》:"泭,字或作'䈏'。"又作"桴","樊本作'柎'"。《周南・漢廣》,《釋文》引郭氏《音義》云:"木曰

①"妬"今作"妒"。

簰，竹曰筏，小筏曰泭。"……《吴志·徐夫人傳》云"宜伐蘆葦以爲泭，佐船渡軍"，裴松之《注》"泭，音敷"，引郭氏《方言注》曰："泭，水中簰也。"……《楚辭·九章》"乘氾泭以下流兮"，王逸注云："編竹木曰泭。楚人曰泭，齊人曰㔸。"①"箁""桴""柎"，并與"泭"同。（卷九，540—541 頁）

3. 譠謾，欺謾之語也。楚郢以南東揚之郊通語也。

"譠謾"，猶"眠娗"，方俗語之侈弇耳。《玉篇》："譠謾，欺也。"《史記·龜策傳》云"人或忠信而不如誕謾"。"誕謾"，猶"譠謾"也。轉言之則曰"訑謾"。《楚辭·九章》云："或訑謾而不疑。"倒言之則曰"謾訑"。（卷十，593 頁）

（八）橘頌

1. 梗，猛也。……韓趙之間曰梗。

"梗"之言剛也。《廣韻》："梗，猛也。"《楚辭·九章》"梗其有理兮"，王逸注："梗，强也。"（卷二，154—155 頁）

2. 凡草木刺人，……自關而西謂之刺，江湘之間謂之棘。（原注：《楚辭》曰："曾枝剡棘。"亦通語耳）

"棘"者，《説文》："棘，小棗業生者。从并朿。"……《楚辭·九章》"曾枝剡棘，圓果博兮"，②王逸注："剡，利也。棘，橘枝，刺若棘也。"是棘爲刺也。刺謂之莿，或謂之壯，或謂之梗，或謂之劌，或謂之棘。故箴謂之莿，亦謂之壯，亦謂之梗，亦謂之劌，亦謂之刺，亦謂之棘。（卷三，197—198 頁）

---

①"楚人曰泭"之"泭"今本王逸注爲"柎"，《考異》謂"泭，一作柎"，《補注》謂"柎與泭同"；"齊"今作"秦"；"㔸"今作"撥"。

②"博"今作"摶"。

(九)悲回風

1.更,代也。

昭十二年《左氏傳》云"吾出季氏,而歸其室於公,子更其位",《楚辭·悲回風》云"更統世而自貺",杜預、王逸注并云:"更,代也。"(卷三,217頁)

2.攎,張也。

《玉篇》"攎,張也",《廣雅》作"攄",云:"張也。"《楚辭·九章》云:"據青冥而攄虹兮。"《史記·司馬相如傳》云:"攄之無窮。""攄"與"攎"聲近義同。(卷十二,712頁)

五、遠遊

1.巍、嶢、崝、嶮,高也。

《玉篇》"嶸,崝嶸",亦作"嵤"同。《楚辭·遠游》云:"下崝嶸而無地兮。"①宋玉《高唐賦》云:"俯視崝嶸。"《漢書·西域傳》:"臨峥嶸不測之深。"此與"高"義并異。按:"嶕嶢""崝嶸"皆叠韵字,并爲形容之辭。深下謂之崝嶸,高峻亦得謂之崝嵤也。且字皆从"山",於"高"義爲近。(卷六,416頁)

2.翥,舉也。楚謂之翥。

《説文》:"翥,飛舉也。"《廣雅》:"翥,舉也。"又:"飛也。"飛亦舉也。《釋蟲》:"翥,醜罅。"《楚辭·遠游》:"鸞鳥軒翥而翔飛。"(卷十,575頁)

---

①"崝"今作"峥"。

六、漁父

1. 獲，奴婢賤稱也。荆淮海岱雜齊之間，罵奴曰臧，罵婢曰獲。燕之北鄙凡民男而聟婢謂之臧，女而婦奴謂之獲；亡奴謂之臧，亡婢謂之獲。皆異方罵奴婢之醜稱也。

《廣雅》"獲，辱也"，《玉篇》同，云："婢之賤稱也。"《廣雅》又云："濩，污也。"《楚辭・漁父》云："又安能以皓皓之白，而蒙世之温蠖乎！"①"濩""蠖"，聲并與"獲"相近，皆污辱之稱也。（卷三，177—178 頁）

七、九辯

1. 儓，農夫之醜稱也。南楚凡罵傭賤謂之田儓。

《昭七年・左氏傳》云"僕臣臺"，《正義》引服虔云："臺，給臺下徵召也。"《萬章》篇"蓋自是臺無餽也"，趙岐《注》："臺，賤官主使令者。"《廣雅・釋言》："駑，駘也。"《楚辭・九辯》云："策駑駘而取路。"《莊子・德充符》篇"衛有惡人焉，曰哀駘它"，李頤《注》："哀駘，醜貌。""儓""嬯""臺""駘"，義并相近。（卷三，228—229 頁）

2. 汗襦，……自關而西或謂之祇裯。

"祇裯"，雙聲字。《説文》："祇裯，短衣也。"《廣雅》："祇裯，襜褕也。""祇"，曹憲音"低"。《楚辭・九辯》"被荷裯之晏晏兮"，王

① 今本"安"上無"又"字；"世"下有"俗"字；"温蠖"今作"塵埃"，《考異》謂"塵埃，《史記》作温蠖"。

逸注："裯，衹裯也。若襜褕矣。"（卷四，247 頁）

3. 盂，宋楚魏之間或謂之盌。盌謂之盂，或謂之銚鋭。

《廣雅》"姚娧，好也"，曹憲"娧，通外反"。《廣韻》："娧，他外切。"又音"悦"，云："姚娧，美好也。"宋玉《九辯》云"心揺悦而日幸兮"，①王逸注云："意中私喜。"……"姚娧""揺悦"，并與"銚鋭"同。揺悦爲喜貌，故人之美好可喜者謂之姚娧。（卷五，297 頁）

4. 竘，治也。吴越飾貌爲竘，或謂之巧。

《説文》："竘，匠也。讀若齲。《周書》有竘匠。"……按："齲"與"竘"通，"齲齒笑"，謂巧笑也。巧或謂之竘，故巧笑謂之竘齒笑。李賢《注》引《風俗通》曰："齲齒笑者，若齒痛不忻忻。"但舉情狀言之，未解立名之義也。巧謂之竘，愚亦謂之佝。《廣雅》"佝愗，愚也"，……《楚辭・九辯》云："直佝愗以自苦。"②（卷七，450 頁）

5. 黮，私也。

《廣雅》："黮、䵑，私也。"《楚辭・九辯》云："彼日月之照明兮，尚黯黮而有瑕。"《衆經音義》卷十七引《蒼頡篇》云："黤黮，深黑色也。"《説文》："黮，桑葚之黑也。"《文選・魏都賦注》引《聲類》云："黮，深黑色也。"（卷十三，730—731 頁）

6. 姚娧，好也。

蓋"銚鋭""梢抰"并雙聲，皆形容美好之辭，義存乎聲，原無定字。故《楚辭・九辯》云"心揺悦而日幸兮"，③王逸注云："意中私喜。"喜謂之揺悦、物之美好者謂之銚悦、人之美好者亦謂之姚娧，

①"幸"今作"㚔"，《考異》謂"一作幸"，《補注》謂"㚔與幸同"。

②"以"今作"而"。

③"幸"今作"㚔"，《考異》謂"一作幸"，《補注》謂"㚔與幸同"。

其義一也。(卷十三,741 頁)

八、招䰟

1. 尋,長也。陳楚之間曰脩。

案:……"仞"之爲數亦然。……《吕氏春秋·功名》篇,《淮南·冥覽訓》①高《注》,《楚辭·招魂》王逸注,李謐《明堂制度論》,《華嚴經音義》下引何承天《纂要》,《祭義》及《莊子·達生篇》釋文并云"七尺曰仞"。……蓋度廣度深之名,有定而無定,……若無定,則尋八尺亦可云七尺,仞七尺亦可云八尺,何以言之?……《楚辭·招魂》"長人千仞",仞爲度深之名,而施之於長於高亦可云七尺矣。(卷一,80—82 頁)

2. 豔,美也。……宋衛晋鄭之間曰豔。……美色爲艷。

《説文》:"豔,好而長也。"《小雅·十月之交》篇"豔妻煽方處",毛《傳》:"美色曰豔。"桓元年《左氏傳》"美而豔",林《注》同。《楚辭·招魂》"長髮曼鬋,豔陸離些",王逸注:"豔,好貌也。"(卷二,117 頁)

3. 託,寄也。

"託"者,《説文》"託""侂"并云"寄也"。"侂"與"託"同。又云:"寄,託也。"轉相訓也。《廣雅》:"託,寄也。"《大荒東經》"有困民國""有人曰王亥""託于有易",《吕氏春秋·不廣》篇云"蹶有患害也,蛩蛩距虚必負而走。此以其所能,託其所不能",《楚辭·招魂》"東方不可託些",②郭氏、高誘、王逸注并同。(卷二,143—

①此處誤,當爲《淮南·覽冥訓》。

②今本"可"下有"目"字。

144 頁）

4. 遞，代也。

各本并脱“遞”字，《衆經音義》卷二十二、卷二十三并《方言》：“遞，代也。”今據補。“遞”“代”，一聲之轉。《説文》：“遞，更易也。”《廣雅》“遞，代也”，義本此也。《楚辭・招魂》云“二八侍宿，射遞代些”，王逸注：“遞，更也。”《吕氏春秋・季春紀》云“巧謀并行，詐術遞用”，高誘《注》：“遞，代也。”（卷三，217 頁）

5. 篝，陳楚宋魏之間謂之牆居。

《説文》：“篝，笿也，可薰衣。宋楚謂竹篝牆居也。”又云：“籃，大篝也。”《廣雅》：“篝，籠也。”又云：“薰篝謂之牆居。”……皆取籠絡之義，故《史記・滑稽傳》“甌窶滿篝”，《音義》云：“篝，籠也。”王逸《楚辭・招魂》注云：“篝，絡也，籠也。”①（卷五，324—325 頁。秦篝齊縷，鄭綿絡些）

6. 簙謂之蔽，……秦晋之間謂之簙，吴楚之間或謂之蔽，或謂之箭裏。

“簙”，《衆經音義》卷二兩引作“博”，云：“博，古文‘簙’。”又卷三、卷十七引并同，是本或作“博”也。《説文》：“簙，局戲也，六箸十二棊也。”《衆經音義》卷二引作“六箭”。通作“博”。《史記・范雎傳》云：“君獨不見夫博者乎？或欲大投，或欲分功。”《西京雜記》云：“許博昌善博，法用六箸，以竹爲之，長六分。或用二箸。”《列子・説符篇》云“設樂陳酒，擊博樓上”，殷敬順《釋文》引古《博經》云：“博法，二人相對，坐向局，局分爲十二道，兩頭當中名爲水。用棋十二枚，法六白六黑；又用魚二枝置於水中。其擲采以

①“篝”今本王逸注作“篝”，《考異》謂“篝，《釋文》作篝”，“籠也”爲洪興祖《補注》内容。

瓊爲之。二人互擲采行棋。棋行到處即竪之,名爲驍棋,即入水食魚,亦名牽魚。每牽一魚獲二籌,翻一魚獲三籌。若已牽兩魚而不勝者,名曰被翻雙魚。彼家獲六籌爲大勝也。”《荀子·大略篇》云“六六之博”,楊倞《注》云:“六六,即六博也。今之博局,亦二六相對也。”《楚辭·招魂》云“菎蔽象棊,有六簙些”,王逸注云:“菎,玉也。蔽,簙箸以玉飾之也。或言菎簬①,今之箭囊也。投六箸,行六棊,故爲六簙也。”(卷五,358—359頁)

7. 遥,遠也。梁楚曰遥。

《廣雅》:“遥,遠也。”《楚辭·招魂》“倚沼畦瀛兮遥望博”,王逸注同。“遥”“遠”,語之轉耳。(卷六,384頁)

8. 發,舍車也。東齊海岱之間謂之發。

“發”,《釋詁》作“廢”,云“廢,舍也”,郭注云:“舍,放置。”《周官·太宰》云“廢置,以馭其吏”,鄭《注》云:“廢,猶退也。”……《楚辭·招魂》“娭酒不廢,沈日夜些”,王逸注云“不廢”猶“不發”。②是“廢”與“發”同。(卷七,425頁)

9. 胹,熟也。自關而西秦晉之郊曰胹,……熟,其通語也。

《説文》:“胹,爛也。”《廣雅》:“胹,熟也。”宣二年《左氏傳》“宰夫胹熊蹯不熟”,《正義》引《字書》:“過熟曰胹。”《楚辭》:“胹鼈炮羔,有柘漿些。”枚乘《七發》“熊蹯之臑”,李善《注》引《方言》作“臑”。《招䰟》又云“肥牛之腱,臑若芳些”,王逸注:“臑若,熟爛也。”(卷七,440—441頁)

10. 蠭,燕趙之間謂之蠓螉。……其大而蜜者謂之壺蠭。

《説文》“蠭,飛蟲螫人者”,……《楚辭·招魂》云“赤螘若象,

---

①“簬”今作“簵”。

②“‘不廢’猶‘不發’”非王逸注。

玄蠭若壺些”,①王逸注云:“壺,乾瓠也。言曠野之中,又有飛蠭,腹大如壺也。”《釋木》“壺棗”,郭注云:“今江東呼棗大而鋭上者爲壺。”蠭之大者謂之壺蠭,猶棗之大者謂之壺棗也。(卷十一,632—634 頁)

11. 蒜,發也。

《廣雅》:“發,明也。”《商頌·長發》篇“玄王桓撥”②,《韓詩》作“發”,云:“發,明也。”《齊風·載驅》篇“齊子發夕”,《韓詩》:“發,旦也。”旦,亦明也。《楚辭·招魂》云“娭酒不廢,沈日夜些”,王逸注云“不廢,或曰不發。發,旦也”,③引《小雅·小宛》篇“明發不寐”。(卷十二,685 頁)

12. 厲,熟也。

“熟”,《衆經音義》卷二十一引作“孰”。……《玉篇》:“熟,爛也。”……“厲”之言烈也。《楚辭·招魂》“露雞臛蠵,厲而不爽些”,王逸注云:“厲,烈也。爽,敗也。楚人名羹敗曰爽。言乃復烹露棲之雞,臛蠵鼅之肉,則其味清烈不敗也。”④(卷十二,693—694 頁)

13. 憚,惡也。

《説文》:“憚,忌難也。”《廣雅》:“憚,惡也。”《大雅·雲漢》篇“我心憚暑”,鄭《箋》:“憚,猶畏也。”《釋文》:“鄭徒旦反,毛丁佐反。《韓詩》云:‘苦也。’”義并與“惡”相近。又《考工記·矢人》“則雖有疾風,亦弗之能憚矣”,鄭《注》云:“故書‘憚’或作‘怛’。

①“玄”原避諱作“元”,今徑改。

②“玄”原避諱作“元”,今徑改。

③今本王逸注“或曰”下有“娭酒”二字。

④今本王逸注“雞”上有“肥”字。

鄭司農云：‘黨讀爲憚之以威之憚，謂風不能驚彈箭也。’”《釋文》：“憚，音怛，李直旦反。”《楚辭·招魂》“君王親發兮憚青兕”，王逸注：“憚，驚也。”（卷十三，742—743頁）

14. 餌謂之餻，……或謂之飫。

宋玉《招寬》“粔籹蜜餌，有餦餭些”，洪興祖《補注》引《方言》曰：“餌謂之餸。”①……王氏懷祖云：“‘飫’之言圓也，今人通呼餅之圜者爲飫。”案：洪興祖《招寬》補注云：“粔籹，蜜餌也。吴謂之膏環。”②（卷十三，805—806頁）

15. 餳謂之餦餭。

“餳”，舊本并同。《急就篇》云“棗杏瓜棣饊飴餳”，“餳”，王應麟音“唐”。《説文》：“餳，飴和饊者也。从食，昜聲。徐盈切。”原本正文作“食”旁“易”，《注》文作“昜”聲，不誤。……《楚辭·招魂》“粔籹蜜餌，有餦餭些”，王逸注：“餦餭，餳也。”（卷十三，807—808頁）

16. 甂謂之甗。

《説文》：“脢，背肉也。”《咸》九五“咸其脢”，子夏《傳》云：“在脊曰脢。”鄭《注》云：“脢，背脊肉也。”虞翻曰：“脢，夾脊肉也。”《釋文》云：“王肅音灰。”《内則》“取牛羊麋鹿麕之肉必脄”，鄭《注》：“脄，脊側肉。”《楚辭·招魂》“敦脄血拇”，王逸注云：“脄，背也。‘脄’一作‘脢’。”洪興祖《補注》云：“脄、脢，音梅，又音妹。脊側之肉。”“脄”與“脢”同。（卷十三，813—814頁）

①“餸”今作“餻”。

②今本“環”下有“餌”字。

九、大招

1.逞，快也。自山而東或曰逞。

《廣雅》："逞，快也。"桓六年《左氏傳》"今民餒而君逞欲"，《周語》"今虢公動匱百姓以逞其欲"，《楚辭·大招》"逞志究欲"，杜、韋、王注并云："逞，快也。"（卷二，145頁）

2.閻苫，開也。東齊開户謂之閻苫，楚謂之闓。

《説文》"閻，里中門也"，或从"土"作"壛"。李賢注《後漢書·班彪傳》引《字林》云："閻，里中門也。"李善注張衡《西京賦》與《字林》同。《荀子·儒效篇》"雖隱於窮閻漏屋"，楊倞《注》："閻，里門也。"《楚辭·大招》"曲屋步壛"，王逸注："壛，一作'櫩'。司馬相如《上林賦》"步櫩周流"，李善《注》云："步櫩，長廊也。"（卷六，408頁）

3.嘜，樂也。

《廣雅》："嘜，樂也。"《集韻》"嘜"或作"嗎"，引《廣雅》作"嗎"。"嗎"與"嘜"同。《楚辭·大招》"宜笑嗎只"，王逸注："嗎，笑貌也。"重言之則曰"嗎嗎"。《廣雅》："嗎嗎，喜也。"義亦同也。（卷十三，758頁）

4.䵵，色也。

《小雅·采芑》篇"路車有奭"，毛《傳》："奭，赤也。"又《瞻洛》篇"韎韐有奭"，《白虎通義》引作"赩"。《廣雅》："赩，色也。"又云："赩，赤也。"《玉篇》："赩，許力切，大赤也。"《楚辭·大招》"逴龍赩只"，王逸注云："赩，赤色也。"……"赩"與"䵵"亦通。（卷十三，768—769頁）

十、招隱士

1. 蛥蚗,……楚謂之蟪蛄。

《楚辭·招隱》"蟪蛄鳴兮啾啾",王逸注:"秋節將至,悲嘹噍也。""嘹噍"與"蛁蟧",聲并相近,是"蛁蟧"即以聲名之也。今東吴人謂爲支蟟,蟬聲如支遼,即"蝭蟧"之轉也。(卷十一,610頁)

十一、七諫

(一)初放

1. 杜,蹓也。趙曰杜。

《説文》:"歰,不滑也。从四止。"《楚辭·七諫》云"言語訥歰",王逸注云:"歰者,難也。"①(卷七,422頁)

2. 忸怩,慚歰也。楚郢江湘之間謂之忸怩。

《説文》:"慚,媿也。""歰,不滑也。"《楚辭·七諫》云"言語訥歰",王逸注:"歰者,難也。② (卷十二,576頁)

3. 讓、極,吃也。楚語也。……或謂之歰。

《説文》:"歰,不滑也。"《廣雅》:"歰,難也。"《楚辭·七諫》云"言語訥歰兮",王逸注云:"歰者,難也。"③難謂之歰,亦謂之蹇,口吃謂之讓,亦謂之歰,其義一也。(卷十,582頁)

---

①"歰"今皆作"譅",《考異》謂"一作歰,《釋文》作譅",《補注》謂"通作歰"。
②"歰"今皆作"譅",《考異》謂"一作歰,《釋文》作譅",《補注》謂"通作歰"。
③"歰"今皆作"譅",《考異》謂"一作歰,《釋文》作譅",《補注》謂"通作歰"。

（二）沈江

1. 冢，秦晋之間謂之墳，……或謂之壠。

《説文》"壠，邱壠也"，《玉篇》引作"壟"，《廣雅》同，《廣韻》引作"壠"，云："亦作'壟'。"……東方朔《七諫》云"封比干之邱壟"，①王逸注："大曰壟。'壟'，一作'壠'。""壟""隴"，并與"壠"同。（卷十三，818 頁）

（三）怨世

1. 嫢、笙、揫、摻，細也。自關而西秦晋之間凡細而有容謂之嫢，或曰徥。

《説文》："徥徥，行貌。"下卷六云"徥，行也。朝鮮洌水之間或曰徥"，郭注："徥偕，行貌。"《釋訓》："媞媞，安也。"郭注："皆婦人安詳之貌。"《説文》："媞，諦也。"《魏風·葛屨》篇"好人提提"，毛《傳》："提提，安諦也。"《正義》引孫炎曰："提提，行步之安也。"《楚辭·七諫》"西施媞媞而不得見"，王逸注引《詩》作"媞媞"。（卷二，123 頁）

2. 逴，騖也。自關而西秦晋之間，凡蹇者或謂之逴，體而偏長短亦謂之逴。

《楚辭·七諫》"世沈淖而難論兮，俗岒峨而嵾嵯"，②王逸注："沈，没也。淖，溺也。"案："沈淖"與"踸踔"亦同，皆用雙聲，以形容參差不齊之狀。王逸訓"沈"爲"没"，訓"淖"爲"溺"，失之。（卷二，140 頁）

---

①"邱"今作"丘"。

②"嵾"今作"嵾"。

3. 徥、用，行也。朝鮮洌水之間或曰徥。

《説文》："徥徥，行貌也。是支切。"《廣雅》"徥，行也"，曹憲音"直駭反，又仕紙反"。《廣韻》："徥，行皃。""徥"，通作"偍""媞"。《荀子・修身篇》："難進曰偍。"《爾雅》"媞媞，安也"，孫炎《注》云："媞媞，行步之安也。"《魏風・葛屨》篇云："好人提提。"《楚辭・七諫》"西施媞媞而不得見"，王逸注引《詩》作"媞媞"。（卷六，393頁）

（四）謬諫

1. 罃甀謂之盎。……其小者謂之升甌。甂，陳魏宋楚之間謂之題。自關而西謂之甂，其大者謂之甌。

李賢注《後漢書・隗囂傳》引《方言》曰："宋楚之間謂盎爲題。"洪興祖補注《楚辭・七諫》又引《方言》云："自關而西，盆盎小者曰甂。"是古本本合二條爲一。……《説文》："甂，似小瓿，大口而卑。"《淮南・説林訓》云："狗彘不擇甂甌而食。"《楚辭・七諫》云："甂甌登於明堂兮，周鼎潛於深淵。"①（卷五，320—321頁）

十二、哀時命

1. 怛，痛也。

《檜・匪風》篇"中心怛兮"，毛《傳》："怛，傷也。"《正義》："怛者，驚痛之言，故爲傷也。"《表記》云："中心憯怛。"《楚辭・哀時命》："疾憯怛而萌生。"（卷一，40頁）

2. 渾（原注：們渾，肥滿也），盛也。

---

①"於深"之"於"今作"乎"，《考異》謂"一作於"。

《説文》:"懣,煩也。"《問喪》篇云"悲哀志懣氣盛",《釋文》音"亡本反,又音滿。范音悶"。《史記·倉公傳》云:"病使人煩懣,食不下。"《楚辭·哀時命》云:"惟煩懣而盈匈。"王逸注:"懣,憤也。""言心中煩憒,氣結盈匈也。"①"們",即"懣"之俗字,"們渾"猶"懣渾",亦盛滿之意也。(卷二,126 頁)

十三、九歎

(一)逢紛

1. 軫,戾也。

劉向《九歎》云:"龍邛將圈,繚戾宛轉,阻相薄兮。"洪興祖《補注》:"繚,音了。戾,力吉反,曲也。"②《衆經音義》卷一云:"繚,力鳥反。繚戾,不正也,謂相糾繚也。"又卷六云:"繚戾,謂相纏繞也。"(卷三,223 頁)

(二)怨思

1. 剿、蹶,獪也。秦晉之間曰獪,楚謂之剿,或曰蹶;楚鄭曰蔿。

《説文》:"僞,詐也。"《廣雅》:"僞,欺也。"《堯典》"平秩南訛",《史記·五帝紀》作"南爲"。《周官·大司徒》:"以五禮防民之僞,而教之中。"襄三十年《左氏傳》云:"無載爾僞。"《楚辭·九歎》"若

①"言"下今有"己愁思展轉而不能卧"諸字;"氣結盈匈"今本王逸注作"氣結滿匈"。

②"將"今作"脟";"吉"今作"結";"反"今作"切"。

青蠅之僞質兮",王逸注云:"僞,變也。"①"譌""僞""爲"并與"蔿"通,方俗語有輕重耳,凡狡獪者多變化,故亦謂之蔿也。(卷二,170 頁)

2. 譌,化也。

"譌"通作"訛"。《釋言》:"訛,化也。"《小雅・沔水》《正月》篇"民之訛言",《説文》引作"譌"。又通作"吪"。《豳風・破斧篇》"四國是吪",毛《傳》:"吪,化也。"郭注《爾雅》引作"訛"。"譌""吪",聲義并同。《堯典》"平秩南訛",《史記・五帝紀》作"南爲"。《楚辭・九歎》"若青蠅之僞質兮",王逸注:"僞,變也。"②"爲""僞"與"譌"古聲亦相近。(卷三,179—180 頁)

3. 嬀,僈也。

《説文》:"僞,詐也。"《周官・大司徒》:"以五禮防萬民之僞,而教之忠。"《楚辭・九歌》③云"若青蠅之僞質兮",王逸注:"僞,變也。"④……又卷三云"蔿、譌,化也",《注》云:"蔿、譌,皆'化'聲之轉也。"凡狡獪者多變化,故"僞""蔿""譌"又訓爲"化",字并與"嬀"通。(卷十二,671 頁)

4. 靡,滅也。

《説文》:"靡,披靡也。"《中孚》九二云"吾與爾靡之",孟、王注皆云:"散也。"《釋文》:"靡,本又作'縻',同亡池反,散也。……"《楚辭・九歎》云"名靡散而不彰",王逸注云:"靡散,猶消滅也。"是靡爲滅也。(卷十三,788 頁)

---

①"變"上今有"猶"字。

②"變"上今有"猶"字。

③此誤,應爲《楚辭・九歎》。

④"變"上今有"猶"字。

（三）憂苦

1. 廋，隱也。

《廣雅》："廋、匿，隱也。"《晋語》"有秦客廋辭于朝"，韋《注》："廋，隱也。"《爲政》篇云"人焉廋哉"，《集解》引孔安國《注》："廋，匿也。"通作"蒐"。文十八年《左氏傳》"服讒蒐慝"，《正義》云："服虔以蒐爲隱。隱慝，謂陰隱爲惡也。""蒐"與"廋"同。廋訓爲隱，亦爲匿，故隱隈之地謂之廋，隱匿之事謂之溲。《楚辭·九歎》云"步從容於山廋"，王逸注："廋，隈也。"①（卷三，227 頁）

（四）愍命

1. 蠡，陳楚宋魏之間或謂之簞，或謂之櫼，或謂之瓢。

此釋勺之異名也。……劉向《九歎》云"瓟蠡蠹於筐簏"，王逸注："瓟，瓠。瓢也。"②"蠡"，正字；"蠡"，壞字；其作"蠡"者，猶"匏"之别作"瓟"也，亦俗字也。（卷五，301 頁）

2. 激，清也。

《衆經音義》卷十四引《莊子》司馬彪《注》曰："流急曰激。"《楚辭·九章》③云："我清激而無所通。"④（卷十二，678 頁）

（五）遠遊

1. 馺，馬馳也。

①"廋"今皆作"廀"，《考異》謂"一作廋"。

②"蠡"今作"蠡"；今本王逸注爲"瓟，匏也；蠡，瓢也"。

③此處當爲《九歎》。

④今本作"或清激其無所通"。

《説文》:"馺,馬行相及也。"《廣雅》:"馺,馳也。"劉向《九歎》云:"雷動電發,馺高舉兮。"(卷十三,792 頁)

十四、九思

(一)怨上

1.介,特也。……物無耦曰特,獸無耦曰介。

《廣雅》"介,獨也",《玉篇》《集韻》《類篇》引并作"夰"。"夰"與"介"同。昭十四年《左氏傳》云"收介特",杜預《注》云:"介特,單身民也。"《史記・張耳陳餘傳》"獨介居河北",《集解》引臣瓚曰:"介,特也。"《楚辭・九思》"哀我介特",①王逸注:"介特,獨也。"(卷六,387 頁)

2.貜,多也。南楚凡大而多謂之䫂,或謂之貜。凡人語言過度及妄施行亦謂之貜。

《廣雅》:"䫂、貜,多也。"《玉篇》:"䫂,大多也。或作'𠜒'。䫂貜,盛多皃。""貜",通作"纕"。《後漢書・崔駰傳》"紛纕塞路,凶虐播流",李賢注引《方言》:"纕,盛多也。""纕"與"貜"同。……《楚辭・九思》云"羣司兮譨譨",洪興祖《補注》曰:"譨譨,多言也。奴侯切。""譨""貜",一聲之轉。(卷十,605 頁)

3.螻螲謂之螻蛄。

螻蛄穴地而居,短翅四足,前別有二大足,略似螳臂,立夏後夜鳴,聲如蚯蚓,《楚辭・九思》云"螻蛄兮鳴東"是也。(卷十一,620 頁)

---

①"我"今作"吾";今本"介特"上有"兮"字。

（二）疾世

1. 謰謱，拏也。……南楚曰謰謱。……拏，揚州會稽之語也。

《廣雅》"囒哰，謰謱也"，王氏《疏證》云："此雙聲之相近者也。'囒''謰'，聲相近。《魏風・伐檀》篇：'河水清且漣猗。'《爾雅》'漣'作'瀾'，是其例也。'哰''嘍'，聲亦相近。《士喪禮》'牢中旁寸'，鄭《注》云'牢，讀爲樓'，是其例也。"案：《說文》"謰""謱"二字并云："謰謱也。"《玉篇》："謰謱，繁拏也。"《廣韻》："謰謱，小兒語。"《楚辭・九思》云"媒女詘兮謰謱"，王逸注云："謰謱，不正。"洪興祖《補注》云："一曰：貌謰謱，語亂也。"①亦作"連遱"。（卷十，565 頁）

（三）悼亂

1. 貛，（原注：豚也。）關西謂之貒。

《說文》："貛，野豕也。貒，獸也。讀若湍。"《釋獸》"貍、狐、貒、貈，醜，其足蹯"，《說文・内部》引作"狐貍貛貉醜"。《釋獸》又云"貒子，貗"，郭注："貒，豚也。一名貛。"《釋文》引《字林》云："貒獸似豕而肥。"《廣雅》："貒，貛也。"《淮南・脩務訓》"貛貉爲曲穴"，《太平御覽》引作"貒知曲穴"。《楚辭・九思》云："貒貉兮蟫蟫。"（卷八，461 頁）

2. 悸，悸也。

《說文》："悸，心動也。"《衆經音義》卷四、卷十二并云："悸，古文'痵'同，其季反。《字林》：'心動也。'《說文》：'氣不定也。'"《衛風・芄蘭》篇"垂帶悸兮"，毛《傳》云"垂其紳帶悸悸然有節度"也。

①"不正"下今有"貌"字；"一曰"下今無"貌"字。

《楚辭·悼亂》"惶悸兮失氣",王逸注:"悸,懼也。"(卷十二,697頁)

(四)傷時

1.平原謂啼極無聲謂之唴哴。楚謂之嗷咷。

"嗷咷"者,《説文》:"嗷,嗷呼也。"《曲禮》"毋嗷應",鄭《注》:"嗷,號呼之聲也。"昭二十五年《公羊傳》"昭公於是嗷然而哭",何休《注》:"嗷然,哭聲貌。"……《楚辭·傷時》云"聲嗷誂兮清和",王逸注"嗷誂,清暢貌"也。"嗷誂",與"嗷咷"亦同。(卷一,41頁)

(五)守志

1.桑飛,……自關而東謂之鸋鴂。

鴉亦小鳥之名。《莊子·齊物論》"見彈而求鴉炙",《釋文》引司馬彪《注》云"鴉,小鳩"也。《楚辭·九思》"今其集兮惟鴉",王逸注云:"鴉,小鳥也。"(卷八,485頁)

《釋名疏證補》[1]

一、離騷

1. 私，畢沅曰：《説文》引《韓非子》曰"自營爲厶"，《韓子》則作"自環爲厶"。營、環字通也。俗作私，别。恤也，所恤念也。

蘇輿曰：《離騷》："皇天無私阿兮。"王注："竊愛爲私。"竊愛即恤念意。（《釋言語》第十二，131 頁）

二、九歌

（一）湘君

1. 搏壁，以席搏著壁也。

畢沅曰：《楚辭》："薜荔拍兮蕙綢。"王逸注："拍，搏壁也。"[2]拍一作柏，并音博。（《釋床帳》第十八，200 頁）

---

① 劉熙撰，畢沅疏證，王先謙補《釋名疏證補》，中華書局，2008 年版。

② "拍"今作"柏"，《考異》謂"一作拍"；"搏"今作"榑"，《考異》謂"一作搏"。

(二)湘夫人

1. 兄,荒也;荒,大也。故青徐人謂兄爲荒也。

王啓原曰:《楚辭》:"怳忽兮遠望。"①《祭義》:"以其慌惚,以與神明交。"均彷忽之異文,一从兄,一从荒,以兄亦荒也。"……《詩・鶉奔》以"兄"協"姜、彊",是讀如荒。……兄、荒於西域字母皆屬曉紐,青徐人以蹴口開唇推氣言之,如風讀放之例。(《釋親屬》第十一,98頁)

(三)國殤

1. 盾,遯也,跪其後,避刃以隱遯也。大而平者曰吴魁,本出於吴,爲魁帥者所持也。

蘇輿曰:《廣雅》:"吴魁,盾也。"《御覽》引"吴魁"作"吴科"。王氏念孫《疏證》云:"《楚辭・九歌》:'操吴戈兮被犀甲。'王逸注:'或曰操吾科。吾科,盾之名也。'②吾科與吴魁同。科、魁聲相近,故《後漢書》謂科頭爲魁頭。"又云:"吴者,大也。魁亦盾名也。吴魁猶言大盾,不必出於吴,亦不必爲魁帥所持也。"(《釋兵》第二十三,240頁)

三、九章

(一)惜誦

1. 席,釋也,可卷可釋也。

---

①"怳"今作"荒"。
②"盾"今作"楯"。

畢沅曰:《説文》:"席,籍也。"案鄭注《周禮·春官·敘官》云:"鋪陳曰筵,藉之曰席。"則籍之義優於釋。王啓原曰:釋,亦藉也。《説文》:"藉,祭藉也。"……《楚辭·惜誦》:"欲釋階而登天兮。"言藉階登天也。(《釋床帳》第十八,196頁)

(二)悲回風

1. 膺,心衣抱腹而施鉤肩,鉤肩之間施一襠,以奄心也。

畢沅曰:今本脱此字,①案《楚辭·悲回風》云:"糺思心以爲纕兮,編愁苦以爲膺。"王逸注:"膺,絡胸者也。"則知此必當有,下乃爲之釋。(《釋衣服》第十六,172頁)

四、招䰟

1. 蹙,遒也,遒迫之也。

諸本"遒"皆作"遵",字之誤也。……蘇輿曰:《説文》:"迺,迫也,或作遒。"《楚辭·招魂》:"遒相迫些。"……《廣雅》:"蹙迺,迫急也。"又云:"蹙遒,迫也。"與此義同。(《釋姿容》第九,87頁)

2. 承塵,施於上以承塵土也。

成蓉鏡曰:《周禮·幕人注》:"帟,主在幕若幄中坐,上承塵。"《禮記·檀弓》:"君於士有賜帟。"注:"幕之小者,所以承塵。"……蘇輿曰:承塵,亦有單言塵者。《楚辭·招魂》:"經堂入奥,朱塵筵些。"王逸注:"塵,承塵也。"(《釋床帳》第十八,199—200頁)

---

①按:指"膺"字。

五、哀時命

1. 弱,衄也,又言委也。

蘇輿曰:《廣雅·釋言》:"衄,縮也。"本書:"辱,衄也,言折衄也。"折衄即縮衄,并與弱義合。《説文》:"委,隨也。"《楚詞·哀時命》曰:"欿愁悴而委惰兮。"委隨、委惰并弱意。(《釋言語》第十二,118頁)

六、九歎

(一)逢紛

1. 袵,襜也,在旁襜襜然也。

葉德炯曰:《玉藻注》云:"袵,謂裳幅所交接者也。"《深衣》:"續袵鉤邊。"注云:"袵,在裳旁者也。"《楚詞·逢紛》:"裳襜襜而含風。"注:"襜襜,摇貌。"(《釋衣服》第十六,167頁)

(二)愍命

1. 箏,施弦高急,箏箏然也。

葉德炯曰:《説文》:"箏,鼓弦竹聲樂器也。"即此。《楚辭·愍命》:"挾人箏而彈緯。"注:"小琴也。"①此别一物。箏箏然猶錚錚然。(《釋樂器》第二十二,227頁)

①"小琴"上今有"箏"字;"小琴也"今本王逸注作"小瑟也",《補注》謂"小瑟,一作小琴"。

(三)遠遊

1.引舟者曰筰。

畢沅曰:《説文》:"筰,筊也。""筊,竹索也。"皮錫瑞曰:《詩·采菽》:"紼纚維之。"《釋文》:"纚,《韓詩》云:筰也。"《文選·元皇后哀策文》注引《韓詩》:"纚,繫也。繫謂以筰繫之也。"劉向《九歎》云:"濟楊舟於會稽兮。"注:"楊木之舟,輕而易浮,必竹筰維繫,以制其行。"①(《釋船》第二十五,265頁)

①"濟"今作"淦",《考異》謂"一作濟"。但注文非王、洪舊注。

《小爾雅集釋》①

總論

1. 汩、猾，亂也。

汩　王煦曰：《説文》："汩，治水也。"……《洪範》"汩陳其五行"，傳云："汩，亂也。"通作"扫"，《吕氏春秋·本生》篇云"人之性壽，物者扫之"，高誘注："扫，亂也。"是汩有二義也。宋翔鳳：《洪範》傳曰："汩，亂。"《漢書·五行志》應劭注同。此汩當从水旁曰。《説文》："㕙，水流也。从川曰聲。"後人㕙通爲"汩"。《離騷》"汩余若將不及兮"，王逸注："汩，去貌。疾若水流也。"又《懷沙》②"分流汩兮"注："汩，流也。《莊子·達生》"與汩皆出"，郭象注："回伏而涌出者，汩也。"皆以汩爲"㕙"。《廣韻》五《質》(五卷質部)亦云："汩同㕙。"則二字可通。《説文》："汩，長沙汩羅淵。屈原所沈之水。"(《廣言第二》，129 頁)

2. 薄，迫也。

王煦曰：《説文》："迫，近也。"《玉篇》："迫，逼迫也。附也。急

① 遲鐸撰《小爾雅集釋》，中華書局，2008 年版。

②《九章·懷沙》。

也。"《楚辭・遠游》云:"悲時俗之迫阨。"《哀時命》云:"衆比周以相迫。"①是也。(《廣言第二》,189 頁)

3. 四尺謂之仞。

鄭康成注《尚書》、王逸注《楚辭》②、高誘注《吕覽》皆以"仞爲七尺"。(《廣度第十一》,360—361 頁)

一、離騷

1. 淵、懿、邃、嶢,深也。

邃　王煦曰:《説文》:"邃,深遠也。"《禮記・玉藻》云"前後邃延",《釋文》:"邃,深也。"《逸周書・周祝解》云:"人智之邃也,奚爲可測。"《楚辭・離騷》云:"宫中既以邃遠兮。"③義并同。(《廣詁第一》,2 頁)

2. 索、寒、探、裒、鉤、掠、採,略也。

索　王煦曰:《廣言》云:"索、略,求也。"是索與略同義。《左氏・襄三十一年傳》云:"悉索敝賦,以來會時事。"悉索即"悉取"也。宋翔鳳曰:《易》:"探嘖索隱。"探、索并取義。葛其仁曰:《周禮・方相氏》"以索室驅疫",鄭注:"索,廋也。"《離騷》"索藑茅以筳篿兮",注:"索,取也"。(《廣詁第一》,37 頁)

3. 索、寒、探、裒、鉤、掠、採,略也。

寒(攓)　王煦曰:寒當與"搴"通。《説文》:"攓,拔取也。南

---

①"相"今作"肩"。

②見《招魂》"長人千仞"與《大招》"五穀六仞"注。

③"宫"今作"閨"。

楚語。"《楚辭》曰"朝攓阰之木蘭",①今《楚辭》本作"搴",蓋從手從寒省,此則省手作寒,或古字通也。《方言》又作"攓"。(《廣詁第一》,37 頁)

4. 赫、斁、爽、曉、昕、著、讃、曙,明也。

赫　王煦曰:《廣言》云:"赫,顯也。"《詩·大雅·生民》云"以赫厥靈",毛傳同。《離騷》云"陟陞皇之赫戲兮",王逸注:"赫戲,光明貌。"(《廣詁第一》,45 頁)

5. 肆、赴、捷,疾也。

捷　王煦曰:《淮南·兵略訓》云"捷捽招杼船",高誘注:"捷,急取也。"《説山訓》云"力貴齊,知貴捷",注:"齊、捷皆疾也。"《楚辭》云"夫惟捷徑以窘步",②王逸注:"捷,疾也。"(《廣詁第一》,64 頁)

6. 充、該,備也。

該(晐)　王煦曰:《穀梁·哀元年傳》云"此該之變而道之也",范寧注:"該,備也。"通作"賅",莊子《齊物論》"賅而存焉",司馬彪注:"賅,備也。"《釋文》引是文該亦作"賅"。宋翔鳳曰:晐通作"該"。《説文》:"晐,兼晐也。""該,軍中約也。"則作"晐"爲正。《吴語》"晐姓于王宫",韋注:"晐,備也。"葛其仁曰:《楚辭》"齊桓聞以該輔"注:"該,備也。備,輔佐也。"③依字當作"晐"。(《廣言第二》,98 頁)

7. 沓、襲,合也。

---

①"攓"今作"搴",《補注》謂"《説文》:攓,拔取也,南楚語,引'朝攓阰之木蘭'"。

②"惟"今作"唯",《考異》謂"一作維"。

③"備,輔佐也"今本王逸注作"備輔佐也"。

王煦曰:《玉篇》:"合,同也。"《禮記·樂記》云:"合同而化。"《楚辭·離騷》云:"兩美其必合兮。"①是其義也。(《廣言第二》,109頁)

8. 莽、蕪,草也。

莽　胡世琦曰:《廣雅》:"莽,草也。"《漢書·景帝紀》"或地饒廣,薦草莽,水泉利",如淳注云:"艸稠曰薦,深曰莽。"朱駿聲曰:《易·同人》:"伏戎于莽。"一説《周禮·翦氏》"以莽草熏之"注:"藥物殺蟲者。"《爾雅·釋草》"莽數節"注:"如今馬鞭竹。"《離騷》"夕攬州之宿莽"注:"冬生不死者。"②則爲艸名。(《廣言第二》,139頁)

9. 顛,殞也。

顛　王煦曰:《説文》顛倒之字作"蹎",以顛爲顛頂字。今通作"顛"。《易·鼎卦》"鼎,顛趾",《太平御覽》引鄭注云:"顛,踣也。"《雜卦》傳云:"《大過》,顛也。"李鼎祚《集解》:"顛,隕也。"……宋翔鳳曰:《易》"《大過》,顛也",虞注:"顛,殞也。"哀十一年《左傳》"顛越不恭",服注同。胡承珙曰:《楚辭》:"厥首用夫顛隕。"朱駿聲曰:顛借爲"蹎"。(《廣言第二》,149頁)

10. 靡,細也。

靡　宋翔鳳曰:《文選·長門賦》"靡靡而無窮",注引郭璞《方言》注:"靡靡,細好也。"《殷本紀》:"靡靡之樂。"亦謂其聲纖細也。葛其仁曰:《周禮·司市》"靡者使微"注:"侈靡細好,使富民好奢,微之而已。"……胡承珙曰:《楚辭·離騷》"精瓊靡以爲粻",王逸注云:"靡,屑也。"《廣雅》云:"糜,糏也。"糏與屑同。玉屑謂之靡,

①"兩美"前今有"曰"字。

②"州"今作"洲";"冬"上今有"草"字。

米麥糈謂之糜,皆取細碎之義。(《廣言第二》,163 頁)

11. 嗟,發聲也。

羌 胡承珙曰:《西都賦》"度宏規而大起",李善注云:"度或爲慶。慶與羌古字通。《小爾雅》曰:'羌,發聲也。'"據此,疑此條别有"羌"字與"嗟"同訓,傳寫者脱之耳。胡世琦曰:王逸《楚辭章句》云:"羌,楚人辭語也。"①《後漢書·馮衍傳》注云:"羌,語發聲也。"各本俱脱"羌"字,今據以補正。(《廣言第二》,167 頁。羌内恕己以量人兮,各興心而嫉妒)

12. 競,逐也。

競 王煦曰:《爾雅》云:"競、逐,彊也。"《説文》:"競,彊語也。一曰逐也。"彊當爲倔彊,猶昔之彊。凡物不相下謂之競,如《左氏·昭四年傳》"二惠競爽"是也;群相角謂之逐,如《昭·元年傳》"諸侯逐進"是也。皆倔彊不讓人之意,故《爾雅》以競、逐爲彊,而此復以競爲逐。《楚辭·離騷》云:"衆皆競進以貪婪兮。"競進猶言逐進也。(《廣言第二》,184 頁)

13. 寡夫曰煢。

葛其仁曰:煢者,《玉篇》云:"單也。無所依也。"古作"傥"。通作"睘",又通"惸",《正月》"哀此惸獨",又通"嬛",皆孤獨之義。胡承珙曰:《周頌·閔予小子》"嬛嬛在疚",《漢書·匡衡傳》引作"煢煢在疚"。《小雅·正月》"哀此惸獨",《楚辭》注引作"哀此煢獨"。②(《廣義第四》,226 頁。世並舉而好朋兮,夫何煢獨而不予聽)

14. 疾甚謂之阽。③

---

①"辭語"今本王逸注謂"語詞"。

②今本注引作"哀此煢獨"。

③"阽"字原誤,據校記徑改。

宋咸注：猶危也。王煦疏"《離騷》云'阽余身而危死兮'。謝朓詩曰'阽危賴宗衮'。是阽即危甚之意，故曰猶危也"。（《廣名第五》，239 頁）

15. 袴謂之褰。

王煦曰：……《方言》云："齊魯之間袴謂之襱，或謂之襱，關西謂之袴。小袴謂之芙蓉衫，楚通語也。"按此或取《楚辭》"集芙蓉以爲裳"之義也。① （《廣服第六》，270 頁）

16. 羌，發聲也。

案：《離騷》"羌内恕己以量人兮"注："羌，楚人語辭也。"②《後漢書·馮衍傳》"羌前人之所有"注："羌，語發聲也。"（《附録一·補撰·輯佚》，408 頁）

二、九歌

（一）湘君

1. 裔、蔑，末也。

王煦曰：《説文》："木上曰末。"《玉篇》："末，盡也。"《周書·召誥》："王末有成命。"《楚辭》："搴夫容兮木末。"③皆其義也。（《廣言第二》，116 頁）

2. 楫謂之橈。

葛其仁曰：蓋楫、橈、櫂一物而三名。《後漢書·岑彭傳》"冒

---

①"集"今作"櫱"，《考異》謂"一作集"。

②"辭"今作"詞"。

③"夫容"今作"芙蓉"。

突露橈數千艘”注:“橈,小檝也。”《楚辭·湘君》“蓀橈兮蘭旌”注:“橈,船小楫也。”楫通作“輯”。(《廣器第七》,307頁)

(二)河伯

1. 肆、從,逐也。

王煦曰:《説文》:“逐,追也。”……胡世琦曰:洪稚存云:“遂,今本作‘逐’。”王逸《楚辭章句》雖有“逐,從也”之訓,然此則當作“遂”,有《周禮》《國語》等古注可證。今改正。(《廣言第二》,137頁。靈何爲兮水中,乘白黿兮逐文魚)

(三)山鬼

1. 睇、題,視也。

睇　王煦曰:《説文》:“睇,目小衺視也。南楚謂眄曰睇。”《易·明夷》卦“夷于左股”,鄭本作“睇”,云“旁視爲睇”,即許氏所謂目小衺視也。《楚辭·山鬼》云:“既含睇兮又宜笑。”即許氏所謂南楚曰睇也。又《大戴記·夏小正》云:“來降燕乃睇。”義同。(《廣言第二》,135頁)

(四)國殤

1. 無主之鬼謂之殤。

王煦曰:《逸周書·謚法解》云:“短折不成曰殤。”“未家短折曰殤。”……《楚辭》有《國殤》篇,指死于戰陳者,言不在上中下殤之例,然論其無主,則亦近似之矣。宋翔鳳曰:按殤字當作“禓”。《禮記·郊特牲》“鄉人禓”,鄭注:“禓,强鬼也。謂時儺索室,驅役逐强鬼也。”……《楚辭·國殤》王逸注:“謂死於國事者。”其文云:“終剛强兮不可凌,身既死兮神以靈,子魂魄兮爲鬼雄。”正合鄭注

《禮記》强鬼之義，則殤字亦當作“禓”，當其致命異域，身膏原野，魂魄散越，莫適所主，故以國禓名之。若從歺之殤，爲未成人而死者，然禮有殤服，有殤祭，不得爲無主矣。（《廣名第五》，251—252頁）

三、天問

1. 掇、督、撫，拾也。

督（叔）　王煦曰：古督、篤、築、竺、筑、毒音義并通。《商書·微子》云“天毒降灾荒殷邦”，《史記》毒作“篤”。《楚辭·天問》、漢《平輿令》《薛君碑》又以“竺”爲“篤”。（《廣詁第一》，65頁。稷維元子，帝何竺之）

2. 沓、襲，合也。

沓　王煦曰：《楚辭·天問》云：“天何所沓。”揚雄《羽獵賦》云“天與地沓”，李善引應劭云：“沓，合也。”宋翔鳳曰：《楚辭·天問》王逸注：“沓，合也。”《廣雅·釋詁》同。（《廣言第二》，109頁）

3. 悛、寤，覺也。

寤　王煦曰：《説文》：“寐覺而有信曰寤。”《衆經音義》引《倉頡篇》云：“覺而有言曰寤。”按：《説文》“信”當依《倉頡篇》作“言”。《周南·關雎》云“寤寐求之”，毛傳：“寤，覺也。”《楚辭·天問》云：“寤過改更。”①《吴語》云：“王若不得志于齊，而以覺寤王心。”義并同。（《廣言第二》，126頁）

4. 迪、跡，蹈也。

①“寤”今作“悟”，《考異》謂“一作寤”。

跡(迹) 胡承珙曰:《楚辭·天問》"昏微循迹",①王逸注云:"迹,道也。"(《廣言第二》,142 頁)

5. 衍、演,廣也。

衍 王煦曰:《廣器》云:"澤之廣謂之衍。"《易·繫辭》傳云"大衍之數五十",《釋文》:"蜀才云:'衍,廣也。'"宋翔鳳曰:《易》"大衍之數五十",《音義》鄭云:"衍,演也。"《楚辭·天問》"其衍幾何",王注:"衍,廣大也。"(《廣言第二》,143 頁)

四、九章

(一)惜誦

1. 迪、跡,蹈也。

跡(迹) 宋翔鳳曰:《爾雅·釋訓》:"不蹟,不道也。"《楚辭·惜誦》"言與行其可迹兮",王注:"所履爲迹。"②(《廣言第二》,142 頁)

(二)涉江

1. 小船謂之艇,艇之小者曰艄。

宋翔鳳曰:……《淮南·俶真》云:"越舲蜀艇不能無水而浮。"高誘注:"舲,小船也。蜀艇,一版之舟,若今豫章是也。"高訓蜀爲一版。今按:艇容二百斛,非一版所造。是越、蜀皆地名。《楚

①"循"今作"遵",《考異》謂"一作循"。

②今王注"所履爲迹"上今尚有"出口爲言"四字。

辭·涉江》"乘舲船余上沅兮",王逸注:"舲船,船有窗牖。"①舲亦通"艑"(《廣器第七》,304 頁)

(三)懷沙

1. 幽、曀、闇、昧,冥也。

幽　王煦曰:《易·困卦》云:"入于幽谷。"幽,不明也。《虞書·帝典》云:"宅朔方曰幽都,南曰明都。"則此幽都爲冥也。葛其仁曰:《春秋元命包》:"幽之言窈也。"言風出入窈冥。揚子《太玄經》"而幽其所以然者何也",《集解》:"幽,冥也。"胡承珙曰:《楚辭·懷沙》"玄文處幽兮",王逸注云:"幽,冥也。"(廣詁第一》,53 頁)

(四)橘頌

1. 死而復生謂之大蘇。

蘇　王煦曰:高誘《淮南·時則訓》注云:"蘇,生也。"……蘇爲寤者,《楚辭·橘頌》"蘇世獨立"注:"蘇,寤也。"蘇古作"穌"。(《廣名第五》,238—239 頁)

(五)悲回風

1. 締,閉也。

締　王煦曰:《説文》云:"締,結不解也。"《史記·秦始皇本紀》:"合從締交。"《漢書音義》曰:"締,結也。"《淮南·説山訓》云:"兒説爲宋王解閉結。"是締與閉皆結義。故《詩》《禮》并名以繩約弓爲閉,皆取締結之義。宋翔鳳曰:《廣雅·釋詁》:"締,結也。"葛

①"窗"今作"牕";"牖"下今有"者"字。

其仁曰:《楚辭·九章》"氣繚轉而自締。"(《廣言第二》,162 頁)

五、九辯

1. 車轅上者謂之䡕。

王煦曰:《説文》:"車,輿輪之總名也。"……笭或作"軨",《説文》:"軨,車轖間横木也。"笭籠一聲之轉。車轖横木謂之笭,亦謂之籠,猶舉土器謂之籠,亦謂之笭也。車笭在式木下。宋玉《九辯》"倚結軨兮長太息,涕潺兮下霑軾"是也。① (《廣器第七》,308 頁)

六、招𩲡

1. 封、巨、莫、莽、艾、祁,大也。

莫　宋翔鳳曰……按:莫通爲"幕"。……《楚辭·招魂》"離榭修幕",王逸注:"幕,大帳也。"知幕亦取大義,假借作"莫"。……葛其仁曰:《史記·屈原賈生傳》"莫邪爲頓",《集解》引許慎曰:"莫邪,大戟也。"則莫自有大義。(《廣詁第一》,5 頁)

2. 固、歷、彌、宿、舊、向,久也。

彌　王煦曰:《逸周書·謚法》解云:"彌,久也。"《周書·顧命》云:"既彌留。"東晋《孔傳》同。宋翔鳳曰:《説文》:"镾,久長也。从長爾聲。"是作"彌"者俗。葛其仁曰:《楚辭·招魂》"順彌代些"注:"彌,久也。"(《廣詁第一》,42 頁)

3. 經、屑、省,過也。

---

①"潺"下今本有"湲"字。

經　宋翔鳳云:經當作"淫"。……李善注引《小爾雅》云:"淫,過也。"淫,各本訛作"經",今改正。淫與淫、徑通。《釋名》:"淫,徑也。言如道徑也。"王逸《楚辭・招魂》注,高誘《淮南・覽冥訓》注并云:"徑,過也。"(《廣詁第一》,74頁。川谷徑復)

4. 迭、遞、交,更也。

遞　王煦曰:《爾雅》云:"遞,迭也。"《説文》:"遞,更易也。"《齊策》云"今齊、楚、燕、趙、韓、梁六國之遞,甚也",高誘注:"遞,更也。"葛其仁曰:《楚辭・招魂》"射遞代些"注同高誘注。(《廣詁第一》,77頁)

5. 曹,偶也。

曹　《楚辭・招魂》云"分曹並進",①王逸注:"曹,偶也。"《史記・黥布列傳》云:"率其曹偶,亡之江中。"(《廣言第二》,171頁)

6. 高八尺曰仞。

《楚辭・招魂》"長人于仞"注,②并云:"七尺曰仞"。(《附録一・補撰・輯佚》,392頁)

七、大招

1. 縞、皓、素,白也。

皓　王煦曰:《詩・唐風・揚之水》云:"白石皓皓。"《史記・留侯世家》云:"四人從太子,須髮皓白。"師古《漢書》注云:"所以謂之四皓。"曹大家《幽通賦》注云:"皓,白也。"《説文》無"皓"字,疑古皓作"晧"。宋翔鳳曰:《文選・答賓戲》"養皓然之氣。"注:

---

①"並"今作"竝"。

②"長人于仞"之"于"字當爲"千"字誤。

“項岱曰：‘皓，白也。’”葛其仁曰：《詩·揚之水》傳：“皓皓，潔白也。”胡承珙曰：《一切經音義》卷二十一引《小爾雅》：“皓，白也。”《說文》云：“顥，白皃。”引《楚辭·大招》“天白顥顥”。《廣雅》：“皞皞，白也。”并與皓同。（《廣詁第一》，81 頁）

八、七諫

（一）初放

1. 褊，狹也。

褊　王煦曰：《說文》：“褊，衣小也。”《左氏·昭元年傳》云：“召使者，裂裳帛而與之，曰：‘帶其褊矣！’”意謂帶褊狹，不若裳帛之差廣也。《魏風·葛屨》序云：“葛屨，刺褊也。魏地陜隘，其君儉嗇褊急，而無德以將之。”其《詩》曰：“維是褊心，是以爲刺。”蓋心不廣則性蹙速，故曰褊急。《孟子》云：“齊國雖褊小。”言壤地之狹也。《史記·禮書》云：“褊陋之說，入焉而望。”言言論之狹也。葛其仁曰：《楚辭·初放》“淺智褊能兮”①注：“褊，狹也。”（《廣言第二》，157 頁）

（二）沈江

1. 淫、溢、沉、滅，没也。

淫　淫、湛、潛并聲近義同。朱駿聲曰：“《楚辭·沈江》‘日浸淫而合同’。”②（《廣詁第一》，84 頁）

① 原標點作“《楚辭》‘初放淺智褊能兮’”，今正。

② 原標點誤爲“《楚辭》‘沈江日浸淫而合同’”，今正。

2. 袤、從，長也。

從　《毛詩》"衡從其畝"，《音義》："衡亦作'横'。"……東方朔《七諫》王逸注云："緯曰横，經曰從。"①（《廣言第二》，144 頁。不别横之與縱）

（三）哀命

1. 攻、爲、話、相、旬、宰、營、匠，治也。

匠　王煦曰：《説文》："匠，木工也。"……葛其仁曰：《説文》云："木工也。从匚从斤。斤所以作器也。"……朱駿聲曰：東方《七諫》："念私門之正匠兮。"（《廣詁第一》，19 頁）

九、九歎

（一）逢紛

1. 幽、曀、闇、昧，冥也。

曀　王煦曰：《爾雅》云："陰而風曰曀。"《釋名》："曀，翳也。言掩翳日光使不明也。"《詩・邶風・終風》云"終風且曀"，毛傳用《爾雅》。胡承珙曰：《詩》疏引孫炎云："雲風曀日光。"胡世琦曰：《説文》："曀，陰而風也。《詩》'終風且曀'。"《楚辭》"徑淫曀而道壅"，王逸注："淫曀，闇昧也。"（《廣詁第一》，53 頁）

（二）憂苦

1. 澤之廣謂之衍。

①"從"今本王逸注作"縱"。

王煦曰:《廣言》云:"衍,廣也。"《説文》:"水朝宗于海貌也。"《漢書·司馬相如傳》"靡離廣衍",孟康注:"衍,無厓岸也。"《周官·大司徒》"辨墳衍原隰之名物",鄭注:"下平曰衍。"下平即澤廣之義。《易·需卦》:"需于沙,衍。"義同。宋翔鳳曰:《楚辭》"巡夷陸之衍沃",王逸注:"衍,澤也。"①(《廣物第八》,326 頁)

十、九思

(一)逢尤

1. 淵、懿、邃、隤,深也。

懿　毛傳:"懿筐,深筐也。"《正義》曰:"懿者,深邃之言,故知懿筐爲深筐。"葛其仁曰:《楚辭·逢尤》"懿風后兮受瑞圖",王逸注:"懿,深也。"(《廣詁第一》,2 頁)

①"夷陸"今作"陸夷","衍沃"今作"曲衍"。

《吴下方言考校議》[1]

總論

1. 嗌喔。

王逸《九思》:“諓諓兮嗌喔。”案:嗌喔,咽物聲。吴中謂咽物作聲曰“嗌喔。”復按:見《九思·憫上》。注:“諓諓,竊言。嗌喔,容媚之聲。”洪興祖《補注》:“嗌,音益;喔,於角切,又音屋。”亦作喔伊。《楚辭·卜居》:“喔伊嚅唲以事婦人乎?”[2]喔伊,强笑貌。(卷十,197 頁)

一、離騷

1. 浪浪。

《離騷》:“攬茹蕙以掩涕兮,霑余襟之浪浪。”案:浪浪,流不止

---

①胡文英著,徐復校議《吴下方言考校議》,鳳凰出版社,2012 年版。

②“伊”今作“咿”,《補注》謂“咿,音伊”;“嚅唲”今作“儒兒”,《考異》謂“一作嚅唲”,《補注》謂:“嚅,音儒。唲,音兒。”

貌。吴中謂淚連下曰"浪浪"。復按:王逸注:"浪浪,流貌也。"(卷二,19 頁)

2. 悻,烏更切,去聲。

案:悻,直而無文也。吴中譏直而無文者曰:"悻頭"。復按:……《集韻・上聲四十一迥》:"悻,《説文》,恨也。下頂切。"非其義。當借爲婞,《説文・女部》:"婞,很也。《楚辭》曰:'鯀婞直'。① 胡頂切"。段玉裁注:"很者,不聽從也。王逸《離騷注》同。"字亦作悻。(卷九,152 頁。曰鮌婞直以亡身兮)

3. 邅,音戰。

《楚辭》:"邅吾道夫崑崙兮,路修遠以周流。"②案:邅,繞也。吴中謂繞遠道爲"邅遠"。復按:見《離騷》。王逸注:"邅,轉也。楚人名轉曰邅。"(卷九,159 頁)

二、九歌

(一)大司命

1. 被被。

《楚辭・大司命》:"靈衣兮被被,玉佩兮陸離。"案:被被,敞散貌。吴諺謂不衫不履曰"散被被"。復按:見《楚辭・九歌》。王逸注:被被,長貌。洪興祖《補注》:"被與披同。"(卷三,39 頁)

---

①"鯀"今作"鮌",《考異》謂"鮌,亦作鯀"。

②"修"今作"脩"。

三、九章

(一)惜誦

1.杭。

《楚辭》:"昔余夢登天兮,①魂中道而無杭。吾使厲神占之兮,曰有志極而無旁。"案:杭,浮梁旁木,所以扶手也。吴諺謂之"扶杭"。復按:見《楚辭·九章·惜誦》。王逸注:杭,度也。(卷二,14頁)

2.羌,音腔。

《楚辭》:"羌衆人之所仇也。"②案:羌,孰料也。今吴諺有"勿羌他"之説。復按:見《楚辭·九章·惜誦》。王逸注:"羌,然辭也。"(卷二,15頁)

3.咍,音胎。

《楚辭·惜誦》:"行不羣以顛越兮,又衆兆之所咍也。"③案:咍,發語聲。鄙而笑之之辭也。吴中嗤笑人則曰"咍"。復按:見《楚辭·九章》。王逸注:"咍,笑也。楚人謂相啁笑曰咍。"洪興祖《補注》:"咍,呼來切,《説文》云:'蚩笑也'。"(卷六,103頁)

(二)涉江

1.咳,音孩。

①"余"原誤作"餘",今徑改。

②"也"字今本無,《考異》謂"一本'仇'下有'也'字"。

③"顛"今作"巔"。

案:咳,小歎。吴人小作歎息聲則曰“咳”。復按:見《忿悁》篇。字當作欸,《楚辭·九章·涉江》:“欸秋冬之緒風。”王逸注:“欸,歎也。”洪興祖《補注》:“欸,音哀。”亦作誒。(卷六,103頁)

(三)懷沙

1. 滔滔。

《楚辭·懷沙》:“滔滔孟夏兮,草木莽莽。”案:滔滔,晝長也。今諺謂晝長曰“日長滔滔”。復按:見《楚辭·九章》。王逸注:“滔滔,盛陽貌也。《史記》作陶陶。”洪興祖《補注》:“《說文》:‘滔,水漫漫,大貌。他刀切。’又‘滔,聚也。音陶。’”(卷五,85頁)

(四)悲回風

1. 介,音秔,去聲。

屈子《悲回風》:“介眇志之所惑兮,竊賦詩之所明。”案:介,發語辭。吴中謂稱如此爲“介”。復按:見《楚辭·九章》,王逸注:“介,節也。言己能守耿介之眇節,以自惑誤,不用於世也。”(卷八,137頁)

四、遠遊

1. 蟉虯,音流求。

《楚辭》:“形蟉虯而逶蛇。”案:蟉虯,曲折不平貌。吴中謂物圓突不平者曰“蟉虯”。復按:見《楚辭·遠游》。洪興祖《補注》:“上於七、下巨九切。蟉虯,盤曲貌。”①(卷六,100頁)

①“七”今作“九”。

五、九辯

1.躍躍，音瞿。

宋玉《悲秋》："右蒼龍之躍躍。"案：躍躍，龍足軟而屈伸貌。吴中謂足屈伸而行曰"躍躍"。復按：見《楚辭·九辯》。洪興祖《補注》："躍躍，行貌。其俱切。《廣韻》引此。"(卷三，39頁)

2.鉏鋙，音疽吾。

宋玉《九辯》："圜鑿而方枘兮，吾固知其鉏鋙而難入。"案：鉏鋙，不合也。吴中謂彼此語言意見不合曰"鉏鋙"。復按：洪興祖《補注》："鉏，狀所、狀舉二切。鋙，音語，不相當也。亦作齟齬、齟齬。"①(卷三，40頁)

3.怦怦，音平。

《楚辭·九辯》："心怦怦兮諒直。"案：怦怦，心動貌。言心雖不安，而所行實諒直也。吴諺謂心跳者曰"怦怦然"。復按：《楚辭》洪興祖《補注》："怦，披繃切，心急。"(卷四，60頁)

六、招蒐

1.侁侁，音莘。

《楚辭·招魂》："犲狼從目，往來侁侁些。"②案：侁侁，往來求鬬不得之貌。今犬之見敵思鬬而不得者，猶"侁侁然"也。復按：《楚辭》王逸注："侁侁，往來聲也。"(卷四，59頁)

①"狀舉"之"狀"今作"牀"；今本洪注無"亦作齟齬、齟齬"語。

②"犲"今作"豺"。

2.湛湛,音耽。

《楚辭·招魂》:"湛湛江水兮上有楓。"案:湛湛,水聲。吴諺謂水激水滴皆曰"湛湛"。復按:王逸注:"湛湛,水貌。"(卷五,70頁)

3.窔,音鳥。

《楚辭·招魂》:"冬有窔厦(音夏)。"案:窔,屋深曲也。吴中謂屋之曲折多者曰"灣窔"。字从穴,夭聲。復按:按王逸注:"窔,複室也;厦,大屋也。"五臣注:"窔厦,重屋。"洪興祖《補注》:"窔,深也。隱暗處。《爾雅》:'東南隅謂之窔。'"①(卷七,127頁)

4.旋,去聲。

《楚辭·招魂》:"旋入雷淵,爢散而不可止些。"案:旋,圓轉不止也。今吴諺以篩篩物曰"旋"。復按:王逸注:"旋,轉也;淵,室也;爢,碎也。"(卷九,156頁)

5.酎,音紂。

《楚辭·招魂》:"挫糟凍飲,酎清涼些。"案:酎,以冷水逼熱物也。吴俗於暑月以熱物置於涼水曰"酎"。復按:王逸注:"酎,醇酒也。"洪興祖《補注》:"酎,直又切。三重釀酒。《月令》:'至夏,天子飯酎。'②注云:'春酒至此始成。'"字當作瀔。(卷十,183頁)

七、大招

1.蜒,音延。

《楚辭·大招》:"南有炎火千里,蝮蛇蜒只。"案:蜒,如有所沿而緩游也。吴諺謂緩游爲"蜒"。復按:王逸注:"蜒,長貌也。"蜒,

①"厦"今皆作"廈";"謂之窔"之"窔"今本注作"交"。

②"至"今作"孟";"飯"今作"飲"。

延也,亦進也。(卷五,76 頁)

2.蹇。

《楚辭·大招》:"鰅鱅短狐,王虺蹇只。"案:蹇,蛇身動貌。吴中謂行而四體皆動爲"蹇"。復按:王逸注:"王虺,大蛇也。蹇,舉頭貌也。"洪興祖《補注》:"蹇,讀若騫,音軒。"①(卷五,77 頁)

3.誒,音海,平聲。

《楚辭·大招》:"長爪鋸牙,誒笑狂只。"②案:誒,笑聲。吴中謂笑聲曰"誒",不慧而笑曰"痴誒誒"。復按:按王逸注:"誒,猶强也。或曰:誒笑,樂也。謂待人憙樂也。"③洪興祖《補注》:"誒,音譆,《説文》云:'可惡之詞。'《漢書》唶笑,注云:'强笑也'。"④(卷六,106 頁)

八、七諫

(一)怨世

1.溷湛湛,音魂耽。

《楚辭·七諫》:"溷湛湛以日多。"⑤案:溷湛湛,濁貌。吴中謂酒漿類甚濁曰"溷湛湛"。復按:見《七諫·怨世》。王逸注:"溷湛湛,喻貪濁也。"(卷五,71 頁)

---

①"讀若騫"今作"讀若褰"。

②"鋸"今作"踞",《考異》謂"一作倨"。

③"誒笑,樂也"今作"誒,笑樂也";"待"今作"得"。

④"譆"今作"僖";"唶"今作"嘻"。

⑤"以"今作"而"。

九、九懷

(一)尊嘉

1. 擠將。

王褒《九懷》:“江離兮遺捐,辛夷兮擠將。”①案:擠將,雜以他物而無用也。今吴諺謂攪廢曰“擠將”。復按:見《九懷·尊嘉》,亦作“擠臧”。洪興祖《補注》:“擠,子鷄切,排也;臧,音藏,匿也。”(卷二,19頁)

十、九歎

(一)逢紛

1. 瀏瀏。

《楚辭·九歎》:“風瀏瀏以蕭蕭。”②案:瀏瀏,風不絶也。諺謂風不絶曰“風瀏瀏”。復按:見《九歎·逢紛》。王逸注:“瀏,風疾貌也。一云:瀏瀏。”瀏,音流。(卷六,98頁)

(二)怨思

1. 鞏,音貢。

---

①“將”今作“臧”,《考異》謂“一作將”。

②今本“風”上有“秋”字;且今本僅一“瀏”字,《考異》謂“一云瀏瀏”;“以”今作“目”。

劉向《九歎》："心鞏鞏而不夷。"案：鞏，内行也；夷，平也。吴中謂物在内行動曰"鞏"。復按：見《九歎・怨思》。《楚辭》王逸注："鞏鞏，拘攣貌也；夷，悦也。"洪興祖《補注》："鞏，音拱，以韋束也。"(卷八，135 頁)

(三)惜賢

1. 淟，音忝。

案：淟，精液之使人不爽者，故輸寫去之。吴中謂物之不爽者曰"淟"。復按：《文選》李善注："王逸《楚辭注》曰：'淟，垢濁也。勑顯切。'"①(卷八，134 頁。切淟涊之流俗)

十一、九思

(一)逢尤

1. 偉遑，偉音章。

王逸《九思》："遽偉遑兮驅林澤。"案：偉遑，茫茫然無主也。吴中謂倉皇不一曰"偉遑失智"。復按：見《九思・逢尤》，洪興祖《補注》："《集韻》：'偉徨，行不正。'"②亦作蒼皇。(卷二，17 頁)

2. 餶結，上音噎。

王逸《九思》："仰長歎兮氣餶結。"案：餶結，獨鬱結也。吴諺謂心不暢曰"餶結"。復按：見《九思・逢尤》。注："仰將訴天也。

① 據《文選・思玄賦》"懲淟涊而爲清"句李善注，"淟"下有"涊"字，而無"勑顯切"三字。

②"偉徨"今作"徫徨"。

餶,結也。"洪興祖《補注》:"餶,於結切。《説文》:'飯窒也。'①與噎同。"(卷十一,254 頁)

(二)怨上

1. 黴黴,音米。

王逸《九思》:"狐狸兮黴黴。"案:黴黴,貍聲也。今吴中呼貍貓曰"黴黴"。復按:見《九思·怨上》。王逸注:"黴黴,相隨貌。"洪興祖《補注》:"《釋文》音眉。"②(卷七,116 頁)

(三)疾世

1. 謰謱,音連類。

《楚辭·九思》:"媒女詘兮謰謱。"案:謰謱,因一人牽引累及數人也。吴中因此人旁累及人曰"謰謱"。復按:見《九思·疾世》。注:"謰謱,不正貌。"洪興祖《補注》:"《方言》:'謰謱,拏也。南楚曰謰謱,音謰謱。'③注云:'言諸拏也。一曰:謰謱,語亂也。'"當作連累。(卷九,178 頁)

(四)憫上

1. 澤,音鐸。

王逸《九思》:"冰凍兮洛澤。"案:澤,冰堅而垂也。吴中謂冰筯曰"停澤。"復按:見《楚辭·九思·憫上》。洪興祖《補注》:"《集

①"飯"今作"飫"。

②今本王注無"黴黴"二字,"《釋文》"上今有"黴"字。

③"音謰謱"之"謰謱",今本作"連縷"。

韻》:'冰謂之洛澤。'①其字从仌。上音洛。下大洛切。又曰:澤,冰結也。"(卷十,184 頁)

2. 睩睩,音禄。

王逸《九思》:"哀世兮睩睩。"案:睩睩,目轉視貌。吴中謂轉視曰:"括睩睩"。復按:見《九思·憫上》。注:"睩睩,視貌。"洪興祖《補注》:"睩,目睞謹也。音録。"②(卷十,201 頁)

(五)遭厄

1. 丁倒。

案:丁倒,倒轉也。吴諺謂倒轉曰"丁倒"。復按:……丁倒,即顛倒。一聲之轉。《楚辭·九思·遭厄》:"參辰回兮顛倒。"注:"參辰皆宿名。夜分而易次,故顛倒失路也。"亦作釘到。(卷七,128 頁)

2. 踼達。音鐵榻。

王逸《九思》:"御者迷兮失軌,遂踼達兮邪造。"案:踼達,行路聲。今吴諺謂行路聲曰"踼達"。復按:見《九思·遭厄》。注:"流星雖甚,猶不得道。踼達,誤過也。"洪興祖《補注》:"踼,音湯,達,他達切。一音跌,跌踼,行不正貌。林云:踼,徒郎、大浪二切。"(卷十一,225 頁)

(六)傷時

1. 饡,音贊。

《楚辭·九思》:"時混混兮澆饡。"案:饡,染醢而食也。吴中

①《九思》句"澤"今作"澤";《集韻》句"洛"今作"洛"。

②"睞"今作"睞";"録"今作"禄"。

謂以餅餌染醢醬而食曰“饡”。復按:見《九思·傷時》。王逸注:“饡,餐也。”洪興祖《補注》:“《説文》云:‘饡,以羹浣飯。’”①胡義似非,字當作“醮”。(卷九,164頁)

(七)哀歲

1.青熒熒。

案:熒熒,火光微貌。今諺謂燈不甚明曰“青熒熒”。復按:……王逸《九思·哀歲》:“鬼火兮熒熒。”注:熒熒,小火也。(卷四,65頁)

①今本作“饡,音贊。《説文》云:‘以羹澆飯。’”。

《積微居小學金石論叢》[①]

一、離騷

1. 與莽序暮度路爲韵。

《楚辭・離騷》云:“汩余若將不及兮,恐年歲之不吾與。朝搴阰之木蘭兮,夕攬洲之宿莽,日月忽其不淹兮,春與秋其代序,惟草木之零落兮,恐美人之遲暮,不撫壯而棄歲兮,[②]何不改此度?乘騏驥以馳騁兮,來吾道夫先路。”按:與、序、暮、度,皆模部;莽,唐部。路今爲鐸部,古平入可通協也。(卷三《古音對轉疏證》,133—134 頁)

2. 迎故爲韵。

《楚辭・離騷》云:“百神翳其備降兮,九疑繽其並迎;皇剡剡其揚靈兮,告余以吉故。”按:迎,唐部;故,模部。(卷三《古音對轉疏證》,134 頁)

3. 憑之與畐愊。

① 楊樹達《積微居小學金石論叢》,上海古籍出版社,2013 年版。

②“歲”今作“穢”。

《楚辭·離騷》云:“憑不厭乎求索。”①王逸注云:“憑,滿也。”《説文》五篇下《畐部》云:“畐,滿也。”《玉篇》云:“腸滿謂之畐。”《廣雅·釋詁》云:“愊,滿也。”按憑與畐愊一聲之轉。憑,登部;畐、愊,皆德部。(卷三《古音對轉疏證》,152頁)

二、九歌

總論

1. 釋曾。

《説文》二篇上《八部》云:“曾,語之舒也。从八,从曰,囮聲。”……曾爲口气上穿囮,猶黑之炎上出囮矣。口气上出穿囮而散越,故訓爲語之舒。引申之,則義爲高舉。《楚辭·東君》云:“翾飛兮翠曾。”王注云:“曾,舉也。”……魚網置木上者謂之罾(原注:《楚辭·九歌》云:罾何爲兮木上②)……皆曾高義之引申也。(卷一,39頁)

(一)湘夫人

1. 釋贈。

《説文》六篇下《貝部》云:“贈,玩好相送也。从貝,曾聲。”……曾有益義,故从曾聲之字多含加益之義,不惟贈字爲然也。……七篇下《网部》云:“罾,魚網也。从网,曾聲。”《楚辭·九歌》云:“罾何爲兮木上?”罾在木上,今制尚然。(卷一,3—5頁)

---

①“厭”今作“猒”。

②《湘夫人》篇。

2. 曾聲字多含重義加義高義。

魚網置木上者謂之罾　《説文》七篇下《网部》云:"罾,魚網也。从网,曾聲。"按《楚辭·九歌》云:"罾何爲兮木上?"今驗罾制,以網置於木之一端,以此木交午置架上,而以人上下木之他端以網魚也。(卷一《形聲字聲中有義略證》,47 頁)

3. 甑甗。

甑　《説文》十二篇下《瓦部》云:"甑,甗也。从瓦,曾聲。"按曾聲字有加益之義,前第八條贈下已言之。……加益之見於器用者,《説文》七篇下《网部》罾訓魚網,《楚辭》云:"罾何爲兮木上?"①(卷一《字義同緣於語源同例證》,64 頁)

三、九章

(一)懷沙

1. 莽土爲韵。

《楚辭·懷沙》云:"滔滔孟夏兮,草木莽莽;傷懷永哀兮,汩徂南土。"按:莽,唐部;土,模部。(卷三《古音對轉疏證》,134 頁)

四、漁父

1. 九十　黴。

《列子·黄帝篇》云:"焦然肌色皯黣。"按《説文·皮部》云:"皯,面黑氣也。"《楚辭·漁父》云:"顔色憔悴。"王逸注云:"皯黴,

①"罾"今作"罾"。

黑也。"《説文》云:"黴,中久雨青黑。"武悲切。黣與黴聲義俱近,王注之奸黴,即《列子》之奸黣也。今長沙猶謂人顔色憔悴爲黴。(卷四《長沙方言考》,168 頁)

五、九辯

1. 五十六　萎　餧。

《説文》一篇下《艸部》云:"萎,飼牛也。从艸,委聲。"……《楚辭・九辯》云:"鳳不貪餧而妄食。"萎委餧并同。① 今長沙謂以物哺兒或食鳥曰餧,書其字作餵。(卷四《長沙方言續考》,180 頁)

六、招寬

1. 釋醇。

《説文》十四篇下《酉部》云:"醇,雜味也。从酉,京聲。"……八篇上《衣部》雜訓五采相合,衣服之事也。五采相合爲雜,則五味相和亦具雜義矣。古京與羹同音,从京猶从羹也。……《正義》云:"古者羹臛之字音亦爲郎,故《魯頌・閟宫》及《楚辭・招魂》與史游《急就篇》羹與房漿糠爲韵。但近世以來獨以此地音爲郎耳。"(卷一,2—3 頁。和酸若苦,陳吴羹些。胹鼈炮羔,有柘漿些。)

2. 釋遇。

《説文》二篇下《辵部》云:"遇,逢也。从辵,禺聲。"……《辵

①本句標點原文誤爲"《楚辭・九辯》云'鳳不貪餧而妄食。萎委餧并同'"。今正。"鳳"下今有"亦"字。

部》又云:"遭,遇也。从辵,曹聲。"……《楚辭・招魂》云:"分曹竝進。"(卷一,40—41頁)

3.爾雅窕閒説。

《爾雅・釋言》云:"窕,閒也。"……愚謂窕之訓閒,尚有寬閒一義。《楚辭・招魂篇》王逸注云"空寬曰閒",是閒有空寬之義也。(卷五,213頁。静閒安些)

七、九歎

(一)逢紛

1.百二　納。

《説文・糸部》云:"納,絲溼納納也。""繎,絲勞也。"如延切。劉向《九歎》云:"衣納納而掩露。"王逸注云:"納納,濡溼貌。"今長沙謂衣服及百物濡柔者曰納繎。(卷四《長沙方言考》,169頁)

(二)愍命

1.截或作諓。

《書・秦誓》云:"惟截截善諞言。"截截,王逸《楚辭・九歎》注引作諓諓。按:截,曷部;諓,寒部。(卷三《古音對轉疏證》,127頁。讒人諓諓,孰可愬兮)

下　編

歷代學術論著類
散見《楚辭》資料輯録

《唐摭言》[1]

一、九歌

總論

1. 生笑"紫貝闕兮珠宫",[2]此與詩之"金玉其相"何異?天下人有金玉爲之質者乎?"被薜荔兮帶女蘿",[3]此與"贈之以勺藥"何異?文章不當如此説也。(卷五《切磋》,1623 頁)

---

①王定保《唐摭言》,據上海古籍出版社《唐五代筆記小説大觀》本(下册),2000 年版。

②《九歌·河伯》。"珠"今作"朱"。

③《九歌·山鬼》。"蘿"今作"羅"。《考異》謂"一作蘿"。

《夢溪筆談》[1]

總論

1. 自古言楚襄王夢與神女遇，以《楚辭》考之似未然。《高唐賦》序云："昔者先王嘗游高唐，怠而晝寢，夢見一婦人，曰：'妾巫山之女也，爲高唐之客，朝爲行雲，暮爲行雨。'故立廟，號爲朝雲。"其曰"先王嘗游高唐"，則夢神女者懷王也，非襄王也。又《神女賦》序曰："楚襄王與宋玉游於雲夢之浦，使玉賦高唐之事。其夜王寢，夢與神女遇。王異之，明日以白玉，玉曰：'其夢若何？'對曰：'晡夕之後，精神恍惚，若有所熹，見一婦人，狀甚奇異。'玉曰：'狀如何也？'王曰：'茂矣美矣，諸好備矣；盛矣麗矣，難測究矣；環姿瑋態，不可勝贊。'王曰：'若此盛矣，試爲寡人賦之。'"以文考之，所云"茂矣"至"不可勝贊"云云皆王之言也，宋玉稱嘆之可也，不當却云"王曰'若此盛矣，試爲寡人賦之'"。又曰"明日以白玉"，人君與其臣語不當稱"白"。又其賦曰："他人莫睹，玉覽其狀，望余帷而延視兮，若流波之將瀾。"若宋玉代王賦之若王之自言者，則不當自云"他人莫睹，玉覽其狀"，既稱"玉覽其狀"，則是宋玉之言也，又不

---

①沈括《夢溪筆談》，上海古籍出版社，2009 年版。

知稱余者誰也。以此考之,則“其夜王寢,夢與神女遇”者,“王”字乃“玉”字耳;“明日以白玉”者,“以白王”也,“王”與“玉”字誤書之耳。前日夢神女者懷王也,其夜夢神女者宋玉也,襄王無預焉,從來枉受其名耳。(補筆談卷一《辯證》,235—236 頁)

一、九歌

(一)東皇太一

1. 韓退之集中《羅池廟碑》銘有“春與猿吟兮,秋與鶴飛”,今驗石刻乃“春與猿吟兮,秋鶴與飛”。古人多用此格,如《楚辭》“吉日兮辰良”,又“蕙肴烝兮蘭藉,奠桂酒兮椒漿”,①蓋欲相錯成文則語勢矯健耳。(卷十四《藝文一》,123 頁)

2. 自後浮巧之語,體制漸多,如傍犯、蹉對、假對、雙聲、叠韵之類,……如《九歌》“蕙肴烝兮蘭藉,奠桂酒兮椒漿”,②當曰“烝蕙肴”對“奠桂酒”,今倒用之,謂之蹉對。(卷十五《藝文二》,132 頁)

二、招䰟

1. 楚詞《招䰟》尾句皆曰“些”(原注:蘇箇反)。今夔、峽、湖、湘及南、北江獠人,凡禁呪句尾皆稱“些”,此乃楚人舊俗,即梵語“薩嚩訶”也,……三字合言之即“些”字也。(卷三《辯證一》,15 頁)

---

①“烝”今作“蒸”,《考異》謂“一作烝”。

②“烝”今作“蒸”,《考異》謂“一作烝”。

《麈史》[①]

總論

1 予熙寧初調官，泊報慈寺，同院陽翟徐秀才出其父屯田望名所爲詩，見其清苦平淡，有古人風致，不能傳鈔。其《過杜工部墳》一詩云："水與汨羅接，天心深有存。遠移工部死，來伴大夫魂。流落同千古，《風》《騷》共一源。江山不受吊，寒日下西原。"（卷中《詩話》，1351 頁）

2. 梁任昉集秦漢以來文章名之始，目曰《文章緣起》，自"詩""賦""離騷"至於"藝""約"八十五題，可謂博矣。（卷中《論文》，1352 頁）

3.《楚詞・招魂》《大招》，其末盛稱洞房翠帷之飾，[②]美顔秀

---

① 王得臣《麈史》，據上海古籍出版社《宋元筆記小説大觀》本（第二册），2007 年版。

②《招魂》"縟洞房些""翡帷翠帳"。

領之列,[①]瓊漿胾羹之烹,[②]新歌鄭衛之餘,[③]日夜沈湎與象棋六博之樂,[④]夫所以呰楚者深矣。其卒云:"魂兮歸來,正始昆只。"言往者不可以正,尚或以解其後耳。又曰:"賞罰當只","尚賢士只","國家爲只","尚三王只"。[⑤] 皆思其來而反其政者也。(卷中《論文》,1352 頁)

一、九章

(一)抽思

1. 朕,古者上下通稱,如皋陶對禹曰"朕言惠,可厎行",屈平曰"敖朕辭而不聽"是也。(卷中《體分》,1339 頁)

二、九辯

1. 王羲之《蘭亭三日序》,世言昭明不以入選者,以其"天朗氣清"。或曰《楚詞》"秋之爲氣也,天高而氣清",[⑥]似非清明之時。(卷中《論文》,1352 頁)

---

①《大招》"小腰秀頸"。

② 出自《招蒐》篇,"瓊漿"乃"華酌既陳,有瓊漿些"之内容;"胾羹"當指《大招》"和楚酪只"王注内容,王注謂"酪,酢截也。言取鮮潔大龜,烹之作羹"云云。

③《招蒐》"造新歌些""鄭衛妖玩"。

④《招蒐》"沈日夜些";"箟蔽象棊,有六簙些"。

⑤"魂兮"以下諸句皆《大招》内容;"來"今作"倈"。

⑥ 按:此兩句在"悲哉秋之爲氣也!蕭瑟兮,草木摇落而變衰。憭慄兮,若在遠行,登山臨水兮,送將歸。泬寥兮,天高而氣清"内容中。

《邵氏聞見後録》[1]

總論

1.《楚詞》文章，屈原一人耳。宋玉親見之，尚不得其彷彿，况其下者？……東坡謂“鮮于子駿之作，追古屈原”，友之過矣。如晁無咎所集《續離騷》，皆非是。（卷十四，1926—1927 頁）

一、離騷

1. 如屈原以忠廢，至沉汨羅以死，所著《離騷》，漢淮南王、太史公皆謂“其可與日月争光”，豈空言哉！（卷十，1902 頁）

2. 今歸州屈沱，屈原舊居也。世傳原有姊，以原施行不與衆合，以見流放，弃之獨歸，故曰歸州，又曰秭歸。袁崧云：“姊、秭古字通用，與原‘女嬃之嬋媛兮，申申其詈予’之語合。”（卷二十六，2001 頁》）

---

①邵博《邵氏聞見後録》，據上海古籍出版社《宋元筆記小説大觀》本（第二册），2007 年版。

二、九辯

1.“泥污后土何嘗干”,宋玉《九辯》語也。①（卷十八,1951 頁）

三、招䰟

1.宋玉《招魂》以東西南北四方之外,其惡俱不可以托,欲屈大夫近入脩門耳。（卷十四,1926 頁）

①按今本《九辯》作“后土何時而得漧”。

《侯鯖録》[1]

一、招蒐

1. 王逸注《楚詞》云:"有菜曰羹,無菜曰臛。"(卷四,2062 頁。露雞臛蠵)

二、九懷

(一)危俊

1. 疇匹,王逸注《楚詞》云:"二人爲匹,四人爲疇。"[2](卷四,2061 頁。覽可與兮匹儔)

---

①趙令畤《侯鯖録》,據上海古籍出版社《宋元筆記小説大觀》本(第二册),2007 年版。

②"疇"今本王逸注作"儔",《考異》謂"一作疇"。

《石林燕語》[1]

一、離騷

1. 則皇考者，曾祖之稱也。自屈原《離騷》稱“朕皇考曰伯庸”，則以皇考爲父。（卷一，2476 頁）

① 葉夢得《石林燕語》，據上海古籍出版社《宋元筆記小説大觀》本（第三册），2007 年版。

《嬾真子録》[①]

一、離騷

1. 僕曰:"不然,《離騷經》曰:'皇覽揆予于初度兮,肇賜予以嘉名。名予曰正則兮,字予曰靈均。'[②]且屈原字平,而正則、靈均,則其小字、小名也。所謂'皇'者,三閭稱其父也,而後人遂以皇覽爲進御之書,誤矣。"(卷四,3165頁)

2.《離騷經》云"製芰荷以爲衣兮",王逸注云:"芰,薩也。秦人曰:'薢茩。'薢音皆,茩音苟。"[③]僕仕於關、陝之間,不聞此呼,正恐王逸别有義耳。……或曰:然則王逸、郭璞皆誤乎?僕曰:"古者信以傳信,疑以傳疑。"郭璞多引用《離騷》注,故承王逸之疑。(卷四,3170頁)

---

①馬永卿《嬾真子録》,據上海古籍出版社《宋元筆記小説大觀》本(第三册),2007年版。

②"予"今皆作"余";"于"今本無,《考異》謂"一本'余'下有'于'字";"賜"今作"錫"。

③"薢音皆,茩音苟"今本王注無。

二、九歌

(一)山鬼

1.《楚辭·山鬼》曰:"若有人兮山之阿,被薜荔兮帶女蘿,既含睇兮又宜笑,子慕予兮善窈窕。"①……屈子以笑爲宜,而莊子以嚬爲美也。(卷一,3138 頁)

三、九辯

1.然宋玉《楚詞》云:"太公九十乃顯榮兮,誠未遇其匹合。"東方朔云:"太公體行仁義,七十有二,乃設用於文武。"噫!太公老矣,方得東方朔減了八歲,却被宋玉減了十歲。此事真可絶倒。(卷一,3137 頁)

四、招寬

1.唐人欲作《寒食》詩,欲押"餳"字,以無出處,遂不用。殊不知出於《六經》及《楚辭》也……《招寬》曰:"粔籹蜜餌,有餦餭些。"注云:"餦餭,餳也。"蓋戰國時以餳爲餦餭,至後漢時亦謂之餳耳。(卷二,3149 頁)

---

①"蘿"今作"羅"。《考異》謂"一作蘿"。

《梁溪漫志》[①]

總論

1. 痛飲讀《離騷》,可稱名士。(卷五《通鑑不載離騷》,3392頁)

2. 邵公濟(原注:博)著書言:"……蓋公之意,士欲立於天下後世者,不在空言耳。如屈原以忠廢,至沉汨羅以死,所著《離騷》,淮南王、太史公皆謂可與日月爭光,豈空言哉?《通鑑》并屈原事盡削去之。……"予謂三閭大夫以忠見放,然行吟恚懟,形於色詞,揚己露才,班固譏其怨刺。所著《離騷》,皆幽憂憤歎之作,非一飯不忘君之誼,蓋不可以訓也。……屈原沉淵,蓋非聖人之中道。(卷五《通鑑不載離騷》,3393 頁)

3. 唱曰:"投水屈原真是屈。"……士人笑曰:"……按屈姓,流俗皆如字呼,而屈到、屈原,皆九勿切。"(卷十《投水屈原》,3437頁)

---

① 費衮《梁溪漫志》,據上海古籍出版社《宋元筆記小說大觀》本(第三册),2007 年版。

一、離騷

1. 王荆公有"黄昏風雨滿園林，籬菊飄零滿地金"之句，歐陽公曰："百花盡落，獨菊枝上枯耳？"因戲曰："秋花不比春花落，爲報詩人子細看。"荆公聞之，引《楚詞》"夕餐秋菊之落英"爲據。予按：……然則《楚詞》之意，乃謂擷菊之始英者爾。（卷六《楚詞落英》，3403—3404 頁）

《容齋隨筆》[1]

總論

1. 韓柳爲文之旨。

韓退之自言：作爲文章，上規姚、姒、《盤》《誥》《春秋》《易》《詩》《左氏》《莊》《騷》、太史、子雲、相如，閎其中而肆其外。柳子厚自言：每爲文章，本之《書》《詩》《禮》《春秋》《易》，參之《穀梁氏》以厲其氣，參之《孟》《荀》以暢其支，參之《莊》《老》以肆其端，參之《國語》以博其趣，參之《離騷》以致其幽，參之太史公以著其潔。此韓、柳爲文之旨，要學者宜思之。（《容齋隨筆》卷七，85－86 頁）

2. 詩文當句對。

唐人詩文，或於一句中自成對偶，謂之當句對。蓋起於《楚辭》"蕙烝蘭藉""桂酒椒漿""桂櫂蘭枻""斲冰積雪"。[2] 自齊、梁以來，江文通、庾子山諸人亦如此。（《容齋續筆》卷三，248 頁）

3. 毛詩語助。

---

①洪邁《容齋隨筆》，上海古籍出版社，1996 年版。

②見《九歌・東皇太一》"蕙肴蒸兮蘭藉，奠桂酒兮椒漿"與《湘君》"桂櫂兮蘭枻，斲冰兮積雪"。

《毛詩》所用語助之字，以爲句絶者，若之、乎、焉、也、者、云、矣、爾、兮、哉，至今作文者皆然。他如只、且、忌、止、思、而、何、斯、旃、其之類，後所罕用。……《楚詞·大招》一篇全用“只”字。……至於“些”字，獨《招魂》用之耳！（《容齋五筆》卷四，847—848頁）

4.委蛇字之變。

歐公《樂郊詩》云：“有山在其東，有水出逶夷。”近歲丁朝佐《辨正》謂其字參古今之變，必有所據。予因其説而悉索之，此二字凡十二變。一曰委蛇，本於《詩·羔羊》：“退食自公，委蛇委蛇。”毛公注：“行可從迹也。”鄭箋：“委曲自得之貌。委，於危反。蛇音移。”《左傳》引此句，杜注云：“順貌。”《莊子》載齊桓公澤中所見，其名亦同。……七曰委移，《離騷經》：“載雲旗之委蛇。”一本作“逶迤”，一本作“委移”。注：“雲旗委移，長也。”①八曰逶移，劉向《九歎》：“遵江曲之逶移。”②（《容齋五筆》卷九，910－911頁）

一、離騷

1.歲陽歲名。

歲陽、歲名之説，始於《爾雅》。太歲在甲曰閼逢，在乙曰旃蒙，在丙曰柔兆，在丁曰彊圉，在戊曰著雍，在己曰屠維，在庚曰上章，在辛曰重光，在壬曰玄黓，在癸曰昭陽，謂之歲陽。在寅曰攝提格，在卯曰單閼，在辰曰執徐，在巳曰大荒落，在午曰敦牂，在未

① 見《離騷》《九歌·東君》《遠遊》《九辯》，注文今《離騷》篇作“言己乘八龍，神智之獸，其狀婉婉，又載雲旗，委蛇而長也。蛇，一作移，一作逶迤。”

②《九歎·離世》篇。

曰協洽，在申曰涒灘，在酉曰作噩，在戌曰閹茂，在亥曰大淵獻，在子曰困敦，在丑曰赤奮若，謂之歲名。自後唯太史公《曆書》用之，而或有不同。……考之典籍，唯《曆書》謂太初十月爲畢聚。《離騷》云："攝提貞于孟陬。"《左氏傳》："十月曰良月。"《國語》："至于玄月。"它未嘗稱引。郭景純注釋云："自歲陽至月名，皆所未詳通者，故闕而不論。"蓋不可强爲之説。非若《律書》所言二十八舍、十母、十二子，猶得穿鑿傅致也。(《容齋四筆》卷十五，794－795頁)

2. 古人字只一言。

《檀弓》云："幼名冠字，五十以伯仲，周道也。"古之人命字，一而已矣。初曰子，已而爲仲爲伯，又爲叔爲季，其老而尊者爲甫，蓋無以兩言相連取義。若屈原《離騷經》："名余曰正則兮，字余曰靈均。"案《史記》原字平，所謂"靈均"者，釋"平"之義，以緣飾詞章耳。(《容齋五筆》卷一，820頁)

二、九歌

(一)東君

1. 注書難。

注書至難，雖孔安國、馬融、鄭康成、王弼之解經，杜元凱之解《左傳》，顔師古之注《漢書》，亦不能無失。……洪慶善注《楚辭・九歌・東君》篇："緪瑟兮交鼓，簫鐘兮瑶簴。"①引《儀禮・鄉飲酒》章"間歌《魚麗》，笙《由庚》。歌《南有嘉魚》，笙《崇丘》"爲比，

①"鐘"今作"鍾"。

云:"簫鐘者,取二樂聲之相應者互奏之。"既鏤板,置於墳庵,一蜀客過而見之,曰:"一本簫作𢹂,《廣韻》訓爲擊也。蓋是擊鐘,正與緪瑟爲對耳。"慶善謝而亟改之。(《容齋續筆》卷十五,393—394 頁)

(二)河伯

1. 媵字訓。

媵之義爲送,《春秋》所書,晋人衛人來媵,皆送女也。《楚辭・九章》云:"波滔滔兮來迎,魚鱗鱗兮媵予。"①其義亦同。(《容齋三筆》卷十五,591 頁。波滔滔兮來迎,魚隣隣兮媵予)

三、遠遊

1. 馮夷姓字。

張衡《思玄賦》:"號馮夷俾清津兮,棹龍舟以濟予。"李善注《文選》引《青令傳》曰:"河伯姓馮氏,名夷,浴於河中而溺死,是爲河伯。"《太公金匱》曰:"河伯姓馮名修。"《裴氏新語》謂爲馮夷。《莊子》曰:"馮夷得之以游大川。"《淮南子》曰:"馮夷服夷石而水仙。"《後漢・張衡傳》注,引《聖賢冢墓記》曰:"馮夷者,弘農華陰潼鄉堤首里人,服八石,得水仙,爲河伯。"又《龍魚河圖》曰:"河伯姓呂名公子,夫人姓馮名夷。"唐碑有《河侯新祠頌》,秦宗撰,文曰:"河伯姓馮名夷,字公子。"數説不同,然皆不經之傳也。蓋本於屈原《遠遊》篇,所謂"使湘靈鼓瑟兮,令海若舞馮夷"。前此未有用者。《淮南子・原道訓》又曰:"馮夷、大丙之御也,乘雲車,入

① 此爲《九歌・河伯》文,洪邁誤爲《九章》。"鱗鱗"今作"隣隣",《考異》謂"一作鱗"。

雲霓。"許叔重云:"皆古之得道能御陰陽者。"此自别一馮夷也。(《容齋四筆》卷五,676 頁)

四、漁父

1. 東坡不隨人後。

自屈原詞賦假爲漁父、日者問答之後,後人作者悉相規仿。司馬相如《子虚》《上林賦》以子虚、烏有先生、亡是公,揚子雲《長楊賦》以翰林主人、子墨客卿,班孟堅《兩都賦》以西都賓、東都主人,張平子《兩都賦》以憑虚公子、安處先生,左太冲《三都賦》以西蜀公子、東吴王孫、魏國先生,皆改名换字,蹈襲一律,無復超然新意稍出於法度規矩者。(《容齋五筆》卷七,888 頁)

五、九辯

1. 秋興賦。

宋玉《九辯》詞云:"憭慄兮若在遠行,登山臨水兮送將歸。"潘安仁《秋興賦》引其語,繼之曰:"送歸懷慕徒之戀,遠行有羈旅之憤。臨川感流以嘆逝,登山懷遠而悼近。彼四戚之疚心,遭一塗而難忍。"蓋暢演厥旨,而下語之工拙,較然不侔也。(《容齋續筆》卷三,244—245 頁)

六、招䰟

1. 糖霜譜。

糖霜之名,唐以前無所見,自古食蔗者始爲蔗漿,宋玉《招䰟》

所謂"胹鱉炮羔有柘漿"是也。① 其後爲蔗餳，孫亮使黄門就中藏吏取交州獻甘蔗餳是也。(《容齋五筆》卷六，871 頁)

七、大招

1. 粉白黛黑。

韓退之爲文章，不肯蹈襲前人一言一句。故其語曰："惟陳言之務去，戛戛乎其難哉！"獨粉白黛緑四字，似有所因。《列子》："周穆王築中天之臺，簡鄭、衛之處子娥媌靡曼者，粉白黛黑以滿之。"《戰國策》張儀謂楚王曰："鄭、周之女，粉白黛黑，立於衢間，見者以爲神。"屈原《大招》："粉白黛黑，施芳澤只。"司馬相如："靚莊刻飾。"郭璞曰："粉白黛黑也。"《淮南子》："毛嬙、西施，施芳澤，正蛾眉，設笄珥，衣阿錫，粉白黛黑，笑目流眺。"韓公以黑爲緑，其旨則同。(《容齋四筆》卷三，643 頁)

①"鱉"今作"鼈"。

《學林》[①]

總論

1.《尚書·伊訓》曰:"朕載自亳。"此伊尹自稱朕也。《洛誥》曰:"朕復子明辟。"此周公自稱朕也。《離騷》曰:"帝高陽之苗裔兮,朕皇考曰伯庸。"此屈原自稱朕也。《招䰟》曰:"朕幼清以廉潔兮,身服義而未沬。"[②]此宋玉自稱朕也。(卷五《朕》,174—175頁)

2.《前漢·武帝紀》,後元元年六月,侍中僕射莽何羅與弟重合侯通謀反。孟康注曰:"征和三年言重合侯馬通,今此言莽,明德馬皇后惡其先人有反,易姓莽。"……昭帝始元二年正月,大將軍光、右將軍桀皆以前捕斬反虜重合侯馬通功,封光爲博陸侯,桀爲安陽侯。且班固既爲馬氏改姓莽矣,而征和、始元皆書馬通者,班固於馬氏謀反則改之,其他即不改也。屈原《懷沙賦》曰:"陶陶

① 王觀國著,田瑞娟點校《學林》,中華書局,1988年版。此外,本書附俞樾《讀王觀國學林》(383頁)引《天問》"羲和之未揚,若華何光"内容,限于體例未録。

②"沬"今作"沫"。

孟夏兮，草木莽莽。傷懷永哀兮，汨阻南土。”①莽與土字同韵，則莽亦讀爲莫户切也。又《離騷》曰：“汨余若將不及兮，恐年歲之不吾與。朝搴阰之木蘭兮，夕覽洲之宿莽。② 日月忽其不淹兮，春與秋其代序。”此莽字、與字、序字，三字同韵，則莽亦讀爲莫户切也。（卷五《莽》，177—178 頁）

3. 古之言美人、佳人，皆以比君子賢人，《簡兮》詩曰：“云誰之思？西方美人。彼美人兮，西方之人兮。”注曰：“美人，謂碩人。”大德周室之賢者。《離騷》曰：“惟草木之零落兮，恐美人之遲暮。”注曰：“美人謂君也，言恐歲暮而不早用賢也。”③《九歌》曰：“望美人兮未來。”注曰：“美人謂湘神也，以喻望君之使也。”④（卷七《閑情賦》，225 頁）

4. 文士用木蘭舟、蘭棹、蘭橈，無所經見。……屈平《九歌》曰：“桂棟兮蘭橑，辛夷楣兮藥房。”⑤……凡此皆謂以木之有香者爲屋室也。五臣乃以蘭、辛夷爲香草，則誤矣。《九歌》又曰“桂櫂兮蘭栧”，⑥蓋栧者船傍板也，以桂木爲櫂，以木蘭爲栧者也。《離騷》《九歌》言蕙蘭、石蘭、椒蘭、幽蘭，皆蘭草也。惟蘭橑，蘭栧爲木蘭，而辛夷亦是木。《離騷》曰：“朝搴阰之木蘭兮。”又曰：“朝飲木蘭之墜露兮。”此正言木蘭也。（卷八《木蘭》，273 頁）

5. 屈平《離騷》曰：“芳菲菲而難虧兮，芬至今猶未沫。”五臣注

---

①“陶陶”今作“滔滔”，《考異》謂“《史記》作陶陶”；“阻”今作“徂”。

②“覽”今作“攬”。

③“君”今本王逸注爲“懷王”；“言恐歲暮而不早用賢也”今本王注無。

④此爲《九歌·少司命》内容。今本王逸注爲“美人，謂司命”；“以喻望君之使也”爲五臣注。

⑤《湘夫人》；“藥”今作“葯”。

⑥《湘君》。“栧”今作“枻”，《考異》謂“一作栧”。

《文選》曰:"沬,已也。"宋玉《招魂》曰:"朕幼清以廉潔兮,身服義而未沬。"五臣注《文選》曰:"沬,已也。"觀國按:……蓋屈平自謂我之芬芳未至於晦昧也。宋玉自謂身服義而未至於晦昧也。沬無已之義,五臣以沬爲已,誤矣。(卷九《沬沬》,294 頁)

6.古文篆字多用省文,及變篆爲隸,亦或用省文者,循古文耳。……字書曰:"儴徉者徙倚也。"而《離騷》曰:"聊逍遥以相羊。"用省文也。字書曰:"溱溱,聚也。"而宋玉《招魂》曰:"蝮蛇秦秦。"①用省文也。(卷九《省文》,313—314 頁)

一、離騷

1.譬猶玉者至貴之寶,而君子比德焉,寧有治世則玉見,而亂世則玉隱耶?《離騷》以香草譬君子,以惡鳥譬小人,②寧有治世則無惡鳥,而亂世則無香草耶?然則麟鳳龜龍,頻出于五代亂世之蜀,何傷乎?(卷一《祥瑞》,12 頁)

2.《玉篇》《廣韻》皆曰:"叒而灼切,榑桑,叒木也。"然則榑桑即扶桑也,叒木即若木也,後之文士變叒爲若耳。扶桑在東,若木在西,事見《山海經》。故《離騷》曰:"飲余馬於咸池兮,總余轡於扶桑。折若木以拂日兮,聊逍遥兮以相羊。"③蓋扶桑者,日出之處,若木者,日入之處,折若木以拂日者,日既西矣,猶能折若木以揮拂其日,使之不暮,而我尚逍遥安舒以游也。(卷五《叒》,157 頁)

---

①"秦秦"今作"蓁蓁"。

②《離騷序》:"引類譬諭,故善鳥香草,以配忠貞;惡禽臭物,以比讒佞"。

③"總余轡於"之"於"今作"乎";"以"上今本無"兮"字。

3. 屈平《離騷》曰:"攝提正于孟陬兮,惟庚寅吾以降。"①……觀國按:《離騷》云"攝提正于孟陬"者,蓋言攝提星順乎斗杓,而不失正朔之紀也。孟陬者,正朔之紀始于此也。言正于孟陬者,不失正朔之紀也。庚寅者,屈平所生之歲也,故曰"攝提正于孟陬兮,惟庚寅吾以降。"言斗杓順序,正朔不乖,而我之生也,陰陽和平,初無謬戾。故曰"皇考錫我以嘉名,而字我以靈均"。② 我之美善如此,而不爲人所知,此作《騷》之意也。(卷七《攝提》,241頁)

4. 蘇子瞻《次韵謝子高讀淵明詩》曰:"甲子不數義熙前,"秦觀作《王儉論》亦引此事,蓋古人之言有不必循者。《楚辭》曰:"飡秋菊之落英。"③觀國按:秋花不落枝上自枯者,菊也。《楚辭》之言,于義未安,而《蘇子瞻次韵僧潛見贈詩》曰:"獨依古寺種秋菊,要伴騷人餐落英。"如《楚辭》之言,要當不必循也。(卷八《蹈襲》,265頁)

5.《爾雅·釋天》曰:"正月爲陬。"《音義》曰:"陬,側留切。"《史記·曆書》曰:"孟陬殄滅。"是已。《離騷》曰:"攝提正于孟陬。"④五臣注《文選》,乃音陬爲子侯切,又誤也。(卷八《陬》,269—270頁)

6. 翰字在平聲音寒者,羽翼儀翰也;在去聲音悍者,詞翰也。……字書猷亦作猶,《離騷》曰:"心猶豫而狐疑兮,欲自適而不可。"……此析《離騷》之句以爲之文也。……觀國按:"……《離

①"正"今作"貞"。

②今作"肇錫余以嘉名。名余曰正則兮,字余曰靈均"。

③"飡"上今有"夕"字;"飡"今作"餐",《考異》謂"一作飡"。

④"正"今作"貞"。

騷》曰'心猶豫而狐疑兮',此一句文也。非以猶豫對狐疑也。"(卷八《翰猷》,283 頁)

7. 顔師古注曰:"邑,烏合反。"……屈平《離騷》曰:"曾歔欷予鬱邑兮,哀朕時之不當。"①如此類用邑字,亦皆讀音遏,其義則鬱塞也。(卷九《邑歇》,310 頁)

二、九歌

(一)雲中君

1. 屈平《九歌》曰:"龍駕兮帝服,聊翺翔兮周章。"②五臣注《文選》曰:"周章,往來迅疾也。"(卷五《周章》,171 頁)

(二)湘君

1. 謝希逸《月賦》曰:"擅扶桑於東沼,嗣若英於西冥。"若英即若木也。此理甚明。然李賀詩曰:"天東有若木。"豈賀誤耶? 桑字上從叒,又有桒字,乃俗書不可用。若又爲香草名,曰杜若,屈平《九歌》曰:"采芳洲兮杜若。"(卷五《叒》,157 頁)

三、招寃

1. 宋玉《招魂》每句下有"些"字,些音蘇箇切,楚人語言之助聲也。宋玉於《招魂》之辭用之,從其類也。(卷四《方俗聲語》,130 頁)

---

①"予"今作"余"。

②"翔"今作"遊"。

《野客叢書》①

總論

1. 周衰，孔子之徒鳴之。屈原鳴楚，李斯鳴秦。（卷十九《韓退之文章》，219 頁）

2. 世言春蘭秋蘭，各有異芬。不知秋蘭之香尤甚於春蘭也。蘭有二種，邵伯温曰：細葉者春花，花少；闊葉者秋花，花多。《離騷》："紉秋蘭以爲佩。"又曰："秋蘭兮青青，緑葉兮紫莖。"②今沅澧間所生，在春則黄，在秋則紫。然春黄不若秋紫之芬郁也。（卷二十一《蘭荼二種》，236 頁）

3. 潘子真《詩話》云："陸賈《新語》曰：'邪臣蔽賢，猶浮雲之障日月也。'太白詩：'總爲浮雲能蔽日，長安不見使人愁。'蓋用此語。"僕觀孔融詩曰："讒邪害公正，浮雲翳白日。"曹植詩曰："悲風動地起，浮雲翳日光。"傅玄詩曰："飛塵污清流，浮雲蔽日光。"《史記・龜策傳》曰："日月之明，蔽於浮雲。"枚乘詩曰："浮雲蔽白日。游子不顧返。"此皆祖《離騷》"雲容容而在下，杳冥冥兮羌晝晦"之

---

①王楙撰，王文錦校點《野客叢書》，中華書局，1987 年版。

②此句出《九歌・少司命》。

意。注:“雲氣冥冥,使晝日昏暗。論小人之蔽賢也。”①東方朔《七諫》亦曰:“浮雲蔽晦兮,使日月乎無光。”②又曰:“何氾濫之浮雲兮,蔽此明月。顧皓日之顯行兮,雲蒙蒙而蔽之。”③皆指讒邪害忠良之意。(卷二十八《浮雲蔽日》,318 頁)

一、離騷

1. 士有不遇,則托文見志,往往反物理以爲言,以見造化之不可測也。屈原《離騷》曰:“朝飲木蘭之墜露兮,夕餐秋菊之落英。”原蓋借此以自論。謂木蘭仰上而生,本無墜露而有墜露。秋菊就枝而殞,本無落英而有落英。物理之變則然。……《楚詞》之事,顯然耳目之所接者,豈不知之。(卷一《歐公譏荆公落英事》,2—3 頁)

二、九歌

總論

1.《容齋續筆》曰:唐人詩文,或於一句中自成對偶,謂之當

①此句出《九歌・山鬼》。“容容”下今本有“兮”字;“雲氣”句今作“言雲氣深厚,冥冥使晝日昏暗”;“論”今本王逸注作“喻”。

②此爲《七諫・沈江》内容。“浮雲”下今本有“陳而”二字。

③此爲《九辯》内容。“蔽此”上今本有“猋壅”二字;“明月”下今有“忠昭昭而願見兮,然露曀而莫達”二句;“顧”今作“願”。

句對。蓋起於《楚詞》"蕙蒸蘭藉""桂酒椒漿"①"桂櫂蘭枻""散冰積雪"。② 自齊梁以來，江文通、庾子山諸人亦如此。僕謂此體亦出於三百篇之詩，不但《楚詞》也。（卷十七《一句中對偶》，196 頁）

（一）東皇太一

1.《史記》司馬相如《封禪書》曰："率邇者踵武，逖聽者風聲。"《漢書》作"聽逖"。《漢書·嚴安書》曰："合從連衡，馳車轂擊。"而《史記》作"擊轂"。二處各具本意所注，其承襲也久矣。所謂率邇逖聽、馳車轂擊之語，其亦《楚辭》"吉日時良"句法與。③（卷二《率邇逖聽》，23 頁）

（二）少司命

1. 郭次象謂《孟子》少則慕父母，知好色，則慕少艾。少當讀如多少之少，謂人既知好色，則慕父母之心少艾。艾言息也，如耆艾之艾，此說亦佳。然觀《離騷》"竦長劍兮擁幼艾"，《戰國策》"不以予工，乃與幼艾"，注引《孟子》慕少艾之語。又齊王有七孺子注云：孺子謂幼艾美女也。又知以少艾爲幼美，自古已然矣。（卷十三《解經惡穿鑿》，140 頁）

①此兩句屬《九歌·東皇太一》。全句爲"蕙肴蒸兮蘭藉，奠桂酒兮椒漿"。

②此兩句屬《九歌·湘君》。全句爲"桂櫂兮蘭枻，斲冰兮積雪"。

③"吉日時良"當爲《東皇太一》"吉日兮辰良"。

三、九章

(一)惜誦

1. 屈原《九章》曰:"故衆口其鑠金兮,初若是而逢殆。"《補》引鄒陽衆口鑠金、積毁銷骨之語在後。豈應引證?不知在楚人之前,嘗有此語矣。觀《鄧析子》曰:"古人有言'衆口鑠金,三人成虎'。"鄧析,春秋魯定公時人。鄧謂古人有言,則此語又見於鄧之先矣。《補》引漢人語,是未見《鄧析子》書耳。(卷十四《衆口鑠金》,158頁)

四、遠遊

1. 晋梁間多戲爲大小言詩賦。郭茂倩《雜體詩集》謂此體祖宋玉。而許彦周謂《樂府》記大小言作,不書始於宋玉,豈誤也?僕謂此體其源流出於《莊》《列》鯤鵬蟭螟之説,非始宋玉也。《禮記》曰:語小天下莫能破,語大天下莫能加。屈原《遠游》曰:其小無内,其大無限。①(卷二十四《大小言作》,279頁)

五、九辯

1.《嬾真子》曰:太公八十遇文王,世所知也。然宋玉《楚詞》曰"太公九十乃顯榮"。東方朔云:太公七十有二,設謀於文武。僕謂二説多有之,不特此也。(卷二十八《太公之年》,322頁)

---

①"限"今作"垠"。

《賓退録》[1]

總論

1.《山海經》雖不敢信爲禹、益所著,然屈原《離騷》、《吕氏春秋》,皆摘取其事。……《離騷》云:“巫咸將夕降兮,懷椒糈而要之。”王逸注云:“糈,精米,所以享神也。”(卷七,4214 頁)

一、九歌

總論

1.《山海經》:“洞庭之山,帝之二女居之。”郭氏注云:“天帝之二女。而處江爲神,即《列仙傳》江妃二女也。《離騷·九歌》所謂湘夫人,[2]稱帝子者是也。”……按《九歌》,湘君、湘夫人,自是二神。江湘之有夫人,猶河洛之有虙妃也。(卷五,4187 頁)

---

①趙與時《賓退録》,據上海古籍出版社《宋元筆記小説大觀》本(第四册),2007 年版。

②《湘夫人》“帝子降兮北渚”。

《貴耳集》[①]

一、九歌

1. 屈原《離騷》有山鬼殤,良可哀也。(卷中,4295 頁)

二、招蒐

1.《楚辭・招魂》"成梟而牟",牟即盧也,又曰菸。(卷下,4317 頁)

三、大招

1. 粉白黛黑,《戰國策》張儀曰:"鄭周之女,粉白黛黑。"注云:"黛黑,非知而見之者,以爲神。"《漢武故事》曰:"上起明光宮,發燕趙美女貳千人充之,皆自然美麗,不使粉白黛黑。"又《楚辭・大招》曰:"粉白黛黑,施芳澤只。"惟韓文公《送李愿歸盤谷

① 張端義《貴耳集》,據上海古籍出版社《宋元筆記小說大觀》本(第四册),2007 年版。

序》乃云“粉白黛緑”，東坡《答王定國書》“粉白黛緑者，系君火宅中狐狸、射干之流，願以道眼看破”，方變黑爲緑字。（卷下，4314 頁）

《雲麓漫鈔》①

總論

1. 吕居仁作《江西詩社宗派圖》,其略云:"古文衰於漢末,先秦古書存者爲學士大夫剽竊之資,五言之妙,與《三百篇》《離騷》争烈可也。自李杜之出,後莫能及。韓、柳、孟郊、張籍諸人,自出機杼,别成一家。"(卷十四,147 頁)

一、離騷

1. 今人折竹長寸余者三,以手彈於几,以占吉凶,命曰"五兆",大意仿佛灼龜。按《楚詞》:"索藑茅以筳篿,命靈氛爲余占之。"注:"藑茅,靈草也;筳篿,算也。"②又云:"小破竹也。楚人結草折竹卜,曰篿。靈氛,古之善卜者。"③則知今之"五兆",蓋始於

---

①趙彦衛撰,張國星校點《雲麓漫鈔》,遼寧教育出版社,1998 年版。

②今本無"筳篿,算也"注文。

③今本王注爲"筳,小折竹也。楚人名結草折竹以卜曰篿";"靈氛,古明占吉凶者"。

楚之筳篿;二字音"廷專"。(卷一,7 頁)

二、九歌

(一)東皇太一

1. 據《鑿度》,太一隻一神,即北辰之名,游行九宫;今則衍而爲十,雖皆出於方士之書,然屈原《離騷》已有《東皇太一》,疑出於周末云。(卷二,14 頁)

(二)河伯

1.《史記·西門豹傳》説河伯,而《楚辭》亦有《河伯》詞,則知古祭水神曰"河伯"。自釋氏書入中土,有龍王之説,而河伯無聞矣。(卷十,109 頁)

《鶴林玉露》[1]

總論

1.二蘇

所謂人傳元祐之學,家有眉山之書,蓋紀實也。文公每與其徒言,蘇氏之學,壞人心術,學校尤宜禁絶。編《楚辭後語》,坡公諸賦皆不取,惟收《胡麻賦》,以其文類《橘頌》。(甲編,卷二,33頁)

2.石牛洞詩

荆公《題舒州山谷寺石牛洞泉穴》云:"水泠泠而北出,山靡靡以旁圍,欲窮源而不得,竟悵望以空歸。"晁無咎編《續楚詞》,謂此詩具六藝群書之餘味,故與其經學典策之文俱傳。朱文公編《楚詞後語》,[2]亦收此篇。(甲編,卷五,91頁)

3.作文遲速

世傳無已每有詩興,擁被卧床,呻吟累日,乃能成章。少游則杯觴流行,篇咏錯出,略不經意。然少游特流連光景之詞,而無已

①羅大經撰,王瑞來點校《鶴林玉露》,中華書局,1983年版。

②朱熹《楚辭後語》收此篇另名"書山石辭"。

意高詞古,直欲追踪《騷》《雅》,正自不可同年語也。(甲編,卷六,100 頁)

4. 朱文公論詩

故嘗妄欲抄取經史諸書所載韵語,下及《文選》漢魏古詞,以盡乎郭景純、陶淵明之所作,自爲一編,而附於《三百篇》《楚辭》之後,以爲詩之根本準則。(甲編,卷六,112 頁)

5. 山静日長

唐子西詩云:"山静似太古,日長如小年。"余家深山之中,每春夏之交,蒼蘚盈階,落花滿徑,門無剥啄,松影參差,禽聲上下。午睡初足,旋汲山泉,拾松枝,煮苦茗啜之。隨意讀《周易》《國風》《左氏傳》《離騷》《太史公書》及陶杜詩、韓蘇文數篇。(丙編,卷四,304 頁)

6. 詩不拘韵

楊誠齋云:"今之《禮部韵》,乃是限制士子程文,不許出韵,因難以見其工耳。至於吟咏情性,當以《國風》《離騷》爲法,又奚《禮部韵》之拘哉!"(丙編,卷六,339 頁)

一、離騷

1. 王定國趙德麟

余觀屈平之《騷經》曰:"蘭芷變而不芳兮,荃蕙化而爲茅。何昔日之芳艸兮,①今直爲此蕭艾也? 豈其有他故兮,莫好脩之害也!"朱文公釋之曰:"世亂俗薄,士無常守,乃小人害之。而以爲莫如好脩之害者,何哉? 蓋由君子好脩,而小人嫉之,使不容於當

①"艸"今作"草"。

世,故中材以下,莫不變化而從俗,則是其所以致此者,反無有如好脩之爲害也。”嗚呼!其崇、觀、政、宣之時乎,宜二子之改節易行也。(乙編,卷一,122—123頁)

2.落英

《楚辭》云:“餐秋菊之落英。”①釋者云:落,始也。如《詩·訪落》之落,謂初英也。古人言語多如此,故以亂爲治,以臭爲香,以擾爲馴,以慊爲足,以特爲匹,以原爲再,以落爲萌。(丙編,卷一,242頁)

3.物産不常

至恨《離騷》集衆香草而不應遺梅。……而今之蕭與鬱金,何嘗有香?蓋《離騷》已指蕭艾爲惡草矣。(丙編,卷四,299—300頁。何昔日之芳草兮,今直爲此蕭艾也)

①“餐”上今有“夕”字。

《困學紀聞》[①]

總論

1. 艾軒謂:《詩》之萌芽,自楚人發之,故云:"江、漢之域,《詩》一變而爲《楚辭》,屈原爲之唱。"是文章鼓吹,多出於楚也。(卷三《詩》,55—56頁)

2.《金樓子》謂:細書經、史、《莊》《老》《離騷》等六百三十四卷。(卷八《經説》,189頁)

3. 王逸云:屈原爲三閭大夫。[②] 三閭之職,掌王族三姓,曰昭、屈、景。屈原序其譜屬,率其賢良,以厲國士。(卷十一《考史》,234頁)

4. 漢武帝以于闐山出玉,因名河所出曰昆侖。《博雅》曰:"昆侖虚,赤水出其東南陬,河水出其東北陬,洋水出其西北陬,弱水出其西南陬。河水入東海,三水入南海。"《后漢書》注云:"昆侖山在肅州酒泉縣西南。山有昆侖之體,故名之。"……昆侖在吐蕃中,當亦非謬(原注:《楚辭注》:《爾雅》:河出昆侖虚,色白。所渠

① 王應麟撰,孫通海校點《困學紀聞》,遼寧教育出版社,1998年版。

② 今本王注爲"屈原與楚同姓,仕於懷王,爲三閭大夫"。

并千七百，一川色黄。百里一小曲，千里一曲一直。《離騷》邅吾道夫昆侖，《九歌》登昆侖兮四望①)。(卷十六《考史》,307 頁)

5. 汪彦章曰：左氏、屈原，始以文章自爲一家，而稍與經分。(卷十七《評文》,321 頁)

6. 夾漈《草木略》，以蘭蕙爲一物，皆今之零陵香也。然《離騷》滋蘭樹蕙，《招魂》轉蕙汜蘭，是爲二草，不可合爲一。②(卷十七《評文》,321 頁)

7. 江離，《史記索隱》引《吴録》曰："臨海海水中生，正青似亂髮。《廣志》爲赤葉紅華。今芎藭苗曰江離，緑葉白華，又不同。《藥對》以爲麋蕪，一名江離。"(原注：芎藭、藁本、江離、蘼蕪并相似，非是一物也。《淮南子》云："亂人者，若芎藭與藁本。"顔師古曰："郭璞云'江離似水薺，今無識之者，然非麋蕪也，《藥對》誤耳。'"《楚辭補注》《集注》皆缺。《讀詩記》董氏曰："《古今注》謂勺藥，可離。《唐本草》可離，江離。然則勺藥，江離也。")(卷十七《評文》,321 頁)

8.《宋書·樂志·陌上桑》曰"《楚辭鈔》以《九歌·山鬼》篇增損爲之。"③東坡因《歸去來》爲詞，亦此類也。(卷十八《評詩》,337 頁)

9. 寒山子詩，如施家兩兒，事出《列子》；羊公鶴，事出《世説》。如子張、卜商，如侏儒、方朔、涉獵廣博，非但釋子語也。對偶之工者，青蠅白鶴，黄籍白丁，青蚨黄絹，黄口白頭，七札五行，緑熊席、青鳳裘。而《楚辭》猶超出筆墨畦徑，曰："有人兮山陘，云卷兮霞

①《河伯》篇。"昆侖"今皆作"崑崙"。

②《離騷》：余既滋蘭之九畹兮，又樹蕙之百畝；《招寬》：光風轉蕙，氾崇蘭些。

③原點校誤爲"《楚辭鈔》以《九歌》、《山鬼》篇增損爲之"，今正。

纓。秉芳兮欲寄,路漫兮難征。心惆悵兮狐疑,蹇獨立兮忠貞。”(卷十八《評詩》,337—338頁)

10.南塘《挽趙忠定公》云:“空令考亭老,垂白注《離騷》。”楊楫《跋楚辭集注》云:“慶元乙卯,治黨人方急。趙公謫死于道,先生憫時之意,屢形于色。一日,示學者以所釋《楚辭》一篇。”(卷十八《評詩》,343頁)

一、離騷

1.劉勰《辨騷》:班固以爲羿、澆、二姚與《左氏》不合。洪慶善曰:“《離騷》用羿、澆等事,正與《左氏》合。”孟堅所云,謂劉安説耳。(卷六《左氏傳》,143頁。羿淫遊以佚畋兮,又好射夫封狐。固亂流其鮮終兮,浞又貪夫厥家。澆身被服强圉兮,縱欲而不忍。)

2.《楚語》伍舉曰:“德義不行,則邇者騷離,而遠者距違。”(原注:騷,愁也。離,畔也。)伍舉所謂“騷離”,屈平所謂“離騷”,皆楚言也。揚雄爲《畔牢愁》,與《楚語》注合。(卷六《左氏傳》,150頁)

3.劉杳爲《離騷草木疏》。(卷八《孟子》,181頁)

4.《三禮義宗》引《禹受地記》,王逸注《離騷》引《禹大傳》,豈即太史公所謂《禹本紀》者歟?(卷十《地理》,204頁。朝濯髮乎洧盤)

5.《離騷》曰:“閨中既以邃遠兮,哲王又不寤。”以楚君之暗,而猶曰哲王,蓋屈子以堯舜之耿介,湯禹之祗敬望其君,不敢謂之不明也。太史公《列傳》曰:“王之不明,豈足福哉?”此非屈子之意。(卷十七《評文》,321頁)

二、九歌

(一)東皇太一

1.冠辭"令月吉日""吉月令辰",互見其言。《論語》"迅雷風烈"、《九歌》"吉日兮辰良",相錯成文。(卷五《儀禮》,97 頁)

三、天問

1.《書序》帝釐下土方,設居方,《釋文》云:"一讀至'方'字絶句。"《商頌》"禹敷下土方,外大國是疆",朱文公亦以"方"字絶句,云《楚辭・天問》"禹降省下土方",①蓋用此語。然《書序》已有此讀矣。(卷二《書》,28 頁)

2.《説苑》子貢曰:"禹與有扈氏戰,三陳而不服。禹于是修教一年,而有扈氏請服。"《莊子》謂"禹攻有扈,國爲虚厲",皆與《書》異。《楚辭・天問》云:"該秉季德,厥父是臧。胡終斃于有扈,牧夫牛羊?"②又云:"有扈牧豎,云何而逢?擊牀先出,其命何從?"古事茫昧不可考矣。(卷二《書》,32 頁)

3.《左氏傳》云:"太伯不從。"《楚辭・天問》云:"叔旦不嘉。"與夷、齊之心一也。此武所以未盡善。(卷二《書》,36 頁)

4.顔之推《歸心篇》:孔毅父《星説》,皆仿屈子《天問》之意。然《天問》不若《莊子・天運》之簡妙。巫咸袑之言,不對之對,過

---

①今作"禹之力獻功,降省下土四方"。

②"斃"今作"弊"。

柳子《天對》矣。(卷九《天道》,197頁)

四、九章

總論

1.“忠湛湛而願進兮,妒披離而鄣之”,①壅蔽之患也。元帝似之,故周堪、劉更生不能決一石顯。“聲有隱而相感兮,物有純而不可爲”,②偏聽之害也。德宗似之,故陸贄、陽城不能攻一延齡。(卷十七《評文》,321頁)

(一)惜誦

1.陳正獻公疏曰:“懲羹者必吹於齏,傷桃者或戒于李。”《楚辭·惜誦》云:“懲熱羹而吹韲。”③《北夢瑣言》:唐明宗不豫,馮道入問曰:“寢膳之間,宜思調衛。”指果實曰:“如食桃不康,他日見李思戒。”(卷二十《雜識》,365頁)

(二)涉江

1.屈原,楚人,而《涉江》曰:“哀南夷之莫吾知。”是以楚俗爲夷也,陰邪之類,讒害君子,變於夷矣。(卷十七《評文》,321頁)

①《九章·哀郢》篇。“披”今作“被”,《考異》謂“一作披”。

②《九章·悲回風》篇。

③今作“懲於羹者而吹整兮”。

(三)橘頌

1. 龔氏注《中説》,引古語云:“上士閉心,中士閉口,下士閉門。”愚按:《楚辭・橘頌》云:“閉心自謹終不過失兮。”王逸注:閉心,捐欲也。① (卷十《諸子》,213 頁)

五、遠遊

1.《吕氏春秋》:禹南至九陽之山,羽人裸民之處,不死之鄉。此屈子《遠遊》所謂“仍羽人於丹丘兮,留不死之舊鄉。朝濯髮於湯谷兮,夕晞余身於九陽”。② (卷十《地理》,205 頁)

2.《大宗師》曰:“道可傳而不可受。”屈子《遠遊》曰:“道可受兮不可傳。”敢問其所以異? 曰:“莊子所謂傳,傳以心也。屈子所謂受,受以心也。目擊而存,不言而喻。耳受而口傳之,離道遠矣。”(卷十《諸子》,218 頁)

3. 陶靖節之《讀山海經》,猶屈子之賦《遠遊》也。“精衛銜微木,將以填滄海。刑天舞干戚,猛志故常在。”悲痛之深,可爲流涕。(卷十八《評詩》,334 頁)

六、漁父

1. 孺子《滄浪之歌》,亦見於《楚辭・漁父》。考之《禹貢》:漢

①“謹”今作“慎”;“終不過失兮”今作“不終失過兮”,《考異》謂“一云:終不過兮。一云:終不失過兮”;“閉心,捐欲也”今作“言己閉心捐欲”。

②“余身於”之“於”今作“兮”。

水東爲滄浪之水，則此歌楚聲也。《文子》亦云："混混之水濁，可以濯吾足乎！泠泠之水清，可以濯吾纓乎！"（卷八《孟子》，177頁。滄浪之水清兮，可以濯吾纓，滄浪之水濁兮，可以濯吾足）

2.《楚辭·漁父》：吾聞之，新沐者必彈冠，新浴者必振衣。安能以身之察察，受物之汶汶者乎？《荀子》曰："新浴者振其衣，新沐者彈其冠，人之情也。其誰能以己之潐潐，受人之掝掝者哉？"荀卿適楚，在屈原後，豈用《楚辭》語歟？抑二子皆述古語也。（卷十《諸子》，211頁）

七、九歎

（一）逢紛

1."廟堂"二字，見《漢·徐樂傳》云："修之廟堂之上，而銷未形之患。"《梅福傳》云："廟堂之議，非草茅所當言也。"劉向《九歎》云："始結言於廟堂。"王逸注：言人君爲政舉事，必告宗廟，議於明堂。①（卷二十《雜識》，372頁）

（二）遠逝

1.醫書《素問》之中，亦嘗有九星之言。王冰注云："上古世質人淳，九星垂明。中古道德稍衰，標星藏曜，故星之見者七焉。九星謂：天蓬、天内、天冲、天輔、天禽、天心、天任、天柱、天英。此蓋從標而爲始，所謂九星者此是也。"《楚辭》劉向《九歎》云："訊九鬿（原注：音祈）與六神。"注：九鬿，謂北斗九星也。《補注》謂：北斗

---

①"必告"下今有"於"字；"議於"今作"議之於"。

七星，輔一星在第六星旁，又招摇一星在北斗杓端。《北斗經疏》云："不止于七而全于九，加輔、弼二星故也。"與《素問注》不同。……《楚辭補注》以招摇在七星之外，恐誤。（卷九《天道》，197頁）

《敬齋古今黈》[1]

總論

1.《屈原傳》:原勸楚懷王殺張儀。其事纖悉備盡。《楚世家》載勸殺張儀者,乃謂昭雎,而屈原没不復見,若以爲簡册繁多,要使姓名互著,則在《左氏春秋傳》有之,在遷《史》故無此例。若以爲昭雎本主此事,原特副之,則《屈原傳》略無昭雎一言,而原之事迹明白乃爾,兩者皆無所據,何耶?此蓋舊史去取失當,馬遷筆削時,不暇前後照顧,隨其所載,各自記之,遂使《世家》與《列傳》異辭。(卷五,66—67頁)

2.王逸《離騷章句》,本文雖復倒複較,然迄不敢去取一語。(卷八,105頁)

一、離騷

1.《荀子》:蘭槐之根是爲芷,其漸之滫,君子不近,庶人不服,其質非不美也,所漸者然也。楊倞注云:蘭槐、香草也。其根是爲

①李治撰,劉德權點校《敬齋古今黈》,中華書局,1995年版。

芷也。《本草》:白芷一名白茝,陶弘景云。《離騷》所謂蘭茝,蓋苗名蘭芷,根名茝也。蘭槐當是蘭茝别名,故云蘭槐之根是爲芷也。(卷二,21 頁。蘭芷變而不芳兮,荃蕙化而爲茅)

2. 顔延年《和謝監靈運》云:倚岩聽緒風,攀林結留荑。尚曰:留荑、香草。緒風、相續不斷之風。善曰:"《楚辭》'畦留荑與揭車',王逸曰:留荑,香草也。"①(卷八,110 頁)

二、九歌

(一)東皇太一

1. 前輩論《楚辭》:蕙肴蒸兮蘭藉,奠桂酒兮椒漿。及韓退之《羅池廟碑》:春與猿吟兮秋鶴與飛。謂欲相錯成文,則語勢矯健。又論韓詩:淮之水舒舒,楚山直叢叢。謂之避對格。然予考諸古文,則不獨錯綜于對屬之間。至于散語亦多有之,若荀子《勸學》篇云:青出之藍,而青于藍,冰水爲之,而寒于水。《莊子·徐無鬼》篇:市南宜僚弄丸,而兩家之難解。孫叔敖甘寢秉羽,而郢人投兵之類皆是也。又凡經史中辭倒者,其義悉與此相近。(卷二,18 頁)

(二)大司命

1.《楚辭》曰:折疏麻兮瑶華,將以遺兮離居。王逸曰:疏麻,神麻也。……凡此一本於詩人之意,乃知後世寄柳折梅,未必真有實事也。(卷九,118—119 頁)

---

①"荑"今皆作"夷"。

三、招䰟

1.《離騷經》宋玉《招魂》云:娱酒不廢,沈耽日夜些。① 蘭膏明燭,華鐙錯些。王逸注:鐙錠盡雕琢錯飾,設以禽獸,②有英華也。案《玉篇》:鐙、都滕切。《説文》云:錠也;《廣韻》曰:燈也。又都鄧切,鞍鐙也。錠、徒徑切,錫屬。《説文》:錠、鐙也。《廣韻》:又丁定切。豆有足曰鐙,無足曰鐙(原注:去聲)。③ 錠又堂練切。燈有足也。然則燈錠二字,各自有三義也。(卷二,19 頁)

四、九懷

(一)危俊

1. 謝惠連《獻康樂詩》云:成裝候良辰,儀舟陶嘉月。善曰:"《楚辭》'陶嘉月兮總駕,搴玉英兮自修'。"④(卷九,117 頁)

(二)蓄英

1. 草亦稱林。《楚辭》曰:游蘭皋與蓮林。又陸士衡《招隱詩》云:結風佇蘭林。蘭蓮皆草也。(卷九,118 頁。將息兮蘭皋,⑤失志兮悠悠)

---

①"耽"字今本無。

②"錯"下今本有"鏤"字。

③"有足曰鐙,無足曰鐙",原文如此,疑有誤。

④"修"今作"脩",《考異》謂"一作修"。

⑤按:今本《楚辭》無"蓮林"一詞,而"蘭皋"見於《離騷》與本篇,據句意,姑擬於此。

《齊東野語》[1]

總論

1. 紹興内禪。

遂責汝愚永州安置。至衡州而卒。朱熹爲之注《離騷》以寄意焉。(卷三,45 頁)

2. 鴟夷子見黜。

是以古之君子,交絶不出惡聲,况君臣之際乎?司馬公修《通鑑》,而不取屈原《離騷》之事,正此意也。(卷七,116 頁)

3. 三高亭記改本。

然(原注:獨嘗怪)屈平既(原注:淵潛以)從彭咸,而桂叢之賦,猶召隱士(原注:淮南小山猶爲作隱士之賦)。疑若幽隱處林薄,不死而仙。(卷十六,289 頁)

一、離騷

1. 潘庭堅王實之。

---

①周密撰,張茂鵬點校《齊東野語》,中華書局,1983 年版。

爲福建帥司機宜文字日，醉騎黄犢，歌《離騷》於市，人以爲仙。（卷四，70 頁）

2. 協韵牽强。

詩辭固多協韵，晦庵用吴才老補音多通，然亦有太甚者。古人但隨聲取協，方言又多不同。至沈約以來，方有四聲之拘耳，然亦正不必牽强也。

《離騷》一經，惟“多艱多替”之句，最爲不協。孫莘老、蘇子容本云：“古亦應協。”未必然也。晦庵以艱音巾，替音天，雖用才老之説，然恐無此理。以余觀之，若移“長太息以掩涕”一句在“哀生民之多艱”下，則涕與替正協，不勞牽强也。（卷十一，205 頁。長太息以掩涕兮，哀民生之多艱。余雖好脩姱以鞿羈兮，謇朝誶而夕替）

3. 子固類元章。

飲酣，子固脱帽，以酒晞髮，箕踞歌《離騷》，旁若無人。（卷十九，357 頁）

二、招魂

1. 配鹽幽菽。

《楚辭》曰：“大苦鹹酸辛甘行。”①説者曰：“大苦，豉也。言取豉汁調以鹹酢椒薑飴密，則辛甘之味皆發而行。”然古無豆豉。史《急就篇》乃有“蕪夷鹽豉”。《史記·貨殖傳》有“蘗麴鹽豉千答”。《三輔决録》曰：“前對大夫范仲公，鹽豉蒜果共一筩。”蓋秦、漢以來始有之。（卷九，167 頁）

①“鹹”今作“醎”，《考異》謂“一作鹹”。

《癸辛雜識》[①]

總論

1. 攻愧樓嘗跋之云:"東坡賦屈原廟,云'雖不適中,要以爲賢兮',誠齋有焉。昌黎留孔戣,事雖不行,陳義甚高,誠齋有焉。"尤爲確論。(《癸辛雜識前集·薦楊誠齋》,5713 頁)

2. 屈原則以五月五日生,投汨羅江而死。楚人哀之,每至其時,以竹筒貯米水祭之(原注:《續齊諧記》)。(《癸辛雜識後集·五月五日生》,5764 頁)

一、離騷

1. 又自壽詩云:"把酒從來不可期,吾降(原注:《離騷》協降字作洪)今日少人知。"(《癸辛雜識別集上·方回》,5858 頁。攝提貞于孟陬兮,惟庚寅吾以降。皇覽揆余初度兮,肇錫余以嘉名。)

---

①周密《癸辛雜識》,據上海古籍出版社編《宋元筆記小説大觀》本(第六册),2007 年版。

二、九歌

總論

1. 又刻《小字帖》十卷，則皆近世如盧方春所作《秋壑記》，王茂悦所作《家廟記》《九歌》之類。（《癸辛雜識後集・賈廖碑帖》，5752 頁）

《南村輟耕録》[1]

總論

1. 文章宗旨。

盧疏齋先生《文章宗旨》云:“大凡作詩,須用《三百篇》與《離騷》,言不關於世教,義不存於比興,詩亦徒作。……戰國之文,反覆善辨,孟軻之條暢,莊周之奇偉,屈原之清深,爲大家。”(卷九,105 頁)

2. 隱趣。

余家天臺萬山中,茅屋可以芘風雨,石田可以具饘粥,雖行江海上,而泉石草木之勝,未嘗不在夢寐時見也。偶讀盧陵羅景綸大經所著《鶴林玉露》有曰:“……隨意讀《周易》《國風》《左氏傳》《離騷》《太史公書》,及陶、杜詩,韓、蘇文數篇。”(卷十五,182 頁)

一、離騷

1. 九姑玄女課。

---

①陶宗儀著,王雪玲校點《南村輟耕録》,遼寧教育出版社,1998 年版。

吴楚之地,村巫野叟及婦人女子輩,多能卜九姑課。其法:折草九莖,屈之爲十八,握作一束,祝而呵之,兩兩相結,止留兩端。已而抖開,以占休咎。若續成一條者,名曰黄龍儻仙。又穿一圈者,名曰仙人上馬圈。不穿者,名曰蟢窠落地,皆吉兆也。或紛錯無緒,不可分理,則凶矣。又一法曰九天玄女課。其法:折草一把,不計莖數多寡,苟用算籌亦可。兩手隨意分之,左手在上,竪放,右手在下,横放,以三除之,不及者爲卦。一竪一横曰太陽,二竪一横曰靈通,二竪二横曰老君,三竪三横曰太吴,三竪一横曰洪石,三竪三横曰祥雲,皆吉兆也。一竪二横曰太陰,一竪三横曰懸崖,三竪二横曰陰中,皆凶兆也。愚意俗謂九姑,豈即九天玄女歟?《離騷經》云:"索璚茅以筳篿兮,命靈氛爲余卜。"注曰:"璚茅,靈草也,筳,小破竹也。楚人名結草折竹以卜曰篿。"①據此。則亦有所本矣。(卷二十,242—243 頁)

二、九辯

1. 無恙。

《戰國策》趙威后問齊使,歲無恙邪? 王亦無恙邪?《楚辭·九辯》曰:"還及君之無恙。"《説苑》魏文侯語倉唐曰:"擊無恙乎?"又曰:"子之君無恙乎?"《漢書》元帝詔貢禹曰:"今生有恙,何至不已。"乃上疏乞骸骨。《聘禮》亦曰:"公問君,賓對,公再拜。"鄭注云:"拜其無恙者。"顧愷之與殷仲堪箋,行人安穩,布帆無恙。隋日本遣使,稱日出處皇帝致書日没處皇帝無恙。《神異經》曰:"北方大荒中有獸,咋人則疾,名曰獇。獇,恙也。嘗入人室屋,黄帝

①"璚"今皆作"藑";"卜"今作"占",且"卜"下今有"之"字;"破"今作"折"。

殺之。人無憂疾，謂之無恙。”《爾雅》曰：“恙，憂也。”應劭《風俗通》曰：“上古之時，草居露宿，恙，噬人蟲也，善食人心，人患苦之，凡相問云無恙。”恙，或以爲獸，或以爲蟲，或爲無憂。《廣干禄書》兼取憂及蟲，《事物紀原》兼取憂及獸。《廣韻》㺊字下云：“㺊，獸，如獅子，食虎豹及人。”恙字下云：“憂也，病也，噬蟲，善食人心。”是㺊、恙二義。《神異經》合而一之，則誤矣。（卷四，51—52 頁）

《七修類稿》[1]

總論

1. 氣候集解。

按,蟬乃總名,鳴於夏者曰蜩,即《莊子》云"蟪蛄不知春秋"者是也。蓋蟪蛄夏蟬,故不知春秋;鳴於秋者曰寒蜩,即《楚辭》所謂寒螿也。[2] 故《風土記》曰:蟪蛄鳴朝。寒螿鳴夕。(卷三,《天地類》,31 頁)

2. 耽詩成癖。

近時海鹽沈某因誦《離騷經》而得二句曰:"叢蘭芳芷滿東皋,閑步春風讀楚騷",然下韵不接,因久思誤墜崖下,人方驚扶,乃曰:"好也,好也!"遂歌曰:"忽憶靈均發憂憤,墜崖幾折沈郎腰。"因思古今未常無對,傾跌傷體寧無痛楚,尚曰好耶,皆耽詩成癖,不顧其身,豈非痴乎?(卷四十八,《奇謔類》,512 頁)

3. 戴進傳。

屈原遇昏主而投江,今畫原對漁父似有不遜之意。(續稿,卷

---

①郎瑛《七修類稿》,上海書店出版社,2009 年版。

②按:今本未見此"寒螿"内容,疑指《招隱士》之"蟪蛄",暫列於此,待考。

六,《事物類》,605 頁)

一、九歌

(一)東皇太一

1. 祭物。

古人祭奠,物薄而意誠,獨取其馨香時鮮之味以薦之焉。故《九歌》以謂"蕙肴蒸兮蘭藉,奠桂酒兮椒漿"。《左傳》曰"澗溪沼沚之毛、蘋蘩薀藻之菜"而已。(卷十八,《義理類》,180 頁)

(二)山鬼

1. 正音注差。

"少小離家老大回,鄉音不改鬢毛衰。兒童相見不相識,笑問君從何處來。"此賀知章詩也。注曰:"衰字出四支韵。"殊不知此詩乃用古韵,來字有讀爲釐字者,若《楚辭·山鬼》篇:"天路險難兮獨後來"(原注:音釐),①回字與危、爲同協,皆四支韵之詩也,注者不知,反以爲灰字韵者差用衰字,且吴才老《韻補》辯明十灰古通於四支可知矣。若今人不知韓文"此日足可惜"皆是古韵。以爲跳用各韵,誤矣。故才老嘗曰:元和聖德詩與"此日足可惜"詩,俱用一韵。(卷二十七,《辯證類》,294 頁)

①今本無"天"字。

二、九歎

(一)遠逝

1.北斗九星。

《春秋運斗》以摇光爲招摇,非也。招摇自是氐宿一星,《楚辭補注》以招摇在七星外是也。王伯厚不知天文,反以爲誤,可笑!(續稿,卷一,《天地類》,549 頁。合五嶽與八靈兮,訊九鬿與六神)

《少室山房筆叢》①

總論

1.《中和堂隨筆》云:隋煬帝命虞世南等四十人選文章,自《楚辭》迄大業,共五千卷。此恐未然,自六朝《文選》靡過五百卷者,非必當時選擇之嚴,實以文字尚希故也。至唐許敬宗《文館詞林》一千卷,可謂古今極盛。(卷四,《經籍會通四》,47 頁)

2.感遇詩。

或謂予曰:朱子《感興》詩比陳子《感遇》詩有理致。予曰:譬之青幃白髮之節婦,乃與靚妝袨服之宫娥争妍取憐、埒材角妙,不取笑旁觀,亦且自失所守,要之不可同日而語也。彼以《擬招》續《楚辭》,《感興》續《文選》,無見於此矣,故曰離之則雙美,合之則兩傷,要有契予言者。(卷一十,《丹鉛新録六》,99 頁)

3.春秋,戰國之世,文士之好奇不已甚哉?自古中興之烈,亡大於夏少康者,粤自襁褓之中已蒙大難,流離竄匿四十餘載,迄以一成一旅復夏舊物而光大之,彼其崎嶇有虞、仍、鬲之間,所爲布德兆謀,蓋將靡所不極,而史遷本紀盡逸其文,後人求之弗得,遂

---

①胡應麟《少室山房筆叢》,上海書店出版社,2001 年版。

舉《離騷》《天問》荒忽謬悠之説以實之。(卷一五,《史書佔畢三》,151 頁)

4.《山海經》,古今語怪之祖。劉歆謂夏后伯翳撰,無論其事,即其文與典、謨、《禹貢》迥不類也。余嘗疑戰國好奇之士本《穆天子傳》之文與事而侈大博極之,雜傳以汲冢《紀年》之異聞,《周書・王會》之詭物,《離騷》《天問》之遐旨,《南華》,鄭國之寓言,以此成書。(卷三二,《四部正訛下》,314 頁)

5.始余讀《山海經》而疑其本《穆天子傳》,雜録《離騷》《莊》《列》傳會以成者,然以出於先秦,未敢自信。載讀《楚辭辯證》云:"古今説《天問》者皆本《山海經》《淮南子》,今以文意考之,疑此二書皆緣《天問》而作。"則紫陽已先得矣。然經所紀山川神鬼,凡《離騷》《九歌》《遠遊》、二《招》中稍涉奇怪者,悉爲説以實之,不獨《天問》也,而其文體特類《穆天子傳》,故余斷以爲戰國好奇之士取《穆王傳》雜録《莊》《列》《離騷》《周書》晋《乘》以成者。(卷三二,《四部正訛下》,315 頁)

6."西南海之外,赤水之南,流沙之西,有人珥兩青蛇、乘兩龍,名曰夏后開。開上三嬪於天,得《九辯》《九歌》以下"。此本《離騷》《天問》二章之説而訛者。《離騷》曰:"啓《九辯》與《九歌》兮,夏康娱以自縱。"《九辯》《九歌》皆禹樂也。《天問》云"啓棘賓商,《九辯》《九歌》",注:"棘當作'夢',商當作'天',以古文相似而訛。"是也。據《天問》之意,但謂啓夢賓於天得二樂。而《山海經》乃以爲上三嬪於天,又以西南海之外有人曰夏后開,珥蛇、乘龍。詭誕如此,豈足辯哉。(卷三五,《二酉綴遺上》,354 頁)

7.《中山經》云:"洞庭之山,帝之二女居之,是在九江之間,出入必以飄風暴雨。"按,二女之辯歷世紛紛,景純獨謂天帝之女,似爲有見。第云湘川不及四瀆,堯女既爲舜妻,安得下降小水而爲夫人？此又首尾衡決之論。夫堯女舜妻不當下降小水，乃天帝之女不尤貴乎？余意《山海經》第因舜葬九疑，《離騷》《九歌》有湘君湘夫人，遂曼衍爲説，而出入必以風雨，則後人因始皇事附益之。（卷三五，《二酉綴遺上》，354 頁）

8. 余嘗欲雜摭《左》《國》《紀年》《周穆》等書之語怪者，及《南華》《冲虚》《離騷》《山海》之近實者，燕丹、墨翟、鄒衍、韓非之遠誣者，及太史、《淮南》《新序》《説苑》之載戰國者，凡瓌異之事彙爲一編，以補汲冢之舊。雖非學者所急，其文與事之可喜，當百倍於後世小説家云。（卷三六，《二酉綴遺中》，362 頁）

一、九歌

總論

1. 女匽。

陳心叔《名疑》云：舜二妃，帝堯之子，一娥皇、一女英。記載紛然不一，皇一作"媓"、一作"黄"，英一作"罃"。《列女傳》云："堯二女也。"《史記正義》云："娥皇爲后，女英爲妃，或云即《楚詞》湘君、湘夫人。"麟按，女英與女匽音甚相近，《名疑》以爲匽即"英"字之訛，當矣。（卷二五，《藝林學山七》，241 頁）

2. 馮夷之爲河伯，其説遠矣，好奇之士譸張眩惑，紀載實繁，即特立自信君子亦但斥言其妄，而未嘗不以河伯爲水神也，乃余獨於《竹書紀年》而得其説焉。夫《九歌》屈氏之寓言，而《秋水》莊生之幻説，本未嘗謂實有，且絶不道馮夷之名，而茂先《博物》、成式《酉陽》從而爲説以實之，吾不可以不辨，亦幸而得之竹書也。

（卷四十，《莊岳委談上》，413 頁）

3. 帝堯陶唐氏，長女娥皇湘君，次女英爲湘夫人。見《楚辭》。（卷四三，《玉壺遐覽二》，446 頁）

二、天問

1. 少康履歷僅見左氏而首末弗詳，惟汲冢《紀年》差備，復夏之事，第言伯靡自鬲帥斟鄩、斟灌之師以伐浞，世子少康使靡、艾伐過殺澆，伯子杼帥師滅戈，少康自綸歸於夏邑。其事雖不可詳考，要皆王者正正之師，至如《離騷》所謂襲女岐、縱田犬則絕不見於簡編也，《離騷》所問，蓋齊東里社、鬼巫虛謬之談，屈子放逐無聊，感而筆之以問後世。（卷一五，《史書佔畢三》，151 頁。女岐無合；何少康逐犬）

三、大招

1. 周昉畫。

坡詩："書生老眼省見稀，畫圖但怪周昉肥。"《畫譜》亦言周昉畫美人多肥，蓋當時宮禁貴戚所尚。予謂不然，觀《楚辭》云"豐肉微骨調以娛"，又云"豐肉微骨體便娟"，便是留佳麗之譜與畫工也（原注：肉不豐，一生色骷髏。骨不微，田家新婦耳）。（卷二二，《藝林學山四》，222 頁）

《日知録》①

總論

1. 子之必孝,臣之必忠,此不待卜而可知也。其所當爲,雖凶而不可避也。故曰:“欲從靈氛之吉占兮,心猶豫而狐疑。”又曰:“用君之心,行君之意,龜策誠不能知此事。”②善哉屈子之言,其聖人之徒歟!(卷一《卜筮》,46 頁)

2. 古之《詩》,大抵出于中原諸國。其人有先王之風,諷誦之教。其心和,其辭不侈,而音節之間,往往合於自然之律。《楚辭》以下,即已不必盡諧(原注:《文心雕龍》言《楚辭》“訛韵實繁”)。(卷六《樂章》,219 頁)

3. 老氏之學所以異乎孔子者,“和其光,同其塵”,此所謂似是而非也。《卜居》《漁父》二篇盡之矣,非不知其言之可從也,而義有所不當爲也。子雲而知此義也,《反離騷》其可不作矣。尋其大指,“生斯世也,爲斯世也,善斯可矣”。此其所以爲莽大夫與?

---

①顧炎武著,張京華校釋《日知録校釋》,岳麓書社,2011 年版。此外,該書有標題爲《楚辭注》者三則,今一并録入。

②分別見《離騷》與《卜居》。今本無“此”字,《考異》謂“一云:知此事”。

《卜居》《漁父》,“法語”之言也;《離騷》《九歌》,“放言”也。(卷十七《鄉原》,574—575 頁)

4. 則皆直斥其官族名字,古人不以爲嫌也。《楚辭·離騷》:“余以蘭爲可恃兮,羌無實而容長。”王逸《章句》謂“懷王少弟,司馬子蘭”;“椒專佞以慢慆兮”,《章句》謂“楚大夫子椒”。洪興祖《補注》:“《古今人表》有令尹子椒。”如杜甫《麗人行》:“賜名大國虢與秦”“慎莫近前丞相嗔”,近於《十月之交》詩人之義矣。(卷二十一《直言》,778 頁)

5. 效《楚辭》者,必不如《楚辭》;效《七發》者必不如《七發》。蓋其意中先有一人在前,既恐失之,而其筆力復不能自遂。此壽陵餘子學步邯鄲之説也。(卷二十一《文人摹仿之病》,785 頁)

6. 曰薄暮,①曰黄昏,②見於《楚辭》。(卷二十一《古無一日分爲十二時》,810—811 頁)

7. 昔人謂《招魂》《大招》去其“些”“只”,即是七言詩。余考七言之興,自漢以前固多有之。……宋玉《神女賦》:“羅紈綺繢盛文章,極服妙采照萬方。”此皆七言之祖。(卷二十二《七言之始》,841 頁)

8. 詩用叠字最難。……屈原《九章·悲回風》:“紛容容之無經兮,罔芒芒之無紀。軋洋洋之無從兮,馳逶移之焉止。漂翻翻其上下兮,翼遥遥其左右。氾潏潏其前後兮,伴張弛之信期。”③連用六叠字。宋玉《九辯》:“乘精氣之摶摶兮,鶩諸神之湛湛。驂

①《天問》“薄暮雷電歸何憂”。

②見《離騷》“曰黄昏以爲期”;《九歎·離世》“日暮黄昏”,《怨思》“日黄昏而長悲”;《九思·悼亂》“迫日兮黄昏”等。

③“逶移”今作“委移”;“伴”今作“伴”。

白霓之習習兮，歷羣靈之豐豐。左朱雀之茇茇兮，右蒼龍之躍躍。屬雷師之闐闐兮，通飛廉之衙衙。前輕輬之鏘鏘兮，後輜乘之從從。載雲旗之委蛇兮，扈屯騎之容容。”①連用十一叠字，後人辭賦亦罕及之者。(卷二十二《詩用叠字》，843 頁)

9.《三百篇》之不能不降而《楚辭》，《楚辭》之不能不降而漢魏，漢魏之不能不降而六朝，六朝之不能不降而唐也，勢也。用一代之體，則必似一代之文，而後爲合格。(卷二十二《詩體代降》，846 頁)

10. 隋于仲文詩:“景差方入楚，樂毅始游燕。”按《漢書・高帝紀》:“徙齊、楚大族昭氏、屈氏、景氏、懷氏、齊田氏五姓關中，與利田宅。”王逸《楚辭章句》:“三閭之職，掌王族三姓，曰昭、屈、景。”然則景差亦楚之同姓也。而仲文以爲入楚，豈非梁陳已下之人但事辭章，而不詳典據故邪?(卷二十二《于仲文詩誤》，848 頁)

11. 屈原名平，其作《離騷》也，名正則，字靈均。《賈誼傳》:“梁王勝”，注:“李奇曰:《文三王傳》言‘揖’，此言‘勝’，爲有兩名。”(卷二十四《兩名》，939 頁)

12.《楚辭・九歌》以《河伯》次《東君》之後，則以河伯爲神。《天問》:“胡羿射夫河伯，而妻彼雒嬪?”②王逸《章句》以“射”爲實，以“妻”爲“夢”。其解《遠游》“令海若舞馮夷”則曰:“馮夷，水仙人也。”是河伯、馮夷皆水神矣。……《楚辭・九歌》有《河伯》，而馮夷屬海若之下，亦若以爲兩人。大抵所傳各異。(卷二十六

---

①“乘”今皆作“椉”;“鶩”今作“騖”;“駿”今作“驂”;“躍躍”今作“躍躍”;“輕輬”今作“輊輬”，《考異》謂“輊，一作輕”。

②今本無“羿”字，《考異》謂“一本‘胡’下有‘羿’字”;“射”今作“䠶”，《考異》謂“一作射”。

《河伯》,995 頁)

13.《楚辭》湘君、湘夫人,亦謂湘水之神,有后、有夫人也,初不言舜之二妃。(原注:王逸《章句》始以湘君爲水神,湘夫人爲二妃。)……《山海經》:"洞庭之山,帝之二女居之。"郭璞注曰"天帝之二女,而處江爲神,即《列仙傳》'江妃二女'也。《九歌》所謂'湘夫人',稱'帝子'者是也。……按《九歌》湘君、湘夫人自是二神,江湘之有夫人,猶河雒之有虙妃也。")……又按《遠游》之文,上曰"二女御《九招》歌",下曰"湘靈鼓瑟"。是則二女與湘靈固判然爲二,即屈子之作可證其非舜妃矣。後之文人附會其説以資諧諷,其瀆神而慢聖也不亦甚乎!)……盦山啓母,①《天問》之雜説也,後人附以少姨,以爲啓母之妹。……而《九歌》之篇,《遠游》之賦,且爲後世迷惑男女、瀆亂神人之祖也。(卷二十六《湘君》,996—998 頁)

14. 王逸《楚辭章句》言:"淮南王安博雅好古,招懷天下俊偉之士,著作篇章,分造辭賦,以類相從。故或稱小山,或稱大山,其義猶《詩》有《小雅》《大雅》也。"(卷二十六《大小山》,1008 頁)

15.《屈原傳》:"雖放流,睠顧楚國,繫心懷王,不忘欲反","卒以此見懷王之終不悟也",似屈平放流于懷王之時,又云:"令尹子蘭聞之,大怒。卒使上官大夫短屈原于頃襄王,頃襄王怒而遷之。"則實在頃襄之時矣。放流一節當在此文之下,太史公信筆書之,失其次序爾。(卷二十七《史記》,1021 頁)

16. 自秦已上,傳記無言驢者,意其雖有,而非人家所常畜也。……而賈誼《吊屈原賦》:"騰駕罷牛兮驂蹇驢。"《日者列傳》:

①"九招"今作"九韶";見《天問》"焉得彼盦山女,而通之於台桑"節。

“騏驥不能與罷驢爲駟。”東方朔《七諫》：“要褭奔亡兮，騰駕橐駝。”①劉向《九歎》：“卻騏驥以轉運兮，騰驢贏以馳逐。”②……則又賤之爲不堪用也。嘗考驢之爲物，至漢而名，至孝武而得充上林，至孝靈而貴幸。然其種大抵出於塞外，自趙武靈王騎射之後，漸資中國之用。（卷二十九《驢贏》，1132—1133 頁）

17.《荀子》每言“案”，《楚辭》每言“羌”，皆方音。劉勰《文心雕龍》云：“張華論韵，謂士衡多楚，可謂銜靈均之聲餘，失黄鐘之正響也。”（卷二十九《方音》，1140 頁）

18. 至屈原之世，而沅、湘之間并祀河伯，豈所謂“楚人鬼而越人檅”，亦皆起於戰國之際乎？夫以昭王之所弗祭者，而屈子歌之，可以知風俗之所從變矣。（卷三十《古今神祠》，1187 頁）

19.“奈何”二字，始於《五子之歌》：“爲人上者，奈何不敬？”《左傳》：“河魚腹疾，奈何？”《曲禮》曰：“國君去其國，止之曰：‘奈何去社稷也？’大夫曰：‘奈何去宗廟也？’士曰：‘奈何去墳墓也？’”《楚辭·九歌·大司命》：“愁人兮奈何！”《九辯》：“君不知兮可奈何！”③此“奈何”二字之祖。（卷三十二《奈何》，1258 頁）

一、離騷

1. 讀屈子《離騷》之篇，乃知堯、舜所以行出乎人者，以其耿介。同乎流俗，合乎污世，則不可與入堯舜之道矣。（卷十七《耿介》，574 頁）

---

①《七諫·謬諫》。

②《九歎·愍命》。

③“奈何”今皆作“柰何”。

2.《楚辭》:“攝提貞于孟陬兮,維庚寅吾以降。”①攝提,歲也;孟陬,月也;庚寅,日也。屈子以寅年寅月庚寅日生。王逸《章句》曰:“太歲在寅曰攝提格。孟,始也。正月爲陬。言己以太歲在寅、正月始春,庚寅之日,下母之體而生”,是也。或謂“攝提,星名。《天官書》所謂‘直斗杓所指,以建時節’者”,非也。豈有自述其世系生辰,乃不言年而止言月日者哉?(原注:長洲文待詔徵明以庚寅歲生,刻一印章曰“維庚寅吾以降”,意謂與屈大夫同年,非也。屈子之云“庚寅”者,日也。使以歲言,無論古人不以甲子名歲,且使屈子生於庚寅,至楚懷王被執於秦壬戌之歲,年僅三十有三,何以云“老冉冉其將至”乎?)(卷二十一《古人必以日月繫年》,809 頁)

3.至於《莊子》所謂“窮髮之北有冥海”,及屈原所謂“指西海以爲期”,皆寓言爾。(卷二十三《四海》,871 頁)

4.子孫得稱祖、父之字。子稱父字,屈原之言“朕皇考曰伯庸”是也。(卷二十四《子孫稱祖父字》,925 頁)

5.屈原名平,其作《離騷》也,名正則,字靈均。(卷二十四《兩名》,939 頁)

6.言巫鬼則《莊子》所云:“巫咸詔曰:‘來!’”《楚辭·離騷》所云:“巫咸將夕降兮,懷椒糈而要之。”《史記·封禪書》所云:“巫咸之興自此始。”(原注:……今云“巫咸之興自此始”,則以巫咸爲巫覡。然《楚辭》亦以巫咸主神。蓋太史公以巫咸是殷臣,以巫接神,事大戊,使禳桑谷之灾,故云然。)許氏《説文》所云:“巫咸初作巫。”又其死而爲神,則秦《詛楚文》所云“不顯大神巫咸”者也。(卷二十六《巫咸》,994 頁)

---

①“維”今作“惟”。

二、九歌

（一）東皇太一

1.“《豐》多故，親寡《旅》也。”先言“親寡”後言“旅”，以協韵也。猶《楚辭》之“吉日兮辰良”也。虞仲翔以爲別有義，非也。（卷一《説卦雜卦互文》，41—42 頁）

（二）雲中君

1.古之天子常居冀州，後人因之，遂以冀州爲中國之號。《楚辭·九歌》：“覽冀州兮有餘。”《淮南子》：“女媧氏殺黑龍以濟冀州。”《路史》云：“中國總謂之冀州。”《穀梁傳》曰：“鄭，同姓之國也，在乎冀州。”（卷二《惟彼陶唐有此冀方》，62 頁）

三、天問

1.《竹書紀年》：“帝相二十七年，澆伐斟鄩，大戰於濰，覆其舟，滅之。”《楚辭·天問》：“覆舟斟鄩，何道取之？”正此謂也。《竹書》未出，故孔安國注爲“陸地行舟”，而後人因之。（原注：王逸注《天問》，謂：“滅斟鄩氏，①奄若覆舟。”亦以不見《竹書》而强爲之説）。（卷九《奡蕩舟》，318 頁）

2.《賈生傳》：“斡弃周鼎兮而寶康瓠。”應劭曰：“‘斡’音筦。筦，轉也。”“斡流而遷兮，或推而還。”索隱曰：“‘斡’音烏活反。

①“鄩”今皆作“尋”。

斡，轉也。"義同而音異。今《説文》云："斡，蠡柄也。從斗，倝聲。揚雄、杜林説皆以爲軺車輪，斡，烏括切。"按"倝"字，古案切。《説文》既云倝聲，則不得爲烏括切矣。顔師古《匡謬正俗》云："《聲類》《字林》并音管。賈誼《鵩鳥賦》云：'斡流而遷。'張華《勵志詩》云：'大儀斡運。'皆爲轉也。《楚辭》云：'筦維焉繫？'①此義與斡同，字即爲筦。故知斡、管二音不殊，近代流俗音烏括切，非也。"（卷二十八《史記注》，1073—1074 頁）

四、九章

（一）惜誦

1. 國亂無政，小民有情而不得申，有冤而不見理，於是不得不訴之於神，而詛盟之事起矣。蘇公遇暴公之譖，則"出此三物，以詛爾斯"；屈原遭子蘭之讒，則"告五帝以折中"，"命咎繇而聽直"。② 至於里巷之人，亦莫不然。（卷二《罔中於信以覆詛盟》，81—82 頁）

（二）抽思

1.《孔子世家》："余低回留之不能去云。"按《玉篇・彳部》："徑，除饑切。徑徊，猶徘徊也。"然則字本當作"徑徊"，省爲"低回"耳。今讀爲"高低"之低，失之。《楚辭・九章・抽思》："低徊

---

①"筦"今作"斡"，《考異》謂"一作筦"。

②"告"今作"令"；"折中"今作"枏中"，《考異》謂"一本作折中"；"而"今作"使"。

夷猶，宿北姑兮。”①“低”一作“俳”。（卷二十八《史記注》，1071頁）

（三）惜往日

1. 稱周文王爲文君，《焦氏易林》：“文君燎獵，吕尚獲福。號稱太師，封建齊國。”漢張衡《思玄賦》：“文君爲我端蓍兮，利飛遁以保名。”稱晋文公爲文君，《楚辭·惜往日》：“介子忠而立枯兮，文君寤而追求。”《淮南子》：“晋文君大布之衣，牧羊之裘。”又云“介子歌龍蛇，而文君垂泣。”稱宋文公爲文君。（卷二十四《稱王公爲君》，946 頁）

2. 介子推事見於《左傳》，則曰：“晋侯求之不獲，以綿上爲之田。曰：‘以志吾過，且旌善人。’”《吕氏春秋》則曰：“負釜蓋簦，終身不見。”二書去當時未遠，爲得其實。然之推亦未久而死，故以田禄其子爾。《史記》之言稍異，亦不過曰“使人召之，則亡。聞其入綿上山中，於是環綿上之山中而封之，以爲介推田，號曰‘介山’而已。‘立枯’之説，始自屈原；‘燔死’之説，始自《莊子》。”《楚辭·九章·惜往日》：“介子忠而立枯兮，文公寤而追求。封介山而爲之禁兮，報大德之優游。思久故之親身兮，因縞素而哭之。”②《莊子》則曰：“介子推至忠也，自割其股以食文公。文公後背之，子推怒而去，抱木而燔死。”於是瑰奇之行彰而廉靖之心没矣。今當以《左氏》爲據，割股、燔山，理之所無，皆不可信。（卷二十六《介子推》，1001—1002 頁）

3. 二十四年：“晋侯求之不獲，以綿上爲之田”。蓋之推既隱，

---

①“徊”今作“佪”。

②“文公”今作“文君”。

求之不得，未幾而死，故以田禄其子爾。《楚辭·九章》云："思久故之親身兮，因縞素而哭之。"明文公在時之推已死。《史記》則云："聞其入綿上山中，於是環綿上山中而封之，以爲介推田，號曰介山。"然則受此田者何人乎？於義有所不通矣。（卷二十八《左傳注》，1060—1061頁）

4.《九章·惜往日》："寧溘死而流亡兮，恐禍殃之有再。"注謂"罪及父母與親屬"者，非也。蓋懷王以不聽屈原而召秦禍，今頃襄王復聽上官大夫之譖，而遷之江南。一身不足惜，其如社稷何！《史記》所云"楚日以削，數十年竟爲秦所滅"，即原所謂"禍殃之有再"者也。（卷二十八《楚辭注》，1066頁）

五、卜居

1.《卜居》，屈原自作，設爲問答，以見此心非鬼神吉凶之所得而移耳。王逸《序》乃曰："心迷意惑，不知所爲，往至太卜之家，決之蓍龜，冀聞異策，以定嫌疑。"①則與屈子之旨大相背戾矣。洪興祖《補注》曰："此篇上句皆原所從，下句皆原所去。時之人去其所當從，從其所當去。其所謂吉，乃原所謂凶也。"可謂得屈子之心者矣。（卷一《卜筮》，46頁）

六、招蒐

1.古之於喪也，有重；於祔也，有主以依神；於祭也，有尸以象

①"心迷意惑"上今有"忠直而身放弃"六字；"往"上今有"乃"字；"決之蓍龜"上今有"稽問神明"四字；"冀"上今有"卜己居世何所宜行"句。

神;而無所謂像也。《左傳》言嘗於大公之廟"麻嬰爲尸",《孟子》亦曰"弟爲尸",而春秋以後,不聞有尸之事。宋玉《招魂》始有"像設君室"之文。尸禮廢而像事興,蓋在戰國之時矣。(卷十八《像設》,623 頁)

2. 或曰:地獄之説,本於宋玉《招魂》之篇。長人、土伯,則夜叉、羅刹之倫也。爛土、雷淵,則刀山、劍樹之地也。雖文人之寓言,而意已近之矣。於是魏晋以下之人,遂演其説,而附之釋氏之書。昔宋胡寅謂閻立本寫《地獄變相》,而周興、來俊臣得之以濟其酷。又孰知宋玉之文實爲之祖,"孔子謂'爲俑者不仁'",有以也夫!(卷三十《泰山治鬼》,1190 頁)

七、大招

1.《詩集傳·閔予小子》引《楚辭》:"三公穆穆,登降堂只",誤作"三公揖讓"。(卷二十八《注疏中引書之誤》,1054—1056 頁)

2.《大招》:"青春受謝。"①注以"謝"爲"去",未明。按古人讀"謝"爲"序",《儀禮·鄉射禮》"豫則鈎楹内",注:"'豫'讀如'成周宣榭'之'榭'。《周禮》作'序'。"《孟子》:"序者,射也。"謂四時之序,終則有始,而春受之爾。(卷二十八《楚辭注》,1066—1067 頁)

3. 王肅《聖證論》及注《家語》,皆云"八尺曰仞",與孔義同。鄭玄云"七尺曰仞",與孔義異。(原注:王逸注《楚辭·大招》亦云"七尺"。)(卷三十二《仞》,1264 頁。五穀六仞)

---

①今本"謝"作"譤",《考異》謂"一作謝"。

八、九思

(一)逢尤

1.《九思》:“思丁文兮聖明哲,哀平差兮迷惑愚。吕傅舉兮殷周興,忌嚭專兮郢吴虚。”①此援古賢不肖君臣各二,“丁”謂商宗武丁,舉傅説者也。注以“丁”爲“當”,非。(卷二十八《楚辭注》,1066—1067 頁)

(二)傷時

1. 班固《幽通賦》:“巨滔天而泯夏。”王莽字巨君,止用一“巨”字。王逸《九思》:“管束縛兮桎梏,百貿易兮傳賣。②(原注:音鬻)遭桓繆兮識舉,才德用兮列施。”百里奚止用一“百”字。此體後漢人已開之矣。(卷二十四《古人二名止用一字》,922 頁)

---

①“惑愚”今作“謬愚”;“嚭”今作“嚭”,《考異》謂“一作嚭”。
②“貿”今作“賀”;“傳”今作“傅”,《考異》謂“一作傳”。

《字詁義府合按》[①]

總論

1.《易》叶韵。

承吉按:……夫文義之錯綜變化,雖《詩》亦非句句盡韵,何況乎《易》? 如《詩·車攻》調字與佽、柴爲韵,《離騷》調字與媒、疑爲韵,[②]而相傳乃有以調與同字爲韵者。……猶之《詩·株林》以二南字自爲韵,《九辯》"天高氣清"二句以二清字自爲韵,即猶之《瞻印》兩後字亦自爲韵。即猶之《公劉》"食之飲之,君之宗之"以之字自爲韵,而飲、宗非韵也。……又如《天問》"我又何言",言字與上之云、先,下之文字爲韵,中間二句勝、陵又自爲韵。[③] ……又其以《車攻》調字非韵,而不知其乃實同字非韵。且既云調字非

① 黄生撰,黄承吉合按,劉宗漢點校《字詁義府合按》,中華書局,1984 年版。

②《離騷》:"勉陞降以上下兮,求榘矱之所同。湯禹嚴而求合兮,摯咎繇而能調。苟中情其好脩兮,又何必用夫行媒。説操築於傅巖兮,武丁用而不疑。"

③《天問》:伏匿穴處,爰何云? 荆勳作師,夫何長(按:一本作"夫何長先",作者從一本)? 悟過改更,我又何言? 吴光争國,久余是勝。何環穿自閭社丘陵,爰出子文? 吾告堵敖以不長。何試上自予,忠名彌彰。

韵，乃又謂中二句爲一韵，是仍騎牆以調、同爲韵，而轉不知調字之韵佽、柴。此由於不知其所以然，是以進退終爲失據。……江氏知《車攻》同、調非韵，是矣；而不知《詩》之調以韵佽、柴，而《騷》則以韵媒、疑，因遂認《騷》以同、調爲韵，謂《離騷》《七諫》爲古人相效之誤。然其誤效實在《七諫》，而非在《騷》。《騷》之辭云："百神翳其備降兮，九嶷繽其並迎。皇剡剡其揚靈兮，告予以吉故。曰'勉升降以上下兮，求榘矱之所同。湯禹儼而求合兮，摯咎繇而能調。苟中情其好修兮，又何必用夫行媒。説操築於傅巖兮，武丁用而不疑。'"①其辭乃以靈與迎爲韵，下與故爲韵，調與媒、疑爲韵，正見錯綜變化之妙，而同字非韵，并非如後人之意見，《詩》與《騷》并兩句爲一韵也。乃《七諫》則已不明其故，其云："不量鑿而正枘兮，恐榘矱之所同。不論世而高舉兮，恐操行之不調。"②其辭乃漫然就《騷》句之同而亦同之，就調字而亦調之，不過依樣葫蘆，并不知《騷》句上文，原以迎靈、故下之韵爲參伍錯綜之相戛，然後由調而媒、而疑而韵之，一如《車攻》調、佽、柴之相間成韵。雖《七諫》之調字亦或可與下文至、死爲韵，然其先不明乎《騷》之迎靈、故下爲韵，固已疏矣。因而其調、同之上文，遂不復有如《騷》迎靈、故下之韵句蟬聯相戛，而下則又缺不成音，故使《七諫》即不以同、調爲韵而亦誤。要其誤效，乃實在《諫》而不在《騷》也。至如《騷》"告予以吉故"一句，③乃行文另起一段之提頭，則即不韵亦可。其以迎靈、故下而爲韵者，正使音調蟬聯而具

①"升"今作"陞"；"嶷"今作"疑"，《考異》謂"一作嶷"；"予"今作"余"；"儼"今作"嚴"，《考異》謂"一作儼"；"修"今作"脩"。

②見《七諫·謬諫》。"所同"今作"不同"。

③"予"今作"余"。

錯綜變化之妙。乃或有以故字與上迎字爲韵者。又如《天問》:“焉有虬龍,負熊以遊。雄虺九首,儵忽焉在。何所不死,長人何守。”以遊、首、在、死、守皆爲韵,惟龍字不韵顯而易見。乃有以龍與遊爲韵,而任造音讀者。……所可異者,如《天問》“比干何逆,而抑沈之。雷開何順,而賜封之金”,①乃以沈與金爲韵之句。(《義府》卷上,111—117 頁)

①今本作“雷開阿順,而賜封之”,《考異》謂一作“雷開何順,而賜封金”。

《義門讀書記》[①]

總論

1. 石門新營所住四面高山回溪石瀨修竹茂林詩。

所引《楚詞》,參觀王逸注,乃知此詩托意之遠。"庶特乘日用",特、當作持,用、當作車,以日爲車,而游六合之外,則屈子之《遠遊》也。(第四十七卷,《文選・詩》,933 頁)

一、離騷

1. 曹子建《洛神賦》。

《韓詩》:"漢有游女",薛君注:"游女、漢神也。"洛神之義本於此。《離騷》:"我令豐隆乘雲兮,求虙妃之所在。"[②]植既不得於

---

①何焯著,崔高維點校《義門讀書記》,中華書局,1987 年版。此外需要説明的是本書"卷四十八,文選,騷"(941—946 頁)部分,專論《楚辭》,以其專篇本文未録,讀者可自行檢閲。

②"我"今作"吾";"乘"今作"椉",《考異》謂"一作乘";"虙"今作"宓",《考異》謂"一作虙",《補注》謂"宓,音伏,字本作虙"。

君,因濟洛川作爲此賦,托辭虙妃以寄心文帝,其亦屈子之志也。(第四十五卷,《文選・賦》,883頁)

2. 曹子建《洛神賦》。

"無良媒以接懽兮"至"解玉珮以要之"。此四句即用《騷經》"解珮纕以要言兮""吾用蹇修以爲理"。①(第四十五卷,《文選・賦》,885頁)

3. 曹子建《洛神賦》。

"嗟佳人之信修"至"指潛淵而爲期"。此四句又反《騷經》雖美而無禮之意。以明非文帝待己之薄。忠厚之至也。(第四十五卷,《文選・賦》,885頁。雖信美而無禮兮)

二、九章

(一)惜誦

1. 皇矣。

五章。《楚詞・惜誦》云:"骸遽以離心兮,又何以爲此伴也。同極而異路兮,又何以爲此援也。"②畔援之義蓋如之。(第八卷,《詩經下》,150頁)

(二)抽思

1. 沈休文《别范安成詩》。

"夢中不識路"二句,《楚詞》"曾不知路之曲直",又曰:"魂識

①"珮"今作"佩";"要"今作"結";"用"今作"令";"修"今作"脩"。

②"骸"上今本有"衆"字,《考異》謂"一無'衆'字";"骸"今作"駭"。

路之營營。"①(第四十六卷,《文選・詩》,892 頁)

2.謝靈運南樓中望所遲客。

"孟夏非長夜"二句,此本《楚詞》之意,而反用之。蓋《楚詞》所謂晦明若歲者,乃言秋夜之長,望夏夜之短而不得也。(第四十七卷,《文選・詩》,933 頁。望孟夏之短夜兮,何晦明之若歲)

三、遠遊

1.潘安仁《寡婦賦》。

重曰。重、猶亂也。本《楚詞・遠游》篇,班倢伃《自悼賦》亦用之。(第四十五卷,《文選・賦》,880 頁)

四、漁父

1.屈原賈生列傳。

"漁父見而問之",鈍吟云:"詹尹、漁父皆實有是人,非若後人文字之寓言也。"(第十四卷,《史記下》,219 頁)

五、九辯

1.秋懷詩十一首。

第一首。"悲哉秋之爲氣也,草木摇落而變衰",②發端祖此。"胡爲浪自苦"二句,反結放開。(第三十卷,《昌黎集・賦詩》,502

①"魂"今作"霓"。

②今本"草木"上有"蕭瑟兮"三字。

頁）

2. 秋懷詩十一首。

第四首。“泬寥兮天高而氣清，寂寥兮收潦而水清”，①是首所祖。（第三十卷，《昌黎集・賦詩》，503 頁）

3. 秋懷詩十一首。

第八首。“君不知兮可奈何！蓄怨兮積思，心煩憺兮忘食。事願一見兮道余意，君之心兮與余異”，②詩意似本於此。我之所以誦詩讀書者，豈惟空言無施之爲哉。學古之文，期於行古之道。日月逾邁，事業之有無不可知。前日變衰者，今已摇落矣，安得不後顧無窮，愴然興懷也。（第三十卷，《昌黎集・賦詩》，503 頁）

4. 秋懷詩十一首。

第九首。“白露既下百草兮，奄離披此梧楸”，王逸謂：以茂美樹興於仁賢早遇霜露。故此篇復獨以梧桐起興也。下半篇亦從“仰明月而太息兮，步列星而極明”③意變化而出。（第三十卷，《昌黎集・賦詩》，503 頁）

六、招䰟

1. 處州孔子廟碑。

自古多有以功德得其位者，不得常祀。又轉此層，波瀾始富，筆力始高。又令工改爲顔子至子夏十人像。《招魂》云：“像設君

①“寂寥”今作“宋廫”，《考異》謂“宋，一作寂。廫，一作寥”。

②“奈”今作“柰”；“心煩憺兮忘食。事願一見兮道余意”今本作“心煩憺兮忘食事。願一見兮道余意”。

③“仰”今作“卬”，《考異》謂“一作仰”。

室”,其來亦已久矣,不始於佛教之行也。(第三十三卷,《昌黎集·碑志雜文》,584 頁)

七、九歎

(一)逢紛

1. 野望。

“納納乾坤大”,望字,“納納”二字出《楚詞》。(第五十六卷,《杜工部集·近體》,1228 頁。裳襜襜而含風兮,衣納納而掩露)

《訂訛類編　續補》[①]

總論

1.所謂《國風》好色而不淫,正使不及《周南》,與屈宋所陳何異。而統大譏之。此乃小兒强作解事者。(卷四《文選繆陋》,142頁)

2.朱桐川云:《楚詞·遠游》篇云:二女御《九韶》歌。使湘靈鼓瑟兮,令海若舞馮夷。王逸注云:美堯二女助成化,百川之神皆謡歌也。按此則湘靈指水神,不得以堯二女當之。湘靈爲二女,與上文二女御句重複未合。然當時試詩(原注:案:唐省試有湘靈鼓瑟題。)皆曰:帝女曰二妃,蓋因《湘夫人》之稱致誤也。○《日知録》:湘君、湘夫人并非舜妃。謂湘水之神有后有夫人也,湘妃是舜妃,猶禹之聖姑也。愚案:《九歌·湘夫人》:帝子降兮北渚。注謂堯次女女英,舜次妃也。韓子以爲娥皇正妃,故稱君,女英自宜降稱夫人。(卷五《湘靈是水神》,203—204頁)

3.古人方正不容,往往反物理以爲言。如屈子"朝飲木蘭之

①杭世駿撰,陳抗點校《訂訛類編　續補》,中華書局,2006年版。

墜露,夕餐秋菊之落英"。① 木蘭仰上而生,本無墜露,秋菊就枝而隕,本無落英。……《卜居》篇所謂"蟬翼爲重,千鈞爲輕",皆反言而非質言也。《西清詩話》云:歐公見王荆公詩"黄昏風雨瞑園林,殘菊飄零滿地金",笑曰:百花盡落,獨菊枝上枯耳。因戲曰"秋英不比春花落,爲報詩人仔細吟"。荆公聞之曰:是豈不知《楚詞》云云,歐九不學之過也。夫歐九豈不讀《楚詞》者哉?介甫自誤解耳。(原注:案:《高齋詩話》謂是坡公事。天下惟黄州菊落英,故貶公至黄州,《魚隱叢話》曰:余于《六一居士集》及《東坡前後集》遍尋并無,不知何從得此二句詩)王勉夫云:歐公譏荆公得時行道,三代以下未見其比,落英反理之論,似不應用。欲荆公自觀物理,而反之于正耳。愚案:此説最得《離騷》本旨,解歐詩亦得言外之意。洪興祖《補注》云:秋花無自落者,當讀如我落其實而取其材之落。② 謝疊山云:木蘭不常有,得蘭露之墜者亦當飲之;秋菊不常有,得菊英之落者亦當餐之。愛之至、敬之至也,非謂蘭露必墜,菊英必落也。或又云:《詩》之《訪落》,訓落爲始,意落英之落,爲始開之花,芳馨可愛,若至衰謝,豈復有可餐之味。又《西谿叢語》云:《宋書·符瑞志》,沈約云:英,葉也。《離騷》"餐落英",言食秋菊之葉也。據《玉函方》:甘菊三月上寅采葉,名曰玉英。是葉亦謂之英也。愚案:謝説得言外騷人忠厚之意,洪與或云解落字亦好,西谿説亦頗直捷。而菊英之不落,則其論一也。(卷六《木蘭無墜露秋菊不落英》,228—229頁)

4.《賓退録》:《山海經》:洞庭之山,帝之二女居之。郭氏注云:天帝之二女,而處江爲神。即《列仙傳》江妃二女也。《離騷·

①《離騷》篇。

②今本"取"字下有"其"字;"材"今作"華"。

九歌》所謂湘夫人稱帝子者是也。① 而《河圖玉版》曰：湘夫人者帝堯女也。秦始皇浮江至湘山，逢大風，而問博士，湘君何神？博士曰：聞之，堯二女，舜妃也，死而葬此。《列女傳》曰：二女死於江湘之間俗謂爲湘君，鄭司農亦以舜妃爲湘君。説者皆以舜陟方而死，二妃從之，俱溺死於湘江，遂號爲湘夫人。按《九歌》湘君、湘夫人，自是二神。江湘之有夫人，猶河洛之有虙妃也，此之謂靈與天地并矣，安得謂之堯女。且既謂之堯女，安得復總云湘君哉。何以考之？《禮記》曰：舜葬蒼梧，二妃不從，明二妃生不從征，死不從葬，義可知矣。即令從之，二女靈達鑒通無方，尚能以鳥工龍裳救井廩之難，豈當不能自免于風波而有雙淪之患乎？假復如此，《傳》曰：生爲上公，死爲貴神。《禮》：五岳比三公，四瀆比諸侯。今湘川不及四瀆，無秩於命祀。而二女帝者元后，配靈神祇，無緣當復下降小水而爲夫人也。原其致謬之由，由乎俱以帝女爲名，名實相亂，莫矯其失，習非勝是，終古不悟，可悲矣。而古今傳《楚詞》者未嘗及之，書於此以袪千古之惑。（卷下《湘君湘夫人是江神非堯女》，349—350 頁）

一、離騷

1.《堯峰文鈔》云：屈原作《離騷》，以香草喻君子。如江蘺、薜芷、菑夸、揭車、蕙、茝、蘭、蘜之類皆是也；以惡草喻小人，如茅、竇、菉、葹、蕭、艾、宿莽是也。或謂蘭指令尹之蘭而言，則江蘺、薜芷又何所指乎？無論引物連類，立言本自有體，不當直斥用事者之名，令尹素嫉原而讒諸王，此小人之尤者也。原顧欲滋之紉之

①《九歌·湘夫人》："帝子降兮北渚。"

佩之，若與之最相親媚，亦豈《離騷》本旨哉。(卷一《離騷中蘭非指子蘭》,35 頁)

2. 後人遂謂甲子歲、乙丑歲，非古也，自漢以前無用者。《楚詞》：攝提貞于孟陬兮，惟庚寅吾以降。攝提，歲也；孟陬，月也；庚寅，日也。屈子以寅年寅月寅日生也。愚案：今惟祭壽文猶存古制。(卷五《紀歲不用甲乙子丑》,199 頁)

二、九辯

1.《考工記》：調其鑿枘而合之。宋玉《九辨》：圜枘而方鑿兮，吾固知其鉏鋙而難入。① 圜、圓同。枘從木内，音芮，木枘所以入鑿者。楊升庵曰：今人作文，襲用枘鑿不相入。夫枘鑿本相入之物，惟方枘圓鑿，(原注：案《史記・孟子傳》作方枘圓鑿，升庵從此。)則不相入。今去方圜字，字義不通，甚者枘作柄，尤可笑也。(卷一《圓枘方鑿》,38 頁)

三、招䰟

1.《蠖齋詩話》云：《招魂》"娛酒不廢，沈日夜些"。言飲酒盡夜不輟也。《古樂府》：廢禮送客也，亦當作止字用。案：注謂飲酒不廢政事，又以廢爲發。引"明發不寐"，并非。(卷一《娛酒不廢》,39 頁)

①"圜枘而方鑿兮"今作"圜鑿而方枘兮"；"鉏鋙"今作"鉏鋙"。

《遜志堂雜鈔》[①]

總論

1. 古人于二句之中,名字互用者甚多。……《九思》:"管束縛兮桎梏,百貿易兮傅賣。"[②]百,謂百里奚。《惜誓》:"來革順志而用國。"來,謂惡來。此皆二名而用一字。(遜志堂雜鈔已集,75頁)

一、離騷

1.《楚辭》:"予既滋蘭之九畹兮,又樹蕙之百晦。"[③]此非今之所謂蘭蕙也。案《本草》,蘭似澤蘭、生水旁,紫莖赤節,高四五尺,緑葉光潤,尖長有歧,陰囗紫,花紅白色而香。(遜志堂雜鈔已集,84頁)

---

①吴翌鳳撰,吴格點校《遜志堂雜鈔》,中華書局,1994年版。

②《傷時》篇。"貿"今作"貿"。

③"予"今作"余";"晦"今作"畝",《考異》謂"《釋文》畝作晦"。

《陔餘叢考》①

總論

1. 夏屋。

《詩》"夏屋渠渠",《學齋占畢》云:夏屋,古注大具也;渠渠,勤也。言於我設醴食大具以食我,其意勤勤然;不指屋宇也。至揚子雲《法言》云:震風凌雨,然後知夏屋之帡幪。乃始以夏屋爲屋宇。楊用修本其説,又引《禮》"周人〔以〕房俎",《魯頌》"籩豆大房"注,大房玉飾俎也,其制足間有横,下有樹,似乎堂後有房,故曰房俎,以證夏屋之爲大俎。又言若以爲屋居,則房俎亦可爲房室乎?然《楚詞·涉江篇》"曾不知夏之爲丘",②《招魂篇》"各有突夏",③又《大招》篇"夏屋廣大,沙棠秀只",④則屈原、宋玉已皆以夏屋爲大屋。而必以大俎釋《詩》之夏屋,毋亦泥古注而好奇之過矣。況屈原、宋玉既施之於詞賦,則以夏屋爲大屋,亦不自揚子

① 趙翼撰,欒保群、吕宗力校點《陔餘叢考》,河北人民出版社,1990 年。
② 按:該句見《九章·哀郢》。
③ 按:"各"當爲"冬","突"當爲"突";"夏"今作"廈",《考異》謂"一作夏"。
④ "棠"今作"堂"。

雲始也。(卷二,31 頁)

2. 伊尹割烹要湯。

"割烹要湯"注,但引《史記》伊尹爲有莘氏媵臣,負鼎俎以滋味説湯。按戰國以後,爲此説者甚多,不特《史記》也。《莊子》:湯以庖人籠伊尹。《楚詞・涉江篇》:伊尹烹於庖廚。① ……此所謂説湯之辭也。然當時諸説亦有不同者。屈原《離騷》云②:緣鵠飾玉,后帝是饗。王叔師注:后,殷湯也;伊尹始仕,因烹鵠鳥之羹,修飾玉鼎,以事湯也。③《天問篇》云:成湯東巡,有莘爰極,何乞彼小臣,而吉妃是得?水濱之木,得彼小子,夫何惡之,媵有莘之婦?④ 王叔師注:小臣,謂尹也;湯東巡從有莘乞得尹,⑤因得吉善之妃也。其解"水濱之木"數句,則云:小子,謂尹也;尹母娠身,夢神女告之,見灶生蛙則急去。已而灶果有蛙,母遂東走,回顧其邑,盡爲大水,母因溺死,化爲空桑之林。水乾後,有小兒啼,人取養之。既長有才,有莘氏惡其從木中出,因以媵女嫁於湯也。⑥由吕氏之説,則有莘不肯以尹與湯,湯結以姻好,始以尹爲媵也。由王氏之説,則有莘以其非人所生,故惡之以爲媵也,以"乞彼小

①按:該句屬《九章・惜往日》,趙翼誤。

②此爲《天問》内容。

③今本王逸注作:"后帝,謂殷湯也。言伊尹始仕,因緣烹鵠鳥之羹,脩玉鼎,以事於湯。"

④原點校爲"夫何惡之媵,有莘之婦",今正。

⑤今本王逸注作"小臣,謂伊尹也;言湯東巡狩,從有莘氏乞匄伊尹"。

⑥今本王逸注作:"小子,謂伊尹。言伊尹母姙身,夢神女告之曰:'臼竈生鼃,亟去無顧。'居無幾何,臼竈中生鼃,母去東走,顧視其邑,盡爲大水,母因溺死,化爲空桑之木。水乾之後,有小兒啼水涯,人取養之。既長大,有殊才。有莘惡伊尹從木中出,因以送女也。"

臣，而吉妃是得"①句觀之，則吕説爲是；以"夫何惡之媵，有莘之婦"句觀之，②則又王説爲是。蓋本無稽之事，言人人殊，固無從究其是非也。（卷四，79－80頁）

3.湘君、湘夫人非堯女。

湘君、湘夫人，蓋楚俗所祀湘山神夫妻二人，如後世祀泰山府君、城隍神之類，必有一夫一妻，……屈原《湘君篇》明言"望夫君兮未來"，夫君即指湘君也，若女子則不應稱夫君也。下云"揚靈兮未極，女嬋媛兮爲余太息"，則原自言布精靈以求感格而尚未應，故姊嬃爲我太息，喻已之忠誠不能悟君，而姊規之，非指湘君爲女也。《湘夫人》篇"帝子降兮北渚"，曰帝子者，猶云天帝之女，并未確指爲堯女也。《天問篇》所述舜、禹、夷羿等事，鋪張最多，若以湘君、湘夫人爲堯女，則歌中必亦引用南巡蒼梧之事以爲波瀾。乃兩篇中并無一字，以此知屈原本未指爲堯二女也。……自王叔師注《楚詞》湘君、湘夫人，謂堯二女娥皇、女英妻於舜，舜往征有苗，二女從而不返，道死於沅、湘之間，因而張華《博物志》等書皆承此説，湘君、湘夫人遂爲堯二女矣。（原注：按《博物志》但云舜二妃曰湘夫人，不言湘君也。）叔師之説，蓋本於《史記》秦始皇浮江至湘山，大風不得渡，問博士曰："湘君何神？"對曰："堯之二女爲舜妃，死而葬。"此叔師所由誤也。（卷十九，349－350頁）

4.競渡、乞巧、登高。

《丹陽集》謂《荆楚記》屈原以五月五日投汨羅，故武陵以此日作競渡以招之。今江浙間競渡多用春月，疑非本意。及考沈佺期《三月三日驩州》詩云"誰念招魂節，翻爲禦魅囚"，王績《三月三日

①今本"乞"上有"何"字。

②今本作"夫何惡之，媵有莘之婦"。

賦》亦云“新開避忌之席，更作招魂之所”，則以上已爲招屈之時，亦必有所據云。（卷二十一，383 頁）

5. 七言。

顧寧人謂《楚詞·招魂》①《大招》去其“些”“只”即是七言。按“遷藏就岐何所依，殷有惑婦何所譏”等句，②本無“些”“只”，則竟是七言也，特尚未以爲全篇。至柏梁則通體皆七言，故後世以爲七言之始耳。（卷二十三，431 頁）

6. 藥名爲詩。

藥名入詩，《三百篇》中多有之，如“采采芣苢”“言采其蝱”“中谷有蓷”“墻有茨”“堇荼如飴”之類。此後唯文字中用之。……宋玉《招魂》：白芷生③。《淮南子》：地黄主屬骨，甘草主生肉。又亂人者，芎藭之與藁本也，蛇床之與蘼蕪也。又蛇床似蘼蕪而不能芳。王褒《九懷》有疑冬生，④劉向《九歎》有筐澤瀉以豹鞹，⑤王充《論衡·言毒》篇有巴豆、野葛，食之殺人。（卷二十四，458 頁）

7. 五月五日生子。

世以五月五日生子爲不祥，戰國時已有此忌。《史記》：田文以五月五日生，父命勿舉，母私舉之。文既長，問父曰：“不舉五月子，何也？”父曰：“生及户損父。”文曰：“何不高其户，誰能至耶？”……此皆俗忌之見於史傳而卒不驗者也。然亦有時而驗者。……《癸辛雜識》謂屈原以五月五日生，投汨羅江而死。（卷

①該點校本原作“楚詞《招𩲸》”，今正。

②《天問》篇。“何所依”今作“何能依”。

③見《招𩲸》“菉蘋齊葉兮白芷生”句。

④據《九懷·株昭》“款冬而生兮”句，“疑”當作“款”。

⑤見《九歎·怨思》。“以”今作“目”。

三十九,822 頁)

一、離騷

1. 干支。

按《月令章句》大撓探五行之精,占斗綱所建,乃作甲乙以名日,謂之干;作子丑以名日,謂之支。支干相配,以成六旬。是干支本以紀日也。《爾雅》紀年則有焉逢至昭陽十名,攝提格至赤奮若十二名,紀月則有陬、荼、畢、聚、皋、涂之類。《周禮》哲蔟氏:十日、十二辰、十二月、十二歲。注曰:日謂從甲至癸,辰謂從子至亥,月謂從陬至荼,歲謂從攝提格至赤奮若。《楚辭》:攝提貞于孟陬兮,惟庚寅吾以降。王逸注:攝提格,歲在寅也;孟陬,正月也;①庚寅,日也。《吕氏春秋·序意》篇:維秦八年,歲在涒灘,秋甲子朔。許氏《説文後序》:永元困頓之年孟陬月朔日甲子。可見古人以攝提等紀歲,陬、訾等紀月,甲子等紀日。……蓋干支之義,所該者廣。甲子與攝提格之類,字雖異而義本同。古人惟恐年月日時易混,故分别紀之。後世趨於便易,故年月時概以甲子紀,其實一也。且三代以來及周、秦之書,除《楚詞》《吕覽》數語外,亦未見有以攝提格等紀歲,阏、涂等紀月者,則古人亦早以其煩重而不盡用矣。(卷三十四,688—689 頁)

2. 顯考。

《祭法》:王立七廟,曰考廟,則父也;曰王考廟,則祖也;曰皇考廟,則曾祖也;曰顯考廟,則高祖也。……是古人皆以高祖爲顯

①“攝提格,歲在寅也”今本王逸注作“太歲在寅曰攝提格”;“孟陬,正月也”今作“正月爲陬”。

考也。其稱父亦曰皇考。皇者，大也，於君上之義無涉。《曲禮》：父曰皇考，母曰皇妣。《離騷》：朕皇考曰伯庸。晋司馬機《爲燕王告袝廟文》亦曰"敢昭告於皇考清惠亭侯"是也。（卷三十七，772頁）

二、天問

1. 彭祖即老聃。

彭祖爲顓頊元孫陸終第三子，事見《風俗通》，而屈原《天問》云"彭鏗斟雉，帝何饗"，王逸注謂：彭祖以雉羹進堯，而堯饗之也。① 又《論語》疏亦謂堯時封於彭城。是堯時已在禹、皋之列。（卷四，69頁）

2. 羿奡非夏時人。

"羿善射，奡蕩舟。"解以有窮后羿及寒浞之子，其説始於孔安國，而朱注因之。蓋據《左傳》羿代夏政而恃其射，用寒浞爲相，浞乃取其國衆，殺羿而烹之，浞因羿室，生子澆及豷，使澆滅斟鄩。後夏臣靡收二國之餘燼，以滅浞而立少康，少康遂滅澆與豷。……是善射之羿不得其死，事迹顯然，而澆與奡聲相近，澆亦被殺於少康，遂并以澆釋奡也。……寒浞之子名澆，《左傳》并不言奡，孔氏特以聲相近，遂據以釋奡。按澆或音驍，或音聊，或音交，《集韻》雖有奡之音，以爲寒浞子。王逸注《楚詞》，亦引《論語》"澆蕩舟"，此皆因孔注而依附之，未可以爲確也。而澆之蕩舟，不見所出。《正義》云：孔注謂能陸地行舟者，以此文云"奡蕩舟"，

① 王逸注文今作"彭鏗，彭祖也。好和滋味，善斟雉羹，能事帝堯，堯美而饗食之"。

蕩,推也,以此知其多力,能陸地推舟也。然則孔注以澆能蕩舟,不過就《論語》本文,而别無所據依也。而陸德明《音義》於“丹朱傲”云:字又作奡,蓋古字少,傲、奡通用。宋人吴斗南因悟即此蕩舟之奡,與丹朱爲兩人也。……然傲與奡之音相同,既不比澆與奡之但音相近。且罔水行舟之與蕩舟尤爲針孔相對,則南宫适所引“奡蕩舟”,實指丹朱所與朋淫之人,而非寒浞之子,斷可識也。則所云善射之羿,或亦指唐時之羿,未可知也。況引羿、奡但言恃力而不得其死,原不必指同時兩人。則即以爲夏時之羿,亦無不可也。而奡爲罔水行舟之傲,則確不可移矣。(原注:按《天問》“覆舟斟鄩”句,王逸注:奄若覆舟言取之易也。① 顧寧人則引《竹書紀年》:帝相二十七年,澆伐斟鄩,大戰於濰,覆其舟,滅之。謂《天問》所云“覆舟斟鄩”者正指此。安國時竹書未出,故注爲陸地行舟也,則澆之覆舟與奡之蕩舟本不相涉。②)(卷四,72—74 頁)

3.祠堂。

今世士大夫家廟皆曰祠堂。按三代無祠堂之名,東坡《逍遥臺》詩自注云:莊子祠堂在開元,此或後人因其葬處爲之,非漆園時制。然王逸序《天問》云:屈原見楚先王之廟及公卿祠堂,畫天地山川神靈奇詭之狀,因書壁而呵問之。③ 則戰國末已有祠堂矣。(卷三十二,661 頁)

4.屠家稱姜太公。

俗戲屠宰者謂之姜太公,此亦有所本。《國策》:姚賈謂秦王

①“鄩”今作“尋”;“言取之易也”今本王注無。

②《天問》“惟澆在户,何求于嫂”,王逸注引《論語》“澆盪舟”。

③今本“楚”下有“有”字;“畫”上有“圖”字;“奇詭之狀”今作“琦瑋僪佹”;“書”下有“其”字;“而呵問之”今作“何而問之”,《考異》謂“何,一作呵”。

曰:“太公望,齊之逐夫,朝歌之廢屠。”按《楚詞》“師望在肆,鼓刀揚聲”,注云:吕望鼓刀在列肆,文王親往問之,望曰:“下屠屠牛,上屠屠國。”①文王乃載與俱歸。《淮南子》亦云:太公之鼓刀。(卷四十三,921 頁。師望在肆昌何識? 鼓刀揚聲后何喜)

三、九章

(一)悲回風

1. 男子稱佳人。

男子有稱美人者。……男子亦有稱佳人者。《楚詞》“惟佳人之永都兮”,注:佳人指懷王。② 後漢尚書令陸宏③,姿容如玉,光武嘆曰:“南方多佳人。”魏曹爽從蹕謁高平陵,司馬懿閉城拒之,桓范勸爽挾天子詣許昌發兵,爽不從。范哭曰:“曹子丹佳人,生汝兄弟豘犢耳!”……是皆男子稱佳人也。(卷四十二,884 頁)

四、九辯

1. 衙門。

衙門本牙門之訛。……近俗尚武,故稱公府爲公牙,府門爲牙門。然則初第稱之於軍旅,後浙移於朝署耳。然移於朝署亦第作牙,而無所謂衙者。衙字《春秋》有彭衙,《楚詞》有飛廉之衙衙。

①“望曰”今本王逸注作“吕望對曰”。

②“指懷王”今本王逸注作“謂懷、襄王也”。

③據《後漢書》,“宏”爲“閎”。

《説文》及《集韻》皆音作語，無所謂牙音者。鄭康成注《儀禮》"綏澤"云：取其香且衙濕。《群經音辨》曰：衙音迓。於是始有迓音，然猶未作平聲也。及如淳注《漢書》"衙縣"音衙爲牙，於是始有牙之音。如淳係魏時人，則讀衙爲牙，當起於魏、晋，而訛牙門爲衙門，亦即始於是時耳。（卷二十一，393頁。通飛廉之衙衙）

五、招䰟

1. 宗祠塑像。

古者祭必有尸。《孟子》弟爲尸。是戰國時尚有此制。然宋玉《招魂》已有像設君室之文，則塑像實自戰國始。顧寧人謂：尸禮廢而像事興，亦風會使然也。近世祠堂皆設神主，無復有塑像者，其祖先真容則有畫像，歲時展敬。（卷三十二，662頁。像設君室）

2. 塑像。

自佛法盛而塑像遍天下，然塑像實不自佛家始。《史記》：帝乙爲偶人以象天神，與之博。則殷時已開其端。……《孟子》有"作俑"之語，宋玉《招魂》亦云"像設"。魏文侯曰：吾所學者，乃土梗耳。又《國策》：秦王曰："宋王無道，爲木人以象寡人而射其面。"……泥塑木刻，戰國時皆已有之矣。（卷三十二，662—663頁。像設君室）

六、大招

1. 都鄙。

世以文雅者爲都，樸陋者爲鄙，其來最古。《詩》云：洵美且都。《國語》:楚靈王爲章華臺,使富都那豎贊焉。注:都,閑也。那,美也。《楚詞》云:此德好閑習以都。①《史記》:司馬相如車從甚都。是皆以都爲美也。《論語》:出辭氣斯遠鄙倍。注:凡陋也。……其實都、鄙二字,蓋即本周制。都乃天子諸侯所居之地,聲名文物之所聚,故其士女容止可觀。鄙則郊遂以外,必多樸僿也。猶今人言京樣、京款、村氣、鄉氣也。(卷二十二,423 頁)

七、九懷

(一)尊嘉

1. 金魚。

《山海經》睢②水有文魚。郭注云:有斑采也。王褒《九懷》篇“文魚兮上瀨”。是文魚古原有之,然六朝以來,未見有形之賦咏者,則其種尚少。(卷三十三,685 頁)

①“此”今作“比”;“閑”今作“閒”,《補注》謂“閒,音閑”。

②據《山海經·中山經》“睢水出焉……多文魚”,郭注云“音癰疽之疽”,則“睢”作“雎”。

《十駕齋養新録》[1]

總論

1. 七言在五言之前。

《楚詞·招魂》《大招》[2]多四言，去些只助語，合兩句讀之，即成七言。（卷十六，339 頁）

一、離騷

1. 陸氏釋文誶訊不辨。

"誶"訓告，"訊"訓問，兩字形聲俱别，無可通之理。六朝人多習草書，以"卒"爲"卆"，遂與"卂"相似。陸元朗不能辨正，一字兩讀，沿訛至今。《詩·陳風》"歌以訊之，訊予不顧"，陸云："本又作誶，音信，徐息悴反，告也。"《小雅》"莫肯用訊"，陸云："音信，徐息悴反，告也。"案此兩詩本是"誶"字，王逸注《楚詞》引"誶予不顧"，

① 錢大昕著，陳文和、孫顯軍校點《十駕齋養新録》，江蘇古籍出版社，2000 年版。

② 原點校爲"《楚詞》《招寬》、《大招》"，今正。

其明證矣。(卷一,16 頁。謇朝誶而夕替)

2. 曰與聿通。

"曰爲改歲",《漢書・食貨志》"曰"作"聿";"見晛曰消",《荀子》《漢書・劉向傳》并作"聿消";"予曰有奔走""予曰有先後",王逸《楚詞注》"曰"作"聿";"曰喪厥國",《韓詩》"曰"作"聿";是"曰"與"聿"通也。(卷一,17 頁。忽奔走以先後兮,及前王之踵武)

3. 一字兩讀。

顧寧人云:"先儒兩聲各義之説不盡然。余考'惡'字,如《楚詞・離騷》有曰:'理弱而媒拙兮,恐導言之不固。時溷濁而疾賢兮,好蔽美而稱惡。閨中既邃遠兮,哲文又不寤。懷朕情而不發兮,余焉能忍與終古。'①又曰:'何所獨無芳草兮?爾何懷乎故宇?時幽昧以昡曜兮,孰云察余之美惡?'②……此皆'美惡'之'惡'而讀去聲。"(卷五,92 頁)

二、九歌

(一)湘夫人

1. 一字兩讀。

又如"予"訓"我"爲平聲、訓"與"爲上聲,《廣韻》分入魚、語兩韵,然《詩》"四月維夏,六月徂暑。先祖匪人,胡寧忍予""將恐將

①"時"今作"世",《考異》謂"一作時";"疾"今作"嫉";今本"邃"上有"以"字,《考異》謂"一無'以'字";"文"今作"王";今本"終"上有"此"字。

②"時"今作"世",《考異》謂"一作時";"昡"今作"眩",《考異》謂"一作昡";"美"今作"善",《考異》謂"《文選》善,作美"。

懼,維予與女。將安將樂,女轉弃予”“訊予不顧,顛倒思予”,《楚詞》“帝子降兮北渚,目眇眇兮愁予”,皆讀上聲,未嘗讀平聲也。(原注:魏鶴山云“《詩》與《騷》中‘予’字,只作與音讀,無作如音者”。)(卷五,92 頁)

三、招魂

1. 復。

魏鶴山云:魂氣升於天,體魄降於地。《儀禮》《禮記》所以有“升屋而號”“皋某復”之别,而屈原《招魂》舉東西南北以爲文字,亦是《禮》上起義耳,牟存友向屢魘,魘必令人升屋呼之即惺,亦是此義。(卷二,26 頁。東方不可目託些。南方不可以止些。西方之害,流沙千里些。北方不可目止些。)

四、九歎

(一)遠逝

1. 九鬿。

劉向《九歎》:“訊九鬿與六神。”注:“九鬿,謂北斗九星也。”按《説文》無鬿字,當爲魁之譌。古書斗爲阡,與斤相似,因誤爲鬿,并讀如祈音,失其義矣。北斗九星,魁居其首,故有九魁之稱。(卷十七,367 頁)

《竹汀先生日記鈔》《八喜齋隨筆》《破鐵網》①

總論

1. 十一月初三日見協卿藏書:《蘭亭續考》《楚辭王逸注》《真西山讀書記》,以上皆宋本。(潘祖蔭《八喜齋隨筆》,43 頁)

2. 宋版《楚辭箋注》二函,有季振宜鈐記。(胡爾棨《破鐵網》卷上,3 頁)

一、招䰟

1. 借讀陳季立第《毛詩古音考》四卷、《屈宋古音義》三卷,顧亭林言古音,實本於此。其讀"化"爲"嬉","爲"爲"怡",則不如顧之得其正也。《招魂》"砥室翠翹,挂曲瓊些",本與上寒、湲、蘭、筵韵。古文瓊、璚本是一字也,今改作强,與下文光、張韵,則非其類矣。此沿吴才老之誤而不考《説文》故也(原注:《毛詩古音考》《屈

---

①據錢大昕等撰,竇水勇等校點《竹汀先生日記鈔(附《八喜齋隨筆》　紐非石日記　曝書雜記　前塵夢影録　破鐵網》本,遼寧教育出版社,1998 年版。

宋古音義》二種，常熟張氏照曠閣刊入《學津討原》)。(錢大昕《竹汀先生日記鈔》卷一《所見古書》，2 頁)

《札樸》[①]

總論

1. 水芹

舟過湖南，食水菜極香美，問其人，曰水芹。案：《楚辭》江蘺也。[②]（卷五，195 頁）

2. 虫蝮

虫蝮有數種。……《楚辭・招魂》："蝮蛇蓁蓁。"王逸注："蝮，大蛇也。"《大招》："王虺騫只。"王注："大蛇。"……《楚辭・天問》："中央共牧后何怒？"王注："言中央之州，有歧首之蛇，争共食牧草之實，自相啄嚙。"……《楚辭・招魂》："雄虺九首，往來儵忽，吞人以益其心些。"此九首之虫也。（卷五，206—208 頁）

3. 怗

北魏《高湛墓志》："全怗民境。"怗字不瞭，釋者或闕或疑。……其字并從立心。又作"帖"。……王逸《楚辭序》："事不

---

①桂馥著，趙智海點校《札樸》，中華書局，1992 年版。

②出自《離騷》"扈江離與辟芷兮"，《考異》謂"《文選》離作蘺"；《離騷》"又況揭車與江離"，《考異》謂"離，一作蘺"；《九歎・惜賢》"佩江蘺之婓婓"。

妥帖。"①(卷六,213 頁)

4.亂詞

騷賦篇末皆有亂詞。亂者,猶《關雎》之亂。(卷六,215 頁。亂曰)

5.齋速

《楚辭・九歌》:"吾與君兮齋速。"注:"訓齋戒。"②案:《離騷》:"反信讒而齎怒。"注云:"齎,疾也。"馥謂齋速亦疾也。(卷七,294 頁)

6.高湛墓志

《左傳》"復陶",釋文云:"復音服,一音福。"馥謂"福"亦當從"衣"。《碑》云"伏讀詔書,於邑益甚","於邑"即"菸悒"。《説文》:"菸,鬱也。""悒,不安也。"故《碑》又云"大夏必鬱邑於會稽之山陰"。王褒《聖主得賢臣頌》:"服絺綌之凉者,不苦盛暑之鬱悒。"……《楚辭》"心鬱悒余侘傺。"又云:"長呼吸以於悒。"③(卷八,339—340 頁)

一、離騷

1.纕

《玉篇》:"纕,帶也。"案:《離騷》"既習余以蕙纕,"④又爲馬腹

①"妥帖"今本作"要括";而據《文選・文賦》"或妥帖而易施"句,李善注謂"王逸注《楚辭序》'義多乖異,事不妥帖'"。是桂馥所引當據此。

②此爲《大司命》篇。今本王逸注爲"齋,戒也"。

③此兩句分别爲《九章・惜誦》與《九歎・憂苦》内容。"鬱悒"今作"鬱邑";"呼"今作"嘘",《考異》謂"一作呼"。

④"習"今作"替"。

帶,《國語》:"懷挾纓纕。"(卷四,138 頁)

2. 女岏山

《廣韻》"岏"下云:"女岏,山名,弱水所出。"案:弱水所出之山單名岏。《説文》"岏"下云:"山也,或曰弱水之所出。"此即《楚辭》之窮石,《十六國春秋》謂之蘭門山,在漢張掖删丹西南。女岏别是一山。(卷七,295 頁。夕歸次於窮石兮)

二、九歌

(一)湘君

1. 眇

古妙字皆作眇。眇,小也。《漢書》昭帝詔"朕以眇身,護保宗廟"是也。《易·繫辭》:"眇萬物而爲言。"《荀子·王制》篇:"王者仁眇天下,義眇天下,威眇天下。"《楚辭·九歌》:"美要眇兮宜修。"《漢書·元帝贊》:"窮極幼眇。"(卷五,178 頁)

(二)湘夫人

1. 櫋聯

《楚詞·九歌》:"擗蕙櫋兮既張。"①《説文》:"櫋,屋櫋聯也。"《文選·西京賦》:"鏤檻文梍。"李善引《聲類》:"梍,屋連綿也。"馥謂連綿即櫋聯。(卷四,155 頁)

---

①"櫋"今作"榜"。

(三)國殤

1. 陵躐

故喪事雖遽不陵節。注云:“陵,躐也。”馥案:《楚辭·九歌》:“凌余陣兮躐余行。”(卷一,51 頁)

三、天問

1. 會朝清明

偃師武億曰:《楚辭·天問》:“會鼂争盟,何踐吾期。”《注》云:“争,一作請。”①案:“鼂”“朝”同字。……“請”“清”音相近,“盟”“明”通用。……是屈子引《詩》“會朝清明”作問,蓋云以甲子日赴膠鬲請盟之期。毛、鄭以爲日之清明,非是。(卷一,26 頁)

2. 挴

《方言》:“挴,貪也。”《廣雅》同。《楚辭·天問》:“穆王巧挴,夫何爲周流?”王逸注:“挴,貪也。”②馥案:“挴”當爲“掏”。《廣韻》:“掏,貪也。”(卷七,284 頁)

四、九章

(一)惜誦

1. 咍

《廣韻》:“咍,笑也,呼來切。”……案:古無此字,蓋即“嗤”之

---

①今本注爲“一作會鼂請盟”。

②“挴”今作“梅”,《補注》謂“挴,諸本作梅”。

異文。《楚辭·九章》:"忠何辜以遇罰兮,亦非余之所志也。行不羣以顛越兮,又衆兆之所咍也。"①束晳《玄居釋》:"束晳閑居,門人并侍,方下帷深談,隱几而咍,含豪散藻,考撰同異。"馥謂《楚辭》與"志"爲韵,《玄居釋》與"侍""異"爲韵,則《廣韻》之呼來切乃轉音也。(卷三,113 頁)

(二)思美人

1. 薜荔

《説文》:"蕈,雨衣,一曰衰衣,一曰蕈藨似烏韭。"徐鍇本作"蕈歷似烏韭。"馥案:蕈歷即蕈荔。《山海經》:"小華之山,其草有蕈荔,狀如烏韭,而生於石上,亦緣木而生,食之已心痛。"郭注:"蕈荔,香草也。"烏韭在屋者曰昔邪,在牆者垣衣。"蕈荔"或作"薜荔"。《楚辭》:"令薜荔以爲理兮,憚舉趾而緣木。"王注:"薜荔,香草。"②……馥案:謂以薜荔爲蓑衣也。《楚辭》緣木與《山海經》同,王注"薜荔香草"與郭注"蕈荔"同。(卷五,194 頁)

五、九辯

1. 點

袁宏《三國名臣贊》:"如彼白圭。質無塵點。"……《楚辭·九辨》:"或默點而汙之。"注曰:"點,汙也。"③"點""玷"古字通。(卷

①"辜"今作"罪";今本"余"下有"心"字;今本"志"、"咍"下無"也"字,《考異》謂"一本此句末與下文皆有'也'字";"顛"今作"巔"。

②"薜荔,香草"爲"貫薜荔之落蕊"句注而非本句注。

③今本王逸注無。

三,124 頁)

2. 孔宙碑

《孔宙碑》云:“君諱宙,字季將。”《後漢書・孔融傳》:“父伷,泰山都尉。”案:《晋書》琅邪武王伷,字子將,此與“季將”義同。……《楚辭・九辨》:“恐余壽之弗將。”王注:“將,長也。”①以“將”爲字者,系緒綿長之義。(卷八,322 頁)

六、招䰟

1. 風光

《文選》謝玄暉《和徐都曹》詩:“日華川上動,風光草際浮。”五臣注:“風本無光,草上有光色,風吹動之,如風之有光也。”李善注:“《楚辭》曰:‘光風轉蕙汎崇蘭。’王逸注曰:‘光風謂日出而風,草木有光色也。’”②是李善本作“光風”,今本爲人所改。(卷六,232 頁)

七、大招

1. 脏

《鹽鐵論》:“羊淹鷄寒。”曹子建《七啓》:“寒芳苓之巢龜。”李善云:“寒,今脏肉也。”案:《廣韻》:“脏與鯖同,即五侯鯖。”《楚

①“將,長也。”今本爲五臣注。

②“汎”今作“氾”,《考異》謂“氾猶汎”;今本王逸注“日出”上有“雨已”二字;今本無“色”字。

辭》:“煎鰿臛雀。”①(卷三,110 頁)

八、九懷

(一)昭世

1.緹䌷

《楚辭・九懷》:“襲英衣兮緹䌷。”洪氏《補注》:“䌷,緶衣也。”馥謂此據《説文》爲説。《後漢書・應劭傳》:“緹䌷十重。”注云:“緹䌷謂鮮明之衣。”與洪異。(卷三,115 頁)

(二)陶壅

1.欻

王褒《九懷》:“霾土忽兮塺塺。”《西京賦》:“欻從背天。”薛綜注:“欻之言忽也。”馥案:俗或作“歘”。(卷四,157 頁)

九、九歎

(一)逢紛

1.黴

《玉篇》:“黴,面垢也。”《淮南・脩務訓》:“舜黴黑。”劉向《九歎》:“顔黴黧以沮敗兮。”(卷四,152 頁)

①“鰿”今作“鰿”;“臛”今作“臇”,《考異》謂“一作臛”。

（二）離世

1. 澆

王注《楚辭》："回波爲澆。"胡注《通鑑》："水洄洑曰澆。"吐谷渾有澆河，吕光開以爲郡，此郡蓋置於澆河洄曲處。今作"洮"。（卷四，142 頁。波澧澧而揚澆兮）

（三）愍命

1. 莞

劉向《九歎》："莞芎棄於澤州。"王逸注："莞，苻蘺也。"①馥謂莞乃《詩》之"芄蘭"。《説文》："芄蘭，莞也。"芄蘭、芎藭，皆野蔬美品，故弃之可惜。（卷七，265 頁）

十、九思

（一）怨上

1. 謷謷

《板》："聽我囂囂。"《傳》云："囂囂，猶謷謷也。"《箋》云："謷謷然不肯受。"馥謂當爲不省受。《廣韻》："謷，不省語也。"《楚辭·九思》："令尹兮謷謷。"王逸云："不聽話言而妄語也。"（卷一，25 頁）

①"州"今作"洲"；"苻蘺"今作"夫離"，《考異》謂"一作符籬"，《補注》謂"一名芙蘺"。

《乙卯劄記　丙辰劄記　知非日札》①

總論

1.鄭氏《詩譜》:《小雅》十六篇,《大雅》十八篇,爲正經。孔穎達曰:凡書非正者謂之傳。《六月》以下,《小雅》之傳;《民勞》以下,大雅之傳也。《離騷》爲經,而《九歌》以下爲傳,義取乎此。朱子云爾。(《乙卯劄記》,11 頁)

2.顧寧人云:《三百篇》不能不降而《楚辭》,《楚辭》不能不降而漢魏,漢魏不能不降而六朝,六朝不能不降而唐也。勢也!用一代之體,則必似一代之文,而後合格。此説良然。(《乙卯劄記》,15 頁)

一、九辯

1.宋玉《九辯》云:寒士失職而志不平。② 彼於游士風穨之

①章學誠《乙卯劄記　丙辰劄記　知非日札》,中華書局,1986 年版。
②"寒"今作"貧"。

日，而以士之失職爲言，亦慨世事之不古若也。然後世憂貧歎老一輩，其志苟圖富貴，不如其志，則爲寒士失職之言。(《乙卯劄記》，28頁。坎廩兮貧士失職而志不平)

《新編汪中集》[①]

一、離騷

1. 釋三九上。

《楚辭》:“雖九死其猶未悔”。此不能有九也。《詩》:“九十其儀。”《史記》:“若九牛之亡一毛。”又:“腸一日而九回”。此不必限以九也。《孫子》:“善守者,藏於九地之下;善攻者,動於九天之上。”此不可以言九也。故知“九”者,虛數也。(《文集》,第一輯,347 頁)

二、九歌

(一)湘君

1.《説文》:“履石渡水曰砅。”按:砅、瀨,古同音。《楚詞》:“石瀨兮淺淺。”又伍子胥“投金瀨”。(《經義知新記》,14 頁)

2. 釋厲字義。

①汪中著,田漢雲點校《新編汪中集》,廣陵書社,2005 年版。

戴君云:"《衛風》:'深則厲。'《説文》作'砅',云:'履石渡水也。'《爾雅》則曰:'以衣涉水,由帶以上爲厲。'此《爾雅》之失,當從《説文》。"中按:《説文》"砅"或作"濿","厲"乃"濿"之省文。二文正通,非《爾雅》之失。"履石渡水"爲"厲","以衣涉水",由帶以上亦爲"厲",一文二義,未可偏廢。《詩・有狐》"在彼淇厲"。《楚詞》:"石瀨兮淺淺。""瀨"與"砅"同,此"履石渡水"之"厲"。(《文集》,第一輯。353 頁)

三、天問

1.《淮南子》云:"堯時十日并出,堯使羿射九日而落之。"《楚辭・天問》云:"羿彈日,烏天解羽。"①此羿即伯益也。益爲虞官,佐虞治水,焚山澤,逐禽獸,後人寵神之以取威於民,故有是言。(《舊學蓄疑》,108 頁。羿焉彈日? 烏焉解羽?)

四、九章

(一)惜往日

1.蓋介山子推之行也。(原注:《注》:《離騷》曰:"封介山而爲之禁兮,報大德之優游"。)②

喜孫案:盧刻"《離騷》曰"下衍"火滋曰"三字,"介山"下衍"封"字,"兮報大"三字誤作"輟號火"三字,"德"之下脱"優游"字。

---

①今本"羿"下有"焉"字;"彈"今作"彃",《考異》謂"一作彈";"天"今作"焉"。
②此爲《惜往日》内容。

（《大戴禮記正誤》,82 頁）

五、遠遊

1.《禹貢》之明都,《職方》之望諸,《春秋傳》之孟諸,一也。《遠遊》之於微閭,《職方》之醫無閭,《漢書·地理志》之無慮,《列子》之尾閭,一也。（《經義知新記》,14 頁。夕始臨乎於微閭）

六、招魂

1. 來降燕,乃睇。《傳》:"百鳥莫曰巢。突穴謂之室,何也?"

喜孫案:盧刻作"室,穴也。與之室,何也"。孔本作"突穴取與之室何也"。戴氏《文集》曰:"突穴取與之室何也",各本皆然。洪興祖《補注》云:"突,深也,隱暗處。"蓋突厦猶言深厦。此突穴,指燕所爲巢深隱也。（《大戴禮記正誤》,57 頁。冬有突廈,夏室寒些）

七、大招

1. 堂有二名,有宫室之堂,有壇壝之堂。《説文》:"臺,從土,高省。"《金縢》:"爲三壇同墠。"馬融注:"壇,土堂。"《楚辭》:"南房小壇,觀絶霤只。"王逸注:"壇,猶堂也。"故爲壇於郊,得稱曰堂。（《文集》,第一輯,361 頁）

《讀書雜志》[1]

總論

1. 猶豫

念孫案:"猶豫"雙聲字,猶《楚辭》之言"夷猶"耳。[2] 非謂獸畏人而豫上樹,亦非謂犬子豫在人前,師古之説皆襲《顔氏家訓》而誤。説見《廣雅》。(《漢書》弟一《高后紀》,471 頁)

2. 鮦陽

説者皆謂"鮦"從同聲,不當音"紂",不知"紂"字古音在幽部,同字古音在東部,東部多與幽部相通。如《大戴禮・勸學篇》以"從""由"爲韵,《楚辭・天問》以"龍""遊"爲韵。又《齊風・南山篇》"衡從其畝",韓《詩》"從"作"由"。昭五年《左傳》"吴子使其弟蹶由犒師",《韓子・説林》篇"由"作"融"。《説文》"東北曰融風",《易通卦驗》"融"作"調",(原注:見隱五年《左傳》正義。)"調"從周

---

①王念孫著,徐煒君等校點《讀書雜志》,上海古籍出版社,2014 年。但本書《餘編下》專論《楚辭》篇不再録入。

②"夷猶"見《九歌・湘君》"君不行兮夷猶";《九章・抽思》"悲夷猶而冀進兮,心怛傷之憺憺"。

聲，古讀若“稠”，而《小雅·車攻篇》《楚辭·離騷》《七諫》《韓子·揚搉篇》并以“同”與“調”韵，①“銅”從同聲。而《史記·衛青傳》“大當户銅離”，徐廣曰：“一作‘稠離’。”《漢書》作“調雖”，“同”與“調”“稠”同聲，則與“紂”聲相近，故“鮦”從同聲，而亦讀如“紂”。（《漢書》弟六《地理志》，643—644頁）

3. 緜藐

今案：緜藐，好視貌也。《方言》曰：“南楚江淮之間，驢瞳子謂之矊。”郭璞曰：“言緜邈也。”《楚辭·招魂》曰：“靡顔膩理，遺視矊些。”②“矊”與“緜”同義。“藐”音莫角、莫沼二反。《楚辭·九歌》“目眇眇兮愁予”，③王注曰：“眇眇，好貌。”“眇”與“藐”同義，合言之則曰“緜藐”。（《漢書》弟十《司馬相如傳》，814頁）

4. 逐遺風　馺遺風

“追奔電，逐遺風”，“奔”“遺”皆“疾”意也。鄭注《考工記·弓人》曰：“奔，猶疾也。”“遺”讀曰“隧”，隧風，疾風也。《大雅·桑柔》篇曰“大風有隧”，有隧者，狀其疾也。（原注：説見《經義述聞》。）《楚辭·九歌》“衝風起兮横波”，王注曰：“衝，隧也。遇隧風，大波涌起。”④是古謂疾風爲“隧風”也。“隧”與“遺”古同聲而通用。……《楊雄傳》“輕先疾雷，以馺遺風”，《楚辭·九章》“悲江介之遺風”，⑤義并與此同。（《漢書》弟十一《嚴朱吾丘主父徐嚴

①相應内容見《天問》：焉有虯龍，負熊以遊？《離騷》：勉陞降以上下兮，求榘矱之所同。湯禹嚴而求合兮，摯咎繇而能調。《七諫·謬諫》：不量鑿而正枘兮，恐榘矱之不同。不論世而高舉兮，恐操行之不調。

②“矊”今作“矊”，《考異》謂“一作矊”。

③《湘夫人》。

④見《河伯》。今本王逸注“遇”上有“反”字。

⑤見《哀郢》。

終王賈傳》,845 頁)

5. 静言

念孫案:"静言令色"即"巧言令色",下文"外巧"二字統承"静言令色"言之,則"静"非"安静"之謂也。……"静"字或作"竫",又作"靖"。文十二年《公羊傳》引《書》作"惟諓諓善竫言",王注《楚辭·九辯》曰"静言諓諓而無信",又注《九歎》曰"諓諓,讒言貌也",①引《書》曰"諓諓靖言"。……并字異而義同。(《漢書》弟十三《翟方進傳》,908—909 頁)

6. 鸋鴂

引之曰:杜鵑一名"鸋鴂",一名"買鶬",一名"子鳺"。鸋鴂,一作"鶗鴂",一作"趧鴂"。《楚辭·離騷》"恐鶗鴂之先鳴兮,使夫百草爲之不芳",王注曰:"鶗鴂,一名'買鶬',常以春分鳴。"《反騷》"徒恐鸋鴂之將鳴兮",服虔曰:"鸋鴂,一名'鵙',伯勞也。順陰氣而生,賊害之鳥也。"王逸以爲春鳥,謬也。(原注:見《文選·思玄賦》注。)……今案,《離騷》言此者,以爲小人得志,則君子沈淪;野鳥群鳴,則芳草衰謝。此乃假設爲文,不必實有其事,亦如《九章》云"鳥獸鳴以號羣兮,草苴比而不芳",②豈謂鳥獸群號之時實有不芳之草哉!(《漢書》弟十三《何武王嘉師丹傳》,923 頁)

7. 形能

余謂"形能"當連讀,"能"讀爲"態"。《楚辭·招魂》注曰:"態,姿也。"③形態,即形也。言耳目鼻口形態各與物接而不能互相爲用也。古字"能"與"耐"通,(原注:説詳《唐韻正》。)故亦與

①《九辯》:"何時俗之工巧兮";《九歎·愍命》"讒人諓諓,孰可愬兮"。

②《悲回風》。

③《招蒐》:容態好比,順彌代些。

"態"通。《楚辭·九章》"固庸態也",①《論衡·累害》篇"態"作"能"。……"能"即"態"字也。(原注:多態,謂淫巧。)(《荀子》弟五《天論》,1820頁)

8. 倚而觀

倚者,立也,言立而觀之也。……《楚辭·九辯》"澹容與而獨倚兮",謂獨立也。《招隱士》"白鹿麏麚兮,或騰或倚",謂或騰或立也。(《荀子》弟七《性惡》,1877頁)

9. 忽兮其極之遠也攭兮其相逐而反也

念孫案:忽,遠貌。《楚辭·九歌》曰"平原忽兮路超遠",《九章》曰"道遠忽兮",②是"忽"爲遠貌。極,至也,言忽兮其所至之遠也。(《荀子》弟八《賦》,1900頁)

10. 丹水

念孫案:"丹水"本作"白水",此後人妄改之也。《水經·河水注》引此作"丹水",亦後人依俗本改之。《楚辭·離騷》"朝吾將濟於白水兮",王注曰:"《淮南》言白水出崑崙之原,飲之不死。"③……則舊本皆作"白水"明矣。又案:《楚辭·惜誓》"涉丹水而馳騁兮",④王注曰:"丹水,猶赤水也。《淮南》言赤水出崑崙也。"此是引下文"赤水出東南陬"之語。若此文本作"丹水",則王注當引以爲證,何置此不引,而别指赤水以當之乎?(《淮南内篇》弟四《墬形》,2067頁)

11. 通於天道

①《懷沙》。

②分别見《九歌·國殤》篇,《九章·懷沙》篇。

③"《淮南》"今本王注作"《淮南子》";"原"今作"山"。

④"馳"今作"馳",《考異》謂"一作馳"。

念孫案:"通於天道"本作"通合於天",今本脱"合"字,衍"道"字。……《文子·自然》篇正作"通合於天"。"天"與"精"爲韵……(原注:……《楚辭·九章》"瞭杳杳而薄天"、《九辯》"瞭冥冥而薄天",并與"名"爲韵。凡周秦用韵之文,"天"字多有入耕部者,《詩》《易》《楚辭》而外,①不可枚舉。)若作"通於天道",則失其韵矣。此文上下十八句皆用韵。(《淮南内篇》弟九《主術》,2143頁)

12. 若鶩

"騁馳若鶩","鶩"當爲"鶩"。……"鶩"與"騁馳"同義,若云"騁馳若鶩",則是騁馳若騁馳矣。且"地""那"爲韵,(原注:"地"古讀若"沱",説見《唐韻正》。)"神""旌"鶩爲韵,(原注:此以"真""耕""通"爲一韵,《周易》《楚辭》及《老》《莊》諸子多如此。②)若作"鶩",則失其韵矣。《太平御覽》引此正作"騁馳若鶩"。(《淮南内篇》弟十九《脩務》,2426—2427頁)

一、離騷

1. 祗人死祗民之死

念孫案:祗之言振也。振,救也。(原注:見《説文》及《月令》

---

①相應内容見《九章·哀郢》:堯舜之抗行兮,瞭杳杳而薄天。衆讒人之嫉妒兮,被以不慈之僞名。《九辯》:堯舜之抗行兮,瞭冥冥而薄天。何險巇之嫉妒兮,被以不慈之僞名?

②按:據王力《楚辭韻讀》(《詩經韻讀　楚辭韻讀》本,中國人民大學出版社,2004年版,407頁、459頁),則《離騷》"皇覽揆余初度兮,肇錫余以嘉名。名余曰正則兮,字余曰靈均"以及《卜居》"寧誅鋤草茅以力耕乎?將游大人以成名乎?……將突梯滑稽、如脂如韋,以潔楹乎"皆爲"耕真合韵"。

《哀公問》注、昭十四年《左傳》注、《周語》《魯語》《吴語》注。）言救人之死，救民之死，非敬死之謂也。《楚辭·離騷》："既干進而務入兮，又何芳之能祗。"祗，振也。言干進務入之人委蛇從俗，必不能自振其芬芳也。（原注：王注亦云："祗，敬也。"辯見《楚辭》。）祗與振聲近而義同，故字亦相通。（《逸周書》弟一，12—13頁）

2. 逆河

"逆"字古讀若"御"，（原注：説見《唐韻正》。文多不録。）而"迎"字亦有"御"音。《天官書》"迎角而戰者不勝"，徐廣曰："迎，一作御。"《楚辭·離騷》"九疑繽其竝迎"，①與"故"爲韵，則"迎"亦可讀若"御"。（《史記》弟一《夏本紀》，181頁）

3. 雖無出甲

念孫案："雖"讀曰"唯"，"唯"與"雖"古字通。（原注：《大雅·抑》篇"女雖湛樂從，弗念厥紹"，言女唯湛樂之從也。……《楚辭·離騷》"余雖脩姱以鞿羈兮"，②言余唯有此脩姱之行，以致爲人所係纍也。《莊子·庚桑楚》篇"唯蟲能蟲，唯蟲能天"，釋文："一本唯作雖"。）（《史記》弟四《張儀列傳》，316頁）

4. 竢慶雲而將舉

竢慶雲而將舉，本作"慶竢雲而將舉"，此後人不知"慶"之讀爲"羌"，而妄改之耳。王逸注《離騷》曰："羌，楚人語辭也。"③"羌"與"慶"古字通。（《漢書》弟十三《何武王嘉師丹傳》，922頁。羌内恕己以量人兮，各興心而嫉妒）

5. 雄鳩

①"竝"今作"並"。

②今本"脩"上有"好"字。

③"辭"今本王逸注作"詞"。

師古曰:"《離騷》云'吾令鴆爲媒兮,鴆告余以不好。雄鴆之鳴逝兮,余猶惡其佻巧'。① 故云'百離不一耦'也。"宋祁曰:"鴆,江南本作'鳩',監本作'鴆',今從監本。"念孫案:宋校非也。《離騷》本作"雄鳩",此文及注亦本作"雄鳩"。《離騷》先言"鴆"而後言"雄鳩"。此文但言"雄鳩",又云"百離而曾不壹耦",則不言"鴆"而"鴆"在其中,故注必兼引"鴆"與"雄鳩",而其義乃全。而監本作"雄鴆",即因注内"鴆"字而誤。(《漢書》弟十三《何武王嘉師丹傳》,924 頁)

6. 巨獲

念孫案:"巨獲",讀爲"榘矱"。(原注:"榘",今省作"矩"。)《説文》:"巨,規巨也。"或作"榘"。"蒦",度也,或作"彠"。《楚詞》曰:"求榘彠之所同。"②今《楚詞》作"榘矱",王注曰:"榘,法也。矱,度也。"下文曰:"必周於德,審於時,時德之遇,事之會也,若合符然。"正所謂"成功之術,必有榘矱"也。尹注非。(《管子》弟二《宙合》,1081 頁)

7. 漁利蘇功

蘇者,取也,言漁利取功也。《楚辭·離騷》"蘇糞壤以充幃兮",③王注曰:"蘇,取也。"《淮南·脩務》篇"蘇援世事",高注曰:"蘇,猶索也。"索,亦取也。(《管子》弟三《法禁》,1098 頁)

8. 絶芋

"毋蹇華絶芋"。尹注曰:"蹇,拔也。芋之屬,其根經冬不死,不絶之也。"洪云:"《藝文類聚》二、《太平御覽》十、《事類賦注》三

①"雄鴆"今作"雄鳩"。

②"彠"今作"矱",《考異》謂"一作彠"。

③"以"今作"目",《考異》謂"一作以"。

引俱作'無絶華荸',(原注:俗作蕚。)'蹇'是衍字,'華絶'二字誤乙,'芋'即荸字之訛,尹注非。"念孫案:"蹇華絶荸",類書引作"絶華荸",所見本異耳。《説文》:"攓,拔取也。"引《離騷》"朝攓阰之木蘭"。① 今本作"搴"。(《管子》弟七《四時》,1211 頁)

9. 除阸

"除"當爲"險",俗書之誤也。(原注:俗書"險"字作"𡾰",形與"除"相似。)"險"與"阸"同義,馮衍《顯志賦》"悲時俗之險阸"是也。或作"險隘",《楚辭·離騷》"路幽昧以險隘"是也。(《荀子》弟五《議兵》,1806 頁)

10. 忍詬

"詬"訓爲"恥",故曰"厚顔而忍詬",非謂"忍詈"也。《楚辭·離騷》曰"忍尤而攘詬",(原注:王注:"詬,恥也。")……皆其證也。(《荀子》弟七《解蔽》,1864 頁)

11. 赤水之東弱水窮石至於合黎餘波入於流沙

引之曰:……此處原文當作"弱水出其西南陬,絶流沙,南至南海"。其"弱水出窮石,入於流沙"及注"窮石,山名"云云,則當在下文"江出岷山"諸條間。王逸注《離騷》引《淮南子》"弱水出於窮石,入於流沙",郭璞注《海内西經》引《淮南子》"弱水出窮石",正與"江出岷山"諸條文義相同也。(《淮南内篇》弟四《墬形》,2067—2068 頁。夕歸次於窮石兮)

12. 縣圃

"或上倍之,是謂縣圃"。念孫案:上文"縣圃""凉風""樊桐",高注云:"皆昆侖之山名。"上文又云:"昆侖之丘,或上倍之,是謂凉風之山",則此"縣圃"下亦當有"之山"二字。《水經·河水注》

①"攓"今作"搴",《補注》謂"《説文》:南楚語,引'朝攓阰之木蘭'"。

引此作“是謂玄圃之山”,是其證。(原注:洪興祖《楚辭補注》引此亦有“之山”二字。)(《淮南内篇》弟四《墬形》,2069 頁。朝發軔於蒼梧兮,夕余至乎縣圃)

13.業貫

念孫案:“業”當爲“葉”,聲之誤也。葉,聚也,積也。貫,累也。言積累萬世而不壅塞也。《方言》曰:“葉,聚也。(原注:《廣雅》同。)楚通語也。”《楚辭・離騷》:“貫薜荔之落蘂”,①王注曰:“貫,累也。”(《淮南内篇》弟九《主術》,2146 頁)

14.不害於事　不可用　不同於時

念孫案:“不害”當爲“不周”。隸書“害”作“[illegible]”,與“周”相似而誤。(原注:《道應》篇“周鼎著倕而使齕其指”,《文子・精誠》篇“周”誤作“害”。宣六年《公羊傳》“靈公有周狗,謂之獒”,《爾雅・釋畜》注誤作“害”。)《楚辭・離騷》“雖不周於今之人兮”,王注曰:“周,合也。”《泛論篇》曰“苟周於事,不必循舊”,謂合於事也。此言“不周於事”,亦謂不合於事也。(《淮南内篇》弟十八《人間》,2381 頁)

15.捕雉　彌耳

念孫案:“捕”當爲“搏”,字之誤也。“彌耳”當爲“弭毛”,“毛”字因“弭”字而誤爲“耳”。後人又改“弭”爲“彌”耳。《楚辭・離騷》注曰:“弭,按也。”言卑其體,按其毛,以待雉之來也。(《淮南内篇》弟十八《人間》,2402—2403 頁。吾令羲和弭節兮)

16.帽憑

念孫案:“帽”當爲“愲”,字之誤也。《廣雅》曰:“愲怦,忼慨也。”(原注:“愲”音“謂”。“怦”,普耕反。)“愲怦”與“帽憑”聲近而

①“蘂”今作“蕊”。

義同。慣憑而爲義猶言忼慨而爲義耳。《楚辭·離騷》注云:“楚人名滿曰憑。”①故高注云:“慣憑,盈滿積思之貌。”又《離騷》“喟憑心而歷兹”,王注云:“喟然舒憤懣之心。”“喟憑”與“慣憑”義亦相近。(《淮南内篇》弟十九《脩務》,2411—2412 頁)

17. 豈愛惑之能剖

愛者,蔽也。《説文》:“薆,蔽不見也。”《廣雅》曰:“薆、瘞、蔽,障也。”《爾雅》“薆,隱也”,郭璞曰:“謂隱蔽。”《方言》“掩、翳,薆也”,郭璞曰“謂薆蔽也”,引《詩·邶風·静女》篇“薆而不見”,今《詩》“薆”作“愛”。《楚辭·離騷》云:“衆薆然而蔽之。”“薆”“薆”“愛”古字通,皆謂障蔽也。(餘編上《後漢書》,2575 頁)

18. 擢德塞性

念孫案:“塞”與“擢”義不相類,“塞”當爲“搴”。“擢”“搴”皆謂拔取之也。《廣雅》曰:“搴,取也,(原注:《楚辭·離騷》注及《史記·叔孫通傳》索隱引許慎并與《廣雅》同。《方言》作“攓”,云:“取也,南楚曰攓。”《説文》作“摶”,云:“拔取也。”)拔也。”(餘編上《莊子》,2589 頁。朝搴阰之木蘭兮,夕攬洲之宿莽)

19. 馮氣

念孫案:馮氣,盛氣也。昭五年《左傳》“今君奮焉震電馮怒”,杜注曰:“馮,盛也。”《楚辭·離騷》“馮不猒乎求索”,王注曰:“馮,滿也。楚人名滿曰馮。”②是“馮”爲盛滿之義,無煩改讀爲“憤”也。(餘編上《莊子》,2605 頁)

20. 厚用

引之曰:“厚”當爲“序”。……“代進而序用之”者,“序”亦

---

①《離騷》“憑不猒乎求索”。

②“馮”今皆作“憑”。

"代"也。《燕禮》"序進",鄭注曰:"序,次第也,猶代也。"《郊特牲》"昏禮不賀,人之序也",鄭注曰:"序,猶代也。"是"序"與"代"同義,《楚辭·離騷》"春與秋其代序"是也。(餘編上《吕氏春秋》,2618—2619頁)

二、九歌

(一)湘君

1. 揚旌枻

念孫案:當從《史記》作"揚桂枻"。韋昭訓"枻"爲"檝",是也。桂枻,謂以桂爲檝,猶《楚辭》言"桂櫂兮蘭枻"也。(《漢書》弟十《司馬相如傳》,808頁)

(二)湘夫人

1. 北筮山

念孫案:宛縣故城爲今南陽府治,其地無北筮山,"山"當爲"聚","筮"即"澨"字也。《水經·淯水注》曰:"淯水左右舊有二澨,所謂南澨、北澨。澨者,水側之濆。(原注:《楚辭·九歌》注:"澨,水涯也。")聚在淯陽之東北。"下文"育陽有南筮聚",則此當爲"北筮聚"明矣。(《漢書》弟六《地理志》,645頁。夕濟兮西澨)

2. 莎薠

引之曰:"莎薠"本作"薠莎",故高注先釋"薠",後釋"莎"。《道藏》本誤作"莎薠",(原注:洪興祖《楚辭·九歌》補注引此已誤。)注内"薠"上又衍一"莎"字。劉績不能是正,反移"莎"字之注於前,以就已誤之正文,斯爲謬矣。(《淮南内篇》弟六《覽冥》,

2107 頁。白薠兮騁望)

(三)大司命

1. 玄雲之素朝

“若乃至於玄雲之素朝,陰陽交争,降扶風,雜涷雨”。(原注:高注:“涷雨,暴雨也。”字從氵,不從冫,各本皆誤作“凍”,今改正。《爾雅》“暴雨謂之涷”,郭璞曰:“今江東呼夏月暴雨爲涷雨。《離騷》云‘使涷雨兮灑塵’是也。“涷”音“東西”之“東”。)(《淮南内篇》弟六《覽冥》,2099 頁)

(四)東君

1. 大弦組

念孫案:“組”皆當爲“絙”,字之誤也。“絙”讀若“亘”,字本作“搄”,又作“緪”。《説文》:“搄,引急也。”又曰:“緪,急也。”《楚辭·九歌》“緪瑟兮交鼓”,王注曰:“緪,急張弦也。”①“絙”即“緪”之省文。(《淮南内篇》弟十《繆稱》,2193 頁)

三、天問

1. 嫫母求之又甚喜之兮

“嫫母求之,又甚喜之”,《荀子》《外傳》并作“嫫母力父是之喜”…… 此《策》“求之”二字未詳何字之訛,“又”即“父”之訛也。……“甚喜之”當從《荀子》《外傳》作“是之喜”,言惟嫫母力父是喜也。“是”與“甚”,字之誤。……“是之喜”與“莫之媒”相對爲

①“弦”今本王逸注作“絃”。

文,“喜”讀平聲,與“媒”爲韵也。(原注:……《晋語》“妹喜”,《楚辭·天問》作“妹嬉”,《吕氏春秋·慎大》篇、《漢書·古今人表》并作“末嬉”。)(《戰國策》弟二《楚》,134—135頁。妹嬉何肆)

2. 請對以臆

念孫案:《索隱》本“臆”作“意”,注曰:“協音臆。”正義曰:“協韵,音憶。”據此則正文本作“請對以意”,謂口不能言而以意對也。今本作“臆”者,後人以“意”與“息”“翼”韵不相協而改之也。不知“意”字古讀若“億”,正與“息”“翼”相協。《明夷·象傳》“獲心意也”,與“食”“則”“得”“息”“國”“則”爲韵。《管子·戒》篇“身在草茅之中而無懾意”,與“惑”“色”爲韵。《楚詞·天問》“何所意焉”,①與“極”爲韵。《吕氏春秋·重言》篇“將以定志意也”,與“翼”“則”爲韵。秦《之罘刻石文》“承順聖意”,與“德”“服”“極”“則”“式”爲韵。《論語·先進》篇“億則屢中”,《漢書·貨殖傳》“億”作“意”。皆其證也。(《史記》弟五《屈原賈生列傳》,349—350頁)

3. 可迎以音

尹解“可迎以音”句云:“調其宫商,使之克諧,氣自來也。”念孫案:尹説甚謬。“音”即“意”字也。言不可呼之以聲,而但可迎之以意也。“音”與“力”“德”“德”“得”爲韵,明是“意”之借字。(原注:“意”,古讀若“億”,故與“力”“德”“德”“得”爲韵。《明夷·象傳》“獲心意也”,與“食”“則”“得”“息”“國”“則”爲韵。《管子·戒》篇“身在草茅之中,而無懾意”,與“惑”“色”爲韵,《楚詞·天問》“何所意焉”,②與“極”爲韵。《吕氏春秋·重言》篇“將以定志

①“意”今作“億”,《考異》謂“一作意”,《補注》謂“意與億音義同”。

②“意”今作“億”,《考異》謂“一作意”,《補注》謂“意與億音義同”。

意也”，與“翼”“則”爲韵。秦《之罘刻石文》“承順聖意”，與“德”“服”“極”“則”“式”爲韵。《論語·先進篇》“億則屢中”，《漢書·貨殖傳》“億”作“意”。皆其證也。）（《管子》弟八《内業》，1227 頁）

4. 君子所誡

若“誡”字則以“戒”爲聲，於古音屬志部，其上聲則爲止部，其入聲則爲職部。《詩》中用“戒”字者，《小雅·采薇》與“翼”“服”“棘”爲韵，《大田》與“事”“耜”“畝”爲韵，《大雅·常武》與“國”爲韵，《易·震·象傳》與“得”爲韵，《楚辭·天問》與“代”爲韵。以上與“戒”爲韵之字，古音皆在志部。（《晏子春秋》弟一《内篇諫上》，1340 頁。皇天集命，惟何戒之？受禮天下，又使至代之？）

5. 巧繁

楊説“巧繁拜請而畏事之”云：“巧爲繁多拜請，以畏事之。”引之曰：楊説非也，“繁”讀爲“敏”。（原注：《説文》“繁”字本作“緐”，從糸，每聲，而“敏”字亦從每聲。“敏”與“繁”聲相近，故字亦相通。《楚辭·天問》“繁鳥萃棘”，①《廣雅》作“鷘鳥”，曹憲音“敏”，是其例也。）（《荀子》弟三《富國》，1760－1761 頁）

6. 淵虞

念孫案：“淵虞”當作“淵隅”。（原注：注同。）“隅”“虞”聲相亂，又涉下文“虞淵”而誤也。桓五年《公羊傳》疏、舊本《北堂書鈔》及《藝文類聚》《初學記》《太平御覽》引此并作“淵隅”。（原注：陳禹謨改爲“虞淵”，大謬。）《楚辭·天問》輔注引此亦作“淵隅”，則南宋本尚不誤。（《淮南内篇》弟三《天文》，2042 頁。出自湯谷，次于蒙汜）

7. 八極

①今本“繁”上有“何”字。

念孫案:“八極”當爲“八柱”。“柱”與“極”,草書相近,故“柱”誤爲“極”。……《楚辭·天問》曰:“八柱何當? 東南何虧?”(《淮南内篇》弟四《墬形》,2065—2066 頁)

8. 博陵太守孔彪碑

弟十六行“邈矣不意”。“意”讀入聲,與“惻”“極”“息”“力”爲韵。《明夷·象傳》“獲心意也”,與“食”“則”“得”“息”“國”爲韵。《楚辭·天問》“何所意焉”,①與“極”爲韵。《吕氏春秋·重言》篇“將以定志意也”,與“翼”“則”爲韵。秦《之罘刻石文》“承順聖意”,與“德”“服”“極”“則”“式”爲韵,皆其證也。(《漢隸拾遺》,2544 頁。厥萌在初,何所億焉! 璜臺十成,誰所極焉?)

四、九章

總論

1. 南挂於越

念孫案:“挂”讀爲“絓”。絓,結也。言禍結於越也。《廣韻》:“絓,絲結也。”《楚辭·九章》曰:“心絓結而不解兮。”②(《漢書》弟十一《嚴朱吾丘主父徐嚴終王賈傳》,841 頁)

2. 信不足焉有不信焉

念孫案:無下“焉”字者是也。“信不足”爲句,“焉有不信”爲句。焉,於是也。言信不足,於是有不信也。……《楚辭·九章》

---

①“意”今作“億”,《考異》謂“一作意”,《補注》謂“意與億音義同”。

②分别見《哀郢》與《悲回風》。

曰:“焉洋洋而爲客。”又曰:“焉舒情而抽信兮。”①言於是洋洋而爲客,於是舒情而抽信也。又僖十五年《左傳》“晋於是乎作爰田”“晋於是乎作州兵”,《晋語》作“焉作轅田”“焉作州兵”。《西周策》“君何患焉”,《史記·周本紀》作“君何患於是”。是“焉”與“於是”同義。(餘編上《老子》,2579—2580頁)

3.仁義存焉　義士存焉

引之曰:“存焉”當爲“焉存”。焉,於是也。……《楚辭·九章》曰:“焉洋洋而爲客。”又曰:“焉舒情而抽信兮。”②言於是洋洋而爲客,於是舒情而抽信也。又僖十五年《左傳》“晋於是乎作爰田”“晋於是乎作州兵”,《晋語》作“焉作轅田”“焉作州兵”。《西周策》“君何患焉”,《史記·周本紀》作“君何患於是”。是“焉”與“於是”同義。(餘編上《莊子》,2590—2591頁)

(一)惜誦

1.懷給

念孫案:“懷”與“佞”義不相近,“懷”皆當爲“慣”,字之誤也。“慣”與“儇”同,字或作“譞”。《方言》曰:“儇,慧也。”《説文》同。又曰:“譞,譞慧也。”《廣雅》曰:“辯、儇,慧也。”即此所云“辯慧慣給”也。《楚辭·九章》“忘儇媚以背衆兮”,王注曰:“儇,佞也。”正與高注同。(《淮南内篇》弟九《主術》,2178—2179頁)

(二)涉江

1.榦舟

念孫案:古無謂小船爲“榦”者,“榦”當爲“軨”,字之誤也。

①分别見《哀郢》與《惜往日》。

②分别見《哀郢》與《惜往日》。

“舲”與“舲”同,字或作“艋”。《廣雅》曰:“艋,舟也。”《玉篇》:“舲,與艋同,小船有屋也。”《楚辭·九章》“乘舲船余上沅兮”,王注曰:“舲船,船有牕牖者。”(《淮南内篇》弟九《主術》,2147 頁)

2. 必取其緒

“食不敢先嘗,必取其緒”,釋文曰:“緒,次緒也。”念孫案:陸説非也。緒者,餘也。言食不敢先嘗,而但取其餘也。《讓王》篇“其緒餘以爲國家”,司馬彪曰:“緒者,殘也。謂殘餘也。”《楚辭·九章》“欸秋冬之緒風”,王注曰:“緒,餘也。”(餘編上《莊子》,2598—2599 頁)

(三)哀郢

1. 蹷沙石

念孫案:“蹷”訓爲“僵”,雖本《説文》,而此“蹷”字則非其義。蹷者,蹋也,謂足蹋沙石也。“蹷”或作“蹶”。《説文》作“趣”,云:“蹠也。”(原注:《主術》篇注曰:“蹠,蹈也。”《楚辭·九章》注曰:“蹠,踐也。”《文選·舞賦》注引許慎《淮南注》曰:“蹠,蹋也。”)(《淮南内篇》弟十九《脩務》,2422 頁。眇不知其所蹠)

(四)抽思

1. 遥興輕舉

念孫案:遥興者,疾興也。“疾興”與“輕舉”義正相承。《方言》曰:“摇,疾也。(原注:《廣雅》同。)燕之外鄙朝鮮洌水之間曰摇。”又曰:“遥,疾行也。”《楚辭·九章》曰“願摇起而横奔兮”,《淮南·原道》篇曰“疾而不摇”。“摇”與“遥”通,此但言其疾興輕舉,下文“登遐倒景”乃言其遠去耳。(《漢書》弟五《郊祀志》,591 頁)

2. 遥增擊而去之

遥者,疾也。《方言》曰:“摇,疾也。(原注:《廣雅》同。)燕之外鄙,朝鮮洌水之間曰摇。”又曰:“遥,疾行也。”《楚辭·九章》曰:“願摇起而横奔兮。”《淮南·原道》篇曰:“疾而不摇。”“摇”與“遥”通。(《漢書》弟九《賈誼傳》,754—755頁)

(五)懷沙

1. 克易

“言行亟變,從容克易,好惡無常,行身不篤”。念孫案:“克”“易”二字義不可通,“克”當爲“交”。隸書“交”作“㐅”,“克”作“克”,二形相似,故“交”誤爲“克”。……從容,舉動也。(原注:《楚辭·九章》注曰:“從容,舉動也。”説見《廣雅疏證·釋訓》。)“從容”與“言行”對文,“從容交易”,言其舉動之變易無常也。(《逸周書》弟三,58—59頁。孰知余之從容)

2. 懲違

《楚辭》“違”訛作“連”,王注以“連”爲留連,失之。(《史記》弟五《屈原賈生列傳》,346頁。懲連改忿兮,抑心而自强)

3. 含憂

“含憂虞哀兮”。索隱曰:“《楚詞》作‘舒憂娱哀’。”念孫案:“含”當爲“舍”,字之誤也。……“舍”即“舒”字也。……王注《楚詞》曰:“言己自知不遇,聊作詞賦以舒展憂思,樂己悲愁。”是“舒憂”“娱哀”義本相承,若云“含憂”,則與“娱哀”異義矣。(《史記》弟五《屈原賈生列傳》,347頁)

4. 有命

“人生有命兮,各有所錯兮”。念孫案:“有命”當從宋本作“稟命”,此涉下句“有”字而誤也。《楚辭》作“民生稟命”,王注曰:“言

萬民稟受王命而生。"①(《史記》弟五《屈原賈生列傳》,347 頁)

5. 曾傷爰哀永嘆喟兮世溷不吾知心不可謂兮

引之曰:"曾傷爰哀"四句,乃後人據《楚辭》增入,非《史記》原文也。"曾唫恒悲"四句,即"曾傷爰哀"四句之異文,特《史記》在"道遠忽兮"之下,《楚辭》在"余何畏懼兮"之下耳。後人據《楚辭》增入,而不知已見於上文也。"浩浩沅湘兮"以下,每句有"兮"字,而"增傷爰哀""世溷不吾知"二句下,②獨無"兮"字,與《楚辭》相合,其增入之迹尤屬顯然。"永嘆喟兮",集解引王逸注曰:"喟,息也。"則後四句之增,蓋在裴駰以前矣。又案:此四句似當從《史記》列於"道遠忽兮"之下。今循其文義讀之,"世既莫吾知兮,人心不可謂兮。懷情抱質兮,獨無匹兮",皆言世莫能知也。"定心廣志兮,餘何畏懼兮。知死不可讓兮,願勿愛兮",③皆言己不畏死也。其叙次秩然不紊,蓋子長所見屈原賦如此,較叔師本爲長。(《史記》弟五《屈原賈生列傳》,348—349 頁)

6. 解匋

引之曰:《説文》《玉篇》《廣韻》《集韻》皆無"匋"字。"匋",當爲"匋"。……古者"舀""匋"同聲。……《小雅·菀柳》篇"上帝甚蹈",《一切經音義》五引《韓詩》"蹈"作"陶"。《楚辭·九章》"滔滔孟夏兮",《史記·屈原傳》"滔滔"作"陶陶"。(《管子》弟十一《地

①"民生稟命"今作"萬民之生",《考異》謂"一云:民生禀命";"稟"今本王逸注作"禀";"王"今作"天";"而生"今作"生而各有所錯,安其志"。

②"增"今作"曾",《考異》謂"一作增",《補注》謂"曾,音增";"世溷不吾知"今作"世溷濁莫吾知",《考異》謂"《史記》云:世溷不吾知"。

③今本無"既"字;"世"下有"溷濁"二字;"懷情抱質"今作"懷質抱情",《考異》謂"《史記》云:懷情抱質";今本"懷情抱質兮,獨無匹兮"在"世既莫吾知兮,人心不可謂兮"之上;"餘"今作"余"。

數》,1305—1306 頁)

7. 醜羸

"食飲不美,面目顔色不足視也;衣服不美,身體從容醜羸,不足觀也"。念孫案:"醜羸"二字後人所加也。《楚辭·九章》注曰:"從容,舉動也。"(原注:古謂舉動爲從容。説見《廣雅疏證·釋訓》。)(《墨子》弟三《非樂上》,1514—1515 頁。重華不可遻兮,孰知余之從容)

8. 陶誕

作"陶"者,借字耳。(原注:凡從舀、從匋之字多相通,《小爾雅》"綯,索也","綯"即"宵爾索綯"之"綯"。《小雅·菀柳》篇"上帝甚蹈",《一切經音義》五引《韓詩》"蹈"作"陶"。《楚辭·九章》"滔滔孟夏兮",《史記·屈原傳》作"陶陶"。《説文》"搯搯,捾也",《一切經音義》引《通俗文》曰"捾出曰掏",皆其證也。)(《荀子》弟一《榮辱》,1669—1670 頁)

9. 類

《方言》"類,法也,(原注:《廣雅》同。)齊曰類",《楚辭·九章》"吾將以爲類兮",王注與《方言》同。(《荀子》弟二《非十二子》,1695 頁)

10. 墨云

"故口可劫而使墨云"。陳云:"'墨'與'默'同。《楚辭·九章》'孔静幽默',《史記·屈原傳》作'墨'。《商君傳》:'殷紂墨墨以亡。'"(《荀子》弟七《解蔽》,1859 頁)

(六)惜往日

1. 督過之

念孫案:督、過皆責也。……《楚辭·九章》曰:"信讒諛之溷濁兮,盛氣志而過之。"《吕氏春秋·適威》篇曰:"煩爲教而過不識,數爲令而非不從。"高誘注曰:"過,責也。"(原注:《廣雅》同。)是督、過皆責也。若以"過"爲"過失"之"過",則當言"督過",不當言"督過之"矣。(《史記》弟四《張儀列傳》,317—318頁)

2.謾他

念孫案:"但"與"誕"同,故高注曰:"但,猶詐也。""他"與"詑"同。謾詑,詐欺也。《説文》:"謾,欺也。"……或謂之訑謾。《楚辭·九章》:"或訑謾而不疑。""詑""訑""他",字異而義同。(《淮南内篇》弟十六《説山》,2343頁)

3.而不

不而者,不能也。"能""而"古聲相近,故"能"或作"而"。(原注:……《楚辭·九章》曰:"不逢湯、武與桓、繆兮,世孰云而知之。"……"而"字并與"能"同。)(《淮南内篇》弟十八《人間》,2382頁)

(七)悲回風

1.任負車

念孫案:古無訓"負"爲"重"者,余謂"負"亦"任"也。《魯語》注曰:"任,負荷也。"《楚辭·九章》注曰:"任,負也。"連言"任負"者,古人自有複語耳。倒言之則曰"負任",《齊語》"負任擔荷"是也。(《荀子》弟八《宥坐》,1922頁。驟諫君而不聽兮,重任石之何益)

五、遠遊

1.廣鶩

"廣鶩"當爲"厲鶩",字之誤也。……"厲"字本作"颲"。《廣雅》曰:"颲、驟、馳、鶩、騁,奔也。"《説文》:"颲,次弟馳也。"《玉篇》

力世切。古通作“厲”,《楚辭・遠游》“颯弭節而高厲”是也。①(《史記》弟二《禮書》,220－221頁)

2. 東開鴻濛之光

“若我南游乎罔㝗之野,(原注:舊本“罔”誤作“岡”,考《論衡》《蜀志》注、《太平御覽》及洪興祖《楚辭・遠游》補注,并作“罔㝗”,②今據改。)北息乎沈墨之鄉,西窮窅冥之黨,東開鴻濛之光,(原注:《道藏》本如是。各本“光”字皆誤作“先”,而莊本從之。案:東方爲日所出,故曰:“鴻濛之光”。……《論衡》《蜀志》注、《太平御覽》《楚辭補注》并作“光”。)此其下無地而上無天,聽焉無聞,視焉無眴”。……《太平御覽》《楚辭補注》引此作“東開鴻濛之光”,則所見本已誤。(《淮南内篇》弟十二《道應》,2248－2249頁。聽惝怳而無聞)

3. 無眴

“視焉無眴”本作“視焉則眴”。“眴”與“眩”同。……《楚辭・遠游》云“下峥嶸而無地兮,上寥廓而無天,視儵忽而無見兮,聽惝怳而無聞”,③此云“下無地而上無天,聽焉無聞,視焉則眴”,義本《遠遊》也。《蜀志》注引此正作“視焉則眴”。(《淮南内篇》弟十二《道應》,2249－2250頁)

4. 陰陽化列星朗非有道而物自然

“非有爲焉,正其道而物自然”者,然,成也。(原注:……《楚辭・遠游》“無滑而魂兮,④彼將自然”,謂彼將自成也。又見下。)

①“颯”今作“徐”,《考異》謂“一作颯”。

②今本引作“罔㝗”。

③原標點“視儵忽”句有誤,今徑改。

④“魂”今作“䰟”。

言天地陰陽非有所爲,但正其道而萬物自成也。(《淮南内篇》弟廿《泰族》,2432 頁)

六、漁父

1. 莧

隸書"完"字或作"㝎",形與"見"相似,故諸書中"莞"字多訛爲"莧"。(原注:《夬》九五"莧陸夬夬",虞注曰:"莧,讀'夫子莧爾而笑'之'莧'。""莧"即"莞"字之訛,故釋文云:"莧,一本作莞。"《論語·陽貨》篇"夫子莞爾而笑",《釋文》"莞"作"莧"。《楚辭·漁父》"漁父莞爾而笑","莞"一作"莧"。《列子·天瑞篇》"老韭爲莞",釋文:"莞,一作莧。"《文選·辨亡論》"莞然坐乘其敝",李善本作"莧"。)(《管子》弟九《地員》,1261 頁)

七、九辯

1. 到秦

"到",一本作"利",鮑從一本。(原注:見吴師道校本。)念孫案:作"到"者,"勁"之訛。作"利"者,後人以意改之也。……凡隸書從"力"之字,或訛從"刀",故"功"訛作"切",(原注:漢《衛尉衡方碑》"剋亮天切"。)"勮"訛作"劇","劫"訛作"刦"。從"巠"之字或書作"丕",因訛而爲"至",故"痙"訛作"痓"……"輕"訛作"輊"。(原注:《楚辭·九辯》"前輕輬之鏘鏘兮",①今本"輕"訛作"輊"。)(《戰國策》弟一《西周》,95 頁)

---

①"輕"今作"輊",《考異》謂"一作輕",《補注》謂"作輕輬,亦通"。

2. 公待秦而到

下文"公待秦而到",亦當依《韓策》作"公恃秦而勁",謂韓恃秦而勁,必與楚戰,(原注:《楚策》曰:"趙恃楚而勁,必與魏戰。")勝則秦與韓乘楚,施三川而歸,不勝則秦塞三川而守之,韓不能救也。凡隸書從"力"之字,或訛從"刀",故"功"訛作"切",(原注:漢《衛尉衡方碑》"剋亮天切"。)"勴"訛作"劇","劫"訛作"刦"。從"坙"之字或書作"坔",因訛而爲"至",故"痙"訛作"痓"……"輕"訛作"輊"。(原注:《楚辭・九辯》"前輕輬之鏘鏘兮",①今本"輕"訛作"輊"。)(《史記》弟三《韓世家》,276 頁)

3. 但氏

念孫案:……"厭"與"擪"同。《説文》:"擪,一指按也。"《玉篇》烏協切。(原注:《泰族》篇曰:"所以貴扁鵲者,貴其擪息脉血,知病之所從生也。"……《楚辭・九辯》"自壓按而學誦",②"壓"一作"厭"。"擪""擫""壓""厭",并字異而義同。)言使不善吹者吹竽,而使樂工爲之按竅,音雖中節,而不可聽也。《文子・上德》篇作"使工捻竅",(原注:"捻"與"厭"同義。《文選・笙賦》"厭焉乃揚",李善曰:"厭,猶捻也。")則"氏"爲"工"之誤明矣。(《淮南内篇》弟十七《説林》,2351—2352 頁)

4. 司隸校尉楊涣石門頌

弟十七行"世世嘆誦。""誦"讀若"容",與"通""廱""同""功"爲韵。《小雅・節南山》篇"家父作誦",與"訩""邦"爲韵。《楚辭・九辯》"自壓桉而學誦",與"通""從""容"爲韵,是其證也。(《漢隸拾遺》,2533 頁。願自往而徑遊兮,路壅絶而不通。欲循道

①"輕"今作"輊",《考異》謂"一作輕",《補注》謂"作輕輬,亦通"。

②"按"今作"桉",《考異》謂"一作按",《補注》謂"桉與按同"。

而平驅兮,又未知其所從。然中路而迷惑兮,自壓桉而學誦。性愚陋以褊淺兮,信未達乎從容)

八、招䰟

1.輕西周

俗書"巫"字或作"巠","誣"字或作"誙"。(原注:《楚辭·招魂》"帝告巫陽","巫"一作"巠"。)……其右畔與"輕"相似,因訛而爲"輕",《大戴禮·曾子立事》篇"喜之而觀其不輕",今本"輕"訛作"誣"。(原注:説見《經義述聞》。)(《戰國策》弟一《東周》,92—93頁)

2.阿縞

"阿"字或作"絅",《廣雅》曰:"絅、縞,練也。"《楚辭·招魂》"蒻阿拂壁","蒻"與"弱"同,阿,細繒也。言以弱阿拂床之四壁也。(原注:王注以蒻爲蒻席,阿爲曲隅,皆失之。辯見《楚辭》)。(《史記》弟五《李斯列傳》,358頁)

3.椎髻

念孫案:"椎髻",《索隱》本作"魋結",注曰:"上音椎,下音髻。"今改"魋結"爲"椎髻",而删去其音,斯爲妄矣。……《漢書·陸賈傳》《貨殖傳》并作"魋結",《李陵傳》《西南夷傳》《朝鮮傳》并作"椎結"。《史記》《漢書》皆無"髻"字。(原注:《方言》"覆結謂之幘巾",《楚辭·招魂》"激楚之結,獨秀先些",字并作"結"。《説文》無"髻"字。)(《史記》弟六《貨殖列傳》,432頁)

4.娛游往來

念孫案:娛音虞,不音許其反,《説文》"娛"訓爲"樂",不訓爲"戲",以顔、李二説考之,則"娛"爲"娭"字之訛也。《説文》:"娭,戲也。"《玉篇》音虚基切。"虚基"與"許其"同音。又《楚辭·招魂》"娭光眇視",王注曰:"娭,戲也。"《漢書·禮樂志》"神來宴娭",師古曰:"娭,戲也。'娭'音許其反。"音訓正與此同,則"娱"爲"娭"之誤明矣。(《漢書》弟十《司馬相如傳》,812 頁)

5. 綦組

念孫案:"綦"當爲"纂",字之誤也。……《楚辭·招魂》曰:"纂組綺縞,結琦璜些。"《淮南·齊俗》篇、《漢書·景帝紀》并曰:"錦繡纂組,害女工者也。"是其證。(《管子》第三《重令》,1099 頁)

6. 道躁

念孫案:"道"當爲"遒",字之誤也。……"遒",急也。字本作"逎",《説文》曰:"逎,迫也。"《廣雅》曰:"逎,急也。"《楚辭·招魂》曰:"分曹竝進,遒相迫些。"是"遒"爲急也。"遒躁"二字連讀,猶言急躁耳。(《管子》弟七《水地》,1208 頁)

7. 邃野

引之曰:"野"即"宇"字也,古讀"野"如"宇",(原注:《周官·職方氏》"其澤藪曰大野",釋文:"野,劉音與。""與""宇"古同音,餘見《唐韻正》。)故與"宇"通。《楚辭·招魂》"高堂邃宇",王注曰:"邃,深也。宇,屋也。"(《墨子》弟三《非樂上》,1513 頁)

8. 使口爽傷

念孫案:"使口爽傷"本作"使口厲爽",注本作"厲爽,病傷滋味也"。……後人以韵書"爽"在上聲,與"明""聰""揚"三字音不相協,故改"厲爽"爲"爽傷",不知"爽"字古讀若"霜",正與"明""聰""揚"爲韵。(原注:……《楚辭·招魂》"厲而不爽",與"方""梁""行""芳""羹""漿""鵠""餭""鶬""凉""妨"爲韵。案:"爽"字古皆讀若"霜",《毛詩》《楚辭》而外不煩覼縷。)(《淮南内篇》弟七《精神》,2116 頁。室家遂宗,食多方些。稻粢穱麥,挐黄粱些。大苦醎酸,辛甘行些。肥牛之腱,臑若芳些。和酸若苦,陳吴羹些。

胹鼈炮羔,有柘漿些。鵠酸臇鳧,煎鴻鶬些。露鷄臛蠵,厲而不爽些。粔籹蜜餌,有餦餭些。瑶漿蜜勺,實羽觴些。挫糟凍飲,酎清涼些。華酌既陳,有瓊漿些。歸來反故室,敬而無妨些)

9.敦六博

念孫案:古無訓"敦"爲"致"者。"六博"言"致",亦於義無取。今案:"敦六博,投高壺","敦"亦"投"也。"敦"音都回反。《邶風·北門》篇"王事敦我",鄭箋曰:"敦,猶投擲也。"是"敦"與"投"同義。投,謂投箸也。《楚辭·招魂》注曰"投六箸,行六棊,故爲六博"是也。① (《淮南内篇》弟十五《兵略》,2324 頁。有六簙些)

九、大招

1.墨黑

"彼鄭、周之女,粉白墨黑。"鮑注曰:"黑,言其髮。"姚曰:"别本作'黛黑'。"念孫案:别本是也。《説文》:"黱,畫眉也。"《玉篇》:"黛,同'黱'。"《楚辭·大招》及《列子·周穆王篇》《鴻烈·脩務》篇并云"粉白黛黑"。(《戰國策》弟二《楚》,132 頁)

2.西顥

念孫案:韋以顥爲少昦,非也。西顥謂西方顥天也。……《説文》"顥,白皃",《楚詞》曰"天白顥顥",故曰"西顥沆碭,秋氣肅殺"。師古以沆碭爲白氣,是也。(《漢書》弟四《禮樂志》,560 頁)

3.便嬛

"便嬛擬神","嬛"當爲"娟"。"嬛"字俗書作"媚",與"娟"相似而誤。《楚辭·大招》"豐肉微骨,體便娟只",王注云:"便娟,好貌也。"(《淮南内篇》弟十九《脩務》,2426—2427 頁)

①"博"今作"簙",《考異》謂"一作博"。

十、惜誓

1. 祀四郊

念孫案:“祀四郊”本作“祀四鄉”。四鄉,四方也。……若作“四郊”,則失其義矣。且“鄉”與“功”“張”爲韵,(原注:“功”字合韵,讀若“光”。《月令》“神農將持功”,與“昌”“殃”爲韵。《老子》“不自伐,故有功”,與“明”“彰”“長”爲韵;“自伐者無功”,與“行”“明”“彰”“長”“行”爲韵。《韓子·主道》篇“去賢而有功”,與“明”“强”“常”“常”爲韵。《楚辭·惜誓》“惜傷身之無功”,與“狂”“長”爲韵。)若作“郊”,則失其韵矣。(《淮南内篇》弟三《天文》,2028頁。比干忠諫而剖心兮,箕子被髮而佯狂。水背流而源竭兮,木去根而不長。非重軀以慮難兮,惜傷身之無功)

2. 石礫

引之曰:“石礫”本作“礫石”。《説文》:“礫,小石也。”《逸周書·文傳》篇云:“礫石不可穀。”《楚辭·惜誓》“相與貴夫礫石”,王注云:“相與貴重小石也。”①《韓詩外傳》云:“太山不讓礫石,江海不辭小流。”皆其證也。(《淮南内篇》弟七《精神》,2119頁)

十一、七諫

(一)初放

1. 沈斥

念孫案:“沈”當爲“沆”。(原注:胡朗反。)沆,大澤也,其字或

① 王注“相與”上今有“反”字。

作“畆”,或作“坑”,或作“亢”。……“沆”“坑”“亢”三字,諸書或誤爲“沉”,或誤爲“沈”,或誤爲“坈”,或誤爲“元”,而學者莫之能辨也。(原注:凡從亢、從元、從冘之字,傳寫易致差謬。……《楚辭・七諫》“與麋鹿同坑”,①今本“坑”誤作“坈”。)(《漢書》弟三《刑法志》,562—563頁)

(二)自悲

1. 儉陋

劉本改“儉”爲“陋”,“陋”爲“儉”,而莊本從之。念孫案:《説文》“儉,約也”,《廣雅》“儉,少也”,正與“多聞博辯”相對,不當改爲“陋”。《説文》“陋,陜也,(原注:俗作“狹”。)”《楚辭・七諫》注曰“陋,小也”,亦與“富貴廣大”相對,不當改爲“儉”。(《淮南内篇》弟十二《道應》,2258頁。凌恒山其若陋兮)

(三)哀命

1. 壧處

古書多以“巖穴”連文,故《説文》“夐”字注及《楚辭・七諫》注并云“巖,穴也”。蟄蟲皆穴處,故曰“霆聲發榮,壧處頃聽”。(《漢書》弟四《律曆志》,560頁。處玄舍之幽門兮,穴巖石而窟伏)

2. 蛇鱓著泥百仞之中熊羆匍匐丘山磛巖

引之曰:“磛巖”乃高峻貌。龍乘風雨而熊羆畏避,則當伏於幽隱之地,山巔高峻非所以藏身也。“磛巖”當作“之巖”。王逸注《七諫》曰:“巖,穴也。”(原注:《莊子・山木》篇:“豐狐文豹,伏於岩穴。”)言熊羆匍匐於丘山之穴而不敢出也。下文“虎豹襲穴而

①“坑”今作“坈”,《補注》謂“坈,字書作坑”。

不敢咆”,正與此同義。(《淮南内篇》弟六《覽冥》,2100 頁。處玄舍之幽門兮,穴巖石而窟伏)

(四)謬諫

1. 鳧鴈

引之曰:鳧,鴨也。鴈,鵝也。……故對文則“鳧”與“鶩”異,散文則“鶩”亦謂之“鳧”。……故對文則“鵝”與“鴈”異,散文則“鵝”亦謂之“鴈”。……《楚辭·七諫》“畜鳧駕鵝,滿堂壇兮”。①(原注:今本“駕鵝”下有“鷄鶩”二字,乃後人所加,與王注不合。)(《晏子春秋》弟二《外篇重而異者》,1414—1415 頁)

2. 鉤

“人不愛江、漢之珠,而愛己之鉤”,高注曰:“鉤,釣也。”念孫案:正文“鉤”字本作“釣”,注本作“釣,鉤也”。“釣”爲“釣魚”之“釣”,又爲“鉤”之别名,故必須訓釋。若“鉤”字則不須訓釋矣。古多謂“鉤”爲“釣”……東方朔《七諫》云“以直鍼而爲釣兮,又何魚之能得”,皆其明證矣。(《淮南内篇》弟十六《説山》,2337 頁)

3. 憚悇

錢氏獻之曰:“‘憚’,注讀‘探’。必非‘憚’字,據《楚辭》及馮衍賦,應作‘憛悇’爲是,形之訛耳。”念孫案:錢謂“憚”當作“憛”,是也。然《楚辭·七諫》“心悇憛而煩冤兮”,王注云:“悇憛,憂愁貌。”《後漢書·馮衍傳》“終悇憛而洞疑”,李賢注引《廣蒼》云:“悇憛,禍福未定也。”皆與高注“貪欲”之義不同,唯《賈子·勸學》篇“孰能無悇憛養心”,義與此同。《廣韻》“悇,抽據切。憛悇,愛也”,義蓋本於《淮南》。(《淮南内篇》弟十九《脩務》,2425—2426 頁)

---

①“鵝”今作“鶬”;今本“滿堂”上有“鷄鶩”二字。

4. 鉤餌

念孫案:“鉤”本作“釣”,“釣”即“鉤”也。……東方朔《七諫》曰:“以直鍼而爲釣兮,又何魚之能得?”是古人謂“鉤”爲“釣”也。(餘編上《莊子》,2591—2592 頁)

十二、哀時命

1. 甂瓾

念孫案:《説文》《玉篇》《廣韻》《集韻》《類篇》皆無“瓾”字。“瓾”當作“瓨”,字之誤也。《説文》:“窐,甑空也。”(原注:“空”與“孔”通。)《玉篇》:“甗,或作‘瓨’,亦作‘窐’,胡圭、古畦二切,甑下空也。”《楚辭·哀時命》“璋珪雜於甑窐兮”,璋珪與甑窐美惡相縣,故以爲喻。(《淮南内篇》弟十六《説山》,2341 頁)

十三、九懷

(一)昭世

1. 扶於

念孫案:高注傳寫脱誤,當作“扶於,周旋也。轉,更也。曲竟更爲之”。今本脱去“於”字、兩“也”字,“轉”字誤在“周旋”上,“竟”字又誤作“意”,遂致文不成義。正文内“扶於”二字,各本多誤作“扶旋”,(原注:“旋”字即涉注文而誤。)唯《道藏》本、茅本不誤。“扶於”“猗那”,皆叠韵也,若作“扶旋”,則失其讀矣。《史記·司馬相如傳》“扶輿猗靡”,集解引郭璞曰:“《淮南》所謂‘曾折摩地,扶輿猗委’也。”“扶輿”即“扶於”。(原注:《相如傳》又云:

"垂條扶於。")《太平御覽・樂部十二》引此正作"扶於",又引高注曰:"轉,更也。曲竟更爲也。"是其證。《楚辭・九懷》"登羊角兮扶輿",洪興祖《補注》引此亦作"扶於",而莊刻乃從諸本作"扶旋",謬矣。(《淮南内篇》弟十九《脩務》,2426 頁)

十四、九歎

(一)怨思

1. 鵕駭

"鵕駭之犀"當爲"駭鵕之犀"。《楚辭・九歎》"弃駭鵕於筐簏",(原注:今本作"鵕駭",非。洪興祖《補注》曰:"一作駭鵕。"案:《御覽・獸部》引《楚辭》正作"駭鵕"。)王注曰:"駭鵕,文犀也。"①(《戰國策》弟二《楚》,128 頁)

(二)遠逝

1. 八神

《萬石君傳》"巡方州,禮嵩嶽,通八神以合宣房",亦謂八方之神也。(原注:孟康曰:"八神,《郊祀志》'八神'也。"師古曰:"此説非也。自言致禮中嶽,通敬八神耳。")《楚辭・九歎》"合五嶽與八靈',王注亦云:"八靈,八方之神"。(《漢書》弟十三《何武王嘉師丹傳》,925 頁)

---

①"駭鵕"今皆作"雞駭",《考異》謂"一作駭雞",《補注》謂"南人名爲駭雞"。

(三)憂苦

1. 乘旦

今案,“乘旦”當爲“乘且”,字之誤也。“且”與“駔”同。駔者,駿馬之名,謂之“乘駔”者,猶言“乘黄”“乘牡”耳。《説文》:“駔,壯馬也。”《楚辭·九歎》“同駑贏與乘駔兮”,王注曰:“乘駔,駿馬也。”①“乘駔”即“乘且”。(《漢書》弟十一《嚴朱吾丘主父徐嚴終王賈傳》,844 頁)

2. 凝竭

念孫案:“竭”之言“遏”也。《爾雅》曰:“遏,止也。”底、滯、凝、竭,皆止也。(原注:《爾雅》:“底,止也。”《原道》篇注:“滯,止也。”《楚辭·九歎》注:“凝,止也。”)……《要略》曰“凝竭底滯,捲握而不散”,皆其證也。(《淮南内篇》弟一《原道》,1988 頁。凝氾濫兮)

3. 野莢

引之曰:野草多矣,不應獨言“莢”。“莢”當爲“莽”。……《説文》作“茻,衆艸也”,故野草謂之野莽。下文“野莽白素”,《楚辭·九歎》“遵壄莽以呼風”是也。(原注:“壄”與“野”同。)注‘莢,草也’亦當作“莽,草也”。(《淮南内篇》弟八《本經》,2129 頁)

(四)愍命

1. 遞鍾

薛瓚曰:“《楚辭》云‘奏伯牙之號鍾’,②號鍾,琴名也。馬融《笛賦》曰‘號鍾高調’,謂伯牙以善鼓琴,不聞説能擊鍾也。”師古

①“乘”今皆作“椉”。

②“奏”今作“破”。

曰:“琴名是也。字既作‘遞’,則與《楚辭》不同,不得即讀爲‘號’,當依晋音耳。”(《漢書》弟十一《嚴朱吾丘主父徐嚴終王賈傳》,846頁)

2. 濫脇號鍾

劉績曰:“‘濫脇’‘號鍾’,皆古琴名。”……念孫案:劉説是也。“濫”與“藍”古字通。《廣雅》:“藍脋、號鍾,琴名也。”《楚辭·九歎》“破伯牙之號鍾兮”,王注云:“號鍾,琴名。”馬融《長笛賦》亦云:“若絙瑟促柱,號鍾高調。”《宋書·樂志》云:“齊桓曰號鍾,楚莊曰繞梁。事出傅玄《琴賦》。”(《淮南内篇》弟十九《脩務》,2424頁)

(五)遠遊

1. 發如秋風疾如駭龍當以生擊死

“疾如駭電”,今本作“駭龍”。“龍”字涉上文“龍騰”而衍。“龍”下“當”字即“電”字之誤。……《楚辭·九歎》“淩駕靁以軼駭電兮”,①“駭電”與“猋風”事正相類,故以比用兵之神速。(《淮南内篇》弟十五《兵略》,2315頁)

2. 極星與天俱遊而天極不移

案:“極星”即“北辰”也。……《楚辭·九歎》“綴鬼谷於北辰”,王注曰:“北辰,北極星也。”亦與鄭注相同。(餘編上《吕氏春秋》,2615頁)

---

①“駕”今作“驚”。

《讀書雜記》①

一、九章

(一)悲回風

1.施黄棘之枉策。

《楚辭·九章》:借光景以往來兮,施黄棘之枉策。王逸注:黄棘,棘刺也。施黄棘之刺以爲馬策,言其利用急疾也。洪興祖《補注》:黄棘,地名。

紹蘭按:《中山經》"苦山其上有木焉,名曰黄棘"。屈平正用此文。逸注不誤,但未引《山海經》耳。洪云地名,失之。(《楚辭二則》,159—160頁)

①王紹蘭撰,崔高維點校《讀書雜記》,見《質疑删存　識小編　讀書雜記》本,中華書局,1988年版。本書之《楚辭二則》篇幅短小,學者少引,故録入。

二、九思

(一)逢尤

1. 思丁文兮聖明哲。

《楚辭·九思》:"思丁文兮聖明哲,哀平差兮迷謬愚。"注云:丁,當也;文,文王也;平,楚平王;差,吴王夫差也。

紹蘭按:丁文與平差對舉,丁謂武丁也。故下云"吕傅擧兮殷周興,忌嚭專兮郢吴虚"。① 是其明證。延壽之徒解丁爲當,失矣。(原注:《九思》者,王逸之所作也。洪興祖《補注》云:逸不應自爲注解,恐其子延壽之徒爲之爾。)(《楚辭二則》,160 頁)

---

①"擧"今作"舉";"嚭"今作"嚭",《考異》謂"一作嚭";"專"今作"專"。

《經義述聞》[①]

總論

1.終不可用也

遍考群經、《楚辭》,未有與之部之"災""尤""載""志""事"等字同用者,至於《老》《莊》、諸子,無不皆然。(弟二《周易下》,109頁)

2.如有隱憂

"隱"即"憂心慇慇"之"慇"字,或作"殷"……《説文》曰:"慇,痛也。"《廣雅》曰:"殷,痛也。"此《傳》曰:"隱,痛也。"《小雅·正月》篇"憂心慇慇",彼傳曰:"慇慇然痛也。"《楚辭·九歎》"志隱隱而鬱怫兮",王注曰"隱隱,憂也",引《詩》"憂心隱隱"。[②] 皆其證。又案:《易林》"耿耿寤寐,心懷大憂",以"大"代"殷",蓋三家《詩》有訓"殷"爲大者。(原注:《喪大記》"主人具殷奠之禮",鄭注:"殷,猶大也。"《莊子·秋水》篇曰:"精,小之微也;垺,大之殷也。"

①王引之撰,虞思徵等校點《經義述聞》,上海古籍出版社,2016年版。

②《九歎·遠逝》。"憂心隱隱"今作"憂心殷殷",《考異》謂"一作隱隱"。

亦通作“隱”。《楚辭·九歎》“帶隱虹之逶虵”,[①]王注:“隱,大也。”)《楚辭·哀時命》“夜炯炯而不寐兮,懷隱憂而歷兹”,王注亦以“隱憂”爲大憂。“隱”一本作“殷”。“炯炯”猶“耿耿”耳。(原注:《楚辭·遠游》“夜耿耿而不寐兮”,“耿”一作“炯”。)(弟五《毛詩上》,282—283頁)

3. 深則厲在彼淇厲

邵氏二雲《爾雅正義》曰:“戴仲《説文》以匡《爾雅》,其説辯矣,然古字假借,義相貫通,不得專主一解。……漢世司馬相如、劉向并是小學名家,相如《上林賦》云:‘越壑厲水。’《大人賦》云:‘横厲飛泉以正東。’劉向《九歎》云:‘櫂舟航以横濿兮。’[②]又云:‘横汨羅以下濿。’[③]是相如、劉向俱宗《雅》訓,不以‘厲’爲履石渡水也。”……是“厲”爲涉水之名,(原注:厲者横渡之名,《大人賦》“横厲飛泉”是也;因而横行亦謂之“厲”,《漢書·陳湯傳》“卒興師奔逝,横厲烏孫”是也;因而上行亦謂之“厲”,《楚辭·遠游》“徐弭節而高厲”、《大人賦》“紛鴻溶而上厲”是也。)非謂橋梁也,自當從《爾雅》以衣涉水之訓爲是。(弟五《毛詩上》,285—286頁)

4. 行役夙夜無寐

《魏風·陟岵》篇:“行役夙夜無已,行役夙夜無寐。”引之謹案:“寐”讀爲“沬”。無沬,猶無已也。《楚辭·離騷》曰“芬至今猶未沬”、《招魂》曰“身服義而未沬”,王逸注并云:“沬,已也。”作“寐”者,假借字耳。(弟五《毛詩上》,312頁)

5. 歌以訊止

①《九歎·遠逝》。

②《九歎·離世》。“航”今作“杭”,《考異》謂“一作航”。

③《九歎·遠逝》。“以”今作“而”。

《毛鄭詩考正》曰:"《陳·墓門》二章'歌以訊止'……'訊'乃'誶'字轉寫之訛。《毛詩》云'告也',《韓詩》云'諫也',皆當爲'誶'。誶,音'碎',故與'萃'韵。訊,音'信',問也,於詩義及音韵咸扞格矣。《屈原賦·離騷》篇'謇朝誶而夕替',王逸注引《詩》'誶予不顧'。又《爾雅》'誶,告也',釋文云'沈音粹,郭音碎',則郭本'誶'不作'訊'明矣。"……引之謹案:"訊"非訛字也。"訊"古亦讀若"誶"。……《楚辭·九歎》"訊九魁與六神",①王逸注曰:"訊,問也。一本作誶。"……凡此者或義爲誶告而通用"訊",或義爲訊問而通用"誶",……惟其同聲,是以假借,又可盡謂之訛字乎?《考正》之説殆疏矣。(原注:……古人引書不皆如其本字,苟所引之書作彼字,所注之書作此字,而聲義同者,則寫從所注之書。《離騷》云"朝誶",②故王逸引《詩》亦作"誶";《張衡傳》云"妄誶",故李賢引《爾雅》亦作"誶",非《詩》與《爾雅》之本文作"誶"不作"訊"也。)(弟五《毛詩上》,323—325頁)

6. 猗儺其枝

《小雅·隰桑》篇"隰桑有阿,其葉有難",傳曰:"阿然美貌,難然盛貌。""阿難"與"猗儺"同。字又作"旖旎"。《楚辭·九辯》曰"竊悲夫蕙華之曾敷兮,紛旖旎乎都房",王逸注曰:"旖旎,盛貌。《詩》云:'旖旎其華。'"王引《詩》作"旖旎",而訓爲盛貌,與毛《傳》異義,蓋本於三家也。《七諫》曰"橘柚萎枯兮,苦李旖旎"③,《九歎》曰"結桂樹之旖旎兮",④王注并曰:"旖旎,盛貌。"(弟五《毛詩

①《九歎·遠逝》。"魁"今作"鬿",《考異》謂"一作魁"。

②《離騷》:謇朝誶而夕替。

③《七諫·謬諫》。

④《九歎·惜賢》。

上》,326 頁)

7. 知民之急

《易・彖》《象》《繫辭》《文言》及《楚辭》、諸子多以真、庚二部通用。(弟十二《大戴禮記中》,701 頁)

8. 選賢與能

引之謹案:"與"當讀爲"舉",《大戴禮・王言》篇"選賢舉能"是也。"舉""與"古字通。《无妄・象傳》"物與无妄",虞翻注曰:"與,謂舉也。"《地官・師氏》"王舉則從",故書"舉"爲"與"。《楚辭・九章》"與前世而皆然兮"①,言舉前世而皆然也。《七諫》"與世皆然兮",王逸注曰:"與,舉也。"②《墨子・天志篇》"天下之君子,與謂之不祥",言舉謂之不祥也。(弟十五《禮記中》,853 頁)

9. 塊然

《荀子・性惡》篇"傀然獨立天地之間而不畏",楊注曰:"傀,與塊同,獨居之貌也。"《楚詞・七諫》"塊兮鞠",③王注曰:"塊,獨處貌。"《哀時命》:"塊獨守此曲隅兮。"凡言塊者,皆獨貌也。(弟二十五《春秋穀梁傳》,1528 頁)

10. 弟廿論爾雅太歲戊己之號傳寫舛誤

《爾雅》:"太歲在戊曰箸雍,在己曰屠維。"……引之案:"箸"與"屠"古同聲。"雍"乃"維"字之誤。(原注:"維""雍"二字相似,故《職方氏》"雷雍"誤作"慮維"。)此文蓋有二本,一本作"在戊曰箸維,在己曰祝黎",一本作"在戊曰祝黎,在己曰屠維"。"黎"

①《九章・涉江》。

②《七諫・初放》。"與"今作"舉",《考異》謂"一作與";王逸注文今作"舉,與也"。

③《七諫・初放》。

"維"二字爲韵,猶上文之"逢""蒙"爲韵,"兆""圉"爲韵,(原注:古音"兆"在宵部,"圉"在魚部,古或以二部爲韵。《楚辭·大招》"昭"與"遽"韵,①《九辯》"固"與"鑿""教""樂""高"韵,②《登徒子好色賦》"袪"與"妙"韵,是其例也。)下文之"章""光""陽"爲韵也。(第三十《太歲考下》,1812—1813 頁)

11. 猶豫

家大人曰:"猶豫",雙聲字也。字或作"猶與"。分言之則曰"猶"、曰"豫"。《管子·君臣》篇曰:"民有疑惑貳豫之心。"《楚辭·九章》曰"壹心而不豫兮",③王逸注:"豫,猶豫也。"《老子》曰:"與兮若冬涉川,猶兮若畏四鄰。"《淮南·兵略》篇曰:"擊其猶猶,陵其與與。"合言之則曰"猶豫",轉之則曰"夷猶"、曰"容與"。《楚辭·九歌》"君不行兮夷猶",④王注曰:"夷猶,猶豫也。"《九章》曰:"然容與而狐疑。"⑤"容與"亦"猶豫"也。案:《曲禮》曰:"卜筮者,先聖王之所以使民决嫌疑,定猶與也。"《離騷》曰:"心猶豫而狐疑兮。"《史記·李斯傳》曰:"狐疑猶豫,後必有悔。"《淮陰侯傳》曰:"猛虎之猶豫,不若蜂蠆之致螫;騏驥之蹢躅,不如駑馬之安步;孟賁之狐疑,不如庸夫之必至也。""嫌疑""狐疑""猶豫""蹢躅",皆雙聲字。"狐疑"與"嫌疑"一聲之轉耳。後人誤讀"狐疑"二字,以爲狐性多疑,故曰"狐疑"。又因《離騷》"猶豫""狐疑"

---

①見《大招》篇:青春受謝,白日昭只。春氣奮發,萬物遽只。

②《九辯》:竊美申包胥之氣盛兮,恐時世之不固。何時俗之工巧兮?滅規榘而改鑿!獨耿介而不隨兮,願慕先聖之遺教。處濁世而顯榮兮,非余心之所樂。與其無義而有名兮,寧窮處而守高。

③《九章·惜誦》篇。

④《九歌·湘君》篇。

⑤《九章·思美人》篇。

相對爲文，而謂“猶”是犬名，犬隨人行，每豫在前，待人不得，又來迎候，故曰“猶豫”。或又謂“猶”是獸名，每聞人聲，即豫上樹，久之復下，故曰“猶豫”。或又以“豫”字從象，而謂“猶豫”俱是多疑之獸。以上諸説，具見於《水經注》《顔氏家訓》《禮記正義》及兩《漢書注》《文選注》《史記索隱》等書。夫雙聲之字，本因聲以見義，不求諸聲而求諸字，固宜其説之多鑿也。（弟三十一《通説上》，1846—1847 頁）

12. 從容

《楚辭・九章・懷沙》篇“重華不可遌兮，孰知余之從容”，① 王逸注曰：“從容，舉動也。”（原注：《廣雅》同）言誰得知我舉動欲行忠信。家大人曰：案：“從容”有二義，一訓爲舒緩，一訓爲舉動。其訓爲舉動者，字書、韵書皆不載其義，今略引諸書以證明之。《九章・抽思》篇曰：“理弱而媒不通兮，尚不知余之從容。”《哀時命》曰：“世嫉妒而蔽賢兮，孰知余之從容。”②此皆謂己之舉動非世俗所能知，與《懷沙》同意。……《楚辭・九章・悲回風》曰：“寤從容以周流兮。”傅毅《舞賦》曰：“形態和，神意協，從容得，志不劫。”《漢書・翟方進傳》曰：“方進伺記陳慶之從容語言，以詆欺成罪。”此皆昔人謂舉動爲從容之證。（弟三十一《通説上》，1847—1848 頁）

13. 古韵廿一部

入聲自一屋至二十五德，其分配平上去之某部某部，顧氏一以九經、《楚辭》所用之韵爲韵，而不用《切韵》以屋承東，以德承登之例，可稱卓識。獨於二十六緝至三十四乏，仍從《切韵》以緝承

①“遌”今作“遻”，《考異》謂“一作遌”。

②“世”今作“俗”。

侵，以乏承凡，此兩岐之見也。蓋顧氏於九經、《楚辭》中求其與去聲同用之迹而不可得，故不得已而仍用舊説。……今案：緝、合以下九部當分爲二部，遍考《三百篇》及群經、《楚辭》所用之韵，皆在入聲中而無與去聲同用者，而平聲侵、覃以下九部亦但與上去同用而入不與焉，然則緝、合以下九部本無平、上、去明矣。……又案：……考《三百篇》及群經、《楚辭》此四部之字皆與入聲之月、曷、末、黠、鎋、薛同用而不與至、未、霽、怪、隊及入聲之術、物、迄、没同用，且此四部有去入而無平上。《音均表》以此四部與至、未等部合爲一類，入聲之月、曷等部亦與術、物等部合爲一類，於是《蓼莪》五章之"烈""發""害"與六章之"律""弗""卒"，《論語》八士之"達""适"與"突""忽"，《楚辭・遠游》之"至""比"與"厲""衛"皆混爲一韵而音不諧矣。① ……《楚辭・離騷》之"屬""具"，②《天問》之"屬""數"③皆不以爲本韵而以爲合韵矣。……此皆以九經、《楚辭》用韵之文爲準而不從《切韵》之例。（弟三十一《通説上》，1900—1902 頁）

一、離騷

1. 胥爾索綯

引之謹案：索者，糾繩之名。綯，即繩也。索綯猶言糾繩于

①"至""比"爲韵見《悲回風》"歲曶曶其若頹兮，旹亦冉冉而將至。薠蘅槁而節離兮，芳以歇而不比"；"厲""衛"爲韵則見《遠遊》"路曼曼其修遠兮，徐弭節而高厲。左雨師使徑侍兮，右雷公以爲衛"。

②《離騷》：前望舒使先驅兮，後飛廉使奔屬。鸞皇爲余先戒兮，雷師告余以未具。

③《天問》：九天之際，安放安屬？隅隈多有，誰知其數？

茅,“索”“綯”文正相對,趙岐注《孟子》曰“晝取茅草,夜索以爲綯”是也。《廣雅·釋詁》曰:“紉、紆、紨,索也。”(原注:此謂糾繩。)《楚辭·離騷》“紉秋蘭以爲佩”,王逸注曰:“紉,索也。”又曰:“矯菌桂以紉蕙兮,索胡繩之灑灑。”①《淮南·泛論》篇“緂麻索縷”,高誘注曰:“索,切也。”“切”與“紨”同,謂切撚之使緊也。是索爲糾繩之名也。(弟五《毛詩上》,329 頁)

2. 我庾維億

家大人曰:“億”亦“盈”也,語之轉耳。“億”字本作“意”,或作“意”,又作“臆”。……(原注:……“憑噫”即“愊臆”之轉。故《方言》曰:“愊,滿也。”王逸注《離騷》曰:“憑,滿也。”)(弟六《毛詩中》,361 頁。憑不猒乎求索)

3. 歷

歷,相也。(原注:見《爾雅》《方言》。《晋語》“夫言以昭信,奉之如機,歷時而發之”,言相時而發之也。《楚辭·離騷》“歷吉日乎吾將行”,言相吉日也。)(弟十三《大戴禮記下》,732 頁)

4. 鄒大無紀

家大人曰:“鄒”讀爲“陬”。“鄒大無紀”本作“孟鄒無紀”。《離騷》曰:“攝提貞于孟陬。”唯其攝提失方,是以孟陬無紀。今本脱一“孟”字,衍一“大”字,則文不成義。(弟十三《大戴禮記下》,746 頁)

5. 不以人之親痁患

引之謹案:“痁”讀爲“阽”。阽,臨也,近也。王逸注《離騷》曰:“阽,近也。”(弟十五《禮記中》,848 頁。阽余身而危死兮,覽余初其猶未悔)

①“灑灑”今作“纚纚”。

6. 己雖小功

"雖"當讀"唯"。古字多借"雖"爲"唯"。(原注:……《楚辭·離騷》"余雖脩姱以鞿羈兮",①言余唯有脩姱之行以致爲人所係累也。詳見《釋詞》。)(弟十六《禮記下》,912頁)

7. 楚屈到字子夕

到,至也。到字子夕,蓋取朝發夕至之義。《楚辭·離騷》:"朝發軔於蒼梧兮,夕余至乎縣圃。"(弟二十二《春秋名字解詁上》,1313頁)

8. 粤于爰曰也

引之謹案:"曰"讀若"聿"。……故"曰爲改歲",《漢書·食貨志》引作"聿"。"見晛曰消",釋文引《韓詩》作"聿"。《荀子·非相》篇、《漢書·劉向傳》引《詩》亦作"聿"。"曰嬪于京",《爾雅·釋親》注引作"聿"。"予曰有奔奏,予曰有禦侮",《楚辭·離騷》注引作"聿"。(弟二十六《爾雅上》,1566—1567頁。忽奔走以先後兮,及前王之踵武)

9. 徽止也

今案:《楚辭·離騷》"忽緯繣其難遷",《廣韻》作"徽繣"。"徽繣"者,止而不遷之謂。……王《注》"緯繣,乖戾也",義亦相近。(弟二十六《爾雅上》,1597頁)

10. 當途梧丘咸途出其前戴丘途出其後昌丘

家大人曰:梧丘、戴丘、昌丘,皆取相當值之義。"梧""圉""禦"三字古通用,故"强禦"或作"强圉",(原注:見《楚辭·離騷》及《漢書·王莽傳》《叙傳》。)或作"强梧"。(原注:《釋天》"太歲在丁曰强圉",《史記·曆書》作"强梧")。(弟二十七《爾雅中》,1676

①"雖"下今有"好"字。

頁。澆身被服强圉兮,縱欲而不忍)

11. 弟九論太歲紀歲其來已久

《周官·馮相氏》"十有二歲"、《保章氏》"十有二歲之相",鄭注并曰:"歲,謂太歲。"《離騷》"攝提貞于孟陬兮",王逸注曰:"太歲在寅曰攝提格。"《吕氏春秋·序意》篇"維秦六年,歲在涒灘",高誘注曰:"秦始皇即位之六年也。"是年太歲在未而又在申,(原注:説見弟八篇。)與漢高帝元年甲午兼乙未者正合。……則以太歲紀歲者自古已然,非始於太初改憲也。(弟三十《太歲考下》,1793—1794 頁)

二、九歌

(一)東皇太一

1. 曷盍也

郭曰:"盍,何不。"家大人曰:"盍"之爲"何不",常訓也,而又訓爲"何",故《廣雅》曰:"盍,何也。"《楚辭·九歌》"盍將把兮瓊芳",王注曰:"盍,何也,言靈巫何持乎?乃復把玉枝以爲香也。"①(原注:今本作"盍,何不也","不"字乃後人所加。《注》言"靈巫何持",則訓"盍"爲"何"明矣,而今本《文選》所載王《注》又改"何持"爲"何不持",以從五臣之謬解,蓋後人但知"盍"爲"何不",而不知其又訓爲"何",故紛紛妄改耳。)(弟二十七《爾雅中》,1639 頁)

---

①"何也"今作"何不也"。

(二)雲中君

1. 天地之命

“故樂者,天地之命,中和之紀”,鄭注曰:“命,教也。”《史記·樂書》作“天地之齊”。《荀子·樂論》篇作“天下之大齊”。家大人曰:作“齊”者是也。齊,同也。(原注:《楚辭·九歌》注曰:“齊,同也。”襄二十二年《左傳》及《楚語》注并同。)(弟十五《禮記中》,908—909 頁。與日月兮齊光)

2. 楚莫敖章字子華

《廣雅》:“章章,采也。”《玉篇》“章,采也”,引《書》曰:“五服五章哉。”華,亦采。《顧命》傳曰:“華,采色。”《楚辭·九歌》:“華采衣兮若英。”(弟二十二《春秋名字解詁上》,1317 頁)

3. 楚屈巫字子靈

《説文》:“靈,或從巫。”《楚辭·九歌》“靈連蜷兮既留”,王注云:“靈,巫也。楚人名巫爲靈子。”(弟二十二《春秋名字解詁上》,1366 頁)

(三)少司命

1. 物至知知

家大人曰:……予謂上“知”字即下文“知誘於外”之“知”。下“知”字當訓爲接,言物至而知與之接也。……古者謂相交接曰“知”,因而與人相交接亦謂之“知”。昭二十八年《左傳》“叔向一見鬷蔑,遂如故知”,言如故交也。《楚辭·九歌》“樂莫樂兮新相知”,言新相交也。(弟十五《禮記中》,891 頁)

（四）河伯

1. 大風有隧

引之謹案：《楚辭・九歌》"衝風起兮横波"，王逸注曰："衝，隧也。遇隧風，大波涌起。"①據此，則古謂衝風爲"隧風"。隧風，即遺風也。（弟七《毛詩下》，393 頁）

（五）山鬼

1. 有實其猗

"猗"疑當讀爲"阿"，古音"猗"與"阿"同，故二字通用。……山之曲隅謂之"阿"，《楚辭・九歌》"若有人兮山之阿"，王注曰："阿，曲隅也。"是也。（弟六《毛詩中》，343－344 頁）

（六）國殤

1. 獵虐也

《楚辭・九歌》曰："凌余陣兮躐余行。"（原注："躐"與"獵"通。）凌獵，猶凌虐也，故郭云："凌獵，暴虐。"（弟二十七《爾雅中》，1632 頁）

三、天問

1. 子孫其逢

"子孫其逢"，猶言其後必大耳。《儒行》"衣逢掖之衣"，鄭注曰："逢，猶大也。"《荀子・非十二子》篇"其衣逢"，楊倞注曰："逢，

①"遇"上今有"反"字。

大也。"《楚辭·天問》"眩弟竝淫,危害厥兄,何變化以作詐,後嗣而逢長",而,乃也。言何以變詐如此,後嗣乃得逢長也。逢之言豐也。豐,亦大也。(弟三《尚書上》,198—199頁)

2.應保殷民

《楚詞·天問》"鹿何膺之",王注曰:"膺,受也。""膺"與"應"同。(原注:《魯頌·閟宮》篇"戎狄是膺",《史記·建元以來侯者年表》"膺"作"應"。《孟子·滕文公》篇"《魯頌》曰'戎狄是膺'",音義:"膺,丁本作應。")(弟四《尚書下》,211頁)

3.墓門有棘

《楚辭·天問》"何繁鳥萃棘,負子肆情",王注曰:"言解居父聘吴,過陳之墓門,見婦人負其子,欲與之淫泆,肆其情欲,婦人則引《詩》刺之曰:'墓門有棘,有鴞萃止。'故曰'繁鳥萃棘'也。"據王《注》曰"過陳之墓門",則"墓門"爲陳之城門可知,猶言"秦師過周北門"耳。王《注》本於《列女傳》,蓋三家《詩》中有此說也。(弟五《毛詩上》,322頁)

4.鍾縣謂之旋旋蟲謂之斡

"斡"之爲言猶"管"也。(原注:《楚辭·天問》"斡維焉繫","斡"一作"筦"。① "筦"與"管"同。《後漢書·竇憲傳》注曰:"斡,古管字。")(弟九《周官下》,533頁)

5.黄熊

李善注《南都賦》引《六韜》曰"散宜生得黄熊而獻之紂",則熊固有色黄者。(原注:黄熊,蓋即羆也,《爾雅》:"羆如熊,黄白文。"《大雅·韓奕》曰:"赤豹黄羆。")《傳》言"黄熊",則其獸而非鱉明甚。……《楚辭·天問》"化爲黄熊,巫何活焉",王逸注曰:"言鮌

①"斡"今皆作"斡"。

死後化爲黄熊，入於羽淵，豈巫醫所能復生活也?”王《注》不以爲三足鱉，則其字作“熊”不作“能”可知，其證一也。(弟十九《春秋左傳下》，1105－1106 頁)

6. 汩越九原

家大人曰：汩、越皆治也，謂平治九州之土也。《説文》曰：“汩，治水也。”《爾雅》曰：“淈，治也。”《書序》“作《汩作》《九共》九篇、《槀飫》”、《楚辭·天問》“不任汩鴻”，某氏傳及王逸注并曰：“汩，治也。”(弟二十《國語上》，1184－1185 頁)

7. 奮其朋勢

家大人曰：“朋”讀爲“馮”。“馮勢”，盛怒之勢也。《方言》曰“馮，怒也，楚曰馮”，郭璞注曰：“馮，恚盛貌。”昭五年《左傳》“今君奮焉震電馮怒”，杜預注曰：“馮，盛也。”《楚辭·天問》曰：“康回馮怒。”是“馮”爲盛怒也。(弟二十一《國語下》，1272 頁)

8. 魯展喜字乙

案：嘉者，喜也。(原注：《禮運》鄭注“嘉，樂也”，樂，亦喜也。《祭義》“父母愛之，嘉而不忘”，《大戴禮·曾子大孝》篇“嘉”作“喜”。襄十九年《左氏春秋》“公子嘉”，《公羊》“嘉”作“喜”。《漢書·古今人表》“鄭簡公嘉”，《史記·十二諸侯表》“嘉”作“喜”。)《楚辭·天問》“簡狄在臺，嚳何宜？玄鳥致詒，女何嘉”，①王注云“簡狄侍帝嚳於臺上，有飛燕墮，遺其卵，喜而吞之，因生契也”，是也。(弟二十三《春秋名字解詁下》，1426 頁)

9. 不遹不蹟也不徹不道也

“遹”訓爲道，故《爾雅》云：“不遹，不道也。”《楚辭·天問》“昏微遵迹”，王注曰：“迹，道也。”“迹”與“蹟”同，“蹟”訓爲道，故《爾

①“詒”今作“貽”，《考異》謂“一作詒”；“嘉”今作“喜”，《考異》謂“一作嘉”。

雅》曰:“不蹟,不道也。”(弟二十七《爾雅中》,1653 頁)

10. 以蜃者謂之珧

引之謹案:《楚辭·天問》曰“馮珧利決,封矢是射”,王注曰:“珧,弓名也。決,射鞲也。”①(弟二十七《爾雅中》,1666 頁)

四、九章

(一)惜誦

1. 諄諄

“諄諄”或作“訰訰”,又作“忳忳”。《爾雅》“訰訰,亂也”,(原注:釋文:“訰訰,之閏、之純二反。或作諄,音同。”)《楚辭·九章》“中悶瞀之忳忳”,并字異而義同。(弟十八《春秋左傳中》,1084 頁)

2. 夢夢訰訰亂也

郭曰:“皆闇亂。”釋文引顧舍人云:“夢夢、訰訰,煩懣亂也。”邢曰:“孫炎曰:‘夢夢,昏昏之亂也。’《大雅·抑》篇云:‘視爾夢夢。’”邵曰:“《小雅·正月》云:‘視天夢夢。’《楚詞·九章》云:‘中悶瞀之忳忳。’《賈誼書·先醒》篇云:‘不知治亂存亡之所由,忳忳然猶醉也。’‘忳’‘訰’音義同。”(弟二十七《爾雅中》,1651 頁)

(二)涉江

1. 倚諸桓也

引之謹案:……“倚”讀爲“奇”。奇,異也。奇諸桓者,異於桓

①“矢”今作“豨”;“射”今皆作“䠶”,《考異》謂“一作射”。

也。……王逸注《九章》云:"奇,異也。"古字"倚"與"奇"通。(弟二十五《春秋穀梁傳》,1523 頁。余幼好此奇服兮,年既老而不衰)

(三)懷沙

1. 江漢浮浮武夫滔滔

《風俗通義·山澤》篇引此詩曰:"江漢陶陶。""陶"與"滔"古字通。(原注:《楚詞·九章》"滔滔孟夏兮",《史記·屈原傳》作"陶陶"。)若非經文本作"江漢滔滔",何以應劭引作"江漢陶陶"?(弟七《毛詩下》,400 頁)

2. 志趨

《記》"賓將授,志趨"……引之謹案:鄭以"志趨"爲卷豚而行,是也。其訓"志"爲念,則失之。志者,微也。……古字"志"與"職"通,(原注:《楚辭·九章》"章畫職墨",①《史記·屈原傳》"職"作"志"。)《説文》曰"職,記微也",義亦同。(弟十《儀禮》,585—586 頁)

3. 志微噍殺

志,亦微也。"志"與"職"古字通。(原注:《楚辭·九章》"章畫職墨",②《史記·屈原傳》"職"作"志"。)(弟十五《禮記中》,895 頁)

(四)惜往日

1. 無縱詭隨

"隨"讀若"譎"。(原注:隨字古音在歌部,説見《唐韻正》。)"譎"音土禾反,字或作"訑",又作"詑","隨"其假借字也。……

---

①"職"今作"志",《考異》謂"《史記》志作職"。

②"職"今作"志",《考異》謂"《史記》志作職"。

《説文》曰“沇州謂欺曰詑”,《楚辭·九章》曰“或忠信而死節兮,或訑謾而不疑”,《燕策》曰“寡人甚不喜訑者言也”,并字異而義同。(弟七《毛詩下》,386 頁)

(五)橘頌

1. 梗較道直也

引之謹案:《方言》“梗,覺也”,郭彼注曰:“謂直也。”……《楚辭·九章》“淑離不淫,梗其有理兮”,謂橘榦之直而有理也。(原注:王《注》“梗,强也”。未確。)今俗語猶云“梗直”矣。(弟二十六《爾雅上》,1599 頁)

(六)悲回風

1. 一本又作易輪

“匹馬隻輪無反者”,何注曰:“隻,踦也。”釋文:“隻,如字,一本又作易輪。董仲舒云:‘車皆不還,故不得易輪轍。’隻,踦也。一本作易踦。”引之謹案:“隻”,本字也;“易”,借字也。“易”古音神石反,(原注:《經典釋文·叙録》曰:“徐仙民反易爲神石。”)與“隻”聲相近,故借“易”爲“隻”。(原注:“隻”字古音在鐸部,“易”字在錫部,二部古或相通。……“釋”在鐸部,而《楚詞·九章》“思蹇産而不釋”,與錫部之“積”“策”“迹”“適”“愵”“益”爲韵。)(弟二十四《春秋公羊傳》,1473－1474 頁。觀炎氣之相仍兮,窺煙液之所積。悲霜雪之俱下兮,聽潮水之相擊。借光景以往來兮,施黄棘之枉策。求介子之所存兮,見伯夷之放迹。心調度而弗去兮,刻著志之無適。曰:吾怨往昔之所冀兮,悼來者之愵愵。浮江淮而入海兮,從子胥而自適。望大河之洲渚兮,悲申徒之抗迹。驟諫君而不聽兮,重任石之何益。心絓結而不解兮,思蹇産而不釋)

2. 謀心也

引之謹案：心者，思也。《洪範》五事"五曰思"，《漢書・五行志》作"五曰思心"。……又曰："思心之不容，是謂不聖。"《説文》曰："思，容也。"《廣雅》曰："心，容也。"心，亦思也。《楚辭・九章》曰："糾思心以爲纕兮，編愁苦以爲膺。"①（原注："思""心"同義，"愁""苦"同義。）又曰："憐思心之不可懲兮。"（弟二十七《爾雅中》，1634 頁）

五、遠遊

1. 其禍將然

家大人曰：《廣雅》曰："然，成也。"謂其禍將成也。《楚辭・遠游》"無滑而魂兮，彼將自然"，②謂彼將自成也。（弟十二《大戴禮記中》，689 頁）

2. 使我高蹈

《樂記》"發揚蹈厲之已蚤"，"蹈厲"謂騰上也。（原注：《廣雅》曰："厲，上也。"《楚辭・遠游》曰："徐弭節而高厲。"）"蹈厲"連文，而其義相近。（弟十九《春秋左傳下》，1157 頁）

六、卜居

1. 古詩隨處有韵

《楚辭・卜居》"寧超然高舉以保真乎，將哫訾粟斯喔咿儒兒

①"糾"今作"糺"。

②"魂"今作"䰟"。

以事婦人乎？寧廉潔正直以自清乎？將突梯滑稽如脂如韋以潔楹乎”，①“真”“人”爲韵，“喔”“粟”“喔”“儒”爲韵，“呰”“斯”“咿”“兒”爲韵，“清”“楹”爲韵，“突”“滑”爲韵，“如”“如”爲韵，“梯”“稽”“脂”“韋”爲韵。（弟七《毛詩下》，428—429頁）

七、九辯

1. 我受命溥將

家大人曰：將，長也。言我受天之命，既溥且長，（原注：《大雅·公劉》曰：“既溥既長。”《卷阿》曰：“爾受命長矣。”）即下文所云“降福無疆”也。《楚辭·九辯》“恐余壽之弗將”，王逸注曰：“將，長也。”②（原注：《廣雅》同。）（弟七《毛詩下》，411—412頁）

2. 古詩隨處有韵

《九辯》“蕭瑟兮草木摇落而變衰，憭慄兮若在遠行，登山臨水兮送將歸，泬寥兮天高而氣清，宋廖兮收潦而水清，憯悽增欷兮，薄寒之中人。愴怳懭悢兮，去故而就新”，“瑟”“慄”爲韵，“衰”“歸”爲韵，“寥”“廖”爲韵，“高”“潦”爲韵，“清”“清”“人”“新”爲韵，（原注：此以真、庚通用。）“悽”“欷”爲韵，“怳”“悢”爲韵。（弟七《毛詩下》，429頁）

3. 孤斬焉在衰絰之中

引之謹案：“斬”讀爲“慚”。……慚之言憯也。《説文》：“憯，痛也。”《小雅·雨無正》篇“憯憯日瘁”，鄭箋曰：“憯憯憂之。”《楚辭·九辯》“憯悽增欷”，王逸注曰：“愴痛感動，歎累息也。”古聲

①“以保真”之“以”今作“目”；“粟斯”今作“栗斯”，《考異》謂“一作粟斯”。

②王逸注文今作五臣注。

"憯""慚"相近。《洪範》"沈潛剛克",文五年《傳》"潛"作"漸",是其例矣。(弟十九《春秋左傳下》,1113 頁)

4. 梢梢擢

《楚辭·九辯》"萷櫹槮之可哀兮"①,王注曰:"華葉已落,莖獨立也。"(原注:釋文:"萷,音朔。")《集韻》:"梢,色角切,梢擢,木無枝柯長而殺者,或作萷。"(弟二十八《爾雅下》,1714 頁)

八、招䰟

1. 喜之而觀其不誣也

俗書"巫"字或作"巠",形與"巠"相似,故從巠、從巫之字往往訛溷。(原注:《楚辭·招魂》"帝告巫陽","巫"一作"巠"。)(弟十一《大戴禮記上》,673 頁)

2. 橧

《釋文》"橧"又作"曾",橧之言曾也。《楚辭·招魂》"曾臺累榭",王注云:"曾,重也。"②(弟十五《禮記中》,855 頁)

3. 形訛

"格"與"招"相似,而誤爲"招"。(原注:"今之與楊、墨辯者,如追放豚,既入其苙,又從而招之",趙注曰:"招,罥也。"案:"招"疑當作"格"。"格"者,"絡"之借字也。"絡之"者,以繩縛之也。《楚詞·招魂》注云:"絡,縛也。"故趙《注》訓爲罥。)(弟三十二《通説下》,1962 頁。秦篝齊縷,鄭綿絡些)

①"櫹"今作"橚"。

②"曾"今皆作"層"。

九、七諫

(一)初放

1. 民靡有黎

黎,衆也。(原注:鄭《箋》:"案既言群而又言衆者,古人語不避複。"《吕氏春秋·謹聽》篇云"諸衆齊民",《楚辭·七諫》云"羣衆成朋",皆其證。)(弟七《毛詩下》,392 頁)

2. 寡君舉群臣

家大人曰:"舉"當讀爲"與",(原注:"舉""與"古字通。《周官·師氏》"王舉則從",故書"舉"爲"與"。《禮運》"選賢與能",即《大戴禮·王言篇》"選賢舉能"也。《楚辭·七諫》"與世皆然兮",王逸注曰:"與,舉也。"①《史記·吕后紀》"自决中野兮,蒼天舉直",徐廣曰:"舉,一作與。")言不唯寡君與群臣受賜而已,先君之靈亦寵嘉之。(弟十九《春秋左傳下》,1095 頁)

(二)自悲

1. 勤雨也

《問喪》曰"哭泣無時,服勤三年",鄭注曰:"勤謂憂勞。"《吕氏春秋·不廣》篇"勤天子之難",高注曰:"勤,憂也。"《詩序》曰:"始於憂勤,終於逸樂。"《楚辭·七諫》曰:"居愁勤其誰告兮,獨永思

---

①今本"舉世皆然兮",一本"舉作與",王氏所引爲一本。王逸注文今作"舉,與也"。

而憂悲。”①是古謂憂爲勤也。魏人尚通古訓，故糜信訓“勤”爲憂，至晋而寖失其傳矣。(弟二十五《春秋穀梁傳》,1526 頁)

(三)謬諫

1.晋郤芮字子公

家大人曰:《楚詞・七諫》“正法弧而不公”,謂方正不容也。(原注:王逸以爲背公歸私,失之,辨見《楚詞》。)(弟二十二《春秋名字解詁上》,1358 頁)

十、九歎

(一)怨思

1.有紀有堂

今案:“紀”讀爲“杞”,“堂”讀爲“棠”。條、梅、杞、棠皆木名也。(原注:案《爾雅》曰:“杜赤棠,白者棠。”“杜赤棠”釋詩《有杕之杜》,“白者棠”正釋“有杞有棠”也。)“紀”“堂”假借字耳。(原注:……《廣韻》“堂”字注引《風俗通》曰“堂,楚邑大夫五尚爲之,其後氏焉”,即《昭二十年》“棠君尚”也。“棠”字注曰“吴王闔閭弟夫溉奔楚,爲棠谿氏”,定四年《左傳》作“堂谿”。《楚辭・九歎》“執棠谿以刜蓬兮”,②王注曰:“棠谿,利劍也。”《廣雅》作“堂谿”。)(弟五《毛詩上》,321 頁)

2.佻佻公子

①“勤”今作“懃”。

②“以”今作“目”,《考異》謂“一作以”。

家大人曰："佻佻"當從《韓詩》作"嬥嬥"。……嬥嬥，猶言苕苕，張衡《西京賦》曰"狀亭亭以苕苕"是也。故《楚辭·九歎》注引《詩》作"苕苕公子，行彼周行"，《大東》釋文曰："佻佻，本或作窕窕。"《方言》曰："美狀爲窕。"窕亦好貌也。（弟六《毛詩中》，357頁。征夫勞於周行兮，處婦憒而長望）

（二）遠逝

1. 魯公伯繚字周

繚，繞也，《楚詞·九歎》"腸紛紜以繚轉兮"①王注云"繚，繞也"是也。（弟二十二《春秋名字解詁上》，1354頁）

十一、九思

（一）傷時

1. 屨

《楚辭·九思》"時混混兮澆饡"，注曰："饡，餐也。混混，濁也。言如澆饡之亂也。"②則"屨"有雜亂之義。（弟九《周官下》，538—539頁）

2. 狄成

《楚辭·九思》"聲噭誂兮清和"，"誂"字亦作"咷"。《漢書·韓延壽傳》"噭咷楚歌"，服虔曰："咷，音'滌濯'之'滌'"，正與"狄"同音，故"誂"通作"狄"。（弟十五《禮記中》，896頁）

①"以"今作"目"。

②"混混，濁也"今作"混，混濁也"。

《癸巳類稿》①

總論

1. 虞六宗義

《虞書》"禋于六宗",古文説二,今文説二,鄭古文説又一,今所傳孔古文説又一。……《漢書·郊祀志》安帝元年引歐陽大小夏侯《尚書》説云:"上不及天,下不及地,旁不及四方,在六者之間,助陰陽變化,實一而名六。"……又《楚辭·惜誦》云:"令五帝以折中,戒六神以鄉服。"②六神方明,説者謂即《虞》《夏書》六宗。按《覲禮》"壇加方明",方明者木也,方四尺,設六色,設六玉,天子出拜日于東門之外,反祀方明,亦覲岳之禮,而古經師無其義。劉向《遠逝》云"訊九魌與六神",③(原注:魌,字書音祈。確是魁異文。)下云:"指列宿以白情,訴五帝以置辭,北斗爲我折中,太一爲

①俞正燮著,涂小馬、蔡建康、陳松泉校點《癸巳類稿》,遼寧教育出版社,2001年版。

②今本《九章·惜誦》。"折中"今作"枂中",《考異》謂"一本作折中";"以鄉服"今作"與嚮服",《考異》謂"一云:以鄉服"。

③見《九歎·遠逝》篇。

予聽之。”列宿、北斗、九魁也，五帝、太一、六神也。則《惜誦》“六神”，義概六天。（卷一，6—8頁）

2.書古韵標準後

《楚辭・天問》云：勳闔夢生，少離散亡，何壯武厲，能流厥嚴。嚴蓋莊字，漢人所寫改。《管子・内業》篇云：泉之不涸，四體乃固；泉之不竭，九竅遂通。《心術下》篇云：泉之不竭，表裏遂通；泉之不涸，四肢堅固。通是徹字，漢人傳寫，亦不依韵也。《古韻標準》云：因殷武詩嚴遑連用，屈原遂以嚴亡爲韵，殆不然矣。《離騷》云：求矩矱之所同，摯臯陶而能調。《七諫》云：恐矩矱之不同，恐操行之不調。① 同調雙聲即韵也。（卷七，233頁）

一、離騷

1.五子之歌序古文義

《墨子・非樂》篇：“有于武觀曰啓乃（子）淫溢康樂野于飲食。”又曰：“湛濁于酒。”又曰：“萬舞翼翼，章聞于天，天用弗式。”《離騷》云：“不顧難以圖後兮，五子用失乎家衖。”王逸注云：“夏王太康不遵禹、啓之樂，而更作淫聲，放縱情慾，以自娱樂，不顧患難，不謀後世，卒以失國，兄弟五人，皆居於閭巷。”②知《非樂》引武觀而文冠以啓，更有脱漏，言太康不法禹啓也。（卷一，21頁）

2.記田名數

①《七諫・謬諫》。“矩”今皆作“榘”，《考異》謂“一作矩”；“臯陶”今作“咎繇”，《考異》謂“一作臯陶”。

②“家衖”今作“家巷”；“太康”上今無“夏王”二字；“皆居”今作“家居”；“居”下今無“於”字。

田名屋者，三百畝，《漢書・食貨志》武帝詔也。名畦者，五十畝，《文選注》引《孟子》劉熙注云：今俗（原注：以二十五畝爲小畦。）以五十畝爲大畦。名畹者，三十畝説（原注：王逸《楚辭注》云：畹，田十二畝，①）《説文》云：畹田三十畝，畦田五十畝。（卷十四，454 頁。余既滋蘭之九畹兮，又樹蕙之百畝）

二、天問

1. 彭祖長年論

彭祖之年，其見故書雅記者，蓋歷年八百有餘，而説或多歧：《楚辭・天問》②：受壽永多，夫何久長？注云：彭祖至八百歲，猶自悔不壽，恨枕高而唾遠。《莊子・逍遥游》"彭祖"《釋文》引《楚辭注》作"七百"，"枕高"作"杖晚"，又引李云：堯臣，歷虞夏至商，年七百歲。（卷十五，499 頁）

2. 彭祖長年論

《史記・陳杞世家・索隱》云：舜紀叙彭祖，彭祖墳典不載，不知太史公意云何？檢《大戴禮・五帝德》云：堯舉舜彭祖而任之。又《帝繫》及《鄭語》《莊子》《列子》《荀子》《吕氏》《楚辭》《世本》皆言彭祖，不知司馬貞何處得見墳典，知其不載，其兼謬與妄者，則《路史》及注，《路史》云：彭祖以斟雉養性事放勛，壽七百六十七。（卷十五，502 頁。彭鏗斟雉，帝何饗）

①王注今作"十二畝曰畹，或曰田之長爲畹"。

②原標點爲"《楚辭》、《天問》"。今正。

三、九章

(一)惜往日

1. 百里奚事異同論

奚之卒也,《商君傳》言之詳矣。《蒙恬列傳》云:秦穆公殺三良而死,罪百里奚而非其罪,故立號曰繆。此又《蒙恬》傳聞之異,《風俗通・五霸》云:秦繆公殺賢臣百里奚,以子車氏爲殉,故謚曰繆。則以古時民間無史,多異説,史言奚爲晋所執,以媵秦穆姬,故《荀子・成相》云:子胥見殺百里奚。《楚辭・惜往日》云:聞百里之爲虜。(卷十一,358 頁)

四、九思

(一)傷時

1. 百里奚事異同論

百里奚之自賣也,以爲賣於養牲者,《孟子・萬章》云:百里奚自鬻於秦養牲者,五羊之皮,食牛以要秦穆公。……其賣也,《秦策》云:百里奚,虞之乞人,傳賣以五羊之皮。……《淮南子・脩務訓》云"百里奚轉賣",《説苑・雜言》篇云:自賣,取五羊皮。《尊賢》篇云:導之於路,傳賣五羊之皮。《漢書・王褒傳》云"百里爲自賣",王逸《九思》云"百貿易兮傳賣"。① ……《韓詩》及《九思》,亦言奚販羊裘也(卷十一,355—356 頁)

①"貿"今作"貿";"傳"今作"傅",《考異》謂"一作傳"。

《癸巳存稿》①

總論

1. 精其神。

京城人勸勉出力曰"精其神"。……此自一種文理,不當非笑之。精其神、經了筵、陣了亡、竦出然,即《詩經》《楚辭》句裏"兮"字。(卷三,75 頁)

2. 省堂寺碑跋。

碑"徒"作"徒","脩"作"脩"。案,《易系傳》"損德之修也",《釋文》:"馬融本作'德之循也'。"《管子》"抱蜀不言而廟堂既循",一作"既脩"。《左傳》"脩及玄冥",《吕氏春秋》作"循"。《史記·文帝紀》"循從代來功臣",《漢書》作"脩"。《蜀志·後主傳》及《費禕傳》"郭循",《張嶷傳》及《魏志·齊王芳紀》作"郭修"。《韓文考異》方氏云:"唐人書脩近循,《楚辭》亦有悮者。"②皆"脩"之佳證

① 俞正燮《癸巳存稿》,遼寧教育出版社,2003 年版。

② 今本《楚辭》無"悮"字,疑"悮"本作"誤","《楚辭》亦有誤者",即指《楚辭》中"脩""循"互作之例,如《離騷》"余獨好脩以爲常",脩,即一作循;而"循繩墨而不頗",循,即一作脩。是證。

也。(卷十,285—286 頁)

3.姓氏省文爲辭學説。

揚雄《法言》:"或問'屈原、相如之賦',子曰'原也,過以浮;如也,過以虚。'"雄明於辭章之理,故割"司馬相如"四字取"如"一字。……古人姓有異文,有省文,故可不泥。至增減見在人名字,六朝至五代皆然。……亦由《左傳》祝鮀稱載書云"王若曰,晋重",謂晋文公重耳也。《天問》云"蓱號起雨",謂雨師蓱翳也。(卷十二,366—367 頁。蓱號起雨,何以興之)

一、離騷

1.禁徑逾。

《周禮·野廬氏》云:"禁野之横行徑逾者。"《修閭氏》云,國中"禁徑逾者"。注云:"皆爲防奸也。"《論語》云:"澹臺滅明行不由徑。"蓋懷刑君子也。《禮·祭義》篇、《大戴禮·曾子大孝》篇、《吕氏春秋·孝行覽》俱云"道而不徑",即孝子不服暗、不登危之義。《離騷》云:"彼堯舜之耿介兮,既遵道而得路。何桀紂之昌披兮,夫惟捷徑以窘步。"①《漢書·五行志中上》云:"邪徑敗良田。"(卷二,50 頁)

2.《參同契》云:……又云:"露見枝條,隱藏本根,傳世迷惑,竟無見聞。遂使官者不遂,農夫失芸,商人弃貨,志士家貧。吾甚傷之,定録斯文。故爲亂辭(原注:《離騷》"亂曰"之亂),孔竅其門。"(515 頁。亂曰)

---

①"昌"今作"猖",《考異》謂"一作昌";"惟"今作"唯"。

二、九歌

(一)少司命

1.國語艾義。

《晋語》云:"國君好艾,大夫殆。"韋注云:"艾當爲外,聲相似誤也。"下云:"好内,適子殆。"《韓非・内儲説》:"狐突曰:'好外則相室殆。'"即《晋語》事外内相對成文,且韓非文爲證,韋説可立。然"艾"自有義,《晋語》云"國君好艾",《孟子》云"慕少艾",《趙策》"魏牟云'與幼艾'",屈原《九歌》云"擁幼艾",不得以爲外也。艾,治也,謂少年肯自修飾或過中。"男艾"與"女冶"同義,"冶"亦言修飾熔液過中。(卷十四,448 頁。竦長劍兮擁幼艾,蓀獨宜兮爲民正)

三、天問

1.抃。

《天問》云:"鰲戴山抃,何以安之?"王逸注云:"鰲,大龜也。擊手曰抃。"鰲何以有手?① 《易》"童牛之牿",《鄭志》曰:"在手曰牿。"牛無手,前足可以當之。古人訓語委曲,在不肯失字本義,故能簡。後人不務字訓,語簡而意蕪矣。(卷三,74—75 頁)

2.地四至。

《有始覽》《墬形訓》注并云:"子午爲經,東西爲緯,四海之内

①"鰲"今皆作"鼇"。

緯長經短。"經緯本織言之,人南北坐立,經自屬南北,緯自屬東西。……四極或云皆同,或云緯長經短。求蓋天之義,南北橢長也。《文子》云:"天圓不中規,地方不中矩。"……《天問》云:"東西南北,其修孰多?南北順橢,其衍幾何?"①而地東西衍不相應,蓋緯文不一。(卷五,151—152頁)

3.天九重。

天以十二重布算,其法精密,然以説經,則經文當改抹矣。言九重者,則在中古。《楚詞·天問》云:"圜則九重。"《淮南·天文訓》云:"天有九重。"(卷六,170頁)

4.燭龍。

燭龍即日之名。《緯説》云:"燭龍。日也。"亦蓋天之義。蓋天又别有燭龍。《文選》注引《詩含神霧》云:"天不足西北,無有陰陽,故有龍銜火精以照天門中也。"《楚詞·天問》云:"日安不到,燭龍何照?"(卷六,171頁)

5.日月古證文答宣城張徵士炯。

《文選·吴都賦》注、《太平御覽》并引《元命包》云:"月之爲言闕也。兩設以蟾蜍與兔者,陰陽雙居,明陽之制陰,陰之倚陽。"……《楚辭·天問》云:"顧兔在腹。"注云:"言月中有兔,居月之腹而顧望。"②《淮南子·精神訓》云:"月中有蟾蜍。"《論衡·説日》篇云:"月中有兔、蟾蜍。"《順鼓》篇云:"月中之獸,兔與蟾蜍也。"(卷六,173—175頁)

---

①"橢"今作"隳"。"隳",《釋文》作"隋",一作"墮",《補注》曰"隳與橢同,通作隋"。

②今本"顧兔"上有"而"字;"兔"今皆作"菟",《考異》謂"一作兔";注文"望"下今有"乎"字。

6. 讀史記伯夷列傳書後。

《類林》云:"夷、齊弃薇不食,有白鹿乳之。"《繹史》引《列士傳》云:"夷、齊私念此鹿肉食之必美。鹿知其意,不復來。二人遂不食死。"今案,《南史》明僧紹所謂"不食周粟而食周薇,古猶發議"者,告以義也。《楚辭·天問》云:"驚女采薇,鹿何佑?北至回水,萃何喜?"注云:"有女子采薇,驚而北走,至於回水之上,止而得鹿。"①注義難明。《天問》所言當是夷、齊事。屈原問者,皆廟畫典故。采薇則女子諫之,后乳鹿又北去也,惟不得戒之之説。(卷七,197—198 頁)

7. 補天。

《淮南子·覽冥訓》:"往古之時,四極廢,九州裂,天不兼覆。地不周載。于是女媧煉五色石以補蒼天,斷鼇足以立四極。"注云:"女媧,陰帝,佐虙戲治者也。三皇時,天不足西北,故補之。師説如此。""鰲,大龜也。天廢頓,以鰲足柱之。《楚詞》'鰲戴山抃,其何以安之?'②是也。"(卷十二,341 頁。鼇戴山抃,何以安之?)

8. 屏翳。

屏翳,風師也。《楚辭·天問》云:"荓號起雨。"王逸注云:"屏翳,雨師名。"③……今案,屏翳似雲,而號則爲風,《楚詞》注蓋誤字。韋昭知掌故,以爲雷師,因號生義,而不知荓號自應爲風師,《天問》亦言風號乃起雨也。(卷十三,384 頁)

---

①"佑"今作"祐",《考異》謂"一作佑";王逸注文"薇"下今有"菜"字。

②"鰲"今作"鼇";今本無"其"字。

③"荓"今作"蓱",《考異》謂"一作荓,一作萍";"屏翳"今作"蓱翳"。

四、遠遊

1. 桂。

《藝文類聚》引《尸子》云:"春華秋英,其名曰桂。"唐王維詩云:"人間桂花落。夜静春山空。"于武陵山中桂云:"日暖上山路,鳥啼已知春。"《酉陽雜俎》云:"李衛公言,桂花三月開。黄而不白。"《楚辭》美桂樹之冬榮,庾肩吾詩稱桂花耐日。依此諸條,桂以春華、秋英、冬榮也。亦有以秋華者,或謂之木犀。……陸游詩序云:"《楚辭》所謂桂,數見于唐人詩句及圖畫間,今不復見矣,屬山僧野人求之。"(卷十一,306—307頁。嘉南州之炎德兮,麗桂樹之冬榮)

《雙硯齋筆記》①

總論

1.《老子》:與兮若冬涉川,猶兮若畏四鄰。《淮南子》:擊其猶猶,陵其與與。猶與雙聲。(原注:《曲禮》:所以使民決嫌疑定猶與也。猶與亦作猶豫。《離騷》:心猶豫而狐疑兮。亦作容與。《楚辭·九章》:然容與而狐疑。② 亦作夷猶。《楚辭·九歌》:君不行兮夷猶。③ 猶豫、容與、夷猶皆雙聲也。)(卷一,古人比類事物輒成雙聲,44 頁)

2.燕婉、安也順也。(原注:《詩·新臺》篇:燕婉之求。《傳》曰:燕、安也;婉、順也。)叠韵也。……其于日也爲晼晚。(原注:《楚辭》曰:白日晼晚,其將没兮。)④(卷三,雙音叠韵字通乎聲則明,235 頁)

---

①鄧廷楨撰,馮惠民點校《雙硯齋筆記》,中華書局,1987 版。

②《九章·思美人》篇。

③《九歌·湘君》篇。

④分别見《九辯》與《哀時命》篇。"没"今皆作"入"。

一、離騷

1. 菡萏、華也。(原注:《詩·澤陂》篇:有蒲菡萏。)叠韵也。其于人之貌也爲顑頷,(原注:《説文》曰:顑頷、食不飽。面黄起行也。)亦爲顑頷。(原注:《離騷》:長顑頷亦何傷。王逸注曰:顑頷,不飽貌。①)(卷三,雙音叠韵字通乎聲則明,245 頁)

2. 嬋媛、女之稱也。(原注:《楚辭》:女嬃之嬋媛。)叠韵也。(卷三,雙音叠韵字通乎聲則明,246 頁)

3. 古拔取作搴。(原注:《説文》引《楚辭》曰:朝搴阰之木蘭。今《離騷》作搴。王逸注曰:搴,取也。)一作搴。是古多搴字也。(卷四,古字有古多於今者,312 頁)

4. 嬃字下引《楚辭》曰"女嬃之嬋媛"。又曰:賈侍中説"楚人謂姊爲嬃"。案。女嬃、屈原之姊。《史記》:樊噲以吕后弟吕須爲婦。《周易·歸妹·六三》:歸妹以須。鄭注曰:須、有才智之稱,天文有須女。蓋嬃即須。女嬃即須女。其義同也。(卷五,説文義例不一,383 頁)

二、九歌

(一)雲中君

1. 蹁蹮、舞貌也。……其于絲也爲緜聯。(原注:《説文》曰:緜聯、微也。《西京賦》曰:繚互綿聯四百餘里。)爲連蜷(原注:《楚

①"皃"今作"貌"。

辭·九歌》曰:靈連蜷兮既留。)(卷三,雙音叠韵字通乎聲則明,238—239頁)

(二)湘君

1.參差、物不齊也。雙聲也。……以之名簫亦爲參差。(原注:《楚辭》注曰:參差,洞簫也。)(卷三,雙音叠韵字通乎聲則明,231頁。望夫君兮未來,吹參差兮誰思!)

2.若、草名也。《離騷》曰:采芳洲兮杜若。而經史以爲順如乃汝等字。又以爲語辭。(卷五,本有主之字經典以别義用之,363頁)

(三)湘夫人

1.《楚辭·九歌》:𦊆芳椒兮成堂。王逸注曰:布香椒於堂上也。𦊆一作播。① 丁度云。𦊆,古播字。案。丁説非也。《説文》"番"字解云:獸足謂之番。又出𤕦字云:古文番。《九歌》之𦊆。正古文之𤕦。王注訓布。乃是播字之義。義爲播而文作𦊆者。播从番聲。故假番爲播。而書作古文之𦊆也。一本作播。乃以本字易假借字。非謂𦊆即播字也。蓋識字之難也如此。(卷五,釋𦊆,379頁)

(四)山鬼

1.霹靂,雷也。(原注:《倉頡篇》曰:霆、霹靂也。)叠韵也。……其于草也爲薜荔。(原注:《楚辭·九歌》曰:被薜荔兮帶

①"𦊆"今作"𤕦"。

女蘿。①)(卷三,雙音叠韵字通乎聲則明,240 頁)

三、天問

1. 東坡《安國寺浴詩》:烟霧蒙湯谷。一本湯谷作暘谷,亦是淺人所改。《楚辭·天問》曰:出自暘谷,②次于蒙汜。《淮南·天文訓》曰:日出於湯谷,浴於咸池。《墬形訓》注曰:扶木、扶桑也。在湯谷之南。《海外東經》曰:湯谷上有扶桑,十日所浴。《説文》"叒"字解曰:日初出東方湯谷,所登榑桑叒木也。坡詩此句,承上句山城足薪炭言。火熾湯温,蒸如烟霧,蒙冒浴室。故引用湯谷字。且與浴字極爲關合,若作暘谷則羲仲所宅,於僧寮浴室有何干涉乎。轉寫者不檢他籍,率爾竄改妄矣。(卷五,近人輕易改書,345—346 頁)

四、九章

(一)惜誦

1. 亶如之亶亦是假借字,蓋亶之本義訓多穀訓誠,與經義不合。亶如字當作儃。《楚辭·九章》曰:欲儃佪以干傺。王逸注曰:儃佪,猶低佪也。亦難進之義也。(卷二,舊井无禽乘馬驙如,105—106 頁)

---

①"蘿"今作"羅",《考異》謂"一作蘿"。

②"暘谷"今作"湯谷"。

(二)悲回風

1. 螟蛉、蟲也。(原注:《詩·小宛篇》:螟蛉有子。《毛傳》曰:螟蛉、桑蟲也。)叠韵也。……其于天也爲青冥。(原注:《楚辭》:據青冥而攄虹兮。)(卷三,雙音叠韵字通乎聲則明,236 頁)

五、漁父

1. 古顦顇作顇,悳傷作悴。(原注:《方言》:悴,傷也;《説文》:悴,憂也。)勞瘁作瘁,(原注:《詩》:或盡瘁事國)萃聚作萃。(原注:《楚辭》:顔色憔悴。班固《答賓戲》:夕而焦瘁。《左傳》:無弃蕉萃。悴瘁萃皆顇之假借字。)是古多顇字也。(原注:《玉篇》引《楚辭》醮顇,蓋猶見古本。)(卷四,古字有古多於今者,287 頁—288 頁)

六、九辯

1. 滄浪、水也。(原注:《禹貢》曰:又東爲滄浪之水。)叠韵也。又爲狼湯……其于人也爲倉兄……爲恇攘(原注:見《楚辭》。)(卷三,雙音叠韵字通乎聲則明,229 頁。悼余生之不時兮,逢此世之俇攘)

2. 菸邑、草木之狀也。(原注:《九辯》:葉菸邑而無色。)雙聲也。亦爲菸鬱。(原注:《説文》曰:菸,鬱也。)(卷三,雙音叠韵字通乎聲則明,246 頁)

3.《節南山》篇:有實其猗;《傳》曰:長也。《楚辭·九辯》曰:紛旖旎乎都房;王逸注曰:旖旎,盛貌。《上林賦》曰:旖旎隨風。

張稚讓曰:旖旎猶阿那也;《晋書》:衛公之女有五可,美白皙長,賢而多子。是美長柔順,皆女子之美稱。婀从可聲,與阿猗旖音同義亦同也。(卷五,説文義例不一,382—383 頁)

七、招蒐

1. 旁皇、不定貌也。……叠韵也。……其于飴之屬也爲餦餭。(原注:《楚辭》:有餦餭些。)(卷三,雙音叠韵字通乎聲則明,244—245 頁)

八、九歎

(一)遠逝

1. 聊、耳之病也。《楚辭》:耳聊啾而戃慌。王逸注曰:聊啾,耳鳴也。而經典以爲聊且字,辭賦以爲聊賴字。(卷五,本有主之字經典以别義用之,372 頁)

《過庭録》①

總論

1. 古人之學者有二,今人之學者有四。夫子門徒,轉相師授,通聖人之經者,謂之儒。屈原、宋玉、枚乘、長卿之徒,止於辭賦,則謂之文。今之儒,博窮子史,但能識其事,不能通其理者,謂之學。至如不便,爲詩如閻纂善,爲章奏如伯公,若此之流。泛謂之筆。吟咏風謡,流連哀思者,謂之文。(卷十五,文筆,258—259頁)

一、九歎

(一)遠逝

1. 殷薦之上帝。

《音義》:殷,於勤反。馬云:盛也。《説文》云:作樂之盛稱殷。京作隱。

---

①宋翔鳳撰,梁運華點校《過庭録》,中華書局,1986年版。

案:殷、隱字可通用。《詩·邶風·柏舟》:如有隱憂;《韓詩》作殷憂。又《北門》:憂心殷殷。《音義》:殷,本又作慇,同於巾反,又音隱。又王逸《楚辭章句》引《詩》作"憂心隱隱"。①(卷二,周易考異上,24頁。志隱隱而鬱怫兮)

①隱隱,今王逸引作"殷殷",《考異》謂"一作隱隱"。

《舒藝室隨筆》[1]

總論

1.用部:“用,可施行也。從卜中。”……《淮南》《楚詞》諸注,[2]及《廣雅》《小爾雅》皆云“由,用也”。是由與用同義。(舒藝室隨筆卷二,41—42 頁)

2.《離騷》曰:“勉陞降以上下兮,求榘矱之所同。湯、禹嚴而求合兮,摯、咎繇而能調。”同、調爲韵。或謂本於《小雅》之《車攻》,未知其果有意否?然古人文辭,固不免於薰染,如宋玉《神女賦》“惆悵涕泣,求之至曙”,本於《悲回風》“涕泣交而凄凄兮,思不眠以至曙”。[3](舒藝室餘筆卷三,246 頁)

3.《九歌・大司命》:“吾與君兮齊速,導帝之兮九阬。”[4]案《玉藻》:“君子之容舒遲,見所尊者齊遬。”注:“謙愨貌也。遬,猶蹙蹙也。”《述聞》云:“《爾雅》:‘齊,疾也。’舒遲,與齊遬對文。齊、

①張文虎著,魏得良校點《舒藝室隨筆》,遼寧教育出版社,2003 年版。

②見《天問》“何由并投”等“由”字釋義。

③見《九章・悲回風》篇。

④“齊速”今作“齋速”;“阬”今作“坑”,《考異》謂“一作阬”。

遬，皆疾也。”蓋《楚詞》之齊速，即《玉藻》之齊遬，故戴東原氏《屈原賦注》訓齊爲疾，王叔師乃訓戒，俗本遂誤爲齋。洪興祖《補注》云：“齋戒以自敕。”失古義矣。或問：如此，則“與君”何義？曰：此即上所云“逾空桑兮從女”也。① 又《少司命》云：“與女沐兮咸池。”《河伯》云：“與女遊兮九河”；“與女遊兮河之渚。”《涉江》云：“吾與重華遊兮瑶之圃。”②意略相同。今案齊，亦升也。（舒藝室餘筆卷三，246—247 頁）

一、離騷

1. 朩部：“索，草有莖葉可作繩索。从朩糸。杜林說：朩亦朱木字。”案艸字宜句，謂索亦艸名也，因其莖葉可作繩索，即名之爲索，亦如惡鳥宜梟磔，即名之爲梟也。《離騷》：“索胡繩之纚纚。”王叔師云：“胡繩，香草也。”因其可爲繩索，故名胡繩。索亦胡繩之類。（原注：洪補注《楚詞》，亦引此說解。）（舒藝室隨筆卷二，59 頁）

2.《邶風·柏舟·序》：“泛云仁而不遇也。”……嘗以《離騷》徵之“我心匪鑒，不可以茹”，所謂“余固知謇謇之爲患兮，忍而不能舍”也；“薄言往愬，逢彼之怒”，所謂“荃不察余之中情兮，反信讒而齌怒”也；曰“愠于群小”，所謂“衆皆競進以貪婪兮，憑不猒乎求索。羌内恕己以量人兮，各興心而嫉妬”也；③“心之憂矣，如匪浣衣”，所謂“怨靈脩之浩蕩兮，終不察夫民心。閨中既邃遠兮，哲

① 即《九歌·大司命》篇。今本“逾”作“踰”。

②“游”今作“遊”，《考異》謂“一作游”。

③“妬”今作“妒”。

王又不悟”也;①“静言思之,不能奮飛”,則即“駟玉虬以乘鷖兮,溘埃風余上征”以下,②至終篇云云也。屈子亦楚之同姓,故所言與詩人略同。而詩言甚簡,騷則曲折盡情,可以互證。(舒藝室餘筆卷一,201 頁)

二、九歌

(一)湘君

1.“大簫謂之言”。……《説文》云:“簫,參差管樂,象鳳之翼。”《小師》疏引《通卦驗》亦云:“形象鳥翼。”則宜依律吕爲長短。又《楚詞·湘君》:“吹參差兮誰思。”王注:“參差,洞簫也。”今統云尺四寸,無以别聲,則不爲洞簫,當如蔡伯喈説“以蜜蠟實其底而增減之”,否則須開旁孔矣。(舒藝室隨筆卷一,26 頁)

三、九章

(一)涉江

1.《微子》篇:“楚狂接輿歌而過孔子。”此謂楚狂接孔子之輿歌而過之也。後世不知其名,遂名以接輿,故《楚詞·涉江》亦有“接輿髡首”之語。觀下文云:“孔子下,欲與之言。趨而避之。”其爲孔子在輿中而欲下輿明甚。(舒藝室餘筆卷二,236 頁,接輿髡首兮,桑扈臝行)

---

①“既”下今有“以”字,《考異》謂“一無‘以’字”;“不悟”今作“不寤”。

②“乘”今作“椉”,《考異》謂“椉,一作乘”。

四、招䰟

1.“素隱行怪”,鄭注:“素,讀如攻城攻其所傃之傃。傃,猶鄉(向)也。言方鄉辟害隱身而行佹譎。”……又“君子之道費而隱”,鄭注:“費,猶佹也。”……《集注》訓費爲“用之廣”。錢氏《答問》謂“費無美稱”。案《招魂》:“晋制犀比,費白日些。”王叔師注:“費,光貌也。”蓋借“費”爲“曊”字。《淮南子·墬形訓》:“日之所曊。”注:“曊,猶照也。”曊,亦作“昲”,《廣雅·釋詁》:“昲,曝也。”光有廣義,故“費”亦可訓廣。(舒藝室隨筆卷一,18 頁)

五、大招

1.牙部:“牙,牡齒也。”……“𤘽”篆解云:“虎牙也。”段注“今俗謂門齒爲虎牙”,引《大招》《淮南》“奇牙”之文爲證,是矣。(舒藝室隨筆卷二,37 頁,靨輔奇牙,宜笑嗎只)

六、惜誓

1.“儃,儃何也。”段云:“當作儃回。”是也。《莊子·田子方》:“儃儃然不趨。”《釋文》引李云:“儃儃,舒閑之貌。”《楚辭·惜誓》①:“固儃回而不息。”注云:“儃回,運轉也”。蓋俗書“回”作“佪”。因訛爲“何”。《玉篇》:“儃,疾也,何也。”皆非儃義,亦後人竄入。(舒藝室隨筆卷三,67 頁)

---

①《楚辭·惜誓》原標點誤爲“《楚辭》:‘惜誓’”,今正。

《東塾讀書記》①

總論

1.《孟子》書,諸弟子問而孟子答之,多客主之辭,乃戰國文體也。如《卜居》《漁父》之類。(卷三《孟子》,53 頁)

2.戰國時儒家之書,存於今者,鮮矣。澧以爲屈原之文,雖詩賦家,其學則儒家也。《離騷》云:“紛吾既有此内美兮,又重之以修能。”又云:“汩吾若將不及兮,恐年歲之不吾與。”②有天資,有學力,而又及時自勉也。《涉江》云:“被明月兮佩寶璐,世溷濁而莫余知兮,吾方高馳而不顧。駕青虬兮驂白螭,吾與重華遊兮瑶之圃。登崑崙兮食玉英,與天地兮比壽,與日月兮齊光。”③此言人不知而不愠,與古聖人爲徒。高矣,美矣,足以不朽也!《橘頌》云:“深固難徙,廓其無求兮。蘇世獨立,横而不流兮。”此《中庸》所謂“强哉矯”也,此靈均之學也。宋玉《九辯》亦云:“獨耿介而不

①陳澧著,鍾旭元、魏達純校點《東塾讀書記》,上海古籍出版社,2012 年版。

②“修”今作“脩”;“汩吾”之“吾”今作“余”。

③“佩”今作“珮”,《考異》謂“一作佩”;“比壽”今作“同壽”,“齊光”今作“同光”,《考異》謂“一云:同壽齊光。一云:比壽齊光”。

隨兮,願慕先聖之遺教。處濁世而顯榮兮,非余心之所樂。與其無義而有名兮,寧窮處而守高。食不媮而爲飽兮,衣不苟而爲温。竊慕詩人之遺風兮,願託志乎素餐。"其對楚王問,自謂"瑰意琦行,超然獨處",非夸語也。杜子美稱之曰"風流儒雅亦吾師",真可謂儒雅矣,真可師矣。彼罵宋玉爲罪人者,烏足以知之!(原注:皇甫持正《答李生第二書》云:"筆語未有駱賓王一字,已罵宋玉爲罪人。"朱子《楚辭集注》云:"景差《大招》,近於儒者窮理經世之學。"此尤非朱子不足以知之也。)(卷十二《諸子書》,219—220頁)

一、天問

1. 王伯厚云:賈逵撰《齊魯韓與毛氏異同》,崔靈恩采三家本爲《集注》。今唯毛傳、鄭箋孤行,獨朱文公《集傳》閎意眇指,卓然千載之上。言《關雎》則取康衡(原注:宋人諱匡字,改爲康。);《柏舟》婦人之詩,則取劉向;"笙詩"有聲無辭,則取《儀禮》;……"禹敷下土方",又證諸《楚辭》,一洗末師專己守殘之陋。(卷六《詩》,106頁,禹之力獻功,降省下土四方)

二、漁父

1.《仲尼燕居》《孔子閑居》,與《孝經》同類。劉光伯《孝經述義》云:"假曾子之言以爲對揚之體。屈原之漁父鼓枻、太卜拂龜,寧非師祖製作以爲模楷者乎?"……澧謂此説太過矣!記者因聖人之言而敷演成篇,則有之;竟以爲假,則非也。(卷九《禮記》,158頁,漁父莞爾而笑,鼓枻而去)

三、招䰟

1. 戴東原云：鄭康成"箋《毛詩》云'古聲填、寘、塵同'。及注他經，言古者聲某某同，古讀某爲某之類，不一而足"。（原注：《書廣韻四江後》。）澧案：鄭君之後，罕有説古音者，陸法言蓋知之矣，故《切韵》以江部次於東、冬、鍾三部之下，不以次於陽、唐二部下也。……昭十一年傳"楚子城陳蔡不羹"，孔疏云："古者，羹臛之字，音亦爲'郎'。故《魯頌・閟宫》《楚辭・招魂》，與史游《急就篇》，羹與房、漿、糠爲韵。但近世以來，獨以此地音爲郎耳。"（卷十一《小學》，214—215 頁。和酸若苦，陳吴羹些。胹鼈炮羔，有柘漿些。）

《思益堂日札》[1]

總論

1.《楚詞》“些”字皆讀若梭,去聲。以其本娑婆訶三合而成音也。然予以吾鄉音劦之,實讀若俄去聲。(卷八《些》,160 頁)

一、九歌

總論

1. 宋玉《高唐賦》所稱巫山神女曰:朝爲雲,暮爲雨。此指神女之所司耳,非指楚王行幸事也。而後世以枕席當之,是褻天也。屈原《九歌》中所謂湘君、湘夫人。不知何指。(卷四《戎楚士文》,57 頁)

①周壽昌著,許逸民點校《思益堂日札》,中華書局,1987 年版。

二、天問

1.《論語》:羿善射。……《淮南子》:雖有羿之知,而無所用之。高注:是堯時羿能射十日,繳大風。《山海經》:堯時,十日并出,堯命羿射其九。《楚詞·天問》:羿焉彈日,烏焉解羽。亦指堯時羿。(卷一《羿》,21—22頁)

2.自《左傳》祝鮀稱載書晋重耳曰晋重,後儒遂多録此例。將古人姓名割裂入詩文中。如揚雄《法言》:或問屈原、相如之賦。子曰:原也過以浮,如也過以虚。揚雄賦:乃命票衛。票言票騎將軍霍去病也;《天問》:蓱號起雨。蓱謂雨師蓱翳也。(卷五《古人姓名截用合用》,120頁)

三、九章

(一)悲回風

1.漢陸閎,儀容如玉,威儀秀異。光武見而嘆曰:南方故多佳人。……《楚詞》有"佳人永都"之句。此後承用愈多,不勝紀述也。(卷九《佳人》,180頁。惟佳人之永都兮)

四、九思

(一)悼亂

1.《文·十年》:田孟諸。杜注:將獵,張兩甄,置左右司馬。

兩甄猶兩翼也。愚案《文選注》引《孫子》曰:長陣爲甄。《楚辭》:鶤鶴兮甄甄。王叔師注:甄甄,鳥飛皃。① 與杜注兩翼合。(卷一《甄》,20 頁)

①"鶴"今作"鷂";"鳥飛皃"今作"小鳥飛貌"。

《春在堂隨筆》①

一、離騷

1. 虞山王應奎《柳南隨筆》，謂曹大家，家字當讀姑，錢宗伯詩誤讀本音。余謂此論亦未是。蓋家字讀如姑，乃古音如此。《左傳》："侄從其姑，六年，其逋逃歸其國而弃其家。"《離騷》："羿淫遊以佚畋兮，又好射夫封孤；固亂流其鮮終兮，浞又貪夫厥家。"②并其證也。(《春在堂隨筆九》，122 頁)

二、招蒐

1. 老杜《今夕行》曰："馮陵大叫呼五白，袒跣不肯成梟盧。"此正用劉毅傳語，然則雉之爲五白，唐人猶知之也。程氏誤以四黑一白爲雉，轉疑杜詩爲誤，何哉？程氏又謂梟采甚低，非盧比也，老杜概言梟盧，未詳。余謂此亦不然。鄧艾曰："六博得梟者勝。"竊疑梟即盧也。蓋五黑五白同爲勝采，而盧實勝於雉，故得盧者

---

①俞樾著，徐明、文清校點《春在堂隨筆》，遼寧教育出版社，2001 年版。
②"封孤"今作"封狐"。

謂之梟,以别於雉,杜詩正得其義。……又按杜詩“呼五白”,本於楚辭《招魂》篇,其文云:“成梟而牟,呼五白些。”二語不得其解,疑兩家皆得梟則謂之牟,牟之言齊等也。齊等無以製勝,必得雉以助之。王逸注曰:“言己棋已梟,當成牟勝射,張食棋下屈於兆,故呼五白,以助投也。”①語亦不可解。然呼五白以助投,則語可明白。蓋盧、雉同爲勝采,若一家得盧,又得雉,則梟亦不能勝之矣。古所謂殺梟者,或即指此。(《春在堂隨筆九》,133 頁。成梟而牟,呼五白些)

①“棋”今皆作“綦”;“下屈於兆”今作“下兆於屈”。

《古書疑義舉例》①

一、九歌

(一)東皇太一

1.錯綜成文例

古人之文,有錯綜其辭以見文法之變者,如《論語》“迅雷風烈”,《楚辭》“吉日兮辰良”,《夏小正》“剥棗栗零”,皆是也。(卷一,錯綜成文例,14頁)

①俞樾《古書疑義舉例》,據許威漢、金申著《俞樾〈古書疑義舉例評注〉》本,商務印書館,2012年版。

《越縵堂讀書記》[①]

一、九歌

(一)東皇太一

1. 紀文勤《槐西雜志》云,世傳推命,始于李虚中,其法用年月日而不用時,蓋據昌黎所作虚中墓志也。……然考虚中墓志,稱其最深於五行書,以人始生之年月日所直日辰支干相生勝,衰死生王相斟酌,推人壽夭貴賤利不利云云。按天有十二辰,故一日分爲十二時,日至某辰,即某時也,故時亦謂之日辰。《國語》星與日辰之位皆在北維是也;《詩》跂彼織女,終日七襄,孔穎達《疏》從旦至暮七辰一移,因謂之七襄,是日辰即時之明證。《楚辭》吉日兮辰良,王逸注日謂甲乙,辰謂寅卯,以辰與日分言,尤爲明白。據此以推,似所值日辰四字,當連上年月日爲句,後人誤屬下文爲句,故有不用時之説耳。(卷八,文學,閱微草堂筆記五種,1014頁)

---

①李慈銘撰,由雲龍輯《越縵堂讀書記》,中華書局,2006年版。

二、天問

1.《吕氏春秋·尊師》篇神農師悉諸,《漢書人表》上中悉諸炎帝師,而《新序》引《吕》作悉老。予謂者諸字通,此因者誤爲老耳。又湯師小臣,高誘注小臣謂伊尹,《新序》引《吕子》同。……《楚辭·天問》成湯東巡,有莘爰極,何乞彼小臣而吉妃是得。王逸注,小臣謂伊尹,此言伊尹本爲有莘之小臣耳,高誘蓋因此而附會。(卷一,哲學思想,吕氏春秋,35 頁。)

三、九辯

1.戴凱之《竹譜》有云蓋竹所生,大抵江東,上密防露,下疏來風,連畝接町,竦散岡潭。《四庫提要》以爲潭字於韵不協,蓋四字誤倒,當作潭岡散竦,以竦韵東風也,案此臆决之辭。潭從覃聲,覃談兩韵同部,而談有同音。……又覃韵有湛,與耽字通。《詩》和樂且湛,《中庸》引作和樂且耽,而湛字宋玉《九辯》以韵豐字,則兩部之字,古音固有相通者矣。(卷五,科學技術,竹譜,497 頁。窠精氣之摶摶兮,鶩諸神之湛湛。驂白霓之習習兮,歷羣靈之豐豐)

四、招䰟

1.宋玉《招魂》箟簸象棋,有六簙兮。① 所云象棋,乃是以象

①"箟簸"今作"菎蔽",《考異》謂"菎,一作琨,一作箟",《補注》曰"蔽,《集韻》作簸,其字從竹";"棋"今作"棊"。

牙爲棋子，蓋即圍棋之戲，非後世之象棋也。後世象棋之制，不知所起。（卷八，文學，槎庵小乘，1029—1030 頁）

五、大招

1.《顔氏家訓》引《古今字詁》云古之虺字，三家詩當作爲蜿爲蜮。《文選》鮑昭《蕪城賦》云壇羅虺蜮，蓋本三家，《楚辭·大招》亦以虺與蜮并言。（卷十一，綜合參考，轂經筆記，1208 頁。鰅鱅短狐，王虺騫只。魂乎無南！蜮傷躬只）

六、九思

（一）遭厄

1.呼婦人曰女客，（原注：《高唐賦》：妾巫山之女也，爲高唐之客。）……以上所記及注，雖未知原本《蒼雅》《説文》，推究其義，且引書亦多出稗販，與原書不符。如《漢書·賈誼傳》云：奊詬亡節，師古注，奊詬，謂無志分也。此假奊爲謑。説文謑，詬恥也。謑或作謨，《楚辭·九思》作謑詢。奊㚒自在《説文》矢部，奊，頭衺骫奊態也（原注：音胡結切，漢書顔注音同）。㚒頭傾也，讀若孑，其義既異，亦無列的之音。吾越方言，凡物之摇兀不安者曰□（原注：渠立切，讀若極）□（原注：胡骨切，讀近窟）。當即此㚒奊二字（原注：越俗呼小摇船曰㚒奊頭船，尤其明證）。止庵所引奊㚒而無志節，《漢書》并無其文。（卷八，文學，吴門補乘、續編，1016—1017 頁。起奮迅兮奔走，違羣小兮謑詢）

《十三經注疏校記》[①]

一、離騷

1. 君子樂胥，受天之祜。

屈原之姊名女須，《鄭志》答泠剛云：須，才智之稱，故屈原之姊以爲名。（毛詩正義，卷十四，桑扈，66 頁。女嬃之嬋媛兮）

二、天問

1. "玄謂今《天問》'萍號'作'萍'，《爾雅》曰'萍、蓱'"，諸本同。段玉裁云："當作'今《天問》萍號作蓱。王逸注本作蓱，云：一作萍'。"按：後鄭增成司農義而意主蓱字，故引今《天問》"蓱號"、《爾雅》"蘋蓱"以證之。（周禮注疏，卷三十四校勘記，秋官司寇第五，萍氏，283 頁。蓱號起雨，何以興之）

---

①孫詒讓《十三經注疏校記》，齊魯書社，1988 年版。

《香草校書》[①]

總論

1. 艮卦。艮其背。

鬯案:此背字當爲背倍之義,不當爲背脊之義。《楚辭·招魂篇》王《章句》云:背,倍也。又《昔誦章·章句》云:背,違也。[②](卷四,《易》四,61頁)

2. 穀旦于差。

鬯案:……《陳風》首《宛丘》《東門之枌》,兩詩備言巫風盛行,説者皆歸罪於太姬之化,不惟《詩譜》言之,《漢書·地理志》亦著其説。陳啓原《稽古編》至怪文王后妃之化及南國,夫人大夫妻與漢濱之游女。太姬親孫女獨不率教,乃行事淫巫,開陳地數百年敝習。鬯謂是非太姬之化也。夫巫,楚俗也。故《地理志》於楚地云:信巫鬼,重淫祀。觀《楚辭·九歌》之作,《招魂》《大招》之篇,亦足見矣。陳國於楚之北,陳南方之郊原,非即鄰楚北方之郊原與。陳楚接近,則陳之巫風染楚俗也。(卷十三,《詩》三,259頁)

---

①于鬯《香草校書》,中華書局,1984年版。

②見《招魂》"背行先些"與《九章·惜誦》"忘儇媚以背衆兮"。

3.二篇　我教兹暇豫事君。

㦤案:暇豫雙聲字。……竊謂暇豫者,即猶豫也。猶豫亦雙聲字,猶暇一聲之轉。……抑案《楚辭・湘君》歌及《抽思》章王逸《章句》,①并云:夷猶、猶豫也。夷猶、猶豫亦并聲轉字。(卷四十五,《國語》二,903—904頁)

4.泰伯篇　師摯之始關雎之亂。

㦤案:八字當一句讀,始者風始也。《詩・關雎序》云:風之始也。《史記・孔子世家》云:關雎之亂,以爲風始。是也。亂者止是詩辭之别號,《楚辭》"亂曰",亦止辭曰耳。《關雎》之亂,猶言《關雎》之辭。(卷五十二,《論語》一,1049頁)

一、離騷

1.大畜卦　上九。何天之衢。亨。

《楚辭・離騷》云:吾令帝閽開關兮,倚閶闔而望予。此欲開天路而不得者,屈子之所以窮也。可以反證《易》之亨義。(原注:今案:據《離騷》,此何字可讀爲倚。)(卷二,《易》二,33頁)

2.歸妹卦　六三。歸妹以須。

㦤案:須字自當訓姊。《説文・女部》作嬃,引賈侍中説楚人謂姊爲嬃,是也。歸妹而以姊。故《象傳》云:未當也。下文云:反歸以娣。則姊反而仍以娣行爲得當矣。(原注:《詩・桑扈》篇孔義引鄭注及荅泠剛以須爲屈原之妹。正因歸妹以須語、而未將反歸以娣之義一審耳。娣者,妹也,則須必不得爲妹。)(卷四,《易》四,63—64頁。女嬃之嬋媛兮)

① 見《九歌・湘君》"君不行兮夷猶"與《九章・抽思》"悲夷猶而冀進兮"。

3.行露篇　誰謂女無家。

邕案:此家字蓋謂其妻。家有妻訓,《左僖·十五年傳》孔《義》云:夫謂妻爲家。又《楚辭·離騷》王逸《章句》云:婦謂之家。(卷十一,《詩》一,220頁。浞又貪夫厥家)

4.鶴鳴篇　鶴鳴于九皋。

邕案:九皋者,曲皋也。《説文》九部云:九,象其屈曲究盡之形。是九字中本有曲義,故曲皋謂之九皋,九非數目字。……《楚辭·離騷》王《章句》云:澤曲曰皋。引《詩》云"鶴鳴于九皋"。則因《詩》"九皋"之義,遂單訓皋亦爲澤曲。(原注:《湘君歌·章句》亦云"澤曲曰皋"。)(卷十四,《詩》四,280頁。步余馬於蘭皋兮)

5.輪人記　輻也者。以爲直指也。

《楚辭·離騷》王《章句》云:軔,楮輪木也。①彼車止别以一木楮輪,謂之軔。此輻以楮輪原與彼不同,而楮字之義則一。(卷二十四,《周禮》六,479頁。朝發軔於蒼梧兮)

二、九歌

(一)東君

1.洚水者、洪水也。

邕案:此蓋《孟子》正俗讀也。洚諧夅聲,洪諧共聲,共聲夅聲同部。《孟子》以洪水釋洚水。……而戰國俗音讀洚水警余之洚已有轉入陽韵者。故《孟子》特正之。……又《楚辭·九歌·東君》歌云:青雲衣兮白霓裳,舉長矢兮射天狼。操余弧兮反淪降,

①"楮"今作"搘"。

援北斗兮酌桂漿。撰金轡兮高馳翔,杳冥冥兮以東行。① 降與裳、狼、漿、翔、行叶。是知戰國之時讀降字已入陽韵,則洚字可知矣。(卷五十四,《孟子》,1084 頁)

三、天問

1. 誕寘之隘巷,牛羊腓字之;誕寘之平林,會伐平林;誕寘之寒冰,鳥覆翼之。鳥乃去矣,后稷呱矣。……毛公求三弃之説而不獲,乃云欲以顯其靈,此爲人父母必無之事。《楚辭·天問篇》云:稷維元子,帝何竺之?投之于冰上,②鳥何燠之?此則專據一説而言之者也。(卷十七,《詩》七,341—342 頁)

2. 牛部 牝、畜母也。从牛匕聲。

《楚辭·天問篇》云:恒秉季德,焉得夫朴牛?朴亦當作牪。牪朴皆卜聲,或爲借字,亦未可知。……(原注:《天問篇》洪興祖《補注》引《説文》"特牛,牛父也",言其朴特。是承今本而又亂其句,未可依據。)(卷五十七,《説文》一,1153 頁)

四、九章

(一)惜誦

1. 夫妻牉合也。

慁案:牉當讀爲胖。……《楚辭·惜誦》章云:背膺牉合以交

---

①"金轡"今作"余轡";"馳"今作"駝",《考異》謂"一作馳"。

②"于"今作"於"。

痛兮。① 背,半體也;膺亦半體也。云背膺牉合,此兩半體合爲一體之明證也。(卷二十八,《儀禮》三,554—555 頁)

(二)涉江

1. 泉府職。買者各從其抵。

樾案:抵當讀爲邸。……《楚辭·涉江》章王《章句》及《後漢書·安帝紀》李賢注引《蒼頡》并云,"邸,舍也"。(卷二十,《周禮》二,416 頁。邸余車兮方林)

(三)哀郢

1. 亦運而已矣。

樾案:此運字訓轉,朱注固不謬,但謂轉而望救於他人,則失其旨也。運之訓轉,與《淮南子·天文訓》高誘注訓運爲旋,《楚辭·哀郢》章王逸《章句》訓運爲回同一義也。(卷五十四,《孟子》,1074 頁。將運舟而下浮兮)

(四)懷沙

1. 職方氏。

樾案:職本記職之義,故樊毅《修華岳碑》稱《周禮·識方氏》,識方氏即職方氏也。《説文·耳部》云:職,記微也。是職爲本字。識反借字。……又《史記·屈原傳》云:章畫職墨兮。亦用本字。而《楚辭·懷沙》章作"章畫志墨兮"。《説文》無志字。……或以志即識之古文,則志爲記志義,亦借字也。(原注:王《章句》云:志、念也。失之,志俗作誌。)(卷二十二,《周禮》

①"牉"下今無"合"字,《考異》謂"一本'牉'下有'合'字"。

四,448 頁)

2.傳 君將納民於軌物者也。

㽞案:物蓋當訓畫,其本義取乎射物。……章物即章畫也。《楚辭·懷沙》章云:章畫志墨兮前圖未改。(卷三十七,《春秋左傳》一,744 頁)

3.居不容。

㽞案:居當訓坐,《國語·魯語》韋昭解云:居,坐也。容當訓動,《小戴·月令記》鄭注云:容止猶動静。《楚辭·懷沙》章王逸《章句》云:從容、舉動也。是容即動義,故動容連文。(卷九十二,《論語》一,1057 頁。孰知余之從容)

4.迪、作也。

㽞案:迪蓋讀爲由。《楚辭·懷沙》章"易初本迪兮",《史記·屈原傳》迪作由。是二字通用。(卷五十五,《爾雅》一,1104 頁)

五、九辯

1.羔裘篇 羔裘晏兮。

㽞案:晏當訓安。……《楚辭·九辯》云:被荷裯之晏晏兮。晏晏亦即安安。(卷十二,《詩》二,241 頁)

六、招䰟

1.不可畏也。伊可懷也。

㽞案:……經中所陳皆預擬之辭,其解甚得,蓋實未到家之詩也。故此章先懼之使勿懷於彼地,然後下二章乃動之以室家男女之思,一如楚國招魂之法,先言四方之可畏,然後言歸來之可樂。

屈宋殆胎息此詩與。(卷十三,《詩》三,266—267 頁)

2.故明王之以孝治天下也如此。

鬯案:故當讀爲古,故諧古聲,例得通借。……《楚辭·招魂篇》王逸《章句》云:故,古也。是二字義本相通。故明王者,古明王也。(卷五十一,《孝經》,1029 頁。魂兮歸來! 反故居些)

3.巫部 巫、象人兩褎舞形。

鬯案:……衣部云:衣象覆二人之形。……《楚辭·招魂篇》"帝告巫陽",洪興祖《補注》云:巫一作巠。則字從衣尤顯。(卷五十八,《説文》二,1173 頁)

七、七諫

(一)初放

1.小宰職 四曰聽稱責以傳别。

然鬯竊謂稱訓舉者,舉之言與也。《師氏職》鄭注引故書舉爲與。《楚辭·初放·諫》①王逸《章句》云:舉、與也。蓋舉即諧與聲,二字古通用。(卷十九,《周禮》一,382 頁。舉世皆然兮)

(二)沈江

1.釋詁 初哉。

鬯案:哉蓋讀爲裁。《楚辭·沈江·諫》②"秋毫微哉而變

---

①應作《楚辭·七諫·初放》。

②應作《楚辭·七諫·沈江》。

容”。洪興祖《補注》云:哉一作裁。① 是裁哉通用之證。(卷五十五,《爾雅》一,1101 頁)

(三)哀命

1.方相氏。

卺案:方相即職言方良也。良相叠韵,例得假借。因其職敺方良,故即名其官爲方相。鄭注云:方相猶言放想。方良注云:方良,罔兩也。其實皆不誤。……而不知罔兩即猶之放想也。《楚辭·哀命·諫》②云:神罔兩而無舍。③ 王《章句》云:罔兩,無所據依貌也。(卷二十二,《周禮》四,446—447 頁)

八、九歎

(一)逢紛

1.鼎卦　初六。鼎顛趾。利出。否。得妾以其子。

卺案:此顛字當爲顛頓之顛,不當爲顛覆之顛。《楚辭·逢紛·歎》④王逸《章句》云:顛、頓也。依《説文》字当作趚。(卷四,《易》四,59 頁。椒桂羅目顛覆兮)

①《補注》當爲《考異》。

②應作《楚辭·七諫·哀命》。

③“罔”今作“罔”,《考異》謂“一作罔”。

④應作《楚辭·九歎·逢紛》。

(二)愍命

1. 剥瓜

《楚辭·愍命·歎》①云"瓟瓥蠹於筐簏",瓟瓥爲瓠類,瓜瓠并稱,瓠蓄於簏,瓜亦宜蓄於箓矣。(卷三十四,《大戴禮記》一,690頁)

2. 十五年傳　瑾瑜匿瑕。

𢡟案:瑾瑜、玉之有斑采者。蓋斑采爲瑾,而其白質爲瑜。故《楚辭·愍命·歎》②云"捐赤瑾於中庭"。(卷三十九,《春秋左傳》三,794頁)

(三)遠遊

1. 訪落篇　朕未有艾。

𢡟案:艾當讀懲艾之艾。《楚辭·遠游·歎》③云"屢懲艾而不逡"。(卷十八,《詩》八,366頁)

九、九思

(一)傷時

1. 九年經　晋里奚克。

𢡟案:里奚克見於《傳》者,但曰里克。里克稱里奚克者,蓋古

---

①應作《楚辭·九歎·愍命》。

②應作《楚辭·九歎·愍命》。

③應作《楚辭·九歎·遠遊》。

音里字曳長之曰里奚也。十三年《傳》云謂百里與諸乎？百里即百里奚也，《荀子·成相》篇“百里徙”楊倞注云：百里奚，虞公之臣，其他止稱百里，見古籍者甚多。然則百氏，里名。故《楚辭·傷時·思》云“百貿易兮傳賣”。① 單舉其氏則止云百矣，百里非單舉其氏也。（卷三十八，《春秋左傳》二，768頁）

①應作《楚辭·九思·傷時》，“百貿”今作“百貿”；“傳”今作“傅”，《考異》謂“一作傳”。

《香草續校書》[1]

一、招䰟

1. 地形篇　有挂者。

鬯案:挂者,謂懸地也。……《楚辭·招魂篇》王逸《章句》云:挂,懸也。此謂其地空懸無屬。(卷十一,孫子,442 頁。挂曲瓊些。)

2. 病能論　故人不能懸其病也。

鬯案:懸蓋讀爲矊字,或作𥉻。……《楚辭·招魂》云:靡顔膩理,遺視𥉻些。[2]《文選·江賦》李注云:𥉻眇,遠視貌。(卷十三,内經素問二,500 頁)

二、七諫

(一)怨世

1. 大宗師篇　夫無莊之失其美。

---

①于鬯著,張華民點校《香草續校書》,中華書局,1963 年版。

②"𥉻"今作"矊",《考異》謂"一作𥉻"。

瞪案:無莊蓋即閭娵。……《戰國・楚策》作閭姝,姝莊亦正雙聲,姝娵則雙聲又兼叠韵矣。《楚辭・怨世・諫》①云:親讒諛而疏賢聖兮,訟謂閭娵爲醜惡。亦正以閭娵爲美人,親讒疏賢,則謂美人爲醜惡耳,非謂閭娵醜惡也。即此言無莊之失其美,正見無莊之爲美也。(卷六,莊子一,273 頁)

三、哀時命

1. 賦篇　閭娵子奢。

瞪案:閭娵作明陬。……《楚辭・哀時命》篇云:隴廉與孟娵同宫。王《章句》云:孟娵,好女也。是好女有名孟娵者。孟明一聲之轉。(卷四,荀子二,167 頁)

---

①《楚辭・七諫・怨世》。

《愧生叢録》[1]

總論

1. 戴東原《屈原賦注》，盧抱經謂："微言奥旨，具見疏抉。其本顯者，不復贅焉。"案：戴於《九歌·湘君》篇"薜荔拍兮蕙綢"。王逸注："拍，搏壁也。"[2]戴據劉熙《釋名》，"搏壁，以席搏著壁也。"此證最確。惟於《天問》《遠游》，將人神瑋怪，及《陵陽子明經》服氣之説，亦率爾汰去。不知《楚辭》之在兩漢皆有師授，叔師校上之本非敢妄作。東原一概抹殺，并其所詮實事而亦去之，以申己説，是本顯者反晦矣。抱經之言，未爲定論。（卷二，第二十三條，25 頁）

2. 韓退之《感春》詩："屈原《離騷》二十五。"初疑《離騷》但屈原賦之一篇，不應統名爲《離騷》。后讀烏程周中孚《鄭堂札記》，乃知退之不苟爲是語云。《史記·太史公自叙》云："屈原放逐著《離騷》。"又"作詞以諷諫，連類以争義，《離騷》有之。"《漢書》遷傳："屈原放逐，乃賦《離騷》。"皆舉首篇以統號其書，與《屈原傳》

---

①李詳《愧生叢録》，江蘇古籍出版社，2000 年版。

②"拍"今皆作"柏"，《考異》謂"一作拍"；"搏"今作"榑"，《考異》謂"一作搏"。

言《離騷》,單指首篇不同。(卷四,第五十八條,72 頁)

一、離騷

1.《史通·序傳篇》:"屈原《離騷經》,上陳氏族,下列祖考,先述厥生,次顯名字,自叙發迹,實基於此。而相如自序,乃記其客游臨邛,竊妻卓氏,載之於傳,不其愧乎!"(卷一,第七十八條,17 頁)

2.黄漱蘭先生卒,余累其行哀之。中有一段論先生左遷後心迹,頗達其隱。今摘出自爲之注,效王逸、左思故事云。

"王有程期,……獨嘆邃遠。"(原注:……屈原《離騷》:"閨中既已邃遠兮,哲王又不悟。"①王逸注:"言君處宫殿之中,其閨深遠,忠言難通。")(卷六,第三條,103 頁)

二、九歌

(一)東皇太一

1.《祠廟》下云:"正神泯寂,靈液遂歇,又使人知穆愉土木之當否。"案,《文選·揚雄〈劇秦美新〉》:"神歇靈繹,海水群飛。"善注:"繹,猶緒也。言神靈歇其舊緒,不福祐之。繹,或爲液。"於此可見民憚隸事之博。又《楚詞·九歌·東皇太一》:"穆將愉兮上皇。"王逸注:"穆,敬也。愉,樂也。言齋戒恭敬,以宴樂天神。"此"穆愉"兩字所出。(卷六,第四條,104 頁)

①"已"今作"以";"不悟"今作"不寤"。

(二)東君

1. 洪景盧《容齋續筆》言:"洪慶善注《楚詞·東君篇》:'緪瑟兮交鼓,簫鍾兮瑶虡。'①引《儀禮·鄉飲酒》章'閑歌《魚麗》,笙《由庚》。歌《南有嘉魚》,笙《崇丘》'爲比,云:'簫鍾者,取二樂聲之相應者互奏之。'既鏤版,置於墳庵,一蜀客過而見之,曰:'一本簫作擳,《廣韻》訓爲擊也。蓋是擊鍾,正與緪瑟對耳。'慶善謝而亟改之。"案:今本洪氏《楚詞補注》所引,與容齋之説小異。"一本簫作擳"亦未載入。容齋此言慶善向彼自言,則當時必改補可知。近世流傳者,蓋慶善初行之本也。(卷一,第二十三條,6頁)

(三)國殤

1. 偶觀李申耆《駢體文鈔》,釋得數事,匯記於下。温子升《寒陵山寺碑》:"壯士凛以争先","兵接刃於斯場,車錯轂於此地"。三用《楚詞·國殤》語。(卷一,第二十八條,7頁。操吴戈兮被犀甲,車錯轂兮短兵接。旌蔽日兮敵若雲,矢交墜兮士争先)

三、九辯

1. 韓退之詩,好翻用成語。如,"猿鳴鍾動不知曙。"(原注:謝靈運《從斤竹澗越嶺溪行》②詩:"猿鳴誠知曙。")"誰云少年别,流涕各沾衣。"(原注:沈約《别范安成》詩:"生平少年日,分手易前期。")"春氣漫誕最可悲"(原注:宋玉《九辯》:"皇天平分四時兮,

①"虡"今作"簴"。

②"溪"原作"西",今正。

竊獨悲此凛秋。"①)是也。又,"如今便可爾,何用畢婚嫁。"亦翻用舊説。(卷一,第十三條,4 頁)

四、九思

總論

1. 前人賦頌有自注之例。謝靈運《山居賦》、顔子推《觀我生賦》,世人所習知也。張衡《思玄賦》自注,見摯虞《文章流别》。左思《三都賦》,亦思自注,見《世説新語・文學》篇注。王逸《九思》,亦自注也,四庫館臣疑爲其子延壽之徒爲之,蓋未知此例自張衡已啓之。(卷六,第五條,104 頁)

①"凛"今作"廩",《考異》謂"一作凜"。

《歷代社會風俗事物考》[①]

一、招䰠

1. 至戰國始有油燈。

《莊子》:"山木自寇也,膏火自煎也。"《楚辭》:"蘭膏明燭,華容備些。"按,膏者,脂也,獸油也。蓋至此時,始以盞盛動物油,置炷于中,燃以取明,不用燋燭。然古無植物油,牛羊等油值昂,蓋非富者不辦。(卷十一,《燈燭》,139 頁)

2. 博具考。

《楚辭》云:"菎蔽象棊,有六簙些。"王逸注:"投六箸,行六棊,故爲六博也。蔽簙箸,菎蔽者,以玉飾之也。"[②]又《説文》:"博,局戲也,六箸十二棋。"《後漢書》注引《博經》云:"用棋十二,六棋白,六棋黑。"故古皆云六博。(卷四十,《各種游戲》,357 頁)

---

① 尚秉和著,木東、楊晟盛點校,陳文和審訂《歷代社會風俗事物考》,江蘇古籍出版社,2002 年版。

② "簙"今作"篿";"六博"今作"六篿",《考異》謂"篿,一作博";王逸注文"蔽簙"句今作"蔽,篿箸以玉飾之也"。

3. 采名考。

采名亦曰博齒。《楚辭》:“呼五白些。”王逸云:“五白,博齒也。”①(卷四十,《各種游戲》,359 頁。成梟而牟,呼五白些)

4. 對局人數。

《博經》:“六棋白,六棋黑。”是皆以二人對局也。《楚辭》:“分曹竝進,遒相迫些。”王逸注云:“言分曹列耦,竝進技巧,投箸行棊,轉相遒迫,使不擇行也。”②是人可多,但分爲兩曹,故云列耦也。(卷四十,《各種游戲》,360 頁)

5. 古得梟則倍贏食子。

《楚辭》:“成梟而牟。”注:“牟,倍勝也。”……《正義》云:“博頭有刻爲梟鳥形者,擲得梟者合食其子,若不便則爲余行也。”是得梟則倍贏,可食他人子也。子即箸,即矢也。(卷四十,《各種游戲》,360 頁)

6. 盧雉牛白四王采等級考。

又五白在古爲最貴,雖梟不如。《楚辭》:“成梟而牟,呼五白些。”注:“梟二爲珉采,牟勝也,勝梟必五白。”③是敵人成梟,故呼五白以求勝敵人。(卷四十,《各種游戲》,362 頁)

7. 象戲。

今日之象棋,在古均名象戲。古所謂象棋,皆以象牙爲飾,猶象車、象箸、象床也。……《楚辭》:“琨蔽象棊。”④皆謂六博棋,加以象飾也。(卷四十,《各種游戲》,366 頁)

---

①“博齒”今作“簙齒”。

②“列耦”今作“列偶”;“不”下今有“得”字。

③今本未見此注。

④“琨”今作“菎”,《考異》謂“菎,一作琨,一作篦”。

二、九歎

(一)憂苦

1. 贏之歷史。

古中國亦無贏。……《正韻》云:“騾同贏。”……又《楚辭·九歎》:“同駑贏與椉駔兮。”①是春秋及戰國時已有贏。然至漢初仍甚貴,故陸賈《新語》以驢騾與珠玉并稱。……蓋贏之爲物,驢父馬母,或馬父驢母。漢初中國驢未多,故難孳訛。至六朝已嫻驢馬相配之法。《齊民要術》:“驢覆馬生騾,馬覆驢亦生騾。”是其證。(卷九,《漢以來車馬》,127 頁)

①“椉”今作“乘”。

《浪口村隨筆》[①]

總論

1. 乘龍。

《楚辭·九歌》,祀神之詩也。於《雲中君》言"龍駕兮帝服",於《湘君》言"駕飛龍兮北征",又言"飛龍兮翩翩",於《大司命》言"乘龍兮轔轔,高駝兮冲天",於《東君》言"駕龍輈兮乘雷",於《河伯》言"駕兩龍兮驂螭",則神靈之降固有若少司命之乘風雲,山鬼之乘豹狸,而以乘龍者爲最多。故屈原侘傺難堪,欲高舉以寫其憂,則曰:"駟玉虬以乘鷖兮,溘埃風余上征。"[②]虬,龍之無角者也。又曰:"爲余駕飛龍兮,雜瑤象以爲車。"又曰:"駕八龍之蜿蜿兮,載雲旗之委蛇。"(《遠游》文同)[③]駕虬而言駟,既盛於《海經》之乘兩龍,駕龍而言八,又侈於《彖傳》之乘六龍,此詩人之放縱矣。(卷之三,114—115 頁)

---

①顧頡剛《浪口村隨筆》,遼寧教育出版社,1998 年。

②"乘"今作"椉",《考異》謂"一作乘"。

③出自《離騷》《遠遊》。"蜿蜿"今作"婉婉",《考異》謂"《釋文》作蜿";"委"字《遠遊》篇又作"逶"。

2. 被髮左衽。

案衽自有襟義，而亦有袖義。拜稱"斂衽"，謂斂其兩袖而拜也。《楚辭·招魂》狀鄭舞之容曰："衽若交竽。"①竽爲長四尺餘之樂器，長袖善舞，回轉相交，有若兩竽；若釋爲襟則何由交乎！莊忌《哀時命》云："左袪挂于榑桑，右衽拂於不周。"②左袪與右衽對文，袪即袖，衽亦袖也；若釋爲襟，則何由拂乎！故知左衽云者，謂惟左臂穿入袖中耳，其襟固仍在右也。（卷之三，120 頁）

3. 彭咸。

《楚辭》中屢見"彭咸"。《離騷》云："雖不周於今之人兮，願依彭咸之遺則。"又云："既莫足與爲美政兮，吾將從彭咸之所居。"《九章·抽思》云："望三五以爲像兮，指彭咸以爲儀。"《思美人》云："獨煢煢而南行兮，思彭咸之故也。"③《悲回風》云："夫何彭咸之造思兮，暨志介而不忘。"又云："孰能思而不隱兮，昭彭咸之所聞。"④又云："淩大波而流風兮，託彭咸之所居。"此名凡七見。然其人爲誰，故籍所未詳。既已不知而猶强爲之解，則屈原者，不獲於君，自沉於汨羅者也，彭咸既爲原所"依"，所"從"，所"儀"，所"託"，是其人諒亦忠諫而不行，沉淵而自殺者也。其情既定，再推其時，則大彭爲商伯，彭咸殆商代人乎？因是王逸《注》云："彭咸，殷賢大夫，諫其君不聽，自投水而死。"顔師古《漢書·揚雄傳》注云："彭咸，殷之介士也，不得其志，投江而死。"二説雖微異，而援屈原爲影子則一。其人氏彭而名咸遂成定案。

①"竽"今作"竿"，作"竽"者當顧先生記憶所誤。

②"于"今作"於"。

③"煢煢"今作"焭焭"。

④"昭"今作"照"，《考異》謂"一作昭"。

然觀於《海經》，便知非此之謂也。《海外西經》云："巫咸國，……群巫所從上下。"《大荒西經》對此作較詳之説明，云："有靈山，巫咸、巫即、巫朌、巫彭、巫姑、巫真、巫禮、巫抵、巫謝、巫羅十巫從此升降，百藥爰在。"又《海内西經》云："巫彭、巫抵、巫陽、巫履、巫凡、巫相夾窫窳之尸，皆操不死之藥以距之。窫窳者。蛇身人面，貳負臣所殺也。"此數條雖不在一篇，而并載"西經"，事得相通。古者巫醫連屬，醫學即孕育於巫術之中。《世本》曰"巫彭作醫，"則巫彭爲群巫領袖。而巫咸獨名一國，知其地位彌高。然則《楚辭》所謂"彭咸"者即巫彭與巫咸之合稱，非一人之名也。《離騷》云："巫咸將夕降兮，懷椒糈而要之。"及其既降，則致訓於屈原曰："勉陞降以上下兮，求矩矱之所同。湯、禹儼而求合兮，摯、咎繇而能調。① ……"此即原所願以爲儀，且欲托於其居之故也。

又按揚雄《反離騷》云："弃由聃之所珍兮，跖彭咸之所遺。"以"由聃"與"彭咸"爲對文。"由聃"爲許由、老聃二人，則雄似亦知彭與咸之爲二人者，惜王逸不思此也。（卷之四，137—138 頁）

4. 蜚廉。

《離騷》云："前望舒使先驅兮，後飛廉使奔屬。"《遠游》云："歷太皓以右轉兮，前飛廉以啓路。"王逸《注》："飛廉，風伯也。"洪興祖《補注》："《吕氏春秋》曰：'風師曰飛廉。'應劭曰：'飛廉，神禽，能致風氣。'晋灼曰：'飛廉，鹿身，頭如雀，有角，而蛇尾、豹文。'……"則飛廉爲風神，其狀如鳥獸，風行最迅，"善走"之傳説蓋由此來。（卷之四，139 頁）

①"矩"今作"榘"，《考異》謂"一作矩"；"儼"今作"嚴"，《考異》謂"一作儼"。

一、九歌

(一)國殤

1. 吴國兵器。

古之兵器製造,以吴、越爲最盛。……吴、越競美而吴尤勝,故古籍輒偏舉吴。《淮南·脩務》云:夫宋畫吴冶,刻刑鏤法,亂修曲出,其爲微妙,堯、舜之聖不能及。吴國冶金工業之發達與其所產器物之精美,即此可以想見。故《楚辭·九歌》於"國殤"曰:"操吴戈兮被犀甲。"雖以楚國文化之高,產金之富,而其軍器則多資於吴。《吕氏春秋·行論》曰:"堯以天下讓舜,鯀……怒甚猛獸,欲以爲亂,……於是殛之於羽山,副之以吴刀。"《海内經》郭《注》引《開筮》曰:"鯀死三歲不腐,剖之以吴刀,死(尸)化爲黄龍也。"此固屬神話,而亦以"吴刀"言,知天下之刀更無有鋭於吴者。(卷之三,110頁)

二、天問

1. 二女在台。

《詩·商頌·玄鳥》曰:"天命玄鳥,降而生商。"又《長發》曰:"幅隕既長,有娀方將,帝立子生商。"是生商之始祖者爲有娀,命之生者爲天帝,爲之媒介者則玄鳥也。《楚辭·天問》曰:"簡狄在臺嚳何宜?玄鳥致貽女何喜?"嚳爲天帝名,簡狄爲娀女名。(卷之四,132頁)

2. 左丘失明。

《楚辭》之《天問》,《荀子》之《成相》,大小《雅》及《三頌》記事之篇章,詩也,而皆史也。非瞽取於史而作詩,則史襲瞽之聲調句法而爲之者也。觀於《洪範》之"無偏無黨",《墨子·兼愛下》引之作"《周詩》",《小雅》之"如臨深淵",《吕覽·慎大》引之作"《周書》",則史與瞽之所爲輒爲人視同一體,不加分别可知也。(卷之五,192 頁)

三、九章

(一)惜往日

1. 公主。

由"君主"而轉爲"公主",其事彌易。君、公同爲見紐,今福州人讀此二字宛然一音,故《楚辭·惜往日》稱晋文公曰"文君",《莊子·外物》篇稱宋元公爲"元君"。(卷之二,72 頁。文君寤而追求)

四、惜誓

1. 惡來革。

賈氏《惜誓》云:"梅伯數諫而至醢兮,來革順志而用國。"王逸不知來革爲誰,但見其與梅伯對舉而其事相反,因注云:"來革,紂佞臣也。言來革佞諛,從順紂意,故得顯用持國權也。"朱熹知其人即惡來矣,而不知"革"字僅爲尾音,因改注云:"來,惡來也,與革皆紂之佞臣。"憑空添出一名革之人以分惡來之謗,是可異矣。"彭咸"二人而合爲一,"來革"一人而析爲二,古書解釋之難有如是者。然賈氏不稱惡來而稱來革,亦是好奇之過,宜乎注家之不了也。(卷之四,140 頁)

《三餘札記》[①]

總論

1. 于是鄭女出進,二八徐侍。

又案:《楚辭·招魂》"二八齊容,起鄭舞些",《大招》"二八接舞,投詩賦只",傅武仲此文亦言"二八徐侍"者,"二"爲偶數之最小者,"八"爲最大者。言"二八"則見其行列整齊之美,言"十六"則歷落難數矣。故自修辭上言之,"二八"與"十六"意義迥然不同,文學上用字之難有如此者,學者不可不察也。(卷三,《舞賦》,187 頁)

2. 余蕭客曰:"《南齊書》五十二:沈約曰:以《洛神》比陳思他賦,有似異手之作。"

典案:子建此賦,非僅宓妃一事出于《離騷》,即全篇之命意遣辭,亦與屈原賦相似。後人不達此義,與《好色》《神女》齊觀,實爲大誤。(卷三,《洛神賦》,191 頁)

①劉文典撰,管錫華整理《三餘札記》,黄山書社,2011 年版。

一、離騷

1. 各欲行其知僞，以求鑿枘于世，而錯擇名利。

典案：《離騷》“不量鑿而正枘兮”，錢杲之《集傳》：“鑿，穿孔也。枘，刻木端以入鑿也。鑿音造，枘音芮。”“鑿枘”本相合之義，故《莊子・天下》篇以“矩不方，規不可以爲圓”與“鑿不圍枘”并言，方鑿、圓枘，始是不相合之謂耳。近人誤以鑿枘爲不相合，實爲巨謬。（卷四，《俶真篇》，209—210 頁）

二、天問

1. 品庶每生。

典案：“每”一作“挴”。《楚辭・天問》“穆王巧挴”，王逸注：“挴，貪也。”①……最得其誼。（卷三，《鵩鳥賦》，181 頁）

三、漁父

1. 故雖游于江潯海裔。

典案：古侵、覃通爲一韵，潯江即古潭水。本書《齊俗》篇“譬若水之下流，烟之上尋也”，“尋”亦讀“覃”。《楚辭・漁父》“屈原既放，游于江潭”，②“江潭”與此文之“江潯”，音義正同。（卷四，《原道篇》，207 頁）

---

①“挴”今皆作“梅”，《補注》謂“諸本作梅”。

②今本“于”作“於”。

四、九辯

1. 繹精靈之所束。

注引《方言》曰:"繹,理也。"典案:《九辨》"有美一人兮心不繹",劉良注"繹,解也",最得其誼。"懌"字亦是煩憂既解、胸懷開朗之義。(卷三,《舞賦》,188頁)

五、招䰟

1. 諸柘巴苴。

典案:"柘""蔗"音同字通。《楚辭・招魂》"濡鱉炮羔有柘漿些",①注:"柘,藷蔗也。"柘,即甘蔗,楚人當時固已以爲常品矣。(卷三,《子虛賦》,172頁)

六、七諫

(一)怨世

1. 跣踔湛濼。

梁上國曰:"《楚辭・七諫》'馬蘭踸踔而日加',②注'踸踔,暴長貌'。'踸'與'跣'同。"典案:《文選・文賦》"故踸踔于短垣,放庸音以足曲",李注:"《莊子》曰:夔謂蚿曰'吾以一足踸踔而行,爾

①"濡"今作"胹",《考異》謂"《釋文》作濡";"鱉"今作"鼈"。

②"日"字原誤爲"曰",今徑改。

無如矣'。謂脚長短也。"今本《莊子·秋水》篇作"吾以一足跉踔而行,予無如矣"。成疏:"跉踔,跳躑也。"最得其誼。此狀海濤沸動之貌,如人之跳躑耳。《莊子釋文》:"李軌云'跉卓,行貌'。"亦尚近之。梁氏以《楚辭》王逸注"踸踔,暴長也"釋之,非是。(卷三,《海賦》,178 頁)

七、哀時命

1. 峻木尋枝,猿狖之所樂也。

典案:"尋枝"即"橝枝"。《楚辭·哀時命》"擥瑶木之橝枝兮",古侵、覃通爲一韵,故以"橝"爲"尋"。(卷四,《齊俗篇》,216 頁)

八、九懷

(一)思忠

1. 懼匏瓜之徒懸兮。

典案:《論語》"吾豈匏瓜也哉? 焉能繫而不食?"皇侃《義疏》云:"匏瓜,星名也。言人之才智,宜佐時理務,爲人所用,豈能如匏瓜繫天而不可食?"宋《黄氏日鈔》亦主此説。《楚辭》王襃《九懷》:"抽庫婁兮酌醴,援匏瓜兮接糧。"①庫婁,星名。此文之"匏瓜",亦當以《論語》皇疏誼爲是。羅願《爾雅翼》八:"匏瓜繫而不食。猶言南箕不可簸揚,北斗不可挹酒漿也。"按:《楚辭》王襃《九

①"匏"今作"瓟",《考異》謂"一作匏"。

懷》、曹植《洛神賦》、阮瑀《止欲賦》皆以"匏瓜爲星名"。《洛神賦》:"嘆匏瓜之無匹兮,咏牽牛之獨處。"《止欲賦》:"傷匏瓜之無偶,悲織女之獨勤。"牽牛、織女莫非星名,則匏瓜之爲星名,實無疑義。(卷三,《登樓賦》,173—174 頁)

《讀金日札　讀子日札》[①]

總論

1. 小克鼎。

《離騷》:"朕皇考曰伯庸。"劉向《九歎》云:"伊伯庸之末胄兮,諒皇直之屈原。"[②]是説明伯庸爲屈原之遠祖,非屈原之父也。(卷二,《小克鼎》,107 頁)

一、九歌

總論

1. 齊洹子孟姜壺。

直按:"大司命、少司命"神名,亦見於《周官》及(原注:乙種本無上三字。)屈子《九歌》,齊、楚崇尚鬼神之風氣蓋相同。(卷二,

①陳直《讀金日札　讀子日札》,中華書局,2008 年版。

②《逢紛》篇,《九歎》之"歎"字原誤爲"嘆"字,今徑改。

《齊洹子孟姜壺》,83 頁)

(一)東君

1. 竽笙簫和。

直按:簫疑攡字之省文,《楚辭·九歌》:"攡鐘兮摇簴。"①攡與摇義相對舉。(《樂論篇》,268 頁)

(二)國殤

1. 楚人鮫革犀兕以爲甲。

直按:《楚辭·國殤》:"操吴戈兮被犀甲。"是楚人以犀爲甲之證。(《議兵篇》,259—260 頁)

二、天問

1. 師晨鼎。

《楚辭·天問》云:"中央共牧后何怒。"予早歲考"中央共牧"爲"中央共攸"之誤字,亦謂共伯和也。(卷二,《師晨鼎》,55 頁)

2. 奉而獻之厲王。

直按:《史記·楚世家》無厲王。屈子《天問》云:"何壯武厲,能流厥嚴。"予昔考爲壯武厲,昔楚國三王之名,與本文正合。(《和氏》,277 頁)

①"攡"今作"簫";"鐘"今作"鍾";"摇"今作"瑶"。

三、九章

(一)懷沙

1. 若馭樸馬。

直按:《楚辭・懷沙》:"材樸委積兮。"王逸《章句》:"壯大爲樸。"①《廣雅・釋詁一》:"樸,大也。"本文即作若馭壯大之馬解。(《臣道篇》,257 頁)

四、招䰟

1. 羽觴一禺。

《楚辭・招魂》云:"瑶漿蜜勺,實羽觴些。"是羽觴楚人甚爲重視。(卷四,《長沙仰天湖楚竹簡》,207 頁)

2. 鰌之以刑罰。

直按:鰌爲遒之假借字。《説文》:"迺,迫也。"篆或作遒。《廣雅・釋詁一》:"迺,急也。"《楚辭・招魂》:"遒相迫些。"王逸《章句》:"遒亦迫也。"本文則云迫之以刑罰也。(《議兵篇》,259 頁)

五、九歎

(一)惜賢

1. 有物於此,儳儳兮其狀屢化如神。

①"樸"今皆作"朴",《考異》謂"《史記》朴作樸"。

直按:《楚辭·惜賢》:"覽芷圃之蠡蠡。"注猶歷歷行列貌也。本文謂蠶在箔中歷歷分行之象。(《賦篇》,272 頁)

六、九思

(一)疾世

1. 銕箕一十二箕皆又絟縺　第三。

《楚辭》王逸《九思·疾世》云"心緊絭兮傷懷",注:"緊絭,糾繚也。"①與本簡用錦來纏繞之意義正合。(卷四,《長沙仰天湖楚竹簡》,203 頁)

①"繚"今本王逸注作"繚"。

後 記

本書是在寫作《〈楚辭〉校證》(中華書局,2017)的基礎上完成的。我在做《〈楚辭〉校證》的時候,即特别留意歷代散見相關《楚辭》資料的整理和利用。《〈楚辭〉校證》付梓後的這幾年,我便集中時間將過去十餘年所積累的這批資料進行系統地整理以供楚辭愛好者所利用。原以爲這是一件很簡單的事,但在整理過程中,感覺此項工作比做《〈楚辭〉校證》更難更累!2018年春,我在録入核對資料的時候即因用功過度而不得不服用中藥調理兩月有餘,而雙眼也因用眼過度而患上干眼症,至今未能痊癒!

本書最終得以完成和出版,離不開許多師友的關心和幫助,趙逵夫師即對本書稿予以了積極肯定和大力推薦,而中華書局俞國林、羅華彤、許慶江等先生則爲本書的出版做了大量的工作!此外,我的朋友廖湘屏、夏文强、黎蓉、陳德志、黎微、安明澤、李紹坤、萬愛江、李培雄、陳宗利、周潔、余航海、張雪晴、曠芳、朱梁、楊啓明、秦進、程欣宇、吴光德、江廣彬、彭萬斌、楊恒伏、姜明芳等雖然一直以來并不十分清楚我所從事的工作,但他們仍然一如既往地幫助我處理生活中的許多瑣事!而近年來許多醫師朋友如周龍清、鄔江、趙道慧、郭守剛、徐飛、梁聞、高波等也是我經常麻煩的對象,在此一併致謝!

本書的出版得到貴州大學社科學術出版基金以及貴州省綏

陽縣三建司的共同資助。綏陽縣三建司爲孩子外公李發傑先生所創辦企業,李先生爲貴州省優秀的民營企業家,現在年事已高,企業則由孩子舅舅李其浩先生全面負責。這些年來,我和李其霞在經濟上也一直得到他們的大力支持,真是由衷感謝也萬分慚愧! 百無一用是書生,大概如此!

寫作本書的初衷是抱着一種爲他人作嫁衣裳的理想主義的,但工作展開以後之艱辛讓我一直後悔至今,而今總算告一段落,錯誤在所難免,或許我只能説我已經盡力了!

回想二十一歲時即懷抱理想,立志學問,二十餘年過去,學問無所成,生活也無所成! 或許唯一能够自慰的是十年來一直陪伴在孩子王璽澍的身邊,生活因此而有繼續努力的價值!

2020 年 8 月 25 日七夕於花溪頤和花園